GOLDMANN

Buch

Lucy Marsden ist neunundneunzig Jahre alt, als sie sich entschließt, einem jungen Besucher ihre Lebensgeschichte und die ihres Mannnes auf Band zu diktieren. Sie berichtet, wie William More Marsden im Alter von dreizehn Jahren zusammen mit seinem gleichaltrigen Freund Ned Smythe in den Dienst der Konföderiertenarmee – der Rebellen, wie sie auch genannt werden – gepreßt wird. Sie erzählt, wie Ned wenig später auf schreckliche Weise zu Tode kommt und wie William Marsden sein Leben lang unter diesem Jugendtrauma leidet. Sie schildert, wie sie dem damals schon fünfzigjährigen Bürgerkriegsveteranen Marsden mit fünfzehn Jahren begegnet und ihn bald darauf heiratet. Wie sie den Rausch der Liebe und die Hölle der Ehe kennenlernt. Wie sie neun Kinder gebärt und wieder verliert. Wie ihr Castalia, die ehemalige Sklavin ihres Gatten, als Haushälterin zugeteilt wird und wie sie über alle Rassenschranken und Vorurteile hinweg versucht, deren Freunschaft zu gewinnen. Sie berichtet vom Warten auf den Tod. Und davon, wie sie ihm immer wieder ein Schnippchen zu schlagen versucht.

Autor

Allan Gurganus, 1947 in einem konservativen Elternhaus in Rocky Mount, North Carolina, geboren, studierte zuerst Malerei. Während seines unfreiwilligen Militärdienstes auf einem Flugzeugträger vor der Küste Vietnams entdeckte er die Literatur. Nach der Ausbildung am berühmten Iowa Writers Workshop unterrichtete er Creative Writing an mehreren Universitäten. Er lebt heute wieder in seinem Heimatstaat North Carolina und arbeitet derzeit an seinem zweiten Roman.
Sein Romandebüt »Die älteste noch lebende Rebellenwitwe erzählt« stand wochenlang auf den Bestsellerlisten; es wurde von der Kritik gefeiert und mit dem renommierten Sue-Kaufman-Preis der American Academy of Arts and Letters für das beste belletristische Werk 1989 ausgezeichnet. Außerdem wurde das Buch mit Diane Cane, Donald Sutherland, Anne Bancroft und Cicely Tyron verfilmt.

Von Allan Gurganus sind bei Goldmann außerdem erschienen:

Schwarz und Weiß. Erzählungen (Taschenbuch 9855)
Letzte Sicherheit. Eine moralische Erzählung
(Hardcover 30473)

Allan Gurganus

Die älteste noch lebende Rebellenwitwe erzählt

ROMAN

Aus dem Amerikanischen
von Rudolf Hermstein

GOLDMANN VERLAG

Für die deutsche Übersetzung vom Autor durchgesehene und überarbeitete Ausgabe

Die amerikanische Originalausgabe erschien unter dem Titel »Oldest Living Confederate Widow Tells All« bei Alfred A. Knopf, Inc., New York

Der Übersetzer dankt Alexandra Baumrucker, Gabriele Dick und Jeremy Roth.

Die Verse und Gedichte von Robert Louis Stevenson »Ein schönes Spiel«, »Die Welt ist so reich«, »Die Schaukel«, »Aussichten« und »Reisen« wurden dem Band »Im Versgarten. Gedichte für ein Kind. Ein Bilderbuch von A. und M. Provensen. Mit Versen von Robert Louis Stevenson ins Deutsche übertragen von James Krüss«, Otto Maier Verlag 1960 entnommen. Abdruck mit freundlicher Genehmigung des Übersetzers.

Die Gedichte »Heile Welt« und »Der stumme Soldat« wurden von Barbara Teutsch übertragen. Abdruck mit freundlicher Genehmigung der Übersetzerin.

Umwelthinweis:
Alle bedruckten Materialien dieses Taschenbuches sind chlorfrei und umweltschonend.
Das Papier enthält Recycling-Anteile.

Der Goldmann Verlag
ist ein Unternehmen der Verlagsgruppe Bertelsmann

Umschlaggestaltung: Design Team München unter Verwendung des Titelschriftzuges von Allan Gurganus
Druck: Presse-Druck Augsburg
Verlagsnummer 42594
Herstellung: Sebastian Strohmaier
Made in Germany
ISBN 3-442-42594-2

1 3 5 7 9 10 8 6 4 2

Für meine Eltern
in Dankbarkeit
für Maßstäbe und Zuneigung

Und, in Freundschaft, für Mona Simpson

Wenn Gerüchte alt werden, werden sie Mythos.
– Stanislaw Jerzy Lec

ERSTES BUCH

Niemand ist vollkommen

Schlachtgesang

1

Dann ist er gestorben. Hat sein müssen.

Bis zum Schluß hat er seine schlechte Nachahmung einer Trompetenfanfare zum besten gegeben, bis zum Schluß die Landkarten verlangt, alle rumkommandiert, Pferde inklusive: »Nicht da hin, Donnerlittchen, hierher die Fourage.« Den Boß gespielt bis zum letzten Schnaufer. Im Bett an sich runtergesehn, die Bettdecke angeschnauzt, sie soll zurückrollen. Hat nicht pariert.

Mein armer Mann, Captain Marsden, an einem Election Day hat er sterben müssen. Kinder haben auf unserm leeren Grundstück Kracher losgehn lassen. Cap hat gedacht, die Schlacht von Antietam wär wieder aufgeflammt wie das Reißen im Knie. War ganz aus dem Häuschen und wollte gleich wieder alle in Marsch setzen, seine Männer (alle tot) und mich (noch nicht tot, mit Verlaub). So oder so ähnlich hatte ich mir's wohl immer vorgestellt.

Er war seit Jahren eine Berühmtheit gewesen hier herum. Je älter er geworden ist, desto öfter haben sie ihn im Regionalfernsehn gebracht, dann sogar in den großen Programmen, schwarzweiß und in Farbe. Die haben ihre Kameras aus dem Norden angeschleppt und die vielen Lampen, sind einfach durchs Haus gerumpelt und rein in sein Zimmer. Geschminkt haben sie ihn. Er hat gedacht, es wär eine Salbe gegen Ausschlag. Hat der Kleinen, die ihm das Zeug draufgeschmiert hat, eine gelangt.

Ich hab den Captain immer erst präparieren müssen, damit er seine Sprüchlein aufsagt. Inzwischen war's schon so, wie wenn man Besuchern seinen sprechenden Papagei vorführt: Man gab ihm ein Stichwort, und er hat drauf rumgekaut, und dann sah man, wie's ihm runterging, und raus kamen lauter Evergreens, Schlacht um Schlacht, wie die Walzen von einem alten elektrischen Klavier.

Wildfremde Menschen sind in einer Tour durch unser Haus marschiert, keiner hat sich die Füße abgestreift, alle wollten den letzten Veteranen aus dem Krieg zwischen Nord- und Südstaaten im Bett sitzen sehn. Die Jungs in Blau waren alle schon kalt unter der Yankee-Erde. Captain hat den Siegern ein Schnippchen geschlagen, er hat länger durchgehalten wie sie alle, zu stolz, um den Abschied zu nehmen, vielleicht zu querköpfig. Ach, er war schon ein Bild für die Götter: die graue Uniform über den Schlafanzug geknautscht, der Bart verfilzt wie eine Hecke und weiß wie sein inzwischen eiswürfelgroßer Star auf beiden Augen. Über dem Bett hatte er eine Daguerreotypie von seinem gefallenen Kumpel hängen, und eine verrostete Muskete war immer in Reichweite. Von einem Nagel baumelte eine kleine Trompete an einer blutroten Kordel. Außerdem hatte er noch einen dürren Zweig von einem Baum, bei dem was passiert war.

Bringt ein Nachbarskind dem Captain eine Handvoll Hundsveilchen. Ich bedank mich bei dem Mädchen und stell die Blumen in einem Wasserglas auf den Nachttisch. Den ganzen Tag schielt mein Alter zu den Veilchen hin, lächelt schief, schluckt – benimmt sich komisch. Schließlich winkt er mich ran, macht ein ängstliches Gesicht, nickt zu den blauen Blümchen hin und flüstert: »Lucy, lauter kleine Yankee-Spione!«

Besonders nachdem anno neununddreißig der große Film über den Bürgerkrieg rausgekommen war, konnten die Leute nicht genug kriegen. Menschen, die ich nie gesehn hatte, haben mich um Aspirin und Kleingeld angehaun, und ich bin gerannt für sie. Dabei war ich selber auch kein Küken mehr. Ein Buchhändler hat sich jede Geschichte des Sezessionskriegs von Cap signieren lassen, als ob der sie geschrieben hätte. Und man hat nie gewußt, welchen Namen er als nächstes für sein Autogramm nehmen wird. Den einen Tag war er General P. G. T. Beauregard, den andern vielleicht Captain Butler. Und der Buchhändler hat die Signaturen samt und sonders als echt verkauft. – Mein Lieber, Yankees wollten Kaffee und Tee von mir und wo denn die Toilette ist. Hab schließlich im Hausflur mit Reißzwecken Papierpfeile an die Wand heften müssen. »Ältester noch lebender« und so weiter, wie die Schilder für die Touristen am Mount Rushmore. Auf einem stand: »Toilette, Herren und Damen bitte dieselbe benutzen – also am besten die Tür abschließen – und die Herren bitte den Sitz *hochklappen*, wenn er nicht gebraucht wird. Danke. Ist ja nicht zuviel verlangt. Unterzeichnet Mrs. Marsden, Gattin des ältesten noch lebenden« et cetera.

Eines Tages hör ich Gemurmel im zweiten Stock oben. Sitzt da doch ein Mädchen, eine Reporterin aus dem Norden, bei unserm blinden

Sohn auf der Bettkante. »Sie haben sich in der Tür geirrt.« Ich zeig ihr, wo der Zimmermann das Loch gelassen hat. »Unser Junge ist ein bißchen schüchtern mit Fremden.« Hatte sie wahrscheinlich schon gemerkt. Er hatte sich die Bettdecke über den Kopf gezogen. Sagt sie mit einer Stimme wie Schmirgelpapier: »Wißbegierige Leute wie ich lassen nun mal nicht gerne was aus, Madam.« Ihr Rock war kürzer wie früher die meisten Schlüpfer. Glaub ich dir aufs Wort, hab ich mir gedacht, aber lieber den Mund gehalten, wie ich mit ihr die Treppe runter bin.

Captain Marsden war grade dreizehn geworden, als die Konföderation rief. Meinst du, er wär so schlau gewesen und brav in Zivil daheim geblieben? Von wegen. Die einzigen männlichen Wesen, die bei uns in Falls, North Carolina, noch frei rumgelaufen sind, waren entweder Tiere oder kleine Kinder oder die alten Knacker aus dem Krieg von achtzehnzwölf. Mein Mann und sein Kumpel haben sich direkt übergangen gefühlt. »Wir sind bereit«, sagten die Jungen. Dreizehn waren sie und brauchten sich nicht mal für älter ausgeben. Abzugsfinger und gute Augen hatten sie ja, oder? Das reichte.

Also ist Marsden losgezogen mit seinem besten Freund. Der war in Willies Alter, sah aber älter aus und war viel hübscher als er. Ned Smythe hat er geheißen. Kannst nachsehn. Sie waren beide von hier, aus Falls. Zum Dienst gepreßt anno zweiundsechzig, als der General Lee schon fast kein Kanonenfutter mehr gefunden hat, das er in graues Tuch stecken konnte. – Hand in Hand sind die beiden Jungen aus der Stadt gegangen, wie's Mädchen in dem Alter täten.

Ihre Mütter hatten ihnen Abschiedsgeschenke mitgegeben. Dem Meinigen hatte seine Mutter einen *Union Suit* gestrickt, den durfte man damals im Süden nicht so nennen, es war aber einer: lange Unterhosen und Unterjacke in einem. Sie hatte fünf Wagen voll Sklaven mitgebracht, damit sie dem jungen Master Marsden Lebewohl sagten. Die langen Unterhosen hatte sie aus Wolle in patriotischen Farben gestrickt, aber statt Grau und Rot hatte sie Rot, Weiß und Blau genommen. Die bedauernswerte Lady Marsden, hat nicht mal gewußt, was es mit der Sezession auf sich hat, und nun mußte sie trotzdem ihren Liebling für sie in den Krieg ziehn lassen.

Neds Mutter brachte ihren besten Kanarienvogel mit auf den Paradeplatz. Sie hatte mindestens dreißig, hat sie gezüchtet. Hat gemeint, ihr Ned sollte einen im Käfig mitnehmen, zur Gesellschaft. Der befehlshabende Offizier, ein feiner Mensch, gab angeblich zu bedenken, ob die Verhältnisse an der Front wohl »Kanarienvögeln zuträglich« wären. Das waren noch Gentlemen damals! Die meisten unserer Südstaaten-Gentlemen sind gefallen. Eine Zeitlang hat das einfach zum guten Ton gehört, und sie brachten's nun mal nicht über sich, gegen den guten Ton zu verstoßen. Ein Gentleman hat's damals nicht viel besser gehabt wie ein katholischer Priester – mußte mehr lassen, als er tun durfte.

Mrs. Marsden hat sich bei dem Offizier erkundigt, ob die Jungen auch bei Regenwetter kämpfen müssen. Und weißt du, was er ihr geantwortet hat? »Das kommt darauf an.« Na, war das vielleicht kein Taktgefühl? Glaub mir, die Zeiten sind vorbei.

Der kleine Marsden hat die selbstgestrickten langen Unterhosen keine zehn Meilen von zu Hause in den Straßengraben geworfen. Irgendwer hat sie zurückgebracht. So war das damals. Jeder, und wenn er meilenweit weg wohnte, wußte genau, wer wem was aus Versehn in welchen falschen Farben gestrickt hatte. Mrs. Marsden hat natürlich gedacht, ihr Junge wär schon verwundet und gefleddert worden. Sie war im Reichtum aufgewachsen. Hatte immer noch arbeitswillige Sklaven. Lady Marsden war regelrecht zu überkandideltem Benehmen erzogen worden. Sie hat Klavier gespielt wie ein Profi und hatte ein Schlafzimmer mit einer Kuppel, so groß wie eine Kirche und mit weißem Seidendamast an den Wänden. Die Ärmste hat sich den Norden als lauter Eisberge vorgestellt. Sie hat die heimgekehrten langen Unterhosen an die Brust gedrückt und zu ihrer Lieblingszofe gesagt: »Mein Kind wird sich den Tod holen.«

Irgendwie hatte sie nicht ganz unrecht.

Je öfter der Captain im Fernsehn kam, desto mehr Arbeit hatte meine Wenigkeit. Mein neuer beiger Teppich über und über voller Fußabdrücke. Die Reporterinnen haben mich immer wieder gefragt: Was wissen Sie noch vom Krieg, von *dem* Krieg? Ich mußte zugeben, daß ich ihn um gut zwanzig Jahre verpaßt hatte. Ich bin 1885 geboren, der Captain 1849. Wenn sie das hörten, haben sie saure Gesichter gezogen und »ah« gemacht, als wär's meine Schuld, als hätte ich unwahrscheinliches Glück gehabt, daß ich den letzten Veteranen abgekriegt hatte, der noch lebte und atmete, auf unserer Seite oder bei den andern.

In seinen letzten dreißig Jahren war ich so eine Art Fremdenführerin, und die Sehenswürdigkeit, die ich den Leuten gezeigt hab, war Captain Marsden. Andauernd hab ich seine Bettpfanne weggeräumt, andauernd die Kletten aus seinem Bart gekämmt, ihn andauernd in die Uniform gesteckt, und er hat mir immer wieder die Wachen auf den Hals gehetzt.

Fragt er die Reporter mit heiserer Stimme: »Sagt mal, wie spät ist es denn?« Die sehn auf ihre Uhren. Ich winke ab. »Er meint das Jahr, Leute, welches Jahr.« »Oh.« Sie schauen von mir zu ihm zu mir. Ist ihnen peinlich, wie wenn sie gar nicht gemerkt hätten, daß es schon so spät im Jahrhundert ist. – Die Reporter benehmen sich, als wär's *ihre* Schuld, daß es mit der Welt in letzter Zeit so wenig vorwärts gegangen ist. Das Gefühl kenn ich. Endlich sagt dann jemand das Jahr, laut. Cap hält sich die fleischige Hand hinters Ohr, setzt sich auf: »*Was?*« Wie's ihm einer nochmal zuschreit, läßt sich mein Alter schwer in die Kissen zurückfallen und verschränkt die massigen Arme. Dann grinst er unter den buschigen Augenbrauen vor und sagt: »Weitermachen!«

Inständig hab ich die Reporter gebeten, sie sollen ihn doch bitte nicht mit Blitzlampen photographieren. Weil das grelle Geknatter hat ihn nämlich in Artilleriestimmung versetzt, hat ihn so aufgeregt, daß er nach den Berittenen geschrien hat. Aber kaum dreh ich ihnen den Rücken, seh ich schon weißes Licht im Flur zucken und hör, wie sie sich aus dem Staub machen.

Dann ist er wieder mal rebellisch geworden. Die Photographen aus dem Norden haben ihn mit ihrer Blitzerei wild gemacht und sich dann verdrückt. Ich mußte reingehn zu ihm und ihn beruhigen, so gut's ging. Ich hab mich zu ihm gesetzt und ihm das weiße Haar gestreichelt, den weißen Bart glattgestrichen. Ich hab dagesessen und ihm leise das einzige Wort gesagt, das immer geholfen hat: »Appomattox, Appomattox, Appomattox, Baby.« – Es ist ein indianisches Wort, weißt du. Deswegen ist es so schön.

2

Aber der Rummel geht immer noch weiter, jetzt wollen die Leute *mich* sehn. Und jetzt auch noch du mit deinem Tonbandgerät direkt auf meinem Bett. Und du selber so weit weg auf dem Plastikstuhl. Rück ein bißchen näher ran, mein Lieber – ja, so ist es besser. Gutes Gesicht. Oh, ich weiß, wie meins jetzt aussieht. Ganz verschrumpelt. Aber dahinter sieht's genauso aus. Heißt es nicht, je gescheiter einer ist, um so schrumpeliger ist sein Gehirn? Also, Junge, wenn das da drin so aussieht wie das, was an mir außen runterhängt, dann müßt ich längst ein Genie sein.

Wie mein Veteran schließlich gestorben war (eines gewaltsamen Todes – eine Geschichte für sich), war der Frieden so was Neues, daß er mir Angst gemacht hat wie ein Krieg. Ich wußte einfach nicht, was ich anfangen sollte damit. Bin im Haus rumgelaufen und hab hinter mir selber hergeräumt, aber ich bin sowieso immer die Ordentliche gewesen. Sogar der Krimskrams im Flur hat ausgesehn wie starr vor Schreck über die plötzliche Stille, die auf das Haus drückte. Nie mehr Dreck auf dem beigen Teppich, fast hat er mir gefehlt. Keine Menschenseele hat mich besucht. Schwerer Schlaganfall, beide Hüftgelenke gebrochen – die meisten von meinen Freundinnen hat's in drei holprigen Monaten weggerafft. Und weißt du, eine alte Frau, die in Frieden allein lebt, für die interessiert sich ja kein Mensch mehr. Zuerst war mir die Stille zuwider. Aber allmählich gewöhn ich mich dran. Gefällt mir sogar. Ich hab's gern ruhig.

Stellt sich raus, daß ich mir die ganze Zeit genau das gewünscht hab. Verrückt, gell? Manche von den Alten hier drin, wenn man die so reden hört, dann gibt's nix Schlimmeres auf der Welt wie ein ruhiges Haus in einer stillen Seitenstraße. Für mich – ich hab in Papas Haus gelebt, bis Papa mich in das von Cap Marsden weitergereicht hat (das bald voll war mit unsern Kindern und ihrem Krach) –, also ein ruhiges Haus, das ist mir richtig ein Bedürfnis geworden. Mit der Zeit hat mir nichts mehr gefehlt, sondern ich hatte was gewonnen. Schon bald war die ewige Stille schöner als die Kirche. Man brauchte sich nicht mal anziehn und rausgehn. Es war da, hat einem ganz allein gehört, süß wie eine Belohnung. Mein Lieber, ich weiß, aus mir spricht das egoistische alte Weib, das ich heute bin. Aber glaub mir, ich hab schwer dran arbeiten müssen, so zu werden.

Also, du bist gekommen, um mich auszuhorchen, bevor mir die Puste zum Geschichtenerzählen ausgeht? Was Geheimnisse betrifft, da bin ich reich, Kind, das muß ich zugeben. Andere Schätze hab ich keine – aber wenigstens in der Hinsicht bin ich steinreich. Trotzdem, man kann ja seine Geheimnisse nicht zweimal preisgeben, oder? Entweder es sind Geheimnisse, oder sie gehören wem andern. Andere hier drin halten sich was drauf zugute, daß sie noch von jedem Enkel den Geburtstag wissen. Manche von den Männern hier können dir genau sagen, wieviel Steuern sie sechzig Jahre lang jeden ungerechten April haben zahlen müssen. Was mich angeht, ich hab hauptsächlich seine Kriegsgeschichten im Kopf und meine aus dem Frieden. Noch hab ich sie parat. Klopf auf Holz – oder halt auf das Resopal mit Nußbaummaserung da drüben.

Aber mir ist noch nicht klar, was für mich dabei rausspringt, wenn ich so richtig aus der Schule plauder. Was ist, wenn ich tatsächlich reden tu: Vielleicht darüber, was mein Alter Schlimmes erlebt hat, was der Krieg anrichtet, wie es ist, als letzte übriggeblieben zu sein? Was bringt mir das? Ich weiß schon, das riecht nach Habgier, ist mir aber egal. Ich finde nichts dabei, habgierig zu sein. Hat sich rausgestellt, daß ich in der Richtung schon immer begabt war und es bloß nicht gewußt hab.

Ein schönes sonniges Zimmer hab ich, gell? Die andern sind natürlich auch scharf auf ein Eckzimmer, aber ich hab eins gekriegt. Höfliche junge Männer waschen mir zweimal die Woche die Bettwäsche, ob's nötig ist oder nicht. Der eine, Jerome, ein flinker, hübscher junger Mann mit zimtbrauner Hautfarbe, der kommt jeden Donnerstag. Erzählt mir immer, was er am Wochenende in der Disco an neuen Tanzfiguren ausprobieren will. Neulich zieht er seine Pflegerjacke aus, und drunter trägt er ein schwarzweißes T-Shirt, auf dem steht:

DISCO
IS
NOCH NICH
TOT!

Ich hab lachen müssen. »Klingt nach mir«, sag ich. Er will mir auch eins besorgen. Jerome näht auf Bestellung Quilts mit der Hand. Ein vielseitiger Bursche, der Jerome, das muß man ihm lassen. Er lernt Schauspieler in Abendkursen. Ich weiß, ich sollte nicht drüber reden, aber der kann vielleicht tanzen! Der springt dir einfach so von da nach da, wie ein Hirsch. Toll! Er sagt, es kommt ihm vor, wie wenn ich seine Oma wär. Braun genug bin ich ja in all den Jahren fast geworden. Schau dir diese Marmorkuchenhände an. Ich könnte glatt eine Mischehe in einer Person sein. Ja, Jerome ist ein Schatz. Und die Frauen mit den Haarnetzen machen das Essen. Die eine oder andere von unsern Zuckerstangen, unsern freiwilligen Hilfsschwestern von der High-School mit ihren rot-weiß gestreiften Kitteln, weiht Lucy in ihr Liebesleben ein. Was ich da zu hören krieg! Und unser Heimleiter, der hat mich die Wandfarbe für mein Zimmer hier selber aussuchen lassen. Durch die Blume sagt man mir, sie wirkt, na ja, billig. Findest du das Gelb zu knallig? Ich auch nicht. Ich weiß nicht, was die wollen.

Tja, jetzt hab ich nichts mehr zu tun als hier zu sitzen wie eine Königin, jungen Männern beim Tanzen zuzusehn, Erklärungen für die Presse oder angehende Historiker abzugeben und zu essen, was ich mir nicht selber koche. Ich sag's, wie's ist, Junge, langsam gewöhn ich mich dran.

Aber meine Geschichte? Es ist nicht bloß *eine*. Es ist mehr, als du denkst. Na schön, eine Kostprobe vielleicht. Also sagen wir mal, Captain Marsden ist, wie's halt so geht, in den Krieg gezogen mit seinem besten Freund, sagen wir, sie hatten sich beide noch nie rasiert, haben beide solchen Schiß gehabt, daß sie Hand in Hand bis nach Virginia gewandert und weiter nach Maryland marschiert sind. Hab ich dir glaub ich schon erzählt. Sie wanderten ins finstre Tal. Das alles können wir sagen, weil's alles so gewesen ist. Zwei Jungen, die bei allen beliebt waren, nicht gleich hübsch und auch nicht gleich reich (mein unscheinbarer kleiner Marsden sollte mal Sklaven und Grundbesitz erben, auch wenn man's ihm nicht an der Nase angesehn hätte). Die Jungen waren ungefähr so kriegstauglich wie Fünfdollarpistolen. Richtige Kinder eben.

In jüngeren Jahren (bis fünfundvierzig oder so) war mein Mann ganz schön einsilbig, was seine Erlebnisse im Krieg anging. Auf seine alten Tage hat er dann beinah von nichts anderm mehr geredet. Seinen Frühstückstoast wollte mein Willie immer kohlschwarz verbrannt, damit er »Hardtack« dazu sagen konnte – das war dieser steinharte Zwieback, den sie an die Soldaten verfüttert haben. Wörter wie »Forest« oder »Hood« haben für ihn nichts anderes mehr bedeutet als die Südstaaten-Generäle, die so hießen. Am Schluß war mein Angetrauter wieder ins Feld gezogen. Hat nur noch dort gelebt. Schließlich hatte er seine Kriegsgeschichten so oft wiederholt, daß mir vorgekommen ist, sie wären mir selber passiert (und unsern neun zivilen Kindern), bloß ziemlich entschärft.

Ein paar Monate weg vom heimischen Herd war mein junger Mann schon Scharfschütze und Ned das Maskottchen der Kompanie. Die beiden waren beliebt, weil sie am Abend oft eine kleine Vorführung für die andern gegeben haben. Ned hatte ein feines Gehör, konnte schön singen. Die Kameraden haben ihn vergöttert, weil er so freigebig war mit seinem Talent. Sein Bild hab ich verloren, zusammen mit dem von meinem Mann. Komisch, was einem so alles abhanden kommt. Ned hatte Ringellocken bis an die Ohren, goldene, und ein Grinsen, daß ihn jeder gleich ins Herz schließen mußte, besonders die Mädchen. Auf dem Bild hatte er die eine Hand mit der

Trompete auf die Hüfte gestützt und den Kopf so kokett zur Seite geneigt, als ob er in den Photographen verliebt wär. Ned hat jeden Morgen auf der Trompete zum Wecken geblasen. Und am Abend ist er hergegangen und hat die Männer wieder in den Schlaf trompetet, ein kleiner Engel Gabriel. Er hatte klare Augen, wenn ich mich recht erinnere, und du mußt zugeben, Mrs. Lucy Marsdens Gedächtnis ist gar nicht schlecht, wenn man bedenkt, daß es schon über neunzig Jahre auf dem Buckel hat. – Tja, solche Gesichter gibt's in jedem Krieg. Ein Lächeln, das von innen leuchtet. Manchmal sind die Augen so blau, daß sie sich auf dem schlechten alten Photomaterial gar nicht abbilden. Solche Augen sind fast völlig klar und sehn direkt durch einen durch. Ovale Engelsgesichter. Zu schön, um von dieser Welt zu sein!

Und wenn man schon mal so ein Gesicht sieht? Eins, das sich durch seine unglaubliche Vollkommenheit von allen andern abhebt? Das von unbändiger Lebendigkeit strahlt? Also, so ein Gesicht, das bleibt nicht lange. Der Krieg sieht sich vorher Bilder von allen Soldaten an. Er holt sich die allerbesten. Hat einen untrüglichen Blick für Schönheit. Den da und diesen hier und den da auch noch.

Beweis: Meinen Angetrauten hat er leben lassen.

3

Na gut, schau mal hier unters Bett. Du mußt dazu schon aufstehn. Bist bestimmt rund ein Jahrhundert gelenkiger als ich. Mach schon, die Tür ist zu, wir sind unter uns. Ja, das da ist seine Scheide, das Ding, in dem immer sein Säbel gesteckt hat, bis wir den anno neunzehneinunddreißig versetzt haben. Hat sein müssen. Waren am Verhungern.

Ist schon ungerecht, daß jemand die vielen Jahre Bürgerkrieg durchmachen muß und dann noch die Große Depression, wieder viele Jahre, aber bei Cap war das so. Hat sich's nicht aussuchen können. Die »Große Depression«. Möcht wissen, was daran so »groß« gewesen sein soll.

Sechs Jahre lang haben wir Löwenzahnsalat gegessen. Er hat den Viehhof verloren, die letzte Farm von seiner Mama verkauft. Trotzdem hab ich den Captain – so hab ich ihn nämlich nennen müssen (sogar im Bett) –, trotzdem hab ich ihn dazu gebracht, die Scheide da für später aufzuheben, stell dir vor. Er ist schon lange unterm Rasen, aber jetzt tauchst du auf, um mit mir zu schwatzen.

Früher hatte ich eine Daguerreotypie von ihm, auf der hat er das Ding getragen, oder besser gesagt, er hat sich dran festgehalten; mit seinen vorstehenden Zähnen hat er gegrinst wie ein Held, der noch nie über die elterlichen zweitausend Morgen hinausgekommen ist. War noch nicht mal im Stimmbruch. Stell dir vor, noch Sopran und schon Soldat. So was dürfte's doch nicht geben. Der Säbel hat ihm bis an die Schulter gereicht. Unfertig hat er ausgesehn, aber richtig lieb, die Haarbüschel abstehend wie das Diadem der Freiheitsstatue später. Was ist eigentlich aus den Stirnlocken geworden? Man sieht keine mehr. Ja, die elektrischen Haartrockner, das wird's sein. Heute fönen sie jedem Kind die Locken kaputt. Lassen ihnen keine Chance. Dreierlei fehlt mir bei den heutigen Kindern: Stirnlocken, Sommersprossen und Stottern. Früher konnte jedes dritte Kind nicht gescheit reden und war gesprenkelt wie – na ja, wie meine alte Hand hier. Gibt's nicht mehr. Alles wird anders, auch das Wetter ist nicht mehr, was es mal war. Eine Frau hier auf dem Gang schiebt's auf die Astronauten, weil die immer durchfliegen durch das Wetter. Hast du das gesehn, wie die Rakete mit den Menschen drin explodiert ist? War das nicht traurig? Vor den Augen der Angehörigen.

Aber halt, ich schweife ab, der Krieg, sein Krieg.

Ich hab von Ned gesprochen. Seine Schönheit hat ihn irgendwie geadelt. Die Männer hatten ihn gern in der Nähe, kam ihnen vor, als würden sie für ihn kämpfen. Die Männer behaupteten, daß sie für ihre Mütter, Töchter, Frauen im Krieg waren. (Behaupten sie immer, seit jeher.) Ned war da ein hübscher Ersatz. Sie haben ihn im Auge behalten. Wenn nichts zu tun war, hat der Kleine Blumen gepflückt, junge Kaninchen im Gras gefunden. Mitten im Geschützdonner sogar hat er sich davongemacht und einen Hut voll Himbeeren aus einem Farmergarten geholt und sie dann hergeschenkt, den Mund rot verschmiert vom Kosten. Ned konnte perfekt Trompete spielen, seine Haare waren genauso messinggelb wie das Instrument. Seine Reveille war keine Schikane, sondern was Schönes, wegen dem schönen Klang. Hat den Männern das Aufwachen im Krieg leichter gemacht.

Keine sechs Monate nach ihrer Anmusterung haben die Jungen in einer Kampfpause einen Mühlteich entdeckt. Ned bat den Kommandeur um einen freien Vormittag, damit alle mal ausgiebig baden konnten, Pferde inklusive. Und Wunder über Wunder, der Kommandeur sagte ja. Ned gehörte zu den Leuten, zu denen die Leute oft ja sagen. (Bei mir hat's mein Leben lang »Wir schaun mal« geheißen.)

Die anderen haben es Ned hoch angerechnet. Sie sind alle reingewatet, überglücklich, nach so vielen Wochen im Dreck mal baden zu können. Das war oben bei Petersburg, Virginia, das sie später »Fort Hell« genannt haben, weil dort nur in Erdlöchern und unterirdischen Gängen gekämpft wurde. »Fort Hell«, weil's eine Hölle *war*.

Ned trieb zwanzig Pferde bis zu den Knien ins Wasser. Mein Mann hat mir nie gesagt, daß die ganze Abteilung nackt gebadet hat, aber ich wette, sie waren alle splitternackt. Oder meinst du, die Konföderierten haben damals südstaatengraue Badeanzüge ausgegeben? Von wegen.

Der Meinige und dieser Ned haben gejohlt, gespritzt, rumgekalbert. Sie waren schon Busenfreunde, wie sie aus Falls weggegangen sind, aber jetzt waren sie mehr als Blutsbrüder. Sie haben nebeneinander geschlafen, und wenn der Kanonendonner näher kam und immer lauter wurde, haben sie sich zusammengekuschelt und umarmt, aneinandergeschmiegt wie Welpen in ihrer Kiste – die Zitze der Mutter fehlt ihnen, und sie können sich gar nicht dicht genug zusammendrängen. Mein Mann hat sogar behauptet, daß er oft einen Satz angefangen hat, und Ned hat ihn zu Ende gesprochen. Kam so weit, daß sich ihre Träume gereimt haben. Kein Wunder, daß sie von derselben Heimatstadt träumten, wo sie überall sicher waren. Sie hatten dieselbe Schuhgröße (34 – ich sag ja, sie waren noch Kinder), und wenn sie Blasen an den Fersen bekamen, haben sie die Stiefel getauscht, um die wunden Stellen zu schonen und sich zur Abwechslung andere aufzuscheuern.

Ned hatte die Singstimme, mein armer Mann konnte bloß einen einzigen Ton krächzen. Hatte den Blasebalg, konnte aber nichts damit anfangen. Statt hohen und tiefen Tönen hat er bloß laute und leise rausgebracht, der Ärmste. Zu Hause im Kinderchor der Baptisten hatten diese Kindsoldaten Seite an Seite gestanden in zivilen Gewändern, wie sie unserer Meinung nach die Engel tragen.

Als Chorknabe hatte Ned die meisten Sopransolos singen dürfen. Die Mädchen haben gemurrt, aber der Chorleiter hat gemeint, Mädchen blieben ja immer Soprane, während Neds herrliche hohe Töne sich nicht lange halten würden. »Pflücke die hohen Töne, eh sie verblühn«, hat er immer zu Ned gesagt. Der Chorleiter war in New York ausgebildet, ein bißchen weibisch, aber verteufelt musikalisch. Er hat meinen Mann nur als »Lippensänger« eingesetzt. Das heißt, mein Willie war sogar bei Kirchenliedern ein hoffnungsloser Fall. Er mußte bloß dastehn, die Tolle in der Stirn, und durfte keinen Piep von sich geben, mußte aber die ganze Zeit die Lippen bewegen.

Im Feld haben die beiden Freunde aus Falls sich eine Nummer ausgedacht, bei der ihnen ihre Erfahrungen aus dem Kinderchor zugute gekommen sind. Meiner war für die Gesten zuständig. Ned hat vor einer offenen Zeltklappe gestanden und ein Lied gesungen. Will hat sich drinnen im Zelt versteckt. Ned hat die Hände hinterm Rücken verschränkt. Marsden hat die grauen Ärmel hochgekrempelt und die nackten Arme unter den Achseln von seinem Kumpel durchgesteckt. (Kannst du mir folgen?) Von vorne hat man Neds Gesicht und Brust und Willies sommersprossige Arme gesehn. Beim ersten vollkommenen Ton hat Marsden (froh drüber, unsichtbar zu sein, auf einmal mutig für einen so schüchternen Jungen) eine erste ausholende Geste gemacht. Wenn Ned zum Beispiel, na ja – das denk ich mir jetzt bloß so aus – »Mein Herz sehnt sich nach dir« gesungen hat, dann konnte sich die rechte Hand Neds linker Brustseite nähern, dort wie ein flügellahmer Vogel flattern und schließlich auf einen von den bärtigen Burschen draußen im Publikum zeigen. So in der Art.

Bei Konzerten war's damals gang und gäbe, daß die Leute geflennt haben. Und wenn in einer Zeltstadt, im Schein der Lagerfeuer, am Vorabend einer Schlacht ein Junge gesungen hat, der womöglich den Stimmbruch nicht mehr erleben würde – na ja, da hat alles, was man von einem Lied verlangte und erwartete, doppelt so stark gewirkt.

Jahrzehnte später haben Überlebende aus meinem Mann seiner Kompanie in der Erinnerung Captain anstelle von Ned zum Sänger gemacht. Unsere Kinder, die ja das Hundegejaul von ihrem Vater in der Badewanne gekannt haben, konnten's nicht fassen. »Sing uns was vor«, baten Veteranen auf Besuch meinen Alten. »Der schönste irische Tenor südlich von Dublin. Willies ›Letzte Rose‹ hat uns über so manche rauhe Nacht geholfen.« Das Gedächtnis funktioniert anscheinend so – ich mein: falsch, aber zum Teil aus den richtigen Gründen. Natürlich hat sich Captain Marsden geweigert zu singen, aber nur scheinbar aus Bescheidenheit. Er hat die alten Kameraden nie aufgeklärt, daß er keine zwei richtigen Töne singen konnte. Und ich, ich konnt's ihm nicht verdenken.

Wieder ein paar Jahrzehnte später war Captain einer von den letzten vierzig Veteranen, die noch am Leben waren. In Heimen überall im Land gaben andere den Kampf ums Atmen auf. Nicht lange, und meine gute Pflege, der Zahn der Zeit und sein eigener eiserner Dickschädel hatten dafür gesorgt, daß die Liste auf zehn geschrumpft war, dann auf sechs, und er den Löffel immer noch nicht abgegeben hatte. Tag für Tag hat Cap die Todesanzeigen durchgesehn, noch vor der Witzseite und seinem »Andy Gump«. Und du weißt ja, wie er's mit dem »Andy Gump« hatte. Ach so, natürlich nicht. Jedenfalls, ihm haben die Todesanzeigen schon bald die Comics ersetzt, solang *er* nicht dringestanden hat. Immer wenn er gelesen hat, daß wieder einer aus dem Norden ins Gras gebissen hatte, hat er schadenfroh in sich reingekichert. Dann hab ich ihn »Der alte Rebell« summen hören. Zur Feier des Tages hat er mich dann um einen Schluck Whiskey gebeten. Und ob er heute mit der Säbelscheide spielen darf, bitte, bitte. Mein Willie hat sich den *Falls Herald Traveler* so dicht an den Bart gehalten, daß man die Haare am Zeitungspapier rascheln hörte. Hat das Photo von dem armen toten Yankee mit den Augen verschlungen. Und dann das Bild angeblafft: »Schlappschwanz.«

Erst war mein Mann der einzige noch nicht völlig apathische Konföderierte, der noch übrig war, dann war er der absolut letzte auf beiden Seiten, der noch am Leben war, egal, in welchem Zustand. Immer mehr Besucher sind mit vorgefaßten Fragen dahergekommen. Wenn's um den Bürgerkrieg geht, ist hier bei uns jeder Tankwart ein Experte.

Sie haben Captain ausgefragt: War General Braxton Bragg tatsächlich so ein Stümper, wie's in den Geschichtsbüchern steht? War Hardtack wirklich so schlecht für die Zähne? In welchem Jahr hat der normale einfache Soldat bei den Rebellen *gewußt*, daß die Grauen den kürzeren gezogen hatten? Und ich? Mir haben sie Löcher in den Bauch gefragt, wie sie denn auf der Schnellstraße wieder nach Durham zurückkommen oder wo sie ein anständiges Stück gegrilltes Fleisch für die Heimfahrt kriegen.

Trotzdem, stellt sich raus, daß ich was bin, was er nie gewesen ist. Weißt du was? Also schau, da ist der Krieg und packt ihn am Genick und beutelt ihn furchtbar durch, und dann kommt *er* daher und meint, er muß *mich* am Schlafittchen packen und beuteln. (Hat ihm zwar nichts genützt, trotzdem hat er's oft genug gemacht.) Gut, er war der letzte Veteran des Krieges, aber ich? Ich, Junge, ich bin eine Veteranin des Veteranen.

Ich bin die letzte lebende Veteranin des letzten Veteranen aus diesem Krieg.

Vielleicht ein armseliger Ruhm, aber besser als gar nichts.

Jetzt ist er nicht mehr. So gegen sechs – da ist er immer zum Abendessen heimgekommen – fällt mir's am meisten auf. Sogar jetzt noch, nach allem, was passieren mußte, fehlt er mir manchmal. Findest du das nicht auch schrecklich? Aber William More Marsden konnte der charmanteste Mann auf der Welt sein, und es darf auf keinen Fall so aussehn, als wollte ich nur schlecht über ihn reden. So was ist ein furchtbares Armutszeugnis für die Ehefrau, finde ich jedenfalls. Ich halte mich für einen treuen Menschen. Und an nichts hält deine Lucy hier treuer fest als an dem Gedanken, daß sie – treu ist. Wenn du weißt, was ich meine.

Ja, »charmant« also. Dieser Mensch war nicht übertrieben höflich oder immer gleich freundlich, so wie ich damals. Aber *wenn* er mal was Nettes gemacht hat, dann hat man's auch gemerkt. Konnte einem das Herz zerreißen. Die letzten Reporter, die Marsden interviewt haben, sagten mir, er wär der reizendste alte Herr, den sie je kennengelernt hätten. Neunzehneinundzwanzig war ich dabei, wie er mit unserm Model T ein Kaninchen überfahren hat und dann ausgestiegen ist und geheult hat wie ein kleines Kind. Unsere Kinder haben's nie vergessen: Sie stehn schluchzend am Straßenrand. Er kniet auf dem heißen Teer in seinem besten Sommeranzug aus Popeline und versucht, dem Tierchen Leben einzuhauchen (ein Trick, den er bei Hahnenkämpfen gelernt hatte). Sagt ganz leise zu dem Opfer: »Ich hab doch gehupt. Wozu hast du denn deine langen Löffel?« Sein Bart war ganz klebrig und schön mit den vielen Rubinen von Kaninchenblut.

Außerdem war er so rührend zu seiner Mutter, nach dem, was General Sherman ihr angetan hatte. Captain war auch ein guter Geschichtenerzähler, konnte ein unheimlich lustiges Haus sein. Für mich, Junge, gehört das bei einem Mann einfach dazu. Frage Nummer eins: Kann er dich regelmäßig zum Lachen bringen? Bei mir kommen Geld und Aussehn erst lange nach dem herzhaften täglichen Lacher, der mir den Arzt im Haus erspart.

Sicher, er hat auch Sachen gemacht, die ihm später leid getan haben. Aber wer von uns hat das nicht, Junge? Gut, Mord steht bei *uns* vielleicht nicht grade an erster Stelle, doch alles in allem war Marsden auch nur ein Mensch. Er hatte solche und solche Tage, genau wie du und ich.

Dann ist Cap gestorben. Und ich selber? Na ja, noch nicht ganz. »Nah dran« zählt nur beim Hufeisenwerfen und bei Handgranaten – halbtot bedeutet in unserm Flügel des staatlichen Altersheims, daß das Glas nicht halbleer, sondern noch halbvoll ist. Vielleicht seh ich ja wirklich aus, als ob ich Gerbsalz als Gesichtspuder verwende (ein

Spiegel kommt mir nicht in dieses Zimmer). Aber unsere Lucy ist immer noch, was viele Geschichtsfiguren von Herzen gern wären. Nämlich am Leben.

Und anders als viele jüngere Leute weiß Mrs. Lucy, wo's langgeht. Ach, Kind, ich könnte der Welt den Marsch blasen, wenn ich nur wollen tät. Entschuldige, daß ich den Mund so voll nehm, aber vergiß nicht, Reden ist so ziemlich das einzige Vergnügen, das mir noch geblieben ist. Mein Mund ist der reinste Leierkasten, und wenn ich ihn aufmach, weiß man nie, kommt ein Gassenhauer raus oder ein Wiener Walzer. Und stell dir vor, sogar *das* zu sagen hat mir Spaß gemacht.

Trotzdem, Junge, erhoff dir nicht zuviel. Spar dir die Mühe, spar dir deine Batterien. Darfst es mir nicht krummnehmen, daß ich so offen bin – du bist für so was eben noch nicht reif. Ich brauch dich bloß ansehn und weiß es. Offenes Gesicht, frische Haut, vielleicht aus einer Familie von Anwälten oder sogar Ärzten. Solche hoffnungsvollen Augen – vielleicht eine Spur müde, aber deshalb nur um so hoffnungsvoller. Du denkst, die Welt ist eine Musterschülerin. Ich seh dir's an, du gibst dir Mühe, alles recht zu machen. Beteiligst dich schon mal an einer Unterschriftenaktion, wenn dir was gewaltig gegen den Strich geht. Hast ein waches Auge, einen Sinn fürs Besondere.

Keiner glaubt mehr an die Zukunft, also kommen sie hier rein und stellen dumme Fragen über einen Unsinn namens Vergangenheit. Quatsch. *Kein* guter Tausch. Die Leute erwarten, daß ich ihnen das liebe alte Mütterchen vorspiele. Macht mich krank. Siehst du vielleicht irgendwo Usambara-Veilchen in meinem Zimmer? Ich soll den Leuten erzählen, wie man buttert, wie das Handweben gegangen ist. Wie ich einmal ein paar Indianer gesehn hab. Soll ich mich vielleicht aufführen wie diese Betsy Ross? Mama hat sie mir immer als leuchtendes Beispiel dafür vorgehalten, wozu Frauen in der Lage sind. Sehr erstrebenswert! Sie hat bloß *noch* mehr nähen müssen. Aber bei der Verfassung hat sie ihren Namen nicht in die linke untere Ecke sticken dürfen, sag ich. Sie hat bloß *noch* einen Quilt genäht, kräftige Streifen mit applizierten Sternen, eine Flickendecke, die die Männer von ihrem hohen steifen Flaggenmast flattern ließen und um die sie gekämpft haben. Dreht sich immer nur um das eine, das Auf und Nieder der Männer.

Weißt du was? Du bist gar nicht auf die Wahrheit aus. Du bist bloß auf der Jagd nach einer putzigen alten Dame im Waschkleid, die auf die Frauenseite der Sonntagsbeilage paßt. Die dir sagen könnte, wie man milde Seife und lang brennende Kerzen macht. Du meinst, die Vergangenheit war eine einzige Handarbeitsstunde? Oh, es waren schon andere da, die mir Hausfrauenkniffe abluchsen wollten. Hör zu, als Kind hab ich's beim Kerzenziehen nie ausgehalten. Zerlassenes Fett stinkt! Halt mir einen Klumpen Butter und ein Päckchen Margarine hin, und ich nehm allemal die Margarine. Dir steht der Sinn nicht nach meinen derben Geschichten. Ich bin keine Antiquität, war nie eine feine Dame. Ich steh in keinem *Who's Who*. Ich bin bloß klapperdürr und griesgrämig – und hab ein gutes Gedächtnis für alte Rechnungen. Ich bin nichts anderes, als was du siehst: bloß alt, alt, alt.

Also, Kind, pack dein Zeug zusammen, schalt deinen Apparat aus und geh. Und nichts für ungut. Es ist bloß – ich bin zu müde zum Lügen und zu eitel, um es nötig zu haben. Wütend bleiben – das hat mich davor bewahrt, die Augen zu schließen. Weißt du, ich warte immer noch auf eine ganz kleine letzte Chance zum Abrechnen.

Ich will dir was verraten, Junge: Die Welt ist eine mittelmäßige Schülerin. Jeder verdient die guten Noten eher als sie. Also jetzt sieh zu, daß du rauskommst. Wiedersehn.

4

Nein? Oooh, gefällt mir, wie du die Zähne zusammenbeißt. Gutes Zeichen. Fühlst dich unterschätzt? Da bist du nicht der einzige. Du willst dir also nichts abhandeln lassen? Na schön. Du läßt dich nicht gern rumschubsen, nicht mal von einem bettlägerigen knarzenden Lederscharnier, das nur noch achtzig Pfund wiegt, was?

Mal sehn, vielleicht bringen wir doch was zustande hier. Nur für heute, wohlgemerkt. Meine Sekretärin sagt mir, daß bis zum Mittagessen keine Pressekonferenz mehr ansteht. Du müßtest dich sehn. Kommst dir ziemlich stark vor, was? Wir müssen uns alle ein bißchen Wut aufsparen. Erinnert einen dran, daß man nicht ausersehn ist, sondern nur Glück gehabt hat.

Also, gewappnet für die ganze Wahrheit und nichts als die Wahrheit? Schau, ich wollte dich nicht vergrätzen. Es ist nur, du machst dir keinen Begriff, wie oft hier irgendwelche Leute reinkommen und schon die Antworten wissen, bevor sie ihre Fragen gestellt haben. *Ich* will davon reden, wie meine Kinder gestorben sind, und *die* löchern mich mit Haushaltskram.

Hör zu, ich warte ständig, daß mal ein Mensch hier auftaucht, der eine, der mal die richtige Frage stellt, der vielleicht nur »Ja?« sagt.

Ich weiß nicht recht. Aber wenn du wirklich noch ein paar häßliche Tatsachen mehr hören willst, dann rück noch ein bißchen näher. Ich tu nicht beißen. Könnt dich mit meinen zahnlosen Kiefern nicht mal fest genug zwicken, um einen Abdruck zu hinterlassen. Aber der kleine Test war einfach nötig. Mir bleibt keine Zeit mehr, alles noch ein paarmal zu erzählen. Ich kann meine Perlen nicht in jeden x-beliebigen Trog werfen. Mit fünfundneunzig muß man das eine oder andere für sich behalten. Was? Neunundneunzig? So alt bin ich? Denk mal an, ich! Na meinetwegen, du bist der mit den Fakten und der Ausrüstung. Du hast die Zeitgeschichte auf deiner Seite, ich hab bloß mein Leben.

Hält man das für möglich, schon so steinalt und immer noch fähig, wen *wahrzunehmen*? Der Apparat hört mit, oder? Das merk ich. Ein loses Mundwerk bringt Schiffe zum Sinken. Ist das ein japanischer? Also wirklich, nichts ist mehr wie früher.

Komm noch ein bißchen näher, eine Handbreit vielleicht. Gut. Nicht näher, bitte. In meinem Alter, Kind, ist Spannung alles.

An dem Tag, mit dem ich angefangen hab, sind die Soldaten in ihrem Mühlteich geschwommen. Ein steineres Mühlrad mahlte Mais für das tägliche Fladenbrot der Konföderierten. Die Männer planschten rum, wie's Männer tun, wenn sie fleißig Schiß gehabt haben und dann auf einmal keinen mehr haben brauchen. Ausgelassen haben sie gejohlt und geschrien, einer den andern getaucht. Männer! Grad haben sie sich noch gegenseitig umgebracht, und jetzt sind sie die reinsten Unschuldslämmer, wie erklärst du dir das?

Der Wachposten wird so übermütig, daß er zur Feier des Tages eine Salve in die Luft abgibt. Alles lacht. Der hübsche Ned nimmt einem von den Zugpferden im Wasser den Zügel ab und bindet den vier Fuß langen Lederriemen an ein kräftiges Bäumchen unten am Wasser. Er will dran schaukeln und eine »Arschbombe« machen, wie meine Kinder das nennen. Genannt haben.

Ned knotet den Riemen gut fest und schreit den andern zu, daß er als erster ins Wasser springen darf, weil das Schwimmen seine Idee gewesen ist. Keiner hat was dagegen. Die Soldaten, ältere und jüngere, braungebrannt wie Farmer, die Haare voller Seifenschaum, stehn bis zu den Hüften, bis zur Brust im Wasser. Sie schaun zu ihm hin, gespannt, wie hoch das Wasser spritzen wird. Sie grinsen. Ned hängt sich gut ein, den einen Arm in der Lederschlaufe, vom Handgelenk bis zum Ellbogen. Die Trompete hat er ständig an der roten Schnur getragen, damit er im Notfall sofort Signal geben konnte. Messing rostet ja nicht so leicht. Er stößt sich vom schlammigen Ufer ab. Ein schlanker nackter Junge, naßglänzend, Hände und Gesicht funkelnd vom Licht der Trompete. Er schaukelt sich auf, um möglichst viel Schwung zu bekommen und sich mit einem Mordsplatscher ins Wasser zu stürzen.

Tja, der Krach, den die andern gemacht haben, die Schüsse, das Lärmen der Männer bei ihrem so seltenen Vergnügen, das hatte drei Scharfschützen der Yankees angelockt. Sie hatten sich mit ihren Gewehren in einer alten Weide am gegenüberliegenden Ufer eingenistet. Mein Gott, ja.

Du ahnst es schon.

Ned läßt sich noch einmal nach hinten schwingen. Zum Spaß feuert der Wachposten kerzengrad in die Luft. Die anderen pfeifen, klatschen mit den Händen aufs Wasser, stoßen Rebellenrufe aus. Mitten in dem Spektakel ein kurzer Schrei von Ned, den die anderen für einen Freudenjuchzer halten. Ned schaukelt weiter, pendelt hinaus übers Wasser, schwingt wieder zurück und krümmt sich ganz komisch, immer ein Stückchen mehr zur Seite. Keiner von den Zuschauern hat gemerkt, daß es nicht Neds Übermut war, sondern daß er zusammengezuckt ist, wie eine Kugel nach der andern den Weg in seinen weichen Körper gefunden hat. Wie am Fleischerhaken in der Luft hängend, hat der arme Junge alles auf sich gezogen. Der Wachposten hört mit der Knallerei auf. Die Badenden lärmen nicht mehr. Alles wird still. Schließlich wird Ned vom schieren Gewicht runtergezogen. Die Männer stöhnen auf, wie er fällt, enttäuscht über den kläglichen Platscher nach dem umständlichen Üben. Trotzdem merkt immer noch keiner was. Erst wie Ned mit dem Gesicht nach unten im Wasser liegt und nicht mehr hochkommt, stupst ihn einer mit dem Fuß an, sieht überall dunkle Streifen in dem seichten Wasser, schreit: »Den Jungen hat's erwischt! Sie sind da!«

Daraufhin tauchen alle unter. Alle bis auf die Maultiere von den Munitionswagen und die Pferde – zu blöd dazu –, alle bis auf meinen Mann, meinen Jungen damals. Er watet rüber, seinen Kumpel raustragen. Er hebt Ned aus dem Teich, schleppt ihn auf das glitschige

Moos rauf. Aus Neds Trompete kommt braunrotes Wasser, die ganze Farbe, die Ned verloren hat. Die Trompete kotzt Blut, als wär sie und nicht Ned verwundet worden. Der lebendige Junge kümmert sich nicht drum, daß ringsherum alles splittert und aufreißt, Zielscheibe Nummer zwei. Merkt's gar nicht, so über den Freund gebeugt.

Der Wachposten hat gesehn, aus welchem Baum immer wieder Rauch über den Teich weht. Er hat in die Trauerweide gefeuert, bis ein Klumpen Yankee ins Wasser geklatscht ist. Ein paar von den Rebs am Ufer haben sich ihre Messer aus den Kleidern geschnappt. Sind rübergeschwommen, so schnell sie konnten, und haben dem Yank das Gemächte zerschnitten, als hätte er ihren Jungen vergewaltigt und nicht erschossen. Ihr Ned hat ihnen schon gefehlt. Als ob er extra für sie so hübsch ausgesehn und so schön gesungen hätt. Ihr Oberleutnant mußte die Männer von dem Scharfschützen wegreißen, dann haben ein paar versucht, meinen nackten kleinen Mann von seinem toten Freund wegzuziehn, den er immer wieder aufgerichtet und an sich gedrückt hat. Ständig hat Willie ihm die nassen Locken aus der Stirn gestrichen. Hat immer wieder auf Ned eingeredet, welche Mädchen in Falls sich die Augen ausweinen, welcher Chorleiter untröstlich sein würde. Alles umsonst.

»Das kannst du doch nicht machen!« hat er zu dem vollkommenen Gesicht, zu den zwei klaren Augen runtergeschrien. Und dann – das hatte der junge Marsden noch nie getan –, dann hat er schwer geschluckt und in das rosige Ohr, das ihm am nächsten war, geflüstert: »He, laß mich nicht im Stich, Ned«, hat sich tiefer runtergebeugt und zu singen angefangen, es jedenfalls versucht. Natürlich hat's schrecklich geklungen – ein einziges gequältes Krächzen. Es hat sich gottserbärmlich angehört, er hat's selber gemerkt, hat aber eben gehofft, der andere würde für ihn weitersingen. Umsonst. Nichts kam aus dem Mund des toten Jungen außer Teichwasser und ein bißchen Rosa, wie wenn man sich die Zähne zu fest putzt.

Die andern stehn fassungslos drumrum, immer noch nackt – so verstört, daß jeder glaubt, alle andern außer ihm selber wären nackt. Sie halten sich die groben Hände vor die Schamteile, als ob sie die vor einem so traurigen Anblick bewahren müßten. Dann hat der junge Marsden angefangen, seinen Freund rechts, links ins Gesicht zu schlagen, mit aller Kraft. Hat ihn geohrfeigt, als ob er ihn geärgert hätte, tapsig probierend, so wie eine junge Katze mit gekrümmter Pfote eine Maus in Schach hält, die sie gefangen, aber noch nicht totgebissen hat. Erst jetzt bücken sich ein paar von Wills Kameraden, legen ihm die

Hand auf die Schulter. »Hör auf damit«, sagen die Männer, als ob sie die Mütter von den Jungen wären. »Gehört sich nicht. Schluß jetzt.« Marsden haut trotzdem immer weiter auf dieses vollkommene Gesicht ein. Schließlich müssen die nackten Kerle ein lebendes Kind von einem reglosen wegreißen. Sieben starke Männer sind dafür nötig – sie sind ein bißchen geschwächt, weil sie selber weinen, aber deshalb nur um so bessere Kindermädchen.

Sie mußten Ned heimlich begraben, damit der Junge nicht herging und ihn wieder ausgrub. Noch in derselben Nacht hat er's doch getan, die Leiche ausgebuddelt. Schütze Marsden hat sie auf eine Lichtung geschleift. Bei Sonnenaufgang finden die andern Willie, wie er neben diesem Etwas sitzt, leise damit spricht und ihm die rechte Hand ans graue Gesicht preßt. Seltsam, wie schnell aus einem geliebten Jemand ein Etwas werden kann. Und später war dann die Tragödie von meinem Mann, daß er zu lange versucht hat, aus dem »Etwas« wieder einen »Jemand« zu machen. Aber das ist wie beim Teilen mit ganzen Zahlen: Eine größere Zahl geht nicht in eine kleinere. Niemand kann eine Kette über den Boden *schieben*.

Der arme Willie Marsden, die Locken zerzaust, voller Sommersprossen, mit Rotznase und rotgeränderten Augen – der Erbe von einundsechzig Sklaven! –, wochenlang ist er wie in Trance rumgelaufen. Der Junge hat die Schlacht von Antietam mitgemacht. War für ihn kaum mehr als für unsereins drei Fliegen im Zimmer, ein lästiges Übel am Rande. Er hatte Neds Stiefel gerettet, hat sie sich an den Gürtel gebunden, sie wie Satteltaschen geschultert. Hat sich angewöhnt, zum Schlafen die Hände tief reinzustecken wie in dicke warme Stulpenhandschuhe.

Im Morgengrauen hat er sich immer tief in den Wald geschlichen, bloß um das Signalblasen zu üben – trotz der Gefahr für sein Leib und Leben. Davon sind die Truppen auf beiden Seiten wachgeworden. Die Rebellen haben Wills Gequäkse mit Neds Weckruf verglichen, den er immer wie ein Foster-Liedchen gespielt hatte. Sie haben sich angesehn und den Kopf geschüttelt darüber, wie schlecht Will war. Er hat bei Null angefangen (ohne das geringste musikalische Gehör) und immer und immer wieder das Reveilleblasen geübt. Wahrscheinlich hat er gemeint, wenn er's endlich raushat, wird er vielleicht jede einzelne Seele, die der Krieg bis dahin gefordert hatte, wieder zum Leben erwecken können. Und dabei war das erst anno zweiundsechzig. Es sollten noch drei gefräßige Jahre Krieg kommen. Am Schluß hatte er einen ansehnlichen Prozentsatz aller männlichen Wesen auf unserm

Kontinent verschlungen. Denk bloß an die sechshunderttausend, die an der Front gefallen sind. Jeder dritte Südstaaten-Soldat hat sein Leben lassen müssen. Die Artillerie war schon sehr weit damals, mein Lieber, und die Medizin war im Mittelalter steckengeblieben. Dadurch sind am Antietam an einem einzigen Tag fast dreiundzwanzigtausend verwundet oder weggekarrt worden. Drei-und-zwan-zig-tau-send! Stell dir das mal vor, Junge. Einmal wollte ich sie an den Fingern abzählen, bloß die Opfer von dem einen einzigen Tag, um ein Gefühl für eine so große Zahl zu bekommen. Ich hab lange vor Mittag aufgegeben.

Was für eine Geschichte, die vielen Geschichten. Aber paß auf, eh ich in irgendwas reinrutsche, ohne's zu merken – bevor ich auch nur dran denke, mich richtig reinzuknien –, wenn ich's wirklich tu, dir den ersten Teil erzählen, Junge, ausgerechnet dir, nachdem mich so viele umsonst drum gebeten haben, dann tu ich's nicht nur aus Spaß am Reden, solang ich noch reden kann. Es wär nicht bloß wegen Mrs. Lucy Marsden. Nein, es ist mehr wegen ihnen, wegen den Meinen, die nicht mehr sind. Wenn ich wirklich den Sack aufmach, dann sozusagen als ihre Stellvertreterin. Es wär ihnen bestimmt recht, daß es bekannt wird. Sogar dem Captain wär's recht. Es scheint, die Meinigen haben mich hier als eine Art Platzhalter zurückgelassen. Ich bin ein altes pergamentenes Lesezeichen mitten in dem Kapitel, wo unsere Familie eingenickt ist.

So viele Essen hab ich gemacht! Und willst du wissen, wie's dann gekommen ist? Klingt hart. Ist es auch. Alle meine hungrigen Mäuler sind mir weggestorben. Die ganzen Jahre durch hab ich den andern den Dreck weggeräumt – ich selber, ich war die einzig wirklich Ordentliche –, und dann waren auf einmal keine Unarten mehr da, hinter denen ich mit dem Scheuerlappen her sein mußte. Ich hab immer gesagt, ich will ein sauberes Haus. Jetzt hab ich es. Meine neun Kinder, die das Säuglingsalter überlebt hatten, sind allesamt tot. Und weißt du was, Kleiner? Fast alle sind sie eines natürlichen Todes gestorben. Was ihnen den Garaus gemacht hat, war nichts Großmächtigeres als – die Zeit. Meine letzten drei waren selber schon im Altersheim, hier ganz in der Nähe. Meine Älteste war hier bei mir – war die Schönste im Haus, bis sie heimgegangen ist, acht Monate sind's nächsten Donnerstag. Louisa.

Seltsam, daß ausgerechnet ich noch da bin. Immer noch im Mittelpunkt, immer noch eifrig am Erzählen, ob's die andern hören wollen oder nicht. Sicher, viel ist nicht mehr da, *wovon* man der Mittelpunkt sein könnte.

Weißt du, wie der Tag einer Mutter aussieht, auch dann noch, wenn sie alle ihre Kinder begraben hat? Also, ich seh deinen Pullover und denk, die Farbe würde *ihm* auch gefallen. Ich esse Toast mit Marmelade zum Frühstück, und mir fällt ein, wie gerne *sie* Süßes ißt. So manches Schöne führt zu ihnen zurück. Mag sich seltsam anhören, aber Tatsache ist, ich vertrete immer noch ihre Interessen. Es ist fast, als hätten sie mich gewählt. Zu schwach, um sich selber zu behaupten, haben sie die Zäheste unter ihnen dazu bestimmt, hier zu bleiben, um für ihre Rechte einzustehn. Auch Tote haben nämlich noch Rechte, weißt du.

Das ist *ein* Grund, warum ich durchhalte, ehrlich bleibe, vergnügt sein will – es ist wegen dem, was von ihnen noch in mir übrig ist. Und auch wegen dem, was ich eingebüßt hab, wie sie von mir gegangen sind. Lebendig oder nicht, wir müssen füreinander einstehn. Ist nur recht und billig. Die Welt ist – wie das Repräsentantenhaus. Ich werde immer wieder reingewählt. Dabei wüßt ich nicht mal, wer noch am Leben ist, um mich zu wählen.

Bist es du?

Also schön, deine Mrs. Lucy ist nicht mehr ganz so abgeneigt.

Aber vergiß nicht, Junge, auch wenn ich hier so krumm im Bett sitze, steh ich immer noch für sie ein.

Nach Appomattox

Er zog mich aus großen Wassern.
Er errettete mich von meinen starken
Feinden, von meinen Hassern,
die mir zu mächtig waren.
– Psalm 18, 17-18

Als Willie Marsden endlich wieder zu sich kam – sein Kumpel war tot, der Krieg noch quicklebendig –, ist der Junge bösartig geworden, im Kampf und auch sonst. Man kann nicht sagen, daß er sich über Nacht in einen Erwachsenen verwandelt hat; das Älterwerden sollte einen doch menschlicher machen und nicht härter, oder? Bei ihm war das anders. Er war nur verbittert.

Marsden verlangte von den andern, sie sollten ihn »Ned« nennen. Wenn sie nicht wollten, hat er sie unflätig beschimpft. Das hat er mir später alles selber erzählt. Eins muß man meinem Captain lassen, er war keiner von denen, die nie was zugeben. Meistens hat er mir schon durch die hintere Fliegendrahttür zugerufen: »Lucy, rat mal, was dein Liebster heute wieder angestellt hat!« »Keine Ahnung«, hab ich dann immer gesagt, »aber nur zu, raus damit, ich bin Kummer gewöhnt.« Sein Leben lang war Cap in seinen besseren Geschichten selber derjenige, der den größten Blödsinn gemacht hatte. In meinen auch übrigens. Er – in meinen.

Die Männer haben Ned dann an einer andern Stelle begraben. Nicht mal ein Kreuz aus Stöckchen haben sie draufgesetzt, damit sein Freund ihn nicht wieder ausbuddelt. Kein Mensch weiß also genau, wo Ned begraben liegt. Will hat den halben Wald umgewühlt, auf der Suche nach ihm. Es ist so schlimm mit ihm geworden, daß die andern auf ihn aufpassen mußten, damit er sich nicht in der Nacht allein davonmacht. Lautlos wie ein waschechter Tuscarora hat er sich zu Überfällen auf den Feind weggeschlichen. War noch keine vierzehn. Brauchte sich noch nicht zu rasieren und ist trotzdem ganz alleine raus in die Dunkelheit, um Männern die Gurgel durchzuschneiden, die so alt waren wie sein Vater, sein Großvater. An manchen Abenden hat Corporal Sal Smith, Vater von sechs Kindern, andere zu Hilfe rufen müssen – mit vereinten Kräften haben sie dann den um sich schlagenden Willie aufs Feldbett geschnallt. Wollten verhindern, daß er immer wieder abhaut und eines Tages womöglich erschossen wird. Scheinbar wollte er seinem einzigen Freund nacheifern. Es zog ihn dorthin, wo sein Kumpel war – und wenn's das absolute Nirgendwo war.

Die nächsten paar Wochen hat der Junge fast alles durchgemacht, was einem Soldaten zustoßen kann. Zusammen mit seinem Kameraden Smith ist er in Gefangenschaft geraten. An dem Tag, an dem sie entflohen sind, wurde Will ins linke Bein getroffen. Später hat er dann auf einen Yankee-Jungen gefeuert. Er war so durcheinander, daß er sein blutendes Opfer in sein eigenes Erdloch geschleift hat. Diese Kinder haben solche Angst gehabt, daß sie sich entweder ganz schnell anfreunden oder abmurksen mußten. Schon bald haben sie miteinander geredet. Bevor der Junge gestorben ist, hat er Willie gebeten, seine Taschenuhr – ein Erbstück – seiner Familie im Norden zurückzubringen. Will hat die Uhr genommen und sich seine Adresse aufgeschrieben, und dann war der Junge auf einmal tot. – Das alles wäre schon für einen Mann über fünfzig schwer zu verkraften gewesen. Aber für einen Dreizehnjährigen . . . Ja also, ich meine, das ist doch ungerecht. Das ist ein alter Fehler von mir, Junge. Ich sitze hier in meinem Bett im Fürsorgeheim, halb blind, mit keinen anderen Gütern gesegnet als ein paar alten Briefen, Captains Säbelscheide, Mamas bester Brosche und dem einen oder andern silbernen Fingerhut. Und wenn ich dann zurückdenke, was irgendein lieber Mensch durchmachen mußte in seinem Leben, dann krieg ich doch tatsächlich immer noch den Koller und schrei: »He, Moment mal – das ist ungerecht!«

»Werden Sie denn nie erwachsen?« kanzelt mich dann unser pensionierter Professor ab. »Haben Sie's immer noch nicht kapiert, Lucille? Als Insassin dieser Anstalt? ›Gerechtigkeit‹? In Ihrem Alter?«

Meine liebste Zuckerstange, grad fünfzehn geworden, die nennt mich »super-naiv«. Das brauch ich mir nicht gefallen zu lassen! Das ist ungerecht.

Aber was das Komische dran ist, ich *kann* einfach nicht anders, ich *erwarte* zumindest Gerechtigkeit. Auch nach allem, was mir und den Meinen danebengegangen ist, find ich's richtig, daß Ungerechtigkeit mich empört. Die besten Geschichtenerzähler auf Erden, Junge, die waren alle ständig mehr oder weniger wütend, weil sie was verteidigt, was erwartet haben – was Besseres nämlich.

Also, daß Marsden seinen Ned verloren hat, daß er gesehn hat, was dann kam, das hat ihn von Grund auf umgekrempelt. Nicht mal das Kriegsende hat daran was geändert. Wenn man den Blinddarm raus hat, bleibt einem noch die Narbe und erinnert einen, wo die Messer ins Fleisch geschnitten haben. Irgendwas war diesem Kind rausgenommen worden. Und der Wiederaufbau, Junge, also *das* hat der auch nicht wieder aufbauen können. Ich hab mich mein Leben lang bemüht, es ihm wiederzugeben, ihn zu entschädigen dafür. Ich bemühe mich immer noch, hörst du? Letzte Meldung: Es geht nicht. Man kann keinen entschädigen.

Wer weiß denn wirklich, wie's damals gewesen ist? Wir stellen's uns vor wie Williamsburg, das sie so schmuck hergerichtet haben wie ein Einkaufszentrum. Williamsburg! Man kann mehr über die Vergangenheit rauskriegen, wenn man sich das ungestrichene, silbrig verwitterte Holzhaus von einem Pachtbauern anschaut, als wenn man sich mit einem dieser siebengescheiten Studenten mit weißer Perücke unterhält. Warst du mal in Gettysburg? Ein einziger piekfeiner, langweiliger Park heute. Aber meinst du vielleicht, früher hat's da auch so ausgesehn oder gerochen? Mit den vielen Pferden damals? Und den Menschen, die an Fieberkrankheiten gestorben sind, für die's noch nicht mal Namen gegeben hat? Im Gefecht, wenn da zum Beispiel ein junger Kerl einen Schuß ins Knie abgekriegt hat und es war kaum an das Blei ranzukommen? Da war keine Zeit für komplizierte Operationen, da hat's gleich geheißen: »Bein ab.« Jeder Feldscher hat eine mittlere Säge im Koffer gehabt. Später hat sich Captain, wenn er schlecht geträumt hat, aber auch hellwach, an die riesigen Haufen von behaarten Beinen erinnert, von ganzen abgetrennten Armen – manche dunkler gebräunt als andere –, und bei manchen hat noch der Ehering am Ringfinger gefunkelt. Wenn ein junger Bursche so was sieht, das vergißt er nicht so schnell. Roh ist es zugegangen damals, laß dir das gesagt sein. Ein Elend war das.

Also nach dem Bürgerkrieg, dem sogenannten – und ich tu auf der Stelle den Mund halten, wenn du mir erklärst, was da so bürgerlich dran gewesen sein soll –, ist Mr. Marsden heim. Zu Fuß.

Wie er wieder da war, hat Willie gebadet und sich die wilde Mähne stutzen lassen, neben der Absalom wie ein geschniegelter Ladenschwengel gewirkt hätte. Daheim in Falls wollte der Junge versuchen, alles ins Lot zu bringen, sich wieder einzufügen, so zu tun, als ob eigentlich nichts weiter passiert wäre. Auf dem Marsch von Virginia rüber hat Will sich einen Plan für sein restliches Leben zurechtgelegt, so wie man's eben macht, wenn man noch mal davongekommen ist. Ergebnis: Marsdens übrige Jahre sollten so ordentlich und ruhig sein, wie's die letzten drei nicht gewesen waren. Aber während er sich noch seine säuberliche Zukunft ausmalte und der heimatlichen Plantage entgegenstapfte, hat er sich ein paar Läuse eingefangen, die auch in den Süden wollten.

Ein farbiger Stallbursche hat dem Jungen geholfen, das Ungeziefer abzutöten, mit verdünntem Desinfektionsmittel für Schafe. (Ein Wunder, daß damals überhaupt wer auch nur sechs Wochen alt geworden ist.) Der Dorffriseur, Stark von »Starks Herren-Tonsorium«, hat Will die Zotteln geschoren. Der ausgediente Soldat hat sich geniert, so struppig unter Zivilisten rumzulaufen. In einem Hotelzimmer hat Will ein Bad nach dem andern genommen, der farbige Stallbursche hat ihm das heiße Wasser raufgetragen. Neunmal wurde das Wasser gewechselt, zuerst war's kohlschwarz, dann schmutziggrau, dann trübe und schließlich rein und tränenklar. Der Junge hat zugesehn, wie der Dreck in Schichten von ihm abging, und es kam ihm fast vor, als wär der Krieg nur so was wie ein Schorf oder eine Verfärbung gewesen. Jung wie er war, hat er gedacht, er hätte ihn einfach von sich abgewaschen.

Marsden schrieb einen Brief und schickte ihn per Boten an Mr. Lucas von Lucas' Gemischtwarenhandlung. »Lieber Mr. Luke, ja, ich bin wieder da. Sie haben es bestimmt schon gehört, denn Sie wissen ja immer über alles Bescheid. Ja, wo ich jetzt wieder da bin, würden Sie mir bitte einen Anzug rüberbringen und was man als junger Mann heute sonst noch so trägt. Ich hab ja auf Kleidung nie besonders Wert gelegt und bin leider nicht mehr ganz auf dem laufenden. Socken auch. Ich bin wirklich wieder da und ganz der Ihre, Willie Marsden. Ach ja, grüßen Sie Doris von mir. Mit der Bezahlung geht es auch in Ordnung. Ich weiß, ich brauche das nicht extra erwähnen, aber ich will einfach nichts als selbstverständlich voraussetzen, jetzt wo ich wieder ganz von vorne anfange.«

Der schwarze Anzug, der riesige Hut und die Knöpfstiefel haben ausgesehn wie das, was sich eine Schaufensterpuppe aussuchen würde. Ausstaffiert, geschoren, mit Talkum eingepudert von Friseur Stark, der sich über einen ganzen Vierteldollar Trinkgeld freuen konnte, sah Willie aus, als müßte er gleich zu einer Beerdigung, womöglich zu seiner eigenen. Dieser Aufzug wurde Captains Ziviluniform fürs Leben. Es gibt ja so wenig Männer, Junge, die Augen für was anderes als die Gewinnspanne haben und ob der Rasen gemäht ist. Meiner hat auch nicht dazugehört. Ein Fremder, der eins unserer Kinder gesucht hat, hat Marsden mal gebeten, ihm unsere kleine Tochter zu beschreiben. »Na ja«, sagt Cap und hält eine Hand hoch, wie um die Merkmale von seinem geliebten eigen Fleisch und Blut aufzuzählen. »Na ja, sie ist irgendwie . . . Sie ist ungefähr so groß, wie Kinder in dem Alter und mit dem Gewicht eben sind. Also ihre Haare sind so in der Mitte zwischen Braun und Nichtbraun, bloß heller, und die Augen . . . Was für Augen hat sie eigentlich, Schatz? – Aber wozu müh ich mich hier ab. Da steht ihre Mutter. Männer sollten nie was beschreiben müssen.« Auch ein Standpunkt.

Trotzdem ist mit der Zeit einer der besten Geschichtenerzähler im östlichen North Carolina aus ihm geworden, und das will was heißen.

Kaum aus dem Krieg zurück, hat Marsden seine Mama in einer Pension eingemietet. Er hat ihr nichts von seinen traurigen Heldentaten im historischen Dreck von Virginia und Maryland gesagt. Sie konnte noch nicht sprechen und brauchte ihm deshalb nicht von ihrem Unglück erzählen – daß sie Shermans Feuerteufeln in die Quere gekommen war. Die Plantage der Marsdens war in Schutt und Asche gesunken. Mrs. Marsden war zwar noch am Leben, aber das Beste an dieser Frau – ihr ganzes Naturell, ihr überkandideltes Gehabe, ihre Verspieltheit – war zum größten Teil auch in Schutt und Asche gesunken. Ihr Gesicht, ihre Arme, ihre Brust waren so übel zugerichtet, daß man nur noch an eins denken konnte: Politik der verbrannten Erde. In zwölf Minuten war aus einer Schönheit ein Ungeheuer geworden. Auch eine Geschichte für sich.

Da haben die beiden gebrannten Kinder, Mutter und Sohn, also bloß zusammengesessen. Er hielt mit beiden Händen seinen großen Hut auf dem Knie. Sie hatte eine Teetasse in der Hand, die war manchmal voll, oft leer, immer weiß und immer aus Spode-Porzellan. Sie hat sogar mit der Tasse in der Hand geschlafen, wie ein Kind, das sein Spielzeug festhält. Und sie hat sich nie draufgelegt oder sie zerbrochen, und angeblich wurde sie sogar mit ihrem Lieblingsporzellan in den Händen begraben, man hat's ihr zum Trost mit in den Sarg gelegt.

Lady Marsdens zwei Zimmer in der Pension waren vollgestellt mit Möbeln aus ihrem herrschaftlichen Haus auf der Plantage. Die Leibsklavin von Mrs. Marsden, eine gewisse Castalia, hatte die Sachen vor Shermans Flammen gerettet. Die kostbaren Empire-Stücke waren –

im Gegensatz zu der armen Mrs. Marsden – von jedem Brandschaden verschont geblieben, abgesehn von dem Rauchgestank. (Als Elfjährige hab ich da mal rein dürfen. Die Zimmer waren dunkel, schmale Pfade liefen zwischen den besten Möbeln aus einem Haus mit über siebzig Zimmern. Der Brandgeruch hatte sich dreißig Jahre gehalten, hatte sich tief in den Brokat gefressen, lag auf Apfelholz und Goldbeschlägen. In diesen Zimmern voller Holzkohlengestank und marmornen Meisterwerken wohnte eine Frau mit einem Gesicht wie ein pelzgefütterter Mokassin aus Rohleder, der ein halbes Jahr im Regen gelegen hat. Schon allein der furchtbare Gestank da drin hat mir eine Heidenangst eingejagt. Der Geruch kam mir mit meinen elf Jahren schrecklich »alt« vor. Als ob der Krieg, den ich da roch, in Sparta und Karthago gewesen wäre und nicht in Charleston und Atlanta.) Aber ich lauf mir schon wieder selber voraus, indem ich zurückgehe. Das ist eine Angewohnheit von mir. Na ja, niemand ist vollkommen. Ich versuch hier ja zum erstenmal, alles fein säuberlich in die Reihe zu bringen. Es ist ganz schön schwierig, im fast vollständigen Chaos eine gute Haushälterin zu sein.

Allein zu zweit haben die zum Kriegsopfer gewordene Lady und ihr Sohn beisammengesessen und stumme Zwiesprache gehalten, drei, vier Stunden hintereinander. Als Aristokraten waren sie mit der Stille per du. Sie waren beide auf der Plantage groß geworden, weit weg von allem außer ihrer eigenen Welt, still, geachtet, gefürchtet. Jetzt war ihnen schon das Getrappel der Pferdewagen ein Trost. (Samstag war Markttag für die Farbigen aus dem Landkreis – und die Weißen.) Freude hatten sie auch am fröhlich frechen, anheimelnden Gezänk der Spatzen unterm Dachgiebel. Will hat dagesessen und an seinem Hutband genestelt. Lady More Marsden hielt die leere Teetasse vor sich hin, als müßte gleich eine Sklavin (jetzt schon seit mehreren Jahren freigelassen) kommen und ihr, bitte schön, nachschenken.

Kaum wieder daheim, hat sich Marsden in die Arbeit gestürzt. Konnte nicht anders. War die einzige Möglichkeit, halbwegs bei sich zu bleiben. Nur gut, daß es noch die Arbeit gab. Er hatte nach wie vor die Taschenuhr von dem Yankeejungen, den er erschossen hatte. Das Ding hat er aufgezogen auf dem Kaminsims liegen gehabt in seinem möblierten Zimmer in der Ortsmitte. Jahre waren seit Appomattox vergangen, aber Will behauptete, es wär noch zu früh, die Uhr der Familie zurückzuschicken, weil die Postbeförderung zwischen Norden und Süden noch nicht richtig klappte. In Wirklichkeit hätte er die Uhr am liebsten nie mehr hergegeben. Seine einzigen Kriegsandenken waren die Taschenuhr und sein Säbel samt Scheide, die Trompete von seinem toten Freund und ein Zweig von dem Baum an dem Weiher, wo das Unglück passiert war.

Marsden war im zivilen Leben ein Kind und als Soldat ein Erwachsener. In der einen wie der anderen Hinsicht war er hart geworden durch das, was er verloren hatte. Er war nur drei Jahre länger im Krieg gewesen als sein geliebter Ned. Aber in der Zeit hatte er so viel gesehn, hatte er so vielen wehtun müssen, daß der arme Kerl sich jetzt einbildete, Ned wär sein Sohn gewesen!

Und, mein Gott, der junge William More Marsden hat sich an alles erinnert. Später ist mir klargeworden: Ein gutes Gedächtnis ist ungefähr ein Drittel Segen und zwei Drittel Fluch. Mein eigenes Gedächtnis ist das beste Beispiel. Ein Junge, den man kurzerhand in eine Schlacht wirft, der kann doch nichts ahnen von den tieferen Gründen, die zu dem allen geführt haben – Fabriken im Norden gegen Farmen im Süden beispielsweise.

Ein Kind sieht bloß die Resultate. *Sieht* sie, mein ich.

Jede vorbeipfeifende Miniékugel hat sich eingegraben. Das Gehirn von dem Jungen war ein Sparkonto mit nichts drauf wie Schutt: Tageszeiten, Rauch, die ganze Landkarte, verlorengegangene Pferde, die Namen aller seiner Toten. Tatsachen waren steckengeblieben und hatten zu eitern angefangen, weil ihre spitzen Enden noch drin waren. Sein armer junger Kopf war mit Erlebnissen gespickt wie ein Nadelkissen.

Stell dir vor, die hätten meinen Mann durch eine dieser neumodischen Röntgenkontrollen auf Flughäfen geschickt, mit denen man auf Waffen untersucht wird. Also bei ihm hätten seine Erinnerungen gereicht, um den Apparat zum Piepsen zu bringen.

Nicht ganz normal für 1860

Öffne mir die Augen, daß ich sehe die
Wunder an deinem Gesetz.
Ich bin ein Gast auf Erden . . .
– Psalm 119, 18-19

1

Drei Wochen nach der Schießerei an dem Tümpel hat Neds Mutter daheim in Falls ihrem Jungen immer noch lange Briefe geschrieben. Hauptsächlich Tratsch über die Nistgewohnheiten von ihren gut dreißig Harzer Rollern.

Die Telegraphenleitungen in der Gegend von Richmond wurden ständig unterbrochen und mußten wieder geflickt werden. Und dem Oberkommando waren militärische Depeschen wichtiger als Beileidstelegramme an Tausende ziviler Mütter. Aber wenn der eigene Sohn im Krieg gefallen ist, dann ist es eigentlich fast gnädig, wenn man's erst einen Monat später erfährt, oder? Wenigstens nach Männerlogik.

Auf die Männerlogik komm ich noch, wo sie sich mit meiner beißt. In Falls waren Lebensmittel so knapp geworden, daß man probeweise schon Brot aus Eichelmehl gebacken hat. »Na, wie schmeckt's?« fragt einer, als der erste Laib aus dem Ofen gekommen ist. »Irgendwie . . .«, sagt der andere mit vollem Mund, den Blick starr ins Leere gerichtet, »nach Eiche.«

Die Kinder aus der Nachbarschaft haben behauptet, daß die Mutter von Ned Smythe in ihrem Vogelhäuschen im Garten Spatzen und Drosseln fängt. Stein und Bein haben sie geschworen, daß sie die toten Vögel kleingehackt an ihre Kanarienvögel verfüttert, damit sie schöner trillern. Wie ich groß geworden bin, haben sich die Kinder das immer noch erzählt. Ich wußte natürlich, daß es nicht gestimmt hat. Trotzdem hab ich mir's ganz deutlich vorgestellt.

Ich will ja Winona Smythe, der Vogelzüchterin, nicht nachsagen, sie wär irgendwie nicht ganz bei Troste gewesen, aber Tatsache ist, daß sie schon vorher, also bevor ihr Ned auf so traurige Weise ums Leben gekommen ist, bevor der Kummer anfing, einen Knacks gehabt haben muß. Die Leute konnten nicht begreifen, daß Ned, dieser platinhelle, sanfte Junge, einer solchen Schreckschraube entsprungen war. An jedem Schultag ist Ned morgens aus einem Garten gekommen, wo die Glyzinen sich nach Lust und Laune breitgemacht und Schößlinge den Rasen erobert haben. Pfeifend ist er zur Grundschule gegangen, gestriegelt und gebügelt, und hat den Bürgern von Falls einen guten Morgen gewünscht, Milchmänner inklusive.

Wenn die Leute sich nach seiner verwitweten Mama erkundigten, sagte Ned: »Mama ist es nie besser gegangen, danke. Ich richte ihr aus, daß Sie sich nach ihr erkundigt haben. Wird sie freuen.« Die Leute haben genickt und sich schon denken können, was Winona Smythe wieder über die Idioten und Heuchler in diesem gottverlassenen Nest geifern würde. Sie hielt sich für gebildet. War in Richmond aufgewachsen und nie drüber weggekommen. Ein paar Hiesige haben behauptet, sie wär eine Schönheit gewesen, wie sie hergezogen ist, als Braut. Bewundert wurde Winona – wenn überhaupt – jetzt nur noch wegen ihren zierlichen Füßen und den vielen Büchern, die sie verschlungen hat. Ihr Junge tat so, als hätte er keine Ahnung von den Stänkereien, die sich seine Mama in Lucas' Gemischtwarenhandlung geleistet hat. Wildfremde Menschen konnte Winona Smythe, Hände in die Hüften gestemmt, angiften: »Was glotzt ihr denn so blöde, ihr degenerierten Mißgeburten?«

Ned hat sogar die Bitten der Nachbarn jedes Frühjahr mit einem Achselzucken abgetan. Die andern, gepflegten Gärten an der Summit Avenue (zwei farbige Gärtner pro Anwesen) strebten dem rosa Höhepunkt der Azaleenblüte zu. Fuhrwerke ratterten vor den Herrschaftshäusern von Falls auf und ab – die Leute vom Land waren baff vor Staunen, was man für Geld alles kaufen kann. Über Winonas Garten konnten sie nur die Köpfe schütteln. Das Unkraut stand brusthoch. Auch im Frühsommer 1859 haben die Nachbarn wieder Briefe an Mrs. Smythe geschrieben, sie möchte doch so gut sein und ihren Rasen mähen und ihren Garten »ausholzen« lassen, so schlimm war's geworden.

Die Frau hatte keinen Fuß mehr vor das Tor ihres verwilderten Gartens gesetzt, seit Ned in den Krieg gezogen war. Die Lebensmittel hat sie sich alle an die Haustür liefern lassen. Abfälle hat sie ihren pingeligsten Nachbarn über den Zaun geworfen. »Allseits beliebt« war Winona nicht direkt. Also wie gesagt, schon bevor ihr geradezu verbotenes Schicksal sie ereilt hat, galt sie im Ort als nicht ganz normal.

Für damals, mein ich. Um heute als nicht ganz normal zu gelten, muß man natürlich noch zwölf Oktaven verrückter sein. Ein Beispiel: meine liebste Zuckerstange hier im Heim. »Mein Fan«, würde sie wahrscheinlich von mir sagen. Das hübscheste Gesichtchen, das du dir denken kannst, aber weißt du was? Geht die doch her und verpaßt sich einen Irokesenschnitt! Mit ihren fünfzehn Lenzen. Und dann muß sie sich natürlich auch noch eine Nadel durch den rechten Nasenflügel stechen. Ich rede nicht von einer Brosche, Junge, ich rede von einer Sicherheitsnadel. Und dabei ist ihr Papi Arzt!

Die Kleine macht immer einen ganz schönen Wirbel, wenn sie hier angeschmollt kommt. Hat immer was zu seufzen und zu maulen, dabei ist sie nicht auf den Kopf gefallen. Jerome meint, sie hat »das richtige Modebewußtsein«. Wenn das heißt, daß man aus seinen Ohren und seiner Nase einen Klempnerladen macht, dann hat er wohl recht. Immerhin ist sie uns jetzt schon eine ganze Weile treu geblieben, Gott segne sie. Ich persönlich bewunder ja Treue und vergeß sie auch keinem. Ich bin froh, daß die Kleine aus freien Stücken zu uns kommt und uns hilft – egal, wie sie aussieht. Auf unserm Gang lassen sich die meisten noch nicht mal vorlesen von ihr. *Ich* denk mir, notfalls kann man ja die Augen zumachen solange. Aber du kennst mich ja, mein Lieber, ich muß sie einfach ständig ansehn. Man will schließlich auf dem laufenden bleiben. Ich will nicht so werden wie manche von den Fossilien hier drin. Die jammern einem was vor, daß sie die neueste Mode *einfach schrecklich* finden, und dann verschränken sie die Arme, verdrehn die Augen und beten, daß der Tod sie von allen Modetorheiten erlöst.

Erst vor knapp zwei Tagen hat Zondro hier gesessen und mir Dickens vorgeleiert, die Haare stachlig nach oben wie bei einem präparierten Stinktier. Ich hab zu ihr gesagt, »Zondro« (ihr richtiger Name ist Sandra, aber sie hat ihn geändert, bloß um das Gefühl zu haben, ihr eigner Herr zu sein, auch mitreden zu dürfen – was *ich* sehr gut verstehn kann). Also »Zondro«, sag ich, »willst du mit der neuen Frisur vielleicht zeigen, daß du – traurig bist wegen den Indianern?«

Das hat vielleicht einen Seufzer gegeben.

»Wieso soll ich traurig sein wegen so ein paar muffigen alten Indianern? Hm? Ach so, bist du etwa selber eine? Hätt ja sein können. Indianer haben auch jede Menge Runzeln, vielleicht weil sie so viel an der frischen Luft sind. Aber ich *kenn* überhaupt keine Indianer. Du vielleicht, Luce?« (Diese jungen Dinger können mich anreden, wie sie wollen. Ich bin froh, daß sie überhaupt mit mir reden.)

»Keine reinrassigen.« Aber, wollte ich doch wissen, wozu der schräge Pelz auf Zondros Birne? Das soll keine Kritik sein, sag ich zu ihr, es interessiert mich bloß. »Ist deine neue Haartracht vielleicht eine neumodische Art, Trauer auszudrücken?«

»Mann, muß denn immer alles gleich was *bedeuten*? Leute in deinem Alter schnallen echt gar nichts. Ihr denkt, alles muß irgendwo einen Sinn haben. Hier drin sind ja alle schon ziemlich verkalkt, aber so was von hinterm Mond wie dich gibt's nicht nochmal. Du könntest echt die Nachbarin von den Feuersteins sein.«

»Von wem?«

»Fred und Wilma Feuerstein.«

»Ich hab mal zwei gekannt, die haben Fred und Wilma geheißen. Haben die draußen bei der Eisfabrik gewohnt?«

»Es war mehr zum Spaß. Das heißt, eigentlich nicht.« Sie war schon wieder bei ihren Haaren – die jungen Leute heute sind so was von sprunghaft. Das haben sie vom Fernsehn, andauernd auf ein anderes Programm umschalten. »Ja, weißt du, da ist so ein irrer Typ bei uns in der Schule, echt heiß. Also der hat sich das machen lassen, verstehst du, und dann ist er dermaßen angemotzt worden, daß seine vier besten Freunde sich aus Solidarität ihre auch haben rasieren lassen, und dann – wie ich mitgekriegt hab, wie die Leute sie aus den Autos raus beschimpft haben, Bierflaschen nach ihnen geschmissen und sie angestarrt und ihnen andauernd so blöd gekommen sind, also einen Abend war ich so stinksauer deswegen und hab mich so, na ja, total angeätzt gefühlt, daß ich mir die Zackenschere geschnappt hab und dann den Rasierer von meiner Mutter und, tja, das war's dann. Wir hängen immer im Einkaufszentrum rum. Die Leute sind so was von gemein. Wir zeigen ihnen bloß, daß uns das kalt läßt, verstehst du. Die merken das, und, o Mann, am liebsten würden sie dich lynchen dafür. Mein Freund Jason, dem seiner ist immer total gepflegt, der ist so lang, von hier bis hier. Sternförmig ist dem seiner.«

»Dem sein *was*?«

»Sein Haarschnitt, Scherzkeks. Tschuldigung. Du hast aber auch so was von einer dreckigen Phantasie. Echt wahr, Luce. Durch und durch dreckig. Wie kann man nur so alt sein und trotzdem immer noch pausenlos nur an das eine denken? Ich hoffe, ich tu das mal nicht – in dem Alter. Es gibt jetzt schon Tage, wo's mich anödet. Du fragst mich immer so Sachen. Ich hab dir schon viel zuviel erzählt über ihn und mich. Viel zuviel. Ich weiß auch nicht. Wahrscheinlich denk ich mir, du behältst es sowieso nicht. Von einem Besuch bis zum nächsten. Die andern hier haben nach einer Woche alles vergessen, was man ihnen sagt.

Ich erzähl dir bloß so viel, weil du hier drin bist und dich nicht wegrühren kannst, und ich – ich muß einfach mit wem drüber reden. Aber was machst du? Du merkst dir alles. Echt fies ist das. Ich glaub zwar nicht, daß du's gegen mich verwenden würdest, aber weiß ich, ob ich dir trauen kann? Weißt du vielleicht auch noch das mit nachts im Auto, das eine Mal im Auto mit den dreien? Sorry, Luce, aber du gierst doch förmlich danach, daß ich dir noch mehr so scharfe Sachen erzähl. Daß ich – intim werde. Jason will aus seinem ein Hakenkreuz machen, aber er ist rothaarig, und hast du mal probiert, aus deinem Rotschopf ein Hakenkreuz zu machen?«

Ich mußte zugeben, daß ich's noch nicht versucht hatte.

»Na jedenfalls sind Hakenkreuze total schwer zu sehn, außer du stehst direkt über dem Typen oder er bückt sich ganz tief runter, um dir's zu zeigen, und das wär kein bißchen cool, schon gar nicht im Einkaufszentrum. Wir hängen da bloß rum, kümmern uns um unsern eigenen Kram, und alles andere kommt von denen, diesen – Gruftis. Die fangen immer an. Sorry wegen den Gruftis. Weißt du was, vielleicht machen wir jetzt mit dem altmodischen Geschichtenkram weiter, auf den du so stehst.«

»Ist mir recht, Schätzchen, ich wollte dich nicht aushorchen, ich bemüh mich nur immer, auf dem laufenden zu bleiben. Ist doch immerhin was, oder?«

Dickens ist gerade dabei, Bill Sikes die arme Nancy erschlagen zu lassen, und Zondro spult das ab wie die Vorschau aufs Abendprogramm im Fernsehn, nein, mit noch weniger Gefühl. Eine Stimme wie ein Roboter – aber wenigstens ihre Haare sind spaßig. Ich glaub wirklich, daß sie's halb als Ulk gemeint hat. Siehst du, ich geb mir Mühe, am Ball zu bleiben. Daran muß man hart arbeiten, Junge, wenn man nicht untergehn will, meinst du nicht auch?

Aber zurück zu meiner Geschichte – für die Gegend hier in den Jahren achtzehnsechzig-fünfundsechzig, wenn da wer nie aus dem Haus ging, Kanarienvögel untereinander kreuzte, weil er sonst keinerlei Ansprache hatte, seinen Garten verwildern und zum Wald werden ließ und dann auch noch mit dem Gesetz in Konflikt kam ... Ja, also, für unsere Gegend und die damalige Zeit war das schon wirklich ein bißchen verschroben. Nicht zu vergleichen mit einer

Sicherheitsnadel im Nasenflügel, zugegeben – aber jede Zeit hat eben ihre eigenen Schrullen, Junge.

Auch die Verrücktheit hat ihre Moden.

2

Woher wußten die Nachbarn, daß Mrs. Smythes bildhübscher Sohn gefallen war? Sie hörten ihre Schreie, sahen, wie sie sich im hohen Unkraut ihres Vorgartens wälzte. Der bedauernswerte Briefträger stand draußen vor Winonas Gartentür und schaute nur. Weil die Telegraphenleitungen unterbrochen waren, mußte *er* das machen – Leuten die denkbar schlimmste Nachricht überbringen. Solche Briefe vom Oberkommando in Richmond kamen in Kuverts mit Trauerrand. Wenigstens brauchte man sich keine Gedanken machen, was da wohl drinstand.

Der Briefträger läutete die grünspanige Glocke am verrosteten Gartentor der Witwe. Das Geißblatt hatte den schmiedeeisernen Zaun schon zehn Zoll hochgedrückt. Eine Ewigkeit tat sich nichts – zu hören war nur das erschreckte Gepiep der Kanarienvögel in der verglasten Veranda. Endlich kam sie dann doch aus dem Haus gewatschelt, aber so, als wär sie bei irgendeiner verdammt wichtigen Beschäftigung gestört worden. Der Briefträger hat ihr mit ausgestrecktem Arm den dicken Brief hingehalten, hat sich nicht getraut, das überwucherte Grundstück zu betreten. »Tut mir aufrichtig leid«, hat er gesagt, »daß ich derjenige sein muß. Es ist das hier. Einer von denen.«

So zurückgezogen wie die Witwe lebte, konnte sie natürlich nicht wissen, was so ein schwarz umrandeter Umschlag bedeutete. Mrs. Smythe war eine untersetzte, tonnenförmige Frau mit dem Gesicht von einem Mann und der Schuhgröße von einem Kind (35). Sie trug schon Schwarz seit dem Tod von ihrem Mann vor sechs Jahren. Sie schnappt sich den Brief. Unser Postbote – ausgerüstet mit Riechsalz und Taschentüchern – bleibt da, für den Fall, daß er gebraucht wird. Die Frau kehrt ihm den Rücken und fängt an zu lesen. Auch nach einem Rülpser, wie sie die erste Zeile gelesen hat, liest sie weiter. Sie hält sich die Seiten immer dichter vor die Augen, bis sie, nach ein paar Minuten ans Ende gelangt, einfach vom Ziegelpfad kippt und – mit dem furchtbaren Geschrei – durch den verwilderten Garten davonkriecht. Muß ein schrecklicher Anblick gewesen sein.

Sie ist nicht aufs Haus zugekrochen, sondern hat sich durchs Unterholz gewunden, den Brief straff zwischen den winzigen Händen, hat sich auf Ellbogen und Knien Stückchen für Stückchen weitergeschleppt. Ihre geliebten Vögel im Haus drinnen sind fast verrückt geworden, wie sie die Schreie gehört haben. Platt über den Boden ist sie gerobbt – wie Soldaten, wenn die Luft mit Blei durchwirkt ist.

Nachbarn hörten, liefen, kamen gerannt. Unter ihnen auch meine Mutter (die es damals noch nicht war), eine magere, strenge, einigermaßen verwöhnte höhere Tochter, die es sich später zur Lebensaufgabe gemacht hat, mir Grammatik und damenhaftes Benehmen einzubleuen, und mit beidem gescheitert ist, die Ärmste. Die Leute haben sich schließlich ein Herz gefaßt, das quietschende Gartentor aufgestoßen und Mrs. Smythe aus dem brusthohen Gestrüpp auf dem ehemaligen Rasen gehievt. Sie haben der Frau die Stufen hinauf ins Haus geholfen. Niemand war da jemals hineingebeten worden. Wenn man dem Laufburschen vom Kaufmann glauben konnte, war's der schlampigste weiße Haushalt in der ganzen Stadt. Geputzt wurde da nie. Eingekauft hat die Witwe Smythe hauptsächlich Hafermehl und Pralinen, und außerdem natürlich sackweise Vogelfutter.

Im Haus drin sind die Leute erschüttert verstummt. (»Nein, doch nicht unser freundlicher kleiner Ned.«) Schweigend haben sie sich an kleine Gefälligkeiten erinnert, die er den Nachbarn erwiesen hatte. Wie adrett er immer ausgesehn hat auf dem Weg zur Schule. Sicher, er hat mal Tauben in »Hexe« Beales Kathederschublade gesperrt. Aber wie sie rausgeflattert sind, hat sie gelacht!

Immer stiller sind die Leute geworden, weil es so sonderbar war da drin. Überfällige Bücher aus der Leihbibliothek stapelten sich in Säulen bis an die Decke. Man watete in Vogelfutterspreu, die stellenweise knöcheltief lag. »Wie Sand am Meer«, sagte Mama jedesmal, wenn sie das erzählte, »so tief wie Sand am Meer.« Der vordere Salon war mit alten Zeitungen ausgelegt – schwammige Schichten, in die man mit den Schuhen einsank. Mit seinem knisternden Boden hat das ganze Haus wie ein einziger großer Vogelkäfig gewirkt.

Ein paar Nachbarmädchen gehn schnurstracks in Neds Zimmer. Das haben sie sich schon immer gewünscht. Keiner denkt dran, sie zurückzuhalten. Die Mädchen wissen, wo er geschlafen hat. Haben sie nicht immer Licht bei ihm gesehn, wenn er seine Schularbeiten für »Hexe« Beale gemacht hat? Sie finden die kleine Kammer blitzsauber und aufgeräumt, ein paar Spielsachen aus Holz, ein paar Bilder (ein

Grizzlybär, ein Hirsch), aus Zeitschriften ausgeschnitten und akkurat an die Wand geheftet. Eins von den Mädchen fährt mit der Hand über die weiße Decke auf dem kleinen Eichenbett, findet ein goldenes Haar, hält es gegen's Licht. Die andern drängen sich um sie, wollen es auch berühren. »Das ist das Schönste, was ich je gesehn hab«, sagt eine, und schluchzend ziehn die Mädchen mit ihrer Beute ab.

Man hatte Mrs. Smythe – sie starrte mit glasigem Blick vor sich hin – auf ein schwarzes Roßhaarsofa gelegt, dem anzusehn war, daß sie ihre dreißig deutschen und trotzdem nicht stubenreinen Vögel ziemlich oft frei rumfliegen ließ. Nachbarinnen, die mit dem Riechsalz des Briefträgers unter Winonas breitem Kinn wedelten, versprachen Eintopfgerichte. Bei Wirbelstürmen und Bränden oder nach Axtmorden hatten und haben die Frauen von Falls ein probates Mittel für die Überlebenden: einen schönen warmen Eintopf. Das hilft immer noch, Junge, und ich bin froh drum, weil ich hab selber so manchen gegessen, seit ich so alt bin, daß mich keiner mehr an einen Gasherd läßt. (Eine »Gefahr für die öffentliche Sicherheit« soll ich gewesen sein, weil ich mir mein eigenes Frühstück gemacht hab – allein zu Hause, stell dir vor!)

Die Nachbarinnen haben schon die Schichten eingeteilt, um nach Mrs. Smythe zu sehn. Irgendwem ist aufgefallen, daß ihr Atem regelmäßiger wird, ihre Nasenflügel sich blähen. Mit einemmal keift sie los: »Ihr seid schuld, daß er fortgegangen ist. Mein einziges Kind. Ich hätte es ihm verbieten sollen. Wißt ihr noch, wie er ausgesehn hat? Wie er gesprochen hat? Ihr habt mir die Blaskapelle hergeschickt. Euern Krieg verliert ihr sowieso. Wartet's nur ab. Mir ist gerade klargeworden – ich werde ihn nie wiedersehn, stimmt doch, oder? Oder wißt ihr es besser? Nie wieder werde ich ihm die Haare waschen. – Wer hat überhaupt gesagt, daß ihr hier reindürft? Aasgeier mit ihren Jungen! Einmal bin ich zu schwach, um euch wegzujagen, und schon kommt ihr angeflattert. Habichte! Blutegel mit ihren Blutegeljungen!«

Verdattert sind die Leute über ganze Jahrgänge vom *Falls Herald Traveler* zurückgewichen. Winona ist auf sie zugewankt, und die Leute haben gemacht, daß sie die Ziegelstufen runtergekommen sind. Die Mädchen sind gerannt, was die Beine hergaben, haben dabei aber das eine Haar behütet wie eine brennende Geburtstagskerze. Alle sind zum Gartentor raus, weil sie sich auf der Straße sicherer fühlten. Aber Winona ist nicht aus dem Haus gekommen. Man konnte sehn, daß sie da drin alle ihre Vögel aus den Käfigen gelassen hat. Dann hat sie die Haustür zugeknallt. Durch die Verandascheiben sahen die Nachbarn ein schwarzes Kleid, vor dem jetzt gelbe Flügel flatterten – eine zarte Umhüllung, ein Schutzschirm aus lebenden Wesen. »Kriegt man ja ne Gänsehaut«, sagt jemand. Ein anderer sagt: »Einen Roman könnte man schreiben über die, aber das würde einem ja kein Mensch glauben.«

Keine zwei Tage, nachdem die Witwe die mitfühlenden Nachbarn aus ihrem Garten gescheucht hatte, stellte sie ein Schild auf, daß ihre Singvögel jetzt zu verkaufen wären. (Sie hatte schon lange kein Geld mehr gehabt, es aber erst zugegeben, als sie wußte, daß ihr armer Ned tot war.) Und noch am selben Abend fiel den wachsamen Nachbarinnen – immer erpicht auf Eintopfgelegenheiten oder neue Kapitel im noch ungeschriebenen Roman unserer Kleinstadt – das Ding auf.

Am nächsten Morgen stand es im Dorngestrüpp von Winona Smythes Garten: ein graues Armeezelt – bewohnt.

3

Ich hab den Brief immer noch. Winona hat ihn meinem Captain vermacht. Ich hab ihn als nächste geerbt. Instanzenweg. Geschrieben hatte ihn der Gentleman, der gefragt hatte, ob der Krieg »Kanarienvögeln zuträglich« sein würde, und der seine Soldaten dran gehindert hatte, den Yankee-Heckenschützen zu kastrieren. Schau mal da, die oberste Schublade von meinem Nachttisch. Manchmal nenn ich sie das Archiv. Manchmal auch nur oberste Schublade. Hol mal das ganze muffige Bündel raus. Du glaubst nicht, was da alles drin ist. Ich tät mich jedenfalls schon wundern, wenn's bloß halb soviel wär. Schau, die Zeit hat meine Papiere und mich dunkelbraun gebeizt wie eine gute Havanna. Hier . . .

19. August '62

> Sehr verehrte Mrs. Theodore Smythe,
> zu unserem tiefempfundenen Bedauern müssen wir Ihnen mitteilen, daß am frühen Nachmittag des 12. August 1862 Ihr Sohn, Schütze Ned Smythe, den all seine Waffenbrüder ins Herz geschlossen hatten, in Erfüllung seiner vaterländischen Pflicht sein junges Leben lassen mußte. Das verhängnisvolle Scharmützel ereignete sich rund neun Meilen südwestlich von Cheatham, Virginia. Der Kommandeur (der sich in einiger

Entfernung vom Schauplatz besagten Vorkommnisses befand) bat mich, Ihnen zu erklären, daß Ihr Sohn zur Zeit seines Todes einen Baum erklettert hatte, offenbar in der Absicht, feindliche Befestigungen am jenseitigen Ufer auszuspähen. Dabei trafen ihn Minié-Geschosse der Yankees und setzten seinem tapferen jungen Leben ein Ende. Er war sofort tot und hatte, soweit man dergleichen beurteilen kann, offenbar keine Schmerzen zu leiden.

Zwar will es der Brauch, daß in Briefen wie diesem den Hinterbliebenen versichert wird, wie beliebt und hochgeachtet der Gefallene war, doch erweist sich diese Aufgabe in Neds Fall als besonders leicht (und daher, Mrs. Smythe, als besonders schwierig). Die Anmut seines Charakters, seines Betragens, seiner Person erregte allenthalben Aufmerksamkeit und Bewunderung. Sein offenes, heiteres Wesen und seine edle Gestalt schenkten jedem von uns unverhoffte Atempausen der Ruhe und des Trostes im aufreibenden Alltag des Soldaten. Seine Singstimme allein war eine Gabe, an der sich einige der ranghöchsten Offiziere der Konföderation erfreuten. Noch in der Nacht, bevor er von uns genommen wurde, sang er für die Männer mit einem vollkommenen, gelassenen Selbstvertrauen, das eine bewundernswerte und vornehme Erziehung verriet.

Er hinterläßt einen Freund aus Ihrer Stadt, seiner Heimatstadt, einen Knaben, der auch jetzt noch (sieben Tage nach den tödlichen Schüssen) völlig außer sich ist. Bitte gestatten Sie mir einige persönliche Bemerkungen in einem Schreiben, das vielleicht besser einen offizielleren Charakter behalten sollte.

Nicht lange nach einem unserer ersten Siege sahen wir uns veranlaßt, in einer früheren Bergarbeitersiedlung am Shenandoah unser Lager aufzuschlagen. In der Siedlung war früher entweder nach Glimmer oder nach Gold gegraben worden; den Gebäuden war anzusehn, daß sie schon vor Jahren aufgegeben worden waren. Von diesem Biwak angetan, belegten Ihr Sohn und sein Freund, wie Knaben es nun einmal tun, eine verlassene Hütte mit Beschlag. Sie machten sie zu ihrer Behausung während der vier Tage, die wir dort kampierten.

Die Hütte hatte früher, nach einer noch vorhandenen Waage und einer Schiefertafel an der Wand zu schließen, als Erzwägestation gedient. Eines späten Abends, als ich keinen Schlaf

finden konnte, ging ich rauchend auf und ab und litt an Heimweh wie noch nie. Ich entschloß mich zu einem Rundgang durch unser Lager. Ich hatte eine Lampe bei mir, und als ich an dieser unüberdachten Hütte vorbeikam, fiel ihr Lichtschein auf einige helle Flächen im Innern. Ich trat durch die offene Tür. Ein voller Rupfensack, der, wie es ein glücklicher Zufall gewollt hatte, mit einem Schachbrettmuster versehen war, lag auf dem Tisch zwischen Ihrem Sohn und seinem Freund. Die Knaben hatten stundenlang Dame gespielt und waren darüber beide eingeschlafen. Die »Steine« waren Glasscherben, welche die Knaben an unseren verschiedenen Lagerplätzen gesammelt hatten, sehr zur Besorgnis unseres befehlshabenden Offiziers, der die jungen Männer fürsorglich warnte, solche Andenken könnten sie durch ihr Gewicht gefährlich behindern, wenn es einmal auf äußerste Schnelligkeit ankäme.
An der erwähnten Tafel hatten die Knaben ihre Punktzahlen angeschrieben. Die Seite des einen, so stand dort zu lesen, war der »Offizielle Dame-Club Falls, N.C.«, und darunter war ein zweiter Verein dieser Art mit dem Namen »Der andere Offizielle Dame-Club Falls, N.C.« ausgewiesen. Ich bin selbst Vater zweier Töchter, die fast im gleichen Alter stehen wie die Knaben, die ich in jener Nacht antraf. Ich stand in der Hütte und sah hinab auf diese Kinder, die sich so angelegentlich die Zeit vertrieben, um sich zugleich Mut zu machen. Der Sack, der ihnen als Spielbrett gedient hatte, war zum gemeinsamen Kopfkissen geworden. Nur ihre angewinkelten Arme verhinderten, daß die zwischen ihnen ausgelegten Scherben sich den Knaben ins Gesicht drückten. Die Musketen der Kinder standen griffbereit in einer Ecke. Ich befürchtete, die Knaben würden nach ihrem unruhigen Schlaf in einer schlechten Verfassung für den langen Marsch sein, der uns tags darauf bevorstand. Ich schickte mich an, sie zu wecken, doch dann hielt ich inne. Etwas an ihrem Schlaf, ihrer schieren Zuversicht erinnerte mich an einen ähnlichen Augenblick, den ich einmal im Baumhaus meiner Töchter erlebte, das ich mit meinen eigenen Händen gebaut hatte. Ich habe Ihren Sohn und seinen Freund nicht geweckt. Ich hätte es nicht über mich gebracht, Madam, ihnen ihren Aufenthaltsort und ihre Lebensumstände in Erinnerung zu rufen.
Wie wir alle hier draußen wurden die Knaben in den letzten

Wochen Zeugen eines Blutvergießens, ja Gemetzels, das uns – hätte man es uns in den stillen Tagen vor Fort Sumter angekündigt – schlechthin unerträglich erschienen wäre. Und dennoch bleibt man am Leben. Ich fand den kurzen Augenblick, den ich Ihnen geschildert habe, so friedvoll und tröstlich. Fast hatte ich ein schlechtes Gewissen wegen der Seelenruhe, die er mir schenkte. Aber ich vergesse mich und meine offizielle Funktion hier. Es ist schon sehr spät. Andere Aufgaben liegen noch vor mir. Ich schrieb von Ihrem Sohn als einem jungen Spieler, der das Beste aus einer unmenschlichen Situation machte. Natürlich bleibt sie auch immer menschlich, denn als Menschen sind wir hier und müssen sie erdulden. Ich muß zum Schluß kommen.

Das Lager ist jetzt so ruhig, die Gegend so friedlich. Selbst die zwölf Kanonen drüben auf der anderen Seite des Weges sind alle mit Tautropfen bedeckt. Es ist unvorstellbar, welcher Lärm und welches Blutvergießen womöglich beim ersten Tageslicht über uns hereinbrechen. Indem ich Ihnen dies schreibe, Madam, will mir scheinen, als stünde ich in Verbindung mit meiner eigenen Familie und all den vielen Menschen, denen ich in den letzten zwei Jahren geschrieben habe. Ich habe, freilich meist nicht in gleicher Ausführlichkeit, schon rund neunhundert solcher Briefe zu Papier gebracht. Ich stelle fest, daß sie mir schon beinahe zu leicht von der Hand gehen. Es gibt Dinge, in denen sollten wir besser alle ganz ungeübt bleiben.

Es ist ein schmerzlicher Gedanke, daß meine vielen Schuljahre, meine frühen Bemühungen um das Führen eines Tagebuchs und um Klarheit im Ausdruck – Unternehmungen, denen ich mich in meiner privilegierten Jugend so unbeschwert und romantisch widmete – nun auf diese Weise in Dienst gestellt werden. Ich entsinne mich meiner knabenhaften Oden an verschiedene Jahreszeiten, an verschiedene junge Damen meiner Bekanntschaft. Oden! Wollte ich heute eine schreiben, ihr Gegenstand könnte nur sein, welch ein Wunder es ist, daß irgend jemand einst die Zeit und die Zuversicht gefunden hat, so etwas wie eine Ode in Angriff zu nehmen!

Ehe der Morgen graut, muß ich noch den Angehörigen von drei weiteren Männern respektive Knaben schreiben, die ich kannte. Wäre meine Zeit nicht so knapp bemessen, ich würde erwägen, auch der Mutter von Schütze Marsden zu kondolieren, so eng befreundet waren diese beiden prächtigen Burschen aus dem amerikanischen Süden. Bitte sprechen Sie ihr mein Beileid aus. Ihr Vater, der verstorbene Richter More, war, wenn ich mich recht entsinne, Kommilitone meines Vaters am Harvard College. Sie sind oft am Beginn und Ende der Ferien zusammen mit der Eisenbahn gefahren.

Indem ich diesen Brief beschließe, kann ich Ihnen nur die unzweifelhafte Gerechtigkeit unserer Sache in Erinnerung rufen. Seien Sie, Madam, getrost in der Gewißheit, daß Ihr Sohn, der Ihnen in so jungen Jahren auf so grausame Weise entrissen wurde, aufgestiegen ist zur Pforte jener erhabenen Versammlung – der Märtyrer der großen Sache der Sezession.

Mit vorzüglicher Hochachtung verbleibe ich als Bruder im Leid, als Vater und als Anwärter auf Ruhm und Ehre – oder besagtes Märtyrertum.

Im Auftrag und aus persönlichem Bedürfnis zeichne ich mit dem Ausdruck tiefsten Mitgefühls als Ihr

First Lt. Vreeland Hester, CSA.

3.40 Uhr. Im White Oak Swamp,
irgendwo südöstlich von Gaines' Mill, Virginia

4

Was mich schwer ankommt: Daß ich mir mein Wasser nicht mehr selber kochen kann.

Jetzt bin ich vierzehn Jahre hier drin, und vorher hat man mich meistens am heißen Herd angetroffen – etwas, wo man sich drüber beklagen kann, daß man den lieben langen Tag dran stehn und schuften muß.

Mein Mann wollte sein Rindfleisch immer fast noch roh – die Kinder fanden das abscheulich. Wenn sie Captains rosa Fleisch sahen, haben sie immer im Chor »Nasenbluten, Nasenbluten« gerufen. Woher nehmen Kinder so was? Hast *du* übrigens mal versucht, ein zwölf Pfund schweres Stück Rindfleisch in deinem mit Holz befeuerten Herd so zu braten, daß das eine Ende rot bleibt und das andere hübsch knusprig braun wird? Na dann probier's mal. Kommt vor allem drauf an, wie du das Feuerholz schichtest.

Aber das Wasser, das heimelige Sieden des Wassers jeden Morgen. – Damals bin ich natürlich immer als erste aufgestanden. Die Kinder waren noch ganz klein, und ich nicht viel älter als sie. Die Morgenröte hätte meine schlafmützige jüngere Schwester sein können. So manches Mal war ich vor ihr unten in der Küche. Als erstes hab ich die Kienspäne in meinem Wedgwood-Herd angezündet. Unter der Pumpe hab ich dann meinen Lieblingstopf vollaufen lassen, den weiß emaillierten mit dem roten Rand. Ich hab ihn immer auf einen der hinteren Ringe gestellt. (Sonst hätten kleine Pfoten nach Henkeln gegrabscht, und kleine Köpfe wären verbrüht worden.) Auf zu sein und in einem großen, noch schlafenden Haus rumzuwirtschaften, den Zeitungsjungen den *Falls Herald Traveler* im hohen Bogen auf die Veranda schmeißen und sein Fahrrad davonklappern zu hören, hinterdrein das Tappen von seinem Hund auf dem Pflaster der Summit Avenue. Zu merken, daß aus dem Nachtdunkel ein nasses Wollgrau geworden ist, just wenn man schon nicht mehr ans Hellwerden geglaubt hat. Durch das Fenster über dem Ausguß hat unser Garten ausgesehn wie eine Kommodenschublade voller Nebel.

Wasserkessel hab ich nie gemocht. (Das Pfeifen geht mir auf die Nerven.) Nein, ich wollte *sehn*, wie mein Wasser kocht. Perlende Bläschen versammeln sich am Rande (ein Familientreffen, Ähnlichkeiten noch und noch). Dann schicken sie einzelne Familienmitglieder hinauf zum Nachsehen. Schließlich brodelt das Ganze mit gehörigem Ungestüm. Ich will mein Wasser *riechen*, will spüren, wie der Dampf aufsteigt. Zu dieser frühen Stunde hat das Wasser Lucy die beste Gesellschaft geleistet. Manchmal, da schien mir das Wasser zu vollkommen, um von hier zu sein – es kam mir international vor, oder noch besser: Wie ein freundlicher Geist. Pausenbrote hab ich immer im Fließbandverfahren hergerichtet: Du reihst deine zwei Dutzend Schnitten nebeneinander auf, schneidest dir einen ordentlichen Batzen Butter runter, fährst die Tischkante entlang und bestreichst sie alle in einem einzigen Durchgang – gewußt wie. Ich könnt's heut noch im Schlaf, auch von meinem Rollstuhl aus, jederzeit.

Wie schnell das Wasser gekocht hat, das war immer mein Stimmungsbarometer. Wenn's rasch ging, hab ich mich wacher gefühlt. Hat's ewig gedauert, wußte ich, es wird einer von *den* Tagen.

Komisch, die Küche ist mir manchmal voller vorgekommen, *bevor* meine Belegschaft aufgewacht ist und runtergetrappelt kam. Irgendeiner hat dann bald gebeichtet, daß er seine Rechenaufgabe nicht fertig hatte, ein anderer hatte vielleicht die ersten rötlichen Tupfer von den Windpocken auf der Haut (»Mama, ich fühl mich heute gar nicht gut.«) Aber noch war's nicht so weit, gottseidank. Das Wasser hat längst gekocht. Ich hab's trotzdem weiterblubbern lassen, genau wie die Kinder plappern durften, was sie wollten – ich hab nur mit halbem Ohr auf ihr fast melodiöses Gezwitscher gehört. Ein Häher hat draußen am Vogelhäuschen die Spatzen schikaniert. Später ist mir dann Moxie, unser Neufundländer-Blindenhund, um die Beine gestrichen – noch ein Maul zu stopfen.

War ich oft müde! Das weiß ich noch. Man soll ja nichts beschönigen, wenn man an früher zurückdenkt. Das wär falsch – da ist mir noch lieber, es klingt alles ein bißchen zu hart. Trotzdem muß ich zugeben, ich komme nach so langer Zeit manchmal schon in Versuchung, mich falsch zu erinnern. Vor allem, wenn ich an unser Haus denke, bevor die andern aufgestanden waren. An der Wand unter der Uhr waren Bleistiftstriche für die Größe von jedem; jedes halbe Jahr haben wir sie neu gemacht, bloß die Anfangsbuchstaben sind immer gleichgeblieben. In der engen, bettbreiten Zelle hier, diesem gelben Sperrholzverschlag, kommt mir die Küche in unserm Haus in der Erinnerung riesig vor – eine halbe Bahnhofshalle voller Ostlicht, aber wenn das Wasser am Kochen war, so gemütlich wie eine Plauderecke.

Wenn die gut zwanzig Scheiben Frühstückstoast erst mal in Arbeit waren, wenn alle Thermosflaschen und Pausenbrottäschchen gefüllt und zugemacht waren (unsere Jüngste hatte empfindliche Haut und brauchte besonderes Essen, Louisa bekam den zusätzlichen Sandwich, um den sie immer gebettelt hat, trotzdem sie ohnehin ein bißchen mollig war) und wenn sich dann auch die Sonne – Lucys gutem Beispiel folgend – bequemt hat, ihren Posten am Himmel einzunehmen, *dann* hab ich mir die erste Tasse Kaffee gegönnt. Mein Gott, war die gut! Wenn ich schon ein bißchen was gearbeitet hatte, hat mir mein Kaffee unweigerlich besser geschmeckt. Mit fünfzehn bin ich drauf gekommen, ihn schwarz zu trinken. Man ist freier so. Wartet nicht immer, daß man noch was extra kriegt. Ich hab für's erste immer nur eine Tasse getrunken, die aber um so mehr genossen, bevor ich raufgegangen bin und mich als Wecker unbeliebt gemacht hab.

Die ganze Zeit durfte das Wasser drunten weiterkochen, blubbernd Blasen treiben, sich der Küchenluft hingeben. Manchmal hab ich den Tiegel sogar nachgefüllt. Hab mir eingebildet, der Dampf wär gut für unsere Lungen. Außerdem hab ich das Geräusch gemocht, das das brodelnde Wasser gemacht hat, im Einklang mit dem Morgenlicht, mit sich selber, mit mir.

In dem Heim hier macht uns das Personal alles warm. Wir haben keine Mikrowelle in Lanes' End Rest, weil sechs Patienten einen Herzschrittmacher tragen. Also dauert's auch heute, im Zeitalter der Raketen und was weiß ich, noch genauso lang, bis das Wasser kocht. Manches ändert sich nie, und das ist gut so. Ich persönlich will mich ja einäschern lassen. Vom kochenden Wasser weiß ich, wie sauber das sein wird. Das Feuer wird sich nur mit mir und über mich unterhalten. Eine sehr ausführliche Unterhaltung, zugegeben. Ich werde das Feuer kennenlernen. Das Feuer wird lichterloh für mich entbrennen. Es wird sich mit mir befassen. Was wird es über mich sagen, bevor es das Interesse verliert? Ich weiß, wie das Wasser in einem morgendlich stillen Haus Konversation macht, wie die Engel der Elemente, schon im Morgengrauen alle auf, ein Schwätzchen halten. Fachsimpeln über den neuen Tag.

Wenn wir hier in unsern Kabuffs Kochplatten haben dürften, ich schwör dir, ich würde mir immer noch jeden Morgen mein Wasser selber kochen – bloß um es zu riechen und zu hören, um zu spüren, wie's mir übers Gesicht streicht.

Ich vermisse das so, Junge. Weißt du, was Wasser ist?

Wasser ist Familie.

5

Vielleicht hab ich dir schon gesagt, wie unser Fürsorgeheim zu seinem sonderbaren Namen gekommen ist. Das ganze Gelände hier hat mal der Kaufmannsfamilie Lane gehört. Unser baumreiches Ende der Straße wurde deshalb Lanes' End genannt. Und als dieser Klotz aus Hohlblockziegeln, Glasbausteinen und Dachpappe anno 1949 auf die billige gebaut wurde, ist ihm der Name geblieben. Lanes' End Rest – die Ruhe am Ende des Wegs. – Niemand wird mir einreden, daß das ein freundlicher Name für die letzte Bleibe alter Menschen ist. Nichts gegen die Leute von der Stadtverwaltung, aber ich finde, sie könnten ruhig ein bißchen Feingefühl zeigen und ihn ändern. Genausogut könnten sie's »Greisenzentrum« oder gleich »Aussegnungshalle« oder so nennen.

Auf dem hölzernen Schild WILLKOMMEN IN LANES' END lesen zu müssen, wenn der Krankenwagen hält, das ist besonders für die Neuen nicht grade aufmunternd. Wir Alteinsitzenden reißen ja inzwischen unsere Witze drüber. Mit der Zeit lernt man das. Vielleicht ist das der Grund, warum wir immer noch da sind. Das und die Liebe zu unserer Nachmittagsserie im Fernsehn: *Meine Kinder sind die besten*. Und natürlich unsere Skandälchen und die Begabung, über so manches einfach nur zu lachen. Die Alten, die das nicht können, sind oft die ersten, die gehn müssen.

Wer lacht, lebt länger.

Von den Neuen hier gewöhnen sich die Frauen meistens am schnellsten ein. Trotzdem sie noch ganz zerschlagen sind von der Anreise, überlegen sie: Was zieht man hier zum Abendessen an? Ein gutes Zeichen. Männer nehmen sich am Anfang alles so zu Herzen. Sie hängen zu sehr an ihrer alten Vorstellung von Würde – der Würde eines fünfunddreißigjährigen Jungen, nicht der eines Achtzigjährigen.

Mein Lieber, man muß seine Erwartungen ständig runterschrauben. Oder nein, man muß sich bloß umstellen im Hinblick darauf, womit man sich zufriedengibt. Ich will dir nicht Angst machen vor der dünnen Luft an der Baumgrenze der Zeit. Aber sagen wir so: Du mußt bereit sein, dich zu ändern. Wenn du verkalkst, tun's die Arterien auch.

6

Der junge Soldat Marsden konnte sich jetzt wieder im Ort blicken lassen – seiner Mähne ledig, befreit von den blinden Passagieren aus dem Tierreich (sie haben ihm beinah gefehlt, so als wären sie die letzten Kriegsopfer gewesen und er hätte sie retten und als Haustiere im Einmachglas halten können). Der Junge hat Zivilkleider getragen, die ihm in der ersten Zeit unbehaglich waren, wie wenn er sich als Räuber verkleidet hätte. Aber schon bald hat Willie im Straßenanzug genauso normal ausgesehn wie du und ich. Mit dem Einspänner hat er drei Landkreise abgefahren und nach und nach wieder in Besitz genommen, was der Familie gehörte. Er wußte, wenn man anständig verdienen will, muß man wenigstens so auftreten, als hätte man was zu sagen.

Auf dem Weg zu seinem Viehhof kam er an andern Kriegsveteranen vorbei, die sich immer in der kreisrunden Anlage vor unserem schönen Gerichtsgebäude versammelt haben. Manche wurden von ihren Frauen hergebracht – die Damen waren heilfroh, daß sie zu Hause einen ruhigen Vormittag hatten.

Zwei Junggesellen haben ihr Leben in einem Paar Waschkörbe gefristet. Freunde haben die beinlosen, einarmigen Männer an den sonnigen Platz in der Öffentlichkeit gebracht und sie den ganzen Tag dort gelassen – zum Auslüften wie Wäsche. – Wenn er vorüberging, hat der drahtige junge Marsden immer die Finger an die breite Hutkrempe gelegt und einen höflichen Bogen um die bunt zusammengewürfelte Schar gemacht. Sicher hat er gehört, daß sie ihre Kriegserlebnisse durchkauten. Aber er blieb nicht stehn – vielleicht, weil er nicht viel hätte beitragen können. Vor dem Krieg hatte Will diese Männer für Spinner und Krakeeler gehalten. Hinterher war der Eindruck sogar noch stärker. Bloß haben die jetzt gemeint, daß die Welt ihnen ihren Lebensunterhalt schuldet, weil sie historische Schlachten in drei Staaten verloren hatten!

Im Ort hat man ihnen tatsächlich erstaunlich viel Achtung erwiesen. Kleine Mädchen haben sich zu ihnen gesetzt, ihnen mit großen Augen zugehört und sich vor dem scheußlichen braunen Tabaksaft in acht genommen, den die Veteranen mit der stolzen Zielsicherheit der Infanteristen in die Gegend gespuckt haben. »Du hast doch nicht etwa was abgekriegt, Kleines, oder? Seht euch doch bloß diesen Lockenkopf an, Kameraden. Da weiß man doch wenigstens, wofür man gekämpft hat.« Frauen stellten Essensreste und Kartons mit geflickten Hemden auf die Parkbänke – wie kleine Opfergaben vor einen Altar. Weißt du, jetzt wo der Krieg vorbei war, hatten diese Rabauken endlich den Trumpf in der Hand, der bei so manchem das einzige ist, was er sich vom Leben erhofft: Man hat sie zur Kenntnis genommen.

Marsden hätte das auch haben können, aber er hat den Rand gehalten.

Die zwei in den Waschkörben haben sich den ganzen Tag mitten in Falls in der Sonne geaalt und, fleischig in ihren ovalen Körben, alles in sich aufgesogen, was um sie rum erzählt wurde – wie zwei riesige, eklige, begierig lauschende Ohren. Die meisten von den Veteranen hatten den kleinen Ned gekannt. Sie hatten gehört, wie sich Neds Mutter aufgeführt hatte, als sie die Nachricht bekam. Sie wußten, daß Winona Smythe – zum erstenmal seit Jahren – ihr Grundstück verlassen hatte. Sie war in den Ort gestürmt und mitten in die Chorprobe im Bethaus von den Baptisten geplatzt. Sie hat die Kristallvase und die Kerzen, die sie gestiftet hatte, vom Altar gerissen und dabei aus Leibeskräften zu dem spitzgiebligen Dach raufgekreischt: »Gebt ihn mir auf der Stelle wieder! Sonst gnade euch Gott!« Auf diese Weise hat unser zartbesaiteter Chorleiter erst von Neds Tod erfahren. Winona war nicht gerade der Taktvollsten eine. Der gesamte Alt mußte den mitgenommenen Musikus nach Hause bringen. (In Notfällen ist auf die launischen Soprane einfach kein Verlaß. Aber mit Altistinnen kann man Pferde stehlen. Ich spreche aus Erfahrung. Ich war selber eine, bevor die Zeit mir die Stimme ruiniert hat.) Die Sängerinnen haben ihn in sein eines Zimmer raufgeschleppt, und zum Dank hat er sie verspottet: »Der kleine Smythe hatte mehr Talent im kleinen Finger als ihr alle zusammen in euern dreißig Jahren Monotonie. Diese unbändige Stimme! Den Krieg zu verlieren *und* seine glockenreinen Töne! Ich habe ihn geliebt. Sind die Damen schockiert? Nur zu, raus damit. Weil, was nützt Ihnen Ihr Stillschweigen, was erreichen Sie damit? Na? Dreißig Jahre im Dienst der Musik. Wozu, für wen? Wen interessiert's, wozu ist es gut?« Die Damen haben überlegt, ob sie in Tränen ausbrechen sollten, versagten es sich aber und räusperten sich nur, in absolut reinem Kammerton, eine Huldigung an ihn.

Die Altistinnen haben festgestellt, daß die Wände von seinem Zimmer mit Bildern von ihrem Chor aus drei Jahrzehnten tapeziert waren – Neds Lockenpracht war jüngeren Datums und allenthalben rot umrandet. Tagelang haben die Sängerinnen jeweils zu zweit Wache gehalten am Bett des Junggesellen, aus Angst, daß er sich das Leben nimmt. Unversehens aufgetauchte Eintopfgerichte sind neben dem Bett kalt geworden und eingetrocknet. Die Damen saßen immer paarweise an seinem Bett, weil er doch immerhin Junggeselle war und noch dazu nur im Schlafanzug (mit Violinschlüsseln drauf). Sie waren schließlich Kirchgängerinnen – auch wenn sie natürlich wußten, daß dieser gebrochene Glatzkopf nicht gerade eine akute Gefahr für unbehütete Weiblichkeit darstellte. Frauen waren seine besten Freunde, nicht mehr. Frauen waren immer an allem schuld, und trotzdem hat er sich immer bei ihnen ausgeweint.

Während er schlief, haben die Altistinnen miteinander getuschelt: Die arme Winona kocht jetzt über einem Lagerfeuer im Garten und schläft – sogar bei Blitz und Donner und Sturm – in einem kleinen Zelt neben dem Haus. Irgendwer hatte beobachtet, wie sie in ihrem Garten nächtliche Patrouillen gemacht hat, einen Kanarienvogelkäfig vor sich hertragend, den sie anscheinend für eine Laterne hielt, auf der Suche nach dem einen Gerechten.

Den Kriegsinvaliden vom Gerichtsplatz war aufgefallen, daß Will Marsden lange Umwege machte, um nicht an Winona Smythes Haus vorbei zu müssen. Über einen Monat war er schon wieder da und hatte immer noch Bammel vor dem ersten Besuch. Und wer hätt's ihm verdenken können? Jeden Samstag hat er Orte aufgesucht, wo er und Ned zusammen gespielt hatten. Weit draußen hinter der Eisfabrik, ja sogar am Silver Lake konnte man den jungen Marsden rumwandern sehn. Seine neuen schwarzen Schuhe waren verdreckt vom Waten in den Wassergräben, in denen die beiden früher Krebse gefangen hatten. Manche ihrer alten »Lager« waren inzwischen von andern Kindern in Beschlag genommen worden, so wie Vögel sich in verlassenen Nestern häuslich einrichten. Marsden war's anscheinend recht. Unter eine hohe Platane hat er sechs Fünfcentstücke für die sechs schwarzen Kinder gelegt, die jetzt dort gespielt haben. Es war die höchste Platane im ganzen Kreis Nash, und sie war berühmt dafür (im Kreis Nash). Von den obersten, seekrank machenden Ästen konnte man glatt bis zum Armenhaus sehn, weit über den Fluß Tar hinweg, fast bis zu den vierzig Kirchtürmen von Rocky Mount. Ned war erschossen worden, als er an einer Platane schaukelte. Das alles war wichtig für den jungen Marsden, der jetzt unter Selbstgesprächen in einem Graben nicht weit von dem Baum hockte. Seine goldene Uhr, die er immer noch als Leihgabe von dem Toten aus dem Norden behielt, lag mit offenem Deckel vor ihm. Sein großer dunkler Hut hing auf einem in die Erde gerammten gegabelten Stock. Willie sah gebannt zu, wie die schwarzen Kinder die Baumkrone ins Schwanken brachten – mit banger Miene, als ob er Angst hätte, die Platane mit den ganzen Kindern drauf könnte jeden Moment explodieren. Er sah auf die Uhr. Etwas Seltsames ist damals mit Willie Marsden vorgegangen, es hat sich was gestaut ihn ihm, was sich früher oder später gewaltsam Bahn brechen mußte. Kannst dich drauf verlassen – ein physikalisches Gesetz. Und so klein, wie Falls war – wenn ihn wer allein da draußen in einem Graben gesehn hat, wußte es spätestens nach zwei Stunden der ganze Ort.

Die Leute haben sich Sorgen um ihn gemacht, sicher. (Es gibt ja Männer, von denen nimmt man Notiz, weil sie zu wenig von der Welt erwarten. Man möchte dem Burschen sagen: »He, du hast ein Anrecht. Du besonders.« Diese Hoffnungslosigkeit zieht andere an. Kommt ihnen vor, als hätte so ein Miesepeter lauter saftige Geheimnisse in sich verschlossen. Ach, wenn man nur ein paar davon rausholen könnte, das wär, wie wenn reiner, goldener Honig aus einem häßlichen verstaubten Bienenstock tropft. Krankenschwestern, Geistliche, Romantiker, Kinder – und Narren – fühlen sich unwiderstehlich zu solchen Männern hingezogen. Achte mal drauf.)

Nach allem, was ich hier in Lanes' End Rest erlebt hab, könnte ich eine ganz neue Warnung des Gesundheitsministers schreiben; zum Beispiel: Wenn du nach nichts mehr aussiehst, erwarte nicht – ich wiederhole: *nicht* –, daß man dich noch wie eine Schönheit behandelt. Klingt selbstverständlich, aber du würdest dich wundern, was für eine hartnäckige Angewohnheit die Gewohnheit ist. (Ein schönes Äußeres – diese Rolle hat mir der liebe Gott nie zugedacht, konnte sie mir deshalb auch nicht hämisch kichernd wieder wegnehmen.) Gewesenen Schönheiten sage ich immer: Sucht euch was anderes, wo ihr euch dran halten könnt. Bringt euch irgendwas bei, und zwar so, daß ihr's *richtig gut* könnt, und wenn es was Kunsthandwerkliches ist – zum Beispiel zum tausendsten Mal den Kopf von Sitting Bull in eine Scheibe Kiefernholz brennen, die viel lieber schlichtes Kiefernholz geblieben wär.

Wesentlich mehr Mühe macht es schon, unsern männlichen Neuzugängen das Gefühl zu geben, daß sie genug beachtet werden. Beachtung ist so eine Art Sauerstoff. Der Professor auf der andern Seite vom Flur hat mir mal von einem Versuch in einem mexikanischen Waisenhaus erzählt: Keine Schwester durfte die Babys anrühren, außer wenn sie die Windeln gewechselt oder das Fläschen in den Mund gesteckt bekamen – und stell dir vor, ein paar von den Kindern sind einfach gestorben! Tatsache. Kommt an diesem Ende des Fließbands auch vor. Am schwersten tun sich die ganz schüchternen Witwer und Junggesellen.

Sie kommen allein und bleiben auf ihrem Zimmer. Männer haben ja ein Talent für mürrischen Stolz, fürs Wiederaufwärmen längst erledigter alter Geschichten. Die Würde – die von der falschen Sorte – wird so manchem alten Herrn zum Verhängnis, scheint's. Die ziehn hier ein und stellen fest, daß bei uns vier Frauen auf einen Mann kommen – man sollte doch meinen, schon das würde ihnen neuen Lebensmut geben! Aber nein, das ganz gewöhnliche Glück ist ihnen zu billig. Sie trauen ihm noch nicht – und dabei kriechen manche von den alten Knaben schon auf die Neunzig zu. Ein für allemal, mein Lieber, alt werden heißt nicht weise werden. Ich könnte dich im Rollstuhl von Zimmer zu Zimmer führen, um dir's zu beweisen. Bitte keine Namen.

Als erstes fällt den Männern auf, daß es hier überall reinregnet. Wenn die Aprilschauer kommen, stehn auf dem Flur reihenweise Blechbüchsen und Plastik-Mülleimer, in denen das Regenwasser aufgefangen wird. Die Räder von den Rollstühlen werden klitschnaß. Man kriegt schwarze Hände von dem abgeriebenen Gummi. Als nächstes merken sie, daß das Essen hier, besonders an manchen Donnerstagen, fast schon für Maden ungenießbar ist. Die Männer sehn da immer gleich eine Verschwörung gegen sie persönlich.

Die hatten alle mal einen Beruf und eine Altersversorgung, aber die hat nicht lange genug gereicht, und jetzt können sie sich nicht an den Gedanken gewöhnen, daß sie von der Fürsorge leben müssen. Wer nicht arbeitet, soll auch nicht essen, haben sie ihr Leben lang gepredigt. Jetzt können sie nicht mehr arbeiten, sind aber auch nicht zu dem bereit, was sie immer den Arbeitsscheuen aller Rassen zugedacht haben.

Wenn ein Neuer hier zwei Wochen lang eine moralische Ohrfeige nach der andern eingesteckt hat, wissen wir, ob er Spaß versteht oder nicht. – Die Nicht-Lacher? Die Womit-hab-ich-das-verdient-Typen? Na ja, die sterben eben schneller aus. So einfach ist das. Aber wenn man sieht, daß einer sich ein klein wenig für *Meine Kinder sind die besten* interessiert, wenn man ihn dabei erwischt, daß er sich erkundigt, was mit der oder jener Figur gewesen ist, bevor er mitten rein gekommen ist, und wenn er beim Abendessen im Mehrzweckraum mit einem spricht und es wenigstens an ein paar Tagen in der Woche zum Frühstück schafft, wenn man erfährt, womit er sich früher sein Geld verdient hat, was davon er am besten gekonnt hat und was ihm am meisten fehlt – also bei dem kann man hoffen, daß er uns noch eine Zeitlang erhalten bleibt. Er macht den Quatsch mit, verstehst du, und weiß, daß es nicht nur ein schlechter Scherz auf seine Kosten ist. Er kann und soll auch drüber lachen.

Das Dumme ist: Das, wo nur noch Lachen hilft, wird von Tag zu Tag mehr. Stimmt doch, oder? Eh man sich's versieht, wird man geradezu süchtig nach makabren und bösartigen Witzen. Am Schluß sitzen einem die schlechten Witze praktisch im Genick und schreien einem ins Ohr: »Findest du *das* lustig? Bringt es dich zum Lachen? Kitzelt *das* deine Lachnerven? Oder *das*?«

Aber »Lanes' End Rest«? Ich finde, der Name ist geschmacklos, und die Verantwortlichen sollten sich was schämen und ihn ändern.

7

Als seine eigene Mutter wieder soweit auf dem Damm war, daß sie einigermaßen zurechtgekommen ist, gut aufgehoben in einer Pension mit William-Morris-Tapeten und einem Dienstmädchen rund um die Uhr, hat sich Marsden für den Besuch bei Ned seiner gewappnet. Das war natürlich eine Aufgabe, um die sich auch der couragierteste Junge nicht gerissen hätte: Es gibt die verschiedensten Arten von Tapferkeit, und mancher hat vor einem Anstandsbesuch mehr Muffensausen als vor einer Schlacht im Krieg. Wie sagt man einer Witwe, daß ihr einziger Sohn gefallen ist? Packt man besser alles in einen einzigen Satz und knallt ihr den hin, oder rollt man erst eine lange Matte von Wörtern unter ihr aus und sagt's ihr dann, damit sie weicher fällt?

Will hatte natürlich schon gehört, wie sie den Brief aufgenommen hatte. Er wußte noch nicht, welcher von seinen Vorgesetzten ihn geschrieben hatte. Klatschmäuler hatten ihm in allen Einzelheiten geschildert, wie Winona, als sie die Nachricht bekommen hatte, ins Unkraut gekippt war. Trotzdem hatte er irgendwie das Gefühl, daß ihr Neds Tod noch nicht mitgeteilt worden war. Die Witwe Smythe würde es erst dann wirklich glauben, wenn Marsden persönlich zu ihr rüberging, anklopfte, es ihr sagte. Er hat den Besuch noch ein Weilchen rausgeschoben.

Eines Abends steht er im Schutz der Dunkelheit draußen vor ihrem Gartentor und schaut zu dem Lagerfeuer neben dem Haus rüber, sieht eine Gestalt, die eine Ente oder einen Truthahn über dem Feuer brät und mit der Geduld eines Soldaten den Spieß dreht.

Wie sie Willie zum erstenmal wieder auf der Straße sahen, haben die meisten in Falls ihn nicht wiedererkannt, so sehr war der Junge gewachsen. War sechs Fuß ein Zoll groß, als er heimkam, und so ernst wie ein junger Pastor. Ein Hiesiger – er saß auf der schon oft überstrichenen Bank vor Lucas' Gemischtwarenhandlung – hat schließlich gesagt: »Ich hab's. Jede Wette, daß das ein Marsden ist – ein Marsden von einer More. Das scharfgeschnittene Gesicht von seinem Vater und die blasse Haut, für die seine Mutter früher so berühmt war. Wer hält dagegen?«

Heute kann man sich kaum noch eine Zeit oder einen Ort vorstellen, wo einen die eigenen Erbanlagen schon von weitem verraten haben. In mancher Hinsicht ist es natürlich höchst unangenehm, daß einem scheinbar wildfremde Menschen ansehn, aus welchen beiden

Sippchen man zusammengerührt worden ist. Aber letzten Endes wußte man wenigstens, daß man zu Hause war, weil das Zuhause wußte, wer man war.

Und wo bin *ich*? Ich bin nichts als ein Glitzern in den meergrünen Augen meines Papas – und der ist noch ein flachsköpfiger Farmerjunge ganz weit draußen im ärmsten Teil der sumpfigsten Gegend beider Carolinas. Ich bin der perlmutterne Schimmer auf der Nase meiner noch in den Windeln liegenden reichen Mama – die in einem weißen Korbkinderwagen mit einem weißseidenen Sonnenschirm dran spazierengefahren wird. Wie weit Captain Marsden mir in der Zeit voraus war, sieht man daran, daß meine eigenen Eltern noch Halbwüchsige waren, als er später in der Stadt rumlief, erwachsen und melancholisch, mattschwarz gekleidet wie ein gußeiserner Wetterhahn – ein Kauz, um den die Kinder einen Bogen gemacht haben.

Eines Tages hat sich dann der junge Mann ein Herz gefaßt und ist, mit Brillantine im Haar, aufgebrochen, seiner Pflicht nachzukommen. Vorher ist er noch zu Lucas gegangen und hat für die Witwe eine Tüte Hustenbonbons gekauft. Dann ist er – wie ein altgedienter Freier in zu neuen Kleidern – rübergeschlendert, unangemeldet und mit zugeschnürter Kehle.

Natürlich wußte jeder genau, wo er hinwollte. Sie hatten alle schon drauf gewartet. Ein paar sind ihm nachgegangen.

Marsden zwängt sich durch das Gestrüpp, steigt über die Reste eines ausgegangenen Lagerfeuers, klopft an der Mittelstange des Zelts an, wartet, räuspert sich, bückt sich schließlich. Drinnen nur ein Klumpen Decken. Er geht an die Haustür und klopft da. Die Neugierigen verstecken sich diskret hinter Kamelienbüschen auf dem Nachbargrundstück und warten ab, was passieren wird oder auch nicht.

Endlich macht Winona auf. Sie sieht aus wie die Schlaflosigkeit in Person, eingezwängt in ein zu eng gewordenes schwarzes Kleid. Sie hat sich parfümiert. Riecht schrecklich, aber verführerisch.

Ihm wird schwindlig, wie er so auf Winonas Vortreppe steht. Er muß richtig zu ihr runterschauen. Ich bin *doch* gewachsen, denkt er. Früher hat er auch oft da gestanden und gefragt: »Kann Ned bitte rauskommen und mit mir spielen, Madam?« Aber da hat er immer zu Winonas gewaltigem Vorbau raufschaun müssen. Auf seinen neuen, gottgegebenen Beinen kommt er sich jetzt vor wie auf zwei hohen Küchenhockern.

»Ich bin wieder da«, sagt er. »Aber unser Ned, der ist nicht da. Ich bin gekommen, es Ihnen sagen. Das. Sie wissen schon. Was passiert ist.« Will fängt an zu erzählen, stockend, von dem Mühlteich, der ausgelassenen Stimmung, den Maultieren, die schon drin sind, von dem Baum am andern Ufer, dem Freund, der über dem Wasser schaukelt. Winona – sie hat Will noch nicht reingebeten – fängt zu kreischen an. Die Nachbarn – es sind schon viele zusammengeströmt, geleitet von dem sechsten Sinn, der auf Skandalgeschichten wie elektrisiert anspringt – kommen aus ihrer Deckung hinter den Kamelien vor. Setzt schon mal den Eintopf auf.

Die Kanarienvögel hören Winona und fangen ihrerseits an zu kreischen. Die Witwe rennt ins Haus zurück. Stolpert. Er ihr nach. Sie weicht vor ihm zurück. Fällt hin. Er hilft ihr auf. Sie reißt sich los. Wehrt sich. Schlägt ihn auf die Schultern. Schreit ihn an: »Deserteur!« Sie versetzt Will einen heftigen Stoß. Dann wendet sie sich ab, taumelt. Will stützt sie. Sie beschimpft ihn: »Wir haben euch beide zusammen weggeschickt. *Er* wäre heute auch zu Hause. Ihr wart eins. Ich hab dir ausdrücklich gesagt: ›Schütz ihn mit deinem Leben.‹ Und jetzt stehst *du* da, baumlang und linkisch, nicht gerade eine Augenweide, und wo ist unser Ned, William? Er war so ein prachtvoller Junge, als er weggegangen ist, und bestimmt stellt sich raus, daß es ihm gutgeht, wenn du mit diesem albernen Scherz aufhörst. Gib ihn her. Wo hast du ihn versteckt?« Sie schiebt sich dicht an ihn ran, tastet sein Jackett ab, greift ihm tief in die Taschen seiner neuen Hosen. Sie drückt den schlaksigen Jungen gegen die Flurtapete. Er hält sich jetzt die Bonbontüte an den Adamsapfel. Als Winona keinerlei Spur von ihrem Ned an Willie findet, fängt sie an, ihn zu schlagen, auf die Schultern, auf die Brust. Er steht bloß da und gibt leise Laute von sich, das Gesicht lang, die Augen halb zu, den Kopf abgewandt – erwartet nichts, nimmt alles hin. Erst als Winona ihm das Knie in die unversehens erwachsen gewordenen Weichteile rammen will, zieht er ein Bein an, wehrt den Stoß ab.

Da läßt sie von ihm ab. Wie sie seine steinerne Miene sieht, läßt sich Winona einfach gegen ihn fallen und fängt so zu schluchzen an, daß die Kanarienvögel es mit der Angst kriegen (erst jetzt merkt Marsden, daß sie frei im ganzen Haus rumschwirren – eifersüchtig umkreisen sie Winona, wollen sich einschmeicheln, ein schöner Ring gelber Monde um einen schwarzen Planeten). Die Vögel werden von Winonas Schreien schier unsinnig. Schwirren rum und stoßen so schuppige kleine Glimmersplitter von Tönen aus.

Draußen gafften inzwischen noch mehr Nachbarn am Zaun. Zwei Männer aßen ein Sandwich. Es war fast schon gemütlich. Sie machten sich jetzt weniger Sorgen um die Witwe als um ihren jungen Besucher. »Der arme Kerl«, haben sie gesagt. »Erst der Krieg. Und jetzt auch noch Winona.«

Die Haustür stand offen. Die Leute hörten Winonas seltsame, unnatürliche Schreie – unnatürlich, weil sie (die Haare sträubten sich einem, Gänsehaut überzog einem die Arme) so natürlich waren, weil man sie so oft in sich spürte und doch so selten hörte. Besonders hier an der Summit Avenue, wo jeder Strauch kunstvoll geschnitten war, wo viele Leute Nachnamen als Vornamen hatten, wo – anders als auf dem Land – kein schwarzer Hund Blackie und kein weißer Snowball hieß. An dieser noblen Allee lebte eine Frau namens Winona, die jederzeit ohne Rücksicht auf Verluste absolut alles tat, was ihr in den Sinn kam. Es hätte eigentlich nicht sein dürfen, daß sie sich so aufführte und trotzdem weiter in dieser vornehmen Gegend wohnen blieb. Daß sie nicht ganz normal war, auch nicht für achtzehnfünfundsechzig, machte sie zu einer Gefahr, bedeutete, daß es wahrscheinlich einmal bös mit ihr enden würde. Jeder wußte das. Sogar Winona. Sie besonders. Aber darum hat sie sich nur um so schlimmer aufgeführt.

Unterdessen im Haus drin – die Zaungäste haben es nicht mitbekommen, aber mir ist es Jahre später erzählt worden: Als die Witwe Winona sich ausgeschluchzt hat, als sie sich wieder halbwegs normal benimmt, packt sie den jungen Mann an dem, was von seinem Haarschopf übriggeblieben ist. Auf dem Flur zwingt sie Willie M. in die Knie und beutelt mit jedem Wort, das sie zwischen zusammengebissenen Zähnen hervorstößt, seinen knubbligen Kopf: »Wo – warst – du – als – sie – ihn – totgeschossen – haben? Wo – warst – du?«

Schon bald haben die Zuhörer draußen vor dem Zaun andere Töne gehört, von einem Baßbariton, die sich unter Winonas Gezeter mischen. »Jetzt auch er«, sagten die Leute zueinander. Auf einmal war Winonas Raserei, über die sie sich eben noch entrüstet hatten, nicht mehr so unschicklich. (Gefühle sind eben doch Quecksilber.) Jetzt, wo Will Winonas Kummer teilte, wurde den Nachbarn klar, daß sie selber – wenn *sie* so einen bildhübschen einzigen Sohn verloren hätten wie Winona – vielleicht genauso dagegen aufbegehrt hätten.

Aber da sind schon die ersten Teller zerkracht.

Nachbarhunde kamen kläffend angelaufen. Splitterndes Geschirr tut Hundeohren weh. Die Leute fanden es egoistisch von ihr, sich einen solchen Tobsuchtsanfall zu leisten, wo sie's doch schon so lange wußte. Hätte sie nicht einfach einen heimgekehrten Soldaten trösten können? »*Er* hat doch schließlich ihren Ned nicht umgebracht«, sagte einer.

Ah, da kommt der schüchterne William More Marsden rückwärts durch die Haustür, den Hut in der Hand, beschwichtigend gestikulierend, und duckt sich immer wieder, um seine Augenpartie aus der Flugbahn der Teller und Untertassen zu halten. Dann flattert aus der offenen Tür, durch die Will eben abgegangen ist, ein einzelner Kanarienvogel. Er fliegt auf einen struppigen Baum in Winonas Garten. »Ahs« und »Ohs« aus der Zuschauermenge vermischen sich zum Chor. Dann hört man Winona gellend auf zwei Fingern pfeifen. Sie schreit: »Von Himmel der Vierte, du kommst auf der Stelle zurück, du Mistfink! Na los, wird's bald!« Und wie durch ein Wunder fliegt der Vogel direkt durch die Tür, zielsicher wie ein Faden durchs Nadelöhr. Wirklich und wahrhaftig.

Eine einzelne grüne Untertasse (sieht aus wie Limoges-Porzellan, was die Matronen von der Summit Avenue noch mehr aufbringt) eiert durch die Luft, zischt knapp über den Scheitel des jungen Mannes, landet etliche Fuß hinter ihm auf dem harten Ziegelpfad und zerschellt mit einem dezenten und trotzdem durchdringenden Knall. Marsden schiebt sich rückwärts durchs Gartentor und die Schar der mitleidigen Nachbarn, die sich teilt, um ihn durchzulassen. »Pardon«, sagt er. Er hält den neuen schwarzen Hut in beiden Händen und dreht ihn unaufhörlich wie ein Gefäß auf der Töpferscheibe, das vollkommen rund werden soll. Sein seltsames, schiefes Lächeln gilt all den Leuten und soll scheint's um Nachsicht bitten für eine trauernde, jähzornige Mutter und den Krieg, der an allem schuld ist.

Marsden wünscht allerseits einen guten Tag, setzt seine pilgerväterhafte Kopfbedeckung wieder auf und stelzt davon, zur Arbeit. Eine grüne Servierplatte, groß genug für einen Truthahnbraten für vierzehn Personen, teilt sich auf Ziegeln in weit mehr als vierzehn Portionen. Die Nachbarn – sie wollen sich nicht schon wieder als Habichte und Blutegel mit ihren Blutegeljungen beschimpfen lassen – machen sich aus dem Staub.

Wie Marsden so in seinem zu großen Anzug in die Stadt zurückgeht, sieht er aus wie ein Kind, das sich als Erwachsener verkleidet hat. Und genau das ist er auch, mein Lieber – im November wird er erst sechzehn werden.

Das ist der Mann, den ich geheiratet habe, und jetzt, wo ich dir das erzähle, wird mir klar, warum. Später ist es dann schwerer geworden, mein Junge. Aber, gut, ja, sicher, ich bin immer noch seine Frau. Und ich finde immer noch, daß »Willie« ein guter Name für einer Frau ihren Mann ist. Nicht wie die neumodischen heute, die alle so klingen, als ob sich jeder für einen unwiderstehlichen Filmstar hält.

Daheim auf meinem Küchenbüffet hatte ich Blechdosen aufgereiht. In rechtschaffener delftblauer Schrift, die wie Kreuzstich aussehn sollte, stand auf den Dosen »Salz«, »Zucker«, »Maisstärke«. Ich seh noch jede davon vor mir, und ich kann mir gut vorstellen, daß da – zwischen der riesigen mit »Mehl« und der kleinsten mit »Backpulver« – noch ein anderes Wort stand: »Willie« – noch was für den täglichen Bedarf.

8

Noch lebende Freunde von Wills seligem Vater nahmen den wortkargen Erben beiseite. Sie gaben ihm einen geschäftlichen Rat für eine Zeit, in der man, wie zwischen fünfundsechzig und einundsiebzig im Süden, den einen Tag nicht weiß, was das Geld am nächsten noch wert ist: Treib keinen Tauschhandel.

Ganze Bündel von wertlosem Konföderiertengeld haben verarmte Farmer auf den Viehhof der Familie Marsden gebracht. (Heute wird's jeden Samstag auf dem Flohmarkt angeboten, für mehr als den aufgedruckten Wert. Moral: Man soll *nie* was wegwerfen. Merk dir das, Junge.) Nicht mal das Yankee-Geld war wieder gesund geworden. Die Farmer brachten die besten Sachen, die ihnen noch geblieben waren. Marsden hat sich entschieden, doch Tauschhandel zu treiben. Es hat sich rumgesprochen. Alles spricht sich rum. Nicht lange, und in seinem Büro haben sich unter grünen Planen die silbernen Teeservice getürmt. Eine verirrte Henne hat sich ihr Nest in einer Kristallbowle gebaut. Die Tagelöhner haben Wetten abgeschlossen, wann die Küken ausschlüpfen würden – man konnte richtig die Eier unter ihr sehn. Rund um das Nest Säulen von Wedgwood-Tellern wie überdimensionale Münzrollen, ein Eßservice für achtundvierzig Personen, das einer gegen ein dringend gebrauchtes Maultier eingetauscht hatte. Marsdens Speicher hat schon bald wie Ali Babas Höhle ausgesehn oder wie ein gewisser Stall, in dem die kostbaren Gaben der drei Weisen glitzern. Im Stroh: Sechs Büsten von Dante, immer mit der gleichen Kopfbedeckung, die wie eine Duschhaube aussah. Shakespeare, bärtig, aber kahl (muß ja ein Trost für Glatzköpfe sein). Die vier marmornen Walter Scotts und die sechs gipsernen Jeff Davisse waren billig abzugeben.

Ältere Kaufleute bestanden immer noch drauf, daß Bares auf den Tisch des Hauses kam. Marsden hat dagegen nur handfesten Realien getraut. Der Krieg hatte ihm beigebracht, nüchtern zu kalkulieren. Solcher Handel hat den Jungen, der zu Fuß vom Kinderkreuzzug in Nord-Virginia zurückgekommen war, schon bald reicher gemacht. »Der sagt kein überflüssiges Wort«, meinten die Leute vom Land. »Redet überhaupt nichts. Ist aber ein reeller Geschäftsmann. Nickt, wenn man was hat, was er will. Hält eine bestimmte Anzahl Finger hoch. Das ist der Preis. Man nimmt an, oder man läßt's bleiben, ihm ist es gleich. Ob ihm die Yankees die Zunge abgeschnitten haben? Ich hab mal seine Mutter in der Kirche gesehn, so ungefähr die hübscheste, affektierteste Frau, seit die Welt besteht, den Kreis Nash dazugerechnet. Jetzt soll sie nur noch eine einzige Narbe sein, heißt es.« Im Schutz der Vermutungen anderer über ihn und mehr oder weniger angesehn, ging Will als Lamm in seine Zwanziger und kam in gewaltigen Sätzen wie ein Löwe aus seinen Dreißigern. Wie er die Schwelle zu den Vierzigern überschritten hatte, fing er endlich an, in der Öffentlichkeit zu reden. Die ganzen Jahre hatte er jeden Donnerstag bei Winona geübt, praktisch unter vorgehaltener Pistole. Und wie alle Spätzünder, egal auf welchem Gebiet, hat er, wie der Knoten endlich aufgegangen war, alles doppelt und dreifach nachgeholt.

Seiner schweigsamen Mutter (und später dann meiner Wenigkeit) hat Will von einem Alptraum erzählt, der ihn jahrelang verfolgt hat. Er ist auf einer feinen Abendgesellschaft am Ort, das Walzerorchester spielt laut, der Raum ist schön und voll von liebenswürdigen Damen, die er alle kennt – da tauchen drei graue Uniformen in der Tür auf. Er sieht die Gastgeberin auf die Soldaten der unterlegenen Armee zuschweben, und dann liest sie etwas auf einem kleinen Zettel und zeigt über die Köpfe hinweg direkt auf ihn. Will wird wach, setzt sich stöhnend auf: »Nein, mach ich nicht. Erschieß ich mich lieber selbst.«

Ein paar der alten Kameraden vom Gerichtsplatz waren gestorben. Auch einer von den beiden Waschkorbfällen hatte seinen letzten Seufzer getan. Freunde setzten seinen Korb in einen Sarg und den Sarg in die Erde. Es kam einem der Verdacht, daß die vielen ergrauten Schwadroneure, die noch zugange waren, nicht unbedingt alle Gefechte mitgemacht hatten, mit denen sie geprahlt haben. Ihre Erzählungen haben nicht nach der Schützengrabensicht des gemeinen Fußvolks geklungen, eher nach Klatsch aus hohen militärischen Kreisen, wie man ihn zum Beispiel in *Harper's Illustrated Weekly* lesen konnte, bloß umgeschrieben aus dem Blickwinkel der Südstaaten. Scharmützel für Scharmützel haben die alten Kameraden mit Spucke und Wichse ihre Erinnerungen aufpoliert. Man konnte dieselben Geschichten immer wieder hören, und jedesmal klangen sie noch ein bißchen heroischer.

Die Geschichte wurde Tag für Tag umgemodelt, sogar von den Stillen im Ort. Eins haben Geschichte und Geschichten gemeinsam: Es braucht zwei dafür. Hören ist Glauben. Keiner geht allein in die Geschichte ein. Man kann sich nicht selber kitzeln. Versuch's. (Ich bin froh, daß du da bist. Gleich gibt's Mittagessen. Hast du hinterher schon was vor?) Anscheinend glaubte jeder Soldat, der auf dem Stadtplatz was zum besten gab, der Krieg wär eine große Glocke gewesen und er selber der Klöppel, der dem Ganzen Sinn und Klang gegeben hat. Schon von Anfang an war für die Leute dieser lange Zwist der »Krieg um die Unabhängigkeit der Südstaaten« gewesen. Auch nachdem wir ihn verloren hatten, haben ihn die Einwohner von Falls so genannt – *besonders* nachdem wir ihn verloren hatten.

Komisch, aber Marsden hat sich grade durch sein Schweigen den Ruf eines Kriegshelden erworben. Zahlt sich aus, den Mund zu halten. Will manchem von uns nur schwer in den Kopf. Die Leute beobachteten Willie. Mütter rieten ihren Töchtern, ihm besondere Aufmerksamkeit zu schenken. Sein Vermögen ist vor aller Augen gewachsen. Weil ihm außerdem das Älterwerden stand, hätte man fast schon sagen können, er sieht gar nicht übel aus.

Zu seiner verbrannten Mama ist er nach wie vor gut gewesen. Lady More Marsden ist jetzt mit den Hühnern schlafen gegangen, hat Lampen und Kerzen und Streichhölzer gemieden. Hat sogar ihre Suppe kalt gegessen. Lady hat ihr versengtes Familienwappen an einer Wand aufgehängt, über einer Tapete mit Weinreben und blauen Vögeln, die die Köpfe zusammengesteckt haben. Sie und ihre Tapete taten so, als sei hier nie was Häßliches passiert. (Weisheit und Vergeßlichkeit gehn manchmal Hand in Hand. Mein eigenes bißchen Lebensweisheit beruht auf Erinnerung. Aber in dem Heim hier hab auch ich schon, wenn ich früh um vier immer noch nicht einschlafen konnte, um die völlige Verdunklung meines Gedächtnisses gebetet. Natürlich mein ich's nie lange ernst.)

Gelegentlich konnte man am Sonntag Mutter und Sohn im Einspänner rausfahren sehn zum verkohlten Familiensitz. Lady Marsden war früher durchaus redegewandt gewesen, hatte sogar als »brillante Causeuse« gegolten. Jetzt hauchte sie noch manchmal ein paar Worte heraus, aber nur gesellschaftliche Floskeln. »Bedauert, absagen zu müssen.« An manchen Tagen schien sie nicht mehr so recht zu wissen, wer sie war. An andern wußte sie's nur zu gut. Willie breitete einen Quilt auf einem niedrigen Hügel aus, von dem aus man zu vier verrußten, drei Stockwerke hohen Schornsteinen hinübersehn konnte. Sie hielt die leere weiße Porzellan-Teetasse wie ein kostbares Ei, das ein Engel ihrer Obhut anvertraut hatte. Stunden haben die beiden dort schweigend zugebracht und gegessen, was Castalia, Wills Jugendliebe und neuerdings Hausgehilfin, die innigst geliebte (überarbeitete) frühere Zofe von seiner Mutter, ihnen eingepackt hatte. Sowie die Sonne Anstalten gemacht hat, sich ein neues Betätigungsfeld zu suchen, kamen die beiden Marsdens zurück, am Ortsschild vorbei, der Sicherheit städtischer Straßen entgegen. Ohne ein Wort miteinander zu reden, haben sie die Ruhe und den Frieden genossen, er in Schwarz und sie – das Gesicht dicht verschleiert – in einem weißen Seidenumhang, den sie sich der Einfachheit halber als eine Art Uniform zugelegt hatte, als sie noch ein junges Mädchen von bekannt gutem Geschmack war. Das waren die Zeiten, wo ein junger Mann seiner Mutter noch in aller Öffentlichkeit seine Liebe zeigen, ihr nette Sachen ins Ohr sagen, ihr den Arm anbieten und ihr hübsche Kleinigkeiten kaufen durfte und sogar noch bewundert wurde dafür. Woran liegt es, mein Junge, daß unser jetziges Jahrhundert so verflixt wenig für die Mütter übrig hat? Ich bin neunfache Mutter gewesen und will jetzt endlich meine Prämie kassieren!

Sohn Marsden hatte drei Farmen geerbt. Auf zweien davon hatten Shermans Truppen für Rekordernten an Schutt und Asche gesorgt. Aber verkohlt oder nicht, der Grund war noch da, ein Fluß und sechs klare Bäche sind nach wie vor durchgeflossen. Marsden besaß den Viehhof, vermietete Zug- und Reitpferde an Leute, die sich kein eigenes Tier leisten konnten. Außerdem gehörte ihm ein Stück Sandstrand draußen am Atlantik. Natürlich hatte er die Sklaven von seinem Vater alle verloren (und dazu die Kinder und Kindeskinder der ursprünglichen Investition von seinem Großvater – wie Zins und Zinseszins). Jeder vierzigste Schwarze in Falls hieß immer noch Marsden (das Telephonbuch ist sogar heute noch voll von Caps Verwandten zur linken Hand).

In der Stadt hörten die Exsklaven noch auf den Namen, wenn auch nicht mehr so oft, und nie, wenn sie gerufen wurden. Auf der Main Street legten ältere Schwarze manchmal noch den Finger an den Strohhut, wenn sie ihrem jungen einstigen Besitzer begegneten. Alte Leute sind nach wie vor zusammengezuckt, als erwarteten sie im nächsten Moment einen Befehl von ihm. Aber am Samstag (Markttag, der Tag, an dem getrunken wurde) konnten jüngere Farbige Willie auch schon mal zublinzeln und dabei träge und hinterhältig grinsen. Jetzt konnten sie sagen: »Tag, Master Marsden. Wie geht's? Die Ersten werden die Letzten sein. Schaffst schwer oder bist bloß schwer geschafft?«

Einmal haben zwei junge Kerle, die Söhne von ehemaligen Haussklaven der Marsdens, ihm auf dem Gehsteig direkt vor die Füße gespuckt. »Dank für den Lohn, den wir nie gekriegt haben«, grinst der eine. Die Veteranen vom Gerichtsplatz haben's mitbekommen. Gespannt warten sie, ob's eine Keilerei gibt. Der eine von den Invaliden im Waschkorb bettelt, man soll seinen Korb anheben, damit er besser sieht. Aber Marsden streckt bloß das Kinn vor, macht einen großen Schritt über die nassen Flecken und geht wortlos seiner Wege.

9

Mein Lieber, ich muß es hier mal sagen: Ich glaube, wir hätten's später viel leichter gehabt, wenn Willie Marsden – frisch aus dem Krieg zurück – sich am ersten Tag daheim ein Herz gefaßt und einen »schweren Nervenzusammenbruch« hingelegt hätte, wie die Medizin das heute nennt. Damals hat man »Schwermut« oder »Zustände« dazu gesagt, und der Arzt hat vielleicht bloß Bettruhe verordnet. (Diese Bettruhe konnte Jahrzehnte dauern. Manch einer hat sich seinerzeit – durch Erfahrung gewitzigt – ins Bett gelegt und es irgendwie nicht geschafft, jemals wieder aufzustehn. So ausdauernd zu kränkeln, galt als durchaus gesunde Art, sich damit auseinanderzusetzen, daß man außerstande war, sich der Tatsache zu stellen, daß man nicht die geringste Lust verspürte, jemals wieder einen Schritt vor die Schlafzimmertür zu tun.)

Wäre Will, gleich als er nach Hause kam, draußen auf The Lilacs in sein geschnitztes Bett gestiegen, hätte er sich das Essen raufbringen lassen und Suppe und Pudding gelöffelt, also Babykost, hätte er sich weiter nichts vorgenommen, als den lieben langen Tag zuzusehn, wie die Sonne durch ein kahles sauberes Zimmer wandert, vielleicht hätte die Genesung ihn gefunden. Wenn er doch nur einen guten Freund gerufen und ihm all die aufgestauten blutrünstigen Geschichten erzählt hätte! (Eine Kuh, die zwei Tage hintereinander nicht gemolken wird, kann an dem ungebetenen, sauer gewordenen Überfluß eingehn.) Hätte Will sich eingestanden, daß er noch so jung war, sich gehnlassen und viel geweint und sich von Frauen wie seiner Mama im Arm halten lassen, dann hätte er – auch wenn's anfangs noch so schwergefallen wäre – zunächst ans Fenster im ersten Stock treten und sich an die Tapete lehnen können, sich später dann das Treiben auf der Poststraße angesehn und sich irgendwann vielleicht kräftig genug gefühlt, die knarzende Wendeltreppe runterzuklettern auf die riesige Veranda und denen, die draußen noch ihren Geschäften nachgingen, erst zunicken, dann zuwinken und schließlich etwas zurufen können. Hätte man Willie in seinem Schmerz doch nur nach und nach in die gesunde dumme wunderschöne Welt zurückholen können!

Aber was macht er? Verdient Geld! Gibt sich auf der Straße genauso streng wie Mütter, die ihre widerspenstigen Kinder zur Raison bringen wollen. Was macht er? Von dem Donnerstag an, wo die Winona ihm ihr Tafelgeschirr nachgeschmissen hat, pilgert unser Veteran jahrelang, bis das Weib schließlich verschwindet, treu und brav jeden geschlagenen Donnerstag zu Winonas verwildertem Garten. Zum Pflichtbewußtsein erzogen, im Marschieren geübt, war er ein derartiger Weichling, daß es ihm überhaupt nicht in den Sinn gekommen ist, mal zu sagen: »Rutscht mir doch den Buckel runter. Ich brauch jetzt Ruhe. Hab eins über den Schädel gekriegt und will mal in aller Stille über alles nachdenken. Ich hab zu viel einstecken müssen, bin ganz erledigt, kann einen solchen Schlamassel noch nicht verkraften! Laßt mich ein paar Monate in Ruhe. Und haltet mich von mir aus für eine Memme.«

In Wirklichkeit war's so: Sein bester Freund war nicht mehr wer, bei dem man sich ausweinen konnte, sondern einer, den man beweinen mußte. Wills ehemaliges Zimmer im ersten Stock war jetzt Raum unter freiem Himmel, in dem sich die Tauben tummelten und den, wenn es Abend wurde, die Rauchschwalben im schwungvollen Sturzflug durchmaßen. Seine Mama war nie imstande gewesen, ihm eine Hühnersuppe zu kochen, auch nicht in ihrer besten Zeit, obwohl es ihr sicher Spaß gemacht hätte, sein Krankentablett zu dekorieren, vielleicht mit einem Fliederzweig. Jetzt wußte sie kaum noch, wer sie war (und im Nachkriegs-Süden bedeutete das: was sie alles gewesen war). Und Will, der auf dem langen Marsch nach Hause viele Zoll gewachsen war – einziges Kind seiner Mutter und einzige lebende Erinnerung an den gefallenen Sohn einer andern Frau –, was konnte so ein Junge tun?

Er hat an *sie* gedacht, an die beiden Frauen – *das* hat er getan. Er ist zu dem überwucherten Gartentor gegangen, hat immer wieder Hustenbonbons und schlechte Nachrichten gebracht. Er hat vergessen, an sich zu denken, sich zu helfen, sich zu pflegen.

Ich werf ihm nichts vor. – Was sag ich da? Natürlich werf ich ihm was vor. Aber wahrscheinlich geb ich ihm *und* den Umständen die Schuld – was ja oft nur schwer auseinanderzuhalten ist. Eigentlich geb ich die Schuld – ja, dem Krieg. Irgendwas muß schließlich schuld gewesen sein. Ich werf Marsden alles mögliche vor – aber das hindert mich trotzdem nicht, Mitleid zu haben mit dem dummen Jungen. Am liebsten tät ich ihm zurufen: »Setz dich hin. Du hast dir's verdient.«

Statt dessen geht er am nächsten Donnerstagnachmittag wieder zur egoistischen, nicht ganz normalen Winona Smythe.

In Fortsetzungsromanen hat's damals gewimmelt von trauernden Müttern, die von den heimkehrenden Kriegskameraden ihrer gefallenen Söhne getröstet wurden. Oftmals hat die Schwester eines im Krieg gebliebenen Jungen den gutaussehenden Freund von ihrem toten Bruder geheiratet. Der Kamerad sagte: »In diesen Armen ist Bill gestorben, Irene, und in diesen Armen wirst du, seine Schwester, von nun an leben.« Ende.

Aber in Falls hat kein Mensch bei Wills donnerstäglichen Besuchen die geringsten romantischen Hintergedanken gehabt. Er hat nie geschwänzt. Pünktlich um eins ist er rübergegangen, die Nachbarn hätten die Uhr nach ihm stellen können. Noch nach Jahren ist er auch mitten in einem Hagelunwetter aufgetaucht, mit Fressalien und – wie manche behauptet haben – einem Umschlag mit Geld vom eigenen Bankkonto, geduckt unter einem von Schloßen durchlöcherten Regenschirm. Sogar am Weihnachtstag, wenn der auf einen Donnerstag gefallen ist. Auch ein Hurrikan namens Pearla hat ihn nicht abgeschreckt, und als die Woche drauf das Wasser drei Fuß hoch auf der Summit Avenue gestanden hat – sieh einer an, kommt da doch ein Mann in einem Ruderboot daher, macht's an ihrem verrosteten Gartentor fest, watet in seinen hüfthohen Entenjagdstiefeln ins Haus, in der Hand eine Tüte Hustenbonbons, wie Blutplasma, das man irgendwelchen Eingeschlossenen bringt.

Drinnen im Haus bietet sie dem Jungen einen Stuhl an, nimmt das mitgebrachte Huhn entgegen, läßt sich die Hustenbonbons geben und einen schönen Quarzkristall, den Will dort in der Nähe gefunden hat, wo sie beide ihren einzigen Ned verloren haben. Und dann lehnt sich die mürrische Witwe auf dem nicht grade guterhaltenen Roßhaarsofa zurück und sagt: »Also. Mach. Erzähl.«

»Erzählen? Was denn, Madam?«

»Erzähl mir alles.« Sie meint's ernst. »Jede Woche gebe ich ein und denselben Befehl.«

Er könnte ja vielleicht mit dem Tag anfangen, meint sie, als die beiden hier losmarschiert sind, Händchen haltend, wie's Jungen in dem Alter immer noch tun. Mit dem Tag, an dem ein galanter Offizier entschieden hat, daß die Kanarienvögel dableiben müßten. Sie behauptet einfach, wenn Ned doch Von Himmel den Ersten, ihren allerbesten Harzer Roller, mitgenommen hätte, wenn sie ihn dazu gebracht hätte, die Käfighaube aus Wachstuch zu verwenden, die sie extra gegen die Yankee-Feuchtigkeit genäht hatte, dann wär ihr Ned bestimmt noch da, charmant, lebendig und viel liebenswerter als sein hölzerner »Freund«, der auf eine einfache Bitte nur »Erzählen? Was denn?« rausbringt.

Will sitzt stocksteif da. Ihm hat's gründlich die Sprache verschlagen. Seine Mutter war früher für ihr kultiviertes, schlagfertiges Salongeplauder berühmt. Sein Vater, an dem ein Gelehrter verlorengegangen war, hatte Handlungsreisende für landwirtschaftliche Geräte immer mit skurrilen Geschichten über das Alphabet der Phönizier festgenagelt. Und bevor er in den Krieg gezogen ist, hat Will oft mit einem geselligen Freund und einer hübschen, gesprächigen jungen Sklavin zusammengesteckt. Aber er selber war schon immer einsilbig. Bis jetzt hat sich das meistens für ihn ausgezahlt.

»Ganz genau will ich alles wissen«, sagt Winona. »Fang damit an, daß du den Brief liest, in dem man mir mitgeteilt hat, daß Ned erschossen wurde, als er von einem Baum aus feindliche Stellungen ausgespäht hat, während du irgendwo gebadet hast. Ich will sehn, wie du den Brief von dem Mann liest.«

Mit ihren pummeligen Händen macht sie den obersten Knopf des ansehnlichen schwarzen Mieders auf. Willie schaut rasch weg. Aber er hat schon, blau im Schatten und schwer, die linke Brust von Neds Mutter gesehn. Ihr Toilettenwasser riecht wie mehrere Backstuben auf einmal. Energisch drückt sie ihm ein schwarzumrandetes Kuvert in die Hand, das vom vielen Anfassen und Falten schon ganz braun ist.

Will sieht den Absender. »Doch nicht Leutnant Hester.« Er schüttelt den Kopf.

»Ich nehme an, den haben sie auch erschossen.« Zartfühlend war Winona nicht grade, mein Junge.

Marsden nickt. »Sie sind ihm mal begegnet, Madam. Es war der, der gefragt hat, ob der Krieg ›Kanarienvögeln zuträglich‹ wär. Genau einen Tag, bevor Lee die Kapitulation unterzeichnet hat, hat Hester noch im Offizierskasino gegessen, Madam. Hester hat übrigens von jedem gewußt, wann er Geburtstag hat. Wahrscheinlich hat er unsere Personalien gelesen, in den Akten. Aber im Feld draußen ist man natürlich überrascht, daß irgend jemand dran denkt, geschweige denn einem gratuliert. Hester hat sich für jeden eine Kleinigkeit ausgedacht. Eine Kerze auf einem Fladen, und alle singen ein Lied. Man hat sich gefreut, wirklich. Und an dem Tag hatte unser Oberst Geburtstag. Sie haben ihm ein Ständchen gebracht da drin. Die Zeltklappen waren zu. Wir waren keine Offiziere. Wir mußten draußenbleiben, aber wir haben sie singen hören. Der Scharfschütze kann Hester nicht gesehn haben. Es war reines Glück. Für uns natürlich ein Unglück.«

Und dann sagt Will der Mutter von Ned, für einen, der grade heimgekommen ist, wär's bestimmt ein harter Brocken, den Brief jetzt lesen zu müssen. Trotzdem vielen Dank.

Da steht Winona Smythe auf, kommt näher und packt Will an den Haaren. Mit festem Griff zerrt sie ihn von der mit Vogelmist verdreckten Couch auf den Boden, auf die mit Federn übersäten Zeitungen, so daß er vor ihr knien muß. Sie läßt sich ihm gegenüber nieder, wie eine Herzkönigin in Schwarz auf einer schwarzen Chaiselongue. Um nicht ungerecht zu sein: Sie wußte wahrscheinlich nicht so recht, was sie tat. Nein. Sie haben beide noch zu sehr darunter gelitten, wen sie verloren hatten, und wie sie ihn verloren hatten. Volle vierzig Jahre später sollten sie immer noch nicht drüber weg sein. Will begriff nicht, wozu nun auch noch dieser Schmerz gut sein sollte, aber er hat sich nicht losgemacht und nicht zurückgeschlagen und ist auch nicht gegangen. Hat wohl zu den Pflichten eines Mannes gehört. Auf allen vieren zu kauern, keuchend, den Brief in der geballten Faust.

»He, nicht zerknüllen! Lies ihn mir vor. Du kannst doch lesen, oder?«

»Ja, Madam.« Ihm war, als würde ihm ein ganzes Büschel von seinem drahtigen braunen Haarschopf ausgerissen, aber das Brennen hat ihn wenigstens abgelenkt. Er war beinah dankbar, daß es nur an einer einzigen Stelle weh tat. Sie hatte recht: Ned war aus feinerem Holz geschnitzt gewesen.

Während sie sein borstiges Haarbüschel immer noch umklammert hielt und er mit der Stirn jetzt fast ihr Knie berührte, wie er so vornübergebeugt auf verkrusteten *Herald Travelers* vor ihr kniete, hat er tatsächlich mit seinen großen Händen unter der Höhlung von seinem Katzbuckel hastig den Brief aus dem Umschlag gefummelt, halb in der Hoffnung, sie läßt ihn los. Und dann – er wußte selber nicht, warum, hatte's nicht gewollt –, dann hat er den straffen schwarzen Stoff über ihrem Knie geküßt, und sie hat ihn losgelassen. Schwer atmend, das Gesicht ganz verschmiert und aufgelöst, darüber ein schauderhaft verlegenes Grinsen, rutscht er rückwärts auf den Knien über den Boden, tastet hinter sich nach dem Schaukelstuhl, steht auf, setzt sich in das wacklige Ding und tut so, als wär nichts gewesen. Willie hat den Kopf rumgeworfen, den Brief auseinandergefaltet und das Kuvert ehrerbietig beiseite gelegt. Dann hat er den Brief zum erstenmal gelesen. »Sehr verehrte Mrs. Theodore Smythe, zu unserem tiefempfundenen Bedauern müssen wir Ihnen mitteilen, daß am frühen Nachmittag des 12. August 1862 Ihr Sohn . . .« Er stockte. »Du wirst mir noch mal dankbar sein«, hat sie ihn angefahren. Winona war schon wie Miss Beale, die Athene der Grundschule Falls, eine Lehrerin, die so streng und unbeugsam war, daß alle sie gehaßt haben, solange sie »unter ihr dienen mußten«, aber wenn sie's mal hinter sich hatten – und gemerkt haben, wie viele der Gedichte von John Donne sie auswendig konnten –, haben sie alle gesagt, in bessere Klauen hätten sie nie geraten können. Wer weiß, vielleicht lieben wir die schwersten Sachen, die wir überstehn müssen, eben weil wir sie ja irgendwie überstehn mußten, überstanden haben?

Ich hör in mir drin die Stimme des Mannes, mit dem ich so viele Jahre zusammengelebt hab, mein Junge. Sie raunt wie ein Geist, der einen Bericht über sein vormaliges Leben hier bei uns verliest. Als ich ihn kennengelernt hab, war seine Stimme schon dunkler, heiserer, rostiger. Aber der Grundton war immer derselbe – tief, langsam, satt, ein bräunlicher Fluß. Seine Ausdrucksweise war später vielleicht gewählter, den Ansprüchen seiner feinen Familie gemäß. Drei Jahre in Zelten und Gräben hatten bei einem so jungen Burschen alle Spuren von Feinheit verwischt. Aber sogar im hohen Alter und besonders nachts konnte seine Stimme – im Kern – genauso schlicht und verblüfft klingen wie die von dem Jungen, den Winona traktiert hat, wie er Zivilist und fünfzehn war. Ich stell mir vor, wie das verschlampte Haus von der Smythe allmählich dämmriger wird, wie die Neugierigen immer noch so tun, als ob sie ganz zufällig draußen vorbeipromenieren, und wie die Vögel piepen. Wie Willie schwer atmet, während er versucht, sich den nötigen Mut zu machen, wie der Atem seine Jetons in simple Tierlaute eintauscht, aus denen dann zivilisierte menschliche Sprache werden konnte ... »Ja, Madam, also, um mit, Sie wissen schon, mit Fort Sumter anzufangen, also.« Er hat ihr den Krieg auf ihre Art erzählt, hat's versucht. Schrittchenweise.

Winona, ihm gegenüber am andern Ende des dunklen Raums (eine Frau von eiserner, brachliegender Energie, ein Mensch, der sich insgeheim nach Gesellschaft sehnt und dieses Geheimnis auch vor sich selber hütet), Winona hört zu, vorgebeugt auf der kalkverkrusteten schwarzen Couch, das Gesicht ganz still, das Gesicht ein einziger hungriger grundlastiger leerer Fleck.

Wie sie ihn ein bißchen zugeritten, seinen spröden Knabenstolz gebrochen hatte, fing sie an, mehr aus ihm rauszuholen – Stück für Stück, so wie der Zahnarzt nach einem abgebrochenen Zahn gräbt, der doch verflixt und zugenäht irgendwie rauszukriegen sein wird. Nicht der Schnellste im Auffassen, hat Willie – der passable Geschäftsmann, der angehende Erwachsene, der Sohn, der nett zu seiner verunstalteten Mutter war – jetzt doch gelernt, Donnerstag für Donnerstag zu erzählen, wie alles gewesen war.

Ich frage mich manchmal, was aus ihm geworden wäre, wenn Winona ihn nicht zum Sprechen gebracht hätte. Wenn er nie den Mund hätte aufmachen müssen über seinen Krieg.

Schwer zu sagen.

Eins ist sicher. *Mir* wär er nie aufgefallen. Vielleicht wär er geworden wie andere heimgekehrte Soldaten, die – genau wie manche aus dem Krieg, den sie neulich in Asien verloren haben (es passiert meistens den Heimkehrern der Verliererseite, weißt du) –, eines schönen Tages plötzlich durchdrehn, und zwar total. Es braucht nur ein einziges lautes Geräusch, und sie gehn los. Vorgestern haben wir vor dem Fernseher gesessen und auf unsere liebste Seifenoper gewartet, da haben sie in den Nachrichten das von dem jungen Mann drüben in Greensboro gebracht. Ein hübscher Junge (sie haben ein Photo aus einem Schul-Almanach gezeigt) aus guter Familie, hat aber nach seinem Militärdienst nie mehr was Rechtes gearbeitet, hat's nie verwunden, daß er vor Jahren in der Army war. Ist nie richtig aus Asien heim, ist sich auf dem Rücktransport selber abhanden gekommen, irgendwo zwischen Hawaii und der kalifornischen Küste, in Salzluft über Niemandswasser. Reue wegen dem, was andere ihm angeschafft haben. Tu deine Pflicht, und er hat sie getan, der arme Tropf. Taucht aus heiterem Himmel im Versicherungsbüro von seinem Vater auf und ballert los aus zwei Jagdflinten. Hat die Sekretärin, den Gasmann und den eigenen Vater erschossen, bevor er sich selbst umgebracht hat. »Netter Junge, aber ein Einzelgänger«, haben die Nachbarn hinterher gesagt. »*Eagle* bei den Pfadfindern, aber immer für sich«, haben sie gesagt. »Wollte dazugehören, hat's aber nie so richtig geschafft. Alle haben ihn gekannt, aber wenn man sich's recht überlegt, hat er eigentlich keine Freunde gehabt. Sonderling, aber immer anständig.« Hundert Jahre früher hätte das William More Marsden sein können, *hätte* – wenn Winona ihm nicht diesen Ausweg gezeigt hätte, dieses Überdruckventil, durch das das Gefühl und das Gift rauskonnten.

Später war das mühsam erworbene Erzähltalent für ihn eine Möglichkeit, andern näherzukommen. Erst wollte's keiner glauben, daß auf einmal solcher Redefluß aus einer trockenen alten Felswand sprudeln sollte. Aber Freude hat Willie erst dann an seinen Geschichten gehabt, wie er den ganzen Krieg einmal durchhatte. Und dann wieder zurückgegangen und dabei auf Sachen gestoßen ist, die er beim ersten Marsch durch den Dreck übersehn hatte, und Mineralspuren gefunden hat, die er hier und dort hinterlassen hatte wie Hänsel und Gretel ihre Brotkrumen. Er hat viel erzählt – das war was, was wir beide später gemeinsam hatten. In unserer glücklicheren Zeit damals haben oft Nachbarn bei uns reingeschaut, weil sie gehofft haben, meinen Mann und mich beim Plaudern zu finden, Geschichten erzählt zu bekommen – seine haarsträubenden Geschichten und meine nicht ganz so aufregenden.

Macht Spaß, wenn einen die andern unterhaltsam finden. Macht Spaß, fidel zu sein, wenn man weiß, wie traurig die Welt ist.

Manche sagen, ich bin eine Frohnatur. Haha, sehr komisch.

Frohnatur!

Haha!

Dieses erste Jahr, wenn Willie da mal mitten in einer Kriegsgeschichte den Faden verloren hat, stand Winona schon mal von der Couch auf, kam zu ihm rüber und hat ihm seelenruhig eine reingehaun. Wenn dadurch die Geschichte nicht wieder in Gang kam, hat sie, mit Knöcheln und Ehering, mehrmals hingelangt und ihm liebevoll und ganz nebenbei eins seiner grauen Augen blau geschlagen. Nicht, daß ihr das Spaß gemacht hätte – sie hat's getan, so wie man seinen Maulesel prügelt, wenn er mitten auf der Straße stocksteif stehnbleibt. Aber schau, sie hat ihn durch den Krieg gebracht. Sie hat ihm sogar Antietam entrissen, in einem Stück, dampfend und froh um die frische Luft.

Nach dem dritten Durchgang hat Will allmählich gesehn, daß sich das Ganze eines Tages vielleicht in handliche Packen zerlegen läßt, so wie man ein Feldlager für einen schnellen Stellungswechsel in einzelne Traglasten aufteilt. Einer dieser Packen war »Der Mann, der seine Frau zu sehr liebte«. Andere bekamen Aufschriften wie »Simons unsterbliche Taschenuhr«, »Kinder im Krieg«, »Tod eines Cembalos«, »Der Schneider und das Bein«. Leuchtende Formen sind allmählich tief im trüben Wasser der Schlammlöcher sichtbar geworden. Zuerst hätte man sie bloß für eine Blase an der Oberfläche gehalten, aber wenn man reingriff, kam die Form zum Vorschein, handfest und unbeschädigt und wunderhübsch anzusehn – Kunstwerke aus Muranoglas waren da verborgen, inmitten von Blutlachen, Sumpftümpeln, geknicktem Schilfrohr und von der Hitze verformten Kanonenkugeln.

Erst später hat Winona ihn dann gebeten, bei ihr in dem kleinen Zelt zu schlafen.

10

Hier in Lanes' End verdient sich Jerome, der netteste Pfleger, den wir je hatten, ob schwarz *oder* weiß, ein Zubrot, indem er mit dem Taxi in die Drogerie im Einkaufszentrum fährt und auf Vorrat Ex-Lax-Abführpillen einkauft. In Kommission kauft er so viel von dem Zeug, daß die Verkäufer schon blöde Witze reißen, sogar die einheimischen schwarzen: »Dieser Mensch braucht nicht schon wieder eine Großpackung Ex-Lax, der braucht Kernschmelze in Tablettenform.« Was Witze angeht, Junge: Es gibt nur ungefähr sieben verschiedene, aber sie passen in den meisten Situationen, weil's nämlich – Tatsache! – auch von denen nur ungefähr sieben verschiedene gibt.

Ich will ja Jerome nicht am Zeug flicken, er ist für mich fast wie mein eigener Enkel, verstehst du – aber er ist nun mal bezahlter Angestellter hier. Er schwänzt viel zu oft den Dienst, schließt sich mit einer von den bessergestellten Damen ein und macht ihr eine neue Frisur. (Außerdem färbt er, unter uns gesagt, auch manchen Männern die Haare. Die zahlen ihm genausoviel dafür, daß er den Mund hält, wie für die Tönung an sich – und Jerome, immer diskret, erzählt's keinem. Außer mir. Aber frag mich nicht nach Namen, mein Lieber. Ich bin verschwiegen wie das Grab. Halt nur die Augen offen. Einer, er hat sein Zimmer drei Türen weiter – links –, der hat genauso orange Haare wie Lucille Ball.)

Jerome spart für eine Theaterfahrt nach London, England, nächstes Jahr oder übernächstes. Will mit seinem Zimmergenossen Leonardo hinfahren. Er legt sich dafür was auf die hohe Kante, seit er mit sechzehn vorzeitig von der High-School abgegangen ist und hier die Anstellung als Mädchen für alles gefunden hat. Er kommt aus einer bettelarmen Familie, aber eine gute Fee hat ihm Ehrgeiz und Begabung in die Wiege gelegt. Ich hab keinen Respekt vor den sogenannten besseren Kreisen, Junge. Genie ist demokratisch. – Unser Jerome hat Träume. Das sind die Menschen, mit denen ich gern zusammen bin: die irgendwas unbedingt wollen.

Jerome ist vor allem auf zwei Sachen stolz: Seine Stimme, die wie schwarzseidene Bettwäsche ist, von der man erst meint, sie wird kratzen, aber kaum liegt man drin, kriegen einen keine zehn Pferde mehr raus. Und seine Hände. »Meine Goldfinger«, sagt er und küßt sich die Knöchel. Hast du schon mal so viele goldene Siegelringe an so vollkommenen schwarzen Händen gesehn?

Für eine Gebühr (75 Cent bis 4 Dollar 50, je nachdem, wie tief er sich reinknien soll) bietet Jerome seine sogenannte Schwedische Massage an. Manche hier leben fast nur für die Abreibung, die Jerome ihnen einmal die Woche verpaßt. Ich persönlich möchte ja lieber nicht wissen, was einer hinter verschlossenen Türen für die vollen vierfünfzig kriegt (Trinkgeld geht extra). Ich weiß nur, was ich mit eigenen Augen seh, und manches davon erzähl ich weiter. Zum Beispiel laß ich schon mal eine Bemerkung über den Geruch nach Massageöl und Franzbranntwein fallen, der manchmal tagelang hinter den Rollstühlen von bestimmten Leuten herweht – und über ein gewisses Lächeln, das bis zu einer Woche anhalten kann. Bei Frauen *und* Männern! Mehr sag ich nicht.

Mir hat er mal den Hals massiert – eine Gratisprobe. Ich hab Geräusche von mir gegeben, die waren alles andere als ladylike. Am Schluß hab ich mich nicht mehr rühren können, bin nur noch stöhnend hier auf dem Bett gelegen. Hinterher hab ich nicht gewußt, soll ich stolz sein oder mich schämen. Minnie Lytton gibt sogar zu, daß Jerome zu ihr aufs Bett steigt, weil er dann an manche Stellen »besser rankommt«.

»Auf oder ins Bett?« erkundigt sich unser ehemaliger Physikprofessor, der immer alles ganz genau wissen muß.

»Diese Wissenschaftler!« Min blinzelt. »Was wollen Sie noch? Soll ich Ihnen eine Zeichnung machen?«

Schwedische Massage nennt das also Jerome, wahrscheinlich hat er das aus irgendeinem Taschenbuch. Wenn unser Pfleger, geboren und aufgewachsen hier in Klein-Afrika, ein Schwede ist, dann bin ich Haile Selassie, der Löwe von Juda. Aber lassen wir das.

Und schließlich praktiziert Jerome, immer auf Ausschau nach geriatrischem Bargeld, Sprachtherapie bei denen, die der Schlag gerührt hat, vorausgesetzt, sie können ihm noch klarmachen, daß sie ein bißchen Nadelgeld auf der Seite haben. Seinen berühmten Sprechunterricht hat Jerome erfunden, seit er sämtliche Schauspielkurse am Technical College in Nash besucht. Wie man hört, ist er dort der absolute Star der Abendkurse. Wenn er einen Kurs belegt, strömen auch die andern. Jerome kann ganze Shakespeare-Reden deklamieren wie ein waschechter Engländer. (Er lernt die Texte von Schallplatten aus der Stadtbibliothek auswendig.) Er trägt sich mit der Hoffnung, daß sich sein Talent eines Tages bis nach New York rumspricht. Manche auf unserm Gang haben allerdings ihre Zweifel, ob er jemals über diesen Gang hinaus berühmt wird. Aber sein Vortrag ist traumhaft, und für manche sind seine Hände der Hauptgrund, sich ihn immer wieder anzuhören.

Über seinen Sprechunterricht sag ich bloß so viel: Hat Jerome vielleicht nicht die Williston-Zwillinge wieder so weit gebracht, daß sie das ganze Treuegelöbnis auf die Verfassung aufsagen können, ohne ein einziges Mal steckenzubleiben? Die Williston-Töchter waren in der Grundschule ein Jahr unter mir. Vor einiger Zeit haben sie hier beide in derselben Woche einen Schlaganfall gekriegt und teilweise die Sprache verloren, und scheinbar haben bei beiden die gleichen Teile versagt. Manche halten eine solche Übereinstimmung für unglaublich, aber wenn man weiß, daß die beiden Mädchen sich seit achtzehnhundertsoundso gleich angezogen haben, daß sie dasselbe gegessen und allnächtlich im selben Bett geschlafen haben und immer noch schlafen (obwohl das Personal da angeblich absolut dagegen ist), ist es doch bloß logisch, daß sie auch ihre Krankheiten im Doppelpack kriegen.

Also, die Schwestern rasseln dir das Treuegelöbnis nur so runter. Leider machen sie so gut wie nichts anderes. Sie scheuchen andere Leute raus (alle andern sind »Außenseiter« für sie) und sagen ihr

Treuegelöbnis auf. Den ganzen Tag, mein ich. Eine ehemalige Missionarin hier drin hat den Jerome geschimpft, daß er ihnen nicht das Vaterunser beigebracht hat. »Wenn die Zwillinge schon den ganzen Tag wie die Papageien plappern«, hat sie gesagt, »könnten sie doch wenigstens ein paar Pluspunkte sammeln. Ich bin bestimmt nicht weniger patriotisch als Sie, Jerome, aber denken Sie dran (hier, nehmen Sie diese kostenlose Broschüre, illustriert), es gibt noch höhere Dinge.«

»Vaterunser ist zu lang, hab's gestoppt«, kontert er mit seinem feinsten britischen Akzent, eine Hand auf der Hüfte. »Wir Sprachpathologen bevorzugen kürzere Texte, damit daß unsere Schlaganfallpatienten sich schneller mit dem Zeug auskennen. Die brauchen schnelle Erfolgserlebnisse, daß Sie's wissen, Miss Siebengescheit!«

Wenn man Jerome kritisiert, steigt er aufs hohe Roß und kommt die nächsten zehn Minuten nicht mehr runter. Einer, der sich alles selber erarbeitet hat, nimmt sich Tadel besonders zu Herzen. Ich muß es wissen. Zum Glück vergißt Jerome genau wie ich eine Kränkung ziemlich schnell. (Für manche Sachen brauchen wir alle ein kurzes Gedächtnis, mein Lieber.)

Hinterher haben die Frau Missionarin und ich es an den Fingern abgezählt. Er hatte recht. Das Vaterunser hat fünfzehn Zeilen, das Amen nicht gerechnet. Wir haben eingesehn, daß fünfzehn Zeilen – also sogar ohne Amen – bei den Zwillingen zuviel verlangt wären. Auf alle Fälle waren die Willistons am Vierten Juli und am Flaggentag hochbeglückt. Da hat sie unser Heimleiter nämlich vorsprechen lassen, weißt du.

Ach, wir haben hier durchaus manchmal unsern Spaß. Seltsam, aber man könnte mitten in einem der Goldenen Zeitalter der Geschichte leben und es nicht mal merken. Ich mein, überleg doch mal: Unser eigenes könnte eins sein. Na ja, *möglich* wär's doch.

11

Nüchtern wie ein Spazierstock, schon eine ganze Weile aus dem Krieg zurück, hatte der Junge immer noch keinem Menschen außer Winona ein Sterbenswörtchen über seine Erlebnisse anno zweiundsechzig bis fünfundsechzig gesagt. Wenn ihn ein gutmütiger Arbeiter im Viehhof nach dem Krieg ausfragen wollte, hat Cap es fertiggebracht und sich den Hut vom Bugholz-Hutständer geschnappt, die Bürotür hinter sich zugeknallt und einen langen Spaziergang gemacht. Auch während der Arbeitszeit ist er manchmal in die Wälder gegangen, wo Ned und er sich ihre Lager gebaut hatten. Zu Fuß ist er gegangen, Marsden, dem so viele Pferde gehört haben.

Von dem vielen kaufmännischen Kauderwelsch ist seine Bubenstimme um zwei ganze Oktaven gefallen. Sein Bariton hat nicht gottgegeben geklungen, sondern auf dieselbe Weise erworben, wie die Stimme von manchen Rauchern mit der Zeit viel heiserer wird. Nur daß Marsdens Rauch nicht die übliche türkische Mischung war, sondern solcher, wie er der berittenen Artillerie in die Nase steigt.

Und ich? Ich tu meine eigene Pflicht und Schuldigkeit – geboren zu werden als Tochter eigenartiger, aber anständiger Leute. Man schreibt schon fast das Jahr achtzehnfünfundachtzig. Ich kann's kaum erwarten, in diese Geschichte offiziell eingelassen zu werden. Komisch – trotzdem ich schon so alt bin, kann ich mir nicht vorstellen, jemals *draußen* gewesen zu sein. Na jedenfalls, dank meiner Geburt kommt ein klarer kleiner Bach angeflossen und mündet – kalt und frisch – in den warmen, lehmigen Fluß von Captains sich weitendem Leben.

Und es war eines Mittags, daß Cap auf dem Weg von einer profitablen Ferkelauktion zur People's and Farmer's National Bank stehngeblieben ist, um sich den Schuh zuzubinden. Der Mann der wenigen Worte stand so nahe bei den alten Kameraden, daß er ihre Kriegsberichte mithörte. Mit dem Fuß auf einer Pyramide aus Kanonenkugeln muß er noch das Ende von der Angeberei eines dieser Maulhelden mitgekriegt haben. Mittlerweile rund zwanzig Jahre älter als der Krieg, gut im Futter und menschlich reifer geworden, hat Cap vielleicht mehr an den paar Sätzen gefunden als erwartet. Er ist nämlich eine Weile dageblieben. Hat den Schnürsenkel von dem andern Schuh gebunden, wieder gelöst, eine doppelte Schleife gemacht.

Tags drauf war der große Schweiger um die Mittagszeit wieder zur Stelle und ist rumgegangen wie einer, der eine freie Bank sucht. Hat sich in der Nähe hingesetzt und zugehört, auf die etwas feierliche Art und Weise, die er so an sich hatte, und aus einer braunen Tüte gegessen, was Castalia ihm eingepackt hatte. Hat aber viel langsamer gekaut als sonst – als ob er dem Sandwich eins auswischen wollte. Hat still dagesessen und sich nur ab und zu an sein Brot erinnert und ein paarmal kräftig abgebissen.

Die Geschichten der Männer haben in ihm gearbeitet, das war nicht zu übersehn. Wie eine Nagelfeile, die im blechernen Schlitz von einem Sparschwein stochert, bis auf einmal – klingklang – der so lang gestaute Silberschatz rausgeregnet kommt. Jeder von den Helden auf dem Gerichtsplatz hat bestimmte Sachen übertrieben. Man hat einer Geschichte seinen Stempel aufgedrückt, je nachdem, wie man den Stoff durchgeknetet, ausgewalzt, plattgeklopft hat. Trotzdem war jedem Veteran eine wahre Geschichte heilig. Sogar diejenigen, die sich das meiste aus den Fingern gesogen haben, hatten Respekt vor einer echten Geschichte. Die besonders. Ein Lügner legt's drauf an, sich eine auszudenken, die mindestens halb so gut ist wie die tollsten Geschichten, die das Leben schreibt. Ist kein Geheimnis, mein Lieber: Geschichtenerzählen ist *auch* eine Art Revanche. Vielleicht können's die Verlierer mit der Zeit besser wie die Sieger. Uns Verlierern bleibt ja auch nichts anderes übrig.

Das allwöchentliche Üben bei Winona (die vielen Donnerstage inmitten von Kanarienvogelkäfigen), das hat sich ausgezahlt bei einem Souper im Bürgermeisteramt (Jahrestag von Antietam). Marsden hat das eine oder andere Glas Rotwein zuviel getrunken. Hat dagesessen und seinem Tischnachbarn zur Linken zugehört, einem Mann, der nie um was Wichtigeres gekämpft hatte als die Aufmerksamkeit der andern auf so einer feinen Zivilistenparty. Der Schnurrbärtige hat grade darüber gewitzelt, warum wir verloren hatten. Unsere Südstaatler-Aristokraten, hat er gemeint, wären viel zu zartfühlend gewesen, um solche Gemetzel zu veranstalten wie die Yankee-Schlachterhunde.

Marsdens Faust fliegt hoch. Alles verstummt. Er läßt die Hand sinken, packt ein Buttermesser, schlägt damit an sein leeres Weinglas und sagt richtig laut: »Einspruch, Sir. Ein Beispiel, Sir . . .«

Und dann hat Willie eine kurze, aber richtig heroische Geschichte erzählt. Dann ist ihm eine zweite eingefallen, eine längere – dann noch eine. Es war, als hätten die Geschichten schon Schlange gestanden, als hätte jede den Finger gehoben und gerufen: »Ich. Jetzt ich, Sir.« (Die Geschichten, die er erzählt hat, waren mittlerweile auf Hochglanz poliert worden, im Salon einer Dame und dann in ihrem Zelt.)

Nach und nach haben die andern Gäste des Bürgermeisters mit den Stühlen gerückt und sich diesem Mann zugewandt, der früher und an diesem Abend noch bis zum Hauptgericht als wortkarger Typ gegolten hatte. Sogar der Dandy, der den Stein des Anstoßes geliefert hatte, verschränkte die Arme und hörte zu, den Kopf fast herausfordernd in den Nacken gelegt. Damit hat's angefangen.

Zunächst hat er nur stockend erzählt. Vielleicht war es das jahrelange Schweigen, das seiner Sprache – als sie dann endlich andern zu Ohren kam – diesen Biß, diese Wucht gegeben hat. Willies Stil war gradliniger als meiner. Ich mag schnörkelige Anfänge. Er war immer scharf auf die Mitte. Hat gradewegs drauf zugesteuert. Erzählen kann zur Gewohnheit werden. Nicht lange, und es ist ihm und andern ganz normal vorgekommen, daß Schütze Willie Marsden endlich geredet hat.

Mußte Abend werden, ehe er den Mund aufgemacht hat.

Da legt er etwa bei einem Bankett an deinem Tisch eine Gabel neben eine Suppenschüssel und erklärt sie zu einem Baum an einem See. Streut Pfeffer aufs Tischtuch, um damit eine Ameisenstraße zu zeichnen, die vom Ansitz der Heckenschützen auf der Trauerweide zu der Stelle führt, wo die Kugeln einschlagen werden. Hinterher hat sich dann vielleicht die Gastgeberin beim Aufräumen auf Marsdens leeren Platz gesetzt und die Pfefferlinie betrachtet, sie mit der Fingerspitze nachgezeichnet, vielleicht geniest. Frauen haben sich sehnlichst gewünscht, ihn gesundzupflegen, als wär der Frieden eine Art Rhabarbertinktur, ein Hausmittel, dessen Rezept nur Frauen auswendig kennen. Männer haben Cap respektiert, soll heißen, sie haben sich ein klein wenig vor ihm gefürchtet. Nie hat einer ein Datum oder einen Ortsnamen von ihm korrigiert, obwohl alle Männer sich als echte Gelehrte der Kriegshistorie gefühlt haben. Sie haben ihn nie unterbrochen. Marsden war sehr stattlich geworden. Und wenn er sich für seine wiedergefundenen Kriegsgeschichten erwärmt hat, wirkte er noch imposanter. Der arme Kerl hat rein gar nichts ausgelassen, hätte's einfach nicht gekonnt. Hockt vorgebeugt da und macht manchmal sogar Kanonendonner nach (man hat nie lachen müssen). Erzählt, wie die lauten Kanonenschüsse sich auf den Stuhlgang der Pferde ausgewirkt haben, und niemand findet was dabei, wenn Cap es sogar im Haus des Predigers erwähnt. Er holt tief Luft, wie ein Sänger, die Augen feucht, und schaukelt hin und her, vor sich auf dem Tisch das umgestellte Gala-Geschirr. Suppenterrine: Sherman, der das Porzellanpuppengesicht von Marsdens Mutter verbrannt hat. Das Essigfläschchen ist der Rebellengeneral Johnston, der nicht verhindert hat, daß eine blasse Schönheit gegrillt wurde. Aus dem Besteck hat Will Spielzeugfiguren für Gefechtskarten gemacht, und wir

Gäste haben uns zum Kerzenlicht und zu ihm hingebeugt. – Ach, mein Lieber, nicht lange, und alle haben mit den Ellbogen auf dem Tisch dagegesessen und eine Gänsehaut nach der andern gekriegt. Man hat den Mann genauso bewundert, wie man ihn bedauern mußte.

Hier ungefähr komm ich ins Spiel. Stubenrein, mit abstehenden Zöpfchen, die dritte von hinten, die mit den großen Augen.

Er hat den Krieg nicht beschönigt, kein bißchen, aber er hat auch keinen Tropfen Karminrot dazugetan. Hat einfach bloß erzählt. Wie man so sagt: Tatsachen sind einfach unschlagbar. Wie manche Frauen als Männer verkleidet im Krieg gekämpft haben. Keiner ist je dahintergekommen, und sie waren richtig heroisch, und nach Appomattox hat mindestens eine tapfere Yankee-Soldatin eine Rente bekommen, und auf ihrem Grabstein hat man den Namen ihres Regiments eingraviert. Tatsache. Kannst es nachlesen. Wie – bei Shiloh – schon nach zwei kurzen Stunden Gefecht so viel Blei haargenau in derselben Höhe durch die Luft geflogen war, daß ein ganzer Wald, jeder einzelne uralte Baum und jedes schlanke Bäumchen, gleichhoch abrasiert war, tadellos, als ob Gottes große Heckenschere vom Himmel runtergekommen und einmal drübergegangen wär.

Tatsache.

Seine dritte Geschichte an dem bewußten ersten redseligen Abend hat ungefähr so angefangen:

»Die sind immer viel zu nahe rangekommen. Man hat ihnen zugeschrien, sie sollen bleiben, wo sie sind. Umsonst. Man konnte sehn, daß sie die Musketen schußbereit hatten. Die Vorgesetzten haben einen dazu gezwungen. Oder vielleicht der Freund, der in der Nähe war und einen beobachtete. Oder es war die Angst, wenn einer über den Hügel direkt auf einen zugestürmt kam. Man konnte ihre Gesichter genau erkennen. Es konnte ein sympathisches Gesicht sein. War eins. Manchmal ein ausgesprochen schönes Gesicht. Zwei von meinen dreien haben viel besser ausgesehn als ich, obwohl da nicht viel dazu gehört, zugegeben. Ein verwundeter Yankee-Junge – ich selbst hatte ihn niedergeschossen – hat mir hinterher seine Taschenuhr gegeben. War fast so hübsch wie ein Mädchen, mit silberblondem Haar, nicht das gelbliche Blond, das ja weiß Gott auch schon schön genug ist.

Ich hab's nicht besser gewußt, in dem Alter. Man hat uns darauf gedrillt. Der Leutnant sagte: ›Reiß nicht so am Abzug, Junge, nicht so ruckartig, Willie, dadurch verreißt du das Gewehr. Drück ihn ganz sachte, drück ihn, wie du dein Mädel daheim drücken würdest.‹

Ich hab ihm gesagt, ich bin schon mit dreizehn unserer ehrenwerten Konföderation beigetreten, Sir. Ich hab mit meinem Freund zusammen angemustert, Sir, dem Kleinen da drüben. Außerdem hab ich eigentlich kein ›Mädel‹ gehabt, Sir. Zumindest noch nicht, Sir. Dafür war keine Zeit.

›Na schön‹, hat er gesagt, ›dann drück ihn, als ob du ihn lieb hättest. Immer hübsch sanft und weich. Drück den Abzug, als ob er dein ein und alles wäre. Als Gentleman glaubst du doch an die Liebe? Irgendwas liebst du doch, Junge, oder?‹

›Jawohl, Sir‹, brülle ich.

Und zwei Monate nach dem Schießunterricht ist es passiert. Der bewußte Yankee – er gibt durch seine glänzende Uhrkette und die silberblonden Locken ein besonders gutes Ziel ab –, also der kommt direkt auf mich zu. ›Zurück‹, schrei ich. ›Kehr um, sonst schieß ich bestimmt, wahrscheinlich.‹ Aber er hat nicht auf mich gehört. Ich hab ihn über Kimme und Korn anvisiert – meine Hände haben furchtbar gezittert. Ich war einem epileptischen Anfall nahe. Allein der Höllenlärm da draußen. Ich war in einem Schützenloch und hatte den Schaft meiner Muskete auf den Rand des Lochs gelegt. Wenigstens die Erde hat nicht gewackelt, außer wenn ganz in der Nähe Artilleriegranaten eingeschlagen haben. ›Ich zähl jetzt bis zehn, und dann –‹ Ich hab laut geschrien, und er hat mich auch gehört. Ich hab gesehn, daß er mich hört. Warum ist er dann nicht stehngeblieben? Das wär mir viel lieber gewesen, es wär mir tausendmal lieber gewesen, ich hätte auf niemanden schießen müssen. Ich hatte's bis dahin noch nie gemacht. Keiner Fliege hätte ich was tun können. Da können Sie jeden fragen, der mich vorher gekannt hat. Ich behaupte, es gibt nur wenige, die's wirklich wollen; nur wenige von denen, die töten, nehmen sich's wirklich vor. Ich hab ihn angefleht, er soll mich nicht dazu zwingen. Er hätte in jede Richtung laufen können, statt ausgerechnet auf mich zu. Aber er ist immer näher gekommen. Mein Finger lag zwar am Abzug, wußte aber, er würde es absolut nicht fertigbringen. Obwohl er sich um das Metall schloß – nein, einfach unmöglich. Meiner selbst unwürdig, meiner Familie. Wie harmlos, den Zeigefinger krummzumachen! Versuchen Sie's doch mal alle, wie Sie hier um den Tisch sitzen, lassen Sie's mich sehn. Fein. Ich sehe es gern, wenn andere das jetzt in dieser friedlichen Zeit tun. Vor allem die Damen. Sie, Madam, Sie dort am Tischende, darf ich mal sehn, wie sich Ihr reizender Zeigefinger ein wenig krümmt? Und das kleine Mädchen mit den Sommersprossen dort. Danke. Ja, das hilft. Noch jemand Rotwein? Eine Kleinigkeit, oder? Einen einzigen Finger krummzumachen. – Es gibt einen Augenblick, da bringt man das einfach nicht fertig. Und im nächsten Augenblick weiß man, man muß es tun, wenn man weiterleben will.

Du meine Güte. Ich rede und rede. Verzeihen Sie mir. Gar nicht meine Art sonst. Ich müßte es eigentlich besser wissen. Ich war dreizehn damals. Es war schwer, aber vielleicht auch leichter. Schwierig zu erklären. Sie hätten dabei sein sollen. Aber nein, was rede ich? Sie hätten *nicht* dabei sein sollen. Ich selbst hätte das nicht erleben dürfen. – Hier endet die Lesung, wie's in der Kirche heißt. Genug davon. Tut mir leid. Werde noch geschwätzig auf meine alten Tage.«

Aber die andern am Tisch wollten doch den Rest hören.

Das war beim Bürgermeister, und es war spät geworden. Es waren einigermaßen kultivierte Leute, und deshalb baten sie drum. Nach ein paar Schluck Rotwein und ermunternden Zurufen von allen Seiten hat er mit dem mörderischen Geschäft weitergemacht, hat weitererzählt.

Er hatte kaum angefangen – es war nach dem Essen, bei Kaffee und Zigarren –, da blieben drei schwarze Diener wie angenagelt neben dem Tisch stehn, beugten sich gewisse Damen weiter vor – ohne dran zu denken, daß das Kerzenlicht aus der Nähe den Ansatz zu einem Doppelkinn, den Krepp unter den Augen deutlicher hervortreten läßt. Während er zu Ende erzählte, nestelten die Männer an Uhrkettenanhängern oder Manschettenknöpfen, weil sie irgendwas mit den Händen anfangen mußten. Die Versammelten hatten ihn schließlich *gebeten*, seine Geschichte weiterzuerzählen, oder? Würde wahrscheinlich auch ihm guttun. Männer, die nicht im Krieg gewesen waren, haben jetzt ziemlich kleinlaut dreingeschaut. Andere, die den Krieg auch mitgemacht hatten, saßen da und haben sich allmählich an Dinge erinnert, an die sie nie mehr hatten denken wollen, jedenfalls nicht im heimatlichen Falls mit seiner Geborgenheit und seinem rasengrünen Waffenstillstand. Niemand ist aufgestanden, während Captain den Schluß der traurigen kleinen Geschichte erzählte, niemand hat von Babysittern gesprochen oder sich vorzeitig verabschiedet. Sie waren alle ganz still und sind immer noch stiller geworden. Sie haben es wie Medizin genommen, ein Reinigungselixier. Marsden war ein stattlicher Mensch, doch die Intimität von dem, was er vor aller Ohren preisgegeben hat, war sogar für einen so gut gepolsterten Mann ungeheuerlich. Aber es klang in seiner Naivität niederschmetternd. Es klang persönlich. In seinen Erzählungen ging's darum, daß das Töten den tötet, der getötet wird – das ist nur allzu selbstverständlich –, aber mehr noch darum, daß derjenige, der tötet, hinterher selbst getötet wird, Zoll um Zoll, stückchenweise, auch in einer Zeit, in der das Töten erlaubt ist. Dieses ansehnliche Mannsbild hatte also Menschen getötet, und trotzdem waren seine Tischmanieren untadelig. Am Schluß hat sich Marsden zu dem verweichlichten Zivilisten gewandt und gesagt: »Sie sehen, Sir, es ist alles andere als ›zartfühlend‹ zugegangen, wie ich schon angedeutet habe. Und Sie alle, bitte verzeihen Sie mir meine Weitschweifigkeit. Heute ist der Jahrestag von Antietam. Wahrscheinlich war es das.«

Will war als der schweigsame und häßlichere Freund eines bildhübschen kleinen Soprans aus Falls weggegangen. Als er jetzt, erwachsen und minus Freund, seine Rolle als Bauchrednerpuppe ablegte und seine eigene Stimme entdeckte, hat sie getragen.

Eben sechsunddreißig geworden (im November 1885 – er war ein echter Skorpion, mein Lieber, ob du nun was auf diesen Quatsch gibst oder nicht), war der ausgediente Schütze Willie Marsden mit Hilfe eines hervorragenden Gedächtnisses und einer noch regeren Phantasie schon zum Offizier avanciert. (Ich? Ich hab zu der Zeit grade gelernt, auf den Topf zu gehn.) Als das Jahrhundert zu Ende ging (was wir uns alles von dem neuen erwartet haben, Junge!), war aus dem mickrigen kleinen Schützen schon ein Captain mit Tressen und Litzen geworden. Daß er außerdem betucht war, hat nicht geschadet. Sein Schweigen tagsüber hat seiner Stimme am Abend mehr Gewicht gegeben. Die Jahre hatten Schütze Marsden befördert, sie und seine Art, mit den derben Geschichten aus seinem Krieg umzugehn.

Es sind alles seine: »Der Schuh paßt«, »Als die Farben wechselten«, »Der Schneider und das Bein«, »Wie Sherman Mutter gegrillt hat« und noch zwei Dutzend mehr – ich kann sie alle noch auswendig. Wenn ich an die lange Reihe seiner Lieblingsgeschichten zurückdenke, kommt sie mir vor wie Captain Marsdens fahlgraue Hitparade. Ich kann die Melodien noch alle singen – auf seine Art und auf meine.

Eine davon – mehr oder weniger in seiner Tonart und Manier – geht immer noch so:

Der Schneider und das Bein

Stell dir vor, du entkommst aus dem Gefängnis, indem du einfach durch die offenen Türen gehst und noch nicht mal rennen mußt. Die Wärter lassen dich laufen, als könnte's gar nicht anders sein: daß man alles auf Erden kriegt, was man sich wünscht. Mein Mann, dreizehn, wurde zusammen mit einem Kumpel in eine Yankee-Festung geworfen. Die Flucht, hat Willie mir später erzählt, war wie Fliegen am Boden. Das Gesumm der Welt, all die Geräusche – das Bachgemurmel, das Insektengezirp – waren wie Sirenen, die jeden Moment deine Flucht ausposaunen wollten, es aber dann doch nicht taten und deine Freunde wurden, zu dir gehalten haben.

Soll ja vorkommen: daß einer für seinen Freund Kopf und Kragen riskiert. Mein Mann hat behauptet: Je schlechter die Zeiten, desto besser die Freunde, die man gewinnt. Wenn ich heutzutage so in die Zeitung schau, kommt's mir vor, als müßten wir im Goldenen Zeitalter der Freundschaft leben. Moral: Sieh zu, daß du deine Freunde behältst. Du brauchst sie, jetzt.

Im Krieg war Willie noch ein Kind, das wenig sagte und viel Angst hatte. Je banger ihm wurde, um so weniger Worte hat er riskiert. Man hätte ihn glatt für stumm halten können. Mit großen Augen hat er alles aufgenommen, was es zu sehn gab. Leichen wie Klafterholz gestapelt, Menschenhaare im Stacheldraht. So was tät jedem blankes Entsetzen einjagen. Sein bester Freund war kurz zuvor gefallen. Willie war davon immer noch wie betäubt. Unser lebendiger Junge hatte neue, biberhafte Erwachsenenzähne, eine Neigung zum Stolpern und ein schiefes Grinsen, das Schaden abzuwenden suchte. Aber mag's auch noch so liebenswert sein, ein Lächeln macht aus Miniégeschossen keine Schmetterlinge.

Nach Neds Tod hat Will in einem Corporal Sal Smith einen neuen Freund gefunden. Der war Farmer und Schneider von Beruf und auch aus North Carolina. Salvador Smith war vierzig, hatte rote Haare und einen schlaksigen Gang und war Vater von sechs Töchtern, von denen er oft erzählte. Wenn man nicht aufpaßte, hat er's fertiggebracht und einem mitten in der Schlacht die Daguerreotypien von seinen Töchtern gezeigt. Anscheinend hatte Sal als Familienvater fern der Heimat jede Menge Beschützerkraft übrig. Das meiste davon hat er auf meinen Willie verschwendet. Jeden Abend vor dem Schlafengehn hat Corporal Smith einen Gang durchs Lager gemacht. So wie er daheim in New Bern, North Carolina, die Scheunen und die andern Nebengebäude auf seiner Süßkartoffelfarm kontrolliert hatte. Vor Willies Zelt ist er immer stehngeblieben, hat sich bis auf zwei Fuß an dem Jungen sein Feldbett geschlichen und dort eine Weile gestanden und auf den regelmäßigen Atem des Schlafs gehorcht. Sal hat sich gern vorgestellt, daß er den kleinen Soldaten irgendwie »adoptiert« hatte. Das hat einfach alles interessanter gemacht – ein bißchen zusätzliche Verantwortung. (Die Welt ist voll von unseren inoffiziell »angenommenen« Kindern, Junge.)

Sal Smith hat diese Fürsorge geheimgehalten – aber Willie war wach, während Sal an seinem Bett Wache hielt, hat leises Schnarchen vorgetäuscht. Und wie's so geht: Wenn man sich schlafend stellt, um seinen wohlmeinenden Nächsten zu beruhigen, ruckst man manchmal unversehens weg.

Will hat Sal Smith sein Leben lang dafür geliebt, wie elegant er – nachdem sie gemeinsam in Gefangenschaft geraten waren – ihre Flucht eingefädelt hatte.

Eine banale Geschichte: Die beiden haben auf irgendeinem Bauernhof Hühner klauen wollen für die Kochtöpfe der Kompanie. Nichts Aufregenderes, nichts Dringenderes. Auf einmal waren da, wo eigentlich zwei in die Enge getriebene braune Hennen sein sollten, zwölf Stiefel – und drin steckten sechs Yankees, die mit ihren Musketen auf die beiden gezielt haben. »Niemand da außer uns Hühnern. Mitkommen, ihr zwei Grauen.«

Das Kriegsgefangenenlager von den Yankees war direkt südlich von Charlottesville – ein Mädchenpensionat, mit Brettern und Eisenstangen in eine Festung verwandelt. Dort wurden die beiden Südstaatler, Hände hoch, einem Major Digby vorgeführt. Der war ganz Beredsamkeit und Backenbart. Während Digby die beiden über Feldlager, Befestigungen, Namen und Zivilberuf verhörte – er wollte rauskriegen, wie sie sich als Gefangene möglichst nützlich machen könnten –, haben die sich seine vergammelte Uniform angesehn. In der Feldbluse klaffte ein riesiger Triangel. Obwohl Digby darunter farblich passendes Unterzeug trug, sah er wirklich abgerissen aus.

Außerdem hatte die Hose Löcher, durch die das nackte linke Knie rausschaute.

»Zu Hause«, sagt Smith, »war ich der beste nichtchinesische Schneider von New Bern, Sir. Ich hab alles wieder geflickt. Buchstäblich alles.« Er starrt derart penetrant auf den jämmerlichen Aufzug des Majors, daß der schließlich sagt: »Aha. Na ja. Ich war früher sehr eigen, was die Kleidung anging. Besaß zwanzig Krawattennadeln, jede mindestens mit einem Tigerauge. Und jetzt das. Liegt an den Zeiten, Jungs, den Zeiten . . .«

Darauf Smith augenzwinkernd: »Ich hab zwar nicht vor, lange hierzubleiben, aber solange ich da bin, gestatten Sie mir bitte, Ihnen diese Lumpen zusammenzuflicken, Sir. Was mir nämlich noch verhaßter ist, als einen der schmuckeren von unsern feindlichen Offizieren aufzumöbeln, ist Müßiggang. Fragen Sie Willie hier. Also, ich bin nicht nur nicht faul, Sir, ich weiß überhaupt nicht, was das ist, faul sein. Fragen Sie Will. Will?«

Aber Digby hatte eine Bibel aufgeschlagen. Jetzt erläuterte er den Treueid auf die Union, den er ihnen gleich abnehmen wollte. Smith hat rumgezappelt und wild geschaut und dazwischengeredet. Willie hat sich über seinen nervösen Freund gewundert. Im Lager war Smith die Ruhe selbst. Zu Kameraden war Smith rührend hilfsbereit und hat jedem die Knöpfe angenäht, mochte der auch ein noch so unangenehmer Patron sein. Eins aber konnte Salvador Smith nicht ausstehn: einen Offizier, jeden Offizier. Und wo er schon Offiziere der Konföderierten nicht leiden konnte, wollte ihm jetzt schier die Galle übergehn, wie Digby davon gefaselt hat, daß man dem verwerflichen Vandalismus der Südstaatler einen Riegel vorschieben muß.

Die Stube hat gestarrt vor Wachen und Musketen. Sal Smith versuchte, hinter den Schreibtisch zu gehn und Digby jovial auf die Schulter zu klopfen. Als Pistolen ihn davon abbrachten, fing der Corporal an: »War Ihr Name Dickby oder Digby, Sir? Wir Südstaatler haben euch zerlumpten Yankees ja gründlich eingeheizt bei Manassas, stimmt's?« Der Major fand das unverschämt, vor allem von einem Mann, der drauf und dran war, der Union unverbrüchliche Treue zu schwören.

Digbys Predigt ging weiter, aber Smith hat ihn wieder unterbrochen: Wir Rebellen haben euch die Nasen ganz schön in den Dreck getunkt bei Manassas, was?

Wachen haben Smith gepackt, seine Hand auf die Bibel gedrückt. Wie er den Eid hinter sich hatte, hat Smith geschwitzt und gezittert wie einer, den man gezwungen hat, Gift zu schlucken. Am ganzen Leib bebend, die rechte Hand noch in der Luft, hat er sich erkundigt: »Bin ich jetzt ein richtiger guter Yankee, Sir?«

»Das hoffe ich sehr. Es heißt, die Bibel besitzt unbegrenzte Kraft.«

»Also dann, Major, unter uns Yankees: Haben uns die Rebellen bei Manassas nicht wirklich furchtbar den Hintern versohlt?«

Zwei Tage danach kommt Digby auf einem Kontrollgang in Smith und Marsdens mit Stroh ausgelegte Zelle, ein ehemaliges Schulzimmer. Auf eine Wand war eine Weltkarte gemalt. Man konnte sehn, daß lauter Mädchen aus reichen Familien die Ozeane angepinselt hatten. Allein das Wort »Persien« in roter Kursivschrift war ein Gedicht, das in jedem Mann zärtliche Gefühle wecken konnte. Sal Smith hat es dazu animiert, des langen und breiten über die Fehler und Vorzüge seiner sechs Töchter zu reden. Der Major hatte eine noch ärger aussehende Uniform an und trug die andere über dem Arm. »Ich dachte mir – angesichts Ihres von Ihnen selbst bekundeten schneiderischen Könnens, und da hier niemand sonst in der Lage ist . . .« Digby drückte Smith die Lumpen, eine Nadel und eine Rolle Garn in die Hand. »Eine Schere, das werden Sie verstehen – unter Ehrenmännern –, kann ich Ihnen nach Lage der Dinge beim besten Willen nicht überlassen.«

»Kein Wort mehr. Das Ende meiner Trübsal ist gekommen.« Smith grinste. »Alles ist besser als Müßiggang, sogar eine Gefälligkeit für einen unserer blaubäuchigen, flinkbeinigen Yankees. Sir, Sie werden diesen Fetzen nicht wiedererkennen, wenn Salvador Smith damit fertig ist.«

»Ich bin Ihnen wohl zu Dank verpflichtet.«

Am nächsten Morgen kurz nach Sonnenaufgang verließ ein adretter rothaariger Major vom Sanitätskorps der Nordstaaten das Gelände. Er hatte einen jungen Kriegsgefangenen als Sanitäter bei sich. Der Offizier erwiderte den Gruß der Wache am Tor, blieb dann aber stehn. »Mir scheint, Ihre Augen sind etwas gerötet, Schütze. Gefällt mir gar nicht. Melden Sie sich Punkt neun in meinem Zelt zum Krankenappell, verstanden?«

Der Soldat grüßte und rieb sich dann die Augen. »Ich hab selber schon gemerkt, daß sie brennen, wissen Sie.«

Dann wanderten der Arzt und sein Gehilfe unbewaffnet und ungehindert den Linien der Südstaatler entgegen. Smith hat sich die Uniform vom Leib gerissen, um nicht aus Versehn erschossen zu werden. Er war erleichtert, fast nackt und so gar nicht offiziersmäßig gehn zu können. Dann wurde die blaue, mit Monogramm bestickte

Jacke ins Lager gebracht und vor dem Zelt des Oberkommandos gehißt – als Trophäe. Den ganzen Tag wurden Sal und Will für ihre Schlitzohrigkeit bewundert. »Erzählt doch noch mal«, baten die andern.

Der Schütze und der Corporal fühlten sich riesig, wie neugeboren. Mein Mann hat mir erklärt, warum: Wenn man dem vermeintlich sicheren Untergang entronnen ist, macht das Adrenalin die Welt so schön, daß es kaum auszuhalten ist. Die strahlende Helligkeit brennt sich einem so tief in die Augen, daß sie einen von innen am Hinterkopf kitzelt. Das Licht hängt über jedem Baum und jedem Hügel wie ein Kraftstoff, den man meint einsammeln und vielleicht sogar essen zu können. Der Dreizehnjährige, der da neben seinem Freund ging, kam sich vor wie ein, ja, vielleicht wie ein nagelneues samtenes Nadelkissen, das sich geradezu danach sehnt, von stählernen Spitzen durchbohrt zu werden. Nichts schien mehr unerträglich. Schmerz würde man vielleicht als Lust empfinden, so wie man, eben der Schule oder dem Gefängnis entronnen, den Anblick eines schönen taufeuchten Waldes im ersten Morgenlicht erlebt, so neu und frisch, daß es einem vor Zärtlichkeit fast das Herz zerreißt.

Die Rückkehr war ein einziges Freudenfest.

Noch am selben Vormittag wurde der arme Will angeschossen.

Das schmächtige Bürschchen ist aus dem Lager gewandert, immer noch wie betrunken vor Freude über die geglückte Flucht, und hat ein paar Beerensträucher entdeckt. Seit Neds Tod war Will aufsässig und unberechenbar oder auch lustlos gewesen. Er wußte noch, wie Sal und andere ihn ans Feldbett gefesselt hatten, um ihn an nächtlichen Überfällen auf Yankees zu hindern. Manchmal hat er sich so lahm gegeben wie ein Provinzgänschen auf seinem ersten Ball («bitte etwas weiter nach rechts und *lächeln*«), dann wieder hat er getobt wie ein geleimter Mormone. An manchen Tagen ist Will morgens aufgewacht und hat sich schwach wie eine Fliege gefühlt, an andern ist er zu sich gekommen wie eine Faust in siedendem Öl.

Erst jetzt, wo was Schönes passiert war, hat er sich allmählich drauf besonnen, wie das ist: wieder ein normaler Mensch zu sein. Er hockt also – das war kurz vor Antietam – zwischen Brombeersträuchern und schlägt sich den Bauch voll. Auf einmal ein Geräusch – schwirrend wie ein Eichhörnchen, das über einen Ast huscht. Und dann merkt Schütze Willie Marsden, daß sich sein linkes Bein vom Knie abwärts brombeerrot verfärbt hat. Eine Sekunde lang spürt er noch nichts, sagt sich: »Es ist bloß Brombeersaft. Ich hab mich bekleckert. Und wie.«

Im Lazarettzelt bekommt Will Besuch von dem orangeroten Corporal, der ihn mit der Nähnadel aus der Gefangenschaft befreit hat. Sal hat eingetrockneten Schlaf in den Augenwinkeln. Ein ziemlich großer Zweig hängt ihm unbemerkt in den Haaren. Aber Sal war einer von denen, bei denen die Schmuddeligkeit viel von ihrem Charme ausmacht und deshalb in Ordnung ist und – in dem Moment für Will – beinahe liebenswert. Jawohl, »liebenswert«. Sonst war ja niemand da.

Smith fühlt dem Freund die Stirn. »Kaum aus dem Regen, schon in der Traufe, was, Kumpel? Ich wollte, ich könnte dir das zusammenflicken. Tut bestimmt mörderisch weh?« Er sieht sich das verkrustete, weit aufgerissene Hosenbein genau an.

Willie, ganze dreizehn und partout nicht davon abzubringen, an Lesebuch-Tapferkeit zu glauben, schüttelt zuerst den Kopf.

»Tut nicht weh? Ein Schuß mitten ins Bein, und keine Schmerzen?«

»Na ja, Sal, ein Schuß schon ... Aber mehr so eine Art Streifschuß.«

»Mann, *ich* bin's doch, Sal, Kumpel. Der ist glatt reingegangen. Muß höllisch weh tun, sieh dir doch bloß die Schwellung an. Fast so dick wie deine Taille.«

Schließlich nickt Willie. Er liegt da und starrt zum Zeltdach hoch. Den ganzen Nachmittag hat er schon versucht, die Fäden in der Zeltbahn zu zählen. Der rote Haarschopf von seinem Freund kitzelt jetzt den Rand von seinem Gesichtsfeld.

»Stimmt schon«, gibt Will zu. »Natürlich tut's irrsinnig weh, Sal. Mal brennt's wie Feuer, dann wird's eiskalt. Und weißt du was? Es ist schwach von mir, ich weiß« – und er winkt Sal näher ran. »Da ist ein schwarzes Mädchen bei uns auf der Farm, Castalia heißt sie – und ich denk mir schon die ganze Zeit, wie schön es wär, wenn ich ihr Gesicht sehn könnte. Keiner würde sie schön nennen, aber sie *ist* schön. Und außerdem, ich kann mir nicht helfen, Mama ist in Notfällen zu nichts zu gebrauchen, aber – ich wollte – wirklich – sie wär hier ...«

»Ist doch klar, Kumpel.«

(Ich muß hier einschieben, Junge, wie dieser Farmer-Schneider mit vollem Namen geheißen hat: Salvador Cortez Drake Magellan Smith. *Seine* Mutter hat auch Romane gelesen. Sie hatte von einem schneidigen Sohn geträumt. Den hatte sie gekriegt. Sie hatte von einem schmucken Sohn geträumt. Den hatte sie nicht gekriegt.)

»Sal?« Will hat jetzt nur noch geflüstert, als ob der Feind mithörte. »Die werden mir's abnehmen wollen. Ab. Ich weiß, sie werden's unterm Knie abhacken wollen. Sal, ich will das nicht. Sal, das sieht doch so furchtbar aus. Verdammt nochmal, *ich* steck doch hier drin. Ich muß es doch am besten wissen. Es wird wieder heilen, wenn sie's dranlassen, bestimmt! Heilen. Aber glatt abgesägt? Da heilt nichts mehr. Ich hab nicht mehr die geringste Chance, Sal, wenn die mir das ganze verdammte Bein abnehmen.«

An dem Tag sah Salvador Smith ziemlich mitgenommen aus; hatte unter den Augen blaugrüne Ringe wie Hängematten. Bei der Rückkehr aus der Gefangenschaft hatte er einen Brief vorgefunden.

Gute Nachrichten und schlechte Nachrichten, obwohl – und das ist ja oft so, jedenfalls in *meinem* Leben – die guten neben den selbstherrlichen schlechten die reinsten Mauerblümchen waren. Trotzdem, die gute Nachricht war wirklich eine: Nach sechs Töchtern hatte sich Sals Frau am Riemen gerissen und gleich zwei Jungen auf einmal gekriegt. Sie hat gescherzt, sie wollte beide nach ihrem Mann taufen lassen, den einen Salvador Magellan Smith, den andern Cortez Drake Smith. Dann hat der Corporal gelesen, daß seine Farm zwangsversteigert worden war und der chinesische Schneidergeselle, der sein Geschäft in New Bern hüten sollte, sich in eine dralle Stadtratsgattin vergafft hatte und mit ihr durchgebrannt war, unter Mitnahme der Ladenkasse und des besten Kammgarns.

Der Brief enthielt nur die nacktesten Tatsachen, aber den Rest malte sich Sal – er war erschöpft von der Flucht, und ganz wirr im Kopf – selber aus: Ein üppiges Weib kommt ins Geschäft, um einen zu langen Rock ändern zu lassen, eine einsame Ehefrau, auch ihr Mann ist als Freiwilliger im 70. Carolina Regiment in den Norden davongaloppiert. Das glückliche Schneiderlein umkreist Mrs. Vollschlank alsbald auf Händen und Knien wie eine Spielzeugeisenbahn, den Mund voller Stecknadeln – der reinste Cowcatcher. In Zeichensprache erkundigt sich der propere Chinese, ob er den Rock stark kürzen soll. Sie macht andauernd nur »mhm«. Sie spürt, wie die trockenen Kinderhändchen sich an ihren Fesseln zu schaffen machen. Ihre großen Augen schließen sich. Es ist schwül in der engen Werkstatt, stellt sich Sal vor, nur die Uhr tickt, ein schläfriger Nachmittag. Beim Abstecken zupft und zwickt's ein bißchen an den Waden. »Noch kürzer?« »Mhm. Noch mehr einschlagen.« Von ihrer hohen Warte aus kommt der Kundin der Schneider bald vor wie ihr Lieblingskind, ein Schoßtier, allerdings schon volljährig. Je länger er an ihren Waden rumfingert, desto mehr erscheint er ihr als das Beste, was ihr noch jemals über den Weg laufen kann. Warum nicht? Sie befiehlt: »Einschlagen – einschlagen!« Der Schneider blickt von unten rauf. In dem stickigen Hinterzimmer werden die strammen Beine der Dame zu Säulen, die zum Klettern einladen. Sie ist der Vergnügungsdampfer aus Shanghai, bemastet. Ist ein phantastisches Verkehrsmittel. Die kuschelig warme Kajüte, die er von nun an und für immer als blinder Passagier bewohnen wird. Höher und höher rutscht der Rock, Zoll für Zoll, langsam schlägt der Saum sich um, die heißen trockenen Schneiderfinger überall, schon auf ihrem Schenkel, auf beiden Schenkeln. Änderungen. Ein Mund voll warmer Stecknadeln kommt Beinen näher. Den Maßbandatem eines Jungen in den bloßen Kniekehlen spüren. Die Nadeln kratzen wie ein Schnurrbart *zwischen* den Lippen, die Nadeln klimpern Worte. »Noch kürzer?« »Mhm, mhm, feststecken, feststecken. Einschlagen, jetzt.« In dem heißen Hinterzimmer voller Knopflöcher und Schneiderpuppen gibt eins das andere, so natürlich wie die Schwerkraft. Alles, was runterfällt, muß hochkommen. Eine Hand, die ihm aufhilft, ein Kuß auf einen Mund, in dem womöglich noch Stecknadeln sind. Noch in derselben Nacht brennen sie durch, tadellos gekleidet, schwirren ab nach Florida in einem gemieteten Buggy voll kratzigem Wintertuch, das für eine ganze Quäkergemeinde reichen würde.

»Uff.« Smith schüttelte seinen Brummschädel. Es kam ihm alles so wirklich vor. Er sah sich umzingelt von Gefahren – dem Fieber, dem Ruin, einem Anfall. Als er sich das alles bildlich vorgestellt hatte, gestand er Will, mußte er erst mal in den Wald gehn, um ein gewisses eheliches Bedürfnis zu stillen. Seltsam, daß es sich so auswirkt, wenn man beklaut wird. Im Krieg ist eben nichts so wie sonst. In so einer beschissenen Lage an den Liebesakt zu denken! Da hatte man diesem Mann die Süßkartoffelfarm abgenommen und den Laden ausgeräumt, seine Frau, noch im Wochenbett, hatte fast nichts mehr zu beißen außer Yamswurzeln, die sechs Töchter steckten sich gegenseitig mit Krupp an – kein Wunder, daß Smith Säcke unter den Augen hatte, als er das jetzt alles an Willies Feldbett erzählte.

Zur Ablenkung hat Sal dann berichtet, wie er am Abend zuvor zurechtgewiesen worden war: Ein pedantischer junger Arzt aus guter Familie hatte an ihm rumgekrittelt. Er hatte den Spitznamen »Sägebock«, weil er so gern amputierte. Er kommt, sieht und sägt, haben die Soldaten ihm nachgesagt. – »Herr Salvatore«, hatte er gesagt, »Sie behaupten, unsere Reihen seien ›dezimiert‹ worden. Ein schönes altes

Wort, Corporal, nur leider nicht korrekt gebraucht. ›Dezimiert‹ bedeutet, man hat einen von zehn Männern verloren. ›Decem‹ ist Latein und bedeutet ›zehn‹, wie in ›Dezimalsystem‹. Bei uns hier sind es aber mehr. Wie viele? Vier von zehn? Aber meinetwegen gebrauchen Sie das Wort weiter in Ihrem Sinne. Ich wollte das nur mal klargestellt haben.«

Derselbe adrette junge Leutnant kam jetzt ins Lazarettzelt, nickte Smith zu, beugte sich über Willies Bein und drehte es hin und her, ohne auch nur einen Blick auf das Pferdegesicht zu werfen, das an demselben Rumpf befestigt war. Sal sah nur das Gesicht.

»Ich fürchte, das Blei hat sich mehr oder weniger um den Knochen gelegt. Schwieriger Fall, sehr schwierig. Morgen wissen wir mehr. Aber was auch geschieht, junger Mann, wir zählen auf deine nicht nachlassende Tapferkeit.«

Der Arzt nickte und ging. Es war nicht Willies Art, vor einem Kameraden zu heulen. Ein Dreizehnjähriger geniert sich – mehr als jeder Erwachsene –, sich wie ein Dreizehnjähriger zu benehmen. Aber er hat geheult. Er hat Smiths yamswurzelfarbene Hand genommen. Er hat die Schwielen, die knolligen Knöchel geküßt. »Laß nicht zu, daß sie's mir abnehmen. Wenn's dran bleibt, wird's heilen. Ich weiß es einfach, Sal. Laß nicht zu, daß sie mich zersägen.«

Nächsten Abend im Operationszelt.

Eine Laterne am Kopf des Patienten. Eine zu seinen Füßen. Eine an dem kaputten linken Knie. Der gestrenge Leutnant und ein bulliger Sanitäter kommen rein. Willie, betrunken gemacht, damit er die Schmerzen aushält, liegt auf dem Rücken und schaut zum Zeltdach rauf, horcht angestrengt. Sie haben ihm ein zusammengelegtes Tuch in den Mund gestopft, um die Schreie zu ersticken. Von dem Fieber und dem Blutverlust ist er jetzt zu schwach, um zu jammern oder sich seiner Haut, seiner Glieder zu wehren, zu schwach, noch was anderes zu tun als zu hören, wie alles gespenstisch laut wird. Er spürt, wie ihm das Wasser aus den Augen läuft, nach hinten, durch den Flaum auf den Wangen, in die Ohren.

»Erhebliche Verschlechterung seit gestern. Hier, mögliche erste Anzeichen für einsetzenden Wundbrand, mein Sohn. Skalpell. Ja, das Blei ist praktisch mit dem zersplitterten Knochen verschmolzen. Das Blei bringt dich um. Es hilft alles nichts, Junge. So leid es mir tut. Sanitäter, die Säge.«

Das Werkzeug, das ihm in die Hand gedrückt wurde, sah ganz

ähnlich aus wie die vernickelten Sägen, die man für Schreinerarbeiten im Haus benutzt.

Das Blatt wird zwei Zoll über Wills sommersprossigem Knie angesetzt. Der Leutnant stellt sich ein bißchen breitbeiniger hin, um mehr Druck in den ersten kräftigen Schnitt legen zu können. Der Sanitäter umklammert mit einer Hand den weißen Fuß des Jungen, mit der andern hält er den Oberschenkel fest. Der Leutnant holt aus, will die Säge ansetzen.

Zeltbahn bauscht sich nach innen. Die Klappe schließt sich hinter Salvador Cortez Drake Magellan Smith. Der zwei Pistolen im Anschlag hält wie ein Straßenräuber in einem Melodram. Die beiden Läufe stehn, links und rechts unterm Ohr, vom Gesicht ab wie Schnauzen. Willie auf dem Operationstisch findet das Schauspiel so komisch, daß er – betrunken und in Todesangst – beinah auflacht.

»Ja, Corporal?« fragt der junge Arzt mit den weißen Handschuhen. »Sind wir von unseren Brüdern aus dem Norden kassiert worden? Ich meine nur, weil Sie zwei Duellpistolen in Händen halten, die mehr oder minder auf mich gerichtet sind.«

»*Sie* sind kassiert worden, Sir. Sie sind genauso müde wie ich. Es geht nicht gegen Sie persönlich. Ich hab dieser Tage meine Farm verloren. Mein untadeliger kleiner Schneidergeselle ist mit unserer besten Kundin durchgebrannt und mit meinen besten Stoffen. Ich hab schon so viele Freunde verloren. Ich hab sechs kranke Töchter – eine ist genauso alt wie der Junge da. Sie ernähren sich fast nur noch von Süßkartoffeln. Und ich bin *hier* und kann keinem Menschen helfen. Die Pflicht verlangt von mir, daß ich die in den blauen Uniformen erschieße, Sir. (Ich würd's lieber nicht machen. Ist das schlecht von mir?) Ich kann nicht einen einzigen guten und richtigen Schritt tun. Bin anscheinend nicht zur rechten Zeit für gute Taten auf die Welt gekommen. Und deshalb, Sir, hab ich mir das hier vorgenommen. Ich weiß, Sie sind genauso kaputt wie ich – und das will was heißen. Es ist eine schludrige Zeit, Sir, und wir nehmen alle mal eine Abkürzung. Aber nicht bei Willie Marsden hier! Keine Abkürzung bei diesem Bein! Er sagt, es heilt wieder, wenn Sie ihm auch nur eine kleine Chance dazu lassen. Er muß es besser wissen. Er steckt schließlich da drin. Also holen Sie das Blei raus. Lassen Sie das Bein ganz. Geben Sie sich genausoviel Mühe wie in Friedenszeiten und als ob's der Sohn vom Präsidenten wär und Ihr ganzes Renommee, Ihr Leben davon abhinge – denn, Sir, es hängt wirklich davon ab.«

Der Leutnant streift die weißen Handschuhe ab. Flucht leise vor sich hin über diese bodenlose Unverschämtheit. Fängt von seinem Berufsethos an, vom Ehrenkodex, daß sein Vater auch schon Chirurg gewesen ist und was nicht alles. »Hier.« Er zeigt im Lampenlicht auf die schwärende Wunde, will Smith die Handschuhe geben, versucht, ihm die glänzende Säge in die Hand zu drücken, die schon so viel durchgemacht hat. »Bedienen Sie sich.«

Der Junge, das Stoffknäuel im Mund, sieht abwechselnd den einen und den andern an, dreht den Kopf hin und her, kämpft darum, den Kampf zu verfolgen, der um ihn ausgetragen wird, ohne was zu seiner Rettung beizusteuern. Aber interessiert.

Smiths linke Pistole schiebt den Arzt wieder an seinen Platz, die rechte legt sich dem Leutnant an die Schläfe. »Sir? Kennen Sie den von dem Zahnarzt und der Frau, die sich nicht weh tun lassen wollte? Nein? Also da ist dieser Zahnarzt, ja? Er hat einen schweren Tag hinter sich. Rein kommt obengenannte Frau. Für ihn ist die Dame bloß ein Mund mehr. Er renkt ihr fast den Kiefer aus und stochert aufs grade Wohl in ihrem Backenzahn rum. Da merkt er auf einmal, wie ihr hübsches Händchen in seine weiße Hose schlüpft und sich um seine edelsten Teile schließt. Ganz, ganz vorsichtig zieht er das Instrument aus ihrem Mund, so daß sie mit einem Lächeln sagen kann: ›Wir wollen einander doch nicht wehtun, nicht wahr, Herr Doktor?‹

Also, tun Sie Ihr Bestes, Sir. Säubern und verbinden Sie's bloß. Andere warten auf Sie in andern Zelten. Ich hör einen andern Arzt hier irgendwo in der Nähe sägen. Schnippeln Sie meinetwegen nachher an andern rum, bis Sie schwarz werden. Man sagt Ihnen nach, daß Sie allzu schnell mit der Säge bei der Hand sind, wußten Sie das? Verschonen Sie nur unsern Willie hier. Wir geben ihm einen Monat zur Heilung. Und ich übernehme die volle Verantwortung.«

»Sie? Die Verantwortung?«

Aber der Arzt zieht sich die Handschuhe wieder über. Und macht sich an die Arbeit, unter Gemurmel zwar über das Kriegsgericht und diese undankbaren Bauern, aber sorgfältig und ohne Hast. Holt Blei und Knochensplitter raus. Die Lampen zischen, Nachtfalter prallen gegen das Glas, Nachtfalterflügel kitzeln den schweißgebadeten Patienten, lassen braunes und goldenes Puder auf der feuchten bleichen Haut zurück. Der Junge hat sich steif gemacht und gestöhnt, aber kein einziges Mal laut aufgeschrien. Verglichen mit der Säge war das ein Kinderspiel.

Die Pistolen hielt Smith immer noch vor den Ohren nach oben gerichtet, mit den Daumen hat er sich die Läufe an die Wangen gedrückt. Ihm war übel vom Zusehn und übel vor Müdigkeit, die Aufregung von der Flucht aus der Yankeegefangenschaft hat ihm noch in den Knochen gesteckt, und die Sorgen über sein geschrumpftes Geschäft und seine angewachsene Familie haben ihn gepiesackt. Je mehr Wills Bein geblutet hat, je lauter die Geschoßteile in den Blechnapf klapperten, um so leichter, aber auch um so blümeranter ist dem armen Sal geworden. Schließlich hat ein Metallklumpen so groß wie ein Dollarstück besonders laut geklappert. Wie der Arzt sich endlich die roten Handschuhe auszieht, wird Smith kreidebleich, übergibt die Pistolen Griff voran dem Sanitäter und lächelt verlegen. Dann liegt der Corporal plötzlich auf dem dreckigen Boden im Zelt und windet sich in Krämpfen. Das dauert neun lange Minuten. Der reinste Veitstanz. Zerkaute Wörter, wie Kastagnetten klappernde Zähne, das Gelall eines Ertrinkenden. Tritte gegen die Kantholzbeine des Operationstisches. Der Sanitäter hält ihm den Kopf fest, der junge Leutnant die Zunge. Vom Tisch aus hat Willie alles mit aufgerissenen Augen beobachtet, schweißtriefend, im Mund das mit Whiskey getränkte Tuch. Er hat solche Angst um seinen Freund, daß ihm für einen Moment fast die eigenen Schmerzen abhanden kommen. Aber dann, wie's so geht, Junge, hat er sie natürlich wiedergefunden.

(So nahe an der Front sind solche Anfälle erschreckend oft vorgekommen. Wahrscheinlich war's die Angst – die Tagtäglichkeit des Angsthabens. Manche von den Jungs wurden richtig laut dabei. Andere sind einfach so mit Zuckungen zusammengebrochen. Wieder andere kamen erst wieder zu sich, wenn man sie in kaltes Wasser getaucht hat – sie *wollten* »draußen« bleiben, haben's nicht mehr ausgehalten, daß dieses ganze Elend jeden Tag im Morgengrauen auf sie wartete. Haben sie alle gesagt – daß das Aufwachen das schlimmste war. Wenn man die Augen aufgemacht hat, dachte man, man ist zu Hause. Dann hat's einem gedämmert.)

Als Smith – an letzte Nacht wollte er sich lieber nicht erinnern – um fünf Uhr früh zu sich kam, hat er sich viel besser gefühlt. Der Säge-Leutnant hatte noch nicht Meldung gemacht. Willie mußte Sal erzählen, was passiert war, und Corporal Salvador Cortez Drake Magellan Smith staunte: »Das hab *ich* getan? Muß mir Worleys Duellpistolen ausgeborgt haben. Also dafür muß ich mich loben. Hab ich dir übrigens schon gesagt, daß ich Zwillinge hab, zwei Jungen? Ist mir eben erst richtig zum Bewußtsein gekommen. War zuviel los in letzter Zeit. Stell dir vor. Zwillinge, kleine, häßliche, rothaarige Bälger, womöglich noch garstiger als ich, die Ärmsten. Sechs Mädchen, zwei

Jungen, *das* ist eine Familie, was?« Sal grinste, ihm war, als hätte sich über Nacht irgendwas zum Bessern gewendet – vielleicht war die Farm doch nicht versteigert worden, war der Chinese zurückgekommen, mit neuen Wollstoffen und einem Wagen voller Kokosnüsse, dressierter Affen und braungebrannter Kundinnen aus Florida, vielleicht war Vicksburg gerettet, irgendwas sehr Gutes und Notwendiges zurückgewonnen worden. Der Anfall hatte Sal seinen ganzen Lebensmut wiedergegeben.

Hat Wochen gedauert, bis die Geschichte richtig zu heilen anfing. Du weißt, wie schnell bei Kindern alles heilt. Trotzdem ist Willie lange gehumpelt, dann vorsichtig aufgetreten und erst viel später (aber gerade noch rechtzeitig für Antietam) richtig gelaufen. Sein erstes Ziel: Salvador Smith. Der gejubelt hat.

Moral: In schwerer Zeit, Freund, sollst du deinen Freunden ein Freund sein. Wir brauchen einander. Jetzt.

Acht Wochen war der Willie krank,
Jetzt hüpft er wieder, Gott sei Dank.

Ein netter Junge von hier

Gefällt dir die Farbe von meinem Zimmer immer noch? Larry hat sie mich selber aussuchen lassen.

Mr. Laurence »Larry« Winch war unser Heimleiter. Er hat vierzehn Jahre lang aufgepaßt, daß ich jeden Donnerstag brav meine Kutteln mit Reis gegessen habe. Ich hab mir Gemecker anhören müssen, daß der Farbton eine Spur zu »knallig« ist. Sag doch nochmal, ist das Gelb nicht vielleicht doch ein bißchen *zu* gelb? Du bist ein Schatz. Also *mir* gefällt's. Aber wenn ich bedenke, wie meine Augen in letzter Zeit nachgelassen haben, könnte was, was ich für geschmackvoll halte, wem in deinem Alter kitschig bis zum Gehtnichmehr vorkommen. Auf unserm ganzen Flur hat Larry jeden einzelnen die Farbe für sein Zimmer selber aussuchen lassen. Eine wollte partout Lila mit silbernen Zierstreifen, und Larry hat nicht mal mit der Wimper gezuckt. »Gemacht«, sagt er, wie ein milder, großmütiger König.

Solange Larry hier das Regiment führte, hat keiner Lanes' End als Paradies angesehn, aber wie er dann nicht mehr da war, ist uns aufgegangen, wie gut wir's gehabt hatten. Abgesehn von den Kutteln und dem Wackelpeter jeden Donnerstag. (Du kennst sicher diese neumodische Krankheit, wo junge Mädchen nichts essen oder aber doch und hinterher brechen müssen? Mir war diese Krankheit immer ein Rätsel, außer an Donnerstagen.)

Sicher, Larry hat sich auch schlimme Sachen geleistet. Es stimmt, daß er wegen Geldgeschichten mit der Justiz in Konflikt gekommen ist. Aber erfreulich war schon mal, daß er hier aufgewachsen war. Larry hat den Stammbaum von jedem faulen alten Apfel hier auf dem Gang gekannt.

Bei uns in Carolina, Junge, ist Kenntnis der Abstammung gleich Geschichtskenntnis gleich Schicksalskenntnis. Du darfst mich zitieren. (Und du brauchst auch den klangvollen Mädchennamen meiner Mutter nicht verschweigen: McCloud.)

Wenn zum Beispiel, na, sagen wir anno 1929, ein Großvater ständig bei Woolworth geklaut hat (und das in einer Familie, die Geld wie Heu hatte!) und wenn er mehr als einmal dabei erwischt wurde und dementsprechend oft am Schwarzen Brett im Gericht angeschlagen war, also das bedeutet noch lange nicht, daß seine Kinder und Kindeskinder auch alles Langfinger geworden sind. Nein, so einfach ist nichts auf dieser behämmerten Welt.

Wie allerdings neulich nach einer Tupper-Party hier am Ort sechs Tortenplatten, zwei Siebe und eine noch unbekannte Anzahl Salatschleudern spurlos verschwunden waren, sind natürlich gewisse Leute in Verdacht geraten. Sheriff Cooper – sein Vater war vor ihm der Sheriff Cooper – hat das gesamte Diebesgut im Kofferraum eines Cadillacs gefunden, der keiner anderen als der Urenkelin von unserm Ramschladen-Klepto gehört. Bitte keine Namen. In unserer Stadt, Junge, sind Namen überflüssig. Der Klatsch ist genetisch codiert, wie man das heute nennt. Ja, ich kenn mich aus.

Ich hatte Larry Winchs Mutter aufblühn sehn, ein hübsches, ziemlich nervöses Einzelkind aus der Summit Avenue, vom besseren Ende. Sie hat jung geheiratet, einen Bär von einem Metallarbeiter, der sie »Dollie« genannt und in kürzester Zeit den größten Teil von ihrem Waldbesitz verkauft, zur Flasche gegriffen und sich in aller Öffentlichkeit über seinen und ihren einzigen Sohn lustig gemacht hat. Mrs. Winch hat ihrem pausbäckigen Laurence nämlich immer samtene Kniehosen und so alberne Baretts angezogen. *Ihm* hat nie jemand die Schuld gegeben. Der kleine Larry seinerseits hat seine kindische, kränkelnde Mutter abgöttisch geliebt. Wie sie in jungen Jahren gestorben ist – das hat bei ihr in der Familie gelegen –, ging Larry auf die Dreißig zu, war grade mit dem Studieren fertig und hatte noch nie gearbeitet. Er wollte schon, aber zuerst hat er eine Weile von dem Geld aus dem Holzverkauf gelebt. Die Arztrechnungen von seiner Mutter haben noch mehr gezwickt, jetzt wo die Patientin tot war, und Larrys Vater ist bald drauf mit einer Sekretärin (einer Methodistin!) nach Florida abgehaun. Das letzte Holzgeld haben sie mitgehn lassen.

Larry war also auf einmal Besitzer von dem protzigen Haus an der Summit (allein die Heizkosten hätten einen arm machen können). Er war ein vorzeitig alternder Junge und so schwächlich, daß er nicht mal als Kellner hätte arbeiten können. Gegessen hat er nur, wenn er eingeladen war. – Ja, der ganze Ort hat natürlich versucht, ihm den Posten hier in Lanes' End zuzuschanzen. In Falls war man der Ansicht, daß ein Junge, der so nett zu seiner Mutter gewesen ist, eine kleine Gegenleistung verdient hat. Auswärtige würden vielleicht von »Vetternwirtschaft« reden. Für uns ist das ausgleichende Gerechtigkeit.

Larry hat uns verkalkte Hiesige ins Herz geschlossen gehabt, weil wir die reiche Jugend von seiner Mutter und ihren frühen Verfall miterlebt hatten. Laurence hat nie in der Kartei der Heiminsassen nachsehn brauchen. An dem Tag, wo er hier aufgekreuzt ist, haben wir nur »Hi, Larry« gesagt. Unser Witzbold vom Dienst hat geflaxt: »Jetzt seht euch bloß an, was uns da ins Haus geschneit kommt.« »Tag allerseits. Ihr kommt mir alle nicht viel schlimmer vor als sonst, Leute«, sagt Larry drauf augenzwinkernd.

Wenn wir seine tote Mama erwähnt haben, war Larry immer stolz wie ein kleiner Junge. Hinterher hat er dann gebettelt, man soll ihm die alte Geschichte nochmal erzählen. In ihrer Jugend war sie fast so was wie eine Berühmtheit gewesen – für hiesige Verhältnisse. Sie ist überall mit einem zahmen Eichhörnchen auf der Schulter aufgekreuzt, sogar in der Kirche. Das Tierchen hatte eine richtige Strickmütze auf dem Kopf. Und hat sie geliebt! Beim Zuhören hat Larry jedesmal geseufzt und das Gefühl gehabt, man führt ihn durch einen langen Gang mit lauter Tresoren, von denen jeder noch ein paar Juwelen aus ihrem Leben enthält. Wir haben genau gewußt, welche Geschichten er hören wollte. Und welche man – bei Todesstrafe – nicht erzählen durfte. Er hat das von uns auch gewußt.

Fremde halten uns sicher für die letzten Hinterwäldler. Aber zu kennen und bekannt zu sein (sich auszukennen mit Kette und Schuß ganzer Generationen), das kann eine Fessel und trotzdem eine ständige große Freude sein. Bei dem Gewühl in den Einkaufszentren heute, wo keiner den andern kennt, kommt solche Freude allerdings kaum noch auf.

Also jedenfalls, wie anno 1899 der Sommer mit seinen festlichen Umzügen vor der Tür stand, haben zwölf Verehrerinnen beim chinesischen Schneider (Falls' Gegenstück zu Sals ungetreuem Gesellen) auf eigene Kosten eine Uniform für Marsden in Auftrag gegeben. Captain, der inzwischen recht wohlhabend geworden war, brachte rund hundertachtzig Pfund auf die Waage und war sechs Fuß einen Zoll groß, und in den Bubenanzug, den ich irgendwo unterm Bett versteckt hab, hätte nicht mal mehr eins seiner massigen behaarten Beine gepaßt. Man könnte sagen, Caps Ruf ist mit seiner Uniform mitgewachsen. Diese Offizierskluft war an sich schon sehenswert. Keiner vermißte den jungen Willie, den zaundürren Trompeter, dessen Mund zu sauer und zu traurig war, als daß er jemals das Reveille passabel hingekriegt hätte.

Das erste Mal, wie ich ihn richtig bewußt bei Tageslicht wahrgenommen hab, trug Cap genau diese Uniform. Da waren mehr Messingknöpfe dran als an einer altmodischen Kommode und so viel Goldlitze, daß man damit einen Altar hätte dekorieren können. Außerdem waren so Fransen an den Schultern, wie an den Mützen von Schulabsolventen, nur halt für die Schultern, du weißt schon. Dann hatte er noch ein Kappe, aus der eine taubengraue geringelte Feder mitten raus gewachsen ist. Er trug damals seinen Säbel und hatte Handschuhe so weiß wie die einer spießigen neureichen Debütantin. Es war Juli, strahlende Sonne – tat den Augen weh, so sehr hat ihn die Sonne aufgeputzt. Der braune Bart so glänzend wie Edelholzmöbel. Und die Stiefel spiegelblank poliert. Das alles an einem hochgewachsenen, handfesten Kerl – oh, er war eine Augenweide für jedes Weibsbild, mein Lieber.

Damals hatten wir's gern, wenn ein Mann ein bißchen mehr Fleisch auf den Rippen hatte, weißt du. Nicht wie die Jüngelchen, die man heute in den Fernsehserien sieht, so klapperdürr, daß man meint, sie werden schon müde davon, ihr buschiges Brusthaar spazieren zu tragen. *Unsere* Männer damals waren keine so hübschen schlanken Molche – ein Mann mußte was *darstellen*.

Man konnte Cap bei Paraden sehn, auf dem Podest neben dem Bürgermeister, zum Beispiel wie Präsident McKinley mal in einem geschmückten Sonderzug hier durchgekommen ist. Und Marsden hat immer Neds Trompete an einer roten Kordel um die Schulter getragen – treu bis zu einem Punkt, wo's gradezu ungesund wird. Er hatte seit seiner Jugend so viel angesetzt, daß die Trompete winzig an ihm gewirkt hat, wie eine Tröte aus dem Spielzeugladen. Mittlerweile hat hier jeder ihre Geschichte gekannt. Bei Einweihungsfeiern und andern Festlichkeiten hat Cap nie eine Rede gehalten, hatte's nicht nötig, hat einfach nur dagesessen. Sein Anblick war vielsagend genug. Er hat seine inzwischen berühmt gewordenen Geschichten nie bei Tage erzählt. Ich hab ihn genau beobachtet. Mit seiner Trompete, die ihm von der Schulter runterhing, auf Hochglanz poliert. Also für mich war Captain ein Gemälde aus der Geschichte. Retuschiert. Aber das ist Geschichte ja immer.

Und wer war ich? Gute Frage. Ein Kind aus gutem Hause, was man allerdings nicht an meiner Sprache gemerkt hätte. Immer in der ersten Reihe, immer die Augen weit offen. Ich konnte mich so ins Gaffen vertiefen, daß ich auf den Pinseln meiner Zöpfe rumgekaut hab, bis mich Mama mit einem unsanften Klaps wieder zur sittsamen jungen Dame gemacht hat. Cap hat meinen Papa gekannt. Allmählich hat er gemerkt, daß ich ihn angestarrt hab. Ich weiß noch, wie er zum erstenmal zurückgestarrt hat. Graue Augen! Mit lauter bernsteingelben Glitzerpünktchen drin. Wie er sie auf mich gerichtet hat, war mir, als tät ich ein paar Zoll in die Erde sinken. Um meinen Kopf war ein nie gekanntes Rauschen, eine Girlande aus fiedelnden Grillen war über mich gestülpt wie eine dicke Haube. Ich hab seinen Blick nicht lange ausgehalten, sondern nur mit baumelnden Beinen dagesessen und die Fischgrat-Ziegelmauern am Gerichtsplatz angesehn. Als ich wieder hinsah, hab ich gemerkt: Das hat ihm gefallen. Daß ich mich so sittsam gab. Sein Mund hatte sich gefestigt. Er hat nicht mal geblinzelt. Mit den Augen hat er mich »besessen«, bevor ich wußte, was das alles heißen kann. Bringt mich heute noch aus der Fassung, ich reg mich schon auf, wenn ich bloß dran denk. – Ich hab mich für richtig raffiniert und ziemlich draufgängerisch gehalten. Aber weißt du was? Von Anfang an hat Captain nicht weniger taktisches Geschick gezeigt als Robert E. Lee. Ich dagegen, ich war nichts weiter als ein kopfloses Huhn.

Mochte er auch schon auf die Fünfzig gehn, bei all seinem Kriegsruhm hat sich der Mann nach wie vor richtig schüchtern gegeben. Man hat sich erzählt, daß drei Frauen, zwei davon reich, ihm schon regelrechte Heiratsanträge gemacht hatten. Captain Marsden hatte für derlei Forschheit nicht das geringste übrig. Er lebte allein und hatte eine Schwarze, die ihn bekocht und ihm saubergemacht hat. (Sie hat auch Marsden geheißen, aber natürlich nicht, weil er hergegangen wär und sie geheiratet hätte. Früher mal war Castalia sein Eigentum gewesen. Sie waren ungefähr gleichaltrig und vor langer Zeit ein bißchen ineinander verliebt gewesen – aber die Geschichte kommt später. So Gott will. Verehrer von ihr waren es gewesen, die Cap in der Stadt vor die Füße gespuckt hatten, Männer, die vergrätzt waren darüber, daß die Freiheit gekommen und gegangen war und ihre stolze Castalia immer noch einem Marsden das dreckige Geschirr abgewaschen hat.)

Die Sache mit Captain war die, daß ihn keiner gekannt hat. Sicher, tagsüber hat er über Geschäfte geredet. Und einmal im Monat ist er in die Kirche gegangen, ob er's nötig hatte oder nicht. Am Wochenende hat er dann abends seine Geschichten erzählt: Daß General Forrest neunundzwanzig Pferde unter dem Leib weggeschossen wurden, daß er aber zur Zeit von Appomattox dann geprahlt hat, er hätte einen Yankee mehr erledigt, als er Pferde verloren hatte – ein Vorsprung von einer Menschenseele. Aber die Leute haben viel zuviel Respekt vor Marsden gehabt, um sich bei ihm was rauszunehmen. Keiner hat *ihm* auf die Schulter gehaun, keiner hat ihn anders als mit Captain angeredet. Wenn man wußte, daß er mit Vornamen William hieß – nach seinem lateinkundigen Papa –, ist einem vielleicht aufgefallen, daß in der Stadt kaum jemand diesen Namen einmal laut gerufen hat. Weil er so wenig geredet hat, konnte natürlich jeder in ihm sehn, was er wollte. Ich? Ich hatte meine eigenen Vorstellungen.

Schweigsame Menschen sind grundsätzlich im Vorteil gegenüber Plaudertaschen wie meiner Wenigkeit. Man glaubt, sie wissen was. Je mehr man auf sie einschwätzen tut, desto alberner kommt man sich vor, desto mehr erscheinen sie einem als eine Art Buddha. – Ich denk da zum Beispiel an dich, mein Lieber. Dich und diesen Apparat, der auch nichts sagt, aber was wissen muß und ewig weiterläuft. Ich weiß, es ist schwer, bei mir ein Wort dazwischenzukriegen, wenn ich mal in Fahrt bin. Aber du kommst auch noch an die Reihe, hinterher. Ich besteh drauf, daß du mir von deinem Leben erzählst und von deinen Liebschaften, was du gelernt hast und was dich erschüttert hat. Du *mußt* mir's erzählen – alles. Sobald von dem hier die Farbe getrocknet ist – oder wenigstens nicht mehr klebt. – Die Stillen, die wissen wirklich was. Sie wissen, daß sie den Mund halten müssen. Sie haben kapiert (*er* hatte's bestimmt kapiert), daß man sich durch Reden längst nicht so interessant machen kann wie durch standhaftes vielsagendes Schweigen. Trotzdem, nur eins wird deine Lucy dazu bringen, endlich den Mund zu halten und sich zu den Starken-und-Stillen zu gesellen. Und ich werd noch mit meinem letzten Atemzug versuchen, dem Tod *das* auszureden.

Ich Plappermaul hab noch das Beste aus Wills Schweigen gemacht. Mag ja sein, daß ich, vor ihm in vorderster Front, noch ein bißchen sehr jung war und ganz Auge – aber irgendwie war ich wohl schon hinter sein Geheimnis gekommen. Wär mir nicht im Traum eingefallen, irgendwem was zu sagen, so stark war's. Und Captains Augen haben mir's schon bald verraten: Er wußte, daß ich's wußte.

Blaskapellen haben Sousa-Märsche gespielt, ziemlich falsch, Fahnen haben geflattert, Präsident McKinley, ein eher kleiner, rundlicher Mann mit der Wildleder-Stimme eines presbyterianischen Predigers, hat viel mit den Händen gestikuliert. Aller Augen waren auf den Oberkommandierenden der Nation gerichtet. Ich hab statt dessen

Captain gemustert, der drüben auf dem Podium saß, rausgeputzt, als ob er zum Verkauf stünde.

Kein anderer hat's gemerkt, aber hinter dem bärtigen, kompakten, rosigen Mann in den besten Jahren hab ich so deutlich wie nur was ein mageres, trauriges Kind gesehn. Die weit offenen Augen des Jungen haben direkt zu mir hergeschaut. Das Bürschchen war da drin, eingeschlossen wie in einem Schrank, hatte sich den ganzen Krieg über da versteckt. Der Krieg war schon an die fünfunddreißig Jahre vorbei, aber der Junge stand immer noch da und horchte, mit erschrockenen Augen, und wartete auf das Entwarnungssignal. Er dachte immer noch, die Luft draußen wär gespickt mit Miniékugeln. Der vernünftige Kindsoldat hat gewartet – schon so lange in Angst, ständig in Habtachtstellung. Ich mußte blinzeln, als ich das sah. Die einzige Stelle, wo dieser lebendige Junge rausgeguckt hat, waren Captains erwachsene Augen. Der einzige Mensch, der ihn dort gesehn hat, war ich. Ich hab mich umgeschaut. Die andern haben immer noch den armen Mr. McKinley angesehn, zwei Jahre vor seiner Ermordung. Captains Gesicht, das war nur Beiwerk – nur ein fleischiger Rand, steuerzahlend, voll ausgewachsen. McKinley sagte jetzt ». . . die Ehre, das Podium mit unseren verdienten Veteranen zu teilen« und machte eine ausholende Geste in Richtung Captain. Alle taten mir's nach und sahen zu dem Soldaten hin, aber als die andern wieder zum Präsidentenpodest schauten, hab ich den Schwenk nicht mitgemacht. Und da hat mich Cap vielleicht in die Pupille gefaßt!

Mein Gott, ich spür's noch heute.

Und wie sich sein Blick in meinen gebohrt hat, bin ich richtig zusammengezuckt. Ich hatte hineingesehn. Ich bin zurückgeprallt und hab mich ihm im nächsten Moment wieder genähert. Seine beiden Augen sagten: »Du endlich? Hilf mir, Schwester.«

Zu Hunderten sind Leute vom Land rumgelaufen, mit kandierten Äpfeln und Reklamefächern von Blacks Beerdigungsinstitut – »Seit fünfzig Jahren im Dienste der Allgemeinheit«. Mama, sittsam und zu elegant, saß rechts von mir und hat zerstreut ihre Kamee zurechtgerückt. Papa hat seinem besten Saufkumpan weiter oben auf der Tribüne Grimassen geschnitten, wollte ihn unbedingt zum Lachen bringen – aber der hat zum Himmel gestarrt, als ob er betete, der Anblick von Papas rausgestreckter Zunge möge ihm erspart bleiben, solang vorne der Präsident der Vereinigten Staaten redete. Da hat Papa zwei Finger so hochgehalten, daß der Hut von der Schwester des Bürgermeisters, die vor ihm saß, Teufelshörner bekam, bis Mama ihm einen Klaps auf die Hand gegeben und ihr übliches »Also wirklich, Samuel« geseufzt hat. Und keine Menschenseele hat gemerkt, wie Klein-Lucy, als Cap zu ihr hersah – ade Blaskapellen, ade Stadtplatz – ins Schwimmen kam, hinab und zurück sank und in ihn rein. Keiner hat's gemerkt! Der erwachsene Mann hat mir – vor neunhundert Menschen – unbemerkt die Botschaft eines Kindes übermittelt. Die Augen des Jungen sagten: »Schwester, bitte komm rein und hilf mir hier raus. Ich bitte dich sehr.« Ich hab das deutlicher gehört als die Worte von unserm alten Präsidenten. Ein Junge in meinem Alter hatte mich um einen Gefallen gebeten. Und meine beiden Augen antworteten ihm: »Na gut. Ich will mich redlich bemühn, Kumpel.«

Das war's beinah schon.

Mama hat Cap als »reifen« Mann bezeichnet. Mit fünfzig. Ungelogen. Papa, selber ein ortsbekannter Witzbold und Geschichtenerzähler, hatte Captain von jeher um seine Kriegsverbrechen (was für ein Stoff!) beneidet. Papa meinte, man müßte einen so handfesten Kerl mit mehr Lametta als Weihnachten in New York City einfach bewundern. Aber, mein Lieber, ich hab nur noch wen andern gesehn, der auch fünfzehn war. Einen Jungen mit Pferdegebiß, dessen Haarschopf mit keiner Brillantine zu zähmen und mit dessen Singstimme nicht viel los war. Willie stand da – ein bedrücktes, halbgares Kind –, für ihn war damals die Zeit stehngeblieben. Sein Gesicht zuckte schmerzlich, es hatte grade begriffen: Krieg bedeutet nur, daß du deinen besten Freund verlierst.

Weißt du, was ich damals wollte? Ich wollte rein. Was ich irgendwie vorhatte: mir ein Seil um die Taille schlingen, das andere Ende an diesem hellen, sicheren Jahr 1899 festmachen und dann gradewegs zurückklettern, bis runter in die Dunkelheit und den Qualm, den Teergeruch, bis dorthin, wo ich, durch bloßen Instinkt, bestimmt dieses Kind finden würde (teils Bruder, teils kleiner Sohn, vor allem mein einziger Innigstgeliebter, mein Schicksal), und, oh, ich würde ihn mitschleppen, unterm Arm, ich würde ihn festhalten, diesen Jungen, vom Pulver versengt und von der Angst um die Sprache gebracht. Ich würde ihn sicher nach Hause bringen, auf daß er in Frieden leben könne. Mit mir. In einem hübschen weißen Haus.

Eigentlich hat Papa die Heirat arrangiert. Er hat gesehn, wie ich schaute, und gesagt: »An den hast du dein Herz gehängt, stimmt's, Struppi, mein kleiner Springinsfeld?« Ich hab bloß meine Fingerknöchel betrachtet – die waren noch ganz verschrammt vom Baumhausbauen. Niedergeschlagene Augen haben damals bei Mädchen meines Alters und meiner Gesellschaftsschicht als Zustimmung gegolten – und ich hab's gewußt. Mein Lieber, wenn man jung und machtlos genug ist, bedeutet nichts sagen: *Macht mit mir, was ihr wollt.*

Ich hab mir immer wieder vorgestellt, wie ich eines Tages Cap die bitteren grauen Augen mit Wasser auswaschen würde, zwei kleine Augenschälchen aus Porzellan hatte meine Mama zu Hause. Die von fliegenden Metallsplittern geröteten Augen, die zu oft die Augen anderer brechen gesehn hatten. Wie ihnen das kalte Wasser guttun würde!

Damals hab ich so um die sechsundachtzig, neunzig Pfund gewogen. Ich hatte vierzehn bis zwanzig Kleider. Ich war Papas erklärter Liebling, galt (zumindest bei mir) als willensstark und halbwegs witzig, wenn's sein mußte. Und bei uns zu Hause mußte's oft sein. Das war ein Teil von meiner Macht und ist es immer noch. Papa hat dafür den Ausdruck »den Leuten aufhelfen« gehabt. Ich hab dabei immer an Lazarus denken müssen. Hatte Jesus vielleicht am Grabesrand gestanden und einen guten Witz gerissen, dann als erstes ein Geräusch wie von zerbrechendem Geschirr und einen tiefen Atemzug gehört, bis schließlich auf einen mageren Schenkel geschlagen wurde und aus dem Grab ein dem Tod spottendes Gekicher ertönte? Ein ehrliches, verdientes Lachen, das aus dem Leichentuch ein Tanzkleid machte? »Den Leuten aufhelfen« bedeutete, sie gegen ihren Willen zum Lachen bringen. Vor allem dann. Manchmal hat's so ausgesehn, als wär das alles, was ich konnte. Deshalb hab ich dieses Talent auch gehegt und gepflegt.

Nach dem Abendessen haben Papa und ich uns auf die Veranda oder in den Salon zurückgezogen. Mit Mama als still vor sich hin leidendem Publikum hat er dann lächelnd gesagt: »Mach wen nach, Struppi.«

Und ich hab's gemacht. »Hab heute eine Lehrerin gesehn, die läuft – ungefähr so.« Ich hab vorgemacht, wie unsere resolute Hexe Beale mit Riesenschritten wie ein Sumpfhuhn durch die Stadt rennt, stehnbleibt, weil sie überlegen muß, ob sie die Haustür ihrer Pension abgeschlossen hat, dann mit frischer Energie wieder losrennt. Oder wie sich Luke Lucas die Schürzenträger zurechtrückt, mit der stolzen Geziertheit eines jungen Mädchens, die sich die Spaghettiträger ihres ersten Abendkleids richtet. Das alles hab ich mir genau gemerkt und dann nachgeäfft. Wenn man mich in der Stadt gesehn hat, mußte man mich für irgend so ein sommersprossiges häßliches Entlein halten –

eine, die halt so mitläuft. Aber ich hab großspuriges, affiges Benehmen und Gerede wie ein Schwamm in mich aufgesogen. Papa hat Hexe Beale in zwei Sekunden erraten und dann jede einzelne von Pastor Saiterwaites zickigen Töchtern drangenommen, aber nicht dem Alter nach, ich sollte's nicht zu leicht haben. »Jetzt versuch du's mal mit ihnen«, hat er gesagt. Wir haben uns abgewechselt. Mit vierzehn hab ich mir eingebildet, ich hätte schon so ziemlich jeden von unsern albernen bornierten Mitbürgern im Programm.

Mit fünfzehn hab ich dann die sechzig Prozent der Einwohner von Falls entdeckt, die ich übersehn hatte. Die schwarze Mehrheit. Hatte ich sie aus Mitleid oder aus Unwissenheit oder aus beidem verschont? Ich hab gründlich umlernen müssen. Ich hatte immer nur aus Spaß andere »nachgemacht«. Aber ich hab bald gemerkt, daß die andern auch in den Körper von dem eingehn, der sie »verkörpert«, und zwar ein für allemal. Viele von meinen damaligen Opfern sind schon tot – aber noch nicht ganz, noch nicht endgültig. In meinen Fingerspitzen und Halsmuskeln sind sie immer noch ein bißchen verkörpert. Ihnen, dir und hauptsächlich mir zuliebe mach ich mal ein paar nach, später. Menschen »nachmachen«. Klingt fast ein bißchen unanständig. Vielleicht ist das der Grund, warum Papa soviel Spaß dran gehabt hat, warum ich's für mein Leben gern tu?

Hier ist die Kirche, hier sind die Bräute.
Ich mach euch nach, ihr feinen Leute!

(Das erste und einzige Mal, wo Papa als frischgebackener Ehemann mit Mama in die episkopalische Kirche mitgegangen ist, hat er sich – Landei, das er war – von Minute zu Minute unbehaglicher gefühlt. Vielleicht hatte sie ihn, in der Hoffnung, ihn in die Gesellschaft der Summit Avenue einzuführen, ein bißchen zu sehr an die Kandare genommen? Jedenfalls hat er sich zu was hinreißen lassen, wo keiner – am wenigsten er selber – verstanden hat, wozu's gut sein sollte: Er hat angefangen, mit dem Mund Furzgeräusche zu machen. Erst leise, dann täuschend echt und laut. Jeder wußte, von wem das kam. Und keiner wußte, warum. »Vater unser [prrrr], der du bist im [pfft-tsch] Himmel«, und so weiter. Mitten unterm Gloria ist er aus der Kirche gerannt. Alle waren erleichert, sogar Mama. Als zivilisierte Menschen haben die andern gegenüber meinen Leuten nie drauf angespielt. Die Hiesigen haben immer behauptet, mein Papa tät vor rein gar nichts zurückschrecken. Damals hab ich das für ein hohes

Lob gehalten. Mama ist dann bald zu den Baptisten gegangen. Was blieb ihr anderes übrig? Unter den Tunkern hat er ruhiger gesessen. Schande und Episkopalkirche vertragen sich nicht.)

Mama hat Papa und mir zugesehn, wenn wir auf der Veranda rumgekaspert haben. Sie hat im Schaukelstuhl gesessen und ihre neuesten Noten studiert. Sie war Mitglied im Musikfreundering »Präludium des Monats«. Papa hat sich drüber lustig gemacht. Er wird demnächst dem »Kautabak des Tages«-Club beitreten oder den »Spucknapf der Woche« abonnieren, hat er gesagt. Papa hat vor nichts haltgemacht. Da bin ich nichts dagegen. Mama hat sich deshalb die meiste Zeit taub gestellt. »Heute« (Blick standhaft auf die Notenblätter gerichtet) »bin ich dank der Schönheiten dieses Präludiums gegen deine abgeschmackten Scherze gefeit, Samuel. Ich bin unangreifbar, in geistige Sphären entrückt.« Er hat sich zu ihr rübergebeugt und ihr ins Gesicht gepustet. »Also, mein Püppchen, was hat die Henne zum Ei gesagt? Den hab ich bei Lucas gehört, von einem der beschränkteren Wilcox-Jungen. Dem drittdümmsten. Trotzdem, es ist mehr Weisheit drin als in John Harvards College samt der neuen Melodei, die du da angeblich liest.« Sie versuchte, sich stärker zu konzentrieren, davon wurde sie immer besonders hübsch, hat mit den Fingern die Notenlinien nachgefahren. »*Bitte* mich, dir den Witz zu erzählen, Bianca. Ich weiß, er wird dir runtergehn wie Öl. Bitte Sammy drum.«

Schließlich verdreht sie die Augen und klappt ihr Präludium zu. »Als ob ich eine Wahl hätte. Nur ein einziges Mal.« Sie kneift den Mund zusammen, humorlos. »Also schön. *Was* hat die Henne zum Ei gesagt?«

Er beugt sich noch näher zu ihrem glatten Hals rüber. »Sie hat gesagt: ›Diesmal bist du zuerst gekommen, das nächste Mal bin ich dran.‹«

»Samuel! Vor dem Kind! Also wirklich.« Sie fängt zu schaukeln an, schlägt ihr Notenheft aus Boston auf, sucht kurz mit dem Finger und liest weiter. »Warum ausgerechnet ich?« fragt sie die Versandhausnoten. »Warum mußte diese krätzige Liebe von allen intelligenten, kunstsinnigen Frauen auf Erden ausgerechnet mich befallen?«

»Pures Glück, tät ich sagen.« Er zwinkert ihr zu. Sie schaudert – zu vierzig Prozent vor Wonne. Korrektur: zu achtundvierzig Prozent.

Einen richtigen Koller hat sie bloß dann gekriegt, wenn *ich* wieder mal »tu« oder »tät« gesagt hab. Als Tochter wohlhabender Eltern hat meine arme Mama gehofft, aus mir so eine glänzende Debütantin zu machen, wie sie selbst es in Raleigh gewesen war und wie's Marsdens

Mutter sogar in Charleston gewesen sein muß (Charleston rangierte anno 1840 bei jungen Damen der Gesellschaft höher als Raleigh). Aber ich frag dich, Junge, kannst du dir deine Lucy hier beim artigen Kotillon mit einer Schar zimperlicher, gepuderter höherer Töchter vorstellen? Ich hab *versucht*, meiner Mama klarzumachen, daß so eine richtige Einführung in die Gesellschaft nichts für mich war. Ich war nie so was wie eine Schönheit. Ich war ein bißchen zu kurz geraten, wenn auch überdurchschnittlich kräftig und durchaus reinlich. Ich war, wie sich gezeigt hat, genau die Art von Mädchen, die ein eingefleischter Junggeselle mit jahrelanger Erfahrung im Taxieren von Charakteren und Nutzvieh zu schätzen weiß.

Na jedenfalls, er hat sich mir gegenüber unheimlich nett und galant benommen, und ich war ihm dankbar dafür. Bei Spaziergängen am Abend hat er mir Geschichten erzählt, die er sonst unter Erwachsenen für sich behalten hat. Ich und die andern Mädchen meines Alters hatten jedesmal gekichert, wenn wir den Captain in der Stadt gesehn haben. Er hat uns angst gemacht mit seiner altmodischen Art, uns wie ein Versteigerer abzutaxieren. Eine Strenge wie der Geruch von Rauch – sie hat ahnen lassen, daß eine militärisch-schneidige Erscheinung und ein Haufen Geld sein Leben noch nicht zu einem einzigen Zukkerschlecken gemacht haben. Aber der Mann hat durchaus ein Auge für die hübschesten von meinen Klassenkameradinnen gehabt. Als eine von meinen Freundinnen so alt geworden war, daß er sie grüßte, indem er zwei Finger an die Hutkrempe legte, hat sie seine grauen Augen auf sich gespürt wie ein heißes Senfpflaster auf ihrem verlängerten Rücken, ein verdecktes Angebot. Wenn Captain uns nicht mehr sehn konnte, haben wir uns gegenseitig geneckt. »Dich hat er besonders scharf angesehn, Shirley.« »Nein, *dich*, er hat dir direkt auf die . . . Blusenschleife gestarrt.« Und dann haben wir uns vor Kichern gekringelt.

Die älteren Frauen, die Captain Heiratsanträge gemacht hatten, wie die mich dann öfter mit ihm gesehn haben, haben sie mich auf den Gehsteigen von Falls glatt geschnitten. Mit meinen fünfzehn Jahren hat mir das diebischen Spaß gemacht. Papa hat mich bald »Verlobte« tituliert. Er hat mich nachgemacht, wie ich an den Enden meiner Zöpfe kauend zum Altar geh und über den Teppich stolper – hat eine Lucy imitiert, die vor lauter Haaren im Mund nicht »Ja« sagen kann. »Verdammt komisch«, hab ich gesagt. Mama ist hinterm April-Präludium schmerzlich zusammengezuckt. Sie hat gesagt, es wird keine Hochzeit geben, wenn meine Sprache nicht vorher eine vollständige Kehrtwendung zu etwas hin macht, von dessen Existenz ich noch nichts weiß, etwas, was man – in fortschrittlicheren Städten als Falls – als Zivilisation bezeichnet. Schon mal was davon gehört?

Sowie Besuch da war, hat sich Papa auf Verlobungswitze verlegt – und beide Rollen gespielt. Das komische war (und das hätte mir eigentlich zu denken geben müssen, aber ich war eben noch zu jung), daß mein eigener Vater, mein eigen Fleisch und Blut, sich viel besser drauf verstanden hat, Captain Marsden nachzumachen als mich. Cap hat er gut hingekriegt: Rücken stocksteif, Kinn auf der Brust, die Ellbogen weit abgespreizt und die Stimme gesenkt, so daß sie förmlicher, rauchiger geklungen hat. Wenn er mich nachgeäfft hat, ist er im Wohnzimmer rumgehüpft und über nicht vorhandene Hindernisse gestolpert und hat seine imaginären Zöpfe gezwirbelt. War schon ganz nett – aber der letzte Pfiff hat gefehlt. Schwer zu erklären. Alle Mimen wissen, daß die eigentliche Imitation darin besteht, was man mit dem Rumpf anstellt – der flinke Firlefanz mit den Fingern allein macht's nicht.

In meiner Verlobungszeit war ich enttäuscht davon, wie er mich vor Gästen hingestellt hat – der ganze Schmiß und Schwung der echten Lucille hat gefehlt. Unter meinen Sommersprossen hab ich mich wild und feurig gefühlt wie eine rebellische Indianerprinzessin, hinreißend, voll innerer Glut. Manchmal war ich so enttäuscht, daß ich – vor den Gästen – auf Papa losgegangen bin und ihn richtig fest in den Oberarm geboxt hab. Im nächsten Moment haben wir uns wie zwei rauflustige Gassenjungen auf dem Verandaboden gewälzt. Dann ist Mama aufgestanden, hat die Noten weggelegt, sich mit dem Rücken an die Wand gelehnt und sich mit einer Hand an den Ausschnitt gefaßt und die Kamee verdeckt, als ob die sich schlecht benommen hätte. »Nein, bitte, nicht schon wieder, ihr beiden, nein. Meinen verehrten Gästen kann ich nur sagen, ich kenne die Menschen da nicht, keinen von beiden. Wirklich und wahrhaftig. Womit hat eine Frau wie ich nur so etwas verdient? Das ist doch schon alles andere als lustig. Welcher Teufel reitet euch eigentlich . . .? In zwei Wochen ist Lucille eine verheiratete Frau – mit aufgeschürften Knien! Schauen Sie sie nur an! Eine Tragödie! Ich ertrage das nicht mehr. Manchmal ersticke ich an euren albernen Späßen. Seht her. Ich sage euch, ich ersticke.«

Familienleben!

Mein rothaariger Papa ist heimlich aufs Grundbuchamt gegangen (wo verzeichnet ist, wem was gehört). Wie er wiedergekommen ist, hat er gegrinst wie die Katze im Vogelbauer. »Außergewöhnlicher Mann, dein Einkünftiger, Mädel. Hochkarätiger Charakter.«

Typischer Witz von Papa – »Einkünftiger« statt »Zukünftiger«.

Und ich hab gedacht, *ich* hätte mir Captain William More Marsden ausgesucht!

Ich hab immer noch geglaubt, ich könnte den Jungen in ihm retten. Ihn rausholen, buchstäblich. Miss Suchtrupp. Ich hab mir eingebildet, ich wär stärker als jeder blöde Krieg. Schließlich war der Krieg längst vorbei. Und ich? Na ja, ich hatte eben erst angefangen. Mit fünfzehn, da ist das Wichtigste auf der Welt die Stimmung, die man an dem Tag grade hat. Ich war verliebt. Ich war verwirrt. Ich hab gedacht, *er* wär fünfzehn und ich fünfzig. Mein Gott. Wir haben geheiratet.

Wer war zuerst da, Junge, der Hahn oder das Ei?

Weißt du, was um eins im Fernsehn kommt? Richtig, *Meine Kinder sind die besten*. Eine volle Stunde Sünde und Essen in schicken Restaurants. Angeblich ist es die bekannteste Fernsehserie. Hier drin ist sie's eindeutig.

Wie sie mich zu dem Heim hier verdonnert hatten, vierzehn Jahre sind's jetzt bald, hab ich zuerst keinen Fuß in den Mehrzweckraum gesetzt, solange der Fernseher mit einer Seifenoper beschäftigt war. Aus falschem Stolz bin ich während jeder Fortsetzung im Bett geblieben. Die andern waren bis hierher zu hören mit ihrem Gelächter, ihren »Ahs« und »Ohs«. Hat mich rasend gemacht: »Ihr Idioten, keiner von denen ist *wirklich*!« Ich weiß noch, in den zwanziger und dreißiger Jahren haben meine Nachbarinnen ständig im Radio *Mary Worth* gehört. Wenn ich im Garten hinterm Haus die Wäsche von den Kindern aufgehängt hab, wollten die Nachbarinnen mit mir über irgendwelche Leute reden, die man erfunden hatte, um Oxydol zu verkaufen! Ich hab bloß immer gegrinst und ihnen erklärt, ich hab in dem echten Haus da neun Kinder und einen Mann, und die halten mich weiß Gott auf Trab. »Warten Sie's ab«, hat die einsame Frau von nebenan gelächelt, die arme Ruth, im Vollbesitz ihres geheimen Wissens.

Stolz kann dazu führen, daß einer allein bleibt. Die Leute hier drin haben schon beim Frühstück die ganze Zeit von Lance Dingsda und Alexandra Soundso geredet. Zuerst hab ich gedacht, das wären ein

Pfleger und eine Schwester, die frischen Wind in alle Zimmer außer meinem bringen. Dabei waren es bloß Schauspieler auf einem Bildschirm. Das hat mich noch in meinem Vorsatz bestärkt, nie weich zu werden und mich in den Rollstuhl-Stau um Viertel vor eins zu stürzen. Hammelherde!

Und bloß wegen dem falschen Stolz hab ich die Folge verpaßt, wo Debbie auf die Welt kam! Das Rad läßt sich nicht zurückdrehn. Wir müssen für unsere Fehler bezahlen.

Nicht lange, und ein befreundeter Pfleger, nein, ein Freund, der hier Pfleger ist, hat mich herausgefordert. Jerome hat behauptet, ich hätte Angst vor volkstümlicher Unterhaltung, genau wie meine Mama mit ihren Allüren und Notenheften sich für was Besseres gehalten hatte. »Ha!« mach ich. Eine andere hat mir zehn Cent geboten, wenn ich mir nur eine einzige Folge ansehe. Sie wollte hinterher mit mir über eine bestimmte Figur diskutieren, hat die Frau behauptet, sie wollte wissen, wie ich aus meiner Lebenserfahrung heraus den Spitzbuben Dr. Marcus beurteile. Weißt du, sein Fehler ist – bei allem, was einen Rock anhat, muß er's wenigstens mal probieren. Manche Frauen hier finden ihn schlichtweg attraktiv (wie jeden Arzt). Diese alten Weiber behaupten, so aalglatt und herzlos Marcus nun mal wär, würden sie den Teufel tun und bei ihm mit einer dauerhaften Beziehung rechnen. Wenn er von ihnen was wollte, sagen sie, würden *sie* sich nicht zweimal bitten lassen. Nur mal so. Um zu sehn, wie so was ist. Gerede.

Jedenfalls, ich hab mich über Leute lustig gemacht, die ihre eigenen lebenden Kinder vergessen haben und es nur noch mit ihrem Pleasantville hatten. Aber was soll ich dir sagen? Am Mittwoch, zwei Tage nachdem ich Jeromes Herausforderung und dann die zehn Cent angenommen habe, also nach ganzen zwei Folgen (20 Cent), kau ich mittags auf meinem Hühnerfrikassee rum und hör mich plötzlich sagen: »Was dieser Lance braucht, ist nichts weiter als die Liebe einer richtigen Frau. Und wißt ihr was? Ich sag's nicht gerne, aber es gefällt mir überhaupt nicht, wie der Leiter von dem Kindergarten immer die kleine Debbie so eng auf den Schoß nimmt. Sicher, es ist rührend, mit wieviel Geduld er ihr das Alphabet beibringt, aber der Schnurrbart ist doch unmöglich, und überhaupt ist mir der ganze Kerl zu schmierig.« Du hättest hören sollen, wie hämisch die gelacht haben. »Wir haben Lucy, wir haben Lucy«, haben sie im Chor gesungen. Wie die Kinder! Ich hab natürlich den Kopf hängen lassen. Daß ich so schnell ein Fan von *Meine Kinder sind die besten* geworden war! Seitdem,

Junge, hab ich kein schlechtes Gewissen mehr. Wenn man ein Laster hat, dem man kostenlos und vom Rollstuhl aus frönen kann, warum nicht?

Jedes Altersheim hier in der Gegend hat eine Lieblingsserie im Fernsehn. Andere, die auch an *Meine Kinder* hängen, schreiben uns, weil sie Brieffreunde suchen. Jeder hat eine erwachsene Lieblingsfigur, die er durchhecheln möchte, aber Debbie ist und bleibt das Kind, das ganz Pleasantville zusammenhält. Früher war *Am Rande der Nacht* hier die Nummer eins. Dann kam *Meine Kinder*. Wie auf unserm erhöht angebrachten Magnavox am ersten Tag Lance ohne Hemd erschienen ist, und dann Dr. Marcus, auch ohne Hemd – obendrein noch während der gynäkologischen Untersuchung einer Jungvermählten! –, war die Entscheidung gefallen. Später haben unsere Männer, um zu zeigen, daß es ihnen aufgefallen war, aber aus sachlicheren Gründen als uns Damen, gesagt: »Der junge Lance muß doch schwimmen gehn.« Sofort ein Kontra von Minnie: »Um fit zu bleiben? Wo er Stacey, Alexandria, Sara und Chichi, das Spanisch sprechende Hausmädchen, hat? Um fit zu bleiben, braucht Lance nicht zu *schwimmen*.«

Gelächter im Mehrzweckraum, bis andere Minnie zum Schweigen brachten. Sie redet immer am lautesten dazwischen. Liegt wahrscheinlich an ihrer Schwerhörigkeit – siebzig Prozent! Eine Frau konnte sich's nicht verkneifen, Minnie zu korrigieren: »Sie heißt nicht Alexandria. Sondern Alexandra. Das weiß doch jeder. Wir haben es dir schon tausendmal gesagt. Vier Schauspielerinnen haben sie in den letzten sechs Jahren gespielt, aber ihr Name ist Alexandra geblieben. Alexandria ist eine Stadt in Virginia.«

»Ägypten«, wirft Professor Taw ein.

Jeder will recht haben! Besonders in dem Alter.

Am Rande der Nacht war hier neunzehn Jahre lang das täglich Brot, bis dagegen gestimmt wurde. Mehrheitsbeschluß. Weil das hier ein Fürsorgeheim ist, haben wir nur einen Apparat. Die eingefleischten *Nacht*-Anhänger haben sich's sehr zu Herzen genommen. Weißt du, was eine Frau gemacht hat? Du wirst's nicht glauben, aber tät ich mir so was ausdenken? Wär das der Mühe wert? Sie konnte sich keinen eigenen Fernseher leisten, und die Leute in *Am Rande* waren ihr nun mal wichtiger als jede lebende Seele. Den ersten Tag, wo ein voller Saal auf die *Kinder* und die nackte Haut von Lance wartet, rollt sich das starrköpfige Weibsbild zum Medikamentenwagen (der hat unbewacht rumgestanden, weil das Personal sich auch *Meine Kinder* angesehn hat). Sie grapscht sich einen Haufen Pillen und schluckt sie alle, Plastik-Pillenschälchen inklusive.

Haben ihr den Magen auspumpen müssen. Sie war noch bewußtlos, da hat sie schon wieder um *Am Rande der Nacht* gebettelt. Ich glaube, ich erzähl dir das hauptsächlich, um Zeit zu schinden: Ich muß mich sammeln für das, was als nächstes kommt im Leben eines jungen Mädchens.

Hochzeitsschlacht

Ich schlafe, aber mein Herz wachet. Da ist die Stimme meines Freundes, der anklopft: Tue mir auf, liebe Freundin, meine Schwester; meine Taube, meine Fromme; denn mein Haupt ist voll Taues, und meine Lokken voll Nachttropfen.
– Das Hohelied Salomos 5, 2

Ein Riesenfest, Berichte in allen Zeitungen. Bilder, alles Drum und Dran. Sogar aus Raleigh waren Reporter da. Keiner wußte, wie meine Mutter das gedeichselt hatte. Teils muß es Captains Ansehen im Ort gewesen sein. Und teils ein kleiner Trick von Mama, den man Schmieren nennt. (Ich hab den Verdacht, sie hat der Gesellschaftsreporterin aus Raleigh einen Gutschein für die Hin- und Rückfahrkarte und dazu noch eine Kleinigkeit aus dem Familienschmuck geschickt.)

Wie wir aus der Kirche gekommen sind, haben wir unter einem Spalier aus gekreuzten ehemaligen Konföderiertensäbeln durchmüssen. Ich hab wirklich nicht gewußt, wo da der Witz sein sollte. Meine drei ledigen Tanten (Lehrmeisterinnen von Generationen hiesiger Klavierspielerinnen) hatten mein Reisekleid handgenäht. Es war mit Seide gefüttert, Organdy mit Schottenmuster, alle waren neidisch. Eigentlich viel zu schön für mich, fand ich. Erwachsensein kam mir vor wie Halloween. Meine drei herzensguten, hausbackenen Tanten haben meine Klugheit gerühmt. Was wußten die schon! Alle haben mir einreden wollen, ich hätte ihn mir geangelt. Irgendwie hat's wahrscheinlich auch gestimmt. Ich war ungefähr im selben Alter wie er bei Kriegsende. Mir sind dann schon bald die Augen aufgegangen – genau wie seinerzeit dem jungen Marsden. Ich bin nach unserer ersten Schlacht zu mir gekommen. So nenne ich unsere Flitterwochen. Es war eine Neuauflage der Erstürmung von Fort Sumter. Rate mal, wer das Fort gespielt hat.

Hochzeitsreise bis nach Georgia runter. Mit der Eisenbahn, dann im Buggy. Spätestens seit damals weiß ich, was Staub ist. Und ich in meinem kostbaren neuen Kleid (eigentlich hat das Kleid mich getragen) – mit taubengrauen Paspeln, knöchellang, dazu ein kurzes Bolerojäckchen, einfach schick. Cap war richtig aufmerksam. Alle zehn Meilen hat er mich gefragt, ob er mal zum Wassern anhalten soll, als ob ich ein durstiges Fohlen wär oder was mit der Blase hätte. Er hat sich jedesmal an die Krempe von seinem großen schwarzen Hut getippt, wenn er zu mir hersah. Ich hab mir vor allem gewünscht, endlich allein zu sein mit seinen Augen, wollte den groben, schmalzigen Rest von ihm (die zusätzlichen rosa hundertachtzig Pfund) in der Hotelhalle lassen, in einem vergoldeten Sessel, in dem nie jemand saß. Ich wollte nur die Teile von ihm behalten, denen ich traute. Ach, ich hab gedacht, ich krieg ein Hündchen zu Weihnachten: Hab keine Ahnung gehabt, was ein Krieg wirklich ist.

Zügel in der Hand, hat mir Captain von seinem Plan erzählt, aus seinem kleinen Schlachthof das Chicago des Südens zu machen. Hat sich gut angehört. Ich war zufrieden mit ihm. Wir waren ein nettes Paar. Sind aufgefallen. Dann kam die Nacht. Wie alt bist du eigentlich?

– Siehst du bitte drüber weg, daß diese fleckige Hand zu zittern anfängt? Was ich hier erzähl, hat sich vor ewigen Zeiten zugetragen. In einer vergangenen Welt. Und kommt mir doch so frisch vor wie mein letztes Niesen. Ach, mein Lieber, wie spät ist es auf deiner Uhr? Wir haben nur noch ein paar Minuten bis zum Mittagsgong. Wie die Zeit vergeht, wenn andauernd bloß ich rede. Hast du nachher schon was vor? Weil, weißt du, ich glaub, ich hab grade erst angefangen.

Dein Aufnahmeapparat ist so klein, bestimmt kein amerikanisches Fabrikat, oder? Aha, also doch aus Japan. Weißt du, weil die auf so einer kleinen Insel leben, verstehn sie sich besser drauf, so klitzekleine Dinger zu bauen. Sparen kostbaren Platz. Ja, ich kenn mich aus. Das sind bessere Arbeiter als die heutigen Amerikaner. Jetzt kriegen's die sieggewohnten Yankees auch mal zu spüren, wie das ist, von besseren Maschinen und Fabriken geschlagen zu werden. Kann ihrem Charakter nur guttun, ein bißchen Konkurrenz. Jetzt sind *sie* an der Reihe, mal eine Handvoll Appomattox-Asche zu fressen. Die Zeiten ändern sich. Eine Frau ein paar Türen weiter behauptet, das verrückte Wetter in der letzten Zeit kommt daher, daß die Astronauten andauernd durchfliegen. Hab ich schon erzählt, ich weiß. Man wird müde. Bald gibt's Mittagessen. Essen hilft.

Trotzdem, ich hab mir immer vorgestellt, ich würde meine Geschichte mal einem Apparat erzählen, der genauso hausgemacht wär wie ich selber. Wieviel Film, Tonband oder was weiß ich hast du denn da drin? Reicht's, um ein ganzes langes geschwätziges Leben dran aufzufädeln? Weil – paß auf, ich muß mich entscheiden: Wenn du genug Zeug hast, wo man's draufpappen kann, soll's an mir nicht liegen, ich hab genug Sachen, die's wert sind, daß man sie aufhebt. Mir sind vielleicht nur noch vier eigene Zähne geblieben, aber ich hab eine Million Beispiele, mein Lieber.

Aber rück erst mal ein bißchen näher ran. Du denkst, ich hab das mit den Flitterwochen vergessen, gell? Nein, ich schinde bloß Zeit. Ganz so schwachsinnig bin ich doch noch nicht. Bloß manchmal feige. Du weißt, wie Hochzeitsnächte sind – wie sie damals waren, jedenfalls. Heutzutage kriegt man keinen Schock mehr. Ich glaube, das ist besser als das Überraschungselement. Jerome wird mich gleich zum Mittagessen holen kommen, und dann zu *Meine Kinder sind die besten*. Schon mal angesehn? Sag ehrlich.

Tja. Hochzeitsnacht, er und ich, die Schlacht von Bull Run, von einem einzigen Mädchen geschlagen, und du kannst dir denken, wer der Bulle war und auf was er losgehn wollte. In den Geschichtsbüchern über den Krieg, die im Norden rauskommen, steht jetzt: »Die Yankees in Fort Sumter wurden ohne Anlaß und ohne jede Provokation unter Beschuß genommen.« Mein Lieber, genauso ist es mir gegangen. Nur daß ich auch noch auf dem Rücken lag. Wie's die Bienen machen und die Vögel und wo die kleinen Kinder herkommen, darüber hat uns Mädchen kein Mensch was gesagt. Keinen Piep. Da mußten wir selber dahinterkommen, wenn's so weit war.

Nettes Hotel außerhalb von Atlanta. Kaum waren wir angekommen, hat Cap einen andern Überlebenden von Antietam kennengelernt. Die haben sich beschnuppert wie zwei Hunde. Also die beiden Männer haben angefangen, ihre Erinnerungen zu vergleichen, Hügel für öden blutigen Hügel. Captain hat mich im Tearoom neben dem Foyer gelassen – lauter Topfpalmen, poliertes Messing und Quasten mit Troddeln dran. Ich hab mich hingesetzt und den perlgrauen Saum über meinen Knöpfstiefeln zurechtgezupft, es sollte alles möglichst gut aussehn. Meine Zöpfe waren zu einem Brautknoten geschlungen. Mamas starke Hände hatten sie hochgesteckt, damit ich nicht vor Nervosität dran kau. »Wehe, wenn ich hören muß«, hat sie gesagt, »du hättest Haare im Mund gehabt, verstanden?« Papa hat vorgemacht, wie jemand sich ein einzelnes gekräuseltes Haar von der Zunge zupft. Mama ist blaß geworden, als ob das was Unanständiges wär – eine Prophezeiung für mich. Ich selber hab's erst eine ganze

Weile später kapiert, und dann hab ich's weder lustig noch besonders nett gefunden.

Ich möchte wetten: Wie ich da so gesessen und gewartet hab, daß Captain aufhört, über Taktik zu reden, war ich hübscher anzusehn, als ich dachte. Mit fünfzehn ist im Grunde genommen jede hübsch, oder? Brauchst bloß nicken. Schließlich hat Captain mit Unterstützung eines hübschen Boys unser Gepäck nach oben geschafft. Wie er aber wieder runtergekommen ist (in aller Eile, um weiterpalavern zu können), hat er die Brieftasche in seinem verstaubten Überzieher vergessen gehabt. Er hat mich rübergerufen, wie er schon wieder mit dem Mann aus Georgia am Fachsimpeln war. (Komisch, daß in jeder Hotelhalle und Bar noch ein Veteran von Antietam rumsaß, wo doch an einem einzigen Tag dreiundzwanzigtausend gefallen waren.) Hat mich gebeten, ich soll bitte mal schnell rauflaufen und ihm sein Geld holen. Hat mir den Zimmerschlüssel gegeben. Ich hab mich geschmeichelt gefühlt, als wär ich seine Lieblingstochter, auf die Verlaß ist, nicht seine Frau.

Oben hab ich in seinen Taschen gekramt. Als erstes hab ich einen verschlossenen Umschlag gefunden, auf den der Drogist in Falls hinten was draufgekritzelt hatte: »Soll Leander persönlich zum Viehhof bringen. Französische Briefchen für Capt. Marsdens Flitterwochen.« Ich hab das Ding geschüttelt. Ich wußte nicht, daß mein Mann Französisch lesen konnte. Hab mir vorgestellt, daß er mir Briefe aus dem Ausland vortragen will wie Gedichte. Noch was, wo ich ihn für bewundern konnte. Als nächstes hab ich ein abgegriffenes Lederetui rausgezogen. Ich geh ans Fenster, drück auf den kleinen Verschluß. Das Ding klappt auf, und drinnen ist eine silbrig glänzende Daguerreotypie. Da steht ein schönes junges Wesen mit zufriedener Miene unter einem Gewirr von Locken, das aussieht wie ein Glorienschein, bloß krauser wegen den vielen Haaren. Der gestärkte Kragen des Chorknabengewands ist offen, das Gesicht lächelt nur andeutungsweise. Es hat ausgesehn, als ob's grade hochmütig werden wollte, es sich dann aber doch anders überlegt hätte und jetzt wenigstens ein bißchen gelobt werden wollte – sogar *dafür*.

Ich geh wieder runter und geb Captain die Brieftasche, damit er die mehreren Whiskeys bezahlen kann, die er sich und seinem neuen Freund bestellt hat. Dann erwähn ich, daß ich auch das da gefunden hab – und zeig ihm das Lederetui mit dem Bild. Gereizt grapscht er danach, so schnell, daß seine Hand nur noch ein unscharfer Wischer ist. Er sieht gleich nach, ob ich die Daguerreotypie beschädigt hab, fährt herum, um zu sehn, ob der andere Veteran – der grad am Dessertwagen steht – vielleicht bemerkt hat, daß ich den Fehler gemacht hab, das Bild mitzubringen.

Ich *muß* ihn einfach fragen: »Wer ist denn die?«

»Die!« Er brüllt fast vor Lachen. »Hör sich einer das an, ›die‹! Das ist nicht bloß irgendeine Sie, Mrs. Das ist mein liebster Freund auf Erden, für immer und ewig. War genauso männlich wie ich. Mein verstorbener Freund. Ned. Hab dir von ihm erzählt.«

»Ja, Sie haben gesagt, er war hübsch, aber ich dachte, nur für Sie.« Ich bin stiller geworden. Langsam hab ich die Hand an meine eigene Wange gehoben, mit den Fingerspitzen mein nettes lebendiges Gesicht mit dem unter Glas verglichen. Die Finger haben gewußt, welches von beiden für alle Zeit das schlichtere sein würde. Wenn ich einen losen Zopf gehabt hätte, ich hätt so lange drauf rumgekaut, bis er ganz naß gewesen wär, oder mir damit die Lippen gestreichelt, zum Trost. »Es ist bloß«, hab ich meinem Mann gesagt, »ich hab noch nie ein Bild von ihm gesehn. Er war ja – eine richtige Schönheit.«

»Das war er.« Der Captain hat das Etui aufgemacht und sich's dicht vor die grauen Augen gehalten. »*Ist er.* – Ober, Tee und Kekse für die junge Dame. Danke. Ist das genehm, Tee und Kekse?«

Dann wurde weiter über den Krieg geredet. »Hast du zufällig Artillerie-Sergeant John B. Morris gekannt? Ein ungewöhnlicher Mann, nicht totzukriegen, war mehrfach verwundet worden und hat trotzdem nur so vor Kraft gestrotzt. Auch unwahrscheinlich geschickt mit den Händen. Ich entsinne mich, es war am Abend vor unserer ersten Schlacht, da hatte sich bei einem die Zündnadel seitlich verklemmt und . . .« Die haben wirklich so geredet! Die Geschichte hatte ihr tägliches Gerede zu Blech werden lassen. Wie wenig das mit allem zu tun hatte, was zählt! Ich hab mir Mühe gegeben, so zu tun, als ob ich zuhör. Am meisten hab ich mir gewünscht, meine Kekse in den Tee einzutunken. Hab mich nicht getraut. »Du bist jetzt verheiratet«, hab ich mir gesagt, und es hat geklungen wie »du bist geadelt« oder »du bist tot«.

Dann ist es dunkel geworden. Dann waren wir (Cap und ich) unterwegs zu unserm Zimmer, in dem wir uns einschließen würden, als Mann und Frau. Zwei geschniegelte Hotelpagen in meinem Alter haben uns beobachtet und gelacht, sie wußten mehr als ich. »Jetzt ist sie *dran*«, hat der hübschere von beiden gesagt und die Augenbrauen tanzen lassen. – Könntest du noch ein bißchen ranrutschen, mein Lieber? Ja, so ist es gut. Ich muß wen ansehn dabei.

Kaum sind wir allein, schließt Cap die Tür ab. Sein eheliches Glück ist sichtlich gesteigert worden durch die Whiskeys vorhin. Er lehnt sich mit dem Rücken an die verschlossene Tür, reißt sich den Schlips runter, dann die Krawattennadel, und schmeißt beides von sich. Grinsend fängt er mit der langen Auszieh-Prozedur an. Es sind viele Knöpfe an der Hose (Hosen hatten damals noch Knöpfe), aber – für mich, Junge – noch viel zu wenig.

Man hätte mich umpusten können, wie ich gesehn hab, was alles wo reinpassen sollte. Er ist auf mich zugekommen. Eine Geschwulst, eine Mißbildung wie eine Baumwurzel. Er hatte sich genau zurechtgelegt, was er mit welchen Teilen machen wollte. Ich hab mir eingebildet, *er* hätte sich diese Greuel ausgedacht. Hab mir nicht träumen lassen, daß es sich dabei um was gehandelt hat, was man als – älteste Aktivität der Welt bezeichnen könnte.

Er ging mit Macht auf die Einundfünfzig, und ich meine wirklich, mit Macht. Kampflustig wie ein Dutzend Hähne. Und ich? Ein jämmerliches Häufchen Haut und Knochen, nicht größer als ein Fünfcentstück. Was der alles von mir wollte, daß ich's tu, mein Lieber, das hat schon an Chirurgie gegrenzt.

Seine haarigen Schultern, ganze Büschel von Borsten auf seinem Rücken – meine dünnen weißen Fesseln sind bis zu seinen massigen Schultern hochgerutscht. O mein Gott. O du meine Güte, mein Gott, mein Gott. Du kannst dir's nicht vorstellen, niemals. Natürlich kannst du, aber trotzdem. Der Mann hat mir ein Kopfkissen in den Mund stopfen müssen, weißt du, so sehr hab ich geschrien, nicht als freundliche Aufforderung, es gut sein zu lassen, nein, ich hab geschrien, damit mir wer zu Hilfe kommt von jenseits der abgeschlossenen Tür. Auf jedem Postamt hängen die Konterfeis von Männern, die weniger verbrochen haben, als er mir in der Nacht angetan hat. Der Hoteldirektor hätte bestimmt nicht die Schreie hören wollen, die sich bis zum Morgen in mir aufgestaut hatten. Denkst du, der Captain hätte nach dem ersten Mal Ruhe gegeben? Keine Spur. Anscheinend wollte er partout beweisen, was für ein toller Hecht er noch war, Alter hin, Alter her. Immer nochmal hat er mir gezeigt, was mir jetzt mein Leben lang blühn würde. Jeder Ziegenbock hätte bei ihm noch in die Lehre gehn können. Es waren seine ersten Flitterwochen, und meine auch. Nur, er hatte seit 1860 geübt gehabt. Und ich war unschuldig wie Hammelfleisch.

Wie alt bist doch gleich, und wieviel Zeit haben wir noch? Hab ich vorhin schon gefragt, ich weiß – aber beides ändert sich ja ständig.

Hinterher ist er eingeschlafen – auf mir. Schwer wie ein Toter hat er auf mir gelegen. Ich bin mir vorgekommen wie ein kleiner brauner Kaminvorleger unter dem denkbar größten schreiend bunten Hotelhallenteppich. Rhode Island unter dem ganzen knalligen Texas, genau in der Mitte.

Ich hab über das Gestrüpp auf seiner Schulter gelinst. Die ganze Zimmerdecke war mit Engelbabys aus Stuck vollgepflastert. Eine Spritzgußtorte aus lauter Flügelchen, Locken, pummeligen Ärmchen. Sie haben mir richtig leid getan, die Engelchen – jede Nacht nackt den Blicken von Fremden ausgesetzt. Alle haben mir leid getan. Also das ist das sogenannte Eheleben, hab ich gedacht. Ich hab an meine Mutter denken müssen, die womöglich zu Hause wachlag und mich vermißte, sich mit Papas albernen Streichen und seiner gutmütigen Neckerei abfinden mußte. Weinen hätt ich können um sie. Bestimmt hatte sie diese Tortur auch über sich ergehn lassen müssen. – Witzbolde. Die Männer sind alle Witzbolde, die bloß drauf lauern, einem die übelsten Streiche zu spielen. Widerlich!

Draußen im Stall hab ich die Pferde stampfen hören. Auf der Hotelveranda haben beschwipste Handelsreisende mit ihren Waren geprahlt. Im Zimmer nebenan haben ein Mann und eine Frau unaufhörlich mit leiser Stimme aufeinander eingeredet – richtig wütend, aber auf ewig zu dieser grauenhaften Sachlichkeit verurteilt, wodurch der Streit nur um so erbitterter wurde. Vielleicht Bruder und Schwester. Nein, wahrscheinlich ein Ehepaar. Ich hab ihn schnarren hören: »Da komm ich nie mehr drüber weg, diesmal nicht.« Man hat gemerkt, daß sie sich richtig mit Hingabe zerfleischt haben, weil das so gut wie alles war, was sie noch hatten. Ich hab bloß deshalb zugehört, weil ich – keine andere Wahl hatte. Der rechte Arm war mir eingeschlafen von Caps schierem Gewicht. In meiner Brust hat sich Schleim angesammelt. Aber von der Taille abwärts war ich glühend heiß. Die Muskeln in den Schenkeln haben gezuckt und gezappelt wie Froschschenkel, die für den letzten Tanz in der Bratpfanne noch mal lebendig werden.

Dann ist meine ganze rechte Seite, vom Ohr bis zur Hüfte, einfach ausgegangen wie eine Kerze. Auch gut, Schmerzen hatte ich da keine mehr. Aber unten dazwischen, da hat was ganz gemein weh getan. Mein Herzklopfen war so laut, als ob das Geräusch von wem andern käm. Ich hab mich gewundert, daß es die Leute nebenan nicht hören. Fand's komisch, daß der Manager nicht gelaufen kam, um mir zu helfen, nicht die Polizei von Atlanta benachrichtigt und dann meiner

Mama telegraphiert hat. Kein Mensch ist gekommen. Mama? Ich hab unter einem Mann gelegen, der sich wie eine Versammlung von Felsbrocken anfühlte. Und so was war legal. Unter einem Mann, an den meine Leute mich weitergereicht hatten, damit er mich mein Leben lang so benutzt.

Ich hab mich nicht getraut, meine noch brauchbare linke Hand unters Laken zu schieben und auf meine wunde Mitte zu legen. Ich hätte unbedingt aufstehn und mich ordentlich waschen müssen. Aber ich hab nicht mal gewußt, wie man sich da richtig wäscht. Damals haben sie einem rein gar nichts gesagt. Ob sie gemeint haben, wenn sie's einem nicht sagen, bleibt einem so was erspart? Ich weiß nicht, für welche wohlmeinende Welt meine Leute mich erzogen hatten, aber bis heute, mein Lieber, hab ich jedenfalls noch nicht den kleinsten Zipfel davon erwischt. Trotzdem hab ich, platt auf dem Rücken, genau gewußt, was zu tun war. Keine Zeit mehr für Rücksichten; rette sich, wer kann, war jetzt die Devise.

Meine wache Hälfte würde ihre Schwester, die andern fünfzig Prozent, unter Captain rausziehn. Als nächstes (so hab ich mir eingeschärft) stellst du die nackten Füße auf die Dielen, Mädchen. Die Kälte wird dich aufmöbeln. Schließlich, wenn man ein Zugpferd sieht, das auf der Straße gestürzt ist und unter einem Wagen liegt, versucht man ja auch, ihm aufzuhelfen. Jeder anständige Mensch täte das. Also jetzt hilf dir selbst – du bist mindestens soviel wert wie ein Gaul. Du bist ein Lebewesen, soviel ist sicher, und deshalb hast du gewisse Rechte.

Deine Reisetasche ist gepackt bis auf die silberne Haarbürste und dein neues *Versgärtlein für Kinder* von deinen Tanten. Außerdem könntest du ja ein paar von den netten kleinen Seifestückchen vom Hotel als Andenken mitnehmen. Du ziehst dich schnell und lautlos an und schleichst dich raus. Mit dem Zug oder zu Fuß, irgendwie kommst du heim, Mädchen, so gut's halt geht, und läufst direkt zu dem großen Haus von deinen unverheirateten Tanten. (Nicht um alles in der Welt hätte ich bei meinen alten Herrschaften an die Tür geklopft. Da war ja Papa drin. Warum hab ich ihm die meiste Schuld an dem ganzen Schlamassel gegeben? Er hätte wenigstens eine Andeutung machen können. Mama hätte's wahrscheinlich nicht über sich gebracht. Alle auf der Hochzeit hatten Bescheid gewußt. Alle hatten gelächelt, gezwinkert. Alle außer mir. Mir und meinen unschuldigen, unberührten Tanten.) Außer ihnen, hab ich geglaubt, würde mich jetzt keiner mehr haben wollen. Gebrauchtware, stark runtergesetzt. Die drei jungfräulichen Schwestern würden mich erst mal schimpfen, wenn sie mich auf ihrer Veranda sahen. Und ich würde's ihnen nicht verdenken. »Du hast Captain Marsden verlassen, den Fang des Jahres, noch ehe die Nacht um war – warum denn nur, Lucille?«

Aber wenn sie dann rauskamen und ich ihnen genau sagte, was er mir alles angetan hatte (ich mußte ihnen ja nicht in allen Einzelheiten erzählen, was er damit angerichtet hatte), würden die Tanten entweder in Ohnmacht fallen oder sich in die Fliederbüsche übergeben. Und *dann* würden sie mich aufnehmen. Für immer. Mir Zuflucht gewähren in ihrem sauberen weißen Haus. Würden mich für alle Zeiten vor den Männern in Sicherheit bringen. – Ich hab mir das alles ausgemalt, bis ich mich zur Flucht bereit gefühlt hab. Inzwischen wußte ich, daß ich stark und wütend genug war, um mein Leben lang allein zu leben.

So gut hab ich mir jetzt vorstellen können, wie flach die Sklaven geatmet hatten, wenn sie sich in den Norden weggeschlichen haben, weg von ihrem Herrn und Besitzer. Meine linke Hand hat sich ganz fest in die Sprungfedern des Hotelbetts gekrallt und den Rest von mir zwei Zoll unter dem Captain vorgezogen. Auf mein Geruckel hin hat er sich ein bißchen bewegt, was gesagt. Im Schlaf hat er mir direkt auf den Hals gemurmelt.

Sein Atem war wie die Luft aus einem großen Treibhaus – süßlich, erdig, abgestanden. Er hat Worte gemurmelt, die ich nicht verstehn konnte. Die beiden im Zimmer nebenan haben sich weiter gestritten, und ihre Stimmen sind desto leiser geworden, je ernster sie's gemeint haben. Die Pferde im Stall haben ihre ellenlangen Nasenhöhlen freigeprustet. Die betrunkenen Hausierer sind auf die Straße getorkelt und haben ein paar Juchzer losgelassen. – Und Captain hat mir gesagt, wo wir unser Zelt aufschlagen sollen.

Er hat's ganz deutlich gesagt. Ich hab mich unter ihm steifgemacht. Es war, als ob man bei sich im Zimmer, bei sich im Bett einen fremden Mann mit besonders tiefer Stimme im Dunkeln sprechen gehört hätte. Nein, nicht als ob, es *war* so. – Ich, taub unter ihm, war sowohl seine angetraute Braut als auch das, was man heute »ein mißbrauchtes Kind« nennt. Und in dem Moment ist mir klar geworden: Meine Tanten hatten mir die Stevenson-Gedichte gar nicht als Ersatz für mein zerlesenes altes Exemplar zur Hochzeit geschenkt. Nein, das in Maroquin gebundene Buch war gar nicht für mich gedacht. Sondern für andere Kinder, jünger als ich, die Kinder, die ich würde kriegen müssen. Aber verstehst du, *ich* wollte's haben. Ich hab die Gedichte geliebt, hab die meisten davon auswendig gekonnt. Und bis zu dem

Augenblick hatte ich angenommen, ich wäre das einzige Kind, das je in dem Gärtlein spazierenging.

Dann hat der Mann über mir gesprochen. Ich hab ihm nur aus einem einzigen Grund zugehört: Festgenagelt, wie ich war, blieb mir nichts anderes übrig. Ich hab gemerkt, daß er wieder im Krieg war – er hat davon geredet, daß in der Nähe des Lagers ein Bach fließt, hat die Namen der Pferde aufgezählt, die ein Hufeisen verloren hatten. Dann hat sich sein Tonfall geändert, irgendwas war in seinem Traum passiert. Sein Körper hat gebebt, die riesigen Wadenmuskeln krampfhaft gezuckt. Seine Stimme ist nach und nach viel lebendiger geworden und immer höher gestiegen, wie Musiknoten aus der tiefen in die mittlere Lage und schließlich ins Falsett. Er hat den Kameraden zugeschrien, sie sollen in Deckung gehn, aber schnell. Er hat wie wer ganz anderer geklungen, jemand mehr in meinem Alter. Nicht lange, und er hat regelrecht gekreischt.

Die beiden im Zimmer nebenan haben leiser gestritten. Ihr Gemurmel wurde einverständiger, wahrscheinlich haben sie gedacht, ein Kind hätte im Zimmer nebenan einen Alptraum. Dann sind sie wieder übereinander hergefallen, mit noch raffinierterer Bosheit wie vorher.

Was in Caps Traum vorging, kam stückchenweise zu mir raus. Sogar wenn er zwischendurch eine Pause gemacht hat, wenn tieferer Schlaf ihn eine Weile ablenkte, hat alles zusammengepaßt. Als er wieder zu reden anfing, hab ich genau gewußt, aus welcher Richtung der Feind anrückt – aus der Nordwestecke vom Hotelzimmer. Ein paar Kaninchen und zwei Hirsche wären von da gekommen und durchs Lager gerannt, hat er gemurmelt – ein sicheres Zeichen für einen wirklich massierten feindlichen Angriff. »Smith, Ned. Aufgepaßt, Jungs. Geht wieder los. Wollte, es wär nicht so. Aber da, sie kommen.« Manche Feinde kamen zu Pferde. Viel mehr zu Fuß. Festgenagelt hab ich ihm die ganze Nacht zugehört.

Nach einer Weile hätt ich's nicht mehr tun brauchen. Vielleicht aus Angst hatte sich meine ganze rechte Seite zurückgemeldet, da bin ich wieder. Ich hätte unter ihm rausrutschen können, mich anziehn, meine hübschesten Sachen grapschen, einfach loslaufen. Papa hatte mir ein Goldstück geschenkt. Ich hatte's im Futter meiner Tasche versteckt. Ich hab zwar über meine Flucht nachgedacht, aber zugehört hab ich trotzdem. Meine dünnen Unterschenkel waren eiskalt und haben jetzt gezuckt mit Fragen, die nur ein Arzt beantworten konnte. Und trotzdem hab ich zugehört, Junge. Wirklich. Meine jungen Augen hab ich so lange so weit aufgerissen, daß sie am Rand eingetrocknet sind. Hab vergessen zu blinzeln. Konnte kaum noch schlucken – allmählich hatte ich das Gefühl, daß *ich* da redete.

Eine seltsame Milde war in Captains Nachtstimme. »Holt Wasser, könnten umzingelt werden ... Solange noch Zeit ist. Bleibt unten, ihr Idioten. Hab euch doch gesagt, ihr sollt flach liegen bleiben. Hinterher hab ich die Scherereien mit euern Leichen. Was gibt's denn zu lachen da drüben?«

Verglichen mit Caps Tagesstimme war das, wie wenn man einen Krug Oktober-Apfelmost neben einen mit altem Sirup hält.

Kam mir bekannt vor. Und dann hab ich's plötzlich gewußt – es war der *Ton* zu den Jungenaugen, die ich gesehn hatte.

Hellwach war ich und hab genau gemerkt, wann die Yankees vorgerückt sind. Ich hab mir denken können, wo sich welche von Caps Kameraden versteckt halten, wann auf sie geschossen wird und wann's einen erwischt hat. Es war alles so wirklich – wie seine Stimme meine Rippen zum Vibrieren gebracht hat. Ich hab die ganze Nacht die Orientierung behalten, und um vier Uhr früh hätt ich ihm seine ganze Schlacht über die Engelsbabys an die Decke malen können. Sein Schmerz war vor mir ausgebreitet wie eine Landkarte. Das hat mich ein bißchen getröstet, mich eine Handbreit von meiner eigenen Verwundung entfernt. Wenigstens eine Zeitlang.

Komisch, ich hatte gar nicht gewußt, daß er einen hatte. Einen Schmerz, mein ich. Alle hatten mir immer nur gesagt, seine Familie hätte die größte Plantage besessen, bis Sherman der brennende Wunsch gepackt hat, unsern Herrenhäusern einen Besuch abzustatten. Alle haben mir versichert, daß Captain angesehn, stattlich, reich war, daß er was galt in der Gemeinde. Woher also der Schmerz? Sicher, ich hatte oft genug seine Kriegsgeschichten gehört. Aber mochte er auch noch so ein guter Erzähler geworden sein, die Geschichten waren inzwischen alle so glatt wie amtliche Berichte. Sogar die Rauhheit seiner reifen Männerstimme konnte jetzt so einstudiert wirken wie die Tricks eines Sängers.

Es ist eins, von jemand Fakten über eine Schlacht erzählt zu bekommen, aber was ganz anderes, genau seine Stimme von damals zu hören. Das verzweifelte Quäksen, weil man in einem Erdloch gefangen sitzt, noch so jung ist, so furchtbar Schiß hat und nicht damit rechnet, noch zwanzig Minuten länger leben zu können, dabei aber so gierig ist, oh, so gierig nach mehr. Nach dem Recht, noch mehr Fehler zu machen.

Er hat mich mit seinem Gewicht immer noch fast erdrückt. Aber jetzt hab ich mir Mühe gegeben, es zu ertragen. Typisch Frau! Zuerst hab ich Kopf und Brust freibekommen. Dann die linke Hand unter ihm vorgezerrt. Aber anstatt unters Laken zu greifen und mich um meine eigenen Blessuren zu kümmern, hab ich mich halb aufgerichtet und rübergebeugt, nach seiner Stirn getastet. Sie war gefurcht, verkrampft wie eine geballte Faust. Doch ich hab gespürt, wie sie sich unter meiner Hand ein bißchen glättet. Einfach so. Was für eine seltsame neue Macht ich junges Ding da auf einmal hatte. Welche Freude, daß sein Gekreisch und seine Warnrufe nachgelassen haben, von Schnarchern abgelöst wurden.

Ich wußte, daß mein Schmerz in der Nacht – für jemand in meinem Alter – seinem ebenbürtig war. Ich wußte, daß *er* sich auf den Krieg rausreden konnte. Aber trotzdem hab ich gedacht: Dafür, daß man einem andern weh tut, gibt's keine Entschuldigung. Anderseits, er war mal jung gewesen und in großer Not. Aber das war ich schließlich jetzt auch. Von der Taille abwärts war ich wie örtlich betäubt von dem Schaden, den der alte Bock mit seinem Trommelfeuer angerichtet hatte. Aber wenn ich in dieser Nacht an den Jungen in meinem Alter dachte – einen, der ganz tief im Schlamassel steckte –, hab ich zum Verzeihen geneigt.

Verzeihen! Schätzchen, ich hab gedacht, ich hätt's erfunden.

Im Schlaf hat er meine Berührung jetzt nicht mehr als Ermunterung zu einer neuen Runde in unserm Ringkampf verstanden. Wenn Mr. Marsden wach war, konnte ich nicht nett zu ihm sein, ohne den alten Bock in ihm zu kitzeln. Noch ein letztes Mal hat Cap geschrien: »Kopf runter! Sonst kriegst du was ab. Paß auf! Paß auf, daß dir nichts passiert!«

Ich hab seine großen geschlossenen Augen berührt. Hab zu ihnen gesagt: »Ruhig. Es wird uns nichts passieren. Ich versprech's.«

Hätt ich bei meinen Befreiungsversuchen nicht unter ihm gerukkelt, dann hätte er womöglich nicht im Schlaf gesprochen. Dann hätt ich's womöglich nie erfahren. – Sicher, in mancher Hinsicht war er auch nichts weiter als ein schuftiger Sklaventreiber und Rammbock. Aber er war auch immer noch ein Kind, dem man in sehr jungen Jahren übel mitgespielt hatte. In der Nacht war er ganz schwer und zugleich ganz leicht. Welchen von beiden würde ich zu Gesicht kriegen, bei welchem würde ich bleiben? Vielleicht bei beiden, einem Jungen und einem Mann, die einander ständig auf die Zehen traten.

Schließlich hat mir die Sonne geholfen – ohne es zu wollen. Sie hat die Engelchen an der Decke so rosa – und so echt – wie Roastbeef erscheinen lassen. Ich wußte, mein Schmerz war nicht geringer als der des Schläfers über mir. Aber ich hab mich selber beruhigt, indem ich ganz leis Gedichte aufgesagt hab, bis das Hotel mit Klopfen und Kehren erwacht ist. Tränen sind mir aus den äußeren Augenwinkeln gerollt und haben mir beide Ohren vollgekitzelt. Und trotzdem hab ich weiter Verse aufgesagt, eins von den Gedichten, die ich auswendig kannte:

Mein Bett ist wie ein großer Kahn,
Die Großmama hilft mir hinein.
Sie zieht den Seemannsrock mir an
Und läßt mich dann allein.

Im Abendrot geh ich an Bord
Bald wird es dunkel um mich her,
Ich schließ die Augen, segle fort,
Und seh und hör nichts mehr.

Wie er aufgewacht ist, hat er sich auf die Seite gewälzt, sich gekratzt und sich umgeschaut, »Wo zum . . .? Ach so!« gesagt und sich aufgesetzt, den breiten bloßen Rücken zu mir her. Und mir – ich war noch da, ein lebender Leichnam neben ihm –, mir kam alles schon fast selbstverständlich vor, beinah natürlich, beinah so, als wär's, was es schon war . . . Eine Ehe halt.

Gefrühstückt haben wir mit dem andern Veteran. Ich bin dagesessen, hab meinen Tee getrunken, an einem Brötchen geknabbert. Über der Marmortischplatte war ich eine züchtige Teepuppe. Darunter: Die Dame, die jeden Abend im Zirkus in zwei Hälften zersägt wird – nur in echt. Der Captain hat anscheinend die Diskussion darüber hinausschieben wollen, was oben im Zimmer passiert war, hat sich darum drücken wollen, mich zu fragen, wie mir's geht, ob's auszuhalten war. Vor lauter Verzeihen hatte ich kein Auge zugemacht. *Er* hatte die Nacht durchgeschnarcht. Hat gesagt, er fühlt sich prächtig heute morgen. »Geht doch nichts über einen gesunden Schlaf.« Und sich dabei geräkelt. Der andere Veteran, ein Gentleman, hat wenigstens soviel Takt besessen, den Blick zu senken und mich nicht anzusehn.

Wir waren schon drei Meilen aus der Stadt raus, wie ich zum erstenmal was gesagt hab. Wir sind auf der Route, die Sherman nach Süden genommen hatte, nach Norden gefahren. So nahe bei Atlanta war alles gleich zweimal verbrannt worden. Die Erde war immer noch pechschwarz. Kein Baum, so weit das Auge reichte, der über zwanzig Fuß hoch gewesen wär. Man hat schon auch schöne alte Stämme gesehn, aber die waren bloß noch Holzkohle. Ich hab dagesessen und auf eine Mitteilung von meinem Bräutigam gewartet. Und ich hab mir gedacht, das muß ein Omen sein – daß wir am Morgen nach der Hochzeitsnacht durch ein Kriegsgebiet fahren.

Drei Meilen und viele kleine Bäumchen weiter sagt er: »Es wird«, und bricht ab. »Es wird alles leichter, Kind, mit der Zeit. Du wirst dich schon bald dran gewöhnt haben, wir werden dich – na ja, wir werden dich ein bißchen ...«

Ich hab den Satz für ihn beendet: »Zureiten? Sozusagen ein bißchen zureiten?«

Cap hat gemeint, er hätte's wesentlich netter ausdrücken wollen ... na ja, entspannen, dran gewöhnen, irgend so was. Er hat ganz steif dagesessen und mit den Zügeln hantiert. Die Pferde haben die Ohren gespitzt, als ob sie zuhörten. Sollten sie ruhig. »Du wirst sehn«, beruhigt er mich, »die Zeit hilft, Kind. Es wird besser mit der Zeit. Du wirst dich an alles gewöhnen. Vielleicht sogar an mich. Ist wie eine Warenlieferung, das Eheleben. Man muß alles nehmen, wie's kommt, das Leichte genauso wie das weniger Leichte. Ich bin vielleicht nicht der Sanfteste, aber ich bin auch kein schlechter Kerl. Klar, *mir* würde's wahrscheinlich als letztem auffallen, wenn ich doch einer wäre ... Aber trotzdem ...«

An dem mürrischen, fast zärtlichen Tonfall hab ich gemerkt, daß er sich um meinetwillen Mühe gibt. Aber warum hatte dieser gar nicht so schlechte Kerl in der Nacht nicht ein bißchen Rücksicht auf mich genommen? Ich hab den Mund gehalten, weil ich kein Spielverderber sein wollte. Niemand hat einen solchen Horror davor, Spielverderber zu sein, wie ein fünfzehnjähriger Wildfang, dessen Mutter zu Ohnmachtsanfällen neigt. Ich hab zu ihm rübergeschielt.

Ein Fünfzigjähriger tät mir heute praktisch wie ein Kleinkind vorkommen, mein Lieber. Aber einem so jungen Mädchen, das noch dazu die ganze Nacht kein Auge zugemacht hatte, einem Mädchen, das eben mit der gleichen Selbstverständlichkeit unten gespalten worden war, wie eine vom Dach rollende Melone aufplatzt, ist Mr. Marsden so alt vorgekommen, wie ich's jetzt bin. Vielleicht noch älter.

Ein strahlender Morgen, er sitzt da – mahagonibraun, stahlgrau, fleischrot –, und hinter ihm zieht die Landschaft vorbei. Fältchen strahlen fächerförmig von dem hellen Auge auf meiner Seite aus, Fältchen, die sich dort eingegraben haben, weil er schon dreimal so lange mit zusammengekniffenen Augen in die Welt geblickt hat wie ich. Oh, ich wußte, daß er mich halbwegs gern hatte. Aber ich hab's mir an den Fingern abzählen können, daß er auch nichts gegen Mamas Geld hatte – und dagegen, daß ich ihr einziges Kind war. (Ich hatte längst spitzgekriegt, daß die Leute sie wegen ihrem Ruf, ein verzogenes Balg gewesen zu sein, und ihrem hochnäsigen Getue für viel reicher gehalten haben, als sie in Wirklichkeit war.)

Und ich wollte den Mann auch gern haben. Hatte ihn gern. Hab gleich kapiert, daß einem alles leichter fällt, wenn man das schafft. Und deshalb hab ich meinen Rock über den Knien glattgestrichen und wieder dran zu denken versucht, wie gut wir zusammen aussehn. Wahrscheinlich hätte uns keiner, der uns an dem Tag beobachtete, was angemerkt. Außer, die hübschen Hotelpagen hätten uns belauscht und alles weitererzählt. Und so hab ich mir gesagt: »Genieß die Aussicht, Schätzchen.«

Da hab ich den Fleck gesehn. Er hatte sich um die ganze Unterseite rum nach oben und halb über meinen Schoß ausgebreitet. Die grauen Paspeln waren jetzt purpurrot durchtränkt. Ich konnte nicht mehr hinsehn. »Genieß die Aussicht, die Aussicht, die Aussicht.« Ich hab bloß auf Ackerland gestarrt, auf die Kriegsverbrennungen dritten Grades, durch die wir mit dem Buggy gefahren sind. Ich hab eine Frau hinter einer Blockhütte gesehn, die hat in einem schwarzen Kessel Wäsche gekocht. Mit einem Besenstiel in den undankbaren dreckigen Hemden ihrer Familie gerührt. Dem Alter nach war sie zwischen meiner Mama und mir. Es war was an der weißen Frau, die da auf dem verkohlten Boden der Geschichte gestanden hat, an der Art, wie sie sich – so früh am Tag – so ergeben in den Dampf vom Dreck anderer gebeugt hat, daß ich am liebsten laut geschrien hätte aus Mitleid mit ihr, mit dem Captain von damals, und aus Mitleid mit mir, ja, auch mit mir. Und dann hab ich gemerkt, ich tu's tatsächlich. Schreien. Die Wäscherin fährt rum. Wie sie zu mir hersieht, macht ein Teil von mir »Huch«, und ein anderer denkt sich: »Ja, schaun Sie nur! Ich werde entführt. Und alle finden das gut und richtig. Kommen Sie und helfen Sie mir. Ich verblute hier. Ich brauch Hilfe von einer Frau, bitte, Madam.«

Während ich schrei wie am Spieß und die Spucke mir in Fäden und Lichtpünktchen wegfliegt, während ich dasitz und auf meinen bunten, übel zugerichteten Schoß zeig, dann auf den Mann und dann wieder auf den Schaden, den er angerichtet hat, ist Cap neben mir wie vom Donner gerührt. Er wird kreidebleich, bringt die Stute und den

Wallach mit einem Zungenschnalzer zum Stehen: »Brrr.« Er starrt mich entgeistert an, wie eine Verrückte, die man an einem Dachsparren anketten muß, ihr selbst und andern zum Schutz. Außerdem war's mein gutes Gewand. Mein Reisekleid, an dem meine ledigen Tanten zwei Monate lang jeden Abend auf der Veranda genäht hatten, weil's ganz besonders schön werden sollte. Ganz durchtränkt. Und ich durchgerüttelt in der Kutsche, nach allem, was ich in der Nacht da unten durchgemacht hatte. Klitschnaß war mein Kleid jetzt am hellichten Tag, und nicht vom Schwitzen. – In der Nacht hatte er geschrien: »Nein. Paß auf, daß dir nichts passiert.« Guter Rat. Ein kluges Kind, das ein anderes warnt. Eine Stimme, die mir so vertraut war, als ob ich ihn schon als Kind gekannt hätte. Und ich hab mir gedacht, ich muß jetzt endgültig ausreißen oder mich verdrücken oder verstecken, aber wo? Wo wär ich vor ihm sicher gewesen? Mein Lieber, von da an hat's kein Versteck mehr für mich gegeben. Ich war für immer und ewig auf mich allein gestellt. Und alles war ganz legal. Es hatte mich so früh erwischt, ach, viel zu früh, viel zu früh.

Diese japanischen Apparate, verstehn die Englisch? Soll ich weniger unverblümt über das reden, was sich im B-E-T-T abspielt? Na gut, dann nehm ich kein Blatt vor den Mund. Du kannst ja die kitzligen Stellen hinterher raustun. Maulhurerei ist sonst nicht meine Art, aber es ist an der Zeit, daß ich die ganze Wahrheit sag. Ich glaub, ich komm jetzt langsam ein bißchen in Schwung. Also gut, mein Junge.

Es gibt noch so viel, was ich loswerden möchte, bevor mein Atem den längst überfälligen Urlaub nimmt. Wenn ich mich nicht irre, und vorausgesetzt, du spielst mit, dann könnte's sein, daß du wenigstens einen Teil davon zu hören kriegst, Junge. Es ist wie ein Wunder, aber hier sitz ich und trau immer noch wildfremden Menschen, in meinem Alter. Aber das muß sein. Bleibt einem nichts anderes übrig. Gehört nun mal dazu. Hast ein gutes, ehrliches Gesicht. Sieh zu, daß es so bleibt.

Fällt mir leichter, wenn du ein bißchen näher bei mir sitzt. Du hältst mich doch nicht bloß für ein böses altes Klatschweib, oder? Weil, ich bin nämlich wirklich keins. Klatsch dreht sich um das Unglück und die Laster von Fremden. Geschichten kommen nicht von so weit her. Sie kommen von hier drin und, mein Gott, ja, auch von da unten. Vielleicht besonders von da unten.

Meine Geschichten sind fast alle stubenrein, und sie wissen, daß der Hausschlüssel bei uns unter der Fußmatte liegt, weil wer würde schon auf den Gedanken kommen, ihn an einer so unsicheren und so harmlosen Stelle zu suchen? Außerdem sind *meine* Geschichten alle wahr. Das haut dich um, gell? Bewahr deine Geschichten möglichst lange auf, sie werden nicht schlecht wie Essensreste. Nein, sie werden sogar immer besser, mein Lieber, sie mausern sich fast zu Legenden – Brotschimmel, der zu Penicillin befördert wird.

Und so jung du auch bist, verglichen mit mir, sieh zu, daß du Ordnung in deine Geschichten bringst, Junge. Das Leben dauert nämlich nur ungefähr eine Woche. Du ziehst dich am Montagmorgen an für die Schule, Mama ruft von nebenan »Wenn du weiter so trödelst, Fräuleinchen, kommst du wieder zu spät, und diesmal kriegst du keine Entschuldigung mit«, und bis du versuchst, den Fuß durch das andere Unterhosenbein zu stecken, merkst du, daß es dir schwerfällt, dich wieder aufzurichten, weil du eine Frau von über achtzig Jahren bist und dir das Rückgrat schon einrostet. Da stehst du nun, deine Mama ist schon lange tot, niemand wird dir je wieder eine Entschuldigung schreiben, und trotzdem versuchst du immer noch, in Schulmädchenhosen zu steigen, die so altmodisch sind, daß sie sogar dir selber richtig albern vorkommen. Du richtest dich auf und merkst, daß du allein bist, weil's auf einmal schon Donnerstag ist – der einzige Donnerstag, den du je erleben wirst, Junge.

Für mich ist jetzt Sonntagabend – es geht auf Mitternacht. Den Montagmorgen hab ich immer gehaßt. Also halt einfach die Hand über deine Armbanduhr, bis du Mrs. Lucy krächzen hörst: »Ende.«

Unnötige Härte

Meine Nächsten haben sich entzogen, und meine Freunde haben meiner vergessen. Meine Hausgenossen und meine Mägde achten mich für fremd, ich bin unbekannt geworden vor ihren Augen. Ich rief meinen Knecht, und er antwortete mir nicht . . .
– Hiob 19, 14 - 16

Unsere Hochzeitsreisenkutsche fährt vor Captains einstöckigem Haus vor. Das muß jetzt zur Hälfte auch mir gehören. Der Abend unserer Heimkehr, Falls schläft zum größten Teil schon. Wacht auf, Leute, eure Lucy ist wieder da! Ich hatte mir keine Blaskapelle erwartet. Aber wenigstens *ein* vertrautes Gesicht – wär nett gewesen, wenn wer gewunken hätte. Das einzig Erfreuliche: Marsdens Veranda ist hell erleuchtet, zur Feier des Tages. Beiderseits der Haustür stehn fünf Fuß lange Magnolienzweige in Kübeln. Die wächsernen weißen Blüten sind so groß wie Caps Kopf, Bart inklusive. Lahm steig ich die Vortreppe rauf. Ich hatte mein neues Kleid ausgewaschen, so gut's ging. Mir war eingefallen, was Mama mir mal gesagt hatte: »Nur Eiswasser kann Blut so abschrecken, daß der Fleck nicht für immer im Kleid bleibt.« Wie ich mich danach sehne, endlich allein zu sein in einem Haus, das wenigstens zum Teil auch meins ist!

Als erstes stößt Cap die Haustür weit auf. »Wuppdich« – und er hat mich auf den Armen. Ich tu so, als hätt ich das nicht gern (ist so meine Art), aber ich hab's gern (auch meine Art). Ich grins, wie er mich mit großen Schritten mitten in einen dunklen Flur trägt und mich wieder auf die Beine stellt, vor einer riesigen schwarzen Frau, im Kerzenlicht. Wer ist das?

Die finstere Gestalt hat die Arme verschränkt und schnaubt verächtlich. Hört sich an, als wär sie schon auf den ersten Blick angeödet von mir. Sie trägt zwei Halsketten, große gläserne Ohrgehänge und ein rotes Kopftuch. Die chromgelbe Bluse ist auf eine vertrackte Art zusammengebunden. Um die Hüften schlingt sich eine violette Schärpe. Der schwarzgetüpfelte grüne Stoff von ihrem Rock tät als Bezug für ein ganzes Sofa reichen. Mein Lieber, gegen diesen Krieg der Farben wär keine noch so taktvolle Verkäuferin angekommen, da hätt's schon zähe Verhandlungen gebraucht.

Sie muß so um die zwei Zentner wiegen. Ein Gebirge. Cap setzt mich vor ihr ab, wie wenn das ein Stafettenlauf wär und sie mich als nächste kriegen tät. Dann stiefelt er davon, die Post durchsehn. Mir kommt vor, als ob das Weib mich am liebsten zum Nachtisch verspeisen will, aber noch zögert, weil ich vielleicht nicht mehr frisch genug bin. Ich lächel schüchtern, die Knie noch weich von meinen ehelichen Pflichtübungen.

Beim Durchblättern seiner Briefe sagt mein Angetrauter über die Schulter: »Ihr kennt euch ja.«

»Nein«, sag ich leise. »Ich glaub nicht, daß wir schon das . . .« Die große Dicke pellt mich unsanft aus meiner Jacke.

»Was, ihr kennt euch nicht?« Cap spielt den Verwunderten.

»Keine Spur.« Ihre Stimme, ziegenbockrauh, ist genauso tief wie seine.

»Na gut, dann lernt ihr euch jetzt kennen. Castalia, darf ich dir meine junge Frau vorstellen, Mrs. Marsden? Lucy: Castalia. Cassie ist schon bei mir, seit . . . Ja, also, schon seit immer, stimmt's, Cas? Tja, wenn die Jahre reden könnten . . .«

Sie knurrt: »Jahre können schon. *Du* stellst dich dumm an.« Dann stehn sich die beiden gegenüber und lachen – das Einverständnis eines ganzen Lebens zwischen ihnen. Sie lachen in ein und derselben Tonart, wie eine Ziehharmonika, die man kräftig schüttelt, damit sie ihre lustigsten Töne von sich gibt.

Und ich? Ich stör bloß. Ich spür das bis in die Backenzähne. Ich greif nach dem Haarknoten in meinem Nacken. Denk mir: Lucy, ungefähr ein Achtel von einem höflichen kleinen Lacher wär jetzt nicht unangebracht. Also riskier ich's. Aber die Dickmadam merkt's und bedenkt mich mit einem so strafenden Blick, als hätt sie mich beim Schlüssellochgucken erwischt. »Erfreut«, grinse ich. Soll heißen: »Erfreut, Sie kennenzulernen.« Keiner hört richtig hin.

Mein Gemahl steht an dem von einer Kerze beleuchteten Tisch im Flur, sein massiger Rücken ist mir zugekehrt, die Elfenbeinklinge schlitzt vier Pfund Geschäftspost auf. Castalia hat sie fein säuberlich unter dem Brieföffner gestapelt. »Hab ungefähr acht bis neun Vaterschaftsklagen gekriegt in den zehn Tagen. Die übliche Anzahl.« Es scheint, er hat einen Witz gemacht für seinen Selleriestengel von

Ehefrau und den Riesenkürbis von Hausgehilfin. Keine von beiden schüttet sich direkt aus vor Lachen.

Der Flur ist zu spärlich möbliert. Man sieht, hier kommt ein Junggeselle nur zum Schlafen her. Selbiger Ex-Junggeselle brummt drüben am Tisch über Rechnungen und immer mehr Rechnungen – und über die Fehler von andern. »Ich hab's dem Trottel extra gesagt, ›zur treuhänderischen Verwahrung‹, und was macht er? Ich sag ja, wenn man sich nicht um alles selber kümmert!«

Ich trau mich nicht, zu Castalia hinzuschaun. Irgendwo weiter im Haus drinnen müssen Äpfel auf einem Herd kochen. Riecht gut. Und noch ein anderer, schwächerer Duft – vielleicht Gardenien? Aber grade wie mein Gesicht sich den angenehmen Gerüchen auftun will, baut sich das Weib vor mir auf und schüttelt ihre Ohrklunker, die so groß sind wie gläserne Türknäufe. Augen unbeirrbar über massigen Kinnbacken. Ihr kissenweicher Mund könnte einen ja ans Hohelied denken lassen, aber die Augen, mein Lieber, das sind Fallschächte tief runter zu einer Abrechnung, die Offenbarung heißt.

Im Kerzenlicht sieht man, wie sich bei ihr eins aufs andere türmt. Sie läßt Lucy Zeit zu begreifen, wieviel von ihr da ist, und daß das meiste davon nicht mit sich spaßen läßt. Hab schon begriffen.

Jetzt wo der Chef ihr den Rücken zudreht, beugt sie sich näher zu mir her. Dicht vor mir hat ihr Kopf – mit seiner roten Beflaggung – Form und Größe von einem Hydranten. Das Gesicht wölbt sich wie eine Maske aus dunklem Bugholz, das Werk eines umnachteten Geigenbauers. Und dieser Busen!

Castalias Atem riecht nach Ringelblumen – ob sie Ringelblumen *ißt*? Die heisere Stimme stellt klar: »Schau mich an. Ich bin schon immer hier. Und bleib da. Was denkst, wen du vor dir hast?«

Captain merkt, daß es still geworden ist, dreht sich um. »Sachte, sachte, ihr beiden.« Er grinst, als hätt er mit einem Streit gerechnet, findet das richtig amüsant. »Hört mal her – und hört mir gut zu. Ihr zwei werdet euch vertragen, verstanden? Ich meine – ihr seid euch von Grund auf ähnlich, sonst hätte ich es nie riskiert, euch unter ein Dach zu bringen. Ich wette, ihr seid schon bald . . . so.« Er hebt zwei Finger. Sie verhaken sich ineinander. Bilden einen einzigen rosa Stumpf. Mir kommt das Zittern.

»Ja, bestimmt . . .« Ich geb mir Mühe, wie der gute Wille in Person zu klingen. »Ich mein, ich hab soviel gehört über . . .« Ich dreh mich um.

Sie ist weg.

Im ersten Stock hat mich ein heißes Bad erwartet. Irgendwer hatte das Wasser in Eimern nach oben getragen. Mir war da nicht wohl dabei. Vorn und hinten bedient zu werden war mir nie so wichtig vorgekommen, daß ich dafür in Kauf genommen hätte, ständig wen um mich zu haben, der mich nicht aus den Augen läßt. Meine Mutter hatte Angst vor Schwarzen. Hätt sich nie welche ins Haus geholt. Aber wie auch immer, woher wußte das Weib so genau, wann Cap und ich aus Georgia zurück sein würden, staubig von der Reise? Ist es schwer, so viele Gallonen Wasser so lange warm zu halten?

Die Wanne aus gewelltem Zinkblech hat nach Zitronensaft gerochen. Eine Gardenie ist auf dem Wasser geschwommen. Zwischen den Blütenblättern hat eine weiße Geburtstagskerze gebrannt. Ich hab dagestanden und runtergestarrt wie in einen tiefen Brunnen. Ich hab mich danach gesehnt, zwischen die Seidentücher dieser weißen Blüte zu kriechen. Wie ein Mädchen auf einer Kinderbuch-Illustration von Walter Crane wär ich auf Nimmerwiedersehn davongesegelt. Der dienstbaren Flitterwöchnerin hat solche Freundlichkeit fast die Tränen in die Augen getrieben. Castalia hat sich hinter mir durch die Tür geschoben, die Arme verschränkt wie ein bulliger Haremswächter. Ich hab sie für ihre Aufmerksamkeit gelobt. Sie hat die Achseln gezuckt: »Bloß meine Pflicht. Die Mâma von ihm is nie in kein Bad gestiegen, wo keine Gardenien drin warn. Im Winter hat ein ganzes Gewächshaus sein müssen davon. Sie war's wert. Kannst mir glauben, Mädchen, hat nix mit *dir* zu tun.«

Castalia will mir beim Ausziehn helfen. Meine Hand zuckt hoch, an den obersten Kragenknopf. Ich sag, ich komm schon allein zurecht, aber trotzdem *vielen* Dank. (Lieber hätt ich mich Mitte Januar auf der Treppe von unserm Gerichtsgebäude vor einer Horde lynchwütiger Männer nackt ausgezogen, als ausgerechnet diese Person meine Hühnerbrust und meine knochigen Knie sehn zu lassen.)

Heimlich hatte uns jemand ein Pappschild hinten an unsere Hochzeitskutsche gehängt. Bestimmt einer von Caps Arbeitern. Überall, wo wir hinkamen, haben die Leute gelacht und mit Fingern auf uns gezeigt. Hat mir gefallen. Ich wußte nicht, was auf dem Schild stand: Macht's gut – aber nicht zu oft! Wie ich das Ding Stunden später, bei einer Rast, gesehn hab, hab ich's in Stücke gerissen. Schnaufend bin ich dagestanden und hab mich fast um den Verstand gegrinst, so sehr hab ich mich geschämt. Hunderte hatten das gesehn!

Und jetzt wartete schon wieder wer Fremder drauf, mir meine Reisekleider auszuziehn. Wegen ihrem Umfang war Castalia einem scheinbar immer um drei Fuß näher als in Wirklichkeit. Ihre feuchten Augen haben gebrannt, blutunterlaufen in dem matten Gesicht. Du kennst bestimmt die Bilder in verwunschenen Häusern, wo man die Leinwandaugen von einem Urahn rausgeschnitten hat und hinter den Löchern dann die Glotzer eines Unbekannten schwären und einen verfolgen? Castalias Bernsteinaugen haben weniger in ihrem Kopf gelebt als durch ihn rausgestarrt.

Ich bin zu dem Schluß gekommen: Die Frau hat Schlimmes durchgemacht. Bei dem Flackern in ihren Augen brauchte man kein Genie sein, um das zu erraten.

Schließlich hat sie grummelnd den schmuckbehängten Kopf rumgeworfen und ist gegangen. Wie der Blitz war ich an der Tür und hab den Schlüssel rumgedreht. Ich hab gehorcht. Der wandelnde Gletscher hat sich langsam die knarzenden Stufen runter entfernt, und ich hatte endlich meine Ruhe. Ich hab mich ausgezogen und bin in die Wanne gestiegen. Freundlich hab ich mit dem Gardenienkerzenboot gesprochen: »Na du. Wirklich nett von dir, so lange aufzubleiben, um Lucy Gesellschaft zu leisten.« Wie mein strapazierter unterer Teil in das heiße Wasser getaucht ist, da hab ich vielleicht gezuckt, das Gesicht verzogen, um mich geschlagen. Hab die Kerzenflamme ertränkt und mich dafür entschuldigt. Beide Augen zu, hab ich mir die nasse Blüte hinter eins von meinen halb abstehenden Ohren gesteckt. Die Gardenie hat pfeffrig und doch süß gerochen. »Ist ja gut, Lucille«, hat Lucille gesagt. Ich hab überlegt, wie mich meine Mutter immer genannt hatte, wenn ich krank war. Ich hab einen netten, beruhigenden Kosenamen gebraucht, um mich selber damit zu trösten. Wer sonst hätt's getan?

Geht's dir auch so, wenn du im Zug oder in einem Buggy durchgeschüttelt worden bist, daß sich dann die Welt noch eine Zeitlang weiterdreht, lauter Flächen, die vorbeifliegen und im Nirgendwo zur Ruhe kommen? Es war jetzt, als würde die Wanne auf einem Dutzend Achsen über die Schienen der Atlantic Coastline Railroad sausen. Und womöglich hingen außen am Waggon unanständige Schilder, und feixende Zuschauer standen an der Strecke und riefen mir anzügliche Sachen zu. Auf dem zweiten Schild an unserm Buggy hatte gestanden: »Heute nacht große Eröffnung!« Sag mir Junge, war ich prüde, daß mir das gegen den Strich ging?

Wie ich da so im Nassen saß, hab ich mir gesagt: »Das hier ist Falls, North Carolina, du bist daheim und in Sicherheit, stimmt's?« Die ganze Rückfahrt hatte ich mir gedacht, erst mal wieder innerhalb von unsern Stadtgrenzen, und ich bin gerettet! Und so hab ich im heißen Wasser versucht, anziehend und begehrenswert zu bleiben, aber ich hatte auch gar nichts dagegen, verschont zu werden. »Willkommen daheim, Frau Lucy, Schätzchen«, sagte Frau Lucy, aber es hat vielleicht nicht so ganz ehrlich geklungen.

Wie man heimkommt

Welcher einen Weinberg gepflanzet hat, und hat noch nicht davon gegessen, der gehe hin und bleibe daheim . . .
– 5 Mose 20, 6

1

Auf der langen Heimfahrt von Georgia hatte Captain Anstandsbesuche bei vierzehn kleinen Viehbaronen gemacht. Von denen gab's in jedem dritten Landkreis einen. Captain hat von jedem den Stammbaum gekannt und gewußt, was für einen Ruf er im Schweinehandel hatte. Neu im Ehegeschäft, hab ich mich sehr interessiert gegeben. Ich hab immer alles richtig machen wollen. Umsonst, wie sich rausgestellt hat. Heute, im überreifen Alter, kurz vor der Verwesung, sind mir die Barone nur noch als ein einziger wohlbeleibter Gentleman in Erinnerung. Er trug einen karierten Anzug, so dezent wie das blecherne Reklameschild für einen neuen Kautabak. Gesprochen hat er unter einem orangefarbigen, borstigen Schnurrbart hervor, dessen Enden sich wie Schweineschwänzchen geringelt haben. Der Fatzke hat einfach nicht gemerkt, daß sein Gesichtshaar eine Kopie von der Kehrseite des Borstenviehs war, dem er seine fetten Profite verdankte. (Ich denk mir, wir alle erweisen tagtäglich bestimmten Sachen unsere Reverenz, ohne's zu merken, mein Junge. Eitelkeit ist taktvoll. Sie verbirgt so viel vor uns.) Der Schweinebaron hat mich und meinen Angetrauten großspurig durch eine Musterfarm geführt, die er angeblich selber erfunden hatte. Bloß daß wir in einem Landkreis nach dem andern immer genau dieselben Schweineställe besichtigt haben. »Schöner wie manche *Häuser* hier in der Gegend«, hat ein und derselbe Schweinezüchter immer wieder gewitzelt. Je öfter ich ihm vorgestellt wurde, desto mehr hab ich mich nach einer Stadt gesehnt, die ihre Lucy mit den aufgeschürften Knien beim Namen, vom Sehn und von großer Weite auf jedem Baum gekannt hat, auf den sie geklettert ist.

Schließlich hat unser knarzender Buggy die letzten vier Meilen bis nach Hause in Angriff genommen. Ich hab andauernd gefragt: »Sind wir bald da, wie weit ist es noch?« Cap hat die Augen verdreht, aber unverdrossen geantwortet. Meine Herzschläge haben die schrumpfende Entfernung skandiert. Ich hab mich aufgesetzt und mich geräuspert, als müßt ich gleich eine Ansprache halten. Und ich hab die widerspenstigen Haare festgesteckt, die aus dem Dutt rausgerutscht waren. In Erwartung, ja, von was?

Bis jetzt noch keine vertraute Aussicht. Bloß die üblichen Felder, Landbriefkästen mit schottisch-irischen Namen und Kränze aus Zinnien um die besseren Farmhäuser. Ehrgeizige Frauen haben da draußen die neuesten Moden der Gartengestaltung aus meiner Heimat imitiert, der Summit Avenue, der feinsten Gegend von Falls. An dem Tag hab ich auf manchen Farmen unter anderm Wasserlöcher gesehn, die mit eisernen Radreifen eingefaßt waren, mit Ringelblumen-Rabatten drumrum. In einem von diesen Teichen hat ein Sonnenfisch einen Luftsprung gemacht. Mir ist klargeworden: Dem Trend zu Goldfischteichen in Falls wird inzwischen auch hier draußen gehuldigt. Warum hat mich das stolz und trotzdem ein bißchen traurig gemacht?

Ich hab Ausschau gehalten nach vertrauten Merkmalen. Aber da war bloß immer noch mehr rote Erde und ein ländlicher Himmel, hell und hoch über Ackerland, das sich straff in alle Richtungen gespannt hat. Um vier hat die Junihitze endlich die Waffen gestreckt. Und ich hab dagesessen und auf eine laute Begrüßungsfeier gewartet. Ich mußte mich in einem fort räuspern. Ob's am Staub liegt, wollte mein Angetrauter wissen.

»Bin bloß nervös. Sind Sie auch ganz sicher, daß wir gleich da sind?«

»In anderthalb Minuten tauchen Hedgepaths Schilder auf. Dann glaubst du mir vielleicht und hörst mit der Fragerei auf. Wie alt bist du eigentlich?« Aber er hat sich den Bart glattgestrichen, für den Fall, daß wir irgendwelchen Bekannten begegnen, und war scheinbar doch angetan von meiner kindlichen Aufregung. Angesichts seiner Freude hätt ich meine am liebsten für mich behalten. Mit einem Wort, mein Junge, wir waren schon ein richtiges Ehepaar.

Eine schmale Holperstraße, in der Mitte ein kümmerlicher Streifen Gras. Uns entgegen kommen drei hübsche Schwestern geritten, auf einem fadenscheinigen, asthmatisch schnaufenden Maultier. Ein alter Mann mit hüpfenden Hängebacken überholt sie auf einem lebhaften Palominopferd – der silberweiße Schweif weht schön im Luftzug.

Hinter den Straßengräben niedriger Buschwald: Weihrauchkiefern, Buchen, Sassafras, Sumach, wilde Möhren. Der Wald riecht modrig, geheimnisvoll, einladend. Die Wälder haben damals nach Pilzen und Tuscarora-Geistern gerochen. Anno neunzehnhundert waren große Teile von Carolina noch so wild, wie ich mich innerlich gefühlt hab. Ich war eine verkleidete Indianerprinzessin. Eine dunkle Schönheit, getarnt durch strohblond gefärbtes Haar und Unmengen falscher Sommersprossen. Keiner sollte mich je entlarven. Dafür wollte ich schon sorgen.

Durchgerüttelt von der Waschbrettstraße, bin ich dagesessen und hab gehofft, unsere Stadt da vorn auf dem Hügel wird mich für einiges entschädigen. Entjungfert zu werden, eh man auch nur weiß, daß man eine ist! Ich hab mich eigentlich nicht nach meinen Eltern gesehnt (schließlich hatten sie Cap meine Hand gegeben, meine Hand und alles andere dazu). Aber zu Hause sein, ja. Das schon. Ein neuer Anfang an einem sicheren Ort. Ich hab meine Reisetasche umklammert. Unter meinen Stevenson-Gedichten versteckt die Hotelseife und, in Seidenpapier eingewickelt, vierzehn Prismen, die ich von den Fensterscheiben meines Kinderzimmers gerettet hatte.

Unterdessen beruhigt mich das eintönige Ackerland doch ein bißchen. Zwei ganze Landkreise – platt wie ein Küchentisch. In den Straßengräben wuchert dichtes Brombeergestrüpp, und wenn man genau hinschaut, sieht man im Schatten Glühwürmchen blinken. Beim Aufwachen probieren sie ihre Ein-Aus-Schalter aus. Bald wird die Dunkelheit diese Geschöpfe aus den Schatten entlassen. Ohne das Licht wird die ganze Welt zu ihrem Tummelplatz werden.

Es ist 17 Uhr 40, am 15. Juni 1900. Es hat 32 Grad. Meine Unterhosen sind mit Streifen der *Atlanta Constitution* ausgestopft, die eventuelle peinliche Ausflüsse aufsaugen sollen. Und jetzt beginnt mein glückliches Wiedererkennen.

Wir fahren um eine Biegung. Und tatsächlich, mein Captain hat recht gehabt. Wir kommen an vier verrußten Schornsteinen eines berühmten Herrenhauses vorbei, dem von Captain, das früher *The Lilacs* hieß. Sherman hat alles verbrannt, was nicht fest gemauert war. Die freiliegenden Kamine sind von wildem Wein und Grabwespennestern überwuchert. Vandalen haben schon vor langer Zeit die weiße Onyxverkleidung von den Kaminen abgeschlagen. Es geht das Gerücht, daß die Fledermäuse aus dem ganzen Landkreis in den zweistöckigen Röhren dieser Schornsteine schlafen. Seit ich auf der Welt bin (und noch viel länger), purzeln hier die Ziegelsteine, aber es werden noch ein paar Jahre vergehn, bis sie alle am Boden liegen. (Der Fall von Rom hat – Grund zur Hoffnung für uns alle – fast achthundert Jahre gedauert. Macht mir Mut zu glauben, daß ich mich vielleicht doch noch neun Monate oder so mit Klauen und nicht mehr vorhandenen Zähnen ans Leben klammern kann.)

Unter einer Brücke: der glucksende Indian Creek. Er senkt die Sommertemperatur auf dieser Straße um zwei bis drei Grad. Ein paar schwarze Kinder angeln da unten, ernst auf einen ansehnlichen Fang bedacht. Der Bach riecht nach abgestandenem Wasser und Geißblatt, zu gleichen Teilen. (Hier sind mal zwei kleine Mayos ertrunken; zwei Wilgus-Kinder, die sie retten wollten, sind einfach ins Wasser gesprungen, aber auch untergegangen. Keins von den Kindern hat schwimmen können, aber im Eifer des Gefechts haben sie's alle vergessen.) Solche Geschichten – wer wo gestorben ist – können einem die Heimkehr schwermachen. Heimatgeschichten sind oft Schauergeschichten.

Vor uns noch eine letzte Sehenswürdigkeit, bevor die River Road eine Biegung macht und uns die Heimat sehn läßt: Die ersten Schilder von Hedgepaths Obst- und Gemüsestand, hurra! Freudig erregt setz ich mich auf – die Zeitung aus Georgia raschelt vernehmlich. Die nächsten drei Meilen kommen lauter Schilder von Hedgepath, eins nach dem andern, bevor endlich der versprochene Stand selber auftaucht. Er übertreibt's wirklich ein bißchen mit seinen Schildern. Hunderte davon stottern verheißungsvoll, daß er jetzt gleich kommt, ja, Leute, macht euch bereit, habt ihr schon Hunger? Allerletzte Gelegenheit, Obst und Gemüse frisch vom Land zu kaufen. »Seid Jahrn fiele tausend zufriene Kundn.«

Hedgepaths Rechtschreibung ist so schauderhaft, daß wir Stadtkinder uns überlegen fühlen. (Herrlich, wenn Erwachsene mal so grandiose Fehler machen. Wir bitten die Eltern immer, anzuhalten und derart zurückgebliebenen armen Hinterwäldlern was abzukaufen.) »Melohnen.« »Kürbiß.« »Eertnusbuter.« Ungelogen.

Dabei ist das bloß einer von Hedgepaths vielen Tricks! Der alte Fuchs denkt sich, du meinst vielleicht, er ist genauso schlecht im Rechnen wie im Rechtschreiben, und hältst deshalb an und versuchst, ihn übers Ohr zu haun.

Das Schlitzohr ist zu Recht berühmt für seine selbstgezogenen Wassermelonen. (Die Einheimischen behaupten, daß irgendwie Bourbon ins rosa Fleisch von den Melonen kommt. Sogar Temperenzler fallen drauf rein, die besonders.) Ich freu mich über mein liebstes

Hedgepath-Schild: Eine riesige Melone und darunter das taubenblaue, mit Schneeflocken gesprenkelte Wort: »Aißkald!«

Um dir selber eine Scheibe von einer Hedgepath-Melone zu malen, trägst du erst mal ein ellenlanges rosa Grinsen auf – nimm glänzenden Lack dafür, damit's möglichst kalt und glitschig wirkt. Der äußere Rand darf nur eine dünne, mondsichelförmig gebogene Linie in Grün sein. Laß den weißen Untergrund von deinem Schild den schmalen Weißwandbogen zwischen Grün und Rosa bilden. Wenn das Rosa getrocknet ist, kommt der Hauptspaß – das Betüpfeln mit Hunderten von schwarzen Kernen (ein Fest für Bauernkinder – lustige Kleckserei an einem verregneten arbeitsfreien Nachmittag im Haus). Wenn du von deinem Buggy runtersteigst und nahe genug rangehst, siehst du: Für die schwarze Farbe haben sie keinen Pinsel genommen. Die Kerne sind nichts anderes als vieler Kinder fruchtbare Fingerspitzen.

So gut wie jeder hält bei Hedgepath. Man kommt fast nicht drumrum. Der Stand hat ein zwölfsitziges Klohäuschen für Weiße – belüftet, wespenfrei. (Und einen Sechssitzer für unsere farbigen Kunden.) Die Straße verengt sich, wo Hedgepath seinen bunten Viktualienhinterhalt aufgebaut hat. Er *sieht's*, wenn du dich vorbeimogeln willst – und er ist sich auch nicht zu fein, dir nachzuschrein: »Alter Geizkragen! Fahr nur weiter! Aber ich sag's allen, verlaß dich drauf!«

Also zügelst du deine Pferde, schon allein aus Dankbarkeit dafür, daß einer den Schabernack so weit treibt. Die Schilder mit den marktschreierischen Versprechungen und schwülstigen Willkommensgrüßen haben aus dem platten Ackerland eine dumme (aber lustige), drei Meilen lange Parade des menschlichen Fortschritts gemacht. Das ist nicht zu verachten, mein Lieber.

Stellt sich raus: Für den Stand hat Hedgepath weniger Bauholz gebraucht als für die meisten von seinen neunhundert Reklametafeln. Du steigst trotzdem runter – skeptisch, angenehm berührt, halb unter Zwang, was dir nichts ausmacht, aber das willst du nicht zugeben. »Waser für ire Ferde umsonst. Kostenlohse Weegauskumft.«

Als erstes erfährst du, daß man sich vom letztenmal noch an dich erinnert. »Nanu, also wenn das nicht ...« Und man nennt dich wenn möglich beim Namen, laut und viele Male. Captain dirigiert unsere Pferde bis an die Grabenböschung, wo die Glühwürmchen sich vorwitziger zeigen, jetzt wo der Tag das Gesicht verliert. Cap steigt runter und streckt sich. Natürlich wird er gleich erkannt. Es scheint, als hätte das stumme Ackerland selbst seinen Namen – und damit auch meinen – ausgesprochen.

Mr. Hedgepath wiegt bloß knapp neunzig Pfund, er wirkt so elastisch, tragisch, anziehend und übervölkert wie die scheußlichen spiralförmigen Fliegenfänger, die überall rumbaumeln. Seine Frau, Mrs. Hedgepath, bringt mehr auf die Waage wie die unzähligen Scheffel kunterbunter Früchte, zwischen denen sie wie ein zusätzlicher Haufen thront. Die beiden Alten kommandieren ihr rundes Dutzend flachsköpfiger Kinder rum, und die tüteln die Sachen ein und wiegen sie ab und knöpfen dir dann mit Unschuldsmiene zuviel dafür ab. Zu wildfremden Menschen, die sich hier drängeln, Schwarzen wie Weißen, sagt Hedgepath senior: »Irgendwoher *kennen* wir Sie doch?« Und kaum nennt der Fremde seinen Namen, schnalzen die beiden Alten mit den Fingern, sehn sich an, nicken. »Also doch. So was von Familienähnlichkeit! Unverkennbar.«

Und die Leute freuen sich. Es ist ein Trick. Die Leute merken das natürlich, aber sie sind trotzdem ein bißchen geschmeichelt. Und immerhin so angenehm berührt, daß sie eine Kleinigkeit kaufen. Und nur darauf haben's die Hedgepaths abgesehn. Kurz bevor wir gehn, macht sogar Cap ein paar Pennies für sonnenwarme Tomaten locker – die so ganz anders sind wie diese Styropordinger, die man heute überall kriegt. (Das ist die moderne Welt in Reinkultur, Junge – Obst und Gemüse darauf zu züchten, wie's *aussieht*. Wenn du eine kalifornische Tomate gekauft hast und merkst, daß sie wie pure Kreide schmeckt, bist du schon ausgeschmiert – zurücktragen kannst du sie nicht mehr.)

Die, die wir an dem Abend in unsere Tasche stecken, sind fleckig, mit Druckstellen vom Pflücken, aber von einem ordinären, lebensstrotzenden, roterdigen Geschmack. Sie sind unverkennbar »von hier«. Vielleicht kommt's dir vor, als wär ein Pfund von solchen Tomaten anno neunzehn null null keinen ganzen Nickel wert, aber trotzdem drückst du dem nächstbesten Hedgepath-Kind fünf Cent in die Hand. Und du zahlst aus einem glücklichen Mitleid heraus. Du weißt, daß du daheim bist. Das ist dir der Spaß wert.

– Aha, Falls ist schon fast in Sichtweite, gleich hinter der nächsten Biegung muß es auftauchen! Ich beug mich vor über meine Hochzeitsreisentasche – vorsichtig, um die Tomaten nicht zu quetschen – und späh um die von Büschen gesäumte Kurve. »Da, da«, sag ich, mehr zu mir selbst als zu ihm. Aber er schaut trotzdem. – Erst mag ich seine Freude, wieder daheim zu sein. Dann denke ich, ich mag *ihn*. – Es ist leichter, wenn man wen mag. Laß dir das gesagt sein.

Unser Falls – ein Höcker oder Buckel – wird zu einer klar umrissenen grünen Erhebung, eingelegt in den vom Sonnenuntergang rosa gefärbten Horizont. Es leuchtet auf, wie die Gas-Straßenlampen eine nach der andern angehn. Unsere Straße richtet sich gerade – wie aus Respekt. Alle Straßen (im Kreis Nash) führen nach Falls – oder aus der Stadt raus. Unser Buggy schwenkt nach rechts. Meine linke Schulter berührt die kräftige rechte von meinem Mann. Ich laß sie da. Wohlgefällig sag ich mir: Und wenn wir noch so verschieden sind, wo Captain Marsden auch aus Falls ist, werden wir unser Leben lang wenigstens eins gemeinsam haben: eine Sprache, die auf der ganzen Welt nur noch von elfhundert andern Seelen gesprochen wird. Und von dir, mein Lieber. Weil weißt du, ich bring dir ja langsam diese altersschwache, romantische Art zu reden bei. Ob du willst oder nicht, bis das hier zu Ende ist – und ich am Ende bin –, wirst du sie besser beherrschen, als dir lieb ist. Dann mußt du Unterricht im Vergessen nehmen. Mir mit meinen neunundneunzig steht das unmittelbar bevor.

Abend – die schönste Zeit für die Heimkehr. Das Tageslicht hat sich lange genug gehalten, um uns bis vor die Haustür zu begleiten, und zieht sich dann nach oben zurück wie ein guter Diener.

»Wunderbar, wie's da so liegt und wartet, was, Lucille? Ich nehme an, du bist einigermaßen glücklich, wieder daheim zu sein.«

»Ja, Sir«, nicke ich. »Schön, wenn man alles – weiß. Ich mein, wo man alles findet und so.«

»Zehn Tage auswärts sind wirklich zu lange«, sagt er. »Ich hab mich verschätzt. Sieben wären besser gewesen. Oder fünf vielleicht – und mit weniger Geschäft und mehr Vergnügen. Ich werd mir meinen Fehler merken.«

»Für Ihre *nächste* Hochzeitsreise?« Jetzt, wo wir fast zu Hause sind, werd ich mutig. Meine Unterhosen rascheln wie die saubere Holzwolle in einem Woolworth-Osternest.

»Für meine nächste mit dir, Lucille. In, na, sagen wir zehn Jahren machen wir das alles nochmal.« Wie er sieht, daß ich nicht grade vor Freude außer mir bin, sagt er noch: »Nur besser . . . Man lernt ja . . .«

Lernt was? tät ich gern fragen, aber ich fürcht mich ein bißchen davor, es genau zu wissen. Außerdem bin ich zu sehr damit beschäftigt, meinen Rockbund zu richten und mich auf die Ankunft vorzubereiten. Meine Augen sind auf die seltsame Hügelstadt vor uns gerichtet, die muschelrosa glänzt, kostbar, von rivalisierenden Kirchtürmen starrend wie ein Stachelschwein.

Direkt vor mir, getarnt als Wasserloch in der Wüste, erkenn ich sie, Junge: die himmlische Stadt.

2

In der Erinnerung an die Heimkehr, noch immer auf ihre Tröstungen wartend, hatte ich in der Badewanne gedöst, die Knie unters Kinn hochgezogen. Drunten haben immer noch zwei Leute geredet, sich wie Bruder und Schwester erzählt, was inzwischen gewesen war, sich gutmütig geneckt.

Wie ich mich abgetrocknet und die mit dem Gesicht nach unten schwimmende Gardenie vor dem Ertrinken gerettet hatte, hab ich mir mein Nachthemd angezogen und die Tür aufgeschlossen, den klopfenden Hausbesitzer in sein eigenes Schlafzimmer gelassen, und dabei hab ich gesehn, daß auf der andern Flurseite ein paar nützliche Dinge auf dem Boden standen.

Castalia hatte eine gescheckte Blechschüssel mit dampfendem Wasser hingestellt und zwei dicke Handtücher drüber gespannt, damit's heiß bleibt. Daneben, auf einer hübschen, mit Kardinalsvögeln und Beeren bemalten Schale, ein Stück gelbe Kernseife. Ich hab den Stöpsel von einem Kristallfläschchen abgenommen und dran gerochen – es war Essig drin, wie für Salatsauce. Altmodische Empfängnisverhütung, das war's.

Meine Jungfräulichkeit war inzwischen natürlich nur noch eine angesengte, brennende Erinnerung. Und trotzdem hab ich nichts darüber gewußt, was da an Fruchtbarem einsickern kann, wenn das Siegel einmal erbrochen ist. Was die Natur angeht, hab ich den Namen von jedem Vogel und jeder Waldblume von Manteo bis Murfreesboro gekannt. Aber weniger wie gar nichts hab ich über das muntere Tier gewußt, das mir eigentlich am nächsten stand – mich selber von der Hüfte abwärts.

Und nachdem Cap in das Himmelbett gestiegen war, das so groß war wie eine Yacht, nachdem er freundlich »Willkommen zu Hause für immer, meine erwählte Braut« gesagt und mich anschließend zum Einstand gleich nochmal gezaust hatte, hab ich's irgendwie geschafft, aus dem Bett zu kriechen. Ich hab das warme Wasser reingeholt und mir damit die Haare gewaschen! Castalias Tips zur Frauenhygiene waren bei mir verlorene Liebesmüh. Wie mich dann später die Mutterschaft ereilt hat, bin ich aus allen Wolken gefallen. Ob ich gedacht habe, meine quietschsauberen Haare würden auf ewig dafür sorgen, daß ich ein einfaches, zaundürres Mädchen bleibe? Nein, das nicht. Ich hab nur vertraut.

Wie ich am nächsten Tag frühmorgens die Augen aufschlag, steht mein alter neuer Ehemann schon fürs Geschäft angezogen vor mir. Er reibt sich die Hände, bereit, zu Castalias Kaffee und reichhaltigem Frühstück runterzutrappeln (durch die Dielen riech ich schon die Maiskuchen mit Schinkenspeck, die ihn locken). Bald wird die Haustür ins Schloß fallen – Cap auf dem Weg zur Arbeit – er wird mich den ganzen Tag allein lassen . . . mit ihr.

Ein gepflegter, nach Rasierwasser duftender Mann läßt sich jetzt auf meiner Bettseite nieder – sein brauner Bart ist vom Kamm gerillt. »*Du* brauchst nicht aufstehen, Lucille. Ich bin fest entschlossen, dich verwöhnen zu lassen, aufs Schamloseste. Besonders am Anfang. Genieße es, meine Lucille. Um elf will ich in meinem Büro auf die Uhr sehen. Dann stelle ich mir vor, wie du hier noch in meinem warmen Bett liegst. Unserem. Am liebsten wär's mir, du würdest rüberrutschen und auf meiner Seite schlafen. Vielleicht sogar eins von meinen Mako-Nachthemden anziehen. Das wäre reizend, ja. In der dritten Schublade von oben. Ein hübsches Bild wirst du abgeben für ein altes Arbeitstier wie mich. Ich seh mich schon lächeln von sieben bis sechs. Aber werde ich irgendeiner Menschenseele in der Stadt den Grund sagen? Niemals, meine Lucille.«

»Schon, aber werden sie sich's nicht trotzdem denken können?« Ich flüster, obwohl wir zwei verheiratete Menschen sind und allein im Zimmer. »Ich mein, am ersten Tag in der Arbeit nach der Hochzeitsreise und so? Wo Sie schon über fünfzig sind (nichts für ungut) und ich grade mal fünfzehn? . . . Auch wenn Sie nur ein ganz klein bißchen lächeln, Sir, werden die sich's denken können. Also, *bitte*, nicht mal schmunzeln. Das tät alles verraten.« Ich umklammer seine fleischige Pranke. Die dichten Borsten auf dem Handrücken sind erstaunlich weich. Ich küsse seine unbehaarten Knöchel und sag zu der Hand, die schwer ist wie ein Sonntagsbraten: »Bitte, Sir, lassen Sie sich nichts anmerken, mir zuliebe. Auch nicht, wenn irgendwelche Männer anzügliche Fragen stellen.« Er nimmt meinen Zopf und kitzelt mich mit dem pinseligen Ende an der Nasenspitze. Tränen stehn ihm in den grauen Augen. Nicht zu glauben.

Er sagt, ich rühre ihn so, ob ich das überhaupt weiß. Seit den Sechzigern hat ihn kaum was derart bewegt. Er sagt, gerade wegen meiner Sittsamkeit – die mir selber jetzt wahrscheinlich noch Schmerzen bereitet – bedeute ich ihm noch mehr. Bedeutet *es* ihm noch mehr. Und wir würden unser eignes Geheimnis sein, für immer. Die Ehe wär ja was ganz Privates. Wir könnten miteinander und füreinander tun, was wir wollten. Niemand würde's erfahren. »Nicht mal das

Hausmädchen?« frag ich leise. Er lächelt, hält's für einen Scherz. Meine einzige Aufgabe heute am ersten Tag, sagt er, besteht darin, schön kuschelig hier im warmen Bett zu bleiben, ja? Castalia persönlich wird mir das Frühstückstablett raufbringen. Ich soll ihm nur sagen, wie ich meine Eier haben will – er gibt dann den Auftrag weiter. Ich schlucke schwer.

Er sagt, ich kann mir von seinen Nachthemden das aussuchen, das mir am besten gefällt – Castalia hat sie alle perfekt gebügelt (keine Stärke für Nacht- und Bettwäsche, nie). »Und laß unbedingt deine Zöpfe so runterhängen, Lucille. So siehst du aus wie höchstens neun, vor allem am Morgen, wenn dein Gesicht ein bißchen aufgequollen ist, so wie jetzt. Deine vielen Sommersprossen! Wie kann ich dir klarmachen, wie reizvoll du bist? Wahrscheinlich sinnlos, es auch nur zu versuchen. Aber du bist wirklich bezaubernd, alles in allem. Dein Charme ist dir sicher überhaupt nicht bewußt. Aber ich bin wohl auch blind für meinen eigenen, soweit ich überhaupt welchen habe. Und ich danke dir schon im voraus – ich werde mir pünktlich zu jeder vollen und halben Stunde vorstellen, wie du hier liegst. Einverstanden? Du wachst extra dafür auf. Dann legst du dich einfach auf die andere Seite und schläfst auf deine beherzte Art sofort wieder ein, ja?

Ich werde stundenlang weg sein, geht nicht anders. Aber du weißt ja, ›Trennung verbindet‹. Jetzt müssen wir noch sehn, wie wir uns zeitlich abstimmen. Du hältst dich ans Schlagen der alten Seth Thomas unten. Wenn ich geh, stelle ich meine Taschenuhr nach ihr. So sind wir von sieben bis sechs – verbunden. Dieser kleine Schachzug gefällt dir, stimmt's? Und jetzt gib uns einen langen Abschiedskuß. Vortrefflich. Mein liebes Mädchen. Also, findet unser Schlachtplan für den ersten Tag Gefallen bei meiner Lucille?«

Ich nicke.

Ja, was zum Henker hätt ich sonst tun sollen?

3

Na ja, es war der Anfang von einem täglichen Trott. Cap ist die Treppe runtergestiefelt und hat sich unterm Geklapper von Silber auf Porzellan satt gegessen. Angeregte Unterhaltung und ausgelassenes Gelächter von den beiden Älteren. Dann ist er fortgetrabt in die Welt des Verdienens. Und hat Lucy zurückgelassen im Haus des Bezahlens.

Schutzlos den zweihundert Pfund dunkelhäutiger Bosheit ausgeliefert, die im Augenblick grade drunten in der Küche rumorten. Ich wollte nie einen Dienstboten zum Rumkommandieren.

Kaum hatte Cap die Haustür hinter sich zugemacht, kaum war er pfeifend zum Gartentor geschlendert und auf den Gehsteig getreten, wo er drei andere zur Arbeit gehende Gentlemen mit Vornamen begrüßt hat, kaum war er außer Hörweite, hat's keine Sekunde gedauert, und einen Stock tiefer ist ein fürchterlicher Spektakel mit Tellerklappern und Stühlerücken losgegangen.

Am Abend zuvor hatte ich Cap gefragt, ob diese Castalia denn bei uns wohnt. »Nicht mehr«, sagte Cap. Ich hab mich an diese Worte geklammert. Wenigstens war sie verbannt worden – vielleicht hätt ich dafür dankbar sein sollen. Vor vielen Jahren hatte sie seiner Familie gehört, eine Sklavin, die als dreijähriges Kind gekauft worden war – aus Afrika importiert wie irgendein landwirtschaftliches Produkt. So viel hatte ich schon aus Cap rausgekriegt, unter der Bettdecke: Seit sie zehn geworden war, hatte sie Captains schöner, verwöhnter Mama als erste »Kammerzofe« gedient, was immer das bedeutet haben mochte. Jahre nach der Sklavenbefreiung hat Cap Castalia ein Häuschen bauen lassen, sieben Querstraßen und einen Kontinent entfernt unten in Klein-Afrika. Jetzt hat sie hier sechseinhalb Tage die Woche gearbeitet und uns – am siebten Tag – das vorgekochte Essen zum Warmhalten ins Backrohr gestellt, bevor sie gegangen ist. Was konnte ich sonst noch über diese Giftspritze in Erfahrung bringen, die jetzt in der Küche mit Butterfässern kegelte?

Ich hatte eben die Anweisung bekommen, im Bett zu bleiben – als Gefangene des Bettzeugs bis Ladenschluß. Also, solche Faulenzerei war einfach nichts für mich, Schätzchen, noch nicht mal am Tag Nummer eins. Sicher, ich war müde. Sicher, wenn ich zu meinen Unterhosen rübergesehn hab – mit der Einlage voll rot beschmierter Druckerschwärze –, ist mir schlecht geworden. Ja, ich hab Angst gehabt, der Dickmadam drunten entgegenzutreten, die grade dabei war, mir ein Frühstück oder Arsen oder beides zusammen anzurichten. Aber wenn nicht jetzt, wann dann?

Und trotzdem – ich bin schön im Waffenstillstandsgebiet auf meiner Seite von dem riesigen Himmelbett geblieben, hab noch eine Weile unschlüssig dagesessen, die Handflächen auf der Matratzenkante, und die Beine baumeln lassen wie ein Kind. War ich ja auch. Ein Kind. Und ich hab mich gefragt, wie's mir jemals gelingen sollte, einen älteren, gesetzteren Menschen wie sie dazu zu bringen, ein

Menschlein wie mich stupsnasiges kleines Ding zu bewundern und vielleicht sogar zu mögen.

Unterdessen hat's eine gewisse Hilfskraft eine Eichentreppe tiefer für angebracht gehalten, eine zwanzig Pfund schwere Bratpfanne fallenzulassen. Mir kam's vor, als hätte das Metall zwei volle Minuten lang sämtliche Geräusche gemacht, die runterkrachendes Metall überhaupt machen kann.

Es gibt viele Arten von Weckrufen. Das, mein Junge, war auch einer.

4

Wie wir fast schon zu Hause waren, hat sich mein Mann an die Ecken von seinem braunen Bart getippt, so wie ein Katholik die Hand zu Stirn und Schultern führt. Unter seinem Schnauzer hat der Mann beinah gelächelt – vielleicht, weil er über unsere Heimkehr genauso aufgeregt war wie ich? Ich hab ihn mir als milchgesichtigen Fünfzehnjährigen vorgestellt, der zu Fuß aus dem Krieg in Virginia heimwandert und es nicht erwarten kann, Falls wiederzusehn. Vielleicht noch gespannter als ich heute abend, wohlbehalten zurück von meiner blutigen Hochzeitsschlacht?

Captain hat auf seine Taschenuhr gesehn. »Gleich wirst du begrüßt, wie sich's gehört, meine Lucille. Ich hab vorhin beim alten Hedgepath absichtlich getrödelt, weil genau *das* eintreten sollte.« Und dann hat er – pathetisch wie ein Nachwuchs-Gott in der Ausbildung – gelächelt und mit dem Finger auf den Hügel gezeigt – *jetzt*.

Und tatsächlich, genau in dem Moment haben die Glocken unserer Kirchen ein babylonisches Gedröhn angestimmt. Mir hat fast der Atem gestockt. Klänge aus allen Ecken von Falls haben sich entfaltet, sich in der Luft überlappt wie die Blütenblätter einer Metall-Artischoke. Je nach Bekenntnis haben die Glocken langsam oder schnell geläutet. (Erst Jahre später ist mir klargeworden, wie sehr meine Meinung über jede von den Religionen dadurch bestimmt worden war, in welcher Reihenfolge ihre Glocke die Stunde geschlagen hat, und in welchem Ton. Auch heute kann mir niemand einreden, daß das nicht auch von der Theologie und nicht bloß vom Eifer oder von der Saumseligkeit des jeweiligen Küsters abhängt.) Obwohl das lauter christliche Gemeinden waren, haben sie sich nie einigen können. Nicht mal auf die Uhrzeit – geschweige denn darauf, wie viele Engel gleichzeitig auf einer Stecknadelspitze tanzen können.

Die Ersten Baptisten waren immer früher dran als alle andern, vielleicht deshalb, um wirklich die Ersten zu bleiben. (Damals sind die meisten guten amerikanischen Glocken in der Gegend von Philadelphia gegossen worden und haben ein hübsches Sümmchen gekostet. Manche von den ältesten Exemplaren in Falls waren im Krieg für Kanonenkugeln eingeschmolzen worden. Es hat zwar Sonderangebote gegeben, bei einem Glockenmakler in Birmingham, aber, wie mein Opa Angus McCloud meinte, man kriegt immer das, wofür man bezahlt.) Die Glocken von den Baptisten wollten einen nicht in falscher Fröhlichkeit wiegen. Bei ihnen war scheint's Roheisen und Messing in die Bronze gemischt. Rauhe Töne haben gemahnt: Die Zukunft ist unvorhersehbar, die Hölle ist wirklich, die Zeit verfliegt wie ein Glockenton, drum mach deinen Frieden mit Gott, spute dich, Teufelsbrut. (Kein Baptisten-Turm hat sich jemals herabgelassen, die erste und dritte Viertelstunde zu schlagen. Fundamentalisten interessieren sich nur für die tiefste und höchste Stellung des Zeigers – Himmel oder Hölle.)

Die edelste Glocke in der Stadt war die von den reichen Episkopalen. Ein Prachtstück so groß wie zwei Schubkarren, aneinandergelegt wie die berühmten betenden Hände. Die Bronze so rein wie bei einer Statue im Museum, der Ton weich und süffig, alt wie Europa. Sie hatte einen wunderbar versöhnlichen Nachhall, wie ein scheidender Senator, der alle scharfen Worte zurücknimmt. Manchmal (speziell am Montag) hat sie überhaupt nicht geläutet. Der Küster hat – wie alle Gemeindemitglieder der Allerheiligen-Episkopalkirche – getrunken und auch kein Hehl draus gemacht. Die Kirche war im Tudorstil erbaut, der Turm aus Ziegeln, der höchste in Falls. Die benachbarten Türme – der steifleinene der Lutheraner und der zugeknöpfte der Methodisten – waren aus Holz und weiß gestrichen. (Backstein wurde bei uns dem Holz vorgezogen, galt als edler.) Man hatte den Eindruck, daß die zwei weißen Kirchen ständig auf Zehenspitzen standen und die Hälse reckten – sie waren beide der Allerheiligen zugewandt. Die weißen Holztürme nicht weit von dem gemauerten kamen einem vor wie zwei Frauen im biederen Stoffmantel, die so tun, als *wollten* sie gar nicht den bodenlangen Pelz, nach dem sie ständig schielen.

Die Katholiken von Falls (alle neun Familien) haben sich heimlich wie die Freimaurer jede Woche in einem andern Haus getroffen. (Angeblich hatten sie eine lebensgroße Marienfigur aus purem Gold, die sie jeden Samstag im Schutz der Dunkelheit an den jeweiligen

Versammlungsort brachten. Niemand hatte die Statue je gesehn.) Die ortsansässigen Juden – wohlhabend, gebildet und, außer in ihren Läden, hochnäsig – sind fünfzehnmal im Jahr mit dem Buggy zu ihrem nichtsonntäglichen Sabbat nach Raleigh gefahren, hauptsächlich, damit ihre Kinder mit Kindern von Glaubensbrüdern zusammenkamen. (Ein verläßlicher nichtjüdischer Erster Kommis mußte den samstäglichen Kundenansturm auf das Bekleidungsgeschäft bewältigen und hinterher abschließen.) Unsere zwanzig Juden hatten eine seltsame Andachtsstätte. In Kleidern, die viel feiner waren wie alles, was es jemals in ihren Provinzläden zu kaufen gab, haben sie sich in einem gemauerten Pavillon im Garten des riesigen Anwesens der Eksteins versammelt. Dieser Pavillon hatte auf dem Dach einen schmiedeeisernen Stern mit einem extra Zacken. Um den Stern haben sich Kletterrosen gerankt, als wollten sie dieses Symbol wie ein ganz normales Spalier verkleiden. Keine Glocke hat auf die rosendrapierte Pavillon-Synagoge aufmerksam gemacht. Angeblich haben sie bei ihren Gottesdiensten über Romane und Gedichte diskutiert. Seltsam.

Und unsere Presbyterianer schließlich, die haben eine Glocke noch nicht mal in die Nähe ihrer Kirche gelassen. Solchen lächerlichen Schnickschnack haben sie für frivol gehalten. Und auch das, mein Junge, war wohl ziemlich passend und vorherbestimmt.

(Keine schwarze Kirche hatte Glocken, die größer gewesen wären als eine Handglocke in der Schule. Schwarze Kirchen haben sich ihren Turm *gesungen*.)

Also: Am Tag unserer Heimkehr, und aus einer Meile Entfernung, wie deutlich haben wir da jedes Geläut über die weiten Felder klingen, die Luft durchpflügen hören! Und wie genau haben wir jeden Turm an der Stimme erkannt und gewußt, was er über die Tageszeit hinaus zu verkünden hatte. Der rote Abendhimmel hat den grünen Hügel vor uns blau erscheinen lassen. Die hingeduckte Anhöhe hat einen Schatten geworfen, der eine halbe Meile breit war. Und in diesen heimatlichen Schatten sind wir gradewegs auf der graden Straße gefahren, unser Buggy hat uns direkt nach Hause gebracht.

Es sollte nicht so bleiben. Nichts von alledem. Aber haben wir das an diesem lauen, blauen Juniabend im Jahre 1900 gewußt? Die beiden offenen Nullen waren aufgerissene Augen, die gierig nach was Großartigem Ausschau gehalten haben. Unsere Stadt sollte nicht bleiben. Auch der Hügel nicht. Und wir selber – erst recht nicht. *Ich* bin noch da. Zugegeben. Aber auch nicht mehr allzu lange. Mein Wort drauf. Man selber weiß das.

Ich verwende meine allerletzte Kraft auf das und auf dich.

Sogar die Kirchen an der Church Street, die ich erwähnt hab – auch die sind den Weg alles Irdischen gegangen. Unfair.

In Trumans letzten und Eisenhowers ersten Jahren, ungefähr um die Zeit haben die Kirchen in den Vororten mit ihren unbegrenzten Parkmöglichkeiten allmählich immer mehr Gläubige angezogen; große, nach Raumfahrt aussehende Gebäude waren das. Sogar die Baptisten haben sich eine Kirche gebaut, die aussieht wie die flatternde Kopfbedeckung einer Science-Fiction-Nonne. Frag mich nicht, warum. Die von den Ersten Baptisten in der Stadtmitte hat verschwinden müssen, um dem Kaufhaus Sears an der Church Street Platz zu machen mit seinem riesigen Parkplatz, der eh höchstens vor Weihnachten mal ganz voll ist.

Die Gotteshäuser, die jetzt noch verloren in der Stadt rumstehn, sind umgewandelt worden in a) das Einrichtungshaus »Zum Glokkenturm« (»Fensterrenovierung und Beratung in Fragen der Inneneinrichtung für Firmen und anspruchsvolle Individualisten«) und b) die »Buntglas-Disco«. (Mein tanzender Lieblingspfleger hier drin, Jerome, meint, da drin geht's oft allzu bunt zu.)

Christus hat die Geldwechsler aus den Tempeln vertrieben. Bei uns hat's die Tempel aus der Stadt getrieben, weil sie unsern Geldwechslerzentren näher sein wollten. Moderne Zeiten!

Von unsern großen Gotteshäusern in der Innenstadt wird nur noch die Allerheiligen als Kirche genutzt (dort haben noch die Traditionsbewußten das Sagen, die seit langer Zeit über Sitz und Einfluß im Stadtrat verfügen). Nur denen ihr Tudor-Turm, wo Papa die Furzgeräusche gemacht hat, steht unter Denkmalschutz, weil er schon so alt und aus Backstein ist und so. Die Glocke wird jetzt bloß noch am Sonntag geläutet, und auch nur für den Spätgottesdienst (heidnische Langschläfer in der Nachbarschaft hatten sich an dem Krach um acht Uhr früh gestört und ihm ein Ende gesetzt, ungefähr zu der Zeit, wo der arme John Kennedy erschossen worden ist). Nicht mal die Episkopalen können sich's noch leisten, einen Glöckner zu beschäftigen, der rund um die Uhr alle Viertelstunden läutet. Machst du Witze? Bei *den* Gewerkschaften und was weiß ich? Nichts ist mehr so, wie's mal war. Früher, da konnte sich ein Blinder alle Viertelstunden umsonst sagen lassen, wie spät's in Falls war!

Aber noch ist nicht alles weg, gottlob – es ist immer noch der Abend unserer Rückkehr. 1900. Hier ist die Kirche, hier sind die Bräute, schließ ich die Augen, hör ich Geläute.

5

Um mich Castalia Marsden zu stellen. Bin ich aufgestanden. Irgendwann mußte es sein. Der Fußboden war kalt unter den nackten Füßen. Ich hab das gebraucht. Ich bin vorm Spiegel gestanden und hab ausgesehn – ist sogar mir aufgefallen – wie ein verschlafenes Kind: fast nur Knochen. Ich wollte einfach, daß Castalia (jetzt hat sie zwei Küchenstühle auf dem Küchenboden hin und her geschoben) mich mochte. Ist das zuviel verlangt? Das, mein Junge, war leider Gottes immer das Kreuz, das ich hab tragen müssen. Manche Leute *merken* noch nicht mal, wer sie mag und wer sie alles mit Blicken töten möchte. Aber ich? Wenn irgendein zugereister Yankee-Verkäufer im Einkaufszentrum pampig zu mir wird, mach ich mir wochenlang Gedanken.

Ich hab mir denken können, daß Castalias Leben nicht das reine Honiglecken gewesen war. Der Abend zuvor ist mir noch nachgegangen, wie sie da im dämmrigen Flur gestanden hatte, die Arme über dem ausladenden Busen verschränkt, in mürrischer Dienstbeflissenheit. Sie hatte geknurrt wie ein verwöhntes altes Haustier, wenn ein neues Hündchen wuschelig-verspielt ins Haus gesprungen kommt und dann wie angewurzelt stehnbleibt.

Ich hab mir mein schlichtestes blaues Kleid angezogen (»immer um zwei Stufen untertreiben« war der letzte Rat bezüglich Mode und Moral, den meine Mama ihrer einzigen Tochter in die Ehe mitgegeben hatte – über Biologie kein Sterbenswörtchen). Ich hab meine neue silberne Haarbürste mit dem verschnörkelten »M« auf dem Rücken benutzt. In meinem Toilettenzimmer hab ich, um mir Mut zu machen, an den nach Veilchen duftenden winzigen Seifenstückchen aus dem Horror-Hochzeits-Hotel in Atlanta gerochen. Hab sechs Prismen an meinem Fenster aufgehängt. Ich hab mein Spiegelgesicht aufgesetzt: Jetzt streng dich gefälligst an, wie eine verheiratete Dame auszusehn, du, verstanden? Ich hab meine Zöpfe aufgesteckt und bin todesmutig runtergegangen. Dabei hab ich soviel Krach gemacht wie möglich, ich wollte Castalia ja nicht erschrecken, wollte gut Wetter machen. Gesummt hab ich sogar, mir aber dann gedacht, ich könnte das Weib damit aufbringen.

»Morgen?« ruf ich zaghaft in mehrere Flure, ich weiß ja nicht, welcher davon in die Küche führt. Dann seh ich das Schachbrettmuster von einem Linoleumboden und geh auf Zehenspitzen drauf zu.

Sie hatte's scheinbar drauf abgesehn, mir schon allein durch ihre

Haltung einen heiligen Schreck einzujagen. Sie hat sich an die Vorderseite von dem zehnplattigen Herd gelehnt, die Arme schon wieder auf dem mächtigen Busen, die geschürzten Lippen prall wie reinster Hartgummi. Ein goldner Tanz-Slipper hat den Takt geschlagen, ein Tappen regelmäßig wie Uhrticken, nervtötend. Ich hab so krampfhaft gelächelt, daß ich fast Halsweh davon gekriegt hab. »Hallo«, mehr hab ich nicht rausgebracht.

Miss Castalias Kleider waren noch bunt genug, aber wenigstens dezenter als die Indianerdecke von einem Josephsgewand am Abend vorher. Mir ist jetzt klargeworden, daß sie sich extra für Captains Rückkehr rausgeputzt hatte. Das hat mich bedrückt. Wegen ihr, ihm und, ja, mir. Traurig aber wahr: Castalia hat Cap so sehr gemocht, daß sie ihm sogar geholfen hat, die Ankunft meiner unerwünschten Wenigkeit zu feiern. Ihr Gesicht hat jetzt so ausgesehn, wie weißglühende Drähte riechen.

»Hallo«, sagt die Kindbraut nochmal. »Captain ist schon weg, nehm ich an?« (Das *wußte* ich doch. Also warum danach fragen? Könntest du dich nicht auch manchmal in den Hintern beißen? Wieso können wir nicht einfach den Rand halten? Wieso kann *ich*'s nicht?)

Keine Antwort.

Hinter ihr, über dem Herdrand aufgereiht und an der ganzen Wand dahinter, Dutzende von Kardinalsvögeln aus Keramik und Papier – Figürchen, ausgeschnittene Kalenderbilder und dergleichen.

Endlich hat Castalia was gesagt, mit einer Stimme wie dunkler Pelz. »Schläfst immer so lang?«

Mein Lächeln wurde auf ein Grinsen herabgesetzt. Ich hab auf die große Seth Thomas im Flur gezeigt. »Aber, Miss Castalia, es ist sechs Uhr sechsundvierzig.«

Pause.

»Schläfst immer so lang?«

Castalia taxiert, wie das bei mir angekommen ist. Dann wirbelt sie mit der ungeahnten Behendigkeit eines wirklich sensiblen dicken Menschen herum. Sie batzt einen ziegelgroßen Klumpen Butter in die heiße Pfanne. »Auf einer Seite gebraten? Auf beiden? Knusprig? Was? Schnell! Manche von unsereins kann sich nich den lieben Tag lang aalen. Manche von unsereins hat Arbeit.«

Ich steh immer noch da, trau mich ein bißchen näher an sie ran. Rede an ihren Rücken hin. Der ist wulstig, an den Rändern kraus wie ein Kalbsschnitzel, das zu lange in der heißen Pfanne war. Später hab ich mir meine Tollkühnheit am ersten Tag damit erklärt, daß ich noch wund war und verschlafen. »Madam? Madam, wir kennen uns doch noch gar nicht. Bitte, ich möchte, daß wir Freundinnen sind . . . Oder wenigstens nicht so arg ruppig anfangen. Ehrlich. Nehmen Sie mir's nicht übel, daß ich so offen rede, aber ich möchte wetten, wir werden uns schon bald dran gewöhnen, daß wir hier beide unter einem Dach leben. Auf *die* Art machen wir uns bloß gegenseitig das Leben schwer. Und das wär jammerschade. Also fangen wir friedlich an, ja? Ich kann so viel von Ihnen lernen. Ich hab Ihnen doch nichts getan, und Sie mir auch nicht. Also ›Frieden‹, einverstanden?« (Vielleicht hab ich's mit ein paar Worten weniger gesagt, aber ungefähr kommt's schon hin so.)

Von hinten gesehn, machen ihre Schürzenbänder zwei »X«, wie ein doppeltes »Nein«. »Also *das* will sie? Und am ersten Morgen gleich? Na ja, Träumen kost nix, Mädchen. Aber ich wünsch mir schon immer auch alles mögliche. Hab, sagen wir, ein Engel sein wolln aus Licht, mit Flügel von Schnee und Kolibrifedern als Wuschelhaar untern Armen vielleicht, warum nich? Is aber immer dasselbe, Cassie wünscht was in die eine Hand und spuckt in die andre. Und komisch, is immer dieselbe, die schneller voll wird. Also was will die spindeldürre Braut sonst noch? Wie willst deine Eier? Dalli, dalli! Manche von unsereins muß täglich Brot verdienen.«

Meine Mutter hat anderer Leute Dienstboten oft als »unverschämt« bezeichnet. Ich hab mir immer gedacht, falls mir mal bei wem eine solche Unart begegnet, werd ich sie auch erkennen. In diesem Moment, mein Junge, war mir so, als hätt ich sie erkannt.

Ich hab mich still an den Tisch gesetzt und gesagt: »Vielleicht nur auf einer Seite gebraten, also ›mit der Sonnenseite nach oben‹? Wär doch ein guter Anfang für einen so schönen Junimorgen, nein?« Ich hab genauso geredet wie meine Mama an einem ihrer seltenen, unausstehlichen »guten Tage«, aber das war mir in dem Moment egal. Was Besseres als falsche Fröhlichkeit bring ich bis heute nicht auf, wenn ich vor sieben Uhr früh mit wem reden muß.

Das Brutzeln der Butter auf der anderen Seite dieser Person hat sich angehört wie verächtliches Schnorcheln in ihrer Nase. »Sonnenseite? Soll das nur so eine Bemerkung sein von unser Bohnenstange, oder meint sie, daß sie ihre Eier so will? Also was?«

»Ist mir gleich, Madam. Wie's Ihnen lieber ist.«

Ohne sich umzudrehn, hat Cas mich wissen lassen, sie könnte mir so gut wie alles machen, was ich haben wollte. Zum Beispiel im Handumdrehn ein Omelett mit zehn Zutaten – frischen Dill aus dem

Garten inklusive –, *ihr* tät das überhaupt nichts ausmachen. »Weißt«, sagt sie zu der Kardinalsgalerie über dem Herd. »Weißt« – schiebt ein riesiges Scheit ins Feuerloch, so mühelos, als wär's ein Kienspan. »Weißt, kann schon sein, *eine* von uns zwei kriegt leicht, was sie will. Wär's erste Mal, wenn *ich* die wär. Aber dein Pech, du hast Kommandiern nich gelernt. Zeit, du fängst an damit. Du bist Chefin hier. Kommandiern ist was, wo Castalia dir nicht helfen kann. Hat keine Übung. Weiße Leute, in dem Fach, entweder sie haben den Dreh raus oder nich. Du? Nich!«

Sie hat Pfeffer gemahlen und scharf wie Peitschenhiebe fünfmal hintereinander geniest. Weil sie ein Taschentuch gebraucht hat, ist sie zu ihrem Eckschrank geschlurft. Anscheinend hat sie da ihre Jacke aufgehängt und ihre persönlichen Sachen verwahrt. Das hab ich daraus geschlossen, wie sie sich bemüht hat, mich nicht sehn zu lassen, was drin war. Hat ihren breiten Rücken als natürlichen Schutzschild benutzt. Ich hab nicht mal hingesehn, während sie da gestanden und sich in mehrere Putzlappen geschnaubt hat. Hab nur mucksmäuschenstill dagesessen.

Wie ich da so in der sauberen, sonnigen Küche von einem fremden Mann gesessen hab und eine noch fremdere Frau mir was zu essen gemacht hat, hat sich ein weißglühender Nadelstich durch die linke untere Hälfte von meinem Magen gefressen. – So, hab ich mir gedacht, fängt's an, wenn ein junger Mensch Magengeschwüre kriegt.

6

Das Niggerviertel. Was hab ich schon davon gewußt? Der schwarze Ausläufer von unserer Stadt auf dem Hügel bestand aus einem Ring geduckter ungestrichener Kisten. Ach ja, hab ich – am Abend der Heimkehr von unserer Luxus-Hochzeitsreise – gedacht, als wir näherkamen, das hab ich ja in den zehn Tagen in der Fremde ganz vergessen: das Niggerviertel.

Die Hütten haben ausgesehn wie von einem Erdrutsch hier runtergeschoben. Oder als ob sich die feudalen Villen oben an der Summit an den Abhang gehockt und sich erleichtert hätten. Die Abfallhaufen, die den Hang runtergerutscht und unten gelandet waren: da drin haben die Farbigen hausen müssen.

Seltsam, daß man durch diese ärmste Gegend durch mußte, wenn man zum Gerichtsplatz und in unser feudales Geschäftsviertel rauf wollte. Bei Nacht brauchte ein Ortsunkundiger nicht Notiz von Klein-Afrika nehmen, wegen den fehlenden Straßenlaternen (kein Zufall, sondern eine wohlbedachte Entscheidung der Stadtväter).

Damit der Schandfleck bei Tag nicht so auffiel, wurde alljährlich eine Reihe hoher Bäume gepflanzt, angeblich als Windbrecher. Die Damen vom Gärtnerinnenverein haben gehofft, auf die Weise das Farbigenviertel vor Falls' Gästen verbergen zu können, aber wenn der Februar kam, der Monat, in dem es hierzulande am kältesten wird, sind die teuren Bäume regelmäßig in die Öfen von Klein-Afrika gewandert. (Neben den Kohlevorräten in der Badewanne wurde das gerne als Beispiel für die Faulheit und Kurzsichtigkeit der Schwarzen angeführt.) Aber sogar ich hab mir schon als kleines Mädchen gedacht: Die Leute von Klein-Afrika wollten aus Klein-Afrika *hinausschaun* können. Die schnell wachsenden Pappeln hätten das verhindert.

Unser Wagen passierte jetzt das Ortsschild. Ich hab meinen anderthalbkarätigen Brillanten so gedreht, daß man ihn sehn konnte. Nervöse Angewohnheit, daß ich ständig dran rumgefingert hab. Das gute Stück hatte seiner Mutter gehört. Hatte den Brand überstanden. Ich hab mir vorgestellt, jemand sieht mich und bemerkt: »Lucy war in Atlanta und ist öfters ins Konzert gegangen. Man sieht's ihr an. Aber sie bildet sich überhaupt nichts drauf ein, unsere Lucille.« Statt dessen bloß Dunkelheit, Stille, der Geruch von Brunnenwasser, zwei Stechmücken, die harmonisch an meinem Ohr summen.

Cap hat die müden Pferde mit Zungenschnalzern angetrieben, wie wir durch das Farbigenviertel gerumpelt sind – wollte's möglichst schnell hinter sich bringen. Aber mir kam's vor, wie wenn jetzt ganz Falls noch unwiderruflicher mein Zuhause wär. Jeder Zoll davon war von jetzt an wichtig. Wenn jemand heimkehrt, lernt ihm nur sein gieriger erster Blick, es wieder alles zu *sehn*.

Vor uns haben sich zehn schwarze Kinder im Gebüsch am Straßenrand versteckt. Wie sie unser Wägelchen hören, kichern sie. Ich beug mich auf knisterndem Zeitungspapier vor. Sie haben eine lange Schnur an ein Portemonnaie gebunden, und wie unser Buggy nähergetrappelt kommt, wirft einer von den Bengeln die Börse auf die Straße. Er wartet, bis wir auf gleicher Höhe sind, und zieht dann an der Schnur. Die Börse flappt den Pferden direkt vor die Hufe und wird in den Dreck getrampelt. Ich dreh mich um, wie die Kinder aus dem Versteck gerannt kommen und verdattert ihre ramponierte Geldbörse untersuchen. Am liebsten würde ich ihnen erklären: Nein, das müßt ihr bei einem machen, der zu Fuß vorbeikommt, ihr Dummerchen.

(Weiße Jungen haben diesen Streich oft Schwarzen gespielt, die alleine den Berg runtergingen, nach des Tages Arbeit als Hausgehilfinnen und Gärtner der begüterten Bürger von Falls. Die weißen Jungen haben drauf gehofft, ein Erwachsener würde die Geldbörse sehn, stehnbleiben, sich unauffällig umsehn und sich nach dem Ding bücken, das dann wie ein liebestoller Frosch davonhüpft. Und sie haben gehofft, das Opfer wird schreiend den Berg runterlaufen, die Arme in abergläubischem Schreck hochgerissen. Aber aus welchem Grund? Warum? Inzwischen fiel keiner mehr auf den Schabernack rein. Hatte sich rumgesprochen. Die Schwarzen sind einfach über die nachgemachten Brillant-Armbänder und Damenhandtaschen weggestiegen, die dutzendweise am Straßenrand lagen und verräterisch zuckten.)

Die Kinder, die da hinter uns die Köpfe zusammengesteckt und ihr zertrampeltes Portemonnaie gerieben haben – um die hab ich mir richtig Sorgen gemacht. Sie mußten noch so viel lernen. Ich hab mich vor ihnen und für sie geschämt und meinen angeberischen Verlobungsring wieder umgedreht.

Juni war Stechmückenzeit, und die Einwohner von Klein-Afrika haben Lumpen verbrannt, um die Quälgeister von ihren Häusern fernzuhalten, die keine Fliegengitter hatten. Der Rauch hat die dreihundert Elendshütten mit ihren verrosteten Blechdächern abgeschirmt. Auf einer Veranda hat sich eine Oma die Pfeife angezündet, und die Flamme hat für einen Moment ein kleines Meer von dunklen Köpfen und Schultern beleuchtet. Die Leute haben sich von Veranda zu Veranda miteinander unterhalten, wie Besitzer nebeneinander dümpelnder Sampans.

Ihre Unterhaltung hatte einen erwartungsvollen Grundton. Ihre Stimmen klangen, als ahnten sie, daß demnächst was ganz Schönes oder was ganz Schreckliches passieren würde. (Nach dem Paar, das von der Hochzeitsreise zurückkam, hat sich kein Hals gereckt. Und ich geb zu, daß ich – fünfzehn und entsprechend eitel – ein ganz klein bißchen enttäuscht war.)

Was haben die Leute erwartet? Einen nicht vorhergesagten Wirbelsturm, eine vorzeitige Hitzewelle? *Irgend* etwas schien längst fällig zu sein, überfällig. Ich hab's an dem Abend an der Unruhe in den Stimmen der Menschen gehört. Wir oben auf dem Hügel haben hauptsächlich in Konsonanten gesprochen, haben aus lauter f und t

Zäune und Hecken gebaut. Aus dem Gemurmel der Schwarzen auf den Veranden hat man mehr das Honigmark von a, e, i, o und u rausgehört. Die hoffnungsvollen Klänge der Vokale aus dem Dunkeln ergaben eine eigenartige Musik.

Wir sind zu schnell durch diese Zone gefahren. Ich hab die mit Rosen bestickte Reisetasche an mich gedrückt wie einen Schoßhund oder ein Baby oder ein Hundebaby. Den Tomaten ist das nicht gut bekommen, und ich hab nachsehn müssen, ob schon Blut aus der braunen Tüte sickert. Die unbeleuchteten Hütten sind an uns vorübergezogen. In der Brust und in der Kehle hat sich eine neue, nervöse Art von Aufmerksamkeit bemerkbar gemacht. Die Strapazen meiner Flitterwochen haben mich diese notdürftigen Unterkünfte mit neuen Augen sehn lassen. Sie haben jetzt was Neues für mich bedeutet. Aber ich hab noch nicht gewußt, was.

7

Castalias Dill-Omelett, hübsch mit Petersilie garniert, entpuppte sich als vollkommen. Aber obwohl das Gericht von genialer Hand zubereitet war, hat alles bis auf den allerersten Bissen wie Asche mit Katzenhaaren geschmeckt. Castalia hat mir beim Essen zugesehn. Sie hat sich an ihre gußeiserne Lokomotive von Küchenherd gelehnt, über dem die Kardinalsvögel aufgereiht waren. So hat sie mit verschränkten Armen dagestanden, und die ganze Gestalt kam mir vor wie an den Herd genietet, wie ein gigantischer Cowcatcher, der sich jeden Moment über den Schachbrettboden schieben und mich plattdrücken konnte.

Ich hab gekaut. Und gekaut. Sie hatte vier Eier für das Omelett genommen. Aus purer Bosheit. Ich hab mich nicht getraut, auch nur ein Krümelchen übrigzulassen. Sie hat auf meinen Teller gewartet, wollte ihn abwaschen, und hat die ganze Zeit zu mir hergestarrt. Dann hat sie sich die Fingernägel gesäubert, mit einem riesigen Schlachtermesser, das grade zur Hand war. Als ich fertig war, nach einer halben Stunde, hat Castalia nicht gefragt, wie mir's geschmeckt hat, sondern es mir gesagt: »Omelett perfekt, stimmt's? Sag's.«

Ich hab genickt. Was denn sonst. »Perfekt.« Mein Kompliment hat ihr auf eine grimmige Art behagt. Dann kam das Schlimmste. Sie hat gelächelt. Das war bis dahin mit Abstand das Unheimlichste.

Draußen ist mit Geklirr der Milchmann vorbeigefahrn. Ich hab mir gewünscht, ich wär der Milchmann oder sein Pferd oder wenigstens weiße Milch in einer sauberen Flasche.

Was ihr Lächeln so giftig machte, war: Schönheit! Vier unverhoffte Quadratzoll davon waren erhalten geblieben. Zwei Zoll haben, witzig und sanft, die Winkel von ihrem großzügigen Mund umrahmt, zwei ihre überwölbten, lebhaften Augen von unten erhellt. Sicher, nur ein so kleiner Teil der Fläche hatte's geschafft, schön zu bleiben. Aber dieser Bruchteil konnte einen aus der Fassung bringen. Ihre Häßlichkeit, da dran konnte man sich gewöhnen. Ich war schon dabei. Aber dieser Wechsel zu was anderm hat meine ersten Fortschritte zunichte gemacht.

Allmählich hat mir gedämmert: Castalias Häßlichkeit ist Stein für Stein aufgebaut worden. Sie hat sich dafür *entschieden*, so auszusehn! Aber Andeutungen davon, wie sie früher mal gewesen war, haben immer wieder mal über die selbstgebaute Mauer der Häßlichkeit gelugt. War's möglich, daß jemand von diesem Umfang, jemand, der so verbittert war, einmal mit der Vorgabe der Schönheit angetreten war? Wenn ja, wo war das alles geblieben? Wer hatte davon gezehrt? Was hat an ihr genagt? War das schuld daran, daß sie so viel gegessen hat? An dem zentnerschweren Koloß waren ganze vier Quadratzoll unversehrt geblieben. Aber die sprachen Bände, sogar für ein Kind wie mich.

Mit den Resten ihrer einstigen Schönheit vor Augen, hab ich begriffen: Lucy, was du hier mitkriegst, ist nur das Ende einer langen Geschichte. Die war mal richtig kompliziert, ein Ausstattungsstück so groß wie die Große Oper, das Lebenselixier deiner ledigen Tanten. Und du, Lucy, hast grade noch kurz vor dem Schluß des fünften Aktes einen Stehplatz ergattert.

Aber weißt du was, mein Junge? Ich wollte unbedingt *alles* wissen. Wirklich. Ich wollte eingeweiht werden, in jede Einzelheit, wie Miss Cassie Marsden im Schiff aus Groß-Afrika gekommen war, um hier zu tun, was man als junge Leibsklavin damals zu tun hatte, wieso sie unten in Klein-Afrika gelandet und wie sie dazu gekommen war, dieses perfekte Omelett für jemand zu machen, der von all dem keine Ahnung hatte und so unwürdig und verschreckt war wie ich.

Hinter der bewußt aufgebauten und aufgeblasenen Fassade, die mich beim Kauen anstarrte, wartete was? Wartete wer? Ich hatte das Gefühl, es würde mir eines Tages vielleicht doch gelingen, dieses Andere gegen sein Sträuben an unser Licht zu zerren – diese ursprüngliche Schönheit, strampelnd, nackt, afrikanisch, unversehrt. Auf daß sie von da an geborgen und glücklich in meiner Nähe in einem weißen Haus lebe.

Mochte ich im Augenblick auch Asche und Katzenhaare essen, mochte ich hilflos scheinen so früh am Morgen, ich hab doch die Zähne zusammengebissen und mir gesagt: Eines Tages werd ich's wissen.

Das ist alles. So hat's angefangen.

8

Sag mal, bist du nach der Heimkehr von den Wonnen der Flitterwochen wirklich bereit, dich in unser Geschäftsviertel zu stürzen? Fühlst du dich stark genug, Falls' Gegenstück vom Parthenon und der »Ladies' Mile« in New York in Augenschein zu nehmen? Wirst du die Aufregung aushalten? Ich eigentlich nicht. Wir müssen erst an der unappetitlichen Seite des Gerichtsplatzes vorbei: Robinsons Billardsaal für Herren. Der Mann am Klavier spielt einen der neuen Rags. (Meine Tanten, die Klavierlehrerinnen, haben sich Ragtime-Noten beschafft. Fortschrittlich, tolerant, unverheiratet, wie sie waren, haben sie beschlossen, die »skurrile Architektur« besagter Rags zu loben. Was im Ort einen kleinen Entrüstungssturm unter den Kulturbeflissenen ausgelöst hat.)

Hier sehn wir das riesige vergoldete Hufeisen über Marsdens Pferdeverleih, Mietstallung und Viehhandlung. Das da ist der Stadtplatz (dreißig Straßenlaternen für die Kunden aller Rassen, die harte Dollars in der Tasche haben). An der neuesten Attraktion, einem Trinkbrunnen, hat sich nur eine kleine Schlange Neugieriger vom Lande gebildet. Sicher fällt dir das Denkmal in der Platzmitte auf: »Zu Ehren unserer Gefallenen.« (Eine Sparmaßnahme: Vier Worte auf einem einzigen Marmordenkmal, die für alle vergangenen und zukünftigen Kriege passen, die wir vielleicht überleben.) Jetzt schau mal den Hang links von dir runter, zu dem einzigen rosa getünchten Gebäude von Falls, das nicht in Klein-Afrika steht: Lollys Palais de Beauté Féminine de Falls. (Lolly war in den Prinz von Wales verknallt und hatte mit ihm korrespondiert. Ich muß dir irgendwann mal mehr von der köstlichen, garstigen Lolly erzählen.) Da ist Harbisons Bäkkerei – täglich frische Backwaren (und einen Tag oder eine Woche alte Doughnuts zum Sonderpreis).

Nebenan, in dem Schaufenster mit der drapierten Schneiderpuppe:

CHINESISCHER SCHNEIDER
FÜR HERREN UND IHRE REIZENDEN DAMEN (alle willkommen)
Wong »Reiskorn« oder »Laufender Meter« Chow – Inh.

Hinten brennt eine Petroleumlampe. Hörst du das emsige Rattern der Singer mit Tretantrieb? Damit hätt er sich inzwischen bestimmt auch heim nach China gestrampelt. Das wünscht er sich so! Gebückt sitzt er über seiner Maschine, ein Gnom von einem Männchen mit kreisrunden Brillengläsern, das schwarze Haar mit einem ergrauten Streifen in der Mitte, ein Mensch von so zartem Gemüt, daß es scheint, als hätt er hauptberuflich Angst.

»Reiskorn« kann Kleidung jeder Art nähen, die tadellos sitzt, für jeden. Er hat die Uniform geschneidert, die Cap als Erwachsener getragen hat. In den Ballkleidern, die er den titanischen Mercer-Zwillingen genäht hatte, sahen die aus wie zwei Statuen. Ein Wunder! Reine Kunst! Aber Wong Chow arbeitet genauso hart daran, unsern oft recht wetterwendischen Erwartungen gerecht zu werden. Vor fünfzehn Jahren ist Wong neun Stationen zu früh aus dem Zug gestiegen. Er hatte schon seinen Laden da drüben gemietet und erst dann gemerkt, daß Falls nicht Raleigh war. (Für ihn klangen die beiden Ortsnamen gleich.) Die Hiesigen haben gewitzelt, seine Reise wär ein bißchen zu kurz geraten – genau wie er. Sie haben ihm mit bodenständigen Spitznamen geschmeichelt, die den schüchternen Ausländer »menschlicher« machen sollten. Aus Angst, sich unbeliebt zu machen, hat Wong sich diese Kosenamen gefallen lassen. »Laufender Meter« haben sie ihn genannt – ob er wirklich wußte, was das war? Wenn ihn irgendwelche Bauerntölpel beleidigt haben, hat er trotzdem gelächelt. Weil er seine gesamte Barschaft für die Mietvorauszahlung (nicht rückzahlbar) hergegeben hatte, ist er vierzig Jahre an Ort und Stelle geblieben. Das tun auch viele andere, oft aus weniger guten Gründen. Die Chinesen haben das Feuerwerk erfunden, und böse Buben haben Wong so manchen Grund zum Heimweh gegeben. Immer wieder mal sind Chinakracher im Kamin seiner Werkstattwohnung explodiert. Lautes Gelächter. »Macht almen Leiskoln angst«, lächelte Reiskorn, am ganzen Leib zitternd. Die Jungen haben gegrinst: »Das ist ja der Sinn der Sache.«

Reiskorns Preise sind so zivil, daß es ihm eigentlich mal wer sagen müßte, aber bis jetzt hat das noch keiner getan. Seine Geschichte ist eine beliebte Erfolgsstory in Falls. Wenn davon die Rede ist, daß wir im Land der unbegrenzten Möglichkeiten leben, fällt allen Reiskorn als bestes Beispiel ein. Er schleicht heran, dem Erdboden nah wie ein oft geprügeltes Hündchen. Er kommt rüber, wachsam und argwöhnisch, und strahlt dabei übers ganze Gesicht. Er zeigt dauernd auf seine Brille, als ob die Schaden von ihm abwenden könnte. Schwer, ihn zu verstehn, wegen seinen Zähnen, seinem Lächeln, seinem Akzent. Der laufende Meter sagt: »Wie geht's, gut Fleund von Leiskoln? Ich noch dein Fleund, hm? Hm?« Fremdling in einem noch fremderen Land, ist Wong mal bei den Baptisten aufgekreuzt und hat versucht, bei den Kirchenliedern mitzusingen, hat's aber nicht richtig gekonnt und bloß erreicht, daß die Gemeindemitglieder höchst befremdet waren. Dasselbe, wie er versucht hat, im Café vom Teller zu essen, und bei seinen kurzfristigen Bemühungen, eine nichtchinesische Freundin zu finden (Lolly mit dem Pferdegesicht, aus dem Palais de Beauté). Böse Blicke und eisiges Schweigen haben Reiskorns gesellschaftliche Entfaltung immer gleich im Keim erstickt.

Als ich noch ein ganz kleines Mädchen war, hab ich Wong zufällig mal in der Gasse hinter seiner kleinen Werkstatt sitzen sehn. Mr. Chow hat auf der Hintertreppe gehockt und aus einer Schale Nudeln gegessen, hat sie sich mit zwei Stäbchen in den Mund gefädelt. Wie eine einzige weiße Kordel haben sich die Nudeln bewegt und sind durchs Mundknopfloch des Schneiders reingeschlüpft. Er saß da, unbeobachtet, spitznamenlos, nichtlächelnd, Brille ab, blinzelnd zusammengekauert, und hat auf eine Gänseblümchenwiese rausgestarrt, Meadows' Kuhweide, wo sich heute die US 64 und die Interstate 95 kreuzen. Er war ganz allein, sein Gesicht ganz leer und ausdruckslos. Stell dir vor, du lebst dreißig Jahre und länger von deiner Familie getrennt und, was vielleicht noch schlimmer ist, vor deiner eigenen Sprache versteckt. Ich hab gespürt, daß seine Tagträume so weit gereicht haben wie eine Zoll für Zoll von Hand bestickte chinesische Bildrolle, in der die Welt von hier bis zu seinem Geburtsort als Geschenk verpackt war. Er hat mich nicht gesehn. Ich bin heimgerannt, so erschrocken, als hätt ich wen nackt gesehn, nackt und verletzt. Das war unser Schneider.

Jetzt rattern wir an »Berts Werkstatt – Erlesene Kunstschmiedearbeiten. Bert . . . Inh.« vorbei. Die Mietpferde ziehn uns unter dem protzigen Bogen von Berts schmiedeeisernem Meisterwerk durch: einem riesigen Schild, das nach Maßgabe unseres zwölfköpfigen

Stadtrats gefertigt worden ist. Es überspannt zwei Fahrspuren und begrüßt jeden, der zum Einkaufen nach Falls kommt oder an unsern Trinkbrunnen will. Dieses herausragende Zeugnis von der Nietkunst der Schmiedewerkstatt wird später mal die erste Ansichtskarte von Falls zieren. Das Ding ist aus schwarzem Eisenfiligran, und die Worte sind vorm dunklen Abendhimmel kaum leserlich. Achte auf Berts feine Arbeit, die überkreuzten Streben vom Eiffelturm, altenglische Schrift, aus schwerem Eisenblech geschnitten. Mehrere Buchstaben sind jetzt fast verdeckt von bärtigen Spatzennestern, die unserm Bogen an diesem Abend etwas von einer tropischen Zirkusattraktion geben.

Und so lautet die eiserne Schrift:

SIE PASSIEREN SOEBEN DAS TOR ZUM
BROTKORB DES ERDNUSSGÜRTELS!
Falls bildet, Falls unterhält.
Vierzehn Geschäfte in christlichem Besitz
bieten feinste Waren feil.
Einkauf in Falls, Kultur in Falls.
Wer ein kluger Kopf ist,
Verläßt sich ganz auf Falls.
Herzlich willkommen in Falls!

Kinder, die nur Unsinn im Sinn haben, machen sich einen Spaß draus, die Inschrift zu verändern, aber möglichst witzig. Angesichts einer halben Tonne von Bolzen, Muttern und Nieten versucht man erst gar nicht, auch nur ein Komma zu entfernen, das bestimmt auch noch den Schlußpunkt des Jüngsten Gerichts überdauern wird. Statt dessen decken wir Kinder einzelne Buchstaben mit Pappe ab. Und geben damit den Wörtern einen andern – *unsern* – Sinn.

Beim besten Streich dieser Art, an den ich mich noch erinner, wurde die Zeile »Wer ein kluger Kopf ist, verläßt sich ganz auf Falls« teilweise abgedeckt. Danach hat sich's so gelesen: »Wer . . . klug . . . ist . . . verläßt . . . Falls.« Ich weiß nicht, ob Mr. Leonardo, nachdem er letzte Hand an seine Mona Lisa gelegt hatte, auf dem Marktplatz von Vinci (Italien) mehr Schulterklopfen eingeheimst hat als unsere jungen Halunken am Morgen danach.

Die Missetäter sind ein bißchen ausgeschimpft worden, aber erst nachdem der Bürgermeister zugegeben hatte, daß es »gar nicht so schlecht« war. Auf Betreiben des Sheriffs hat er dieses Beispiel für

Vandalismus übers Wochenende stehnlassen. Weiße Farmer und schwarze Pachtbauern sind in die Stadt geströmt und haben das gemacht, was um die Jahrhundertwende dem Knipsen von Polaroidbildern entsprochen hat: Sie haben geglotzt, den Kopf geschüttelt, dann noch eine Weile geglotzt.

Die Jungen waren gefeierte Helden bis zum Montag morgen. Die Geschäfte haben an dem Wochenende um fünfzehn Prozent mehr umgesetzt als sonst.

Wie dann der elektrische Strom eingeführt worden ist, stand natürlich gleich eins der ersten Projekte in der Innenstadt fest: Wir beleuchten Berts Schild mit vierhundertfünfzig Glühbirnen! Der fortschrittsgläubige Berufsschullehrer, der die Lampen verkabelt hatte, ist vor der großen Illumination auf das Gerüst gestiegen. Eine recht ansehnliche Zuschauermenge hat sich in der Abenddämmerung versammelt. Erwachsene haben mit offenem Mund dagestanden und gespannt auf das technische Wunder à la Edison und Ford gewartet. Oh, wie fest haben wir im Schlamm von damals an das silberne Jetzt von heute geglaubt!

Unser eisernes Monument war von den primitiven Drähten regelrecht überwuchert. Alle Stimmen sind verstummt. Der propere junge Handwerkslehrer hat stolz aus der luftigen Höhe runtergeschaut und seiner überglücklichen Braut zugewinkt, die auf eigene Kosten einen Photographen bestellt hatte. Der Lehrer gab das Zeichen, der Photograph nahm den Deckel vom Objektiv, und irgend jemand hat den Strom eingeschaltet. Unsere zukunftsgläubigen Bürger – keiner hat geahnt, wie schnell dieser Zukunft die Sicherung durchbrennen konnte – haben an dem Abend einen Vorgeschmack auf die gefährlichen Knalleffekte der neuen Zeit gekriegt. Und wir alle haben gelernt, daß Eisen ein sehr guter elektrischer Leiter ist. Der Lehrer kam dabei um – soll auf der Stelle tot gewesen sein. Die Photographie von einem geschmolzenen Blitzstrahl, der pilzförmig über die Stadt aufstieg, erwies sich als überbelichtet. Der Erste Weltkrieg stand unmittelbar bevor. Hätten wir dieses Photo von reinem Licht, reiner Entladung und Wut aufbewahrt, vielleicht hätt's uns gute Dienste geleistet: als Vorschau auf das bevorstehende Spektakel. Aber wer zieht jemals rechtzeitig die richtigen Lehren, mein Junge?

Das Schild hat die mißglückte Illumination überlebt. An den Windungen und am spröden Filigran des Metalls, an der Art, wie Bert das Ding mit einer Festonkante aus sechshundert gebrauchten Hufeisen gesäumt hatte, konnte man sehn, daß der Mann sein Leben mit dem

Beschlagen von Pferden zugebracht hatte, daß er jahrelang Heupressen repariert und in schlechten Zeiten simple Fußabstreifer für die Haustür geschmiedet hatte. Man sah, wie viele Nieten Bert in kaputte Gerätschaften getrieben hatte, die schon so altersschwach waren, daß jeder andere keinen Hammerschlag mehr drauf verschwendet hätte. Dieser Teufelskerl! Ein zärtlicher Riese. (Kaum imstande, Sätze mit mehr als drei Wörtern zu bilden, hatte er mit zehn Jahren mal einem Mädchen eine Valentinskarte aus Blechstreifen gemacht, die er aus Schmalzdosen geschnitten hatte.) Bert war mit einem Künstlerherz gesegnet, das in ihm schlug wie die rein bronzene Glocke der episkopalischen Allerheiligenkirche. Warum Bertram, ein Junggeselle, der bei seiner Mutter wohnte, bis er zweiundvierzig war, später dem jüngsten Harbinson-Jungen – nein, dem zweitjüngsten – das angetan hat, was er ihm angetan hat, wird keiner je erfahren.

Aber Berts eisernes Tor hat sogar die langen Jahre überlebt, die er im Gefängnis gesessen hat. Aus vier Bundesgefängnissen ist er ausgebrochen. Eisenstangen waren seine Kumpel, seine Freude, sein Steckenpferd. Sie haben nachgegeben, im Gegensatz zu dem jungen Harbison (einem hübschen Jungen, wie jeder zugab). Bei Bert hätte Houdini noch in die Lehre gehn können. War ihm ein Ausbruch geglückt, hat er sich ohne weiteres wieder einfangen lassen. Es war nur die Herausforderung. Er mußte einfach mit Metall arbeiten. Das Ausbrechen war bloß ein Vorwand. Wie dann in Gefängnissen bis rauf nach Kanada eine selbstgestrickte Ballade die Runde machte, »Die Legende vom schlüpfrigen Schmied«, und auf einmal Feilen in Kuchen sehr gefragt waren, sind die Behörden endlich auf den Trichter gekommen und haben Bert alleine in eine neue Zelle gesperrt, die ganz aus Beton war. Er ist nicht von dem einzigen Metallteil gewichen, dem eisernen Türschloß, hat's ständig gestreichelt. Aber das hatte nur drei auf drei Zoll und war aus einer Roheisenlegierung, unrein, und konnte einem Künstler nicht genügen. Wie er so vom Goldenen Zeitalter abgeschnitten war, hat sich Bert von der Feuchtigkeit des Zements auffressen lassen wie vom Rost des schlechten Gewissens. Die Sehnsucht nach dem großartig Metallischen hat den armen Bert rasch dahingerafft.

»Wer klug ist, verläßt Falls.« Daran hab ich denken müssen, frisch entjungfert, am ersten Abend zu Hause. Ob mir der arme Bert was zu sagen hatte?

9

Ich sag's, obwohl's nur allzu offensichtlich ist: Es kann die Frömmste nicht in Frieden leben, wenn es der schwarzen Köchin nicht gefällt.

Ich war grade noch rechtzeitig auf die Szene gestürmt, um mich über Miss Castalias Jahre der Marsden-Sklaverei zu grämen. Aber *ich* hatte sie nie besessen. Hatte sie nie gemietet. Hatte sie nie in meinem Haus gewollt. »Hi«, hatte ich gegrinst. Tja, mein Lieber, mein Charme hat sie nicht direkt umgeworfen. Deshalb hab ich mir vorgenommen, hinter die harten Tatsachen zu kommen, aber im stillen und wenn sich's grad ergab. Für den Anfang war's das klügste, den Gewitterwolken hübsch aus dem Weg zu gehn. Ich hab damals oft »Schätzchen« zu mir gesagt. »Lucy, Schätzchen? Jetzt läßt du dieser Castalia erst mal Zeit, sich an dich zu gewöhnen, ja, Schatz? Nur recht und billig. Sie hat nun mal die älteren Rechte. Nach und nach werdet ihr beide dann vielleicht Frieden schließen. Appomattox am Kaffeetisch. Einverstanden, Schätzchen? Einverstanden.«

Ich war fünfzehn. Fünfzehn bedeutet: Ungeduldig. Fünfzehn und einsam in einem großen Haus, das einen noch ungeduldiger macht.

Ich hab gedacht, die Begründung unserer großen Freundschaft würde, na ja, drei Wochen dauern, einen Monat vielleicht, wenn's hochkommt.

Von wegen.

Die Hochzeitsgeschenke waren noch im Salon meiner Eltern auf geliehenen Bankett-Tischen aufgereiht. Immer noch sind Leute gekommen, die sie sich ansehn wollten. In Captains Haus, zwei Straßen weiter, bin ich mir wie ein Sträfling vorgekommen, der sich an sein früheres Leben in Freiheit erinnert.

Ich war den ganzen Tag alleine eingesperrt, hab mich verraten und verkauft gefühlt. Meine Eltern haben mich höchstens am Freitagabend besucht, und auch das war jedesmal eine Staatsaktion, für die sie vorher die Einwilligung von meinem Angetrauten gebraucht haben. Der Captain hat mich keine Minute mit ihnen allein gelassen. Ich war jetzt schon zwei volle Wochen verheiratet. Meine alten Herrschaften haben hier in Captains Haus mit uns gegessen, und er hat von mir verlangt, ich soll ein Glöckchen läuten, damit Castalia kommt und unsere Suppenteller abräumt. Ich hab ein einziges Mal die Glocke benutzt und bin erschrocken, wie herrisch vier Zoll Silber klingen können. Und gleich kam sie reingerumpelt durch die Pendeltür, ist mit ihrem breiten Rücken so dagegen gekracht, daß meine Eltern beide zusammengefahren sind. Ich hab gegrinst, besorgt. Ich wollte Castalia meinen Suppenteller reichen und hab dabei die Glocke umgeschmissen und meine Serviette runterfallen lassen. »Hoppla«, hab ich gesagt. Captain und Papa haben sich über eine Kanalisations-Schuldverschreibung und ähnlich spannende Sachen unterhalten. Meine Mutter hat Castalia angestarrt, hat ihr nicht über den Weg getraut. Mama – als Kind hatte sie einen Unfall gehabt, an dem eine Schwarze beteiligt gewesen war – hat geschworen, »gutes Personal« wär nicht mehr zu kriegen heute, in der Nachkriegszeit. Und Castalia, die sich neben mir gebückt hat, um die Serviette aufzuheben, hat mir hitzig ins Ohr geflüstert: »Noch *einmal* rühr das Dingdong an, Kleine, und du erlebst was, kapiert?«

»Aha«, hab ich gesagt. Und gekichert.

Vorm nächsten Gang bin ich aufgestanden und in Richtung Küche marschiert. Cap wollte wissen, warum ich nicht einfach läute (er hatte mir's vorgemacht, bevor meine alten Herrschaften gekommen waren). »Ich finde, so ist es nicht so formell«, hab ich gesagt und gelacht. Mama hat gestöhnt.

Ich hab die Tür mit dem Bullauge drin aufgestoßen. »Castalia, wenn's recht ist, wir sind jetzt sow . . .« Am Herd, mit dem Rücken halb zu mir, hat sie was runtergeschlungen, was aussah wie drei Doughnuts auf einmal. Dabei hat sie sich zwei Kardinalsvögel aus Keramik vors Gesicht gehalten. Den Mund weiß vom Puderzucker, hatte sie den Vögeln wohl was zugeflüstert. »Oh«, hab ich gemacht. »Wir sind mit dem Fisch fertig.« Sie hat sich voll zu mir umgedreht, und jedes ihrer beiden Augen wollte mich an einer andern Stelle durchbohren. Fast hätt ich selber zu schielen angefangen.

Sie mußte erst noch eine tüchtige Portion Doughnuts runtermampfen, aber wie das geschafft war, hat sie ihre Baßstimme dröhnen lassen. Ihr Mund hat Puderzucker geprustet wie die pausbäckigen, Schnee blasenden Winter, die man auf alten Landkarten in der linken oberen Ecke sieht. Der Mund sagte: »Schon mal von Anklopfen gehört . . . Kuhstall groß geworden?« Dann hat er wieder gekaut und gekaut.

10

Ich wollte meinem Mann nicht die Ohren vollheulen wegen dem häuslichen Kleinkrieg, den eine gewisse Person gegen mich geführt hat. Hab Angst gehabt, Cap würde mich nicht mehr mögen. Angst, er würde mich weiter mögen, hatte ich sowieso.

Von meinem Fenster im ersten Stock aus hab ich gesehn, wie Mädchen in meinem Alter unbeschwert zu den Schaukeln im Schulhof geschlendert sind. Sie haben raufgesehn. Ich hab mich hinter dem neuen Lochstickerei-Store versteckt, mich geschämt, beneidet zu werden und einsam zu sein – beides.

Weil ich unbedingt einen festen Tagesplan haben wollte, hab ich mal drauf geachtet, was andere verheiratete Frauen am feudalen Ende der Summit Avenue so machen. Fürs erste hab ich sie einfach imitiert. Wenn man verzweifelt ist, neigt man ja dazu, im Gleichschritt zu gehn, in der Hoffnung, vorläufig nicht aufzufallen, während man sich insgeheim drauf einstellt, irgendwann aus der Reihe zu tanzen. (Ich hab inzwischen schon mit dem Durchbrennen geliebäugelt.) Die Frauen von jungen Anwälten und Geschäftsleuten an der Summit haben gern jeden Nachmittag von zwei bis vier Romane gelesen. (Das Lesen von Romanen *vor* dem Mittagessen galt als lasterhafte Beschäftigung, der man sich nur in dem Freudenhaus vier Meilen von Falls hingab, einem Etablissement, das den Namen »Miss Pettibones christliche Mädchen-Akademie pour les Arts Equestriennes« trug. Mehr davon später.) Wer war *ich* – so neu im Metier der verheirateten Frau –, über das tägliche Romanlesen die Nase zu rümpfen? Das war doch wenigstens ein Spiel, bei dem einen nicht halb Falls beobachten konnte, wie man in seinem besten Kleid auf einen harzigen Baum kraxelt.

Nach dem Mittagessen, wenn Cap wieder zur Arbeit abgedampft war (was war ich glücklich, wenn er gegen eins ins Haus gestürmt kam, mit allerlei Neuigkeiten über gute Geschäfte und dem neuesten Stallburschenwitz auf den Lippen), hab ich mich gleich im dunklen Salon verkrochen.

Ich hab mir das Buch vors sommersprossige Gesicht gehalten. Eine Zeitlang haben mich die Straßengeräusche noch abgelenkt: das rhythmische Rechen der beiden Thorps-Jungen – sie waren eineiige Zwillinge, haben sich als Gärtner verdingt. Ein Kind, das seinen Reifen über unsern Gehsteig getrieben hat. Aber schon bald sind diese Geräuschbänder abgefallen wie die Leinen von einem weichen, dunklen Heißluftballon, der in die Höhe, in die Freiheit steigt. Die Worte auf dem Papier hatten eben aufgehört, Worte zu sein, eben angefangen, über bloße Sprache hinaus in ihr eigenes, atmendes Leben vorzustoßen, da hab ich gesehn, wie die vielen Kristall-Baguettes von unserm Lüster ins Zittern gekommen sind. Nicht lange, und sie haben geklappert wie Backenzähne in der Antarktis. Und schon hab ich nur noch Papier in der Hand gehalten, mit draufgestempelten sinnlosen Zeichen. Hätte ägyptische Blindenschrift sein können. Alles perdu: der Sinn, der Spaß, mein ruhiges Plätzchen.

In den dämmrigen Salon kommt eine riesige Gestalt gerumpelt, mit dem Rücken zu mir. Die ausladende Person fängt an, den Boden aufzufegen, und im Nu sitz ich in einer Staubwolke. Besagte Person arbeitet sich bis auf sechs Fuß an meine Chaiselongue ran (auf der ich gesessen und keiner Fliege was zuleide getan hab, es nur allen recht machen wollte). Sie hört mich rascheln – ich muß ein Niesen von dem aufgewirbelten Staub unterdrücken – und springt ungefähr drei Fuß senkrecht in die Höhe, eine Hand am ungebändigten Busen.

»Uff«, macht sie, »hast du mich erschrocken. Wenn Cassie was haßt, ist es Schleicherei.«

Unter dieser Anklage hab ich natürlich mein Buch zugeklappt, mit einem eingelegten Finger als Lesezeichen. Wieder mal hab ich mich entschuldigt. Ich hab sie gebeten, mir was beizubringen. Vielleicht könnt ich ja zum Beispiel – kochen lernen? Oder auch nur abwaschen, irgendwas. Meine Mutter (die gradezu süchtig nach Hausarbeit war) hatte mir da nicht allzuviel mitgegeben. Ob ich nicht, bitte, Miss Castalia ein bißchen im Haus helfen könnte.

»Du?« Sie grinst und mustert mich von Kopf bis Fuß. »Helfen?«

Dann stampft sie wieder raus und murmelt dabei was von zwei linken Händen und zum Himmel stinkender Faulheit. »Lucy, Schätzchen«, sag ich mir, »laß ihr Zeit.« Je ruppiger Cassie zu mir war, desto öfter hab ich mich zum Schätzchen ehrenhalber erklärt. Insgeheim, ganz für mich allein, hab ich einfach nicht genug davon kriegen können.

Weil Castalia wochenlang jeden zweiten Nachmittag so zusammengefahren ist, war's eigentlich kaum zu glauben, daß sie sich wirklich jedesmal erschreckt hat. Mir hat geschwant: Vielleicht kommt der Frieden doch nicht so bald, wie ich gedacht hab.

Abgesehn von englischen Romanen voller Nebel und guter Manieren hab ich auf der Chaiselongue zusammengekuschelt auch Caps Jungenbriefe aus dem Krieg gelesen. Sie haben mir einen ganz andern

Eindruck von dem netten Einundfünfziger vermittelt, der mit mir zu Mittag gegessen und mir das Nachthemd von hinten hochgeschoben hat, ohne mich direkt zu fragen. Die Tinte war bräunlich rot wie Kermesbeeren oder Blut. Die Schlichtheit der Worte war die Schlichtheit, die ich immer noch manchmal in den guten grauen Augen mir gegenüber am Tisch mit der Wachstuchdecke gesehn hab.

24. Nov. '63 bei Barryville, Virginia

Liebe Mama!
Ich bin nicht so gut im Briefeschreiben aber ich wollte unbedingt. Weil Winter ist sind wir im Winterlager und das bedeutet Blockhütten statt Zelte. Es ist am besten wenn der Boden hartgefroren ist und nicht lauter Schlamm wo man durchwaten muß. Komisch daß beide Seiten sich einig sind nicht so viel zu kämpfen bei dem kalten Wetter. Man fragt sich warum sie das nicht auch noch im Frühling beibehalten können. Neulich haben wir vier Zoll hoch Schnee gehabt und eine Schneeballschlacht gemacht bei der Sal Smith ein Zahn ausgeschlagen wurde. Er ist mein bester Freund seit es Ned erwischt hat. Wir haben alle zusammen vier Stunden lang Schneeballschlacht gemacht wie eine richtige Schlacht. Manche haben Steine und Tannenzapfen in ihre getan deswegen hats so wehgetan. Manche finden es macht nur Spaß wenn man auch verletzt werden kann dabei. Sie verspielen oft ihren ganzen Sold. Glück ist hier alles. Ein Mann mit einem Photoapparat ist durchgekommen auf einem Wagen der mit schwarzem Tuch verhangen war wie ein Leichenwagen und hat alles so hergerichtet daß er da drin gleich die Bilder hat machen können. Meine Freunde haben posiert aber so als ob ein Freund dem andern mit dem Bajonett an die Kehle geht. Die haben viel Spaß dabei gehabt aber ich versteh nicht warum mans zum Spaß machen muß wenn mans schon mal nicht im Ernst machen braucht im Winter. Aber ich wollte nichts sagen Mama und vielleicht bin bloß ich so. Das Essen ist besser jetzt wo wir länger an einem Ort sind. Am Abend gibts fast immer bloß Schweinebauch und Hardtack. Der Hardtack ist steinhart man muß ihn entweder erst in Wasser eintunken oder mit seinem Kolben zerstoßen ich mein mit seinem Gewehrkolben Mama. Oder einen Stein nehmen. Schön ist es wenn man Stücke davon in ausgelassenem Speck braten kann aber den Speck muß man erst mal haben. Als

Kaffee müssen wir jetzt gedörrten Mais oder gerösteten Roggen nehmen. Süßen können wir ihn höchstens mit Sirup. Die meisten Sachen sind uns inzwischen ausgegangen. Mit der Verdauung gehts mir jetzt besser wie beim letzten Brief. Was wir zuhause den flotten Heinrich nennen heißt hier Tennessee Quickstep. Wir haben einen Hund gefunden und ihn Spion genannt weil wie wir in Cheatham nicht weit von den Yankees gelegen haben ist er mit einem Yankeeknochen im Maul wiedergekommen. Die hatten ihm den gegeben! Sal meint der Spion arbeitet auf beiden Seiten vom Zaun und das ist schlau von ihm.

Ein eignes Tier würde mir hier draußen noch mehr bedeuten als mein Pony zuhause. Wenn ich eins hätte würde ich mich besser drum kümmern als um Dobbin. Einen schönen neuen Hund würde ich Old Jeff nennen oder aber nach dir oder Castalia. Grüß sie schön von mir. Ich denke so viel an euch beide. Es ist als ob ich hier nur alles ganz automatisch mache und eigentlich bei euch daheim und in Sicherheit bin. Sogar wenn mir was zustoßen sollte was aber nicht der Fall sein wird hab ich das Gefühl daß das beste in mir eigentlich nie aus meiner Heimat weggegangen ist. Der Teil von mir bleibt immer bei dir. Ich muß jeden Tag an das Essen zuhause denken bei dem Fraß hier aber es ist wahrscheinlich bei euch auch nicht mehr so gut. Es kommt mir so vor als obs schon sehr lang her ist seit ich unser Haus zuletzt gesehn hab und zu unserm Fluß runtergegangen bin. Jetzt bin ich bald vierzehn! Aber irgendwie kommts mir länger vor als volle dreizehn Jahre seit ich das alles machen konnte. Ich bin ganz der deine und es geht mir gut. Die Socken hab ich gekriegt. So schöne gelbe! Jetzt muß ich schließen und ein bißchen schlafen.

Dein Sohn Willie.

Wir waren unter Berts schmiedeeisernem Regenbogen durchgefahren. Jetzt kam Lucas' gute alte Gemischtwarenhandlung, zu allen Zeiten der bekannteste Laden im Zentrum von Falls. »Wir treffen uns beim Laden« bedeutet »bei Luke«. An dem Abend hat mir zum erstenmal gedämmert: Haben wir nur deshalb gedacht, bei Luke gibt's so gut wie alles, weil die andern Geschäfte so wenig anzubieten hatten?

Auf der Hochzeitsreise hatte ich in Atlanta ein ziemlich großes

Geschäft gesehn, in dem's *nur* Strohhüte gab (noch dazu ausschließlich für Herren!). Zum ersten Mal in meinem kurzen Leben sind mir an dem Abend Sachen wie die Armseligkeit von Lucas' Gemischtwarensortiment, Berts lächerlicher überdimensionaler Bogen oder das Fehlen von Fliegengittern im Niggerviertel aufgefallen; das alles hat mich getroffen wie eine Torte mitten in mein sommersprossiges einheimisches Gesicht.

Ich hab mich oft und oft gefragt: War dem Captain hier neben mir von jeher klar, was für ein Witz dieser Ort ist? Hat er – seit Jahren – bewußt drauf verzichtet, sich drüber lustig zu machen? Kann man hier überhaupt nur unter der Bedingung leben? Daß man ewig über alles wegsieht? Daß man so tut, als wär der Lucas wirklich das beste Geschäft der Welt? Soll man so tun, als wären die gesellschaftlichen Höhen und Tiefen einer Provinzstadt nicht einfach vom Schicksal vorgezeichnet? Ist das nicht ein bißchen viel verlangt, daß man als Bürger von Falls immer gerecht und sachlich bleibt? Sollte man sich in einer Stadt, die sonst so wenig zu bieten hat, nicht wenigstens über ihre Verschrobenheit lustig machen dürfen?

Ich war blutjung und frisch verheiratet und für andere hier wahrscheinlich ein Glückspilz. Ich war ja tatsächlich fast reich und zu Hause auch halbwegs gut aufgehoben. Mein Mann galt als eine Säule des Gemeinwesens. Kannst du mir sagen, wieso ich mich dann auf einmal so im Stich gelassen und nervös gefühlt hab? Allmählich hab ich erkannt, was wir hier hatten: Falls war eben einfach ein Provinznest und sonst nichts.

Wie die vielen andern, die wir durchs Zugfenster gesehn hatten. Hier standen dieselben unsterblichen bürgerlichen Ulmen an denselben Straßen. An der respektablen Summit Avenue haben jetzt überall Verandalampen gebrannt – weniger als Einladung an mögliche Gäste, eher mit dem Zweck, sie auf Abstand zu halten. Die Lichter sagten: »Wir geben nichts. Wir geben nichts.«

Fröhlich ist unser Gespann über die Ziegel und Kopfsteine der Summit Avenue getrottet: Hier bin ich geboren, hier werd ich wahrscheinlich als verheiratete Frau den Rest meines Lebens zubringen. Hier werd ich vielleicht meine Tage beschließen – und das sollte ich mir sogar wünschen! Warum hat mir die Aussicht jetzt solche Angst eingejagt?

Je mehr Lucy wiedererkannte, desto unsicherer ist sie geworden. Wenn man sich nicht mal dann zu Hause fühlt, wenn man zum erstenmal ganz frisch wieder zu Hause ist, wann denn sonst? Wir sind an dem verlotterten Haus von meinen Tanten vorbeigekommen, der sogenannten Angus-McCloud-Villa. Ha, der Kasten hatte seit anno einundachtzig keinen Malerpinsel mehr gesehn.

Flitterwochen-Geisel. Nachdem wir so unbeschwert durchs stickige Klein-Afrika gefahren waren, wieso hab ich dann jetzt den Tatterich gekriegt, bloß weil wir uns meinem Elternhaus genähert haben?

»Daheim«, hat Captain gesagt, die Zügel in die linke Hand genommen und mir mit der rechten Pranke an den Knoten im Nacken gefaßt. Hat mir gefallen.

Rechts und links von unserm Buggy sind auf einmal sauber lakkierte Gartentore aufgetaucht, Gardenien in Hecken, Metallpfosten zum Anbinden von Pferden in Form eines Stallburschen mit aufgemalten Kleidern in verschiedenen knallbunten Farben. Wir sind an den Goldfischteichen vorbeigekommen, die von den Frauen auf dem Land ungeschickt kopiert worden sind. Die gasbeleuchteten Gehsteige haben so proper ausgesehn wie Wege aus endlos aneinandergelegten Damast-Tischtüchern mit säuberlichen Bügelfalten.

Wir haben uns Doc Colliers Haus genähert und sind von der gewohnten Musik begrüßt worden. Wie froh ich da war! Docs hausbackene Töchter, Zwillinge von fünfundvierzig Jahren, haben an jedem Sommerabend bis spät in die Nacht Flötenduette gespielt. So war's auch heute abend.

Da hast du die ganze Freude und den ganzen Schmerz einer Kleinstadt, mein Lieber, in ein paar Worten zusammengefaßt: »So war's auch heute abend.« Die pummeligen Schwestern haben auswendig geflötet, haben nicht mal Kerzenlicht gebraucht.

Leise wie ein Nachtfalter schwebte die Musik über feuchte Blumen und dämmrige Nachbarsgärten. Der Klang war so sehnsuchtsvoll, daß man manchmal junge Männer rumlungern sah, die ab und zu hochsprangen, um einen Blick über Doc Colliers nicht von ungefähr so hohe Hecke zu werfen. Die Burschen haben vergessen, wie die Zwillinge bei Tag aussahn; was sie da hingezogen hat, war die schiere Lust, mal so richtig ausgiebig zu schmachten.

Hat man Docs nüchterne, sittsame Töchter bei Tage in der Stadt gesehn (Frauen, die so egal angezogen waren wie zwei Puppen im Geschäft, die ihren samtigen Gesichtspuder immer zu dick aufgelegt und sich in Korsetts mit so viel Fischbein gezwängt haben, daß einem vom bloßen Hinsehn die Luft weggeblieben ist), hat man gedacht, daß die Musik letzten Abend ein Irrtum gewesen ist, daß jemand anderer gespielt haben muß. Bis zum nächsten Abend, wenn man, wie jeden

Abend, vorbeigekommen ist und wieder gehört hat, wie sich die süßen, vergeudeten Klänge über dem nassen Gras entfaltet haben.

Ich hab jetzt gegen den Drang ankämpfen müssen, ihnen was Aufmunterndes über die Hecke zu ihrer luftigen Veranda rüberzurufen. Ich hab's nicht getan – womöglich hätten sie aufgehört.

Unser Buggy ist unter einer hohen Ulme durchgefahren, auf der ich und meine beste Freundin vor gar nicht so langer Zeit ein Baumhaus gebaut hatten. Seltsam, daß der Stamm und die Äste von diesem Baum auch nicht viel anders waren wie zehntausend andere, die ich zwischen hier und Georgia gesehn hatte.

Die Häuser – mit den brennenden Verandalampen – sind scheinbar an unserer Kutsche vorbeigezogen. Es war, als ob wir stillstehn und die Häuser wie eine Prozession riesiger weißer Laternen an uns vorübergleiten. Jede von den Immobilien hat uns ihre verwickelte Geschichte erzählt. Für Cap und mich waren diese Erzählungen so anheimelnd wie die Flötentöne der Collier-Zwillinge, so schlicht wie jedes Hedgepath-Schild, das Obst »aus der Gegend hier« verspricht.

Das dritte Anwesen auf der linken Seite? Da residiert der viertreichste Mann von Falls, ein Knabe, der's eigentlich besser wissen müßte, aber trotzdem immer wieder hingeht und bei Woolworth Stiefelhaken und nutzlose Knöpfe auf Pappkärtchen klaut und sich dann von den Verkäuferinnen erwischen läßt, denen es natürlich diebisches Vergnügen macht, einen angesehnen Bürger anzuzeigen.

Und jetzt, *direkt* daneben, die Nummer 526 ... Bitte sag, wenn's dir zuviel wird, mein Lieber. Ich könnte ewig so weitermachen, hab wohl sowieso schon viel zuviel geplappert. Eine Landkarte von Gewohnheiten, Fehlern. Ich sag nur noch, daß diese Fahrt so wichtig ist (mir), weil ich dir dabei Sachen zeigen kann, wo dich heute kein Bus mehr hinbringt. Aus und vorbei.

Was anderes. Das wird jetzt ein Vorgriff auf den seltsamen ungelenkten Flug der Zeitrakete. Also die Collier-Zwillinge, die damals jeden Abend Flöte gespielt haben, ja? Die werden fünf Jahre später als Fünfzigjährige mit *einem* sechzehnjährigen zaundürren und stockunmusikalischen Zeitungsjungen durchbrennen. Tatsache. Ein Junge, der sie anfangs nur immer mit seiner Treffsicherheit beeindruckt hat, wenn er ihnen den *Herald Traveler* über die oxerhohe Hecke geworfen hat. Das Durchbrennen zu dritt hat Doc Collier schließlich unter die Erde gebracht, so sicher wie eine Bleikugel ins Gehirn. Hat Doc erledigt, einen Mann, auf den viele, viele von uns andern angewiesen waren. Alle haben die Schuld dem Zeitungsjungen gegeben, der mit

»den Mädeln« nach Florida gegangen ist, wo die drei ein hübsches kubanisches Baby adoptiert und (wenn ich dem glauben will, was man mir erzählt hat) bis ans Ende ihrer Tage nicht unglücklich gelebt haben.

Und dann neun oder elf Jahre später, so genau weiß ich's nicht mehr: Irgendein Strolch hat bei Hedgepath draußen am Indian Creek haltgemacht, und bald darauf sind die beiden alten Hedgepaths erschossen mitten in ihren bunten Körben aufgefunden worden. Sie waren beraubt worden – die Schürzen mit den Tageseinnahmen waren weg. Wahrscheinlich war auch eine Menge Gemüse gestohlen worden, aber wer hätte sagen können, wieviel? Ich nehm an, Hedgepath hat nur einem Drückeberger seinen üblichen Spruch nachgerufen: »Irgend woher *kennen* wir Sie doch?« Worauf der Desperado seinen Fünfundvierziger gezogen hat. Nach der Beerdigung – der Friedhof war ein einziges Blumenmeer – haben die zwölf Hedgepath-Kinder den Gemüsestand übernommen, aber es ist nie mehr so gewesen wie früher, und inzwischen – du wirst dir's denken – gibt's die Institution nicht mehr. So was wird noch öfter vorkommen, wenn die dunklen Zeiten hereinbrechen.

Also.

Heimat. Damit mein ich: Geschichten, die man kennt, Geschichten, die *wissen*, daß man sie kennt. So daß beide stumm bleiben und mit verständnisvoller Freundlichkeit aneinander vorbeigehn können. Was bedeutet, daß man sich weiden kann, aber ganz im stillen und ohne gegen den guten Geschmack zu verstoßen.

Ich hab die Briefe, die mein Mann aus dem Krieg geschrieben hatte, auswendig gelernt. In der Nacht hab ich von ihm immer Geschichten vom Leben auf der Plantage in der Zeit der Sklaverei hören wollen. Hab gehofft, auf die Weise was aus den jungen Jahren meiner Hausgehilfin zu erfahren. Sie hat mich bald mehr interessiert als er. Für Cap war ich schon zu was Selbstverständlichem geworden. Ich war ein Faktum. Castalia hat mich täglich mit raffiniertem Haß beehrt, den ich halb und halb verstehn konnte.

In der vierten Woche meines Ehelebens hat sie mir angeboten, meine neue silberne Haarbürste zu säubern; hat gemeint, nur ein Blinder könnte übersehn, wie dreckig das Ding schon ist. Ich hab mir gedacht, die kleine Verrichtung könnte uns einander näherbringen. In einem neuen rotgerandeten, weißen Emailletopf hat sie mein Hochzeitsgeschenk auf ihrem Küchenherd rund fünfzig Minuten lang ausgekocht. Nach der ersten halben Stunde dieser Bürstenroßkur hat die Küche angefangen, nach meinem Haar, meiner Haut, meinen Schuppen, meiner Körperpflege und schließlich nach meinem ganzen kurzen Leben zu riechen. Castalias Kommentar dazu: Sie reißt sieben Fenster auf, stellt sich hin und schwingt die Hintertür kraftvoll fächelnd hin und her. Und dabei hält sie sich die Nase zu. Und lacht. Manchmal, wenn Castalia mich gekonnt piesackte, hat der Spaß daran ihr ein bißchen bessere Laune gemacht. Aber wehe, ich hab das gemerkt und gegrinst – dann hat sie die Daumenschrauben nur um so fester angezogen. Ich wollte sie unbedingt zum Lachen bringen, richtig schön laut, nur ein einziges Mal. Das war schon bald mein neues Lebensziel.

Dann hab ich auf einmal gesehn, daß die Dachshaare meiner englischen Bürste oben schwimmen, auf dem brodelnden Schaum kreiseln. »Oje.« Ich hab mit dem Finger auf den Schaden gezeigt, gelächelt: »Wenn ich mich nicht sehr irre . . .« Es sollte nicht zu vorwurfsvoll klingen. Mit einer Gurkenzange hat Castalia den kahl gewordenen Silbergriff rausgefischt. »Eklig, das Ding. Hat ausgedient scheint's.«

In der Nacht hab ich mich heimlich hinter sein (mein) (unser) Haus geschlichen und eine silberne Bürste ohne Borsten, aber mit Monogramm, aus dem Abfall gerettet. Komisch, was man so alles aufhebt.

Bei Tage hat sie mich »bedient«. In der Nacht hat er sich bei mir bedient. Selten so viel Spaß gehabt.

Nicht lange, und der einzige Zufluchtsort, der unserer jungen Lucille geblieben ist – im Wachen oder im Schlafen – war tief im Innern ihrer geliebten Romane. Am liebsten wär ich überhaupt nicht mehr von ihren wärmenden Kaminfeuern gewichen. »Wie hätte die schöne Gwendolyn in jener stürmischen ersten Nacht im Schlosse des Barons auch ahnen können, daß just hinter der dicken Mauer ein . . .« Manche Bücher waren wie gemütliche, bauchige Galeonen mit Segeln aus schwarzem Wolltuch. Andere waren Araberzelte aus flatterndem, von Wind und Sand gepeinigtem Chiffon. In meinem idealen Zufluchtsbuch tät ich mir jeden Schloßflügel aus anderm Material wünschen – Stein, Glas, Erde, Iglu-Eis. Und in jedem müßte es frische Speisen auf großen festlichen Tafeln geben. Ich hab's gern, wenn die Gefangenen einer Geschichte essen müssen – wie ich.

Obwohl meine jungen Augen gut waren, hab ich mir das aufgeschlagene Buch dicht vors Gesicht gehalten – ich wollte hinter Maultier-Scheuklappen leben. Nach dem Mittagessen bin ich fast im Galopp in meinen dämmrigen Salon gerannt. Ich hab die Schuhe weggeschlenkert, mich auf die Chaiselongue gepflanzt, die Knie bis an Kinn und Buch hochgezogen. Reichlich spät war mir die Idee gekommen, die Tür abzuschließen, zum Schutz vorm Übereifer meiner Hausgehilfin. Und im Handumdrehn waren mir die Sorgen und Nöte der Hiesigen herzlich egal. Angesichts der tragischen Leiden der Romanfiguren waren meine eigenen nur kleine Wehwehchen.

Ein dienstbarer Geist muß rausgekriegt haben, was meine einzige Freude war. – Gestern war in meinem Buch eine englische Gouvernante beim Wandern über nebliges Weideland in höchster Gefahr gewesen, niedergetrampelt zu werden. Heute war eben dieser Schmöker voller Abenteuer, Tee und treuer Ehefrauen verschwunden. Auf Händen und Knien hab ich ihn überall gesucht. Schließlich hab ich meinen ganzen Mut zusammengerafft und beschlossen, Dickmadam zu fragen, in aller Freundlichkeit. Barfuß bin ich zur Küchentür getappt.

Und dann hab ich was gesehn und mir gewünscht, ich könnt verdampfen wie das Wasser, das hinten auf dem Herd gekocht hat. Ich hatte Miss Castalia dabei ertappt, wie sie mit den rund zwanzig Kardinalsvögeln sprach, die überm Herd wie Schießbudenfiguren aufgereiht waren.

Ich bin stocksteif stehngeblieben. Die Frau, die sich unbeobachtet glaubte, hat sich ganz weit vorgebeugt, und ihr Knicks hat höchst handfestes Fleisch in Ziehharmonikafalten gelegt. Sie hat sich bekreuzigt und leise gemurmelt: »Rotvogelheit, Gib ihr Kraft, die reicht für den traurigen Rotvogeltag hier, O Rotvögel von der Reba Frau, helft mir weg über . . .« Ich bin lautlos ein Stückchen zurückgewichen, hab mich an die Tapete im Flur gedrückt, den Mund offen, die Handflächen platt an der Wand. Allem Anschein nach war ich Zeugin von etwas, was niemand sehn sollte.

Ich will mich grade davonschleichen, da richtet sich Cassie mit einem Ruck auf, grapscht sich eine Zuckerbüchse von der Kommode und schluckt zwei Handvoll auf einen Sitz. Mir wird übel von der Vorstellung, wie das schmecken muß. Dann wühlt sie mit der Hand in dem Zucker und redet dabei von einer gewissen Miss Reba Heiliges Rot vom Vogel Rot. Ich bete um Amnesie. Ich bete drum, zu erfahren, wer Reba ist. Wenn Castalia sich plötzlich umdreht und mich hier erwischt, bringt sie mich um. Ja, bestimmt verbrüht sie mich mit dem Wasser, das auf dem Herd vor sich hin blubbert. Aus dem weißen

Zucker zieht das Weib ein stachliges dunkles Etwas raus. Es hat mehrere Spitzen, sieht verkrustet aus, wie mit Entenmuscheln bewachsen. Zuckerrinnsale rieseln aus allen Löchern. Sie küßt das Ding. Und dann dreht ihr massiger Körper unglaublich behend eine dreifache Pirouette. Zucker fliegt in weiß glitzernden Wellen weg, wischt zischelnd übers Linoleum. Das ist für mich die Gelegenheit, mich in meinen sicheren Salon zu flüchten.

Mit unwillkürlich angehaltenem Atem geh ich auf Zehenspitzen rückwärts, barfuß, und verzieh schon beim leisesten Knarren der Dielen das Gesicht. Ich denk mir: Castalia muß täglich Haare über jede Schranktür kleben, bevor sie von der Arbeit nach Hause geht. Wie hat sie unsere Küche, unser Essen in Brandopfer für Kardinalsvögel und einen grotesken Altar verwandeln können? Irgendwann demnächst muß ich das alles auskundschaften. Ja, wirklich. Ich muß den Schrank untersuchen, in dem sie ihre Jacke aufhängt und ihre Siebensachen verwahrt. Ich brauche nur ein bißchen Vorbereitungszeit, ich brauche nur ein paar Auskünfte über Voodoo und den Mut von wem anderm, weiter nichts.

»Wer da?«

Ich zuck zusammen. »*Ich* bin's bloß. Ich wollte Sie was fragen. Gut, daß Sie grade da sind.« Meine strahlendste falsche Schuldmädchenstimme.

Ich trampel richtig laut in ihre Richtung, geht ja nicht anders. Hab dabei nur einen Gedanken: mich im Baumhaus meines vermißten Romans verkriechen, die Jungenbriefe aus dem Krieg von meinem Angetrauten lesen, die Strickleiter hinter mir raufziehn. So laut mein Anmarsch schon ist, will ich noch ein übriges tun und summ eine Melodie. Ein Kirchenlied. Wie ich reinkomm, steht sie da, das Gesicht versteinert, die Arme verschränkt, an den Herd gelehnt, so richtig auf mich gefaßt. »Singst schon wieder im Haus?«

»*Großer Gott, wir loben Dich!*«, versuch ich, mich zu rechtfertigen.

»Singst *schon wieder* im Haus? Hat Castalia nich schon paarmal gesagt, wie nervös das die macht, was den lieben Tag um dich rum sein müssen? Was denn nun schon wieder?«

Ich erzähl, daß mein gutes Buch verschwunden ist.

Unter Seufzen und Murmeln, die Handgelenke in die Hüften gestemmt, stürmt Castalia über das vom Götzendienstzucker knirschende Linoleum. Sie steuert den vorderen Salon an. Drinnen dreht sie sich um, schaut mich triumphierend an und trommelt mit dem Fingernagel an die Glastür vom Bücherschrank. Dahinter stehn viele

Bücher mit genau derselben Farbe wie der verlorengegangene Roman.

»Hast ein ganzes Zimmer voll. Wieso muß unbedingt *das* sein?«

Schätzchen? Schätzchen, irgendwas mußte passieren.
Ich hab mir gedacht: Entweder ich komm hinter die braune Haut ihrer Geheimnisse, oder ich bring sie womöglich um, die. Aber bei ihrem Umfang und ihrer Kraft hätt ich bestimmt Hilfe gebraucht, um die Hilfe um die Ecke zu bringen.

11

Am nächsten Morgen hab ich beim Kauen das Weib taxiert. Sie hat gespürt, daß sich was geändert hatte: »Heckst denn aus, Teiggesicht?« Auf einmal war sie die Beute und ich die Jägerin.

Eins hab ich schon gewußt über Castalia mit den grellbunten Kleidern, die sie wie Parolen auf Transparenten getragen hat. Sie war der einzige Mensch in ganz Falls (Cap inklusive), der mich *nie* im unklaren lassen würde, wie er zu mir steht. In der ganzen Stadt haben andere heuchlerisch über Geld oder Religion geredet. Manche haben glatt abgestritten, daß sie eigentlich Bauern und neu in Falls waren. Jeder, ob Weißer oder Schwarzer, hat in irgendeinem Punkt den andern was vorgeflunkert.

Aber sie nicht. Nur die Person da drüben, bösartig wie eine Bulldogge, befestigt wie ein wandelndes Fort, ruppiger, als man's in beiden Carolinas für möglich gehalten hätte, nur sie hätte mir ein Vorbild sein können – und warum? Weil sie schon bewiesen hatte, daß sie – eine geniale Feindin war, Junge. Geliebte Feindin.

Der Sezessionskrieg und der Erste Weltkrieg, das waren die letzten, wo der General der einen Seite das Porträt von dem General auf der andern in seinem Zelt hatte. Wenn er seine Strategie festgelegt hat – oder wenn er auch nur einsam beim Abendessen saß und die Petroleumlampe höher geschraubt hat –, hat er die verschlagenen und ehrwürdigen Züge seines Gegners studiert.

Wenn der Feind – so wie unserer heutzutage – keine Nase, keine zwei Augen, keinen Mund mehr hat, dann ist man übel dran. Dann hat man's mit einem Phantom zu tun, einem Reich des Bösen. Ich in meiner Zeit, wir in unserer, wir waren da besser dran. Wir haben noch die Schuhgröße von unserm Widersacher gewußt.

Castalia hat mich auf offene und auf hinterhältige Weise gepeinigt. (Meinen Kopfkissenbezug hat sie gestärkt, seinen nicht.) Und trotzdem hab ich mir sagen müssen, Castalia lügt nie. War scheint's nicht dazu fähig. Nicht mal, um die eigne Haut zu retten. Ein paar Wahrheiten hatte ich Cap schon abgeluchst: Daß eine junge Schwarze für ihre Widerworte oft ausgepeitscht wurde, daß seine Mutter Castalia wegen ihrer beharrlichen Aufsässigkeit und ohnmächtigen Würde mehr geliebt hat als alle andern. Und daß deswegen alles viel schwerer war für die freche Göre.

Er hat mir erzählt, wie Castalia von zu Haus ausgerissen ist und sich bis nach Pennsylvania durchgeschlagen hat und wie sie in Eisen zwischen zwei Yankee-Kopfgeldjägern zur Farm zurückgebracht worden ist, wie sie den Weg raufgekommen ist, vorbei am Großen Haus, und wie die andern Sklaven dem strengen Aufseher Winch zum Trotz an den Feldrain gerannt sind und gewinkt und ihr nachgesehn haben und wie sie den Kopf hoch getragen hat wie die Königin Marie Antoinette (falls die arme Marie edel und gut gewesen wär). Mein Angetrauter – den ich desto lieber hatte, je mehr er mir von seiner kleinen Sklavin erzählte – hat berichtet, daß seine Mutter den Kopfgeldjägern das Geld hat runterbringen lassen – von Uncle Primus, dem schwarzen Butler, auf einem silbernen Tablett –, sich aber geweigert hat, die beiden »zu empfangen«. Daß Lady More Marsden dann gleich Castalia zu sich gerufen und befohlen hat, ihre eigene Porzellan-Badewanne mit heißem Wasser und feinen Essenzen zu füllen und obendrauf lauter jungfräulich weiße Gardenien, und daß sie der verstockt schweigenden geschmeidigen jungen Schwarzen beim Ausziehn geholfen hat und daß Lady Marsden geweint hat, wie das heiße Wasser an die rosa Wunden an Handgelenken und Fesseln gekommen ist und die junge Frau vor Schmerz die Luft hörbar eingesogen hat. Sie haben beide geweint – natürlich aus verschiedenen Gründen. Und daß sich Lady Marsden schließlich – ohne drauf zu achten, daß das dreckige Wasser ihr weißes Seidengewand verdirbt – zu einem kleinen teerschwarzen Ohr unter den schützenden Zöpfen runtergebeugt und geflüstert hat: »Ich mach dich zu allem, was du bei uns werden willst. Alles, was du dir wünschst, jetzt wo du wieder bei mir zu Hause bist, du kannst alles werden, hörst du? Du möchtest Primus' Stellung als Chef der Hausskiaven? Gemacht. Du möchtest etwas anderes sein als meine Zofe? Gemacht. Möchtest du alleine über den Kräutergarten oder meinen Schnittblumengarten verfügen? Oder was sonst? Sag's mir, meine Castalia, gleichgültig, was es ist. Ich fürchte, ich werde dich nie verstehn. Lauf nicht mehr davon. Sag, *was* möchtest du sein, mein Kind?«

Castalias breiter Mund war plötzlich da, wo grade noch ihr niedliches Ohr gewesen war, und – bis zum Hals in Badewasser und Blumen und Balsam – hat sie mit ihrem breiten dunklen Mund in den schmalen rosa Mund der Herrin gehaucht: »Frei.«

»Das steht nicht in meiner Macht.« Die Hausherrin erhob sich neben der dampfenden Wanne. »Alles andere ja. Doch das, meine Liebe, entzieht sich meinem Einfluß. Ich kann bei dir keine Ausnahme machen. Ich kann bis ganz dicht davor gehn. Aber ›frei‹, das mußt du einsehen ... wenn ich da nachgäbe, weißt du, meine schmerzlich Vermißte, meine Inniggeliebte ... wo würde das hinführen? Das wäre wie Samson blind im Tempel. Wenn diese Säule einstürzt, bricht alles zusammen. Ohne Umschweife gesagt: Entweder du oder ich. Und so sehr ich mich nach deiner Gesellschaft gesehnt habe und so bewundernswert ich es fand, wie weit du von mir fortgelangt bist, entscheide ich mich dennoch zugunsten von *moi-même*, so leid es mir tut. Sollte sich das einmal ändern, wirst du, das verspreche ich, die allererste sein, die es erfährt, meine Cassie. Und jetzt – willkommen zu Hause, so wie's nun mal ist, und genieße noch dein Bad.«

12

Am nächsten Morgen bin ich, den Kopf voll von ihrer Farbzusammenstellung für diesen Tag – Lachsrosa, Kobaltblau, Türkis, Silber und Blaßlila wie der Grund von einer Fingerhutblüte –, zu meiner primitiven Detektivarbeit außer Haus aufgebrochen.

Am Montag ist Castalia immer einkaufen gegangen. Ich hab verkündet, daß ich auch zum Einkaufen in die Stadt muß. »Was nich sagst«, hat sie gemurmelt. Sie hatte ihren winzigsten Hut aufgesetzt, rot war er. (Mir war aufgefallen: Je mehr sie sich dem jeweiligen Anlaß entsprechend rausgeputzt hat, um so mehr haben sich ihre Hüte in der Größe Carters Kleinen Leberpillen angenähert.) Ich bin hinter ihr aus dem Haus, sie hatte mir's zwar nicht erlaubt, sich's aber auch nicht ausdrücklich verbeten. Auf halbem Weg zum Gerichtsplatz ist sie einmal herumgeschwenkt und hat mir einen Blick zugeworfen. Den Korb am Arm, hat sie die schweren Hände in die noch kräftigeren Hüften gestemmt und mit ihren allzu ausdrucksstarken Augen gerollt. War ihr von Herzen zuwider, daß ich ihr nachgelaufen bin.

»Freies Land«, hab ich aus dreißig Fuß Entfernung gerufen.
»Denkst *du*!« hat sie matt geantwortet.

Ihr Einkaufskorb war so groß, daß sie drin eine lebende Gans oder das Haupt von Johannes dem Täufer (mit ungewaschenen Haaren) hätt heimschleppen können. Wenn Castalia Marsden unter besonders schrillem Klingeln der Ladenglocke in ein Geschäft gestürmt kam, hat sich für einen Moment Schweigen über die Verkäufer mit ihren Schürzen und Strohhüten gesenkt. Jedes Lächeln ist verblaßt, jeder Witz hat wie eine halb runtergelassene Zugbrücke in der Luft gehangen.

Sie hat die Tür hinter sich zugemacht, wie um zu verhindern, daß jemals wieder ein anderer Kunde den Laden betritt. Vorübergehend geschlossen. Und wehe, man hat sie nicht ordentlich bedient. Castalia hatte anscheinend Erpressermaterial gegen jeden weißen (und schwarzen) Verkäufer in der Stadt. (Als mutmaßliche ehemalige Schönheit, Gesamtarchiv des Hausmädchenklatsches aus drei Landkreisen und fünf Jahrzehnten und verteufelt gute Menschenkennerin wußte Castalia von praktisch jedem Mannsbild im Umkreis einer Buggy-Tagesreise, ob und, wenn ja, was für Dreck er am Stecken hatte. Ihr erster Blick auf einen Verkäufer sagte: »Was glaubst, wen du vor dir hast?« Und: »Alle Männer sind schuldig, solange ihre Schuld nicht erwiesen ist.« Und das Unheimliche dran: Die Herrn der Schöpfung haben ihr anscheinend zugestimmt. Sie haben ihr betretene, nervöse Blicke zugeworfen. Aber Unschuld? Derer waren sie nicht gewahr, um mal mit der Bibel zu reden. Und wenn einer *noch* nichts auf dem Kerbholz hatte, wußte Castalia genau, was er täte, *wenn* er könnte. Und ihr Wissen war ihre Macht, mein Lieber. Sie hat's im Kopf gehabt, welchem Mädchen oder gar Knaben dieser oder jener piekfeine, kraftstrotzende Tugendbold hinterm Ladentisch an die Hinterbacken gegangen ist, wenn er – seltsamer Optimismus in einem Kaff wie Falls, North Carolina – gedacht hat, die Luft wär rein. Das waren Castalias Waffen. Auch eine Art, an die Zukunft zu glauben – jedes künftige Verbrechen und jede fleischliche Verfehlung vorherzusehn. Sich drauf zu verlassen, daß der andere *wußte*, daß sie wußte!)

Unter anderm hat das bedeutet, daß Castalia – in Geschäften, von solchen Männern – mehr fürs Geld bekam als jeder andere.

Das hab ich schon an dem ersten Montag spitzgekriegt. Sie ist in den Sägemehlstaub von Harbisons Bäckerei gestürmt und hat zu handeln versucht, weil sie ihm gleich ein ganzes Gros von seinen altbackenen Doughnuts abkaufen wollte. Zwölf Dutzend drei Tage alte Doughnuts mit Kirschmarmelade! Ungelogen. Der weiße Metzger hat sie nach ihren Wünschen gefragt, *bevor* er eine wartende weiße Dame bedient hat; der hat er dabei einen stummen Blick zugeworfen, der soviel besagte wie: »Ich erklär's Ihnen nachher. Sie werden mir dankbar sein, daß ich *die* vorher abfertige.«

Die Verkäufer haben Castalia meistens die Preise zugestanden, die sie selbst genannt hat. Die Mannesehre hat zwar verlangt, daß man ein bißchen feilscht, zumal wenn auch weiße Kunden im Laden waren. Aber inzwischen, in ihrem Alter (und über fünfzig war für mich mit meinen fünfzehn Jährchen gleichbedeutend mit steinalt), hat Castalia fast immer ihren Willen gekriegt. Jedenfalls wenn's darum ging, wieviel die Steckrüben kosten sollten. Wie ich ihr respektvoll von einem Laden zum andern gefolgt bin, hab ich mir gedacht, daß die Steckrüben Stellvertreter für andere Sachen waren, die sie vielleicht irgendwann mal wohlfeil von der Welt bekommen wollte.

Sie hat mich überhaupt nicht beachtet, ich war Luft für sie. Das war mir nur recht. Wo ich mir keinen Reim drauf machen konnte: Daß sie einerseits solche Macht hatte und andererseits nur Hausmädchen war.

Die Frage war, wollte Castalia für Captain oder für sich selber sparen? Wenn sie das Geld behielt, wofür hat sie's gebraucht?

Dieser Forscherdrang, zunächst aus purer Langeweile geboren, hat mich schon bald wie eine fiebrige Krankheit gepackt. Nach einer Weile haben mir meine Unruhe und die vielen freien Stunden das England meiner Romane neben Castalia Marsdens mangelnden Manieren und afrikanischen Farbkatastrophen ziemlich blutleer erscheinen lassen. (Im Rückblick wird mir klar, daß ich nicht einfach bloß ihrer Vergangenheit auf der Spur war. Was ich eigentlich untersucht hab, war meine eigne Zukunft als Ehesklavin, Einkäuferin, Köchin, Wäscherin und Gebärmaschine. Jetzt bin ich klüger. Aber wer kommt schon jemals rechtzeitig auf den Trichter?)

Eines Abends hat Cap von sich aus gesagt: »Na, wie kommt ihr denn so miteinander aus, du und Castalia? Wie Feuer und Wasser, kann ich mir denken. Ich hab ja große Dinge vorhergesagt, du erinnerst dich sicher. Aber aus deinem Gesichtsausdruck schließe ich, daß noch nicht alles in Butter ist. Niemand hat Castalia jemals ›lieb und nett‹ gefunden. Ich nehme an, sie bringt dir wenigstens den einen oder andern Hausfrauenkniff bei ... Küchengeheimnisse, na du weißt schon.«

Ich hab ihn ernst angesehn. »Daß sie mir was *beibringen* will, glaub ich schon. Fragt sich bloß, was. Vielleicht, daß das hier ihr Revier ist und daß sie an manchen Tagen auch bei Ihnen leichtes Spiel hat. – Nein, sie ist schon in Ordnung, im großen und ganzen. Sie kocht sehr gut. Und sogar Mama meint, sie hätt noch nie ein so großes Haus gesehn, das so sauber ist, noch dazu mit einem einzigen Dienstboten, und Sie wissen ja, was Mama von den Schwarzen hält. Castalia und ich sind den ganzen Tag hier unter einem Dach. Trotzdem, wir beide allein in einem Rettungsboot, das tät wahrscheinlich noch nicht gut gehn.«

»Sie würde es bestimmt versenken«, kichert er. Ich hab den Mund zusammengekniffen und ihn mit einen strafenden Ehefrauenblick bedacht. (Wie schnell ich das gelernt hatte, mein Junge! Muß angeboren sein.) Aber ich geb zu, insgeheim hat's mich gefreut – meinen Alten ein bißchen abfällig über diese Frau reden zu hören, die er schon sein Leben lang kannte. Ich hab mich auch geschämt, daß ich über seinen Witz auf ihre Kosten erleichtert war. Das war ihrer nicht würdig, und meiner auch nicht. Aber es wär furchtbar für mich gewesen, wenn er sie auf meine Kosten gelobt hätte. Sie konnte kochen, ich nicht. Sie kannte die Welt, ich hatte noch nicht mal richtig gemerkt, daß ich sie *nicht* kannte. Trotzdem, so sehr sie mich eingeschüchtert hat, so schwer mir's gefallen ist, diesem Monstrum von Weib gegenüberzutreten (vor allem in der Früh), eine neue Art Stolz hat mich gehindert, Cap von ihren Grausamkeiten zu erzählen. Er war ihr Besitzer gewesen. Ich hatte sie – indirekt – grade erst wieder eingestellt. Irgendwie haben meine eigenen Anstandsregeln (die ich laufend dem jeweiligen Moment angepaßt hab) verhindert, daß die derzeitige Chefin einer Farbigen sich bei ihrem einstigen Besitzer über sie beklagt. Ich hab von Anfang an Skrupel gehabt, mein geneigter Zuhörer. Es gibt nur ein paar Gründe, warum es sich lohnt, mir zuzuhören: meine Skrupel (mitsamt den Leiden, die sie mit sich bringen) und das, was Jerome mein »gutes visuelles Gedächtnis« nennt. Und meine durch und durch schmutzige Phantasie.

Jetzt, mein Kopfkissen neben dem von Cap, hab ich mich so bemüht, arglos zu wirken, daß es fast erschöpft geklungen hat.

»Ja, sie *hat* schon was, gell?« hab ich gesagt und gewartet, in der Hoffnung, ein halbwegs intelligentes Gesicht zu machen. Er hat mir kein bißchen geholfen. »Stimmt doch, oder?« Ich hab sein Kissen berührt. Er hat sich halb von mir abgewandt, eine geballte Faust unter Kopf und Bart. Aber schließlich hat er genickt, beinah schüchtern. Und zur Efeutapete hin gesagt: »Das war schon immer so . . . Das ist es ja. Es ist irgendwo unter all dem Gewicht noch da. Es ist ein Geheimnis, das dieses Weib bis auf den heutigen Tag hütet. Unfair, so was. Sie hat meine Mutter immer wieder zur Verzweiflung getrieben. Einmal hab ich gehört, wie Mama zu Castalia gesagt hat, und sie haben sogar beide dabei gelacht: ›Nein, meine Liebe, ich glaube, du bringst da etwas durcheinander. *Ich* bin die Aristokratin, verstehst du, und *du* bist dazu da, mich zu bedienen.‹ Und Cassie hat gesagt: ›Sie Boß, ich Sklave? So richtig, ja?‹ Sie haben tatsächlich gekichert.

Auf eine Art, die ein Yankee nie begreifen würde, haben wir uns damals alle miteinander prächtig verstanden – aber das war wohl das Geheimnis von allem, was Sherman verbrannt hat. Die Eindringlinge haben Schluß damit gemacht. Nicht zu glauben, was sich in meinem kurzen Leben alles geändert hat.«

»Kurz?!« hab ich, die Fünfzehnjährige, gescherzt.

»Ach, na ja.« Ich hab mir eingeschärft: Keine Witze mehr übers Alter, Luce.

Also hab ich das Thema gewechselt, mich nach seinem Geschäft erkundigt, nach einer Lieferung Reitpferde, auf die er gewartet hat (alles bloß, um sein Vertrauen zu gewinnen, verstehst du?). Dann hab ich ganz beiläufig gefragt: »Wo genau, sagen Sie, wohnt Castalia da unten?« Da war was, wo ich einfach dahinterkommen mußte. Ich war zu der Schleicherin geworden, als die sie mich beschimpft hatte, und alles bloß, weil sie mich interessiert hat.

Cap hat mir bereitwillig ihr Haus beschrieben, und dann, im Halbschlaf, doch nachgefragt: »Warum?«

»Ach, falls mal Not am Mann ist oder so. Aber hauptsächlich aus Neugier. Ich wollte, ich wüßte noch ein bißchen mehr . . . Ich hab nicht den Eindruck, daß ich wirklich . . . was davon habe, daß ich in ihrer Nähe bin. Sie kennen mich, Sir. Ich muß über jeden alles wissen.«

Jetzt hat er sich zu mir umgedreht. »Du hast wohl schon ein richtiges kleines Dossier über deinen Angetrauten zusammengetragen? Der Himmel weiß, was du deinen Busenfreundinnen über mich erzählst.«

»Wieso Busen?« Ich hab mich rübergebeugt, ihn auf die Stirn geküßt, ihn angelächelt. Hauptsächlich, damit er sich entspannt. Ich hab's nicht richtig aus Liebe getan – aber das Seltsame war, in dem Moment, wo ich's getan hab, hab ich's gespürt. Das andere. Ich hab ihn geliebt, weil ich gelernt hatte, ihn ein bißchen aufzulockern. Ich hab's gekonnt. Ich hab mir gedacht, er wird mir ein paar Sachen über eine Person erzählen, deren Geheimnis mich im Moment fesselte.

»Tja«, hat er angefangen. Langsam, mit tiefer Stimme, so dunkel wie dunkler Sirup – nie ist sie mir schöner vorgekommen wie in dem Augenblick. Unter unserer gemeinsamen Zudecke hab ich seine Hand genommen. Mein Busenfreund, mein Bettgenosse. »Eins muß ich sagen, sie hat immer genau das getan, was sie wollte. Oft genug haben die andern ihr dafür das Leben zur Hölle gemacht, buchstäblich. Aber sie hat sich nicht kleinkriegen lassen. Das war ein Teil ihrer Macht, vielleicht ein Zeichen davon. Ihre Leute haben geglaubt, sie wären daheim in ihrem afrikanischen Dreckloch die Oberhäuptlinge gewesen. Cassies Selbstgefühl muß irgendwie was damit zu tun haben. Wir haben ihre Mutter ›Königin Esther‹ genannt, weil die Frau sich wie eine Königin betragen hat. Hat Dreckarbeit in der Küche gemacht und dabei die Nase höher getragen wie meine Mutter – und das will was heißen, mein Schatz. Im Gegensatz zu Cassie war sie hinreißend schön, die Mutter. Versteh mich recht, Castalia *hatte* was, ist durchaus von den Männern beachtet worden und besaß ›Präsenz‹, wie meine Mutter es genannt hat. Königin Esther dagegen – sie hätte sich einen Kartoffelsack anziehn und neben meiner eleganten Mutter mit ihrer Seidenrobe und ihrer weißen Federboa durch die Stadt gehn können. Jeder, ob Mann, Frau oder Kind, hätte nur Augen für Königin Esther gehabt. Du kannst dir denken, daß Mutter nicht grade drauf erpicht war, sie zum Einkaufen mitzunehmen. Esther hat die Farm nie verlassen, bis sie ausgerückt ist. Unser Aufseher hat Cassie die Schuld gegeben; er hat immer auf Castalia herumgehackt. Königin Esther wurde eingefangen. Dann ist Castalia abgehauen und hat sich bis nach Pennsylvania durchgeschlagen. Ein Teufelsmädel. Mutter war mächtig stolz darauf, wie viele Staatsgrenzen Cassie überschritten hatte. Sie hat heimlich den Atlas von meinem Vater hervorgeholt und voller Stolz Castalias Route eingezeichnet. Sie hat Cassie verziehen, sie wieder zu ihrer Zofe gemacht, obwohl ich mir nicht sicher bin, wie *Castalia* diese Ehre aufgenommen hat. Cassie *wollte* sich nicht verzeihen lassen. Sie hat gesagt, Mutter müßte sie entweder freilassen oder zur Strafe ihre Launen ertragen. Mutter hat sie gebraucht. Leute aus dem Norden würden das verquer finden, und das war's wahrscheinlich auch. Liebe ist ja immer eine Art Knechtschaft, oder nicht? Vielleicht ist das oberflächlich. Immerhin, *sie* hat Mutter gerettet. Als das Ende kam, mein ich, auf The Lilacs. Aber das weißt du wahrscheinlich, von deiner Heimatkunde-Arbeit.«

»Castalia hat mir damals nichts erzählt. Andere haben mir gesagt, daß sie nie über die alten Zeiten gesprochen hat. Tut sie auch heute praktisch nie. Und Sie, Sir, Sie haben auch nicht grad viel zu meinem Aufsatz beigesteuert, wissen Sie noch?«

»Ich hab dich damals nicht gekannt. Und ich hab noch nicht so gern erzählt. Früher, draußen auf der Farm, waren wir alle fast so was wie verliebt in sie. Ich ganz bestimmt jedenfalls. Sicher wundert dich das – wo du die Frau nur kennst, so wie sie jetzt aussieht. Ich hoffe, du wirst nicht eifersüchtig. Ich erzähl dir das bloß, mein Kind, weil du inzwischen bestimmt gemerkt hast, wie wichtig du mir bist. Mein Herz gehört dir für immer, da gibt's nichts dran zu rütteln. Das andere ist alles tiefste Vergangenheit. Hat einiges zugelegt im Lauf der Jahre, Cassie mein ich, und ich auch, weiß Gott. Wenn man denkt, daß ich höchstens hundertzehn Pfund gewogen hab, als Lee die Kapitulation unterzeichnet hat, müßte man meinen, ich wüßte, wie ein Pfund so zum andern kommt. Die Tage sind Pfunde. Trotzdem, bei ihr versetzt mir's immer noch manchmal einen Stich. Ich geh in unsere Küche, deine und meine, und wenn ich sie ansehe, vor allem von hinten, frag ich mich, ob das ein und derselbe Mensch sein kann. Ich weiß, daß ich mich auch verändert hab und – Fett angesetzt, Lucille, innerlich und äußerlich. Aber sie war so schlank und springlebendig und so raffiniert. Einfallsreich, mein ich. Wenn wir an unsere Kindheit zurückdenken, können wir's nicht glauben, daß wir noch dieselben sind. Läßt sich nur schwer beschreiben. Jemandem in deinem Alter. Aber ich trauer fast weniger um mich selber als um den Menschen, der sie mal war, und was aus ihr geworden ist. Du wirst jetzt natürlich sagen, daß ich da nicht ganz unschuldig dran bin. Und das stimmt vielleicht auch. Ich glaub schon an den freien Willen. Sie arbeitet aus freien Stücken für mich. Sicher weißt du inzwischen, daß ich sie sehr gut bezahle? Ich muß es heimlich tun. Meine Freunde würden mir das nie durchgehen lassen. Ich hab ihr das Häuschen bauen lassen, bald nachdem ich aus dem Krieg heimgekommen war. Unsere Schwarzen von der Plantage haben damals buchstäblich im Dreck gelebt, unten am Fluß. Du hättest das Dorf sehen sollen, das sie sich gebaut hatten aus Abfallholz, Kistenbrettern, was weiß ich. – Ja, ich bin nicht so schlecht zu ihr, wie du manchmal zu glauben scheinst.«

»Wieso, was hab ich denn gesagt?«

»Du brauchst kein Wort zu sagen, du mit deinen kleinen Eispickelaugen. Eines Tages, fürchte ich, werdet ihr beide, du und Castalia . . . es würde mich überhaupt nicht wundern, wenn ihr . . . gewissermaßen, um es mir heimzuzahlen . . . versuchen würdet . . .«

»Was? Zu zweit auf Sie loszugehn?«

»Ja. Nein, was Schlimmeres. Unterschätz ihre Durchtriebenheit nicht. Sie ist zu manchem fähig. Ich muß es wissen. – Aber darüber können wir ein andermal weiterreden. Du hast mich gefragt, wie sie *damals* war, ja? Mutter konnte das Alleinsein nicht ertragen. Als Cas ausgerissen ist, hat Mutter zwei Weiße angeheuert, die sie ausfindig machen sollten – weniger zur Strafe, eher, um sie zur Rückkehr zu überreden. Alle draußen an der River Road fanden, daß meine Eltern viel zu gut zu den Schwarzen waren, vor allem zu den Haussklaven. Mutter und Cassie haben sich ständig gezankt. Aber das versteht heute kaum noch einer. Die beiden waren den ganzen Tag zusammen, sind sich ständig in den Haaren gelegen. Mutter war für uns alle eine Last mit ihrer ewigen Migräne und ihren Zuständen. Castalia war die allermeiste Zeit stahlhart, und sie war reizbar, wenn auch nicht so schlimm wie das dicke alte Weib heute. Was heißt ›alt‹, sie ist gerade mal so alt wie ich. Aber sie und Mutter hatten so eine Art stillschweigende Übereinkunft. Wir haben uns damals gemocht. Leuten, die das nicht miterlebt haben, kann man das gar nicht mehr begreiflich machen. ›Sklaverei‹, ›Eigentum‹ – die Heutigen stolpern immer wieder über Begriffe, die, zugegeben, schwarz auf weiß bestenfalls so lala wirken. So tief in der Provinz waren *wir* alles, was wir hatten. Wenn man das kapiert hat, findet man einen Weg, im großen und ganzen gut miteinander auszukommen. Sich aneinander und übereinander zu freuen. Und wenn eine von euch auch nur ein bißchen über den Durchschnitt herausragt, wird das bemerkt, ja, sie wird fast vergöttert. So haben wir fast einen Kult um sie gemacht, um deine jetzige Hausgehilfin.

Aber um deine Frage zu beantworten, ja, ich hab sie damals geliebt. Winch hat versucht, na, sagen wir, mich mit ihr ›zusammenzubringen‹, bevor ich in den Krieg gezogen bin. Ist das verwerflich? Ich weiß es nicht mehr. Aber du hast gefragt. Winch wollte Castalia befehlen, in mein Zimmer zu kommen, in der Nacht . . . Schockiert dich das? Vielleicht ist das ein taktischer Fehler, daß ich das alles vor dir ausbreite. Sie würde dir's selber erzählen, wenn du's jemals so weit bringst, daß sie dich respektiert. Was nicht heißen soll, daß ich das für unmöglich halte. Es braucht Zeit: Deinetwegen mache ich mir keine Sorgen, aber bei ihr dauert's ewig. Also, Winch war schon so lange bei uns, daß er es für besser hielt, sich nicht an die jungen schwarzen Mädchen ranzumachen, ohne meinem Vater den Vortritt zu lassen. Vater hat sich ziemlich oft bedient. Das hört sich sicher schrecklich an heute, für dich. Doch wir haben damals auf unseren zweitausend Morgen eng beieinander gelebt. Da lernt man die Leute kennen, oft besser, als man will.

Sie ist dann tatsächlich zu mir geschickt worden. Ich war noch ein halbes Kind. Das war zwei Tage, bevor Ned und ich zusammen aus Falls weggegangen sind. An dem Tag hatten wir den Geburtstag von meiner Mutter gefeiert. Als die Feier zu Ende war, hat Winch mir gesagt, Castalia würde zu mir ins Bett kommen. ›Wozu denn das?‹ hab ich gefragt, in vollem Ernst, Lucille. Er hat auf seine laute Art gelacht. Ich hab mir fast in die Hosen gemacht. Ich hätte mir gewünscht, daß sie von sich aus zu mir gekommen wäre, nicht einfach nur auf Befehl. Sie war so alt wie ich, hat sich aber im Gegensatz zu den andern Mädchen nie mit einem Mann eingelassen. Auf der Farm hat sie sich alle, die was von ihr wollten, Schwarze wie Weiße, sogar meinen Vater, vom Leibe gehalten. Und dabei hat sie meinem Papa *gehört*. Aber als Besitzer kann man eigentlich nicht wissen, ob sich eine wirklich aus eigenem freien Willen für einen *entschieden* hat, wenn du weißt, was ich meine. Anders als bei dir – du hast dir mich ausgesucht. Ich hab den letzten Gästen gute Nacht gesagt. Mutter hatte sich schon vor Stunden zurückgezogen, obwohl's ihre Geburtstagsfeier war – es war einer ihrer Tricks, einfach zu verschwinden. Sie hat an ihrem Geburtstag regelmäßig Migräne gekriegt. Das war schon Tradition. Ich war so aufgeregt, daß ich kaum die Treppe raufgekommen bin in mein Zimmer. Hab mich wie ein Tattergreis am Geländer festgehalten. Ich wußte, ich würde schon bald bis nach Virginia marschieren müssen. Ich wollte noch eine besonders schöne Erinnerung mitnehmen. Castalia und ich waren unzertrennlich. Wir sind mit einem Floß den Fluß runtergefahren. Mutter hat dafür gesorgt, daß Cassie frei kriegte, wenn wir miteinander spielen wollten – aber es war typisch für Cassie, daß sie nie schon im voraus damit gerechnet hat, daß wir an einem bestimmten Tag spielen würden. Sie war immer in der Küche und hat irgendwas gearbeitet. Nie ist sie zu mir gekommen. Immer hab ich zu ihr gehen müssen. Sie war zwölf und in so mancher Hinsicht die stärkste Persönlichkeit auf den ganzen zweitausend Morgen.

Wie erklärt man, was starke Menschen sind? Man weiß nicht, wie sie so werden, man weiß nur, sie sind stark, weil sie – die Kraft besitzen! Und sie hatte Kraft! Herrlich anzusehn war sie damals. Hochgewachsen und geschmeidig, immer mit verschränkten Armen und den Kopf im Nacken, hat sie alles und jeden mit prüfendem Blick angesehen. – Bist du sicher, daß du das hören willst, Kind? Es macht dir nichts aus? Es ist so lange her. Ich hab nichts vor dir zu verbergen. Du kannst alles wissen. Willst du?«

»Sicher«, hab ich gesagt, war aber insgeheim beunruhigt. Er war jetzt in Fahrt, hat nicht mich angeschaut, sondern das Fußteil von unserm Himmelbett, als ob *sie* da stünde, jung und schön – wie man sie ihm aufs Zimmer geschickt hatte.

Ach ja.

»Bevor ich den Türknauf angefaßt habe, hab ich schon gespürt, daß sie da drin auf mich wartet, in meinem Bett. So was hat man im Gefühl. Ich war genauso unschuldig wie sie. Das hat auch mitgespielt: Ich wollte, daß es für uns beide das erste Mal war. Es war mein freier Wille. Aber wie war's bei ihr? Wenn du weißt, was ich meine. Ich war eigentlich noch nicht alt genug, um wirklich was zu *tun*, aber ich wollte mit ihr anfangen. Wir waren, so schien es mir, schon vor unserer Geburt füreinander bestimmt worden. Alles auf der Plantage hat uns immer wieder zusammengebracht. Sie war so offensichtlich überlegen und intelligent und, wie schon gesagt, nicht richtig schön, oder doch, schön, kraftvoll, besser als alle andern, obwohl sie genaugenommen natürlich nach wie vor Sklavin war. *Unsere* Sklavin.

Heute weiß ich, daß Castalia an dem Abend nur das Gefühl haben wollte, auch ein bißchen mitbestimmen zu können. Ein bißchen Mitbestimmung, vor allem für ein Mädchen, das überzeugt war, einer Königsfamilie zu entstammen, auch wenn die nur irgendwo im hintersten Afrika geherrscht hatte. Ich glaube, sie hat recht mit ihrem Anspruch auf Königswürde. Zumindest glaubt sie selber bis zum heutigen Tag daran, und das erklärt auch, warum sie in der ganzen Stadt wie Katharina die Große auftritt – in einer Stadt, die bis zum heutigen Tag einen Heidenrespekt vor ihr hat. Glaubst du mir jetzt, daß ich sie überbezahle, meine Lucille? Papa hat immer gesagt, sie und Mama wären wie Feuer und Wasser, weil sie beide an das Gottesgnadentum glaubten und jede von beiden sich für den besten Beweis weit und breit hielt.

Ihren ungeheuren Stolz hat sie damals schon gehabt. Mit jeder Faser hat sie sich gewünscht, in der Angelegenheit auch gefragt zu werden. Winch hatte ihr wahrscheinlich erzählt, die Idee zu dem Schäferstündchen wär von mir, obwohl es ganz allein seine gewesen war. Natürlich hatte er gemerkt, daß sie mir rettungslos den Kopf verdreht hatte. Also ist es auch von mir ausgegangen. Sie hat dann alles verpatzt. Aber für sie hat es trotzdem bedeutet, daß *sie* sich das ausgedacht, daß sie ihren Teil zu unserer Begegnung beigetragen hat.

In meinem jetzigen Alter versteh ich das besser, und es macht sie mir liebenswert. Aber damals . . . nein. Ich hab die Tür aufgemacht und leise zu meinem eichenen Himmelbett hin geflüstert, das ich mal erben sollte – übrigens, fällt mir gerade ein, das Bett, in dem wir jetzt liegen, Lucille. Leise hab ich was zu dem Mädchen gesagt, das ich ebenfalls geerbt hätte – wenn die Ereignisse nicht dazwischengekommen wären. (Diese Ereignisse sehe ich heute mit gemischten Gefühlen. Die andern zu besitzen, jedenfalls die meisten von ihnen, damit könnte ich mich wahrscheinlich auch heute noch abfinden. Aber Cassie? Schon damals hat sie uns wissen lassen, daß sie unbesitzbar ist.) Ich trödle schon genauso wie du, wenn du was erzählst, Lucy. Also, ich auf Zehenspitzen rüber zum Bett. Winch hatte ihr ein hübsches weißes Musselin-Nachthemd beschafft, und die älteren schwarzen Frauen im Quartier – die dieses Rendezvous schrecklich romantisch fanden, es praktisch als unsere Hochzeitsnacht ansahen – hatten das Nachthemd gebügelt und Cas den ganzen Tag erbarmungslos gehänselt (hat sie mir später erzählt). Cas hat aber das Nachthemd unten im Freien gelassen. Sie hat sich unter der Bettdecke versteckt – hat sie sich bis über den Kopf gezogen. Weißt du, inzwischen war's ihr wahrscheinlich schon peinlich, sie hatte sich nämlich als die afrikanische Prinzessin rausgeputzt, für die sie sich gehalten hat. Castalia hat von Afrika – seinen Ritualen, seinen Sitten und Gebräuchen – ungefähr so viel gewußt wie du und ich, Lucille. Sie hatte sich ihre ganze Geschichte nach dem bißchen zusammenphantasiert, was sie auf The Lilacs gesehen und gehört hat. Und das war im großen und ganzen alles, was sie gewußt hat. Also, sie hatte sich mit rotem Lehm Streifen ins Gesicht geschmiert. Sie hatte sich rote Federn von zwei ausgewachsenen Kardinälen ins Achselhaar gesteckt und in die Schamgegend (ist das zuviel für ein Mädchen in deinem Alter?) weiße Hühnerfedern, so daß ihr . . . Hügel, du weißt schon, schneeweiß gewesen ist. Wie ein Prärie-Indianer oder ein Kind an Halloween. Und ich hab sie mir in dem Musselin-Nachthemd vorgestellt, von dem ich schon vorher gehört haben mußte, mit ihrem langen, über den Rücken herabfallenden Haar, bloß daß sie kein langes gehabt hat, und wenn, dann wär's nirgends herabgefallen, weil's nämlich der reine Draht war . . . Jedenfalls, ich hatte *eine* Vorstellung von einer Braut in der Hochzeitsnacht, und sie eine ganz andere.

Ich hab am Bett eine Kerze angezündet. Hab sie hochgehalten. Castalia war in ihrem Zelt aus Laken und Bettdecke. Idiotisch, aber in meiner Nervosität hab ich gefragt: ›Bist das du, Castalia?‹

›Nein‹, kam ihre Antwort. ›Is Prinzessin Castalia in ihr angeborenes Kleid.‹

›Hört sich gut an‹, hab ich gesagt, oder so was ähnliches. Ich hab gedacht, sie meint ›nackt‹, ›Evaskostüm‹ oder so. Wie ich die Bettdekke wegzieh und die mit Dreck und Hühnerfedern aufgeputzte Hottentottin seh, laß ich einen Schrei los. Darauf schreit sie auch, und mir fällt die Kerze aus der Hand. Sie springt aus dem Bett und wischt an mir vorbei zur Tür raus. Auf dem Flur ist sie Mutter begegnet, und die hat dann erst *richtig* geschrien. Bis ans Ende ihrer Tage hat sie steif und fest behauptet, sie hätte auf dem dunklen Flur den Geist einer Tuscarora-Göttin gesehen. Das war unsere Liebesnacht. Mehr war nicht. Es ist beinah, als hätten wir unsere ganze Verliebtheit durch Schreien erledigt anstatt dadurch, daß wir richtig was gemacht hätten. Zwanzig Jahre mußten vergehen, bis wir die Geschichte auch nur erwähnt haben, und dann haben wir uns halb totgeprustet. Aber der Augenblick war verpaßt, unser Augenblick. Na wie auch immer, du hast mich gefragt, Lucille.

Wie bin ich eigentlich auf das alles gekommen? Hätt ich beinah vergessen. Weil du gefragt hast? Warum erzähl ich dir das überhaupt – schließlich sind wir erst ein paar Wochen verheiratet. Weil ich dir vertraue, und weil du alles über mich wissen sollst.

Ich weiß nicht, ob es so gut ist, daß ihr beiden den ganzen Tag zusammen seid. Manchmal bist du am Abend ganz geistesabwesend. Dann seh ich dir an, daß du an sie denkst. Ich war auch mal so jung wie du und kenne die Anzeichen. Sie respektiert dich. Sie hat schon die fürchterlichsten Sachen über dich gesagt – eine Art Anerkennung. Aber genieß das gute Essen und das saubere Haus und lern von ihr, weil irgendwann wird sie hier definitiv verschwinden müssen. Ich möchte, daß du an *mich* denkst, Lucille. Eine der angenehmen Seiten, wenn man sie *nicht* besitzt, Lucille, ist – man kann sie an die Luft setzen.«

Ich bin ganz still gewesen, hab gehofft, es kommt noch mehr. Und als ich gehört hab, wie er sich räuspert, fast als tät's ihm schon leid, so viel ausgeplaudert zu haben, hab ich mich sofort schlafend gestellt – tiefe, gleichmäßige Atemzüge. Schließlich hat er gegrunzt, erleichtert, daß ich die Augen zu hatte, daß ich vielleicht doch aus Langeweile eingeschlafen war. Auf die Art konnte ich also noch mehr aus ihm rauskriegen, über sie. Aber alles zu seiner Zeit. Auf keinen Fall durfte ich ihn drängen.

Er hatte mir gesagt, wo sie wohnte. Ich wußte jetzt, wo ich sie finden konnte unten in Klein-Afrika. Erst hat er mich allerdings wieder aufgeweckt, mit der Hand auf meinem linken Bein unter der Decke. Da hab ich kapiert: Das war auch eine Art Tauschhandel, wie ihn Cap tagtäglich im Viehhof praktiziert hat. (Erst packt er aus, dann packt er mich.) Na ja, kein schlechter Tausch. Am Abend noch hatte ich bloß eine Hausgehilfin am Herd gehabt, und jetzt kannte ich eine leibhaftige Prinzessin.

Dafür konnte ich ihn schon mal wieder lassen.

13

Probieren geht über Studieren. Manchmal am Morgen, wenn ich ihre Eier wie eine verordnete Medizin zu mir genommen hatte, bin ich aufgestanden und hab gesagt: »Ich hab heut in der Stadt zu tun. Falls jemand nach mir fragt, sagen Sie bitte, ich bin zum Mittagessen wieder zurück.« Komisch, gell – trotzdem ich in einem Haus ohne Personal aufgewachsen bin, hab ich gewußt, wie man sich in so einer Situation gewählt ausdrückt. Muß – wie eine Dienstbotenklingelschnur mit Quaste – irgendwo in den Erbanlagen drauf warten, daß es gebraucht wird.

Castalia hat bloß verächtlich geschnaubt, um mir zu zeigen, was sie von meinen angeblichen Besorgungen hält. Aber mir ist es vorgekommen, als hätt ich wirklich etwas vorgehabt, was genauso wichtig war wie Caps tägliche Transaktionen im Viehhof.

Draußen bin ich hinter der ersten Ecke stehngeblieben, hab meine weißen Handschuhe zugeknöpfelt und dabei Damen zugenickt, die seit Jahren am Vormittag in die Stadt gegangen sind, um in denselben fünfzehn Läden dieselben Kleider anzuschaun. Ich hab mir Mühe gegeben, beschäftigt zu wirken, aber allmählich hat mir gedämmert, was mich aus dem Haus getrieben hat, warum ich so aufgeregt war, seit ich um fünf neben Cap wachgeworden war.

Ich wollte spielen. Ich wollte tatsächlich einfach irgendwo hingehn und wieder mal so richtig spielen. Aber wie? Kam mir vor, als hätt ich's in den sechs Wochen regelrecht verlernt.

Fünfzehn war ich. Aber Kinder sind damals länger Kinder geblieben. In der Woche vor meiner Hochzeit war ich noch auf soviel Bäume wie möglich gekraxelt, weil ich mir schon gedacht hatte, daß Mrs. Marsden im Ausgehkleid nicht mehr gewandt wie ein Äffchen auf jeden x-beliebigen schwindelnd hohen Ast klettern kann.

Und jetzt, als Mitteldíng zwischen wildem Herumtollen und bravem Stillsitzen in einem behüteten Salon, hab ich mich auf der Straße rumgetrieben, nicht weit von dem Haus, das mir scheinbar fürs ganze Leben als Adresse zugeteilt war. Ich hab die verschnörkelten Spitzen am gußeisernen Gartengitter von den Thorps gezählt. Zeige- und Mittelfinger meiner weiß behandschuhten Hand haben die zwei Beine eines Läufers gespielt und sind von einer Spitze zur nächsten gehüpft. Laut hab ich gesagt: »Erwachsensein ist gar nicht lustig.«

Am nächsten Morgen, Mrs. Marsden sitzt im Salon und liest, kommt ein plattgesichtiger dicker junger Weißer ohne anzuklopfen rein. Ich spring auf, seh ihn an. Er hält die Mütze in der Hand und hat einen sauberen Overall an. Ich seh, daß er zittert, wie einer, der einen Zitternden nachmacht. Er muß sich an den Türpfosten lehnen und grinst verlegen. Aus dem Gestammel hör ich die Worte »weiße Frau« heraus. Beschämt, weil ich barfuß bin, sag ich, *ich* bin hier die weiße Frau.

»Nicht die weiße, die weise Frau, die schwarze. Soll hier arbeiten, eine Farbige. Die Hebamme. Doc Collier ist nicht in der Stadt, und die Töchter haben mich hierher geschickt nach der Hebamme, aber es ist schon allerhöchste Eisenbahn. Ist doch bei Captain Marsden hier?« Da steht Castalia schon hinter ihm, füllt die ganze Tür aus und wischt sich die breiten dunklen Hände an einem klitzekleinen weißen Geschirrtuch ab.

»Wie weit?« fragt sie ihn.

Er nickt bloß heftig, fast wie im Krampf – sein Kopf ruckt immerzu auf und ab. »Ich danke Ihnen, ja, sehr weit schon, danke, ja, bitte helfen Sie uns.« Er nickt so wild, daß er fast vornüber fällt.

»Wo ist sie?«

»Mein Wagen steht vorm Haus.« Castalia verschwindet in der Küche.

Er dreht sich um und grinst mich mit wilden Augen an. »Danke, daß ich sie haben darf.« Im ersten Moment versteh ich ihn nicht, dann begreif ich, er bedankt sich dafür, daß ich ihm meine Hausgehilfin überlasse, ihr freigebe. Am liebsten hätte ich ihm dafür meinerseits gedankt.

Sie kommt angerauscht, mit einem roten Hütchen auf dem Kopf, so klein, daß es wie was anderes aussieht. In der Hand hat sie so was ähnliches wie einen Henkelmann. »Fertig. Wo geht's hin?«

»Ich hab meinen Wagen vorm Haus.«

»Weiß schon, aber wohin fährt er uns?«

»Sie ist auf dem Wagen. Kann schon längst nicht mehr laufen. Bitte, bitte, machen Sie schnell, es hat schon angefangen. Irgendwie versteht mich scheint's keiner heute, bitte.«

»LONNIE!« Ein Schrei, der durchs ganze Viertel gellt. »Eins ist schon fast draußen, LONNIE!«

»Es werden Zwillinge, hat der Doktor gesagt.« Aber Castalia ist schon weg.

Er rennt ihr nach. Und ich, verwirrt, barfuß, renn auch die Vortreppe runter, hinter den beiden her. Mein Buch halt ich immer noch an mich gedrückt.

Castalia wetzt wie ein geölter Blitz. So was hab ich noch nicht gesehn. Diese plötzliche Flinkheit – auf Zehenspitzen rennt sie in ihren goldenen Tanz-Slippern – macht mir angst, regt mich auf. Über den Ziegelpfad lauf ich hinter ihr her. Vielleicht kann ich zur Abwechslung doch mal was helfen! Sie kniet schon auf dem Wagen, ganz ruhig, schaut nach unten und kramt dabei in ihrem Henkelmann.

Aber wie sie mich sieht, dreht sie den ganzen Oberkörper zu mir her. Sie fixiert mich. Es ist aber nicht ihr üblicher strafender Blick. Eher einer, der soviel besagt wie »Ach, die Kleine«. Sie hat mich *gesehn*. In diesem Notfall bleibt mir erspart, die zu sein, als die ich sonst andauernd herhalten muß. Auf einmal bin ich nur noch eine Fünfzehnjährige, die sich nützlich machen will und keine Ahnung hat. Es aber gut *meint*.

»Du«, ruft sie. »Mach, lauf ins Haus, Kind. Gleich. Setz Wasser auf, mach, koch Wasser ab. Lauf, tu's.«

Ich hab sofort getan, was sie gesagt hat. Hab die beiden Flügel von der Haustür hinter mir zugemacht und mich drangelehnt, eine Hand auf der Brust. Ich durfte helfen! Ich wollte eine gute Hilfe sein. Kam nicht in Frage, nicht zu tun, was sie mir grade befohlen hatte. Während das Mädchen draußen »Lonnie, oh, mein Gott, warum zwei?« geschrien hat, war ich noch ganz mit Castalias neuem Tonfall beschäftigt. Ich hab den rotgeränderten Emailletopf gefunden, in dem sie meine Bürste zu Tode gemartert hatte. Ich hab ihn an der Küchenpumpe mit Wasser vollgemacht und auf den heißen Herd gestellt. Aber hauptsächlich hab ich dran gedacht, wie sie mit mir gesprochen hatte. Als das Wasser gekocht hat, hab ich mich wieder rausgeschlichen, mit einem Handtuch um den heißen Topfstiel. Um das Gekreisch der jungen Bauersfrau zu übertönen, hab ich geschrien: »Wasser, kochendes Wasser – wie Sie gesagt haben.« Ich hab den Topf neben den Wagen auf den Gehsteig gestellt und bin rasch wieder auf die Veranda gelaufen, wo Castalia mich anscheinend postiert haben wollte.

Von dort aus hab ich ungehindert den Maultierkarren sehn können, schräg vorm Gartentor. Etwas Wichtiges ist unter dem Schutz der rohen Seitenbretter von dem Wagen vor sich gegangen. Das Mädchen hat laut geschrien, dann hat sie gesagt, wie leid es ihr tut, daß das so auf der Straße passieren muß, dann hat sie noch viel ärger geschrien. Ihr Mann hat sich auf dem Wagen über sie gebeugt. Er hat ständig abwechselnd auf ihr Gesicht und dann nach unten geschaut, wo Castalia gearbeitet hat, dann wieder die meiste Zeit auf ihr Gesicht. Er hat sie angestarrt, als wär das Gesicht seiner Frau ein großes Ei, aus dem grade ein gelbes Küken ausschlüpft. Von ihr hab ich nur eine bleiche Hand gesehn, die seine rote Faust umklammert hat. Und er hat gerufen: »Ich hab's ja gesagt, wir hätten eher losfahrn sollen, aber du hast ja unbedingt noch aufwischen müssen.« Und dabei hat er unter Tränen gelacht.

Weiter vorne auf dem Wagen war Castalias breiter Rücken zwischen angezogenen leichenblassen Knien in Bewegung. An einem Fenster direkt gegenüber auf der andern Straßenseite hat ein altes Ehepaar die Gardinen zur Seite gehalten und zugesehn, aber keine Anstalten gemacht, rauszukommen und Hilfe anzubieten. Auf einmal hat sich Castalia weit nach hinten gelehnt wie ein Angler, der einen Fisch aus einem Element in ein anderes hievt. Mit aller Kraft hat sie sich aufgebäumt, die Gesäßbacken platt auf die Fersen gepreßt. Es hat einen so gewaltigen Ruck gegeben, daß die Federn von dem Wagen gequietscht haben und die Plattform gekippt ist, so daß ich einen Moment gedacht hab, sie würden allesamt runterfallen. Ihr rotes Hütchen ist ihr davongeflogen und – wie eine Pille – übers Pflaster gerollt.

Castalia beugt sich tief runter, und dann hält sie auf einmal ein glitschiges rotes Meerestier hoch, von dem eine verdrehte korallenrote Schnur runterhängt. Sie hält ihre Beute hoch in die Mittagsluft – wie der Angler, der seinen Fang in seinem eignen Element herzeigt. Mit der rechten Hand hält sie das Wesen am Flossen-Ende gepackt, mit der linken tätschelt sie seine Kehrseite, bis der breite Mund (der scheinbar ein Drittel der ganzen Vorderseite ausmacht) einen erlösenden Rülpser von sich gibt. Dann ein Geräusch, das viel zu laut ist, um von diesem fischigen kleinen Ding zu stammen. Das Geräusch ist so menschlich, daß ich's kaum glauben, kaum aushalten kann – ein quäkender Schrei, so real und so vertraut, daß die beiden Alten am Fenster sich einmal ansehn, nicken und dann lächelnd die Vorhänge fallen lassen.

Castalia dreht den kleinen Schreihals um, daß er nicht mehr mit dem Kopf nach unten hängt. Sie nimmt ihn auf den Schoß. Dann macht sie sich dran, ihm mit der Schürze kräftig Augen und Nase abzuwischen. Sie glättet die Schnur ein bißchen, beugt sich weiter vor und legt ihn der Mutter auf die Brust. Als nächstes richtet sich Castalia mit gefalteten Händen auf. Sie neigt den Kopf und freut sich offenbar an einem blutigen Anblick, der mir verborgen bleibt. Und ich möcht's doch auch sehn!

Ich hör kaum, daß das Bauernmädchen wieder zu schreien angefangen hat. Ich steh nur einfach da auf der unmöblierten Veranda und spiel mit den zwei Türknäufen aus weißem Porzellan. Ich denk immer noch an Castalias Tonfall. (Mit so viel Meilen und Leiden drin, so vielen verschiedenen Arten zu lachen!) Wenn man die vier Quadratzoll ihrer Schönheit in einen einzigen feuchten Laut packen könnte – dann könnte der so schlüpfrig und tief und doch so glockenrein sein wie ihr Befehl an mich. Der kommt mir jetzt wie Musik vor, verglichen mit dem Knurren, das sie sonst nur für mich übrig hat. »Mach, lauf ins Haus, Kind. Gleich. Lauf, tu's.« Ich kenn sie fast noch nicht, aber wie ich da so steh, *fehlt* sie mir schon so. Ihre Stimme ist auf einmal die von der Person, die ich von allen Menschen auf der Welt am liebsten kennenlernen will.

14

Am nächsten Nachmittag hat Castalia ihren halben freien Tag gehabt. Sie wollte heim, ihren beiden flapsigen erwachsenen Söhnen, die sie »meine großen Jungen« genannt hat, die Wäsche waschen. »Machen Sie sich noch einen schönen . . .«, hab ich gesagt, wie sie mit ungefähr zehn Pfund Essensresten nach Hause aufgebrochen ist. (Das Abendessen hatte sie uns warmgestellt.)

»Einen schönen *was*? Kann Leute nicht leiden, wo Sachen sagen, was sie nich mal *meinen*. Versuch doch du, dir einen schönen von zu machen, wo du mir einen wünschst.« Und mit einem Schnauben hat sie die Tür zugeknallt. Aber für meine Ohren, Junge, hat Castalia – seit sie gestern Billy und Barney, die Zwillinge, auf die Welt geholt hatte – viel freundlicher geklungen als vorher.

Ich hab gewartet, bis das Gartentor gequietscht hat, bis sie losgelaufen ist und sich mit einem andern vor Klatschgeschichten platzenden Hausmädchen zum gemeinsamen Heimweg bergab getroffen hat. Dann hab ich *noch mal* sechs Minuten gewarten, und dann noch mal sechs, die noch langsamer vergangen sind.

Schließlich hab ich den Roman weggelegt, den ich vorgeblich gelesen hatte. Barfuß bin ich in die Küche und zu ihrem Schrank vier Fuß links vom Herd getappt. Dieses gußeiserne Monstrum – ihr dunkler Freund und Spion in unserm Haus – hat mich, so ist mir's vorgekommen, beobachtet, als ob er mich verpetzen könnte und wollte. Als erstes hab ich die Ritzen von dem Schrank nach aufgeklebten Haaren abgesucht. Alles hätte mein Rumschnüffeln verraten können. Nicht zuletzt die Tatsache, daß ich die schlechteste Lügnerin aller Zeiten und Länder war (und bin).

Wie ich nichts gefunden hab, was nach einer Falle aussah, hab ich mir ein Herz gefaßt und die Schranktür aufgemacht. Ich war praktisch auf alles vorbereitet – ein Geräusch, eine riesengroße, züngelnde, gallegrüne Schlange, was du willst. In dem Schrank waren drei vollgestopfte Borde und darunter ein Durcheinander von Scheuerlappen und Besen und ein abgebrochener Spazierstock mit Goldknauf. Zwischen den Eimern lagen noch drei Paar ausgediente Damenschuhe mit arg runtergetretenen Absätzen.

Auf dem obersten Bord: ein Halbgallonenkrug mit einer klaren Flüssigkeit. Auf dem Etikett ein Totenschädel und gekreuzte Knochen, mit verschmiertem Blei gemalt. Ich hab ihn beiseite geschoben und den Henkelmann runtergeholt, den sie für die Entbindung der Zwillinge (das Tagesgespräch auf der Summit Avenue) gebraucht hatte. Inhalt: Zwirn, drei Scheren, jede in einem mit Watte ausgelegten Etui, ein paar Nadeln so groß wie Polsterernadeln, jede Menge katgutähnliches Garn wie Angelschnur für Sechzigpfünder, ein zangenartiges Werkzeug, haufenweise Mullbinden und Heftpflaster, Augentropfen, Riechsalz und ein Schnuller – damals Zuckerzitze geheißen. Eine zu simple Ausrüstung, wollte mir scheinen, für eine so wichtige Tätigkeit, nicht besser wie die andern Utensilien in dem Schrank. Den Henkelmann hab ich wieder genau an seinen alten Platz hinter den Giftkrug gestellt. Sicherheitshalber hab ich immer wieder mal über die Schulter in die helle Küche geschaut. Schwarzweißes Linoleum. Die große Seth Thomas hat getickt, als hätt sie mich anstacheln wollen. Draußen ab und zu Getrappel von Pferdehufen auf dem Pflaster. Die Luft war rein soweit.

An Haken innen an der Schranktür Putzlappen, so bunt wie ihre Kleider – die schönen Farben der zwölf Stämme Israels in familiärer Eintracht. Daneben, mit Reißzwecken angemacht, ein Pastellbild von einem milden Jesus knietief in Schafen. Neben Ihm ein hübsches schwarzes Photomodell aus einer Illustriertenreklame für Pomade, ein interessanter Kopf im Profil. Die handgezeichnete Landkarte von Afrika hab ich erst für die unbeholfene Darstellung einer nach unten gerichteten Wasserpistole gehalten. Auf der Karte war am Westrand ein einzelner Stern (rot) eingezeichnet – der viel größer war als der winzige Fluß, den er scheint's markieren sollte.

Auf Castalias oberstem Bord waren glänzende Hutnadeln in eine Männersocke gesteckt, die mit Fichtennadeln (hab dran gerochen) ausgestopft war. Ein Buch mit dickem, rotbraunem Einband hatte den Titel *Nerze selbst züchten: Als Nebenverdienst und als außergewöhnliche Haustiere*. Mit Abbildungen war erklärt, wie man richtig belüftete Käfige baut. Auf einer Zeichnung war ein Männchen in Begattungsstellung auf einem fast C-förmig mit starrer Miene unter ihm zusammengekauerten Weibchen zu sehn, das aber anscheinend durchaus mit der Prozedur einverstanden war. Auf einem andern Bild ein Querschnitt durch die Innereien von einem Weibchen, die Babys dicht zusammengedrängt, kuschelig, blind, wie Ferkelchen. In einem Kapitel hat man erfahren, wie man die Babys ans Licht der Welt holt, falls Mutter Nerz nicht alleine zurechtkommt. Aber auf den meisten Zeichnungen ist es darum gegangen, wie man seinen außergewöhnlichen Haustieren die Haut abzieht, ohne den kostbaren Pelz zu beschädigen. Die Seiten waren mit Essensflecken gesprenkelt, wie ein Kochbuch, das zu oft zu dicht neben den Zutaten gelegen hat. Die Ränder waren mit dicken Bleistiftsternen übersät. Mit Anmerkungen wie: *Steht da, hab aber vier Stück verloren deswegen. Das doppelte fressen sie! Weiß jeder!*

Ich hab lächeln müssen. Bin mir vorgekommen wie beim Blättern in meinem Geschichtsbuch mit seinen Strichmännchen und Bemerkungen: »Das bezweifle ich sehr. Die, und welche Armee noch? So, so! Und der Beweis?«

Ich hab alles wieder genauso reingestellt, wie ich's vorgefunden hatte. Vielleicht wegen meiner Nervosität hat jeder Gegenstand scheinbar mehr bedeutet, als er sollte. Jedes Ding hat durch Oberfläche und Farbe einzigartig gewirkt, sogar ihre Besen, sogar ihre muffelnden Scheuerlappen. Außerdem nur noch die üblichen Putzmittel. (Abgesehn von ein paar Kardinal- und Blauhäherfedern – in einen

Klumpen Ton gesteckt, wie ein Federball. Dahinter, fast unsichtbar in einer Ecke versteckt, hab ich eine altmodische, im Geschäft gekaufte Papierpuppe ertastet, ein blondes, albern lächelndes Mädchen im Kamisol. Die Figur war steif, ungefähr einen Fuß hoch. Mit den Fingern hab ich die Oberflächenstruktur gespürt – in den Pappkarton waren Heftklammern gedrückt, nein, Stecknadeln reingesteckt worden, und ihre Köpfe haben fühlbare verschlungene Muster auf der Oberfläche gebildet. Unter den Armen und unten zwischen den steifen, steckengraden Beinen war das Metall schon angerostet. Ich hab das Ding ganz besonders vorsichtig zurückgestellt.)

Kinder haben hinterm Haus geschrien. Ich bin richtig zusammengezuckt, dann mußte ich – Hand vorm Mund – über mich selber lachen. Trotzdem hab ich hastig die übrigen Sachen durchgesehn. Ich mußte einfach wissen, was sie sonst noch alles in ihrer Hamsterhöhle hatte. Hab's mir ansehn müssen, solange meine Nerven noch mitgespielt haben, mein Junge. Das Zuschaun bei der Zwillingsgeburt gestern hatte mir irgendwie Mut gemacht. Bestimmt würde ich nie wieder den Mumm für so eine Inventur aufbringen. Also rasch: Zwei Haarnetze mit Goldflitter, ein paar glitzernde Papp-Nagelfeilen, die wie angeknabbert ausgesehn haben. Ein vierblättriges Kleeblatt in Wachspapier. Rubinroter Nagellack und zwei Kupfertiefdruckbilder von Kardinälen im Flug. Ein glattpolierter Kieferknochen von einem Hirsch oder einer Ziege. Und ein Neues Testament, aus einer Bibel rausgerissen und von rosa Gummibändern zusammengehalten.

Das war's.

Ich hab die Flasche mit dem klaren Gift (Fleckenwasser?) wieder in die Mitte gestellt und die Schranktür zugemacht; ich war erleichtert, trotz der Papierpuppe. Ich war entschlossen, mir wegen dem Ding keine Sorgen zu machen. Immerhin war's allem Anschein nach wesentlich älter als ich, die Nadeln hatten zu rosten angefangen, lange bevor ich auf die Bühne gestolpert war. Seltsam kurzatmig, aber gut gelaunt, hab ich mich ans Büfett gelehnt. Dann haben mir die delftblauen Büchsen mit Küchenvorräten ins Auge gestochen, die – der Größe nach geordnet – in Reichweite standen. Aus der mit der Aufschrift ZUCKER hatte Castalia neulich das komische stachlige Ding rausgefischt. Aber auf keinen Fall hätt ich mich einfach so rangewagt. Wenn's Nacht gewesen wär, womöglich noch mit Donner und Blitz, wär das alles sowieso nicht passiert. Dazu hätte mir auf alle Fälle der Nerv gefehlt. Es war schon am hellichten Tag schlimm genug. Ständig hab ich auf das Ticken der Seth Thomas in ihrem schönen Gehäuse aus Obstbaumholz gehorcht. Jetzt ist mir's vorgekommen, als tät sie lauter Fragezeichen von sich geben, kleine blecherne Angelhaken. Eine schöne Tasse Tee vielleicht? Ohne guten Grund hätt ich mich nicht getraut, die Zuckerdose anzurühren. »Ich *wohne* hier«, hab ich laut gesagt, und es hat verrückt geklungen. (Aber ich war schließlich seit jeher abergläubisch, bin's auch heute noch viel zu sehr, geb's unumwunden zu. Scheint, daß sich unser Jahrhundert, je moderner es wird, immer mehr dem finstern Mittelalter annähert. Und ich? Interessier mich für Zauberei und Selbstverteidigung. Hab Schritt gehalten.)

Zum Anfeuern hab ich zusammengedrehte alte Nummern vom *Herald Traveler* in den Herd gesteckt. Hab sie angezündet und dann den neuen Topf vollaufen lassen, der seit seiner Mitwirkung bei der Zwillingsgeburt fast ein bißchen geheiligt war. Seit ich Wasser für Billys und Barneys Ankunft heiß gemacht hatte, hab ich mich nicht mehr ganz so unbehaglich an dem Herd gefühlt, der mir bis dahin immer so sehr als Castalias Stützpunkt vorgekommen war. Ich erwähn das, weil's das erste Mal war, daß ich den berühmten Herd angezündet hab, an dem ich dann so viele Jahre selber stehn und schuften sollte. (Bevor ich den Gasherd gekriegt hab, allerdings zu spät, um noch viel Freude dran zu haben.)

Erst als der Tee aufgegossen war, hab ich gewagt, barfuß zum Büfett rüberzutappen. Ganz langsam, so als könnte die blauweiße, auf Porzellan gemachte Blechdose mit der Aufschrift ZUCKER jeden Moment losschrillen wie ein Wecker, hab ich den Deckel abgenommen und die Hand reingesteckt. Als erstes sind meine Finger auf eine im Zucker vergrabene kleine Metallschaufel gestoßen, und ich bin zusammengezuckt. Dann hab ich, verärgert über meine Zimperlichkeit, das Schäufelchen beiseite geschoben und einen stachligeren Gegenstand berührt.

Langsam hat meine Faust was Schwereres, dem Weißes aus allen Fugen gerieselt ist, ans Tageslicht gezogen. Es war ein mit Muscheln überkrustetes, vier Zoll hohes Kruzifix aus splittrigem Streichhölzerholz. Auf einem Abziehbild am oberen Ende stand »Andenken an Nags Head NC«. Draufgeklebt waren Dutzende von winzigen offenmundigen Muscheln. (Das Kreuz hatte eine Art Glasur, als wär's in was Braunem gebacken oder tagelang bei niedriger Hitze gekocht worden – wie meine arme Haarbürste.) Trockene Zuckerfäden sind jeder Muschel aus dem perlmutternen Mund geronnen. An der Rückseites von dem Kreuz befestigt – ein ausgeschnittenes Bild: der Kopf von einem Kardinalsvogel im Profil vor Hartriegelblüten. Das Bild war aus einer Zeitschrift ausgeschnitten, auf Pappe aufgeklebt und so oft lackiert worden, daß es richtig steif und glasig war. Es war mit Draht an dem kleinen Christus befestigt.

Ein Gekreuzigter aus grün angelaufenem Messing. Einzelheiten von Seiner Dornenkrone und Seinem Lendentuch waren vom vielen Anfassen abgewetzt. Auf Seinen Bart waren Pelzstreifen geklebt; nur der beste Pelz war gut genug gewesen – Nerz. Mit Drachenschnur um Seinen Leib geschnürt: sechs Milchzähne, glatt durchbohrt und auf die Schnur aufgefädelt, so daß sie dicht an Seinem Brustkorb anlagen. Backenzähnchen, die ziemlich groß aussahen, waren büschelweise unter Seine spindligen ausgestreckten Arme geklemmt. Die Handflächen des Gekreuzigten, beide X-Beine und die Dornenkrone waren über und über mit rubinrotem Nagellack beschmiert. Zwischen Seinen Beinen war's richtig blutig rot. Quer über das Bild von dem Kardinal war mit rotem Nagellack geschrieben: »Reba weis besser. Reba der echte verbesserte eine ER.« Der braune Pelz von Seinem Bart hat sich unter Lucys nahem Atem bewegt. Sein Mund war offen wie im Schrei, und die nach oben gerichteten Augen waren so schreckliche blutige Löcher, daß ich das Ding sofort wieder in das weiße Pulver gesteckt und blitzschnell den Deckel auf die Dose gesetzt hab. Konnte nicht glauben, daß ich's überhaupt so lange in der Hand gehalten hatte!

Ich hab den Blechdeckel fest draufgedrückt und ihn eine volle Minute festgehalten. Man weiß ja nie. Ich hab gehorcht, ob Cap womöglich schon zur Haustür reinkommt – jedenfalls hab ich mir das eingeredet; in Wirklichkeit hab ich tief drinnen genau gewußt, daß ich eigentlich befürchtet hab, erstickte Schreie von einem zu hören, der unter glitzernden weißen Bergen begraben war. Was *hab* ich gebibbert, Junge!

Ganz zimperlich-vorsichtig hab ich dann meine klirrende Tasse samt Untertasse aus der Küche getragen. Nur möglichst schnell woandershin, irgendwohin, wo's dunkler und heimeliger war. Ich hab die beiden Schiebetüren vom Salon zugezogen, mich überzeugt, daß die Samtvorhänge nicht klaffen, und dann mit gierigen Schlucken meinen kalten Tee runtergegurgelt. Ich wollte beweisen, daß ich noch da war, im Grunde unerschüttert, Lucy wie gehabt. Vierzig geschlagene Minuten war ich mit mir allein in dem düsteren Zimmer und hab mir die größte Mühe gegeben, mir über etwas schlüssig zu werden – ich wußte bloß nicht, worüber. Noch nicht.

Mein Angetrauter hat mich mit verspannten Hals- und Schultermuskeln gefunden, ins Leere starrend. Er hat die Gaslampe angemacht, ohne auf meine Stimmung Rücksicht zu nehmen. »Was ist denn hier los?« hat er gefragt. Dann hat er mir einen neuen Witz aus der Stadt über zwei reiche Schafzüchter erzählt. Es war ein gängiger Scherz, weißt du, daß so mancher Schäfer die Tierliebe ein bißchen zu wörtlich genommen hat. Bei einem Ritt über die Weide sehn die beiden Rancher ein Mutterschaf, das sich im Stacheldraht verfangen hat und ihnen das schwankende Hinterteil entgegenreckt.

Nickt der eine zu dem Schaf runter. »Weißt du was, Bill? Ich wollt, es wär Nacht und das wär die Lillian Russell.«

»Ach was«, sagt Bill. »Mir tät's schon reichen, wenn's Nacht wär.«

Ich hab so laut losgeprustet, daß Cap mich entgeistert angesehn hat. Ich hab mich gleich zusammengenommen und mir mit dem Handrücken die Tränen aus den Augen gewischt. »Der ist gut«, sag ich verwirrt. »Ich wollt, es wär Nacht! Der ist gut. Sie können froh sein, Sie kriegen ab und zu einen Witz zu hören.«

Er hat mich mißtrauisch angeschaut. »Was ist denn mit dir los? Und was, Fräuleinchen, hat *sie* dir erzählt? – Wenn sie dich jemals gegen mich aufhetzt, fliegt sie im hohen Bogen hier raus. – Aber genug davon. – Wie war *dein* Tag? Was hat sie uns beiden zum Abendessen gemacht?«

»Ich hab nicht geguckt!« Ich hab zu laut gesprochen. »Corned beef mit Kohl.«

15

Wie wir von der Hochzeitsreise zurückgekommen sind, hab ich an *irgendwas* glauben wollen, glauben *müssen.* Was konnte die junge Lucille außer dem *Hier* für sich beanspruchen? Sicher noch nicht das *Wir,* wo doch dieses Wort auch den rätselhaften riesigen Mann da links von mir in dem Buggy eingeschlossen hätte.

Nach der Heimkehr aus Atlanta hab ich mich eigentlich nirgendwo mehr so richtig und rechtmäßig zu Hause gefühlt. Vielleicht am ehesten noch unten in Klein-Afrika mit seinen schwarz und blauen Verandaträumen, seinen unbeleuchteten Wegen, wo die Generationen übereinandergelegen haben wie modrige Laubschichten, die drauf warten, in kostbares Lampenöl für die Zukunft verwandelt zu werden.

Verlassen lagen die Gehsteige der Summit Avenue da; für nächtliche Spaziergänger hatte man die Gaslaternen anscheinend nicht aufgestellt. Ich hab mich gefragt: Wieso hab ich Falls immer für so verdammt einzigartig gehalten? Vielleicht war mir diese Stadt bloß deshalb so lieb, weil's die war, die *mir* die ersten Schritte ermöglicht hatte.

»Sieht alles besonders schön aus heute abend, findest du nicht, Lucille?« Die tiefe Stimme hat mich erschreckt. Cap hat sich nicht zu mir hergedreht, sich mit meinem zweimaligen Nicken begnügt.

Daß ich hier saß – an jeder Straßenlampe hat der Brillant von meinem Verlobungsring aufgeblitzt, zwischendurch ist er wieder erloschen – und spürte, daß Falls letzten Endes doch nichts Besonderes war, das hat mich fast krank gemacht.

(Ich hab mir die Bauernfamilien vorgestellt, die meilenweit auf dem Stroh ihrer offenen Leiterwagen in die Stadt gefahren sind. Nach einem langen Arbeitstag kommen sie am Freitag- oder Samstagabend grade noch zurecht, um die riesigen Häuser der Weißen und ihre schmucken Gärten bei Sonnenuntergang zu sehn. Dann machen sie den üblichen Abstecher zu dem einzigen, nimmermüden Gratis-Trinkbrunnen auf dem Stadtplatz und schlendern zu Lucas rüber. Und dann haben sie sechs Meilen maultiergezogene Rückfahrt in die Dunkelheit vor sich. Ihre Kinder, am Hinterende des Wagens im muffigen Stroh ausgestreckt, Hände hinterm Kopf verschränkt, sehn zu den Sternen rauf, die heimatlich sind und doch auch wieder nicht. Ich hatte immer gedacht, sie sind beeindruckt von dem, was sie in Falls gesehn haben. Hab ein ganz schlechtes Gewissen gekriegt, jetzt wo ich's besser gewußt hab!)

Ich hab meine Tasche näher an mich gezogen und gewußt: Lucy, diese Stadt könnte dich auch dann nicht retten, wenn sie's wollte. Und sie wird's nicht mal probieren. Eher wird sie dich ausquetschen wie eine Zitrone und das dann auch noch Unterhaltung nennen. Ein Heidenspaß.

Ich hab mir gesagt, Falls hat sich so große Mühe gegeben, dich einzubeziehn. Wenn du dich jetzt im Haus vergräbst oder versuchst, für dich allein zu leben oder auch nur zu deinen Tanten zu ziehn, wird das ganze Kaff drum kämpfen, daß du nicht abseits bleibst. In einer so kleinen Stadt muß man mittendrin sein, auf Tuchfühlung mit den andern, oder man packt am besten gleich die Koffer.

Womöglich hatte die Reise nach Atlanta mich mehr gekostet als ein münzengroßes Häutchen an einer gewissen zentralen Stelle? Vielleicht war mir auch was abhanden gekommen, was wir alle brauchen, Junge: Die felsenfeste Überzeugung: »Ich? Also, ich bin einzigartig – ganz bestimmt in meinen Freuden, aber auch in meinem Leid, vielleicht besonders in meinem Leid.« Daran, Schätzchen, muß der Mensch *um jeden Preis* festhalten. »Ich bin es wert, gerettet zu werden«. Das sollte für immer in Schönschrift quer über dein Herz tätowiert sein.

»Tor zum Brotkorb des Erdnußgürtels!« Früher hatte ich dieses marktschreierische Schild so ernst und wichtig genommen, daß ich einen Treueid drauf geleistet hätte. Jetzt . . . nicht mehr so sehr. Aber *was* hätt ich statt dessen verehren sollen? Ich hätte *gleich* einen Ersatzglauben gebraucht. Porzellanmalerei? Liebe? Oder was?

Ich hab gemerkt, daß Cap das Gespann einen Umweg hat machen lassen – er wollte bei Winona Smythe vorbeifahren. Wo ich schon mal mit ihm im Buggy saß, hab ich mir gedacht, fährst halt mit. Keine Lichter, ihr Garten nur noch ein einziges Gestrüpp, eigentlich schon ein privates Waldstück. Die Abendluft war kühler geworden, und ich hab die Arme um den Oberkörper geschlungen. Vor uns jetzt, vier Grundstücke weiter, das große weiße Holzhaus, in dem ich aufgewachsen war. Eigentlich ein Haus wie jedes andere.

Nur daß um Viertel nach neun die beiden Parterre-Lampen von meinen alten Herrschaften noch gebrannt haben. Die eine stand auf Mamas Flügel, und in ihrem Schein hat das spiegelblanke Ebenholz geschimmert wie erstarrtes Rohöl. Die andere hat Papas tabakbraunen Sessel und den bleiverglasten Bücherschrank mit den *Vollständigen Wildwest-Abenteuern* beleuchtet. Im untersten Fach Mamas großformatige Kunstbücher, an die ich mich immer liebevoll erinnert hab: *Pompeji, Schätze der französischen Architektur, Die Sixtina für jedes amerikanische Kind, Heilige von Guido Reni, Holbein als Hofmaler Heinrichs VIII.* (»Lucille, daß du mir die Foliobände ja nicht mit deinen Dreckpfoten anfaßt! Geh und wasch sie dir.«)

Ich hab mir gedacht, gleich wird mein frischgebackener Mann, schwergewichtig und stumm neben mir, die Pferde zügeln. Er wird die mit Rosen bestickte Reisetasche vor meinem Elternhaus auf den Gehsteig schmeißen. Vielleicht läßt er mir als Trostpflaster die Tomaten.

Mit seiner müden, vollen Stimme wird er verkünden: »Nichts für ungut, Lucille. Oft geht so was gut, gelegentlich aber auch nicht. In deinem Fall, meine Liebe – wohl eher nicht. Wir werden uns natürlich immer wieder mal in der Stadt begegnen. Wir werden ganz bestimmt nur mit aller Diskretion und Hochachtung übereinander sprechen, nicht wahr? Du darfst das auf keinen Fall persönlich nehmen. Es war ja durchaus nicht alles nur Einbildung. Niemand hat sich was vorzuwerfen. Vielen Dank für deinen guten Willen und so weiter.«

Dann werd ich runterklettern – zu gleichen Teilen erleichtert und verstört –, aber schön langsam, wegen den überanstrengten Muskeln an den Innenseiten meiner Schenkel. Ich werd vorsichtig meine Tasche mit der Hotelseife und den Kindergedichten aufheben und besonders mit den geschenkten Tomaten aufpassen. Auf bemoosten Ziegeln werd ich zwischen unsern Buchsbäumen durchgehn, die immer so glatt geschnitten sind wie im Laden gekaufter Käse. Die Holzstufen rauf geh ich dann ins helle Haus meiner Eltern – ohne auch nur den Türklopfer zu betätigen, ohne auch nur noch einmal dem Mann winken zu müssen, der mit dem quietschenden Buggy schon ins Dunkle entschwunden ist, in Richtung auf ein Haus, das sein rechtmäßiges Eigentum ist. Und dann bleib ich mein Leben lang so allein wie »Reiskorn« Chow.

Aber nein, Cap treibt die Pferde weiter an, direkt an meinem Elternhaus vorbei. Moment mal. Na ja. Also gut. In Ordnung. Aber, o mein Gott. Trotzdem . . . Wen wundert's? Aber von mir aus – nach und nach wird alles gut. Man gewöhnt sich.

Mein Junge, ich hab die wildesten Gefühle niedergekämpft. Ganze Anfälle runtergeschluckt. Ein Biberdamm hat in meinem Innern gekreiselt. Mit schier übermenschlicher Willenskraft hat deine Lucy den irrsinnigen Drang unterdrückt, laut rauszuschrein, alle Welt aufzuwecken, Sachen durch die Gegend zu schmeißen wie eine Tobsüchtige. Irgendwo oben unter meinen Rippen hat eine kleine grüne Knospe Wut vorgeguckt und gesagt: »Spring runter, sofort. Lauf, Dummkopf. Wenn er dich zurückhalten will, haust du dem Schuft eine rein. Er hat dir als erster wehgetan. Es wär die reine Notwehr, keiner kann was dafür.«

Statt dessen doch wieder nur: Sittsames, würdiges Betragen. Und wir fahren jetzt endgültig auf sein Haus zu. Ich fleh mich selber an, vernünftig zu bleiben, nörgel mit der Stimme meiner Mutter an mir rum. Kommt nicht in Frage, daß ein erwachsener Mann (der noch dazu Rechte auf mich hat) sieht, wie ich den Kopf rumwerf, um noch mal die brennenden Lampen bei den Eltern zu sehn. Ich muß ihn mir unbedingt verkneifen, diesen letzten Blick auf unsern Garten, unsere breite Veranda, ihre zwölf nicht zusammenpassenden Schaukelstühle. Es *darf* nicht so aussehn, als ob mir ein jetzt dunkles Fenster im ersten Stock aufgefallen wär, ein gemütliches, mit Spitzen verhängtes Kinderzimmer, das jetzt für immer unbeleuchtet bleiben wird. Unbewohnt.

Statt dessen seh ich einfach gradeaus, mit erhobenem Kinn, und überleg, was das Erwachsensein ein Mädchen auf die Dauer wohl kostet.

Wir nähern uns dem Haus des Ex-Junggesellen Marsden. Ich kenn's vom Sehn . . . Der Garten notdürftig und lieblos in Ordnung gehalten von einem Gärtner, der nur jeden zweiten Dienstag kommt. Keine Blumen oder Sträucher. Auf der Veranda kein einziges Möbelstück. Aber dann passiert was Seltsames. Wie sein Haus links vor uns auftaucht, wie ich seh, daß jemand (eine Frau?) die Zeit und die Sorgfalt aufgewendet hat, eine Kerze in jedes Fenster zu stellen (und die Gardinen zurückzuziehn, damit nichts Feuer fängt), wie ich seh, daß die breite Haustür kunstvoll mit Magnolienzweigen umrahmt ist, wird mir anders.

Das kann passieren.

Manchmal.

So unversehens.

Wie immer macht sich's auch an dem Abend im Körper bemerkbar – daran erkennt man, daß es sich tief drinnen abspielt. Ein Medaillon innen hinter meinem Brustbein klappt weit auf. »Komm rein.« Die Luft steigt mir kühler in die Nase. Wieviel älter ich geworden bin in den zehn schweren Tagen! Eigentlich kein Grund, daß ich plötzlich viel mehr Mitgefühl aufbring für die vielen deprimierenden Sachen in meinem Heimatort. Tu ich aber. (Heute, mein Junge, finde ich ja, dieses Mitgefühl hätte von Anfang an mir selber zugute kommen sollen. Statt dessen hab ich's – typisch für mich, für uns Mädchen damals – gleich wieder auf die von den Männern regierte Welt verschwendet. Wie eine mit vollen Händen verteilte Mitgift. »Hier, bitte«, hab ich an dem Abend gesagt.)

Die Pferde laufen einen Bogen vor Caps beleuchtetem Haus. Ich steig runter, schwerfällig wie ein viel älterer Mensch, aber irgendwie entschlossen. In Atlanta war mir's nicht gelungen, mich vor Schaden zu bewahren. Jetzt wollte ich unbedingt jemand andern oder was anderes beschützen.

Mein Falls kam mir da gerade recht.

Wie klar ich jetzt die ganze Heuchelei durchschaute, die jämmerliche, dumme Nettigkeit. Die schmalen, anheimelnden, allzu überheblichen Straßen. Sogar die Grausamkeiten, die Versnobtheit – einfach alles. Und ich hatte nichts Eiligeres zu tun, als der Stadt das Mitleid zu offerieren, das *ich* gebraucht hätte. (Hätt ich mir selber so viel Verständnis entgegengebracht, wie ich verdiente, dann hätte mich das beschämt oder, schlimmer noch, womöglich in den Wahnsinn getrieben. War schon immer anfällig dafür. Ständig hab ich dagegen ankämpfen müssen. Als Zondro neulich hier mit den Gedichten von einer jungen Frau ankam, einer Mutter, die den Kopf in den Gasherd gesteckt und sich mit ihren knapp zweiunddreißig Jahren ins Jenseits befördert hatte, hab ich mein Buch zugeklappt und zu meiner Zuckerstange gesagt: »Dieses Mädchen hat mir nichts zu sagen. Ich verachte jeden, der sich davonschleicht, vor allem, wenn nebenan die Kinder schlafen; stell dir vor, *die* hätten ja auch dabei umkommen können.«) Nein, an dem ersten Abend nach der Hochzeitsreise, hätt ich mir da das geringste bißchen Selbstmitleid erlaubt, wär's um mich geschehn gewesen.

Ich hab mir gedacht: Ich bleib noch eine Weile hier in der Stadt. Und ich versuch, sie zu schützen. Ohne daß sie selber was merkt davon. Das tu ich einfach bloß, um etwas zu retten. Wieder daheim, hab ich eine Aufgabe gebraucht. Mein Gemahl würde sich jetzt um sein Vieh und seine Liegenschaften kümmern. *Ich* würde mir *das* vornehmen. Ich humpel jetzt auf die Veranda zu, meine Tasche und die Tomaten fürsorglich an mich gedrückt wie ein schlafendes Kind. Hat nicht viel gefehlt, und ich hätt den gequetschten Tomaten »Ist ja gut« zugeflüstert.

Falls hält sich immer noch für was Besseres, für ein Quentchen vollkommener als jede andere Stadt dieser Größe! (Bis vor kurzem hab ich mich selber insgeheim auch für was Besonderes gehalten. Albern vielleicht, aber verständlich allemal.) Und trotzdem hab ich Falls an dem ersten Abend nach der Reise lieb, wie man ein Kind mitsamt seinen Fehlern liebhat, von denen man weiß, daß man sie selber schon vor ihm gehabt hat. Man denkt sich, irgendwas muß doch übrigbleiben. Und wenn's nur die wahre Geschichte davon ist, wie alles zugrunde gegangen ist.

Sollte ich also ab und zu mal, während ich dir den Rest von meinem Leben erzähl, das ich zum größten Teil hier verbracht hab, allzu sehr in der Kleinheit unserer kleinen Stadt schwelgen, dann liegt's nicht daran, daß ich's nicht besser wüßte. Ich mein, ich hätt ja jederzeit noch viel weiter reisen können, als ich's getan hab. Ich hätte noch über

Norfolk hinaus nach Norden fahren können, noch weiter nach Süden als bis Laurinburg, North Carolina (und in Atlanta war ich schon zweimal, das letzte Mal sogar mit einem richtigen Flugzeug). Auch später noch, wie ich Captain davongelaufen bin, war's mir in der Seele zuwider, *Falls* zu verlassen. Hätt ich den ganzen Ort in meiner Reisetasche mitnehmen können, glaub mir, ich hätt's getan.

Am Ende meiner Flitterwochen beschließ ich: Ich will hier im Ort tun, was ich kann – ich will dem Tor zum Brotkorb des Erdnußgürtels et cetera helfen. Und ich geb mir Mühe, eine eben entdeckte unangenehme Wahrheit zu verbergen. Kennst du Falls, den Ort selber, mein ich? Mein Heimatrevier, meinen besten Spezi? Lucys lebenslangen Partner, ihr einziges anständiges Thema? Glaub mir, Junge, *Falls war's nicht mal wert, daß ein Hahn danach krähte.*

Aber sag's bitte auch nicht weiter.

16

Mein Angetrauter hatte mir ihre Hausnummer nicht gesagt – Bordsteine und Gullys waren im Schwarzenviertel unbekannt, und man hat den Wegverlauf hauptsächlich im Verhältnis zu Brunnen oder Bäumen oder dem Fluß beschrieben. Häuser sind hier wie Pilze in kumpelhaft dichten Scharen aus der Erde gewachsen, oft mit der Kehrseite zum Weg. Anders als die Summit mit ihren weißen Villen, die ihre Fassaden wie ein makelloses Gebiß hergezeigt hat.

Hunde von Farbigen sind von den Veranden gekommen, haben mich angebellt und nach meinem Rock geschnappt, genau wie die Hunde von den Weißen immer die Hausmädchen und Gärtner sekkiert haben, die den Hügel raufgestiegen sind, um den Weißen Zimmer und Gärten in Ordnung zu bringen.

Die Veranden waren mit Sachen abgestützt, die eigentlich für was anderes gedacht waren. An einem Haus hat ein mit Draht zusammengeschnürtes Bündel Besenstiele die Dachtraufe gehalten. Überall haben auf den Veranden Wringmaschinen mit Handkurbeln rumgestanden. Überall Wäsche von Weißen in Reih und Glied auf der Leine.

Dann hab ich die Hütte gesehn, vor der nach Caps Beschreibung ständig die beiden mürrischen Söhne auf der Veranda gesessen haben. Castalias Haus. Untenrum war's von Tierkäfigen gesäumt. Die Bruchbude stand auf sechs wackligen Haufen von Ziegeln (zum Teil aus der verkohlten Trümmerstätte von The Lilacs geborgen). Sie war windschief. Die Nerzkäfige aus neuerem Holz, die Blechdächer nicht so verrostet wie beim Haus selber. Die Käfige hatten Fliegendraht, für den's am Haus nicht gereicht hatte, und in einem zwölf Fuß langen Käfig konnte man langgestreckte Tierleiber wieselflink hin- und herhuschen sehn. Die Käfige haben auf Sägeböcken gestanden, deren Beine einzeln mit Stacheldraht umwickelt waren, zum Schutz gegen die Hunde. Die haben sich im Moment nur für mich interessiert; mit einem verkniffenen Lächeln hab ich in ihrer Mitte gestanden, begierig, mehr über meine Haushaltshilfe zu erfahren.

Im ganzen Viertel hatte ich noch kein weibliches Wesen gesehn, das älter als zwölf oder jünger als achtzig war – nur Männer in jedem Alter. Alle gesunden, kräftigen Frauen waren oben in der Stadt und haben für mich und meinesgleichen Mittagessen gekocht. Castalias ältere Söhne haben auf der Veranda gesessen und mich angeglotzt. Ich hab überlegt, ob ich ihnen zuwinken soll, es aber doch lieber gelassen. Der eine hatte eine Narbe im Gesicht – rosa und mondsichelförmig –, die schon aus vierzig Fuß Entfernung zu sehn war.

Die Hütte stand ein bißchen zurückgesetzt in einem Weidengehölz. Der Garten fiel zum Fluß Tar hin ab, der um halb zwölf Uhr vormittags blendend in der Sonne glänzte. Auf der Veranda hat ein regelrechter Dschungel von Zierpflanzen gewuchert, die zu storchenbeinigen Bäumchen und Büschen aufgeschossen waren. In einer verrosteten großen Kaffeebüchse haben Geranien geblüht. In diesem blumigen Geschlinge haben die beiden Burschen gesessen, ganz still, die Hände auf den Knien. Ich hab einfach dagestanden, mich nicht von der Stelle gerührt und die in meiner Nähe japsenden Hunde gar nicht beachtet. Die Männer haben so getan, als sähen sie mich nicht. Das Haus hat so hoch über der Erde gestanden, daß ich drunter durch den Fluß sehn konnte. Nach einer Weile hat's so ausgeschaut, als ob das Haus auf dem Wasser liegt wie ein ramponiertes rechteckiges altes Schiff, das grade überholt wird.

Hinter den Topfblumen Stapel von Schildern: Geklaute Wegweiser, Reklametafeln. Eins hat ausgesehn wie eine Anpreisung von Hedgepaths Kürbissen. Solche Schilder hatten sie auch über Stellen in der Hauswand genagelt, wo das Holz morsch war.

Nach einer Weile – ich hab mich grad gebückt und einen Stein nach einer Bulldogge geworfen, die doch ein bißchen zu nah an meine Knöchel gekommen war – steht einer der Söhne auf, sieht die Schilder durch und hält dann eins hoch: »Achtung, Baustelle.«

Er zeigt's seinem Bruder, aber der reagiert überhaupt nicht. Dann sucht er ein anderes raus und hält mir das hin: »Betteln und Hausieren verboten. Zuwiderhandlungen werden unnachsichtig zur Anzeige gebracht.«

Ich hab gewinkt – jederzeit für einen guten Witz zu haben. Im Gehn hab ich mich noch mal umgedreht und zurückgewinkt, bloß um klarzumachen, daß ich aus eignem Antrieb gekommen war und jetzt auch freiwillig das Feld räumte. Die Köter hatten mich zwar reingelassen, haben sich mir aber jetzt in den Weg gestellt, und ich hab Cassies Söhne lachen hören. Ich hab meine Handtasche geschwungen, in der Hoffnung, die Viecher durch diese – wenn auch klägliche – Demonstration von Stärke abzuschrecken. Dann hab ich einen Stock aufgehoben und sie mir damit vom Leib gehalten.

Wie ich aus dem von Rinnsalen zerfurchten Dreck raus und wieder auf den Gehsteigen und Fischgrat-Ziegelstraßen war, die mich in die Stadt zurückbrachten, hat's mich betrübt, wie erleichtert ich war, wieder zu Hause zu sein, unter Weißen.

Ich hatte Bammel davor, jetzt gleich in Caps riesiges Haus zurückzugehn. Ich hatte Castalia gesagt, ich würde den ganzen Tag wegbleiben, und hätte mir ihr süffisantes Grinsen ansehn müssen, wenn ich schon so früh wieder da gewesen wär. Die Romane – diejenigen, die meine Mutter mir als Kind aufgezwungen hatte, und diejenigen, die ich aus Langeweile gelesen hab, seit ich dem Eheleben anheimgefallen war – sind mir jetzt trist und oberflächlich vorgekommen, als zu billiger Ausweg. Der Witz von Castalias großen Jungen, die mir freche Schilder entgegengehalten hatten, sogar das Kläffen der Hunde, das immer noch von unten zu hören war – daneben war mir diese gelackte, grün angemalte Welt ein bißchen zu schlicht.

Wenn mir jetzt in der Stadt Herren begegneten und zum Gruß an die Hutkrempe tippten, hab ich das akzeptiert und »Auch Ihnen einen wunderschönen guten Morgen, Sir« gesagt. Ich hab ihre Huldigung genauso entgegengenommen wie meine Mutter: als etwas, was mir zustand. Der chinesische Schneider hat vor seiner Ladentür einer Kundin einen Ballen Stoff im ehrlichen Tageslicht gezeigt, und die beiden haben mich gegrüßt; ich fand es herrlich, bekannt zu sein und gegrüßt zu werden, und hab mich geborgen gefühlt. Nur meine Dankbarkeit hat mich begreifen lassen, wie verängstigt ich gewesen war und auch jetzt noch war. Ich war nach wie vor überzeugt, ich hätte eine Aufgabe.

Ich hätt's meinem Mann übelnehmen können, daß er mir von

seiner verpatzten »Hochzeitsnacht« mit dreizehn erzählt hatte, mit einem Mädchen, das damals fast in meinem Hochzeitsalter gewesen war. Aber ich hab ihm nichts nachgetragen. Fand ihn sympathischer, weil er mir's gestanden hatte. Hab mich erwachsener gefühlt deswegen. Und er ist mir ein ganzes Stück respektabler vorgekommen.

Daß ich mit meinem Mann geschlafen hab, hat, glaub ich, eine gewisse Zärtlichkeit in mir geweckt, aber ich hab sie noch nicht ihm allein gegönnt. So bin ich halt rumgelaufen und hab mich umgesehn, wo ich sie vielleicht loswerden könnte, so wie man getragene Sachen zur Heilsarmee bringt und dazusagt, daß eigentlich noch rein gar nichts an ihnen auszusetzen ist, abgesehn davon, daß man sie leid ist.

Ich bin in Lucas' Laden gegangen und hab was geklaut. Keine Ahnung, warum. Die erstbeste Kleinigkeit ist in meiner Handtasche verschwunden. In der Gasse hinter dem Laden, versteckt hinter Kisten und dem bestempelten violetten Papier, in dem Obst mit der Eisenbahn geliefert wurde, hab ich nachgesehn, was ich mir da gegrapscht hatte. Ölsardinen. Ich hab mit dem Schlüssel den Blechdekkel aufgerollt, mit den Fingern die Sardinen aus der Büchse gefischt und mir eine nach der andern ganz in den Mund gestopft. Sie waren köstlich, triefend von bernsteingelbem Öl, salzig. Salz hab ich damals nicht genug kriegen können. Schon seit Tagen war mir jeden Vormittag so gegen zehn ein bißchen übel. Ich bin hinter dem Laden gestanden und hab das Diebesgut gierig runtergeschlungen. Mein Gesicht muß eine einzige glitschige Öllache gewesen sein. Ich hab mich vorgebeugt, damit nichts auf mein Kleid tropft. Hinterher hab ich mir die Hände an der Holzverkleidung von Lucas' Laden abgewischt und die leere Büchse unter die Verpackungsabfälle gekickt. Dann bin ich hintenrum heimgegangen, weil ich mir gedacht hab, ich glänz wie eine Speckschwarte von dem leckeren, klebrigen Zeug und man sieht mir bestimmt an, daß ich ein schlechtes Gewissen hab, wegen dem Diebstahl und meinem sinn- und zwecklosen Ausflug nach Klein-Afrika.

Ich bleib den ganzen Tag weg, hatte ich ihr gesagt, geh irgendwohin spielen. Wo ich jetzt doch früher heimgekommen bin, wollte ich mich ein bißchen waschen, mich beschäftigen, still sein.

Sie war nicht in der Küche. Brot war am Backen, das ganze Haus hat nach Hefe gerochen. Wie hell der Tag geworden war, und wie erleichtert ich war, daß sie irgendwo draußen war und wahrscheinlich Ladenbesitzer zur Verzweiflung getrieben hat, die mit ihr immer umgegangen sind wie die Sprengstoffexperten in den Witzzeichnungen, denen jemand eine runde schwarze Bombe mit brennender Zündschnur hinhält.

Ich bin nach oben gegangen, hab mich zittrig gefühlt, hab meine aufgesteckten Zöpfe gelöst und die Tür zum Toilettenzimmer aufgemacht.

Castalia ist rumgewirbelt, leibhaftig und in Lebensgröße – nackt bis zur Hüfte, die Bluse in den Rockbund gesteckt. Sie war über und über voll Wasser und Seife und Glanzlichtern auf der Haut, und es war schwer zu sagen, wo Arme und Hals aufgehört haben und wo der Busen angefangen hat. Um so schwerer, weil die Prismen am Fenster große Farbflecke und regenbogenbunte Runen auf ihre prallen Formen geworfen haben. Auf dem Waschtisch haben die violetten und lila Seifenstückchen, die ich aus dem Hotel mitgebracht hatte, wie Bonbons im Schaufenster gelegen, die meisten auf kümmerliche Restchen zusammengeschrubbt. Wie soll ich den gewaltigen mahagonibraunen Körper beschreiben, seine Kurven und Gewichte und dunkelnden Gegengewichte – das alles in einem Zimmer mit weißen Kacheln, von denen sich's besonders gut abhebt. Im ersten Moment hab ich nicht gewußt, was da was war, eine Brust oder keine Brust, wie und wo. Alles war in schwammige Ringe wie weiche Zielscheiben eingeschlossen, oder wie ein Saturn mit Ringen aus menschlichem Brustfleisch. Einzige Anhaltspunkte: die Brustwarzen – kräftig rosa und so groß wie Schubladenknöpfe oder umgedrehte Schnapsgläser. Darunter die Magengegend so muskulös wie bei einem Mann nach jahrelanger Schwerarbeit.

Was ich jetzt so langatmig beschreibe, hab ich alles mit einem Blick aufgenommen. Unten haben wir beide die Seth Thomas eins schlagen hören. Dann – Castalia stand der Mund noch offen – hab ich die Tür zugemacht, behutsam, nicht zugeknallt, weil sie sollte sich nicht ertappt oder gescholten fühlen. Das Badezimmer hat in verschüttetem Wasser geschwommen, die Reflexe der Prismen haben sich in regelrechten Pfützen gespiegelt. Ich hab mich an die Tür lehnen müssen, hinter der sie noch war. Mir hatte's den Atem verschlagen. Schätzchen, ich hätte ein völlig verdatterter Junge sein können. Man hätt meinen können, ich hätte noch nie zuvor eine richtige Frau gesehn, ganz zu schweigen davon, daß ich selber eine gewesen wär. Und in gewissem Sinn war's auch so. Ich hatte noch nie eine gesehn. Nicht so, im Naturzustand.

Es war so still im Haus. Ich hab sie gehört da drin; sie hatte sich von dem Schreck erholt und war dabei, sich die Seife abzuspülen. Ich hab da gelehnt und gehorcht, wie das Wasser leicht und leise von den großen, glatten Formen runtergetropft ist.

Schließlich bin ich die Treppe runtergerannt, hab mir die Haare wieder aufgesteckt, ihr Zeit gelassen, sich abzutrocknen, ihre Würde zurückzugewinnen.

Ich hab mich, einsam und verschüchtert, an den Küchentisch gesetzt, das Gesicht immer noch so fettig wie eine Katze, die vom Fisch genascht hat. Aufgewühlt war ich. Dann hab ich gehört, wie sie langsam die knarzende Treppe runterkommt, und gedacht, wie alt sich ihre Schritte anhören und wie vielversprechend ihr viel jüngerer Mammutkörper wirkt. Ich hab die Hände auf den Tisch gelegt. Mich davor gefürchtet, Castalia auch nur noch einmal zu sehn, vor allem ganz angezogen. Hab mich vorm Reden gefürchtet. Wollte ihr alles, was mir seit meinem Weggang in der Früh zugestoßen war, haarklein erzählen.

Mit jedem Atemzug hab ich für einen Dollar Lungenfüllung grade mal einen Fünfer abgeschöpft. Ich hab die Knie zusammengepreßt. Sie ist schnurstracks zu ihrem Herd gegangen, als ob das ihr Heimathafen wär, wo ihr keiner was tun kann, wo die Kardinäle aufgereiht waren, sauber und billig und vollkommen und mit einer geheimen Bedeutung, die nur sie kannte. Dann hat sie sich an das schwarze Gußeisen gelehnt, die Hände auf die kühle Platte gestützt, und gegen mich Front gemacht. Die Vorderseite ihrer orangen Bluse war naß, und das hat mir Übelkeit verursacht – nein, nicht Übelkeit, aber irgendwas. Ich *wollte* ja atmen. Ich hab nur – zwischen den Atemzügen – nicht mehr gewußt, wie das geht.

Ich mußte wohl was sagen. Ich würde ihr sagen, daß ich den Berg runtergegangen war und ihre hübschen Ältesten gesehn hatte, würde ihr sagen, was für prächtige Burschen es sind, ja, welche Mutter könnte da widerstehn?

»Ich . . . war unten und hab Ihre Prachtbengel gesehn.«

»*So* nennst sie?« hat sie gesagt. Und gelacht.

Mein Gott, das war vielleicht was, dieses Lachen, so mächtig laut wie eine Zweimannsäge in Aktion. Es ist in einem Stück aus ihr gekommen – alles, was sie bis dahin aufgespart hatte. So gemein sie auch zu mir gewesen war, das war nur die Kehrseite von dem gewesen, was mir jetzt entgegendröhnte wie sämtliche Kirchenglokken von Falls. Als ich kapiert hab, wie komisch das war und daß sie mir mein Reinplatzen nicht mal übelgenommen hat, daß sie sich kein bißchen geschämt hat, weil sie meine Seife aufgebraucht und sich während der Arbeitszeit gewaschen hatte, hab ich gesagt: »Ihre Prachtbengel, ja. Gut, nicht?« Ich hab gelacht. Ich hab mich schwach gefühlt, dann noch schwächer, hab die Hände vors Gesicht geschlagen, gierig Luft geholt.

Nachdem ich sie gesehn hatte, nachdem ich die Sardinen gegessen hatte, nachdem ich soviel gekichert hatte, hab ich mich nach oben geschlichen, schwach, aber dankbar. Mir war in letzter Zeit immer so komisch – ein rätselhaftes Zischen in meinem unteren Leib. Ich bin eingeschlafen, und wie ich beim Dunkelwerden wieder aufgewacht bin, hat ein Mann auf mich runtergeschaut. Ich hab die Bettdecke hochgerafft, mich halb versteckt. »Meine Informanten sagen mir, daß du heute unter mörderischem Hundegekläff das ganze Niggerviertel unsicher gemacht hast. Du bist unten gewesen, um dir ihr Haus anzusehen, hab ich recht?«

Ich hab ihm gesagt, ich war neugierig. »Neugier« – er hat sich runtergebeugt und auf unangenehme Art meinen Hals angehaucht – »Neugier bringt nicht nur Katzen um. Was habt ihr beiden hier den ganzen Tag hinter meinem Rücken getrieben? Meinst du vielleicht, ich merk nicht, daß was in der Luft liegt, wenn ich von der Arbeit heimkomme?« Ich hab gesagt, ich wüßte nicht, was er meint. Hab gesagt, es wär mein gutes Recht, im Ort rumzulaufen. Hab gesagt, ich hätt ja sonst nichts zu tun. Das wird sich bald ändern, hat er gesagt. Er hätte vor, das Haus von ihr zu säubern. Ich müßte ihn repräsentieren, hat er gesagt. Es ginge nicht an, daß da unten die Köter nach *seiner* Frau schnappten. Ich würde von nun an mit Putzen beschäftigt sein, und mit Kochen. Ich hab ihm gesagt, es stimmt, sie interessiert mich, aber sonst ist nichts. Um nichts in der Welt hätt ich ihm gestanden, daß ich sie eingeseift erwischt hatte, daß ihre Körperfülle mich erregt und erschreckt – und ein bißchen angewidert – hatte, aber eben auch erschreckt und erregt. Weißt du was? Ich hab ihn noch nicht so gut gekannt, daß ich aufrichtig zu ihm sein konnte. Ich hatte ihm nicht gesagt, daß meine Periode schon zweimal ausgeblieben war. Und ich hatte keinen Menschen gefragt, was das zu bedeuten hatte. Ich hab überlegt, ob ich sterben muß und wo das viele Blut jetzt bleibt, und ich hab gedacht – lach mich nicht aus, Junge –, ich hab Krebs. Ich war fünfzehn, und mein erster Gedanke, als er runtergestürmt ist, um meine wertvolle Verbündete in diesem Riesenschuppen (so hab ich sie jetzt gesehn) an die Luft zu setzen, mein erster Gedanke war: Ich werd an Krebs sterben, und Mann, wird's *dem* dann leid tun!

Ich bin halb die breite Treppe runtergeschlichen und hab gelauscht, wie er zu der Frau, die er von klein auf gekannt, dann verloren und dann eingestellt hatte, gesagt hat: »Ich schreib dir einen exzellenten Empfehlungsbrief.« »Wie lang wird er?« hat sie gefragt, und ich hab nicht gewußt, was sie meint. Er hat nicht geantwortet, also war's wohl eine boshafte Anspielung. »Du schmeißt mich raus für was ich nich getan hab«, hat sie gesagt. »Dreiviertel vom Lohn, bis ich was Besseres find oder auch nich. Is meine Bedingung, Holzkopf. Sag nein und lern mich kennen.«

Er hat das als recht und billig bezeichnet. Womit hatte sie ihn in der Hand? Er hat sie gefragt, ob sie wen braucht, der ihr hilft, ihre Sachen wegbringen, und sie hat gesagt, er soll ihre Jungen holen lassen und ihnen einen von seinen Mietwagen leihen und ein Maultier. »Wann willst mich raushaben?« »Am liebsten gleich. Du und sie, ihr seid eine üble Mischung. Nichts für ungut. Keiner kann was dafür.« »Nein?« hat sie gefragt, und dann hat das große Töpfeklappern angefangen, und unsere Hintertür ist ins Schloß gefallen, und die Seth Thomas hat sieben geschlagen, und ich bin die Treppe ganz runter und zu Castalia gegangen.

Ich war schon eine Tapfere. Sie hatte das Abendessen im Rohr von dem schwarzen Herd, und ich bin hin und hab mich in die offene Tür gestellt.

»Hab alles gehört«, hab ich gesagt. Castalia war allein in der Küche.

Ich war sehr müde, hab mich aber trotzdem auf Tätlichkeiten gefaßt gemacht. Hab's mir beinah gewünscht, wie ich da so gestanden hab. Sie war schon dabei, ihr Zeug aus dem Schrank rauszuräumen. Ich hab jedes einzelne Ding da drin gekannt und mir vorgestellt, wie ich am nächsten Morgen den leeren Schrank seh und mich noch einsamer fühl wie jetzt schon. Sie hatte mich scheint's nicht kommen hören, aber ich hab mir – beklommen – einen Küchenstuhl geschnappt und ihn ein Stück vom Tisch abgerückt. Ich wollte nicht wie die Hausherrin wirken, die drauf wartet, daß man ihr das Essen vorsetzt. Man hätte die Lampe anzünden müssen. Ich hab mich nicht getraut, mich zu bewegen. Ich hab gehört, wie sich zwei Häuser weiter Nachbarn übern Gartenzaun unterhalten und lachen. Die Zikaden, die nur alle sieben Jahre ihren Auftritt bei uns hatten, haben in der ganzen Stadt ihre wahnsinnigen, ständig anschwellenden Geräusche gemacht. Das rötliche Abendlicht war grade noch hell genug, daß ich meiner Hausgehilfin beim Packen zusehn konnte, und wie sie zu mir herschaute, war von ihrer Wut auf mich nichts mehr übrig. Ich war nicht mehr wichtig. Mich zu piesacken und auf die Probe zu stellen war für sie wohl nur noch eine der Pflichten ihrer früheren Stellung. Mir kam kurz der Gedanke, ob Cap ihr das womöglich aufgetragen hatte, eine Art Feuerprobe, die aus mir schneller eine robuste kleine Erwachsene machen sollte. Sie hat ihr Lehrbuch über Nerzzucht in einen sauberen gestreiften Lappen eingewickelt und es in einen Pappkarton gelegt. Sie hatte schon fast alles eingepackt, bis auf die Flasche mit der klaren Flüssigkeit und dem Totenschädel und den gekreuzten Knochen.

»Was werden Sie jetzt machen?« hab ich mich erkundigt. Sie hat den Kopf geschüttelt und ein Geräusch von sich gegeben wie ein Dampfbügeleisen beim Aufheizen. »Hände in Schoß legen.« »Klingt gut.« »Du mußt's wissen.« Aber die ganze Schärfe war weg aus dem Ton, den ich zur Genüge kennengelernt hatte.

Ich wollte sie fragen: »Zeigen Sie mir noch, wie man ein Omelett macht?«, hab's mir aber anders überlegt. Statt dessen hab ich gehört, wie ein Mädchen eine reisefertige ältere Frau, die ihrer Lebenserfahrung nach die Urgroßmutter des Mädchens hätte sein können, gefragt hat: »Was hat das zu bedeuten, wenn man zweimal hintereinander seine Tage nicht bekommt und sich einem beim bloßen Anblick von Essen fast der Magen umdreht? Außerdem, Cassie, ist es hier unten, als ob sich da eine riesige Pille auflöst, so eine Art Brennen oder Blubbern. Was *ist* das?«

Sie dreht sich um. Verschränkt die Arme, nimmt sie dann wieder auseinander, so daß sich jetzt beide Handgelenke liebevoll auf die Hüften stützen. Sie wirft einmal den Kopf rum, so heftig, daß sie schwankt, und sagt: »Weiße!«

Und bevor sie sich (ich hab's geahnt, daß sie's tun wird) die Flasche mit der giftigen klaren Flüssigkeit greift, bevor sie – ein Riesenweib, in der abendlich dunkelnden Küche nur noch eine massige Silhouette – das Zeug runtergurgelt, stellt sie sich vor mich hin, und ohne auch nur einmal die Hände von den Hüften zu nehmen, um mir das Rein und Raus und Drüber und Drunter zu verdeutlichen, erklärt sie mir alles: Was wohin wandert und was in was schwimmt und wie lange es dauert, bis ein menschliches Wesen herangereift ist, und was an einem zwei Monate alten Fötus schon alles dran ist und was noch nicht und wann ich ungefähr damit rechnen kann und wie sich's anfühlt, wenn ein Mensch aus einem Menschen kommt.

Wie still es da geworden ist, sogar die Zikaden haben ein bißchen leiser gezirpt. Als ich das alles in ein paar feierlichen Sätzen erfahren hatte und nun wußte, wann's soweit sein würde, hab ich als erstes gesagt: »Und *Sie* sind dann nicht mehr da.« Dann hab ich das Gesicht in den Händen vergraben.

Wie ich die Hände wegnehm, seh ich ihren Rücken vor dem Schrank und hör ein Klicken und Grunzen; ihr Oberkörper biegt sich nach hinten, etwas blitzt auf, sie trinkt tatsächlich aus der Flasche. Im nächsten Moment bin ich ein Leopard im Sprung. Ich komm gar nicht auf die Füße, geh aus dem Sitzen direkt ins Fliegen über, pack sie an ihren massigen Knöcheln und reiß sie zu Boden, und die Flasche segelt an die Wand und zersplittert. Das Geräusch, das Cassies Leibesfülle macht, wie sie dicht neben mich fällt (gottseidank nicht auf mich), ist gespenstisch leise – plitsch, platsch, plop –, wie Regen oder kochendes Wasser.

»Uff, Mädchen«, sagt sie. »Hast mir mein ganzen Schnaps versaut.«

»Nein, das ist *Gift*, spucken Sie's aus! Das sind wir nicht wert.«

Sie erzählt mir, daß es Schnaps war, aus geklautem Mais schwarz gebrannt, von Sklaven um 1860. Sie hat ihn, nach Hausmädchenart als Fleckenwasser getarnt, die ganzen Jahrzehnte aufgehoben. Jetzt hab ich ihn verschüttet. Ob ich ihre Sachen durchgesehn hab. Muß ich ja wohl, wenn ich weiß, was auf dem Etikett ist. »Ja, Madam«, sag ich. Und dann sag ich ihr schließlich auch, sie soll ihr Kruzifix nicht vergessen, in der Büchse da oben auf dem Bord.

Die ganze Zeit wart ich auf die alte Wut. Bin drauf gefaßt, daß sie mich schimpft, weil ich an ihrem Rausschmiß und an dem vergossenen Schnaps schuld bin und überhaupt von nichts eine Ahnung hab. Statt dessen ist aber ihre Stimme heller und weniger verkrampft, viel jünger, als ich sie je gehört hab. Mutig – schließlich hab ich heut abend schon große Antworten bekommen – frag ich sie, was der Kardinal bedeutet und wer Reba ist und ob man sich nochmal wiedersieht und ob sie, Castalia, vielleicht mal zu uns zum Abendessen kommt, wenn ich erst mal kochen gelernt hab. »Worauf dich verlassen kannst«, lacht sie, zynisch, aber fröhlich.

Kann sein, die Dämpfe von dem verschütteten Maisschnaps machen uns ein bißchen beschwipst. Die Küche stinkt jedenfalls, wie Castalia mir antwortet, mir dies und jenes erzählt, die ersten Steinchen der Geschichte: wie sich eine fühlt, die als Mädchen mit hohen Erwartungen aus Afrika hierher verfrachtet worden ist, wenn sie als Leibsklavin von Leuten wie meinem Angetrauten und seiner affektierten, intelligenten Mama aufwacht. Mit meiner knochigen Seite schmieg ich mich an ihre teigig-schwammige. Ich riech irgendwie nach Erdöl, einen Tag alter Unterwäsche und einem Hauch Vanille-Essenz. Sie riecht nach Schnaps und nach Astern.

Es gibt eine Naht, wo das Bittere und das Anmutige zusammenstoßen, und Castalias Stimme, ihr Geruch und ihre Größe sind an dem Abend allesamt genau auf dieser Grenzlinie. Sie erzählt grade – außerhalb der Arbeitszeit –, was ich für ein Gesicht gemacht hab, wie meine Bürste Haarausfall gekriegt hat (»hätts dich sehn müssen«), gesteht mir grade zu, ich wär – als Folteropfer und Haussklavin – nicht *ganz* unbegabt gewesen, als wir Geräusche im Hausflur hören. Stimmengemurmel, daß wir zusammenfahren und uns beinah mitten in den Glasscherben und Schnapspfützen umarmen. Eine brennende Laterne kommt rein, getragen vom Hauseigentümer, dem zwei muffige junge Schwarze folgen.

Wie Cap in seiner Küche auf Scherben tritt, den Schnaps riecht und ihn die Wand runterlaufen sieht, wie er seine zwei Weibsbilder auf dem Boden vor dem Herd entdeckt, macht er einen Schritt rückwärts und sagt: »Heilige Mutter Gottes.« Irgendwie finden wir's lustig, daß er so verdattert ist. Und fangen zu kichern an wie zwei Schulmädchen.

Und wie wir sehn, daß aus dem Gesicht neben dem verrußten Lampenzylinder die Farbe weicht, ist Cas so geistesgegenwärtig und ruft: »Hol Zigarren raus, Papa-Daddy.« Erst kapiert er nicht. Dann richtet sich ein Finger auf mich. »Schwanger.«

»Wenigstens etwas«, brummt er. Die Männer helfen uns auf, und bald ist Castalia weg. Ich hör, wie er sie zu dem Wagen bringt, der auf der Straße wartet. Die Söhne tragen ihre Sachen raus. Ich bleib mit der Lampe zurück in einer Küche voller Glasscherben, und wie ich den Besen an der Wand seh, fang ich an – schwanger, fünfzehn, ein richtiges kleines Aschenputtel –, mir meine Küche fürs Leben aufzuräumen.

Vor einiger Zeit, wie du die ersten Male zu Besuch da warst, hast du gesagt, ich soll meine Leckerbissen »um der Geschichte willen« nicht für mich behalten. Aber so eine großartige Ausrede brauch ich gar nicht. Ich rede gern. Hab nur ein Thema: Was als nächstes passiert ist. Überhaupt, die »Geschichte«, wer soll das denn sein? Ich bin ja schon eine Weile auf der Welt, bin ihr aber noch nie begegnet. Ich hab nur Menschen gesehn, die zur Arbeit mußten und gehofft haben, noch ein Viertelstündchen länger liegenbleiben zu können. Später hast du dich dann durch die Hintertür reingeschlichen – beladen mit Namen und Daten und Gründen. Dann kommt einem natürlich alles, was man vor sich sieht, wie Geschichte vor.

Aber solang du mitten drin bist, mein Junge, besteht für dich die Geschichte bloß darin, daß du deine Wohnung sauberhältst und hoffst, Besucher werden sich wenigstens so früh anmelden, daß du das eine oder andere noch schnell unters Bett schieben kannst. Was du Geschichte nennst, ist einfach nur der Luxus des Nachher. Geschichte ist: Wie das Essen, das die Soldaten um elf Uhr vormittags runtergeschlungen haben, bei ihnen anschlägt, wenn um zwei die Schlacht beginnt; wie das Sodbrennen von einer einzigen Vesper die Treffsicherheit beeinflußt. Schätzchen, so geschichtlich ist die Geschichte gar nicht. Sie ist nur unser Versuch, Schritt zu halten, gleichzuziehn.

Soll ich dir sagen, was Geschichte ist?

Geschichte ist Essen.

ZWEITES BUCH

Die Zeit macht's

Simons prächtige Taschenuhr, ihr Schicksal

Es ist aber der Glaube eine gewisse Zuversicht des, das man hoffet, und nicht zweifelt an dem, das man nicht siehet.
– Hebräer 11, 1

1

Cap hat mir das im Lauf der Zeit in immer neuen Ansätzen und mit vielen Abwandlungen erzählt. Ungefähr so:

Sind zu nah rangekommen, Lucille. Du hast ihnen zugeschrien, sie sollen bleiben, wo sie sind. Zwecklos. Du hast gesehen, daß sie ihre Musketen schußbereit hatten. Die Offiziere haben einen dazu gezwungen; außerdem hat man gewußt, daß die Kameraden in der Nähe sind und einen beobachten. Vielleicht war's auch die Angst, wenn einer von den andern über den Hügel auf einen zugerannt kam. Du hast ihre Gesichter sehen können. Konnte durchaus ein nettes Gesicht sein. Oft war es eins. Zwei von meinen dreien haben wesentlich besser ausgesehen als ich, aber da gehört nicht viel dazu, zugegeben. Einer hatte eine Pfeife zwischen den Zähnen. Ich hab sie rausgenommen und ihm in die Uniformjacke gesteckt. Hat der Anstand verlangt. Der Junge, der mir seine Taschenuhr gegeben hat, der hatte regelmäßige, schlichte Züge. Und silberblondes Haar, nicht das gelbliche Blond, das ja weiß Gott auch schon schön genug ist.

Damals war ein dreizehnjähriger Junge noch so kindlich wie heute einer mit, na, ungefähr sieben. Stell dir vor – sieben Jahre alt und schon im Krieg, um auf wildfremde Menschen zu schießen. Vor dem Krieg hat mein Vater mich nicht mal auf Wachteln schießen lassen. Nicht einmal Übungsschießen auf eine Reihe Flaschen (so schöne grüne) auf der langen Mauer hinter unserer Fliederhecke hat er mir erlaubt. Er hat gemeint, kein Junge sollte auf die Jagd gehen, bevor er sich das erste Mal rasiert hat. Mein Kinn hatte noch keine Bekanntschaft mit dem Rasiermesser gemacht, und doch hatte ich schon drei

Männer umgebracht. Ich hab das Gefühl, daß du deswegen schlecht von mir denkst, aber ich werd's dir erklären, Mädchen. Will's wenigstens versuchen.

Es kann einer noch ganz ahnungslos sein, was die Bienen und die Vögel und so angeht, und bringt es trotzdem fertig, andere zu erschießen. Der Krieg war nicht so, wie deine Schulbücher es dir einreden wollen, Lucy, kein bißchen. Erstens einmal war er viel, viel dreckiger. Wenn ich zurückdenke, kommt's mir so vor, als wären Virginia und Maryland Dreckpfützen mit einer Hauptstadt in der Mitte gewesen. Wir hatten viel weniger zu beißen, als jemals zugegeben wurde. Unsere halbe Division – jeder, der noch stehen konnte – hat am Schluß Skorbut gehabt. Schon mal gehört, daß eine Armee so gut ist, wie sie ißt? Also demnach hätten wir die letzten zwei Jahre keinen Schuß mehr abfeuern dürfen. In jedem Feld, an dem wir vorbeimarschiert sind, haben wir Maisstauden ausgerissen (die Bauersleute und ihre Kinder haben auf der Straße gestanden und uns angefleht, ihnen nicht alles zu nehmen). Löwenzahnblätter haben wir gegessen. Das schlechte Essen und die ständige Angst die ganzen drei Jahre durch haben mich oft mitten in der Nacht aus dem Schlaf hochfahren lassen. Ein Hackgeräusch hatte mich wachgemacht. Ich bin mit einem Lächeln wach geworden, Lucille. Hab geglaubt, ich bin zu Hause und das Geräusch kommt von unseren Haussklavinnen, die in der Küche auf Geheiß meiner Mutter Äpfel für Apfelkuchen kleinhacken. In Wirklichkeit haben mir bloß die Zähne geklappert. Dann hab ich mich wieder hingelegt, die Augen offen, die Arme fest an mich gepreßt. Wie bei einem Anfall hab ich gezittert, und das im Juli.

Antietam Creek – sie haben die Schlachten nach Gewässern, Dörfern oder Kirchen in der Nähe benannt. Ich war da schon ein alter Hase. Die ersten paar Monate im Feld hab ich unsere Plantage vermißt, aber dann – sogar noch nach einem halben Jahr – war es so, daß ich vor allem die Zeit vermißt hab, in der ich noch alles so sehr vermißt hatte. Ich war noch so jung, und immer das, was zuletzt passiert war, ist mir am wichtigsten vorgekommen.

Ich hatte einen (im Gegensatz zu mir) ausgewachsenen Vorderlader mit Steinschloß. Du wachst auf, und die Schlacht ist schon in vollem Gange. Du liegst bäuchlings in einem halbwegs gemütlichen Graben. Mit der Zeit bin ich Fachmann für Gräben, Erdlöcher und Baue geworden, wie Nagetiere sie sich anlegen. »Ein gutes Loch.« Um einen guten Graben haben sich die Rebs oft genug geprügelt. Wer sich, und sei's mit bloßen Händen, gut eingegraben hat, wurde vielleicht nicht so bald von andern eingegraben. Und genau in so einer Furche – während andere Soldaten vor deinen Augen geduckt von links nach rechts rennen –, genau da, in Sichtweite der Tunker-Kirche, entdeckst du auf einmal einen einzelnen, steifbeinigen, hübschen Yankee-Jungen. Er fällt so auf, weil er direkt an dem Farmzaun entlang auf dein Loch zukommt. »He«, schreist du über die Wiese dem Soldaten zu, den die Vorsehung dir bestimmt hat. »He, das ist mein Platz hier. Ich hab mir das Loch selber gegraben und bin drin, also hau gefälligst ab.«

Aber der hübsche Junge in Blau stellt sich taub. Er kommt näher. In einer Art Trance. Also probierst du was anderes, Lucille: Du wirfst einen Stein nach ihm. Besser das als ein Geschoß, das dauerhafter wirkt. Der Stein trifft ihn durchaus unsanft am Oberschenkel. Er merkt's nicht, kommt weiter auf dich zu.

Er ist einer von Dutzenden, von Hunderten da draußen, aber er ist dir bestimmt. Du siehst es. Deine Schlacht findet an diesem Nachmittag auf einer Wiese voller Blumen statt – und das ist seltsam. Daß die Bienen und die Schmetterlinge nichts merken. Sie fliegen inmitten der vorbeiwischenden Kugeln geschäftig von Blume zu Unkraut. Ein großer gelber Hofhund irrt mit seinem losgerissenen Strick am Halsband herum, die Nase am Boden. Gestern hat die Wiese ihm noch fast ganz allein gehört. Daß sie so schön ist, läßt den Krieg (der die Schönheit als Tarnung benutzt) viel weniger notwendig erscheinen. Wegen der Stille des heißen Sommertags erscheint dir die Keilerei noch scheußlicher und sinnloser, gemeiner. Normalerweise weiß man ja, wann man aufhören muß, aber du meine Güte, der blonde Junge ist weitermarschiert, ist zwanzig Schritt näher gekommen, seit wir das letzte Mal hingesehen haben.

»Zurück«, rufst du, mit der hohlen Hand am Mund. »Hau ab, Mann, wenn dir dein Leben lieb ist, kapiert?«

Du bist dreizehn und ausgehungert, und du bist mit den Nerven am Ende. Und jetzt ist sein Gewehr verrutscht, der Kolben schlägt ihm bei jedem Schritt an die Schulter. Es kommt der Augenblick, wo du glaubst, du hast nicht mehr alle beisammen, und gleich darauf wie ein Blitz die Erkenntnis, daß du's tun mußt, wenn du am Leben bleiben willst. Man hat dich darauf gedrillt, den Abzug so leicht zu drücken, als sei er für dich das Liebste auf der Welt. Am besten, du schießt jetzt. Wenn du nicht schießt, riskierst du, daß du keine Minute mehr lebst. Und willst du das wirklich, Lucy?

Also gut, du gibst einen Warnschuß ab. Höchste Zeit. Während du deine treue Muskete in Anschlag bringst, den Lauf auf den Grabenrand gestützt, denkst du dir: Das ist nur eine Art, diesen schlafwandelnden Soldaten wegzuwünschen; nicht tot soll er sein, nur einfach *weg*.

Sein Gewehr ist genau auf deinen Kopf gerichtet. Das sagt dir ein komisches Kitzeln zwischen den Augen. Du zuckst ein bißchen zusammen und feuerst über ihn weg in die Luft. Beeindruckt ihn gar nicht, nicht mal langsamer wird er, der Scheißer. Pardon. Seine Miene bleibt ganz gleichgültig, und du schreist ihm ins Gesicht: »Nicht weitergehen, kehr um, ich sag's nicht noch mal!«

Du machst beide Augen zu, nachdem du sie nach bestem Wissen benutzt hast, zum Zielen, mein ich. Du brauchst wirklich nur den Zeigefinger ein bißchen krummzumachen. Nicht ruckartig, ja nicht verreißen. Drücken. Wie genial Gewehre doch konstruiert sind, so kleine Ursache und so große Wirkung! Und das Ding geht los, versetzt dir einen unsanften Schlag. Der Rückstoß der Muskete läßt dich, den Schützen, eine schmerzhafte Sekunde lang denken, es hat dich selber erwischt.

Du blinzelst und bist überrascht, dann stolz, dann erschrocken und schließlich beschämt zu sehen, daß es den Jungen scharf nach links hinten reißt. Seine kleine Mütze und die lange Muskete fliegen in entgegengesetzte Richtungen und landen in Stauden von Sonnenhut.

Ein Junge in blauer Uniform liegt jetzt keuchend, das verdutzte Gesicht nach oben, in einer über und über grünen und goldgelb blühenden Wiese. Um ihn herum andere, sie rennen, zielen, schreien, fassen sich an einen Körperteil, fliehen. Das Gesicht von dem Soldaten, den du angeschossen hast, sieht gut aus, seine Brust weniger. Das Gesicht ist trocken, die Brust rechts oben feucht und offen. Das siehst du, als er versucht, sich auf einen Ellbogen zu stützen, und dann auf seine Brust runterschaut wie in weite Ferne. Dann fällt ihm auf einmal was ein, er blinzelt zu deinem Graben herüber, zu der Stelle, wo ein entscheidender Schuß hergekommen ist. Oh, Mann. Seine Haare stehen wie ein Kamm nach oben, jetzt wo er die Mütze verloren hat; er versucht aufzustehen, merkt, daß es nicht geht, und fängt an, zu dir herzukriechen. Ein taktischer Fehler. Er wirkt ganz vernünftig, erfaßt aber offenbar nicht die Logik der Ereignisse, die ihn umgeworfen und ihm die Brust aufgerissen haben. Du, in Sicherheit hinter dem Unkraut am Grabenrand und den wilden Stiefmütterchen, sagst dir jetzt einfach: »Nein!« Du siehst, daß er noch nicht den vollen Schmerz seiner Wunde spürt. Aber das kommt noch, du weißt es. Du denkst es ohne Genugtuung, voller Mitleid für ihn, obwohl du doch auf ihn geschossen hast. Lucille? Du mußt dir das alles selber zusammenreimen, ich erzähl dir's nur einfach, eins nach dem andern.

Vorhin, wie er noch gelaufen ist, eine wandelnde Zielscheibe, war sein Gesicht ganz nichtssagend. Jetzt, wo er am Boden liegt, leuchtet es förmlich von einer seltsamen Intelligenz, einer Besorgnis. Es verzieht sich gequält, aber der Schmerz ist anscheinend fast nur so was wie ein peinliches Mißgeschick. Seine Offiziere haben ihm bestimmt eingeschärft, daß er im Gefecht *nie* aufrecht gehen darf, daß er sich beim Vorrücken *immer* ducken muß, daß er Haken schlagen, Haken denken muß. Jetzt schüttelt er den Kopf, vielleicht weil ihm die Vorschrift wieder einfällt, während er sich weiterschleppt. Er setzt abwechselnd die Ellbogen vor, zieht den Oberkörper nach. Er spricht mit sich selbst, und er hat so etwas wie ein Lächeln im Gesicht, es ist bloß kein Lächeln. Schreiend gibst du ihm Ratschläge, versuchst, ihn zu seinen eigenen Linien zurückzudirigieren. Wo er langkriecht, hinterläßt er eine Spur von plattgedrückten Blumen. Es ist schrecklich, sein blasses Grinsen zu sehen, während er näherkommt – als ob er dich erkannt hätte. Du stellst dir vor, *du* wärst da draußen. In dem Moment trampelt ihm ein rennender Yankee voll aufs Bein. Rechts und links schlagen ganze Salven ein. Er kriecht direkt ins Kreuzfeuer, die Granaten werden ihm verdammt nochmal die Rübe runterreißen. Pardon.

Und jetzt kommt's, Lucille. Das, was ich einfach nicht begreifen kann. Vielleicht weil ich erst dreizehn war. Es ist schierer Wahnsinn, wenn einer wie du – nur viel, viel blöder – aus seinem sicheren Graben springt, durch den Lärm und den Kugelhagel rennt und diesem Jungen (der aus der Nähe viel größer ist) zuschreit: »Komm, ich helf dir.« Der sieht Grau über sich, robbt rückwärts, jault, tastet wie wild mit den Händen im Gras, merkt, daß seine Muskete viel zu weit weg liegt, packt statt dessen einen Stein, holt aus und – seine Augen sind unerträglich groß – wirft ihn nach dir. Natürlich ein paar Handbreit zu kurz. Er fleht dich an: »Bitte nicht. Bitte jetzt nicht mehr, Sir.«

»Komm, ich helf dir. Ehrlich.« Dazu mußt du deine Muskete weglegen, damit du ihn packen und, gegen jede Vorschrift, zum sicheren Graben schleifen kannst. Wegen der aufgerissenen Brust packst du ihn an den Stiefeln. Du zerrst ihn mit dem Gesicht nach oben an den langen Beinen – es holpert, er stöhnt vor Schmerz. Bis ihr beide fallt, du als erster, keuchend, froh, daß du wieder in deinem Graben bist. Genau in dem Moment machen die Kanonen wirklich ernst, und Granaten schlagen da ein, wo er gerade noch war. Und du schaust raus, dorthin, wo deine Muskete jetzt liegt. O Gott.

Was hast du Arschloch gemacht? Pardon, Lucille. Du hast dich von deinem Gewehr getrennt und einen wildfremden Yankee zu dir in deinen Graben geholt. Nicht zu fassen.

Ihr hört beide, wie ihr keucht. Obwohl die Luft über eurem Schützengraben von Geschoßgarben rauscht, ist euch der schwere Atem – euer eigener – wichtiger. Ihr habt fürchterliche Angst, euch anzusehen. Zweifellos aus verschiedenen, aber höchstwahrscheinlich beide aus sehr guten Gründen. Es schmerzt, den Kopf zu drehen, aber schließlich tust du's doch, ganz langsam, in der Hoffnung, er wird jetzt – von Mann zu Mann – keinen Versuch machen, dich seinerseits umzubringen. Beide entwaffnet, beide in einem Loch, starren zwei Jungen, der eine verwundet, der andere nicht, einander an. Eure Münder sind beide aufgerissen wie zu einem Schrei, scheuen aber vor jedem Laut zurück. Aus der Nähe siehst du, daß der andere silberblonde Haare hat, dichte dunkle Augenbrauen, lange, stachlige Wimpern. Du siehst es so gut, weil seine Augen eindeutig auf dich gerichtet sind. Seine verletzte rechte Schulter und der Arm zittern, Veitstanz, unkontrollierbar. Du denkst an dein eigenes nächtliches Zähneklappern.

Dann tust du was Erbärmliches. Du lächelst ihn an. Es ist ein widerwärtiges Schauspiel, aber es fällt dir nichts anderes ein. Er sagt: »Schöner Schlamassel, hm?«

Er riskiert auch ein Grinsen, er hofft, du tust ihm nicht noch Schlimmeres an. Der Yankee schwitzt stark, klare Perlen sitzen dicht bei dicht auf der ganzen Stirn. Er weiß anscheinend, wo er sich befindet und daß es ein Fehler war, sich so als Zielscheibe zu präsentieren. Anscheinend fürchtet er, daß er jetzt – zur Strafe für seine Verfehlung – umgebracht wird. Jetzt gleich. Vielleicht mit dem Bajonett. Mit einer blutigen Hand verbirgt er sein unheimliches Lächeln. Aber er entschuldigt sich nicht und fleht dich nicht an. Er hat noch nicht gemerkt, daß du, um ihn zu retten (aus der Gefahr, in die du ihn selber gebracht hast), deine Muskete weit, weit draußen im ungesunden offenen Gelände hast liegenlassen.

Um ihn zu beruhigen, hältst du ihm beide Hände hin – die Handflächen nach oben, die Handgelenke sichtbar –, als Zeichen, daß du ihm nichts Böses willst, *jetzt* nicht mehr. Wo du ihn wahrscheinlich ohnehin schon umgebracht hast. Einmal reicht. Wirklich ein schöner Schlamassel. Weiß er überhaupt, daß du ihm das Ding verpaßt hast? Du hoffst, er denkt, es war sonstwer.

Dein Patronengürtel, dein Pulver, dein Gewehr sind weg, und deshalb drehst du dich um und siehst deine Sachen draußen in der Sonne liegen, und du sagst bloß: »Mann.«

Dann fällt ihm auf, daß du genauso waffenlos bist wie er. Du fragst ihn um Rat: »Meinst du, es wär sehr dumm, mal schnell rauszurennen und das Zeug zu holen?« Über dem Graben hustet und pfeift's jetzt, stottert geradezu vor fliegendem Unheil, das viel zu schnell ist, als daß man's sehen könnte, aber hören kann man's, und wie! Der Rauch hinterläßt Spuren, eine richtige Rauchglocke, wenn man nach oben schaut. Du steckst wirklich im Schlamassel.

Obwohl es dir eigentlich widerstrebt, hast du vor lauter Nervosität das Bedürfnis, ihn zu fragen, es ihm zu erklären. Und so schilderst du deine verzwickte Lage einem, dem es dank deiner Schießkünste viel dreckiger geht als dir selber. Er meint, es wäre riskant, das Gewehr zu holen, sagt aber dazu, im eigenen Interesse *müßte* er das ja wohl sagen, und will lachen, grinst aber bloß.

Du siehst ihn an und schnaubst anerkennend, dankbar für den kleinen Scherz in dieser Scheißsituation. Pardon. Aber es ist wirklich eine Scheißsituation. »Ja, du *mußt* mir wohl abraten.« Und es fällt dir leichter zuzugeben, was für ein Idiot du gewesen bist. »Warum hab ich das gemacht? Hester hat's uns doch immer wieder gepredigt.« Und dein Gast nickt mit halbgeschlossenen Augen. »Bei mir dasselbe. Bis vor fünf Minuten hab ich mich noch für verdammt schlau gehalten. Es liegt daran, daß man völlig abstumpft, weißt du.«

Um ihn besser zu verstehen, solltest du ein bißchen näherrutschen, aber erst mußt du feststellen: Hat er irgendwo ein Messer? Der Junge zerrt andauernd an seiner nässenden Uniformjacke, vielleicht will er die Blutung stoppen. Du sagst: »Hör mal, du tust mir doch nichts, wenn ich dir helfe, oder?«

»Nein«, antwortet er, fünfzehn ist er vielleicht. »Könnte ich gar nicht mehr . . .« Also beugst du dich rüber, knöpfst ihm die Messingknöpfe auf und hältst dabei die ganze Zeit die Luft an und machst die Augen zu, als ob aus dem Loch, das du in seine Brust gerissen hast, ein furchtbarer Gestank steigen könnte.

Er fummelt nach irgendwas in der nassen rechten Hälfte seiner Uniformjacke, und dann holt er es ans sommerliche Tageslicht – eine große goldene Taschenuhr. Hinterher kommt die Kette, mit klickenden Perlengeräuschen. Wie schön sie in der Sonne glänzt in diesem Dreckloch! Schon allein daran, wie er sie hält, kannst du sehen, daß es ein wirklich gutes Stück ist. Erst wischt er mit dem trockeneren

Ärmel ein bißchen traubenrotes Blut vom gelben Gehäuse. Dann hält er sich den Chronometer gierig ans Ohr. Schließlich nickt er und schließt die Augen vor Genugtuung. Er erzählt dir, daß er sie von seinem Vater geerbt hat. Seine Stimme wird eben erst männlich, fängt gerade an, zu brechen und tiefer zu werden.

Sechs gewaltige Explosionen erschüttern euren Unterschlupf. Der Junge nimmt sie kaum wahr.

»Paß mal auf.« Er drückt auf einen Federriegel, und der goldene Deckel springt auf – ein gelbes Licht, münzengroß, huscht über sein Gesicht. Eingebaute Glöckchen spielen drei Takte von einem Lied. Mehrstimmig. Der Besitzer lächelt. Mitten im Donnern der Kanonen, dem Geschrei der Soldaten und dem Gejaule des Hofhundes hörst du dieses süße, strenge kleine Glockenspiel. Du zuckst zusammen. Vergnügen scheint hier völlig fehl am Platze. Du spürst, wie dein Gesicht sich anspannt, aber versagt, weil es das Lächeln verlernt hat. Du hast beinah vergessen, daß es Musik gibt, seit dein Freund umgekommen ist.

»Schau her.« Er will dir was zeigen. Genau in dem Moment reißt eine Kanonade, die schlimmste bisher, ringsum alles in Fetzen und legt ein Stück Zaun flach. Dreckklumpen prasseln auf euch herab. Als der Rauch sich verzieht, starrt der Yankee (für dich ist er schon *dein* Yankee) immer noch die Uhr an. Du siehst, daß seine Augen von körnigem Staub bedeckt, fast verklebt sind. Er sieht von dir zur Uhr, bemerkt den Schmutz in seinen Augen nicht. Du sagst ihm, er soll mal blinzeln. Fragst ihn nach seinem Namen. »Simon«, sagt er und blinzelt tatsächlich, folgsam. »Hübsches Bild auf dem Deckel.« Er zeigt dir's, eine Jagdszene, in Emaille (ein Hirsch, von sechs Hunden gehetzt). Über dem laufenden Sekundenzeiger ein kleiner Kompaß, der genau nach Norden weist – ist eben eine Yankee-Uhr. Darunter werden in einem Fenster die Mondphasen angezeigt. Hohe spitze Buchstaben besagen, daß die Uhr in Deutschland hergestellt wurde. Unverkennbar.

Er dankt dir dafür, daß du sie und ihn in Sicherheit gebracht hast, und du klärst ihn nicht über seinen Irrtum auf. Er hält sich die Uhr ans Ohr und nickt, erfreut über ihr Ticken, als ob er sein immer noch schlagendes Herz belauscht. Er sagt was, und du siehst, daß Blut in seiner Spucke ist. Du bietest ihm deine Feldflasche an. Das bedeutet, daß du ihm das Wasser zwischen die rissigen Lippen gießen mußt. Hinterher – ihr wißt nicht, wie ihr es geschafft habt (abgesehen vom puren Adrenalinstoß) – redet ihr ein bißchen miteinander. Kommt euch ganz natürlich vor. Er erzählt vom Schlittenfahren. Wieviel Spaß es macht, und daß er es ziemlich gut kann, zu Hause. Du probierst es mit einer Scherzfrage.

Frage: Warum ist der Ozean so blau?

Antwort: Weil er sich jeden Tag vollaufen läßt.

Simon fängt zu lachen an (er ist Schütze Simon Utt aus Malden, Massachusetts), aber dann fällt das Lachen in sich zusammen, es tut ihm so weh, und da nickt er bloß. Du fragst, wie das gekommen ist: Daß ihr zwei hier in ein und demselben Graben in Virginia hockt. Ihr solltet beide in der Schule sein, nicht hier, und er stimmt dir zu. Ihr klagt über dieselben Sachen: miserables Essen in letzter Zeit, eine Fleischwunde, die rasch verheilt ist (du erzählst von deinem Bein, um Simon vielleicht ein bißchen darüber hinwegzutrösten, daß *er* jetzt verwundet ist). Er spricht von seiner Mutter und seinen drei Schwestern. Dann schläft er anscheinend ein, wacht aber wieder auf und beschreibt das Haus, den Glockenspielchor seiner Schwestern. Sein seliger Vater war Prediger, hat die Uhr in Deutschland gekauft, war dort in einem Seminar. Begeistert erzählt Simon von einem langen vereisten Abhang nicht weit von seinem Elternhaus. Im Winter kann man mit dem Schlitten runtersausen, und der Schwung trägt einen noch gut und gerne eine halbe Meile weit.

Den Graben hast du zu deiner Behausung gemacht, sechs Stunden bevor du Simon hineingeschleift hast. Merkwürdig, aber das Reden erleichtert dich sehr, sogar mit einem so ungewöhnlichen Gegenüber. Und seltsam, dein Graben kommt dir (versteh das, wer will) fast sicherer vor, jetzt wo auch Simon drin ist. Einer von jeder Seite. Vielleicht redet er zuviel, vergeudet seine letzte Lebenskraft darauf, vom winterlichen Angeln im Teich durch ins Eis gehackte Löcher zu erzählen. Es ist schrecklich heiß. Dann, nachdem er ein Weilchen scheinbar geschlafen hat, fragt dich Simon, ob er dich um einen großen Gefallen bitten dürfte. Ob du ihm – falls ihm was zustoßen sollte, nicht daß er das glaubt – versprichst, seine Taschenuhr wohlbehalten nach Hause zu schicken? Er meint, das könnten natürlich auch seine besten Freunde machen, aber manche von denen seien versetzt oder verwundet worden oder noch schlimmer. Auf jeden Fall könnte es ja sein, daß man ihn hier in dem Graben im Süden nicht findet und so. Also, *würdest* du das für mich tun, hm? Und er sagt dir, in welcher Hosentasche er seine Heimatadresse hat. Er gesteht – der Kopf gibt sich Mühe, nicht so sehr zu zittern –, daß er jetzt langsam wirklich Angst bekommt.

Du erklärst dich bereit, die Uhr nach Hause zu schicken, sagst aber, es wird schon wieder werden. Und du versicherst ihm, du hättest dich in solchen Sachen noch nie geirrt. »Sag, daß du's tust«, bittet er.

»Ja, ich tu's. Ehrenwort.«

»Versprich, daß du die Adresse rausholst und sie immer in einer zugeknöpften Tasche aufbewahrst. Zugeknöpft!«

»Klar, Simon, kannst dich drauf verlassen. Geb dir mein Wort.«

»Ah, oh, halt meine Hand, bitte«, und du nimmst sie. Inzwischen bist du ganz *für* Simon, weißt du. »Bitte halt sie. Tu so, als ob wir zu Hause wären. Sag, daß du die Uhr hinschickst. Es wird sie trösten. Ein Andenken. Sag, daß wir zu Hause sind, Will.«

»Du bist wohlbehalten zu Hause. Und du hast jemanden hier. Ich paß auf die Uhr auf wie auf mein Leben, Simon. Wart's nur ab. Du hast den Richtigen gefunden.«

Jetzt nickt Simon, und sein Rückgrat streckt sich. Er hält den Kopf in die Sonne. Er murmelt etwas von Schlitten, einem Hügel, es ist so heiß hier oder ist es nur er? »Auch das noch!« Seine Nase ist auf einmal rosa – er hat schreckliches Nasenbluten.

Was Schlimmeres.

Wenn uns jemand von oben sehen könnte, würde er denken, da raufen zwei – ein Reb und ein Yank. Dabei bin's bloß ich, und ich halte ihn, damit er mir um Gottes willen nicht stirbt. Ich halte ihn dort, wo er am wenigsten verletzt ist, und umarme ihn. Du hörst es förmlich rauslaufen, wie die letzten Tropfen Benzin. Dann kannst du ihn loslassen. Du kannst die kräftigen dunklen Wimpern bewundern und die Augenbrauen und noch eine Zeitlang die Fliegen verscheuchen und die Augen betrachten, in denen sich das Leben am klarsten spiegelt, die Augen, die sich schon bald trüben und nur noch Oberfläche sind, wie die Erde ringsum, die Wurzeln in der Grabenwand. Nicht mehr, nicht weniger.

Der Hund hechelt vorbei und rennt davon, der Strick ist durchtränkt von dem Blut, durch das er geschleift wurde. Eine Stimme ganz in der Nähe sagt: »Sara? Brav, Sara. Sara?« Und dann hörst du ein schreckliches Geheul, zu laut und zu ungeniert für einen Mann, und du weißt, daß der Hofhund dran glauben mußte. Die Granaten werfen riesige bucklige Geysire von schwarzer Erde auf. In der Stille danach, im brenzligen Gestank der Kanonen, riechst du was Süßes wie blühenden Klee, hörst Bienen in den Blumen am Grabenrand summen, sie fliegen unbeirrbar, werkeln geschäftig, statt an dem einem Kriegstag dieser Wiese in ihrem Stock zu bleiben. Unten am

Fluß, wo die Wiese zu Ende ist, steht eine Tunker-Kirche, und ein Scharfschütze läßt sich einfallen, die Glocke aufs Korn zu nehmen. Dann machen andere es ihm nach, bis Hester deine Kameraden anbrüllt, ihr Idioten, verschwendet eure Munition nicht auf Bronze, um Himmels willen. Er befiehlt: Fertigmachen zum Vorrücken. Bald mußt du deinen Graben und Simon verlassen.

Du kannst jetzt die schöne Uhr behalten, und du hast ein schlechtes Gewissen deswegen, aber du bist auch froh. Die Adresse ist tatsächlich in der Tasche.

Simons Mund klafft. Die rechte Wange liegt auf dem braunen Grabenrand und ist schmutzig. Das rosa Gesicht hat seine Frische nicht verloren, noch nicht. In der linken Hand, hoch oben am Kragen, den du ihm aufgeknöpft hast, hält er immer noch die Taschenuhr von seinem Vater, dem Prediger. Er hat sie hochgehalten, damit sie nicht weiter unten mit dem dunkler werdenden Teil der Uniform in Berührung kommt. Du wickelst die lange goldene Kette von den bleichen Fingern ab, die sich schon verkrampfen. Um die Adresse rauszuholen, mußt du direkt in Simons Hosentasche greifen. Er hat sich vollgemacht. Es ist peinlich und äußerst unangenehm, einem andern Jungen in die Tasche zu fassen. Vor allem einem, der tot ist und an dessen Tod du mitgewirkt hast. Nein, nicht mitgewirkt, du hast ihn »getötet«. Vergiß das nicht. Name und Adresse einer Frau sind auf einen Fetzen von einem blauen Briefumschlag geschrieben, in Blockschrift, von seiner Hand – Vorsorge für den Ernstfall. Du vertraust den Zettel deiner Brusttasche an, knöpfst sie zu, wie er es verlangt hat. Sicherheitshalber beugst du dich noch mal über ihn, horchst aus der Nähe nach dem Herzschlag. Man weiß ja nie. Das machen die Ärzte in den Büchern auch immer. Und tatsächlich, du schließt die Augen, um dich besser konzentrieren zu können, und hörst ein ganz schwaches, fast singendes Pochen. Er ist wieder da! Bist nicht mehr allein. Aber dann begreifst du, nein, es ist das Ticken der wunderschönen schweren deutschen Taschenuhr, die du in in deiner verschwitzten Hand hältst. Du steckst die Uhr ein. Sie hat das Gewicht von zwei großen Hühnereiern und fühlt sich genauso kühl und robust-zerbrechlich an.

Bekannte Stimmen beratschlagen jetzt über den Abmarsch. Aus einem Graben ganz in der Nähe schreit der gute alte Sal Smith deinen Namen. Macht Spaß zurückzurufen: »Ich leb noch, Sal! Hier!«

»Da schlag doch einer lang hin«, lacht Sal. »Du hast es überstanden!«

»Ja, überstanden«, schreist du wieder. »Ein schöner Schlamassel, was?«

»Was?«

»Schöner Schlamassel.«

»Kann man wohl sagen!«

Weil du nicht weißt, was du sonst machen sollst, lehnst du Simon Utt an die Grabenwand (keiner, den du kennst, hat die geringste Ahnung, was sich hier eigentlich abgespielt hat, und das ist gut so, denn so bleibt dir dein guter Ruf als Soldat, von wegen Fraternisieren mit dem Feind und so), richtest ihn senkrecht am Grabenrand auf. So sieht er natürlich und menschenwürdig aus, bis die Suchtrupps der Yankees ihn finden. Du kreuzt ihm die Arme über der Brust (so machen das die Erwachsenen mit Verstorbenen, und obwohl du eigentlich nicht weißt warum, tust du's auch). Du achtest darauf, daß der Kopf des Jungen über dem blumenbewachsenen Grabenrand zu sehen ist. Er muß gefunden werden, wenn er ein christliches Begräbnis kriegen soll. Jetzt sollte etwas gesprochen werden, aber es fällt dir nicht mal ein einziger Satz aus der Liturgie ein.

Die andern schreien nach dir. »Wir ziehn ab«, rufen sie. Leutnant Hester, sonst die Ruhe selbst, ist schon heiser vom Brüllen.

Als erstes schlägst du, obwohl du nicht katholisch bist, das Kreuz – über dir und dann über ihm. Du berührst Simons Stirn, sein Koppelschloß und dann seine beiden Schultern, auch die nasse. Dann schließt du ihm den Mund. Vorsichtig bettest du seinen Kopf auf die Blumen, die sich unter dem toten Gewicht flachlegen. Mit dem rechten Daumen drückst du nacheinander auf beide Augenlider. Weil das Weiß und Blau der Augen mit einer Dreckkruste verklebt ist, wischst du sie erst mit deinem Ärmel aus. »So, jetzt.«

Vor dem Krieg hast du daheim deine toten Haustiere in Papas Zigarrenkistchen unter Mutters Fliederbüschen begraben, und jedes hat sein eigenes Kreuz aus Stöckchen gekriegt. Sonst hast du keine Erfahrung mit Begräbnissen. Deine Division zieht ohne dich ab, der Appell geht von Graben zu Graben. Du hast diesen Jungen erschossen. Wozu lügen? Und du hast das Bedürfnis, etwas zu sagen, laut. Und obwohl du jetzt allein bist, hast du Lampenfieber, als würden er und seine ganze Familie dir zuhören. Du probierst es: »Schütze Simon P. Utt. Es hätte auch mich treffen können. Wir haben's beide nicht gewollt, nicht wahr? Sie haben uns einfach hierher geschickt, und jetzt haben wir die Bescherung. Ich schick deine Uhr bestimmt nach Hause. Ich will tot . . . Großes Ehrenwort. Tut mir leid jetzt, was ich hier angerichtet habe. Mann, ich hätt nie anmustern dürfen. Wenn das zu so was führt. Jetzt bin ich klüger, aber ich werde dich nicht enttäuschen, Simon. Leb wohl und . . . Amen? Sicher, Amen.«

Hast du die Uhr und die Adresse auch wirklich in die Brusttasche gesteckt? Vorsichtshalber hältst du noch die Hand drüber, während du aus deinem Graben in die tödliche Luft hinaus kletterst. Geduckt rennst du los, dann öffnest du dich in Windeseile diesem Raum. Es ist, als wärst du in diesem mit Blumen umsäumten Erdloch geboren und hättest bis jetzt ständig da drin gelebt. Im Laufen fühlst du dich wie ein freigelassenes Tier, fast wie ein Tänzer, einfach herrlich. Schnell zu deiner Muskete und dem Gürtel, du schnappst dir beides, ohne stehenzubleiben. Die Sachen sind warm von der Sonne. Du erschrickst, weil sie so warm sind wie ein lebender Mensch. Nach Osten zu brennt schwarz und golden ein Waldstück. Du stolperst auf eine Lichtung, hinter anderen Männern her, die sich nach dir umdrehen, schwach lächeln, zum Willkommen deinen Namen husten. Sie *kennen* dich! Du bist noch du selber – was man so sieht, jedenfalls.

Was du ihm angetan hast, sieht man dir noch nicht an.

Aus deinem neuen Graben neunzig Fuß näher an dem qualmenden Wald kannst du ohne weiteres über die Wiese zurückschauen. Du siehst genau, wo du mit ihm warst und wo er – das Gesicht zu dir her – immer noch sitzt.

Geflissentlich übersiehst du die vier in die Luft ragenden Beine – die Überreste eines gelben Hofhundes.

Statt dessen richtet sich dein Interesse auf deinen alten Graben. Es beruhigt dich, da hinzustarren, über dem Saum von goldenen Gräsern und Blumen und Schmetterlingen Simons helles Haar zu sehen, seinen lustigen Kamm, der sich im Luftzug bewegt, so daß er fast lebendig wirkt – und er könnte ja tatsächlich lebendig sein, oder?

Hol seine Uhr raus, deine Uhr, ein Luxusgegenstand in deiner Hand. Du wartest auf Befehle. Wie glatt sich das Metall anfühlt. Du siehst, daß das weiche Gold durch jahrelangen Gebrauch Kratzer bekommen hat. Mach sie auf und hör dir das Geklingel der Glöckchen an, ein hübscher menschlicher Klang, als hätte eben auf dem Schlachtfeld ein Spielzeugladen aufgemacht.

Dein neuer Graben liegt vierhundert Meilen nordöstlich von der Plantage deiner Eltern. Du gehst ein Risiko ein und hältst die Uhr hoch, damit Simon sieht, daß sie noch heil ist. Und geht. Immer noch fliegen hier und da Miniékugeln durch die Luft. Ein heiseres »Wusch«, das du fast liebgewonnen hast, seit Sal dir mal gesagt hat: Jede, die du hörst, hat dich nicht umgebracht! (Allerdings erinnerst du dich noch an das Geräusch von der, die dich ins Bein getroffen hat.)

Jetzt riskierst du deinen Arm, um Simon zu zeigen, daß seine Uhr in Sicherheit ist. Du hältst sie in die geschundene, grollende Luft. Du drückst die Uhr, von der die Kette herabhängt, als wär sie dein ein und alles. »Hast du's gesehen?« rufst du. Keine Antwort. Dann tust du was, obwohl du weißt, daß es ziemlich dumm ist. Du stehst auf. Ganz. Springst hoch und stehst in deiner ganzen Länge da, eine hervorragende Zielscheibe. Und alles bloß, damit du ihm besser winken, ihm seine Uhr zeigen kannst, deine Uhr. Sein Haar sieht so echt aus. Es *ist* ja echt, Blödmann, richtiges Menschenhaar, nur nicht mehr lebendig. Auf einmal packt dich der Katzenjammer. Du willst jemandem erzählen, was passiert ist, daß niemand was dafür kann. Setz dich hin. Du hast deine Pflicht getan. Die Uhr ist eine gute Uhr und lebt jetzt bei dir.

»Ich werde mich Simons Uhr würdig erweisen, Simon.« Mitten in der Schlacht von Antietam sagst du das zu der Uhr. Und der Leiche, die du zur Leiche gemacht hast, winkst du zu und rufst: »Hierher, Simon. Schau. Ich bin's. Ich bin's.«

2

Und jetzt, mein Augenstern, mein Herzblatt und geduldiger Zuhörer, will ich dir den Rest selber erzählen. In was Bequemeres schlüpfen. Strengt mich zu sehr an, *ihn* nachzumachen. Diese Verantwortung! Kaum hab ich ein paar Worte gesagt, die sich ganz authentisch nach meinem Alten anhören, kaum gelingt mir ein Satz mit seinen charakteristischen schweren Gewichten und Gegengewichten, denk ich mir: »Wenigstens *das* klingt, als ob er's selber gesagt hätte.« Und dann gehn die nächsten drei völlig daneben. Ich mach dir jeden Menschen auf Gottes weiter Welt lieber nach als ihn. Immerhin, ich komm Captain Marsdens Stimme näher als irgendwer sonst – nicht daß die Konkurrenz überwältigend wär.

Am Abend des Tags, an dem Will sich den Miniékugeln ausgesetzt hatte, um Simon zu beweisen, daß die Taschenuhr noch geht, hat er sich ans Lagerfeuer von seiner Kompanie gesetzt, eine Meile von der Wiese entfernt, wo der junge Tote immer noch steif in dem Erdloch gesessen hat. Will hat einen langen Brief an Mrs. Utt angefangen. Hat ihn nicht weniger als viermal geschrieben, bis er ihm endlich mitfühlend und amtlich genug geklungen hat.

> Sehr verehrte Mrs. Utt!
> Etwas Schlimmes ist am Nachmittag des siebenten Septembers 1862 geschehen. Es war auf einer Wiese ganz hier in der Nähe. In tapferer Erfüllung seiner vaterländischen Pflicht verlor Ihr Sohn sein junges Leben. Er hat sein Land verteidigt, als dies geschah, und ich will versuchen, Ihnen mehr über die näheren Umstände zu berichten. Es . . .

Ist ihm das nicht komisch vorgekommen – die ferne Witwe in so amtlichem Ton anzureden? Während dem ganzen Krieg hatte Marsden seiner eigenen Mutter nur ungefähr zehnmal geschrieben, und es hat ihn jedesmal viele Tage gekostet. Aber diesmal kam's ihm seltsamerweise ganz normal vor – so lange über einem einzigen Brief zu sitzen. Er hat's für seine Pflicht gehalten, obwohl diese trauernden Fremden zufällig Leute von der schlimmsten Sorte waren – Yankees.

Will ist näher zu den Kameraden am Feuer rangerückt. Hat ihnen seinen Brief laut vorgelesen. Den Namen von dem Gefallenen hat er weggelassen. Er wollte von ihnen wissen, klingt der Brief so, als ob ihn einer geschrieben hätte, der schon älter als dreizehn ist? Na klar, haben sie gesagt.

Der junge Marsden hat sich konzentriert und mit geborgtem Schreibzeug und der Zunge zwischen den Biberzähnen versucht, Simons letzte Augenblicke auf Erden zu schildern. Er hat Mrs. Utt erzählt, seine letzten Gedanken hätten der Familie gegolten, was ja auch gestimmt hat. In dem Brief war aber nirgends die Rede davon, wer Jung-Simon erschossen hatte. Wer hätte das auch in einem einzigen Brief erzählen können: Wie ein guter Yank und ein guter Reb schließlich in ein und demselben Graben gelandet sind. Und daß sie überhaupt nicht versucht haben, sich gegenseitig abzumurksen, sondern ein langes und gutes Gespräch geführt haben. Will hat das selber kaum verstanden, also wie hätt er's einer erwachsenen Dame erklären sollen, die er nie im Leben gesehn hatte?

Marsden hat also wahrheitsgemäß den Tod mitgeteilt, den Namen des Todesschützen aber nicht genannt. Es war Krieg. Keiner konnte damit rechnen zu erfahren, wer ihn erschossen hat. Eines Tages mußte er sich vielleicht zu dieser Tat bekennen. Aber das, hat er sich gesagt, kann er nur der Witwe und den Töchtern von Prediger Utt von Angesicht zu Angesicht sagen. Die ganze Wahrheit ist ihm zu wuchtig vorgekommen, als daß das dünne Blättchen sie nach Norden hätte tragen können.

Ich stell mir meinen Willie vor, wie er ein Stück abseits vom Lagerfeuer über eine Schreibunterlage gebeugt sitzt. Papier war knapp, und deshalb hat er (wie's damals der Brauch war) den Bogen erst im Hoch- und dann im Querformat beschrieben, so daß am Schluß die Zeilen wie Kette und Schuß miteinander verwoben waren. Das verlorengegangene Bild von ihm aus der Zeit hat einen Jungen gezeigt, der ziemlich ungeliebt ausgesehn hat. Er hat darauf jünger gewirkt als dreizehn, ein regelrechtes Kongreßzentrum für Sommersprossen.

Er hat scheinbar bloß aus Knorpel bestanden und war einer von den Jungen, die ständig eingetrockneten Schlaf in den Augenwinkeln haben und warten, bis ein Erwachsener ihnen sagt, sie sollen sie sich auswischen. Seinen Kameraden ist das kaum aufgefallen, war ihnen nicht wichtig genug. Bis auf Sal und manchmal den schneidigen Hester. Spiegel machen Jungen in dem Alter angst. Kein Wunder. Es gibt so viel, was ihnen angst macht. Der Krieg und die Pubertät sind fast gleichzeitig über den bedauernswerten Willie reingebrochen. Sagen wir so: Du hast meinen Mann schon gesehn. In jedem Schwimmbad und an jedem Badesee Amerikas steht um fünf Uhr nachmittags am Rand des Wassers ein Junge, nichts als Haut und Knochen und vielleicht elf Jahre alt (in Wirklichkeit ein Dreizehnjähriger, der jünger aussieht). Er hat die Arme um den Oberkörper geschlungen, die Zähne klappern ihm wie aufgezogen, die Lippen spielen bedenklich ins Blaue, und die kalkweiße Haut ist mit spitzen Knötchen übersät wie bei einer gerupften Gans nach einem ganzen Tag im Kühlschrank. Der Junge ist im Wasser gewesen, seit das Schwimmbad in der Früh aufgemacht hat, und obwohl er kein Gramm Fleisch auf den Knochen hat, sich die Seele aus dem Leib friert und genau weiß, daß er sich abtrocknen und heimgehn müßte, kann er sich immer noch nicht losreißen. Er steht, ein Bild des Jammers, aber das weiß er nicht, am Becken, in dem die andern noch rumplantschen, ein Junge, der um nichts auf der Welt auch nur eine Minute vom lärmenden Gekalber der andern verpassen will. Er kennt sie anscheinend alle, aber ihn kennt oder beachtet keiner. Die Rippen stehn ihm so raus, und er macht einen so unbeaufsichtigten Eindruck, daß du dich unwillkürlich fragst: »Wo ist eigentlich seine *Mutter*?«

Also gehst du – ein Erwachsener – zu ihm hin, beugst dich runter und sagst mit freundlicher Stimme, was ihm der Bademeister schon vor Stunden hätte sagen müssen: »Meinst du nicht, es wird allmählich Zeit, daß du dich abtrocknest, Junge? Du wirst dich erkälten.« Er zuckt zusammen, als ob du einer von den guten Onkeln wärst, vor denen seine Eltern mit ihrer schmutzigen Phantasie ihn ständig warnen. Und dann, wie er endlich hört, was du sagst, nickt er – ja, er weiß, daß er durchfroren ist, daß er heim müßte. Aber als du wieder bei deinem Liegestuhl bist und dich reinsetzen willst, bibbert er immer noch unten am Wasser, die mageren Arme verschränkt, von einem Fuß auf den andern tretend, der Rücken von Kälteschauern zukkend – und lächelt all den Rabauken zu, die auch nicht genug kriegen können. Wenn nur einer von denen rufen würde: »He, ja, du da! Komm doch rein!«, er würde sofort reinhechten, und nach fünf Minuten müßte ihn der Bademeister rausholen, steif, die Brustwarzen und Nägel graublau wie altes Kohlepapier, und er würde beschämt lächeln, weil er hier, vor allen Leuten, anfangen muß, tot zu sein. – *So* ein Junge.

Aber weiter im Text: Wie der Brief fertig war, hat Will ein Kuvert dafür gebraucht. Er hat braunes Packpapier genommen, das er sich vom immer vergnügten Koch der Kompanie hat geben lassen, einem Mann, der's dann auch nicht mehr lange gemacht hat. Aus stibitztem Mehl und Wasser aus einem Graben hat Will Mehlkleister angerührt. Und ein paar schöne Kernholzbretter hat er gefunden, in einer Scheune, in die er sich aus dem Kreuzfeuer gerettet hatte und wo er zwei durstige Nächte verbringen mußte. Da drin hat er, außer Sicht für die Yankees, mit Zapfen und Drahtstiften auf dem Farmer seiner Hobelbank ein stabiles kleines Kästchen aus Kiefernholz gebastelt, grade groß genug für den Postversand einer schweren Taschenuhr. Er hatte daheim auf The Lilacs handwerklich kaum was gelernt, hatte sich ewig beklagt, daß immer bloß die Sklaven die Pferde beschlagen und alle andern interessanten Sachen machen durften. Und so hat er den Schaft von seinem Gewehr als Hammer benutzt. (Die Munition war ihm sowieso ausgegangen.)

Später hat er dann in ruhigen Minuten im Lager Nägel mit der Spitze ins Feuer gelegt. Wenn sie rotglühend waren, hat er sie mit einer hölzernen Zange gepackt, die er sich gemacht hatte, und Simons offizielles Taschenuhr-Versandkistchen über und über mit eingebrannten Bildchen verziert.

Die Schachtel war sechs auf vier Zoll. Nach und nach hat er jeden Quadratzoll mit Bildern bedeckt, die – für jeden andern – so verschwiemelt ausgesehn haben wie die in Jahrzehnten durch die Körperwärme verwischte Tätowierung von einem alten Opa. Für Will waren es natürlich kleine Meisterwerke. In das weiche Kiefernholz hat er Blockhütten eingebrannt, Ställe, zahme und wilde Tiere, ein großes Herrenhaus mit vielen Säulen, blühende Sträucher, haushoch ins Kraut geschossene Sonnenblumen. Menschen waren keine drauf. Einen Menschen, hat Will sich sagen müssen, konnte er nicht gut genug zeichnen, noch nicht. Das würde sozusagen die Reifeprüfung werden, in künstlerischer Hinsicht – daß man sich traut, ein Bild von einem *Menschen* zu machen.

Bevor unser Schütze sein kunstreiches Kistchen in Wachspapier eingewickelt und mit doppelt verknotetem Bindfaden und Draht verschnürt hat, ist ihm noch eingefallen, daß Simons Uhr ja vorher gut aufgezogen werden müßte. Sie hat ein Achttagewerk gehabt. Wenn der Postbote sich beeilte, tickte sie vielleicht noch, wenn die Familie Utt sie in die Hände bekam.

Will hat in der Schlange angestanden, um das Päckchen abzuschikken. Er wußte, die Utts würden sich über das Andenken freuen. Aber es ist ihm verflucht schwergefallen, sich davon zu trennen. Ist ihm tatsächlich schon wie ein Familienerbstück vorgekommen. Sein eigenes. Er hatte sich was angewöhnt: Wenn er hinter einem Holzstoß oder in einem Graben lag und nicht wegkonnte, hat er sich die Uhr ans Ohr gehalten und auf das feine, singende Ticken gehorcht. Hin und wieder hat er das hübsche Kästchen eingeölt und die von ihm selber eingebrannten Bildchen bewundert. Er hat's zu seiner täglichen Pflicht gemacht, sich um die Uhr zu kümmern. Warum hat sie ihn so beruhigt? Sie hätte ihm eigentlich ein schlechtes Gewissen machen müssen, statt dessen hat sie ihm geholfen, die Einsamkeit zu ertragen. Sie hat die Mondphasen angezeigt, mit einem lachenden Mondgesicht. Die Weise hat ihm gefallen: »Üb immer Treu und Redlichkeit.« Guter Rat. Das deutsche Musikwerk hat erstaunlich volle Glockentöne ausgesandt, bong, bong – als ob sie aus einer größeren Uhr kämen. Wie angenehm rund und glatt, wie schwer und solide sie sich doch in der Hand oder in der Tasche angefühlt hat.

Geduldig steht also Will mit trüber Miene in der langen Schlange vor der Feldpoststelle. Hält sein Päckchen behutsam auf Brusthöhe wie einer der drei Weisen aus dem Morgenland. Er hat die Adresse sorgfältig von Simons blauem Zettel abgeschrieben, in seiner schönsten Grundschulschrift. Den Brief hat er zusammengefaltet obenauf gelegt, damit ihn Simons Angehörige auch finden, noch bevor sie die zusammengerollte Kette und die Uhr rausnehmen, die dann hoffentlich immer noch ticken wird, nach dem ganzen weiten Weg bis Malden. Das Packpapier hatte er mit Kerzenwachs versiegelt. Es war Dezember, und die Männer haben graue Atemwölkchen ausgestoßen.

Seltsam, aber erst, wie er stolz am Ende der eine Achtelmeile langen Schlange steht, erst da dämmern Willie ein paar ziemlich wichtige Tatsachen, zunächst in kleinen Tick-Tack-Schritten, dann mit Glockenschlägen Zu dem Päckchen, das er ans sommersprossige Schützengesicht hochhebt, sagt er: »Oje, *noch* ein Schlamassel!«

Grad war ihm nämlich eingefallen – ein Südstaatler-Soldat darf kein Päckchen an keinen Ort in keinem Massachusetts aufgeben. Blödmann! Nicht mal ein hübsches kleines Schächtelchen wie seins hätte die Yankee-Postler bewegen können, mit denen aus dem Süden zusammenzuarbeiten. Und die Rebs hätten womöglich einen Südstaatler, der was in den Norden aufgab, als Spion verdächtigt. Wie er ausgerechnet hat, wie viele Monate und Tage er gebraucht hatte, um das zu kapieren (vom 17. September bis zum 20. Dezember 62), hat Willie Marsden, Schütze, Konföderierte Staaten von Amerika, zum erstenmal weiche Knie gekriegt vor Scham, ist ihm zum erstenmal wirklich klargeworden, was er getan hatte. Die verspätete Reue hat ihn wie ein Schlag auf den Hinterkopf getroffen. Wer erschoß einen Schützen namens Simon Utt?

Mein Name ist Hase... Ich will tot... Großes Ehrenwort, ich war's nicht.

Überall vor und hinter sich hat Will gehört, wie die andern von ihren Frauen daheim reden, von Liebesbriefen an ihre Angebeteten (Cousinen ersten Grades, aber wen hat's gekümmert!), von ihren alten Vätern, die jetzt das Geschäft führen mußten und wahrscheinlich die ganze Familie an den Bettelstab brachten. Wie bewegt und laut und begeistert sich die Männer mit ihren Feldpostbriefen in der Hand gegeben haben! Ein junger Bursch hatte sein Kuvert mit weihnachtlichen Stechpalmenzweigen bemalt, und das Kunstwerk ist von Hand zu Hand gegangen. »*Sehr* schön. Sieht fast aus, als könnt man sich dran stechen.« Die Soldaten haben sich aufgeführt, als ob sie vor einem Lotteriehäuschen angestanden hätten: Jeder hat auf einen Hauptgewinn gehofft. Immerhin hat man im Durchschnitt für einen eigenen drei Antwortbriefe von daheim gekriegt – von den darbenden Frauen anderer Soldaten, vom Bürgermeister – keine schlechte Chance für einen Spieler: drei zu eins. Keinem ist aufgefallen, wie still der Junge mit der Stirnlocke auf einmal war, der mit beiden Händen ein Päckchen gehalten hat, als ob er da drin seine ganze Familie hätte, auf Däumlingsgröße geschrumpft, beim Abendessen, womöglich beim Suppelöffeln. Die Beschäftigung mit der Verpackung für die Uhr hatte Will abgelenkt. Hatte ihn beinah vergessen lassen, was er Schreckliches getan hatte. Fast war's ihm so vorgekommen, als hätte die eine gute Tat – daß er die Uhr an die Familie zurückschicken wollte – das Verbrechen praktisch aufgewogen, es ausgelöscht. Es war natürlich ein legales Verbrechen gewesen, in einem erklärten Krieg begangen, aber trotzdem ... Will ist aus der Schlange raus. War wacklig auf den Beinen. Er ist ein Stück beiseite gegangen und hat sich hingesetzt und sich an ein Wagenrad gelehnt. Hat dagesessen und vor sich hingestiert und dabei sein hübsches selbstgebasteltes Kistchen an sich gedrückt. In der Hand hat er Konföderiertengeld zerknüllt, den inzwischen feucht gewordenen Schein, mit dem er das Porto hatte bezahlen wollen. Die andern Soldaten sind in der Schlange langsam vorgerückt, haben rumgealbert, gerempelt und gedrängelt, und jeder hatte was dabei, was für andere gedacht war.

Stell dir vor, hat Marsden viele Jahre danach zu mir gesagt, stell dir vor, du hast einen erschossen, und denkst, du kannst es wieder gutmachen, indem du hinterher für dein Opfer was auf die Post bringst! Aber so weit kann eben ein anständiger Kerl in unanständigen Zeiten vom normalen Anstand abkommen.

3

Will hat den Krieg überlebt, er wollte ihn überleben und hat ihn überlebt. Er hat noch einen extra Grund gehabt dafür. Er hat am Leben bleiben müssen, bis die Postwege zwischen Norden und Süden wieder intakt waren. Appomattox hat dann bedeutet: Die gleichen Briefmarken gelten überall. Bis Kriegsende hat er keinen mehr erschossen. Er hat gelobt: Wenn's nochmal so dick kommt, haben diesmal die andern Glück. Aber er hat sich die meiste Zeit bloß in Erdlöchern verkrochen und nicht mal zurückgeschossen, außer wenn Vorgesetzte in der Nähe waren. Und auch dann hat er bloß in die Luft geballert, über alle Köpfe weg, blonde und andere. Meistens hat er sich tief in irgendeinen Graben geduckt und – unbemerkt – gewartet, bis sich der Qualm verzogen hatte. In seinem Versteck hat er fleißig die Uhr blankpoliert und ihr zugehört, als ob sie ihm Gesellschaft geleistet, ihm etwas erzählt hätte. Gewissenhaft hat er den echten Mond mit dem Mondgesicht der Uhr verglichen und gestaunt, daß der deutsche Uhrmacher damals schon gewußt hatte, wann zu seiner – Willies – Zeit Vollmond oder Neumond sein wird.

Der Krieg war aus, und auf einmal hat einem die Stille mehr angst gemacht als der Krach. Die Uhr war noch kostbarer, wenn man überlegte, wie schwer's gewesen war, im Schlachtenlärm ihr Ticken zu hören, und wie tapfer sie durchgehalten hatte. Man hat das Gefühl gehabt, daß die Ruhe nicht von Dauer sein konnte. Will ist, wie du ja schon weißt, bis von Virginia zu Fuß heim nach Falls gegangen, und zwar in knapp sieben Wochen, obwohl er sich oft verlaufen hat. Einmal hat er halb verhungert in Nutbush, Virginia, zwischen einer Bäckerei und einer Pfandleihe auf dem Gehsteig gestanden, in der Hand sein Brandmalerei-Kästchen mit dem achtzehnkarätigen Prachtstück, das in seinem Nest aus Stroh emsig vor sich hingetickt hat. Will hat von den Regalbrettern mit den Juwelen und Uhren anderer Leute in dem einen Schaufenster zu den drei Dutzend warmen Karamelrollen im Fenster nebenan geschaut. (Bestimmt hätte er sie alle für die eine Uhr gekriegt. Eine Yankee-Uhr, zugegeben, aber das hätte keiner gemerkt.) Er hat so lange von einem Fenster zum andern gesehn, bis ihm schwindlig geworden ist, und dann hat er den Schluckauf bekommen und mußte lachen und hat sich mit dem Schluckauf beschäftigt und Simons goldenes Erbstück und letztes Vermächtnis an seine wartenden Angehörigen doch nicht versilbert. Er hatte dem jungen Utt sein Ehrenwort gegeben, und er hatte's ehrlich gemeint.

Gleich an dem Tag, an dem 65 der Postverkehr zwischen Nord und Süd wieder aufgenommen wurde, hat Will von daheim aus den Brief mit dem selbstgemachten Umschlag abgeschickt. Der war so fleckig und zerknittert, als ob er im Krieg gewesen und heimgekehrt wär, und genau so war's ja auch gewesen. Er hat ihn in einen festen Pergament-Umschlag getan, hat sich gedacht, Simons Schwestern und seine Mutter würden die schmuddelige Geschichte eines Briefes zu schätzen wissen, der so lange rumgetragen worden war. Ab ging die Post mit abergläubischem Überporto drauf, ab ging der Brief, den er geschrieben hatte, ein paar Tage nachdem er ihren jungen Simon totgeschossen hatte. Eine Nachkriegs-Nachschrift wie »Ach, übrigens, Sie sollten wissen, daß ich ihn getötet habe« hat er nicht für tunlich gehalten. Dafür, hat er gemeint, war der Zeitpunkt noch immer nicht richtig.

Wohl aber hat er versprochen, Simons Uhr zu schicken, sobald man der Post solche Wertsachen wieder ohne Bedenken anvertrauen konnte. Der Brief würde so eine Art Probe sein. Wie du dir denken kannst, war die Post in der Zeit des Wiederaufbaus noch ziemlich unzuverlässig. So mancher Yankee-Postbote hat gemeint, umfangreichere Sendungen aus dem Tiefen Süden wärn bei ihm am besten aufgehoben – so eine Art private Wiedergutmachung. (Mit einem Wort, sie haben geklaut wie die Raben.) Die Postler im Süden waren keinen Deut ehrlicher. (Du siehst, ich bin unparteiisch, mein Junge. Gerechtigkeit muß sein.) Nichts, was man damals der Post anvertraut hat, war vor der Post sicher. Trotzdem, Mrs. Utts postwendende Antwort hat Will für damalige Verhältnisse prompt erreicht.

Es war ein richtig feiner, wohlgesetzter Brief – und lang war er auch. Ein Brief, wie man ihn von einer Dame wie ihr erwarten konnte, der Gattin eines Kleinstadt-Predigers, der zwar verstorben war, von seinen Hinterbliebenen aber immer noch geliebt und täglich erwähnt wurde. Die Epistel war geläufig in biblischer Sprache abgefaßt und mit gebildeten Zitaten und Sprüchen aus der Heiligen Schrift gespickt wie ein Rosinenkuchen, auch das Zitronat der Poesie hat nicht gefehlt. Die Witwe hat von der Dankbarkeit der Familie Utt gesprochen und liebenswerte kleine Anekdoten über den gefallenen Jungen erzählt. Willie hat ihn immer wieder gelesen, in seiner Mietwohnung vor dem Kamin. Auf dem Sims hat die vollkommene goldene Uhr in ihrem angekohlten, vom vielen Anfassen wie lackierten Bilderbuchkästchen ihren Ehrenplatz gehabt. Hinter der Taschenuhr hat ein Spiegel gehangen, und in dem hat Will beim lauten Lesen sein Gesicht betrachten können. »Ist das ein schuldbewußtes Gesicht?« hat er das Gesicht gefragt. Mrs. Utts Worte sind ihm wie eine Auszeichnung vorgekommen, auch wegen der wunderschönen Handschrift. Es war beinah so, als ob man einen Brief von Lincoln oder so wem bekommen hätte. Will hat den Brief seiner Mutter gezeigt.

Daß er Simon erschossen hatte, davon hatte Will noch keiner Menschenseele was gesagt, zumindest nicht so direkt. Sicher, zu Winona hat er gesagt: »Wir alle haben Sachen gemacht, die wir heute vielleicht nicht mehr für möglich halten.« Aber weiter ist er nicht gegangen. Sicher, er *wollte* es sagen, hat aber immer wieder gefunden: »Ist noch zu früh.« Und sich gefragt, was er eigentlich damit meint.

Unterdessen hat er die kostbare Uhr reinigen lassen. Er hat dem Juwelier so oft eingeschärft, er soll ja vorsichtig sein, daß der ihn rausgeworfen hat, aus einem Laden, wo im Schaufenster noch Schmuckstücke lagen, die Sklaven auf The Lilacs geklaut und an ihn verhökert hatten.

Will hat die Uhr nur selten getragen, aus Pietät. Wenn Besucher die Uhr über dem Kamin bewundert haben, hat er gesagt: »Ja, ein gutes Stück, so eine Art Geschenk.« Immer wenn er gehört hat, daß diese habgierigen Postler sich wieder ein Päckchen unter den Nagel gerissen hatten, hat er den Versand von Simons Prachtstück nach Norden hinausgeschoben. Um noch eine Woche, nochmal sechs Monate, du weißt, wie das Aufschieben sich ewig selbst aufschiebt. Inzwischen war's fast 1866 geworden. Die Zeit! Simon wär jetzt bald neunzehn gewesen. Willie selbst war sechs Fuß groß, war in Kreuz und Brust viel breiter geworden und hatte einen Bariton so rußschwarz wie Shermans Hinterlassenschaft, so dunkel wie die Spuren, die glühende Nagelspitzen in Kiefernkernholz hinterlassen. Will hat sich gesagt: »Simon Utt wird immer fünfzehn bleiben.«

Die Damen Utt haben ihm weiter geschrieben, und er hat ihnen geantwortet, ein richtiger Briefwechsel ist draus geworden. Er ist an der Aufgabe gewachsen. Hat manchen Brief nochmal abgeschrieben und sich um seine Zeichensetzung Gedanken gemacht. Manchmal, wenn er am Morgen zum Viehhof getrabt ist, hat er Simon fast um seine Ruhe beneidet. – Wenn man aus der Kindheit direkt in den Krieg und dann gleich zum Geldverdienen kommt, verpaßt man ja so viel.

In dem Frühjahr ist Marsden ein gutes Mietpferd entlaufen, ein Schimmel. Er und zwei Stallburschen haben sich auf die Suche nach der Stute gemacht. Will in seiner unvermeidlichen schwarzen Ziviluniform ist zu einer Wiese gleich hinter dem Geschäftsviertel von Falls gegangen. Die Wildblumen haben bis dicht an die Rückseiten der Läden gewuchert, wo sich zwischen Kistenstapeln die Ratten getummelt haben. Willie ist auf was getreten, was im Gras verborgen war, ein ZU-VERKAUFEN-Schild. Er schaut von dem Schild zu dem »schönen Grundstück« auf. Keiner hatte jemals was mit diesem Streifen Land anzufangen gewußt, der vom Einkaufsviertel zum Fluß Tar hin abfällt. An dem Tag haben ein paar schwarze Frauen mit riesigen Strohhüten auf einem flachen Stein im Schatten einer Weide gesessen und geangelt. Weiße Jungen sind zwischen Gräben und Mulden hin- und hergerannt und haben sich Befehle zugerufen – haben »Fort« gespielt. Überall blühende Heckenrosen, Sonnenhut und wilde Stiefmütterchen. Und die namenlosen Gräser, die nach nichts aussehn, bis ein Windstoß Streicheltiere aus ihnen macht. Eltern, die einkaufen wollten, haben ihren Kindern oft gesagt: »Geht spielen.« Hierher, haben sie gemeint. Und früher, wie man am Vierten Juli noch an was anderes gedacht hat als an den Fall von Vicksburg, war das die Festwiese. Marsden hat den einen Fuß auf dem ZU VERKAUFEN gelassen und sich nach allen Seiten umgeschaut. Um seine Knie Margeriten, auf denen lärmende Hummeln und lautlose Kohlweißlinge rumturnen. Er wollte das Grundstück haben, und zwar als Tribut – um *nichts* damit anzufangen. Es hat Meadows' Weide geheißen, nach dem Mr. Meadows, der hier früher seine Farm gehabt hatte.

Dieses Stück Land so dicht bei der Einkaufsmeile von Falls (mit ihren zwölf Läden) hat die Stadt von jeher hübscher und größer gemacht. Mein Junge, du weißt, wie das mit unbebauten Grundstücken ist . . . Keiner weiß sie zu schätzen, bis sie eines Tages nicht mehr unbebaut sind. Dann merkt man, wie das ganze Gleichgewicht eines Viertels von diesem verschwundenen offenen Raum abhängig war. Man merkt *oft* erst dann was, wenn's zu spät ist. (Wie das Zivilleben, dem man nachtrauert, sobald das militärische anfängt.)

Willie hat die Kinder gehört, die im hohen Gras »Fort« gespielt haben, hat gesehn, wie eine alte Frau einen kleinen silbrigen Brachsen gefangen hat, der zu mickrig war, ihn dann aber doch in ihren Eimer hat gleiten lassen. Willie hat einen Entschluß gefaßt. Die Wiese sollte ein heimliches Denkmal für Ned und Simon werden. Ein Junge in den Südstaaten durfte vielleicht eine Säule am Gerichtsgebäude bauen als Andenken an einen Kameraden, den er im Krieg verloren hatte. Aber er durfte kein Standbild im Park errichten für einen jungen Yankee, den er erledigt hatte. Das wäre Dienst an zwei Herren gewesen. Aus Meadows' Weide würde also höchstwahrscheinlich der Simon-Utt-Gedenkpark werden. Das alles konnte man vor den Menschen geheimhalten, die ihn benutzen würden. Die Einheimischen würden nie dahinterkommen, daß diese Wiese in der Flußschleife nicht für sie gerettet worden war, sondern für wen andern.

Und doch, so gerne Will sofort zugeschlagen hätte, irgendwas hat ihn, den Fuß immer noch auf dem Schild, zögern lassen. Ein anderer konnte's ihm wegschnappen, und er brauchte ohnehin eine Weile, um eine so hohe Anzahlung flüssig zu machen, also war Eile geboten – und doch hat ihn irgendwas mit Macht zurückgehalten. Er hat dagestanden, und die Sonne hat ihm die Schultern in seinem dunklen Anzug gewärmt. (Die zwei Stallburschen haben die – längst vergessene – Schimmelstute auf der River Road zurückgebracht.) Er hat wirklich gehofft, das Grundstück kaufen zu können, hatte aber als sentimentaler Mensch das Gefühl, er hätte nicht das Recht dazu. Noch nicht. Das Gefühl, daß da noch eine wichtige Sache zu erledigen war, bevor er sich als die Art Zivilist sehn konnte, der sich's leisten kann, großartige Geheimpläne auszuhecken. »Bald.« Niedergeschlagen hat er Meadows' Weide verlassen. »Bald werd ich's für Simon kaufen.«

Und in dem Moment ist ihm alles klargeworden. Es war wohl so, daß er erst die Uhr zurückbringen mußte. Persönlich abliefern – und sein Geständnis ablegen.

Die drei ledigen Utt-Schwestern hatten ein Stichmustertuch gestickt und es in den Süden geschickt. Sie haben außen auf das Päckchen draufgeschrieben, was drin war, und deshalb hat sich keiner die Mühe gemacht, es zu klauen. Das Tuch hatte einen schwarzlackierten Rahmen, und dargestellt war ein Mädchen unter einer Trauerweide, das sich die geballten Fäuste an die Augen hält. Außerdem waren Simons voller Name, sein Dienstgrad, seine Divisionsnummer, sein Geburtstag und sein Todestag eingestickt.

Will hat überlegt, was er mit dieser Handarbeit anfangen sollte. Er hat sie seiner entstellten, schweigsamen Mutter zum Aufbewahren gegeben. Damals haben Jungen so was gemacht.

In seiner Wohnung hatte Will nichts Besonderes, die Uhr war das einzig Wertvolle. Die Hunde auf ihrem Deckel hatten den Hirsch fast eingeholt, würden's aber nie ganz schaffen. »Oje«, hat Willie zu der Uhr gesagt, weil er wußte, was ihm bevorstand, und weil er sich so davor gefürchtet hat. Er würde sie hinbringen, und wenn sich eine Gelegenheit ergab, es mit Anstand zu tun, würde er den Nordstaatlern sagen, was er dem Simon P. Utt, Schütze, USA, angetan hatte. Und sobald er dann zurück war, wollte er Simon zuliebe die schöne Wiese kaufen.

4

Will hat auf irgendeine Einladung aus dem Norden gewartet. Die Damen Utt haben ihn oft genug gebeten, aber das war ihm nicht genug. Wie er das erste und bisher letzte Mal von zu Hause weg mußte, hatte man ihn in den Norden geschickt, damit er sich dem Ansturm der Yankees entgegenstellte. Er hatte immer noch große Angst vor dem ehemaligen Feind. Seit Appomattox und dem niederschmetternden Anblick eines weinenden Robert E. Lee war er nicht mehr aus seinen drei heimatlichen Landkreisen rausgekommen.

Je mehr Geschenke und Neuigkeiten von den Utts in den Süden kamen, desto mehr hat sich Willie danach gesehnt, irgendeiner einheimischen Seele die ganze Wahrheit zu erzählen, und nichts als die Wahrheit. Er hatte Winona laufend Besuche abgestattet, es aber von Mal zu Mal rausgeschoben, ihr zu erzählen, was nach Neds Tod passiert war. Das hätte sich nicht so recht mit dem Gelöbnis vertragen, seinen liebsten Kameraden zu betrauern.

Inzwischen haben die Damen Utt auch an Mrs. Lady Marsden geschrieben, voll des Lobes über einen jungen Mann, der sich die Mühe machte, mit den Angehörigen eines Jungen zu korrespondieren, der in seinen Armen gestorben war. »Sie können stolz auf ihn sein«, hat die Witwe Utt der Witwe Marsden versichert.

Eines Tages *ist* eine Einladung aus dem Norden gekommen. Man schrieb schon das Jahr 1868, und Will Marsden hatte nach wie vor ein Auge auf Meadows' Weide (es hatten sich schon mehrmals ernsthafte Interessenten gemeldet, und die Vereinigung der Kaufleute hatte erwogen, das Gelände »zur weiteren Förderung des Handels« zu erwerben, aber es war nach wie vor nicht verkauft).

Willie und seine Mutter wurden zu einer Familienfeier in der Nähe von Alexandria, Virginia, eingeladen. Die alte Dame hat gemeint, das wär für ihren Geschmack ein Stück zu weit in der bewußten Richtung. Ihr verbranntes Gesicht war zwar ein bißchen geheilt, aber Lady hat sich vor allem und jedem versteckt. Sie war viel zu eitel, um den Verwandten in Virginia – und erst gar denen in Charleston, die sich noch an ihre makellose weiße Haut erinnerten – die braunen und roten Flecken zu zeigen, die ihre Hände verunzierten und ihren Hals und ihre Stirn wie Pergament aussehn ließen.

Will hat die Einladung vor dem Spiegel überm Kamin gelesen. Er hat die Stahlstich-Karte neben dem selbstgebastelten Uhrenkästchen aufgestellt. Dann hat er mit den Händen am Kaminsims ein paar Liegestütze im Stehn gemacht. Sein Gesicht hat sich dem Spiegel genähert (Poren) und sich wieder von ihm entfernt (nicht zu glauben, wie massig Kopf und Schultern geworden waren).

Will ist zu seiner Mutter gegangen, hat sich vor ihren Schaukelstuhl gestellt und gesagt, daß er nicht nur zu ihren Verwandten in den Norden fährt, sondern auch noch weiter, zu den Utts. Lady More hat zu wimmern angefangen. Hat die Arme um seine Knie geschlungen. Obwohl sie sonst kaum noch was sagte, hat sie Willie angefleht, nicht in den Norden zu fahren. Das erste Mal war er nur bis Maryland gekommen – und wie übel war's ihm da schon ergangen! Stumm hat sie ihm bedeutet, er soll die Uhr mit der Post in den Norden schicken oder aber irgendeinen unternehmungslustigen schwarzen Arbeiter damit zu den Utts fahren lassen. Wie er so vor ihr steht, hört Will seltsam hohle Laute von ihr und spürt, daß sie an seinen Hosenaufschlägen rumnestelt. Er schaut runter und sieht, daß Lady More Marsden, noch auf dieser Welt aber meistens nicht ganz mit ihr im Einklang, den weißen Seidengürtel von ihrem Seidengewand abgenommen hat. Das eine Ende hat sie am Schaukelstuhl festgemacht, das andere ihrem jungen Kriegsheimkehrer ums Bein gebunden. Um ihn zurückzuhalten. Zum Spaß versucht er, von ihr wegzuhüpfen, bis der Gürtel straff gespannt ist, aber statt daß er sie aufgeheitert hätte, hat er gespürt, wie ihre Angst sich auf ihn überträgt. Sie hat bloß dagesessen und das Gesicht hinter den Händen versteckt. Wollte er wirklich da rauf fahren? Würden sie ihn auch wieder weglassen? Oder würde er, wenn er sein Geständnis abgelegt hatte, der letzte Kriegsgefangene der Nordstaaten werden?

5

Will Marsden hat zu seinem Wort gestanden und den piekfeinen Salonwagen der Atlantic-Coastline-Eisenbahn bestiegen, in dem jeder Messing-Spucknapf so blitzblank poliert war, daß er allemal auch einem höheren Zweck hätte dienen können. Will trug einen neuen Anzug, den er bei Lucas von der Stange gekauft hatte. Die Jackett-Taschen, darauf hatte er geachtet, waren so weit, daß darin ein kleines handgemachtes Kästchen Platz gefunden hat, das ihm inzwischen schon fast so wertvoll vorgekommen ist wie das Wunder deutscher Uhrmacherkunst, das es so gut geschützt hat.

Jetzt ist Will, froh um seinen Fensterplatz, nach dem Familientreffen (die sind alle gleich und brauchen hier nicht geschildert werden) wieder mit dem Zug unterwegs in noch nördlichere Gefilde, nämlich nach Malden, Massachusetts. Die Utts erwarten ihn. Den Verwandten in Alexandria hat er gesagt, daß er bald genug zurück ist, um mit ihnen im Buggy in den Süden zu fahren.

Abgesehn von einem Ausflug zu Fuß an den Antietam Creek in Maryland war Willie nordwärts nie über Virginia rausgekommen.

Falls, North Carolina, war ihm immer nördlich genug gewesen. Was er von dem Personenzug nach Boston aus sah, hat ihm langsam aber sicher angst gemacht. Das Erschreckende war: Straßen, Bäume und Häuser genau wie zu Hause, normale Pferde, blaue und braune Flüsse, sogar Friseursalons mit Streifen auf dem Ladenschild in denselben beiden Farben wie Starks Herren-Tonsorium. Er hat sich ausgetrickst gefühlt. Wenn der Norden genauso aussieht wie der Süden, wozu soll dann der ganze Mist gut gewesen sein? Seine geldige Familie hatte früher den Norden gut gekannt, und sein Großvater, Richter More, hatte sogar in Harvard studiert, aber Will war in einer Zeit aufgewachsen, wo der Süden für sich geblieben ist, hochnäsig, sich selbst genügend. Der Junge hätt's besser wissen müssen, aber er hat's nicht besser gewußt.

Auf der Plattform zwischen zwei Waggons hat er gestanden und sich vom Fahrtwind die Rußteilchen ins Gesicht blasen lassen, bloß um nicht mit Yankees in Berührung zu kommen. Je weiter der Zug nach Norden gefahren ist, desto mehr hat Willie Angst gekriegt, sein breiter Südstaaten-Dialekt würde ihm Prügel eintragen. Nicht um alles in der Welt hätte er im Speisewagen was gegessen. Er hätte dem Kellner ja laut sagen müssen, was er wollte, und das womöglich mit drei Fremden direkt am Tisch, die dann angefangen hätten, ihn auszufragen. Nein, danke. Außerdem, wer weiß, was die einem unbelehrbaren Hinterwäldler aus dem Süden ins Essen getan hätten, einem Kriegsgewinnler mit einem Kästchen in der Tasche, in dem eine Uhr klappert. Vorsichtshalber hat er ständig die Hand über die ausgebeulte Tasche von seinem neuen braunen Jackett gehalten. Wenn ihn jemand ansah, hat er weggeschaut. In der Hosentasche hatte er ein ganzes Bündel Konföderiertengeld, als eine Art Erkennungszeichen oder Sicherheitsanker.

Die Fahrt von Alexandria hat fast drei Tage gedauert, und die sind ihm wie drei Wochen vorgekommen. Die Zeit ist ihm auch darum so lang geworden, weil er nichts gegessen hat. Nichts von den Yankees. Wasser hat er im Zug getrunken, aus kleinen Pappbechern, aber das auch erst, wie er gesehn hat, daß Kinder davon getrunken haben und nicht tot umgefallen sind, sondern sich sogar gleich noch welches geholt haben. Was ihm schon ganz am Anfang klargeworden ist: Er hat viel zu wenig Geld dabeigehabt. In Boston, wo er übernachten mußte, konnte er sich kein Hotel leisten und hat deshalb auf einer Bank im Südbahnhof (nicht im Nordbahnhof) im Sitzen geschlafen. Eine Rückfahrkarte hat er immerhin gehabt. Er hat sich gedacht, vielleicht ist es eine Art ungewollte Buße, daß er sich so schlecht gerüstet hat. Das viele Papiergeld, das er mitgenommen hatte, war zum größten Teil von der falschen, der Verlierersorte, mit dem Bild von Jeff Davis drauf, und darüber wurden schon lang schlechte, bittere Witze gerissen.

Von Boston aus ist Will mit einem Buggy weitergefahren, dann mit einem Vorortzug, dann wieder mit der Kutsche, und schließlich ist er zu Fuß in Malden angelangt. Er hatte von Washington aus telegraphiert.

Kaum war er über die Stadtgrenze, hat Will die Uhr lauter ticken hören. Vielleicht lag's auch nur daran, daß er nicht mehr im Zug oder in der Kutsche gesessen hat, und am Hunger. Auf jeden Fall hat die Uhr geklungen, als hätte sie Heimatluft gewittert. Beruhigend hat Will die rechte Hand auf das dekorierte Kästchen gelegt. Fünfeinhalb Jahre war's jetzt her, daß Marsden die Schachtel zusammengenagelt hatte, in der vom Feind umzingelten Scheune, auf Rettung wartend. Simon Utt wär jetzt zwanzig gewesen.

Will hat einem Passanten die Adresse von den Utts gezeigt (sprechen hat er sich immer noch nicht getraut). Näselnd hat ihm der Yankee den Weg beschrieben. Will hat genickt und mit lautlosen Lippenbewegungen noch einmal die Rede geprobt, die er sich zurechtgelegt hatte. Heute würde er's endlich sagen. In dreijähriger Übung jeden Donnerstag bei Winona hatte er gemerkt, daß Reden gut für die Seele war, wenn einen was bedrückte. Unter dem großen schwarzen Hut ist er sich wie ein Fremder vorgekommen, ein Hausierer mit schlechter Ware, ein Leichenbestatter und ein Kopfgeldjäger – alles in einem.

6

Die Mutter vom toten Simon, auch nach so langer Zeit noch in Trauer, war füllig und zugleich spitz, eine elegante, gepflegte Erscheinung. Sie ist ungeduldig auf der Veranda auf und ab gegangen. Trotzdem Simons Vater schon so viele Jahre tot war, hat die Familie noch neben der Backsteinkirche in dem dazu passenden Pfarrhaus gewohnt. Das Haus der Utts war ein bißchen klein, aber blitzblank. Wie ein Häuschen auf einer Bonbondose. Vor den Fenstern jede Menge gelbe Blumen in Kästen. Um das Haus hohe Ehrengarden von rosaroten Stockrosen.

Langsam, an seinem steifen weißen Kragen zupfend, ist Will bei den Utts durchs Gartentor rein. Das Haus sah genauso aus, wie Simon es beschrieben hatte. Will hat den Hut abgenommen, ihn vor der Brust gehalten, schrecklich verlegen gegrinst (er hat gespürt, wie unecht es war, und aus Kummer darüber noch breiter, noch falscher gegrinst). Seine Gesichtszüge haben sich selbständig gemacht, es war ihnen alles zuzutrauen, und als erstes haben sie schon mal sein schlechtes Gewissen verraten. Er hatte dieses scheußliche Schwindelgefühl, das einen manchmal in der Kirche oder in einem allzu anspruchsvollen Konzert überkommt, wo man auf einmal meint, man muß unbedingt im nächsten Moment aufspringen und irgendwas Fieses rausschreien.

Drei dunkle ältere Schwestern, alle im schwarzen Wollkleid, alle das Haar zum Knoten aufgesteckt, haben feierlich lächelnd dagestanden. Sie hatten alle drei genau dieselben Augenbrauen wie Simon. Ihre Gesichter haben wie noch nicht ganz geglückte Entwürfe zu seinem gewirkt. Sie haben sich auf der Veranda in einer Reihe aufgestellt, konnten's nicht erwarten, Will die Hand zu schütteln. Die Damen haben drei Spielarten ein und desselben starren Lächelns zur Schau getragen. Sie gaben gleich zu, daß sie Wills schönere Briefe auswendig gelernt hatten. Offensichtlich hatten sie sich oft und gern den Menschen vorgestellt, der ihren kleinen Bruder als letzter lebend gesehn hatte, nicht ganz ohne romantische Hintergedanken. Es mußte ihnen aufgefallen sein, wie schlecht er in Rechtschreibung war (sie waren allesamt Lehrerinnen), aber sie haben gespürt, daß seine Worte von Herzen kamen – und da sieht man über manches hinweg. Es gibt viele Arten von Grammatik, mein Junge.

»Da ist er nun endlich«, seufzte Mrs. Utt. »Ein erhörtes Gebet. Wir hoffen sehr, dieser Besuch wird sich als erster von vielen erweisen, mein ›Sohn‹. Aber wir sehen dies heute als Ihre wahre Heimkehr an, William – ich darf Sie doch William nennen?« William hat genickt. Was sonst?

Im Haus drin hat's nach Gebäck, nach Prinzipien, nach rechtschaffener Reinlichkeit gerochen. An den Wänden im Flur in Fremdsprachen abgefaßte Diplome. Sogar die Wände von dem Häuschen haben ausgesehn, als wären sie frisch geschrubbt worden. Will war froh, daß er sich extra einen neuen Anzug gekauft hatte. Abgesehen von seinen schwarzen Geschäftsanzügen hatte er nur noch einen flotten grauen, und er hat sofort gemerkt, daß der hier völlig fehl am Platze gewesen wär. Allerdings ist ihm der braune jetzt ein bißchen eng vorgekommen. Er hat mit dem neuen Hut gespielt, der eine breitere Krempe hatte (es war ein Pflanzerhut) als die meisten Hüte, die man hier im hohen Norden trug. Mrs. Utt hat mit ihrer vornehmen Stimme erklärt, William hätte durch seine Freundlichkeiten seit Appomattox diesem vom Unglück heimgesuchten Haus großen Trost gespendet. Ob er das wüßte. Er hätte ihnen sehr geholfen, ihr Kreuz zu tragen. »Ich möchte Sie nicht in Verlegenheit bringen, William, aber Sie sollen wissen, daß die Bekanntschaft mit Ihnen fast gänzlich die Gefühle der Bitterkeit von uns genommen hat, die man sonst nach wie vor gegenüber der andern Seite zu hegen geneigt sein könnte.«

»Der anderen *Sache*, Mutter«, korrigierte sie eine der Schwestern.

»Ja, ›Sache‹, gewiß. Das haben mir meine Töchter eingeschärft«, hat sie gelacht. »Aber bei Ihnen brauche ich sicherlich nicht auf solche Förmlichkeiten zu achten, Sir. Das spüre ich im tiefsten Innern. Ich bin Ihnen ja so dankbar, daß Sie diese weite Reise auf sich genommen haben.« Die Damen in Schwarz holten wie auf Kommando frisch gebügelte, über Eck gefaltete weiße Taschentücher hervor. Willie ist das wie ein verabredetes Zeichen vorgekommen.

Die Witwe führt ihn in einen Winkel eines dämmrigen Salons. Dort steht ein kleiner Schrein für den toten Kindsoldaten: Manschettenknöpfe, ein kleiner Bär aus Eichenholz auf einem Schlitten (ein Spielzeug, das Simon geschnitzt hat – mit wesentlich mehr Geschick, findet Willie betrübt, als er sein Uhrenkistchen), blaue Babyschuhe, Daguerreotypien aus Simons Kindheit, zwei Preise für den besten Schulaufsatz und darunter die Aufsätze selber, in dicker, gleichmäßiger Handschrift. Ein Stickbild genau wie das, das die Schwestern Will geschickt haben, hängt eingerahmt über diesem Altar. Beiderseits der Andenken brennt je eine Kerze. Will muß schlucken, wischt sich die feuchten Hände an den Hosenbeinen ab und sagt mannhaft: »Es gibt da was, das sage ich Ihnen am besten gleich. Etwas, was Sie wohl alle von Anfang an hätten wissen müssen.« »Bitte, gern«, sagt Mrs. Utt, scheint aber auf was anderes zu warten. Da fällt's Will ein. Der schlaksige Zivilist greift in die Tasche, hört, wie das Futter einreißt, zieht das selbstgebastelte Kästchen raus, wendet sich Simons eleganter Mutter zu und gibt's ihr. »Hier, bitte«, sagt er dazu. »Ich hab's ihm versprochen. Jetzt hab ich's getan.«

Sie dankt ihm und stellt die Schatulle mit der Brandmalerei, die Will selber gemacht und so liebevoll verziert hat, kurzerhand beiseite. Richtig enttäuschend, daß sie die ganze Arbeit, die er reingesteckt hat, kein bißchen würdigt. Mrs. Utt legt sich die tickende Uhr in die hohle rechte Hand. So erleichtert Willie ist, es schmerzt ihn zu sehen, daß wer anderer die Uhr anfaßt. Es ist fast, als hätte die Frau sich erdreistet, seine Schamteile anzufassen. Seltsam. Die Kette hängt ihr über den dunklen Ärmel. Mrs. Utt sieht ihre drei schweigenden Töchter an. Eine nickt. Erlaubnis. Mrs. Utt drückt auf den Riegel. Die Zeit zeigt sich. Golden springt der Deckel auf und entläßt einen Strom geheiligter Musik fast wie Parfüm, Spritzer von etwas Reinem in der stickigen Luft von einem Yankee-Salon. Zwei Schwestern fassen einander an den Armen. Die eine holt tief Luft, als ob sie ihren Bruder sprechen hört (und vielleicht zugleich sogar, eingeschlossen in Simons Stimme, ihren Vater). Vor langen dunklen Kleidern zittern weiße Taschentücher, verknäueln sich.

Mit langsamen, gemessenen Bewegungen wie ein Priester bei der Kommunion wendet sich Mrs. Utt dem Schrein zu und legt Simons Uhr genau in die Mitte auf die zusammengerollte Goldkette. Sie spricht ein schlichtes Gebet und weint nach dem Amen ganz sittsam, fast wie einstudiert. Dabei läßt sie sonderbare, bellende Qietschgeräusche hören, so ähnlich wie ein dressierter Seehund. Alles wartet respektvoll. Wie sie fertig ist, setzen sich alle hin und geben sich heiter und aufgeräumt.

Die Vorhänge werden weit aufgezogen. Will beschließt, es ihnen jetzt zu sagen. Muß sein. Die ganze Wahrheit. Ist ja wirklich höchste Zeit. Vor sich hin zu leben, während Simons Uhr immer noch auf dem Kaminsims tickte, das war ihm, na ja, fast wie Bigamie oder so was vorgekommen. In gewisser Weise hängt seine Freiheit, sein Recht, Land zu kaufen, herzugehn und als gesetzestreuer Zivilist, als Privatmann zu leben, für ihn von seinem Mut und seiner Aufrichtigkeit in diesem Augenblick ab.

»Ich habe Ihnen etwas zu sagen, meine Damen«, verkündet Willie Marsden, Hut in der Hand, grade als das Gebäck reingetragen wird.

Man kann sehn, daß die Damen mehrere Tage gebraucht haben, um alle diese Leckereien zu backen. Herzförmige Teeplätzchen, liebevoll mit Edelsteinen aus roter Marmelade verziert. Daneben kreisrunde mit weißer Glasur, die wie Zifferblätter aussehn sollen. Auf einem ist mit einem Zahnstocher ein Hirsch in den Zuckerguß eingeritzt. Die Damen haben sich an den Hirsch erinnert, aber die Meute vergessen.

»Ja, bitte erzählen Sie uns alles. Wir brennen darauf. Wir müssen einander unbedingt noch viel, viel besser kennenlernen. Aber wollen Sie nicht erst eine Kleinigkeit zu sich nehmen? Sie müssen ja ganz ausgehungert sein, wenn man bedenkt, wie weit Sie gereist sind, um hier in unserer Mitte zu sein.«

Die Witwe Utt hält ihm ein silbernes Tablett hin – mit Butter bestrichene Sauerteigfladen, schön knusprig braun, und noch mehr Taschenuhren mit angebackenen Aufzugskronen. Ihm fällt ein: Seit dreieinhalb Tagen hat er nichts mehr gegessen. Wie er jetzt all das kunstvoll zubereitete Backwerk sieht, wird er fast ohnmächtig. Trotzdem, Essen kommt nicht in Frage. Aber wie dann immer mehr Naschwerk gebracht wird, dämmert ihm, wie schwer, wie furchtbar schwer es sein wird, hier zu sagen, was er sagen muß. Er lehnt die angebotenen Plätzchen dankend ab. Weil er sieht, daß sie das kränkt, sagt er: »Vielleicht später ... Sieht herrlich aus, man ißt offensichtlich sehr gut hier oben ...« Spielt den Hinterwäldler, Schätzchen. Sie lachen, werden aber nicht recht schlau aus ihm. »Ja, also.« Er räuspert sich und nimmt eins von jeder Sorte. »Ja«, lächelt er, »es gibt so viel zu sagen.«

Da sitzt du, den Hut auf dem Knie, die rechte Hand voller krümelnder Plätzchen, links und rechts von dir je eine Schwester von Simon, andere Leute dir gegenüber, und du ein Mensch, der noch nicht alt ist, aber rasch altert unter diesen graublauen bibelgläubigen Augen, die sich alle die größte Mühe geben, in dir einen Helden zu sehn ...

»Nun also«, sagte die Witwe.

Vorher, auf der Veranda in einer Reihe, haben die Schwestern sich alle drei ziemlich ähnlich gesehn. Jetzt kommen Unterschiede zum Vorschein. Sie werden schon bald richtig lebhaft – zumindest für flintharte neuenglische Frauen (eine Wesensart, die eher mineralisch und starr ist, verglichen mit der pflanzlich-animalischen, feucht-beschwingten Wärme der Südstaaten-Frauen). Die älteste Schwester meint, Will hätte vielleicht Spaß an ein paar Geschichten von ihren Internatsschülerinnen aus den Kriegsjahren. Anscheinend hatte ein kleines Mädchen »graue Truppen« als »graue Puppen« mißverstanden. Hat sich die vorrückenden Südstaatler als Kompanien grauer Steinmänner vorgestellt, aus Wurzeln und Lehm gemacht, die gegen die viel weicheren Nordstaatler marschierten! Alles hat gelacht, auch Will – mit Verzögerung, dafür ein bißchen lauter wie die andern. Hat dagesessen und den Kopf geschüttelt, wie um zu sagen, auf was Kinder nicht alles kommen, nicht wahr? Dann hat er genickt. Ja. Graue Puppen.

Die Schwestern hatten sich abgesprochen, wer was erzählen durfte. Jede hat ihre Geschichte mit selbstsicherer Leichtigkeit vorgetragen. Ihre Gewandtheit hat ihn geschmerzt. Er hat auf seine Gelegenheit gewartet, vorgebeugt wie ein Sprinter am Start. In seiner rechten Faust sind die Plätzchen zerbröselt. Vor den redegewandten Schwestern ist er sich noch schwerfälliger, mörderischer und ungehobelter vorgekommen. Er war mal zwei Jahre jünger gewesen wie ihr Simon. Simon war zehn bis zwölf Jahre jünger gewesen wie seine Schwestern. Jetzt war Will schon dreieinhalb Jahre älter wie Simon zu der Zeit, als er erschossen wurde. Will hat sich das alles im Kopf ausgerechnet, bis ihm vom vielen Kalkulieren schlecht geworden ist (»Ich *muß* jetzt was essen«). Inzwischen hatte er nur noch einen Wunsch: Nur raus hier! Nichts wie weg! Ein schöner Schlamassel.

Die Damen haben von dem Zimmer im ersten Stock gesprochen, in dem Willie übernachten sollte. Von da oben könnte man den Friedhof an der Kirche und Simons neuen Grabstein sehn. Will hat sich gefragt, ob Simons Leichnam hierher überführt worden war, aber er wußte nicht, wie er sich zartfühlend danach erkundigen konnte. Das Interesse der Damen an der Uhr war ja eher ein Hinweis, daß Simon wie so viele andere Gefallene damals in aller Eile an Ort und Stelle begraben worden war. Willie hat gegrinst, als die Puppen-Anekdote noch mal erwähnt wurde. War das nicht *er*? Ein grauer Bursche aus einem steinigen Loch. Verglichen mit diesen vornehmen Damen mit ihrem Chintz und ihren Spitzendeckchen kam Will sich vor wie aus Abschaum, schorfiger Baumrinde und Steinen gemacht.

»Wie gesagt, da ist wirklich was, was ich Ihnen sagen muß, meine Damen. Es ist nichts Angenehmes.« Er hat zu laut gesprochen, aber wenigstens war der Anfang gemacht. Ihm war so – vielleicht weil er ein paar Tage nichts gegessen hatte –, als ob sich das Zimmer unendlich weit ausdehnte und sich zugleich um seine Knöchel schloß wie ein Paar Fußeisen. Er hat dran denken müssen, wie seine Mutter ihn zu Hause anbinden wollte.

»Aber gerne«, hat die Witwe Utt lächelnd gesagt. »Am besten gleich, sobald alle hier sind –« Sie hat sich nach einem Klopfen an der Haustür umgedreht und sich an den Haarknoten gefaßt. »Immer herein, es ist *of*-fen.«

Die ersten Nachbarn. Und dann noch zwei Dutzend Pfarrkinder, der derzeitige Pfarrer, ein ganzer Glockenspielchor aus der Schule der Schwestern mit vielen Messingglöckchen in Kiefernholzschachteln. Am Schluß waren es nicht weniger als fünfundvierzig Gäste. Und alle haben sich danach gedrängt, dem jungen Südstaatler vorgestellt zu werden. Weil er in der rechten Hand noch die zu Brei zermanschten Plätzchen hielt, hat er allen die linke gegeben und gemerkt, daß die

Leute überlegt haben, ob eine Kriegsverletzung der Grund war. Sie haben Willie angestarrt, als ob sie nach einer Spur von Simon suchten, nach einer Familienähnlichkeit.

Babys wurden hochgehalten, damit Willie sie küssen konnte, und sie haben ausgesehn wie normale Babys, genau wie die daheim im Süden, bloß daß die hier dicker waren. Sie waren die Sieger. Oder ihre Eltern. Weil's ihm peinlich war, im Mittelpunkt zu stehn, hat Will die Küsserei möglichst schnell hinter sich gebracht. Seine Manieren waren für einen Jungen von einer großen Plantage bei Falls, North Carolina, Einw. 1100, eigentlich ganz passabel gewesen, hatten aber im Krieg eine Wende zum Schlechteren genommen. Sie waren jetzt (fand er zumindest selber) für einen solchen Anlaß bei weitem nicht fein genug.

Will hat direkte Fragen kurz und knapp beantwortet und versucht, seinen Dialekt so weit zu verleugnen, wie er konnte, ohne sich lächerlich zu machen. Er hat gegrinst, bis ihm die Kiefermuskeln weh getan haben, und erste Gründe gefunden, es doch nicht zu sagen.

Nicht lange, und im ganzen Flur und auf der Treppe hat's nur so von Yankees gewimmelt, die alle geredet haben – eine Sprache mit lauter spitzen Ecken und schmerzhaften Kanten. Der Chor von kleinen Mädchen ist vorgetreten und hat mehr weiße Handschuhe sehn lassen, als eigentlich alle miteinander Hände haben konnten. Die Handschuhe haben Glöckchen geschwungen und zwei bekannte Volkslieder aus dem Süden gespielt. Das hat den Mörder aus North Carolina aus der Fassung gebracht. Das Klingen von Metall hat an das liebliche Lied der Taschenuhr erinnert, es war wie ein Parademarsch oder wie Kirchenglocken, die von Miniékugeln getroffen werden. Die Kinder haben Melodien gespielt, die vier Jahre zuvor jedem Yankee Gefängnis eingebracht hätten. Bei alledem ist unserm Willie immer klarer geworden, wie schwer ihm das öffentliche Eingeständnis fallen würde.

Aber sogar in diesem Haus voller Menschen hat er sich sehnlich gewünscht, sich zur Ermordung des Lieblings der Nachbarschaft zu bekennen.

Diese Leute wollten das Gefühl haben, daß der Krieg zu Ende war. Es hat ihnen gefallen, einen ehemaligen Rebellen willkommen zu heißen, der mit einem so heiklen Auftrag in den Norden gekommen war. Willie wußte: Daheim wär bis zum heutigen Tag jeder, der sich als Yankee-Soldat zu erkennen gab, im günstigsten Fall geschnitten und im schlimmsten gesteinigt worden. Diese Leute haben seinen

Besuch scheint's als Bereicherung empfunden, als eine rituelle Handlung, auf die sie lange gewartet hatten.

Der Amtsnachfolger von Prediger Utt ist jetzt aufgestanden und hat mit einer Stimme, die nicht so sonor geklungen hat, wie sie anscheinend wollte, verkündet, daß er jetzt ein Gedicht aus *The Atlantic Monthly* vorträgt. Ein Werk, das seiner Meinung nach die Gefühle aller Anwesenden zum Ausdruck bringe und, wie er nicht ohne freudigen Stolz sagen könne, aus der Feder eines Vetters zweiten Grades von ihm stamme, eines Mr. Finch. Der Pastor hat sich geräuspert, um die kleinen Glockenspielerinnen zu ermahnen, sie sollten ein Weilchen mal die weißen Handschuhe von ihren klimpernden Glöckchen lassen.

Nie soll uns Zwist mehr trennen,
Kein Fluß mehr färbe sich rot.
Nie wollen Haß wir mehr kennen,
Ruhm gebührt allen, die tot.
Die unterm Rasen ersehnen
Das letzte Morgengrauen –
Den Grauen Liebe und Tränen,
Tränen und Liebe den Blauen.

Will hat gemerkt, daß viele von den Leuten im Zimmer tief gerührt waren. Sogar die Männer, die an den Wänden standen, waren den Tränen nahe, und Willie hat blitzartig begriffen: Die waren auch Soldaten gewesen. Sie haben ihn beobachtet. Sie hätten ihn damals töten können, hatten's auch versucht, es war ihnen bloß nicht gelungen. Aber sie konnten diesen Reb ja auch jetzt noch fertigmachen. Er hatte sich weit ins gegnerische Gebiet hineingewagt, unbewaffnet. Marsden hat in dem Zimmer voller kleiner Mädchen mit Glöckchen diese Ängste niedergekämpft. Die Ellbogen fest an die Rippen gedrückt (er hat sich fast weh tun müssen, um sich einigermaßen konzentrieren zu können), hat er nur auf eine Gelegenheit gewartet, sich aus dem Staub zu machen. Mittlerweile ist es ihm so gut wie unmöglich vorgekommen, hier einfach mit der Wahrheit rauszuplatzen.

Andere haben von Simon gesprochen. Lächelnd haben sie zugehört, als Will den toten Freund beschrieben hat. Inzwischen hat er – auch wenn er's noch so wenig verdient hatte – Simon als seinen Freund betrachtet. Eine kurze Freundschaft! Er hat sich angehört, was für ein netter Lausbub Simon gewesen war, hat sich vorgestellt, wie Simons rissige Lippen sich bewegen und etwas sagen, was nur für ihn bestimmt ist: »Diese Menschen hier haben genug gelitten. Laß sie dich gern haben, Kumpel. Ist das denn wirklich so schwer? Sie brauchen einen Lebendigen, können nicht ewig nur dem Toten nachtrauern.« Hat vernünftig geklungen.

»Bestimmt kennen Sie alle den Witz, warum der Ozean so blau ist und so?« Plötzliche Stille. Will hat gemerkt, daß er die Witwe Utt mitten in einer Anekdote von Simon unterbrochen hatte. »Pardon.« Will hat sich umgedreht, aber Mrs. Utt hat gelächelt.

»Nein. Bitte sagen Sie es uns, warum? – Warum ist der Ozean so ... blau, sagten Sie? Warum?« Lächelnd hat sie in die Runde geschaut, wollte den andern zeigen, wie erfreut sie war, daß ihr junger Ehrengast – mochte er auch ein bißchen unbeholfen sein mit seiner Handvoll Teig – versucht hat, sich am Gespräch zu beteiligen.

»Warum? Weil er ...« Auf einmal hat er sich geschämt und die letzten Worte halb verschluckt.

Alle wollten lachen, aber sie mußten nachfragen: »Weil was?«

»Er ist so blau, weil er sich ständig vollaufen läßt. ›Blau‹, verstehen Sie?«

Alle kichern. Werfen sich Blicke zu, wie um zu sagen: Nett, daß er's versucht, obwohl er's ja gründlich verpatzt hat.

»Der ist gut«, hat der Pastor gesagt. »Mal sehen, ob wir den nicht bei Gelegenheit in einer Predigt unterbringen können.«

»Das sagt er immer«, hat seine Frau gesagt. Alles hat gelacht. Man hat gemerkt, daß der Pastor es nicht gern hatte, wenn man ihn korrigiert, was das Ganze noch lustiger machte. Will hat langsam das Gefühl bekommen, daß das wirklich richtige Menschen waren.

Mrs. Utt hat weitererzählt. »Und den lieben langen Tag draußen rumgetobt, von früh bis spät, zu jeder Jahreszeit. Einmal hatten wir doch diesen schrecklichen Wirbelsturm, der bis hierher gekommen ist, erinnert ihr euch, wann war das, 59? Ja, 59, und unser Junge bindet sich im Wipfel der Eiche fest, der riesigen auf der Ostseite der Kirche, damit er alles besser sieht. Julia hatte irgendwie mitbekommen, daß er da oben saß, nicht wahr, meine Liebe? Ich holte eine Leiter. Die ersten Zweige brachen schon ab. Nachdem wir ihn ins Haus geschafft und ich ihn ordentlich mit dem Rohrstock verdroschen hatte – ich schäme mich dessen keineswegs –, fragte ich unseren Simon, wie er sich das denn vorgestellt habe, einen solchen Sturm im Freien zu überstehen. Wißt ihr noch, was er da gesagt hat, erinnert ihr euch?«

Die Schwestern beiderseits von Will – seine Ehrengarde – haben einträchtig genickt. Kannten die Simon-Geschichten auswendig wie den Katechismus.

»Er sagte: ›Ach, Mama, ich hätte mich bestimmt daran gewöhnt!‹ – Man stelle sich vor! Oh, wie oft haben wir darüber noch geschmunzelt. ›Daran *gewöhnt*‹!«

Willie, der ihn erschossen hatte, saß da und hat geschluckt. »Ein Engel war er wirklich nicht«, lächelte eine der Schwestern. Aber daß sie das sagte, hat ihn, den Pastorensohn, in Willies Augen noch engelhafter erscheinen lassen. Mrs. Utt gab zu, daß Simon den größten Teil der Familienschönheit, wenn nicht die ganze, abbekommen hatte. Die Schwestern haben zustimmend genickt, und ihre unscheinbaren Gesichter haben gelächelt in der Erinnerung an den etwas hübscher geratenen Bruder. »Unser einziger Silberkopf«, hat eine gesagt. Ein Mann hat erwähnt, wie gut Simon schnitzen und Handstand machen konnte. Nachbarn haben eingeworfen, daß er sich jederzeit zum Babysitten und dergleichen bereitgefunden hatte.

Marsden hatte das Gefühl, daß diese Bemerkungen auf ihn gemünzt waren. Hat ab und zu genickt. Große rosige Gesichter ringsum haben Simon gepriesen. Ein Kleinkind, das Willie zwischen den Füßen rumkrabbelte, hat ihm den Schnürsenkel aufgezogen. Wie dann die Mutter das Kind ausschimpfte, hat Willie gegrinst. Er hatte vor Hunger und Aufregung den Tatterich gekriegt, fand sich aber immer noch unwürdig, von den guten Sachen zu essen. Er hat den wollenen Anzug völlig durchgeschwitzt (ist es so heiß hier drin oder liegt's nur an mir?). Langsam sind ihm die Schweißtropfen übers Rückgrat, über den Brustkorb und aus den Manschetten gelaufen, auf die Faust, in der sich der Kuchenbrei inzwischen verfestigt hatte. Wenn sie mich nur zu Wort kommen lassen würden, hat Will gedacht, als eine dralle, hübsche Lehrerin aufgestanden ist und den »Streich mit den Krachern« erzählt hat. Die andern haben gelacht. Willie hat schon fast geröchelt, aber trotzdem noch gegrinst. Immer mehr Nachbarn sind gekommen und haben die Hälse gereckt, um den leibhaftigen Rebellen zu sehn. »Unser Simon«, sagte die Lehrerin, »hat das Schlittenfahren über alles geliebt. Einmal, es hatte in der Nacht tüchtig geschneit, hat er die Schule geschwänzt, so versessen war er darauf, unseren steilsten Berg herunterzurodeln, der inzwischen schon die reinste Eisbahn war. Wie es der Zufall wollte, war ausgerechnet an dem Tag der Schulinspektor aus Boston in der Stadt, der oberste, und hat sich in Gerson's Inn einen Grog genehmigt. Sein

Schlitten stand vor der Tür, gleich unten am Ende der Schlittenbahn, als der junge Simon, dieser Schlawiner, in voller Fahrt über das Eis heruntergesaust kam und natürlich nicht ahnte, daß der Schlitten, der ihm da im Weg steht, keinem anderen gehört als –«

»Ich hab ihn erschossen.«

Ein Knarzen, und alles wird steif. Gesichter, noch lächelnd, gespannt, wie die Geschichte ausgeht, drehen sich – langsam – zum Ehrengast hin, zu dir her. Die Leute lächeln weiter, denken, sie haben nicht richtig gehört. Die Stille ist zunächst noch fast freundlich. Die Yanks denken, daß du – verlegen in dieser feinen Umgebung – vielleicht ganz unvermittelt ein anderes Thema angeschnitten hast. Ja, du hast von einem ganz andern Menschen gesprochen. Die Überlebenden eines Kriegs sind ja oft verwirrt, nicht wahr?

Mrs. Utt, auch sie lächelt noch, räuspert sich, zum Zeichen, daß du dich entweder fassen oder schweigen oder dich näher erklären möchtest. Die Lehrerin steht noch, blinzelt, wartet, ob sie ihre läppische Geschichte weitererzählen kann. Die Witwe Utt, eine gute Gastgeberin, rutscht auf ihrem chintzbezogenen Stuhl vor, die Hände im Schoß verschränkt, die Lippen geschürzt – nicht unfreundlich –, und nickt nur einfach. Als wollte sie sagen: »Sie haben das Wort.« Die Vorderseite von deinem weißen Hemd (jetzt haben's die andern eindeutig gemerkt) ist so klitschnaß, daß man deine rosa Brust, Luftblasen, womöglich eine Brustwarze sehn kann. Knöpf dein Jackett zu. Nachdem du ein paarmal geschluckt hast, sitzt du da, schaust auf deine Hände und überlegst dir, was du sagen sollst. Aber die Hände (die's getan haben) sind zwei so riesige, behaarte, von Adern durchzogene, neugewachsene Dinger und ragen aus den Ärmeln, so daß die fremden Leute sie alle sehn können. Versteck die Hände. Zwei volle Minuten lang ist nichts zu hören, bis auf das leise Gezänk von vier kleinen Kindern, das Flackern der Kerzen auf dem Gedenkaltar und das zarte Ticken der offenen deutschen Taschenuhr. »Laß sie dich *gern haben*«, sagt die Uhr immer noch zu dir allein. Es ist noch nicht zu spät, das alles zu einem dummen Mißverständnis zu erklären, das Thema zu wechseln und alles zu retten.

Die Kinder, die auf dem Fußboden spielen, merken allmählich, wie still es ist, und hören auf zu streiten. Das Kleine an deinen Schuhen hebt den Kopf, läßt aber deine Schnürsenkel nicht los.

»Ich hab mir Mühe gegeben, nett zu ihm zu sein. Aber vorher hab ich auf ihn geschossen. Ich könnte jetzt sagen, das mußten wir damals tun. Ich könnte sagen, daß das auf beiden Seiten von uns verlangt wurde. Aber Tatsache bleibt, *ich* hab's getan. – Wir waren dann beide zusammen in demselben Schützengraben, wissen Sie, und bald haben wir uns unterhalten und so. Ich glaube, Simon hat noch nicht mal geahnt, daß ich ihn erwischt hatte. Und ich hab's ihm nicht gesagt. Es war auch so schon schwer genug für ihn. Er hat mir seine Uhr gegeben, damit ich sie Ihnen schicke. Dann war der Krieg aus, nicht eine Minute zu früh. Und sobald es nicht mehr gefährlich war und ich es mir leisten konnte, habe ich sie Ihnen persönlich gebracht. Jetzt liegt sie da drüben. Ich hab mein Wort gehalten. Ich muß ständig dran denken, was damals passiert ist. Heute könnte man fast meinen, es wär nicht notwendig gewesen. Aber wenn man mittendrin steckt, ist es anders. Heute würde es nicht mehr passieren. Aber es ist nun mal passiert, verstehen Sie? Ich hab nicht erwartet, wenn ich hierher komme und Ihnen das alles erzähle, daß Sie mir dann auf der Stelle verzeihen. Das wäre zuviel verlangt, das ist mir schon klar. Ich hab die Reise nur gemacht, weil ich es Ihnen, meine Damen, von Angesicht zu Angesicht sagen wollte. Ich hab nicht gewußt, daß so viele Leute dasein würden, und ich weiß das zu schätzen, aber das macht es mir noch schwerer. Simons Uhr ist überbracht. Er hat diese Uhr so geliebt. Also, meine Damen, ja, ich habe ihm geholfen, aber erst hinterher. Das sollten Sie wissen. Jetzt wissen Sie es. Trotzdem, ich kann mir denken, wenn Simon nicht so ein netter Kerl gewesen wäre, wäre ich wahrscheinlich nicht so weit gefahren und zu Fuß gegangen. Ich war noch nie so weit oben – im Norden, meine ich. Ich hab's Simon zuliebe getan, dem zuliebe, wie und wer er war, nicht nur wegen dem, was ich ihm angetan habe. Ja. Das wär's wohl. Sie müssen wissen, meine Damen (und Sie alle hier) – und es macht mir nichts aus, das zu sagen: Ihnen das alles hier zu erzählen, das ist vielleicht noch schwerer, als das andere damals war, beinahe. Jetzt werden Sie mich hassen. Das würde mir genauso gehen. Zu sagen, daß es einem leid tut – damit ist es noch lange nicht getan. Tja . . .«

Sag jetzt nichts mehr. Die Leute hier in dem Salon sind wie gelähmt. Sie starren alle bloß vor sich hin. Du hörst, daß einer mit den Zähnen knirscht. Die kleinen Kinder, die sich gefreut haben, wie du eben mit deinen Worten die Stille unterbrochen hast, warten drauf, daß wieder das übliche Geplauder einsetzt. Als sich nichts tut, fangen ein paar zu greinen an, schaun sich nach ihren Eltern um. Das Kind an deinen Schuhen wird hochgenommen, eilends rausgetragen, von seiner Mutter, die froh ist um den Vorwand, hier wegzukommen, von dir wegzukommen.

Nachbarinnen, die in der Küche helfen, kriegen es als letzte mit. Du merkst auf die Sekunde genau, wann die geflüsterte Neuigkeit sie erreicht. Das ganze Haus ist jetzt so schreckensstarr und still, daß die Pferdewagen auf der Straße und ein paar Häher, die sich in einem Garten zanken, besonders farbig und laut klingen, richtig schön. Im Freien sein, wegfliegen können!

Die Leute, die stehn, weichen an die Wände zurück, genau wie du's erwartet hast. Eine Gasse hat sich plötzlich um deine Couch aufgetan. Simons Schwestern sitzen noch rechts und links von dir. Die auf der linken Seite steht jetzt auf, entschuldigt sich, läuft in den Garten raus. Draußen heult sie mit leisen quiekenden Schreien in ihr Taschentuch. Sie will allein sein, will dich und die andern nicht in Verlegenheit bringen.

Zwei Mädchen mit Handschuhen stoßen zwei Glöckchen um und stellen sie wieder auf. Sehr viel Zeit scheint zu vergehn, aber langsam, ganz, ganz langsam. Lieber Gott, laß uns sterben oder hier weiterkommen, eins von beidem. Mrs. Utt, die noch kein Wort gesagt hat, kommt jetzt endlich mühsam auf die Beine. Sie schwankt ein bißchen, und zwei Nachbarinnen wollen sie stützen, aber sie winkt ab, Nein, mir fehlt nichts. Majestätisch und zugleich wie beschwipst schleppt die Witwe sich wacklig zur Haustür.

»Es tut mir leid«, sagt sie, laut, in die leere Luft auf dem Flur.

Der Pastor steht auf. »Den Grauen Liebe und Tränen, Tränen und Liebe den Grauen, Mrs. Utt?«

»Halten Sie den Mund«, sagt Mrs. Utt nachsichtig und todmüde. »Das ist mein Haus. Hier bestimme *ich*. Mr. Marsden, dafür, daß Sie uns die Uhr gebracht haben, danken wir Ihnen. Leben Sie wohl, Mr. Marsden.«

Die beiden Schwestern, die sitzengeblieben waren, stehn auf und stellen sich nebeneinander an die Tür. Mrs. Utt verrät ihre Erregung dadurch, daß sie ein ganz gleichgültiges Gesicht macht, dich fast gelangweilt ansieht. Sie hält die Tür auf, so weit wie's geht. Das Licht ist zudringlich, grell, verlockend. Genauso rücksichtslos wie du. Du versuchst jetzt aufzustehn. Schaffst du's? Du hättest wirklich was essen sollen. Es ist ein weiter Weg bis nach Hause, du. Beug dich erst über das Tablett, auf dem immer noch Plätzchen sind. Leg den krümeligen Klumpen aus deiner rechten Hand drauf, wisch dir mit der linken die Brösel ab. Dann steh benommen auf – Rücken durchgedrückt, versuch's – und geh an den Leuten vorbei. Sie drehn die Köpfe weg, ohne es zu wollen oder zu merken. Als müßten sie sich davor bewahren, Luft zu atmen, die deine Nase und dein Mund besudelt haben. Sie haben Simon gemocht. Du hast ihn umgebracht. Verständlich.

Das Schwerste kommt noch: Auf die drei Frauen zugehn. Einmal nicken. Ja nicht berühren, sonst schreien sie. Halt dich besser am Geländer fest, steig vorsichtig die Stufen runter, schlepp dich über den Backsteinweg, mach das Gartentor auf. Endlich draußen auf der Straße. Erleichtert. Deinen großen schwarzen Hut aufsetzen, die Krempe gradebiegen. Du kannst dich jetzt nur mit feierlicher Langsamkeit bewegen. Daß du die Wahrheit eingestanden hast, hat dich nicht leichter gemacht, wie du gehofft hattest, sondern die Schwerkraft hier im feindlichen Norden glatt vervierfacht. Jeder Schritt bedeutet eine Anstrengung, setzt einen Entschluß voraus, ein Bittgebet, und wie viele davon liegen jetzt zwischen dir und dem ersehnten rettenden Süden?

Sieh nur zu, daß du erst mal die ferne Straßenecke erreichst. Dort angekommen, dreh dich noch mal um, weil du mußt es wissen. Dichtgedrängt stehn sie auf der Veranda, alle sehn sie dir nach, die meisten mit offenem Mund. Die eine Schwester, die in den Garten gegangen ist, beobachtet dich jetzt über den Zaun. Um den Soldaten aus dem Süden weggehn zu sehn, biegt sie die Stockrosen auseinander. Die auf der Veranda halten sich alle aneinander fest. Alle bis auf die Kinder. Eine Sekunde lang kommst du dir fast boshaft vor – ja, ganz schön gemein. Du weißt, wenn du jetzt schnell in die Jackentasche greifst, als wolltest du eine Pistole rausholen, verschwinden sie wie der Blitz von der Veranda, suchen Schutz hinter den Sträuchern. Lustig wär's ja. Eine Sekunde lang packt dich der Schwindel (die pralle Sonne, der Hunger und deine verletzten Gefühle), überlegst du, ob du's tun sollst. Aber die Grausamkeit geht vorüber (würde zuviel Kraft kosten). Sie geht vorüber, wie fast immer bei dir. Manchmal denkst du dir, vielleicht hättest du's leichter, wenn sie *bleiben* würde, die Gemeinheit. Aber wenn's so wär, dann wärst du nie hierher gekommen.

Vielleicht hat's sein müssen. Vielleicht bist du später froh drüber. Vielleicht sollte dir alles nur helfen, Simon zu vergessen. Du tastest nach seiner Uhr in deiner eingerissenen Tasche. Scheint, jemand hat sie dir gestohlen. Du hebst einen Arm, aber langsam, um keinen zu erschrecken. Du entscheidest dich, noch mal zu winken. Du mußt sehn, was die Leute da hinten machen. Drei Erwachsene, keine Angehörigen, aber Nachbarn, reagieren, indem sie das Handgelenk auf Halbmast heben. Aber die Hände fallen gleich wieder runter und machen Scheuchbewegungen: Weg, weg! Nur die Kinder winken zurück, sie wissen's noch nicht besser. Niemand verwehrt es ihnen. Aber dann nickt die eine Schwester im Garten – unsichtbar für die andern auf der Veranda – und läßt die Stockrosen wieder los. Sie schließen sich rasch vor ihrem Gesicht. – Ohne es sich vorgenommen zu haben oder den Grund zu verstehn, zieht einer wie du sein neues braunes Jackett aus. Unter den Augen der vielen Leute legt er hier draußen in der Sonne die Jacke auf die staubige Yankee-Straße. Als nächstes nimm den guten schwarzen Hut ab, leg ihn auf die Jacke. Jetzt erst kannst du dich abwenden. Kannst du endlich hier weg. Ist es vorbei. Du weißt, zumindest in dieser Welt wirst du keinen von denen noch mal wiedersehn.

Am meisten wird dir dein Talisman fehlen, die Uhr. Sie *ist* Simon. *War* Simon.

Du bist in einem Wohnviertel. Du gehst weiter, ohne Hut, in Hemdsärmeln, kommst dir harmlos und verwirrt vor, aber richtig alt, gehst immer der Nase nach, ganz gleich, wohin der Weg dich führt. Fühlst dich am hellichten Tag wie ein Geist. Und noch nicht mal dein eigener. Liegt an der Sonne, sagst du dir. Kommt davon, daß ich nichts gegessen hab, daß ich im denkbar schlechtesten Moment am falschen Ort bin. Später wirst du erfahren, daß du die ganzen vier Tage Fieber gehabt hast, aber zunächst mal suchst du die Schuld bei dir selber, wie immer.

Die Straße endet schon bald am Flußufer. In der Ferne Docks, und hier zwei riesige Fabriken. Verrußter Backstein und dicke Schlote, die Rauch ausstoßen, der so schwarz ist wie der schlimmste Qualm im Krieg. Die Gebäude haben viele Fenster, damit die Arbeiter Licht zum Arbeiten haben. In den meisten Fenstern bewegen sich silbrige Maschinenteile.

Du bist unten am Wasser, und dann siehst du, daß in jedem Fenster ein kleines Mädchen neben dem silbernen Webstuhl steht, den es bedienen muß, und rausschaut – ein Kopf pro Fenster, und alle starren zu dir her wie in einem bösen Traum. Eine sieht, daß du sie bemerkt hast, und winkt. Dir fällt auf, daß sie einen Metallreif am rechten Handgelenk hat. Sie ist noch ein Kind und hat keine Disziplin (so wie du mit zwölf). Sieht so aus, als hätte die Yankee-Fabrik sie an die

Maschine gekettet, bis die Sirene heult. In großen Goldlettern steht auf der Backsteinmauer über den Fenstern mit den Kindern: »McClellan's Indigo Works, Unltd.«

Wasser schwappt über einen Damm und zischt durch Wasserturbinen, die die Fabrik antreiben – es ist blau, aber blau wie etwas, was man im Laden gekauft hat. Solche Fabriken haben den Krieg für die Yankees gewonnen. Vielleicht hat dieses Werk da geholfen, Uniformen zu färben, damit die Soldaten der einen Seite nicht in Grau gehn brauchten. Wo du jetzt eh nichts mehr zu verlieren hast, steigst du vorsichtig die schlammige Uferböschung runter und bleibst unten stehn, mit den Schuhen im blauen Sumpf. Der Schlamm am Grund des Flusses ist so blau, daß er fast violett wirkt, und pelzig von ausgelaufenen Gerbstoffen. Dann, ganz allmählich, siehst du, daß ein paar Rundhölzer, die fünf Meter vom Ufer im Wasser schwimmen und auf dich zutreiben, in Wirklichkeit Fische sind, ziemlich große.

Vielleicht ist es dein Hunger oder die Benommenheit, weil du dir so gewünscht hast, die Leute dort sollten dich mögen (oder wenn schon nicht mögen, dir wenigstens verzeihen), vielleicht ist es die Sonne oder weil du so weit weg bist von den heimatlichen Plantagen, vom gemütlichen Falls, vielleicht, weil du in gefährlicher Nähe der Fabriken bist, von denen die Zukunft deines Landes abhängt. Was auch immer schuld daran ist, dicht unter der Oberfläche von dem verfärbten Wasser schwimmen viele dicke Karpfen, und sie glotzen dich alle an. Chemikalien haben alle Fische giftigblau gefärbt. Um sie besser zu sehn, mußt du noch zwei Schritte weiter reinwaten. Wie deine Schuhe und Socken blauschwarz werden, kommt dir's: Du hättest sie vorher ausziehn sollen.

Die Fische sind nicht scheu, schwimmen nicht weg, sondern schweben da vor dir und mustern dich, als ob du zu einer Verabredung gekommen wärst. Sie schweben in seltsam ordentlicher Hufeisenformation, wie ein Tribunal. Irgendwas ist merkwürdig an ihnen, und du nimmst – zunächst undeutlich – wahr, daß sie nicht die üblichen spitzen, dicklippigen Fischköpfe haben. Nein, ihr Vorderende ist schaufelförmig wie ein Menschengesicht. Du siehst, daß sie die Augen vorne haben, daß ihre Nasen lang sind. Ihre Augen, die ohne zu blinzeln auf dich gerichtet sind, wirken intelligent.

Sie bewegen die Lippen, als ob sie das verdreckte Wasser kauen, das sie lieber nicht ins Maul nehmen würden, sie rülpsen die Brühe aus, versuchen, eine letzte saubere, sichere Stelle zu finden. Dann, von links nach rechts, erkennst du ein Gesicht nach dem andern. Die Züge von Männern, die du im Krieg gekannt hast, von denen, die nicht durchgekommen sind. Ob du Fieber hast? Der dritte von links ist der, der die Pfeife im Mund hatte, wie du ihn erschossen hast, und an einem Ende erkennst du Neds blassen Grübchenblick. Er verbüßt seine Strafe. Es scheint, deine Kriegstoten sind hierher geschickt worden, schwimmen jetzt in der Zukunft des Landes, leben in den Abwässern einer Färberei. Drei Köpfe flußabwärts Simons Gesicht mit den dunklen, über der Nasenwurzel fast zusammengewachsenen Augenbrauen. Wie er dich anstarrt, den Mund offen über den dicht unterm Kiefer ansetzenden Flossen. Dann wirbeln die Fische alle zugleich mit peitschenden Schwanzflossen Kiesstürme vom Grund hoch. Auf der Stelle schwimmend, machen sie kehrt und schaun zu den vier Fabrikschloten auf: Dunkle Türme, aus denen Schwaden von Dunkelheit quellen, Flammen hervorschießen; der gelbe Ruß, den sie verbreiten, hält sich für die goldene Zukunft.

Flußabwärts trinken Menschen dieses Blau. In der Umgebung atmen Menschen diesen Gestank. Deine Seite, die Seite der Plantagen, ist dem hier unterlegen. So ist es jetzt, und so wird es bleiben.

Vielleicht ist das die Strafe, die alle zusammen für einen Bürgerkrieg auf sich nehmen müssen. Fabriken, die Waffen hergestellt haben, stellen sich auf die neue Produktion um und werden zusehends besser darin. Du kehrst all den an Geldmachmaschinen gefesselten Kindern in den Fenstern den Rücken. Watest aus der Abwasser-Zukunft an Land. Denkst an zu Hause. Erinnerst dich an Meadows' Weide, die dort wartet, unbesudelt.

Du hast gesehn, was es hier zu sehn gibt. Auf dem Trockenen quatschen deine Schuhe vom Yankee-Fortschritt, schöner Schlamassel. Ausgehungert, ohne deine Uhr, findest du deine Rückfahrkarte in einer Hosentasche. Du wanderst durch sechs Viertel, bis endlich eine Frau auf dich zukommt. Auf dem Hut hat sie einen Garten Eden falscher Früchte (kleiner als echte, in der Fabrik hergestellt); der Obstgarten raschelt, wie sie den Kopf neigt und dich fragt, ob du dich verlaufen oder einen Unfall gehabt hast »oder was?«. Sie wartet auf deine Antwort. »Oh«, nickt sie in dein Schweigen, »ein Veteran? Sie waren also *dabei*? Ja, das bekommen wir nur allzu oft zu sehen. Was ihr Jungen geleistet habt!« Du bestätigst »Veteran« mit einem Nicken. Du willst sie nach dem Bahnhof fragen, machst ihr statt dessen aber nur ein Zeichen mit der Hand. Sie ruft ihren kleinen Jungen, und der führt dich hin. Der Knirps nimmt dich bei der Hand, als ob er weiß, daß er einen Geblendeten führt, denn das bist du ja irgendwie, nach allem, was du in den letzten Stunden durchgemacht hast. Vieles wird sich nie erklären lassen, nicht einmal durch dich und *für* dich, nicht zu reden von einer schwatzhaften kleinen Elster von Frau, die du heiraten wirst und die es wird hören wollen – alles.

Auf dem Bahnhof zieht dich der Junge zu einem vergoldeten Käfig mit verglaster Vorderseite. Ein Schwarzer wischt den weißen Marmorboden auf, das Kind führt dich durchs Nasse. Auf einmal wird's so komisch still. Du schaust dich um und siehst, daß die Yankees alle zu dir herstarren. Blaugesättigte Fußspuren führen direkt zu dir her, verraten den Missetäter. Dicklippig, mit einem grünen Schirm über den Augen, sitzt der Fahrkartenknipser gefangen in seinem goldenen Käfig – fischmäulig in seinem seltsamen gläsernen Gehäuse. Du holst die zerknitterte Rückfahrkarte raus. »Ist die noch gültig?«

Es war ausgemacht, daß deine Verwandten dich auf der Rückfahrt vom Familientreffen im Buggy nach Hause mitnehmen. Irgendwie schaffst du es, in dem Moment aufzutauchen, wo sie schon kurz vorm Aufbruch sind und auf dem Flur die Gepäckstücke zählen. Du hast keinen Hut auf, du bist in Hemdsärmeln und Hosenträgern, deine braunen Hosen sind fast bis zu den Knien schwärzlich verfärbt, deine dunklen Schuhe schimmern blau. »Was ist denn mit dir los, bist du den ganzen Weg geschwommen?« fragt dein »geistreicher« Cousin (der nicht geistreich *ist*, es nur sein möchte). Dann sitzt du hinten im Wagen und läßt dich heimwärts ruckeln. Die andern spüren, daß sie dich nicht fragen dürfen, wie's gelaufen ist.

7

Erst als ihr die nicht gekennzeichnete Grenze von Carolina überquert, o Gott, allein schon der Geruch, die Vertrautheit heimatlicher Gefilde und das richtige ehrliche Grün nach dem vielen ekligen Blau – es durchströmt dich wie eine beginnende Genesung.

Jetzt erst lebst du ein bißchen auf. Fühlst dich nicht mehr so beobachtet. Sagst zu deinen Verwandten: »Nie wieder fahr ich in den Norden. Darauf leiste ich hier vor euch allen einen heiligen Eid.« Nicken. Du siehst, daß du ihnen angst machst. Vielleicht riechen sie's, daß du drei Menschen umgebracht hast.

Außerdem riechen sie dich – schlicht und einfach dich. Du hebst einen Arm und, oje, das geht zu weit. Du witterst die Angst – teils Hühnersuppe, teils Roheisen, eine Mischung von beidem. Angst stinkt. »Na gut«, sagt dein geistreicher Cousin. »Wie du willst, du brauchst nie wieder von zu Hause fort. Liegt ganz bei dir.«

»Dank dir. Ich werde nie wieder unsern heiligen Staat verlassen. Hier können die Monster mich nicht finden.«

Keiner sagt mehr was, bis ihr die Stadt Norlina erreicht, wo ihr eure Pferde tränkt. Du hast seit fünf Tagen nichts gegessen. Nach einer Weile kommt man auch ohne aus.

Cuthrells Schmuck-Pfandleihe daheim in Falls macht nicht vor neun auf. Es ist sechs Uhr früh. Deine Verwandten setzen dich ab, froh, daß sie dich los sind. In der Stadt ist noch kaum jemand auf den Beinen.

Du kannst es kaum erwarten, dir die beste Uhr der Stadt zu kaufen, die aus Platin, die Schweizer Taschenuhr. Hier brauchst du kein Bargeld. Dein Gesicht bürgt für dich.

So früh am Morgen ist Meadows' Weide noch naß vom Tau. Heute noch wirst du mit der Bank alles für den Kauf von dem Grundstück regeln, als Tribut.

Du wanderst hinaus auf diese Wiese, die bei Sonnenuntergang dir gehören wird, also der Allgemeinheit. Simon, Ned, den Kriegstoten und den lebenden Zivilisten. Durch Seggen und vorbei an dornigen Heckenrosen, bergab zum Wasser. Nasse Hosenbeine, zwei Kaninchen, die sich keck auf einer Lichtung sonnen. Ein alter Apfelbaum wächst schief nicht weit vom Ufer des Tar. Hängen schon grüne Äpfelchen dran. Sind zwar sauer, und du mußt ungefähr zehn davon kauen, um den Nährwert von einem Apfel zu bekommen, aber dein Magen knurrt dankbar. Dein Baum, deine Äpfel, in deinem zivilen Magen. Der Fluß heißt Tar nach den teerschwarzen Ablagerungen weiter unten. Aber trotz dem dunklen Namen ist das Wasser kristallklar, eine Linse, die den sauberen Grund vergrößert; silbrige kleine Fischchen tummeln sich drin, harmlos, nur Fische.

Nicht weit von einem Felsbrocken ist ein Handschuh mit einer Reißzwecke an einen Baum gepinnt. Es sind Fischschuppen dran – jemand hat ihn beim Abschuppen seines Fangs angehabt. Auf einem Zettel steht: »Wem gehört der?« Du sagst dir, die da oben würden so was nicht machen.

Such dir einen Platz im hohen Gras. Du bist immer noch in Hemdsärmeln, und es ist tröstlich, die Knie und die verfärbten Hosenbeine zu umarmen. Lehn dich an den Baum. Hör den Lerchenstärlingen zu. Kirchenglocken verkünden mit konfessionsabhängigem Klang, daß es acht Uhr ist.

Keine Armee wird dich je wieder kriegen. Wenn nochmal ein Krieg ausbricht (und du hast, Gott sei's geklagt, so ein Gefühl, daß das passieren wird), schickst du lieber deine Söhne (noch ungeboren, zugegeben) auf einem Schiff in fremde Länder, nach Afrika, irgendwohin. Alles ist besser, als einen Sohn an den Tod zu verlieren – oder ihn nicht mal zu verlieren, ihn nur das durchmachen zu lassen, und wenn er heimkommt, ist sein Kopf voll von dem, was dir jetzt zusetzt. Hinter dir erwacht die Stadt zu Handel und Wandel – Besen kehren in Eingängen, ein Rolladen geht quietschend hoch, irgendwo probt eine Registrierkasse ihre herzlose klingelnde Melodie.

Wie du aufwachst, siehst du am Stand der Sonne, daß es früher Nachmittag ist. So lange hast du geschlafen. Vielleicht ist irgendwo noch ein Frühstück zu haben, drei Eier, Weizentoast, Maisgrütze, Himbeermarmelade, jede Menge starker Kaffee. Geh jetzt und kauf dir die Schweizer Uhr, die du dir immer wieder bei Cuthrell angeschaut hast, eine Uhr, die keine Mondphasen anzeigt, aber ein Schlagwerk hat. Sie ermahnt dich nicht zu »Treu und Redlichkeit« (was du auch nicht nötig hast). Sie hat Steine, damit sie leiser läuft. Diese Uhr ist genauso gut wie die andere, moderner vielleicht, aber auf ihre Art genauso wertvoll, gell? Anschließend gehst du zur Bank und kaufst Meadows' Weide für dich und die Allgemeinheit.

Du schlingst das Frühstück runter, das dir eine Kellnerin serviert; in einer Ecke dreht ihre kleine Tochter Lolly einer Puppe Löckchen. Die verwitwete Kellnerin kennt deine ganze Geschichte oder meint sie zu kennen (das allein ist schon ein Trost). »Ich schau für mein Leben gern einem Mann beim Essen zu«, sagt sie, und kauend musterst du sie von Kopf bis Fuß, als würdest du überlegen, ob du ihr auch was Gutes tun sollst. »Ich schau überhaupt gern einen Mann an«, sagt sie, und ihr lacht beide, du mit vollem Mund.

Du mußt zu deiner Mutter, damit sie weiß, daß du's überlebt hast, daß du zurück bist. Mit jedem heimatlich-vertrauten Wort der Kellnerin fühlst du dich ein bißchen mehr zu Hause, ein bißchen wirklicher. Du wischst dir mit der Stoffserviette den Mund ab und lehnst dich zurück. Du kennst jeden einzelnen, der draußen vor dem Fenster vorbeigeht, und viele winken dir zu. »Wieder da?« fragen manche lautlos durch die Scheibe.

»Wieder da«, nickst du.

Du öffnest das mit Samt ausgeschlagene Schächtelchen, stellst die Zeiger deiner neuen Taschenuhr nach der großen runden Caféuhr. Du hältst dir den Chronometer ans Ohr und schließt die Augen, lernst seine Stimme kennen, die nicht geborgt ist, sondern gekauft.

»Neu?« erkundigt sich die Kellnerin.

»Ja. Schweizer. Die ziehen nie in den Krieg, wissen Sie. Die Schweizer.«

»Was meinen Sie, wie stellen die das bloß an?«

»Sind einfach pfiffig, würde ich sagen. Aber ich weiß es nicht – muß dem mal nachgehen. – Aber, ja, sicher, ich denke schon, daß sie sehr genau geht.«

Später, beim längst überfälligen Bad, stellst du fest, daß sogar deine Beine bis rauf zu den behaarten Kniescheiben – die eine mit der schrecklichen Narbe – blau verfärbt sind. Wie ein Kentaur bist du halb Mensch und halb Tier, bis du nach sechsmaligem Einseifen und gründlichem Bürsten die Bläue endlich weggebracht hast. Sie ist weg und mit ihr der scheußliche fremdartige Geruch nach Gerbsäure.

– So, mein Junge, das war die Geschichte von Simons prächtiger Taschenuhr. Von ihrem Schicksal, ihren Reisen.

Ende.

Ein alter Mann hier drin, den ich mag

Die wir freundlich waren miteinander unter uns, wir wandelten im Hause Gottes zu Haufen.
– Psalm 55, 15

Männer sind anfälliger und kurzlebiger und nur allzu begabt für den Stolz, der schwermütig macht. Deswegen haben wir nicht so viele nicht-bettlägrige Männer hier in Lanes' End. Die paar Rüstigen sind Hahn im Korbe. Manches ändert sich nie. Wo bleibt die Gerechtigkeit?

Wir sind noch neunundzwanzig Frauen und zwölf Männer, nach der letzten Zählung. Zählen muß man hier fast bei jedem Frühstück. »Also, Freunde, wie sieht die Verlustliste aus? Hat die arme Neunzehn die Nacht überstanden?« Solche Stenographie braucht's schon bei dem ständigen Wechsel in den Zimmern, wenn ein Todesfall den andern jagt. Jeder Neue wird zunächst mal unter seiner Zimmernummer geführt. Hält er drei Monate durch, versucht man langsam, sich seinen Namen zu merken.

»Du meinst die *neue* Neunzehn? Der letzte da drin, diese trübe Tasse, hat's ja kaum noch geschafft, seine Sachen auszupacken.«

»Aber ich hab gedacht, unser einziger Neuer ist die Neununddreißig.«

»Die Neununddreißig? Bei dir rieselt auch schon der Kalk. Neununddreißig, das bin doch ich. Sechs volle Jahre bin ich schon neununddreißig.«

»Wie Jack Benny. Der hat auch jahrzehntelang behauptet, er wär neununddreißig. Schon wieder rote Grütze.«

Mein liebster männlicher Mit-Insasse ist und bleibt die Einundzwanzig. Professor Taw. Nicht zu übersehn: Andere weibliche Wesen hier drin mögen ihn auch. Vor allem die Dreizehn und die Dreißig. Diese Dreizehn wirft sich den Männern schamlos an den Hals; kann einem leid tun die Frau. Der Professor auf einundzwanzig hat den zynischen Humor, der einem immer wieder hilft, die nächsten Stunden oder Tage zu überstehn, auf nichts Großartiges zu hoffen, sich mit dem wenigen zu begnügen, das man bekommt. »Na, bitte«, sagt er, wenn das Schlimmste eintritt. Und das ist die Regel.

Der alte Knabe ist ein einziges wandelndes Lexikon. Lesen tun ja viele, aber wer merkt sich schon sämtliche guten Stellen? Taw hat mir mal gestanden, daß er jeden Tag drei Zinkpillen nimmt. Er schluckt sie, seit er – mit achtunddreißig – zum erstenmal was vergessen hat. Dann hat er mir auch eine angeboten. »Nicht, daß *Sie* sie nötig hätten«, hat er dazugesagt, sein erstes Kompliment. Vielleicht bin ich ja auch am eitelsten, wenn's um mein Gedächtnis geht – so ziemlich das einzige, wo ich mir noch was drauf einbilden kann, Junge. Er war gewieft, hat genau gewußt, welche Art Lob ich mir noch gefallen lasse. Und das schon ein paar Tage nachdem sie ihn auf einer Trage hier angebracht hatten.

Jetzt nehm ich tatsächlich auch Zinktabletten – wenn ich dran denk. Und ich bin kaum vergeßlicher wie seinerzeit, wo Taw hier reingeschleppt wurde und es so aussah, als ob er's nicht mehr lang machen tät. Auch jetzt sabbert er noch ein bißchen. Er ... Wie sag ich's meinem Kinde? Schau, niemand ist vollkommen. Der arme Kerl hat eine Haut, die ist so gelb wie Zitronenpudding. Er ist einer von den Warum-ich?-Typen gewesen, von denen ich schon geredet hab. Die Sorte, die meint, sie müssen eine lebenslängliche Strafe absitzen – was auch nur allzu wahr ist. Diese Typen wollen schon früh weg, sie meinen, Sterben ist wie Entlassung auf Bewährung. Also sterben sie.

Na ja, Professor Taw ist nicht gestorben. Noch nicht jedenfalls. Wir beide ziehn uns erbarmungslos auf, gegenseitig. Andere halten's nicht lange aus mit uns. Kann mir nur recht sein. Ich hätt allerdings nichts dagegen, wenn der Mann noch ein bißchen gesünder wär. So ein Pech kann auch bloß ich haben: Endlich hör ich das langersehnte Lied, und dann nur noch die allerletzte Strophe.

Ich finde, die Hersteller von den Camel-Zigaretten – seine Marke seit den zwanziger Jahren – sollten sich's was kosten lassen, Männer wie ihn von den Straßen unseres Landes fernzuhalten, wo andere ihren ungefilterten Husten hören könnten. Taw hat nur noch einen halben Lungenflügel. Und qualmt immer noch drei Schachteln am Tag. Ich möchte nicht drüber reden. Wenn man mit wem befreundet ist, reitet man nicht ständig auf was rum, was er sich einfach nicht mehr abgewöhnen kann. Klar, es tut einem in der Seele weh, aber man hält den Mund.

Professor Wendell Taw ist der einzige Mensch in Lanes' End, der über die Stadt hinaus bekannt ist. An dem Tag, wo er hier angekommen ist – er war noch in der Aufnahme und hat mit dem Personal rumgebrüllt –, ist unsere Oberschwester mit meinen Pillen hier reingekommen. Sie hat mir von seinen Preisen für Physik erzählt. Hat mir erklärt, daß er zum Teil Cherokee ist und nie verheiratet war. Das Geld für seinen Lebensabend ist draufgegangen, weil er in ein Mikroskop investiert hat, das Atome spalten sollte oder mit dem man beobachten können sollte, wie Atome gespalten werden, oder was weiß ich. Mir ist aufgefallen, daß er am nächsten Tag nicht zum Frühstück gekommen ist, am übernächsten auch nicht. Schlechtes Zeichen. Ich hab gerochen, daß unter seiner Tür Zigarettenrauch durchkommt. Hab mir gedacht, die Einundzwanzig wird wohl bald den Löffel weglegen. Einmal hab ich ihn kurz gesehn – ein harter Mann, und ein stolzer. Vielleicht bist du jetzt enttäuscht von mir, Schätzchen, aber ich hab mich von jeher zu einer bestimmten Art von Widerlingen hingezogen gefühlt. Weil ich selber auch ziemlich hart bin, hab ich mir gedacht, mit dem werd ich schon fertig. Du weißt schon, gleich und gleich erkennt sich gleich. Ein freundlicher, sanfter, hilfsbereiter Mann – also so einen weiß ich natürlich zu *schätzen*. Ich weiß, daß die Welt mehr von der Sorte braucht. So einen hab ich schrecklich gern zum Freund – wie Jerome, unsern beliebtesten Pfleger hier, schwarz oder weiß. Oder Larry. Aber bei so netten Jungen fehlt einfach der zündende Funke, sie bringen meinen Motor nicht so recht auf Touren. Das passiert auch in meinem Alter noch. Wird dich überraschen. Vielleicht findest du's auch unappetitlich, Schätzchen. Aber die Zeit wird das ändern. Du wirst froh drüber sein, wenn *du* mal so alt bist.

Wie Taw den dritten Tag hier war, hat deine Lucy, von Natur aus neugierig und zu alt, sich deswegen zu schämen, beschlossen, wenigstens einmal mit ihm zu reden, bevor er dahingeht. Der Professor ist nicht mal aus seinem Zimmer gekommen, um sich unsere geliebte Fernsehserie anzuschaun. Wie zwei Frauen mit ihren Gehwagen zu ihm rein sind und ihn bekniet haben, er soll sie sich doch ansehn kommen, ihm erzählt haben, daß in der nächsten Folge Carlo womöglich mit seinem Sportwagen über die Felswand ins Meer stürzen wird und daß die Uptons Eheprobleme haben, bloß weil Raphaela Upton sich *ein einziges Mal* bei einem Gewitter im Gebirge mit dem geilen Automechaniker verlustiert hat – womit die Damen dem Professor klarmachen wollten, wie liberal sie sind und daß man doch für alles Verständnis aufbringen muß –, hat er sie bloß ausgelacht. Hat sie »dumme Puten« geheißen und ein Buch nach ihnen geschmissen. Wirklich und wahrhaftig. An was anderes ist er, röchelnd im Bett aufgestützt, nicht rangekommen. »Und dann hat er gedroht, er wird auf uns . . . wird uns . . .«, hat die eine hinterher berichtet. »Sag du's, Maude.«

»Uns anspucken«, hat Maude gesagt und dabei auf ihre Hände gesehn.

»Danke, Maude«, hat ihre Freundin gesagt, und Maude hat noch gemeint, sie fühlt sich besser, jetzt, wo's raus ist.

Ich hab mir was ausgedacht. Bei der Bibliothekarin von unserer Rollenden Leihbücherei (jeden Dienstag und Donnerstag) hab ich mir die *Physik für die Unterstufe* ausgeliehn. Hat eine hübsche taubenblaue Farbe gehabt, der Umschlag. Ich hab mir vorgenommen, die ersten sechs Kapitel zu lesen – um damit angeben zu können. Hab schon bald aufgesteckt. In der Schule war ich kaum übers Bruchrechnen rausgekommen. Die Physik mit ihren Kraftströmen und Trägheitsregeln hat mich zwar befriedigt, mir aber ein Völlegefühl verursacht, als ob ich zwölf Pfund Hühnerpastetchen verdrückt und die Hühner mit den Pastetchen in meinem Magen eine Imbißstube aufgemacht hätten. Ist mir nichts anderes übriggeblieben, als ein paar von den Verständnisfragen an den Kapitelenden auswendig zu lernen (und das noch *vor* den Zinktabletten). »Was ist Energie?« hat eine gelautet. Ich geb's zu: Das hatte ich mich in letzter Zeit auch öfters gefragt. Vielleicht ist dir schon aufgefallen, daß ich, im Gegensatz zu vielen alten Leuten, nie über meine körperlichen Wehwehchen rede. Das ist, glaub ich, der Grund, warum ich ein bißchen mehr Gesellschaft anlocken kann als die meisten hier. Mein Glück. Aber eins kann ich ja sagen: Vor sechs Monaten hab ich nicht grade vor Gesundheit gestrotzt, körperlich und überhaupt. Man langweilt sich. Der Körper langweilt sich. Man verlangt von ihm das Übliche – jetzt verdau das doch, bitte. Drauf er: »Was, *ich*? Schon wieder?« Also das große Gähnen wollte sich schon häuslich bei mir einrichten, da ist mir Taw aufgefallen. – Das ist das schwerste, bei einem alten Tier das Interesse wachzuhalten. Aber es geht, man muß nur wollen.

Im Rollstuhl, mit dem Buch auf dem Schoß, klopf ich bei ihm an. Keine Antwort. Eine Ewigkeit vergeht. Schließlich ruf ich: »Achtung, ich komme!« Ohne eine Einladung abzuwarten, bin ich einfach reingerollt. Er hatte fast nichts mitgebracht, bloß ein halbes Dutzend altmodische bauchige Aschenbecher (alle schon voll), ein gutes deutsches Fernrohr (in einem Etui wie für eine Flinte), ungefähr vierhundert Bücher und einen Stapel Notizblocks. Kein einziges Familienphoto. Er hätte ein Silberfischchen sein können, das sich von abgeknabberten Papierschnipseln ernährt. Oder von Camels. Mit meinem Rollstuhl bin ich in einen Qualm reingefahren, der so dick war wie in einem Film von einem wahnsinnigen Wissenschaftler. Und hinter dem Rauchvorhang, wie der brennende Busch, der trotzdem nie verbrennt, *er*: halb Cherokee, nur Haut und Knochen. Und halb Genie. Da war ich mir ganz sicher. Ich hab's einfach gebraucht, daß er eins ist.

Aus den trüben grauen Schwaden hat eine orangegelbe Hand auf die Tür gezeigt, durch die ich grade reingekommen war. »Sie haben sich vorgenommen, mich für irgendwas zu interessieren. Sie wollen bei mir ›mal nach dem Rechten sehen‹. Bleiben Sie mir damit gefälligst vom Leibe. ›Pflichtbewußtsein ist schön und gut im Beruf, aber höchst lästig in persönlichen Beziehungen.‹ – Bertrand Russell. Machen Sie die Tür von außen zu. Wissen Sie was? Ich spucke auf Sie mit Ihrem Begrüßungsständchen.« Dann hat er sich im Bett weggedreht.

Sicher, ein herzlicher Empfang war das nicht grade. Aber seine Stimme hatte die Farbe von einer Pflaume eine Viertelstunde bevor sie überreif wird – wenn du sie in der Sekunde findest, wo sie genau richtig ist, weißt du, daß sie dir alles geben wird, bloß dafür, daß du sie zur rechten Zeit entdeckt hast. Trotzdem, sicher, zugegeben, der Fremdling hat sich schon ein bißchen *zu* rüpelhaft aufgeführt.

Ich hab den Rückwärtsgang eingelegt. War schon fast wieder auf dem Flur draußen, da hab ich nochmal angehalten. Er muß mein Zögern gesehn haben. Weil auf einmal, ich schwör's dir, hör ich, wie er sich räuspert und hustet, von ganz unten rauf – ein Geräusch, das ich keinem menschlichen Ohr wünschen tät (eine Lastwagenladung Cellophan, die auf einmal zerknüllt wird). Und dann tut er's. Spuckt nach mir. Ein großes, pergamentfarbenes Eckstück von was weiß ich klatscht aufs Linoleum keine Handbreit von meinem linken Rad. Ich seh mir das Ding an. »Jetzt schlägt's aber dreizehn«, sag ich. »Behalten Sie Ihre Austern gefälligst bei sich, Sie altes Ferkel!«

Tja, ich hab dann so tief Luft geholt, wie meine kleine aber viel sauberere Lunge es zugelassen hat; mit meinen besten Hausschuhen und der verchromten Fußraste von meinem Rollstuhl war ich noch in seinem Zimmer. Ich hab mir ein Herz gefaßt und bin direkt auf sein Bett zugesteuert. Notfalls rasch den Kopf einziehn! hab ich mir eingeschärft. Ich war bereit, dem Kerl noch eine zweite Chance zu geben, hab mir gedacht, was willst du denn sonst machen, bis um eins *Meine Kinder* anfängt?

Schließlich hab ich gesagt: »He! Ich mach einen Fernkurs in Physik und komm so schlecht vorwärts, daß mich sogar der Briefträger auslacht. Ich muß Ihnen ein paar Antworten aus der Nase ziehn, ob's Ihnen paßt oder nicht, und wenn Sie nochmal spucken oder mich gar treffen sollten, dann . . . weiß ich, was ich tu. Ich sag nicht, was, aber an Ihrer Stelle würd ich's nicht drauf ankommen lassen. – Gut, also zunächst mal: Warum ist die Schwerkraft so groß, und was ist eigentlich Energie?«

Hinter seinem Schutzwall aus Rauch vor hat er mich angesehn, mit einem so abgrundtief gelangweilten Blick, wie ich ihn noch nie auf dem Gesicht eines Menschen gesehn hab, ob tot oder lebendig.

Ohne was zu sagen, hat er ungefähr eine halbe Zigarette mit einem einzigen schleimigen Röcheln in sich reingesogen; das ganze Vorderende ist aufgeflammt, um zu beweisen, daß die Zigarette genau in den abgestorbenen Teil reingestorben ist, in dem seit anno 1921 ihre Millionen Schwestern zugrunde gegangen waren. Ein Lanes' End für Camels. Komisch, aber beim Zusehn hat mir der Glimmstengel mehr leid getan als der Mann.

Professor Taw und ich haben beide eine ganze Weile drauf gewartet, was als nächstes passiert. Endlich sagt er: »Sie brauchen keine Physikstunden. Was Sie brauchen, ist ein Hörgerät und verschärfter Benimmunterricht. Außerdem könnten ein paar Schaulspielstunden nicht schaden. Das ist ja wohl die abgeschmackteste Komödie, die man sich vorstellen kann. Ein Fernkurs! Wer hat Ihnen denn *den* Floh ins Ohr gesetzt? Etwa der Heimleiter, der mich als ›neuen Kommilitonen‹ begrüßt hat? Oder der effeminierte schwarze Pfleger, der das Mausoleum hier für eine Beliebtheitskonkurrenz hält – mit seinem Angebot an ›Sonderleistungen‹. Massagen, du meine Güte! Also, wer hat Sie geschickt?«

Ich hab mich nicht einschüchtern lassen. Ich hab Taw niedergestarrt, hab's zumindest versucht. Bei dem Rauch zwischen uns hab ich nicht sehn können, wer eigentlich gewonnen hat – ein Segen. »Ja?« sag ich und versuch, möglichst bestimmt zu klingen, weil ich weiß, daß ich keinen leichten Stand hab. »Also, Zigarettenbürschchen, unter uns – keiner erfährt's: Ich laß Sie sofort in Ruhe, wenn Sie mir wenigstens eine einzige Frage beantworten. Gut. Ich denk, ich entscheide mich für: Was *ist* Energie?«

»Wenn ich das wüßte, wäre ich dann in diese Krypta eingemauert? Würde ich dann *so* aussehen? Müßte ich es mir gefallen lassen, daß jede klapprige alte Vettel hier reingeradelt kommt und Interesse an meinem Fachgebiet heuchelt? Es waren schon andere da, wissen Sie.

Bilden Sie sich ja nicht ein, Sie wären irgendwie was Besonderes. Ist das denn überhaupt ein Physikbuch? Ich habe da ernste Zweifel.«

»Dann ist bei Ihnen wohl der Papst auch nicht katholisch, Sie widerlicher alter ... Zigarettenstummel!«

»Also meinetwegen, halten Sie das Buch mal hoch. Welches ist es? Und unterstehn Sie sich, mich anzufassen, Sie. Legen Sie's einfach auf die Südostecke des Bettes.« Ich hab's ihm hingeknallt, als ob ich ihm höchst widerwillig einen Riesengefallen tät.

Er schnappt sich die *Physik für die Unterstufe*, dreht sich von mir weg, stöhnt auf: »O Gott, nein, die Tripler-Ausgabe. Nein. Nein!« Und er guckt mich an, als ob das der erste gute Witz wär, über den wir gemeinsam lachen können.

»Ja, die Tripler-Ausgabe«, grins ich. »Und, was soll damit sein?«

»Also zunächst mal ist sie acht- bis neunundzwanzig Jahre hinter dem heutigen Stand zurück.«

»Na und, wer ist das nicht, Mister? – *Sie* wahrscheinlich, was?«

»Gewisse alte Weiber können vielleicht die hart erkämpften Fortschritte aus dreißig Jahren mit einem Achselzucken abtun. Ich kann mir das nicht leisten. Vor drei Jahrzehnten, da haben Sie wahrscheinlich schon längst nichts mehr mitgekriegt. Sehn Sie sich Ihr Gesicht an. Sie haben so viele geplatzte Kapillaren, daß Sie wie braungebrannt wirken. Wie alt sind Sie übrigens? Nein, lassen Sie mich raten. Hundertachtzehn oder -neunzehn, würde ich sagen. – *Sie* nur dreißig Jahre hinter dem heutigen Stand zurück? Machen Sie sich nichts vor, Nofretete. Und auch noch mit dem *Tripler* arbeiten! Ich spucke auf Ihr Buch.«

»Unterstehn Sie sich! Das ist aus der Leihbücherei. Ich müßte Strafe zahlen.«

»Warum quält man mich so? Warum jetzt? Bernie Tripler hat sich allein von den Zinsen des Honorars, das er für die erste Auflage eingestrichen hat, eine Hacienda in West Palm Beach gekauft und lebt dort herrlich und in Freuden. Er und seine Frau Olga – ein grauenhaft geschäftstüchtiges Weib – haben das Machwerk einmal in den Sommerferien am College hingeschludert. Vor vielen Jahren haben wir zusammen studiert. Die haben sich genau den richtigen Zeitpunkt ausgesucht. Die neunte Auflage vom Wilkinson war völlig veraltet (wir alle haben Witze darüber gerissen), aber irgendwie wurde sie trotzdem noch an jedem College verwendet. Und während *ich* mich ehrlich abmühte, meinen Namen in solche Schulbücher zu bringen, haben die Triplers, absolut oberflächliche Abstaubertypen, sich klammheimlich davongestohlen, das Buch auf der Basis des kleinsten gemeinsamen Nenners zusammengeschustert und sich stilvoll ins Privatleben zurückgezogen. – Die Tripler-Ausgabe! Daß Sie es wagen, mir damit unter die Augen zu kommen!«

Ich hab gemerkt, daß ich schon fast bis zum Hals im Dreck steck, und hab beschlossen, den Mund zu halten – und vielleicht nebenbei noch ein paar Pluspunkte zu sammeln. Sicherheitshalber hab ich auch noch die Arme verschränkt, so wie ich's von Castalia gelernt hatte. – Geplatzte Kapilarien? Deswegen bin ich also so braun wie eine Yamswurzel?

Er stutzt. »Raus«, sagt er.

»Nein«, widersprech ich. »Ich brauch fachliche Unterstützung, und ich rühr mich hier nicht weg, solang ich nicht wenigstens einen Fingerhutvoll davon krieg.«

»Sie sind ja unglaublich aufsässig. Ihr Gesicht und Ihr Alter haben Sie gallenbitter gemacht, stimmt's?«

»Vielleicht ja, vielleicht nein. Auf jeden Fall bleib ich hier.« Dann fällt mir ein Schlager ein, den ich im Radio gehört hab. »›Viel lernen muß ich noch, sagst du? Glaub nicht, ich lerne nichts dazu . . . Zeig's mir heut nacht . . .‹« (Ich weiß nicht, warum ich das aufgesagt hab. Aber wenn einer nach einem spuckt, macht man die komischsten Sachen.)

»Die ist ja hochgradig senil. Die redet schon in Knittelversen. Sie . . .« Dann hab ich gemerkt, daß er mich als harmlos eingestuft hat. (Den Fehler haben andere auch schon gemacht und teuer dafür bezahlen müssen.) Der alte Professor Taw hat in seiner selbstgeblasenen blauen Rauchkugel geblinzelt und mit einem knochigen Finger, safrangelb von sechzig Jahren Nikotin, die letzte Seite von meinem Buch aufgeschlagen, flink wie ein Kartenkünstler. Er hat mein Schulbuch offen auf den Bettrand geworfen, und seine Hand hat zielsicher auf was gezeigt und sich gleich wieder zurückgezogen. Für einen Mann seines Alters hat Taw sehr wenig Leberflecken. Muß sein indianisches Blut sein.

Ich hab laut gelesen: »Der Taw-Effekt (bei der Verbrennung).«

Über sein Bett gebeugt, hab ich meine schlechten Augen eine Handbreit übers Papier bringen müssen und mich dafür geschämt. Dann freudige Überraschung und Schreck zugleich. – In einem Buch zu stehn, das sich wer anderer in der Bücherei ausgeliehn hat und ahnungslos in der Seitentasche von seinem Rollstuhl spazieren fährt, das ist schon was!

Ich hatte mir nie träumen lassen, daß ich mal wen kennenlernen würde, der seinen Namen an einem sicheren Ort stehn hat, dauerhaft, schwarz auf weiß, unaustilgbar, solange die Welt sich dreht. Die Triplers, Bernie und Olga (siehst du, wie schnell ich lerne, wenn mich der Umgang mit einer Berühmtheit aufpulvert?), hatten Taws Formel und darunter sogar noch einen Absatz Text abgedruckt, einen ziemlich kurzen zwar, aber immerhin einen ganzen Absatz. Und das in einem Buch für die Unterstufe. Das hat mich noch mehr beeindruckt, als wenn einer in einem hochwissenschaftlichen Werk erwähnt wird. Es hat bedeutet, daß es dieser nach Luft schnappende, taprige Alte, der zeitlebens bloß Lehrer am College in irgendeiner Kleinstadt in Tennessee gewesen war, geschafft hatte, sich ein Plätzchen in . . . na ja, in der Welt der Physik zu sichern.

»Wie . . .« Ich hab Angst gehabt, mich zu blamieren, hab aber dann, wie immer, alle Vorsicht fahren lassen und bin mit den Füßen voran mitten in die Physik gesprungen. (Schätzchen, wenn ich bei jedem Thema, von dem ich nichts versteh, aus Angst, mir eine Blöße zu geben, die Klappe halten wollte, dann tät ich überhaupt nichts mehr sagen.) »Wie . . . haben Sie sich das denn ausgedacht? Oder wie man da sagt.«

»Man denkt sich nichts aus, Shirley Temple. Man *beobachtet* etwas.«

(Mich hat's kalt überlaufen, wo ich doch auch so gern beobachte.)

»Es war schon immer da. Es mußte nur jemand kommen, ›aha‹ sagen und es dann für die Nachwelt beschreiben. Das ist was anderes als ein Kunstwerk. ›Kunst ist *ich*, Wissenschaft ist *wir*.‹ Ich hab nur einfach den Tempel zwei Fingerbreit weitergebaut. Das da« – er hat auf die winzige Gleichung gezeigt, vier doppelstöckige Zahlen und ein Istzeichen als Brücke dazwischen – »beschreibt das einzige neue Phänomen, das ich beobachtet habe. Aber genug der Eigenreklame. Bevor Sie sich entfernen, habe ich noch zwei Fragen an Sie, Miss, Mrs.?«

»Mrs., aber der Mister ist gestorben.«

»Kein Wunder. Also: Erstens, wie heißen Sie? Und zweitens, warum, ach warum nur sind Sie immer noch hier und trampeln mir auf den Nerven herum? Hab ich Ihnen nicht gesagt, Sie sollen verschwinden? Macht's Ihnen Spaß, angespuckt zu werden? Solche Leute gibt's, hab ich mir sagen lassen. Gehen Sie endlich. Warum sind Sie überhaupt gekommen? Wer hat Sie geschickt?«

»Nummer eins . . .« (Ich war schon vom Geist der Wissenschaft beseelt, mein Junge.) »Ich heiße Lucy Marsden. Für Sie Lucille. Nein, doch lieber Mrs. Marsden. Die Witwe Mrs. Marsden. Nummer zwei: Es sind keine geplatzten Kapilarien, es ist Rouge, absichtliches Rouge. Außerdem: Ich bin gekommen, weil ich A) einfach neugierig bin, was ein Glück ist, weil es B) dafür sorgt, daß die Luft nicht aufhört, einem zur Nase rein und auch wieder raus zu gehn, und . . . na ja, weil . . . D) –«

»C.«

»Nein, Sir, D). Ich hab *absichtlich* D) gesagt.«

»Sie haben sich vertan und wollen es jetzt nicht wahrhaben. So was kann ich nicht ausstehen. Haben Sie etwa nicht aus Nachlässigkeit und wohl auch Senilität einen Fehler gemacht?«

»Also schön, ja, es soll nicht wieder vorkommen, zufrieden, Schlotmaul?« Und damit hab ich mein Buch gepackt, meinen Tripler, und bin rückwärts aus dem Zimmer raus.

Eins weiß ich noch aus meinen Flirt- und Turteltagen: Beim Abgang muß man die Kerle das rätselhafte Ewig-Weibliche spüren lassen. Sie damit *versengen*. Vielleicht, hab ich mir gedacht, hatte die erste flüchtige Begegnung mit mir den Lebenswillen in Taws eingefallener Brust neu angefacht. Aber wie auch immer, ich wär da nicht mehr rein, auch wenn er mich angefleht hätte.

Hat er natürlich nicht. Mich angefleht. Das einzige, was zu hören war: Husten. Und was den betrifft, also wenn sich bei den meisten auf unserm Gang der Husten wie ein Schlagloch anhört, dann war dem Professor seiner die reinste Tropfsteinhöhle. Nicht zu glauben, daß es in einen so abgemagerten Menschen so tief reingehn kann. Aber weil ich nun mal so bin, wie ich bin, und es auch brauchte, hab ich sogar diesen Hustenanfall nicht so sehr als die Folge von meinem Besuch, sondern als einen kleinen Tribut an mich angesehn. Ich hatte ihn aufgeregt? Meinetwegen. Aber er hat wenigstens gemerkt, daß er noch am Leben ist, oder? Das war fürs erste gar nicht übel.

Wie soll ich das alles einem so jungen Menschen wie dir erklären? Ich hab halt gedacht, es ist immerhin ein Anfang. Jede große Reise beginnt mit so einer kleinen bescheidenen Schwiele. Die Einundzwanzig. Na ja.

Ich erinner mich, daß ich anschließend in unser Besuchszimmer gefahren bin, meinen taubenblauen Tripler an mich gedrückt. Es war kein Mensch drin. Ich hab dagesessen und wie gebannt den letzten zwei Engelfischen im Aquarium zugesehn. Früher war's da drin ganz schön eng gewesen. Die beiden sind ziellos rumgeschwommen, haben sich ohne sonderliches Interesse gegenseitig beguckt und ihre früheren Kreise umkreist, waren aber wenigstens zusammen da drin. Ein Sprudler hat gesunden Sauerstoff in das Aquarium gepustet. Wie ich so vor dem grünen Wasser gesessen hab, mein Physikbuch wie eine neue Bibel in den Armen, hat mir langsam gedämmert: Ich hab mir was *erhofft*, und das, nachdem ich schon so lange nicht mehr damit gerechnet hatte.

Ich hab mir interessantere Frühstücke, Mittagessen, Abendessen im Mehrzweckraum ausgemalt. Anscheinend war die Physik ausnahmsweise mal auf meiner Seite – irgendwas hat mich grader in meinem Rollstuhl sitzen lassen.

Und seltsam: Mir war klar, daß ich jetzt noch ein Weilchen länger leben mußte. Einfach um zu sehn, was da draus wird. »Was ist Energie?« Ja, also, zum Teil ist das die Zentralheizung im Innern der Frage: »Was wird als nächstes passieren?« Die optimistischste Frage auf der Welt!

Irgendwas hatte sich grade in mir verändert. Ich hab mich in meinem Stuhl vorgebeugt. Und was Verrücktes gemacht: meine knittrigen Lippen an das kalte Glas gedrückt. Erst sind die Fische erschrocken davongeschossen, dann haben sie sich gegenseitig beruhigt. Schließlich haben sie sich näher rangetraut und untersucht, was mein Mund ist. Futter? Vielleicht was Gutes?

Aber, Schätzchen, wieso ausgerechnet *er*? Ein vergilbter Spinner, ein Kettenraucher, der die Leute anspuckt? Ein Mann, dem von zwei ganzen Lungenflügeln nur noch ein halber übriggeblieben war? Ein abgebrannter, eingebildeter, gemeiner Mensch? Trotzdem, ich hab mich gegen meinen Willen für ihn interessiert. Ich mußte mehr wissen. Man hat schließlich noch Gefühle. Ich hatte was gesehn, was ich haben wollte.

Nicht auslachen, bitte.

Das passable Paradies

Die Wölfe werden bei den Lämmern wohnen, und die Pardel bei den Böcken liegen. Ein kleiner Knabe wird Kälber und junge Löwen und Mastvieh miteinander treiben.
– Jesaia 11, 6

1

Doc Collier hat sich während meiner ersten Schwangerschaft um mich gekümmert, und er hat seine Sache gut gemacht, bis es dann meine Tochter nicht erwarten konnte. Der Doktor war irgendwo unterwegs, nicht aufzufinden. Und ich bin im Haus rumgewatschelt, in Socken, die klitschnaß waren von dem Wasser, das spielerisch mit großem Gewicht runtergestürzt war (wie das Platschen von Castalia, als ich sie in der Küche umgerissen hatte). Also hab ich eine Nachbarin gebeten, sie soll Cassie holen, aber schnell. Als erstes hab ich ihre Schüssel gesehn, dann die zwei dunklen Hände, die sie gehalten haben, und der ganze Rest ist plötzlich durch die Tür gekommen, noch breiter wie bei unserer letzten Begegnung, und sie hat die Schüssel unsanft neben meinem Bett auf den Boden gestellt und drauf gezeigt. »Da kommt's rein«, hat sie gesagt und gelacht.

Cap war bei mir im Zimmer gewesen, ich hab ihn weggeschickt. Verbannt hab ich auch meine Mutter, die, in Notfällen zu nichts zu gebrauchen, dabei war, ihr bestes Taschentuch buchstäblich in Fetzen zu reißen. Beide waren sichtlich dankbar für Castalias Anwesenheit. Ich hab zu ihr raufgeschaut, wie sie mit dem Messingwecker in der Hand meine Wehen gestoppt hat – ganz auf meinen Unterleib konzentriert, auf meine Beinstellung. Sie hat ständig zwischen Lucys niederen Regionen und dem Zifferblatt hin und her geschaut, als ob sie Ähnlichkeiten entdecken wollte – aber sie hat nicht *mich* beobachtet. Ich kann dir gar nicht sagen, was das für eine Erleichterung für mich war, mein Lieber, daß mich jemand so – sachlich behandelt hat.

Hat mir klargemacht: Jeder von den Kerlen, die sich am Samstagabend in der Stadt vollaufen lassen, hat irgendeiner bedauernswerten Frau neun Monate und dann *das* gekostet. Rückt die Perspektive zurecht. Ich wollte das Beste für mein Kind, und ich wollte's Castalia recht machen, in dieser Reihenfolge. Die Dicke hat alles im Griff gehabt. Ihre Sympathie war unpersönlich und ist mir dadurch riesig vorgekommen, größer, als ich mageres Ding mich selber gefühlt hab: vorübergehend untervermietet an ein kleines Mädchen, das (halt dich fest) achteinviertel Pfund gewogen hat. Als erstes Kind!

Tut weh.

Wie ich mich auf Cassies Geheiß über die Emailschüssel gebeugt hab, die so weiß war wie ich selber und so rund wie Mutter Erde, und in die Hocke gegangen bin, so, wie sich damals schwarze Frauen zur Entbindung hingehockt haben, hab ich unter mir die elfenbeinfarbenen Innenflächen ihrer auf dem Rücken schwarzen Hände gemustert. Ein erstaunlicher Anblick (als der Schmerz mal für kurze Zeit nachließ, kurz nachdem ich beinah ohnmächtig geworden wär.) Ich hab Farben unter mir gesehn – den rübenvioletten, immer weiter rauskommenden, elastischen Kopf von dem Baby, die Nabelschnur, die rot, fast orange war und von den Rückständen meiner eigenen Eingeweide geglänzt hat, die glitschige, glänzende Schmiere, mit der das Baby überzogen war, und schließlich diese kohlschwarzen männergroßen Hände, die, kaum zu glauben, das Kind behutsam aus mir rausgeholt haben. Dann hat mich der Schmerz als Rohmaterial bearbeitet. Mein ganzes Nervenkostüm war auf einmal im höchsten Alarmzustand, und die Farben haben allen Reiz verloren. Der Kredithai Sauerstoff hat gedroht, seine Mehrheitsbeteiligung an meiner Lungenfunktion zu kündigen.

In Castalias Tasche hab ich viele Sachen gesehn, die ich aus ihrem Schrank in meiner Küche kannte, aber die Nadel und der Faden hatten jetzt eine neue Bedeutung. Castalia hat einen Frotteelappen mit Wintergrünöl getränkt, ihn zusammengefaltet und echte Minzblätter aus ihrem Garten reingelegt, und wie ich dann mein schreiendes Kind in den Armen gehalten hab, waren Cassies Hände, die mir die Kompresse fest auf die Stirn gedrückt haben, eine Segnung, wie sie nur eine Frau, die auch Kinder geboren hat, einer andern erteilen kann, die das grad hinter sich hat. »Danke«, hab ich zur Decke rauf gesagt, aber Cassie gemeint. »Schon gut«, hat sie ohne eine Spur der üblichen Ironie gesagt. Aber dann hab ich gemerkt, daß sie nicht auf meine Dankbarkeit reagiert, sondern dem Kleinen in meinen Armen beruhigend zugeredet hatte. »Louisa«, hab ich gesagt, »nach der Frau, die *Kleine Frauen* geschrieben hat.« »Guter Name«, hat Castalia gesagt. Ich hab sie gebeten, sie soll ihn laut aussprechen, damit er wirklicher wird. Sie hat ihn gesagt, erst zu mir her, dann ganz aus der Nähe zu Louisa, die daraufhin still geworden ist. »Sie weiß«, hat Cas bemerkt.

»*Wer* weiß es?« Ich hab den Namen nochmal hören müssen. »Louisa.« Ich hab da unter Minze und Wintergrün gelegen und war so froh, daß der Doktor weit weg war, in wichtiger Mission und unauffindbar, im Kreis Edgecombe. Captain und meine Mutter haben schon bald an meinem Bett gestanden, und es hat mir weh getan zu sehn, wie sich zwischen ihnen, unter ihren Armen, eine Gestalt zurückzieht, ihre Sachen einsammelt und zum Salon rübergeht. (Ich hatte nie Dienstboten im Haus gewollt, und erst recht sollte *sie* auf keinen Fall bloß ein Dienstbote sein.) »Noch nicht!« Ich hab den Arm nach der gewaltigen Fülle von Cassies Rücken ausgestreckt. Also haben die andern, weißen Erwachsenen sie wieder zurückgerufen, verständnisvoll, aber bekümmert. »Bin ja noch da, nur keine Angst nich, kleine Mama.«

»Gut. Bleib.«

Ich hab sie gebraucht, weil sie mir sagen sollte, daß dieses seltsame, schrumplige, maunzende, krötige . . . *Etwas* vollständig war, normal. Ein Mensch. Wie Cassies mächtige Gestalt an meinem Bett war, hab ich mich bloß deswegen endlich entspannt, hab geschluchzt, aber nicht geweint, die reine Erlösung; und ein einziger Gedanke ist meinem Kopf entstiegen, Junge: *Das ist mein Haus.* Jetzt war ich nicht mehr das verhökerte Kind, das die Erwachsenen austricksen oder einschüchtern konnten. Ich war zuallererst Louisas Mutter, trotzdem ich noch nicht dazu gekommen war, dem Mädchen auch nur eine einzige Geschichte zu erzählen. Meinem Kind. Und wie ich da so ruhig gelegen bin, hab ich gewußt: Ich würde alles tun, um sie für alle Zeit geborgen bei mir zu behalten in einem schönen weißen Haus. Und das Haus war meins. *Meins.*

Dann hab ich gemerkt, daß ich das Wort rausgeschrien hatte. Ich hab mich umgeschaut, und meine Mutter hat geweint, wie sie gesehn hat, daß ich als Mutter mit Kind genauso hilflos war, wie ich's als Kind gewesen war. Mein Angetrauter hat vor Stolz oder Schreck den Kopf geschüttelt, und seine rebellengrauen Augen waren auch feucht. Nur die von Castalia haben trocken gebrannt, amüsiert. Sie fand's aufregend, daß ich *Meins* geschrien hab. Ich hab ihr ein Gesicht geschnitten. Wir haben beide gelacht. Die andern haben dumm geschaut.

Eins muß ich sagen:

Kinderkriegen ist die eine Sache im Leben, die ich ganz bestimmt *nicht* erfunden hab.

Ich hab ja sonst schon die Neigung, das schlichte Musselin der Wahrheit mit allerlei Stickerei zu verzieren. Ist dir schon aufgefallen? Meine Mama stammte aus einer wohlhabenden Familie, also ist sie für mich gleich eine reiche Erbin. Papa hat seine derben Späße geliebt, also mach ich so was wie den Mark Twain des Piedmonts aus ihm. Aber ich halt mich eher zurück, wenn's darum geht, den Schmerz und das Staunen (das kann ein und dasselbe sein) zu schildern, die über einen kommen, wenn man neun Sprößlinge zwischen sechs und neun Pfund mit sich rumtragen und dann auf die Welt bringen muß. Und ich mit meinen sechsundachtzig Pfund und klitschnaß, wenn die Fruchtblase geplatzt war.

Wie die Kinder auf die Welt kommen, das hätte ich mir nicht mal in meinen wüstesten Fieberträumen ausdenken können. (Wenn das die Erfindung von einem Romanautor wär – wer tät ihm glauben?)

Die Leute haben sich nicht genug drüber wundern können, daß so ein schmaler Hering wie ich so fix hintereinander so viele Kinder kriegen konnte. Ich stell mir vor, es ist wie bei einem Glas Oliven: Wenn man die erste rausgepult hat, fallen die andern leichter raus. – Nicht umsonst spricht man von »Wehen«. Mein einziger Trost war meine liebste Hebamme. Zu jeder Tages- und Nachtstunde kam Castalia mit ihrer Schüssel gerannt, im Schweinsgalopp mit ihren ganzen zweieinhalb Zentnern. »Halt aus, Cassie is da, da kommt's rein«, hat sie geschrien. Das hat geholfen. Schon mal gehört, daß manche Ärzte behaupten, man kann sich von einer Verletzung zur nächsten nicht an den Schmerz erinnern? Ha! Für Schmerz hab ich ein photogenes Gedächtnis.

Sobald eins von meinen Kindern sprechen konnte, hab ich ihm das Zählen und Rechnen beigebracht. Eine Grundschullehrerin hat mir mal gesagt, ich wär ein mathematisches Naturtalent. Eines Tages – aber auch nur das eine Mal – hat sie sogar gemeint, man müßte mich eigentlich auf die höhere Mädchenschule schicken. Ich bin heim und hab's Papa erzählt. Er hat gedacht, sie meint die Handarbeitsschule in Rocky Mount. Sogar über so eine Weiterbildung wär ich schon überglücklich gewesen.

Ich bin immer viel zu brav gewesen. Das war von jeher mein Problem, weißt du. Ich bereu nicht das, was ich falsch gemacht hab, sondern alles und jedes, was ich richtig gemacht hab. Komisch, aber ich hab mir immer vorgestellt, ich wär ein Aufstand in einer Person, ein richtiges kleines Rumpelstilzchen. Ich fühl mich regelrecht gekränkt, wenn ich zurückdenk und feststell: Die haben mich die ganze Zeit für eine gehalten, die sich alles gefallen läßt. Wenn ich mal einen Oscar krieg, dann für die beste Leistung in einer Nebenrolle. Und dabei haben sie mir ständig vorgemacht, ich wär der Star!

Wir bauten uns im Treppenflur
Ein Schiff aus lauter Stühlen nur.
Wir polsterten das Schiff mit Kissen
Für unsre Fahrt im Ungewissen.

Säge und Nägel nahm ich mit
Und Wasser in der Badebütt.
Tom rief mir zu: »Nimm Schmalzgebäck
Und einen Apfel mit an Deck!«
Das war genug, um auf der See
Zu segeln bis zum Fünf-Uhr-Tee.

Wir fuhren tagelang, wir Zwei,
Und spielten wunderbar dabei.
Doch Tom fiel aus. (Er stieß ein Bein.)
So blieb auf See nur ich allein.

Will sagen, ich war eine verheiratete Frau, allein in einem Haus, und hab versucht, das Beste draus zu machen.

Je mehr man lernt, desto dümmer wird man, und nach fünf Jahren Ehe bin ich immer noch mit Captain Marsden ins Bett gegangen. Hab wie eh und je unter ihm gedient. Tagsüber konnte er richtig nett und unterhaltsam sein, seine Geschichten sind mit zunehmender Übung immer besser geworden, und das war bloß gut, weil er hat sie so oft erzählt. Manchmal hab ich ihn richtig gern um mich gehabt. Gleich nach dem Frühstück ist er aufgestanden und hat die zwei V-förmigen Zipfel an seiner Weste gradegezogen, hat mit ernster Miene seine Platin-Taschenuhr rausgeholt und sie nach der Seth Thomas in der Küche gestellt. Dann war was in seinem festen Blick, wenn er sich fertiggemacht hat, zur Arbeit zu gehn, obwohl er's eigentlich nicht gewollt hat – als ob er unsere Kraft in die Welt hinaus mitnehmen wollte. Der Mann konnte richtig liebenswert sein, hat dauernd Witzchen erzählt, die er gehört hatte. Kommt mal von einer Einkaufstour heim und erzählt den Kindern, er hätt einen Farmer gesehn, der hatte Schweine, die so mager waren, daß er sie mit den Schwänzchen zusammenbinden mußte, damit sie ihm nicht durch die Ritzen im Zaun rutschen. »Lucy?« Er kippelt mit dem Küchenstuhl. »Gestern hatte ich das Glück, den besten Schafezähler der Welt kennenzulernen. Er ist der schnellste im ganzen Land. Ich hab ihn nach seinem Geheimnis gefragt, und du wirst es nicht glauben, er hat's mir tatsächlich verraten.«

Unsere Kinder, die ihre Pfannkuchen essen, horchen auf. »Und, was ist es?«

»›Ganz einfach‹, hat der Mann gesagt, ›ich zähl ihre Hufe und teil dann durch vier.‹«

Ich hab gelacht. Die älteren Kinder haben die Stirn gerunzelt, die kleinen noch auf den Witz gewartet.

Manchmal hat sich Cap unsere zwei ältesten unter die Arme geklemmt und sich auf der Stelle gedreht, bis ihm so schwindlig war, daß er sich lachend an den Kaminsims lehnen mußte und nach Luft geschnappt hat. Die Kinder haben gebettelt: »Nochmal, Papa, schneller!« Und die Jüngsten wollten als nächste drankommen. – Aber das war bei Tage. Später, wenn du deine Kinder ins Bett gebracht hast und alle eingeschlafen sind, später, Kind, wenn die Luft rein ist, dann nimm dich in acht!

Er konnte einen langen Arbeitstag hinter sich haben, war vielleicht durch drei dreckige Landkreise gefahren, ein paar anständige Ferkel oder Maultiere kaufen. Aber dieser alte Haudegen war nicht totzukriegen. Bei ihm war noch lange nicht Zapfenstreich! Schon hoch in den Fünfzigern, war er noch scharf wie drei brünftige Böcke. Manchmal hab ich mich am Abend in meine Nähstube neben der Küche zurückgezogen, meine einzige Zuflucht. Den Schlüssel hatte ich. Ich hatte da drin eine Matratze auf dem Fußboden. Kaum war ich in der Kammer, hat er an die Tür geklopft. Auf sein eigenes Klopfen hat er gefragt: »Ja, wer ist denn da?« Ein netter, charmanter Witz, hat er gedacht. Der Mann ist nicht draußen geblieben, auch wenn ich abgeschlossen hatte, auch wenn ich einen Stuhl unter die Türklinke gestellt hab. Ich hab die Tür mit meiner Singer verrammelt. Nicht mal diesen zarten Wink hat der Mensch verstanden.

Cap hatte die taktische Erfahrung auf seiner Seite, und er war stark wie ein Bulle. Ich war der Porzellanladen, an den sich dieser Elefantenbulle gewöhnt hatte. Ich mußte an die Schilder in Porzellan-Geschenkläden denken: »Tut uns leid, Leute, aber was Sie zerbrechen, haben Sie gekauft.« Also er hatte erst gekauft und dann zerbrochen. Wenn einem was gehört, kann man schließlich damit machen, was man will, oder? Notfalls ist er außen hochgeklettert und durchs Fenster eingestiegen. »Hallo«, hat er gesagt und dabei gegrinst, als würde ich nie drauf kommen, was er mit uns, mit mir vorhatte. »Bin zufällig vorbeigekommen. Hab gesehn, daß bei Ihnen noch Licht brennt. Ich hab Sie vermißt, Miss«, grinst er.

»*Mich* hast du nicht vermißt«, sag ich. »Vielleicht vermißt du was, aber nicht *mich*. Oder jedenfalls nicht viel von mir.«

»Aber ...« Er hat mit seiner Uhrkette gespielt, auf den Boden geschaut, den Oberkörper gewiegt wie ein Schuljunge, der ein Gedicht aufsagen soll. »Aber es ist mein liebstes Teil.«

»Ist mir schon aufgefallen.«

Er kommt näher, geht neben meiner Matratze in die Hocke, sagt heiser: »Kann ich sie nicht wenigstens *anschaun*?«

Was soll man tun als Frau? Man kann nicht mit ihnen leben. Man kann nicht ohne sie leben. Umbringen tun sie einen so oder so. – Um's vorsichtig auszudrücken, Schätzchen: Die Flitterwochen waren vorbei.

»Sich lieben« sagt man heute dazu, oder? Früher hat man die Gefühle damit gemeint, allenfalls noch das Knutschen, das Aufwärmen. Bezeichnungen ändern sich, Techniken auch, aber der faule Zauber an sich ist natürlich heute so beliebt wie eh und je. Na, jedenfalls, irgendwann siehst du ein, daß Widerstand zwecklos ist, daß das Ganze womöglich stärker ist als ihr beide. Sogar stärker als er – und das will was heißen. Ist natürlich ein billiges Vergnügen. Deswegen ist es auch in armen Ländern noch beliebter. Man braucht keine teure Ausrüstung dafür, abgesehn von der, die man an sich hat. Eine Frau muß irgendwann lernen, sich damit abzufinden – sonst kann sie nur noch davonlaufen. Wenn man entspannt ist, tut's jedenfalls nicht so weh. Manchmal, das muß ich zugeben, ist es mir allerdings auch gelungen, meinen Captain zu überholen, ihn meilenweit hinter mir zu lassen und dann ungeduldig mit dem Fuß wippend zu warten, bis er hochrot angekeucht kommt und endlich durchs Ziel geht bei diesem Rennen, zu dem er so gern angetreten ist. Er hat das anscheinend gebraucht – als Beweis, daß er noch am Leben ist. Es war so eine Art Stechuhr für einen Mann hoch in den Fünfzigern. *Ich* war so eine Art Stechuhr.

Schätzchen, wenn er drei Tage und Nächte hintereinander unterwegs war, hab ich das Geschirr gespült, die letzten von unsern Kindern in den Schlafanzug gesteckt und länger wie sonst an ihrem Bett gesessen. Wenn ich dann wieder unten war, hat jedes Knacken im Gebälk, jeder bellende Hund ein paar Häuser weiter diese ungewohnt leere Zeit ausgefüllt – eine willkommene Stille, aber auch irgendwie komisch, weißt du. In den alten Songs hat das »Kein Mann im Haus« geheißen. Aber mir hat nicht so sehr der Mann gefehlt, ich hab nur gern irgend jemand um mich gehabt. Dieser Jemand war zufällig er, und deswegen war er mir so wichtig, mitsamt seinen Fehlern. Und wenn ich dann, allein im Erdgeschoß, eine Lampe nach der andern gelöscht hab, ist mir das Haus dunkler als sonst vorgekommen. Ich hab nicht *es* vermißt (hab mir nicht direkt gewünscht, er möchte aus einem Schrank auf dem Flur springen und grinsen: »Ich hab so Heimweh gehabt, rat mal, nach was.«) Ich hab nur seine Bewegungen vermißt, sein Gewicht – nenn's Ballast.

Er hat zuviel vom Kartenspielen und vom Pferderennen verstanden. Eines Nachts im Bett hat er mir erzählt, daß Rennpferde hochgezüchtete, sensible Geschöpfe sind – und nervös, weil sie andauernd von einer Rennbahn zur nächsten gekarrt werden. Deshalb bekommen sie vom Trainer zur Gesellschaft ein anderes Tier, das jede Nacht bei ihnen in der Box ist: einen Ziegenbock. Dieses Maskottchen beruhigt sie, wird zu etwas Vertrautem, einer Konstante. Bösewichter wissen, wie man ein Rennpferd aus dem Tritt bringt: In der Nacht vor dem Rennen schleichen sie sich in die Box und kidnappen den Ziegenbock. Das Rennpferd macht die ganze Nacht kein Auge zu. In den Nächten, wo Captain unterwegs war, hab ich das Gefühl gehabt, daß meiner auch weg war. Der alte Bock. Ich hab schlechter geschlafen. Hab ihn vermißt und ... nur so am Rande mit der Zeit wohl auch das andere.

Trotzdem, sobald er wieder daheim war, konnte ich noch so entgegenkommend sein – es war ihm nie genug. Captain hat seine ehelichen Pflichten als eine Art Belagerung angesehn. Wenn er zugange war, hat er auf mich runtergemurmelt, nicht unbedingt mit netter Stimme. An manchen Abenden hat er geknurrt, als ob ich ein Yankeejunge wär, den er hinter den Linien der Rebs erwischt hat, ein junger Feind, den er auf ganz neue Art von hinten fertigmachen wollte.

Als dann später einer von unsern Söhnen an der High-School Football gespielt hat, hab ich mitgekriegt, daß die Spieler manchmal wegen »unnötiger Härte« vom Schiedsrichter bestraft wurden. Captain hat's auf mir immer noch den Nordstaatlern heimgezahlt. Ich war für ihn die Verbindung zwischen dem Krieg und der Gegenwart. Manchmal hat er mich an den Handgelenken gepackt und mir beide Arme mit den Adern nach oben auf die Matratze gepreßt. Dann hab ich gerufen: »Hör auf, ich lauf nicht davon, versprochen.«

Hinterher hat sich Cap dann zu mir umgedreht und mir vielleicht mit dem Ende von meinem Zopf die geschlossenen Augen gestreichelt. Und er hat mich gefragt, ob mir's gut geht. Aber das hat ihn eigentlich gar nicht interessiert. Der Ärmste war auf Komplimente aus, so wie man in der Grundschule auf gute Noten von der Lehrerin hofft. – Weißt du, man wirft den Frauen ja gern vor, daß sie mindestens einmal im Monat launisch sind und den ganzen Tag vorm Spiegel stehn. Aber was die schlechte Laune angeht, also da haben die Männer praktisch das Patent drauf. Der Krieg ist ja auch so eine Art Schmollen.

Und dann die Eitelkeit. Ich hab dir doch Captains Paradeuniform beschrieben, ja? Das spricht doch Bände! Und den Spiegel haben auch die Männer erfunden. Es gibt da ja die Sage von dem Knaben, der sich in einem Tümpel betrachtet und sich in sein eigenes Spiegelbild verliebt. Er hat gemeint, das einzige auf der Welt, was noch besser ist als er selber, ist er selber in doppelter Ausgabe. Hat sich für so schön gehalten, daß er sich den Namen von einer Blume zugelegt hat. Tatsache. In puncto schlechte Laune und schiere Eitelkeit können die Frauen allemal noch Nachhilfestunden bei den Männern nehmen. Aber genug davon, weil wenn ich bei dem Thema erst mal in Fahrt bin . . .

Captain hat sich wirklich Mühe gegeben. Aber im Bett war er wie ein Briefmarkensammler, der mit Fäustlingen auf die Welt gekommen ist. Eine Dampflokomotive, die dir auf die Knie springt und meint, du hältst sie für ein Schoßhündchen. Hat einfach nicht gepaßt. Von allem zuviel. Wir haben nie richtig satt zusammengepaßt, mit den Mündern oder auch weiter unten. Ständig sind wir mit den Zähnen zusammengestoßen, ständig waren irgendwelche Knochen im Weg. Er war doppelt so schwer wie ich und dreimal so alt. Aber ich will da nicht drauf rumreiten.

Unter dem Bett hat er ein paar alte Musketen verwahrt. Manchmal hab ich mittendrin an sie denken müssen, tödliche Waffen, ein paar Handbreit unter mir, antiquiert und womöglich geladen, entsichert, hab mir vorgestellt, daß sie uns belauschen.

Ab und zu einmal wollte mein Mann im Bett »was Neues« ausprobieren. »Was Neues« hat bedeutet, daß wieder engerer Kontakt war, wo das eine oder andere mit der Zeit ein bißchen nachgegeben hatte.

»Was Neues« konnte bedeuten, daß einem der Kopf nach unten auf was gepreßt wurde, was einem so groß wie ein Hydrant vorgekommen ist. Das ist dir doch nicht zu kraß? »Was Neues« konnte – ein paarmal, wenn er total betrunken war – bedeuten, daß ein kratziger Bart mich wie ein Engelsflügel aus Stahlwolle bearbeitet hat. Wenn ich heute zurückdenk, wie wohlanständig wir bei Tag und in der Kirche gewirkt haben müssen, kann ich's kaum glauben, wie wild wir's in der Nacht getrieben haben. Manchmal hat mich das beschämt. Manchmal hat's mir weh getan. Und manchmal war's wie ein Baldachin aus Tageslicht und reinem Sauerstoff über unserer geschnitzten, quietschenden Bettstelle. Was mir am besten dran gefallen hat: Es war was nur zwischen uns beiden. Keiner sonst brauchte was davon wissen. Es war – im besten Fall – wie ein Spielplatz für Erwachsene.

Natürlich war ich noch ein sehr junges Mädchen damals. Und er war dabei, eine Minderjährige nach allen Regeln der Kunst zu verderben. So manche Nacht passierte das ehrlich gesagt mit vollem Einverständnis der Minderjährigen. Wir waren verheiratet. Reich oder arm, in guten wie in schlechten Zeiten.

Letzte Woche hab ich mir mal die Zeitschriftenstände im Supermarkt angesehn: Nichts als nackte Leiber, die überall rumwuseln. Kein Mensch achtet mehr drauf. Es ist wie in den Träumen, wo man nackt in die Kirche geht und keiner Notiz davon nimmt. Eigentlich enttäuschend. In den Seifenopern im Fernsehn geht's – obwohl ich ja auf meine Lieblingsserie nichts kommen laß – im Grunde genommen immer nur darum, wer mit wem ins Bett hüpft. Fast überall hängen Schlafzimmergeheimnisse zur Besichtigung aus. Aber was die Frage angeht – »Was gibt's denn Neues?« Meine Antwort drauf: Nichts. Wir haben das alles schon anno 1900 praktiziert.

Als es noch mehr bedeutet hat.

Virginia, irgendwann im Januar 64

Liebe Mama!

Weihnachten war genauso wie andere Tage. Ich hätte mir das nie gedacht aber ich weiß nicht was ich erwartet hab. Meine Socken sind schön warm aber ein bißchen sehr gelb und Sal und andere sagen meine Beine sehn aus wie Hühnerbeine. Du

schreibst ich soll dir mehr schreiben als daß es mir gut geht und ich dich frage wie es dir geht. Also das komischste hier sind wahrscheinlich die Spielchen die wir mit den Yankees gespielt haben. Bis sie abgezogen sind war nur ein Fluß zwischen ihrem Winterlager und unserm. Weil wir Tabak aber keinen echten Kaffee hatten ist einer auf die Idee mit dem Tauschhandel gekommen. Sal Smith mein Freund ist geschickt mit den Händen und hat ein kleines Boot ein mal ein Fuß gebaut und mit Kerzenwachs abgedichtet. Als Segel zwischen zwei Stöckchen hat er sein letztes gutes Taschentuch genommen. Er ist eigentlich Schneider von Beruf und hat das Segel in zwei Minuten genäht und das Boot ist richtig schön geschwommen. Er hat ein Säckchen Tabak das er entbehren konnte reingelegt und auf einen Zettel geschrieben »Yankees ich vertraue darauf daß ihr anständige Menschen seid und mir den Sack voll mit echtem Kaffee zurückschickt«.
Er ist zum Schilf runtergegangen und hat das Schiffchen mit einem Stock aufs offene Wasser rausgeschoben damit er nicht so leicht zu treffen ist. Er hats rübergeschickt. Es hat über eine halbe Stunde gebraucht bis ans andere Ufer, aber wir haben in den Binsen gewartet. Wir hatten sowieso nichts anderes zu tun. Und weißt du was? Es ist zurückgekommen! Und sogar mit Kaffee drin. Hat der vielleicht geschmeckt nach dem Zeug das wir uns aus geröstetem Roggen zusammengebraut haben. Dieser Muckefuck hat mit richtigem Kaffee nichts gemeinsam gehabt außer daß er braun war und wir ihn auch aus unseren Blechbechern getrunken haben. Wir haben gestöhnt wie gut der echte Kaffee war. Kein Wunder daß die Yanks so oft siegen in letzter Zeit. Man fühlt sich stärker hinterher. Mama beim Frühstück zuhause hab ich nie einen Schluck trinken dürfen. Ich bin noch zu jung hast du gesagt. Und jetzt! Jedenfalls haben wir bald eine richtige kleine Flotte gehabt die immer hin und her gefahren ist. Tauschhandel und keine Feindschaft mehr. Erst haben die Männer auf unserer Seite sich nicht zeigen wollen weil sie Angst hatten sie werden erschossen aber dann haben wir kapiert daß jeder der albern genug ist solche Schiffchen fahren zu lassen wahrscheinlich nicht den Spielverderber macht und andern eine Kugel in den Kopf schießt. Schon bald haben wir uns zugewinkt und über den Fluß zugerufen. Ein paar haben was auf Zettel geschrieben und die mit kleinen

Flößen rübergeschickt und es hat sich ein reger Handel entwickelt wie Lt. Hester sagt. Er kann immer alles richtig ausdrücken. Die Zettel von den Yanks waren erst lustig aber einer von unsern Jungs aus dem Gebirge der ein ziemlich harter Bursche ist aber ein guter Kämpfer hat einen andern was schreiben lassen. Er ist nie in die Schule gegangen. Auf dem Zettel den er rübergeschickt hat ist gestanden »Sagt mal ihr Yanks habt ihr eigentlich noch keine Niggerfrauen? Wir haben uns gedacht das wird vielleicht die Yankeerasse ein bißchen auffrischen und verbessern.«
Dann ist ein Zettel zurückgekommen auf dem hat gestanden »Sagt mal ihr Rebs warum tragt ihr eigentlich keine Uniformen statt solchen grauen Lumpen?«
Die Reb-Antwort war »Was denkt ihr eigentlich wer wir sind ein Haufen Idioten oder was daß wir unsere guten Sachen anziehn wenn wir ein paar räudige Hunde abknallen gehn?«
Dann hat die Schießerei angefangen. Unser hübschen kleinen Flotte ist das schlecht bekommen. Aber es war schön solang es gegangen ist. Wie bei der Kampfpause im Winter fragt man sich warum es nicht immer so sein kann. Aber jetzt fängt bald das Exerzieren an das ich nicht ausstehn kann aber das ist jeden Sonntag ob du willst oder nicht. Ich wär viel lieber bei dir daheim bei Braten und Pudding und Rotwein aus Papas Keller und dem guten Silber und Blumen auf dem Tisch so hoch daß wir uns drüber weg kaum sehn können. Sonntag nachmittag und dein Klavierspiel. Und sogar Witze die du dir gemerkt hast aus den Büchern die du dir hast schicken lassen. Jetzt finde ich diese Witze gut. Mama ich weiß warum es das Wort heimwehkrank gibt. Bei mir ist es manchmal wie eine Krankheit besonders bei Sonnenuntergang. Du bleibst aber immer meine Mutter ja? Auch nach allen schlimmen Sachen die ich hab tun müssen. Die haben uns gesagt wir sollen das für die Konföderation tun. Du hast gesagt ich soll tun was man mir sagt und ich hab mich dran gehalten. Alles was zuhause ganz normal war kommt einem jetzt vor wie der Himmel auf Erden. Der Winter ist leichter für unsereins. Deswegen wollte ich dir schreiben bevor das Tauwetter kommt und alles anders wird. Ich wette du hättest nie geglaubt daß ich so viel Seiten hintereinander schreiben kann Mama. Ich hab auch ein paar Tage dafür gebraucht. Man kann so viel was man sich nie zugetraut

hätte wenn man muß. Gestern hab ich die schönsten Quarzkristalle gefunden bis jetzt. Also dann auf wiedersehn.
Ich schicke den Brief jetzt gleich ab. Zweifel keinen Moment daran daß ich dein dich liebender Sohn Willie bin und bleibe.

Siebzehn Jahre nach Appomattox hatte mein Angetrauter es immer noch vor. Hatte immer noch vor, den guten alten Sal Smith aus New Bern zu besuchen, den Freund, der sein Bein gerettet hatte. Aber du weißt ja, wie das ist mit der ewig zu knappen Zeit, den alltäglichen Pflichten und den guten Absichten. Damals war New Bern noch keine zweistündige Fahrt mit dem Auto. Es war hinter jungfräulichen Wäldern und unterspülten Brücken versteckt und nur über kurvenreiche Straßen zu erreichen, die den Grundstücksgrenzen der Mächtigen folgen mußten. Schließlich ist Will doch hingefahren, aus dem üblichen Grund: Geldverdienen. Er hat die Reise gemacht, um überteuerte Pfauen an Yankee-Geschäftemacher zu verkaufen, die sich die letzten von Shermans Jungs verschonten Plantagen unter den Nagel gerissen hatten.

Stell dir vor, du gehst durchs Leben auf einem Bein, das Sal dir gerettet hat. Der Krieg liegt siebzehn Jahre und ein paar Pfund Lebendgewicht hinter dir. Du biegst um eine Ecke, und da kommt so ein Bankmensch daher, umgeben von Speichelleckern, die Klemmtafeln in den Händen halten und ihm Fragen stellen. Der Gent trägt einen bodenlangen, nach Leder aussehenden Mantel. Sein Gesicht ist von einem gestärkten weißen Kragen umrahmt, und auf seiner Krawatte prangt eine vulgäre Nadel mit einem Nugget. Sein Haar ist scheinbar dunkelbraun gefärbt und mit Brillantine an den Kopf geklatscht. Sein rechtes Bein ist aus Holz, aber aus Rosenholz, wohlgemerkt, und auf Hochglanz poliert wie ein in Ehren gehaltenes Salonmöbel. Nur das Gesicht ist ein hoffnungsloser Fall – immer noch knollig wie eine Kartoffel und so häßlich, daß es richtig komisch wirkt.

Marsden, als Zivilist nicht wiederzuerkennen und weit über sein zaundürres Jungengestell hinausgewachsen, rennt auf den Mann zu und ruft atemlos: »Warum ist der Ozean so verdammt blau?«

Der betuchte Bürger bleibt wie angewurzelt stehn. Ein Teil von seinem gefärbten Haar löst sich langsam aus der Verklebung und richtet sich vor Willies Augen auf wie der Fühler von einem Insekt. Die verräterische Tolle! Der Mann packt Willie an den Schultern und schaut hinter den jungen Ortsfremden. Vielleicht weil er einen Jungen sucht, wie Will ihn – bis auf die Arme – hinter dem Schützen Ned

Smythe versteckt hatte, diesem beinahe aufreizend vollkommenen Jungen.

»Weil er sich jeden Tag vollaufen läßt. – Du?« fragt Sal. »Erwachsen. Siehst besser aus als ich, so schönes Haar. Wie geht's dir so, Kamerad?«

Sie fallen sich in die Arme und weinen, und Sals Assistenten, die zusehn, sind peinlich berührt und ein bißchen angeödet. Marsden sieht, daß seine Tränen auf den Ledermantel fallen, der nach Gummi riecht. Die Tränen perlen sofort ab. Ein seltsamer Mantel. Will fragt Salvador Cortez Drake Magellan Smith: »Was ist mit deinem Bein passiert, und woher kommt das Geld?« Alte Freunde stellen einander rasch direkte Fragen.

Auf der Fahrt zu Sals Landhaus hat sich wieder eine Geschichte entsponnen. Hast du noch nicht genug davon? Sal war nach der Kapitulation mit einem überfüllten Truppentransportzug heimgefahren, auf dem die Rebs wie ein Wespenschwarm hingen. Der Zug ist über eine im Krieg beschädigte Brücke gefahren. Hier hat die Lokomotive den Geist aufgegeben, ist in den Fluß gestürzt und hat den ganzen Zug mitgerissen. Der Zug hat gemeint, ausgerechnet auf Sals Lieblingsbein fallen zu müssen. Was sogar fast noch ein Glück war. Weil er nämlich außerdem noch sechzehn ganze Soldaten und vier Soldatenköpfe zerquetscht hat. Was ist schon ein Bein, genaugenommen? Wie er endlich heimkam, war Sal dann völlig pleite und nicht mehr ganz komplett. Er ist in die Schneiderwerkstatt gehumpelt, die sein liebestoller ungetreuer Geselle geplündert hatte. In dem Raum waren noch ein Kalender (vom letzten Jahr), Tassen mit schimmlig gewordenem chinesischem Tee, überfällige Knopfrechnungen und, auf einen Nagel an der Hinterwand gespießt, folgendes: ein vier auf vier Zoll großes Stück Gummituch, ein Material, das leicht einriß und runterhing, wenn's nicht verstärkt wurde. Das Stück war, wahrscheinlich mit einem Dampfbügeleisen, mit einem vier mal vier Zoll großen Stück Segeltuch aus reiner Baumwolle verklebt worden. An demselben Nagel hatte unser nach Florida durchgebrannter Chinese auch einen Zettel hinterlassen, mit folgender Nachricht: »Vielleicht nähen Gleit für Tag Regen komt von Himel? Mach ganse Zug. Tut leid dich rauben. Du nett mich.« Mr. Smith hat den Zettel mit nach Hause genommen und ihn seinen liebenden, hungernden Angehörigen vorgelesen. »Gleit«, haben sie vermutet, sollte »Kleid« bedeuten. »Mach ganzen Anzug«?

Auf die Art, mein Augenstern, werden große Ideen in Realität (und in Bankguthaben) umgesetzt. Seiner Tweedstoffe ledig, ist Sal auf einen wasserdichten Gedanken gekommen, eine Idee, die einem Mann sofort einleuchten mußte, der grade vier nasse Jahre im Freien in allerlei Drecklöchern verbracht hatte. Zusammen mit seinen Töchtern hat er versucht, den labbrigen Gummi mit guter weißer Gaze zu verkleben. Nach vielen übelriechenden Schweißversuchen hat sich Sal Geld geborgt, heimlich. Mit seiner hellsten, Spanisch sprechenden Tochter ist er auf einem Schoner in das Land gefahren, das heute Ecuador heißt. Verträge über Latex-Lieferungen wurden abgeschlossen, und dann haben die beiden Smiths die andern Kinder und Mrs. Smith in Norfolk abgeholt und sind mit dem Schiff nach Norden gefahren, zu Textilfabriken in Massachusetts. Auf einem Abstecher nach Washington hat Sal sich ein paar Patente erteilen lassen. Der Mann, der mit geborgten Pistolen eine Operation verhindert hatte, hat dann im zivilen Leben selbst viele Operationen anderer Art gestartet. Drake Magellan usw. erwies sich seines Namens würdig.

In seinem großen neuen Haus hat er seinem Kriegskameraden Madeira kredenzt und ihm seine Töchter vorgestellt, deren Photos er ihm von Bull Run bis Appomattox tausendmal gezeigt hatte. Die Mädchen kamen nach ihrer hübschen Mutter, ebenso die Zwillinge, die inzwischen fast zwanzig waren. Das neue Haus war ein Denkmal kalten guten Geschmacks. Durch eine vergitterte Veranda mit dem Haus verbunden war aber die alte Hütte, in der Sals Familie früher gelebt hatte. Nachdem man in diese bescheidenere, schmuddelige Behausung umgezogen war, ist Sals ansehnliche Familie lauter geworden. Hier waren überall handfeste Familienbilder und Andenken jeder Art. Der Kaminsims ist fast verschwunden unter Unmengen von Deckchen und Nippes und obszönen sieben Paar Damenschenkeln, die aus gegabelten Zweigen geschnitzt waren (denen ihre Geschichte kommt später).

»Das Leben ist seltsam gewesen, aber es war auch gut zu mir«, hat Sal gesagt und sein Rosenholzbein berührt. »Was mich am meisten aufregt, wenn ich an unsere gemeinsamen Jahre zurückdenke, Willie, mein Sohn: Meine Haare! Warum hat mir nie einer ein Wort gesagt? Wie ich heimgekommen bin, hat meine Emily mit mir geschimpft. Sie hat Zweige drin gefunden. Dicke Zweige. Auch die Farbe war schrecklich. Jetzt bin ich ›kastanienbraun‹, viel besser. Aber, Kinder, sollen wir Willie sagen, was für Zeug ich nehmen muß, damit sie einigermaßen flach liegen?« Ringsum Nicken. Sal hat mit dem Zeigefinger drauf gedeutet: »Wagenschmiere!«

Sal Smith und seine Söhne haben Will ein paar gute neue Gewehre gezeigt. Sie waren grad auf Gänsejagd gewesen, und was nach Willies Erinnerung das beste war: Auf dem Küchentisch der bescheidenen Kate haben sechzehn tote Kanadagänse und Krickenten gelegen. Die Töchter haben gerupft und gerupft. Stell dir vor, du hast eines Tages Söhne, kannst eines Tages mit deinen prächtigen Söhnen auf die Entenjagd gehn!

Wie er wieder zurück war, hat Will in Falls Aufsehn erregt: Von oben bis unten in schwarzem Gummi, der auf der Innenseite weicher weißer Stoff war. Hinter jedem großen Mann eine Frau, die ihm den Rücken stärkt und ihn geschmeidig hält. Will hat um Regen gebetet, und unter dem Applaus der andern Leute, die sich unter Vordächern untergestellt hatten, ist er auf der mit Pfützen übersäten North Church Street hin und her gestiefelt und hat gerufen: »Ist doch nichts dabei!«

Und der Ozean war immer noch blau.

2

Manchmal seh ich auf unsern Heimausflügen ins Alte Einkaufszentrum eine Gruppe von Vietnam-Veteranen bei unserm Brunnen unter den Palmen. Das Plätschern scheint sie zu beruhigen. Da halten sich auch andere Leute auf, aber keiner diskutiert mit diesen mageren Männern in militärischen Arbeitsanzügen oder in Zivil.

Sie erinnern stark an die Veteranen, die nach dem früheren Krieg tagtäglich auf dem Gerichtsplatz rumgelungert haben. Wirklich verblüffend. Wenn man so lange lebt wie ich, sieht man ein und dieselben Sachen immer und immer wieder: In dem Fall sind's die ausgehungerten, sehnsüchtigen Kriegergesichter. – Die Rebs und die Südostasien-Veteranen haben beide ihren Krieg verloren. Das spielt eine Rolle dabei, wie man sich fühlt, wenn man als Kriegsgeschädigter wieder daheim ist. Siegt man, wird einem mehr verziehen. Hat man verloren, verliert man doppelt, im eigenen Kopf und bei den andern.

Diese mürrisch rumlümmelnden Jungen waren nicht unbedingt die größten Leuchten, wie sie nach Asien (oder Maryland) transportiert wurden. Vielleicht war das der Grund, warum grade sie in den Krieg gezogen sind. Sie sind in christlichen Häusern aufgewachsen, haben andauernd zu hören gekriegt: Es lohnt sich, die Freiheit zu verteidigen, Frauen und Kinder, Grundsätze, Anstand, Regeln, Mannesehre. Ihre hausbackenen Waffeleisen-Gehirnmotoren haben patriotisch getuckert. Alles bestens. Dann, kaum an der Front, kriegen sie zu hören: Um die heimatlichen Werte und Frauen und Kinder zu schützen, sollten sie alles vergessen, was man ihnen bis dahin beigebracht hatte. In einem Bürgerkrieg konnte das bedeuten, daß man auf Frauen und Kinder und Männer, die nicht aus der Heimat und doch Landsleute waren, losgehn mußte, es konnte bedeuten, daß man mutmaßliche Feinde an die Wand einer Strohhütte stellte und kein Risiko einging, keine Gefangenen machte. Die Gehirnmotoren von diesen Jungen haben noch funktioniert, haben sich schwer knirschend bemüht, all das Neue irgendwie in Einklang zu bringen, eine Möglichkeit zu finden, das scheinbar Gegensätzliche zu versöhnen. Aber kaum waren sie wieder daheim, hat das Gehirn rebelliert. Es hat auch jetzt noch *ausgesehn* wie ein schlichtes Waffeleisen. Aber es war ein Gerät, durch das kurzfristig Strom von einer Stärke gejagt worden war, wie sie für eine ganze Stadt ausreichen würde, und dabei waren alle wichtigen Drähte durchgebrannt. Der Motor läuft noch, aber alle Schaltungen sind verkohlt, verschmort. Daher sitzt du als Veteran mitten auf dem Gerichtsplatz, wo freundliche Damen dir geflickte Hemden und Essensreste hinstellen, oder am Brunnen im Einkaufszentrum, der dich mit seinem Plätschern an den Regen im asiatischen Dschungel erinnert. Du beobachtest die Leute beim Einkaufen, Amerikaner, für deren Rettung du alles gegeben hast. Du siehst, wie sie ihre Kinder zurückrufen, wenn sie dir zu nahe kommen. Du siehst, daß die Leute Angst davor haben, was dadurch, daß du sie zu retten versucht hast, aus dir geworden ist, Junge.

Ich würde am liebsten meinen Rollstuhl mitten unter ihnen parken und ihnen sagen: »Ich weiß Bescheid. Ich war mit einem verheiratet, mein seliger Mann hat das auch gehabt.« Aber ich hab Angst, ich könnte sie stören. Sie sitzen grüppchenweise im Alten Einkaufszentrum zusammen, flüstern miteinander, lachen, unterhalten sich in einer Soldatensprache, die seit Jahrzehnten außer ihnen keiner mehr spricht oder versteht. Sie haben verloren. Man sieht's ihnen an, man riecht die Schande und Wut, mit der sie sich rumschlagen. Was ihnen fehlt, was auch den Rebs nach ihrem Krieg gefehlt hat, ist der richtige Glaube, die Anerkennung. Sie lümmeln jetzt da draußen in dem Tempel von Konsum und Geschäft rum und bilden sich vielleicht ein, sie wachen immer noch über ihn und uns. Sie waren noch Kinder, und erwachsene Männer haben ihnen gesagt, was sie tun sollen. Und als gute, einfältige Jungen weit weg von zu Hause haben sie's getan.

Jetzt sind sie arbeitslos, wohnen bei der Mutter, sind fünfundvierzig und süchtig nach Hustensaft oder was sie sonst im Einkaufszentrum klauen können, sind froh über den Brunnen und die orientalischen Palmen. Vor allem aber sind sie froh darüber, daß sie einander haben. Sie haben einen Kampf verloren. Alle haben verloren, haben sich verloren. Sie sind Tag für Tag da draußen. Warten drauf, daß die Schaltungen in ihrem Kopf heilen. Warten auf eine Anstellung als unsere bezahlten Beschützer. Warten drauf, daß ein besserer Krieg kommt und sie rehabilitiert.

Irgendwann hat Captain mir von dem Überlebenstraining erzählt, das die verrückte Winona Smythe in ihrem Garten unter seiner Anleitung praktiziert hat. Daß sie sich für den klügsten Kopf der Stadt gehalten hat, war für die Einheimischen bloß »ein krankhafter Zug«. Es ist sicher nicht spaßig, in einem Ort mit elfhundert Seelen der einzige Intellektuelle zu sein, vor allem wenn tausendneunundneunzig davon einen für gar nicht *so* gescheit halten. – Ein Jahr nach Willies Heimkehr hat sich Winona von ihm sagen und zeigen lassen, wie Soldaten essen und schlafen und ihre Notdurft verrichten. Mit ihrem »kleinen Schanzzeug« aus abgestoßenen Armeebeständen hat sie unter den Glyzinen kleine Latrinen ausgehoben. »Willst du nicht wissen, wie sie funktioniert hat, die ... Erleichterung unter freiem Himmel, William?« Er hat bloß gestöhnt. »Wie geschmiert«, hat sie gesagt. »Ich hab zum Nachbarhaus rübergesehen und reine Gedanken gedacht, und, na ja, wie geschmiert.«

»Ja, Madam«, war Willies einzige Reaktion.

Sie wollte sich nur noch von Pilzen und Beeren aus ihrem verwilderten Garten ernähren. Sie hat Hardtack bestellt, und wie der Laufbursche von Lucas mit leeren Händen wiedergekommen ist, hat sie von Luke eine Erklärung verlangt. Der hat behauptet, die Soldaten, die nicht im Krieg geblieben waren, hätten geschworen, sie würden lieber sterben als noch jemals ein Stück Hardtack anzurühren. Winona hat ihm schriftlich mitgeteilt: »Bestellen Sie ihn, und Sie kriegen dafür meinen besten Sänger.«

Zwei Tage später ist Luke in seiner Schürze am frühen Morgen – irgendwoher hat er gewußt, daß sie da am schönsten trillern – bei Winona aufgekreuzt. Er hat sich den Vogel genommen, den er haben wollte, und ist mit ihm in Winonas miefigen Salon gegangen, weil er ihn allein und ohne das Gezwitscher von den andern singen hören wollte. Nicht auf den Kopf gefallen, der Luke. Er hat den Käfig mit dem Vogel mitgenommen und Winona dafür einen vollen Sack dagelassen, der geklappert hat, als ob lauter Dachschindeln drin wären. Ohne den Gruß von ihren drei Nachbarinnen zu erwidern, die gerade ihr Hausmädchen beim Wäscheaufhängen beaufsichtigt haben, ist sie zu ihrem Zelt gewatschelt. Hat die Klappen zugemacht, sich ein Stück aus dem Sack genommen und reingebissen, dann nochmal reingebissen. Dann hat sie dagesessen und gekaut und gekaut. Hat sein müssen. Das Zeug hat geschmeckt wie die Trauer selbst – seifig, grob und nichtssagend. Metall und Bierhefe, Brandungsgischt und eine Spur Teer. Hatte den Geschmack der Geschichte. Draußen waren die Zikaden schon dabei, aus dünnen Platten scharfkantige hohe Geräuschstapel aufzuschichten. Haben ihrerseits ein Zelt über dieses Zweimannding gebaut, in dem eine Dame mit kräftigen Kinnbacken, ganz in staubgrauer Witwenkleidung, im Schneidersitz gesessen und gekaut und gekaut und gekaut hat. Das Zeug hat geschäumt und gepappt und in ihrem Mund verschiedene langsam aufdämmernde Farben angenommen. Seltsam, da draußen zu sein und das Damals zu essen, Ihn zu essen.

Und es war am Samstag drauf, daß alle im Umkreis von zwei Meilen um drei Uhr früh vom Garten der Witwe Smythe her einen Flintenschuß gehört haben. Und jeder hat dran denken müssen, wie verzweifelt sie gewesen war und was sich seit einiger Zeit Unappetitliches in ihrem Garten zugetragen hat (die Nachbarskinder hatten von ihren höchsten Pekanbäumen rübergespäht und erzählt, sie hätten sie gesehn, wie sie unter den Glyzinen ihr großes Geschäft gemacht hat, ohne dabei ihre alte doppelläufige Flinte aus der Hand zu legen). Die Kinder wurden ausgeschimpft, weil sie Lügengeschichten erzählten. (Wenn man da ein Buch drüber . . .)

Im Nu ist ein Komitee zusammengetreten, in Nachthemden und Morgenmänteln. Das Häuflein ist tapfer ausgezogen, die Ursache eines so furchtbaren, scheibenklirrenden Knalls zu erkunden. Drei Uhr morgens galt vor einem Jahrhundert im besten Viertel einer Kleinstadt dieser Größe als unchristliche Zeit, und heut wär's nicht anders, Junge. Kein anständiger Mensch ruft einen andern anständigen Menschen abends nach zehn an, es sei denn, es hat einen Todesfall gegeben. Die Leute, mit ihren Lockenwicklern und Augencremes wie Indianer vom Tuscarora-Stamm, haben an Winonas Gartenpforte geklingelt. Haben nicht erst lange abgewartet, sondern sind gleich in den Garten rein. Die Kanarienvögel waren alle draußen bei ihr, alle sechsunddreißig, in einer Käfigpyramide, die Winona mit einer Zeltplane zugedeckt hatte. Von dem Knall aufgescheucht, haben sie immer noch angstvoll gepiept. Neben einer Laterne hat eine lächelnde Witwe gesessen, die Beine überkreuzt wie eine Indianerin, und einen ganz und gar am Leben gebliebenen Eindruck gemacht. Ihr Zelt stand über einem Loch mit einem großem Federbett drin, das an einem Ende rausgeschaut hat. Sie hatte ein niedriges Bücherregal in den Garten geschleift, ihre liebsten Gedichtbände reingestellt, die meisten davon aus der Leihbibliothek und längst überfällig, und obendrauf die Kristallvase vom Hochaltar der Ersten Baptisten. Im Schein der Lampe hat sie dagesessen und sich die rechte Schulter massiert – vielleicht die Stelle, wo sie der Rückstoß von der Flinte getroffen hatte. Sie hat gelächelt. Ständig.

»Gottseidank ist Ihnen nichts passiert«, hat der Schwager vom Bürgermeister gesagt, der sich oft mit den Worten vorstellte: Ich bin der einzige Schwager vom Bürgermeister von Falls, und wer sind Sie? »Wir haben schon das Schlimmste befürchtet. Was war denn los, ein Dieb, ein Streit, ein Nigger auf Ihrem Grundstück oder was? Weil: Sie brauchen keine Angst zu haben, Witwe Smythe, die Männer aus der Nachbarschaft haben sich versammelt.«

»Dafür hab ich ja immer meine Flinte zur Hand. Aber es war ein Waldmurmeltier. Ein riesiges Exemplar.« Und sie hat so breit gegrinst, wie man's schon lang nicht mehr bei ihr gesehn hatte. Daß sie so aufgekratzt war, war den Leuten noch unheimlicher als ihr übliches muffiges Getue. »Glück für mich, daß ich ein so fettes erwischt hab. Da dran hab ich etliche Tage zu essen.«

Dann hat Winona Smythe mit leisem Kichern in das Grab mit ihrem Bettzeug gelangt. Am Schwanz hat sie ein bepelztes, triefendes Tier rausgezerrt. Das Ding war größer als mancher Jagdhund, und die Leute sind zurückgeprallt, haben sich einer hinterm andern versteckt, die Gürtel von ihren Bademänteln enger gebunden und ein paar Quietscher und mehrere aus tiefster Seele kommende »Igitt« von sich gegeben. Jahrelang hatten die Nachbarn schon behauptet, daß ein Tier so groß wie ein Schwein im Garten von der Smythe rumwühlt. Angeblich hat sich das Untier auf seinen nächtlichen Streifzügen durch sämtliche Gärten der Straße immer wieder über die Dahlien hergemacht. »Es hat überhaupt keinen Sinn mehr, Dahlien zu ziehen«, haben die Damen geklagt.

Eine gottesfürchtige Frau, die jetzt den Kragen von ihrem Nachthemd krampfhaft am Hals zusammenhielt, hat ihren Abscheu überwunden. »Meine liebe Mrs. Smythe, wenn Ihr Hunger schon so groß ist, muß ich Sie daran erinnern, daß wir Ihnen regelmäßig unsern Eintopf angeboten haben, und das nun schon seit Jahren. Ich will mich ja nicht rühmen, aber mein Kürbis-Eintopf mit der Paniermehlkruste . . .«

»Ich mag nun mal Wildbret«, hat Winona gefeixt. »Vor allem selbstgezüchtetes Wild, das ich selber umgenietet habe. Wild schmeckt besser, wenn's frisch ist, finden Sie nicht auch?« Und dann hat sie einfach die Wahrheit sagen müssen: »Das war das erste Mal, daß ich einen Schuß aus einer Waffe abgefeuert habe. Typisches Anfängerglück: Gleich auf den ersten Streich hab ich Essen für eine Woche, von dem Fell nicht zu reden.« Und vergnügt hat sie sich drangemacht, ihre Doppelläufige zu reinigen.

Der Garten der Witwe Smythe hat sich binnen Sekunden geleert.

3

Schätzchen, ich glaub, manche Männer zetteln Kriege an, bloß daß sie hinterher was zum Palavern haben. Mein Mann hat's noch erlebt, daß der Erste Weltkrieg der »Große« genannt wurde.

»Groß?« hat sich Captain Marsden gegiftet. »Diese französische Angelegenheit nennen sie den Großen Krieg, und unser einziger hier auf heimatlichem Boden wird zum Bürgerkrieg degradiert? Also patriotisch ist das nicht gerade.«

Das Friedensgedächtnis von meinem Mann hat so manchen Hausschlüssel vergessen, aber die Lage von jeder Kneipe in beiden Carolinas behalten.

Ein Geschichten erzählender Veteran hat nach Einbruch der Nacht oft seinen Bourbon spendiert bekommen. Captain Marsdens Friedensgedächtnis hat vergessen, unsere Rechnungen beim Kaufmann pünktlich zu bezahlen, aber das aus der Kriegszeit war das reinste Dewey-Dezimalsystem für Musketenkugeln. Jede Minute zwischen anno 61 und 65 hatte den Captain gemahnt, später alles wahrheitsgemäß zu erzählen.

Ich hab seine Geschichten so oft gehört, daß sie für mich realer waren wie beispielsweise die bösen Blicke, mit denen mich unser Kaufmann bedacht hat. Hinter dem Stapel von Sachen hervor, die ich für sieben, dann neun Kinder gekauft hatte, hab ich Luke Lucas von Lucas' Gemischtwarenhandlung angegrinst. »Mr. Lucas«, sag ich, »wenn Sie das bitte wieder anschreiben.«

Ich hab mir irgendwann vorgenommen, diese Erinnerung einfach abzuschreiben. Wie du siehst, ist es mir nicht gelungen.

Mit der Zeit lernt man, nur die guten Seiten zu sehn. Vielleicht deswegen liebe ich meinen Mann auch heute noch. Wenn es sich selbst überlassen bleibt, neigt das Gedächtnis dazu – keinen Krieg anzufangen, sondern lauter kleine Abkommen zu schließen.

Captain Marsdens Mund war groß genug, daß er sich ab und zu einen hinter die Binde gießen konnte. Man mußte ihm das Zeug nicht gerade mit dem Trichter einflößen. Nachdem unser fünftes auf die Welt gekommen war, hat er noch mehr gebechert. Wohlgemerkt, nicht weil er traurig gewesen wär. Er hat's herrlich gefunden, fünf zu haben. Er hat Wildfremden von seinen Kindern erzählt, ihnen die Bilder gezeigt. Drei Abende in der Woche war er damals weg – feiern. Man hätt meinen können, er hätte in der Lotterie gewonnen. Erst hat er seinen Zechbrüdern kostenlos seine rote Suppe von Antietam kredenzt, dann ist er im Sturmschritt heim und hat unsere Kinder zu seinem Publikum gemacht. Irgendwann ist mir dann der Geduldsfaden gerissen.

Trotzdem, bei seinen Geschichten konnte sich einem das Herz verknoten. Das Zuhören der andern hat meinen Mann aufrecht gehalten wie Seile ein Zirkuszelt. Nachdem Lee unterschrieben hatte, ist Marsden in die Höhe geschossen und in die Breite gegangen, aufgetrieben von seinen vielen Geschichten. Bei der Kapitulation hatte er grade angefangen, sich zu rasieren. Später ist sein Bart genauso ins Kraut geschossen wie seine Geschichten. Cap war stolz auf seinen zivilen Bart, der erst braun war und dann weiß. An der Schwelle zu seinem Gesicht aufgehäuft, hat der Bart so gewellt und massig gewirkt wie ein kleiner Holzstoß. Bei jeder Geschichte hat er an einer anderen Stelle in diesem Dickicht rumgefingert. Es war nicht zu übersehn, wie groß Cap war. Der Mann hatte Poren so groß wie Fünfcentstücke, Fingernägel so hart und flach wie Kinderschäufelchen. Gelegentlich hat sich der oder jener bei mir über seine Großspurigkeit beschwert. Tja, sag ich, ein Mensch von *der* Statur kann gar nicht anders.

Cap hat sich zum Lieben und zum Geschichtenerzählen grundsätzlich den falschen Moment ausgesucht. Aber in beiden Fällen hab ich meistens trotzdem mitgespielt. Frag mich nicht, warum. Die vordergründigen Fragen sind am schwersten zu beantworten. Liebe – schieb's auf die Liebe. Manchmal hätt ich mich selber ohrfeigen können, aber sobald er die Kinder um sich rum hatte und »Einmal . . .« anfing, hab ich im allgemeinen zwischen zwanzig und dreißig Prozent nachgegeben. Wär dir auch nicht anders gegangen.

– Weißt du was, mein Lieber? Geschichten passieren nur Leuten, die sie erzählen können.

Und jetzt hock ich hier in diesem sogenannten Heim.

Aber ich spitz immer noch manchmal die Ohren, würde immer noch gern seine Rost-und-Samt-Stimme hören. Bis zum heutigen Tag könnt ich dir seine Kriegsverletzungen runterbeten wie die Hauptstädte der achtundvierzig Staaten. Andere Sachen hab ich vergessen. Nicht mal alle Lehrer von meiner Grundschule weiß ich mehr, was mir als einstmals guter Schülerin peinlich ist. Ganze Sommer sind mir abhanden gekommen wie irgendein Posten, den man vergessen hat, auf den Einkaufszettel zu schreiben. Aber was bleibt, sind meine Plackerei mit dem Mann und seine Geschichten. Wie Haustiere haben sie alle einen Namen gekriegt. Und, Junge, fast jede kommt noch, wenn man sie ruft.

Ich muß mich beeilen. Gleich werden sie den Rollstuhl bringen und mich zum Mittagessen wegkarren. Haben wir heute Dienstag? Ach herrje, das bedeutet Chili con carne, so sicher wie der Papst katholisch ist und ein wilder Vogel im Wald aufs Klo geht.

Also jedenfalls, Cap ist aus irgendeiner verräucherten Kneipe oder von der Entenjagd heimgewankt gekommen. Und hat unsere Brut aus den Betten geholt. »Papa erzählt Geschichten, Gutenachtgeschichten«, hat er gerufen.

»*Kriegs*geschichten«, hab ich dann ergänzt. »Und wenn die Kleinen wieder Alpträume davon kriegen, stehst *du* auf und kein anderer.«

Später haben unsere Kinder gemeint, das wären ihre glücklichsten Erinnerungen an Papa. Typisch. Sie haben's natürlich genossen, daß er sie aus der Falle geholt hat, nachdem ich sie mit Zureden und Drohungen reingebracht hatte. Sie haben nicht gemerkt, daß ihr angegrauter Held einen in der Krone hatte. Wenigstens hat ihn das Trinken zu der Zeit meistens lebhafter und manchmal sogar zärtlich gemacht. Später dann nicht mehr – aber das ist eine andere Geschichte.

Wenn sich's die Kleinen in ihren rosa und blauen Schlafanzügen um ihn rum gemütlich gemacht hatten – ein paar haben auf seinen Schuhen gesessen, andere von hinten seine Hosenaufschläge voller Dreck, Pferdehafer und Wollgrasflaum vom Ansitz bei der Entenjagd runter- und raufgeklappt –, hat unser tapferer Krieger ebenso gefühlvoll wie hochprozentig geschnauft und uns angegrinst. »Also ...« hat er angefangen und sich die riesigen Hände gerieben.

Ich bin in der Nähe geblieben wie eine Frau vom Abstinenzlerverein vor einer Kneipe, in die sie sich selber nie reingetraut hätte. Seine Finger haben in verschiedenen Ecken von seinem Bart gestochert – ein Telefonist, der rumstöpselt, bis er eine freie Leitung findet. Schließlich hat er sich geräuspert und hat angefangen.

Es war immer eine Geschichte, die wir schon gehört hatten – man hätte meinen können, wir hätten sie von Geburt an auswendig gekonnt wie den Katechismus. Ich würde sagen, seine Geschichten waren, Kapitel und Vers, nicht blutrünstiger wie die von den Brüdern Grimm oder Herrn Andersen. Meine eigenen friedlichen Lieblingsgedichte sind immer noch die aus R. L. Stevensons *Versgärtlein für Kinder*. Hab ich schon gesagt. Aber sogar in den Geschichten des netten Mr. Stevenson packt einen das Interesse an einem Jungen nur dann so richtig, wenn ein Pirat drauf und dran ist, dem süßen Kleinen die Gurgel durchzuschneiden. – Was eine Geschichte gut macht und was einen Menschen gut macht, das sind zwei Paar Stiefel. Woran liegt das?

Wenn die Grillen draußen ihre leisen Sagen gezirpt haben, wenn die lärmende Geschäftswelt von Falls, North Carolina, eingeschlafen war, bis auf die zehn Geizhälse der Stadt, die klimpernd in ihren Geldtruhen gewühlt haben (im Finstern, um auch noch die paar Kröten für's Licht zu sparen), hat mein Mann selig – einen mächtigen Arm um zwei Töchter geschlungen, im andern ein Bündel magerer Söhne – sich laut erinnert, wie »Einmal ...«

Ein Granatsplitter, der von einer Uferbefestigung irgendwo in Virginia abgeprallt ist, hat einen jungen Kriegsfreiwilligen stumpf an der rechten Kopfseite getroffen. Der Junge hört Kirchenglocken, einen Salon voller pfeifender Kanarienvögel, Chorgesang. »Und führe mich, und führe mich, und führe mich.« Fällt vornüber in einen seichten Graben.

Die andern haben im Weiterstürmen den unscheinbaren Jungen stürzen sehn, konnten aber nicht stehnbleiben. Cap hat erzählt, daß er gemeint hat, die Stiefel von allen Männern und Jungen wiederzuerkennen, die er gekannt hat. Der kleine Marsden hat sich gewundert: Wieviel jeder seiner Kameraden mit seinen Stiefeln von sich verrät – geputzt oder nicht, offiziell zugeteilt oder eingetauscht, großstädtisch spitz oder breit und stumpf von langen Märschen auf dem Land. Und unmittelbar bevor er bewußtlos wird, geht ihm durch den Kopf: Jeder Stiefel ... ist das Abbild des Menschen, der ihn trägt.

Wie der Junge wieder zu sich kommt, sieht er, daß sich schwarze Ameisen auf einem roten Arm zu schaffen machen. Nur wegen dem Kitzeln hat er schließlich kapiert: Die fressen *deinen* Arm auf, du Dämlack. Mit verkrampfter Schulter hat er sich die Ameisen abgewischt. »Noch nicht, ihr Mistviecher«, schreit er das Ungeziefer an. »Noch ist Willie Marsdens Zeit nicht gekommen.«

Aus seiner Froschperspektive schaut der Junge auf eine Lichtung mit dichtem Abendnebel. Dann auf zum Himmel. Nach einer so erbitterten Schlacht hat der Himmel erdschwarz gebrannt. Dagegen war der Dreck eingenebelt und hat, so spät am Tag, milchig himmelblau ausgesehn. Marsdens Arme, die weiß wie die Haut eines Weißen hätten sein müssen, waren schuppig wie Baumrinde und dunkel vom Ruß der Detonationen. Zugleich hatten, in einem Hain auf der anderen Straßenseite, von den Granaten splittrig aufgerissene Bäume die rosa-gelbliche Färbung angenommen, die für die Haut von Weißen normal ist. Verwirrend. Kurz bevor der Junge wieder ohnmächtig geworden ist, hat er beide Augen geschlossen und versucht, alles wieder auf seine rechtmäßige Farbe zu bringen.

»Ach«, sagt Captain, groß geworden jetzt, übergroß, zu seinen atemlos lauschenden Zuhörern. »Ich hatte vergessen, daß in dem Licht jetzt am Abend meine Uniform richtig blau ausgesehn hat. Also, Kinder, wie würdet *ihr* euch denn vorkommen, wenn der Himmel wie schwarze Erde ist und die Erde Himmel spielt? Und wenn ihr die ganze Zeit über gute, treue Südstaatler gewesen wärt und auf einmal merkt, daß ihr in Wirklichkeit von Anfang an Yankee-Blau getragen habt?«

»Komisch«, sagt unser ältester Junge.

»Genau«, antwortet der Boß. Die Jüngeren schnipsen mit den Fingern, ärgern sich, daß sie nicht selber drauf gekommen sind, was ihnen vielleicht ein Extra-Lob eingebracht hätte. Ich steh dabei und mach mir Sorgen.

Also der Junge ist jedenfalls wieder bewußtlos geworden. Lauter Schwärze. Wie er wieder zu sich kommt, liegt er in einem Feldlazarett. Das sich zuerst durch seine blechernen Geräusche bemerkbar macht und sich dann ins Gegenteil von Schwärze verwandelt, das sich wiederum in verschiedene Farben auflöst, zu einem Ort wird, wo du liegst, lebendig, in einer Reihe Feldbetten. Verkrüppelte Männer liegen oder sitzen auf den Betten. Ein paar sehn zu, wie du aufwachst. Weiter weg auf der Erde vor einem Operationszelt wieder mal ein Haufen von amputierten Beinen und Armen. Manche von den Händen sind offen, manche zur Faust geballt. Sie sehn aus, als wüßten sie noch nicht, daß sie tot sind. Vielleicht weißt *du* es auch bloß noch nicht.

Der kleine Marsden erspäht – in einer Schüssel aufgestellt – einen Rasierspiegel. Er schreit einem Sanitäter zu, er soll ihn ihm bringen, schnell bitte. In dem runden Rahmen ein rosa Gesicht – ein paar Sommersprossen – normal. »Ich dank dir, General Jesus Christus. Ich bin weiß!« ruft er. »Der Himmel ist blau. Die Erde ist schwarz und da, wo sie hingehört. Ich war schwarz, aber jetzt bin ich weiß, war ein Schwarzer, aber jetzt bin ich ich!«

Alles hat gelacht. Sogar die mit den schwersten Verwundungen haben das für einen guten Witz gehalten. Einer von ihnen – sie waren alle eingewickelt wie die ägyptischen Mumien, und es war nicht ganz klar, welcher – hat gesagt: »Tja, mein kleiner farbiger Kamerad, ich bin froh, daß der verdammte Krieg wenigstens dir was gebracht hat!«

Weißt du, die andern haben nicht gewußt, warum Will das gesagt hatte, was für eine Geschichte dahintersteckte: Nämlich wenn dich ein Splitter fest genug an einer bestimmten hinteren Stelle von deinem jungen Kopf trifft, dann kann jede Farbe auf der Welt meutern, sich für dich in eine andere verwandeln.

»Also«, sagt der Erzähler zu seinen blinzelnden Rackern (zwei waren inzwischen eingedöst), »damit wäre der Anfang gemacht. Eine Geschichte von damals. Bei weitem nicht die beste, geb ich ohne weiteres zu. Irgendwas fehlt, ich hab nie rausgekriegt, was. Habt ihr euch gelangweilt? Habt ihr überhaupt zugehört?«

»Klar, und weißt du was, Papa? Papa, ich wette, du bist dir . . . ›komisch‹ vorgekommen«, meldet sich das Kleinste.

»Worauf du dich verlassen kannst, mein Schatz.« Im Augenblick hat unser Veteran ganz offensichtlich keine Schmerzen. »Also gut, wollt ihr noch eine hören? Mir ist es gleich, aber seid ehrlich.«

Lautes Jubelgeschrei. Alles, wenn sie nur aufbleiben können. »Noch *eine*«, sag ich, »aber wirklich nur eine, verstanden?« Ich verschränk die Arme. Aber ich hab das erst *nach* seinem abriebfesten »Einmal . . .« gesagt. Keiner hört zu.

Also gut, in der geht's um einen Mann, der seine Frau zu sehr geliebt hat.

Also gut, da war einmal so ein Mensch – er hat wirklich gelebt –, ein Mann, der seine Frau so sehr liebte, daß er jede Nacht geweint hat. Wirklich. Er heulte und jammerte nach ihr, rief laut ihren Namen und ging damit allen in seinem Zelt auf die Nerven. Bild hatte er keins von ihr, aber er hat sie andauernd beschrieben. Allmählich riefen die anderen ihn beim Namen seiner Frau, »Dora«. *Er* hieß Donald, also war die Umstellung nicht weiter schwer. Er redete ständig davon, wie gut seine junge Braut kochen konnte (und erst backen!), beschrieb ihre Haltung, ihre preisgekrönten Stickereien. Donald sagte, in seiner Heimatstadt wüßte jeder: *Er* hatte so eine Frau gar nicht verdient. Nur ein Beweis mehr dafür, was für eine wunderbare Frau Dora war.

In Norfolk gab's Post. Don hatte ein Päckchen von zu Hause. Dora hatte ihm – aus Gründen, die wohl nur sie selber kannte (vielleicht hatte Donald sie darum gebeten?) – eins ihrer besseren Kleider geschickt. Es war ein hübsches blaues, mit Spitze wie Eissalat an Bündchen und Ausschnitt. Zur Erinnerung und vielleicht vor lauter Glück zog sich Donald – mitten unter den andern, die dagestanden und ihre Briefe gelesen haben – nackt aus und streifte Doras Kleid über. Die anderen guckten verwundert, sagten aber nichts, wie Donald jetzt von einer Gruppe zur andern schlenderte und beschrieb, wie seine Frau sich bewegt, es seinen Kameraden *vormachte* – obwohl er zugeben mußte, daß ihm das Sonntagskleid natürlich nicht so gut stand wie seiner stattlichen Dora.

Seinen Zeltgenossen (die's gar nicht wissen wollten) erzählte er, daß besonders der Rock richtig wie Dora roch. Jetzt wo er das Kleid hatte, weinte Don nicht mehr so viel. Er war jetzt richtig fröhlich. Und es wurde ein ziemlich guter Soldat aus ihm. Endlich konnte er sich konzentrieren, und das hatte er nur seiner Dora zu verdanken, meinte er. Einmal kam der General Forrest durch, hat die Division inspiziert. Vor Donald blieb er stehn. Bedford Forrest – ein scharfer alter Bluthund mit schlechtem Englisch und einem Groll, der ihm in der Kriegszeit zustatten kam – streckte die Hand aus. Er drückte mit dem Finger auf die seltsamen Klumpen unter Dons Uniformjacke, tastete sie ab. Der General war sichtlich irritiert von einem so dicklichen Infanteristen in einem so aufreibenden Feldzug. Unter dem grauen Kammgarn rutschte ein ganzer Rock vor – blau entfaltete sich der Stoff, zart fiel er bis auf den Boden herab. Doras Kleid bedeckte Dons Soldatenstiefel, Doras Kleid verhüllte Dons Säbel.

»Was ist das?« Der General wich zurück. »Wem gehört der?«

Darauf Don mit zorniger Stimme, das Kinn vorgereckt: »Das ist Doras Rock. Wir sind alle gute Soldaten hier, Sir, aber hinter uns stehn viele *andere* Menschen, die man nicht immer sieht. Das . . . ist Doras Rock. Und ich, Sir, schäme mich ihrer nicht!«

Eine Sekunde lang stand die Sache auf Messers Schneide. Vielleicht war Forrest schon drauf und dran, Donald zu ohrfeigen dafür, daß er so anders war, als von einem strammen Konföderierten erwartet wurde. Aber Dons fester Blick, wie er in Habtachtstellung schmollend dastand, in Blau (der Farbe des Feindes!), ernüchterte den großen Mann. Zu Dons Erklärung sagte der General nur »Aha«. Und dann zu dem Oberst, der neben ihm stand: »Bei der Spionage in Richmond sind ein paar Stellen frei geworden. Dieser Bursche wäre ein hervorragender Kandidat für solche Arbeit.«

Donald (und sein Kleid) sind noch in derselben Nacht aus dem Lager gebracht worden. Von da an hat man nichts mehr von ihm gehört.

Kurz vor Kriegsende wollte Jefferson Davis seinen Yankee-Verfolgern entwischen. Er zog sich den Regenmantel von seiner Frau an und band sich ein Kopftuch um den kahlen Schädel (es regnete, und er hatte immer so starke Nervenschmerzen). Tja, die Zeitungen im Norden schrieben dann, Davis wär in Frauenkleidern auf der Flucht gefangengenommen worden. So was kann einem Mann den Ruf ruinieren. Nach dem Krieg nahm dann P. T. Barnum (der ja vor nichts zurückschreckte) eine neue Attraktion in sein Programm auf; Hauptfigur war ein großer, nicht besonders schöner Mann mit einer ähnlichen Hakennase wie Jefferson Davis. Auf der Bühne wollte sich dieser Schauspieler auf Zehenspitzen vor Yankee-Wachen davonschleichen – ausstaffiert mit einem riesigen Reifrock, Schleifchen und Spitze, jeder Menge Rouge und einer grell orangeroten Perücke. Einem der Soldaten fallen die riesigen Schuhe der Schönen auf, und der andere sagt: »Da geht die häßlichste weiße Frau, die ich je gesehn hab.« Dann packen sie Jeff. Als die Soldaten der Division davon hörten – sie waren als Zivilisten in alle Winde zerstreut –, mußten sie an Donald denken.

Seltsam: Erst nachdem der junge Donald das Lager verlassen hatte, kamen den andern seine Bekleidungsgewohnheiten ein ganz klein bißchen komisch vor. Solange er das Kleid seiner Liebsten vorgeführt, sich ihre Spitzen allnächtlich als Kopfkissen untergelegt hatte, war etwas Traurigmachendes, aber fast Vertrautes an dem armen Don. Irgendwie verstand man, daß sich ein Mann aus lauter Sehnsucht nach Frauen ihre Kleider angezogen hat. Wenn er durchs Lager tänzelte, hatte keiner gelacht. Die Männer erinnerten sich, daß es richtig schön gewesen war, so ein hübsches Kleid so in der Nähe zu haben. Meilenweit von jeder Frau entfernt, in dieser Welt voller

Dreck, Maultiere und Blut, wurde ein Frauenkleid zu einem heiligen Gegenstand.

Und hinterher stellten die Männer fest, daß sie genau gewußt hatten, wie Dora selbst ausgesehn haben mußte. Sie kannten ihre politischen Ansichten und ihre Lieblingswitze, wußten, daß ihr Gesicht keine Poren hatte, außer unter den Augen, und welche Farbe ihr Haar am goldenen Ende jedes Sommers annahm. Donald hatte seinen Kameraden gezeigt, wie man einen Menschen wie Dora liebhaben muß. Und die Männer hatten schließlich das Gefühl, daß auch sie ein vollwertiges Mitglied ihrer Division gewesen war – eins der besten.

»Schlafenszeit für alle zivilen Kinder«, ruf ich, laut. »Und keine Widerrede!«

»Noch *eine*?« bettelt Louisa mit wie zum Beten aneinandergelegten Händen. »Ich möchte die über den ›Tod des Cembalos‹ hören. Wirklich. Ich hab so richtig . . . Sehnsucht danach.«

»Zu lang.« Papa zeigt ausnahmsweise mal Vernunft. Ich hab die ganze Zeit neben ihnen gestanden, als ob ich, wenn ich auf den Beinen bin, ein bißchen von dem Schaden der nächsten Geschichte auf mich ziehen könnt, von meinen Kindern ablenken. »Nein«, sagt Cap, »ich denke, als letzte erzähle ich euch . . .« Und er wartet, den Blick fest auf den zu ihm aufschauenden, immer noch wachen Gesichtern.

»›Die richtige Schuhnummer?‹« Unser hübscher ältester Junge hat die Hand gehoben.

»Na ja, *ich* nenn sie lieber ›Der Schuh paßt‹, aber du hast richtig getippt, mein Sohn«, grinst Captain, fast verlegen vor Freude.

Ich stampf mit dem Fuß auf. »Nach einer von denen können sie nie einschlafen. Besonders nach ›Der Schuh paßt‹. Sie werden Alpträume kriegen. Das weißt du doch. Bitte, Schatz, diesmal nicht.«

Ich schlepp schon ein paar von den Kleinen zur Treppe, wie er anfängt. Die Zwillinge strampeln sich wach, wollen nichts verpassen. Sie tapsen wieder die Treppe runter. »Einmal . . .« Wieder hat er gewonnen:

Einmal saß ein rothaariger Nordstaatler, ungefähr vierzig war er, zusammengesunken an einem Baumstumpf am Straßenrand. Er lebte noch, hatte aber die Arme um die Brust gelegt, die ganz aufgerissen war, und schaukelte vor Schmerzen von einer Seite auf die andere. Sein Gewehr lag so weit weg, daß er nicht rankam. Wie ein paar Südstaatler vorbeikommen, bettelt er, sie sollen ihm doch bitte sein

Gewehr reichen oder ihm den Rest geben, schnell. Er heult vor Schmerzen: »Ihr könnt euch das nicht vorstellen, Jungs. So was könnt ihr euch einfach nicht vorstellen.«

Ein abgerissener Rebell, der das Jammern hört, ruft dem Yank zu: »Was krieg ich dafür?« Dann sieht er die Stiefel von dem Verwundeten. Wahrscheinlich einem toten Südstaaten-Offizier von den Füßen gezogen, sie waren fast neu. Feinstes, butterweiches englisches Leder.

»He.« Der junge Reb stapft näher zu ihm hin, schaut auf ihn runter. »Welche Schuhgröße hast du denn, Kumpel?« Der andere sagt's ihm, schreit's raus.

»Du hast Glück, Kamerad. Krieg ich die hinterher?« Und Johnny Reb, der vor dem Yank steht, tritt leicht gegen die kaum abgenutzen Stiefelsohlen.

»Bitte. Ja, bitte. Du kriegst sie. Umsonst. Bitte!«

Man ist sich handelseinig. Der Nordstaatler bettelt, er soll schnell machen, packt das Gewehr von dem Reb an der Mündung, preßt sich das Metall an die Schläfe, schreit »Ja, jetzt, ja«, hängt förmlich an dem Gewehr, kann's nicht erwarten, keucht, ist richtig froh und erleichtert. Ein Schuß genügt. Während der Pulverdampf noch über die Straße abzieht, hockt unser Reb schon neben dem Toten auf der Erde.

Er reißt sich seine eigenen zerfetzten Stiefel von den Füßen, schmeißt sie in einen Graben, nimmt dem Toten die besseren ab und zieht sie sich selber an, glücklich wie ein Kind. »Na also« – er steht auf, geht unaufhörlich auf und ab und schaut dabei die ganze Zeit auf seine müden Füße runter. Vor Freude über diesen unverhofften Luxus lacht er, bis er husten muß und ihm die Tränen kommen. Er wischt sich mit seinen dreckigen Fäusten die Augen, stiefelt ein über das andere Mal auf der Straße hin und her und genießt das herrliche Gefühl, das er schon fast vergessen hat.

»Phantastisch«, schluchzt er. »Phantastisch, phantastisch.«

Mir platzt der Kragen. »Du hast versprochen«, schrei ich, »die blutrünstigsten wegzulassen. Sieh dir bloß an, was für große Augen die Zwillinge bekommen haben. Aber jetzt marsch ab ins Bett mit euch. Und du, weißt du was? Dein blöder alter Krieg steht mir bis hier! Noch dazu, wo morgen Schule ist!«

Dann helf ich einem riesigen Ex-Soldaten, lebendige Kinder zu ihren Decken, Kopfkissen und ungewissen Träumen zu tragen.

Murmelnd sag ich zu dem Rücken vor mir: Ist doch komisch, weil *ihm* ein Krieg die Kindheit verpfuscht hat, will er die von seinen eigenen Kindern auch damit besudeln. Cap, wie er diesen Vorwurf hört, erklärt nach vorne, ohne sich umzudrehn: »Hör mal, das war meine historische Chance. Was verlangst du von mir, Weib? Bloß weil du nie *deinen* großen Moment erlebt hast, darfst du mir meinen nicht wegnehmen.«

Ich frag mich, ist es schlecht für unsere Kinder, daß sie so früh die Wahrheit erfahren? Rechts und links unterm Arm schlepp ich die Zwillinge, die immer noch Glubschaugen machen. Der eine wispert: »Der Yankee hat drum *gebettelt*, stimmt's? Das macht's ein bißchen besser. Gell, Mama?« Ich sag, darüber reden wir beim Frühstück. Fürs erste wollen mir mal an was Schöneres denken zum Einschlafen, ja?

Die andern Kinder trotten hinterher, eine Pyjama-Karawane. Nesthäkchen schmollt: »Nesthäkchen noch was vom Krieg erzählen.«

Was kann Mama da dagegensetzen? Noch im Treppensteigen sag ich ein Stevenson-Gedicht auf, mein bestes Betthupferl. Mein Gedicht will Fleischzartmacher sein, Traumversüßer. Ich seh, wie die unten geschlossenen Schlafanzugbeine der Kleinsten unter den dicken Armen von ihrem Papa baumeln. Ich möchte, daß unsere Kinder verschont bleiben. Ich sing mein Liedchen zum muskulösen Rücken meines Mannes, als ob der die Welt wär, als ob ich jetzt darum bitten wollte, daß den Kleinen nie was passiert. Mein Gedicht heißt »Heile Welt« und ist von Robert Louis Stevenson.

Ich lag im Bett, war krank ein wenig,
warm in den Kissen wie ein König;
und all mein Spielzeug um mich her,
damit ich nicht zu einsam wär'.

Die Bleisoldaten ließ ich traben,
mal auf den Berg, mal in den Graben;
die Grenadiere und Ulanen,
sie schwenkten tapfer ihre Fahnen.

Und meine Flotte kam gezogen
auf wildbewegten Lakenwogen.
Zu Bäumen stellt ich Burg und Haus,
es wurden ganze Städte draus.

So thronte ich, ein großer Riese,
Hoch über Deckenberg und Wiese,
lenkte die Welten Stund um Stund
und wurde dabei bald gesund.

Während wir die Kinder zudecken, fällt mir ein: Wie ich das Gedicht auswendig gelernt hab, war ich fünf und hab noch nicht lesen können. Statt »Heile Welt« hab ich »Heilewelt« verstanden, eine Welt, in der alles Weh und alle Wunden heilen. Erst als Erwachsene, erst wie ich's den Kleinen vorgelesen hab, um Captains düstere Gutenachtgeschichten vielleicht ein bißchen aufzuhellen, erst da hab ich gesehn, daß es zwei Wörter waren. Trotzdem hab ich meine Heilewelt nicht aufgeben wollen. Ich hab meinen Kindern unverdrossen von dieser schönen Welt erzählt. Dort wollte ich mit ihnen sein. Sie war für mich von Anfang an ganz real. Ist es immer noch. An manchen Tagen, Schätzchen, kommt sie einem tatsächlich wahrer vor als diese Schlagzeilenwelt, die uns aufgedrängt wurde.

Die Kinder haben mir beim Erfinden unseres Landes in der Heilewelt geholfen: *Unsere* Nationalflagge soll ein selbstgenähter Quilt sein oder vielleicht ein schönes blaues Kleid, das an einer Fahnenstange flattert. Unser Staatswappen ist ein warmer Obstkuchen. Unsere Wappenblume? Entweder die Stockrose oder die Platterbse (da können wir uns nicht entscheiden, und wir wollen keine von beiden kränken). Unser Land wär das, wo der Löwe bei den Lämmern liegt. Jeden Abend, bevor ich meine Brut ins Bett brachte, haben wir alle zusammen noch ein Orchideenspalier, ein Baumhaus oder einen Musikpavillon dazuerfunden. Es ist ein sehr reinliches Land.

Man könnte sagen: Es wär dort ganz ähnlich wie hier. Heimat – aber nachdem ihr die Giftzähne gezogen wurden.

Sobald also Captain in unser Schlafzimmer eine Treppe tiefer gestapft ist, nachdem er die Kinder ins Bett gepackt hat, bleib ich noch eine Minute länger und bitte um weitere Vorschläge für die Gestaltung unseres Landes, das immer noch nicht in Sicht ist, wo aber Freiheit und Gerechtigkeit für jedermann herrschen. Die Kinder helfen mir bei der Einteilung. Beruhigt sie scheint's genauso wie mich. Ich hoffe natürlich, damit etwaige Alpträume von der grundsätzlichen Schlechtigkeit der Menschen abwehren zu können. Das hab ich immer auf Lager gehabt: die Idee von einem wahren, sicheren Zuhause, von anständigem Betragen, von einem Bündnis, das – wie ein Quilt – über das Ganze gebreitet ist. Mein Talent ist dieses Gärtchen, an dem ich auch heute noch arbeite.

Zum Schluß sag ich das Gedicht noch mal auf, langsamer. Wo ist der Krieg in *mir*? – Als damals unsere Gartenlaube gebrannt hat, hab ich versucht, das Feuer zu löschen. Als unsere Kinder ein neu zugezogenes Nachbarskind verprügelt haben, hab ich auf unserm leeren Grundstück ein kleines Appomattox inszeniert. In den ersten zwei Ehejahren hab ich meinen Mann nicht mal ein Luftgewehr im Haus aufbewahren lassen. Sicher, ich kann genauso aufbrausend und rabiat sein wie jeder andere, aber weißt du, ich *will's* nicht sein. Und ich räum grundsätzlich meinen Dreck selber weg.

Captain hat für sich in Anspruch genommen, daß er seinen großen Moment gehabt, für eine ganze Nation gekämpft hat. Er hat gesagt: Manchem gibt die Geschichte seine eine große Chance. Er hat seine gekriegt. Aber was ist mit meiner?

Bevor der Rollstuhl die knapp achtzig Pfund hier zum Mittagessen befördert, will ich doch endlich auch meinen Moment benennen. Auch *er* scheint mir wirklich wichtig für die Geschichte. – Ja, ich glaub, ich weiß, wie ich ihn nenne. Meiner ist nicht in die Jahre 61 bis 65 eingesperrt. Er ist länger, und ich hoffe, er dauert ewig. – Mein Lieber, ich glaub, ich nenne meinen . . . den »Bürgerfrieden«.

So thronte ich, ein großer Riese,
hoch über Deckenberg und Wiese,
lenkte die Welten Stund um Stund
und wurde dabei bald gesund.

Schwarz, Weiß und Lila

Wehe dem, der sein Haus mit Sünden bauet,
und seine Gemächer mit Unrecht;
der seinen Nächsten umsonst arbeiten läßt,
und gibt ihm seinen Lohn nicht.
– Jeremias 22, 13

1

Was ist schwarz, weiß und lila? Schätzchen, denk nicht, ich will dir irgendein dummes Rätsel auftischen. Nein, die Antwort auf diese Frage ist eine Geschichte. Und eine Geschichte – wenn's eine richtige unterhaltsame Geschichte ist –, also die will dich nie an der Nase rumführen.

Fängt an anno 1896. Ich bin noch ein sommersprossiges Gör mit ewig aufgeschürften Knien. Schubs mich nicht. Unsere Lehrerin tönt: »Vor fünfunddreißig Jahren, was hat sich da buchstäblich in Hörweite von uns hier an der Grundschule Falls ereignet? Einen Fingerzeig kann ich euch geben: Es ist wie Lazarus: Dem Aussehen, Geräusch und Geruch nach tot, aber in Wirklichkeit noch lange nicht todgeweiht.«

So manche friedenszeitliche Hand zuckt hoch. »Der Krieg! Unser Kampf um die Unabhängigkeit des Südens, der schiefgegangen ist, aber wahrscheinlich nur vorläufig.«

»Ganz recht. Und da es in unserer Nachbarschaft viele Menschen gibt, die besagten Konflikt durchkämpft oder durchlebt haben, stelle ich euch eine Aufgabe: Sucht euch bis Dienstag – und damit meine ich nicht Mittwoch, meine Kleinstadt-Schlafmützen – einen dieser Menschen. Stellt ihm präzise Fragen, macht euch kluge Notizen. ›Geschichte ist die Wissenschaft von dem, was nur einmal passiert.‹ Ich erwarte Angaben über Daten, Ursachen, Nahrungsmittel und Kleidung von damals. Fünfzehn Seiten sind das Minimum – und mit einwandfreier Interpunktion, wenn ich bitten darf. Verteilt über euren Text auch eine gute Handvoll Semikola, die ihr unbegreiflicherweise alle so schwierig findet. Denkt daran, was ihr niederschreibt, ist ein Dokument von nationaler Bedeutung. – Jungen sollen sich männliche Zeitzeugen suchen, Mädchen nicht ... ich meine, Mädchen weibliche. Die fertigen Arbeiten *werden* hier auf meinem Katheder liegen, frisch und frühmorgens, und zwar an welchem Tag, Kinder?« Wir haben geantwortet.

Bobo Kingston hat geseufzt: »Madam? Madam, das ist aber viel verlangt.«

Normalerweise haben wir Miss Beale als »streng« und »anspruchsvoll« bezeichnet. Um 1840, wie sie selber hier zur Schule gegangen ist und immer so ein raffiniertes schwarzes Cape getragen hat, um ihren Buckel zu verstecken, hat sie den Spitznamen »Hexe« verpaßt gekriegt. Der ist ihr geblieben. So ist das bei uns mit Spitznamen.

Na, jedenfalls, ich hab von Anfang an gewußt, über wen ich schreib. Ich hab mir Lady Marsden ausgesucht. Sie hatte mal zu den reichsten Leuten von North und South Carolina gehört, ob Männer oder Frauen.

Als Kriegsopfer hat sie jetzt in der besten Pension von Falls gewohnt, und die Miete hat ihr Sohn, der Kriegsveteran, bezahlt (von dem noch keiner wußte, daß er mal mein Mann werden würde). Die Pension Mangum Arms bot gepflegte Ruhe, gutes Essen und reichlich Handtücher. Trotzdem: Mit Lady Marsden war's eindeutig bergab gegangen. Mit ihrem berühmten Debüt anno 1840 in Charleston hatte ihr Aufstieg begonnen, das berühmte Feuer anno 1865 hatte ihren Niedergang besiegelt. Mich hat das richtig fasziniert: Alles zu verlieren ist romantisch. (Hab ich jedenfalls gemeint, bis mir das selber passiert ist.)

Ich hab mir Papas bestes Schnitzmesser geborgt und drei neue gelbe Bleistifte gespitzt. Hab sogar mein linkes Zöpfchen neu geflochten, das sich ewig nach der Seite weggekrümmt hat. Dann hat die junge Lucille (nicht hübsch, aber wenigstens sauber) eine Liste zusammengestellt: Fünfundvierzig strenge, anspruchsvolle Fragen.

Das war im Spätherbst, der Jahreszeit, wo überall Laub verbrannt wurde. Es gab eine Zeit, da durfte man das. Es gab eine Zeit, da waren die tausend Ulmen in unserm Kaff noch nicht eingegangen wie durch eine verspätete ägyptische Plage. Stattliche Bäume waren noch an allen Straßen versammelt, die zu meinem Aufsatzthema führten. Zeit war damals ... Zeit. Ein feuchter Hauch, durch den man durchging. Weißt du was, mein Schatz? Wenn man jung ist, denkt man, die Welt wär so geplant.

In den Laubpyramiden in der Gosse hab ich mit jedem Schritt die Gegenwart zertreten, während ich Schichten nach Rauch und Leder riechender Vergangenheit geplündert hab.

Wie alle hoffnungsvollen Jung-Reporter hatte ich schriftlich um einen Termin gebeten.

Auf Zehenspitzen ist Lucy rein in die Pension: hoch, kühl, überall Spitzendeckchen. An einer Tür eine Stahlstichkarte: »Lady E. M. Marsden« – gekreuzigt zwischen verrosteten Reißzwecken. Vor dem Anklopfen hab ich mir's nochmal überlegt, hab mich wieder rausgeschlichen und mich auf der Veranda in einen Schaukelstuhl gesetzt. Die Gäste vom Mangum Arms haben manchmal nach dem Abendessen diese Schaukelstühle beehrt – aber stell dir vor, kein einziger von ihnen hat jemals geschaukelt. Das ist Klasse, Schätzchen. Wie deine Lucy hier sie nie haben wird.

Ich hab mich gezwungen, noch nicht mal hin und her zu wackeln. Warum hatte sich nicht jedes Mädchen in meiner Klasse Lady Marsden ausgesucht? Wegen ihren Brandnarben ist sie manchmal »die Mumie« genannt worden. Sie hat nie den Raum da drinnen verlassen. Die Leute haben gesagt, die Ärmste wär immer noch umnachtet von dem einen rauchigen Nachmittag, an dem Sherman sich hier ausgetobt hatte.

Unsere couragierte Lehrerin hat auch irgendwo im Mangum Arms gewohnt. Und wenn die Hexe mich nun hier draußen erwischt hätte, hingefläzt im Schaukelstuhl? Stell dir die Schande vor: Dabei ertappt zu werden, wie du dein Dokument von nationaler Bedeutung vernachlässigst.

Der Gedanke an das schwarze Cape hat mir auf die Beine geholfen. Jede Stadt so groß wie Falls (1100 Seelen) hat noch so eine kluge Frau. Erwachsene kommen mit Astronomie-Fragen zu ihr und bringen ihr stolz ihre fünfbeinigen Kälber. Unsere Wett-Schiedsrichterin hatte einen runden Buckel. Ihre Zähne waren so krumm und schief, daß sie nie gelächelt hat, ohne daß eine Hand geishaflink hochgezuckt wär, um den Mund zu verdecken. Mir ist ihr krummer Rücken wie ein dem Gehirn angeschlossenes Karteikartenarchiv vorgekommen. Ich hab sie gemocht – aber ich hab Angst gehabt, *ich* könnte auch mal so intelligent werden, so dromedarhaft höckrig. In einer so kleinen Stadt, mein Junge, gehört manchmal viel Mut dazu, seine Intelligenz nicht zu verleugnen.

Dank Hexe Beales Vorbild bin ich in einem Anfall von Tollkühnheit ins Haus gestürmt und hab dreimal bei der lebenden Mumie an die Tür gepocht. Oje.

Als so viel Zeit vergangen war, wie die antike Welt gebraucht hatte, um reif und weich zu werden und dann zu verfaulen, ist die Tür einen Spaltbreit aufgegangen. Die Mitte vom hübschen Gesicht eines schwarzen Hausmädchens. »Ist sie . . . das Fragemädchen?« sagt das Gesicht.

Ich hab gelächelt: »Ja, genau, das ist sie . . . bin ich.« (Hab Gänsehaut davon gekriegt, daß sie mich so genannt hat. Miss Beale hätte ihre helle Freude an mir gehabt.)

Was tun, wenn du um ein Losungswort verlegen bist, Junge? Versuch's mit »Ja«. Die Tür ist aufgegangen, und das Zimmer dahinter war vollgestopft mit Möbeln aus dem Herrenhaus. Das Mädchen, ungefähr so alt wie ich, hat wem, der hinter Massen von Ormolu, Bronze und Brokat versteckt war, zugerufen: »Mrs. Lady? Wir müssen brav gewesen sein, wir haben Besuch!« Dann hat sie mir ein Farbmusterkärtchen in die Hand gedrückt, mit verschiedenen reinen und gelblich gebrochenen Weißtönen. Hat's mir hingehalten wie eine ganz normale Eintrittskarte. Mir ist aufgefallen: Das Ding war dreckig, weil's schon durch viele nervöse Hände gegangen war.

»Danke.«

Es war kein Raum in dem Raum. Sechzig vergoldete Ballsaalstühle waren bis an die Decke gestapelt, wie eine Familie feingliedriger chinesischer Akrobaten. Vor mir Biedermeier-Beistelltische und Büsten von Kaisern, die so weiß waren wie hartgekochte Eier. Eine riesige Topfpalme wollte nicht wahrhaben, daß sie schon anno 65 verdorrt war. Auf dem Kaminsims am andern Ende eine gläserne Gondel, so groß, daß der kleine Moses drin hätte durchs Schilf fahren können, und so klar, daß er den Schlamm auf dem Grund gesehn hätte. Näher bei mir, in zwei Reihen wie ausgemusterte Armeebestände, sechs massive Marketerie-Schränke (jeder mit einem anderen neckischen Spielchen von drei Schäferinnen auf ein und derselben Waldlichtung – aber weit und breit kein Schaf). Dazwischen eine schmale, mehrmals abknickende Gasse. Sah fast so aus, als sollte Lucy, falls sie das nächste Losungswort nicht kannte, von den Schränken zerquetscht werden. Zwischen den Möbeln haben große Kronleuchter gebaumelt, hat Bleikristall leise geklirrt. An der Wand neben dem Kamin kreuz und quer durcheinander ein Dutzend Familienporträts – Puritaner, die sich mit finsterer Miene darüber entrüsteten, einen schiefen Kopfstand machen zu müssen.

»Willst anwachsen da draußen?«

Ich hab versucht, ein gewinnendes Reporterinnenlächeln aufzusetzen. Drinnen war der Fußboden zwölf Zoll hoch mit Orientteppichen belegt, manche davon verdreckt. War wie der unerbetene Luxus, bei einem Fremden übers Bett zu gehn.

Das tapezierte Lagerhaus hat nach Zitronenöl, mit Gewürznelken gespickten Orangen und einer eleganten Grundschicht von Asche gestunken. Der ganze Plunder hat gerochen wie ein alter Räucherschinken. Das Hausmädchen, das ein Spitzenhäubchen aufgehabt hat und sich fast auf die zu lange Schürze getreten ist, hat die Tür zugeknallt und abgeschlossen und ist durch die schmale Gasse zwischen den Schränken vorgegangen. Ich hab schon Heimweh nach dem Flur gehabt. Scheinbar sollte's bis ans fernste Ende dieses Sammelsuriums gehn, in eine Ecke, wo die verbrannte Sammlerin selber gesessen hat wie ein Häufchen Staub, das sich im Lauf der Zeit angesammelt hat.

Auf halbem Weg zu meinem Aufsatzthema ist meine Führerin verschwunden. Ich hätt's mir denken können. Sie war nach rechts verschwunden, entweder zwischen die Schränke oder in einen rein. Vor mir ist die Spiegeltür von einem Kleiderschrank aufgegangen. Der Raum war ziemlich dunkel. Knarzend ist der Spiegel auf mich zugekommen, hat mir den Weg versperrt wie ein großer, flappender Flügel.

Ich weiß noch, daß ich zur Seite getreten bin, um die auf mich zukommende Fremde vorbeizulassen, und dann gesehn hab, daß das o-beinige Mädchen dasselbe tut. Es war ein Kind mit Zöpfchen und Schrammen an den Schienbeinen, das einen Block, eine Frageliste, Bleistifte und ein Farbmusterkärtchen wie einen Paß zur Unterwelt umklammerte. Die Augen traten vor und der Kiefer hing runter auf eine Art, die ihre Mutter als »ein bißchen zurückgeblieben, Lucille« bezeichnet hätte.

Wie ungeschlacht sich doch die äußere Hülle unseres Verstandes zeigt. Dabei kann dein Geist dir tief drinnen so glasklar, flink und kostbar vorkommen. (Sogar bei mir, in meinem hohen Alter, wo meine äußeren Schichten schlaff und welk geworden sind, ist hier drin alles oft das reinste Quecksilber, mein Junge, ein Tanz!)

– Ich hab durch den Spalt an den Scharnieren von dem Schrank durchgelinst und gesehn, daß mein schwarzer Vergil mir gewinkt und dann den Zeigefinger krummgemacht hat. Die Tür ist hinter mir zugeklappt. War mir unangenehm.

In dem nach Rauch und Zeder riechenden Gehäuse bin ich rückwärts auf Bettzeug getreten, und auf einmal war mir klar: »Das Hausmädchen schläft hier. Die haben ihr das als Zimmer gegeben.« Das hat mir das Herz gebrochen. Ich hab gedacht: Miss Beale? Gott segne Sie, mit Ihrem buckligen Rücken und Ihren krummen Zähnen – ich glaub, Ihre Lucy ist einem Knüller auf der Spur.

Von draußen ein Schrillen, das im ersten Moment wie der Wind im Schornstein klang, ein Flöten: »Wer da, wer da?«

Schätzchen, inzwischen haben sich mir sämtliche Nackenhaare gesträubt. Das Hausmädchen hat die Tür nur kurz für die Antwort aufgemacht: »Jemand wegen Tapeten für Ihren drittbesten Salon, Dummerchen, wenn Sie's wissen wollen. Ein Mädchen, was Sie alles über die Farben fragen will.«

Kaum war unsere Schranktür wieder zu, hat's zu flüstern angefangen. Ich hab zugehört, ist mir ja kaum was anderes übriggeblieben. Der Mund ist so nah rangekommen, daß ich den feuchten Atem im Ohr gespürt hab. Eine freie schwarze Hand hat an meiner Schulter genestelt, meinen linken Zopf gestreichelt. In Zischeltönen hab ich gehört: »Ssie ssieht immer noch furchbar auss. Ssie denkt, wir sind immer noch draußen auf The Lilacs. Ssie denkt, Sshermans Männer warn Engländer, warn die von Cornwalliss. Ssie denkt immer noch, dass Hauss, wass sie verbrannt haben, dass Kleid, wass sie angessengt haben, war von ihrer Mama, nich ihrss. Ssie denkt, dass Zimmer hier iss so vollgestellt, weil die andern Zimmer noch von Handwerkern aus Charlesston renoviert werden. Musst aufpassen, wass ssagsst. Wenn du wissen willsst, wieso iss ssie sso schlimm verletzt, musst nach ihrer Mama fragen. – Lady Marsden weiss immer noch nich immer, dass ssie ssie ist, verstehst?«

»ACH SO«, sag ich, mit Straßenstimme, dann, beschämt, leiser: »Ach so.«

Schätzchen, ich hab von alledem nicht mehr verstanden wie der Mann im Mond. Aber ich hab mir gedacht – es wird sein, wie wenn man eine Arbeit lernt, indem man sie macht: Du tust so lange so, als ob du's kannst, bis du's kannst und nicht mehr so tun mußt, als ob.

Sie hat meine Hand berührt: Wenn ich versprech, mich an das zu halten, was sie mir gesagt hat, kann ich der Verbrannten da hinten jede beliebige Frage stellen. Wenn nicht, wär jetzt, bitteschön, kein schlechter Zeitpunkt, wieder zu gehn. – Tja, ich hab's versprochen. Hättst du auch getan, oder? Mumm hab ich schon gebraucht dafür – ich war ja erst elf anno 1896. Aber was blieb mir übrig? Wenn man die

Nase schon so dicht an der Fährte von einer Geschichte hat, warum dann doch noch den Schwanz einziehn? Bis zum heutigen Tag – und wenn ich auch im Lauf der Jahre braun geworden bin wie ein dürres Ulmenblatt – klingt mir das süß in den Ohren: *»Ist sie das Fragemädchen?«*

Ach ja, mein Junge. Die Zeit hat mich krumm wie eine Haarnadel gemacht. Aber weiß der Himmel, ich bin immer noch das Fragemädchen.

Also jetzt paß auf, nachdem das alles gesagt ist: Was ist denn nun schwarz und weiß und lila? Es ist nämlich so – das war's, was ich dabei rausbekommen hab. Und da drauf hab ich dann auch meinen Aufsatz in »Neuerer Geschichte« aufgebaut.

Anfangs war scheinbar alles so klar:

Weiß wär das Herrenhaus von Lady Marsden auf der Plantage, klassizistischer Stil, sechs Meilen nördöstlich von Falls, stolz und heiter auf seinem Hügel über unserm Fluß. Das Anwesen ist noch auf vielen Gemälden zu sehn. Allein der Antiquitätenladen im alten Einkaufszentrum hat drei davon, eben jetzt, wo wir hier reden (wo ich hier rede). Apropos: Die Preise, die die Händler heute so verlangen, jagen mir fast soviel Angst ein wie so manches von dem, was ich dir hier erzähl.

Die Hausherrin, Zweitbeste ihrer Klasse an der Christlichen Höheren Mädchenschule St. Cecilia in Richmond, hat Maler eingeladen, ihre Staffelei auf dem weitläufigen Rasen vor ihrem Haus aufzustellen. Sklaven haben jedem Künstler, der so schlau war, das Anwesen der Marsdens zu malen, einen Picknickkorb rausgebracht. Marsden-Sklaven. Weiß, das ist die Dame vom angelsächsischen Typ, der dieses achthundert Hektar große Anwesen gehört hat und die es und sich selbst so gern auf Bildern verewigt sah.

Befreite Sklaven – die rund dreißig Jahre später auf ihrer eigenen Veranda saßen und auf ihren aus Kisten zusammengenagelten Hühnerstall schauten – haben behauptet, so übel wär sie gar nicht gewesen. Ihre Steckenpferde haben ihr keine Zeit für ständige Schikanen gelassen. Jedes der über siebzig Zimmer im Haus hat irgendeine neuartige Uhr beherbergt – aus Marmor, Bronze, Quarz. Und auf allen waren Szenen aus der Mythologie dargestellt. Schwäne haben alle Viertelstunden Ledas unter die Fittiche genommen. Herkules hatte einen flachen Bauch in Gestalt einer glasäugigen deutschen Taschenuhr. Unter Phaetons Sonnenwagen schwangen Pendel, fröhlich wie

Bauernherzen, feierlich wie die berühmten unentbehrlichen männlichen Teile.

Mrs. Marsden hat jeden Cloisonné-Apoll eigenhändig aufgezogen. »Einer muß es ja machen.« Am Donnerstag (dem Tag, an dem die Uhren abgelaufen wären) ist Lady tatsächlich vor Mittag aufgestanden und hat sich einen Schlüsselbund um den Hals gehängt, um den sie jeder Kerkermeister beneidet hätte. Und sie hat sich einen grünen Augenschirm aufgesetzt, den sie beim einzigen Pfandleiher von Falls erstanden hatte. »Irgend etwas daran hat mir zugesagt.« Mrs. Marsden hat selber darüber lachen müssen, wie ihr blasses Gesicht in der fischig-grünen Verfärbung ausgesehn hat. »Schrecklich, nicht?« Und dann ist sie durchs Haus geschlurft und hat die Siebentagewerke von ihren Prachtstücken aufgezogen.

– Lady hatte einen zweijährigen Fernkurs in Uhrmacherkunst gemacht. Komisch, daß diese Frau, die sonst absolut unpraktisch war, so gut wie jede Uhr richten konnte. Nachbarinnen haben Lady ihre kaputten Medaillonuhren gebracht. Sie hat auf ihrem hohen Bett gearbeitet, den Schirm tief in die Stirn gezogen, eine schwarze Lupe ins fast albinohafte Gesicht geklemmt. Lieblingswerkzeug: Silberne Zuckerzangen und ihre Augenbrauenpinzette. Wenn zur vollen Viertelstunde an die siebzig Uhren geschlagen (und die Gäste erschreckt) haben, hat Lady die Augen geschlossen und mit schlafwandlerischer Sicherheit zu ihrer Sklavin gesagt: »Castalia, bitte bring mir doch den ungarischen Proteus aus dem Südost-Salon. Er ist neuerdings fast so unzuverlässig wie ich. Er geht schon wieder sechseinhalb Sekunden nach. – Diese Ungarn!«

Sind Sklaven krank geworden, hat Lady Marsden sie gepflegt. Man hat sie auf einer Trage in ein Zimmer im zweiten Stock gebracht, neben ihrem Wintergartenturm. Lady hat ihnen Fleischbrühe eingeflößt, ihnen aus *Tausendundeiner Nacht* vorgelesen, ihnen die verschwitzte Stirn abgetupft. Und das eine ganze Woche lang. – Wie das den besseren Damen von Falls zu Ohren gekommen ist, haben sie Mrs. Marsden vorübergehend die kalte Schulter gezeigt. Lady fand das herrlich. In der ganzen Gegend wußte man, daß Lady einmal, als eine junge Marsden-Sklavin die Brillantbrosche von ihrer Herrin bewundert hat, das Ding sofort abgenommen und dem Mädchen in die schwielige Hand gedrückt hatte: »Sie gehört dir.«

Abgesehn von Uhrmacherkunst, Stricken, Klavierspiel und Puzzles von europäischen Veduten ist Lady auch gerne ohnmächtig geworden. Den Sklaven ist aufgefallen: Mrs. Marsden ist nie umgekippt, wenn sie allein war. Es konnte sein, daß sie von einer anstrengenden Woche am Krankenbett erschöpft war, aber sie ist *immer auf die Sklaven zu* gekippt, die noch kräftig genug waren, sie aufzufangen.

Jeder, der mal einen nicht allzu schwerkranken Patienten gepflegt hat, weiß, daß die ersten sechs bis sieben Tage – wenn man sonst nichts zu tun hat – fast Spaß machen können. Man schüttelt ihm das Bett auf, arrangiert die Blumen. Ernst wird's vom zweiten Montag an, Junge – da kriecht dann Bitterkeit unters Bett und schnappt nach deinen Knöcheln. Aber wie gesagt, in dem Stadium war Lady selber schon umgekippt, hat in ihrem Zimmer mit den vierzig Fenstern im Himmelbett gelegen und ist langsam davon genesen, daß sie eine Woche lang andern bei der Genesung geholfen hatte.

Lady konnte so gut Griechisch und Latein, daß sie die Wortspiele von ihrem Mann genießen konnte – lebendige Witze in toten Sprachen. – Sicher, manchmal hat sie sich anmerken lassen, wieviel sie sich zugute gehalten hat auf ihre »Fertigkeiten«, wie sie sich ausgedrückt hat. Aber wie ehemalige Marsden-Sklaven später beteuert haben, konnte Lady auch reizend und arglos sein wie ein Kind. Am wohlsten hat sie sich mit ihren *kleinen* Sklaven gefühlt; zu den erwachsenen war sie ihrer Meinung nach freundlich und vertraulich, aber oft hat sie nur kokettiert. Die Sklaven haben das gemerkt. Sie nicht. Wie die Männer in den Krieg gezogen sind, hat Lady ersatzweise mit ihren Sklavinnen geflirtet, um die Klinge nicht stumpf werden zu lassen. Ihre Art zu Flirten war, da sind sich heute noch alle einig, ausgesprochen gekonnt.

An regnerischen Tagen hat Lady ihre zwölf jüngsten schwarzen Kinder ins Große Haus rufen lassen, zu einem selbsterfundenen Spiel: Katakomben. Dazu haben die Haussklaven sämtliche Tische aus einer Etage zusammentragen müssen – bis zum letzten Schmink-, Klapp- und Kerzentisch. Dann wurden Bettlaken drüber gebreitet, die auf beiden Seiten ganz bis auf die Orientteppiche (fast alle kaukasisch) fallen mußten. Als nächstes hat man eine fragile Dame auf allen vieren in diese langen Versteckspiel-Katakomben kriechen sehn. Lady hat immer ein weißes Seidengewand getragen, zu Hause genauso wie bei offiziellen Anlässen. »In meinem Alter empfinde ich Kleiderprobleme als puren Unsinn – Uniformität befreit den Geist ja so für höhere Dinge.« Erst wenn sie sich gut versteckt hatte, durften die Kleinen auf Händen und Knien reinkommen – kichernd, aufgeregt – und Es suchen. Es, das war immer sie. Wenn man einundsechzig Seelen besitzt, bleibt man für die immer Es. Donner hat über den schiefergedeckten Mansardendächern gekracht. Regen hat an Fensterscheiben getrommelt. Alles ist blauweiß geworden im Licht der Blitze. Wen hat's gekümmert? Hurra, wir spielen Katakomben!

Die Bettlakentunnel haben sich durch so manchen Salon gewunden, in Schränken blind geendet, Haken geschlagen und sich durch kühle Flure geschlängelt. Der Stoff hat so weiß geschimmert wie die lebensgroßen Cäsarenstatuen, die mit erstarrten Gesten in einer Reihe standen. In diesem weitläufigen Versteck haben Lady Marsden und ihre Kinder stundenlang gespielt, und gedämpft ist das himmlische Geläut der Uhren zu ihnen gedrungen. Die Regeln haben sie unterm Spielen erfunden.

(Vor dem Krieg gab's im Süden verdammt strenge Anstandsregeln: Die Sklavenhalter haben sich ja moralisch nicht besonders stark gefühlt und sich um so mehr für Manieren interessiert. Die Manieren waren ein qualvoll enges Korsett, das Lady eine tadellose Contenance ermöglicht, sie – angekratzt, aber ungebeugt – auf ihrem hohen Roß gehalten hat. Muß das ein seelisches Fußbad gewesen sein, Schätzchen – gegen die Regeln verstoßen, sich wieder ganz ungezwungen benehmen zu können, eine neue, ungebundene Welt unterhalb der Tischkante zu erfinden.)

Donnerschläge haben den Kinderchen Schreie entlockt. Die Katakombenspieler haben sich gegenseitig erschreckt, daß ihnen der Atem gestockt hat. Die Spielenden im Labyrinth der Laken haben so getan, als wär jedes Geräusch draußen ein römischer Zenturio, der gekommen war, um sie wegen ihrer richtigen Religion zu foltern. Man hat bloß an einer belebten Perkal-Kreuzung mit dem Fuß aufstampfen brauchen, um hektisches Gezischel und Getrappel auszulösen.

Die erwachsenen Sklavinnen, vom Spiel ausgeschlossen, haben wie alle Tage geputzt und sich dabei bis dicht an die Laken rangewagt. Aus der weißen Höhle der Monogramme und Tischbeine haben die Frauen ihre Besitzerin gehört: »Wetten, daß ihr es nicht wagt! Ihr süßen, unverschämten Racker, ihr würdet tatsächlich versuchen, mich zu erwischen, stimmt's? Da sind sie schon. Die falben Löwen Roms. O nein! Aber ich stürze mich zuerst auf euch. Seid auf der Hut, es naht der düstre Geist der Römersümpfe!« Die Kleinen jaulen und stieben auseinander, Hände und Knie trappeln über teppichbelegtes Parkett.

Die Mütter – sie haben sich angesehn und die Augen gerollt – müssen froh gewesen sein, daß ihre Kinder wenigstens im Haus, wenigstens den einen nassen Tag lang von der Arbeit befreit waren. – Schließlich haben Schwäne ihre elfenbeinernen Fittiche über silberne Ledas gebreitet, und an die siebzig Schlagwerke, versteckt in Bronzeflügeln, Goldkugeln und Silberwolken, halb fünf geschlagen. (Ein einstimmiges, wenn auch nicht ganz synchron gesungenes Votum.) Dann wurden Tee und Kuchen unter dem Saum eines Lakens durchgeschoben – jedesmal an einer anderen Stelle. Lady Marsden hatte's so angeordnet: »Irgend etwas daran sagt mir zu.«

Ein gutes Katakombenspiel konnte bis zur Abenddämmerung dauern. Man wußte, daß es aus war, wenn die schwarzen Kinder unter den Laken vorgeschossen kamen. Die Kleinen waren immer völlig überdreht von dem Spaß. Es war wie Verreisen. Ihre Mütter haben sich später erinnert, daß sie jedesmal die größte Mühe hatten, ihre Sprößlinge an solchen Tagen ins Bett zu kriegen, so aufsässig waren sie durch das Privileg geworden, stundenlang »Es« kitzeln und bedrohen zu dürfen (natürlich alles nur im Spaß).

Wenn die Kinder weg waren, mußten die erwachsenen Haussklaven die Laken von allen Tischen abnehmen. Dabei haben sie, jeden regnerischen Abend an einer anderen Stelle, Lady Marsden gefunden, zusammengesunken, manchmal lächelnd, manchmal schon halb eingedöst, manchmal mit Daumen und Zeigefinger die Nasenwurzel reibend – ein Zeichen für einen bevorstehenden Migräneanfall. Die schwarzen Frauen haben ihre Herrin dann in ein Bad getragen, das seit Mittag warm gehalten worden war. Trotzdem das Spiel sie ermüdete, trotzdem sie oft den ganzen nächsten Tag gebraucht hat, um sich zu erholen, hat Lady Marsden darauf beharrt: »›Meine Kinder‹ sind auf mich angewiesen. Große Gaben bringen große Verantwortung mit sich. Ich würde nie Little Xerxes, Diana oder Little Venus enttäuschen, nicht für alle Herrlichkeiten der Antike.«

Ihr Mann hatte an John Harvards College alte Sprachen studiert.

Berühmt für dreiwöchiges Kopfweh, dreitägige Feste und ihren makellosen, sahneglatten Teint, trug Lady Marsden jahraus, jahrein weiße Seide. Hab ich schon gesagt, Schätzchen. Aus China. Hab ich wahrscheinlich auch schon gesagt. Sogar von der feinen Baumwolle, die auf ihren achthundert Hektar angebaut wurde, hat sie schon bei der geringsten Berührung einen Ausschlag auf ihrer Babyhaut bekommen. Sicher, sie hat gestrickt – aber nur für andere und immer mit Handschuhen. Geduldig hat sie jedem erklärt, wenn sie die Wolle auch nur anrührte, würde sie sofort lila aufblühen wie ein Fliederbusch. (Vielleicht, fällt mir grade ein, war das der Grund, warum keine von den Schäferinnen auf ihren Bildern und Möbeln auch nur ein einziges Schaf hatte.)

Bei ihrem Spiel haben die Sklavenkinder – in Grobgewebtem – »Es« natürlich gern gekitzelt. Sie waren ganz wild drauf, das wundervoll raschelnde Gewand zu berühren. »Es« hat geglaubt, sie faßten sie an, um *sie* anzufassen. Seit dem Tod von ihrem Mann und seit ihr Sohn Soldat geworden war, ist die Herrin von The Lilacs nur noch ganz selten angefaßt worden. Ihr einziger Trost waren die dunklen Hände, die – außer daß sie ihre importierten Möbel polierten – ihre Schönheit gepflegt und bewahrt haben, die berühmt war in beiden Carolinas und drei grenznahen südöstlichen Landkreisen von Virginia. Und bei diversen Cousins und Cousinen. Der Süden, das sind in erster Linie die Cousins und Cousinen des Südens, Schätzchen.

Jeden fünften Tag wurde Lady Marsdens Haar – es war dreieinhalb Fuß lang – aufgewickelt, wurden die feinen Spitzen geschnitten. Jeden Mittag, wenn sie aufgewacht war, sind Perlenschnüre in ihre blonden Locken geflochten worden, echte Perlen, die sie von ihrem seligen Vater, Richter More, geerbt hatte. Er war ein direkter Nachfahre von Sir Thomas More, dem Märtyrer – das hab ich in meinen Aufsatz eingebaut und damit alte und neue Geschichte auf eine Weise verknüpft, die der Hexe runterging wie Butter.

Was nun Richter Mores einziges Kind angeht, die Erbin . . . von Geburt so weiß wie ein neuer Handschuh in seiner Schachtel . . . Also die wollte's auch bleiben. Weiß. Thema Nummer eins: *Weiß*. Wie ich in dieser Geschichtsarbeit hier zu zeigen versuch, ist es ihr nicht gelungen. So zu bleiben. Weiß. Dabei hat sie sich's so sehr gewünscht.

2

Da steckt – du kannst dir's sicher denken – eine Geschichte dahinter.

3

Schwarz (langsam aber sicher kommen wir zur Sache) bedeutet (am 7. April anno 1865) die Hautfarbe der Leute, die Lady Marsden (weißer als weiß) noch besaß, von Rechts wegen aber nicht mehr besitzen durfte. Sie hat versucht, ihre Helfer so in Schuß zu halten wie ihre Sammleruhren. Sie sollten ihr enges Gesichtsfeld behalten, wie in einem ewigen Katakombenspiel. Ohne ihre schwarzen dienstbaren Geister wär sie völlig einsam gewesen. Sie wär verhungert. *Sie* hat keine Ahnung gehabt, wie man Wasser aus dem Brunnen hochpumpt und dann Feuer macht, um das tägliche Badewasser heiß zu machen. Nur ein paar von ihren Leuten waren ihr noch nicht weggelaufen.

Am 7. April 65 hatten Shermans Männer (in Blau) auf Pferden aller Farben die Grenze nach Carolina überschritten. Die Soldaten sind angerückt, um die letzten Plantagen-Bollwerke im Piedmont zu plündern, einschließlich eines gewissen grandiosen zweistöckigen Herrenhauses auf einem grünen Hügel mit Blick auf einen Fluß. Die Yankee-Brandstifter wollten die letzten Schwarzen befreien, die noch auf diesem Vorzeige-Anwesen gearbeitet haben.

Bis im Monat zuvor, also bis März 65 (um historisch genau zu sein), hatten auf die achthundert Hektar der Marsdens einundsechzig Sklaven gehört. In kleinen mitternächtlichen Grüppchen sind ein paar in den Wald geschlichen, in fünf gestohlenen, überdachten Booten flußaufwärts gerudert und spät in der Nacht auf Poststraßen weiter nach Norden geflohn. Sogar Onkel Primus, der noble Favorit der Marsdens, der schon zu alt war, um noch wegzulaufen, zu treu ... auch er ist getürmt. Hatte scheint's seit Jahren was auf die hohe Kante gelegt. Die andern – angewidert von seiner lebenslangen Kriecherei – haben gelacht, wie auch er Fersengeld gegeben hat.

Ganze vier Frauen und sechs Kinder waschen und putzen noch die Herrin und ihre Meringe von einem Haus. Du wirst sie bald kennenlernen. – Hallo, Miss Beale, wo Sie auch sein mögen, diesmal wird meine Gliederung tadellos, ich verdien eine wirklich gute Note. Schaun Sie nur: Wir sind schon bei Thema Nummer zwei: Schwarz = Gesichter und Körper von Sklaven. Außerdem steht Schwarz für die Politik der verbrannten Erde, die hier schon bald Einzug halten wird. Aber am schwärzesten (das weiß ich von Castalia, Evidence Anne und anderen ehemaligen Sklavinnen und Sklaven, die ich interviewt hab), am schwärzesten ist vielleicht das weiße Herz, das finster genug ist, einen anderen Menschen mit Haut und Haar besitzen zu wollen. Gehört schon was dazu.

Ich sollte vielleicht erwähnen, daß Evidence Anne eigentlich auf den Namen Diana getauft war, daß aber ihre Mutter ihr den Aufmerksamkeit heischenden Spitznamen *Evidence* gegeben hatte, weil wegen ihrer hellen Haut und ihren grauen Marsden-Augen die Vaterschaft nur allzu evident war.

Fast alles, was ich über das Weißsein und Mrs. Marsden erfahren hab (Lady war ihr Vorname, weil der Richter fand, daß sie in ihrer mit Organdy bespannten Wiege so richtig ladylike ausgesehn hat), hab ich schwarzen Augenzeugen rausgeleiert. Die Dame selber hatte das Sprechen ernsthaft betrieben – bis zu dem besagten größeren Mißgeschick. Später hab ich dann alle möglichen Leute über den Tag ausgefragt, wo die mit weißem Brokat tapezierten Wände von ihrem Boudoir genauso schwarz geworden sind wie ihr eierschalenheller und oft ebenso leerer Kopf. Nein, genug von solchem Gerede. Weißt du, ich geb mir ja Mühe, nicht allzu blumig zu werden. Das war Hexe Beales Haupteinwand gegen meine Arbeit über neuere Geschichte anno 1896. Später hab ich dann viele von den Leuten kennengelernt, die in meinem Aufsatz vorgekommen sind. Weil ich, wie vermutlich du auch, hier meine letzte Chance seh, die ganze Sache doch noch richtig zu erzählen, will ich's diesmal wirklich gut machen. Ich profitier heute noch von gewissen schonungslosen, aber konstruktiven Bemerkungen, zu Papier gebracht Ende Oktober 96 in Miss Beales winziger Gartenwohnung im Mangum Arms. Mein Junge, was das Weithergeholte und das Blumige angeht: Erinner mich doch notfalls, daß ich mir selber einen Maulkorb verpaß. Brauchst dich bloß räuspern, dann reiß ich mich zusammen. Oder versuch's jedenfalls.

»Am blanken Skelett historischer Authentizität erprobt unsere junge Lucille – darin jenen Gelehrten nicht unähnlich, die aus einer einzigen Tibia einen kompletten Dinosaurier rekonstruieren – in der vorliegenden Arbeit ihre überaus farbige, wenn auch ländlich-provinzielle narrative Energie. Lucille läßt eine Bereitschaft erkennen, über die Beweggründe anderer zu spekulieren, sich in deren Fehlern und Schwächen häuslich einzurichten. Trotz eines schweren Falles grammatikalischer Rachitis wird sie von ihrer unermüdlichen Erfindungsgabe, ihrer bedenklichen Mythomanie vorangetrieben. Dennoch bleibt die Frage: Ist Lucilles auf Hörensagen beruhende historische Betrachtungsweise auch nur annähernd authentisch? Nun, sollte unsere kleine Schülerin in der Tat über ein Talent verfügen, so ist es leider keine ausgeprägt zerebrale Begabung, sondern wohl eher eine Affinität zum Komischen. Freilich ist Mutterwitz, mag er auch durchaus ein Vorzug sein, kein Ersatz für disziplinierte geistige Regsamkeit, meine kleine Lucille. Man fühlt sich an Novalis' Ratschlag erinnert, der im Hinblick auf unser Bürgerkriegsthema recht aktuell anmutet: ›Nach einem verlorenen Krieg sollte man nur noch Komödien schreiben.‹ So falsch und fragwürdig sie letzten Endes als Rekonstruktion der Vergangenheit sind, ist man doch von diesen flitterhaften Puppen-Maskenspielen fasziniert, die Lucille mit typisch unbekümmerter Freude auf die Bühne bringt. Nachdem wir unserer jungen Freundin besonderes Geschick bei der Befragung ihrer Gewährsleute sowie einen sicheren Blick für Skurriles bescheinigt haben, müssen wir doch feststellen, daß dieser Aufsatz ein wenig über das Ziel hinausschießt. Er weist Ähnlichkeiten mit ihrer Arbeit zur Alten Geschichte vom September auf: ›Adieu Pompeji – *oder* Sie wußten nicht, wie ihnen geschah‹. Ich bin mir bis heute nicht im klaren, wie sardonisch Lucille ihren saloppen Titel gemeint hat. Wenn sie ihn nicht als im höchsten Grade respektlos erkannte, ist sie in einer Weise geistig gefährdet, auf die ich – für diese Art von Arbeit grotesk überqualifiziert und von unserer fortschrittsfeindlichen Schulbehörde grotesk unterbezahlt – hier nicht näher eingehen möchte. Immerhin ist der vorliegende Aufsatz, aus dem Lucilles zwanghafter Erzähldrang spricht, im wesentlichen frei von niederen umgangssprachlichen Einschlägen. Trotzdem fürchte ich, daß selbst in Anbetracht der zu erwartenden Fortschritte dank meiner ebenso stetigen wie eifrigen Hilfestellung unsere Lucille nie eine Gelehrte abgeben wird. Vor einem dürfen wir nicht die Augen verschließen. Gewisse Stellen der vorliegenden Arbeit müssen, so leid es uns tut, als ›billig‹ bezeichnet werden. Komm nach dem Unterricht zu deiner Lehrerin, Lucille, dann werde ich dir Beispiele nennen. Ich weiß, du bist ein Kind, das geradezu fieberhaft von seiner Mission als Erzählerin erfüllt ist. Gibt es nicht ein altes genuesisches Sprichwort, das da lautet: ›Licht ist ein halber Gefährte?‹ Ja, in der Tat. Gemeint ist, glaube ich, im buchstäblichen Sinne die Gesellschaft des Sonnenscheins. Aber ich wende es auf meine kleinen Hiesigen an, die – unter dem schweren Scheffel namens Falls hervor – dennoch irgendwie ihr Licht leuchten lassen. Ich fürchte, dies wird für deine Lehrerin auf ewig die einzige Art erleuchteter Gesellschaft bleiben. Dein Ernst ist rührend und bisweilen herzzerreißend. Ich weiß nicht, woran es liegt, aber je näher deine Arbeiten sich an die historische Wahrheit heranwagen, um so tiefer bekümmern sie mich – um so heftiger drängt es mich, dich vor allem zu beschützen, was du zwangsläufig entdecken mußt. Niemand kann behaupten, du hättest es nicht versucht. Trotzdem muß ich fragen, wo, ach wo nur, Lucille, ist die verlangte ›gute Handvoll‹ von unserem guten Freund, dem Semikolon, geblieben? Und dies nach allem, was ich auf mich genommen habe, um da eine Besserung bei dir zu erreichen (die schlaflosen

Stunden nicht gerechnet)! Sei ehrlich, weißt du überhaupt, wo ein Semikolon gesetzt wird? Und glaubst du, daß du darüber hinaus jemals dahin kommen wirst, ein Semikolon zu lieben, ja, zu *lieben* – eines, das genau an der richtigen Stelle steht, so daß es zwei parallele Gedanken verbindet, indem es sie trennt? ›Liebe‹ ist nach unserer Ansicht kein zu starker Begriff dafür. Du bist bereits in Geschichte vernarrt. Nun mußt du lernen, die Interpunktion ins Herz zu schließen, jawohl, ins Herz zu schließen: / , . ; : !

Interpunktion, meine junge Lucille, ist mit großer Wahrscheinlichkeit alles, was wir sensibleren Frauen von Falls jemals als Einfluß, als Waffe und als Summe unserer Anziehungskraft werden einsetzen können. Lerne, dich an ihr zu erfreuen, meine Liebe.«

4

Und was ist nun Lila?

Lila ist, wenn's Ende April/Anfang Mai wird, der Flieder. Im Frühjahr 1865 haben diese Büsche überall zu blühn angefangen, ganz von allein und erstaunlich üppig, wie wir's von Mutter Natur kennen, seit Adam als erster Plantagengärtner gedient hat (Jan. 10000 v. Chr.).

Die Rede ist von den acht Fuß hohen Fliederhecken der Marsdens, die in sanften Schwüngen hügelabwärts zogen, von der Poststraße bis runter zu den Seerosenteichen der Plantage, das Haus selbst berührten, seinen weitläufigen Rasen säumten und bis ganz zum Flußufer hinab liefen, wo einige Blüten – wie die privilegierten Sieger eines Buschrennens – ins Wasser eintauchten und davon tranken. (Die Bilderbuchschönheit – der Beinahe-Woolworth-Kitsch – in diesem Teil von unserer Geschichte ist Absicht, weil was jetzt kommt, kann einem ganz schön an die Nieren gehn. Das ist eine Drohung und ein Versprechen, Schätzchen.)

Ja, also, der Flieder, ein rechtes Fest für Auge und Nase, elfhundert hybride Sträucher, gepflanzt 1821, gedüngt mit Knochenmehl, gepflegt von Sklaven und rundum in prächtiger Verfassung. Eine neidische Nachbarin hat Lady mal gehänselt. Wahrscheinlich läßt sie ihre toten Sklaven unter den Büschen begraben, hat sie gemeint, weil sie gar so gut wachsen.

Die Plantage hatte ihren Namen von dem Flieder: The Lilacs. Die Marsdens haben behauptet, daß es so eine Blütenpracht im weiten Umkreis kein zweites Mal gibt. Und es hat gestimmt, nirgends sind die Fliederbüsche zu solchen Juniorbäumen aufgewachsen. Die sechshundert Meter lange Hecke war sogar – mit einem Stich illustriert – in *Jennings' Notable Curios and Vistas of the American South* (1856) beschrieben. Die Verfasserin, eine englische Dame, hat ihren Gastgebern in den besseren Häusern überall in den Südstaaten alles aufs Wort geglaubt. Unter anderem hat sie geschrieben, daß sie in vielen Unterkünften zufriedene Sklaven – nach einem glücklichen Arbeitstag – Banjo spielen gehört hat.

Wenn Onkel Primus, der Obergärtner, in der besten Baumschule von Rocky Mount Fliederbüsche gekauft hat und einer davon hat sich unterstanden, weiß zu blühn, tja, dann hat's geheißen, weg mit dem Frechling, ab mit ihm ins Feuer. Weiß war Lady M.s Farbe. Schwarz die von ihren Sklaven. Lila waren ihre Fliederbüsche. Ziel: Jede der drei Farben bleibt für sich, keine Vermischung. Rassentrennung ohne Gleichberechtigung. – Du kennst die dreifarbige Eiscreme, die's heute gibt – wie bei einem Wettkampf, jede Farbe zeigt den andern beiden die kalte Schulter. So ähnlich. Aber wenn erst mal die Konturen zu verschwimmen anfangen, gibt's kein Halten mehr. Weißt du was? Verschmelzen ist ein Vorgang, der sich schwer umkehren läßt. Laß dir das von einer alten Frau gesagt sein.

Zutat Nummer drei: Lila. – Jetzt geht's ans Kochen.

Omelette surprise.

Sind solche Plantagen-Histörchen für dich Altertumsgeschichte, Lava so kalt wie die von Pompeji? Hör zu, mein Lieber, auch heute noch, wo sie die ehemals achthundert Hektar von The Lilacs mit Wohnblöcken und einer Ecke von einem Einkaufszentrum zugebaut haben, sind noch ein paar von den alten Fliederbüschen da.

Auf dem Parkplatz vom Einkaufszentrum Big Elk an der Ostseite kannst du im Frühling um ein paar Edelstahl-Lampenmasten, die da einsam aus dem Teer ragen, herzförmige grüne Blättchen sprießen sehn. So was nenn ich Kraft!

Achte mal nächstes Jahr Anfang bis Mitte April auf verkümmerte violette Blüten. Ein Beweis dafür . . . ja, wofür? Vielleicht: Daß Schönheit sich nicht unterkriegen läßt. Vielleicht: Daß dieses von Yankees betriebene Einkaufszentrum (mein Lieblingspfleger hier hat mir grad neulich gesagt, der ganze Klumpatsch gehört einem Konzern aus *Japan*) die Farben und Gerüche einer Gegend eben doch nicht ganz unterbuttern kann. Der Fluß ist von gewieften Ingenieuren aus dem Norden (oder aus Nippon) unter einem hektargroßen Parkplatz in ein

Korsett gezwängt worden, genauer gesagt in gigantische Rohre. So können jetzt Kauflustige (darunter ich in meinem Rollstuhl, zugegeben) durch billige Boutiquen bummeln, die genau da hingeknallt wurden, wo früher mal Fische geschwommen sind und Fliederbüsche am Anlegesteg geblüht haben.

Und genau an der Stelle hättest du, mein lieber Geschichtsfan – im Frühling 1860 dort draußen, wo jetzt die Ausfahrtrampe vom Einkaufszentrum im Bogen an Dunkin' Donuts vorbeiführt (ich schwöre, ich hab noch nie einen Fuß in den Laden gesetzt, hauptsächlich deshalb, weil ich mich auf Rädern fortbeweg), eine Dame in Weiß sehn können, auf der die gespannten Blicke einer ganzen Armee bis zu den Hüften nackter schwarzer Läufer ruhten. Sie haben auf ihr Signal gewartet. Die Dame war dabei, sich ein Urteil darüber zu bilden, wann ihr Flieder blühn würde. Eskortiert von weißen Sonnenschirmen, die mit Brüsseler Spitze gesäumt waren, die Augen hinter der ersten Sonnenbrille verborgen, die man je im östlichen North Carolina gesehn hat – »Rauchglas« hat man damals gesagt (eine Prophezeiung) –, ist Lady M. von Strauch zu Strauch geschlendert und hat schließlich genickt: Ja, ihre elfhundert Büsche *werden* am nächsten Samstag die Hochblüte erreichen. Dann kam ihre knappe, königliche Handbewegung. Und die Sklaven sind losgetrabt, die Straße am Fluß rauf und runter, zu den feinsten Farmern und Großgrundbesitzern zwischen hier und New Bern, praktisch.

Immer wenn sie ihre kräftigen männlichen Sklaven für repräsentative Aufgaben wie diesen Marathonlauf zur Fliederzeit brauchte, hat Lady sie gebeten, doch bitte kein Hemd zu tragen. Sie hat nur einen Grund dafür genannt (ihren liebsten). »Irgendwas daran sagt mir zu«, hat sie gesagt und sich mit der Fingerspitze ans Kinn getippt. Auf The Lilacs gab's vierzehn reinrassige Reitpferde und jede Menge Maultiere – aber die dunklen jungen Männer sind barfuß losgelaufen – und mit entblößtem Oberkörper.

Am festgesetzten Samstagmorgen sind dann die Gäste gekommen, zu Wasser. Das war Bedingung. Lady More Marsden – die Besitzerin der Schlüssel zu Uhren, zu Scheunen und Ställen, zu Platin-Medaillons und Mietshäusern – hat immer ihren Willen bekommen. Na ja, fast immer.

Wenn ein schönes Haus abbrennt, denk an sein letztes großes Fest.

VORHER

1

Das Fliederfest der Witwe Marsden war ein liebgewordener alter Brauch hier bei uns – aber das war die Sklaverei schließlich auch. Die Weißen sind in hell gestrichenen Booten angekommen, haben sich von Dutzenden schwarzer Männer paddeln lassen, die ihnen – den Weißen – auch gehört haben. Den Schwänen von den Seerosenteichen an der Straße hatte man die Flügel festgebunden (in Panik konnte ein Schwan mit einem Flügel einem Kind den Arm brechen) und sie dann auf dem Fluß Tar freigelassen, »zur Belebung und Dekoration«.

Lady war allzeit darauf bedacht, einen »Effekt« zu erzielen. Wenn einem achthundert Hektar Land am Fluß und über sechzig Leute gehören, die es in Schuß halten, sind Effekte nicht allzu schwierig. Der Rasen (Stolz und Freude von Onkel Primus, bekannt für sein würdiges Auftreten und seine Kenntnisse in Latein und Griechisch, die ihm sein gelehrsamer Besitzer beigebracht hatte) war beinahe zu grün. Von der Pergola an der Anlegestelle aus sah man viele weißgedeckte Tische, die stufenweise den Hügel bis zum Haus hinaufstiegen. Auf manchen standen kostbare Uhren, nur als Zierde. Auf den Tischen kalter Fasan, Appetithappen mit Brunnenkresse und Süßigkeiten, die ganz Raleigh und Umgebung in einen Zuckerschock hätten versetzen können. Über Bowlen schwebten Schwäne und venezianische Gondeln aus Muranoglas (manche davon so groß, daß ein Sklavenkind drin hätte davonsegeln können – und glaub ja nicht, sie hätten nicht dran gedacht).

Dreißig gemietete Musiker – auf dem Wasserweg aus Richmond nach Süden gebracht und fürstlich entlohnt – haben am anderen Ufer auf ihren fünf überdachten Ruderbooten gesessen (denselben, die später von den fliehenden Sklaven geklaut wurden, du erinnerst dich?). Die Kapelle hat ein langes, angemessen flüssiges Stück von Händel gespielt, und sogar ich – unmusikalisch wie ich bin – kann mir denken, was es war.

Ladys Sohn Willie und sein Freund Ned wollten unbedingt den Sklaven mit den Bootshaken helfen, wie die Gäste angelegt haben. Für zehnjährige Jungen ist das Hantieren mit Bootshaken natürlich ein Mordsspaß. Die Sklaven haben an dem Tag weiße Livreen und gepuderte Perücken getragen – Überbleibsel aus dem vorigen Jahrhundert. Junge Burschen mit steifen Toupets und Zöpfen wie Kometenschweife, Jungen mit entblößter brauner Brust haben einen weißen Teppichläufer den Hügel raufgerollt, als Unterlage für die sechshundert Meter lange Promenade, die Lady persönlich schon bald anführen würde.

Sie hat jetzt die Hand nach einem Schluck Wasser ausgestreckt, und dank der Aufmerksamkeit der jungen Castalia wurde ihr sofort das Bleikristallglas gereicht. Unsere Gastgeberin ging sich setzen, um auf die ersten Boote zu warten. Ein vergoldeter venezianischer Sessel wurde ihr genau im rechten Moment untergeschoben – Zelias Werk, obwohl die alte Frau grade niesen mußte: die Maisstärke in der Perücke.

Die Gäste haben ihre Gastgeberin schon von weitem gesehn, ganz vorn auf dem Anlegesteg von The Lilacs. Sie hat ihr unermüdliches Winken geübt, das hatte sie aus einem Artikel in einer Frauenzeitschrift über die Mühsale von gekrönten Häuptern (dieses ewige leutselige Winken nach allen Seiten!). Angesichts von Ladys zarter Gesundheit haben die Gäste gemurmelt: »Du meine Güte, sie steht ja in der *Sonne*, ganz unten am *Wasser*.«

Wie immer ganz in Weiß, wurde sie von zwei weißen Sonnenschirmen beschattet, die von schwarzen Händen gehalten wurden. Bei der Begrüßung hat ihre Stimme belegt geklungen, dunkler als ihre papierweiße Haut. Unter ihren migränehemmenden Rauchgläsern hat sie sich ein paar freundliche Grübchen abgerungen, sie war wie beschwipst von dem vielen Licht. »Und wenn mir noch so viele Ärzte abraten . . . Ich mußte einfach selbst herauskommen.«

Zartgliedrig wie ein Kind, in ein farbloses Seidengewand gehüllt, war sie – wie jedermann wußte – in jüngeren Jahren ein rechter Satansbraten gewesen. Als Richter More ihr einmal ein Kleid verweigerte, von dem ihre Glückseligkeit abhing, hat sie ihm ein paar mit der Reitgerte übergezogen; von da an hatte ihr Vater die größte Hochachtung vor ihr. Bei jeder Gelegenheit hat er einen Striemen an seinem Hals hergezeigt, der ihm geblieben war: »Wißt ihr, von wem ich das habe?« Hinter seinem Rücken haben die Leute gewitzelt: »Dem Richter More sein Balg hat dem Richter More Mores gelernt.« – Er hat dem Balg sein ganzes Vermögen hinterlassen.

Die mittlerweile (zumindest scheinbar) zahmer gewordene Lady hat ihre Gäste geneckt und gescholten. Ihr Lieblingscousin Mabry hatte die Gicht. Er nahte in seinem Boot, einen Fuß mit einem mordsmäßigen Verband vor sich auf den Bug gestützt wie einen als Gastgeschenk mitgebrachten riesigen Schinken. Lady hat jeden mit Namen begrüßt – mit seinen sämtlichen Namen. »Also wenn das nicht mein Cousin Walter Scott Dumas More in persona ist . . . Na, du alter Don Quichotte, du.« (Sie war aus einer belesenen Familie, Schätzchen.) Sie hat begräbnisgroße Buketts entgegengenommen, den Booten von Nachzüglern Kußhände zugeworfen. Und sie hat Little Xerxes mit einem Floß voll Juleps zu den Musikern rüberpaddeln lassen, die allerdings, Rohrblätter zwischen den Lippen und Streichbogen in den Händen, nur sehnsüchtig auf die schwitzenden Silberbecher mit den welkenden Minzblättern runterschaun konnten.

Alle Gäste wußten, wer kommen würde, wer nicht, und warum. Jeder hat, wie damals in besseren Kreisen üblich, eine Bemerkung über die zeitlose Schönheit der Gastgeberin gemacht. Was in dem Fall sogar mehr oder weniger gestimmt hat. Lady hat natürlich jedes Kompliment lachend von sich gewiesen. »Mit Schmeicheleien richten Sie bei mir so gut wie gar nichts aus, Sie schamloser Halunke.« Sie war eine echte vornehme Dame ihrer Klasse und ihres Alters, Junge. Nicht schlechter als die meisten.

Ihre Standesgenossen haben sie für eine rabiate Liberale gehalten: Sie hatte keinen Privatlehrer für ihren Sohn engagiert, sondern Will auf die öffentlichen Schulen von Falls gehn lassen. Willie, ein linkischer Junge, hat sich geweigert, aus der Stellung seiner Eltern Profit zu schlagen. Wär ihm lieber, hat er gesagt, jeden Tag mit seinem Kumpel Ned zusammenzusein, als möglichst früh auf John Harvards College gehn zu dürfen. – Zu Weihnachten hat Lady in ihrer Güte ganze Kisten Orangen bestellt und an ihre Sklaven verteilen lassen – Apfelsinen waren hier um 1860 noch eine große Rarität. Und sie hat sich's nicht nehmen lassen, von ihrem elfenbeinernen Himmelbett aus alle Streitigkeiten auf der Plantage selbst zu schlichten. Seltsam, aber sie hat als ziemlich gerecht gegolten. Die Tochter des Richters hat eine massive silberne Haarbürste als Hammer und ein Frühstückstablett als Richtertisch verwendet. Manchmal, wenn sie sich gerade von einer Migräne erholte, hat sie eine Augenbinde getragen, weil ihr das Tageslicht noch geschadet hätte. So hat sie die Verhandlungen geleitet, unter ihrem Betthimmel sitzend, in Weiß, aufmerksam zuhörend – blind. Eine von ihrem Mann betrogene Sklavin hat ausgepackt. Ladys obere Gesichtshälfte ist unter der Seidenbinde ruhig geblieben. Sie hat mit der Regelmäßigkeit von einem Uhrwerk genickt und manches mitfühlende »Hmm« eingeworfen. »Und als du ihn aufs neue ertappt hast, wie er sie hinter dem Schweinestall geküßt hat, *cara mia*, was hast du Ärmste da empfunden? Bitte erzähle es mir genau.«

An diesem Tag ist ihr geflochtenes Haar – das nie ernsthaft geschnitten wurde – zu einem Knoten mit Spalier aufgesteckt. Alle Strähnen winden sich um gekreuzte Perlmutter-Eßstäbchen (die als »entschieden originell« gelten) und um zwei ellenlange Schnüre von geerbten Perlen. Lady, grade achtunddreißig geworden, kann in einem bestimmten Licht wie neunzehn wirken. Und unter ihren Sonnenschirmen trägt sie eben dieses Licht überall mit sich herum. Wie sie die ersten Gäste die berühmte Allee von überwältigendem Lila hinaufführt, entdeckt man nicht mal Lachfalten in ihrem Gesicht. Obwohl Mrs. Marsden bekanntermaßen durchaus dem andern Geschlecht zuneigt, kann sie sich auch bestimmter attraktiver junger Damen annehmen. Grade jetzt ruft sie zwei zu sich, geleitet sie zur Fliederschau und gibt ihnen dabei Schönheitstips. »Denkt daran, Mädchen, nichts bringt einen zarten Teint besser zur Geltung als ein paar entblößte und vorzugsweise leicht eingeölte nubische Torsi ganz in der Nähe. Zum Glück finden meine beiden Vagabunden hier, Neptun und Marcus Aurelius, diesen Aspekt ihrer Arbeit einfach großartig. Man sieht es ihnen an, glaube ich. Die beiden sind so eitel wie Cousin Mabrys Pfaue, *d'accord*, ihr Rasselbande? Du brauchst dir gar nicht das Lachen zu verbeißen, Marc. Seht ihr, wie er lacht, Mädchen?«

Mein Junge, was jetzt kommt, ist brutal. Es ist passiert, als weiß noch Weiß war und es besser hätte wissen müssen. Bevor Schwarz auf den Gedanken kam, sich selbst schön zu nennen (zumindest öffentlich). Als Lila elfhundert Fliederbüsche auf einem Hügel bedeutete, die sich jedes Frühjahr drei Wochen lang auf einer noblen Plantage die Seele aus dem Leib blühn. Als alle drei Farben sich am wildesten für dieses Fest hier vermischten. – Dieselben Farben werden in dem April auftreten, wo alles brennt. Jeder, den ich hinterher über Ladys Feste in der Friedenszeit ausgefragt hab – Konzerte und Whist-Partien, die volle drei Tage gedauert haben (die Gäste haben in Ladys Neunundsiebzigzimmerhaus übernachtet) –, jeder hat davon gesprochen, daß alles so . . . na ja, eben so schwarz und weiß und lila war. Und deshalb hab ich's aufs Tapet gebracht.

Ich bin das Risiko eingegangen, dich mit drei Kitschkalender-Farben zu überfüttern. (War's *der* Teil von meinem Aufsatz, den die Hexe Beale für den billigsten gehalten hat? Hoffentlich nicht, *mir* gefällt er.) Aber laß uns ein bißchen vereinfachen, Junge – ungefähr so, wie Feuer vereinfacht.

2

Im April 1865 ist das Fest ausgefallen. Kein Essen mehr da, das man hätte auffahren, kaum noch Sklaven, die es hätten servieren können. Die Berufsmusiker aus Richmond waren auf viele zusammengewürfelte Einheiten der Konföderierten verteilt worden, zum Kriegsdienst eingezogen als Ersatz für die Trompeter, die so oft als erste gefallen sind. Kein Gentleman hat Lady versichert, man hätte den Duft ihrer Fliederallee schon zwei Meilen flußaufwärts gerochen.

In dem Jahr wurden nur ungeladene Yankees erwartet. Jede Stunde, jede Minute konnten sie da sein. Die Poststraße war voller Stolperdrähte, deshalb hat sich kaum noch wer getraut, sie zu benutzen. Die Leute hatten Angst vor Shermans Feuerreitern, die keine Brände gelöscht, sondern welche gelegt haben.

Richmond hat derweil schon gebrannt. (Miss Beale, ich versuche, ein paar harte, glitzernde Fakten einzubauen, die kein Geschichtsforscher bestreiten kann. Aber *das* könnte, wenn Sie mich fragen, zum bisher billigsten Abschnitt geraten. Jeder kann ein Faktum auskundschaften, aber nicht jeder kann sich eins richtig aus*denken*.) Ja, ist überall nachzulesen – die Rebs haben auf dem Rückzug die letzten Lagerhäuser von Richmond in Brand gesteckt. Wie die Yanks in die schöne, gefallene Stadt einmarschiert sind (sie war so von Kanonenkugeln zerschmettert, daß das Ganze wie die Generalprobe für Dresden achtzig Jahre später gewirkt hat), haben sie die Flammen bekämpft – aber bloß, um die Stadt zu retten, die sie erobert hatten. Das Feuer ist ein Großkonzern, Schätzchen. Wie die neumodischen Kaufhausketten von den Yankees oder Japanern will es überall Filialen aufmachen.

Der 1. April (65) hat dann der Konföderation noch einen letzten Streich gespielt. (Klingt gut, gell? Wer sagt hier, ich werd's nie zur Gelehrten bringen?) Virginia war ein einziger Haufen Brennesseln, und die Jungs in Grau waren viel zu erschöpft, um sich auf den Beinen zu halten. (Na ja.) Lee – der beste strategische Kopf in der amerikanischen Geschichte (haben auch die Nordstaatler zugegeben, sogar damals schon) – ist von Sherman festgenagelt worden, und zwar hoffnungslos. Ein geschlossener Flansch Infanterie hatte Robert E.s einziges Schlupfloch abgedichtet.

Lincoln hat man, inmitten einer vielköpfigen bewaffneten Garde, gemessenen Schrittes durch die Straßen von Richmond gehn sehn.

Ausgerechnet er hier? Abe ist die Treppe raufgeschlendert und hat sich an den verwaisten Schreibtisch von Jeff Davis gesetzt. Es ist nicht überliefert, ob der Präsident die Hände hinterm Kopf verschränkt, sich im Sessel zurückgelehnt, voller Genugtuung geseufzt und dann seine ellenlangen Beine auf den Schreibtisch von dem andern geknallt hat. Aber wer könnt's ihm verdenken, wenn er's getan hätte?

Als nächstes ist Lincoln zum Haus von General Pickett, Konföderierte Staaten von Amerika, gegangen, den er als jungen Mann Jahre vor dem Krieg höchstpersönlich nach West Point bugsiert hatte. Klopfen an der Tür. Mrs. Pickett (die mit mir mütterlicherseits verwandt war – sie hat LaSalle Corbett Pickett geheißen – da war »Lady E. More Marsden« nichts dagegen), Mrs. Pickett war an dem Tag völlig aus dem Häuschen. Sie hatte nur noch eine einzige Sklavin gehabt (kommen dir gleich die Tränen, was?), und auch diese treue Seele war ihr inzwischen weggelaufen. So mußte Mrs. Pickett höchstpersönlich, mit dem Baby auf dem Arm, an die Tür gehn. »Ist dies das Haus von General Pickett?« »Ich bin seine Gattin, und dies ist sein Stammhalter.« Hat gesprochen wie eine Heroine.

Erst hat sie nur einen Mann gesehn, der so groß war, daß die Kleider erst in einer Höhe von rund sechs Fuß aufgehört haben. Dann hat sie ihn erkannt. Stell dir vor, du bist die Frau von einem hohen konföderierten Tier, und auf einmal steht Lincoln mitten auf deiner Veranda. Ja, also, sie ist einen Schritt zurückgewichen, hat Luft geholt (behauptet sie jedenfalls in ihren Memoiren) und gehaucht: »Der Präsident!«

»Eigentlich nicht«, hat er gesagt, mit seinem typischen Grinsen.

Also was mich betrifft, mein Lieber, wenn der Krieg sich darauf beschränkt hätte, daß man sich für das Gesicht von einem der beiden Anführer entscheiden soll, das von Lee (vollkommene klassisch-aristokratische Würde) oder das von Lincoln (Improvisationstsalent, Schlaflosigkeit, Wetterfühligkeit, alles, was an einem Charakter hausgemacht ist), dann hätte der Norden trotzdem klar nach Punkten gewonnen. Lincoln hat zwei Augen und wie üblich die Nase mitten im Gesicht gehabt, und doch – aus jedem Bild von ihm sieht dich die Geschichte selbst an.

Meine liebste Lincoln-Anekdote geht so: Wie der Krieg aus war, hat er die größten Kriegshelden der Nordstaaten ins Weiße Haus eingeladen. Die Ruhmbekleckerten sind gekommen – manche auf Krücken, manche am Stock – und haben natürlich Orden, Waffen oder Geld erwartet. Oder alles zusammen. Nach ein paar lobenden Worten hat Lincoln die Veteranen über den Flur geführt – in einen Raum, der vollgestapelt war mit Spielzeug, den schönsten und teuersten Spielsachen, die damals zur Unterhaltung der lieben Kleinen hergestellt wurden. »Jeder Held nimmt bitte eins davon für ein Kind mit nach Hause.« Und die tapferen Verwundeten sind mit exzellenten Puppen, Schlitten und Steckenpferden unterm Arm kopfschüttelnd abgezogen. Tatsache. – Die von Lee ist noch kürzer: Der schönste aller Virginier hat sich ins Zivilleben zurückgezogen und ist College-Präsident geworden. Auf der Straße hält ihm eine junge Mutter ihr Kind hin und fragt ihn nach einer Lebensweisheit, die sie später an ihren Sohn weitergeben kann. Ohne zu zögern, sagt der große Mann: »Bringen Sie ihm bei, sich selbst zu verleugnen.«

Zugegeben: Robert E.s Züge waren so vollkommen wie der rosige Jesus auf den Bildchen in der Sonntagsschule. Aber Lincoln schießt trotzdem den Vogel ab.

Das Lächeln von Mr. Lincoln ist eine schlammige Wegkreuzung auf dem Lande, die trocknet, wenn's zu regnen aufgehört hat, und dann jedes Fuhrwerk, jeden Vogel und jeden Wanderer erkennen läßt, der sie passiert hat.

»Nein, Madam, nicht der Präsident«, sagt der hochgewachsene Fremde. »Nur ein alter Freund Ihres Mannes, der gekommen ist, sich nach Ihrem Befinden zu erkundigen und zu fragen, ob es Ihnen an irgend etwas mangelt.«

Mrs. Pickett war natürlich zu stolz, um sich vom obersten Feind Almosen zu erbitten. Aber der Kleine, der den Vater entbehren mußte, hat die Ärmchen ausgestreckt – hat's nicht besser gewußt. Der Gast hat mit Freuden den zehn Pfund schweren Konföderierten auf den Arm genommen. Abe war nämlich ein Vater, weißt du, der seinen eigenen Söhnen nichts abschlagen konnte. Er hat Mrs. Pickett gebeten, ihrem Gatten doch bitte auszurichten, sein alter Freund verzeihe ihm, daß er sich vielleicht ein bißchen auf die falsche Seite geschlagen hatte. Und warum? »Kein besserer Grund als die Augenfarbe dieses Babys.« Sie waren blau, weißt du, nicht grau. Mit seinem Wegkreuzungslächeln hat der Besucher der Mutter das Kind zurückgegeben, hat »Guten Tag, Madam« gesagt und ist gegangen.

Unterdessen haben Lees Männer nach etwas gefahndet, was noch so sauber war – ein Handtuch, Hemd, Taschentuch? –, daß es vom Feind als *weiße* (um bei unserem Thema zu bleiben, Miss Beale) Fahne erkannt worden wär. Sherman hatte gerade Raleigh eingenommen.

Schätzchen, ich muß dazusagen, daß Shermans Fußsoldaten hier in der Gegend noch nichts von Lees Umzingelung gehört hatten. Sie haben sich nicht träumen lassen, daß der Krieg schon in ganzen zwei Tagen vorbei sein würde. Sonst hätten sie möglicherweise das fragliche Herrenhaus verschont. Aber »möglicherweise« kommt nicht vor in einem Dokument von nationaler Bedeutung, das darüber berichtet, was sich zugetragen hat, weil es sich zutragen mußte, Schätzchen, zutragen mußte.

Nicht wenige von Shermans Eisenfressern waren aus dem Westen. Sie waren in den Osten gewandert, um zu kämpfen – zu Fuß quer über den Kontinent. Shermans Quartiermeister mußten für diese Pioniere größere Schuhe beschaffen, weil die haben viel größere Quanten gehabt wie die Männer im Osten. Tatsache. Sherman hat Schwierigkeiten mit der Disziplin bekommen. Die Wildwest-Typen haben sich mit jedem kleinen Offizier angelegt – »West Point liegt für dich wohl schon im Westen, was, du Zinnsoldat?« Derlei Sprüche. Üble Kunden. Solche rauhbeinigen Naturburschen werden schon bald The Lilacs niederbrennen – »billig« oder nicht –, und du kannst dabei, wenn du willst, in der ersten Reihe sitzen.

Also schau zu.

3

So gegen zwei Uhr am 7. April 65, dem Tag, an dem alles aus den Angeln gehoben wurde, hat's hier in der Gegend geregnet. Um historisch genau zu sein: Ein Aprilschauer ist niedergegangen. Der sollte später – sagt uns die Geschichte – unter anderm Maiblumen hervorbringen. Die Fliederhecke war mit Regentropfen behängt. Hast du mal regennassen Flieder gesehn? Vollkommen – blaue Trauben mit Girlanden aus Brillantarmbändern.

In meinem Schulaufsatz weilt die Dame in Weiß wie jeden Morgen in einem der oberen Gemächer. Sie spielt auf dem deutschen Konzertflügel, der von Wilmington flußaufwärts gekommen war, auf einem Kahn mit einer Mannschaft fast so groß wie die von Kleopatras Schiff. Weil irgend etwas daran ihr zusagte, hatte Lady den Bechstein rauhreifweiß lackieren lassen.

Beschwingt von einer populären Foster-Melodie, schwatzt Lady – sie taucht gerade aus einem Migräneanfall auf, bevor sie im nächsten versinkt – mit zwei Sklavinnen (die eine jung, die andere alt), die dabei sind, das riesige Zimmer sauberzumachen. Castalia, grade fünfzehn geworden, summt vor sich hin, bewegt sich federnd wie eine Gerte, staubt den weißen, mit Stratfordshire-Schäferinnen übervölkerten Kaminsims ab. Sie säubert die Figuren mit resoluten Schlägen (ohne je eine zu zerbrechen, sie weiß genau, wieviel jede verträgt). Die ältere Sklavin – eine gewisse Zelia – stutzt blühende Fliederzweige zurecht und stellt ein großes Arrangement als Dekoration für das blasse Turmzimmer zusammen. Die Besitzerin spricht. Wie immer. Am Abend – im sicheren Quartier – stöhnen die Sklavinnen: »Mein Gott, hat die ein Mundwerk! Redet dir Löcher in den Bauch, wenn du sie läßt.« Bis heute haben sie keine andere Wahl gehabt.

Lady stürzt sich in den Klavierauszug von einem üppigen Orchester-Arrangement der allzeit populären »Letzten Rose« und plaudert mit ihnen, während die Musik dahinplätschert. Sie spricht von ihrem Sohn, der in den Krieg gezogen ist, erwähnt ihren seligen Mann, sagt, der Frieden wär längst überfällig. Die einzigen guten Partys, die's hier noch gibt, sind die Kaffeekränzchen, bei denen Binden für die Verwundeten gerollt werden, und wie jedermann weiß, ist sie allergisch gegen Baumwolle. Das Essen im Krieg ist eintönig. Und man kann keine Noten mehr per Post bestellen. Ausnahmsweise nicken ihre schwarzen Bedienten mal, geben sich fast interessiert. Aber keine der beiden Frauen hört ihr zu. Beide haben nur Ohren für den Möbelpackerlärm unten im Parterre.

Es riecht nach Rauch.

Ein dunkler, S-förmiger Rauchkringel hängt in der Luft, schwer zu übersehn in diesem Raum, wo sogar die Wände mit weißem Seidenbrokat bespannt sind. Die Herrin trägt ihr bodenlanges Seidengewand, die Musik verströmt sich in parfümierten Akkordfolgen, blaß schimmern die kunstvoll ins Haar geflochtenen Perlen und das X der Eßstäbchen in ihrem Nacken – und die einzigen Farbtupfer setzen die Wollknäuel in einem Strickkorb in der Ecke (immer noch das Rot/Weiß/Blau, in dem Willies Abschieds-Unterhosen gestrickt wurden), die beregneten Fliederzweige, die braunen Kleider der beiden nervösen Frauen und ihre roten Kopftücher. Und jetzt dieser Rauch.

Die weißen Elfenbeintasten sind buchstäblich dunkler wie die Hände der Spielerin. Den Kopf gesenkt, als wüßte sie nicht, daß die Yanks flußaufwärts schon etlichen Hausbesitzern eingeheizt haben, wirkt Lady wie die weißeste weiße Frau auf Erden. Hab ich vielleicht schon gesagt. Sie erlaubt ihrem Näschen nicht, auch nur einmal zu zucken wegen dem plötzlichen Kohlengeruch. Mrs. L. E. M. Marsden spielt weiter, tut so, als wär das nicht der Tag, an dem alles zu Ende geht. Sie läßt die Hände über die Tasten gleiten und sieht dabei den schwarzen Frauen zu. Deren ruckartige Bewegungen und plötzliche Bereitschaft, Aufmerksamkeit zu heucheln, sagen ihr: Bald. Sie hat eine Mitteilung von der Plantage vier Meilen flußaufwärts bekommen: »Lady, triff alle Vorbereitungen, die Du für möglich und nötig hältst, meine Liebe. Während Nero die Lyra zupft, brennen die Heiden wahrscheinlich schon Rocky Mount nieder. Der Gedanke daran läßt meine Gicht toben. Hoch lebe unsere Sache und unser Geschlecht. Dein ergebener Diener, Cousin Mabry.«

Lady fängt ihren Hausmädchen zuliebe ein neues Stück an (sie fürchtet, sie könnten sich sonst langweilen) und sagt sich: »Ich habe diese beiden und meine anderen Leute stets fair behandelt. Ich habe sie gepflegt bei Nierenkoliken und Zahnschmerzen. Und wer vergißt hier so gut wie nie einen Sklavengeburtstag? Ja, sie werden sich sicherlich immer an die Gunst ihrer Herrin erinnern.« Eine dieser Vergünstigungen: Lady hat nie zugelassen, daß das Wort »Sklave« im Beisein eines Sklaven gebraucht wurde – nicht mal von Winch, dem ehemaligen Aufseher, der für die Auspeitschungen zuständig war. Andere Besitzer am Fluß Tar nennen die Schwarzen auf The Lilacs »Marsdens Freigelassene«. Lady erinnert sich mit Wohlgefallen, wie ihr verstorbener Mann seine »Leute« verwöhnt hat.

Schon anno 59 hat er ihnen den Sonntagvormittag freigegeben! Das war, sagen andere Plantagenbesitzer, der Anfang vom Ende in unserer Gegend hier. Es hat im weiten Umkreis die Arbeitsmoral der Sklaven regelrecht ruiniert – die andern waren eifersüchtig auf das Häuflein der Privilegierten. Das bißchen Banjospiel, das sich vielleicht noch hier und da in einem Quartier gehalten hatte, ist bald auch noch verstummt, wie sich das rumgesprochen hat.

»Heute nacht«, erzählte der stille Bücherfreund Dr. Marsden (so geschehn beim Morgengebet, das er zur religiösen Unterweisung seiner Sklaven eingeführt hatte), »hatte euer ergebener Herr einen Traum von vielen dunklen Schafen und einem einzigen leuchtenden guten Hirten. In diesem Fall: unzulänglich verkörpert von, nun ja, von mir, meiner Wenigkeit. Ich deute meine Träume für gewöhnlich nicht als eo ipso der Wahrheit entsprechend . . . Onkel Primus, würdest du dir bitte die Mühe machen, deinen Freunden *eo ipso* zu übersetzen?«

Primus, weißhaarig, nobel, erhebt sich lächelnd. »Je nun, Master, *eo ipso*, also da braucht man doch nicht viel Worte machen drum. Bedeutet eben« – er zuckt die Achseln, grinst – »*eo ipso*, Sir!« Und setzt sich wieder hin. Die andern Sklaven starren den alten Mann an.

»Vortrefflich, Primus«, lacht Master Marsden und putzt sich das Pincenez. »Das war deiner natürlich unwürdig ... Vergib mir. – Also, im Lichte meines Traums, in Anbetracht der reichen Baumwollernte im vorigen Jahr, die unsere Truhen so erfreulich gefüllt hat, und zu Ehren der alten Weisheit *Salve lucrum‹* ... Möchtest du dich *daran* einmal versuchen, Primus?«

»Nun, das« – der Gärtner-Butler hält es für angebracht, wieder aufzustehn – »das wärn Wörter, die soviel bedeuten wie ... Ja, daß es auch jeder versteht, könnt man sagen ... ›Gewinn macht Freude?‹ Irgendwas so in der Art. Kommt vom Griechischen.«

Master Marsden verbessert ihn nicht.

Castalia, wachsam wie immer, stöhnt auf. Primus hat den andern nie was beigebracht. Hat nur Fakten gehamstert. Cassie murmelt jetzt: »Primus sagt: Kommt vom Griechisch. Ich sag: Kommt von ihm, kommt mir spanisch vor.«

Ein paar kichern. Primus wirft Castalia einen strafenden Blick zu, auf englisch, der soviel wie »Warte nur« bedeuten soll.

»Vorzüglich«, sagt Dr. Marsden. »Zumindest für meine Wenigkeit bedeutet der Traum folgendes: Christus hätte, nach meiner unmaßgeblichen Meinung, *Seinen* ›Leuten‹ sicherlich einen Teil von *ihrem* Sonntag frei gegeben. Ergo: Fort mit euch, meine Lieben. Hebt euch hinweg, tut bis Mittag, was euch behagt!«

Das braucht niemand übersetzen – im Nu hat sich die Gemeinde verlaufen. Dr. Marsden bleibt hinter dem improvisierten Altar zurück und ordnet verwirrt seine Blätter. Seine Gattin sitzt am Spinett im Parterre, auf dem sie zur moralischen und künstlerischen Erbauung ihrer ›Leute‹ spielt. (Das läuft auf ein und dasselbe hinaus, klärt Mrs. Lady Besucher gerne auf.) Jung-Willie, zu Tode gelangweilt und mit einem roten Ministrantenkittel angetan, in dem er sich wie ein Affe vorkommt, steht da und hält die fünf Fuß lange Stange mit dem Lichthütchen vor einer Batterie Andachtskerzen.

Auf einmal hören Mutter und Sohn im ganzen Haus keinen Laut mehr, außer dem eigenen Atem. Verstummt ist das lustige Getrappel genagelter Schuhe, verflogen das schöne Gefühl, Publikum in Gestalt eines zahlreichen Personals zu haben. Sogar im Küchentrakt hinterm Haus ist es völlig still geworden. Die Marsdens sehn sich an. Heißt das, das Sonntagsessen wird sich verzögern?

»Endlich allein?« scherzt Lady zaghaft.

»Kann ich jetzt wenigstens die blöde Kutte ausziehn?« erkundigt sich Jung-Willie.

»Also ehrlich gesagt«, gesteht Dr. Marsden mit einem kleinlauten Lächeln, »hatte ich ja gemeint, *nach* der Andacht. Aber sei's drum.«

Die Sklaven auf angrenzenden Plantagen haben gesehn, daß auf den Marsden-Feldern den ganzen Sonntagvormittag nicht gearbeitet wurde. Im ganzen Kreis ist die Produktion zurückgegangen. Die Nachbarn der Marsdens haben sich beschwert. Sogar Ladys dem Portwein ergebener Cousin Mabry hat die Nase gerümpft. Die Einheimischen haben das Dr. Marsden mit dem verschmierten Pincenez und den eierschalenweißen Philosophenbüsten in der Frühstücksnische nie verziehn.

4

Anno 1859 hat Dr. Marsden angefangen, seine Sklavenbabys nach alten Göttern und Feldherrn taufen zu lassen. Bis dahin hatte er sie nach den Städten in Carolina benannt, wo seine vielen Brüder zum Bürgermeister gewählt worden waren. Charlotte ist dabei noch gut weggekommen. Aber Castalia (der Ort) hat weniger Einwohner gehabt als The Lilacs, bevor die ersten Entlaufenen entlaufen sind. Am meisten bedauert worden ist die arme L. S. Wie sie sich endlich ein Herz gefaßt und Dr. Marsden angefleht hat, hat er ihr erlaubt, sich einfach nur mit den Anfangsbuchstaben rufen zu lassen. Die Ärmste hat gemeint, es sollte zur Abendbrotzeit niemand ihre Lieben schreien hören: »Leaksville-Spray, Leaksville-Spray!«

Dr. Marsden ist an einem Montag gestorben, nachdem er den Sklaven einen Vortrag darüber gehalten hatte, wie Wedgwood mit seinen Steinzeugdekorationen den griechischen Stil verfälscht hat. Für seine Leute war dieser Vortrag nicht besonders amüsant gewesen, Schätzchen. Dr. M. hat die Haussklaven die Wendeltreppe raufgeführt und auf eine Figur auf einer riesigen Jasperware-Vase gezeigt, die dort in einer Nische stand. Er hat einen Ausspruch von Wedgwood zitiert: »Mit Feigenblättern ist es da nicht getan.« Der prüde Josiah Wedgwood hat nämlich Priapos mit einer Toga und Blumen umhüllt und den Gott damit um seinen ganzen Sexappeal gebracht. Weil die Sklaven nicht gewußt haben, wer Priapos war, hat Dr. Marsden als einziger über den Scherz gelacht. Kein Sklave hat eine Miene verzogen, bis Little Xerxes, der auf der Treppe oberhalb von Dr. Marsden gestanden hat, das Blinzeln und Feixen vom Boß täuschend ähnlich nachgemacht hat. *Jetzt* haben die Sklaven gekichert. Womit sie bei ihrem Besitzer einen solchen Lachanfall ausgelöst haben, daß ihm das Pincenez runtergefallen ist und am Seidenband gebaumelt hat. Wie er am nächsten Vormittag oben in seinem Kabinett wieder mal ein zu wenig gewürdigtes Horaz-Gedicht übersetzt hat, ist der Mann vornübergesackt und hat dabei die Tinte über hundert weiße Blätter ausgeschüttet.

Lady hat alle Arbeiter von den weit verstreuten Baumwoll- und Indigofeldern ins Haus kommen lassen. »Die seit langem befürchtete Tragödie hat uns, meine Lieben, ereilt. Sein Herz war von jeher schwach. Wir müssen uns nun gegenseitig helfen, tapfer zu sein.« Dann hat sie den Leuten einen ganzen Tag freigegeben, damit sie ihren gestürzten Herrn betrauern konnten. Vierundzwanzig Stunden frei!

Aus Kummer haben die Sklaven Picknicks am Seerosenteich veranstaltet. Manche haben ihre Trauer dadurch ausgedrückt, daß sie längst vergessene Banjos vorgekramt haben. Andere konnten sich nur dadurch trösten, daß sie die Speisekammer geplündert haben, auf die riesigen Magnolienbäume vorm Haus geklettert sind und da oben Putenkeulen abgenagt haben. Es war, wie sogar Lady zugeben mußte, kein erbaulicher Anblick. Die Kinder sind im ganzen Haus rumgetobt. Venus, Xerxes und Baby Juno wurden beobachtet, wie sie im zweitbesten Salon auf einer imitierten römischen Chaiselongue rumgesprungen sind.

Buggys voller weißer Sklavenhalter aus der Umgebung sind schon bald an den Poststraßenzäunen von The Lilacs entlanggerollt. Die feinen Leute haben den Kranz aus Gardenien betrachtet, der, groß wie ein Wagenrad, von einer der vier massiven Marmorsäulen des Hauses runterhing. Diese Bekanntmachung wollte so gar nicht zu dem Karnevalstreiben passen, das auf dem Anwesen geherrscht hat.

Ein ungewohnter Anblick – erwachsene Schwarze, die an den feuchten Teichufern schlafen, hingeflätzt auf Orientteppichen, die sie aus dem Marmor-Foyer des Herrenhauses gezerrt haben. Ein paar Sklaven haben im Teich geangelt und riesige Goldfische rausgeholt, die in Fässern über Richmond aus China importiert worden waren. Am Wald drüben haben zwei böse Buben einen Schwan gebraten, ein Exemplar, das wegen seinem schneeweißen Gefieder im Fluß ausgesetzt worden war.

Sogar der Witwe Marsden – die weinend am Fenster im zweiten Stock stand – ist der freie Tag ihrer Sklaven wie ein kurioses und, wie sie fand, zunehmend heidnisches Spektakel vorgekommen. Sie wollte wen in ihrer Nähe fragen: »Ist das alles, was sie mit ihrer sogenannten

Freiheit anzufangen wissen?« Aber weil sie sogar Castalia, ihrer Leibsklavin, den Tag freigegeben hatte und ihr Sohn mit seinem hübschen Freund Ned und dem Kirchenchor unterwegs war, hat keiner die Fragen der jungen Witwe hören wollen.

Die Witwe Marsden hat die Drohung der Sklavenbefreiung mit ihren Zweifeln am Tod als solchem verknüpft. Sicher, man hört es immer wieder, daß letzten Endes jeder sterben muß – aber irgendwie hat man das Gefühl, natürlich nur insgeheim, sogar an dem Tag, wo der eigene noch jugendliche Mann dahingegangen ist, daß man mit der nötigen Disziplin und genug Schlaf, mit fleißigen Fingerübungen auf dem Klavier und mit bereitwilliger, fröhlicher Hilfe von »seinen Leuten« ... vielleicht doch davon verschont bleibt. Sterben zu müssen. Warum sollte das nicht möglich sein? *Muß* es denn irgendwann zu Ende gehn, dieses mühelose Gleiten, das sie als Leben kennt? Ihre Pflichten sind fast die gleichen wie die des Schwans, eines Vogels, der jetzt gerade draußen vor dem Haus an einem grünen Stock gebraten wird. Beruf: Weiß und von graziöser Gestalt sein, über eine friedliche, spiegelnde Fläche herrschen, raffinierten Charme verkörpern – und gleiten, immerzu gleiten.

Wie sie so aus dem zweiten Stock runtersieht, ist Lady enttäuscht, daß die da, ihre Leute, sich nicht aufraffen können, das Ende ihres Herrn ein bißchen würdiger zu betrauern. Lady E. More Marsden trauert. (Keiner weiß ihren zweiten Vornamen; weil sie ihn so unmöglich findet, hat sie ihre Geburtsurkunde verbrannt und die Familienbibel geschändet, um die häßliche Wahrheit auf ewig zu vertuschen.) Sie kommt zu dem Schluß, daß die Trauer der Sklaven wohl zwangsläufig ein bißchen lauter, eine Spur primitiver sein muß. Ach, ihre lieben, wenn auch kindlichen Freunde, das erkennt Lady nun, haben noch viel zu lernen.

In der Hoffnung, der aufgestauten Reue ihrer Leute zum Durchbruch zu verhelfen (sie muß sich jetzt *wirklich* aufgestaut haben), und eingedenk ihres Lieblingsspruchs »Große Gaben bringen große Verantwortung mit sich«, ordnet Lady an, den Konzertflügel die zwei Treppen runterzutragen und im Parterre aufzustellen, im gefliesten Portikus. Castalia, die das Ganze dirigieren soll, kommt rasch vom Seerosenteich, wo sie mit den andern Goldfische geangelt hat.

Lady läßt durchblicken: Vielleicht könnten die jungen Klavierträger mit nacktem Oberkörper gehn. Sogar an dem Tag, sogar in ihrer tiefen Trauer, hat ihr noch irgend etwas daran zugesagt, Junge. Die Rosenholz-Wendeltreppe auf The Lilacs war übrigens von einer importierten deutschen Handwerkerfamilie in ganzen drei Wochen geschnitzt worden. (Sie hatten hinterher sogar den Dreck weggemacht. »Typisch deutsch«, hatte Lady zu den Einheimischen gesagt – obwohl sie noch nie zuvor einen gebürtigen Deutschen kennengelernt hatte. Sie wollte nur kundig erscheinen. *Das* können wir ihr sicher nachsehn.) Die Stufen waren so breit, daß zwölf Männer (von denen zehn trotzig ihr Hemd anbehalten hatten) mit schweren Tritten den wie aus Gram mißtönend schrummenden Flügel runterschleppen konnten. Lady hatte das Gefühl, daß auf der ganzen Plantage nur sie und das kostbare Instrument trauerten.

Das Piano wurde genau in der Mitte vom Portikus aufgestellt. Vor der sinkenden Sonne, umrahmt von ungewöhnlich langen Magnolienzweigen, beleuchtet von Fackeln in den Händen ihrer beiden hemdlosen Sklaven, hat Lady Trauermusik gespielt, die zum Tod englischer Herrscher komponiert worden war. Schwarze Kleidung hat sie keine angelegt. Sie hat keine gehabt. Außerdem hätte *er* sie bestimmt so haben wollen, wie er sie gekannt hatte – als Weiße Frau, durch die Witwenblässe noch ein bißchen weißer geworden. Vor dem versammelten Personal hat sie gespielt und dabei immer wieder den Kopf rumgeworfen (offensichtlich hatte sie keine Ahnung, was die Sklaven in ihren Unterkünften um die Wette spielten: »Nachmachen, wie sie den Kopf rumwirft«), die Perlen haben im Fackellicht geschimmert, und Lady war bewegt von der wundersamen Wirkung der Musik, die alle Bereiche des Lebens zu durchdringen vermag. Alle.

Bei einem Stück mit dem Titel »Tröstung« war die Frau selbst ergriffen von ihrem Talent, das oft von den gebildetsten Hausgästen gepriesen wurde. Sie hat sich durch und durch als Künstlerin gefühlt, bis sie gemerkt hat, daß die Sklaven draußen auf ihren Teppichen (*Ladys* Teppichen) – bis auf ein paar Kinder, die auf die Magnolien geklettert waren und sich respektloserweise damit vergnügten, rote Früchte in die Mechanik von dem weißen Klavier zu werfen – alle geschlafen haben. Das war also ihr gebannt lauschendes, gefesseltes Publikum. Ungläubig hat sie von dem Portikus-Podium auf ihre »Leute« runtergestarrt, die sich den ganzen Tag die Bäuche vollgeschlagen hatten. Lange hat Lady so die schnarchenden Menschen angesehn, die vom Nichtstun betrunken und vor Erschöpfung umgesunken waren, weil sie bis zur Neige den einzigen ganz arbeitsfreien Tag ausgekostet hatten, den sie je erlebt hatten. Je erleben würden.

Bis zu diesem Augenblick. Bis zum 7. April 1865.

5

An einem Flügel, der schon längst wieder von starken Muskeln nach oben befördert worden ist, spielt Lady Impromptus, Klavierfassungen der »Feuerwerksmusik«, Balladen, alles mögliche. Ein brenzliger Geruch dringt (eine Oktave stärker als vorhin) durch die zwanzig Fenster auf der Flußseite von dem kreisrunden Raum. Heute spielt die Herrin alle vorgeschriebenen Wiederholungen, in der Hoffnung, das Tauwetter der Freiheit noch ein bißchen aufhalten zu können. Castalia, ihr großes Gesicht voller Erwartung, bewegt sich auf die drahtige, lebhafte Art, die sie so an sich hat. Sie stibitzt nebenbei gebrannte Mandeln aus einem silbernen Schälchen, während sie mit dem Wedel Froufrou-Figürchen abstaubt. Cassie hat so breite Schultern wie ein Mann. Ihre Backenknochen sind gradezu königlich geschwungen. Ihre Augen sind so lebendig, daß man im ersten Moment an eine Warnung denkt, bis man das wilde Vergnügen bemerkt, das heute in ihnen brennt.

Zelia – hager wie ein Besenstiel, älter als mancher Stein – lockert einen Fliederstrauß auf, der, seit wir das letztemal hingesehn haben, so groß wie der Kopfschmuck einer Karnevalsfigur geworden ist. Die beiden schwarzen Frauen richten sich jetzt auf, schaun starr vor sich hin und wittern. Lady, nach wie vor fest entschlossen, nichts zu bemerken, spielt bedeutend lauter. – Wir haben alle unsere besondere Art, auf Katastrophen zu reagieren, Junge. Die einen gehn auf und ab, die andern häkeln. Was machst du?

Seit eh und je leidet die Herrin an Migräne. Hab ich schon gesagt. Jetzt spürt sie ganz deutlich, daß ein Anfall bevorsteht. Ein richtiges Prachtexemplar. Die vierzig Fenster von ihrem Zimmer sind mit Negligé-Stoff verhängt. Diese Filter lassen nur gedämpftes Tageslicht rein, halten die harten Strahlen ab. Auf ihrem Nachttisch stapeln sich seidene Augenbinden. Ein einziges Mal in die heidnische Sonne geschaut, und Lady wird fast auf der Stelle für drei Tage blind.

Jetzt drängt sich der Rauch – er kommt betrüblicherweise von Cousin Mabrys pseudogotischer Kitschorgie namens Shadowlawn – schon rücksichtsloser durch das zarte Gespinst vor den Fenstern.

Lady Marsden hat eine Lieblings-Maxime gehabt, die Cassie schon ziemlich früh mitgekriegt hat. Damit hat sie alles erklärt: die Leiden der Witwenschaft, den Kummer darüber, daß ihr einziges Kind mit dreizehn zu den Soldaten mußte, und die Schmerzen, die es ihr bereitet hat, eine so große Plantage allein führen zu müssen, es ihren

»Leuten« recht machen zu wollen und dabei auch noch diesen schmutzigen, sinnlosen Krieg überstehn und das schlechte Essen ertragen zu müssen – immer dieselbe Grütze, wenn auch mit allen erdenklichen Saucen, die Gott oder die Franzosen jemals erfunden haben. Jetzt sagt sie es wieder, richtig tapfer: »Große Gaben bringen auch große Verantwortung mit sich. ›Denn welchem viel gegeben ist, von dem wird man viel fordern.‹«

So steht's im Buch der Bücher, und so hat's die Witwe Marsden immer wieder zitiert.

Lady sagt Castalia, daß sie einen besonders grauenhaften Anfall kriegt. Sie hat dieses ominöse Brennen in der Nase, das erste Anzeichen, das sie, wie sie meint, Cas schon einmal beschrieben hat.

»Meine Liebe, du kannst dir das nicht vorstellen – du, die Gesundheit in Person. Wie ich höre, sind die Yankees tatsächlich in unserem Staat, dieses Ungeziefer, diese Pestilenz (ach, schaut mich doch nicht so entgeistert an, ihr beiden. Eure kleine Freundin hier fängt dergleichen direkt aus der Luft auf.) Sherman ist wie ein im Körper zirkulierendes Gift. Ich fürchte den Ausbruch eines Grand mal, das selbst meine bisher schlimmsten noch übertreffen wird. Wer könnte jemals meinen Anfall vom Juni letzten Jahres vergessen? Schon beim Beginn eines *normalen* Anfalls ähnelt die Welt einem weißen Eßteller – sauber, rund, glänzend von dem porzellanenen Licht, das über seine Oberfläche spielt. Aber dann, mein Gott, dann fressen sich vom Rand her, meist von unten links, schwarze Mäuler mit einzelnen Bissen in die Helligkeit, bis alles angebissen, abgebissen ist. Bis ich mich hier hinlegen muß, weil mein ganzes Leben in veritablen Brocken aufgefressen wird. In richtigen Brocken, glaubt mir. Am Ende ist nur noch ein einziger Mundvoll makelloses Weiß übrig. Könnte mir nicht wenigstens das bleiben? Na? Wäre das zuviel verlangt? Steht nicht bloß so da und guckt belemmert, ihr beiden. Nein! Nichts bleibt mir. Ein schwarzes Maul schnappt auch noch nach dem kläglichen Rest, und wenn dieses letzte Stück verschluckt ist – nun, *du* hast mich oft genug gepflegt, Castalia, du weißt nur zu gut, was dann passiert, mein Kind. Nach so vielen Jahren als meine sorgsam ausgewählte Vertraute mußt du es ja wissen.«

»Ohnmächtig werden Sie.« Cassie sieht die ältere Bedienerin an und rollt die Augen. Zelia grinst und hackt mit frischer Energie die Fliederstengel ab. »Sie fallen wem ohnmächtig in die Arme«, sagt Castalia weiter. »Sind so schwach, daß Sie nich mal kaum noch . . . reden können. Wirklich ganz schön schwach.«

Lady, die den kleinen Scherz nicht mitgekriegt hat, redet weiter. »*Justement*. Und doch, wie ich immer sage . . .«

»Die was viel gegeben kriegen wird auch viel verlangt von.«

»Du sprichst mir aus der Seele. Aus tiefster Seele, Kind. Castalia, es gibt Momente, da machst du den Mund auf, und ich höre Sphärenmusik. Ich höre exakt das, was *ich* sagen würde.«

An dem Tag lacht Castalia in verschluckten Ansätzen, bewegt sich mit jähen Wendungen, die Ellbogen eckig abgespreizt. Ihr Kopf dreht sich um seine glatte Achse, die Augen sind ständig auf dem Sprung, sich beim geringsten Anlaß flatternd zu schließen. Cas will, daß ihre Sinne den Duft von elfhundert Fliederbüschen links liegen lassen. Dieser schwere Geruch ist jetzt der Feind, so was wie eine Glocke über dem ganzen riesigen weißen Haus.

Die Rauchschwaden werden dichter. Cassie horcht auf die alltäglichen Geräusche, gibt sich sichtlich Mühe, das ungewohnte Klopfen und seltsame Scharren von unten zu überhören. Lady Marsden, die in der Zimmermitte Musik macht, ahnt nichts von der großen Räumaktion, die schon im Gange ist.

6

Cassie schiebt den Migränefilter an einem Fenster zur Seite und sieht unten eine regelrechte Prozession. Die andern Sklaven schaffen die besten Sachen aus dem Erdgeschoß von The Lilacs weg. Das hat Castalia in der Nacht selber angeordnet. »Wird unser Notgroschen für nächste Welt.« Sie hat versprochen, falls die andern die Sachen raustragen, werden sie und Zelia Lady schon beschäftigen. Mit Cassies berühmten wahren und halbwahren Geschichten von der Überfahrt aus Afrika, mit nagelneuen Lügen, mit allem, was Erfolg verspricht.

Die alte Zelia hatte gesagt: »Soll Feuer ganzen widerlichen Krempel auffressen.« Aber Castalia hatte sie scharf zurechtgewiesen: »Haben wir leicht die ganzen Jahre den teuern Plunder saubergemacht, bloß daß er geschmort wird, weil er *ihr* gehört? Wir gehören auch ihr. Und *wir* können auch nix dafür.«

Haussklaven von flußaufwärts haben Nachrichten geschickt: Das Silber wird schon vergraben. In Häusern wie Mabrys Shadowlawn konnte das bedeuten, daß einen ganzen Tag lang geschaufelt werden mußte. In der Nacht haben die Marsden-Sklaven per Abstimmung entschieden: An dem Silber in diesem Haus soll das Feuer seine

Zerstörungswut austoben. Wie viele Tage und Monate haben die Frauen gearbeitet, bloß damit die Julep-Kelche, Tabletts und Fischplatten für zweihundert Personen nicht angelaufen sind! Damit war jetzt Schluß! Nur die schüchterne Baby Venus hat gebeten, eins soll nicht vom Feuer weggeputzt werden – das silberne Service, in dem an Regentagen den Katakombenspielern der Tee gereicht wurde.

Baby Venus wurde überstimmt.

Cassie sieht den Leuten zu, die auf dem Rasen hin- und herlaufen, auf dem jetzt zum erstenmal der Löwenzahn sprießt, weil sich Onkel Primus und seine sechs Hilfsgärtner letzten Monat in den Norden verkrümelt haben. Wie Castalia von ihrer hohen Warte aus sieht, *was* die andern da in Sicherheit bringen, möchte sie ihnen am liebsten Befehle runterschrein. (Passiert nicht so oft, daß du vorher weißt, dein Haus wird nachmittags um drei abbrennen, und noch alles mögliche retten kannst, wo sonst schon bald Ruß und Asche draus werden würde.) Unserer Cassie oben am Fenster schwant: Die Frauen, die unten geblieben sind, haben die Sachen vielleicht dreißig Jahre lang mit Zitronenöl eingerieben, aber sie haben nicht die geringste Ahnung, welche »die besten« davon sind. Sie überlegt: Womöglich hat sie mich zum gleichen Snob-Monster gemacht, wie sie eins ist. Castalia hat zehn von ihren zwölf Sklavinnenjahren Lady Marsden als Zofe gedient. Und an all den vielen Tagen, wo sie hinter der Herrin vor dem ovalen Wandspiegel gestanden, an den langen Abenden, wo sie das berühmte hellbraune Haar gebürstet hat – ein dicker Strang in der Hand, zweihundert Bürstenstriche –, hat Castalia irgendwie (wie man sich eine Krankheit holt) mehr zusammenhanglose Fakten aufgeschnappt, als sie je kennen mußte. Bis heute. Auswendig hat sie die Wörter hersagen können, die Lady mit so ehrfürchtigem Nachdruck ausgesprochen hat: Wedgwood. Sèvres. Majolika. Aubusson. Ormolu. Warum haben diese Silben in einem mit drei Jahren aus Afrika entführten Kopf so schön geklungen? Warum klingen diese Wörter – die sie ihrer Erinnerung nach nie *nicht* verstanden hat – für Castalia irgendwie heimatlich, zu ihrem Stamm gehörig? Persönlich? Afrikanisch?

»Cassie weiß genau, was gerettet werden muß.« Sie tut so, als ob sie weiter abstaubt, und bringt ihre Stirn noch näher ans Fenster.

Unterdessen bringt Little Xerxes eine kaputte Kuckucksuhr aus der hinteren Küche an. Und da kommt Baby Venus mit einem zerbeulten kupfernen Kohleneimer, den sie sich über den Kopf gestülpt hat. Sie tritt fast den zwei älteren Frauen auf die Hacken, die einen stinknormalen eichenen Eßtisch rausschleppen. Wieso denn *den*? Cas ist schon drauf und dran, eine ganze Litanei von rettenswerten Sachen runterzuschrein, da fällt ihr die andere Abstimmung ein, die von letzter Nacht.

Frage: Wo sie doch heute noch ihre Freiheit bekommen, sollen die Leute da möglichst früh weglaufen oder die paar Stunden bis zum Ende dableiben und zum Schein ihre normale Arbeit machen? Sollen Sie Mrs. Bleichgesicht Bescheid sagen oder sie noch eine Weile im ungewissen lassen? Alle hatten für Weitermachen gestimmt. Wo sie nun mal Sklaven von einer selbsternannten Schauspielerin waren und jahrelang in diesem imaginären Ausstattungsstück gelebt hatten, hat ihnen das Theaterspielen halb und halb gefallen.

Castalia hatte den Plan für diesen Tag verkündet: »Das Feuer wird hier so um drei losgehn, wenn man glauben kann, was die uns von oben am Fluß gesagt haben. Ich jedenfalls geb mir Müh und glaub alles mögliche. Das Haus is bis zum Abend halb durch oder ganz gar. Und dann dauert's nich mehr lang und ihr könnt Cassie in New York City besuchen!«

Nach den Abstimmungen haben sich im Quartier alle laut unterhalten und sind rumgetanzt. Baby Venus hat sich von einer älteren Frau auf den Schultern rumtragen lassen. Mit Besen und Blechschüssel als Schlagzeug hat Zelia richtig heiße Rhythmen hingelegt. Little Xerxes hat Onkel Primus' steife Verbeugung aus der Hüfte nachgemacht. Aber den Primus hat schließlich *jeder* nachmachen können.

7

Lady hat Xerxes zu ihren Lieblingen unter allen Sklaven gezählt, die sie geerbt oder irgendwann selber gekauft hatte. Und das war ein ganz schöner Haufen. Als einziger von den schwarzen Kindern ist Xerxes manchmal, wenn keine weißen Besucher da waren, zum Abendessen eingeladen worden. Die feinen Leute aus Falls und Umgebung haben ihn als den besten lebenden Imitator bezeichnet. Der Junge konnte andere Leute nachmachen, wie sie ihn beim Nachmachen anderer Leute nachgemacht haben. (Seltsam, aber man hat auf einen Blick alle Personen erkannt und sich erst hinterher gefragt, wieso.)

Mit seinen immerhin elf Jahren war Xerxes bloß drei Fuß einen Zoll groß. Man kann's wohl nicht viel freundlicher ausdrücken, Schätzchen: Er hat ziemlich komisch ausgesehn. Nichts als Haut und Knochen, hat das flinke Kerlchen mit den Segelohren so gern im Haus gesessen und gelernt, daß Lady an ihren Mann selig (den mutmaßlichen Erzeuger von Xerxes) hat denken müssen.

Jeder (Ladys Gäste inklusive) hat den Jungen aufgefordert, doch bitte den Soundso nachzumachen. Als Sklave hat er gehorcht. Die Schwarzen haben behauptet: Wer zusieht, wie Xerxes ihn nachmacht, beschwört seinen eigenen Tod herauf. In den Unterkünften hat der Junge jeden rechtzeitig gewarnt, damit der die Augen zumachen, still dasitzen und sich gegen das wiehernde Gelächter wappnen konnte, das dann gleich ausgebrochen ist. Und auch wenn die andern ihn gehänselt und angestoßen haben, hat er keinen Blick riskiert. Es war, als ob man mit geschlossenen Augen in den Spiegel schaut.

In der Hütte hat Xerxes nach Mitternacht, wenn die Luft rein war, beim Licht einer einzigen Kerze besonders gern Lady nachgemacht. Vor einem fanatischen Publikum, dem nichts entgangen ist. Wenn der quecksilbrige Junge für Lady ein Besitz war wie eine ihrer kostbaren Uhren, so war *sie* mit Sicherheit seine Glanzrolle. (Als Antrieb zum Handeln und Motiv zum Aufruhr sollte man die Rache nie unterschätzen, mein Lieber.) Xerxes hat ihre volle, überraschend tiefe Stimme perfekt imitiert, ebenso ihre sicheren, winzigen Hände und die Art, wie sie den Kopf rumgeworfen hat, mal affektiert, mal leidenschaftlich.

Eines Morgens hat Xerxes sie sagen hören: »Gentlemen tragen immer ein Halstuch.« Am nächsten Tag – und von da an immer – hat er sich ein Halstuch umgebunden, das aus drei ausrangierten Taschentüchern von seinem Herrn zusammengenäht war. Mit dem Ding um den Hals ist er im Großen Haus zum obligaten Putzen von Marsdens Schuhen angetreten. Die andern haben ihn aufgezogen, bis Lady seinen Halsschmuck als »adrett« bezeichnet hat. Da haben die andern dann gemurrt.

Irgendwann hat sich der Junge nicht mehr an den »Nachmachen, wie sie den Kopf rumwirft«-Wettbewerben beteiligt – wollte auch den Großen mal eine Chance geben. Im Gegensatz zu mir hat Xerxes selten übertrieben. Diese Nüchternheit hatte zur Folge, daß seine Imitationen einem am Anfang unheimlicher waren und dann bald lustiger wurden. Castalia hat die meiste Zeit allein mit der Herrin verbracht. Dabei hat sie insgeheim allerlei Beobachtungen gemacht, die sie dann an das begabte Bürschchen weitergegeben hat.

Wenn die andern ihn bekniet haben, er soll die Herrin nachmachen, hat Xerxes manchmal geschmollt, sich geziert. (Alle Komiker wollen *zum Teil* ernstgenommen werden – ich muß es wissen.) Cassie hat ihn oft bestochen – mit ihrer Essensration. »*Bitte* mach als erstes nach, wie sie langsam Klavier spielt, dann, wie sie Gedichte vorliest und bis zu den Augen in einem viel zu schaumigen Schaumbad sitzt dabei. Du weißt schon. Dann zum Schluß mach ›Die Herrin kriegt das große alte Juni-Kopfweh.‹ So hintereinander.« Und dann hat sich die dünne Cas mit knurrendem Magen wie eine Königin zurechtgesetzt, mit verschränkten Armen und voller Erwartung, und schon mal ihr Grinsen geübt.

Wenn die Sklaven Xerxes' Kabinettstück sehn wollten, haben sie nicht »Mach sie nach« gerufen. Sie haben gebettelt: »Mach *es* nach. Jetzt gleich.« Cassie war betrübt, daß Lady Xerxes' Version von Ihrer Herrlichkeit nie zu sehn bekam. »Da könnt die Mrs. Lady viel lernen von.«

Manchmal hat der Junge seine Sache so gut gemacht, daß die Sklavinnen am nächsten Morgen ihre Herrin besonders scharf beobachtet haben. (Lächelnd hat sie nach den Eßstäbchen in ihrem Haar getastet, hat dagestanden und leise »Was ist?« gesagt.)

Onkel Primus – sonst ziemlich streng – hat den kleinen Schauspieler manchmal von der Gartenarbeit beurlaubt. Als Künstler hat sich's der Junge nie leichtgemacht, hat mehr gearbeitet wie jeder andere. Es hat ja so viel gegeben, was man wissen und beobachten mußte!

In einem Nebengebäude, das eigentlich als Sattelkammer gedient hat, wurde ein großer Spiegel unter Verschluß gehalten. Er war nicht etwa angeschlagen oder gesprungen. War eher so was wie ein politischer Gefangener: Harmlos, bis auf seine Ansichten.

Lady hatte das Ding verbannt. »Er macht dick. Und zwar beträchtlich. Ich lasse ihn extra über Boston aus Frankreich kommen und erwarte mir natürlich *un tout petit peu* Loyalität. Aber was macht er? Dichtet mir sieben Pfund an. Pro Arm. Ich will ihn nicht mehr sehen.« – Wenn man an dem Schuppen vorbeiging, konnte man Ladys fast täuschend echte Stimme Ladys Spiegel fragen hören: »Was? *Was?*« Auf vierzig verschiedene Arten. – Mein Lieber, wenn du Little Xerxes lange genug zugesehn hast, konnte er dich fast dazu bringen, sie zu mögen.

Xerxes konnte alles nachmachen, was er gesehn oder sich vorgestellt hat (also überhaupt alles). Aber der Junge hat nie irgendwen – am wenigsten sich selbst – auch nur halb so spaßig gefunden wie Lady.

Eine seiner Glanznummern war: *Lady verschenkt Schmuck und Orangen*. In Xerxes' Imitation waren diese Gaben seltsamerweise in Ladys Seidengewand eingenäht. Mit jedem »Hier, für dich« mußte sie einen Fetzen von ihrem Kleid abreißen. Schon bald hat sie versucht, mit einer Hand die klaffenden Risse zu verdecken, während sie mit der andern weiter Geschenke verteilt hat. Dank ihrer Großzügigkeit ist sie im Handumdrehn pudelnackt dagestanden.

An dem Abend, dem letzten in Unfreiheit, war Xerxes völlig überdreht. Dieses eine Mal hat unser talentierter Irrwisch des Guten zuviel getan. Aber was soll's, keiner ist vollkommen. Die Lacher haben ihn noch zu der berühmten Migräne-Nummer ermuntert.

Im Stehen reibt sich Xerxes die Nasenwurzel. Die andern sprechen im Chor: »Oje, schaut nur, sie kriegt wieder einen von ihren Anfällen, bestimmt. Das arme Kanarienvögelchen. Wird wohl ein schlimmer werden?« Xerxes nickt mit geschlossenen Augen und gibt einen einzigen wehleidigen Piepser von sich.

Die andern umringen ihn, als ob sie sich drauf gefaßt machen, die in Ohnmacht fallende Lady aufzufangen. Aber wie Xerxes zu torkeln anfängt – er hält sich mit einer Hand Nase und Stirn und läßt den freien Arm auf komisch elegante Art wie einen Goldfisch schweben –, springt ihm keiner bei. Xerxes gibt jedem von ihnen eine Chance. Aber alle drücken sich. Er taumelt einfach von einem zum andern weiter. Schließlich, als ihm keiner helfen will, bricht er zusammen, sinkt aber nur ganz langsam auf den Steinboden und paßt auf, daß er sein Kleid nicht beschmutzt und die imaginäre, achtzehn Zoll hohe Frisur, an die er sich immer wieder gefaßt hat, nicht kaputtmacht.

Nach dem Sturz, bei dem sie sich nichts getan hat, legt die segelohrige Lady einen regelrechten hysterischen Anfall hin und kommt zwischendurch nur grade lang genug zu sich, um an ihren Perlen rumzufummeln und zu sagen: »Was? Is nich zu fassen!« Schließlich hat's dann doch ein Ende gefunden, aber erst nach vielen komischen Froschbein-Zuckungen. Wahrscheinlich hätte man dabei gewesen sein müssen. Alles hat gelacht.

Schätzchen, nach so viel Ausgelassenheit hat keiner schlafen können. Es war wie Weihnachten, ein freier Sonntagvormittag und Master Marsdens Todestag auf einmal – alles zusammen und noch zusätzlich gewürzt. Außer Puste vom Feiern in dem fensterlosen Schlafsaal, in dem nur eine einzige Kerze gebrannt hat, sind die Leute schließlich still geworden. Sie haben sich auf ihre Maisstrohsäcke gelegt, sich voneinander abgewandt und nach und nach angefangen, leise Gebete zu murmeln. Der Glaube der Sklaven hat die afrikanischen Erinnerungen mit ausgesuchten christlichen Elementen besänftigt. Erdige, blutige Töne sind durch die Pastellfarben von episkopalischen Kirchenliedern gesickert. Die Sklaven haben sich die Religion erfunden, die sie gebraucht haben. Sonst hat's ja keiner für sie getan.

8

Ein Liedchen haben die Schwarzen gern gesungen, wenn sie allein zusammen waren:

Dem Master zeig ich *ein* Gesicht,
Mein richtiges, das kennt er nicht.

Rezept: Man nehme einen kräftigen Schuß Stammesreligion – Schattierungen von Rot und Schwarz – und rühre Bonbonfarben von den Jesusbildern im Großen Haus hinein. Nach Belieben durchmischen.

Ihren Helden und Befreier haben sich die Sklaven von The Lilacs ein bißchen wie den bekannten halbnackten Junggesellen am Kreuz vorgestellt (eins von den Bildern, die Castalia, die jetzt mit ihrem Straußenfeder-Staubwedel hantierte, möglichst bald aus dem nordwestlichen Salon abgeholt sehn wollte).

Außerdem haben die Sklaven gedacht, der Heilige würde auch dem vermißten Master Willie ähnlich sehn, der, als Unschuldiger schuldig, nach Virginia gezogen war, in den Krieg, damit seine ererbten Sklaven noch länger hierbleiben. Seltsam, daß ausgerechnet *sein* sommersprossiges Gesicht irgendwie in das hausgemachte Bild vom Sklavenbefreier eingegangen war, aber so war's nun mal. (Will hatte kaum laufen gelernt, da ist er schon immer am Vormittag zum Badhaus getapst, wo sich die dunklen Frauen alle geschrubbt haben. Als Dreijähriger hat er draußen rumgelungert – nackt ausgezogen, dem weißen Kinderfräulein entwischt – und so getan, als wär er ganz zufällig da, und dabei hat hinter vorgehaltenen Händchen sein Bubenzipfel strammgestanden. Die schwarzen Männer haben die Köpfe geschüttelt. »Kommt ganz nach Papa. Weiß schon, was *dem* gefällt.« Später hatte dann Mrs. Marsden ihre liebe Mühe gehabt, ihren Sohn davon abzuhalten, daß er an Abenden, wo tags drauf schulfrei war, im Quartier bei seinen jungen Freunden geschlafen hat. Und wie er immer gebettelt hatte. – An das alles haben sie sich erinnert.)

Die Schwarzen auf The Lilacs haben sich die Truppen der Nordstaaten nicht als einzelne Soldaten vorgestellt. Nein, ein einziger guter Riese ist ihnen wahrscheinlicher vorgekommen.

Beim Putzen, mit Straußenfedern, die als Schmuck und für praktische Zwecke aus Afrika verschleppt worden sind, wartet Castalia jetzt auf Sein Erscheinen. Er wird nackt sein, dunkel, hochgewachsen wie nur je ein Bewohner der afrikanischen Savanne, aber angetan mit einem Lendentuch, halb Tuscarora, halb Jesus. Er wird selbstsicher und freundlich lächeln mit seinem glatten Jungengesicht. Er wird auf hohen Stelzenbeinen wie Abraham Lincoln einherschreiten, über den Seerosenteich hinweg. Er wird kommen, um dieses Haus in Ordnung zu bringen – und wie? Durch die erhabene Berührung mit einem einzigen anklagenden Finger wird er's in Brand setzen.

Ab zu den wartenden Karren da unten (»Castalia, ich spreche mit dir. Schon eine ganze Weile. Du wirst von Tag zu Tag zerstreuter, mir immer ähnlicher, meine Liebe. Ich spüre, wie sich mir alles eintrübt und verschwimmt, ich brauche Ablenkung. Könnte ich wohl erfahren, wie du herausgekommen bist – aus Afrika, *mia cara* Sheherazade?«), runter und raus ins Tageslicht wandern eine georgianische Bibliotheksleiter, sechs stellenweise blind gewordene Konvexspiegel aus den Revolutionsjahren, ein Ofenschirm mit Glasmalerei, den scheinbar nur Sklaven schön finden. Eine mundgeblasene Bowle in Gondelform.

Ab in die Sicherheit der Wälder wandert ein Ahnenporträt in Öl – barfuß stolziert Little Xerxes neben dem männlichen weißen Vorfahren her. Der steife weiße Kragen des Puritaners ist von seinem Goldrahmen wie von einem Heiligenschein umgeben. Das Gesicht ist scheinbar nicht allzu begeistert von den kurzen schwarzen Beinen, die es in Sicherheit bringen. Xerxes hat Cassie in dem hohen Fenster erspäht und linst um den Goldrand von dem Bild. Er zieht genau so ein fischmäulig-hochnäsiges Gesicht wie der Mann auf dem Bild. Er krümmt den freien Arm so, daß der sein echtes Gesicht umrahmt – das jetzt die gleiche Form hat wie das gemalte, es wirklicher erscheinen läßt als sein lebendiges eigenes. Dann zuckt er die Achseln, geht weiter und hat im nächsten Moment alles vergessen.

»Hör Sie ja. Schon unterwegs. Sie wollen also Cassies Afrika, hm? – Zelia, Schatz, die Blumen sehn gut genug aus jetzt. Kannst dich zurückziehn.« Und die Fünfzehnjährige gibt der Achtzigjährigen einen Wink. Die nickt, macht eine Schnute und geht auf Zehenspitzen zur Tür, die Schürzenzipfel zwischen Fingerspitzen hochgehoben – macht sich lustig über ihre eigene übertriebene Höflichkeit, vielleicht zum letzten Mal.

9

Weiß und Schwarz sind jetzt allein, mit Lila als Zuschauer.

Lady spielt noch immer irgendwas spanisch Klingendes, sie rutscht rüber, macht einen angewärmten Teil vom Klavierbänkchen frei. Die Herrin fiebert ein bißchen, weil die Migräne im Anzug, die Yankees im Anrücken und ihre echten Dienstbotenprobleme am Ausbrechen sind.

Die beiden jungen Frauen, die eine weiß, die andere schwarz, wissen so viel voneinander. Das ist auf einmal zur Last geworden. Besonderheiten der Monatsbeschwerden, die Männer, mit denen beide auf ihren gemeinsamen wöchentlichen Einkaufsfahrten flirten, die beiderseitigen Abneigungen, Überheblichkeiten und gegensätzlichen Launen. Inzwischen ist es so, daß nur der Tod oder Amnesie eine von der andern befreien könnte.

»Bitte«, lächelt Lady. »Dies eine Mal. Hier, dicht neben mich.« Sie klopft mit der linken Hand dreimal auf den weißen Brokat.

Cassie bleibt lieber neben dem weißen Instrument stehn, das sie überflüssigerweise immer noch abstaubt. Ihre Straußenfedern entlocken den Drähten ein leises Schrummen. Cassie starrt auf das Profil ihrer Besitzerin runter.

Lächelnd hört Lady auf zu spielen und neigt den Kopf nach links (Xerxes hat Cas drauf aufmerksam gemacht: Wenn sie flirtet, immer nach links, bei Anweisungen unweigerlich nach rechts). Viele Männer finden das richtig attraktiv. Für Castalia ist es bloß »*der* alte Trick«.

»Was ist? Wo schaust du hin? Auf . . . mein Haar, Liebste? Gefällt es dir so hochgesteckt nicht am besten? Man sagt mir, daß eine solche Hochfrisur mich ›größer‹ macht, zumindest scheinbar, und damit wäre ich ja schon zufrieden. – Das findest du doch auch, oder? Sei aufrichtig.«

»Haben's immer so getragen. Warum soll Castalia auf einmal was sagen heut?«

»Weil ich, meine Liebe, falls du der Ansicht wärst, daß es für ein Gesicht wie meines falsch ist, es . . . ändern könnte. Ich wäre durchaus dazu imstande, bloß auf dein Wort hin. Alle halten mich für so festgefahren in meinen Gewohnheiten. Aber ich kann mich ändern, sogar bessern. Wenn du mich überzeugst, meine ich. Castalia? Zeig mir einfach, wie's besser wäre.«

Die beiden Frauen sehn sich lang an. Scheint, Cassie könnte jetzt reden, könnte ihrer Herrin anbieten, sie vor den anstürmenden Flammen zu retten. Scheint, daß Lady, immerhin ein gebildeter Mensch, drauf und dran ist, ja, was zu tun? Sich zu entschuldigen, zu bereuen?

»Nein, Madam – tragen das Haar so schon immer. Wär wahrscheins zu spät jetzt. Keiner tät sie mehr kennen – wenn Sie's abschneiden oder fließen lassen runter übern Rücken. Cassie meint, für Sie is alles zu spät, noch was ändern oder so.« Dann kann sich Castalia nicht mehr zurückhalten. »Wollen Sie wissen, was Sie brauchen? – Halbe Stunde Xerxes zusehn, wie er Sie macht.«

»Mich ›macht‹? Du meinst wahrscheinlich, wie er mich nachmacht, mich imitiert. Der Schlingel nimmt sich jeden vor, warum also sollte er nicht auch seine Herrin nachäffen? Eigentlich fühle ich mich geschmeichelt. Er weiß, daß ich ihn vergöttere. Er ist ja so ein scharfer Beobachter, unser Xerxes. Er kriegt sogar die Stimmen hin, nicht wahr? – Ich nehme an . . . wenn er mich nachmacht . . . ist er schrecklich genau?«

Cassie grinst, nickt. »›Schrecklich‹ wär ungefähr das richtige Wort.«

»Nun denn.« Lady schlägt einen Akkord an, als Effekt. »Das ist doch mal was, worauf man sich freuen kann. Er ist ja wirklich schamlos, wenn er, na ja, beispielsweise dich imitiert. Das hast du natürlich schon mal gesehen, nehme ich an. Nein? O mein Gott, ja. Als erstes spreizt er die Ellbogen ab, *comme ça*, dann lächelt er und runzelt zugleich die Stirn, *so* ungefähr.«

Ach, würden wir uns drauf verstehn,
Mit andrer Augen uns zu sehn!
– Burns

Castalia hat ihr Leben lang Zitate von dem schottischen Dichter zu hören gekriegt. Aber heute tut sie so, als tät sie den Namen nicht kennen.

Weiß starrt Schwarz an. Der Rauch ist eine von Wand zu Wand gespannte Hängematte. Schwarz oder Weiß – wer wird als erster blinzeln? Zum Glück wechselt Castalia das Thema. »Kann mir denken, Sie wollen jetzt Ihre Geschichte hören, über mich?«

»Oh, ja, bitte.«

Cassie denkt dran, daß die andern dafür gestimmt haben, Lady nichts zu verraten. Trotzdem, es überkommt sie einfach, sie fängt ihre Sklavengeschichte so an: »Bibel von Weißen sagt: ›Im Haus von meinem Vater sind viel Wohnungen.‹ Aber hier unten, Missy, ist das hier die einzige, die Sie haben. Und wissen Sie was, Madam? Wird gleich abbrennen. Und was dann?« Dann kommt eine lange Geschichte von Plünderungen, von Betrug und Menschenraub, von Fremden in einem noch fremderen Land.

Der Rauch von den Plantagen flußaufwärts quillt ins Zimmer, in immer dickeren Schwaden. Aber die sonderbaren trockenen Metallgerüche können dem süßen Duft von elfhundert blühenden Fliederbäumen nach wie vor nichts anhaben. Castalia wird beschäftigt sein bis zum Ende ihrer Geschichte und dieser Plantage – sie werden beide noch ungefähr gleich lang dauern.

Irgendwann mittendrin schreit Cas nach unten, daß sie kochendes Wasser, Seife, eine Wurzelbürste braucht. Abstauben, findet sie, ist einfach nicht schwer genug für die letzten Minuten. Auf allen vieren verbüßt sie den Rest ihrer lebenslänglichen Strafe. Sie lehnt alles ab, was Lady ihr anbietet: das ganze Klavierbänkchen, eine Granatbrosche, eine Handvoll gebrannte Mandeln . . . Auf Händen und Knien schrubbend, hat Cas das Gefühl, daß sie – seit sie drei war – in diesen Kriechraum ohne Platz für den Kopf eingeschlossen ist, ein Katakombenspiel, das die Schönheit der Zimmer ausgerechnet vor denen verbirgt, die den Auftrag haben, sie ihr Leben lang sauberzuhalten.

Lady Marsden, ratlos, was sie sonst tun soll am Ende, spielt unter dem epileptischen Klingeln von gut siebzig Uhren (sie machen sie langsam nervös) nochmal fast alle Stücke, die sie kann, in leicht beschleunigtem Tempo.

Castalia schrubbt um die weißen Seidenschühchen herum, die wie rasend die Pedale treten, und kommt zum schrecklichen Schluß ihrer Geschichte.

»Mrs. ich schrubb immer noch. Zufrieden? Sehn Sie wie ich die albernen Goldstühle alle in eine Ecke hab zusammengeklumpt? Lassen sich so leicht schieben wie Sie uns von Afrika rübergeschafft haben nach Charleston dann flußrauf bis hier. So simpel wie Sie uns in die Küche scheuchen wieder raus aufs Feld und zurück. Sie warn die was meine Königin Mama in die Spülküche gesteckt hat Töpfe scheuern. Hat nie nich richtig Englisch gelernt vor Rache. Stapel haben sie ihr immer gebracht vom Geschirr dreckig von Ihrm Essen mit fünfzig Leuten. Mama zeigt nur immer und sagt: ›Ich die? Ich die?‹ Die Königin! Wundern sich daß sie abhaun probiert hat?

›Disziplin‹ haben Sie immer unsern Aufseher Master Winch machen lassen. Sagt eine gewisse Lady mal: ›Ich ermächtige Sie zu allem, was nötig ist zur Aufrechterhaltung der 'Sklavenmoral', mein lieber Winch. Ich statte sie mit uneingeschränkter Autorität aus, unter einer Bedingung: daß Sie mich nie mit Einzelheiten behelligen.‹ Erinnern sich da dran? Hab selber gehört. Hab Mama verlorn deswegen. Der hübsche rotschopfige Winch ein guter treuer Diener wie Castalia hat Sie nie getriezt mit wie er uns getriezt hat. Hat seine Sache gut gemacht.

Lady? Nich wenig wo Sie Verantwortung für haben irgendwann antworten müssen.

Einmals wir warn schon elf Jahr leibgeeignet wird meine Mama in Küchengarten geschickt Okra holen zum Abendessen. Sonne geht grad unter. Mama trägt das Salatsieb näher zur Sonne. Sonne hat reif ausgesehn und gelockt. Wie zum Pflücken. Sie geht zum Garten in Garten rein. Sonne da. Durch Garten durch. Sonne noch da. Bis an Rand von Marsden sein Grund. Sonne näher. Augenblick später is sie noch Ihr persönliches Eigentum aber nich mehr auf Ihrm persönlichen Eigentum. Und keine Entschuldigung oder Paßschein. Oje. Kommt zu sich in einem Wald nach sechs Meilen. Hat afrikanisch gedacht: ›Gute Güte. Bin spät. Abendessen fast vorbei. Und kein Okra. Jagen bestimmt schon auf mich. Bin verlorn. Aber nein ich mach jetzt das und nich mehr Geschirr.‹ Schaut sich um und atmet wie wenn man wirklich weiß man atmet. ›Ich *das*‹ sagt Mama. ›Frei jetzt wie Königin.‹

War leicht fünfunddreißig so ungefähr. Gar nich mehr so schön wie früher wo sie jung rübergeschafft worden is aus Afrika. Ihr Leib hat Afrika so vermißt hat sich verändert is angeschwollen schlaff geworden. Königin war eine andre geworden schwerer aber weniger. War barfuß geschickt worden Okra holen und hat kein schlaun Plan gehabt zum weglaufen. (Andre haben manchmal erst Atlaskarten aus Master seinem Kabinett geklaut vorm weglaufen.) Die Frau is einfach gegangen wie gehn ihr richtig vorgekommen is. Hat nix anders nich gekannt wie Marsden seine zweitausend Morgen. Also wie soll sie ein Plan machen wo das einzige was sie kennt das is was sie am meisten vergessen will?

Mama hat noch das beste Salatsieb vom Haus gehabt. War blau und weiß daß es aussieht wie Marmor. Wie sie dann eingefangen war hat sie das Ding immer noch gehabt. Hat sich gedacht Strafe wird nich so streng sein wenn sie schon wegläuft wenigstens nix verliert was rechtswegen Ihn gehört. Hat im Straßengraben geschlafen auf Bäumen sich übernachts im Heuschober versteckt auf verlassenen Farmen. Is auch ohne was zu essen bis in Kreis Nash dann weiter gekommen nach Edgecombe.

Hausfrau in Tarboro stellt einen Kirschenkuchen frischgebacken zum Kühlwerden aufs Küchenfensterbrett. Hätt Mama Kuchen *und* Form genommen sie wär nicht erwischt worden bestimmt. Stattdem steht sie da wo jeder sieht und zittert vor Hunger und Angst. Will Knusperteig und kochheiße Kirschen in ihr Salatsieb kippen. Verstehn Sie Königin Mama hat nix stehlen gewollt bis auf ihre Freiheit und das Essen was sie unbedingt braucht. Fehler war daß sie wo sie schon Ärger hat nich noch mehr Ärger kriegen will. Fehler war sie wollte nich mehr Ärger haben wie Freiheit sowieso schon is.

Haben sie mit Stricken gefesselt wiedergebracht. Salatsieb neben ihr auf dem Sitz vom Wagen. Hat fast wie stolz ausgesehn als ob *es* sie eingefangen hat das Sieb. Wie sie uns sieht am Rand vom Weg lächelt Königin aber nur schwach. Leicht weil sich schämt weil sie weggelaufen is und hats nich geschafft. Oder leicht weil sie nich vorher kein von uns wiedersehn gesagt hat. Nich mal ihre schlanke Prinzessin was ich gewesen bin.

Mit nix zu essen bloß Blaubeern Eicheln und Geruch vom Essen von Weißen is sie trotzdem achzig Meilen gelaufen in drei Tagen immerhin. Tüchtig. Warn alle stolz wie wirs hörn. Hat aber kein Kompaß gehabt. Stellt sich raus Mama is ganze Zeit nach Süden gelaufen nich nach Norden. Hat Winch beim Auspeitschen bekanntgemacht.

›Und wo ist unsre Mohrenfrau hingelaufen, wie sie lautlos wie der Wind davongehuscht ist? Nach Georgia! Ist aus dem Regen direkt in die Traufe gerannt, die Gute.‹ Dann hat Master Winch selber noch fast ein Junge mit eignen Händen meiner Mama die Kleider abgerissen. Will Sie nich zumuten mit Einzelheiten Madam. Weiß ja sind so zart von Gesundheit. Winch der hat Mama zum Exempel genommen. Rohes Hackfleisch gemacht aus ihrm Rücken. Ihr ein Striem verpaßt für jede Meile näher zur Freiheit. Ich steh dabei seh zu und seh doch nich zu hör alles und horch doch nur auf das Rauschen vom Blut in mein Ohren und überleg: Ob Mama daß sie nich den Verstand verliert bei der Bestrafung sich jede von den süßen stibitzten Meilen vorstellt? Finden Sie achzig eine niedrige Zahl Madam?

Meine Königin Mama wird in Rübenkeller geworfen. Is sehr beliebt hier als Gefängnis für Sklaven oder wissen Sie schon? Ja is weit genug weg von Ihrm schönen Zimmer. Schreie erstummen schon halbwegs über Ihrm tadellosen Rasen von drei Morgen. Mama hat keine Haut mehr gehabt was ihr Rücken hätt sein können. Hat Vorderseite festhalten müssen wie ein Kleid was hinten runterhängt ganz lose und offen. Männer haben die Sturmtüren vom Keller fest zugeriegelt. Haben sie eingesperrt (drei Wochen, kein Essen, kein Trinken). Keller ein dunkles Loch zwanzig Fuß lang sechs breit nur für Kartoffel. Haben uns vorher alle Kartoffel rausholen lassen was eßbar waren.

Winch hat ein weißen Jungen angeheuert von Falls. Hat in einem Zelt wohnen müssen direkt vor der Kellertür mit Riegel zu. Hat zusehn müssen daß wir Mama kein Essen geben heimlich und kein freundliches Wort der Junge.

Drin im Finstern muß die Frau auf dem Bauch geblieben sein. Wär sonst Dreck in die tiefen Wunden gekommen am Rücken. Kriecht schleppt sich an Graben wo Geschirrscherben drin sind dafür daß Wasser richtig abläuft. Mama findet begraben unter alten Ziegelstein eine zerbrochne Wedgwood Teetasse. Mit dem Ding fängt Mama ihrn Tunnel an nach Norden. Diesmal hat sie richtig gerechnet wos rausgeht. Keiner is gekommen nachsehn zehn zwölf Tage. Wir andern überirdisch haben Königin selber zum Exempel gemacht. War für uns die was abgehaun is fast geschafft hätt tüchtig nur leider falsche Richtung. Egal hats mindestens probiert.

Oben über Erde stehn wir jede Nacht im Quartier um ihrn Maisstrohsack rum schlagen ihr Mehlsacklaken zurück. Haben ihr ihrn Platz aufgehoben durch reden mit dem Bett wie als wenn Königin noch drin is. Haben ihr erzählt was jeden Tag gewesen is mit der Arbeit Klatsch alles was klein bißchen lustig war. Was *Sie* wieder an dem Tag Dummheiten gemacht haben und damit Sklaven gekränkt.

Unterirdisch durch rumtappen hat sie die feuchteste Stelle vom Keller gefunden und Wedgwood so lang reingepreßt bis Schlammtröpfchen drin warn zum trinken. Genug. Hat gegraben mit dem Scherben und ein paar getrocknete Kartoffel rausgewühlt Jahre alt genau so braun und blind im Dreck wie sie.

Hat noch Kraft gehabt genug für fünf Fuß langen Tunnel dann achteinhalb. Der weiße Wächterjunge oben vor der Tür hat rumgesessen Heftchen gelesen Stöckchen geschnitzt ein Nickerchen gemacht ab und zu gepfiffen. Hat von nix was gewußt bloß was ihm aufgetragen is. Warn viele von der Sorte. Hab probiert ihn bestechen gewollt mit einem schönen geklauten Pudding. Aber Winch hat ihm so gut essen gegeben hat kein Nachtisch haben gewollt. Hat aber nich verübelt daß ich hoff kann ihr was runterbringen. ›Is meine Mutter‹ sag ich. ›Tätst für deine auch machen wetten.‹

›Stimmt schon, aber meine ist nicht da drin. Zum Glück.‹ Dann sagt er: ›Tut mir ja leid, aber die bezahlen mich dafür. Jedenfalls ist sie noch am Leben. Manche Tage hör ich sie, an manchen Tagen ist mir so langweilig, daß ich die meiste Zeit zu *ihr* hin rede.‹ Ich bin weg und schrei aus vierzig Fuß: ›Mama. Is Cassie. Sind hier oben Königin warten auf dich!‹ Is mir ein bißchen nachgerannt der Junge hat mich aber nich fangen gewollt im Ernst. Hat nur so tun müssen. Hab ihn nich vorwerfen können. Sind alle Sklaven von irgendwas.

Still in der Finsternis hat Mama gewühlt und gewühlt. Hat nie aufgehört hat zeigen wollen is genauso zäh wie unse alte Tante Reba genauso stolz wie mein Vater weiß keiner wo er geblieben is. Nach unten gegraben hat sie damit daß keiner nich hört wie sie am roten Lehm kratzt. Hat sich durchgewühlt bis genau unter den großen Fahrweg ganz ganz vorsichtig mit der brechlichen Tasse. Sägt Baumwurzeln durch eine Faser nach der andern. Muß Bogen machen um Steinbrocken was zu groß sind für zum Wegdrücken mit der blutigen Schulter. Septemberregen fängt an. Erde wird schwammig läßt sich leichter graben. Der Wächterjunge hat sich im Zelt versteckt schöner pfeifen geübt fluchen geübt.

Ein Erntewagen schwer beladen mit Kürbis mit Sklavenkindern die rumalbern mitfahrn sich schubsen Spaß haben (ich und mein Gewicht auch dabei) kommt den Fahrweg geschwankt. Keiner merkt der Wagen fährt über Mamas heimlichen Untertunnel.

Vier Tage später sind Exempeltage von Königin Mama endlich vorbei. Männer machen die Riegel auf an doppelter Tür. Merken sie is weg. Winch denkt is afrikanischer Pokuspokus. Packt erst Wächterjungen vorn am Hemd. Dann sieht wer ein winziges Loch nach Norden. Sie hats mit Kartoffelwurzeln fast zugestopft hinter sich wie vor Bescheidenheit. War scheinbars nich groß genug für kein erwachsenen Mensch zum reinpassen. Haben erst über der Erde gesucht zu Fuß wo er sich schlängelt wendet.

Haben nich rausgekriegt wo er schließlich an Tag kommt. Sind zurück in Keller. Mit Schaufeln Weg von der Teetasse nach Norden verfolgt aufgerissen den Maulwurfgang. Hat drei Männer gebraucht und ganzen Vormittag bis sie das Ende finden. Die Männer hoffen sie finden Mama noch am vordern zur Freiheit nächsten Ende beim wühlen. Tunnel war siebenundzwanzig Fuß lang. War erst krumm dann grade hat ein Knick gemacht und dann gelernt wo Norden is. Desto länger die Weißen graben desto stiller werden sie. Respekt oder Interesse Angst oder ihre Abergläubischkeit? Was? Wir Sklaven haben uns im Wald versteckt gehabt haben zugesehn ganz seekrank vom auf und ab im hoffen. Tunnel is genau aufs Erdnußfeld zugelaufen. Is flacher geworden. Is nach oben gekommen gute alte frische Luft schnappen. Die Männer haben ein richtigen Kanal gegraben gehabt quer über den Fahrweg. Sind auf Stelle gestoßen wo der große Wagen drübergefahrn war. War als wie wenn eine große Schuhsohle hart auf einen Maulwurfgang tritt. Ein bißchen näher an der Freiheit haben sie sie gefunden. Schaufeln haben von oben Licht auf wen fallenlassen mit dem Gesicht nach unten. Königin ihr dreckiger Rücken war noch ungeheilt. Hat die Arme hochgezogen gehabt damit daß sie leichter durchgeht hat nie viel verlangt nich mal Platz auf der Welt.

Mama hat getrocknete Kartoffel mitsamt Kraut getragen wie eine geflochtne Halskette damit daß sie nie mehr kommen muß um Essen von Marsden. Hat vor sich eine braungeschmierte Wedgwood Tasse gehalten. War himmelblau das Ding. Mit weiße Götter einporzellaniert Herren die sich unterhalten Damen auf Parkbänken die Leier spieln unter himmlischen Weiden. Weiß wie Kreide stehn königliche Gestalten um das Blaue zu wenig zu tun auf der Party im Paradies.

Winch hat Mama üblich begraben lassen vier Fuß tief auf dem Sklavenfriedhof. Is draußen bei Ihrn Viehställen. Schon mal dagewesen auf Trauerbesuch? Hab Sie nie gesehn. Die Nacht schleichen wir alle raus. Haben furchtbar Angst aber ja graben sie trotzdem aus. Und legen Mama dann so wieder rein daß ihr Kopf nach Norden zeigt. Drücken ihr wieder die gebrochne Wedgwood Tasse in die Hand daß sie nächstes Mal leicht mehr Glück hat beim rauskommen. Jüngsten Tag wird sie so nicht aufstehn mit Blick zum Himmel (wozu sind Himmelsgötter gut?). Unsere Königin hat jetzt nach Norden gezeigt war bereit und fertig.

Ich glaub jüngster Tag wird endlich Ihr rauschendes Debütfest. *Alle* müssen da sein die Lebendigen und die Toten die Leibgeeigneten und die Freien und alle sehn Sie an. – Sehn Sie wie ich das Kristall saubermach von dieser schönen Franzosenuhr? Großer Zeiger wird ganz bald nach Norden zeigen. Yankee-Hufschlag kommt näher mit jedem Tick.

Madam? Besser überlegen sich schleunig ihre Antworten.«

Die Zimmertür geht auf. Beide Frauen drehn sich um. Cas, die nach einer guten Stunde Erzählen zum erstenmal wieder aufsteht, ist ein bißchen außer Atem. Ebenso Lady, deren Melodien immer zaghafter, klimpriger werden. Und jetzt kommt, vorbei an einem weißen Onyxkamin und silbernen Kaminböcken, über so ausgebleichte Aubussonteppiche, daß sie fast weiß sind, Miss Zelia unangemeldet angekrochen, auf allen vieren.

Sie schaut über die Schulter, wie jemand, der verfolgt wird. Es sieht so aus, als könnten jeden Moment Kugeln durch alle vierzig verhängten Fenster von diesem Zimmer im zweiten Stock fliegen. Die alte Frau zieht sich an dem Tisch hoch, auf dem ihr Riesenbukett sich auffächert, und kommt auf die Beine. Zelia, manchmal bloß Z genannt, früher Ladys Amme und Kindermädchen, biegt die Fliederzweige auseinander. Ihr kleines Gesicht, ein brauner, zerbeulter Punchingball, ist halb hinter violetten Blüten versteckt. Das Gesicht verkündet: »Sind fast schon hier. Verstecken sich besser, Sie.«

Lady läßt das Spielen sein. Hat ihr Castalias Geschichte nicht grade eine Lektion über die Fehler der Marsdens und die Ungerechtigkeit der Welt erteilt? Sie weiß ganz gut, wer da fast schon hier ist – also könnte sie nicht dieses eine Mal nachgeben? Aber findest du nicht auch, Schätzchen – je mehr man einen in die Enge treibt, desto sturer und pedantischer wird er? »Du wagst es, so mit mir zu reden? Du hast nicht mal angeklopft. Hat man dir vielleicht nicht beigebracht, Gäste mit vollem Namen, Rang, Titel zu melden? Es widerstrebt mir, dir diese Schnitzer vorzuhalten, aber so *kenne* ich dich gar nicht, Zelia.«

»Z weiß keine Namen nicht zum Melden. Kommt hier nur rein aus Freundlichkeit von Zelias Herz. Will nur sagen: *Sind da, Weibsbild!*«

Die Alte läßt sich wieder auf alle viere fallen, krabbelt ameisenflink zur Tür. Verblüfft beugt sich Lady über den Rand des Flügels und sieht ihr nach. Im Kriechen knurrt Zelia: »Hätt gute Lust ... Gute Lust hätt ich, ihr ...« Dann macht sie auf einmal kehrt, wischt an dem Instrument vorbei, steht hinter der sitzenden Lady auf und reißt ihr mit einem einzigen kräftigen Ruck die überkreuzten Eßstäbchen aus der Frisur. Perlenschnüre klickern spiralig nach unten, die ganze Mähne fällt über die Schultern. Mrs. Marsden greift nach den hängenden Flechten, drückt sich die Perlen an den bleichen Hals, schreit: »Wirst du mir wohl sagen, was das soll?«

Miss Z, jetzt wieder zahm, starrt mit wilden Augen um sich, hört scheinbar so was wie näherkommenden Kanonendonner, läßt sich wieder auf Hände und Knie fallen, ist im Nu an dem großen Eisberg-Piano vorbei, huscht zur Tür raus, macht sie hinter sich zu, leise. Höflich.

Das Zimmer riecht nach zuviel Frühling. Man kann unten am Ende des Rasens den Fluß rauschen hören. Plötzlich ein Schrei von unten. Cas zieht Ladys schlaffe Hand von der Frisur weg, die sie wiederherstellen will. Die Uhren lassen Feuerwehrglocken in allen drei Geschossen schrillen. Cassie reißt ihre Herrin auf die in Pantöffelchen steckenden Füße hoch, zieht die Frau raus auf den Flur, hastet mit ihr an einer Reihe von Cäsaren entlang, die mit ihren Lanzen und Zeptern zum Ausgang weisen.

Im Laufen keucht Lady: »Wen meint sie? Doch nicht etwa Yankees auf meinem Grund und Boden? Hier sind *wir*. Das ist der Süden. Geh, sag ihnen das.«

Am Fuß der berühmten Wendeltreppe angekommen, sieht sie: Die Zimmer sind leergeräumt. Sie gibt dem Feind die Schuld. *Soll sie doch*, denkt sich Cassie.

»Ihr dreimal verfluchten, gemeinen Yankee-Diebe!« kreischt Lady, bevor sie auch nur einen gesehn hat.

10

Ich kann mit Stolz sagen, daß ich meinen Aufsatz am Dienstag fertig hatte, in der Früh. Auf dem Schulhof hat's von andern gewimmelt, die ihre »Dokumente von nationaler Bedeutung« hielten, manche von Muttern in Wachspapier gewickelt wie teures Essen. Sogar Bobo Kingston, sechzehn Jahre, hat seinen Rupfeneinband rumgezeigt, trotzdem seine Schrift wie mit Holzkohle hingeschmiert ausgesehn hat. »Du, Lucy? Der, über den ich geschrieben hab, hat bei Vicksburg beide Beine und die Spitze von einem kleinen Finger verloren. Aber sein Mundwerk hat er noch!«

Was mich angeht, ich hab zur Illustration zwanzig Aquarellskizzen dazugetan (wild wirbelnde Tusche hat den Rauch der Tragödie dargestellt). Ich hab die Ulmenholzdeckel von meinem Einband in den richtigen drei Farben bemalt. Papa hat mir geholfen, die Messingscharniere aus dem Eisenwarenladen anzuschrauben. Dann hat er behauptet, daß sie zu neu aussehen für was »Geschichtliches« (und wenn's nur die Geschichte von einem Krieg ist, der vor grade mal dreißig Jahren zu Ende war). Also hat Papa, auf seine Art kein schlechterer Imitator wie Xerxes, sie mit Stahlwolle bearbeitet. »Du hast den ganzen Glanz verdorben, Samuel«, hat Mutter genörgelt. Mit einem Kugelfinnenhammer hat Papa dann noch jedem Scharnier drei bis sechs kräftige Schläge versetzt.

»Na bitte.« Er tritt einen Schritt zurück, kneift die Augen zusammen. »Ausreichend beschädigt. Lucy, die Geschichte holt sich immer ihren Teil. Diesmal hab ich das übernommen. Jetzt kannst du's eine Geschichtsarbeit nennen.«

Ich hab alles eingearbeitet, bloß kein Semikolon. Jetzt sag du mir noch mal, wie das mit den Semikolons ist.

NACHHER

1

Auf der obersten Stufe vom Portikus werden beide Frauen still. Draußen im Garten stehn Zelia und sechs Kinder und zeigen, den Kopf im Nacken, den Mund offen, zum Himmel. Scheint, daß der Norden als Hagel niedergeht, Schätzchen. Lady trippelt auf Zehenspitzen ein bißchen weiter, beugt sich um eine massive Marmorsäule und sieht die Millionen von schwarzen Flocken – die Asche von Plantagen, die schon verloren sind.

Stille versiegelt das Land – genau wie die paarmal, wo hier richtiger Schnee gefallen ist. Die Kinder springen hoch, wollen die dunklen Krusten fangen. Z watschelt rüber, packt ihre Herrin an den seidenen Schultern, dreht sie in eine praktische neue Richtung. Zuerst schaut Lady über vier Wäscheleinen mit verrußten Laken zum Wald rüber, der zu brennen scheint. Dann, noch weiter weg, sieht sie's endlich: Hohe Wirbelsturmsäulen.

Zwei Meilen ragen sie in den Himmel. Verdreht sind sie, pechschwarz, klar umrissen, Meilen voneinander entfernt. Jedes Kind, wenn es die Länge und die Biegungen des Flusses kennt, kann auf einen schwarzen Rauchfinger zeigen und das Anwesen nennen, das dieser Rauch eben noch war. Xerxes sagt jetzt die Namen auf, mit beinah fremder Stimme (seiner eigenen). Sein Arm geht von einem zum andern. »Das wärn:

Bynum Hall,
Cool Spring,
Ten Oaks,

Ivanhoe Acres,
Wisteria,
Ashland,
Greenwood.«

Und in nächster Nähe, ganze vier Meilen von hier, aber schon hoch am Himmel, für jeden sichtbar, Cousin Mabrys Shadowlawn.

Die alte Zelia sagt: »Und dabei hat gestern erst Frühjahrsbleiche angefangen von Leinen. Hätt man sich fast beinah denken gekonnt.« Z läßt Lady Marsden los, beugt sich vor und sticht mit dem Finger nach einer Aschekugel. Sie grinst, entblößt dabei ihre blauschwarzen alten Kiefer. »Na, Missy, sieht fast aus wär der nette dicke Cousin Mabry zu Besuch da.« Dann hält sie sich die Hand vor den Mund, unschlüssig, ob sie ein Gackern riskieren kann. Es hat sich alles aufgestaut, mit Dampfkesseldruck – seit achtzig Jahren.

2

»Entlassen!« Drei junge schwarze Männer winken von der Poststraße. Sie haben's eilig, nach Falls zu kommen.

»Oh, geht los jetzt, sicher«, sagt Zelia und probiert einen Hüpfer. Die blinzelnde Herrin (Sonne ist neu für sie) schaut immer noch mit aufgerissenen Augen zu den großen Bränden flußaufwärts. »Das muß ein Irrtum sein«, sagt Lady, aber nur so vor sich hin. Z packt wieder die hellen Schultern und dreht die Frau mit dem wallenden Haar zur Straße hin, auf der schon wieder zehn Schwarze vorbeilaufen. Lady schirmt sich mit der Hand die Augen ab. Aus irgendeinem Grund muß sie rülpsen. »Pardon«, sagt sie.

Noch mehr befreite Sklaven laufen vorbei, mit Säcken, Stühlen, Babys, Hühnern. Lautes Feiertagsgeschnatter. Manche bleiben an Marsdens Seerosenteich stehn. Sie trinken und winken dabei den Sklaven von The Lilacs oben auf dem Hügel – zaghaft und benommen, ratlos, wie man sich in Freiheit verhält. Ein alter Mann zeigt auf Lady und ruft: »He, habt sie, wo sie haben wollt?«

»Und ob!« Zelia verstärkt ihren Griff.

Die Befreiten rufen: »Kommt mit – eh sie *euch* ausräuchern. Geht noch. Sind gleich da.«

Miss Zelia schreit zurück: »Sagt, wie sind die?«

Die Antwort schallt über den Rasen: »Sind Götter!«

Schon bald sieht man Weiße aus der Umgebung in geschlossenen Wagen, die Gesichter verhüllt, und sie peitschen ihre Pferde blutig, um bloß schnell wegzukommen. Lady hat keine richtige Freundin. Man hat sie bewundert und gefürchtet, hat »freundschaftlich verkehrt« mit ihr, aber besonders gern gehabt hat sie keiner, Junge. Und jetzt, wo jeder seine Haut retten will, denkt keiner ihrer weißen Nachbarn dran, wegen dieser hochnäsigen Schönheit anzuhalten.

Die Kutschen rattern an Schwarzen vorbei, die Kleider von ihren ehemaligen Besitzern tragen. Dunkle nackte Füße trippeln unter weißen Satin-Reifröcken. Zwei Burschen gefallen sich in Zylindern, legen die Finger an die Krempe, haken sich unter und tanzen im Kreis. Kinder marschieren in einer Reihe hintereinander, feierlich wie die drei Weisen aus dem Morgenland. In den Fäusten halten sie auf Brusthöhe ganze Büschel silberner Gabeln und Messer, seltsame Buketts. Auf dem Weg nach Falls will ein Mädchen sechs weiße Gänse vor sich hertreiben. Aber das Geflügel dreht den Spieß um: Mit hoch erhobenen Armen, in der einen Hand die Gerte, weicht sie vor sechs roten Schnäbeln zurück, die träge nach ihren dunklen Beinen schnappen.

Mrs. Marsden schaut. Ihre kleinen Hände versuchen immer wieder, sich in einen großzügigen Sonnenschirm zu verwandeln. Fast im Flüsterton sagt sie: »Tee. – Und hinterher ein Bad.«

Und rate mal. Keiner kommt direkt gesprungen. An der Straße reißen zwei junge Männer Latten vom Tor zu The Lilacs. Einer versucht, ein Geländer von Mrs. Marsdens vielgeliebter chinesischer Brücke abzubrechen. Er schafft's nicht, tritt statt dessen nur ein Brett los und humpelt lachend, als ob er sich nicht weh getan hätte, zu seinem Freund zurück.

In dem Moment sieht Lady zwei ältere Männer, die so ziemlich die größte Standuhr schleppen, die man hier je gesichtet hat. Das Ding hat ein Satteldach wie ein Klohäuschen und ist scheinbar auch fast so groß, einschließlich der in den Scharnieren schwingenden Tür. Direkt dahinter trägt ein Mädchen, das eine riesige Federhaube aufhat, stolz das Messingpendel wie eine Fahnenstange vor sich her.

Das Seidengewand von Mrs. Marsden erwacht raschelnd zum Leben. »Aber die gehört Cousin Mabry! Die ist aus dem Foyer von Shadowlawn. Ich hab selber mal dran gearbeitet, wißt ihr noch? Schnell, Cassie, lauf runter und sag den beiden, sie sollen sich sofort bei mir melden. Die Uhr ist Eigentum unseres lieben Cousins Mabry. Er hat sie sich seinerzeit aus England kommen lassen. Erinnert ihr euch, wie lange er warten mußte? Ja, sag ihnen, sie sollen sie auf der Stelle zu mir herbringen.«

Mrs. Marsdens Arm ist ausgestreckt. Sie zeigt mit dem Finger auf die Gesetzesbrecher.

Ihre eigenen Sklaven werfen sich flackernde Blicke zu. Ganz allmählich rücken sie von ihr ab. Castalias Gesicht war nie ausdrucksloser. Das versetzt Lady mehr in Angst und Schrecken als der ganze unglaubliche Aufruhr an diesem schwarzen Tag. Wie sie die Veränderung bei ihren Leuten bemerkt, zieht sich die Herrin zögernd die Verandastufen hinauf zurück. Größe wird sich bestimmt als Vorteil erweisen – sogar scheinbare Größe, die Illusion. Von der dritten Stufe aus verkündet sie: »Ich gäbe sonstwas für ein Schälchen Consommé. Oder wenigstens Bouillon. Ich . . .« Und wartet.

Keiner rührt sich vom Fleck. Seit Sommer 61 haben sie nicht mehr genug Suppenhühner. Als keiner Anstalten macht, ihr zu helfen, fängt Lady zu murmeln an, zu reden, schließlich zu schreien. Ihr Kopfweh schwillt mit ihrer Lautstärke an, Junge. Was sie da rauskreischt, ist das, worauf letztlich immer alles hinausläuft, es ist viel zu grob, aber etwas, was sich jeder von uns in einem Moment der Faulheit schon mal gedacht hat: »Ihr tut jetzt gefälligst, was man euch sagt, und zwar *auf der Stelle*!«

Ihr Arm ist immer noch ausgestreckt. Sie zeigt der Reihe nach auf die Gesichter unten. Und trotzdem weichen ihre Leute, die Mienen gleichgültig bis zur Teilnahmslosigkeit, immer weiter zurück. Frauen rufen ihre Sprößlinge – Kinder, die ihren Namen Ladys Vorschlag verdanken. Venus verdrückt sich nach der Seite. Evidence Anne stürzt zu Castalia hin, versteckt ihr Gesicht in der Schürze. Little Xerxes rennt davon, bleibt keuchend stehn, schaut über die Schulter zurück und schüttelt so heftig den Kopf, daß er fast hinfällt.

Mit wieder melodisch und sanft gewordener Stimme fragt Lady, wer denn diese Kinder gepflegt hat, wenn sie krank waren, wer ihnen zu Weihnachten gar nicht so billige Orangen geschenkt und wer, bitte, sagt doch, nur zum Vergnügen der Kleinen das Katakombenspiel erfunden hat. »Die Geburtstage, wer könnte die jemals vergessen? Kommt her zu mir, meine Lieblinge. – Sofort«, lächelt sie und neigt den Kopf ganz nach links, in der Hoffnung, *das* wird was helfen.

Sieht nicht so aus, Schätzchen.

Nimm dir einen Moment Zeit, mein Lieber, und stell dir ihre Migräne vor.

Von ihrem hohen Podest über dem Garten nimmt Mrs. Marsden Xerxes aufs Korn. »Ich weiß Bescheid. Ich bin auf alles gefaßt. Du wirst sehen, deine alte Freundin ist kein Spielverderber.«

Xerxes steht mit dem Rücken zu ihr, das Gesicht verzerrt. »Wer hat's ihr gesagt?« Ein ganz kunstloses Blöken von dem sonst so talentierten Kind. Er dreht sich langsam im Halbkreis und mustert die schwarzen Gesichter.

Cassie gesteht. »Nur zu, Xerxes, mein Schatz. Kann ihr gar nicht schaden, wenn du sie nachmachst. Also ... dann.« Aber sie sagt's ohne Überzeugung.

»Ja, bitte. Los.« Lady klatscht einmal in die Hände. Sie zupft sorgfältig ihren langen Rocksaum zurecht, als ob sie für ein Porträt posieren müßte. »Mr. Blake behauptet, ›Nachahmung ist Kritik‹. Ich kann Kritik ertragen. Daher bin ich euch allen in all den Jahren so eine gute Herrin gewesen. Nun denn, ich bin bereit. Überzeuge dich selber, ob ich mich nicht großartig verhalte.« Lächelnd nimmt sie eine tadellose Haltung ein, wie von einem Dornenkorsett gestützt.

Alle sehn den Jungen an. Die andern lächeln betreten, als müßten sie selber was zum besten geben. Xerxes ist drei Fuß einen Zoll groß und wirkt jetzt draußen im Hellen wie ein Spielzeug, so befangen ist er. Jemand stößt ihn an. Xerxes grinst beschämt, ein jämmerliches Grinsen – erst zu den andern, dann, langsam, zu ihr hinauf. »Hallo«, sagt er.

Erst zupft er sein berühmtes, aus Taschentüchern zusammengenähtes Halstuch zurecht. Er wendet sich Lady zu, nimmt sich ein bißchen Zeit, um Muskeln und Gelenke zu lockern, sich aufzuwärmen – die Knie geben ein klein wenig nach. Dann lächelt er, und es scheint, als wär er wieder ganz der alte Profi. Vielleicht ist das der Moment, auf den er schon immer gewartet hat.

Auf der Poststraße rennen die Leute, rufen. Trotzdem nimmt hier, auf diesem abgesonderten, ruhigeren Nebenschauplatz die seltsame, von oben angeordnete Vorführung ihren Lauf. Und irgend etwas daran sagt der Herrin sicherlich zu.

Xerxes geht halb in die Hocke und legt die Hände auf eine imaginäre Klaviatur. (Lady erkennt, was da gespielt wird, und nickt, im Vertrauen darauf, daß sie an ihrem Instrument immer besonders gut aussieht.) Xerxes wirft einmal verwöhnt-verführerisch den Kopf herum. Nur ein einziges Mal. Und während Lady auf ihrem Podest noch lächelt, zuckt sie bei dieser Kopfbewegung zusammen und merkt, daß ihr Mund aus der Fassung gerät. Ungewollt, nur für eine Sekunde und noch bevor Xerxes weitermachen kann, verzerrt Lady das Gesicht wie ein Hund, wenn man ihm in die Augen bläst.

Als Xerxes das sieht und ihm bewußt wird, wie er hier mitten im Garten an den Pedalen eines nicht vorhandenen Klaviers hockt, festgenagelt zwischen dem kopfwackelnden Grinsen seiner Verwandten und dem erstarrten Lächeln seiner Besitzerin, krümmt er sich plötzlich zusammen. Es ist wie ein Krampf. Er schwenkt herum, von Lady weg. Alle denken, er lacht, bis sie ihn stöhnen hören. Weint er, oder ist ihm schlecht geworden?

Ladys Gesicht ist wieder das alte: Xerxes bereut anscheinend. So schnell ist alles wieder in Ordnung. Lady war nie schöner. Sie hält den Saum ihres seidenen Kleides, rafft ihn indigniert. Mit erhobenem Kinn sagt sie tatsächlich: »*Et tu*, Xerxes?« – Niemand ist vollkommen, weißt du. Mehr denn je fühlt sich Lady E. M. Marsden in dem Moment ganz als sie selbst. Sie sagt: »Nun, ich glaube, damit sollten wir's genug sein lassen.«

Aber da kommt Zelia Schritt für Schritt die Stufen rauf, die spindligen Arme ausgestreckt, balancierend, als tät sie auf einer Wäscheleine seiltanzen. Die gelenkige Alte steigt ganz langsam. Man könnte meinen, sie schleicht sich an eine neunzig Pfund schwere Mokassinschlange an, die sich mit einem weißen Kleid getarnt hat. »Mrs. Lady? Z hat was für Sie.« Und spuckt.

Nasses perlt auf trockener Seide. Lady beugt sich vor, die Hände vor der Empire-Taille gekreuzt, schaut ungläubig auf ihren Rock – so fassunglos, als hätte jemand einen Saphir nach ihr gespuckt.

Die ungebändigte Sonne brennt auf Witwe Marsdens gebeugten Kopf runter, der das nicht gewöhnt ist. »Warum?« Sie weicht nach oben zurück, einen Schritt. »Warum jetzt? Wofür? Sei ehrlich. Du wirst mich nicht unvernünftig finden.«

Jetzt kommen die beherzteren Kinder näher, Stufe für Stufe. Ihre kleinen Kinnbacken arbeiten, die Wangen sind eingezogen. Xerxes, das Gesicht noch naß vom Weinen, den Rücken verkrampft, steigt den andern kleinlaut auf Zehenspitzen nach, stellt sich zu ihnen. Wie die Herrin zu ihm hin grimassiert, murmelt er mit schlaffem Mund: »Wie geht's Ihn?«

Sie sieht ihnen an, was sie wollen. Was wäre sie sonst auch für eine Gastgeberin? Und vielleicht in der Hoffnung, große Veränderungen durch kleine soziale Zugeständnisse aufhalten zu können, tut sich Lady E. More Marsdens Gesicht auf. Ein entschlossenes, strahlendes

Lächeln zeigt sich, um so fröhlicher, als sie ihr Leben lang Erfolg damit gehabt hat. Sie muß da irgendwie durch, muß die freundliche Geste sehen, die sich sogar hinter dieser äußerst unerquicklichen Situation verbirgt. Es hat keinen Zweck, sich jetzt seiner Christenpflicht zu entziehen. Ihr Gesicht leuchtet so glücklich wie sonst nur beim Musizieren oder beim Katakombenspiel mit denselben Kindern, die sich jetzt gegen sie stellen. Sie breitet ihren weißen Rock aus, macht's ihnen leichter.

Drei Kinder, den Blick auf sie gerichtet, spucken der Reihe nach und vergleichen den angerichteten Schaden. Das Opfer beugt sich vor, scheint an Menge und Höhe interessiert. Die Kinder hören ihre zarteste seidige Stimme: »So weit ist es also mit uns gekommen, meine kleine Lieblinge. – Ach, jetzt meinen Tee, bitte, und ein Bad. Ich bin heute ganz außer mir.«

Dann probiert sie was anderes. »Zelia, als Mama bei meiner Geburt im Kindbett starb, hast du mir deine Milch gegeben, Zelia. Deine eigene Milch.«

»Kann schon sein, aber kommt noch von Z eine Kleinigkeit dazu.« Sie spuckt nochmal und tritt rasch zurück. Und dann sinkt die Stimme der alten Schwarzen unter die eines Mannes ab. »Mein Junge is ertrunken, wie er weggelaufen is. Winch hat Zelia mit Huhn erwischt, was Zelia gestohlen hat, hat Z ausgepeitscht, daß Zelia bald ein Jahr gebraucht hat, bis wieder halb gesund war. Ihr alle habt Zelia nie nich wissen lassen, was Zelia wissen muß. Zelia eingesperrt. Ist lange, lange Zeit gewesen . . .«

»Ja, aber das war doch nicht *ich*, Zelia. Nicht ich. So ist das nun mal hier, wo wir miteinander leben. Wie hätte sich jemand, der als Baby in deinen Armen gelegen hat, so was ausdenken können? Ich bin in meine Rolle geboren worden, so wie du in deine, alte Freundin. – Ich habe euch immer alle geliebt. Ich liebe euch alle. Soll das auf einmal nichts mehr gelten?«

Aber die Leute starren Lady auf ihrer Treppe nur an. Und Mrs. Marsden erinnert sich scheint's plötzlich, wie schrecklich sie aussehn muß. Langsam, als ob sie hofft, die andern werden's nicht merken, wie sich hier jemand herzurichten versucht, befühlt sie ihre langen, beperlten Zöpfe. »Warum?« Sie rafft den aufgelösten Knoten. »Warum?« Sie prüft, ob die Nähte von ihrem Gewand grade sind. »Sagt eurer Lady, *warum*?« – Weißt du was, mein Lieber? Sie denkt, die Welt löst sich auf, weil sich ihr Haar aufgelöst hat!

»Scheint . . . daß große Gaben . . .«, sagt Castalia.

Derweil die Herrin von The Lilacs in schwankende Bewegung gerät. Drei Stufen wallt sie herab, mit ausgebreiteten Armen, leicht zuckend rutscht die Seide über den rauhen Stein. Ihre Leute kennen das Spiel. Sie muß auf einer Ebene mit ihnen sein, damit es funktioniert. Und tatsächlich, Lady taumelt die ganze Treppe runter. Wie sie von einem zum andern wankt, sich dreht, rumwirbelt, wacklig auf ihren hohen Absätzen. Wie einstudiert das wirkt. Lady stolpert wie ein torkelnder Betrunkener von einem Schwarzen zum andern. Die Erwachsenen weichen einen Schritt zurück, die Kinder müssen zwei Schritte rückwärts machen, um ihr zu entgehn.

Kein einziger bleibt Lady so nahe, daß er sie vielleicht auffangen könnte.

Sie begreift, wenn sie sich fallen läßt, fällt sie wirklich. Und: Sie hat grade beschlossen, trotzdem hinzusinken, da hört sie Lachen, genau im selben Augenblick. Sie fährt rum und sieht einen zwergenhaften schwarzen Schatten ihrer selbst direkt hinter sich flattern, keuchend, verkrampft, ein taumelndes kopfloses Huhn. »Bin ich denn wirklich so schlecht?« Soll sie hinspringen und dem Kind eine kleben, soll sie in Ohnmacht fallen – oder beides? Sie ist drauf und dran, die Verantwortung für ihr Hinfallen selbst zu übernehmen . . . da poltern Hufschläge auf der Brücke über den Seerosenteich.

»Sind da!«

3

Schwarze auf der Poststraße jubeln, gackern drüber, wie die ehemaligen Marsden-Sklaven davonrennen, ihre Kinder mitzerren. Cassie schreit: *»Sind frei! Cassie is frei!«*

Im Nu sind nur noch zwei Gestalten vor den sonnenbeschienenen Säulen zu sehn: Castalia, glatt, fest, schwer atmend, als ob sie grade einen Marathonlauf hinter sich hätte, und neben ihr diese schmächtige Weiße in Weiß, die immer noch an ihrer ramponierten Frisur rumnestelt. »Schau mich nur an«, sagt die Dame. »Eine einzige Katastrophe, und das ausgerechnet heute!«

Alle andern haben sich inzwischen hinter einer hohen Hecke versteckt. Sie schreien: »Hierher, Cassie. Komm in Sicherheit, Mädchen!«

»Nun, es tut mir leid, aber Yankees sind in meinem Haus einfach nicht willkommen.« Lady fühlt mit dem Handrücken an der Stirn, ob sie Fieber hat. Cassie packt das Handgelenk, versucht, ihre Herrin hundert Yards weit zu den Fliederbüschen zu ziehn.

»Castalia, du Gans, ich würde es nie so weit schaffen. In *meinem* Zustand!«

Da tritt Cassie einfach zur Seite, duckt sich unter den hängenden Ästen einer Magnolie durch und ist verschwunden. Aus glänzendem Grün reckt sich ein schwarzer Arm in die Sonne, packt eine blasse Dame um die Taille und zieht sie mit einem Ruck hinein. In der dämmrigen Laubhöhle will Weiß zu schreien anfangen, aber Schwarz preßt Weiß eine Hand auf den Mund.

Die Yankees geben einen Warnschuß ab. Der weiße Mund beruhigt sich ein bißchen.

Kein Zweifel, die Yankees werden jeden erschießen, der sie an der Ausübung ihrer brandstifterischen Pflichten hindern will. Castalia und Lady warten jetzt unter einer Magnolie, die an einer von den Marmorsäulen steht. Die Blätter sind ledrig, die dicht belaubten Äste reichen bis zum Boden. Ein Versteck, das alle Geräusche von draußen verstärkt – wie beim Katakombenspiel. Wieder knallt ein Schuß. Cassie klettert schon einen Ast hoch, sie ist zehn, dann zwölf, fünfzehn Fuß über der Erde. Von Ast zu Ast zieht sie die andere hinter sich her. Die hängt nur an einem Arm und macht mit der andern Hand immer noch wie wild an ihren Haaren rum.

»Helf dir, oder du bist tot, eins von beiden«, sagt Cassie und setzt die Witwe in eine Astgabel. Lady zittert. Die Blätter zittern mit.

Leise sagt die Herrin: »Doch nicht die Teufel aus dem Norden, doch nicht hier bei uns? Sag, daß es nicht wahr ist, Cassie.«

»*Is* wahr.«

»Dann geh, sag ihnen, hier leben *wir*. Du bist so vernünftig, die Leute hören auf dich. Ich glaube, du weißt gar nicht, wie intelligent und überzeugend du wirklich bist. Ich wollte es dir schon immer sagen. Sag ihnen, wie glücklich wir hier sind. Sind wir doch? Das ist unser Zuhause. Du bist fast ganz hier aufgewachsen. Ich bin hier aufgewachsen. Sprich mit ihnen. Deine Stunde ist gekommen.«

Sie will die andere, die unter ihr ist, an den Schultern packen, und fällt beinah aus dem Nest. Castalia flucht, verhindert den Sturz. Sie hat das Gefühl, daß sie das die ganzen Jahre getan hat, ihre Herrin davor bewahren, daß sie aus gefährlicher Höhe abstürzt. Castalia merkt, daß ihre Hände einen blassen, schwammigen Hals umfassen. Die Daumen gehorchen ihr nicht. Sie drücken zu, leicht, probierend. Cas sieht, wie Wangen Farbe bekommen, Nasenflügel sich rosa färben, ein hübscher Mund sich öffnet. Kein Schrei, kein Kratzen. Stattdessen beugt sich die Herrin vor, höflich, als ob sie darum bittet.

Mit ihrem ganzen Gewicht biegt Lady ihren schlanken Hals nach unten, preßt die Lippen auf die nach oben gewandten volleren von Cassie. Im ersten Moment scheint's so, als wollte Lady um Luft bitten. Castalias Daumen lockern sich, ohne daß sie das eigentlich will. Dann begreift sie allmählich: Der Mund, der auf ihrem liegt, ihn zudeckt, hat anderes im Sinn. Weil nämlich die Herrin Castalia Marsden zu küssen versucht. Fest. Es *ist* ein Kuß. Aber nach dem ersten Ekel findet Cassie, daß dieser Kuß durchaus eine gewisse feuchte Überzeugungskraft hat. Hmmm.

Von alledem völlig aus der Fassung gebracht, wartet Cassie auf dem unteren Ast, daß der Kuß zu Ende geht. Um ihr aufwärts gerichtetes Gesicht fallen gelöste Zöpfe, kitzeln und klickern Ketten von kühlen Perlen – ein sonderbarer Vorhang für beide.

Lady läßt von ihr ab und wischt sich, außer Atem, mit dem Handrücken zimperlich die Feuchtigkeit vom spitzen Kinn. »Castalia, ich weiß« (Luftholen) »du willst mich retten. Ich bin mir nicht sicher« (Luftholen) »warum. Aber Gott segne dich. Und glaub mir, du wirst belohnt werden. Mit allem, was ich besitze. Ich sage dir jetzt: Wenn diese Widerwärtigkeiten vorbei sind, gehen wir gemeinsam fort. Nur du und ich. Du bist die einzige, die ich je lieben konnte.«

»Das leicht schon alles? Dann is noch viel zu lernen für Sie! Is ein Antrag gewesen? So in der Art was?«

»Ich weiß, es ist unkonventionell. Aber ich habe schon immer als exaltiert gegolten.«

»Castalia antwortet *Nein*. Verstanden?« Und wie der Blitz ist sie vom Baum runter. Pferde kommen hinterm Haus vor und die Steinstufen vom Portikus raufgetrappelt. Cas rennt ins Offene, auf eine schaumige Hecke zu, aus der ihr lautstarke Aufmunterung entgegenschallt.

4

»War es nicht Dionysios von Halikarnassos, Lucille, der Geschichte als das ›Lehren von Philosophie durch Beispiele‹ definiert hat? Ja, er war's. Bisweilen scheint die persönliche Variante unserer Lucille darin zu bestehen, daß Geschichte sie vor allem wegen der zahllosen Geschichten interessiert, in denen Bettelarme zu großem Reichtum kommen. Aber nein. Sowohl hier als auch in ihrer makabren Arbeit über Pompeji bevorzugt Lucille eindeutig Geschichten von Reichtum, der in Armut endet. Ich bemerke mit Wohlgefallen, daß sie aus diesem

Aufsatz eine Lieblingswendung getilgt hat, die ihre frühere Arbeit so sehr beeinträchtigte. Ich meine damit: ›Sie konnten nicht wissen‹. Der Ausdruck war nicht weniger als vierzehnmal vorgekommen, als diese Lehrkraft es für angebracht hielt, mit dem Zählen aufzuhören. ›Als sie sich an jenem Tag des Jahres 79 n. Chr. zu ihrem warmen Abendessen hinsaßen (sic), konnten sie nicht wissen, wie verflickst (sic) warm es tatsächlich werden würde.‹ Ich bitte dich, Lucille. Das ist sogar unter deinem Niveau! Angesichts meiner außergewöhnlich guten Schulbildung und meines Salärs muß ich mich hier weiterer Kommentare enthalten. Die Rückschau des Historikers verleitet uns oft zu solch wohlfeilen Formulierungen, Lucille. Andere hatten jedoch genügend Disziplin, auf derlei hämische nachträgliche Besserwisserei zu verzichten. Ja, Pompeji *war* wie seine Schwesterstadt Herculaneum (die in deiner Arbeit nicht vorkommt, und warum? Nur weil die Archäologen sie weniger gut erhalten vorfanden als die Stadt, die du dir zum Thema erkoren hast) eine Stadt des Vergnügens, berüchtigt für seine zweifelhaften Etablissements, seine Fülle sublimer Bildwerke. Ja, du hast recht, wenn du Pompeji als eine der Lust geweihte Stadt siehst. Aber rechtfertigt das deine Freude darüber, daß sie von einem Tag auf den andern erstickte? Frage dich doch bitte einmal selbst: Warum diese Schadenfreude, Lucille? Wie in ihrer plastischen (wenngleich erbarmungslosen) Schilderung der Rache des Vesuvs deutet Lucille auch im flammenden Schluß von ›Schwarz, Weiß und Lila‹ eine Art moralischer Vergeltung an. Aber, Lucille, stell dir bitte selbst die Frage: Werden die Bösen tatsächlich bestraft? Wird eine Frau durch ihren ererbten Glauben an die eigentümliche Institution der Sklaverei zum legitimen Opfer einer rächenden Gerechtigkeit? Wenn selbst ein so überragender und demokratischer Geist wie Jefferson nicht imstande war, seine Sklaven freizulassen, außer durch postum wirksame Anordnung, wie können wir dann von einer so abgeschirmt lebenden, zutiefst provinziellen Frau exemplarisches Verhalten erwarten? Vielleicht werden ja die Tugendhaften wirklich belohnt, wenigstens in Lucilles Arbeiten und in ihrer Phantasie. Doch obgleich ich de facto in derselben Stadt wohne wie sie (wenn ich auch nicht das Schwarzweiß ihrer moralischen Ansichten teile), finde ich, wenn ich mich so umsehe, nicht allzu viele Beispiele dafür. Lucille kennt Emersons Ausspruch, es gebe per se keine Geschichte, sondern nur Biographie. Sie hat dafür eine passende und nur allzu sterbliche Gestalt ihrer Heimatstadt gefunden. Aber bitte komm nach dem Unterricht zu mir, mein liebes Mädchen, und nenne deiner Miss Beale nur einen einzigen tugendhaften Bürger von Falls, der aus selbiger Tugend augenscheinlich Nutzen gezogen hat.

Lucilles Arbeit ist mitunter – wie Lucille selbst – störrisch, kampflustig, voll guter Absichten. Aber wo bleiben die wirtschaftlichen Realitäten? Die vorherrschenden sozialen Ansichten? Die Moral?

Ich möchte dich auf Goethes glänzendes Epigramm verweisen, das sowohl für deinen Titel als auch für seine Farbenlehre von Belang ist. Wie dir zweifellos aus unserer Diskussion in der Klasse letzten Donnerstag erinnerlich ist, erwies sich Goethes Farbenlehre im Gegensatz zu der seines Rivalen Newton als irrig. Aber vielleicht ist Goethe gerade deshalb um so poetischer (will sagen: es könnte doch noch Hoffnung bestehen für dich und dein gutgemeintes *Schwarz, Weiß, Lila*). Denke mal darüber nach, meine liebe Lucille.

Goethe drückt es so aus: ›Die Farben sind Taten des Lichts, Taten und Leiden.‹«

5

Castalia, gut versteckt hinter Fliederbüschen, wischt sich den Mund an der grobgewebten Schürze ab und murmelt dabei: »Diese Lady schreckt auch vor nix zurück, mir scheint.« Sie denkt sich, die Herrin wird jeden Moment aus ihrem Versteck kommen und die Eindringlinge zur Rede stellen: »Mit wem habe ich die Ehre?« Sie will die Helden unbedingt genauer sehn. Sie hat gehört, was für gutaussehende Männer die Yankees sind. Je näher die Nordstaatler gekommen sind, um so wildere Gerüchte von ihrer Schönheit haben die Runde gemacht. Geduckt erwartet Cas die Ankunft des jungen Erlösers.

Er wird kommen, um dieses Haus schließlich in Brand zu stecken, indem er mit einem Finger drauf zeigt – genau wie auf dem Öldruck oben im Haus Gottvater mit ausgestreckter Hand Adam erschafft.

Was sich auf der chinesischen Brücke wie ein ganzes Regiment angehört hat, ist jetzt auf vier abgerissene Kerle geschrumpft. Zwei sind alt und ziemlich dick. Alle müßten sich mal rasieren. Der jüngste und hübscheste, dem ein Bein fehlt, ist scheint's am Sattel festgebunden. Auch der linke Ärmel ist leer und an der blauen Uniformjacke festgesteckt.

Ein Unterrock flattert an der Satteltasche dieses Berittenen. Vielleicht ein Andenken an eine Greueltat weiter oben am Fluß? Der Mann zügelt sein Pferd vor der Terrassentür der Bibliothek. Langsam, weil er nur einen Arm hat, leert er einen Kanister Petroleum auf das zarte Kleidungsstück. Wie es gut durchtränkt ist, steckt er das Ding an – worauf das Pferd scheut – und schleudert es. Eine flammende Krinoline scheint durch die Luft ins Haus zu wanken. Castalia kennt das Pferd. Ist kein Tier aus dem Norden, sondern ein tänzelnder weißer Araber aus Cousin Mabrys Stall, vier Meilen flußaufwärts.

Rauch, eine hübsch anzusehende blaue Fahne, quillt träge aus einem Fenster der Bibliothek, hängt in der Luft, als ob er Arbeit sucht, wird anscheinend durch die Aussicht an was erinnert, kringelt sich wieder ins Haus zurück und geht ans Werk. Bald verschwindet der Magnolienbaum, den Cassie im Auge behält, in konföderiertengrauen Wolken. Die Augen zu, hinter ihrer Schürze hustend, überlegt sie: Wird Lady auf dem eingeräucherten Baum sterben? Soll sie?

Die Exsklaven halten sich aneinander fest. Die Gesichter naßgeschwitzt von der Hitze, ringen sie nach Luft, während sie zusehn, wie dieses Haus, das sie so gut kennen, zu enden anfängt. Brennende Häuser – wenn einem klar wird, daß sie nicht mehr zu retten sind, daß sie vielleicht sogar wegen der Versicherung angezündet wurden – sind richtig interessant anzusehn, findest du nicht, mein Junge? Ich schon. Und wieviel mehr muß ein Feuer Sklaven bedeuten, die das Haus ihr Leben lang picobello in Schuß gehalten haben.

Nicht lange, und aus den Fenstern im Erdgeschoß schießt blaues Licht. Das Licht läßt mir nichts, dir nichts die Scheiben platzen. Die erste macht dabei ein schönes klirrendes Geräusch wie die geretteten Kronleuchter, die in Säcken im Wald versteckt sind. Das Feuer erprobt sich jetzt an einer der massiven Marmorsäulen. Gleich wird sich's den Magnolienbaum samt der auf ihm sitzenden zerfledderten Frau vornehmen. Plötzlich lassen im Haus drin rund siebzig Uhren im Chor ihre Stimme erklingen, als wollten sie um Schonung bitten. Die Reiter lachen, weil sie im ersten Moment erschrocken sind.

Was Lady wohl jetzt da oben macht? Wenn sie das alles überlebt, wird sie dann eine Lehre draus ziehn? Cassie ist neugierig, ohne's eigentlich zu wollen. Schätzchen, die gesündesten Menschen auf der Welt sind diejenigen, die sich am meisten für andere interessieren. Mir hat das geholfen, so lange zu leben.

Wie können vier so zerlumpte Kerle so viele noble Flammen entfachen? Cassie hört, wie die Soldaten sich grölend Witze und Geschichten erzählen. Die Sprache von den Yankees ist ihr ein Rätsel. Vielleicht sind ihre Wörter hart verkohlt, weil sie zu oft in der Nähe von solchen Feuersbrünsten waren. Cas erinnert sich an das nach Apotheke klingende Griechisch, das der Master immer geplappert hat.

Zwei Dutzend Schaukelstühle werden zu einem Parcours für die Pferde. Die Yanks haben sichtlich ihren Spaß. Die Tiere trappeln die Steinstufen runter – keine zwölf Fuß von Ladys Baum. Wie die Fackelträger gemächlich zur Scheune rüberreiten (in der die alte Z die Möbel verstecken wollte), springt Castalia auf, rennt zu einer Wäscheleine, achtet nicht auf die Zurufe von den andern: »Komm zurück, Cassie. Wills dich nich lieber selber retten?«

Mit dröhnenden Ohren rennt Cassie, die sich plötzlich als Hauptperson auf diesen achthundert Hektar fühlt, einfach unter der Wäscheleine durch, und auf der andern Seite trägt sie plötzlich ein Perkal-Laken. Die Arme ausgebreitet, den nassen Stoff dicht am Körper, verschwindet sie zum zweitenmal hustend unter den inzwischen angewärmten Blättern und schaut, unsichtbar jetzt, keuchend da hinauf, wo sie vorhin eine gewisse Person zurückgelassen hat.

Das Gesicht, das von oben runterschaut, hinter gekreuzten schwarzen Zweigen hervor, ist so leer wie der weiße Stoff, der jetzt ellenlang runterhängt wie ein Taufkleid. Lady, höchst erfreut, wen zu sehn, den sie bewundert, strahlt: »Da bist du ja wieder. Du bleibst, meine Liebe. Ich danke dir sehr.«

Angewidert, obwohl sie mit dem Lachen kämpft, klettert Castalia auf die unteren Äste. »Wickeln sich da rein.«

Die Herrin greift nach dem Laken. »Aber, meine Liebe, das ist ja ... ganz naß.«

»Is wegen dem, weil Feuer heiß und trocken is, Dummerchen! Weil Feuer so nah is!«

»Was bist du doch schlau. Wieso bin ich nicht selbst draufgekommen?« Und die Witwe Marsden tut, wie ihr geheißen, will aber gelobt werden dafür. Die Kälte nötigt ihr nur einen einzigen Quietscher ab. Wie die Pferde wieder angetrottet kommen, klettert Cassie Hals über Kopf runter – fällt fast –, ist im nächsten Moment draußen und sprintet auf die anfeuernden Rufe aus der Hecke zu.

Warum, könnte man jetzt fragen, verstecken sich die Exsklaven vor den Truppen, die gekommen sind, um sie zu befreien? Gute Frage. Liegt zum Teil an Ladys jahrelangem Gerede von den barbarischen Tataren nördlich von Maryland. Und zum Teil an den eigenen geschichtlichen Erfahrungen dieser schwarzen Menschen mit Invasionstruppen – ein Beispiel wären die Weißen, die in Afrika einen Fluß raufgefahren sind, diese Seelen arglistig auf ein Schiff gelockt und hierher verfrachtet haben. Also haben die Schwarzen auf The Lilacs, trotzdem sie natürlich richtig froh über ihre Befreiung waren, trotzdem sie nur allzu bereitwillig an eine Zukunft geglaubt haben, sich doch lieber versteckt, sicher ist sicher. Bei den Wohltaten, die ihnen die Geschichte bis dahin erwiesen hatte, vielleicht nicht ganz unbegreiflich.

»Lebt noch?« will Zelia wissen.

»Is nich tot.« Die andern schnauben.

Evidence Anne fragt: »Lady hat Laken zum Katakombenspielen haben wollen?«

»So was Ähnliches, Baby. Hat sich richtig gut versteckt.«

Hinter den unruhigen Silhouetten der Berittenen im Vordergrund sehn die Sklaven, wie sich die Scheune in Dämmerung hüllt.

Was die Soldaten nicht ahnen: Jemand belauscht sie aus fünfzig Fuß Höhe auf einem achtzig Fuß hohen Magnolienbaum keine zwölf Fuß von der Stelle, wo ihre Pferde mit den Hufen scharren. Die Brandstifter wollen abwarten, bis das Haus richtig lichterloh brennt. Sie sprechen über ihre letzten Briefe von daheim und darüber, was sie drüben im Westen vorhaben, wenn dieser auslaufende Krieg gewonnen ist. (Das Übliche: Männer wollen alles besitzen, soweit das Auge reicht. Amerika!)

Sie sind schon so lang patriotische Feuerteufel, daß man meinen sollte, sie wären dieser Aufgabe allmählich überdrüssig. Aber weißt du, mein Lieber, Feuer wird nie zur Routine. Weil sie immer besser werden wollen im Häuseranstecken und tatsächlich zu den Kerlen gehören, die alles bis zum Horizont besitzen wollen, sehn sie sich noch an, wie das Feuer sich macht. Während sie so Erfahrungen für die nächste Plantage sammeln, unterhalten sie sich über ihre Kinder, über zu Hause.

Wie schnell das Entsetzliche zur Routine wird, Schätzchen. Wir haben alle dieses gefährliche Talent: Greueltaten in alltägliche Besorgungen zu verwandeln. Immer wieder fragen sich die Leute, wie die Deutschen zu *so was* fähig waren. Ich glaub, die Antwort – oder ein Teil davon – ist: Sie haben die Ausrottung zum Berufsalltag gemacht. Du weißt schon, Gehälter, Mittagspause und so. Die Beschäftigten sind pünktlich erschienen, haben ihre Arbeit gemacht, sind heimgegangen, haben zu Abend gegessen und geschlafen, sind aufgewacht und wiedergekommen und haben ihre Arbeit gemacht und sind heimgegangen und haben gegessen und geschlafen und sind aufgewacht und wiedergekommen und haben ihre Arbeit gemacht. – Auf die Art bringt man alles hinter sich, vor allem Sachen, die schrecklich sind, schrecklich. – Weißt du was? Wir müssen alle sehr aufpassen, an was wir uns gewöhnen.

Alleine, gut versteckt, hat Mrs. M., meine Schwiegermutter in spe, ihre Scheune nicht abbrennen sehn, wahrscheinlich hat sie aus Angst und wegen der Kälte von dem nassen Laken am ganzen Leib gezittert. Ich wette, sie hatte sich den mit Monogramm bestickten Perkal um den Körper gewickelt. (Cas hat ihr in der Eile ein baumwollenes Laken aus einem Gästezimmer gebracht, nicht die übliche Seide.) Ich stell mir vor, Lady hat versucht, sich das Tuch wie eine Toga umzulegen, damit sie, falls sie von den Yanks oder auch nur vom Feuer gefunden wird, als »Herrin des Hauses« erkannt wird. Sie hatte immer von außen nach innen gelebt. Die Ethik hat bei ihr am Morgen im Spiegel angefangen. »Was könnte man heute gegen die schwindende Schönheit tun?« Jetzt, auf dem Baum gestrandet, hat sie genug Zeit, die Frisur zu richten, die Z ihr kaputtgemacht hat. Wen schert jetzt Ladys Toilette? Aber sie kann's nun mal nicht. Sich allein herrichten. Hat's nie gelernt, hat's nie lernen müssen. Hatte sich für eine Frisur entschieden, die man heute »arbeitsintensiv« nennen würde. Sie kann nur hilflos an den Zöpfen rumnesteln, die ihr ums Gesicht hängen. Jetzt versucht sie, mit einem besonders schönen Zopf die andern zusammenzubinden. Schwer zu glauben, aber ihre vielfach geflochtene Frisur ist halb afrikanisch.

Lady E. More Marsden hört das erste Fauchen von der brennenden Scheune, denkt an ihren toten Mann, an ihren Sohn im Feld. Sie sitzt so hoch oben, die Arme über den Knien gekreuzt – wie jemand auf dem Örtchen –, sie denkt nicht eigentlich, hat aber eigentlich auch nicht zu denken aufgehört, ist einfach da.

»Mein Gott«, sagt sie leise. »O du mein Gott.«

6

Wie sie uns das Thema für die Geschichtsarbeit gestellt hat, hat die Beale ihre Schüler gezwungen, sich die Auswirkungen des Krieges auf jeden vorzustellen, der davon betroffen war. Bobo Kingston, schon so viele Sitzenbleiberjahre der böse Bube der Schule, daß er inzwischen der böse *Mann* der Schule geworden war, hat einen sehnigen Arm gehoben und mit einem so tiefen Baß, daß die Fensterscheiben klirrten, gesagt: »Gilt das auch für . . . *Sherman*?«

Wir haben immer versucht, die Hexe aufs Glatteis zu führen. War äußerst lehrreich, daß es uns nie gelungen ist. Alles, was unser Meinung nach eine gute Fangfrage war, hat sie zu einem Versagen der moralischen Vorstellungskraft erklärt. In jede Falle, die wir unserer geliebten alten Jungfer gestellt haben, ist sie fröhlich reingetappt – und dann hat sie aus der primitiven Grube, die wir ihr gegraben hatten, zu uns raufgeschrien. Hat von den Höhlenmalereien da unten geredet, hat behauptet, die Bürger von Pompeji wären durch die tödliche Asche in vollkommene Statuen verwandelt worden und sie könnte sie von da innen unten besonders gut sehn. Erst haben wir ein bißchen gemurrt, aber dann haben wir uns alle in das Loch runtergelassen, bereit zu einem Rundgang, sogar einen Rundgang durch das Grab, das wir ihr geschaufelt hatten.

»*Insbesondere* für Sherman. *Tout comprendre, tout pardonner*. Ist dir beispielsweise bekannt, tapferer Bobo, daß Sherman unter so schrecklichem Asthma litt, daß die Ärzte ihm verordneten, am Abend in seinem Zelt ›Salpeterpapier‹ zu verbrennen, damit er wenigstens da richtig atmen konnte? Wie viele von euch Kindern leiden selbst an Asthma oder kennen jemanden, der es hat? Schön. Ihr bringt sicherlich etwas mehr Mitgefühl für einen Mann in einem Zelt auf, der nicht genug Sauerstoff bekommt, nachdem er den ganzen Tag vom Rauch auf dem Schlachtfeld gepiesackt wurde. Zweifellos hast du auch gehört, Bobo, daß die Kapitulationsbedingungen, die Sherman General Joseph alias ›Joe‹ Johnston in Raleigh, keine vierzig Meilen von hier, wo ich jetzt stehe und du in der Bank lümmelst – setzen Sie sich gerade hin und passen Sie auf, Monsieur Bobo –, so überaus milde waren, daß die Zeitungen im Norden Sherman alsbald als ›Handlanger des Südens‹ brandmarkten. Und später bei der Siegesparade der Unionisten in Washington wurde Sherman ausgepfiffen. Ja, die Geschichte ist nie schwarz und weiß oder gar grau und blau, mein kleiner Heißsporn. Es gibt immer noch Interessantes zu erfahren, besonders über die Schurken. Hier wird nicht gekichert! Ist Sherman unser Feind? Entscheidet selbst. Sobald wir andere als von uns selbst ganz und gar verschieden verunglimpfen, machen wir uns derselben schrecklichen Vereinfachung schuldig, die sie uns angedeihen lassen. Wir haben keine Feinde, wenn wir keine haben *wollen*.

Also, Monsieur, wenn es menschlich ist – und menschlich ist alles, bis hin zu absolut gesättigtem menschlichem Bösen –, dann liegt es auch innerhalb unseres Begriffsvermögens. Und wenn es innerhalb der Grenzen menschlichen Begriffsvermögens liegt (und gibt es

Menschliches, worauf das nicht zuträfe?), dann ist es auch – und sei es unter großen Schmerzen – verzeihlich. Und sollte es sich auch nur als marginal verzeihlich erweisen, dann müssen müssen müssen wir es verzeihen.«

»Aber ... *Sherman*? Miss Beale! Er hat das Haus von *Ihrer* Familie angezündet. Ich geh da immer angeln, wo jetz nur noch die Schornsteine stehn.«

»*Jetz-t*. Das hat nicht nur die Familie Beale getroffen. Kinder; sagt mal, wie viele von euch haben Familienbesitz verloren, weil Sherman Befehle ausgeführt hat?«

Von den dreißig Kindern haben achtzehn die Hand gehoben. Elfjährige Hände, zur Faust geballt – noch nach dreißig Jahren. »Und wie viele von euch hätten, bei vertauschten Rollen, wenn ihr ähnliche Befehle bekommen hättet, wenn ihr gehofft hättet, durch die Opferung bloßen materiellen Besitzes den Krieg schneller beenden und kostbare Menschenleben retten zu können, wenn ihr in nördliche Gefilde abkommandiert worden wärt und dort lauter prächtige Herrenhäuser geradezu einladend an einem Fluß aufgereiht vorgefunden hättet – wie viele von euch hätten exakt dasselbe getan wie Sherman?«

Bobos Pranke ist als erste in die Höhe geschossen. Obendrein hat er auch noch die Streichhölzer rausgeholt, mit denen er sich immer die selbstgedrehten Zigaretten angezündet hat, und eins vor aller Augen angerissen. Jede andere Lehrerin hätte Bobo wegen »Zündeln im Klassenzimmer« von der Schule verwiesen. Beale hat dagegen nur gewartet, bis das Hölzchen abgebrannt war, bis es Bobo die schwieligen Finger versengt hat, so daß er geflucht und es zu der sprießenden Süßkartoffelpflanze auf dem Fensterbrett geworfen hat.

»Achtung, mein kleines Kriegsverbrechertribunal. Ein Geständnis wurde abgelegt, ein Menschenleben, sei es auch das eines Nordstaatlers, liegt jetzt in eueren Händen. Wie viele entscheiden sich dafür, unseren leichtfertigen Vandalen von einem jungen Offizier hier freizusprechen? Bewegt das in eurem Gemüt, ihr jungen Richter. Ihr seht hier einen gewissen Bobo Kingston junior, einen geständigen Yankee-Brandstifter, der sein Leben auf Gedeih und Verderb in die Hände unseres Südstaaten-Gerichts legt. Unser kulturelles Erbe ist unvergleichlich reicher und bedeutender als das der Siegerseite. Unglücklicherweise entsprang jedoch diese Kultiviertheit einem Feudalsystem, in dem das Wohlergehen einiger weniger auf der Ausbeutung vieler beruhte. Dennoch haben wir auch heute noch eine lebendigere Kultur als der siegreiche Norden mit seinen Fabriken und seiner

Kinderarbeit. Nachdem wir das Feuerrad der Tragödie überlebt haben, sind wir jetzt bereit, neu zu erstarken. Diese Hoffnung allein hat eurer alten Dame Beale (oh, ich weiß, ihr habt andere Epitheta für mich) die Kraft gegeben, fünfzig Jahre lang Tag für Tag hierher zu kommen. Ich spüre es. Das Perikleische Zeitalter steht kurz vor der Hochblüte, meine Säulen der neuen dorischen Ordnung. Doch hier schmachtet der mutmaßliche Zerstörer unserer Tempel am Flußufer.« Und sie hat zu ihm hingezeigt.

Bobo hat sich am Ohr gekratzt, konnte sich nicht erklären, wie es zugegangen war, daß er sich plötzlich in den Kerl verwandelt hatte, den er eben noch als den übelsten Abschaum bezeichnet hatte. Die Hexe ist zu ihm hingegangen und hat ihm die Hand auf die massige Schulter gelegt. (Sie hat uns, im Gegensatz zu andern Lehrerinnen, oft angefaßt, alle.) Das Genie von der Grundschule Falls hat Bobos Schulterknochen gestreichelt – Bobo hat dabei andeutungsweise gelächelt, schläfrig getan – und uns gefragt, langsam und mit flammender Stimme, wie im Theater, bevor der letzte Vorhang fällt: »Könnt ihr ihm verzeihen?«

Der Antrag ging durch.

7

Wenn sie mir schon beibrachte, mich mit *Sherman* anzufreunden, hätt ich eigentlich auch etwas mehr Mitgefühl mit der Lady im Baum haben können. Das Haus, das da am Abbrennen war, hätt ich, kraft Heirat, später mal besessen und bewohnt. Vielleicht liegt's daran, daß ich, genauso wie Bobo den Sherman gehaßt hat, weil er ihm neidisch war auf seine Lizenz zum Brandstiften, vor Lady Marsden zurückscheu. Wahrscheinlich hab ich doch mehr von ihrer Zimperlichkeit, als mir lieb ist.

In der Heiligen Schrift steht, wir sind in Gottes Augen alle ein und dasselbe. Unsere Vorväter haben behauptet, alle Menschen sind gleich geschaffen (obwohl's ja scheint, daß dann neun Monate später, wenn man geboren wird, Gesellschaftsschicht, Hautfarbe, Aussehn und Gesundheitszustand der ausgewogenen Mixtur der Empfängnis schon so ziemlich die Beine unterm Hintern weggezogen haben). Ein guter Geschichtenerzähler sollte – wie die Verfassung, der Allmächtige und Hexe Beales Philosophie – sogenannte Chancengleichheit bieten. Schicksalsschläge beiseite, hätten die Schurken irgendwann die Helden/Heiligen werden können oder umgekehrt. Ich möchte wissen, wie sich Lady Marsden, dem Verbrennen so nah, gefühlt hat.

Jeder von uns hat die Pflicht, sich in andere zu versetzen.

Also, ich geb zu, ein bißchen kann ich mir denken, was Lady Marsden sich da am 7. April 1865 um 15.45 Uhr – hoch auf dem Baum und in höchster Gefahr – erhofft hat.

Sie hatte vor, sich retten zu lassen. (Das ist jedermanns Absicht.) Vielleicht hatte sie's sogar verdient. (Wie wahrscheinlich jeder.)

Der Retter, den Lady sich ausmalte, hätte nicht ausgesehn wie Castalias dunkler jugendlicher Heiland. Vielleicht war Ladys Held ein Ritter aus einem Roman von Walter Scott oder Dumas senior. Lady war Bedienung gewöhnt. Ihr Heiliger würde mit Cassies Christus die Kurzwaren-Dornen und das Blut gemeinsam haben. Aber Ladys feudaler Krieger würde auch Wissen und Witz von ihrem seligen Gatten haben. Und den kompromißlosen christlichen Edelmut von keinem Geringeren als Robert Edward Lee. Ladys Idol würde den Schneid von J. E. B. Stuart und den Ingrimm von Nathan Bedford Forrest (später Mitbegründer des Ku-Klux-Klan) sein eigen nennen, verschnitten mit General Mosbys Gelehrsamkeit und verfeinert mit Beauregards guten Manieren – und so weiter und so fort. Na gut. Also: Wo bleibt er?

Wie sie sich so an den Baumstamm klammert und mit einem Ohr lauscht, ob nicht schon die silbernen Hufe der Ritterlichkeit über die chinesische Brücke trommeln, stellt sich die Herrin unwillkürlich alle ihre Zimmer vor. Ihr muß klar sein: Nicht mal Er kann sie jetzt noch retten.

Lady Marsden sieht die Räume so genau vor sich – sie könnten glatt das Brokatfutter ihrer eigenen Lunge sein, die gewundenen seidigen Wände ihrer Eingeweide. »Meine Interieurs!«

Sie weiß: Im Erdgeschoß ist nichts mehr übrig außer ein paar Wandtischchen und den Läufern, die dazu da sind, zwischen den Einladungen das Parkett zu schonen. Aber im ersten und zweiten Stock von The Lilacs, da steht alles noch dort, wo's schon gestanden hat, wie ihre Mutter noch lebte.

Sie hält sich an dem Baum fest, als ob der sie retten könnte – die Stirn an die Rinde gepreßt, so wie eine Dame in einem Bilderbuch aus ihrer Kindheit sich an die Rüstung eines Ritters schmiegt, der mit ihr vor dräuender Gefahr auf seinem Roß davongaloppiert –, und schließt die Augen, die von den ersten beißenden Rauchschwaden tränen. Ihr Baum fängt zu schlingern an, weil ein seltsamer Sturm von Luftströmungen saugend – wirbelnd – durchs geöffnete Erdgeschoß fährt. Und sie hört, wie alles, was sie je besessen hat, dem Ende entgegengeht.

(Wenn Lady sich nachts im Bett umdreht und dabei einer ihrer zarten Knochen knackst, weiß sie genau, ob's ihr Ellbogen oder der dritte Wirbel von oben ist. Genauso weiß sie jetzt, in ihrem Nest so nahe an ihren Möbeln, die ihr fast so teuer sind wie ihr eigenes Skelett, jedes Knistern und Knacken richtig zu deuten.)

Durch das eckige Gerede der Yankees hört Lady genau, wie jede Kommode in Flammen aufgeht – und tät's lieber nicht wissen. Was jedes Zischen bedeutet. Sie kann einfach nicht aufhören, im Kopf diese Abschiedskarte zu zeichnen. Ade, ihr vier Jasperware-Compotiers von Wedgwood in euren Nischen an der Treppe. Gehab dich wohl, geziemend bedeckter Priapos. Ade, Empire-Ormolu, elfenbeinfarbener Louis der Soundsovielte, auf früheren Schlössern aus früheren Bränden gerettet und hierher in Sicherheit gebracht. Macht's gut, ihr singenden Knaben von Della Robbia, ihr habt die längste Zeit vom Fries im Arbeitszimmer lateinische Kirchenlieder geträllert. Leb wohl, Ölgemälde von Ter Borch von einer Dame, deren weißes Seidenkleid das letzte Abendlicht einfängt. Adieu Schönheit, Ordnung, Schwanenleben, Uhren mit Göttern und Göttinen.

Weil so viele Rußteilchen die Luft schwängern, hält Lady die Augen geschlossen, aber ach, wie lebendig ist ihr Kopf. Fast schmerzhaft, dieses letzte Aufbäumen. Es ist wie das Museumsinventar ihres Blutes. Flugasche verstopft ihr schon die Ohren, die pinseligen Enden ihrer Zöpfe kringeln sich ein, riechen metallisch von der Hitze. Es scheint, daß der Brennofen, in den sich das Haus verwandelt hat, sie endlich und endgültig zu einem »Es« macht.

Lady hört ganz in der Nähe das Gerede der Yankees, hört viel weiter weg das verstörte Gemurmel der Sklaven. Ihr Laken knistert, ist plötzlich auf der Westseite nicht mehr naß, bräunt sich langsam wie Meringe in einem niedrig eingestellten Backofen. Bevor der Rauch sie überwältigt, reizt er sie, schärft er alle Sinne. Sie findet zu einer seltsamen neuen Ruhe und denkt sich: »Vielleicht ist einem kurz vor dem Sterben so. So kommt der Körper sich selbst zu Hilfe, durch chemische Cocktails, die einen über das eigene Ende bringen. Könnte es sein, daß ich an letzte Augenblicke denke, weil das hier meine sind? Wäre das nicht seltsam?«

Inzwischen weiß sie genau, was in jedem Raum mit welcher Art von Seufzer, welcher Flammenfarbe und welcher Überläufer-Geschwindigkeit zu Schall und Rauch geworden ist. In Saffianleder gebundene Bücher im Parterre, der ganze Stolz von ihrem Mann, jetzt eine Leihbibliothek für die Feuersbrunst. (»Diese ungebildeten Rangen, retten die Bibliotheksleiter, aber nicht die Gutenbergbibel!« Sie hatte sich immer geweigert, den Sklaven Lesen und Schreiben beizubringen, weil das angeblich ihre natürliche Würde beeinträchtigt hätte.) Sie hört, wie die Bücher – ungefähr in alphabetischer Reihenfolge, vom Boden zur Decke – verbrutzeln. Scheint, daß die Weltliteratur überhaupt nicht trocken ist, sondern nahrhaft wie Speck.

Sie merkt es, als die Spitzendeckchen sich zusammenlegen, so wie Gäste nach einem köstlichen letzten Gang die Servietten falten. Zum Schluß legt sich gekrümmtes Furnier plötzlich flach. Und unter einem Teppich kommt im allerletzten Moment ein lange verlorengeglaubter Schlüssel rotglühend zum Vorschein: »Seht her, da bin ich wieder, ich hab die Hoffnung nie aufgegeben.«

Das arme Ding (sind das meine Lieblingsworte, Schätzchen?) atmet immer noch, hustet durch den Baumwollstoff, der warm und dann heiß geworden ist und sie jetzt schon versengt. Sie schaudert – die Hitze äußert sich als Schüttelfrost. Sie glaubt, sie muß jetzt zu feinster Butter werden, die auf Magnolienholz geschmiert wird, oder vielleicht zu Zindern, die fortfliegen, um andere Herrschaften weiter flußabwärts zu warnen. Sie erinnert sich, wie ein Nachbar sie einmal zurechtgewiesen hat: »Sie müssen unbedingt die weiße Brokatbespannung Ihres Wintergartens als Verbandmaterial für unsere verwundeten Soldaten stiften.« Ihre Lippen bilden jetzt die Worte: »Hätte ich's doch getan, hätte ich's doch getan.« Worte, wie man sie sagt, wenn einem das Haus abbrennt.

»Meine Kopfschmerzen sind vergangen. Wenigstens etwas.« Und ihr wird endlich bewußt, daß sie – *falls* sie das übersteht – in einer Landschaft minus Haus, minus Bechstein-Flügel, womöglich ohne Sohn, mit Sicherheit ohne Ehemann, ohne was anzuziehn und ohne einen einzigen Sklaven aufwachen wird. Da verliert der Tod etwas von seinem Schrecken.

Ganz bedächtig, als ob sie viel, viel Zeit hätte, sagt sich Lady E. More Marsden, den Tod betreffend: »Irgend etwas daran sagt mir zu.«

Ein Knacken wie von Holz im Kamin verrät der Herrin: Ihr Magnolienbaum hat sich ein wenig auf die Seite gelegt. Ganz in Rauch eingehüllt, umklammert sie mit Armen und Beinen den Stamm. Noch stärkere Hitze bräunt ihre Finger, läßt die Perlen zischeln. Als allerletztes hört Mrs. Marsden – erhitzt in Seide, von Schweißperlen glänzend, berühmt für ihre makellose blasse Haut –, wie er sich von ihr und der Welt verabschiedet: der Konzertflügel, weiß lackiertes Schwarz, nun wahrscheinlich verkohlt und dunkler, als das Ebenholz vor dem Anstrich war. Sie hört ihr signiertes Meisterstück durch zwei Plafonds stürzen – unter einem Getöse, das allen Teufeln der Hölle wie Musik in den Ohren klingen muß.

8

Die Yankees johlen begeistert bei diesem Zeichen des Fortschritts. Die Pferde weichen zurück. Ach, Schätzchen, diese Hitze! Das Dach gibt nach. Biegt sich. Bricht durch. Funken stieben zweihundert Yard hoch. Die Fliederbüsche am Haus sind bereits gar. Die Soldaten applaudieren. Nur der Jüngste nicht, der mit dem einen Arm die Zügel halten muß. Er tätschelt dem Araber die Flanke. Das Pferd geht durch. Die andern hinterher. Im wiehernden Galopp über die chinesische Brükke. Die Soldaten wenden sich nach rechts, auf Falls zu. Zum nächsten Gut. Ist das Martyrium von The Lilacs vorbei? Hat die Freiheit schon begonnen?

Auf der kühleren Seite der Hecke klammern sich die Schwarzen immer noch aneinander. Durch lila Blüten sehn sie, wie das vertraute Haus dem Himmel dicken Qualm ins Gesicht bläst. Als sie sich vorsichtig ins Freie wagen und flußabwärts spähn, sehn die Befreiten auf hundert Meilen die Desaster der Reichen.

Seit ein paar Minuten darf kein Mensch mehr andere Menschen besitzen. Lang lebe das Nicht-Besitzen! Komisch, aber das Besitzen selbst ist ein bißchen so gestorben wie Menschen sterben. In Bilderbüchern steigen die Seelen der Sterbenden wie Vögel in die Luft. Die weißen Häuser haben die Welt auf genau dieselbe Art verlassen, schwarz verschmiert, senkrecht in die Höhe. Ein windstiller Nachmittag, und diese breiten Streifen ragen in großen Abständen voneinander an den schönsten Flußbiegungen auf. Wie stolze Gestalten im Leid bleiben sie für sich, Säulen eines einzigen riesigen Tempels. Und erst wenn eine Säule weit hinaufreicht (ich spreche von Meilen, mein Junge), schiebt sie sich langsam näher zu den andern hin. In dieser großen Höhe bildet sich ein graues Dach – transparent, schwerelos – auf rußschwarzen Pfeilern. – Das ehemalige Haus, von dem hier die Rede ist, errichtet eben seine eigene Senkrechte.

Die befreiten Frauen und Kinder können nicht voneinander lassen.

Sie gehn so nah ran, wie's die Hitze erlaubt; keiner weint. Aber es lacht auch keiner. Aus jedem weißen Loch von dem Haus kommt ein anderer dunkler Stengel, wie die Arme von einem schwarzen Kandelaber. Die Kinder sehn, daß das Haus Katakomben spielt. Es ist die längste Zeit erwachsen gewesen, läßt sich auf Hände und Knie nieder. Das Große Haus ist nicht mehr groß.

Das große weiße Haus in Schutt und Asche sinken zu sehn, macht den Exsklaven Spaß, und es macht ihnen angst. Es ist, als ob der Mond gestorben wär. (Wofür ist der Mond nütze? Und doch . . . man hat sich an ihn gewöhnt.)

Im Rauch kriecht die alte Zelia zu einem bestimmten Baum, die Schürze vorm Mund. Alle gehn auf Zehenspitzen, wie früher am Schlafzimmer der Herrin vorbei, wenn sie Migräne hatte. Wegen der Hitze nähern sie sich nur langsam mit seitlichen Schritten. Sie hören, wie ein sterbendes Herrenhaus sich selbst einsaugt und verschlingt.

»Nein«, sagt Little Xerxes, der's noch nicht fassen kann.

»O doch, is so«, sagt eine Frau.

Um es wirklicher werden zu lassen, versucht der Junge, mit dem Mund die Geräusche von einer so gewaltigen Feuersbrunst nachzumachen: »Schnuffel patsch brummf kopickel feschitter – krawong.« Schon eher.

Es muß halb fünf sein, die Teestunde. Ein paar Uhren – manche davon brennen schon – schlagen pflichtbewußt noch einmal. Xerxes macht auch sie nach.

So ein dicker Qualm ist nicht wie ein Dunstschleier, er ist so kompakt, daß man fast drauf stehn könnte wie auf einer Bühne oder einer Treppe. Die Schwarzen atmen durch Kopfkissenbezüge, die sie von der Leine genommen haben. Erwachsene halten die Kinder an der Hand, sie fürchten, der molkedicke Rauch könnte ihnen die Kleinen aus Rache wegnehmen. Die Leute setzen sich der vollen Wucht der Hitze aus. Sie stehn jetzt eng beisammen, ganze zwanzig Fuß von einem lichterloh brennenden Baum.

Im Buch Exodus findet Moses den Busch, der brennt, ohne zu verbrennen. Aber heute geschieht ein anderes bedeutsames Wunder: Ladys Baum brennt genauso wie die vier andern, die ihn flankieren. Es bleibt ihr nichts erspart.

Ihr Versteck hat die dem Haus zugewandte Seite verloren. Nur noch ein paar silberheiße Zweige halten sich. Alle suchen nach der fast albinoweißen Person, die Castalia versteckt hat. Doch nichts ist übrig außer einem verkohlten Stamm, überzogen mit dem Eidechsenhautmuster, wie das Feuer es so gern hinterläßt. Aber man sieht eine kleine, schuppende Verdickung; das Tuch ist oben und unten mit der rauchenden Rinde verschmolzen.

Castalia entschließt sich als erste raufzusteigen, aber kaum ist sie auf dem ersten Ast, verbrennt sie sich die Handfläche so schlimm, daß sie wieder runterspringt und fluchend rumtanzt und die Hand schlenkert. Sie nimmt die Schürze ab, reißt sie in Streifen, umwickelt sich die Finger mit den Lumpen und klettert dann, die Hände bis zu den Gelenken dick eingebunden, sofort wieder rauf. Die alte Z, die ihre Augen mit der Hand gegen die Hitze abschirmt, steht still da und schaut ihr nach. Ihr entzahnter Mund klappt andauernd auf und zu wie ein zweifelndes drittes Auge. Vielleicht wird Z jetzt für gewisse Aufmüpfigkeiten vorher bestraft. Sie hat noch nicht begriffen: Sie ist frei. Z könnte jederzeit in die Stadt abschwirren. Schätzchen, wie lange wird sie brauchen, bis sie ihre Freiheit begrüßt?

Die Kinder halten sich an den Röcken der Frauen fest, brauchen Gesellschaft. Wenn Ladys Körper sich tatsächlich in Rauch aufgelöst hat – nur ein kleines Wölkchen in dem Turm, der hier aufragt –, na ja, damit könnte man sich abfinden, das wäre sauber und angemessen, wenn auch furchtbar. Aber auf ihre Überreste wie ausgebratenen Speck zu stoßen – das wollen die Kinder nicht. Vielleicht, wenn sie mal achtzig oder auch nur fünfzehn sind, wenn sie so lange ausgezankt und mißbraucht worden sind wie Zelia oder Cassie, dann ja. Aber jetzt noch nicht. Lady Marsden hätte sich würdig in, nun ja, in Tau verwandeln sollen. In Tau auflösen. Castalia klettert Hand über Hand weiter.

Wenn eine Gala auf The Lilacs zu Ende ging, hat Cas Lady immer bei der eleganten Verabschiedung ihrer Gäste geholfen. Cassie hatte es oft erlebt: Die Gastgeberin stieg ihre berühmte Wendeltreppe halb hinauf, um nur rasch einen Lyrikband für jemanden unten im Foyer zu holen. Dann plötzlich ein Welle, ein Aufblitzen von weißem Stoff – und das war dann das letzte, was die betreffende Gesellschaft von ihr zu sehn bekam. Lady Marsden konnte Abschiede nicht ausstehn. Ihre Spezialität waren Begrüßungen unten am Steg. Abreisen konnte sie nicht ertragen, nicht mal, wenn sie wußte, sie würde die Leute tags drauf wiedersehn. Die Gäste haben ihr nachgestarrt und erst allmählich begriffen, daß sie soeben wieder einen ihrer schnellen Abgänge miterlebt hatten. »Nun«, sagte dann wohl einer. »Tja«, sagten andere.

Und Cassie hat Onkel Primus angewiesen, den Herrschaften die Hüte zu bringen und unten am Ufer den gelangweilten Rudersklaven zu winken: Legt euch ins Zeug, Jungs – das Fest ist aus.

Cas fächelt den Rauch weg und nähert sich dem letzten bekannten Aufenthaltsort von ihrer ehemaligen Chefin. Die blauen Wolken brennen immer noch in den Augen. Wo Lady in durchnäßtem Weiß gesessen hatte, ist jetzt nur noch eine schuppige Geschwulst. Ihre äußere Hülle bekommt Licht vom nach wie vor lodernden Brand im Erdgeschoß. Die Hitze zwingt die andern, fünfzehn Fuß Abstand zu halten, die Arme hochgehoben, die Hände zum Schutz flach vorm Gesicht. Vor dem erbarmungslosen orangeroten Licht (na gut, Miss Beale, »erbarmungslos« geht vielleicht wirklich ein bißchen weit) sehn die andern Castalia als schwarze Silhouette auf der schwarzen Zinke eines Baums, scharf umrissen vor einem . . . erbarmungslosen Orange.

Der Klumpen, den Cassie untersucht, sieht wie eine Wucherung aus, dreieinhalb Fuß lang. Über ein knuspriges Braun hinaus geröstet, hat er das verwitterte Stahlblau angenommen, das man manchmal bei alten Hornissennestern sieht. »Ganz gebraten!« schreit Casssie runter. Z schreit zurück: »Wär erstes Mal, daß *die* eine Gans bratet.« Zwei Kinder lachen, halten sich dann die Hand vor den Mund. Alle warten auf Neuigkeiten, alle halten sich an den Händen.

Warum machen die Leute sich die Mühe nachzusehn? Könnten sie nicht einfach nach Falls laufen, in ein neues Leben? Tja, können täten sie schon. In einer Vitrine im zweiten Stock explodiert Ladys Glaskunst-Sammlung – viele römische Krüge und Arzneifläschchen in allen Regenbogenfarben – mit Schießplatzgeräuschen: satte, zierliche Plopps wie auf die heiße Luft aufgefädelte Musiknoten.

Von ganz nah betrachtet Cassie den festgebackenen Kokon. Sie hört, wie Möbelstücke in drei Richtungen auseinanderfliegen, bevor sie durch ein Loch im brennenden Fußboden stürzen. Aber sie horcht auf was anderes – ob ihr nämlich nicht wer von da unten raufruft, was sie als nächstes machen soll. – Mag die junge Frau auch noch so gescheit und willensstark sein, bisher hat ihr immer wer gesagt, was sie tun soll. Seit sie drei war, seit der langen Überfahrt von Afrika: eine nicht abreißende Kette von Anweisungen. Wer wird ihr jetzt Befehle erteilen? Little Xerxes da drüben? Die alte Miss Zelia?

Wie nichts kommt, holt Cas einmal extra tief Luft (ihr Rücken ist ganz heiß, die grobgewebten Kleider kleben an der Haut, ihr rotes

Kopftuch ist schwarz vor Nässe). Sie schaut nochmal zu den andern runter, die optisch verkürzt auf dem Rasen stehn, und hebt ganz langsam die mit Lumpen umwickelte Hand zu dem eingeäscherten Klumpen. Aus der Nähe sieht man noch jeden Faden von Ladys Laken, eingebettet in eine Rußschicht. Castalia faßt es an. Runterfallende Asche überzieht ihre Schenkel mit einer hellgrauen Kruste. Was sie jetzt sieht, läßt sie zurückzucken, fast fällt sie vom Baum.

Sie beugt sich über etwas, was von fern an ein Gesicht erinnert. Die Asche, ein lockerer Sargdeckel, ist abgefallen und hat ein dunkles Mumiengesicht freigelegt, das zu Cassie hochschaut. Die Augen von dem Ding sind zu, verschmolzen. Das Licht vom Feuer zeigt zuviel. Die Haut, o mein Gott, ist regelrecht verkohlt. Cassie macht nur: »Ooooh!«

»Wa . . .?« Zelia, unterm Baum, springt einmal hoch, zum Beweis, daß sie's ernst meint. »Sag schon.«

Castalia beugt sich tiefer, traut sich, das Ding anzupusten. Die nächste Schicht Asche fliegt weg, das freigeblasene Etwas ist wie aus Pech geformt. Unter Cassies Atem wirbeln Konfettiflocken nach allen Richtungen hoch. Sie dreht sich weg, erstickt fast. Weiße Stäubchen rieseln auf die nach oben gewandten Gesichter von schwarzen Kindern und Frauen. Sie setzen sich jetzt der Hitze direkt an den Baumwurzeln aus. Sie halten sich die Arme vors Gesicht – ist ihnen unbehaglich so nah am Inferno. Aber sie sind auch zu neugierig, um zurückzuweichen. Trotzdem denkt keiner dran raufzuklettern, sich neben Cassie zu hocken, der Vernichtung ins Gesicht zu sehn.

Ein teerschwarzer Arm ist um den Stamm gewunden. Richtig festgeklebt. Die Hitze hat das Vorderteil von dem Seidenkleid wegrasiert. Castalia muß auf das Elfenbein freigelegter Rippen schaun. Zwei große Schwielen glitzern, wo früher Brüste gestanden haben. Blasen so groß wie Kognakschwenker wölben sich, hängen runter, schwer von eingeschlossenen Flüssigkeiten. Gelbes Feuerlicht spielt auf den schimmernden Blasen.

Das Haar ist weg. Der ganze Schädel ist mit garstigen Facetten überzogen, schwarz verschmorte Ohren stehn ab, nicht mehr versteckt (das unhübsche Geheimnis der Frisur). Cassie sieht sechs lange Zöpfe, von der Hitze weiß geworden, von tieferen Ästen baumeln. Die Perlen in den Zöpfen sind zu verschrumpelten Milchzähnen eingeschmolzen. Der Brillantring ist jetzt zu groß für den geschrumpften Finger.

Das Gesicht dieses fettigen Kadavers ist keine drei Handbreit von

Castalias weg. Cassie zuckt zusammen, starrt aber einfach zurück auf ihre Todfeindin und Eigentümerin. Es war nie einfach gewesen, ihr zu gehören – aber vielleicht sind sie in der Hinsicht alle gleich, nicht?

Was Castalia jetzt laut aufschrein läßt, ist nicht Angst. Und auch nicht schieres Glück. Es ist was, womit sie nicht gerechnet hat. Wie sie so auf die verstümmelte Gestalt runterstarrt, kann sie einfach nicht anders, sie *muß* einfach schrein: »Die Ärmste.« Sie schreit das, weil sie über ein schreckliches, für sie völlig überraschendes Mitleid wegkommen will. Sie kreischt, weil sie sich vor diesem Anblick schützen möchte. Und sie ist fuchsteufelswild, daß ausgerechnet sie das als erste sehn muß. »Ich *will* nich«, schreit sie, zu spät. »Antwort is *nein*, hören Sie?« Vor allem ist sie aber angewidert von dem schwindelerregenden Mitgefühl für einen Klumpen menschlicher Grieben. Damit sollte doch jetzt ein für allemal Schluß sein. Wo bleibt das mit der Freiheit? *Wer* wird die Freiheit sein?

Wie sie Castalia schreien hören, gehn die andern ein bißchen zurück, um besser zu sehn.

»Lebendig verbrannt, würd ich sagen«, stellt Zelia fest, ohne erst zu fragen.

Das Zauberwort »lebendig« bringt Cassie auf eine Idee.

Sie beugt sich noch tiefer über diese Hülse. Muß aufpassen, daß sie nicht runterfällt. Ohne ihre Freunde unterm Baum aus den Augen zu lassen, preßt sie das rechte Ohr auf die Blase mitten auf der Brust. Und dann macht ihre Stimme der kräftigen Stimme der Feuersbrunst Konkurrenz.

»Ein Wunder! Wißt ihr was? Is lebendig! Und noch was. Könnt das Komischste sein überhaupt. Ihr kennt Lady Marsden? Also die is jetzt genauso schwarz wie wir!«

Sechs Kinder bringen die georgianische Bibliotheksleiter angeschleppt. »Langsam, ihr da«, kommt eine gekrächzte Warnung. »Weil das, das muß alte Zelia sehn.« Es dauert viele Minuten – den einen knochigen Arm von dem Stamm zu lösen. Und den gerösteten Körper runterholen, das ist, als ob man versucht, ein mürbes Vogelnest unbeschadet von der Stelle loszumachen, wo es seit vielen Jahren sitzt und immer wieder neu gewoben und geflochten wurde. Die Leute drängen sich auf-um-unter der Leiter. Schwarze Hände kommen hoch, schwarze Gesichter heben sich, alle versuchen, ein hilfloses Etwas runterzuheben – zerbrechlich, dunkel, schuppig.

Z holt feuchte Laken, aber Cassie meint, Tücher könnten an der rohen Oberfläche von dem gedörrten Ding kleben bleiben. Die kleine Evidence Anne läuft zum Bach, fischt die Säckchen aus Käseleinen raus, in denen die frische Butter zum Abkühlen im Wasser hängt. Die runden gelben Barren sind in einer Presse hergestellt worden, jeder mit eingeprägten Fliederzweigen in Form einer bourbonischen Lilie, an den Stengeln mit einer Perlenschnur zusammengebunden – das Wappen der Plantage.

Küchenhilfe, Leibsklavin, Möbelputzerin: alle streichen es jetzt mit Butter ein.

»Langsam unten da, Kinder. Wenn ein Huhn zu lang bratet, geht Fleisch fast von allein ab von Gummiknochen, wißt ihr doch?« Castalia sieht zu, wie pummelige Kinderfinger gespornte Knöchelspitzen einschmieren.

Lady war immer schon winzig. Aber ohne die breite Seidenschleppe, ohne ihre Aura von Kultur und Bedrohlichkeit, ohne ihr Flirten, befreit von ihren Zickzacklaunen, ihren ständigen Befehlen, und vor allem ohne Haar sieht sie – das Gesicht zur Sonne, unter so vielen pfleglichen dunklen Händen – wie eine zu lang gegrillte Poularde aus, wie ein ekliger antiker Götze oder (wo ich schon mal bei der blumigen Sprache bin – tut mir leid, Miss Beale, ich kann einfach nicht anders) vielleicht wie ein Meteor, der in einem einzigen Augenblick Lichtjahre durchmessen hat.

Ihr Leben lang haben ihre Bedienerinnen ihr das lange Haar vor den Standspiegeln gekämmt, die sich in jedem Geschoß fanden (zusätzlich einer in der Pergola unten am Steg). Die Frauen haben es nach dem Bad abgetupft, geglättet und getrocknet, aber nie mit solcher Hingabe, nie zuvor ist Lady mit soviel Genuß, Sorgfalt und Zärtlichkeit behandelt worden wie heute.

Nämlich sie ist jetzt schwarz, weißt du. Davon haben sie schon immer geträumt. Xerxes' Wunsch ist wahrgeworden. Daß ihnen das in Erfüllung gegangen ist, läßt die Leute denken, das mit der Freiheit wird jetzt doch gut ausgehn, schon bald.

Wie freudig und stolz sie sich bewegen. Sie versuchen, sie ins Leben zurückzuholen, zweifeln, daß es ihnen gelingt.

Inzwischen hat die Hitze von dem Brand in drei Geschossen die Fliederhecken auf der Vorderseite gedörrt. Nur die Büsche unten am Fluß und draußen an der Poststraße sind noch nicht verwelkt. Allmächtiger, dieser Geruch! Junge, der hat sich einem übergestülpt wie ein in Zuckerwasser getränkter Filzhandschuh, maßgeschneidert für den ganzen Körper. Hat so schrecklich blumig gerochen, wie mein Stil jetzt bald sein wird, wenn ich mich nicht zusammenreiß.

Der Geruch hat sich zu einer so schwülen Jasminsüße gesteigert, daß einem fast übel geworden ist. Durch das Freudenfeuer haben die Blüten eine Leichenblässe bekommen, und dazu noch der berühmte süßliche Duft – schrecklich. Man hat sich unwillkürlich gefragt, wozu jemand elfhundert Fliederbüsche anpflanzen muß und warum man selber – an einem andern Apriltag – schon mal das Gesicht in so einen schaumigen Busch gesteckt, sich die üppigen Blüten an die Nase gedrückt und geseufzt hat, Wie Schön Doch Das Leben Manchmal Sein Kann. Und dann mußte man niesen.

Zwanzig Minuten Hitze haben es geschafft, die normalen Verhältnisse ins Gegenteil zu verkehren. Alles hat sich geändert.

Mit der Hitze kerzengerade hochsteigend, endet die Sklaverei in einer letzten honigsüßen Übersättigung. Und glaub mir, Junge, sie hat zum Himmel gestunken.

9

Als ich den Titel für meine Arbeit in Neuerer Geschichte gefunden hatte, war ich stolz drauf, wie klar und ordentlich er war: drei dauerhafte Farben. Hab mir vorgestellt, die würden die Fakten unter sich aufteilen – drei säuberlich getrennte Korrale. Erst wie ich schon mittendrin war, ist mir aufgegangen: Die Farben würden Platz tauschen müssen. »Oje«, hat mein allzu systematischer elfjähriger Verstand gesagt. »Du kriegst keine anständige Note von Hexe Beale, wenn du einen ganzen Aufsatz auf Sachen stützt, die sich gegenseitig vertreten müssen. Das wär auch nicht annähernd plausibel genug.«

Jetzt ist mir klar, daß ich mich geirrt hab. Um was über Weiß zu erfahren, mußt du Schwarz fragen und umgekehrt. Jede Farbe ist der Ziegel neben-über-unter einem andern, separaten Ziegel, und doch sind alle in ein und derselben Mauer.

Also: Was *ist* Schwarz und Weiß und Lila?

Tja, das Haus und seine Besitzerin haben jeden Anspruch auf Weiße verloren. Beide sind glänzend schwarz geworden wie Teerpuppen. Gut, die Schwarzen sind immer noch schwarz, aber sie finden's viel lustiger, jetzt wo die Herrenhäuser am Fluß und ihre Herren auch schwarz sind – die neueste Mode.

Den Flieder gibt's nicht mehr. Die Farbe Lila. – Und was riecht noch gut?

Ruß und Asche stechen jetzt das Parfüm aus.

Was ist süß, und was ist bitter?

Was ist gerecht, und was ist einfach ungerecht?

Sogar die Farben der Welt können, eh du dich's versiehst, Hauptsitz und Bedeutung ändern. Was eben noch die richtige Antwort war, kann im nächsten Moment eine völlig falsche Antwort sein.

Geschichte ist eins von den Fächern, in denen man regelmäßig Fragen stellen muß, um auf dem laufenden zu bleiben. Will sagen: In jeder Sekunde unseres Lebens müssen wir auf eine kleine Ethik-Prüfung gefaßt sein, uns vorbereitet, unsere Ansichten revidiert haben. Das ist anstrengend, aber es trifft auf jeden Moment von unserem Leben zu, Schätzchen. Erfahrung ist ein Quiz, auf das man nie richtig vorbereitet ist. Aber man besteht trotzdem immer, wenn auch oft genug mit knapper Not. Keinem wird je das Vorrücken verweigert.

Vielleicht könnte eine bessere Kardinalfrage lauten: Was ist jemals längere Zeit *nur* Schwarz oder Weiß oder Lila?

F: Wie erklärt es sich laut Herrn Goethe, laut Hexe Beale, daß ein durchsichtiges Prisma so ohne weiteres zwei Dutzend vollkommene Edelsteinfarben erzeugen kann?

A: Die Taten und Leiden des Lichts erzeugen Farben. Wenn das Sonnenlicht uns erreicht, ist es eine schöne veraltete Nachricht. Was uns bräunt, heilt, nährt, ist die längst vergangene, vielfach gebrochene Geschichte der Sonne.

10

Zelia, die Hausexpertin im Möbelpolieren, versucht, das ebenholzschwarze Opfer (unansehnlich und glitschig wie ein Fötus) mit nassen Tüchern abzutupfen. Aber Cassie hat's gewußt – der Stoff bleibt auf-in ihm-ihr kleben. Sieht aus, als wär das arme kleine Ding aus schwarzer Schuhwichse. Die Beine, auf einem Laken ausgestreckt, könnten zwei wellig gebogene Lakritzstangen sein. Castalia schmiert Fett auf die rissigen Glieder, auf die neuen Blasen, die inzwischen aufgeblüht sind. Cas reißt sich ihr rotes Tuch runter. Mit dem Kopftuch bedeckt sie den bis auf die Haarwurzeln abgebrannten Schädel.

»Das unsre letzte süße Butter«, sagt die alte Z. »Sechs Pfund, für so was!«

Die Kinder finden eine Rosenholztür. Die berittenen Yanks haben sie flachgelegt. Mit vereinten Kräften wird die Herrin draufgehoben. Dann karren sie sie weg an einen nicht so rauchigen Ort, einen, den Shermans Männer bewußt verschont haben: ins Sklavenquartier.

Das ist also übriggeblieben – außerdem, ironischerweise, das Räucherhaus. Ein kostbarer Schinken hängt noch drin. Zelia, die sich noch an ihre Gemeinheiten gegenüber Lady erinnert, hat jetzt scheint's vor der verbrannten Herrin Angst. Jedenfalls ist sie auf einmal verschwunden. Aber dann kommt die alte Frau, als wollte sie Buße tun, mit einem Stück Eis aus dem Eishaus wieder (komisch, aber große weiße Stücke haben den Brand der Hütte, in der sie lagen, überstanden). Zelia drückt Kühle zwischen die rissigen Lippen der Verstümmelten, feuchtet Zähne und Zahnfleisch an, die geschwärzt sind vom eingeatmeten Ruß.

Die Kinder sind still, beschäftigen sich, sehn zu. Es nackt zu sehn, es kahlköpfig zu sehn, es schwarz zu sehn, das bedeutet, Lady wirklich hilflos zu sehn, nicht nur im Spiel. Komisch, man kann die Herrin direkt anstarren, ohne sich an den scharfen blauen Augen zu stoßen, die einem sofort sagen, wer hier wem gehört. Die Kinder bleiben in der Nähe, mit ernsten Gesichtern. Winch, der Aufseher, hat ihnen immer Angst eingejagt mit einer alten, bemoosten Hexe, die angeblich im Sumpf hauste (sehr praktisch, um geistergläubige Ex-Afrikaner bei Nacht in ihren Hütten zu halten). Wie seltsam, daß es dieses angedrohte Schreckgespenst aus dem Sumpf wirklich gegeben hat. Es war kein Tier, kein Geist, keine Uhrengöttin. Die ganze Zeit war das Monster der Plantage niemand anders als Ihre Hoheit, die Besitzerin selbst.

Castalia, sonst gar nicht auf den Mund gefallen, sagt fast nichts. Sie wirft wilde, ahnungsvolle Blicke um sich. Die andern spüren, daß sie alles beobachtet – eine ernste neue Art, die Lage zu peilen. Seit Cassie zehn war, hat's zu ihren Pflichten als Leibsklavin gehört, sich um Ladys monatliche Bedürfnisse zu kümmern. Weil die Herrin so allergisch gegen Baumwolle war, durfte für ihre selbstgerollten Binden nur Seide genommen werden. Vor dem Krieg wurden alle gebrauchten Monatsbinden verbrannt. Aber in letzter Zeit, seit die Seide so knapp geworden ist, hat Castalia pflichteifrig jede einzelne ausgewaschen und neu gerollt. Du nimmst einen achtzehn Zoll langen Seidenwimpel (ja, ja, ich mein *dich*) und schneidest ihn auf eine Breite von fünf Zoll zurecht. Das rollst du dann so fest zusammen, wie's geht, damit möglichst viele saugfähige Lagen entstehen. Bis zum sechsundzwanzigsten muß ein ordentlicher Vorrat bereitliegen.

Frage: Darf man einen gesunden Menschen (dich zum Beispiel) dazu zwingen, die zusammengerollte, blutverkrustete Seide von wem anderm aufzurollen und die Monatsfähnchen in einen Eimer mit kochendem Wasser, Lauge, Bleiche zu stecken? (Fällt dir noch schwerer, wenn es sich bei der Dame nicht um eine Blutsverwandte von dir handelt.) Muß Castalia jetzt an das alles denken, wie sie so dasitzt und zu der neuerdings Schwarzgewordenen rübersieht? Überlegt sie, an welchem Tag sie und die andern hier weggehn, *es* verlassen sollen?

Dr. Marsden hat mal erwähnt, daß bei den alten Griechen unerwünschte weibliche Neugeborene nackt im Gebirge »ausgesetzt« wurden. Wenn eins von den Mädchen irgendwie gerettet wurde (von einer Schäferin oder so), dann, tja, Schwein gehabt. Aber die meisten sind umgekommen. Zivilisation, mein Junge! – Lady E. More Marsden ist jetzt auch ausgesetzt worden und wird entweder leben oder sterben. Wie es auch ausgeht, es ist jetzt *ihr* Problem.

Lady wiegt so wenig, daß die Kinder sie auf der Tür rumschleifen können. Immer noch bewußtlos, wird sie, mit einem Seil auf dem improvisierten Schlitten festgebunden, übers ganze Grundstück gezogen. Die Kleinen plappern zu ihr runter, beschreiben ihr ausführlich, was alles zerstört ist. Sie machen mit ihrer Herrin eine Führung durch ihre eigenen Ruinen: Schmiede, Taubenschlag, Pergola am Steg. Genau wie Lady sich früher nicht genugtun konnte mit den jüngsten schwarzen Babys, sie verwöhnt, mit ihnen getändelt und rumgetanzt hat, so machen's jetzt die Kinder mit ihr. Sie setzen sie am Tor ab, versuchen, sie mit Kleestengeln wachzukitzeln. Von der Poststraße aus muß es so aussehn, als hätten die Kleinen die Leiche einer alten Schwarzen ausgegraben. Sie lassen sich allerhand einfallen mit dem Körper, legen ihn hier zusammengerollt hin, setzen ihn dort lustig auf.

Beim Katakombenspiel haben die Kinder Lady gekitzelt, um ihre Seide zu fühlen, eine schützende Wolke. Jetzt stiftet Xerxes die andern dazu an, wenigstens einmal mit der Fingerspitze eine der Krusten zu berühren, die wie Baumsaft auf ihrer Brust und an ihrem Kopf erstarren. Von der toten Magnolie holt Xerxes mit einer Bambus-Angelrute einen weißlichen Zopf runter. Die schwarzen, von der Hitze zu Tränen verformten Perlen klicken spröde. Der kleine Xerxes, eigentlich noch ein Kind, jagt damit die andern Kinder, die kreischend vor dem schlenkernden, hüpfenden Ding – was Lebendiges – am federnden Ende der Rute davonrennen.

11

Die erste Nacht ist für alle schrecklich. Die Exsklaven schlafen am äußersten Rand vom weiten Lichtkreis des Feuers. Eine Ecke von einem fernen Waldstück leuchtet orangerosa. Unten in den Seerosenteichen quaken und quaken die Frösche wie verrückt. Auf der Poststraße hört man die ganze Nacht fremde Pferdewagen vorbeirattern, anhalten – jemand starrt hinauf zu dem Haufen geschmolzener Pfosten im zweiten Stock, zu der Treppe, die ins Nichts führt – und davonklappern. Die Leute schlafen in Schichten. Als ob das Haus Gesellschaft bräuchte. Oder sie selber.

Bei Tagesanbruch ist die Stimmung viel besser. Im Gänsemarsch gehn die Leute rüber, um einer nach dem andern einen Blick auf eine schwarz glasierte nackte Frau zu werfen. Sogar die Kinder tappen als erstes zu ihr hin – so wie ein Gärtner im Frühjahr noch im Halbschlaf zu seinen betauten Beeten trottet. Ob schon was rausgekommen ist? In einer einzigen Nacht Kann Sich Alles Ändern. Da dran, Schätzchen, glauben wir irgendwie alle. Wie könnten wir's sonst auch aushalten?

An dem ersten Morgen wird Lady an die Sonne gezogen, die sie immer so gescheut hat. Könnte dazu beitragen, daß die schlimmsten Stellen an den Armen und auf der Brust trocknen. Sie hat noch kein Auge aufgemacht. »Sieht ja direkt fast aus wie tot«, sagt Evidence.

Ausnahmsweise schelten die Mütter mal ihre lärmenden Kleinen nicht. Scheint, daß Artigsein was mit Ladys weißem Porzellan und der Peitsche ihres Aufsehers zu tun gehabt hat. Jetzt wo beide weg sind und Lady fast hinüber ist, sind alle Gesetze wie in den Norden Entlaufene. Aber weißt du was, Schätzchen? Die Regeln kommen in Wirklichkeit auf leisen Sohlen wieder zurück. Das Blatt wendet sich. Revolutionen sind so, weißt du. Und die Befreiten ahnen das und werden allmählich stiller.

12

Jeder Schwarze im Marsden-Besitz war schon vor langer Zeit eingestuft worden, wenn auch nur nebenbei. Castalia: flink, herrisch, gescheit, hart. Zelia: immer zerstreut. Xerxes . . . usw. Wenn er sein Etikett drauf hatte, hat sich der Sklave in einen raffinierten Schauspieler verwandelt, mit dem festen Vorsatz, dem Urteil des Besitzers zu entsprechen. Farben sind Taten des Lichts, Taten und Leiden.

Diese Rollen wurden auf The Lilacs besser gelernt als irgendwelche andern Fertigkeiten. Lady war selbst so genial in ihrer sanften, launischen Rolle, daß sie immer auch von andern eine gute Vorstellung erwartete.

Was aber, wenn die Hausherrin, die einen als »gutaussehend« oder »beschränkt« eingestuft hat, so weggetreten ist, daß sie nichts mehr sieht und hört? Hat man kein Publikum und keinen Regisseur mehr, kann man neu anfangen. Aber wie, Schätzchen? Vielleicht ist das der Grund, warum die Leute noch zwei Tage nach dem Brand so still und bedrückt sind. Sie sorgen sich: Was ist, wenn ihre Freunde von ihnen verlangen, daß sie ihre mühsam einstudierte Rolle *weiterspielen*? Sie sind es nun mal gewöhnt, für eine einzige Dame zu arbeiten, und deshalb scheint's, als müßte eine von ihnen jetzt versuchen, Ladys Rolle zu übernehmen.

Auf einmal sieht's so aus, als ob die alte Miss Zelia auf den Posten erpicht ist. Immer wieder stakst sie auf ihren dürren Beinen in den Wald und kommt zurück, das Gesicht verschlossen vom Pläneschmieden, die Hände zu Fäusten geballt, die Augen lebendig über den schlaffen Tränensäcken. Castalia, eine junge Frau, die bisher meistens für die andern mitgedacht hat, zeigt sich fast angewidert davon, wie sehr Zelia sich's wünscht. Die andern denken sich: Anführerin darf nur eine werden, der an dem Posten überhaupt nichts liegt. Nur dann kann man sicher sein, daß nicht eine aus den eigenen Reihen genauso wie Lady wird, nur noch schlimmer.

Eins steht fest: Freiheit ist zunächst mal Schlaflosigkeit. Und dann? Wann kommt der schöne Teil, das Davonfliegen? Wo bleibt der Spaß?

13

Die ersten schwarzen Ausreißer kommen auf der Poststraße angewandert, *von* Falls. Castalia erkennt Leute wieder, die vor drei Tagen in die Stadt gezogen sind. Jetzt kommen sie zurück, mit einem kleinen Burschen auf einer Trage. Die Fremden deuten an, er ist niedergeschossen worden, weil er Brot gestohlen hat. Aber wie die Leute von The Lilacs näher hingehn und nach der Freiheit fragen, ein paar Tips für das richtige Verhalten nach der Befreiung haben wollen, werden sie rundweg ausgelacht. Ein Mann sagt: »Nur zu, Frauen, geht in die Stadt, seht selber. Müßt euch durchschlagen. Scheint, das is so mit der Freiheit. Hoffentlich kommt ihr besser weg wie mein kleiner Bruder da, wo sie in Arm geschossen haben.«

Cassies ausdrucksloses Gesicht ist den andern unheimlich. Einmal steht sie mittags plötzlich auf und kickt einen vertrockneten Kürbis die Plantagenstraße lang, bis nicht mehr viel von ihm übrig ist. Dabei murmelt sie ständig vor sich hin. Dann geht sie in die Hocke und schlägt wie ein Kind vor aller Augen ihr Wasser ab, obwohl noch ein schönes Klohäuschen steht. Sie beschmiert sich die Backenknochen mit kalkigem Lehm vom Flußufer, wie die Kriegsbemalung der Tuscarora. »Bist krank?« ruft Xerxes.

»Bin reinblütige Prinzessin von Afrika. Und wer bist du, Bastard?« Aus irgendeinem Grund lacht er darüber. Da lacht sie auch. Was es für die andern nur ein bißchen leichter macht.

Ich hab dir schon erzählt, daß Castalia vor dem Untergang des Hauses Lilacs über die Runden gekommen ist, indem sie in Maßen frech war und mit der Gefahr geflirtet hat, daß deswegen ihr Rücken ein Tummelplatz für die neunschwänzige Katze war. Daß die alte Zelia sich durchlaviert hat, indem sie sich dummgestellt, geblinzelt und sich am grau gewordenen Kopf gekratzt hat, scheinbar auf sympathische Art vergeßlich nach den vielen Jahren. Es ging das Gerücht, daß Zelia in ihrer Jugend, als Ladys vernünftige Mutter noch das Sagen hatte, ganz anders gewesen war – intelligent, diszipliniert, hübsch – und damals eine ähnliche Rolle gespielt hatte wie Cassie unter Lady vor der Verbrennung. Fragen: Hat sich das, was einer auf The Lilacs gewesen ist, als genauso falsch herausgestellt wie die Sklaverei? Wieviel Mumm wird beispielsweise Little Xerxes brauchen, um zu merken, daß er nicht von Natur aus der gute Schauspieler ist, den Lady in ihm entdeckt hat, wie er drei war (und den sie durch ihre großartige Entdeckung zum Teil erfunden hat)? – Schätzchen, welches deiner Talente, die deine Chefs gelobt und geformt haben, ist richtig eingeschätzt worden? Macht die Grausamkeit, die darin liegt, daß eine Frau dich besitzt, alles hinfällig, was sie jemals über dich vermutet und vorhergesagt, was sie an dir gemocht hat? Kann man wen lieben, den man besitzt? Kann man wen besitzen, den man liebt?

Jetzt ist anscheinend Cassie so weit, daß sie sich in die Sonne setzt und ins Leere starrt. Die junge Frau wirkt todmüde. Komisch, daß sie bis jetzt nicht mal gemerkt hat, wie erschöpft sie ist.

Zelia wird auf einmal munter und fängt an, die andern rumzukommandieren. Sie fegt die Unterkunft (der erste Mensch, der seit dem Feuer freiwillig einen Besen in die Hand nimmt). Keiner hört auf ihre Befehle, aber jeder beobachtet sie. »Miss Zelia, jetzt *du?*« fragt Xerxes, und meint's ernst; er ist bereit, seine Imitation der allzu leicht nachzumachenden alten Zelia zu revidieren.

14

Die Frauen sehn zu, wie die Kinder Lady das Tuch runterziehn. Sie lassen sie gewähren. Es ist der vierte Tag nach dem Brand. Die Kinder mustern die mit Narben übersäte Gestalt – zeigen sich betrübt über solche Verstümmelung. Sie schaun sich gegenseitig an, dann wieder sie. Venus fängt zu kichern an. Und dann kugeln und kringeln sich die Kleinen. Eins von ihnen hört grade so lang zu lachen auf, daß es rausprusten kann: »Die ... hat ... ja ... ein ... richtiges ... Pipi.«

Jetzt gibt's kein Halten mehr. Aber noch im Johlen rennen sie alle weg. Sie haben Angst, die Herrin könnte sich vielleicht nur totstellen wie ein Opossum. Vielleicht war der Brand bloß Theater, eine Prüfung. Dann sind sie alle durchgefallen. Sie wird aufwachen, wird sie auspeitschen lassen, sie in den Rübenkeller stecken, wo Sklaven früher zur Strafe wochenlang eingesperrt wurden, wo manche gestorben sind.

Drei Tage, nachdem die Fackeln ihre Spuren auf ihrem Haus und ihrem Körper hinterlassen haben, während die ehemaligen Marsden-Sklaven hier in der Sonne Gemüse kochen, öffnet Lady – unter langem, furchterregendem Röcheln – ein Auge, dann auch das andere. Die Kinder drehn sich weg, kreischen. Ladys weiße Augäpfel sind so von der Hitze versengt, daß sie die Farbe von ihrem Blut haben. Es ist, wie wenn man durchs Glas einer gondelförmigen Bowle in die Flüssigkeit schaut, mit der sie gefüllt ist. Die Pupillen haben ihr helles weißliches Blau behalten. Ladys Gesicht ist rot, schwarz, grau, wie der Kopf von der häßlichen Ente, die Cousin Mabry in seinem Seerosenteich hatte – die einem leid getan hat, der man mehr Brot und Kuchen hingeworfen hat als den andern. Lady mustert jetzt einen Kochtopf, sieht, daß die Leute sich von ihr zurückziehn, und dann – sie gibt sich so viel Mühe, die Augen scharfzustellen, zu verstehn, was passiert ist – sackt ihr mit einemmal der Kopf auf die Brust. Sie schnarcht wie ein alter Seebär. Sogar Zelia lacht erleichert. »Uff«, macht sie. »Sieht aus, wie als ob sie schlechte Dämpfe geatmet hat von vielen Edelsteinen im Gewölbe, oder? Rubinen sind zur Strafe ihr direkt in die Augen geflogen.« Sie schaut in die Runde, wer alles beifällig nickt.

Castalia, in der Hocke, schnaubt, verlagert ihr Gewicht auf die andere Seite, sagt nichts dazu.

Wie's hell wird, wäscht Xerxes sein Halstuch aus und macht sich fertig für die Stadt, als wär's eine Vorstellung, die er geben will, aber nur, wenn man ihn schön drum bittet. Z wühlt am Rand vom Großen Haus in der Holzkohle und findet ein Kupferkästchen mit einer Hinterlassenschaft vom Master: seinem Pincenez – die Gläser noch ganz, das Seidenband verschmort. Z setzt sich die Brille auf wie eine Lehrerin, kneift das obere Ende ihrer platten Nase damit zusammen. Die Kinder tanzen um sie rum, fragen (weil sie, wie wir alle, entdeckt werden wollen): »Siehst du mich, siehst du mich? Wie seh ich aus?«

Aber die weitsichtige Zelia blinzelt nur zu den verschwommenen Ruinen vom Großen Haus rüber.

Seit dreißig Jahren hat's zu Zelias Pflichten gehört, jeden Donnerstagmorgen als erste aufzustehn und Feuer fürs Frühstück zu machen. (Der Küchenanbau ist vorher schon viermal bis auf die Grundmauern abgebrannt. Er steht volle sechzig Fuß hinterm Haus, damit brennendes Fett nicht einen Großbrand auslöst.) Seit Sherman die Uhren ins Jenseits befördert hat, weiß keiner mehr so recht, welcher Wochentag es ist. (Der freie Sonntagvormittag war da ein guter Anhaltspunkt gewesen.) Trotzdem sieht man am frühen Donnerstagmorgen (Zelias Dienstmorgen), als nach Osten zu das Licht trüb und grau überm Kiefernwald hängt, eine gebückte Gestalt aus dem Quartier stolpern. Sie reibt sich den Schlaf aus den Augen und setzt die auf einmal unentbehrliche Brille auf.

Im Halbschlaf trottet sie zum Kochschuppen rüber. Von einem Haufen, der nicht mitverbrannt ist, nimmt sie Anfeuerholz und zwei große Scheite.

Dann merkt sie's. Weg. Das Küchenhaus ist ratzekahl abgebrannt.

In den Teichen quaken zählebige Frösche. Nebelfetzen verwischen den fernen Waldrand. Jeder verrußte Grashalm sieht gläsern aus vom Tau. Und genau in dem Moment begrüßen an sechs verschiedenen Stellen im ganzen Kreis Nash sechs am Leben gebliebene Hähne die Sonne mit ihrem spitzen, rostigen Gesang. (Sie denken, falls Vögel tatsächlich denken können, daß sie ziemlich schön singen. Männchen finden den Gesang von andern Männchen unerträglich. Jeder meint, daß er den Tag nicht nur ankündigt, sondern ihn höchstpersönlich gestaltet, mit seiner Stimme, mit seinem Willen. Genau wie ich irgendwie hoffe, daß alles, was ich hier in mein Bett holen und beschreiben kann, deswegen irgendwie so ist. Arme Vögel, sie sind wie alle andern, mein Junge. – Wir alle denken, das Leben ist auf unserer Seite!)

Also, Zelia schmeißt die schweren Scheite wieder weg und wirbelt auf einem besenstieldünnen Bein rum. Sie hängt je einen krummen Daumen unter einer Achsel ein, als ob sie an neuen Hosenträgern ziehn wollte, und jodelt – den Kopf im Nacken, die Arme flatternd wie gestutzte Flügel – ihren eigenen kreischenden Hahnenschrei: »Z is frei! Z is frei!«

Und dann – mit der Hand am Pincenez, damit's nicht runterfällt, den Kopf gesenkt wie jemand, der einen mächtig wichtigen Gang tut – rennt Zelia schnurstracks zurück ins Bett.

15

Du wirst dich fragen, Schätzchen, warum diese Leute nicht längst das Weite gesucht haben. Könnten sie natürlich. Aber von ihrem Hügel aus überblicken sie die Straße am Fluß, und dort sind inzwischen schon wieder an die zwanzig Schwarze aufgetaucht, die vor drei Tagen spornstreichs nach Falls gerannt sind und jetzt geschlagen und wutschnaubend zurückkommen.

Wie die Rückzügler Marsdens Freigelassene immer noch oben an ihrem Lagerfeuer sitzen sehn, probieren sie einen etwas selbstbewußteren Gang. Ein schmucker junger Kerl kommt rauf, Wasser trinken. Mit einem Stock schiebt er den Aschendeckel am Rand vom Seerosenteich weg. Der Bursche hat Mabry gehört – einem Gentleman, der partout hoch oben in der Kuppel von seinem brennenden Haus bleiben wollte, der mit hallender Stimme sein Land gesegnet und seinen Sklaven, ein bißchen spät, die Freiheit geschenkt hat und dann (des Glaubens, er wär der Kapitän von einem großen vielstöckigen weißen sinkenden Schiff) im großen Haus Shadowlawn auf Grund gegangen ist.

Mabrys ehemaliger Kammerdiener berichtet: In der Stadt ist die Hölle los. Die Schwarzen, die ihr Recht einklagen wollen, geraten andauernd an Weiße, die alle Hände voll zu tun haben, schlechte Verlierer zu sein. Die Weißen heuern schon bewaffnete Leibwächter an (befreite Sklaven auf Arbeitssuche). Die Leibwachen patrouillieren auf weißen Veranden. Sie schlafen in den Gartenhäuschen von Weißen und verhindern ein heilloses schwarzweißes Durcheinander, wie es die Brände hier draußen gestiftet haben. In der Geschäftsstraße von Falls wird verhökert und geklaut, und beides wird drakonisch bestraft. Allein letzten Montag sind auf dem Gerichtsplatz zwei aufgehängt worden. Der Sheriff hat an dem Tag frei gehabt.

Die Nachricht, daß in Falls welche aufgehängt wurden, jagt den Leuten hier natürlich Angst ein. Außerdem haben sie immer schon wissen wollen, wie's auf dieser Plantage ohne die ständige Schufterei wär. Sie stimmen ab, daß sie hierbleiben, bis sich mit Lady was ändert, bis sie sich entweder so weit erholt, daß sie begreift, oder stirbt. Je nachdem, was als erstes eintritt.

Viele von den Schwarzen auf der Poststraße wollen nach Norden, aber was erhoffen sie sich davon? Die vom Präsidenten versprochene Vereinigung? Castalia vermutet, die meisten gehn direkt in die Wälder in der Umgebung von ihren alten Plantagen zurück, wo die Opossums so schwerfällig sind, daß man sie mit einem Stein oder einer Keule erwischt, wo die Fische schnell anbeißen. Die Befreiten müssen erst noch mal ordentlich futtern, eh sie sich Richtung New York City auf den Weg machen.

Wie sie den Auszug aus Falls sehn, schaun sich die Befreiten auf diesem Hügel erst gegenseitig an und dann rüber zu ihrer schlafenden Herrin – als ob sie der die Schuld geben wollten. Vielleicht warten sie immer noch auf Ladys Erlaubnis, sich zu entfernen. Oder sie warten drauf, einen Stein zu nehmen und ihr den Schädel einzuschlagen, haben das aber noch nicht gelernt.

Im Sklavengarten gibt's noch Möhrchen, frisches Gemüse, hier und da bunte Zinnien. Wie sie noch vom Morgengrauen bis zur Dunkelheit für Marsden gearbeitet haben, sind die Schwarzen hergegangen und haben bei Lampenlicht dieses Stückchen Land bestellt. Kommt ihnen, nach einer Woche, vor, als wär's ein Jahr her. Die Sklaven haben alles, was in ihrem eignen Garten gewachsen ist, behalten dürfen – Winch hatte oft Bemerkungen drüber gemacht, daß bei ihnen der Ertrag viel höher war wie auf Marsdens Feldern. Jetzt hält sie nur noch das am Leben. Das achtzig Hektar große Maisfeld ist zusammen mit dem Wald abgebrannt.

Baby Venus entdeckt ein einzelnes schlaues Huhn. Es ist eins von den letzten in der Gegend hier, die noch nicht im Kochtopf gelandet sind. Die Henne trippelt zwischen den geschwärzten Stengeln rum und sucht nach unverbrannten Kolben. Wie der Vogel Venus hört, versteckt er sich, denkt vielleicht, man wird ihn für einen zu groß geratenen Spatz halten. Dann zeigt sich, daß die Henne zu schnell für Venus' kurze Beine ist. Später stellen die andern, die gern mal was anderes als Kohl essen würden, Venus alle möglichen Fragen. Scheint, sie hat einen weißen Fleisch-Engel gesehn. »War's fett?« »Fett wie . . .

ein Schwein.« »Und wahrscheinlich hat's ausgesehn, als ob's gut zu essen wär?« »Hat lecker ausgesehn, Augen schon die Farbe von Bratensoße. Wär gut zu essen gewesen, wenn ich's bloß erwischt hätt. Aber das Biest is so schnell gelaufen wie . . .«

»Der Sturm?« Xerxes kann Gesten und Bewegungen sehr gut nachmachen, aber was die Sprache angeht, muß er noch an sich arbeiten.

Vorderhand laufen die Leute über die alten Felder, suchen schweigsam nach was Eßbarem, zerbrechen sich den Kopf, wo noch was zu holen wär. Manche schlafen lang – früher sind sie nie zu einem Nickerchen gekommen. Wird ihnen aber schnell langweilig. Abraham L. hat nicht unsere Ketten zerrissen, damit wir den ganzen Tag vor uns hin schnarchen. Und wenn schon, dann möchte man wenigstens wissen, wofür man sich ausruht. Nicht mal Xerxes ist er selber – will sagen: nur er selber. Er vergißt, spaßig zu sein. Die andern drängen ihn nicht. Er ist ein ganz normaler elfjähriger Junge mit Segelohren, nicht mehr und nicht weniger. Evidence Anne findet eine verkohlte Klaviatur, schleppt sie ins Quartier, tut so, als ob sie drauf spielt. Aus den riesigen Kaminen qualmt's noch wie aus Fabrikschloten. Freiheit, das ist scheint's das Recht auf Langeweile.

16

Am sechsten Tag nach dem Feuer, alle lungern vorm Quartier rum und schmieden Pläne für den Gang nach Falls, die Kinder flechten einen Kranz aus Kleeblüten um Ladys schuppigen Kopf (sie wacht jetzt jede Stunde für zehn Minuten auf), da kommt auf einmal ein schriller Schrei aus dem Wald. Blitzschnell haben sich alle bis auf Lady versteckt. Ein gespenstisches Kreischen: »Kriiieg dich bald, kriiieg dich bald.« Cassie braucht nicht lang überlegen. »Sind Pfaun«, sagt sie. »Muß einer von Cousin Mabry sein, hat sich wahrscheins versteckt vorm Feuer.« Die hungrigen Freigelassenen schaun sich an und rennen im nächsten Moment los über Furchen mit den vertrockneten Baumwollstengeln vom letzten Jahr, die für einen leeren Magen unnütz sind.

Evidence Anne erspäht den Vogel als erste. Er sitzt auf einer Platane, ganz Flitter und Talmi und himmlische Blautöne, und seine Flügelspitzen sehn aus wie angesengt. Hört sich an, als ob er weint, schlimme Kunde bringt, auf Hilfe von den Menschen hofft. Wie ein paar von den Kindern raufklettern, kommt er runtergeflattert, flappt kläglich mit den Flügeln und dreht sich schon bald am Spieß.

Die untererernährte Lady mustert den Vogel. Sie muß sich seit Tagen mit Grünzeug begnügen, das ihr in den Mund gestopft wird – man hält ihr die Kiefer zusammen, bis sie mit tränenden Augen schluckt. »Zäh«, bedauert Zelia und kaut weiter auf dem Geflügelfleisch rum. »Schwanen, Goldfische, Fasane. Sieht aus, als ob aufgeputztes Viechzeug zartes Fleisch hat, oder? Aber vielleicht is grad deswegen so aufgeputzt. Mindestens mal was anders wie Kohl. Wenn ich meine Villa hab in der Stadt, will ich nie kein Grünzeug mehr essen oder Flieder riechen. Wird Z kotzübel von. Daß ihr mir kein so Zeug von euern Villas bringt, verstanden?«

Nach dem Essen, zufriedener als sonst, mit blaugrünen Federn in den Haarnoppen, sagen die Leute wieder mal, welches Haus in der Stadt ihnen gehören wird. Denken laut nach, in welchem Haus sie Brennholz stapeln und welches sie zu Brennholz zerhacken werden. Sie streiten drüber, an welchem Wochentag sie zu Haus bleiben und Besuche empfangen werden. »Könnt nich alle Montag haben. Hat Zelia schon belegt. Irgendwas sagt Z: Straßen sind ziemlich unsicher dieser Tag. Kommt alle *mich* besuchen. Sind noch sechs Tag übrig, könnt euch drum raufen. Zelia is zu alt, kann nich gleich ersten Streit verliern, seit sie frei is.«

Die Frauen beschreiben die Bälle, die sie in ihren Häusern veranstalten werden, und wenden sich dann – sie fühlen sich groß und selbstbewußt und sicher – beiläufig ihrer ehemaligen Herrin zu. Es ist Abend geworden, hinter den vier Schornsteinen auf dem Hügel steht ein Himmel aus Goldfäden. Eine Gestalt hockt zusammengesunken zwei Schritt von den andern. Rotäugig blinzelt das Wesen zu ihnen hin, wahrscheinlich ohne viel zu sehn. »Und du«, ruft Zelia, »*Aschenputtel*, belausch uns, wennst willst, *du* wirst nie eingeladen zum Tee von Zelia, niemals nich. Hast immer soviel geredet von Manieren und bist trotzdem zur alten Z immer gemein gewesen und wie.«

Kinder gehn nachsehn, wie Ladys Haut verheilt. Erst verscheuchen sie die letzten Fliegen des Tages. Evidence Anne borgt sich Xerxes' Halstuch aus und versucht, der Verstümmelten die Augen zu verbinden. Jetzt, wo Lady so übel zugerichtet ist, würde man meinen, es beruhigt sie, wenn man ihr ein Tuch über die Augen legt. Aber seit dem Brand kann sie das nicht ausstehn. Sobald was Weißes vor ihrem Gesicht verschwimmt, kreischt sie los und reißt den Stoff weg, begierig zu sehn, was es zu sehn gibt.

Evidence – sie ist ja noch ein Kind – wird es schließlich leid, Insekten zu verjagen, und zwickt Lady. Einfach so, bloß mal sehn, was

Lady macht. Und was macht Lady? Sie schaut sie an. Noch nicht mal so, als ob sie sagen wollte: »Warum hast du das getan?« Sondern: »Du hast mir das angetan, stimmt's? Na schön. Ich hab's gemerkt.« In gewisser Hinsicht ist sie noch sie selbst – es ist der alte Reflex, der Kopf neigt sich immer noch kokett nach links, so wie früher, wenn sie wirklich was von einem wollte. Ein winziger Teil von ihr versucht wie eh und je, das alles durch Flirten ungeschehn zu machen.

Ladys Augäpfel sind mit braunen, papierähnlichen Schnipseln gesprenkelt. Stört sie kein bißchen. Castalia bückt sich immer wieder mal und tupft sie ihr mit dem zusammengelegten Rocksaum ab. Ladys Kopf ist so mit knuspriger Asche verkrustet wie das Wespennest von Laken, in dem sie sie gefunden haben. Xerxes hört, wie schwer ihr Atem geht, opfert ein Drittel von seinem Halstuch und hält's ihr an die Nase. »Fest schnauben. Tut gut.« Erst wehrt sie ihn ab (unheimlich, wie stark sie ist – ein in die Enge getriebener Schwan kann dir mit einem einzigen Flügelschlag das Handgelenk brechen). Wie Lady sich dann doch schneuzt, sind in dem Tuch genug schwarze Holzstückchen, daß man damit fast ein neues Feuer machen könnte. Die meiste Zeit sitzt sie bloß da, die dürren Arme beiderseits abgespreizt, wie's vielleicht ein kleiner Vogel machen würde (tut wahrscheinlich weh, wenn ein Arm die bloßen Rippen berührt). In Winchs Hütte findet sich eine unzerbrochene Flasche Hamamelis. Die Frauen versammeln sich und versuchen, Ladys Haut zu säubern. Wie schwarz wird sie künftig sein? Ladys Gesicht, früher als »porenlos« gerühmt, hat jetzt Tausende von kleinen Pünktchen – jede Vertiefung und jedes Fältchen ist mit feinen Rußstäubchen verstopft. Sie wehrt sich, quiekt, drückt den Kopf auf die Schulter. Schwarze, braune und schließlich graue Schichten werden abgeschrubbt, aber dann stoßen die Frauen auf die dunklen, unveränderlichen Narben. Und da wissen sie, daß Lady E. More Marsden, solange sie noch lebt, nur mehr offiziell, nur mehr auf dem Papier lilienweiß sein wird.

»Sind fast so weit«, sagt Z den Kleinen. Sie steht auf und streckt sich wie jemand, der aus achtzigjährigem Schlummer erwacht. Daß wir gehn können, meint Z, weg von hier.

Die Leute sind nach dem Brand noch volle zehn Tage im Sklavenquartier geblieben. Sie haben Lady immer wieder in die pralle Sonne geschoben, weil sie denken, daß die klebrigen Wunden dadurch vielleicht schneller heilen. Trotzdem sie sich ihr Leben lang vor der Sonne versteckt hat, scheint sie sie jetzt zu mögen. Eine kleine, verschrumpelte, kahlköpfige, holzkohlenschwarze Vettel ist sie, uralt und fröstelnd. Auf allen vieren kriecht sie zu einem warmen Fleckchen. Sie versteckt sich ständig unter ihrem Laken wie in einem Katakombenspiel, das sie nackt, allein und ohne Möbel spielt. Weiß zu jeder Tageszeit, wo im Garten das wärmste Plätzchen ist. Auf Händen und Knien kriecht sie ihm den ganzen Tag nach wie ein geprügeltes Kätzchen. Sie ist scheint's geheilt von der Nervosität, die sie zu so einer Nörglerin, so einer Plaudertasche, so einer Tastenzauberin gemacht hatte. Jetzt kann sie Stunden hintereinander ruhn, die Augen zu, den Mund geschlossen, das Gesicht der guten alten Sonne zugewandt. Sie saugt die Wärme förmlich auf, fast wie eine Nachricht, mein Junge – als ob sie jetzt endlich eine Anweisung, eine Lektion vom Licht entgegennimmt.

17

Am Morgen vor dem Aufbruch stellen die Kleinen ein paar Sägeböcke zusammen. Sie zerren verrußte Laken von den Leinen und machen einen kurzen drapierten Tunnel. Castalia, die grade eine zerbrochene Sauciere abwäscht, kommt neugierig näher.

Vielleicht denken die Kinder, die Verbrannte wird jetzt unter die Tücher kriechen, bewegt von der Erinnerung an die Katakomben. Aber sie bleibt zusammengesunken an ihrem Platz sitzen, schaut nur rüber, was die Kinder da in unscharfer Ferne wohl treiben. Die geben bald den Versuch auf, bei ihrer Herrin eine Besserung zu erreichen. Klettern nur einfach in das Zelt. Kaum sind sie sicher vor dem Vogelblick ihres Opfers, lassen sie ihrer Bosheit freien Lauf.

Irgendeiner (*muß* Xerxes sein, der wieder sich selber findet, indem er andere mimt) quäkt: »Eidadaus, da komm sie ja, die dustern Löwen aus den lauernden Sümpfen. Sind hinter mir her, aber sie wagen nich. Wagen doch! Schweig still, mein kleiner Mund. Wolln doch wohl nich *mich* zum Nachtisch speisen!? Man weiß nie. Consommé moi? Bin bestimmt zäh wie Sohlenleder. Seht mich doch nur an, mit diesen Kopfschmerzen und mein Haar ganz schrecklich durcheinander. Muß mal jemand ordentlich Leviten lesen.«

Castalia sagt nichts, hört mit verschränkten Armen zu, merkt, daß die Regeln geändert wurden. Die Kinder unter den Laken haben einen zum »Es« bestimmt. Die jungen Befreiten können sich immer noch nicht vorstellen, daß man dieses Spiel unter Gleichberechtigten spielen kann. Macht keinen Spaß ohne ein gefürchtetes Es in der Mitte, vor dem man sich versteckt, auf das man sich dann stürzt. Wie die Kinder dann wieder rausgekrochen kommen, sehn sie nach und nach Lady drüben liegen, lebendig und irgendwie höchstpersönlich. Enttäuschend: Ihre Unansehnlichkeit, ihre eine freiliegende wunde Brust. Deckt sie zu, bitte. Ob die Kinder gedacht haben, ihr Spiel unter dem Perkal könnte ihr helfen, sie heilen? Widerwillig trotten sie zu ihr rüber, stellen sich um sie rum.

»Is sie nich bedauerlich? Is bestimmt trauriger wie wir schon mal waren.« Evidence Anne, Baby Venus und Little Xerxes scharen sich um sie. Die Kleeblütenkränze sind verwelkt. Lady schaut zu ihnen auf, kein Urteil in den früher so rasch urteilenden Augen. Ihr Kopf dreht sich von Gesicht zu Gesicht und hält bei jedem vielleicht eine halbe Minute. Sieht aus, als ob sie hofft, sie würde endlich was erkennen. Sieht aus, als ob sie denkt, sie *müßte* sich erinnern, was diese komischen dunklen Gestalten wohl bedeuten. – Aber sie ist noch nicht so weit.

Und wie ihr das klar wird, blinzelt Lady, atmet einmal tiefer ein als sonst und kippt nach hinten um. Sie muß noch warten. Damit findet sie sich ab. Man sieht, wie sie sogar das bißchen Interesse von vorhin verliert. Man durchschaut sie wie ein einjähriges Kind. Sie ist ja so bereit stillzusitzen, bis ihr zum Schluß alles wieder klar wird.

Wie geduldig sie ist, seit der Brand sie verunstaltet hat!

Die alte Z schiebt ein paar Kinder beiseite. Mit dem rechten Fuß tritt sie gegen den butterweichen Perkal. »Wir gehn, aber was is mit den Resten da?«

Castalia steht auf, geht auf und ab. Die andern sehn zu. »Also gut. Wir machen vier Sachen.« Sie zählt's an ihren kräftigen Fingern ab. Hinter ihr geht Xerxes auf und ab und zählt ebenfalls. »Erstens mal zeigen wir ihr, wie man Wasser aus dem Brunnen holt. Dann zeigen wir ihr, wo der Kohl wächst, lernen ihr Feuermachen, Grünzeugkochen. Dann sind wir frei und weg. Wer is dafür?«

Hände heben sich: Einverstanden.

Zufrieden schleifen die Leute ihre ehemalige Herrin zum Brunnen. Stolz betätigen Xerxes und Venus Rolle und Seil, machen ihr zuliebe besonders langsam. Dann tritt Xerxes zwei Schritt beiseite und wiederholt noch mal alles – als Pantomime. Ob Lady es mitkriegt? Munter laufen alle in den Garten, wo Cas ein paar schöne Krautblätter ausreißt. Als sie ihr beibringen wollen, wie man Feuer macht (FEUER!), fängt Lady zu wimmern an, aber sie lassen sie nicht weg. Zelia, die durch das Pincenez blinzelt, das sie oft mit der Schürze putzt, weiß nicht recht, was sie von diesem Unterricht halten soll. Mit verschränkten Armen steht sie abseits und tippt sich mit dem Finger auf den zahnlosen Mund.

Jetzt wo die Ex-Herrin in die Sonne verliebt ist, versuchen die Befreiten (aus Gründen, die nur sie kennen), sie nicht in die Sonne zu lassen. Wahrscheinlich ist für sie die Sonne immer noch gebürtige Afrikanerin. (Ist sie nicht ihrem Sklavenschiff gefolgt – als Wächterin, Gönnerin und Göttin?) Sie haben die Sonne schon geliebt, als Lady ihr noch, vergrätzt unter Sonnenschirmen, die kalte Schulter gezeigt, drum gekämpft hat, die Sonne in ihre Schranken zu weisen.

18

Elf Tage nach dem Feuer kommt der Nachmittag des Abschieds. Die Kinder schleichen sich heimlich in den Wald. Als ob sie in einen Zoo gehn oder einen lieben Freund im Gefängnis besuchen. Wie seltsam die Möbel hier draußen aussehn, halb unter Planen versteckt. Die Lichtung am Bach läßt die Schätze noch wertvoller und vollkommener erscheinen.

Die Kinder ziehn die Planen beiseite. Hopsen auf den Polstern rum. Füllen Intarsien-Schubladen mit Kiefernzapfen. Für sie ist es wie eine gespenstische Teestunde, zu der sie endlich einmal eingeladen sind. Ein mit rotem Samt bezogener Fußschemel steht neben einem noch grüneren Polster von samtigem Moos. Evidence hat sechzig apfelgrüne Porzellantassen mit den Henkeln an den Zweigen von einem Dornbusch aufgehängt. Schätzchen, bei jedem Luftzug klingt und klappert's wie bei einem Bankett. Doublierte Orientteppiche hängen von Ästen, mit knalligen Mustern wie die Flaggen Afrikas.

Der begehrte Schinken, gewässert, gebacken, tafelfertig, ist aus dem Räucherhaus verschwunden. »Hat ihn aufgegessen wetten«, nickt Zelia zu der Schweigsamen hin. »Tu nich so unschuldig, Z kennt dich, Rabenaas.«

Das Huhn vom Nachbarn – froh, daß die Yanks weg sind, und vielleicht der irrigen Meinung, der Pfau hätte den Appetit der Menschen auf Geflügel gestillt – ist lautlos aus dem Wald gekommen und pickt rings um die kleinen schwarzen Füße der ehemaligen Hausherrin, deren Zehen versengt sind wie die zarten Flossen von einem gebackenen Fisch. Das Huhn weiß nicht, wie ihm geschieht. Ein Abschiedsessen.

Die Narben der Herrin treiben jetzt Blasen, verkrusten. Sie ist nackt, trägt aber einen Mantel aus Schorf. Die ersten Haare wachsen nach – sie sprießen weiß. »Muß von Schreck sein«, erklärt Castalia den Kindern. Sie betasten den Flaum, verscheuchen weiter die Wespen und Schmeißfliegen, die sich an Ladys Augen zu schaffen machen, was sie überhaupt nicht stört, ihren ehemaligen Kindern aber widerlich ist. Castalia bindet das rote Kopftuch unterm Kinn der alten Eigentümerin neu zusammen. »Ach, Lady«, sagt Castalia und gibt einen tiefen, wohligen Seufzer von sich, »könnt Ihn so viel erzählen jetzt. Haben alle hübschen Sachen verloren, das Haus, Ihre Europa-Uhren, die Kleider. Aber am schlimmsten, haben für allesmal ihre einzige Castalia verloren. Cas is immer so gut gewesen zu Ihn, hat nie kein Lohn für gekriegt. Was mein Sie, warum war sie so gut? Weiß ich wahrhaftig selber nich.« Cassie betrachtet die unzähligen dunklen, in Stirn und Hals eingegrabenen Pünktchen, die komische Waschbärbrille um die früher so berühmten Augen. Die Augen spüren irgendwie, daß sie beobachtet werden, und schließen sich fest, vielleicht bittend. Achte jetzt nicht mehr auf mich.

Zelia, die auch auf Lady runterschaut, schnipst plötzlich mit den Fingern. »Weiß jetzt, was ich ihr geb als Abschiedgeschenk von mir. Wieso is Z längs nich eingefallen? Muß Alter sein. Bin gleich wieder da. Wird großer Spaß.« Und trottet unter wohlgefälligem Gemurmel davon.

Der Anderthalb-Karat-Brillantring der Witwe Marsden hat die Hitze unbeschadet überstanden. Mögen die Perlen zu Puffmaiskörnern geschmolzen sein, der Brillant glitzert schöner als vorher. Die Herrin hat sich früher was auf seine blinkenden Farben zugute gehalten: »Seht ihr das ›Feuer‹?« Jetzt drehn die Kinder – sie schmücken sie zum Abschied mit Kleegirlanden, drücken ihr Kränze auf das rote Kopftuch – Ladys vernarbte Hand um, staunen, wie schön der Edelstein die Sonne einfängt, wie er einen kleinen Regenbogen (das leidgeprüfte Licht) auf die oft übertünchte ockergelbe Mauer wirft.

Alle hören, wie ein Baumwollkarren aus dem Wald gerattert kommt – Zelia zieht ihn wie ein Kuli. Sie bringt ein in Nadelspitze gearbeitetes Wappen an – Ladys Mädchenname, More. Dieser Gegenstand ist drei mal drei Fuß groß und schön gerahmt. Die Alte lädt ihn mühelos ab, aber bei dem hundertfünfzig Pfund schweren Spiegel braucht sie Hilfe.

Die Frauen haben ihn vor dem Brand in aller Eile aus Ladys Ankleidezimmer im Parterre in Sicherheit gebracht. War ihr liebster Standspiegel. Vor ihren Sklavinnen hat Lady zugegeben: »Nur die zutiefst Eitlen, meine Lieben, wissen das: Keine zwei Spiegel sind gleich. Und nur wir, die wahrhaft Eitlen, können im Lauf der Jahre unsere besonderen Favoriten benennen. Ich erinnere mich an einen in Charleston, einen geschliffenen, fünf auf fünf Fuß hatte er und hing völlig nutzlos herum, verbannt auf den Treppenabsatz im Haus meiner Tante. Ein Genie von einem Spiegel, wenn es darum ging, mich so zu zeigen, wie ich mich sehen wollte. Ihr wißt, ich habe mehrere zurückgewiesen. Ich *lasse* mich nicht von etwas verunstalten, was ich selbst gekauft habe. Auf keinen Fall, sage ich euch – das soll euch zur Warnung dienen.«

Dieser hier – ihr größter Schmeichler – ist körperhoch, oval. Fußgestell und Rahmen sind aus Mahagoni. Intarsien zieren die Ränder: drei Schäferinnen auf einer Lichtung, in der Hand bändergeschmückte Hirtenstäbe, kein Schaf in Sicht.

Zelia gibt Anweisungen, während er runtergehoben und näher rangerückt wird, bis er direkt vor Lady steht. Die sitzt an die Außenwand vom Quartier gelehnt. Der Spiegel kippt, schaut auf sie runter. Im untersten Teil spiegelt sie sich – schwarz wie der geschwärzte Schneidezahn von einem Komiker. Ob es ihr möglich ist, sich *wahrzunehmen*? Die alte Z streckt die Hand aus, reißt Lady das geborgte Tuch vom Kopf. Z grinst: »Besser. Viel.«

Castalia bückt sich neben ihrer früheren Herrin, nickt zum Spiegelbild hin und schnurrt leise, mehr zu *ihm* als zu dem verkohlten Klumpen: »Da sind Sie. Hier sind wir, stehn alle um Sie drumrum, sehn Sie's?« Xerxes kann der Verlockung nicht widerstehn, sein Rohmaterial – sich selbst – zu begrüßen und schneidet schnell hintereinander acht Grimassen. Aber diesmal verschont er Lady, macht ihr Gesicht nicht nach.

»Wir gehn«, erklärt Cassie. »Sie bleiben. Sind jetzt Ihre eigne Leibgeeignete. Zufrieden?«

»Keine Freundlichkeit!« schreit Zelia. »Ich hab in meiner Stimme kein Schmeichelton. Wo war Freundlichkeit ganze achzig Jahr? Wieso aufmals heut?« Sie kauert sich hin und schiebt Castalia mit dem Ellbogen weg. »Guck mal.« Die alte Z klopft mit dem Fingernagel auf das Glas. »Kennst die? – Rat dreimal, wer das is. Missy? Sagt dir irgendwas an dem verbrannten klein Kuchen da zu?«

Es dauert viele Minuten, bis sich zwei rubinrote Augen mit ihren seltsam hellen Mitten auf die Haut von dem versilberten Glas einstellen. Z hält das Pincenez vor diese Augen. »So besser?« Lady sieht immer wieder ratlos in die andern Gesichter, hofft auf Tips, hat gemerkt, daß man irgendwas von ihr erwartet – aber was nur? Die

Kinder beugen sich runter, bis ihre Gesichter alle (von Schäferinnen umrahmt) über dem von ihrer früheren Besitzerin zu sehn sind.

(Die schwarzen Frauen betrachten sich selber, vielleicht fragt sich jede, wie ihr eignes schönes Gesicht ihr jetzt drüben in Falls nützen oder schaden wird. Wenn eine Sklavin schön war, hat das bloß den Master, dann Winch und dann dem seine Männer angelockt – in der Reihenfolge von Hand zu Hand. Aber einer *befreiten* Frau wird so viel Schönheit doch bestimmt weiterhelfen, oder?)

Der Spiegel zeigt eine Säule einander überschneidender Gesichter, wie auf einem Totempfahl.

Lady läßt den Blick von denen höher oben auf das kleine verhutzelte ganz unten sinken. »Na also, *jetzt* dämmert dir's.« Zelia nickt heftig. »Mußt gar nich mehr suchen nach der andern, was so etepete war. Gib's nich mehr. Is alles, was von ihr übrig is.«

Lady blinzelt. Alle beugen sich weiter vor. Lady hält den Kopf schräg wie ein neugieriger Vogel. Sie schluckt schwer. Schätzchen, auf einmal wird's unheimlich still und beklemmend. Evidence Anne schleicht sich in den Garten davon, außer Sichtweite vom Spiegel, außer Hörweite der andern. Sie steht da und heult, weiß aber nicht so recht, warum. Dann wischt sie sich das Gesicht am Ärmel ab und läuft zurück. Das Mädchen begreift: Was hier passiert, ist ihre Geschichte. Man darf nicht eine Zeit verpassen, von der die eignen Leute noch nach Jahrzehnten erzählen werden.

Evidence findet Lady weiter nach vorn gebeugt vor, fast berührt sie schon das bläuliche Glas. Etwas auf ihrem Kopf hat sich halb gelöst. Die andern kauern jetzt um sie rum, nicken, murmeln. Mit ihren schwärenden Augen sieht Lady sie prüfend an, man merkt, sie will den andern gefällig sein. Schließlich hält sie eine mit Blasen übersäte Hand über dieses Bild von einem verbrannten Menschen. Auf dem Glas bleibt ein schräger Schmierer zurück. Sie dreht den Kopf nach der einen, dann nach der andern Seite – als ob sie den Spiegel bei einem Fehler ertappen wollte. Die Zuschauer erinnern sich, wie dieselben blauen Augen jeden von ihnen fixiert haben, wenn ihm mal bei einem Bankett ein Mißgeschick passiert war, durchdringend und streng. »Warte nur, nachher«, haben die blauen Augen gesagt. Jetzt ist nachher.

Sie richtet den berühmten harten Blick auf sich selbst. Sie sieht was. Und schon fängt sie an, sich zu winden, möchte sie weg. »Da bleib. Jetzt passiert's.« Zelia reibt sich die Hände und legt dann die Arme fest um Lady. Alle drängen näher. Der Staub unter Lady wird dunkel.

Keiner macht eine Bemerkung drüber. Nackte Füße weichen Rinnsalen aus.

Lady rutscht ein bißchen tiefer, gibt zögernd, als ob sie Angst hat, im Unrecht zu sein, einen einzigen fragenden Laut von sich und sieht nacheinander in verschiedene Gesichter. Ist dir schon mal aufgefallen, wie sich der Ton einer Frage am Ende hoffnungsvoll hebt?

»Ja. Bis du. Du *jetzt*. Sieht sie nich hübsch aus?« Z schlägt sich auf den Schenkel. Und da dreht Lady – vielleicht, weil es sie grämt, daß man über sie lacht, vielleicht auch, weil sie (durch den Schmerz) allmählich begreift, daß sie noch lebt – den Kopf zur Seite und tut was Seltsames.

Sie schaut auf in die Runde der auf sie runtergrinsenden schwarzen Gesichter, lehnt sich zurück an die Wand der Hütte, dreht sich ganz weg, um nur ja den Spiegel nicht mehr zu sehn – und weint zum ersten Mal seit dem Brand. Später haben alle steif und fest behauptet, was aus den Tränenlöchern gelaufen ist, war reinstes Schwarz – jettschwarze Perlen, die über beide Wangen gekullert sind. Zwei gleiche, ein Pärchen, aber die eine war ein bißchen schneller wie die andere. Lady ist durch und durch vergiftet von allem, was aus dieser Plantage geworden ist, und aus ihren Augen quillt Schwärze, ein bitterer Sturzbach.

Jetzt können sie gehn. Das ist das Zeichen, auf das sie gewartet haben.

»Zeit is da, Missis. Wir die letzten«, verkündet Castalia. »Ziehn los, unser Glück suchen.« Cassies Stimme rollt rund und bernsteingelb. »Kommen Sie leicht mal nach New York City, im Staat New York? Dann könn wir zusammen, Sie und ich, eine rote Straßenbahn fahren, einkaufen, was Sie wollen. Bis Sie kommen, kenn ich ganzen Stadtplan, New York, Insel zwischen zwei Flüssen. Wir gehn und sehn uns Schiffe an. Cas kann sich was sparen, für eine Fahrt mit einem. Heimsegeln nach Afrika, in ein Garten, vor dem kann sich der Unkrauthaufen hier verstecken. Ja dann, adieu, schöne Gegend. Wir haben lang genug gelebt hier für Weiße. – Lady, Cas hat Ihn noch was sagen gewollt. Aber jetzt kann sich nich ums Verrecken noch erinnern, was es war. Na ja. Eben nur . . . adieu.«

Die Kinder legen jetzt um Lady rum Häufchen von winzigen unreifen Früchten aus dem Obstgarten.

»Hier«, sagt Baby Venus, »hast Äpfel. Das drüben, sind Kohlköpfe. Haben dir gelernt, wie Gemüse kocht, weißt noch? – Wiedersehn, alles Gute. Kannst leicht brauchen. Aber wir auch, wahrscheins.«

Die Kleinen haben Kiesel gesammelt. Weiße Steine sind hier die seltensten. Hell rosafarbige und gelbe werden aneinandergelegt – ein Kreis, wie zum Schutz gegen Geister oder wilde Tiere. Evidence Anne stellt ein Glas mit einer Grille drin auf die Erde. Ein paar Schritte weg lehnt die ramponierte Klaviatur von Ladys Flügel an der Wand. Das gerahmte Familienwappen steht als Talisman dicht neben Lady. Zwei Frauen mit Säcken in der Hand laufen noch mal rüber und richten den Spiegel direkt auf Lady. Ein helles Oval fällt zitternd auf ihre armselige Gestalt. Mit der Hand schirmt sie die Augen ab. Sie will davonkriechen, weg von dem gleißenden Licht. Aber die zwei Frauen ziehn sie so mühelos wie ein kleines Kind sofort zurück, so daß die ehemalige Herrin dem Spiegel wieder direkt gegenübersitzt.

Die alte Zelia stakst als erste davon, ohne wem auf Wiedersehn zu sagen. Mitten auf der roten chinesischen Brücke macht sie auf dem Absatz kehrt; sie schleppt sich wieder den Hügel rauf, steuert auf Lady zu, beugt sich runter und nimmt ihre verfilzte linke Hand. Sieht aus, als ob sie Lady um einen letzten Händedruck oder um ihren Segen bitten will. »Habt mir mein Jungen ertränkt du und alle, wie er weggelaufen is. Deine Mama, ihre Mama und jetzt du, habt Zelia die ganzen Jahre im Trab gehalten. Habt mich machen lassen, was ich nich mach, wenn ich mir's aussuchen kann. War ja nich vom Kopf gefallen früher. Weißt was, Madam? Du hast dir mich nie leisten gekonnt. Wie willst Zelia bezahlen für Zelias langes Leben, Missy? Z hilft dir Anfang machen. Die andern da, die haben noch ihr Leben ganz. Zelia wird bald nich mehr dasein.«

Sie hat's auf den Ring abgesehen, dreht und zerrt dran. Sie schüttelt die Hand, als ob's ein Handschuh ist, den sie runterpellen, nach Falls tragen und verhökern kann. Aber das Feuer hat ganze Arbeit geleistet. Die Narben wuchern, Goldring und Brillant sind ganz mit Haut, Schorf, Fingerknochen verwachsen. Der Ring rührt sich nicht. Mit einem Schnorcheln läßt Zelia die Hand schließlich fallen. Fluchend stapft sie davon. Lady hebt zerstreut die Hand, mustert die Stelle, wo sie grade angefaßt worden ist.

Zelia macht sich endgültig auf den Weg. Der einstige Bettschatz von Richter More humpelt über die Brücke, die den rußbedeckten Teich überspannt. Auf der andern Seite bleibt sie an einem Gardenienstrauch stehn und holt den verschwundenen Schinken raus. Unterm Arm schleppt Z das einzige Beutestück weg, das sie ergattern konnte (und das auch nur, indem sie die andern betrogen hat). Lady Marsden hatte befohlen, diese Delikatesse muß aufgehoben werden, bis ihr

Sohn siegreich von den Soldaten nach Hause kommt. Ein Schwein sollte das gemästete Kalb vertreten.

Miss Zelia kann den glitschigen, gepökelten Schinken kaum halten. Sie trägt ihn in einer Armbeuge an den Körper gedrückt wie ein kleines Kind. Er ist ihr ganzer Lohn für achtzig Jahre Arbeit – sozusagen ihre Abfindung. – Z hat vor langer Zeit Lady die Windeln gewechselt. Sie hat das quengelige, hübsche Kind gestillt (während ihr eigner Sohn, Lady's Stiefbruder, in seiner Hängematte nach dem bißchen Milch geschrien hat, das übriggeblieben ist). Zelia biegt nach rechts ab, Richtung Falls, und es fällt ihr nichts anderes ein, als auf die Straße zu spucken. Fest. Zweimal.

Castalia sagt den Kindern: »An Händen fassen, fertigmachen.« Die Exsklaven haben eigentlich die Möbel mitnehmen wollen, aber ohne ein Pferd, das man vor einen Karren spannen könnte, und bei dem Gewicht, das die meisten geretteten Sachen haben, könnten sie, heute jedenfalls, nicht so viel wegschaffen, daß es der Mühe wert wär. Nur sechs Meilen ist die Freiheit weg, aber sechs Meilen zu Fuß. (Auf dem Weg nach Falls werden sie Master Mabrys Standuhr sehn, in den Straßengraben gekippt und zertreten, zu Kleinholz zersplittert.)

Eins haben die Leute unter den Planen vorgeholt und mitgenommen: eine goldene Zigarettendose in Muschelform, halb so schwer wie eine Kanonenkugel. Zurückgelassen haben sie den grünen Emailfrosch, die mundgeblasenen Schwäne und Gondeln, die türkischen Teppiche, die immer noch auf den Bäumen hängen, Beute für den ersten, der vorbeikommt.

Jeder nimmt eine mit grünem Dekor verzierte Mokkatasse aus Spode-Porzellan samt Untertasse mit: Das Zeug war viel leichter sauberzukriegen als das Silber. Es ist immer noch so hübsch, daß man ihm trotz allem nicht böse sein kann. Außerdem haben die Leute alles dabei, was sie jemals von Lady geschenkt gekriegt haben – viel ausrangierter Krempel und ein paar gute Geburtstagsgeschenke. In einem Jutesack steckt die Wedgwood-Sauciere, die Castalia zerbrochen hat, wie sie zehn war – wofür sie furchtbar ausgepeitscht worden ist. Das gute Stück ist so sorgfältig gekittet worden, daß ihm weniger anzusehn ist als Cassies Rücken, von dem die krummen Peitschenstriemen immer noch nicht verschwunden sind. Es ging ja die Sage, Lady hätte mal einer jungen Sklavin ein Schmuckstück geschenkt, das die Kleine bewundert hat. Cassie trägt es heute – eine Elfenbeinbrosche, eine Miniatur: der Lieblings-Jagdhund von irgendeinem englischen Adligen, und hinter den borstigen Ohren von dem Hund ein großes Haus, halb im Nebel verborgen.

Wer weiß, was sie in Falls erwartet? Keiner besitzt einen roten Heller. Und keiner von allen, die jetzt aufbrechen, hat jemals mehr als drei Münzen auf einmal sein eigen genannt. In Falls werden sie sich nicht ins gemachte Nest setzen können. Sie verstehn sich nur auf Verrichtungen, die man Sklaven beibringt. Wenn sie Talent haben, dann vielleicht zum lebensnotwendigen Theaterspielen.

Die Sklaven gehn, weil sie gehn können. Wegen den Gerüchten über Lynchjustiz in der Stadt, über Leibwächter und Elendshütten, ist ihnen natürlich bange, aber andererseits schämen sie sich, daß sie so lange hier draußen geblieben sind.

Castalia nimmt Baby Venus auf die Schultern. Die ganze Gruppe schaut auf eine gewisse kleine Frau runter. Ihr Gesicht ist blättrig wie Glimmer. »Abend fängt sie zirpen an«, sagt Evidence Anne und zeigt auf das Grillenglas. »Hilft leicht ein bißchen.«

Dann gehn alle weg. Lady E. More Marsden ist immer noch aufgestützt, lehnt mit dem juckenden Rücken an der Mauer. Sie ist allein mit einem Kochtopf, einer Schöpfkelle für Wasser, der kaputten Klaviatur, einem in Nadelspitze gearbeiteten Wappen und einem fast übermannshohen Spiegel. Daneben die Kieselsteine, ein Glas, ein paar unreife Äpfelchen. Das ist ihre Ausrüstung für die Welt. Sie sitzt vor dem Raum vom Sklavenquartier, den ihr Mann immer für seine berühmten »Nickerchen« benutzt hat. Dahin hat er die jungen Sklavenmädchen gebracht, die ihm bei der Mittagsruhe geholfen haben.

Schätzchen, Ladys »Leute« waren eine Zeitlang ihre Angehörigen – die einzigen, die sie hatte. Jetzt trotten sie davon. Sie blinzelt, versucht scheinbar, sich zu konzentrieren. Ihre aufgesprungenen Lippen arbeiten, probieren Teile von Wörtern. Ein paar Frauen drehn sich auf der chinesischen Brücke um und stoßen lange Flüche gegen das Haus, gegen seine Besitzerin aus, andere gehn weiter. Die Kinder winken alle, wissen's nicht besser. Xerxes, der sich wieder durch und durch als er selber fühlt – als das Sieb, durch das andere glatt durchfließen – gibt Lady ein Zeichen ganz in ihrer früheren Art. Es ist das kräfteschonende Handwedeln, das Lady aus einem Zeitschriftenartikel gelernt hat, was beweist: Majestäten haben's nicht leicht. Wie wahr, wie wahr!

Wie sie die andern abziehn sieht, wird Lady noch stiller. Ihre Augen sind besser geworden, stellen sich leichter auf mittlere Distanzen ein. Langsam hebt sie einen knochigen Arm, läßt das Handgelenk hochkommen. Erst scheint's, als ob die Hand auf was zeigt, anklagend. Ihre Stirn runzelt sich. Dann versucht sie, Xerxes' Kopie von ihr zu kopieren. Sie strengt sich an, ihre Leute im Auge zu behalten. Halb und halb scheint sie zu ahnen, daß sie verlassen wird. Sie begreift genug, um sich zu wünschen, was dagegen tun zu können.

Castalia schaut genau in dem Moment zurück, wo Lady den Arm hebt. Ladys Spezialität waren überschwengliche Begrüßungen und rasche Abgänge. Denkt sie, sie kann die Leute durch Liebeswerben dazu bringen, daß sie zurückkommen und ihr helfen? Versteckt sich hinter Höflichkeit immer ein Befehl? Cassie sagt zu den Kindern: »Is allein jetzt.« Jeder weiß, in ihren dreiundvierzig Lebensjahren hat die Frau keine einzige einsame Nacht hier auf dem Grundstück verbracht. Sie winkt jetzt so zierlich. Der Arm bewegt sich nicht, nur die Hand pendelt regelmäßig hin und her. Zelia, schon ein gutes Stück entfernt, dreht sich um und bemerkt diesen letzten Versuch einer vornehmen Geste. Sie schreit nichts Verständliches, das aber richtig laut, rennt im Galopp bis zur Grundstücksgrenze zurück, läßt beinah den Schinken fallen, reißt am Wegrand blühende Tulpen büschelweise aus, mitsamt den Zwiebeln. Andere machen's ihr nach, tragen die Blumen weg, schmeißen sie auf die Erde, trampeln sogar drauf rum. Es gibt kein Pferd zu stehlen, und die Möbel sind zu schwer. Am Weg stehn auch noch ein paar Fliederbüsche, die nicht verbrannt sind. Aber die rührt keiner an. (Noch vierzig Jahre danach wird sich diesen Frauen vom Geruch der Flieder-Duftkissen, die Lucas in seiner Gemischtwarenhandlung verkauft, unweigerlich der Magen umdrehn.)

Die Kinder winken, solang sie können, solang die Mütter sie lassen. Lady sieht's und versucht, ihnen die Kußhändchen zuzuwerfen, mit denen sie früher ihre in weißen Booten ankommenden Gäste begrüßt hat.

Das eng beisammenbleibende Häuflein zieht in der Sonne davon. Die Köpfe sind erhoben, die Schultern straff. Sie fühlen sich plötzlich so stark und machen große Schritte. Sie knöpfen ihre zerlumpten Kleider bis zum Hals zu (einzige Möglichkeit, sich stadtfein zu machen) und helfen sich gegenseitig weiter. Marschieren in Zweierreihen. Heute nehmen sie's sehr genau, wie sie aussehn. Die Poststraße macht eine Biegung und verschwindet im schattigen Nadelwald. Und so verschwinden auch sie.

Allein auf dem Hügel, winkt Lady unermüdlich weiter, bis zum Dunkelwerden. Schon bald muß sie mit der linken Hand den rechten Ellbogen stützen. Sie versucht's immer wieder. Es ist ein mechanisches Signal, das selbst nicht so recht weiß, was es bedeuten soll. Und trotzdem macht sie's immer wieder, immer wieder.

Dann kommt der Tau. Die Nacht legt sich um sie. Aber immer noch winkt sie ab und zu. Erschöpft nickt sie ein, wacht auf, signalisiert eine Zeitlang ins Leere. Die Grille zirpt, wie versprochen. Aber ihr eisiger Lärm bringt wenig Trost. In seinem Gefängnis zirpt das Insekt immer nur die eine piepsende Frage, monoton und vertraut. Es zirpt: »Wieso *ich*? Wieso *ich*? Wieso *ich*?«

19

Vielleicht ist es »billig«, Schätzchen, hier einfach mit was anderm reinzuplatzen, aber weißt du, was aus Little Xerxes geworden ist? Tja, berühmt ist er geworden. Gut dreißig Jahre ist er landauf, landab als Sandtänzer und Imitationskünstler im Varieté aufgetreten. Jeder sollte wissen, daß er seine eigne Erfindung war, und deshalb hat er »Marsden« abgelegt, aber den nach Künstlernamen klingenden »Little Xerxes« beibehalten. (Später hat er sich den Namen schützen lassen und »REG. U.S. PAT. OFF.« angehängt. Berühmt als Nachahmer von andern, wollte er nicht, daß irgendwer *ihn* nachahmt.)

In Raleigh – da war ich zehn, und wir waren tagsüber im Museum – sind meine Eltern mal mit mir in eine Vorstellung von ihm gegangen. Er ist im Gold Leaf Theatre aufgetreten (benannt nach einem ebenso gewinnträchtigen wie insgeheim krebserzeugenden Kraut, dem Tabak). Wie Kleinstädter nun mal sind, haben meine Eltern damals die Billetts bloß deshalb gekauft, weil dieser schwarze Star aus Falls oder zumindest der näheren Umgebung stammte – bloß weil sie mit Captain Willie Marsden immerhin auf so vertrauten Fuß standen, daß sie auf der Straße ein paar Worte mit ihm gewechselt haben.

Xerxes' Name stand an zweiter Stelle von oben. In kleineren Buchstaben war zu lesen, daß er frisch von einer Tournee zurück war, auf der er gekrönte Häupter unterhalten hatte, wer immer das gewesen sein mochte. Zu einem langen Trommelwirbel kam er auf die Bühne gekreiselt wie ein Tanzweltmeister. Zu vollen fünf Fuß Größe herangewachsen, war er ein schwarzweißes Windrädchen, das grinsend zwei Handbreit über dem Boden seine Pirouetten gedreht hat. Mit seinen inzwischen vierzig Jahren hat er so weißes Haar gehabt, daß man dachte, es wär mit Maisstärke eingepudert. Seine spitzen weißen Schühchen, die haben vielleicht geglänzt! Weißseidener Smoking, weißer Zylinder, weiße Schleife – eine Pracht. Nur Hände und Gesicht waren tief braun-blau-schwarz. – Theater!

Xerxes hat seinen Tanzweg mit weißem Sand aus den Hosentaschen bestreut – es war feiner, gereinigter Sand, wie sie ihn dir in guten Geschäften ins Aquarium tun. Sein Brummkreisel-Auftritt hat den schwarzen Zuschauern in der Loge über uns leise Aufschreie und tiefe Seufzer entlockt. Sie waren unsichtbar, aber um so besser zu hören, weil sie uns praktisch auf dem Dach saßen.

Xerxes hat uns direkt angesprochen – anbiedernd, schelmisch – und dabei immer mehr knirschendes weißes Pulver aus seinen tiefen Taschen geholt. Er hat's ausgestreut wie ein fetter alter Millionär, der Münzen unters Volk wirft – als ob wir die Enten und Schwäne auf unserm Teich wären und er uns vom hohen lichterglänzenden Ufer aus füttern tät. Seine weichen weißen Tanzslipper sind ständig über das Pulver gewispert – leicht, schläfrig, gekonnt, geheimnisvoll. Mein Gott. Und dann hat er angefangen, alle großen Politiker und Showstars der Zeit nachzumachen.

Im Gegensatz zu den üblichen weißen Entertainern (die sich das Gesicht geschwärzt haben, wenn sie Schwarze gemimt haben) hat sich Xerxes beim Nachahmen von Weißen nie dazu herabgelassen, *sein* Gesicht weiß anzumalen. Hat er nicht nötig gehabt. Wo wär da die Kunst, der Sport geblieben? Oh, bei *seinen* Weißen hätte man am liebsten gerufen: »Ja, aber . . .« Man hat sich vorstellen können, wie sich die Schwarzen fühlen mußten, wenn vor ihren Augen eine halbbetrunkene weiße Stimmungskanone mit Ruß von einem angekokelten Korken im Gesicht den dümmlich-glücklichen Onkel Tom gemimt hat.

Xerxes' Weiße waren vernagelt und eitel und beschränkt, ohne es zu wollen, ohne es selber zu merken. Er hat die Südstaaten-«Belle« nachgemacht, schlaff wie ein filetierter Flußbarsch, und doch . . . fast würdig, trocken. Geschäftsleute im Publikum – die neureichen Nachfolger des Vorkriegs-Landadels – haben gejohlt: »Genauso waren sie.« Als ob die alten Grundbesitzer schon eine seltsame, komische Rasse für sich geworden wären.

Xerxes' Bleichgesicht-Kopien haben hundertprozentig gestimmt – ein guter Chirurg, der dich längst wieder zugenäht hat und sich schon die Hände schrubbt, wenn du fragst: »Hat's denn schon angefangen, Herr Doktor?« Xerxes hat jedes Porträt kurz und knapp gehalten, hat boshaft eins neben das andere gestellt wie lauter perfekte Uhren. Aber in den Intermezzi hat er mit der Grandezza des weltgewandten

Gastgebers von einem weißen Opfer zum nächsten übergeleitet. Little Xerxes hat nie einen Schwarzen nachgemacht, ob ernst oder humorvoll. Manche Weiße haben behauptet, Schwarze imitieren, das hätte Xerxes gar nicht gekonnt. Die Schwarzen haben gesagt, er macht's aus Prinzip nicht.

Weil ich ja erst zehn war, waren für mich Xerxes' Impressionen von berühmten Weißen ein Buch mit sieben Siegeln. Immerhin ist mir aufgefallen, daß sogar meine Mama gekichert hat (eine Leistung), wenn auch ins Taschentuch (als ob sie sich übergeben müßte). Papa, selber leidenschaftlicher Amateurkomiker, hat dagesessen und bloß immer den Kopf geschüttelt und traurig vor sich hingestammelt: »Das ist ja nicht zu fassen. Viel besser wie ich. Eine ganz andere Klasse. Was meinst du, wie *macht* der das bloß? Mit Spiegeln? Meinst du nicht, daß er praktisch nur vor Spiegeln lebt?«

»Üben«, flüstert Mama hinter ihrem weißen Taschentuch hervor, das in einem noch weißeren Handschuh nistet. »Und vergiß nicht, Samuel, *er* ist darauf angewiesen. Er lebt davon, und er rächt sich damit. Ich will damit sagen, er *muß* einfach besser sein als ein saturierter, privilegierter Mensch wie du.«

»Ach, so siehst du mich? Interessant! Weißt du, ich wollte es immer schon wissen.«

Das an den Zöpfen kauende Mädchen erinnert sich am besten an folgendes: Rechts und links auf der Bühne stehn die amerikanische Flagge und die von North Carolina. Mitten im Tanzen, mitten in einer Szene, kurz bevor sein Auftritt sanft ausläuft, bemerkt Xerxes auf einmal die Stars and Stripes. Mit ein paar Schlittschuhschritten auf dem Sand gleitet er rüber zu der Flagge. Sieht aus, als ob er sich an einen eitlen Weißen anschleicht, dem es zuwider wär, hier imitiert zu werden.

Ein Sandmännchengrinsen zieht Xerxes' Gesicht in die Breite – man sieht förmlich, wie ihm eine Idee kommt. Seine Nummer hat überhaupt nichts von dem Bones-and-Banjo-Firlefanz gehabt, der damals so beliebt war. Xerxes war so ernst, daß es den Anschein hatte, als ob *er* Eintritt bezahlt hätte, um uns weiße Billettinhaber zu sehn und über uns zu kichern. (Im Gegensatz zu Papa und mir hat Xerxes immer untertrieben.) Bei ihm war, in Schwarzweiß, jede Bewegung wie in Kurzschrift notiert, mit dem Tuschpinsel gemalt, fast japanisch.

Er stellt sich neben das Rot-Weiß-Blau. Am oberen Ende der lakkierten Fahnenstange sitzt ein billig vergoldeter Adler. Xerxes mustert die ganze Flagge, und dann kopiert er sie von oben bis unten, Merkmal für Merkmal. Er erstarrt, ganz allmählich. Sein Kopf wird zum Adler, die – immer noch – großen Ohren stehn fast wie Flügel ab. Dann macht er die schrägen Streifen nach, zieht die eine Schulter schief hoch, läßt die andere schlaff runterhängen. Die Frackschöße wehen wie zwei Wimpel. Er stellt sich auf ein Bein und rührt sich nicht mehr, das Gesicht ein Adler, die Brust ein stolzes, müdes, schräges Fahnentuch, das Bein der Mast, der alles trägt. Was ist eine Flagge schließlich anderes als ein besticktes Tuch aus Perkal? Bloß ein Tuch, aber mit dem Anspruch, daß du für seine simplen drei Farben in den Krieg ziehst und stirbst. Also, Schätzchen, am Schluß war ich bereit, *ihm* Treue zu geloben.

Sicher, er hatte schon auf andern Bühnen mit andern Fahnen gestanden, aber irgendwie hatte man das Gefühl, daß er sie an dem Abend zum erstenmal bemerkt. Es war einem, als hätte man sich das mit ihm zusammen ausgedacht. Er war die Fahne geworden. Und weil er sie so vollkommen verkörpert hat, wollte man erst recht wissen, wer er eigentlich selbst ist!

Zum Schluß ist Xerxes tipp-tapp auf die andere Seite der Bühne getänzelt und hat dabei Diamantglitzer hinterlassen wie Spuren von seinem Witz. Rasch hat er noch die Staatsflagge dargestellt – die schüchterne provinzielle Schwester der mutigeren, weitgereisten Bundesflagge. Und dann ist er von der Bühne gewirbelt, kreiselnd im Scheinwerferkegel.

Irgendwie hat man begriffen, daß er das auf die Art gelernt hatte, wie man am besten lernt – indem er mit aller Macht versucht hat, am Leben zu bleiben. Probier mal, Steptanzen auf einer Klippe im Sturm zu lernen. Entweder du lernst es dann richtig, Junge, oder du lernst es nie.

Hinterher sind wir ganz schnell zum Bühneneingang gegangen. Trotzdem's Dezember war, haben wir geduldig im Freien gewartet, eine Ewigkeit, jedenfalls für ein Kind. Jeder hatte weiße Atemwölkchen vorm Mund, sogar die Schwarzen, die sich ein bißchen abseits gehalten haben. Mama hat ihren besten Füller aufgeschraubt, damit Mr. Xerxes Reg. U.S. Pat. Off. unser Andenken-Programm signiert, das wir für fünf Cent erstanden hatten. An die achtzig Leute haben sich da gedrängelt, und in jeder Gruppe hat ein Witzbold versucht, seine Imitationen von diesem Abend zu imitieren.

Handlanger sind als erste rausgekommen und haben den Weg freigemacht. Daraufhin ist es still geworden. Nach einer weiteren ernüchternden Wartezeit hat sich der Star endlich blicken lassen. Er war so groß wie ein halbwegs gut geratenes Kind. Er trug einen eiscremefarbigen weißen Pelzmantel salopp über den Schultern. Vom Hals hing ihm ein weißer Seidenschal, dessen Fransen fast auf dem Gassenpflaster schleiften, aber eben nur fast, nur fast.

Dicht hinter Xerxes ging ein hochgewachsener Schönling, ein hellblonder Knabe mit weißen Kalbslederkoffern und zwei Seidenpapier-Megaphonen, die Dutzende von weißen Rosen umhüllten. Die schwarzen Bewunderer, die vorher ziemlich laut gewesen waren, wurden mäuschenstill, als ob sie ein Gespenst gesehn hätten. Der Sandmann glitt mitten in einer Schar von Weißen dahin, betucht aussehenden Bürgern von Raleigh, die sich überboten haben, ihn mit zu lauten Scherzen zu unterhalten. Der Star lächelte unter gesenkten Lidern hervor ein leises Buddha-Lächeln, aber es war ihm anzumerken, daß er ausgepumpt war von dem, was er uns grade geboten hatte. Inzwischen ist's einem so vorgekommen, als wär seine Häßlichkeit auch nur ein Teil von seinem raffinierten exotischen Plan. Er war scheinbar ein sanfterer Mensch geworden, freundlicher durch den beruhigenden Einfluß lebenslanger Rücksicht. Offensichtlich rechnete er damit, daß noch viele solche Jahre vor ihm lagen.

Er ist vorübergeschwebt in seinem flaumigen Pelz, und die Armada von Weißen hat einen guten Kontrast zu seiner gepflegten Dunkelheit abgegeben. Die andern haben ihn zum Black Bottom's Chitterling Palace begleitet, der einzigen Farbigenkneipe in Raleigh, wo die wilderen weißen Reichen manchmal auf die Pauke gehaun haben.

Papa hat ihm unser Programm hingestreckt, aber zu spät. »Der Maestro möchte lieber nicht.« Der blumentragende Junge klang richtig yankeefiziert und sauber. Um uns rum waren auch andere enttäuscht. Ein grobschlächtiger Weißer hat gerufen: »Und wer bezahlt das alles?« Und dann hat er leise ein Schimpfwort geäußert. Anscheinend hatte er vergessen, daß er grade eine gute halbe Stunde gewartet hatte, um genau diesen Zauberkünstler genau dieser Rasse zu sehn. »Aber, aber«, hat meine Mutter so laut gesagt, daß der unhöfliche Mann es hören mußte.

Zu uns hat sie gesagt: »Ich finde das auch unmöglich.«

»Nein, wir dürfen ihm das nicht übelnehmen«, hat Papa widersprochen. »Er ist ein vielbeschäftigter Mann, er hat sich's verdient. – Ich glaub bestimmt, er macht's mit Spiegeln. Ja, anstelle von einem Verstand hat er einen . . . Vergrößerungsspiegel. Er kann selber nichts von sich geben, nur reflektieren. Das ist der Dienst, den er uns leistet. – Trotzdem, zugegeben, manche Spiegel sind besser als andere.«

Wahrscheinlich hab ich mich an einer völlig falschen Stelle unterbrochen, um das hier zu erzählen, Miss Beale, aber in meinem fortgeschrittenen Alter wartet man leicht so lange auf die perfekte Einleitung, daß man sie schließlich völlig vergißt. Also, jetzt steht's eben hier, reingerutscht auf knirschendem weißem Sand, wirbelnd wie ein Brummkreisel. Schrumm, schrumm.

20

Ein großes Haus braucht Wochen, um bis auf die Grundmauern abzubrennen. Das Feuer, dieser unvergleichliche Abbrucharbeiter, ist trotzdem mit zwei Jahren und einem Monat weniger ausgekommen als die sechzig ausgebildeten Sklaven, die das Haus gebaut hatten. Abends am Sklavenquartier von The Lilacs hat Lady (wenn wir sie noch so nennen können, aber das können wir doch, oder, mein Junge?) gehört, wie wieder ein Trakt des Hauses endgültig eingestürzt ist – ein Aufrauschen, Splittern, Krachen. Rote Funken sind spiralförmig aus dem Schutt hochgestiegen. Dann hat Lady ganz langsam den Kopf gedreht und lange nachdem sich all die hochgewirbelte Asche wieder gesetzt hatte, Minuten nachdem neues Kleinholz in die Glut gefallen und schwatzend zu brennen angefangen hatte, endlich das Geräusch wahrgenommen. Ihr ruiniertes Gesicht hat sich vier Minuten zu spät rumgedreht.

Sie war noch so weit bei Verstand, daß sie sich einen Gehstock genommen und nach Eßbarem gesucht hat. Auf ihren verbrannten Fußsohlen hat sie sich vom Quartier, wo sie sich noch am sichersten fühlte, in den vom Unkraut überwucherten Sklavengarten geschleppt. Sie mußte sich von dem Gemüse ernähren, das ihre Sklaven für sich selbst angebaut hatten. Kohlweißlinge (ein schwarzer Punkt pro Flügel) haben die Krautköpfe zusehends zu Spitzenrüschen zerfressen. Lady hat sie als Mitesser akzeptiert – sie waren ihre einzige Gesellschaft.

Die meiste Zeit hat sie bloß dagesessen, mit geschlossenen Augen, und nur je nach Sonnenstand den Platz gewechselt. Früher war sie, außer am Donnerstag, wo sie die Uhren aufgezogen hat, kaum jemals vor Mittag aufgewacht. Jetzt ist Lady M., in verdreckte Perkaltücher gehüllt, bei Tagesanbruch auf den Hügel hinter der ehemaligen Scheune gestiegen und hat dort auf die ersten wärmenden Sonnenstrahlen gewartet. Wenn sie sie gefunden hatten, hat sie zufriedene, kehlige Geräusche gemacht – zur Begrüßung. Manchmal hat sie nach Osten hin gewinkt. Und manchmal hat sie gedacht, der TAG, ein höflicher Besucher, wär extra gekommen, um ihr seine Aufwartung zu machen.

Ab und zu sind ihr die gestickten, verschlungenen Initialen auf den Tüchern aufgefallen. Sie hat sie für Spinnen gehalten, hat gewimmert, sich weggedreht, mit einem Stein auf die Anfangsbuchstaben von ihrem eignen Namen eingeschlagen. Einmal hat sie, wie sie im Wald rumgeirrt ist, eine Höhle entdeckt. In einem Pappelhain ist Lady auf eine große grüne Plane gestoßen. Wie sie gesehn hat, daß unter dem schweren Stoff eine blonde Klaue vorkam, die eine Messingkugel umklammert hat, ist sie heulend durch den Bach davongehumpelt. Der Rauch von den Grundmauern des Hauses hat ihr immer wieder den Heimweg zum Sklavenquartier gewiesen.

Ladys verbrannte Füße haben sich schon bald entzündet, aber sie hat sich damit beholfen, daß sie auf den Fußkanten gelaufen ist, sich stärker auf ihren Stock gestützt hat und notfalls auf allen vieren gekrochen ist. An Händen und Knien, Fußoberseiten und Knöcheln hat sie jede Menge Schrammen, dann Schwielen bekommen. Am Nachmittag, solange es hell war, hat sie (fast eine tägliche Pflicht) an ihren Narben rumgezupft. Ihre Züge waren durch die Verbrennungen fast bis zur Unkenntlichkeit zugekittet. Ihr Gesicht hat wie Keramik ausgesehn, eine Tonmaske, wie sie ein leidlich begabtes Kind modellieren tät – zwar mit zwei Augen, Nase und Mund, aber eigentlich nur als unbeholfener *Versuch* eines Menschenbildes zu erkennen.

Ladys Trinkwasser war immer aus dem Ziehbrunnen hochgeholt worden. Bis die Kinder es ihr gezeigt haben, wußte sie nicht genau, wie so ein Ding funktioniert. Sie weiß es immer noch nicht genau. Nur einmal – wie der junge Dr. Marsden um sie geworben hat – war sie an dem Brunnen stehngeblieben und hatte ein paar Münzen in den kühlen steinernen Mund geworfen. Zähneknirschend haben ihre Sklaven mit angesehn, wie das gute Geld in den Brunnen gefallen ist, und gehofft, die eine oder andere Münze würde den Weg in den Eimer finden.

Statt sich mit Seil und Rolle abzumühn, ist Lady am Stock den Hügel runtergehumpelt; sie ist fast auf den Knöcheln gelaufen, um ihre Fußsohlen zu schonen. Dann hat sie den Stock weggelegt und ist die letzten sechzig Fuß auf allen vieren gekrochen. Manchmal hat's zwanzig Minuten gedauert, bis sie den vorderen Rand vom Seerosenteich erreicht hat. Am Ufer hat sie sich auf den Bauch gelegt, das Gesicht in das dunkle Wasser sinken lassen und getrunken, getrunken – ohne an was anderes zu denken als ihren Durst. Solange der Mund untergetaucht war, hat sie mit ihren blutunterlaufenen Augen ständig die Wasseroberfläche beobachtet. Als ob sie Angst gehabt hätte, man könnte ihr auch noch diesen letzten Trost wegnehmen. Laut und gierig schlürfend – es war ja niemand da, den es gestört hätte – hat sie einfach dagelegen und getrunken – wachsam, animalisch, unschuldig.

In Falls haben Castalia und die andern Zuflucht am Fluß gefunden. Schon bald war ihnen klar: Die Weißen, denen die besten Häuser gehörten, saßen immer noch in diesen Häusern und hatten auch vor drinzubleiben, mit Verlaub. Als Zelia mit dem Schinken unterm Arm die knarzende Vortreppe von dem Haus in der Stadtmitte hinaufgestiegen ist, das sie sich für ihren montäglichen Jour fixe ausgesucht hatte, und von zwei jungen Schwarzen mit Gewehren angehalten wurde, hat sie geistesgegenwärtig den Namen einer Familie gesagt, zu der sie angeblich wollte. Dann hat sie ihren Schinken geschultert und ziemlich hastig das Weite gesucht.

Hinterher hat sie zugegeben: Der einzige Name, der ihr in der Eile eingefallen ist: Marsden. Wie sie das Castalia und den andern erzählt hat, mußte Zelia unter Tränen lachen; sie hat geflucht, gegackert, sich auf die Schenkelknochen geschlagen. Die andern waren baff.

Z war für ihre Meisterstücke an Zerstreutheit schon immer berühmt gewesen. Schon in jungen Jahren hat sie sich gedacht, es wird Lady Spaß machen, eine Sklavin zu haben, die noch vergeßlicher ist als sie selber. Aber keiner konnte sich erinnern, daß Zelia jemals einen Ausrutscher *zugegeben* oder sich gar deswegen geschämt hätte. Jetzt haben sie bei ihrer schlampigen, zahnlosen Z auf einmal einen seltsamen Hang zum Perfektionismus entdeckt. Das hat ihnen die Sprache verschlagen. Ungläubig haben sie zugesehn, wie Zelia mit sich hadert, weil sie in ihrer Not »Marsden« gesagt hat, wie sie mit knochigen Fäusten ihre fleischlosen Schenkel bearbeitet. Cassie hat ihr beruhigend die Hand auf die Schulter gelegt. »Is nich deine Schuld, Z. Mach dir kein Vorwurf. Hast dirs nich selber ausgedacht.«

Auf dem Weg nach Falls hatte Z kein Wort mit den andern Schwarzen von The Lilacs geredet. Im Sturmschritt war sie vor ihnen hergelaufen, ohne sich einmal umzudrehen, ohne sich um die Kinder zu kümmern, nur mit ihrer eignen Hochstimmung und mit ihrem Schinken beschäftigt. In der Stadt haben die andern dann gesehn, wie Z, von weißen und schwarzen Passanten gemieden, vor teuren Geschäften auf und ab gegangen ist, lebhafte Selbstgespräche geführt, in die marktschreierischen Schaufenster von Lucas' Gemischtwarenhandlung gespäht hat. Und sie haben sich gefragt, was sie wohl sucht. Was Neues zum Anziehn? Aber nach zwei Tagen ist die Alte dann doch angekommen und hat sich den andern wieder angeschlossen. Und ihnen ein paar kümmerliche Reste von dem Schinken hingeworfen. Die Kinder haben sich gleich drauf gestürzt. Scheinbar hatte Zelia in zwei Tagen ungefähr sechzehn Pfund aufgemampft. Freisein macht hungrig.

Zelia hat sich hingehaun und den andern erzählt, wie sehr ihr das an die Nieren gegangen ist: daß sie den Wächtern Ladys Namen als Parole genannt hat. Die andern haben schadenfroh versucht, sie zu beruhigen. Das hätte sie sich früher nie gefallen lassen. Vielleicht war sie ja als Mädchen anders gewesen. Jeder hatte erzählen gehört, wie schön Z früher gewesen war, in Richter Mores Jugend (also in ihrer). Aber sie hatten natürlich ihre Zweifel – wo es doch keine Ferrotypie und kein Ölbild gegeben hat, das ihre Schönheit bewiesen hätte.

Miss Z hat berichtet: Sie hat schon Arbeit, als Putzfrau in einem Beerdigungsinstitut. Die andern haben sich verstohlene Blicke zugeworfen. Wie rasch ihre Älteste sich in der Stadt zurechtgefunden hatte! Hat so ausgesehn, als ob Z jetzt endlich volljährig wurde, erwachsen – mit einundachtzig. Wie die andern sie loben, zuckt sie nur die Achseln, verzieht den Mund. »Wenn ihr Z fragt, Z hat sich andauernd vorbereitet schon immer. Zeit genug gehabt. Aber kann keiner große Flügel kriegen, wenn er sie ganze Zeit braucht zum Fliegen, oder? Muß sie sich schon ein paar Sommer früher wachsen lassen, daß sie so werden, wie er sie haben will. Muß sich welche wachsen lassen fest wie Steifleinen und glatt wie Eis, wie Spiegel. Wenn dann die Zeit gekommen is zum Fliegen, schreit ›Keiner schubst mich nich mehr rum‹, und ab hoch in die Luft. Da hast schon vierzig Staubwedel aus Straußfeder unter jedem Arm, kannst dich richtig raufrudern mit. – Ja, ja, hab weiß Gott wie oft mausern müssen, jedesmal ein Berg Federn verloren, vor das schöne Paar hier gewachsen is. Seht ein alten Vogel, was *geflogen* is.« Und sie hat mit den Ellbogen wie mit Flügeln geschlagen. Hat sich zurückgebeugt und meckernd gelacht, und die andern haben sie angestarrt – verständnislos, verständnisvoll –, aber mitgelacht. Die Kinder sind aufgesprungen und mit ausgebreiteten Armen im Kreis gerannt. »Flieg ganz hoch. Wie hoch du?« hat Venus Evidence gefragt.

Ständig sind andere befreite Sklaven von verschiedenen Plantagen der Umgebung zu Fuß in die Stadt gekommen. Hunderte von zerlumpten Gestalten, die man nie gesehn hatte, Hunderte, von denen du irgendwie gewußt hast, daß sie da draußen sind, als Leibeigene auf andern Farmen. Sie alle haben deine geheime Sehnsucht geteilt, endlich in die Freiheit davonfliegen zu können.

Die meisten haben jetzt in einem Sumpf am Fluß kampiert. Seltsam, daß die Geographie so vielen Fremden auf der Suche nach dem Gelobten Land ein und dasselbe sagen kann: »*Hier.*« Es war ein Stück Land, das bestimmt wem gehört hat, das aber keiner beansprucht hat. Bis auf die Moskitos. Ein Witz hat die Runde gemacht: Eine Exsklavin wird von leisem Gewisper in der Ecke ihrer Hütte wach. Sie sieht zwei Insekten, die so groß sind wie deutsche Schäferhunde und so intelligent, daß sie besprechen können, was sie tun sollen. Sssummmt die eine: »Fressen wir sie hier, oder nehmen wir sie mit?« Drauf die andere: »Fressen wir sie gleich. Weil weißt du, was passiert, wenn wir sie heimschleppen? Dann kommen bloß die Großen und schnappen sie uns weg.«

Neue Schwarze in Falls haben sich noch am Tag ihrer Ankunft zerstreut und sind in der Innenstadt oder an der schicken Summit Avenue auf Arbeitssuche gegangen. Sie haben die verschiedensten Türklopfer aus poliertem Messing in die Hand genommen: Kiefernzapfen, Frauenhände mit Ringen dran, grinsende gehörnte griechische Bocksgötterköpfe. Manche von diesen feudalen Anwesen haben bis zu drei Wäscherinnen für eine vierköpfige Familie angeheuert. Eine gottesfürchtige, korpulente Schwarze mit schöner Singstimme und ausgeglichenem Wesen, Alter einundfünfzig, Mutter von acht Kindern – ihre Aufgabe: Tag für Tag die vier puffärmeligen Krinolinenkleider bügeln, die das dreijährige weiße Mädchen nacheinander angezogen bekam.

Little Xerxes hat sich um die Stelle des dritten Schuhputzers in Starks Herrentonsorium beworben. Wie er reingekommen ist, hat er erst mal sein zusammengestückeltes Halstuch rausgezogen und es sich als lustigen Friseurlatz umgebunden. Er war hungrig wie ein Wolf, wollte unbedingt genommen werden und hat einen Witz (über Moskitos) erzählt und dann ein paar Schritte von einem Seemanns-Hornpipe hingelegt (der Himmel weiß, wie er *das* auf The Lilacs gelernt hatte – vielleicht von seinen Leuten, die auf dem Schiff, das sie aus Afrika nach Amerika gebracht hatte, den Matrosen dabei zugesehn hatten?). Er hat auf dem Fliesenboden inmitten dunkler und weißer und blonder Haarsträhnen getanzt. Mit den Füßen hat er ganz nebenbei das Vlies der weißen Männer zu einem säuberlichen Häufchen zusammengeschoben – Kunst, die sich nützlich macht.

Dann hat Little Xerxes die beiden Friseure imitiert, die grade am Schnippeln waren. Weil der eine dick und laut und der andere dürr und zimperlich war, hat Xerxes sich gar nicht besonders anstrengen brauchen (und Lucy wird's auch nicht tun, Schätzchen). Der Junge hat die beiden Barbiere so kopiert, daß er die Lacher gleich auf seiner Seite hatte. Und er hat's so gemacht, daß er die beiden nicht allzu tödlich beleidigt hat. (Eine Kunst für sich: Die Leute sollen sich wiedererkennen und sich trotzdem nicht von der nächsten Brücke stürzen.)

Xerxes hat wohlweislich drauf verzichtet, den alten Stark selber nachzumachen. Der Chef, dem solches Taktgefühl zusagte, hat gemeint: »Ich würde sagen, das Negerlein hat euch beide aufs Haar genau nachgemacht, hm, Shep und Edgar? Wär doch schön, es hier bei uns zu haben, wenn wir's davon abhalten können, die Kunden nachzuäffen. Gibt ja sonst nicht viel zu lachen hier. Du bist angestellt. Bleib so witzig, und du hast dein Auskommen, Schornsteinfeger.« Falls Little Xerxes überhaupt vorhatte, irgendwann mal nicht mehr spaßig zu sein, hat er sich bestimmt gedacht, daß er sich's in dem Moment noch nicht leisten konnte, damit anzufangen, noch nicht ganz.

Cassie, die mit aller Macht versucht hat, ihr Fahrgeld nach New York zusammenzukratzen, hat schon bald nebenher für einen Cousin vom Bürgermeister gebügelt (gegen Stücklohn). In der Nacht hat sie zusammen mit andern in Lucas' schlecht sortierter Gemischtwarenhandlung gefegt und geschrubbt. Und sie hat eine Behausung für die Restmannschaft von The Lilacs gefunden. Eine stabile Kiste aus Kiefernholz. In der war der Flügel von den Ersten Baptisten vor dem Krieg aus Philadelphia gekommen. Cas, Zelia und drei andere Frauen samt ihren ganzen Kindern haben die Kiste von Lucas' Hinterhof bis zur Siedlung am Fluß, eine Meile den Hügel runter, getragen, geschleift und über Eck gerollt (mit etlichen Ruhepausen). Haben sie mit den Schwanzfedern vom seligen Pfau vom seligen Cousin Mabry dekoriert. Smaragdgrüne Mokkatäßchen aus Spode-Porzellan und eine Wedgwood-Sauciere haben an (sorgfältig gebogenen) Nägeln gehangen, die mit Zelias Schuh in die Bohlen geschlagen worden waren.

Hier unten, am Fuß von dem Hügel mit der berühmten Summit Avenue und ihren tausend jungen Ulmen drauf, haben sich die Exsklaven versammelt. Hier sollten sie sich eines Tages richtige Häuser bauen. (Kaum waren die halbwegs fertig, ist der Grundbesitzer – der so lange stillgehalten hatte – gekommen und hat die ausstehende Pacht kassiert.) Und genau hier werden die ehemaligen Marsden-Sklaven eines Tages genau in derselben Klavierkiste ihre fetten Hühner einsperren, während ich, ein elfjähriges Kind, in einem Schaukelstuhl auf einer Veranda schaukle und ein paar ganz ausgekochte Fragen stelle.

Schon damals, wo sie noch eine Ansammlung von Elendshütten war, hat die Siedlung den Namen Klein-Afrika bekommen. Weiße, die im Wagen vorbeigefahren sind, haben den dicken Rauch von den Lumpen gesehn, die die Schwarzen verbrannt haben, um sich wenigstens die großen Moskitos vom Leib zu halten. Sie haben die strohgedeckten Schachteln der Siedlung betrachtet – Hütten, in drei großen Kreisen im hohen Gras. Sie haben schwarze Frauen auf den Steinen im Fluß die Wäsche von Weißen waschen, nackte Kinder unbeaufsichtigt rumlaufen und mit Speeren im Fluß fischen sehn. Die Weißen haben gemeint, das Ganze käm ihnen verdammt nochmal wie ein Eingeborenendorf vor, eine Art Afrika, aber ein kleines. Und die freigelassenen Sklaven, die jetzt neu erfinden konnten, was sie früher mal gewesen waren (zumindest wenn sie unter sich waren), haben Gewohnheiten wiederentdeckt, die sie schon längst vergessen geglaubt hatten. Ein uralter blauschwarzer Mann hat sich wahllos ein paar Schilfrohre gegriffen und gesagt: »Ich flecht uns eine Fischreuse.« Er hat's gemacht, und sie hat tadellos funktioniert – die Fische konnten reinschwimmen, aber nicht mehr kehrtmachen und rausschlüpfen. Dann hat der Alte mit offenem Mund dagesessen und konnte es nicht fassen, daß er das noch in sich hatte.

Bei Nacht haben sich die Leute um riesige brennende Scheite versammelt und den endlosen Erzählungen ihrer weisen, erfahrenen Alten zugehört. Jede Farm hat sich was auf ihren genialen Erzähler zugute gehalten. Manche waren's tatsächlich. (Die Exsklaven von jeder Plantage wollten ihren eignen Geschichtenerzähler zum allerbesten von Klein-Afrika anerkannt sehn.) Die von The Lilacs haben sich für Castalia entschieden.

Die Exsklaven haben sich in ihren Geschichten an die Andere Welt erinnert. Die eben erst zu Ende gegangene Knechtschaft haben sie ganz schnell vergessen. In den Geschichten hat es von aufrecht gehenden Tieren gewimmelt – schlauen Kreaturen mit menschlichen Eigenschaften, Viechern, die sich ständig aus einem schrecklichen

Schlamassel befrein mußten – mal hatten sie nichts zu fressen, mal keine Zuflucht. Sogar aus den lästigen Moskitos sind im Handumdrehn Witzfiguren geworden. Um sie überhaupt zu ertragen, dichtet man den Stechmücken lustige Eigenschaften an. Man läßt sie fliegen *und* sprechen. Wenn einen dann eine sticht, die nicht redet, kann man sich sagen: »Ach, bloß so eine.«

Seltsam, daß ausgerechnet ein Weißer berühmt wurde, weil er als erster die Tiergeschichten der freigelassenen Sklaven aufgeschrieben hat.

21

Im Schaufenster von Cuthrells Juwelierladen und Pfandleihe (dem Laden, wo sich Lady Zahnrädchen und ihren grünen Schirm für die Uhrenreparaturen besorgt hat und wo Cap später seine Schweizer Platin-Ersatzuhr finden wird) stand jetzt eine Pyramide von Schätzen, die Cuthrell für ein Butterbrot gekriegt hatte. Auch eine goldene, muschelförmige Zigarettendose, halb so schwer wie eine Kanonenkugel, war dabei. Venus, Xerxes und die andern sind mit ihren neuen kleinen Freunden vor dem Fenster gestanden, haben durch die staubige Scheibe gezeigt und leise gesagt: »Das von uns.«

Auf der Suche nach allen möglichen Gelegenheitsarbeiten hat man schnell begriffen: Die Bosse in der Stadt wollten wissen, wem man bis letzte Woche gehört hatte. Der Name deines ehemaligen Besitzers war ein Empfehlungsbrief. Hat nichts ausgemacht, daß deine Herrschaft, wie Lady, die noch da draußen war und Gott weiß was getan hat, nicht mehr in der Lage war, dir ein Zeugnis zu schreiben. Die Schwarzen, die von weit entfernten Plantagen gekommen waren, haben keine Arbeit gekriegt, bis die andern ihnen beigebracht haben, die Namen von Farmen näher bei Falls anzugeben.

Beschämend für Castalia und Z, daß sie ihre erste bezahlte Arbeit nur bekommen, weil sie die früher so elegante Lady E. M. Marsden erwähnen. In der Stadt hat man Lady nicht gemocht, aber bewundert, beides deswegen, weil sie so wenig Bürger von Falls zu ihren Fliederfesten eingeladen hat. Komisch, aber je versnobter dein ehemaliger Eigentümer in den Augen der Städter gewesen war, um so eher haben sie dich eingestellt. Doch die Weißen in Falls waren natürlich auch scharf auf Klatschgeschichten, auf pikante Neuigkeiten darüber, was sich in einem klassizistischen Schloß dieser Größe alles an Zwielichtigem abgespielt hatte.

Ladys Name ist immer mit einem Nicken quittiert worden. »So, so ... Richter Mores Töchterchen? Satansbraten, schöne Haut. Hat jedem Sklaven eine Kiste Orangen geschenkt, heißt es. Hat mal einem ihrer Mädchen einen hühnereigroßen Diamanten geschenkt. Trotzdem, keine bequeme Chefin, kann ich mir vorstellen. Ich weiß noch, wie sie einmal ausgerechnet in der Kirche einen Wutanfall gekriegt hat. Ihr Papa muß ihr irgendwann zugeflüstert haben, daß sie sich im Haus des Herrn befinden, weil sie hat aus Leibeskräften gekreischt: ›Ist doch mir egal, wem die Bude gehört, ich find's besch. . . hier.‹ Hören Sie zu, Miss, Sie glauben doch nicht, daß Sie bei uns auf Rosen gebetten sein werden, oder? Und wie ist es: Bügeln Sie nur einfach Hemden, oder bügeln Sie für Ihr Leben gern Hemden? Und Ihre alte Chefin, wie hat sie die traurigen Ereignisse da draußen überstanden?«

»Na ja, Sir, soviel wir wissen, is sie noch am Leben.«

Bei Nacht hat Zelia die Empfangsräume im zweitbesten weißen Bestattungsunternehmen von Falls saubergemacht. Da hat's nach Tuberosen, Bohnerwachs und Mäusen gerochen. Vielleicht kann sich nur der Leichenbestatter, dem das Ganze gehört, um drei Uhr früh in seinen dunklen Geschäftsräumen so richtig wohlfühlen. Der alten Zelia hatten jedenfalls ihre afrikanischen Tanten den Kopf mit Geschichten über die Geister der Ahnen und ihre niederträchtigen Neigungen vollgeraunt. »Sind neidisch.« Z hat deshalb immer Evidence Anne und Baby Venus als hörbare Gesellschaft mitgenommen. Die beiden Mädchen waren nicht aus den Särgen im Ausstellungsraum rauszuhalten. Z hat's schließlich aufgegeben, die Kinder durch Bangemachen von den Särgen fernzuhalten. Hat nur dafür gesorgt, daß sie sich die Schuhe ausziehn, bevor sie in die mit weißem Satin ausgekleideten Särge geklettert sind. Mit ihrem untrüglichen guten Geschmack haben die Mädchen die teuren Stücke im hinteren Teil bevorzugt – viel mehr Quasten, dickere Polsterung, mit Brüsseler Spitze verzierte Fußkissen. Von den Geräuschen der spielenden Kinder getröstet, hat Z die Tür zugemacht und ist davongeschlurft, um die schweren, undankbaren Möbel im Empfangsraum abzustauben und zu polieren.

Miss Zelia hatte sich von Anfang an geweigert, die gefliesten hinteren Kammern zu putzen, wo die unerquickliche »Arbeit« verrichtet wurde. »Nicht für alles Geld in Falls«, hat sie gesagt und die Arme verschränkt. Wie der verzogene Sohn von dem weißen Eigentümer das hört, kommt er auf die Idee, der Alten einen Streich zu spielen. Eines Nachts setzt er einen frisch verstorbenen dicken Mann auf ein Sofa im Salon, nackt. Wie Zelia in dem Raum saubermachen will und die sitzende Gestalt da drin sieht, stutzt sie erst mal. Aus dem Vorraum schreit sie ihn schließlich an, er soll aufwachen, sich was anziehn, heimgehn. Sonst lernt er sie kennen. Wie das auch nichts fruchtet, nimmt sie den Besen mit dem längsten Stiel. »Bist besoffen? Krank? Oder was?« fragt sie und stupst den Schläfer mit dem Besenstiel an. Wie der mit so einem fettigen Klatschen vornüber auf den Marmorboden fällt, kreischt Zelia: »Z hat's gewußt, Z wieder reingelegt.« Sie rafft ihre Putzsachen zusammen und rennt fluchend schnurstracks bis zum Fluß runter, an der Hand die beiden kleinen Mädchen, die nicht wissen, wie ihnen geschieht: »Was ist passiert? Sag's, Tante Z.« Am nächsten Morgen war der Witzbold zur Stelle und hat an die Klavierkiste geklopft. Sein Papa hatte ihn gezwungen, runterzugehn und sich bei der vorbildlichen Putzfrau Miss Z zu entschuldigen. Sonst, hat er ihm gedroht, müßte er die Witwe des Verblichenen aufsuchen und ihr persönlich erklären, wie es zugehn konnte, daß jemand, der letzten Mittwoch unwiderruflich gestorben war, sich tags drauf das Nasenbein gebrochen hatte. Z hat die Arme verschränkt: »Komm nich wieder, auf kein Fall. Außer bittest mich ganz höflich.« Der Junge hat sich zu ihr runtergebückt. »Na gut, aber bitte sagen Sie's keinem, Madam.«

Tagsüber haben die Kinder von The Lilacs beim Wäschewaschen geholfen. (Hemden 2 Cent, Röcke 4 Cent, Kleider mit zwei oder mehr Biesen und/oder Spitzenärmeln und -krägen 7 Cent. Keine Ausnahmen.) Die Mädchen haben am Fluß Wäscheleinen gespannt. Haben Wache gestanden, bis die gespenstisch flatternden Hemden von den weißen Gentlemen endlich trocken waren. Fürs erste haben die ehemaligen Marsden-Sklaven die Klavierkiste bewohnt. Haben eine Plane über das Ende gespannt, wo's am meisten reingeregnet hat, haben Abdecktücher von Anstreichern als Decken benutzt und waren dankbar dafür, daß die Freiheit so rücksichtsvoll gewesen war, im milden April über sie zu kommen.

Jeden Samstagabend haben die Überlebenden des Marsden-Brandes ihre Münzen zusammengeworfen, langsam mit lauter Stimme gezählt, gelernt, was Geld eigentlich bedeutet: so ziemlich alles. Sie haben drüber gestritten, was wofür ausgegeben werden soll. Haben sich manchmal richtig angebrüllt. Wenn sie dann wußten, wieviel in der Gemeinschaftskasse war, ist jeder einzeln in die Nacht raus und hat sein eignes Verdientes vergraben, an einer Stelle, die nur er selber gekannt hat. – Oder hast du gedacht, diese Leute hätten ihr Erspartes auf eine Bank der Weißen getragen?

22

Als Cassie sechs Wochen zuvor nach Falls gewandert war, ist sie schon am allerersten Tag bei einem Pferde- und Wagenverleih vorstellig geworden. Das Geschäft hat den Marsdens gehört, war nur verpachtet. Der blonde Mann, der es geführt hat, hatte ein schaufelförmiges Gesicht und eine emaillierte Krawattennadel. Die sah genau aus wie ein glänzend grüner Käfer, der für sein Leben gern ausgerechnet auf diesem blauen Schlips grast.

Castalia ist gleich zur Sache gekommen. »Mister, bin Sklavin bei Lady Marsden gewesen. Möbel von The Lilacs sind noch im Pappelhain versteckt, Viertelmeile von der Plantagenstraße, Nordosten zu. Meisten mit Planen abgedeckt.« Sie hat ihn gedrängt, sofort mit Wagen rauszufahren, bevor der Regen die ganzen schönen Sachen verdirbt, verstanden?

Wollte Cassie auf der Stelle eine Belohnung in bar einstreichen? Ein kleines Startkapital für die neue Welt, die Un-Welt? Wollte sie die Möbel für den kleinen Willie Marsden retten, der jetzt zu Fuß aus einem Krieg zurückgekehrt ist, der – wie die Kirchenglocken kummervoll verkündet haben – grade zu Ende gegangen war? Wenn sie vorhatte, die Schätze zu verscherbeln, warum ist sie dann hergegangen und hat einem Geschäftsfreund der Familie Bescheid gesagt? Castalia hat sich aufs Handeln und Feilschen nicht verstanden. Sie war nie mit Geld umgegangen – abgesehn von den zwei Münzen, die sie jedes Jahr zu Weihnachten gekriegt hat, und einem halben Dollar, den sie mal im Brunneneimer gefunden hatte. Sowie ihr Sprüchlein vor diesem nicht mehr ganz jungen, eitlen Gäulevermieter aufgesagt war, hat sie eine Pause gemacht und die kräftigen Schultern zurückgezogen – in der Hoffnung, die Information könnte ihm vielleicht was wert sein.

Der Mann mustert die dunkle, schlanke junge Frau von oben bis unten. Gut gebaut, kräftiger, gekehlter Hals, die Züge glatt wie etwas, was man sehr oft in die Hand genommen und dabei – ganz nebenbei – blankpoliert hat. Sie ist eigentlich nicht schön, aber wie aus einem Guß. Ihr Gesicht ist so erwartungsvoll, es weiß noch nicht, daß in manchen Kreisen die Erwartungen nie in Erfüllung gehn. Sie ist jung. Jahrelanges Bitten um Erlaubnis läßt sie noch jünger wirken.

Der Mann registriert ihre scheue, wachsame Art, die leicht abgespreizten Ellbogen – bereit zur Abwehr, falls irgendein Bock sie bespringen will. Ihre Brüste müssen kecke, hoch angesetzte Äpfelchen sein, die Schenkel rund wie gedrechselte dunkle Walnußhölzer. Sie hat Männerschuhe an, Arbeitsschuhe. Am obersten Knopf vom grobgewebten Kleid trägt Castalia eine Brosche: ein gemalter Hundekopf. Der Mann sieht gefurchte Zopfreihen, ein ganzes Feld von Kringeln – die reinste Pachtfarm von einer Frisur. Ihre blanken, schwarzen, fragenden Augen treffen sich mit seinen, und nach einer kurzen Kraftprobe schaut er als erster weg. Er hat schon öfter Mädchen wie sie gesehn, noch zu unschuldig, um sich zu schämen. Das macht sie rührend attraktiv. Es drängt einen, ihnen zu helfen. Das allein bringt sie schon in Schwierigkeiten. Als Mann verspürt man den Wunsch, so ein unschuldiges Mädchen davor zu bewahren, daß *andere Kerle* was von ihr wollen. Man will sein Mündel vor Männern beschützen, die noch schlimmer sind als man selber. Die gibt's immer. »Ich sorge dafür, daß sie so anständig bleibt, und bereite sie gleichzeitig ein bißchen für die andern vor, die nach mir kommen. – Sie muß zugeritten werden.« Ach, bring mich nicht auf *das* Thema, Schätzchen. Weder Logik noch Mitgefühl sind von einem geilen Kleinstadt-Junggesellen im Frühling erfunden worden. Darfst mich zitieren.

Die Hände in den Hüften, räuspert sich Castalia und rührt sich nicht von der Stelle; sie atmet, und es ist ihr bewußt, wie sie atmet. Der adrette kleine Geschäftsmann faßt sich an die Krawattennadel und riskiert ein Zwinkern. »Ich hab hier ein kleines Büro, und eine Liege, da hinten. Willkommen in Falls, Mädchen.«

Castalia gibt durch nichts zu erkennen, daß sie ihn verstanden hat, abgesehn von einem besonders gelangweilten Blick. Dann verschränkt sie die Arme – ein Trick, den sie von Z hat. Der Mann findet, daß sie mit ihrer trotzigen Haltung noch besser aussieht. Und während er sie irgendwie rumzukriegen versucht, tut sie ihm auch ein bißchen leid. Kompliziert, oder? Sogar bei ausgekochten Betrügern findest du dieses Mitgefühl, in allen Abstufungen.

Der Geschäftsmann denkt sich: Dieses Sklavenmädchen mag vielleicht intelligent und widerborstig sein, aber sie muß noch sehr viel lernen. Wär sie bloß hier reingekommen und hätt gesagt: »Ich weiß, wo Lady Marsdens Schatz versteckt ist, sind Sie interessiert?« Er wär (in seinem kleinen Büro mit der fleckigen Liege) zu einer Schublade gegangen und hätte geantwortet: »Also reden wir offen, Miss. Ich hab was, was Sie brauchen, und Sie haben was, was ich haben will. *Sie* sind vielleicht umsonst zu ... Ihrer Freiheit gekommen, aber alles andere kostet Geld. Wieviel haben Sie sich denn vorgestellt?«

Aber Castalia hatte das nicht gesagt. Sind Verhandlungen nicht interessant? Ich denk mir manchmal, Geschäfte sind das Geschäft der Welt. Wir alle versuchen jeden Tag vierundzwanzig Stunden lang, irgendwas *rauszuhandeln*. Die arme Cas hat sich Belohnungen dafür erwartet, daß sie sich auch jetzt noch wie eine gute Dienerin betragen hat. Sie hat das gespürt, hatte aber die neuen Regeln noch nicht begriffen. Und niemand hat's eilig gehabt, sie ihr zu erklären, Junge. Also hat der Mann gegrinst, noch mal gezwinkert, ihr gedankt. Wie sie dann immer noch nicht verschwunden ist und rhythmisch mit der rechten Fußspitze gewippt hat, hat er sich nach ihrem Namen erkundigt und ihr eine Belohnung versprochen. »Besser, Sie denken an Castalia«, mehr ist ihr nicht eingefallen.

Schließlich hat sie sich doch umgedreht, ist sie doch gegangen. Sie wußte, daß sie eben die einzige Chance ihres Lebens vertan hatte. Erst ist sie auf Meadows' Weide rumgestakst, dann in die Gasse hinter der Ladenzeile von Falls gegangen. Und hat eine Holzwand angestarrt. Sie hatte grade Sachen im Wert von über hunderttausend Dollar hergeschenkt, hatte die Freunde im Stich gelassen, die sie zu ihrer Sprecherin bestimmt hatten. »Scheint, bin grad auf die Welt gekommen, blöd wie ich mich anstell.« Sie hat mit den Fäusten auf die Bretter getrommelt. »Is gemein sowas.«

Der Pferdeverleiher glaubt ihr und fährt noch am selben Nachmittag mit dem Buggy raus, nachsehn. Wie er eine Weile rumgestolpert ist – er fühlt sich unbehaglich und faßt sich immer wieder an die Krawattennadel –, findet er die Möbel aus dem Erdgeschoß auf einem Haufen im Pappelhain am Bach. Vorsichtig zieht er die Plane von einem blonden Biedermeier-Sekretär mit unzähligen Kästchen, Säulen und Nischen. Ein lebensgroßer, verschnörkelter Glas-Schwan weiter unten am Bach sieht aus wie eine eben fertiggestellte Eisplastik. Unter der Plane hockt ein gespenstisch echt wirkender Keramik-Mops, der als Türanschlag Dienst getan hat. Aber dann entdeckt unser Stallmeister ganz nah, fast in Reichweite, auf einem rotsamtenen Fußbänkchen neben einem unwahrscheinlich grünen Moospolster das absolute Meisterwerk.

Es ist ein sitzender Emaille-Frosch: Die Augen sind aus getriebenem Gelbgold, jeder Fleck auf dem Rücken ist liebevoll mit schillernden kupferroten Rändern verziert – das Ding ist mit feinsten Details gearbeitet, bis hin zu jeder einzelnen, in einer Kugel auslaufenden Zehe. Dem Betrachter, einem leidenschaftlichen Bewunderer der Emaillierkunst, kommt dieser Frosch als das Prächtigste und Stehlenswerteste vor, was er je in beiden Carolinas gesehn hat. Mit angehaltenem Atem bückt er sich langsam runter – und da springt der Frosch senkrecht in die Luft, landet mit einem Platsch im Wasser und rudert davon. Schätzchen, unser Mann ist zu Tode erschrocken. Hat sich erst mal hinsetzen müssen. Zum Glück haben an die siebzig Stühle und Sessel da draußen im Wald gestanden.

Was er nicht gesehn hat, war das andere menschliche Wesen, das sich immer noch weiter oben im Quartier versteckt hat – die Besitzerin von seiner gepachteten Mietstallung, eine Frau, die mit überkreuzten Beinen dagesessen und bedächtig Grünzeug gekaut hat. Ein paar Tage später ist der Mann mit drei Mietwagen rausgefahren, die Sachen holen, und er hatte sie schon auf dem trockenen Heuboden verstaut, wie ein fürchterlicher Mairegen niedergegangen ist. Der Wolkenbruch hat Cassie und den andern gezeigt, wo ihr Kistenhaus am undichtesten war. Jemand hat gewitzelt: »Guter Tag für zum Drinbleiben und Katakombenspielen richtig schön lang.« Verwandte und Freunde haben sich in der trockensten Ecke der Kiste zusammengekuschelt. Unter der Markise hat ein mickriges Feuerchen geschwelt. Der Rauch hat sich, aus Angst, naß zu werden, nach innen gekringelt, und allen haben die Augen getränt, aber es hat sich keiner groß beklagt.

Weil die meisten Frauen bei Nacht arbeiten mußten, sind sie für gewöhnlich erst am Nachmittag gegen vier aufgestanden. Gefrühstückt haben sie verbilligte altbackene Brötchen und Doughnuts von Harbison und frisch aufgebrühten Tee. An dem Tag war er aus Sassafraswurzeln, die Venus unten am Fluß ausgegraben hatte.

Der Nachmittagstee war immer Lady E. More Marsdens liebste Tageszeit gewesen. Um halb fünf war sie gewöhnlich hellwach. »Ich finde, warme Bäder und heißer Tee helfen einem ja *so*, seine Gedanken zu sammeln, meinst du nicht auch?« Auch wenn Lady Katakomben gepielt hat, wurde eine Teekanne im Chintz-Wärmer unterm Tischtuchsaum durchgeschoben. Wenn sie an einem bestimmten Tag keine weiße Gesellschaft hatte, hat sie ausgewählte Sklavinnen – und den jungen Xerxes – zur »Konversation« zu sich rauf bestellt. Die Themen wurden vorgegeben: Pflichterfüllung, Unsterblichkeit, die Verwandlungskraft der Kunst, Pflichterfüllung. Regel Nummer eins: kein Gekicher.

Lady, Es, hat unweigerlich selber eingeschenkt.

Für die Freigelassenen, die sich um das Feuerchen drängten, war der Tee um halb fünf inzwischen längst so notwendig und scheinbar althergebracht wie jede Erinnerung an Afrika. Castalias zerbrochene Wedgwood-Sauciere wurde mit einem neuen Teekannendeckel versehn, den sie bei Lucas erstanden hatten (mit Angestelltenrabatt). Die Ritzen in dem geflickten Stück waren mit Lehm aus dem Fluß abgedichtet worden. Unter dem braunen Geschmier konnte man noch auf dem Himmelblau die weißen Götter beim Gelage sehn. Zelia war für die Zuckerdose zuständig, einen abgesplitterten Emailbecher. Aus zwei Stöckchen und einem ledernen Schnürsenkel, den Xerxes mitgebracht hatte, war eine Zuckerzange gebastelt worden.

Der Junge schlief in letzter Zeit kaum noch bei den andern. Die meisten Nächte verbrachte er auf den juckenden gebrauchten Kundenlätzchen, die er unter seine Schuhputzerkiste bei Stark gestopft hat. Das war ein gemütlicheres Nest. An Zahltagen wurde Evidence Anne ausgeschickt und mußte Xerxes so lange auf den Fersen bleiben, bis er seinen Beitrag zur gemeinsamen Essenskasse rausgerückt hat. Zum Spaß hat er ihr die Münzen manchmal auf die gleiche Art zugeworfen, wie die Kunden ihm seinen Lohn verabreicht haben. Die Weißen hatten angefangen, Xerxes Drinks zu spendieren, damit er sie nachmacht: die Stimme, den wiegenden, o-beinigen Gang. Komisch, aber die Männer haben sich einerseits ein bißchen geschämt und sich andererseits durch die Pantomimen von dem nervösen Jungen selber besser kennengelernt. »Das bin also ich, ja?« Und kratzt sich am Kopf. »Wie lang brauchst du, um einem auf die Schliche zu kommen, Bürschchen? Ich wette, du hast mich die ganze Zeit beobachtet. – Brauchst dir gar nicht das Lachen verbeißen, Xerxes.«

Aber auch wenn er daheim in der Kiste übernachtet hat, auch wenn seine Freunde von The Lilacs ihn um Imitationen gebettelt haben, auch wenn er mal nicht zu müde war und sich überreden ließ, war's einfach nicht mehr dasselbe wie früher. Xerxes' neue Zielscheiben, die Großkopferten von Falls, waren den Frauen und Kindern, die da abgeschieden in einer Kiste an einem schlammigen Fluß gelebt haben, zum größten Teil unbekannt. Man staunt nicht grade Bauklötze, wenn man eine Imitation von wem sieht, dem man noch nie begegnet ist. Sein erstes Publikum war für Xerxes ziemlich uninteressant geworden.

Eines Abends hat er sich schließlich, gelangweilt und auf den üblichen Beifall erpicht, herbeigelassen, zum letzten Mal Lady nachzumachen. »Müßt mich bitten«, hat er gesagt. »Stell dir vor, haben dich gebittet«, hat Cassie pariert, stolz, aber begierig. Der Junge hatte die Alltagskluft gegen ein schönes, geflicktes, ursprünglich mal im Laden gekauftes Baumwollhemd eingetauscht. Dann ist er in die Nacht raus. Man konnte hören, wie er sich da draußen geräuspert hat und rumgehüpft ist, um sich zu lockern. Die andern haben die Luft angehalten, als ob sie noch mal Ladys Geist sehn sollten. Ist ihnen vorgekommen wie was aus dem letzten Jahrhundert, so veraltet wie gepuderte Perücken, wie festlich gekleidete Leute, die in Booten kommen, um sich Fliederbüsche anzusehn.

Im niedrigen Eingang erscheint du-weißt-schon-wer und spielt du-weißt-schon-wen. Er hat die Kiste genau so betreten, wie sie's getan hätte, und so getan, als ob er gar nicht merkt, wie niedrig, trist und verräuchert sie ist. »Nun, meine Lieben . . . erstaunlich, wie hübsch ihr euch eingerichtet habt! Sehr originell! Eure Wohnung ist so ganz wie . . . ihr!«

Und in der Art weiter. Aber an dem Abend hat seine Genauigkeit den andern bloß angst gemacht – weil sie an *sie* draußen auf der Plantage denken mußten, sich vorgestellt haben, wie sie rumspukt, als ihr eigner Aufpasser, ihre eigne Sklavin, ihr eigner Geist.

Manche haben dagesessen und beklommen gelächelt. Gelacht hat keiner. Seltsam, aber in den Monaten, seit Xerxes zum letztenmal versucht hatte, Lady nachzumachen, war er gradezu auf gespenstische Weise besser geworden. Aber so gut Xerxes an diesem Abend auch war, je mehr er sich in einen Spiegel verwandelt hat, desto stiller sind die Zuschauer geworden. Sind scheinbar alle ganz tief in ihre diversen Erinnerungen versunken. Schließlich hat sich der langohrige Komödiant erschöpft hingeschmissen und geschrien: »Wozu seid ihr eigentlich gut? Ich mach besser wie ihr schon mal gesehn habt, und ihr hockt stocksteif, wie als ob ihr vor Schiß nich zugeben wollt, mal Es gekannt habt. – Mit euch macht kein Spaß nich mehr.« Dann hat er ihnen die Zunge rausgestreckt und ist in die Nacht verschwunden, rauf zur Stadt.

Während an dem Nachmittag der Tee zieht, wird der Regen immer schlimmer. Besuch ist da – ein Kind aus der Behausung nebenan (sieben Gurkenfässer mit einer als Dach draufgenagelten verrosteten Blechplatte). Wie das Gebräu fertig ist, schenkt Cassie ein, mit der feierlichen Langsamkeit der Gastgeberin. In dünnem Strahl fließen die Portionen in die geretteten grünen Mokkatassen. Der Donner stellt herrische Forderungen und Gegenforderungen, klopft – anwaltsmäßig – am Flußufer hier und dort an. Große Bäume haben nahebei stehende kleinere gepeitscht – und umgekehrt (aber die kleinen haben's am meisten zu spüren gekriegt).

Die Leute schlürfen ihren Tee und werden still. Dieses alte Trinkritual beruhigt und tröstet, macht aber auch ein bißchen traurig. Das gehört dazu: eine Kanne, viele Tassen – so was verbindet. Blitze zucken, die Kinder rücken enger zusammen, aber langsam, keiner soll auf den Gedanken kommen, sie hätten Angst.

»Wie's ihr geht wohl bei dem Wetter?« Z nickt zu den Pfützen hin, die sich über das ganze aus Pappe und Ästen erbaute Klein-Afrika ausbreiten.

»Genau wie uns«, antwortet Cassie. »Bloß schlechter. Wir haben eine Zukunft.«

Evidence Anne (die später die Großmutter von meinem geliebten Pfleger Jerome wurde und lang genug gelebt hat, um im Chevrolet-Werk in Detroit am Fließband zu arbeiten) läßt den kleinen Nachbarsjungen aus ihrer Tasse mittrinken. Dieser Bub, der Sohn von Feldsklaven aus der Umgebung von Tarboro, hält die Zeremonie – das langsame Einschenken, das bedächtige Nippen der Frauen – für fast so sonderbar wie einen religiösen Ritus. Er tät sich nicht wundern, wenn in der Sauciere geschmolzenes Gold oder Blut oder irgendeine himmelblaue Flüssigkeit wär.

Little Venus schaut zu den Erwachsenen hin. »Is *das* der Tag, wo wir drin bleiben?« Die Großen lachen, nicht weil sie wollen, sondern weil sie nicht anders können. »Warum nich?« Miss Zelia hustet und zuckt die Achseln. Je stärker es regnet, desto gleichmäßiger und lauter erheben sich die Stimmen der Leute über den Wolkenbruch.

Sie reden darüber, wie's wohl weitergeht. Was sie, wenn's dann endlich soweit ist, anziehn werden, wenn sie vielleicht endlich wissen, was sie endlich fühlen sollen. Jeder hat schon ein paar erste kokettierende Flügelschläge davon erhascht. Für den Nachbarsjungen ist es diese Zeremonie. Für Evidence Anne das eine saure gelbe Fruchtbonbon aus dem großen kugeligen Glaskrug in Lucas' Gemischtwarenhandlung, dem mit der Weltkarte als Abziehbild drauf. Für Cassie ist es die Freiheit, in ihrem neuen, mit hundert Kardinalsvögeln bedruckten Kleid auf der Main Street überallhin gehn und jedem widersprechen zu können. Z hört's in den neuen Schuhen rascheln, die sie mit Riesenschritten dem Bürgerrecht näherbringen –

bis sie ihre erste Promenade auf hohen Hacken abbrechen muß, weil Blasen ihr den Spaß am allzu Neuen verderben. – Man hat sich vorgestellt, daß man zunächst nur ein kleines Stückchen kriegt, weißt du, und dann immer mehr, bis sich die einzelnen Federn überlappen, verflechten, verweben zu einem richtigen eignen Paar Flügel. Und dann würde man endlich frei fliegen können. War das so viel verlangt? Sollte man sich lieber ein Haus an der Summit Avenue oder das Recht wünschen, frei und unbeschwert wie eine Schwalbe überallhin zu fliegen? Konnte man wohl gar ... beides kriegen?

Der große Befreier und Einiger, mit dem haben sie halb und halb immer noch gerechnet. Hat auf sich warten lassen, sicher. Aber so was kommt vor. Unter einer Plane hockend, die sich immer wieder schwer mit Regenwasser gefüllt hat – bis man einen abgebrochenen Besenstiel in die bauchige Mitte gestoßen hat, so daß es silbern über die Ränder schwappte –, die Hände um die warmen Tassen gelegt, haben die Leute klaglos den Rauch ertragen. Sogar in so einem Gewitter haben sie sich ein bißchen vorgebeugt und mit einem Ohr gehorcht. Jederzeit bereit, den riesengroßen Retter willkommen zu heißen, hätten sie ihn in ihre Wohnkiste bugsiert und ihm schließlich eine Tasse Tee angeboten. An dem Tag haben sogar die Kinder mit leicht angehobenem Kinn dagesessen und auf was Gutes gewartet.

Der Regen prasselt runter, daß es nur so rauscht. Der Fluß, der sich vor langer Zeit rot gefärbt hat, als Strafe für die verstockten Pharaonen, ist jetzt ganz schwarz von den Hunderten von verbrannten Plantagen. Der Sumpfnebel zieht durchs Schilf ans Ufer und rein in eine überfüllte Klavierkiste.

In ihrer Ecke hat Miss Zelia wieder einen von ihren trockenen Hustenanfällen. Venus und Evidence legen ihr – mit Unterstützung des Nachbarsjungen – noch mehr Abdecktücher um. Eines Nachts, wie sie beim Reinemachen eine Pause eingelegt hat und vor die Tür von dem Bestattungsunternehmen gegangen ist, mit der Schürze das Pincenez geputzt und lange ins Nichts gestarrt hat, als ob's ihr gehörte, hat sich Z eine Fieberkrankheit geholt, an der sie im August sterben sollte.

Castalia hat zusammengekauert neben ihr gesessen, mit einem türkisblauen Halstuch, einem karamelbraunen Kopftuch und ihrem kostbaren Kardinalsvogelkleid. Der Kardinal, ihr Lieblingsvogel, der künftige Staatsvogel von North Carolina und Virginia. Gut gewählt. Cas hat andauernd den Rock gerafft und ihn auf dem Schoß festgehalten, damit er nicht mit dem lehmigen Boden in Berührung kommt.

Nachdem der Mensch mit dem Pferdeverleih sie geleimt hatte, hat sie beschlossen, es anders zu machen, es mal mit Selbstverteidigung zu probieren. »Stimmt was nich mit mir. Betrüger warten scheints bloß auf Castalia. Mindestens muß ich stärker *aussehn*.« Also hat sie sich alte Männerhosen angezogen, die ein Weißer weggeworfen hatte; die Hosen haben zu ihren klobigen Feldarbeiterschuhen gepaßt.

Zuerst hat sie ein Halstuch über ihrer Männerkluft riskiert, dann sind kupferne Ohrringe dazugekommen. Hübsch. Schließlich hat sie ihre afrikanisch bunte Ausstaffierung vervollständigt. Kleid, Hut, Handtasche, Kopftuch, Halstuch, Brosche, Schuhe. Das alles hat Cas einen ganzen Samstag die Main Street auf und ab spazierengetragen. In eine Art knallige Nationalflagge gehüllt, hat sie jeden Passanten, dem sie begegnet ist, mit bösen Blicken davor gewarnt, sie zu bewundern. Wie die Leute trotzdem gegafft haben wegen den zehn sich beißenden Farben, ist ihr klar geworden: Sie waren ihr neidisch, haben sich gefragt, wie sie auf die vielen hübschen Farben gekommen ist.

Solang sie die groben, männlichen Sklavenkleider trug, hatte Cas gehört, wie die auf den Straßen von Falls rumlungernden Männer sich anerkennend geäußert haben. Seit sie sich in dem neuen Aufzug gezeigt hat, ist das Getuschel und Pfeifen in ihrem Kielwasser abgeflaut. Sie hat sich gedacht, sie ist einfach zu elegant für die. Sie war sich ganz sicher: Die Kerle hatten gemerkt, daß sie sich nicht mehr für dieses Kaff angezogen hat. Sie hat schon geübt, ist allmählich eine Dame aus New York City geworden. Die Kerle haben ihre Zukunft als Nicht-Sklavin gerochen. Schwache Männer haben sie dafür gehaßt.

(Zwei Monate später wird Cassie – sie wohnt immer noch in der Kiste, die allerdings mit Ölpapierfenstern und kleinen, selbstgenähten Vorhängen, nicht größer als Xerxes' Halstücher, aufgemöbelt worden ist, spart immer noch auf die teure Reise nach Norden – mit Freuden erst mal eine ganztägige Arbeit als Hausmädchen annehmen. Angebote hatte sie von drei Familien bekommen. Aber schließlich war sie froh, daß ein heimgekehrter Soldat namens Marsden sie angestellt hat. Über die andern Familien hat sie nicht allzuviel gewußt. *Ihn* hat sie wenigstens gekannt.)

Eine Teestunde in einer Klavierkiste kann ein Trost sein. Die Leute haben nicht davon geredet, daß sie schon bald los mußten, die Häuser von Weißen putzen – lebendigen wie toten. War kein geeignetes

Thema für ein Teekränzchen in der Stadt. Und sie haben auch nicht über Afrika geschwatzt, das jetzt schon fast ein Traum war – reich wie ein Traum, aber schwer in ein Tischgespräch umzusetzen. Diese Menschen waren von zu weither aus Afrika gekommen und vor viel zu langer Zeit. Sie waren hier der Knechtschaft noch zu nah. Also haben sie natürlich über die Zukunft gesprochen.

»Nimmst normalerweis ein oder zwei Zuckerstück, Kind?« Z muß sehr laut reden, um den Donner zu übertönen, wie sie das den stillen Jungen von nebenan fragt. Erst schüttelt er stumm den Kopf, dann kommt doch seine Hand hoch, unwillkürlich. Ein einzelner Finger hebt sich. Dann wächst vor seinen und den Augen der andern ein zweiter Finger – wie das zarte, hartnäckige Horn einer Schnecke – neben dem ersten. Die andern kichern, für sie ist das ein hoffnungsvolles und vertrautes Zeichen. Gott, wie gut kennen sie die Gier nach guten Sachen. Die kann Hand in Hand gehn mit den ernsten Zweifeln daran, daß man jemals viel kriegen wird. Bevor Cassie neu einschenkt, nimmt Zelia die Tasse von dem Jungen und läßt drei Stücke wie Spielwürfel reinklappern. »Brauchst dir keine Gedanken nich machen, Kind. Bist Gast. Solang Zucker da is, kriegst Zucker in dein Tee.«

Mit der Tasse an den Lippen lehnt er sich zurück, die Augen halb geschlossen, überwältigt von solchem Luxus. So feine Gespräche, so raffinierte rotflügelige Muster, die gekreuzten echten Pfauenfedern an der Wand. Welch damenhafte Verfeinerung: kräftige braune Hände, die mit Teesachen hantieren. Mein Lieber, der Junge konnte sein Glück nicht fassen, das alles war für ihn zu schön, um wahr zu sein, um wirklich zu geschehn in unserer schlammigen Welt.

Die Leute haben genippt, gewartet, alles genau geplant. Es hatte den Anschein, daß sie die Zukunft viel besser kannten als alles, was sie bis dahin durchlebt hatten.

Die Freunde haben sich zurückgelehnt, ins Leere gestarrt, die Hände fast wie im Gebet um die kleinen englischen Täßchen gelegt, die sie eng an die Brust gedrückt haben. Sie waren bereit, es abzuwarten, sie hatten sich dafür entschieden, noch ein paar Tage länger durchzuhalten.

Er kommt. Es kommt. Wer kommt? Was?

Kommt Zeit, kommt Rat, haben sie gesagt.

wollen wir unserm Aufsatz einen sauberen Schluß geben. Also setz bitte die befreiten Sklaven am Fluß Tar ans wärmere Ende ihrer Klavierkiste. Setz die Herrin des Hauses, des ehemaligen Hauses, in die mit Regenwasser gefüllten Furchen im Garten ihrer befreiten Sklaven. Stell ihren Sohn auf seine zwei Beine. Laß ihn aus all dem Dreck und der Unordnung heimkehren, so gut es geht. Fliederbüsche, die das Feuer überlebt haben, zeigen frisches Grün. Braune Schaumkrusten, die noch hier und da rumhängen, beweisen: Ja, die Büsche haben auch dieses Jahr zu blühen versucht.

Sei doch wie ein Vogel jetzt. Hier *kannst* du's sein, Schätzchen. Steig in die Höhe, es kostet nichts. Schraub dich hoch und segel mit ausgebreiteten Schwingen durch die reine Landluft. Schau gemächlich runter auf die schlammigen Straßenkreuzungen, die kreuz und quer führenden Fußwege, die Bauernfriedhöfe mitten in den besten hochgelegenen Feldern. Was dich da von unten anschaut, ist wie ein in sich ruhendes, tragisches Gesicht, das du von jeher kennst. Seine Züge sind Narben. Ein Gesicht, das so lange gepflügt wird, bis es begreift: Leben bedeutet, stetig zu lernen, wie man weiterlebt. Das Beste, was du dir erhoffen kannst, ist ein Lebenslänglich.

Näher bei der Stadt ist die Siedlung der schwarzen Obdachlosen. Sechs Meilen weiter schleppt sich eine Gestalt durch einen verregneten Garten. An der Flußbiegung siehst du die großen schwarzen Bißmale, wo die Plantage gewesen ist. Dann achte auf einen heimkehrenden Soldaten, der Schutz vor dem Regen sucht, sich unter den Blechdächern von Tabakschuppen unterstellt. Alle Kräfte und Personen der alten Zeit bewegen sich aufeinander zu, alte Strähnen, neuer Knoten. Alles erscheint so einfach von so hoch oben. So überaus einfach ist es, daß man's unmöglich verstehn kann. Also stoß runter, setz dich auf einen Zaunpfahl, halt den Kopf schief, tu so, als wärst du nur eine wachsame Feldlerche – komm näher zu den letzten Dingen, die wir sehn müssen, um das hier zum guten Abschluß zu bringen.

Der König sitzt im Rittersaal und zählt seine Dukaten,
Die Königin geht in die Küch und ißt ihre Tomaten.

Lady kaut jetzt die letzten Kohlköpfe. Am Stock geht sie von Reihe zu Reihe, und auf Schritt und Tritt zieht sie das schwere Nadelspitz-Familienwappen hinter sich her. Bei Nacht muß sie die Geräusche von großen Tieren ertragen, die draußen an der Hütte kratzen, zu ihr rein wollen. Lady war die Geborgenheit im zweiten Stock gewohnt. Jetzt muß sie eine Stunde vor Sonnenuntergang anfangen, die Tür von ihrem Unterschlupf mit Stangen und Ästen zu verbarrikadieren. Um Mitternacht hört sie die ersten kommen. Das Grunzen und Schnüffeln klingt so hungrig, wie sie ist. Nach vielen vergeblichen Versuchen findet Lady endlich ihre Stimme und kreischt los, irgendwas wie: »Wer da? Wer da?« Manche von den Bestien nehmen Reißaus. Andere kratzen und wühlen nur um so heftiger, um sie zu kriegen. Am Morgen entdeckt sie manchmal frisch gegrabene Gänge bis halb unter ihre Barrikade. Sind das Hunde oder Waschbären, Wölfe, Füchse, tollwütige Yankees? Ist es das Sumpfgespenst, das der junge Aufseher Winch, wie er einmal lachend zugab, selbst erfunden hatte? Jetzt glaubt sie dran.

Die meisten Nachbarn, die sich auf das Marsden-Grundstück getraut haben, denken sich, daß Lady entweder tot oder irgendwie nach Falls entwischt ist. Manche Plantagenbesitzer hier draußen sind umgekommen – die meisten sind mit ihren Häusern verbrannt, ein paar sofort von ihren befreiten Sklaven erschlagen worden. In ihrem Versteck im Wald hört Lady einmal eine junge Frau ihren Namen rufen. Diesem Mädchen hat sie mal einen Schönheitstip gegeben: daß eine junge Person mit ihrer weißen Haut sich ständig mit einer Leibwache von eingeölten dunklen Männerleibern umgeben sollte. Jetzt duckt sich Lady noch tiefer unter den Holunderbusch und bleibt draußen, bis es dunkel ist, lange nachdem die Nachbarin aufgegeben hat und wieder im Buggy davongefahren ist.

Manchmal im Morgengrauen, wenn sie die Barrikade weggeräumt hat, geht die Witwe Marsden an ihrem Stock im Garten neben dem verbrannten Haus auf und ab. Ihre Fußsohlen prüfen ständig das nasse Gras, die Zehen sicheln durch das Grün. Wie jemand, der im hohen Unkraut seinen Hausschlüssel verloren hat und jetzt verzweifelt nach dem kostbaren Gegenstand sucht, den er braucht, um wieder zurück, wieder hinein zu kommen.

Keine zwei Monate nach dem Brand erreicht ihr Sohn den Kreis Nash. Auf der Landstraße tippelt er weiter Richtung Heimat. Er ist schon an vielen andern berühmten Anwesen vorbeigekommen – alle niedergebrannt. Cool Spring und Ashland. Früher ist Willie von Sklaven zu den Geburtstagsfeiern anderer reicher Kinder gerudert worden, an die Anlegestege all dieser Häuser, und Onkel Primus hat in Feldherrnpose, eine Hand im Hemd, am Bug des Ruderboots gestanden.

Auch wie er jetzt an den vertrauten Torhäuschen vorbeigeht, gönnt sich Will keine Rast – er stapft einfach weiter. Er weiß, wenn er erst mal schlappmacht, kommt er nicht mehr hoch. »Darfst dir gar nichts erwarten«, schärft sich der schlaksige Soldat ein. »Darf dir nicht mal was *ausmachen*, daß alles hin ist. Warum sollte's uns besser gehn?« Wie er fast schon daheim ist, hat er Angst, er könnte erkannt werden. Wenn er einen Wagen kommen hört, schlägt er sich in die Büsche. Duckt sich in den Straßengraben. Die letzte Nacht hat er an einem See verbracht, im Stehn – wie vor den Kopf geschlagen, nachdem er im Wasser das Spiegelbild einer spindeldürren Gestalt gesehn hatte. Ach, wieder daheim zu sein! Auf eignem Grund und Boden, wer kann einem da noch am Zeug flicken?

Bevor er um eine Biegung kommt, hinter der sich für alle nach Süden Reisenden jählings der volle Blick auf The Lilacs inmitten der berühmten Fliederhecken auftut, bevor er sich auf eine Aussicht gefaßt macht, die manchen, der zum erstenmal hier des Wegs kommt, innehalten läßt, sagt Willie Marsden laut: »Ich glaube, es ist kein Stein auf dem andern geblieben.« Und nickt, um sich zu bestätigen, daß das seine tiefe Überzeugung ist.

Er weiß, er wird sich nicht an der roten chinesischen Halbmondbrücke freuen können, die im Vordergrund den hantelförmig nach beiden Seiten sich ausbauchenden Seerosenteich überspannt. Die Brücke wird jetzt nicht mehr zu einer gewundenen, weiß gepflasterten, von berühmten Fliederbüschen gesäumten Auffahrt führen, und die Auffahrt wird sich nicht mehr – dreihundert Yards weiter oben – um das große weiße Haus mit den vier Säulen am Eingang schlängeln. Nein. Der Portikus wird nicht mehr da sein, geschützt und halb versteckt hinter fünf riesigen Magnolien. Verschwunden sein wird auch die alles überragende Kuppel mit den vielen Fenstern, das Wintergarten-Zimmer seiner Mutter. Bestimmt. – Und Willie findet sich damit ab. Wirklich. Nachdem er wie ein Landstreicher bis von Virginia heimgelaufen ist und gar nicht gemerkt hat, daß er in den letzten zwei Monaten acht Zoll gewachsen ist, nachdem so viele staubige Meilen ihn davor gewarnt haben, sich Hoffnungen zu machen, wie leicht fällt's ihm da jetzt, sich alles vorzustellen, was verloren ist.

Also sagt sich der magere Junge schon im voraus: »Nichts erwarte ich. Weniger als nichts.« Gestärkt dadurch, daß er das laut gesagt hat, geht er um die letzte Biegung und schaut. Und bricht mitten auf der Straße zusammen.

Dann – zu Tode ermattet, liegt er auf dem Rücken in den Wagenfurchen – lacht Willie einmal auf.

Er setzt sich auf, klopft sich ab, zieht sich am Stock hoch, kommt auf die Beine. Fast mit dem Vorsatz, fröhlich zu wirken (für wen eigentlich?), geht er auf die rote Brücke zu. Erst prüft er sie mit seinem selbstgebastelten »Schuh« – ein Oberleder, mit Sackleinenlappen am Fuß festgebunden. Die Brücke hält. Wenigstens etwas. Die schalenförmigen weißen Seerosen unter ihr sind mit Ruß geädert, gefleckt wie schlechte Zähne.

Will ruft den Namen seiner Mutter. »Nichts erwarten«, erinnert er sich. Aber kaum nähert er sich den Grundmauern des Hauses, ruft er sie schon laut. Er klettert auf eine geflieste Terrasse. (Wie hoch die Stufen ihm vorkommen, jetzt wo sie ins Nichts führen.) Er schaut runter, ohne den Kopf zu drehn. Erst wie er immer lauter ihren Namen schreit, hört er, daß seine Stimme tiefer geworden ist. Er ruft »Lady«, dann »Mutter«, schließlich »Mama«. Er trabt überallhin, Stippvisiten, schaut da rein, kommt dort raus.

So schnell, wie die wunden Füße es erlauben, stolpert Schütze Marsden sogar durch den Wald zu der kleinen Höhle. Er hat immer gedacht, die kennt nur er. Bei Nacht an der Front, vor einer Schlacht, hat er sich manchmal diesen Tunnel vorgestellt, sein heimliches Tropfen wie der Traum eines Zeltbewohners von Uhren in einem großen Haus. Er hat sich oft gewünscht, er hätte sich anno 1861 einfach in dieser Höhle verkrochen. Hier hätte er den Krieg überstanden, froh, ein Feigling zu sein, ein Deserteur und ein weiser Mann. Denk nur, was er alles hätte lernen können, wenn er – jede Minute, die er in diesen langen Jahren in Angst verbracht hatte – da drin gemütlich gelesen hätte, sich über dies und das klargeworden wär, seinen Verstand gebildet hätte. Vielleicht wär er sogar ein hart arbeitender Gelehrter wie sein seliger Vater geworden, der oft erwähnte, daß Aristoteles dreizehn Sklaven besessen hätte, Platon fünfzehn.

Nicht lange, und Will hatte alles abgesucht, bis auf das Sklavenquartier. Nie hatte er die Mutter da draußen gesehn, außer bei hohem Besuch und der einen oder andern Taufe. Er bückt sich – »Bin ich gewachsen?« – und geht geduckt in die lange, niedrige Unterkunft. Rund sechzig Menschen haben hier geschlafen – so viele sind in diesem einen Raum gestorben und geboren worden. Die Wände, auf denen es von Handabdrücken wimmelt, scheinen lebendig von den Geistern der vielen, die hier ein- und ausgegangen sind. Was Will nie zuvor bemerkt hatte – der Raum hat keine Fenster. Wahrscheinlich mit Absicht, damit Winchs Männer nach Einbruch der Dunkelheit bloß die verriegelte Tür bewachen brauchten.

Der Hauptschlafsaal, Reihen von Maisstrohsäcken, ist offenbar in aller Eile verlassen worden. Will erinnert sich an den kleinen Anbau an der Längsseite. Dr. Marsdens »Büro«. Er geht in die kleine Kammer, stellt fest, daß sie ganz mit muffigen Tüchern ausgehängt ist. Er erkennt das Monogramm seiner Mutter, die zwei dornigen M, die einen Sockel bilden, darüber, stolz auf seine hohe Stellung, ein verschnörkeltes L, ein dekorativer Stiefel. Die aufgespannten Tücher lassen diesen Alkoven wie eine jämmerliche Kopie von dem mit Brokat ausgekleideten Musikzimmer seiner Mutter wirken. Oder wie eine Erinnerung an ein häusliches Spiel: Als Junge hat er es an regnerischen Tagen stundenlang mit der Mutter gespielt. Immer zusammen mit Sklavenkindern, die sie ausgewählt hat.

Die Zelle ist so duster, daß er im ersten Moment den Spiegel an der gegenüberliegenden Wand für einen Ausgang hält. Dann sieht er, daß sich in dem Glas ein Streifen von der offenen Tür spiegelt, in der er steht. »Bist du da drin, Mama?« Der Mahagonirahmen von dem Spiegel ist von der Feuchtigkeit verzogen. Der Spiegel ist zwar stellenweise nicht mehr überzeugend, tut's aber im großen und ganzen noch. Er geht auf das helle Oval zu. Vom Hunger benommen, mit blutenden Füßen, begreift Willie nicht gleich, daß *er* sich da drin spiegelt.

Er geht bloß deshalb so rasch drauf zu, weil er weiß, daß es ihrer ist.

Als er sechs, dann fünf Fuß vor dem Spiegel steht, schaut ihn ein Riese in Grau an. Das Ungetüm ist um die Hälfte größer, als Kind Willie sein dürfte. Wie er dreht es sich weg, aber viel zu langsam. Ein uniformiertes Wesen, das sich auf die Hinterbeine gestellt hat. Das Traurige dran – du siehst es am gequälten Gesicht des Wesens: Es sehnt sich nach was Besserem. Irgendwie spürst du, es will aus sich unbedingt wieder . . . ja, was machen? So was Ähnliches wie einen Menschen. Willie Marsden betastet den wirklichen Bart, den es trägt. Ja, es ist der dünne Bart von einem jungen Burschen. Im gelben Flaum hängen drei Kletten. Will fährt mit der Hand durch einen Riß in der zu klein gewordenen Uniformjacke. Er berührt eine Brustwarze wie was, das wem andern gehört. Fühlt sich an wie ein Defekt.

Und die Leute haben ihn so gesehn! Durch zwei ehemalige Rebellenstaaten ist er gewandert, und überall haben ihn Fremde so gesehn, kostenlos. Die Gestalt ist um so schlimmer, weil sie sich – die langen

Wochen durch – selber so ein Geheimnis war. »Als die Miniékugeln nicht mehr geflogen sind, hab ich da gedacht, ich wär durchsichtig geworden? In den Städten haben mich alle so angestarrt. – Jetzt weißt du, warum, Willie.« Und er begreift, das ist genau das, was die nicht aufzufindende Mutter am meisten verabscheuen würde. Von *andern* beobachtet zu werden. Wenn sie in Verlegenheit war, hat das Lady immer viel mehr betrübt als der Anlaß der Verlegenheit selbst. Wenn die Leute sie zu lange angegafft haben, und wenn's auch nur eine Spur zu bewundernd war, hat sie die Luft eingesogen. »Was ist?« Und dann hat sie sich betastet, als ob ein unbemerkter Fleck sie verraten hätte.

Im Gefecht hat Willie sich zum Trost gesagt, daß der Krieg einen verborgenen Vorteil hat: Sicher, er hätte beinahe ein Bein an die übereifrige Säge eines Chirurgen verloren. Ja, gut, er hatte den Freund verloren, viele Freunde. Aber wenigstens ein Gutes: Er hatte das schreckliche Heilmittel für die Eitelkeit der Familie Marsden gefunden. War vielleicht das einzig Nützliche an dem Krieg.

Willie hat an die selbstgerechte Gelehrsamkeit von seinem Vater gedacht – Dr. Marsdens Wohlgefallen an seiner eignen Güte (ein Mensch kann auf alles stolz sein). Willie hat gewußt, wieviel sich seine Mama auf ihre Musik eingebildet hat, auf ihre Schönheit – Dinge, bei deren Vervollkommnung ihr die Welt tagtäglich behilflich sein sollte. Auf dem Fußmarsch nach Hause hat der Junge sich gesagt: Wenigstens *ein* Gutes hat dieser ganze Wahnsinn gehabt. Wenigstens hatte er, Willie – zusammen mit allem andern – endlich *seinen* Anteil an der ererbten Eitelkeit verloren.

Aber jetzt sagt ihm Mutters Spiegel: Was er da vor sich hat, ist viel, viel schlimmer als das, womit er weggegangen ist.

Wie er begreift, daß diese drei Jahre ihn nicht einen Schritt weitergebracht haben, überkommt ihn eine so abgrundtiefe Scham, daß er einen Moment lang wie geblendet ist. Er muß sich irgendwo festhalten, tastet nach der Kalkmörtelwand.

Da hört er was rascheln.

Etwas anderes Lebendiges hat diesen Raum in Beschlag genommen. Es hat sich in der Ecke der Hütte einen Unterschlupf aus Tüchern gebaut. Halb ersticktes Atmen rasselt jetzt hinter dem Spiegel. Wills Kriegsreflexe kehren so schnell zurück – er geht in die Knie, der Schwerpunkt verlagert sich nach unten, die Arme fliegen hoch, der Stock hebt sich –, daß in einem Sekundenbruchteil der Stab zum Knüppel wird. Der Junge wittert Gefahr und duckt sich, ehe er noch das Geräusch als Geräusch wahrnimmt. Eben will er von dem Spiegel lassen (ohne Bedauern), will um das Spiegelbild rumgehn und dahinter nachsehn.

Da krümmen sich drei dunkle Finger von hinten um den Rahmen.

Um ein Haar hätte er laut geschrien.

Mit einem Satz ist er hinter dem Spiegel, und dort findet er – im dunkleren Schatten – eine zitternde, eingemummte Gestalt. In ihren verklebten Augen spiegelt sich das ganze Tageslicht, das durch die Tür hinter ihm einfällt. Die Kreatur hat so panische Angst vor dem Stock in seiner Hand, daß er ihn sofort wegwirft. Aber das Klappern von dem Holz auf dem Steinfußboden läßt das Wesen noch weiter zurückweichen.

Auf der dreckigen Liege riecht sie, wie wir alle riechen täten, wenn wir auf unser betuliches Gehabe verzichten und uns zu unserer animalischen Natur bekennen würden. Ein widerwärtig süßlicher, wilder Lanolingeruch – wie die Erbsünde. Und genauso schwer loszuwerden, Junge. Sollten die Menschen nicht von Natur aus so gut riechen wie . . . wie Flieder, wenigstens? Ist das zuviel verlangt? Die Gestalt umklammert ein gerahmtes Bild, drückt es sich an die Brust, hält es wie einen Schild oder ein Kruzifix. Die Alte lehnt sich keuchend zurück. Ihr Kopf wirkt wie kahlgeschoren. Im Gesicht hat sie schwarze Blasen, teilweise abgeheilt. Sie müßte sich dringend waschen – ihr Körper ist graubraun wie die Schale einer frisch ausgegrabenen Kartoffel. Jetzt, wo sie sich entdeckt sieht, gibt die Vettel noch schlimmere Jammergeräusche von sich. Es ist klar, was sie bedeuten: »Tu mir nicht noch mehr an.«

Sie hat ihn nicht erkannt.

Und, Junge, er erkennt sie auch nicht.

Willie geht ganz langsam noch ein bißchen näher ran und glaubt im ersten Moment, diese Squaw ist die schusselige alte Zelia, die jetzt, was andere seit langem prophezeit haben, endgültig verrückt geworden ist. Dann hält Will die Person für eine wahnsinnige schwarze Fremde, die woanders zu Schaden gekommen ist und sich jetzt hier versteckt. Er beugt sich über das Wrack. »Ist ja gut«, hallt eine Baritonstimme in dieser Gruft, so daß er fast erschrickt. Die Alte verkriecht sich noch tiefer unter ihr Laken, rutscht noch weiter in die Ecke und runzelt die Stirn, geblendet von dem hellen Licht, das ihn umrahmt. Die ganze linke Gesichtshälfte ist platt wie eine Gipsmaske, das eine sichtbare Glotzauge blinzelt. Er hört, wie das nasse Auge klickt und wieder klickt.

Will möchte der Kreatur helfen. Er weiß nur nicht, wie. Sie bewegt sich, mit einer Faust umklammert sie schon den Goldrahmen. Mit der andern Hand zieht sie das Laken weg. Drunter ist sie nackt – es widerstrebt ihm, sie – es – anzusehn. Aber er möchte zu gern wissen, was sie mit dem Zeichen meint, das sie ihm andauernd macht.

Sie zeigt ihm die kleinen, verbrannten Brüste, zeigt ständig auf ihren Hals. Sie tippt mit dem Finger drauf, zittrig. Ab und zu bricht etwas wie ein Lachen durch, verzerrt die Züge zu einem Grinsen, entblößt ihr geschwärztes Zahnfleisch. Immer wieder zeigt sie auf die Seite von ihrem Hals. Will ist selber so müde, daß er nur ganz langsam denken kann, aber allmählich dämmert es ihm: Diese Frau ist so zugerichtet, so weit jenseits aller Hoffnung, daß sie ihm die Halsschlagader darbietet. Sie drückt sich an die Gipswand, von einem krampfhaften Zittern geschüttelt, als ob sie in sich hineinlacht, ein Zittern, gegen das sie beinahe tapfer ankämpft, wobei sie hinter vorgehaltener Hand auf eine Art lächelt, die Will widerwärtig ist, weil sie ihm irgendwie bekannt vorkommt. Den Kopf zur Seite geneigt, erteilt sie diesem zottigen aufrechten Ungeheuer das Recht, ihr den Gnadenstoß zu geben.

»Nein«, sagt er. Was heißen soll: Ich tu dir nichts. Aber ein verwunderter Unterton schwingt in seiner Stimme mit, so deutlich, daß es ihm selber auffällt. Und jetzt erst sieht Willie, daß dort, wo bei ihr die Schulter in den Hals übergeht, die verkrustete dunkle Farbe fehlt. In einer geschützten Hautfalte – Blässe. Erst hält er's für eine Narbe. Dann begreift er ganz allmählich, daß alles andere . . . eine einzige Narbe ist. Daß dieses bedauernswerte ockerbraune Wesen von oben bis unten geschmort worden ist – gebraten und ausgelassen wie Fett, aus dem Kerzen oder Seife gemacht werden.

Und da passiert's: Die verkrampften Kniemuskeln geben nach. Es ist, als ob Will ein paar Zoll tief fällt, obwohl er noch steht. Er sagt bloß: »Nein. Nicht.« Und wendet sich ab.

Sie schaut zu ihm auf.

Dann sagt er, aber zur Wand hin: »Doch nicht . . . du?«

Sie scheint zu begreifen. Er überwindet sich, schaut vorsichtig wieder zu ihr hin. Sie fängt zu nicken an, nickt immer weiter, großäugig und eifrig wie ein Kind. Dann klopft ein schwarzer Finger auf Glas. Mehrmals zeigt sie auf das lateinische Familienmotto und gibt dabei leise fragende Geräusche von sich. Ihm wird klar: Sie möchte, daß er es ihr laut vorliest. Will hat den Spruch als Fünfjähriger auswendig gelernt. Also tut er ihr den Gefallen, setzt sich schwerfällig wie ein alter Mann auf den Steinboden neben ihrem verdreckten Lager und zitiert ihn laut und mit großartiger, schlichter Geduld, wie man sie einem so jungen Burschen nicht zutraun tät. »Morus tarden moriens moru cito moritum. Die Familienmitglieder sterben wie die Blätter des Maulbeerbaums, aber der Baum wird ewig leben.«

Scheinbar gekräftigt, hebt sie, ohne Willie auch nur einmal zu berühren, die Beine über den Bettrand, nimmt ihren Stock und bedeutet ihm, er soll ihr folgen. Willie hat sie nicht mal gestreift – er hat Angst davor, Junge. Kommt ihm vor, als bräuchte er nur einmal hinlangen, und sie würde in hundert Ascheteilchen zerfallen.

Sie führt ihn durch die Ruinen. Er hält sich dicht hinter ihr. Unter dem Laken ist sie völlig nackt. Narbengewebe glänzt überall auf ihrem Rücken. Willie stolpert benommen hinter ihr her und hofft, er wird einfach nicht dran denken, daß er eigentlich erschüttert sein müßte. Bitte. Er gibt sich solche Mühe, den lähmenden Familienstolz zu vergessen. (Seine einzige Hoffnung ist jetzt, daß er den möglichst schnell verliert.) Er sieht genau, wie seine Mutter sich bewegt. Barfuß über Kies läuft sie hastig und achtlos, und so zielstrebig. Weil ihr nichts anderes übrigblieb, ist sie richtig beweglich geworden, denkt nicht mehr dran, wie sie aussieht, hat überhaupt keinen Sinn mehr dafür. Jetzt, wo Lady angefangen hat, von innen heraus zu leben statt von außen nach innen, ist sie für ihn sichtbar geworden. Sie ist wie ein umgestülpter Körper, den man geschunden und dann als Sattelleder gegerbt hat. Aber seltsam, erst jetzt, wo sie so gebrochen ist, geht ihm auf, wie stark sie immer gewesen ist. »Meine Mutter.«

Daß sie trotz diesen grauenhaften Verletzungen den Willen hat, durchzuhalten, am Leben zu bleiben – das ist für Willie das größte Wunder. (Eine Frau, für die Luxus immer bedeutet hat, den ganzen Tag zu ruhn und zu schwatzen, mit einer seidenen Augenbinde, von andern befächelt.) Fast hat er am meisten Mitleid mit der Frau, die sie früher war.

Wie er ihr so nachgeht und vor allem seinen eignen Atem hört, spürt er plötzlich ein Prickeln auf der Kopfhaut. Und er spürt, daß jetzt erst der eigentliche Stolz einsetzt. Das ist es – er ist ungeheuer stolz. Stolz darauf, daß seine Mutter auch im tiefsten Unglück keine andere Möglichkeit gesehn hat, als am Leben zu bleiben, sich das ganz, ganz fest zu wünschen. Jetzt, wo sie hirnverbrannt ist, merkt sie, daß sie ein Leben hat.

Er stolpert hinter Lady her, schaut auf ihre wunden Füße und fragt sich: Was hat sie gegessen? Wer hat sich um sie gekümmert? Er vermutet, daß sie diesen Rundgang täglich gemacht hat in den vielen Wochen, die seit dem Brand vergangen sind. Von den verkohlten Resten eines Schuppens trippelt sie zum niedergebrannten Gartenhaus und wieder zurück. Scheinbar denkt sie, wenn sie jede dieser Ruinen lange und fest genug anschaut, kann sie sie vielleicht wieder zum Leben erwecken – sie dazu bringen, ihrem guten Beispiel nachzueifern. Sie sagt nichts, führt ihren Sohn an einer braunen Fliederhecke entlang, die zu drei Vierteln dem Feuer zum Opfer gefallen ist.

An jedem rußschwarzen Fundament stützt sich die Frau auf ihren Stock. An jeder Station von ihrem Rundgang gibt sie so mitleiderregende Laute von sich. Schließlich läßt sie sich entkräftet auf der Terrasse nieder, zeigt mit dem Stock, läßt ihn sinken und stochert in der Asche. Als wollte sie jedem Häufchen den Willen zur Auferstehung einhauchen. Und dabei macht sie ständig: »Hmm, hmm.«

»Ja«, sagt er wie zu einem Kind. »Alles hin. – Du erkennst mich wieder, Mama, nicht? – Ich bin's, Willie. Es ist vorbei. Ich bin nicht umgekommen. Ich bin wieder da.«

Sie stehen beide auf der Terrasse, die kein Haus mehr hat. Wie er das sagt, im selben Moment, nickt sie, um ihm zu zeigen, daß sie ihn erkannt hat, um zu beweisen, daß noch ein bißchen von ihrem Gedächtnis übrig ist – und das bedeutet, ein bißchen Hoffnung.

Und in dem Augenblick ist es, als ob diese beiden Menschen plötzlich befreit wären, wie mit einemmal aus einer Trance erwacht, die Jahre gedauert hat. Jetzt endlich stößt Lady E. More Marsden den Stock weg, der sie aufrecht gehalten hat, und sinkt mit einer Drehung auf die Steinplatten. Und mit welch froher Kraft sie fällt. Will fängt sie auf, muß sich dazu aber selbst fallen lassen. Noch im Fallen fassen sie sich an den Händen. Und erst, wie sie nicht mehr weiter fallen können, erst da können sie schluchzen. Und sie hören gar nicht mehr auf. Tät sich vielleicht komisch anhören, Junge, wenn du selber nie geweint hättest. Aber du hast geweint.

Für die beiden sind diese Geräusche so befriedigend, weil sie wie Tierlaute klingen – sie japsen und bellen und grunzen. Die Geräusche sind tief unter allem, was sich Sprache nennen darf, tief unter den schönen Hoffnungen einer so dekadenten Kultur wie der, die sie früher hatten. Immer wieder rütteln sie sich gegenseitig, versucht einer den andern anzustoßen, als müßten sie sich an eine wichtige Besorgung erinnern, von der ihnen jetzt wenigstens eingefallen ist, daß sie sie vergessen haben. Mit Un-Worten – sie in Pieptönen, er in seltsam breiten Posaunenklängen. Wie sie einander doch trösten!

Die Sonne setzt zum Untergang an. Schwalben kreisen noch um die geschwärzten Schornsteine. Ein Lüftchen kommt auf. Auf dem Kaminsims im zweiten Stock, inmitten intakt gebliebener Figurinen, wird das Pendel einer französischen Uhr vom Wind bewegt. Unvermittelt gibt die Schlafzimmeruhr aus weißem Onyx, jetzt ganz verrußt, drei unerbetene Gongschläge von sich und verstummt wieder. Die beiden ehemaligen Besitzer unten lachen über dieses Ereignis. Sie glucksen und juchzen, gackern zusammen. Und kreischen zusammen. Und kreischen.

Am nächsten Tag taucht Will in einem Mantel, den ein Nachbar ihm geborgt hat, auf dem einzigen Maultier dieses Nachbarn vor der besten Pension von Falls auf; auf den Armen trägt er eine kindgroße Gestalt ins Haus, die er in einen geliehenen Quilt gehüllt hat, damit sie keiner sieht und über sie lacht. Nach dem Chefbesuch beim Pferde- und Wagenverleiher, dem er sagt, daß er wieder da ist und das Geschäft übernimmt, füllt er schon bald die Zimmer von seiner Mutter mit den Möbeln an, die Castalia hat retten können, kostbare Stücke, von denen sie gehofft hat, sie könnte sie auf eigne Rechnung verhökern oder vielleicht den früheren Besitzern zurückverkaufen, die sie aber vor allem hat retten wollen. Es war ein ganzes Möbellager voll, und obwohl die Sachen noch nach dem großen Brand gerochen haben, sind sie wie chinesische Schachteln-in-Schachteln in den zwei Zimmern verstaut worden, Stühle im Handstand auf andern Stühlen, Spiegel, die vervielfältigt haben, was sowieso schon viel zuviel war, Kronleuchter wie große volle Fischernetze, die triefend am Kai zum Wiegen aufgehängt werden.

Und dreißig Jahre später bin ich's, ein zu kurz geratenes, bezopftes Schulmädchen, die an diese Tür klopft, drei gespitzte Bleistifte in der einen Hand, eine Liste ernster, strenger Fragen in der andern. Ich bin gekommen, um der Mumie und andern Leuten lauter rohe Tatsachen zu entreißen, bis – daraus die Geschichte wird, die ich grade erzählt hab.

Schwarz, Weiß und Lila. Stell dir vor, Schatz, ich hab ein »Befriedigend« gekriegt. Miss Beale hat nie die Note »Gut« vergeben, nicht ein einziges Mal in dem ganzen halben Jahrhundert, das sie hier als Lehrerin gewirkt hat. Als Emily Saiterwaite (die immer auf Lehrerlob aus war) den Grund wissen wollte, hat Miss Beale nur gesagt: »Ein ›Gut‹, in dieser gottverlassenen, hinterwäldlerischen Wildnis?«

Ich hab mir nicht mal so viel aus dem »Befriedigend« gemacht. Daß ich auf Kriegsfuß mit der Grammatik gestanden hab, war immer der Mühlstein, den ich um den Hals tragen mußte.

»Während Lucille ungezügeltes Erzählen der für die Abfassung einer Geschichtsarbeit notwendigen Disziplin offenkundig vorziehen würde, spürt man nichtsdestoweniger, daß sie vielen bereitwilligen Menschen aus verschiedenen Lebensbereichen viele schwierige Fragen gestellt und aus all dem, was sie da zusammentrug, diese grellfarbige Schichttorte fabriziert hat. Gewiß, die Schülerin versteht es nach wie vor nicht, Semikola zu setzen, aber sie versucht immerhin, ihren Stoff mit Hilfe eines Dreifarbensystems zu gliedern. Sie hofft, so die Überzeugung dieser Lehrkraft, zeigen zu können, wie relativ unsere Moralprinzipien sind und daß der Krieg Kräfte, die scheinbar so unveränderlich sind wie die Farben unseres Planeten, in ihr Gegenteil verkehren kann. Vielleicht schlägt Lucille sich zu bereitwillig auf die Seite der Geschichte, als würde deren tägliches Spektakel lediglich dazu veranstaltet, unsere kleine Freundin zu amüsieren, in Schrecken zu versetzen und zu unterhalten. Anerkennenswert ist dennoch, daß sie sich keinen Weg gespart hat. Ich glaube, Lucille ist, was den Geist der hier geschilderten Ereignisse betrifft, zum Kern vorgestoßen. Angesichts von Lucilles Thema frage ich mich, welches noch schlimmere Unglück wohl als nächstes passieren wird. Denn dies scheint ja der Lauf der Geschichte zu sein, nicht wahr? – Daß Lucille das Leid als Konstante anerkennt, läßt darauf schließen, daß bei ihr das Mitleid eingesetzt hat. Deshalb, meine Liebe, ein ›Befriedigend‹.«

(Gott segne Sie, Miss Hexe, unsere mit großen Scheinen der Geschichte und des Geschmacks gefüllte Seidenbörse. Sie haben alles gewußt, nur nicht, wie Sie sich vor den Menschen retten konnten, deren Rettung Ihnen so am Herzen lag. Der Herr gebe Ihrem gemarterten Herzen Frieden.)

Na also, so gut wie fertig. Bis auf eine letzte Frage. Und ich richte sie an mich selber, Schätzchen, an dich und an die hartherzige Geschichte.

Was *ist* schwarz, weiß und lila?

Hätte man mir diese Frage gestellt, wie ich elf war, hätte ich geprahlt: »Ist doch klar, das ist das Thema von meiner Arbeit in Neuerer Geschichte, die ich eben bei Miss Hexe Beale geschrieben hab und die ihr richtig gut gefallen hat. Die, bei der Papa mir geholfen hat, die Messingbeschläge auf alt zu machen.«

Mit zwanzig hätt ich gesagt: »Ein Schulaufsatz, den ein sehr naives kleines Mädchen vor sehr, sehr langer Zeit geschrieben hat. Und außerdem vielleicht ein neuer Modetrend für die farbliche Ausstattung eines Boudoirs, der in einer der letzten Nummern von *McClure's* vorgestellt wurde?« Und mit fünfzig: »Die Namen von drei beliebten Farbtönen und von allem, was irgendwo auf der Erde zufällig eine dieser Farben hat. Punkt.«

Ich glaub, mit siebzig hab ich so viel andere Sachen im Kopf gehabt, daß ich wahrscheinlich vergessen hatte, daß ich mal diesen Sechsundzwanzigseiter geschrieben hab, dem ich hier neues Leben einhauchen wollte. Hätte man mir da die Frage gestellt, hätte ich vielleicht geantwortet: »Was? Drei Farben? Ist das ein Witz? Vielleicht über eine Nonne, die heimlich Rotwein trinkt? Wie geht er?«

Mit neunzig hätt ich mich vielleicht nicht mehr erinnert, daß Mr. Goethe die Farben als »Taten und Leiden des Lichts« bezeichnet hat. Inzwischen ist es mir wieder eingefallen. Am Ende kommt so viel zu einem zurück, klar wie der lichte Tag.

Jetzt, wo ich auf die Hundert zukrieche (stell dir vor!), bin ich mit leichtfertig hingeplapperten Antworten nicht mehr so schnell bei der Hand.

Heute weiß ich, was ich weiß, verstehst du.

Aber das gilt inzwischen auch für dich.

Miss Beale, meine wertvollste Entdeckung war die: Wieviel die andern einem sagen, wenn man den Mumm hat, sie zu fragen. Zugegeben, meine Arbeit war nicht grade ein Dokument von nationaler Bedeutung. Trotzdem, Madam. Das ist es, was ich dabei gelernt hab.

Wenn sich heute eine aufdringliche Elfjährige auf meine Bettkante setzen und mir die alte Frage stellen tät, mein Junge, dann würd ich's wahrscheinlich mit einer kürzeren, wahreren Neufassung probieren.

Frage: Was ist schwarz und weiß und lila?

Antwort: Kommt drauf an.

DRITTES BUCH

Herr, gib uns Kraft

Auf dem Kriegspfad

Und wenn ich all meine Habe den Armen gäbe, und ließe meinen Leib brennen, und hätte der Liebe nicht, so wäre mir es nichts nütze. Die Liebe ist langmütig und freundlich, die Liebe eifert nicht, die Liebe treibt nicht Mutwillen, sie blähet sich nicht. Sie stellt sich nicht ungebärdig, sie suchet nicht das ihre, sie läßt sich nicht erbittern, sie trachtet nicht nach Schaden. Sie freuet sich nicht der Ungerechtigkeit, sie freuet sich aber der Wahrheit.
– 1 Korinther 13, 3-6

1

Captain wollte unsern ältesten Jungen Ned nennen. Ich fand das keine allzu gute Idee, wenn man denkt, wie es Ned dem Ersten ergangen war.
Dann kamen noch mehr – eins schlicht, eins kraus, im Handumdrehn wird eine Flickendecke draus. Die Kinderschar hat sich auf deinem Schoß ausgebreitet, ist übergeschwappt und hat dir die Knöchel gewärmt, die wegen ihr so angeschwollen sind.

Damals hätt ich vier Hände gebraucht, zwei vorn und zwei hinten. Wie ein Besen mit Reisig an beiden Enden, im Norden und im Süden. Aber ich hab auch so schon oft nicht gewußt, wo mir der Kopf steht. Ständig hinter ihm herputzen, sogar abends noch, wenn die Lampen gelöscht sind. – Du machst dir keinen Begriff, wie das damals war. *Du* hast immer das Wahlrecht gehabt, hast aufs College gehn dürfen und kannst so selbstverständlich überall rauchen, daß du gar nicht erst auf den Gedanken kommst, damit anzufangen – was natürlich gut ist. Du und deine Generation, ihr braucht's gar nicht erst so weit kommen lassen, daß ihr seht, wie ein Baby aussieht, und euch dann in sein erstes Lächeln verliebt, anstatt euer eignes Leben zu leben! Also, wenn man Damals mit Heute vergleicht, das ist ein Unterschied wie Nacht und Tag. Ich tät sofort noch mal von vorn anfangen.

Wir haben uns einen Ford gekauft, das erste Auto in ganz Falls. Model T, schwarz natürlich. Besonders wenn wir in die Kirche geknattert sind, waren wir mächtig eingebildet, vier Wochen lang. Bis uns Doc Collier mit seinem Pierce-Arrow ausgestochen hat. Da haben uns dann fast Fremde ins Gesicht gesagt: »Eurer ist bloß ein Ford.« Der blanke Neid. Trotzdem, das Auto hat mir Auftrieb gegeben – über Nacht bin ich genauso hochnäsig geworden wie Lady More Marsden in ihren besten Zeiten. Bin hergegangen und hab mir eine Schutzbrille, einen Autohut mit Schleier und extra Handschuhe gekauft. Manchmal hab ich sie sogar im Haus getragen, den Kindern zuliebe. Sogar beim Putzen. War ja selber noch ein halbes Kind. Captain hat das Ding gefahren, als ob er seiner Lebtag nichts anderes gemacht hätte. Die Kinder haben sich drum gerissen, den Ford waschen zu dürfen. Einmal hab ich Louisa, ein geschäftstüchtiges kleines Ding, dabei erwischt, wie sie Nachbarskindern für die Erlaubnis, unser Auto zu schrubben, Geld abgeknöpft hat – großen Kindern noch dazu, Jungen! Ich war stolz auf sie. Hab mich diskret erkundigt: »Was bringt dir das denn so ein?« Sie hat verschämt getan. »Nicht genug für die Schwesternschule.«

»Also dafür sparst du?«

Lou nickt.

»Keine Sorge, wenn's soweit ist, darfst du gehn.« Sie hat mir ein Fünfcentstück hingehalten, als Leihgebühr für die Brille, den Hut und die andern Sachen. Ich hab sie ihr kostenlos überlassen.

Eines Mittags ist Cap mit dem Auto heimgekommen und hat so ein komisches Gesicht gemacht und sich mit den Fingern ganze Landkarten in den braunen Bart gefurcht; dann ist er ruhelos auf und ab gegangen und hat die Glieder von seiner Platin-Uhrkette gezählt wie der Papst, wenn er auf Teufel komm raus den Rosenkranz betet. Und andauernd von einer Wallfahrt geredet. Zu den alten Kriegsschauplätzen. Da hatten wir schon acht von unsern Kindern. Jawohl, mein Junge, acht. So schnell geht das. Ein paar von meinen Kleinen waren noch in den Windeln. Was das Reisen nicht grade erleichtert hat. War nicht so wie heute, wo man die Papierdinger einfach wegschmeißt. Weiß Gott nicht. Man mußte jede einzelne auswaschen – das Ergebnis lag klar auf der Hand; damals mußte man seine Kinder wirklich lieben, bloß um das auszuhalten.

Das Auto war ein Model T mit Handkurbel. Nicht so wie diese Kombis heute mit ihrem eingebauten Spielzimmer für die lieben Kleinen. Die Kinder haben entweder auf den Bodenbrettern oder dir auf dem Schoß gesessen, basta. Ich erspar dir die Argumente, die ich gegen die Reise vorgebracht hab. Hat sich rausgestellt, daß er das Auto überhaupt bloß für diese Fahrt gekauft hatte. Die größte Errungenschaft des zwanzigsten Jahrhunderts, und was fängt er damit an? Fährt zurück ins neunzehnte in den Krieg!

Wir sind an einem Donnerstag beim ersten Morgengrauen losgefahren. Ich hatte ihm gesagt, er soll alleine fahren. Sagt er: »Lucy, Schatz, um ehrlich zu sein, da fürchte ich mich davor.« Damit hat er mich rumgekriegt, natürlich. Ich hab Proviant für ein ganzes Regiment eingepackt. Wir waren ja schon eins.

Wie wir rausgefahren sind, hat unsere Stadt ein bißchen vergrämt gewirkt, aber rosa vom Aufwachen. Mit meinem Baby auf dem Arm hab ich zu all den unberühmten Sachen rausgeschaut, die ich am besten gekannt hab: die Schule, die Kirche, der Baum, auf dem meine beste Freundin und ich ein Baumhaus gebaut und miteinander zum erstenmal das Küssen geübt hatten, das Kriegerdenkmal vorm Gerichtsgebäude. Ich hab in dem Auto gesessen und mir Sorgen gemacht, weil wir zu was unterwegs waren, was wir nicht hätten sehn dürfen. »Sagt auf Wiedersehn«, hab ich zu den wachen Kindern hinten im Auto gesagt.

»Auf Wiedersehn, alles«, hat Lou gesagt und der höchsten Fontäne auf dem Gerichtsplatz und der grünen Bank vor Lucas' Laden zugewinkt.

Hat uns fast drei Wochen Rumfahren in Virgina und Maryland gekostet, bis wir seine wichtigsten Kriegsschauplätze alle gefunden hatten. Cap hatte sein Geschäft zwei zuverlässigen Schwarzen anvertraut. Die haben den Laden sowieso schon längst mehr oder weniger alleine geschmissen. Sie haben dem Captain die Meinung gesagt, sich immer weniger zurückgehalten, je mehr sie für ihn arbeiten mußten – ohne Lohnerhöhung. Haben ihn für verrückt erklärt, weil er sich ein Auto zugelegt hatte. Sie rackern sich ab, um Marsden-Pferde und Marsden-Maultiere zu verkaufen, und er kutschiert in der Weltgeschichte rum mit dem angeberischen, knatternden, knallenden Kahn auf Rädern, der überhaupt kein Zugtier mehr braucht. Er hat bloß die Achseln gezuckt und gesagt: »Ich wollte eins.« Einen besseren Grund hat ein Boß noch nie gebraucht.

Wir sind ein paar andern Veteranen begegnet, Männern, die auf dem Land anderer Leute rumgeschnüffelt, Zaunpfähle nach im Holz eingekeilten Kugeln abgetastet, die Finger von ihren Frauen und Kindern genommen und sie in Ziegelmauern und Baumrinde gesteckt haben, damit sie das Blei fühlen, das da noch drinsteckt. Haben ihre eignen Angehörigen wie ungläubige Thomasse behandelt, die nicht glauben, daß das alles wirklich passiert war, die's nicht glauben *wollten*, bis man ihnen die Hand bis zum Gelenk reingeschoben hat.

Ich hab eine Ehefrau sagen hören: »Ich greif nirgends mehr rein, Stan. Ich weiß ja, daß es schwer war.« Wir Ehefrauen, Schwestern, Mütter sind unsern Männern gefolgt. Manche Veteranen sind an Krücken gegangen, andere haben sich von gemieteten Schwarzen auf einer Trage schleppen lassen. Aber alle haben ungeheuer lebendig gewirkt. Wir Frauen haben uns müde zugelächelt. Und die Augen verdreht, uns nach Frieden, Ruhe und einer bequemen Couch gesehnt. Die Kinder haben das offene Land als einen einzigen großen Spielplatz angesehn. Für die Veteranen war es das nicht, und deshalb mußte man seine Kinder auch noch ruhig und beisammen halten. Es war schrecklich.

Denkst du vielleicht, Captain hat mich unsere Brut im Auto versorgen lassen, während er Schlachtfelder abgeschritten hat, die Landkarte vor der Nase? Weit gefehlt, Junge. Wir mußten überall hinter ihm herdackeln. Damit die Kinder sich später mal dran erinnern, hat er gesagt. Es war wie eine Schatzsuche, nur ohne Schatz. Das Zweittraurigste nach einem Krieg ist, sich Jahrzehnte später Handbreit für Handbreit an ihn zu erinnern. Ich hab meinem Angetrauten gesagt, ein Kind muß sieben sein oder sechs und überintelligent, damit so was hängenbleibt. Unsere Jüngsten haben noch nicht mal ihre Adresse behalten können, geschweige denn, welches Reb-Regiment unter General Soundso versucht hat, welche Reb-Stellung zu halten.

Captain hat unsern Ältesten doch Ned genannt. Ich hab ihm seinen Willen gelassen, mußte sein. »*Du* kannst die Namen für die Mädchen aussuchen«, hat er gesagt. Ja, also Ned, der war schon alt genug, um was von der Reise mitzukriegen. Er war elf, ein aufgewecktes Kind und nichts als Augen unter süßen feuchten blonden Löckchen. Die Locken haben sich je nach Wetterlage eingerollt oder geglättet – unser lebendes Barometer. »Komm mal her«, hab ich immer gerufen. »Laß mal sehn. Ach ja: Am Nachmittag klart es auf. Dank dir, Wetterfrosch.« »Keine Ursache«, hat er gesagt und ist weggerannt, auf seine kleinen Geschwister aufpassen. Seine Locken waren eine Augenweide, wie die auf dem Bild von Ned Nummer eins, das ich auf unserer Hochzeitsreise gefunden hatte. Kein Mädchen und keine Frau konnte der Versuchung widerstehn, sich eins von den elastischen Löckchen um den kleinen Finger zu wickeln und zu fragen: »Wie macht er das bloß?« Als ob er die Nächte damit zugebracht hätte, sie einzudrehn. Lolly, meine Friseuse, ist Ned aus dem Weg gegangen. Immer, wenn sie seine Lockenpracht sehn mußte, ist sie trübsinnig geworden. »Ich versteh ja nun wirklich mein Handwerk, aber manchmal könnt ich verzweifeln. Der liebe Gott ist einfach besser als ich!«

So schmeichelhafte Bemerkungen haben unsern Ältesten nicht verdorben, aber jedes Kompliment hat seine großen Augen aufleuchten lassen, das schon. In der Hinsicht ist er ganz nach dem Papa gekommen – das heißt, eigentlich auch nach der Mama. Ein großer Sammler, unser Ned. Wenn's von irgendwas mehr als zwei Stück gegeben hat, lose, gratis und klein genug, um's einzustecken, dann hat er's gesammelt. Seine Ecke im Jungenzimmer hätte das Museum von einer Elster sein können. Jetzt, auf Captains Pilgerfahrt, hat Ned von jedem Schlachtfeld ein paar Steinchen mitgenommen, außerdem Blätter und, wenn er welche gefunden hat, Vogelfedern.

Ned hat was Besonderes an sich gehabt. Zuerst einmal war er so gescheit, wie ich selber *meiner Erinnerung nach* gewesen war. Und das war, um der Wahrheit die Ehre zu geben – und auch wenn man Gedächtnisfehler in Rechnung stellt –, verdammt aufgeweckt. Wie wir so auf unsern Ballonreifen durch Virginia gezockelt sind – ich mit unserm Jüngsten auf dem Arm –, hab ich dran denken müssen, wie Ned noch ganz klein gewesen war und seine Augen sich allmählich auch auf größere Distanzen eingestellt hatten. Zur gleichen Zeit haben sie auch ihre richtige Farbe gekriegt.

Ich hab mich über seine Wiege gebeugt. Es war die von Captain. Castalia und andere Sklaven hatten sie mit dem besseren Mobiliar von The Lilacs gerettet, als Shermans Brandstifter durch Falls und Umgebung geschwärmt waren. Ich hab die Decke um die Füße von meinem Baby festgesteckt. Auf einmal hab ich was Komisches gespürt, wie einen kräftigen Temperaturanstieg oder plötzliche Windstille. Rasch schau ich zu seinem Gesichtchen hin. Es war vom dunklen Baldachin der Wiege umrahmt. Sie haben mich gemustert, die Augen. Sein Gesicht hat sozusagen fast nur aus den Augen bestanden. Das Haar war ganz strohblond, und die Augen haben geglänzt und waren von hellen Wimpern gesäumt. Neds Augen waren groß und haben grau geleuchtet, waren wie Vogeleier mit so kleinen, ganz tief sitzenden bernsteingelben Glitzerpünktchen gesprenkelt, und die Lider haben kaum jemals geblinzelt. Zum erstenmal haben mich an dem Tag seine Augen wirklich als eine ganze Person gesehn, als mich. Sie haben sich auf meine Haut geheftet, sich reingebohrt, sind von meinem Ohr zum Hals, zur einen Brust, zur andern und wieder zurück gewandert. Ein paar Häuser weiter hat ein Hund gebellt. Ich hatte das Gefühl, ich müßte daraus was lernen. Neds Augen schienen drauf und dran, um Hilfe zu bitten. Ich hab gedacht, er hat Hunger oder eine Sicherheitsnadel von der Windel piekt ihn, und hab mich tiefer runtergebeugt.

Ich war mit dem Kopf ganz dicht über seinem rosigen Gesicht, da hab ich auf einmal so ein Zucken gespürt, eine Art Schluckauf dicht unter dem Brustblatt. Weißt du, ich hatte die Augen wiedererkannt. Mit einem Ruck bin ich hoch, dann wieder näher zu ihm runter, hab gesehn, daß seine Augen weniger um meine Hilfe gebeten, sondern selber welche angeboten haben – sie haben eine babyhaft-animalische Neugier ausgestrahlt: »Und was brauchst *du*, Schwester?«

Ich mußte mich auf die Wiege stützen, auf die Stabilität der Kufen vertraun. Weil weißt du, Schatz, da waren sie wieder. Die Augen – alt und jung zugleich, dieselben Augen, die ich zum erstenmal aus Captains Festung von einem (zivilen) Gesicht hatte schaun sehn. Jetzt hat mein Junge mit den Wimpern geschlagen, so schrecklich lieb. Er hat mir bewiesen: Mein Glaube war belohnt worden. Ich hatte geholfen, sie zu befreien. Das war mein bescheidener Beitrag zur Sklavenbefreiung. Als ich schon dachte, ich würde nie an den Jungen rankommen, den ich damals so tief versteckt in dem schmucken Offizier auf dem Podium erspäht hatte, als die Müdigkeit jeden Tagesanbruch schon zu einem riesigen horizontalen Fragezeichen gemacht hat, genau in dem Moment hab ich auf das blaue Bettzeug von meinem Sohn runtergeschaut, hab ich gesehn, daß er dieses Augenpaar aus seiner Bedrängnis gerissen hatte.

Gerettet! Erlöst waren die Augen und voller Frieden, ein neuer Anfang an der frischen Luft. »Es hat geklappt«, hab ich zu seiner Wiege gesagt. Ich bin dagestanden, ein erschöpftes Mädchen, und wußte nicht, soll ich lachen oder weinen. Er hat mich angeschaut – mit einem sanften, wachen Blick. Die Händchen haben so tolpatschig rund ausgeholt, als hätten sie vor, irgendwann irgendwie zu klatschen. Seine Augen waren richtig intelligent, so voller *Vertrauen*. Es war ganz still im Haus. Im Salon hat die Kaminuhr getickt. Ach, mir war, als ob endlich alles möglich wär. Ich war froh, so einen festen, sicheren Blick in der Nähe zu wissen. »Ich hab's geschafft«, hab ich zu dem Gesicht in Vaters Wiege gesagt. »*Ich* hab's geschafft.« Keine falsche Bescheidenheit, ich wollte meine Anerkennung. Ned konnte noch nicht reden, aber er konnte sehn. Mich. Unter andern.

Jetzt, mit elf Jahren, hat er hinten im Auto rumgezappelt, hat rausgeschaut aufs vorbeiziehende Ackerland, war schon alt genug, um Spaß an so einer Fahrt zu haben. Seine Steine-, Blätter- und Federsammlung war unter dem Fahrersitz und hat immer mehr Ähnlichkeit mit dem Nest von einem struppigen Säugetier, halb Biber, halb Vogel, bekommen. (Ich wußte, daß er jedes Fitzelchen in eine Liste eingetragen hat.)

Mit dem Auto auf Vaters Kriegspfad, hat Ned hinter Captains Fahrersitz gestanden, die Arme auf der Lehne verschränkt, den auf und ab ruckelnden Kopf auf einer Höhe mit dem vom Papa, die Ohren gespitzt, die gelbbraunen Locken hell neben den ersten angegrauten Strähnen an Captains Schläfe. Manchmal haben sie, beide mit dem Blick nach vorn, ausgesehn wie zwei Köpfe von ein und demselben Körper.

Ein niedriges Mäuerchen, Cap fährt rechts ran, bleibt im Auto sitzen, die Fäuste am Lenkrad, läßt den Motor laufen, runzelt die Stirn. Hinten streiten sich ständig unsere andern Kinder, alle bis auf Ned und Lou, unsere beiden ältesten, zanken sich wie alle Kinder auf einer Autofahrt: »Du warst es, war ich nicht, doch warst du's, mhm, wette um alles, was ich hab, du hast überhaupt nix, hab ich doch, hast du nicht.«

Ned, Kopf vorgeneigt, Haar voller Wetterprognosen, ist gespannt, was der Papa diesmal erzählen wird. Lou leckt die Spitze von ihrem Bleistift, wartet aufs Stichwort, um wieder was in das Reisetagebuch einzutragen, das ich ihr gekauft hab. Feines Kalbsleder, abschließbar. Da hab ich extra drauf geachtet. Lou hält ihr kostbares Buch in ihren breiten Händen, sie ist kräftig gebaut, hat die Statur vom Papa (aber die zarte Haut von *seiner* Mama und ein sagenhaftes Zahlengedächtnis).

Dann fängt Captain an: »Artillerie-Sergeant John B. Morris, feiner Kerl, hat sich genau hier das rechte Bein gebrochen, Sturz von einem eingefangenen Maultier.« Es bedeutet mir nicht viel, unsern Kindern gar nichts, ihm alles. Ich nicke, schau raus, spiel die Interessierte. Genauso Ned, dann Lou. Sie schreibt den Satz auf, wartet auf mehr. Das kommt nur selten. Nach zwanzig Minuten Melancholie hört man buchstäblich, wie in dem armen Mann eine Erinnerung zum Klumpen gerinnt. Dann stößt er die Autotür auf, will raus, den Motor wieder ankurbeln. Ich muß ihm sagen, daß er ihn gar nicht abgestellt hat. »Ach, bin ich blöd«, sagt er dann. Man hört, wie Lou ihr Tagebuch abschließt. Ned stellt sich gerader hin, damit ihn das Rucken beim Anfahren nicht den andern auf den Schoß wirft. Wir fahren wieder zwei oder drei Meilen. Dann klappt der Winker der Erinnerung raus, und wir halten wieder.

– War das eine langwierige Reise, Schätzchen.

Ich hatte gehofft, wenn Cap erst mal den Teich wiedergesehn hat, an dem sein Jugendfreund aus dem Hinterhalt erschossen worden ist, wird sich das mit seinen Warnrufen im Schlaf legen. Es hat aber nichts geholfen. Ich hatte gehofft, eine Fahrt zu den Schauplätzen würde ihn davon abbringen, alle zwei Wochen oder so uns oder irgendwelchen Fremden seine Geschichten zu erzählen. Und ich hatte erwartet, nach der Wiederbegegnung würde er seine Trompetenübungen einschlafen lassen.

Er hatte sich in letzter Zeit angewöhnt, am Abend, so gegen acht oder neun, in unserm Werkzeugschuppen zu verschwinden. Grad wenn ich oben war, die Kinder alle ins Bett gebracht und mir ihre Gebete angehört hab – genau in dem Moment, wo sie den lieben Gott gebeten haben, Papa doch zur Einsicht zu bringen, daß er uns wenigstens einen Cockerspaniel kauft, bitte (»er soll uns allen gemeinsam gehören«) –, hat hinterm Haus die verflixte Trompeterei angefangen. Zum erstenmal hat er das an einem Jahrestag von Neds Tod gemacht. Falls Cap als Junge tatsächlich richtig Reveille hatte blasen können, dann hatte er's inzwischen jedenfalls verlernt. – Am nächsten Morgen beim Kaufmann um die Ecke werfen mir die Nachbarinnen komische Blicke zu, und der Verkäufer meint süffisant: »Hab gar nicht gewußt, daß Cap musikalisch ist.« »Das weiß keiner«, hab ich gesagt und zu erklären versucht, daß seine musikalischen Versuche sozusagen eine Art Kriegsverletzung sind. Der Verkäufer hebt die Hände: Ich brauch mich nicht entschuldigen, er versteht schon. Kein Mensch hat sich anders als durch Stirnrunzeln und böse Blicke beschwert. Eine Mutter, die ein paar Häuser weiter gewohnt hat, nagelt mich in der Nähe vom Brot fest und erkundigt sich: »Und wann versuchen *Sie*, Ihre Bälger schlafen zu legen?« Schließlich hab ich mir gewünscht, irgend jemand würde mich anschrein – oder, besser noch, *ihn*. Es gibt so eine vor Verständnis triefende Art zu gucken, die deine Lucy mehr auf die Palme bringt wie alles andere. Die mitleidigen Blicke und die durchdringende Wirkung von seiner Trompete auf Hundeohren – in halb Falls haben regelmäßig sämtliche Köter zu jaulen angefangen – haben mich sanatoriumsreif gemacht.

Erst hab ich gedacht, ich hätte mich grundlos vor der Reise gefürchtet. Man will ja nicht so sein. Zwischen den Schlachtfeldern – er ist öfter rechts rangefahren als mancher einheimische Traktor auf einer Nebenstraße – war er richtig geduldig mit den Kindern. Die haben ihre üblichen lauten Sitzspiele gespielt, »Maultiere und Grabsteine« zum Beispiel, und am laufenden Band Fragen gestellt, manchmal alberne und vernünftige zugleich.

»Papa?« Louisa zupft Cap am Hosenträger – er hat in der Hitze das Jackett ausgezogen. »Siehst du die Schweine da drüben hinter dem Zaun?«

»Ja, sicher«, antwortet er. »Hab ich euch mal von dem Farmer erzählt, dessen Schweine so mager waren, daß er –«

»Ja. Das mit den Schwänzen? Hast du erzählt.« Ich muß über Louisas Ehrlichkeit lachen. Braves Mädchen.

»Was ist mit den Schweinen, Louisa? Die würden auf dem Markt drei Cent pro Pfund bringen, nicht mehr. Sehn aus, als ob sie Würmer hätten, die Viecher.«

»Papa, Schweine sind nicht klug genug, um zu wissen, daß sie leben, stimmt's? Sind sie deswegen lebendiger oder weniger lebendig? Sind wir klüger, weil wir wissen, was ›lebendig‹ bedeutet, oder sind wir vielleicht weniger klug? Sind wir klug, weil wir lebendig sind, oder ist Klugheit etwas, was wir noch extra haben?«

Er pfeift durch die Zähne. »Sehr gute Frage, Louisa. Was das Köpfchen angeht, kommst du nach meiner Familie. Kleiner Scherz, Lucille.« Er fährt unter Einhaltung der erlaubten Höchstgeschwindigkeit weiter (das war damals jeweils das Tempo, das man dank Henry Fords technischem Geschick aus einem Automobil rausholen konnte).

»Ein Schwein ist genauso lebendig wie wir. Habt ihr Kinder, wenn ihr ein Mutterschwein seht, das mitten in den Schlamm reinwatet und sich einfach umfallen läßt, euch nicht schon manchmal gewünscht, ihr könntet das auch machen?« Von hinten ungefähr gleich viele Ja und Nein – und ein »Igitt«.

»Na ja, wir *könnten* uns natürlich auch im Schlamm suhlen, aber wir wissen, daß man das nicht tut. Ob man einen Menschen erschießt oder ein Schwein, der Mensch ist genauso tot wie das Schwein. Der

Mensch . . . will nur einfach mehr, er will leben. Und er will, daß seine Angehörigen und Freunde auch leben. – Ich glaube, wir sind alle mit den Schweinen verwandt, wenn auch um drei, vier Ecken, Lou.«

Einer von den Zwillingen mischt sich ein. »Bis auf Louisa. Die ist ganz eng mit einer Zuchtsau verwandt.« (Lou hat ab und zu Gewichtsprobleme gehabt.)

»Damit«, spricht der Vater, »stellst du dich selber ganz tief in den Schweinekoben. Hast du verstanden? Und Louisa hast du über die Engel erhoben, und die Engel und Louisa sehen auf dich runter.«

»Na, dann nehm ich's wohl besser zurück«, lenkt der Zwilling ein.

»Nichts da. Man kann nie was zurücknehmen. Geschehn ist geschehn. Versuch mal, eine Miniékugel an ihren Ausgangsort zurückzuholen. – Ned, hast du irgendwelche Fragen?«

Wenn er Lou gelobt hatte, hat Captain oft – ohne zu merken, daß er damit Rivalität schürt – Ned durch eine solche Frage aufgefordert, seine ältere Schwester auszustechen.

»Hmm, nein. Wahrscheinlich später, aber im Moment . . . nein.«

»Na gut, aber melde dich, wenn dir was einfällt. Durch Fragen wird man klug. Hab ich deine letzte zu deiner Zufriedenheit beantwortet, Louisa?«

»Eigentlich nicht, aber ich würd lieber selber drüber nachdenken, danke.«

»Wie ihre Mutter«, murmelt Cap in seinen Bart.

»Jetzt weiß ich eine.« Neds Stimme ist unsicher, aber dringlich. »Wenn Hunde Katzen hassen und Katzen jagen, fressen Hunde dann Katzen, wenn sie welche erwischen? Alles hat Feinde – und alle sind gegen die Kaninchen. Aber wer ist *unser* natürlicher Feind?«

»Wir selber«, antwortet Louisa. Ihr Vater, am Lenkrad, dreht sich verblüfft um und schaut sie an. Ned wartet noch.

»Du sagst es.« Der Captain guckt wieder nach vorn. »Deine Schwester hat's erfaßt, mein Sohn.«

2

Weiter und weiter ging die Reise, und ich hab mir vorgestellt, wir würden schnurstracks zu dem Infektionsherd fahren und uns, wenn wir erst mal dort sind, mitten durch ihn durch bewegen, ihn aufschneiden wie eine Eiterbeule. Wir würden das Übel ein für allemal trockenlegen. Ein Segen für die ganze Familie würde das sein. »Eine

Familie, die zusammenhält wie Pech und Schwefel, in guten wie in schlechten Zeiten« oder so ähnlich.

Aber, mein Junge, je näher wir dem Jammertal gekommen sind, um so stärker sind meine Befürchtungen geworden, ich könnte mich geirrt haben. Schon allein deshalb, weil er angefangen hat, völlig neue Sachen über seinen Freund zu erzählen. Ich hatte gedacht, ich wüßte schon so gut wie alles über Ned. Ich mein, ich wußte genau, was Ned am liebsten aß (er hatte eine Vorliebe für Pudding und Mais mit Sahne, aber wen interessiert's). Ich kannte jedes Lied, das er auswendig singen konnte. Und ich weiß immer noch den Namen von seinem liebsten Kanarienvogel. Er hatte nicht den verwendet, den seine Mama ihm gegeben hat – »von Himmel« –, sondern ihn nach Scotts Romanfigur »Waverley« genannt. Aber Captains Gedächtnis hat jetzt Überstunden gemacht. Den Blick auf die holprige Straße geheftet, hat er den Kindern all das neue Zeug über ihren »Onkel« Ned erzählt, der nicht mal vierzehn geworden war. Er hat die Geschichten den Kindern erzählt, und ich – wo er mich schon mal mitgenommen hatte – durfte mithören. Den Eindruck hat's mir jedenfalls gemacht.

– Daß Ned in einem Feldpostbrief zwei Wochen bevor sie auf den Teich gestoßen sind, Winona Smythe geschrieben hatte: »Und ich möchte dich bitten, Mama, dir nicht soviel Sorgen zu machen. Wenn ich tatsächlich falle, bin ich doch bloß tot.«

– Daß Ned vor seiner ersten Schlacht gelobt hat, so mannhaft und kühn wie möglich zu handeln, der reinste Ivanhoe. Er hat sich ein bißchen Dreck ins Gesicht geschmiert, um älter auszusehn und besser mit der Landschaft zu verschmelzen. Die trompetenfarbenen Locken hat er sich alle in die Mütze gestopft. Der Marschbefehl wurde gebrüllt. Mit baumelnder Trompete, das Bajonett schneidig nach vorn gerichtet, setzt sich Ned zusammen mit andern in Bewegung; steifbeinig steigen sie über gefallene Yankees vom Vortag weg.

Nach einer Weile kommt Ned an einem ungefähr vierzehnjährigen Jungen vorbei, der auf der Erde liegt. Der Yankee ist rothaarig, steckt in einer sehr ordentlichen blauen Uniform und liegt ausgestreckt auf dem Rücken. Er muß gewußt haben, daß er stirbt (obwohl er nicht sichtbar verwundet ist). Er hat die Arme auf der Brust verschränkt, wie es ihm wahrscheinlich seine Mutter beigebracht hat. Manche Kinder sind damals dazu erzogen worden, so einzuschlafen – »Falls ich sterbe, bevor ich aufwache«. Nicht grade förderlich für eine junge Seele mit Einschlafproblemen. – Der Yankee hat seine blaue Mütze dicht neben sich gelegt. In vorbildlicher Haltung, unwiderruflich tot, ist er immer noch hübsch und ruht auf einem Polster aus dürrem Eichenlaub, kaum einen Fuß von zwei rosablühenden Frauenschuhen weg. Seine Augen sind offen, und beide glänzen noch. Nicht zu glauben, daß er sich nicht einfach totstellt. Er ist höchstens seit einer guten Viertelstunde eine Leiche. Ned bleibt stehn. Ihm fällt auf, daß ein anderer Reb-Soldat (einer aus seiner Einheit) diesen Gefallenen eben gefleddert hat. Die Taschen sind aufgeschlitzt, von einem Dieb, der auf eine Handvoll Münzen aus war, eine Uhr. Statt dessen sind hausgemachte Würste und Ingwerkekse zum Vorschein gekommen, die ihm wahrscheinlich seine Mutter und seine Schwestern aus dem Norden geschickt haben. Das war für die Frauen damals kein geringes Opfer, so gute Sachen an die Front zu schicken. Vielleicht hatte sich der tote Yank die Leckerbissen für einen stillen Moment aufgehoben.

Ned, in seiner grauen Uniform, stellt sein Gewehr neben den Gefallenen. Ganz weit vorne marschieren die andern unbeirrt weiter. Noch hat ihn keiner vermißt. Nicht mal der junge Marsden. Ned hockt sich neben den Nordstaatler auf die Erde. Vergißt im Handumdrehn das ganze zackige Getue. Manchmal frag ich mich wirklich: Wer hat den Männern den Floh ins Ohr gesetzt, sie müßten derart gockelhaft rumstolzieren? Andere Männer? Die – nach Meinung der Männer – Vorstellung der Frauen von einem richtigen Mann?

Jahre danach bin ich mal mit meinen Kindern ins Kino gegangen, *Nanuk der Eskimo* anschaun. Ein Film über das schwere Leben von einem Eskimo, der Jagd auf Wale macht, eine ziemlich undankbare Arbeit. Meine Kinder haben die ganze Zeit mit großen Augen dagesessen und kein Wort gesagt. Wie wir Richtung Tageslicht gegangen sind, hab ich sie gefragt, wie's ihnen gefallen hat. Eine, Baby, hat sich zu mir umgedreht, das Gesicht von Kummer verzerrt. »Guter Film«, hat sie genickt. »Aber, Mama, wer zwingt ihn denn, da zu leben?«

Das ist die Frage, die ich den heutigen Raufbolden stellen möchte. Angeberei ist nirgends vorgeschrieben. Doch es braucht schon Mut, daß einer endlich mal schreit: »Ich hab mir das nicht ausgesucht. Das bin nicht ich.«

Anno 62 geht der kleine Willie Marsden also zurück und findet den jungen Ned auf der Erde sitzend vor – er kaut und betrachtet den toten Nordstaatler. Mit vollem Mund versucht Ned zu erklären: »Die wären sonst verdorben. Ich hätte ihm umgekehrt meine auch gegeben. Ich hätte auch gewollt, daß Sachen von meiner Mutter gegessen werden, solang sie noch gut sind.«

Er kaut weiter, sieht zu, wie sich die Augen von dem toten Soldaten trüben, verscheucht die Mücken. Ned hat grade dem ganzen Heldengetue kurzerhand den Rücken gekehrt. In seiner restlichen Dienstzeit schleicht er sich dann immer wieder weg, um Himbeeren für die Kameraden zu pflücken, bringt einmal zwei junge Kaninchen in seiner Mütze an, die er mit dürrem Gras ausgepolstert hat (tauft die Tierchen Natchez und Nashville) und übt bei jeder Gelegenheit Trompeteblasen, singt allabendlich seine Lieder. Gewöhnt sich rasch ab, den tapferen Krieger zu spielen. Verkriecht sich so oft wie möglich. *Ihn* konnte keiner zwingen, da zu leben. Für mich ist das Bürschchen dadurch zu einem echteren Helden geworden. Er bleibt neben dem toten Jungen sitzen, in der Ferne hallen die Musketenschüsse durch den Wald, sein Gesicht ist voller Krümel. Er leckt sich die Fingerspitzen ab und sagt: »Die hat jemand extra gebacken. Sind noch ganz frisch. Da, probier mal. Die hat eine Frau gebacken, Willie.«

Ja, also, Ned, *unser* Ned, wollte alles wissen. Mit dem Gesicht über der Schulter vom Papa, hat er zu dieser Geschichte genickt und schrecklich ernst geguckt. Er hat angefangen, sich genauer nach dem Jungen zu erkundigen, nach dem er getauft worden war. Wollte's unbedingt wissen – ist ja ganz natürlich. Ich hab Lous Bleistift kratzen hören, sie hat sich alles notiert. Unser Ford ist über holprige Landstraßen gerattert. Wir sind über Stock und Stein gefahren, haben Orte gesucht, wo alles niedergebrannt worden war, und Stellen gefunden, an denen Captain und sein Kumpel eine Nacht biwakiert und die ganze Zeit vor Kälte gezittert hatten wie Welpen in einer Schachtel. Ich hab den Mund gehalten, die gute Zuhörerin gespielt, bin aber mit jeder Meile, die wir in der Klapperkiste zurückgelegt haben, gereizter geworden. Mein Angetrauter hat lange Geschichten von seinem innigstgeliebten Kameraden erzählt, mit Details wie die klitzekleinen Nägelchen an den Fingern von einem Baby. Immer vollständigere und reichere, immer feiner gemaserte Fabeln hat er von sich gegeben. Nicht zu fassen, wie viele Geschichten da noch waren, die er mir nie erzählt hatte. Langsam hab ich verstanden, warum alle den netten toten Ned so ins Herz geschlossen hatten – ein sentimentaler, sensibler Junge, der für alles zu haben war außer dafür, Menschen umzubringen, so bescheiden, wie seine Mutter arrogant war, ein Junge so zart wie ein Kaulquappenschwanz. Auf dem Rücksitz hab ich Lou seufzen hören. Verständlich, daß sie die kleinen Heldentaten von dem Jungen bewundert hat. Trotzdem, irgendwie ist er mir unwirklich vorgekommen. Anfangs war mir's recht, daß der erste Ned ein guter

Mensch gewesen war, aber dann, wie er mit jeder Geschichte noch liebenswerter geworden ist, hat's mir gestunken, daß angeblich ein einziges Jüngelchen sämtliche Tugenden gepachtet haben sollte.

Ich hab mich gefragt, was wohl aus Ned dem Ersten geworden wär, wenn er am Leben geblieben wär. Wahrscheinlich alles, nur kein Mittelmaß. Das blieb uns überlassen, den Überlebenden – damit fertig zu werden, daß man sich nur als gewöhnlicher Mensch erwiesen hat.

Ich hab mir so gewünscht, das Auto tät wieder Richtung Heimat fahren, und zwar gleich. Endlich keinen See mehr aufspüren, nicht mehr genau den Baum suchen, wo das Unglück passiert war. Ned war gleich am Anfang von Captains Krieg umgekommen, aber Cap hat mit dem Besuch der Todesstätte bis ganz zum Schluß gewartet.

Wir sind jetzt kreuz und quer durch die Gegend gefahren und haben den Baum gesucht – eine Stecknadel im Heuhaufen! Sonst hatten wir fast alles gesehn. Mein Mann hat sich sogar aufgerafft, freundlich zu den Yankee-Veteranen zu sein, die auf denselben Friedhöfen rumgewimmelt sind und gequakt haben wie die Enten – die Sprache der Sieger. Und denen ihre Frauen waren genauso angeödet wie ich, genauso bemüht, sich nichts anmerken zu lassen.

Jetzt, wo er gemeint hat, daß er auf der richtigen Spur ist, hat Cap öfter mal angehalten und einen Farmer nach dem Weg gefragt: Entschuldigen Sie, eine Getreidemühle an einem länglichen Weiher? Wir haben eine Menge Kopfkratzen geerntet. Der Weiher hatte keinen Namen, jedenfalls konnte sich Cap nicht erinnern. Auch das zäheste Gedächtnis gibt nach, wenn das Gewicht von gut vierzig Jahren auf ihm lastet.

Wir waren achtzehn Tage von zu Hause weg, dann neunzehn. Neunzehn Tage in einem Model T mit acht quengeligen Kindern – vier davon noch in Windeln –, das hält kein Mensch aus. Die Zeit hat für uns scheinbar keine Rolle mehr gespielt – als ob wir von nun an wie die Zigeuner leben würden. Ich hab mich in Damentoiletten gewaschen und die Windeln in kleinen Bächen neben der Straße, die davon nicht allzu begeistert waren. Die Kinder haben das Trittbrett von unserm Ford als Eßtisch benutzt. Sie haben Spiele erfunden: die Sieben Weltwunder – aber es waren nur Sachen von daheim erlaubt. Sie haben wie ich die vertraute Umgebung vermißt. Die Bank vor Lucas' Gemischtwarenhandlung – hundertmal überstrichen und in der Sitzfleischgegend so abgewetzt, daß die buntesten Bonbonfarben zum Vorschein gekommen sind. Der Springbrunnen auf dem

Gerichtsplatz. Unser Haus. Unser leeres Grundstück. Castalias viele Nerzkäfige. Sie haben Listen angelegt wie Wissenschaftler. Hat mich beruhigt, ihnen zuzuhören. Was mir Kummer gemacht hat: Captain hat inzwischen keine Silbe mehr von dem wahrgenommen, was unsere Kleinen hinten im Wagen gesagt haben. In Restaurants sind wir nie gegangen, unser Essen haben wir uns in Lebensmittelgeschäften gekauft. Am zwanzigsten Tag hat Cap den zankenden Kindern gesagt, wenn sie mal für eine Weile ihre Streiterei sein lassen, erzählt er ihnen, wie Ned der Erste keinen geringeren als Robert E. Lee und J. E. B. Stuart Lieder vorgesungen hat.

Mir ist die Kinnlade runtergefallen. Wie Castalia – nach Zelias Rezept für die Abwehr von Schicksalsschlägen – hab ich die Arme verschränkt. Wie oft hatte mein Angetrauter in meinem Beisein, allein zu zweit oder in Gesellschaft, bei Regen und Sonnenschein, bis daß der Tod uns hole, dieses ganze Feld beackert und dabei – nicht zu fassen – den Teil immer ausgelassen. Selbst wenn er's erfunden hat, hätt er's ein bißchen früher erfinden können, seinem Eheweib zuliebe.

Meine Mutter hat mir mal gesagt, von allen Gefühlen auf des Lebens Totempfahl der niederen Regungen wären Eifersucht und Selbstmitleid die schäbigsten. Mama hat sich besser drauf verstanden, über Gefühle zu dozieren, als darauf, welche zu zeigen. Trotzdem hat sie ein gutes Auge für die Fehler anderer Leute gehabt – und ihre eignen. Ich weiß noch, wie sie damals behauptet hat, jede Familie am Ort hätte ihre angeborene Schwäche. Die Ketchums stehlen. Die Cogdells stottern. Die Williams' haben alle ein Nierenleiden, und über vierzig kriegen sie's im Kreuz. Da hab ich sie gefragt: »Und was ist *unsere*?« Sie blinzelt. Ich laß nicht locker, aufsässig wie immer: »Was sind die größten Krankheiten in unserer Sippe?« Ihr Gesicht nimmt einen gedankenverlorenen Ausdruck an. Mit der Hand fühlt sie, ob ihre Kamee ordentlich angesteckt ist. Sie schaut ins Leere, und ihre Stimme zittert ein bißchen. »Eifersucht und Selbstmitleid«, sagt sie.

Schon ziemlich früh hab ich mir geschworen, nie neidisch auf den zarten Jungen zu sein, den mein Mann so vermißt hat. Hab mir gesagt: »Lucy, in *der* Ecke lauert der Wahnsinn.« Ich hab mir gelobt, daß ich mich bei der geringsten Anwandlung von Selbstmitleid sofort zur Ordnung rufen würde. Aber jetzt, wo ich gehört hab, was Captain mir vorenthalten hatte, hat's doch wieder weh getan. Daß er's fertiggebracht hatte, die Geschichte mit den berühmtesten Namen (Lee *und* Stuart!) für sich zu behalten, das hat mich, na ja, richtig gefuchst. Wer weiß, was er noch alles tief im bewegten Herz verschlossen hatte, gut versteckt, tiefgekühlt – für immer süß und frisch, während ich hier riskierte, in der Hitze ranzig zu werden.

Er erzählt (die Kinder werden leiser, zählen aber weiter ihre Maultiere und Grabsteine), wie eines Abends (er wartet, daß das Spiel zu Ende geht – ein Blick von ihm nach hinten macht ihm den Garaus) die großen Männer nicht weit von seinem Regiment gelagert haben und eine Kampfpause eingetreten ist. Tag für Tag haben sie vergeblich auf den avisierten frischen Proviant gewartet. Man hatte Zeit, seine Muskete einzuölen, tapfere, fröhliche Briefe an die Lieben daheim zu schreiben und auf einem andern Blatt sein Testament aufzusetzen. Die beiden Jungen aus Falls haben sich gerade für ihren allabendlichen Auftritt fertig gemacht. Da kam die Meldung, man sei auf der Suche nach einer Abendunterhaltung fürs Oberkommando. Auch Generäle brauchen Zerstreuung.

Schütze Ned, der erklärte Liebling der Division, ist für die Probe ausgewählt worden. Der Junge mit dem Pferdegebiß, der immer die Armbewegungen zu Neds Gesang gemacht hat, durfte nicht mal mitgehn. Keiner hat auch nur einen Gedanken an Will verschwendet, obwohl er sich in der Nähe gehalten hat, Kinn hoch, Brust raus, zu allen Schandtaten bereit. – Schau, jeder hat gewußt: Lee mochte als Stratege ein Genie und in puncto Pflichterfüllung ein Heiliger sein. (Welcher andere General hätte seinen über alles geliebten jüngsten Sohn als einfachen Soldaten in eine gefährliche Artillerie-Einheit gesteckt und dafür gesorgt, daß andere junge Männer schneller befördert werden? Tatsache.) Lee hätte gute Chancen gehabt, wenn's drum gegangen wär, das schönste Männergesicht der Christenheit zu küren. (Ist oft gesagt worden: Wenn gutes Aussehn Munition gewesen wär, dann hätte der Süden die ganze Auseinandersetzung zwei Wochen nach Sumter gewonnen gehabt.) Tja, Lee konnte sich vielleicht der vornehmsten Abstammung rühmen. Aber weißt du, Leichtlebigkeit war wohl überhaupt nicht Master Roberts Fall. Er war alles andere als ein »lustiges Haus«. Heilige haben's meistens nicht so mit dem Humor. Einer der großen Nachteile der Selbstaufopferung, wenn du mich fragst.

Aus diesem Grund wurde also das Duett getrennt. Das hübsche junge Talent wurde von der Ordonnanz der Generäle zum Hauptquartier des Oberkommandos eskortiert. Der stumme Partner mit den vielen Sommersprossen ist in einigem Abstand hinterher und hat sich raffinierte neue Handbewegungen ausgedacht.

Draußen bei den Pferden, nicht weit von dem Zelt, das Lees

berühmtes Reittier *Traveler* ganz für sich allein hatte (ein riesiges Schlachtroß für einen hochgewachsenen Mann – hab's ausgestopft in Lexington gesehn, später natürlich), hat Fitzhugh Lee, einer von Stuarts Divisionskommandeuren und ein Verwandter von Master Robert, eine Art Vorsingen abgehalten. Vier Tenöre aus vier andern Abteilungen haben einer nach dem andern ihr Bestes gegeben. Ein fünfter hat Seiltricks vorgeführt. Nicht schlecht, aber als letztes Kunststück hat er mit einer einzigen Handbewegung eine Henkerschlinge gemacht und dazu irgendwas in der Art gemurmelt, daß da bald Lincoln drin baumeln wird. Ob das nach Lees Geschmack war? Nie und nimmer. Dann hat Ned gesungen. Alles ist stiller geworden, dann ganz still, Pferde inklusive. Sogar die Nachtinsekten haben eine kurze Pause eingelegt. Ned hat das Rennen gemacht. Die andern waren einverstanden. Die Tenöre haben Ned die Hand geschüttelt und ihn nach seinem Namen gefragt. Der mit dem Seil hat sich schmollend verkrümelt.

Als erstes hat der Junge was besonders Gutes zu essen gekriegt. Dann hat man ihn ein bißchen feingemacht. Aus einem schwarzen Fläschchen wurde ihm ein Tropfen von etwas, das wie teures Parfüm gerochen hat, hinter die Ohren und auf die Handgelenke getupft. Ein wenig später ging dann die Strategie-Besprechung zu Ende, und Offiziere kamen aus Lees Zelt. Stell dir vor, wie aufgeregt da ein kleiner Soldat ist. Muß ja sein, wie wenn ein Bibelgläubiger auf einmal eine Prophetenversammlung sieht, Moses und Abraham beim Fachsimpeln.

Der Kartenjunge kam mit Pappröhren und Linealen und Zirkeln aus dem Zelt. Und hat natürlich unserm kleinen Sänger einen neidischen Blick zugeworfen. Dann hat Fitzhugh Lee den jungen Ned Smythe reingeführt, ihn vorgestellt. Drinnen nur noch zwei Generäle, auf Klappstühlen. Sie waren grade mit dem Abendessen fertig. In Geschichtsbüchern steht, Lee hätte sich was drauf zugute gehalten, daß er dieselben Blechteller und -becher benutzt hat wie jeder einfache Fußsoldat. Aber laut Ned (und meinem Mann) standen da eine ausgewachsene Meißener Suppenterrine und schöne Porzellanteller mitten im tiefsten Wald. In Schalen Reste von einer klaren französischen Suppe. Im Licht einer Petroleumlampe haben sich die beiden bärtigen Gentlemen umgedreht und den silbrigen Molch von einem Jungen gemustert.

Stuart war ein eitler Geck und Possenreißer, dem die Selbstgefälligkeit aus allen Knopflöchern geguckt hat. Lee – weißer Bart, grauer

Anzug, Messingknöpfe – wirkte im Lampenlicht wie aus Metall! Ned hat schwer schlucken müssen. Er wußte nicht, was er mit den Händen machen sollte, wie er da so plötzlich auf dem Präsentierteller stand. Er hat sie vor sich verschränkt, genau wie's der Chorleiter zu Hause von den Solosängerinnen verlangt hat. Er hat verkündet, daß er versuchen würde, »Die letzte Rose des Sommers« zu singen. Wollte gleich mit seiner besten Zugnummer anfangen. Hat ein untrügliches Gespür für Show-Business gehabt, der Junge! Er hatte begriffen: Solche Männer wollten keine billigen Bänkelsängerwitze hören. (Es stand schlecht um die Südstaaten. Das hat sich in den ernsten Zügen der Generäle widergespiegelt. Der Sieg von Bull Run war nur noch eine Erinnerung. Was scheinbar der schicksalhafte erste Erfolg gewesen war, sah jetzt nur mehr nach Anfängerglück aus. Das unheldische lange Warten auf Nachschub hatte alle zermürbt.)

Im Stehn wären beide Männer über sechs Fuß groß gewesen. Aber sogar im Sitzen waren sie massig und unübersehbar *da*. Beide haben gewartet. Also hat Ned zu singen angefangen. Zuerst wollte die Stimme nicht so recht mitspielen, aber dann hat er sich gedacht, daß diese Größen sicher nur wenig von einem so jungen Rekruten erwarten. Und das hat ihm die gewohnte Unbefangenheit wiedergegeben. Sein Ton hob sich, rein wie die Pflicht, die ihre Runde von Vers zu Vers macht. Die Stimme, noch ungebrochen, hat sogar die höchsten Töne in schlichter, klarer Manier gemeistert.

Als das Lied zu Ende war, hat Stuart ihn gebeten, es nochmal zu singen. Darauf hat sich Lee mit charakteristischer Rücksichtnahme laut gefragt, ob Ned sich dafür kräftig genug fühlt. (Ein Heiliger versteht fast alles, mein Junge, bis auf Leichtigkeit.) Ned hat genickt, ihm fehlt nichts. Er hat Angst gehabt, und das Herz hat ihm bis zum Hals geklopft, aber außerdem hat das ganze Zelt jetzt nach dem Fliederparfüm gestunken, mit dem man ihn betupft hatte. Ned hat noch einmal jeden Gipfel dieses traurigen Lieds erklommen, hat's sogar noch besser gemacht wie beim ersten Mal. Mit seinen dreizehn Jahren hat er ein Gesicht gehabt, das so offen war wie sein ovaler offener Mund. Sein Aussehn und sein Gesang haben nur eins repräsentiert: die Siegerseite.

Die älteren Männer haben dagesessen und jeden Ton eingesogen, in dem Duft geschwelgt, den sein Pulsschlag verbreitet hat. Lee – aufrecht auf seinem Stuhl – hat das Idealbild einer musterhaften Haltung abgegeben, Stuart ein bißchen vorgebeugt dagesessen, seine Stiefel betrachtet und sich liebevoll den Bart befingert.

Wie der Gesang zu Ende ist, springt Stuart auf und blafft: »Unsere Sache ist gerecht.« Dann nickt er Ned anerkennend zu, grüßt Lee, der so still und silbern dasitzt wie irgendein Lee auf irgendeiner Münze, und geht ab wie ein forscher, schneidiger Operettenfürst. (Zwei Jahre später wird er noch viel berühmter und, mit einunddreißig, mausetot sein.)

Ned steht jetzt vor dem Oberbefehlshaber der Nordvirginia-Armee. Nachtfalter knallen ständig gegen den Zylinder der Petroleumlampe. Aus den dreihundert Zelten unten am Hang ist Gelächter zu hören. Lee sitzt mit übergeschlagenen Beinen und betrachtet den hübschen Jungen aufmerksam. Dann sagt er was: »Wo ist deine Mutter, Junge? Wo leben deine Eltern?«

»In Falls, North Carolina, Sir.«

Der große Mann fragt Ned nach seinem Alter. »Dreizehn, Sir.« Daraufhin senkt Lee den Kopf, faßt sich mit Daumen und Zeigefinger an die Nasenwurzel.

»Nächsten Mai werde ich vierzehn, Sir«, will der Junge ihn trösten. Es ist erst August.

Dann hat der General etwas gemurmelt, was er, wie später so oft behauptet wurde, woanders gesagt hatte und was er schließlich in Gettysburg eingestanden hat, wie er ein erbarmungswürdiges Häuflein von Rebs gebeten hat, in aussichtsloser Lage die Stellung zu halten. Im Licht der Petroleumlampe – Insekten sind auf dem Tisch rumgekrabbelt, in die Suppe gefallen – hat er gesagt: »Es ist natürlich meine Schuld. Das Ganze ist meine Schuld, mein Sohn.« Dann hat er, scheinbar in Sorge, die Augen geschlossen. Ned, der noch drauf gewartet hat, entlassen zu werden, hat überlegt, ob er widersprechen soll, von wegen Schuld und so. Aber höflich wie er war, als einfacher Soldat, hat er's doch lieber gelassen. Dann hat er gemerkt: Der Oberbefehlshaber ist eingenickt. Er hat beschlossen zu warten, bis Lee wieder aufwacht. Ist allmählich müde geworden. Von einem Fuß auf den andern getreten. Vielleicht sollte er sich räuspern, oder aber einfach gehn? Was hätte seine strenge Mutter ihm in diesem Fall geraten?

Dann hat sich Ned gesagt: Du Dummkopf, das ist eine einmalige Gelegenheit, Master Robert zu betrachten. Und er hat ihn gemustert, diesen Kriegshelden, den die Rekruten »mit einer Liebe größer als die von Frauen« bewundert haben. Schließlich haben sich Lees traurige Augen geöffnet, erst eins, dann das andere. Er hat sich aufgerichtet, hat knapp und verantwortungsvoll gelächelt. Er hat was aus der

Innentasche seiner Uniformjacke geholt und den Sänger zu sich rangewinkt.

Der alte Mann hielt ein Bild von einem Mädchen in der Hand. Das engelsgleiche, vielleicht zehn bis zwölf Jahre alte Mädchen mit Grübchen hatte für die Aufnahme einen Finger an die rechte Wange gelegt. Ned hat anerkennend genickt, um zu zeigen, daß er sieht, wie hübsch das Mädchen ist. Lee hat die Ferrotypie betrachtet – mußte sie dazu auf Armlänge weghalten und die Augen zusammenkneifen, ein kurzsichtiger Mann über fünfzig, der zu eitel oder zu beschäftigt war, um eine Brille zu tragen. »Mein Spitzname für meine kleine Tochter hier ist ›Kostbares Leben‹. Ist das ein törichter Name?«

»Nein, Sir. Spitznamen von Mädchen klingen immer . . . so.«

»Nämlich wie, mein Sohn?«

»Sie wissen schon . . . ›Pümmi‹ oder ›Mäuschen‹. So rührselig. Nett, aber rührselig.«

Lee hat tatsächlich gelacht. Ist ihm offensichtlich nicht leicht gefallen, aber er hat das Opfer mit Anstand gebracht. Dann hat er dem Jungen für seinen Gesang gedankt. – Lächelnd hat Lee die Hand ausgestreckt und beinah Neds Hals berührt. (Er hätte so was nicht ohne die ausdrückliche Zustimmung des jungen Trompeters getan.) »Du hast da eine Begabung. Gib auf sie acht.« Der General hat nochmal auf die Photographie geschaut. »Meine Tochter hier singt auch. An manchen Abenden, bei besonderen Anlässen, läßt ihr Kindermädchen sie ein wenig Kölnisch Wasser auflegen. Es klingt unglaublich, aber bisweilen, wenn mir am Abend Jungen wie du vorsingen, habe ich das Gefühl . . . daß ich es riechen kann.«

Lee hat Ned bedeutet, noch einen Schritt näherzutreten. Ned ist der Aufforderung gefolgt, peinlich berührt, mit feuchten Augen – er hatte Lee *getäuscht*, den größten Strategen Amerikas. Er hat salutiert, bloß um nicht so untätig rumzustehn. Der alte Mann hat scheinbar im Duft seiner Tochter vor sich hingedöst. Der Bart war ihm auf die Brust gesunken. Das Bild hat er immer noch in der Hand gehalten. Ned hat, um ein übriges zu tun, noch mal die letzten Takte von der »letzten Rose« gesummt. »Sir?« Schließlich hat er sich rückwärts entfernt. »Weggetreten?« hat er noch geflüstert, für alle Fälle. Er hat vor dem Schlafenden noch mal salutiert. Und gesagt: »Sir? Sir . . . wir haben Sie gern.«

Dann ist er aus dem Zelt geschlüpft.

Er hat geschwitzt, aus Angst, einen Fehler, den Kameraden Schande gemacht zu haben. Hatte er genug für den großen Lee getan, oder womöglich zuviel? Ned Smythe hatte immer noch den Mädchengeruch an sich, aber inzwischen war es auch weitgehend sein eigner. Verwirrt ist er zu seinem Kumpel hin, der bei den Pferden gewartet hat. Hat dem dürren Marsden alles erzählen müssen, es ist nur so aus ihm rausgesprudelt. Das Parfüm, das Lied, zweimal, die große silberne Müdigkeit des alten Mannes. Schüchtern hat Ned dem andern den blassen Hals zum Schnuppern hingehalten – sogar den Kragen aufgeknöpft. Obwohl sie so nahe bei den Pferden standen, hat Marsden gesagt: »Bäh! Kostbares Leben!« Und aus Jux Kußgeräusche gemacht. Arm in Arm sind die beiden Jungen in ihren Teil des Lagers zurückgegangen, haben sich geschubst und sich abwechselnd ohne jeden Grund in die Kopfzange genommen.

Die andern waren alle neugierig aufgeblieben. Salvador Smith, der sentimentale Corporal, hat Bilder von *seinen* Töchtern rumgezeigt und Ned gezwungen, das Lied dreimal zu singen, genau wie vor den hohen Tieren. »Mann«, hat Sal wissen wollen, »was hat denn Lee zu *dem* Ton gesagt? Schau her, wie's mir geht!« Und hat einen grauen Ärmel hochgeschoben, um ihm seine Gänsehaut zu zeigen. Die andern haben's ihm nachgemacht – war eine angenehme Art von Angeberei. Und Ned war schon drauf und dran, den Kameraden alles übrige zu erzählen – die kuriose List der Ordonnanz, Lees nächtliche Besucher mit einem vertrauten Duft einzusprühn, die kriegsmüden Nickerchen des alten Mannes. Aber Willie hat ihn mit der bloßen Andeutung eines Stirnrunzelns zum Schweigen gebracht (sie haben sich gekannt wie siamesische Zwillinge, die beide Bauchweh kriegen, wenn einer was Schlechtes gegessen hat). Nett, dem Oberbefehlshaber ein bißchen Schmerz zu ersparen. Statt weiterzuerzählen, hat Schütze Ned Smythe noch einen letzten Refrain der »Letzten Rose« gesummt. Ein Mann, der seine eigne Gänsehaut bewunderte, hat mit seiner dunklen Stimme »Amen« gerufen und hinzugefügt: »Mann, wenn das hier vorbei ist ... im Frühling, wenn das hier vorbei ist ...«

Fünf Tage später hat der innige Knabensopran tot im Wasser geschwommen.

Noch mehr dreckige Fahrwege, noch mehr Sackgassen. Eine Farmersfrau kommt mal mit der Flinte in der Hand auf die Veranda gerannt, wie Cap ganz langsam auf ihrem Hof wendet. Noch zwei Tage sind wir in der Gegend rumgefahren und haben uns die Augen aus dem Kopf geschaut. Alle Naslang war ein Reifen platt. Mir ist aufgefallen, daß mein Mann sich beim Fahren stärker vorgebeugt hat. Ein Achtel von seinem Bart hat sich ständig dort bewegt, wo die Backenzähne mahlend aufeinandergebissen haben. Mit der Nase fast an der Windschutzscheibe, hat er das Lenkrad krampfhaft umklammert. An seinen Seitenblicken hab ich gemerkt, was er hinter der nächsten Kurve erwartet – und sobald das dann aufgetaucht ist, hat er stur draufgestarrt. Einheimische hat er inzwischen nicht mehr gefragt. Ist auf den Ort des Unheils zugefahren, als ob ihn eine Stimme gerufen hätte. »Lucy«, hat er leise gesagt. »Wir sind ganz nah dran.« »Hab ich schon gemerkt«, sag ich.

Hinter mir hör ich ein seltsames Geräusch; zum ersten Mal sind unsere Kinder still.

Vier Uhr früh in einem Touristencamp. Ein Walnußhain in der Ebene, Mond dreiviertel voll. Meine Kinder schlafen alle wie die Murmeltiere. Die weißen Hütten sehn aus wie eine Kreuzung aus nützlichen Klohäuschen und den Blockhütten, die in Volksliedern besungen werden. Ich bin aufgewacht und hab gemerkt, daß Cap nicht im Bett liegt. Wohin jetzt? Als erstes bin ich nach nebenan gegangen und hab nach unsern Kleinen gesehn. – Das ist jetzt kein allzu appetitliches Thema, aber es gehört nun mal zum Leben: Meine Kinder haben Madenwürmer gehabt. Ich weiß nicht, ob Yankee-Mütter sich auch mit so was rumschlagen mußten. Es war Frühherbst, und die Kinder haben im Freien gespielt und mitten im Dreck gesessen. Die Würmer waren im Dreck, und die Kinder waren auch drin. So trifft man sich. Bist du im Bilde? Was tun?

Doc Collier hatte mir eine Arznei gegeben, die ich ihnen allen eingeflößt hab, das Zeug hat die Würmer violett gefärbt. So hat man sie besser sehn können, wenn sie um Mitternacht auf ihre Veranda – will sagen, meinen Kindern aus dem After gekrochen sind. Also bin ich aufgestanden, hab mir die Strickjacke übergeworfen, die Taschenlampe geschnappt und bin losgezogen, Krankenschwester spielen.

Schwere Walnüsse sind ständig von den Bäumen gefallen, mit lautem Knall, wie Platzpatronen im Dunkeln. Die sieben Ältesten haben wie die Heringe alle auf demselben Bett gelegen, das andere haben sie leer gelassen. Meine prächtigen Sprößlinge waren sich gegenseitig Zudecke und Kopfkissen. Ich hab lächeln müssen, wie ich so viele verschlungene Arme und Beine gesehn hab, helles Klafterholz. Ich hab jedes Kind umgedreht, sie alle auseinandersortiert, ihnen die Unterhosen runtergezogen und Ausschau gehalten – Taschentuch in der Hand, um das lästige Gewürm zu packen. – Wie sehr das für mich schon Routine geworden war! Seltsam, daß ich mich da noch dran erinner, in meinem Alter, wo sie alle schon tot sind.

Würmer!

Vielleicht war Captain zu Fuß auf Erkundung gegangen. Wie ich fertig war, bin ich zu unserm Ford rüber. Ich hab zugesehn, wie meine Schuhe sich unter mir bewegen. Und meinen scharfen Mondschatten halb und halb bewundert.

Mein Mann hat unsere Kinder geliebt. Natürlich. Manchmal haben sie ihn aufgeheitert – wenn er ihnen zusah, hat er vor Freude gelacht. Ihr Widerspruchsgeist hat ihm mehr zugesagt wie mir. »Beweist, daß sie Mumm haben«, hat er gemeint. »Den werden sie brauchen, Lucy – sei nicht so streng mit ihnen.« Aber er hat's mitgekriegt, wie ich den ganzen Sommer jede Nacht aus dem Bett bin, hat gehört, wie ich rübergegangen bin, ihre Kehrseiten untersuchen. Ist ihm jemals in den Sinn gekommen, mir zu sagen: »Bleib liegen. Heut nacht mach ich das«? Nein, mein Lieber. Nicht ein einziges Mal.

Mein Mann hat seinen gefallenen Freund geliebt. Aber wär der Freund noch am Leben und noch ein Junge gewesen, und hätte er in der Hütte nebenan geschlafen, hätte Captain dann genug Liebe bei sich gefunden, um aufzustehn, die Taschenlampe zu packen, sich rüberzuschleppen, sich aufs Bett zu setzen, dem andern die Konföderiertenhosen runterzuziehn und nachzusehn? Läßt mich schaudern, das Bild, wie der große, bärtige, erwachsene Marsden seinem Kumpel auf eine so intime Art hilft. Hat er diesen Jungen genügend lieb gehabt? O Gott, ja. Ist mir jedenfalls so vorgekommen. Und ich hab ihn dafür gehaßt. Ned, mein ich. Grade damals hab ich Ned den Ersten gehaßt.

Cap hat, tief und fest schlafend, am Lenkrad gesessen, als wollte er gleich wieder losfahren. Ich hab das Licht von meiner Taschenlampe über den dichten, glänzenden Bart wandern lassen. Die Platinuhr hat geglommen. Warum hatte der Mensch uns alle mitnehmen müssen? Allein wär er schneller vorwärts gekommen, hätte mit jedem palavern, an allen Toiletten am Straßenrand vorbeifahren können, die acht Kinder – und eine schwangere Frau – so brauchen. Hab ich schon gesagt, daß ich schwanger war? Schätzchen, das war schon zum Dauerzustand geworden – acht Kinder in rund zwölf Jahren. Tja, also, ich war's, wieder mal. Nummer neun, das letzte, hab ich mir geschworen.

Im Schlaf war Captain schön. Wenn er wach war, haben seine Augen mich oft gehindert, ihn richtig wahrzunehmen – sie haben eine

Schutzzone wie einen Helm, eine Herausforderung, um sein Gesicht gelegt. – Jetzt konnte ich ihn ungestraft bewundern. Hab laut gesagt: »Du bist ein gutaussehender Mann. Und, was hast du davon?«

Ich hab die Taschenlampe ausgemacht, mich aufs Trittbrett gesetzt und mich an die hintere Tür gelehnt, dicht hinter ihm. Die Federn von unserm Ford haben gequietscht, wie ich beide Füße auf die Erde gestellt, die gestopfte rotbraune Strickjacke enger um mich gezogen hab. Über der Straße, hinter einem Feld, über einem Wald hat der Mond gestanden und jeden Halm und Stengel mit einem zarten, ernsten Schatten versehn. – Ein bißchen Würde. Ist es unbescheiden, so was zu verlangen?

Ich hab dagesessen und mich gewundert, wie fest die Geschichte meinen Mann noch am Wickel hat. Fröstelnd hab ich mich gefragt, was für Histörchen ich seinen entgegenzustellen hatte. Manchmal hab ich mir Gedanken gemacht, ob ich eifersüchtig war, weil er mit den Kindern so gut gekonnt hat. Über mir im Auto hat Cap jetzt im Schlaf gemurmelt, irgendwas von drei fehlenden Zeltstangen, wo sind sie? »Nein, nicht schon wieder«, hab ich geseufzt. Aus dem Sumpf hinter den Hütten ist kniehoher Nebel auf uns zugetrieben. Über den Walnußbäumen (wie schwarze Spitze) war der gelbe Mond auf einer Seite angeknabbert, schief wie ein Hut am Samstagabend. Weil immer wieder Wolken dem Mondlicht in die Quere gekommen sind, hat das Licht anämisch gewirkt, schwindsüchtig, hat Zutrauen gewonnen, dann doch wieder klein beigeben müssen.

Cap hat laut behauptet, er muß wissen, wer die Zeltausrüstung weggenommen hat und warum. Ich hab's so satt gehabt, mich nett und freundlich zu geben, für jeden außer mir selbst das Kindermädchen zu spielen. Wie ich ihm so zuhör, sehn ich mich danach, einmal selber den Marschbefehl geben zu dürfen. Und ohne es zu wollen, schrei ich auf einmal Captain an. Mit kräftiger, harter Stimme wie der vorgesetzteste aller Vorgesetzten herrsch ich ihn an: »Marsden, herhören!« Dann merk ich, wie sich mein Mann, ohne wach zu werden, versteift. Sein Atem stockt, und er wird so still wie ein eingeschüchtertes Kind.

»Paß auf, Marsden. Du läufst jetzt los und holst diesen Ned. Du bringst deinen jungen Freund auf der Stelle hierher, verstanden? Das ist ein Befehl, Soldat. Kapiert?«

Ich hab gewartet.

Zwei Autos fahren vorbei, mit eingeschalteten Scheinwerfern. Langsam rattert ein von Maultieren gezogener Heuwagen die Straße entlang, schwarze Kinder unterwegs zur Erntearbeit für irgendeinen Farmer, noch halb schlafend im Stroh. – Ich hatte all die Jahre die Alpträume von meinem Angetrauten aus nächster Nähe miterlebt. Ich hatte ihm immer nur gesagt, er soll sich umdrehn, mit dem Gelalle aufhören, sich beruhigen. Oft hatte das geholfen. Aber bis zu diesem Augenblick war ich nie auf die Idee gekommen, mir mit einem Trick Eintritt in einen schlafenden Kopf zu verschaffen, gewissermaßen als Doppelagent in seinen bitteren geträumten Krieg runterzusteigen.

Und was, wenn es funktionierte? Wenn es mir wirklich gelang, von Angesicht zu Angesicht mit dem berühmten Ned zu sprechen, von dem ich noch nie die Stimme gehört hatte? Was sollte ich ihm sagen? Aber ich hab mir gedacht, Lucy, Schätzchen, dir wird schon was einfallen. Dir fällt doch meistens was ein.

Ich mußte dem einen Jungen Zeit lassen, den andern gehorsamen Jungen zu holen, und hab gewartet. Cap hat immer noch ganz steif vorn dringesessen, ich hab seine Haltung förmlich hören können. Hab mich geräuspert, geschluckt. »Schütze Ned? Stillgestanden! Ich hab dich holen lassen. Hast du verstanden?« Ich hab mich mit den Schultern an die Autotür gelehnt, hab Rückhalt gebraucht. Um mich nicht so allein zu fühlen, hab ich mir an den Hals gefaßt.

»Ned, mein Sohn.« Ich hab meine Stimme so froschig-männlich gemacht wie nur möglich. »Du bist uns wirklich eine große Hilfe gewesen, Junge. Ich meine, du bist mit uns durch dick und dünn gegangen. Hast dich nicht abschütteln lassen. Gut gemacht. Aber weißt du, jetzt bist du lange genug bei uns gewesen. Du hast soeben die Erlaubnis von oben, von ganz oben erhalten, dich zu entfernen. Gratuliere, mein Sohn. Du hast den Befehl, den jeder Soldat sich wünscht. Du hast es hinter dir. Geh, pack deine Sachen. Gute Sänger sind rar. Fahr heim zu deiner armen Mama, die mit ihren Vögeln auf dich wartet. Und werd so ein guter Zivilist wie möglich, Junge. Deine Dienstzeit ist soeben zu Ende gegangen, in allen Ehren. Also mach's gut. Du kannst uns jetzt verlassen. Und noch was, mein Sohn: Das ist ein Befehl.«

Ich hab gewartet, war auf Widerspruch gefaßt, vielleicht auch auf ein bißchen Jammern. Was hätt ich dafür gegeben, seine Stimme aus dem am Lenkrad dösenden Erwachsenen quäken zu hören! Neds Stimme, die auf ewig die von einem Dreizehnjährigen bleiben würde. Aber es kam kein Laut. Schließlich hab ich Schütze Marsden gerufen. Ich mußte wissen, ob sein exzellenter toter Freund die Befehle befolgte. (Gebet: Lieber Gott, an dem ich zweifle, laß um meinetwillen diese Entlassungspapiere durchgehn.)

»Hat dein Kumpel schon gepackt, Schütze Marsden? Ist er fertig zum Abmarsch?«

Schließlich hat eine Jungenstimme gesagt: »Sir? Er ist drüben im Wald.«

Barsch hab ich mich erkundigt, was er denn da macht, Befehle ausführen?

»Nein, Sir«, hat mein Mann mich aufgeklärt, »er weint nur immerzu, weint und weint. Sir? Darf ich eine Bitte vortragen, Sir?«

Ich hab nur geschnaubt. Hat sich so gemein angehört, wie von einem gemeinen Mann, und das ist gemein.

»Sir?« Die Stimme hat ganz gequetscht und schwach geklungen. »Sir? Bitte schicken Sie ihn nicht weg. Wenn er geht, muß ich das alles ganz allein durchmachen, Sir.«

Ein Schrei. Ich hab gespürt, wie die Karosserie ein paar Zoll hochgehüpft ist – Captains massiger Körper war mit einem Ruck zu sich gekommen. Die eigne Stimme hatte ihn in den Frieden zurückgeholt, zum Erwachsenen erweckt. »Was . . .?«

»Ist ja gut, Schatz, ich bin ja da«, sag ich. »Das Touristencamp, erinnerst du dich? Die Kinder schlafen. Du hast im Schlaf gesprochen, weiter nichts.«

»Hab geträumt, Lucy. Wieder mal.«

»Und was?«

»Von damals, nur, ich bin . . . verraten worden.«

Ich bin sitzen geblieben und hab auf die Straße geschaut. Der Mond hat ganz Virginia in Kanonengrau getaucht. Im Walnußhain die scharfen, sinnlosen Knaller von den fallenden Nüssen, unheimlich und lustig zugleich.

Ich hab gedacht, wenn ich je geraucht hätte, jetzt würde ich mir eine anstecken. Schließlich ist er aus dem Wagen gekrochen, hat sich über mich gebeugt, »Nacht, Zuckerrübchen« gesagt, mir einen Kuß auf den Scheitel gedrückt und sich dann, beide Augen reibend, zu unserer Unterkunft geschleppt. Entweder sehr früh am Tag oder sehr spät in der Nacht konnte Cap so reizend sein wie dein heimliches Lieblingskind.

Alleine jetzt, hab ich beide Füße auf das Trittbrett gestellt, mir den Rock über die Knie gezogen und die Arme um die Knöchel geschlungen. Abgesehn von meinem Alter und meiner Erfahrung hätt ich ein Mädchen sein können. Aber ich war keins mehr. Würde nie mehr eins sein. Vielleicht hat mein Angetrauter so lang so jung ausgesehn, weil er im Grunde ein Junge geblieben ist. Ich hab nicht gewußt, ob ich schon von Geburt an alt gewesen war oder ob meine jetzige Müdigkeit irgendwann vergehn würde und ich mich wieder als Kind fühlen konnte.

Der Tag wollte grade anbrechen, und ich hab überlegt, was ich getan hätte, wenn Ned selber mir geantwortet hätte. Hab mir den Kindsoldaten vorgestellt, wie er immer noch irgendwo da draußen in einem Wald an einen Baum gelehnt steht und haltlos schluchzt. Armer Kerl. Nicht genug, daß er schon eine halbe Ewigkeit tot war, *ich* mußte ihn auch noch piesacken. Ich hab ihn *doch* nicht gehaßt. Schließlich war er fast wie eins von meinen eignen Kindern. Aber ich hab mir schon sehr gewünscht, er tät endlich verschwinden, endlich zum Schweigen gebracht werden. Es ging nicht gegen ihn persönlich. Es war zu meinem und *seinem* Besten. Ach, einen Pfahl durch sein Herz, damit er endlich *schlafen* könnte!

Ich hab mir meine Küche, mein Haus ohne mich vorgestellt – leise knackend, wie ein leerstehendes Wohnhaus knackt, mit Bedacht. Und weißt du, ich hab mir gewünscht, *ich* tät wen vermissen. Und ich wollte, daß mich daheim in Falls wer in diesem Moment richtig bewußt vermißt. Ein Jemand, der mit diesem selben Morgengrauen erwacht, »Möcht wissen, wo meine Lucy jetzt grade ist« murmelt, wieder einschläft und sich dabei mich vorstellt. Ich hab mir gewünscht, daß meine Abwesenheit bemerkt wird, wenigstens halb so sehr, wie Cap seinen Ned vermißt hat. Mit jeder Faser hab ich mir das gewünscht. Nach wem in ganz Falls hab ich mich auch nur annähernd so gesehnt? Und wer . . . wer hat mich so geliebt?

Die Frauen in der Kirche sind alle nicht in Frage gekommen. Genausowenig wie meine verwöhnte Mutter, die nie die Wahrheit wissen wollte, sie »morbid« genannt hat. Oder Papa, der mich liebte, weil er in seiner Trägheit fast nicht anders konnte. Je älter ich geworden bin, um so schwächer ist er mir erschienen – auch um so netter zwar, aber von einer Lahmheit, die sogar die täglichen drei Stunden auf der Veranda mit ihm zur Qual gemacht hat. Mir ist Castalia eingefallen. Kühl, jäh auflodernd, meine erste echte Feindin, ein Opfer, eine verwandte Seele, die insgeheim dieselbe kathedralenhafte Größe hatte wie meine. Ich hab sie mir in ihrer aufgeräumten Bruchbude vorgestellt, die vor allem die drumrum gebauten Nerzkäfige vorm Einstürzen bewahrt haben. Hab dran gedacht, wie sie mir kalte Waschlappen auf die Stirn gedrückt und immer genau gewußt hat, wann sich eine aromatisierte Kompresse auf Zimmertemperatur erwärmt hatte. Ihre Berührungen konnten fast grob sein, waren aber nie achtlos. Um so echter waren meine Gefühle für sie. Sie hatte mir in letzter Zeit noch ein paar mehr Geschichten über die Zeit der Sklaverei erzählt, auch lustige Begebenheiten. Sie hat von ihren Plänen für eine riesige Nerzfarm gesprochen, und dabei hab ich mir immer Salatköpfe aus Nerzfell vorgestellt, die auf tausend Beeten wachsen, sattbraun und rund wie sie selber. Sie hat geschwärmt, wie der Mantel, den sie sich Tier für Tier züchten wollte, ihren gewaltigen Leib umschmeicheln würde. Hab ihre Stimme gehört, wie sie volltönend über ihre Couchkissen von Brüsten gerollt ist. Mich erinnert, wie sie meine älteren Kinder rumkommandiert hat, während ich mich abgequält hab, den nächsten kleinen Schreihals auf die Welt zu bringen. Ich hab dann über einer Schüssel gekauert und gedacht, mit so viel Übung müßte es leichter werden, was aber eine vergebliche Hoffnung war. Ich hab mir ihre Hände vorgestellt, dunkel graubraun auf dem Rücken, elfenbeinfarben an den Handflächen. Die Arbeit hatte ihr tiefe kupferne Falten in die Handflächen gebrannt. Cassie hat für ihre sechs Kinder gesorgt, es aber nie für angebracht gehalten, einen der sechs Väter zu heiraten. Hat mir so ausgesehn, als hätt sie das Beste aus jedem von ihren Männern rausgeholt – gute Zeiten, schöne Erinnerungen, ihren Verführer-Charme –, und aus jedem hatte sie einen Becher voll Samen destilliert, je ein Kind zum Andenken. Ihre Männer waren verständig genug gewesen, sich zu verziehn, manchmal sogar schon ehe das große Glück zu Ende war.

Da hab ich also irgendwo in Virginia im ersten Morgenlicht gesessen. Hab nach meinen Kindern gehorcht – noch alles ruhig. Castalia hat von ihren Verflossenen immer mit großer Zuneigung gesprochen – wenn auch so komisch mitleidig. Ganz ehrlich konnte sie die Tricks und Talente, das Aussehn und die Schmusegewohnheiten von jedem rühmen. Aber daß sie ihre Kinder ernähren mußte, hat ihr auch so schon gereicht, ohne ständig einen dieser Zusatz-Bosse in der Nähe zu haben. Einmal hat mich Cap bei uns zu Hause mit ihr beim Kaffee erwischt (Cassie und ich waren süchtig nach dem Zeug, konnten am Tag zehn Tassen davon runtergluckern – haben ihn gebraucht, mindestens zwei Tassen pro Kind, unsern täglichen dunklen Kraftstoff). Vielleicht aus Eifersucht hat Cap versucht, Castalia vor mir lächerlich zu machen. Unwürdig.

Unsere langen, gemütlichen Plauderstündchen haben ihn beunruhigt. Trotz seiner eignen langen komplizierten Vergangenheit mit Castalia hat Cap noch ein Auge für ihre Figur gehabt, für ihre Haut, die wie gerundetes Rauchglas war. »Wie kommt's eigentlich, daß du keinen der Väter von deinen Kindern geheiratet hast, Cassie? Sechs Bälger und weit und breit kein Mann. Man sollte meinen, eine gottesfürchtige Frau wie du würde sich schämen.«

Sie hat nur gelacht, aber mit einem angerauhten Unterton. »Ach, na ja – hab ja mit allen sechs gelebt. Haben alle gut ausgesehn, waren geschickt mit den Händen, unterhaltsamer auf die Dauer wie *du* meistens. Hab sie alle auf Niere und Herz geprüft, hab jeden von den hübschen Clowns gründlich durchprobiert. Aber weißt was? Kein einziger davon war genau der Richtige.«

Er hat lachen müssen. Hat ein Körnchen Wahrheit in dem gefunden, was sie gesagt hatte, hat gewußt, daß ihre Antwort ehrlicher war, als er es nach dieser ruppigen Frage verdient hätte. Ich weiß noch, wir haben alle drei in der Küche gesessen, alle mit denselben hohen weißen Kaffeetassen. Jeder hat jeden gemustert (taxierend, zärtlich, realistisch, ernüchtert). Wir haben dagesessen und gelacht wie drei ebenbürtige Erwachsene – und die waren wir ja. Ein paar von unsern Kindern sind reingekommen, weil sie was wissen wollten, sind aber in der Tür stehngeblieben, haben sich ausnahmsweise mal nicht gleich getraut, uns zu stören; eifersüchtig auf unsere Gemeinsamkeit, sind sie von einem zum andern gegangen und haben gefragt: »Was ist? Was habt ihr?« Sie haben sich ausgeschlossen gefühlt, und sie hatten recht damit. In dem Moment wollten wir keine Kinder um uns haben. Hat uns die Laune verdorben. Wir waren erwachsen!

– Ich bin vom Trittbrett aufgestanden, hab mir den Rücken gerieben. Ja, am liebsten hätte ich jetzt Castalia da gehabt. Ob ich ihr ein bißchen fehlte? War sie der Mensch, den ich liebte? War Captain nur eins von meinen Kindern und Cassie so was wie eine Übermutter, der einzige mir ebenbürtige Mensch? War ich kindisch in sie verknallt, so wie das meinen Kindern manchmal mit Lehrerinnen oder den älteren Geschwistern von Freunden und Freundinnen passiert ist? »Selbstmitleid und Eifersucht«, hab ich mich gewarnt – der Fluch auf unserer Familie. Sonnenlicht ist durch einen Nadelwald auf ein Feld gefallen – die Mitte davon rot wie ein geschlossenes Augenlid gegen Mittag. In dem Licht konnte ich jetzt ein Schild lesen: »Heart O'Dixie Tourist Cabins.« Es war die ganze Nacht im Dunkeln verborgen gewesen. (Das Wort »Motel« war noch nicht erfunden, weißt du, so lang ist das alles schon her.)

3

Am selben Morgen, keine drei Stunden später – wir waren wieder auf Achse, und ich war eingenickt –, hat er angehalten. Ich bin sofort wach geworden, ebenso das Baby auf meinem Schoß. Ich hab zu ihm rübergesehn. Cap hat dagesessen und schwer geschluckt. Und gegrinst wie ein Bräutigam, der seine Nervosität und seine vorauseilenden Gedanken verbergen will. Zwei, drei von unsern Kindern hinten im Wagen waren schon wach, hatten ihre ersten Spiele gespielt, schläfrig, aber nicht uninteressiert. Weit und breit keine Farm, kein See, nur Gras und Unkraut und ein ganzes Stück weiter vorne auf einem Pfosten ein verrosteter Briefkasten mit Maulsperre.

Unsere Kleinen sind alle aus dem Auto raus. Für sie war's nur ein Halt wie jeder andere. Die Älteren haben die Kleinen ins hohe Gras geführt, damit sie dort ihr Geschäftchen verrichten. Lou und Ned haben mir das ausnahmsweise mal abgenommen. Captain hat noch am Lenkrad gesessen. Es war neblig, aber er hat ziemlich stark geschwitzt. »Also«, hat er gesagt und sich umgesehn. Mit dem Baby auf dem Arm bin ich ausgestiegen. Bin rüber auf Caps Seite und hab ihm die Tür aufgemacht, als ob *er* die Dame wär. Der große Kerl dankt mir, klettert umständlich raus, streicht sich das angegraute braune Haar glatt – eine widerspenstige Locke steht trotzdem noch ab – und reibt sich die Schuhe hinten an den Hosenbeinen blank. Wie vor einer wichtigen Verabredung. Gradezu rührend. Dann läuft er los, wir alle hinter ihm her. Was denn sonst?

Ich hör Atmen, mein eignes und das von meinem Baby, das Herz klopft mir – weil ich *was* erwarte? Ich seh mich um, mach mich gefaßt auf Rauch, auf Gewehrfeuer, einen langgezogenen Schrei, irgendwas. Wasser ist noch keins in Sicht. Ich wünsch mir nur, ich tät besser *aussehn*. Wir hören spätsommerliche Insektengeräusche, einen Traktor, der vielleicht zwei Meilen von uns einen Berg raufkeucht – so still ist es da draußen. Captain springt über einen Graben, wir hinterher. Meine Kinder sind still geworden. Trotzdem sie noch so schlaftrunken sind, spüren sie, daß sich was geändert hat. Cap steigt eine kleine Anhöhe rauf und sieht vor sich ein Wäldchen. In dem Moment, wo er das Wasser dahinter riecht, geht ein Ruck durch seinen Oberkörper wie bei einem Pferd, das vor einem hohen Hindernis oder offenem Feuer zurückscheut.

»Was ist?« frag ich. Will ihm helfen, soweit das überhaupt möglich ist. Ich hör ihn was flüstern. Es ist ein ausländisch klingendes Wort, das er andauernd wiederholt wie einen Zauberspruch, als ob er sich gegen irgendwas wappnen müßte. »*Was?*« frag ich. Ich find, ich hab ein Recht drauf, daß er mir's sagt. Erst Wochen später wird klar, was er da immer wieder gestammelt hat: »Gethsemane.«

Wie ein Traumwandler ist er jetzt gegangen, die Arme halb nach vorn gestreckt, über Stöcke und Wurzeln stolpernd in seiner Hast. Ich hab ein Kleines auf der Hüfte und unser Jüngstes in einem Picknickkorb geschleppt. Die andern sind alle hinter uns her, wollten nicht zurückbleiben. In dem Moment, wo er das Wasser gesehn hat, ist Cap stocksteif stehngeblieben und hat auf seine Taschenuhr geschaut, als ob die ihm sagen könnte, wie viele Heckenschützen von den Yankees noch in den Bäumen vor uns lauern.

»Alles größer geworden«, hat er gesagt. Irgendwas in seiner Stimme hat mir ans Herz gegriffen. Noch nie hatte ich ihn so völlig arglos reden hören. Das hat mich wieder mal erinnert: Er war ein Opfer, genau wie wir. Jeder leidet unter was anderm: Bei ihm war's der Krieg. Bei mir die ganze Situation oder was der Krieg aus ihm gemacht hatte vielleicht. Bei meinen Kindern das Leben mit diesem Widerspruch – seine Kriegsvergangenheit und mein Streben nach Kleinstadtfrieden. Wer weiß? Jeder muß versuchen, irgendwie zurechtzukommen, Schätzchen.

Ich bin ihm gefolgt. Man tut das, wenn man wen liebt. Sonst geht man.

Meine Kinder haben sich enger zusammengedrängt. Wir sind durch hohe Seggen gewatet. Die Rückseite von Caps schwarzem Anzug war mit klettigen grünen dreieckigen Samen gesprenkelt. Die heißen bei uns Bettlerbörsen, ein passender Name, weil sie nutzlos sind, sich aber an alles hängen, was das Pech hat, sie zu streifen. Meine Kinder hatten schon die Haare voll davon. Ich hab mir gedacht, da sind sie wenigstens beschäftigt, wenn wir wieder in unserm Ford sitzen. Hat mich für ein Weilchen beruhigt, die Vorstellung, wie sie sich mit den Händen gegenseitig abklauben wie Affenjunge beim Lausen.

Kein Weg, kein Steg. Die Getreidemühle am andern Ufer war nur noch eine Ruine. Das Mühlrad war mit Schlingpflanzen zugewachsen wie ein Spalier. Außer uns kein Mensch zu sehn. Hier hatte keine Schlacht getobt. Bloß ein einziger Junge hatte hier dran glauben müssen, und Captain Marsden hat als einziger noch gewußt, *wer* es gewesen war.

Ein Kanadareiher ist auf der andern Seite vom See aufgeflogen, wie beleidigt über unsern Krach, unsere Großfamilie. Alles ist viel stiller geworden. Wir auch.

Das Ufer ist schmaler geworden. Auf der rechten Seite Bäume, auf der linken stehendes Wasser. Ich hab die Kinder alle vor mir gehn lassen und nur gehofft, daß keins in die trübe Brühe fällt. Ich weiß noch, daß ich gedacht hab: Nach was suchen wir eigentlich? Was haben wir hier verloren? Cap hat Zeugen gebraucht, glaub ich. Wenn du heiratest, verpflichtest du dich als Zeuge für den Schmerz eines Menschen, will sagen, für seine ganze Geschichte. Wir sind hinter ihm hergelaufen – damit er wen dabei hat. Hätte sonstwer sein können. Aber es waren nun mal wir. Weil wir mußten, sind wir alle weitergestolpert, bemüht, mit ihm Schritt zu halten.

Er hat nach rechts geschaut. Hat einen Baum gesehn, der zwischen andern eingekeilt war. Für mich waren sie alle gleich. Aber das mußte er sein. Weil nämlich Captain einen Schritt nach links gemacht hat, Captain dreieinhalb Fuß runtergefallen ist, Captain von uns weggewatet ist, Captain rückwärts ins Wasser gegangen ist. Er wollte, nach oben schauend, den richtigen Blickwinkel finden. Knietief ist er in der schlammigen Tunke mitten in der Entengrütze gestanden. Bis zu den Oberschenkeln eingesunken. Die Taschenuhr fällt ihm aus der Westentasche und pendelt an ihrer Kette über dem seichten Wasser hin und her. Silbrige Fischchen, vom Platin angelockt, wühlen vor ihm das Wasser auf. Ein paar schnellen sogar raus, springen nach der Uhr, als ob sie dächten, die Zeit wär was zum Fressen, die blöden Viecher. Caps Weste und Revers sind wie ein Telegramm mit Reihen grüner Samen getüpfelt. Er faßt sich mit der Hand an den Hals, schiebt sie unterm Bart hoch. Bei jedem Atemzug stöhnt er. Die Fische durchsticheln vor ihm weiter das Wasser. Er zeigt in den Baum rauf.

Unsere Kinder haben sich gegenseitig an Ärmeln und Schultern festgehalten, sich an meinen Rock gehängt. Endlich hat uns Captain gesehn, wie wir fassunglos zu ihm runterschaun, besorgt, er könnte der Länge nach ins Wasser klatschen. Stolz, wie er war, hat ihn das Mitleid in unsern aufgerissenen Augen und offenen Mündern bestimmt aufgebracht. Mit Wasserpflanzenranken an den triefenden schwarzen Hosen ist er jetzt, anfangs auf Händen und Knien, zu uns auf das bemooste Ufer raufgeklettert. Er ist durch unser Grüppchen – das sich geteilt hat – durch und weiter auf den Baum zugegangen, eine große alte Platane. Sie war seit dem Augusttag anno 62 mächtig gewachsen. Aber Captain war ja auch größer geworden.

Seltsam, doch genau in dem Moment ist eine Brise aufgekommen, und die breiten Platanenblätter haben sich gedreht und ihre weißlichen Unterseiten sehn lassen. Einen Moment lang hatte ich gegen alle Vernunft das Gefühl, der Baum hat ihn wiedererkannt. Dann ist Cap schnurstracks raufgekraxelt. Die schlammigen Hosenbeine und Schuhe sind als letzte im raschelnden Grün verschwunden. Wir haben nichts mehr von ihm gesehn. Es war Anfang September. Ganz plötzlich hab ich gemerkt, wie heiß es war.

Ned, der sein Leben lang von diesem Baum gehört hatte, dessen eigner Name vollgepackt war mit Erinnerungen an diesen traurigen Ort, hat förmlich drauf gezittert, hinter seinem Vater raufklettern zu können. Aber ich hab ihn am Handgelenk gepackt. Nicht um alles in der Welt hätt ich ihn losgelassen. Wir haben alle dagestanden, in eine knorrige Platane raufgeschaut und nichts gehört. Sogar unsere Kleinste im Körbchen war wach und hat mit ihren runden grauen Marsden-Augen wie gebannt in die Höhe geschaut. Eine Zeitlang war's, als würde mein Mann für immer da oben bleiben. Aus dem dichten Laub ist kein Ton zu uns gedrungen. Absolute Stille im Umkreis von mehreren Meilen.

Mir war, als hätte dieser widerliche alte Krieg nach langem Warten jetzt doch noch seinen Willen bekommen und meinen Mann aufgesaugt. Ich bin dagestanden, und sämtliche Halsmuskeln haben sich mir vom langen Raufschaun verspannt. Ich hab mich gefragt: Mädchen, was tust du, wenn er ihn sich zu guter Letzt doch noch einverleibt? »Weiterleben, denk ich.«

Das war meine beste Antwort. Ist es heute noch.

Dann ein ganz leiser Schrei. Ich denk, er ist auf ein Totengerippe gestoßen, irgendwas, was da oben noch baumelt. Tut mir leid, aber ich wollte einfach nicht, daß meine Kinder so was aus der Nähe sehn. War ich im Unrecht? Ich hab mir gewünscht, ich könnte das Auto fahren. Dann wär ich abgehaun. Wirklich. Hoch droben teilt sich das Laub. Er ist so dicht unter der Spitze, daß man denkt, ein so schwerer Brocken würde sich da oben längst nicht mehr halten können. Bestimmt fünfundfünfzig bis sechzig Fuß über uns und dem Teich. In dem Loch im Blätterdach taucht er auf, ganz in Schwarz. »Schau, Liebling«, sagt er. Meint mich. So nennt er mich daheim nie. Im ersten Moment denk ich, er meint wen andern.

»Immer noch da, er ist da.« Den einen Arm hat er um einen Ast geschlungen, mit dem andern hält er einen Lederriemen weg, der wie ein brüchiger alter Zügel aussieht. Cap balanciert so hoch über dem Wasser. Man kann sich denken, daß jeder, der aus so einer Höhe in den seichten Tümpel springt, sich ganz bestimmt zu Tode stürzen muß.

Indem er zwei Äste mit dem freien Bein beiseite tritt und ein paar Zweige zurückbiegt, kann Cap uns zeigen: Ein Ast ist irgendwie angeschwollen. Cap hält was in der Hand. Das Holz ist aufgedunsen, als ob man's an einer Stelle abgeschnürt hätte; vielleicht ist der Riemen in die tiefe Rindenfurche eingeklemmt. »Ich hab recht gehabt.« Seine Stimme hallt bis über den See und zurück. »Es ist alles wahr.« Hört sich an, als ob er fünfzig Jahre lang gefürchtet hätte, sich alles nur ausgedacht zu haben.

Mir wird unbehaglich. An meiner einen Hand zerrt und zappelt unser Sohn namens Ned, er will rauf zum Vater, laß mich doch, bitte, bitte. (Und ich steh da und befürchte das Schlimmste. Wo Cap schon so oft davon geredet hat, wie er noch nicht so sicher war, was wird dann jetzt erst werden – wie soll ich jetzt noch ein Fitzelchen von seiner Aufmerksamkeit für mich ergattern?)

Cap zieht den Riemen straff. Das Ding ist weißlich, wie mit Salz verkrustet. Mein Angetrauter schwebt wie ein Engel da oben im üppigen Laub. Den Kopf ganz im Nacken, starren wir rauf zu ihm. Er beugt sich vor, prüft mit seinem ganzen Gewicht die Festigkeit von dem Riemen. Unsere Kinder drängen sich um mich. Viele kleine Wirbelsäulen drücken gegen meine Beine. »Nicht, Daddy«, flüstert Lou zu ihm rauf. Wir denken, er kracht jeden Moment runter: bricht sich den Hals. Er läßt's eindeutig drauf ankommen. Mir wird klar: er hat das alles mehr oder weniger geplant. Daß er möglicherweise runterfällt, sich möglicherweise den Schädel einschlägt in demselben seichten Wasser, wo sein Freund gestorben ist. Ich versteh ihn nicht. Seine Logik ist krank, aber für ihn ist es Logik. Trotzdem, das Leder reißt nicht, hält sogar einen Mann aus, der zu so ansehnlicher Statur herangewachsen ist.

Nachdem er sich in den Riemen gelegt hat – seine Uhr ein Pendel über uns –, nachdem er dran gezogen hat, als *wollte* er ihn zerreißen, richtet sich Cap wieder auf. Dann versteckt er das Gesicht hinter einem angewinkelten Arm und fängt an, schrill wie ein Junge in Bedrängnis zu jammern. Die Grillen lassen keinen Laut mehr hören.

Schließlich ruft mein Angetrauter zu uns und dem See runter: »Was hat er denn getan? Was hat er denn *getan*?« – Als ob *wir* dieses Kind umgebracht hätten.

Unten auf festem Boden stöhnen unsere Kinder leise, ganz unwillkürlich. Sie verstehn nichts, fühlen aber alles. Ich fang zu flennen an, hab meine Gründe dafür. Zum Teil Eifersucht. Ich weiß, daß nichts, was ich je sagen oder tun kann, mich auf eine Stufe mit meinem eigentlichen Feind stellen wird – einem Jungen, der seit anno 62 tot ist. Der Korb mit dem Baby, den ich immer noch am Arm hab, zittert richtig von meiner Heulerei. Da fängt die Kleine auch an, und zwar laut. Ist beinah zum Lachen, wir alle heulend da draußen am Ende der Welt, der Krach.

Tja, wie er sich ein bißchen erholt hat, will Captain auf einmal, daß wir – ich und die ganze Kinderschar – zu ihm in den Baum raufklettern, den Lederriemen ansehn. Und zwar sofort, sagt er, auf der Stelle. Fünfundfünfzig bis sechzig Fuß senkrecht nach oben. Also, Schätzchen, da hat für mich der Spaß aufgehört. Als Mutter hat man schließlich eine Verantwortung. Halb unbewußt laß ich Neds Hand los, er rennt fast senkrecht in die Höhe und verschwindet lachend im vollen Septemberlaub. Er hat noch nicht den Tod mit der berühmten Geschichte dieses Ortes in Verbindung gebracht, ist einfach froh, klettern zu können, ein Kind. Trotzdem ich inzwischen Angst vor Captain hab, erlaub ich unser Ältesten, Louisa, auch auf den Baum zu klettern. Vielleicht, damit sie auf Ned aufpaßt? Ihr Tagebuch hat sie sich hinten in den Rockbund gesteckt. Sie will sich Notizen für ihren ersten Schulaufsatz machen, hat sie gesagt: »Was ich in den Sommerferien gemacht habe.« (Vorsichtig verschwindet sie nach oben im Laub.) »Ruf die beiden zurück«, sag ich mir. »Nein. Sie gehören zur Hälfte auch ihm. Nein, nicht zur Hälfte, aber zum Teil. Sie gehören teilweise ihm.«

Unsere Jüngeren sind rumgetanzt und haben gebettelt, ich soll sie auch rauflassen. Sie konnten noch kaum richtig laufen, geschweige denn wie die Affen senkrecht in die Höhe klettern. Am lautesten hat sich Baby beklagt. »Kommt nicht in Frage«, hab ich zu ihr gesagt. »Baby auch«, hat sie geschrien – sie hatte immer Angst, sie könnte was verpassen.

Captain sieht finster zu mir runter und erteilt mir jetzt, wie er sagt, einen »Befehl«. Sein Gesicht ist, von unten gesehn, ein mit Blut gefülltes rosa Euter. Es gefällt ihm nicht besonders, daß ich auf der Erde bleib und meine Kleinen beschütz. Mißfällt ihm sogar ganz entschieden. Jedes von seinen Kindern soll sich den rissigen alten Zügel anschaun, der den Ast stranguliert hat. Er runzelt die Stirn und murmelt irgendwas zu mir runter. Dann verlegt er sich aufs Bitten:

»Komm doch, Lucy, dafür hab ich doch den langen Weg gemacht.« In dem Moment hat er mir richtig leid getan, ehrlich. Aber weißt du, wie ich so raufgeschaut hab, ist mir klargeworden, daß ich nicht so sehr Angst davor hatte, er könnte aus Versehn eins von meinen Kindern runterfallen lassen. Ich hab das unheimliche Gefühl gehabt, er könnte eins runter*werfen*. In den See. Mit voller Absicht.

Irgendwie hab ich gespürt, daß er das wollte. Ich hab gehört, wie meine beiden Ältesten höher steigen, sich ihm nähern. Ich hab Äste unter ihren leichten Füßen zittern, den Wipfel vom Gewicht eines ausgewachsenen Mannsbilds schwanken sehn. Die Platane ist nicht mehr zur Ruhe gekommen. Ich hab gespürt, daß der Captain irgendwas Seltsames vorhatte. Vielleicht wollte er ein lebendes Kind als Opfergabe ins Wasser stürzen, vielleicht hat er gehofft, dann wird sein Freund ans Ufer geschwommen kommen, wach und frisch, mit grünem Wasserschleim gesprenkelt.

Captain hat gewartet, daß Ned und Lou Hand über Hand kletternd in Reichweite kommen, und er hat dabei so merkwürdig ausgesehn da oben. In dem schwarzen Anzug, ein Bein ausgestreckt, um die Zweige auseinanderzuhalten, hat er in einem fort auf mich runtergezetert wie ein lamentierender Jeremias, hat mich bald beschwatzen wollen, daß ich doch noch zu ihm raufkomm, mir bald wie ein gerissener Vertreter alles mögliche versprochen, Lucy dies und Lucy jenes, dabei aber die ganze Zeit grimmig und schwarz ausgesehn da oben, wie was Hungriges.

Schätzchen, ich hab bloß noch den Kopf geschüttelt. »Nichts zu machen, Mister. Du kriegst meine Kinder nicht!« Ich hab so geschlottert, daß ich den Korb mit dem Baby hinstellen mußte, damit ich ihn nicht fallenlasse. Und dann hab ich geschrien: »Ned! Lou! Ihr kommt da runter und – zwar – auf – der – Stelle – und – keine – Widerrede. Entweder *er* oder *ich*, habt ihr verstanden? Kommt sofort da runter, wenn euch euer Leben lieb ist!«

Ich hab gehört, wie sie ihre lange Kriechtour aufwärts unterbrechen. Dann hab ich gemerkt, wie sie beide ohne das geringste Gemecker (Gott segne sie) Ast für Ast langsam wieder zu mir auf die Erde runterklettern, und hab ein bißchen aufgeatmet.

Bis zum heutigen Tag weiß ich nicht, ob er ihnen wirklich was getan hätte. Es war nur so eine Ahnung. Aber ich hab ihn schließlich gekannt, oder? Und wie ich ihn gekannt hab, diesen Menschen!

Wie sie wieder unten waren, hab ich gedacht, sie werden maulen. Aber sie sind beide sofort zu mir gerannt gekommen und haben mich um die Taille gefaßt – als hätten sie die ganze Zeit Angst gehabt und nur auf einen strengeren Befehl als den von ihrem Alten gewartet.

So sind wir da auf der Erde gestanden und haben einträchtig gezittert. Aber wie er gesehn hat, daß sie ihn ausgeschmiert hatten und wieder bei mir unten in Sicherheit waren, Mann, hat er da vielleicht einen Unflat über mich ausgeschüttet.

Die älteren Kinder halten sich die Augen zu, als ob sie sich dadurch schützen könnten vor dem, was er auf uns runterbrüllt. Er schaukelt hin und her, der ganze Baum rauscht, schaudert, ächzt unter dem ungewohnten Gewicht von dem Mann im Wipfel. Eine Verräterin bin ich, schreit er, eine Spionin von den Yankees, die ihnen geholfen hat, sein Elternhaus niederzubrennen, eine Soldatenschlampe, Schlimmeres. Dann läßt er die Äste los. Ein Zischen, und er ist verschwunden. Rindenstückchen rieseln auf uns runter. Keine Ahnung, wie lang wir da gewartet haben. Es war drückend heiß. Das Ende von einem langen schwülen Sommer. Wir stehn und stehn. Setzen uns hin. Ich seh, daß unserm Ned ein weißer Stein für seine Sammlung ins Auge sticht, daß er aber zu rücksichtsvoll oder zu verdrossen ist, hinzugehn und ihn aufzuheben. »Na, lauf schon«, sag ich, und er lächelt und holt ihn sich.

Schließlich hören wir, daß Captain mürrisch den Abstieg in Angriff nimmt. Ganze Fetzen gehn vom Tapetenstamm der Platane ab. Die Rindenflocken flattern vor unsern nach oben spähenden Gesichtern runter wie Ascheteilchen oder Diplome. Ein Pergamentregen. Als erstes kommen die baumelnden schwarzbeknopften Schuhe zum Vorschein, dann die dunklen, schlammverkrusteten Hosenbeine, dann der Rest von ihm. Er springt auf der uns abgewandten Seite vom Baum ab – und fällt hin, landet breit und schwer, ein nasses Plumpsen.

Er rappelt sich auf und sieht über die Schulter, den Rücken zu uns, geduckt, beleidigt. Sein Gesicht ist aufgedunsen, vor Wut gerötet, als ob sich ein Gift in seinem Körper ausbreitet. Er versteckt was vor uns. Hat ein Stück von dem Zügel abgeschnitten, um's nach Hause mitzunehmen. Das Ding drückt er dicht unterm Bart an die Brust, als ob's ihm einer wegnehmen will. Er geht zwanzig Fuß über eine Lichtung, bleibt stehn und hätschelt das Ding wie einen Splitter vom Kreuz von Golgatha.

Ich hab mir gedacht, er braucht jetzt ein bißchen Zeit mit sich allein. Hab ihm gesagt, wir warten im Auto.

»Verlaßt mich nicht!« hat er gesagt und sich ruckartig zu uns umgedreht. Wehleidig, das reinste Kind jetzt.

»Nein, natürlich nicht«, hab ich versprochen und bin ein paar Schritte auf ihn zu, als ob ich überhaupt keine Angst vor ihm hätte. »Oder kann vielleicht einer von uns Auto fahren?«

Wir haben anderthalb Stunden gewartet (Ned hat derweil die Hälfte aller Steine Virginias aufgesammelt). Dann ist Cap endlich aufgetaucht – schwer schnaufend, als ob er durch den See geschwommen wär. Er hat nach Grundschlamm gerochen, sein Gesicht war ausdruckslos. Den Zügel hat er krampfhaft in beiden Händen gehalten wie ein gefangenes Tierchen.

4

Die ganze Fahrt nach Hause hat Cap nichts gesagt. Und nichts gegessen. Die Kinder haben sich Mühe gegeben, leise zu sein, aber das hat vielleicht vier Meilen vorgehalten – wer könnte's ihnen verdenken? Der normale Krach war für mich jetzt sehr tröstlich. Hin und wieder hab ich ihrem Geplapper ein bißchen zugehört. Baby hat versucht, sich mit ihrem Gelalle verständlich zu machen. »Baby *auch*«, hat sie ziemlich oft gesagt. Die andern haben sie geneckt. Sie hat's ganz gut verkraftet, und ich hab's bald aufgegeben, sie in Schutz zu nehmen. Cap hat jetzt nur noch vor Restaurants gehalten, nicht mehr vor Lebensmittelläden. War scheint's nicht mehr erpicht drauf, Geld zu sparen. Während wir gegessen und (schuldbewußt) aus dem Restaurantfenster gesehn haben, hat er stocksteif am Lenkrad gesessen, als ob er ein Teil vom Auto wär. Unterwegs ist er langsamer gefahren als vorher, ein tadelloser Chauffeur, das Stück Leder zwischen die große rote Faust und das schwarze Lenkrad geklemmt. Nach dem Frühstück mußte ich oder Ned oder Lou sich vor den Ford hinstellen und den Motor ankurbeln, die Kiste in Gang setzen. Cap ist nicht mehr ausgestiegen. Die ganzen zwei Tage bis nach Hause hab ich ihn kein einziges Mal austreten gehn sehn.

Allmählich ist uns die Gegend wieder bekannt vorgekommen. Ich hab gehofft, er wird nach und nach wieder der Alte werden. Die Kinder haben angefangen, aus den Fenstern zu zeigen. »Hab ja gewußt, daß es jetzt kommt«, hat Ned geprahlt, wenn wir um eine Kurve gefahren sind. Ein zierlicher, umrankter Pavillon aus Gitterwerk in einem Farmgarten – sechs lustige Windrädchen schnurren an seinen sechs Ecken, ein kleiner laubgesägter Farmer hackt Holz, ein anderer melkt eine Kuh, alles wie vom Wind zu einem anheimelnden bewegten Bild aus vielen bunten Teilen erweckt. Dann eine halb verbrannte Scheune. Ein tiefliegender Bach ohne Namen. Lauter kleine Sensationen. Für mich, für uns. Hat mir gefallen, wenn die Kinder sich an Sehenswürdigkeiten erinnert haben, von denen ich mir eingebildet hatte, sie wären nur mir aufgefallen. Ich mußte an die Heimfahrt von unser Hochzeitsreise denken. Und an Caps langen Heimweg aus Virginia, mit Schuhen aus Sackleinen, fünfzehn Jahre alt, jeder Schritt eine Überwindung. Wir sind an den vier verrußten Kaminen von dem ruinierten Herrenhaus der Marsdens vorbeigekommen. Captain, unser Captain – flott hat er uns ins Zivilleben zurückchauffiert – hat keinen Blick auf The Lilacs verschwendet.

Schließlich dann, am Rand von Klein-Afrika, Castalias Haus. Die zusammengewürfelten, ungestrichenen Hütten waren scheinbar in einem Ring aus dem Boden gewachsen wie Pilze nach einem Mairegen. Das Holz von ihrem Haus war silbergrau wie eine Nickelmünze geworden. Ihr Klohäuschen hatte sie sich aus einer Anschlagtafel gebaut, die auf dem Sportplatz ausgemustert worden war. Die Wände waren ein einziges Durcheinander von roter Farbe und lädierten Buchstaben. Hatte man wenigstens was zu lesen, wenn man draufsaß.

Cassie hatte ihren auf Stelzen stehenden Nerzstall laufend vergrößert. Er war mit den Jahren gewachsen wie ein großes Wespennest. Die Käfige haben sich jetzt rings um das Haus rumgezogen, so daß sie's hören konnte, wenn Hunde die Nerze wildgemacht haben – was dazu geführt hätte, daß sie abgemagert wären und sie selber später mal einen stumpferen Nerzmantel bekommen hätte. Der Ford tuckert weiter, vorbei an laufenden Kindern. Ich dreh mich weg, froh, daß wenigstens Castalia uns nicht gesehn hat.

Wie wir auf der Summit Avenue auf unser Haus zufahren – von den Kindern hinten kein Mucks –, kommen wir an unserer Bibliothekarin vorbei, der sechs ältere Schüler Stapel von Büchern nachtragen. Sie nickt uns zu und lächelt. Dann nähern wir uns Winona Smythes Grundstück. Das Haus selber steht noch, aber der Garten ist leer, ein gerodetes Waldstück – kein Baum, kein Strauch. Ein paar Nachbarn sind noch mit Sägen zugange, und auch sie lächeln, wie sie uns sehn. Ohne Winonas Dschungel wirkt die ganze Straße kahl. »Sie ist weg!« rufen die Männer, wie Cap auf die Bremse tritt und aus dem Wagen springt.

»Wohin?« ruf ich.

»Spurlos verschwunden!«

Wir haben alle zusammen einen Rundgang durch das Haus gemacht, aus dem jetzt alles getilgt war, was an Winona erinnert hätte. Nicht ganz normal für 1912, diese Normalität. Frauen, die seit Jahren gesagt hatten: »Ach, was würde ich dafür geben, *einmal* diesen Seuchenherd von innen sehn zu dürfen!« – also denen hatte sich ihr sehnlichster Wunsch jetzt erfüllt. Das Haus hat nach Salmiak gestunken, nach allem möglichen, nur nicht mehr nach der kitzligen Geschichte ganzer Dynastien von gelbgefiederten Vögeln.

Captain steht in Neds Zimmer. Lehnt sich an den Türpfosten.

»Soviel wir wissen«, sagt der Schwager vom Bürgermeister zu Marsdens Rückseite, »hat sie nur Kleider mitgenommen, ihre Vogelkäfige und das Bett aus dem Zimmer hier, dem von ihrem gefallenen Sohn, soviel wir wissen. Die Türen haben alle offengestanden. Dadurch ist meine Frau aufmerksam geworden. Kein Brief, kein Zettel, nichts. Wir wissen nicht mal, wem jetzt das Anwesen gehört.«

»Ich ... schon«, sagt der Captain. Dann seh ich, wie ihm ein Gedanke kommt – es könnte ja ein Brief für ihn dasein, den Winona zu uns nach Hause geschickt hat. Sofort verfrachtet er uns nach Hause. Ich sag nichts. Werd mich hüten. Schätzchen, nachdem er vor ein paar Tagen versucht hatte, mich und meine Kinder auf den Baum zu lotsen, und wo jetzt auch noch seine Donnerstag-Gefährtin seit anno 65 verschwunden war, hab ich lieber den Mund gehalten.

Kaum waren wir vor unserm Haus vorgefahren, ist Captain reingestürmt. Cassie hatte das Haus gehütet und die Post auf dem Tischchen im Flur gestapelt. Wie die Koffer von dem Klappsitz losgeschnürt waren und ich die ersten Sachen ins Haus geschleppt hab, waren schon Briefumschläge im ganzen Flur verstreut, und er hat immer noch nach der Rechtfertigung der Witwe Smythe gesucht. Ich hab grade den Kofferraum von unserm Ford leer gemacht, da ist mein Angetrauter im Sturmschritt an mir vorbei. »Nichts« – mehr hat er nicht gesagt. Ist in die Stadt gegangen – in voller Gala-Uniform. Den Aufzug hat er anschließend eine Woche lang getragen, zehn Tage. Wie er die Sachen dann im Winter für Lincoln wieder vorgeholt hat (nicht am Jahrestag von Abes Ermordung, sondern an seinem Geburtstag) – na ja, da hab ich gewußt, daß Cap vorhatte, in dem Zeug zu *leben*. So ist es dann auch gekommen, mehr oder weniger.

Wieder zu Hause – das Auto war über und über mit Dreck aus Virginia bespritzt –, hab ich mich mit krankhaftem Eifer aufs Saubermachen gestürzt. Neds neueste Mineralienschätze haben überall auf den hinteren Verandastufen im Weg rumgelegen. (Ich hab ihm nicht erlaubt, die Steine – wie sein Vater die Gewehre – unters Bett zu tun.)

Meint Ned eines Tages: »Aber hier regnet's drauf.« »Schätzchen, was meinst du, wo die waren, seit der liebe Gott kurze Hosen getragen hat? Die sind ganz wild auf Regen. Der hat sie nämlich von den Bergen abgesprengt und zu selbständigen Steinen gemacht. Die lechzen richtig nach Regen. Der Regen ist . . . ihr Reiseleiter.«

»Wirklich wahr?« Er hat geblinzelt, die feuchten grauen Augen auf mich geheftet. Ich hab seine wetterwendischen Locken berührt. »Geh und denk drüber nach«, hab ich zu ihm gesagt. »Und wenn deine Mama nicht recht hat, kommst du wieder und sagst ihr, wie's wirklich ist.« Man muß sie ständig beschäftigen, Schätzchen. Das hab ich immer gut gekonnt.

Fast sofort nach unser Rückkehr hat Baby verständlicher zu sprechen angefangen. Sie hatte schon seit Wochen Sätze gebrabbelt, aber jetzt haben wir sie halbwegs verstanden. Sie konnte sich früher verständlich machen als jedes Kind, von dem ich gehört hab. Für ihre Mama war das sowohl neu als auch schmerzlich. Ihr erster Satz war: »Baby auch will.« Man konnte dieses Kind nirgends allein lassen. Hat man's mal probiert, hat man sofort ein Blubberstimmchen sagen hören: »Baby auch mit.«

Ich hab's ihr nachfühlen können. Meistens haben wir ihr Bettchen mitten ins Wohnzimmer gestellt. Sie mußte vom ersten Wort an im Mittelpunkt stehn. Hübsch wie ein Bild auf einer Bonbonschachtel. Haben alle gesagt.

Ich hab im Haus mehr rumgefuhrwerkt als nötig. Das kommt bei mir vor. Cap ist neuerdings länger außer Haus gewesen. Ich hab nur selten gewußt, ob er zum Abendessen heimkommt oder nicht. Nie hat man eine Frau so besessen putzen sehn wie mich nach unserer Rückkehr. Heute weiß ich, es war Aberglaube. *Sein* Voodoo war, nach Norden fahren und Fetische von Bäumen abschneiden. Zu meinem hat scheint's gehört, daß ich Jagd auf die letzten Wollmäuse in unsern oberen Fluren gemacht hab. Ich hab die Leintücher gebleicht, bis sie kleine Löcher an den Rändern gekriegt und mir Schande gemacht haben. Ich glaub, ich hab gedacht – lach mich nicht aus –, daß ich irgendwie seine Traurigkeit wegputzen könnte aus seinem Leben und meinem. Unser weißes Haus sollte strahlen.

Irgendwie war alles anders geworden.

Seit dem Baum haben unsere Kinder fast Angst vor Cap gehabt. Ich hab gesehn, daß er's gemerkt hat. Und leider ist er deswegen noch länger weggeblieben. Er ist zum Pokern und zu Pferderennen gegangen. Und in den Sümpfen draußen hat er im Revier von unserm stellvertretenden Gouverneur so manche unschuldige Ente erlegt.

Hat er abends doch mal zu Hause gegessen, sind unsere Tischgespräche einsilbiger geworden, die zwischen ihm und mir. Die Kinder haben geplappert wie eh und je – als ob sie die Pausen ausfüllen wollten. Sie haben ihn ein bißchen zuviel angestarrt. Cap hat nichts mehr vom Viehhof erzählt. Ich hab's riskiert, einen Scherz über den Mann zu machen, der immer die Schafbeine durch vier geteilt hat. Auf meiner Singer hab ich mir ein neues Kleid genäht – schick, aus grauem Kammgarn. Ich hab die schwache Hoffnung gehabt, seine Aufmerksamkeit zu erregen. Weniger, weil ich sie gebraucht hätte, sondern eher, um ihn zu kurieren. Aber was sag ich da? Natürlich hab ich sie gebraucht. Ich hab Cassie um Rat gefragt. Sie hat gemeint, seine Trauer um Ned wär wieder aufgeflackert; und dann heimzukommen und feststellen zu müssen, daß er jetzt auch Neds Mutter betrauern mußte, das hätte jeden geschafft. Hab ich eingesehn. Trotzdem ... Unsere Kinder haben ihn unverdrossen gebettelt, er soll sie an den Armen packen und rumwirbeln wie früher. Er hat auf sie runtergeschaut, als ob sie Marsmenschen wären, die französisch reden. Seine Launen sind muffiger geworden, haben jetzt länger gedauert. Früher waren seine Gemütsschwankungen, wenn man so sagen kann, auswaschbares Blau gewesen, jetzt haben sie sich immer mehr zu waschechtem Nachtschwarz verdunkelt. Zu dunkel, als daß man sie je hätte auswaschen können, zu dunkel, um durch-, rein- oder vorbeizuschaun.

Bei Lucas hab ich Petunien gekauft – die letzten der Saison, verbilligt. Ich hab die Töpfe auf dem Fensterbrett in der Küche aufgereiht. Hat herrlich gerochen, aber hat er's gemerkt? Ich hab neues Linoleum für den Küchenboden bestellt, von dem Geld, das ich zusammengespart hatte, um Louisa mal auf eine Schule für Kinder- oder Gemeindeschwestern schicken zu können. Komisch, aber mit der Zeit hab ich gefunden, daß mein traurigerer Mann noch besser aussieht. Seine steinerne Miene hat mich beeindruckt. Er hatte aufgehört, allnächtliche Freundschaftsbesuche auf meiner Bettseite zu machen. Ich hab mir gedacht, jetzt wo wir von der Front zurück sind, können wir endlich lernen, uns richtig lieb zu haben. Aber du kennst mich ja, das hatte ich mir schon immer eingebildet. Liegt in meiner Natur. Wenn ich gesehn hab, wie er sich abends um sechs die Verandatreppe raufschleppt, hat das an einen ganz neuen Bereich von meinem Herz gerührt. Es war die fettige Rinde von meinem Herz, ein Anhang, von dem ich gedacht hatte, er hätte ihn schon viel früher verbraucht.

Unterwegs hatte ich Angst vor ihm gehabt. Zu Hause hab ich ihn hauptsächlich bedauert. Und deswegen hab ich ihn mehr gebraucht als früher. Ich hab gehofft, er wird wenigstens jeden Abend heimkommen, tun, was er versprochen hatte. Also, er hat's nicht getan. Vielleicht konnte er's einfach nicht. Jedenfalls hat er's nicht getan.

Eins war wirklich merkwürdig: Nachdem er den Baum wiedergesehn hatte, ist sein Haar weiß geworden. Im Handumdrehn. Ich hab erst gedacht, daß er sich's färbt – oder aber endlich aufgehört hat, es zu färben. Zehn Wochen, vier Monate – und wie's richtig Winter geworden ist, haben Mähne und Bart von meinem Angetrauten kein bißchen Farbe mehr gehabt. Seiner Mama war das ja auch passiert, dank Sherman. Kommt vor, hab ich gehört. Doc Collier hat Cap erklärt: Ein Schock kann so was auslösen. Dann hat unser Doktor den Captain gefragt, was ihm denn so einen Schock verpaßt hätte. Seine Antwort: »Nichts, was ich nicht schon vorher gewußt hätte. Ist das Verhör jetzt zu Ende?«

In der Stadt hat mein Mann Aufläufe verursacht, in seinem Aufzug – der graue Wollstoff ist durch das weiße Haupt- und Barthaar noch besser zur Geltung gekommen. Ich hab mich noch an die Zeit erinnert, wo er zu schüchtern gewesen war, über seine Kriegserlebnisse zu reden. Allmählich ist es peinlich geworden, daß er sich so rausgeputzt hat. Ich bin öfter allein daheim geblieben. Das Haus, das ihn jeden Abend nach der Arbeit aufmuntern sollte, hat mir keine gute Laune gemacht. Die Petunien sind dem Frost zum Opfer gefallen. Aber ich hab keine Langeweile gehabt. Ich hab andauernd Kuchen backen müssen, hab das Haus an Halloween und Weihnachten geschmückt und – ist es schon wieder so weit? – zu Ostern. Ich hab versucht, Baby beizubringen, mit ihren ersten Wörtern mehr anzufangen, als sich nur zu beklagen und zu prahlen. Ich hab meine Eltern besucht, die wie verrostende alte Uhren abgelaufen sind. Hab das mit Trauer, aber auch mit einer Gleichgültigkeit beobachtet, die mir ein bißchen angst gemacht hat. Ich hab Schühchen für mein Kind gehäkelt – jeden Tag konnte's jetzt so weit sein. Ich hab beim Kochen dran arbeiten können, wenn ich den Kindern bei den Rechenaufgaben geholfen oder mich mit Castalia in Andeutungen drüber unterhalten hab, wer aus welcher Straße grade wieder welche Ferkelei begangen hatte. Kleine Krüge haben große Ohren. Ich hab immer noch mehr Schühchen gemacht; hat mich abgelenkt. Nur wenn ich aufgehört hab, war ich in Gefahr zusammenzubrechen. Wenn ich still dagesessen bin, hab ich an die lange Fahrt nach Norden gedacht und an das seltsame Gehabe von meinem Alten auf dem Baum und auch hinterher. Er war scheinbar verschwunden – wie Winona.

Und ich hab ihn vermißt. Hab's vermißt, ihn einfach jeden Abend zu bestimmter Stunde im Haus zu haben. Hab's vermißt, wie er an guten Abenden den Kindern Geschichten erzählt, sie abwechselnd auf den Schoß genommen hat – und wie sie dann manchmal mit seiner Schweizer Taschenuhr jede Erzählung gestoppt haben. Hab's vermißt, wie er nach dem Frühstück das gute Stück nach der Küchenuhr gestellt, wie sein Gesicht einen strengen, bedauernden Ausdruck angenommen hat, bevor er hinausgestakst ist, das tägliche Brot verdienen, wie er verschmitzt von der Seth Thomas gefragt hat: »Bist du auch sicher, daß sie richtig geht?« Dann hab ich genickt. »Ist doch gestern auch richtig gegangen, oder? Und wie seh *ich* heute aus?«

»Richtiggehend gut«, hat er gegrinst, geflirtet. Und ich hab ihm die Zunge rausgestreckt, sie tick-tack hin- und herwackeln lassen, und die Kinder haben gelacht. An den Tagen, wo er und ich nichts dergleichen gemacht haben, hat unsern Kindern das Frühstück nicht geschmeckt. »Du hast vergessen, ihm die Zunge rauszustrecken, Mama. Paß auf, Papa. – Da!«

»Baby auch sehn!« kam ein Schrei aus dem Kinderbettchen. Louisa hat Baby hochgehalten, dann hab ich nochmal die Zunge spielen lassen. Baby wurde wieder reingesetzt. »Zufrieden?« hab ich gerufen. »Dieses Kind wird mal den Kotillon anführen, und wenn sie einen erfinden oder mieten muß. Die läßt sich mal nicht die Butter vom Brot nehmen. Recht hat sie!«

Sie lassen einen allein, und auch wenn man sich noch so gut verstellt und so tut, als ob einem das ganz recht wär – wenn's so weit ist, fehlen sie einem. Es fehlt einem sogar, daß man sich nicht mehr wünschen kann, sie *täten* einen verlassen. Verlang nicht von mir, daß ich dir das erklär. Wenn das logisch wär, könnte man sich ein Rechenbuch kaufen und bei den Lösungen hinten nachsehn. Wenn Liebe was wär, was man ausgleichen kann wie ein Konto bei der Bank, hätten wir nur noch Wirtschaftsprüfer anstelle von Amor. Aber Amors Pfeile tun weh. Pfeile tun immer weh.

Zum Kotzen, oder? Daß ich ihn immer noch geliebt hab. Komisch, aber am Anfang hat's mir fast ein bißchen gefallen – ich hab dagesessen und meinen Kaffee getrunken, bei den noch nicht erfrorenen Petunien, die gegen Abend einen leicht süßlichen, kränklichen Geruch verströmt haben. (Sie haben zu früh klein beigegeben – der einzige Nachteil von Petunien.) Baby hat mir gegenüber in ihrem hohen Kinderstuhl gesessen; sie hat gezahnt, und ihre Löckchen waren fast so schön wie die von Ned. Nichts hat sie so beruhigt wie ein kleiner Taschenspiegel – stundenlang konnte sie ihr Gesichtchen begucken. Die andern waren draußen und haben in der vollkommenen Frühabendbläue auf unserm leeren Grundstück Indianer gespielt. Das Abendessen war fast fertig, und ich hab nicht gewußt, wo er war. Wenn ich allein zu Haus war, ist es mir leichter gefallen, ihn zu lieben.

Er war zu jeder Tageszeit unterwegs, andere alternde Soldaten besuchen, zum Nachtarocken über die Fehler, die Jefferson Davis gemacht hatte. Mir hat seine massige Gegenwart gefehlt, sein gesunder Appetit, die derben Witze, die er mir früher erzählt hatte, als ob ich ihm wenigstens so viel bedeutete wie seine farbigen Arbeiter. Bis heute fehlt's mir, daß keiner mehr selbstverständlich damit rechnet, daß ich da bin. Sogar in dem Alter hoff ich noch, daß er sich ändern wird.

5

Captain hat einen Privatdetektiv aus Raleigh engagiert, der sollte die verschwundene Mrs. Smythe ausfindig machen. Sie hatte ihr kleines Zelt, ihre dreißig Vögel und das helle Eichenbett von ihrem Sohn mitgenommen. Daß sie's geschafft hatte, mit dem ganzen Zeug unbemerkt abzuhaun und vor allem an der Schwester vom Bürgermeister nebenan vorbeizukommen – das hat diese neugierige Nachbarin so gewurmt, daß sie monatelang schlecht geschlafen hat. Captain hat immer mehr Waffen heimgeschleppt. Ich hab gewußt, er spielt mit unserm Geld. Er hat viel gewonnen. Hat jetzt auf Artillerie gesetzt. Ich hatte gehofft, das Wiedersehn mit dem Badeteich würde was helfen – aber es hatte bloß für uns alle die schreckliche Vergangenheit wieder lebendig gemacht.

Es scheint schon so zu sein, wie der strenge Weise im Korintherbrief sagt: Die Liebe ist langmütig und freundlich, die Liebe eifert nicht, die Liebe bläht sich nicht, sie trachtet nicht nach Schaden. So wie Captain jetzt seit unserm Ausflug in den Krieg war, ist mir's vorgekommen, als hätte ich früher fast einen Mustergatten gehabt. Ist eben alles relativ.

Sicher, eigentlich war ich nicht allein – wie denn auch, mit acht

Kindern (das neunte, das ständig getreten und sich gedreht hat, war inzwischen schon überfällig). Und trotzdem, ich war einsam. Mit Gesellschaft von Kindern reich gesegnet, hab ich mich wirklich allein gefühlt, von außen nach innen – schlechte Karten. Gelegentlich ist Castalia vorbeigekommen und hat Kaffee aus ihrer liebsten weißen Tasse getrunken – die hat sie daran erkannt, daß sie angeschlagen war. Diese ausladende, ausschweifende Person hat bei mir am Küchentisch gesessen und geredet und geredet: ihr Ärger wegen ihren beiden Ältesten, die immer noch nicht ausgezogen waren, Hebammenklatsch aus dem ganzen Kreis Nash, Skandale, die sich in der Bank zusammenbrauten. Ich hab sie nach Geschichten aus der Zeit der Sklaverei ausgefragt. Ich wollte in allen Einzelheiten wissen, wie das gewesen war: auf dem Schiff aus Afrika. Bröckchenweise hat sie mir's erzählt, bei zehntausend Tassen Kaffee, so schwarz und so süchtigmachend wie sie. Sicher, wir hatten unsere Meinungsverschiedenheiten gehabt, aber manchmal hatt ich's wahrscheinlich nur ihr zu verdanken, daß ich auf dem Teppich geblieben bin, nicht durchgedreht hab. Ich bin in Bewegung geblieben. Einmal Pause gemacht, und es wär um mich geschehn gewesen. Wasser, das den ganzen Tag kocht.

Ach übrigens, wo stellst du denn dein Auto immer ab? »Verwandte und Besucher?« Das ist gut. Sonst würden sie dich nämlich garantiert abschleppen. Das ist *eine* Art, wie unser Heim sich die Einnahmen verschafft, die es braucht, um mittellose Insassen wie mich durchzufüttern. Also, mit einem Wort, unser Heimleiter kriegt eine Provision von der Abschleppfirma. Aber behalt's für dich.

Letzte Woche haben wir eine Gruppe junger Pfadfinderinnen hier im Heim gehabt. Die sind mit ihren grünen Käppchen von Zimmer zu Zimmer gegangen und haben ihre Fahrtenlieder gesungen. Sie haben uns nur die fröhlichen Bibelverse vorgelesen. Eins von den Mädchen hat mir erklärt, daß man um so mehr Pluspunkte bekommt, je älter der alte Mensch ist, den man betreut. Mein Alter hat sich wie ein Lauffeuer verbreitet. Ich war an dem Tag richtig gefragt. – Also, jedenfalls, die Begleiterin von den Mädchen, die ist aus dem Lächeln gar nicht rausgekommen, war dermaßen bemüht und überfreundlich, daß man am liebsten sein Gebiß in den Schoß fallen lassen hätte, bloß um zu sehn, was sie dann macht. Sie hat in jedem Zimmer gebetet, laut. Manche meinen ja, ein Gebet ist eine Postkarte mit schönen Grüßen, bloß billiger. Die Pfadfinderinnen haben sie nicht aus den Augen gelassen, während sie so getan hat, als ob sie jede Woche mit dem Allmächtigen Kaffee trinkt. War nicht zu verkennen, daß sie das Weib durchschaut hatten. Ein paar haben mir mitten im Gebet zugezwinkert, und ich kann nicht behaupten, daß ich nicht zurückgezwinkert hätte.

Nach dem »Amen« hat die Frau gezwitschert: »Was meint ihr, Mädels, ist das nicht eine ganz entzückende, farbige alte Dame!« Und ich sitz dabei, mit meinem Mundgeruch und meinen hochfliegenden Plänen. Die hat grade so getan, als wär sie mit ihrer Kinderschar im Affenhaus vom Zoo von Asheboro. Der hab ich vielleicht die Meinung gesagt: »Farbig? Gnädigste, ich bin so weiß wie Sie und ein ganzes Stück ehrlicher. Es ist ungezogen, über andere zu reden, als ob die gar nicht im Zimmer wären. Besonders wenn einen diese andern in ihr Zimmer eingeladen haben.« Die Pfadfinderinnen haben gekichert. – Also der ihr Auto, das haben sie abgeschleppt. Während sie wie der Zauberstab der Jugend sternchensprühend von Zimmer zu Zimmer gehüpft ist und auch mich in meinem Verschlag aufgesucht hat, haben die draußen klammheimlich und in aller Eile ihren Kombi weggeschafft. Sie hat's gemerkt, wie sie genau da gestanden und aus dem Fenster gesehn hat, und wie der Blitz ist sie zur Tür raus und gotteslästerlich fluchend den Gang lang gerannt. Die Pfadfinderinnen haben den einen oder andern neuen Ausdruck gelernt an dem Tag. Ich fand's herrlich. – Aber »Verwandte und Besucher«, doch, da kannst du dich hinstellen.

Sind dir schon mal die vielen Oldtimer auf unserm Parkplatz aufgefallen? An manchen Tagen, wenn Jerome mich in meinen Rollstuhl hebt, sitz ich einfach da am Fenster und beseh mir die vielen Autos. Macht mich stolz. So viele von uns Insassen haben ihre alten Limousinen mitgebracht. Wenn man sie verkaufen will, kriegt man kaum die Hälfte von dem, was sie wert sind. Außerdem trennt sich keiner gern von einem Ding, das ihm jahrelang treue Dienste geleistet hat. Da ist so mancher gute Wagen dabei da draußen. Wir waren nicht alle schon immer so arm wie jetzt. Manchmal kommen Fremde vorn an den Empfang und wollen eine Eintrittskarte kaufen. Die denken, wir haben hier ein Museum. Aber in gewisser Weise stimmt das ja auch. – Sechs schwarze Packards nebeneinander! Ist mir egal, was seitdem alles dahergekommen ist, einem Packard kann keiner das Wasser reichen.

Mit meinem alten grünen Chevrolet da drüben kann ich nicht mehr viel Staat machen – Baujahr 46. Ich hab Wert drauf gelegt, daß er gleich neben Mrs. Minnie Lyttons Cord-Airstream steht. Mein Chevy ist mir ein bißchen ähnlich – ein preiswertes Fahrzeug, noch in erster Hand, mit hundertzehntausend Meilen auf dem Buckel. Der Wagen ist vielleicht schon ein bißchen zu antiquiert, als daß man sich mit ihm noch auf die Straße traun könnte, aber auch noch ein klein bißchen zu gut für die Schrotthalde.

Wenn man sein Auto lang genug rumstehn läßt, passieren wundersame Sachen. Die Flossen und Chromteile werden erst ein bißchen picklig, als ob sie die Masern kriegen. Bis es dann so fünfzehn, zwanzig Jahre alt wird. Dann werden die Leute schließlich auf dein Prachtstück aufmerksam. Erst ist es nur »in«. Aber dann bekommt es allmählich eine Art Würde, besonders um die Trittbretter und Scheinwerfer. Diese Würde ist sogar an meinem getreuen, häßlichen Chevy nicht vorbeigegangen. Unsere Zuckerstange mit dem Irokesenschnitt, Zondro (sie nimmt Malstunden, ist *gar nicht* unbegabt), die hat ihrem Freund gesagt, meine Kiste hätte sich auf ihre alten Tage in einen »Klassiker« verwandelt. Schätzchen, ich kann's gar nicht erwarten, daß das auch mit meiner Wenigkeit passiert.

Paß auf – wenn du rausgehst, schlag die Plane zurück und sieh dich mal satt an Minnie Lyttons Cord-Airstream. Sie hat nichts dagegen. Ihr Auto ist ein gutes Beispiel dafür, wieviel wir von diesem Jahrhundert erwartet haben. Rassig, mein Junge, elegant. Dieser Roadster sieht aus, wie unsere Zukunft sein sollte, wie unsere Zukunft früher mal war!

Sehnsucht nach der Senkrechten

Wie gesagt, nach unserer Rückkehr von den Kriegsschauplätzen hat mich der Putzfimmel gepackt. Ich hab mich irgendwie geschämt, als ob der Dreck vor allem meine Schuld wär, meine eigne flusige Hinterlassenschaft. Meine kastanienbraune Lieblings-Strickjacke ist an den Ellbogen fadenscheinig geworden. Ich hatte mich aber zu sehr an sie gewöhnt, um mich jetzt noch von ihr zu trennen. Mein neuntes hat immer ungeduldiger gestrampelt. Zum Kinderkriegen ist man damals nicht für eine Woche bis zehn Tage in die Klinik gegangen. Und man hat auch nicht diese raffinierten Atemübungen gemacht, ganz zu schweigen vom besorgten Ehemann, der sich hilfsbereit zur Verfügung hält. Nein, meine Damen, ich hab von meinem Bett daheim aus jemand zu Castalias Nerzfarm rübergeschickt. Und Castalia ist angerauscht gekommen, in ihrem Pelzmantel, der jetzt langsam Gestalt angenommen hat.

Zuerst war's eine Art Nerzkragen, aber mit der Zeit ist so eine längliche Angelegenheit draus geworden, wo man die einzelnen Nerze erkennt und die Augen aus Glas sind und einer den andern in den Schwanz beißt, damit das Ganze nicht von den breiten Schultern rutscht. Dann sind die Felle zu einem kurzen Cape verschmolzen, das sich bald nach unten verlängert und allmählich die Form einer Stola angenommen hat. Die hat Castalia fast bei jedem Wetter getragen. Die Felle waren schon in Ordnung, aber mit Castalias Nähkünsten hat's ein bißchen gehapert. Trotzdem, Nerz bleibt Nerz, und sie war so stolz, daß man sich (wie bei den Farbkatastrophen ihrer Kleider) gehütet hat, irgendwas anderes als Bewunderung zu äußern.

Cassie hat zu der Zeit fast alle Neugeborenen in Falls ans Licht der Welt geholt. Doc Collier war davon gar nicht erbaut. Castalia kam mit ihrer berühmten Schüssel gerannt und hat ihren Pelz möglichst weit weg vom Schauplatz der Handlung über einen Stuhl gehängt. Dann hat man aus dem Bett klettern und sich über die Blechschüssel kauern müssen, eine durchaus sinnreiche, aber nicht direkt photogene Stellung. Unter Cassies geschickter Anleitung ist das Jüngste schließlich rausgerutscht gekommen, und das war's auch schon. Ich hab sie gebettelt, sie soll mich wenigstens diesmal knebeln, damit meine Schreie nicht die Kleinen erschrecken. Hab mir vorstellen können, wie Baby, wenn sie mein Gekreisch durch die dünnen Wände von unserm Haus hört, »Baby auch« sagt. Wenn sie wüßte, *was* ihr da entgeht!

Wenn man nicht innerhalb von drei Tagen gestorben ist, wurde man wieder zum Dienst zitiert. Als erstes haben sie einen gefragt, wie man dies oder jenes macht. Dann haben sie vorgefühlt, ob man nicht schon mal aufstehn und ihnen zeigen könnte, wie das geht. »Also zum Kartoffelschälen nimmt man am besten . . .«, hat man doziert, mit dem Messer in der Hand, und dann hat man sich umgedreht und festgestellt, daß man wieder allein in der Küche steht – und hat gewußt, man ist noch am Leben. Wenn man bis zum dritten Tag nicht das Zeitliche gesegnet hatte, haben die andern sich gedacht, daß man vielleicht wenigstens noch ein Jahr und ein Kind mehr aushält. Und wenn man doch gestorben ist, na ja, dann war man eben tot. Viele *sind* gestorben.

Und Captain hätte sich im Handumdrehn wieder verheiratet. Das hatte er mich wissen lassen. Es hat immer irgendeine Frau ganz in der Nähe gegeben (die sich um die große Kinderschar von ihrem kleinen Bruder gekümmert hat), irgendeine ledige Frau, die nicht grade eine Aphrodite war, dafür aber im Haushalt ordentlich zupacken konnte. Die sich all die unscheinbaren Jahre hindurch ihren Lebensunterhalt verdient hatte. Weil ihr gar nichts anderes übrigblieb. So eine hat Cap jedesmal im Auge gehabt, wenn ich wieder mal im Kindbett lag.

Eines schönen Morgens, kurz bevor ich mein neuntes gekriegt hab, ist er an mein Bett gekommen (sein Hintergedanke war bestimmt, mich ein bißchen aufzumuntern) und hat mir gesagt, welche Frau er sich diesmal als künftige Stiefmutter für meine Kinder ausgesucht hatte. Wollte wissen, ob ich mit seiner Wahl einverstanden bin. Stell dir vor. Der hat das bloß gesagt, um mich so in Wut zu bringen, daß ich mich nicht einfach aufgeb und ihm wegsterb. Hat genau gewußt, daß ich meine Lieblinge nie und nimmer irgendeinem plattgesichtigen Arbeitspferd ausgeliefert hätte, das sie geschlagen hätte, weil sie nicht ihr eigen Fleisch und Blut sind, und an den Ohren gezogen, wenn Captain wieder mal aufs Land gefahren wär, um im ganzen Kreis Schlachtvieh für den Sonntagsbraten aufzukaufen.

Mit fünfzehn, da hab ich mir alles zugetraut. Aber mit achtundzwanzig? Nein. Früher hatte mich die Welt nur von außen nach innen angegriffen. Jetzt – kurz vor der Geburt von unserm Jüngsten – sind die Strapazen von innen raus gekommen. Und das ist was ganz anderes, mein Lieber. Dem Kalender nach war ich noch jung, aber meine Müdigkeit hat sich bald so alt angefühlt, wie Lucy heute ist. Nein, noch älter. Älter als das Alte Testament. Wie aus einer Zeit vor allen Zeiten, ohne Form und Stimme und ohne den Willen, sich auch nur das Auf-den-Topf-Gehn anzugewöhnen. Schon bald ist eine unendlich graue, gewichtige Müdigkeit draus geworden. Es war das Grau der Ringe unter allen Augen, die sich je danach gesehnt haben, sich für immer zu schließen. Die Mattigkeit war so ungeheuer, daß der gesunde Schlaf einer Nacht, ja nicht mal ein ganzer Monat solcher Nächte sie auch nur hätt ankratzen können. Sie war einfach da und hat sich nicht gerührt.

Schuld an dem fatalen Schwund von Lucys Kräften war natürlich unsere Reise zurück in den Krieg. Bis dahin war der ganze Krieg eine Reihe von Geschichten gewesen, bevölkert von Pappfiguren, ein Durcheinander von Liedchen und Tragödien, zum größten Teil wahr, wenn auch breitgewalzt und ausgeschmückt, so real wie ein Artikel in der Zeitung. Jetzt war er ein wirklicher Ort, und gar nicht mal so weit weg. Stell dir vor, du könntest über eine Staatsgrenze fahren – und die Hölle besichtigen. So als ob du in eine Touristenattraktion wie den Grand Canyon schaust. Bloß daß du auf dem Grund der Schlucht gepeinigte Seelen im eignen Saft schmoren siehst wie Millionen brutzelnder Speckstücke. Und oben am Kraterrand machen Knipser Photos vom Fegefeuer. Und du kannst Ansichtskarten davon kaufen, koloriert in den kitschigsten Farben.

Der Krieg war für mich jetzt wie ein Ort auf der Landkarte. Ich hab begriffen: Er hat sich immer noch die triefenden Lefzen geleckt und nach einer kompletten Neubesetzung gegiert, nach neuen Rekruten. Mir war, als hätt er sich unsere Namen notiert, meinen und die aller meiner Kinder, sogar den von dem noch Namenlosen, das mich andauernd getreten hat. – Das Wiesel ist so schlau, daß es ein Hühnerei durch ein kleines Loch auf der Unterseite aussaugt, es versteht sich drauf, das Windei scheinbar unversehrt zurückzulassen. Und die arme Henne sitzt dann ewig drauf und brütet und wartet.

Vor unserer Reise hatte ich mich ständig gegen was gestemmt und war deshalb nicht allzu oft müde gewesen. Von Cap hatte ich stetige, wenn auch stillschweigende Unterstützung bekommen. Jetzt war er ständig weiß Gott wo unterwegs. Er hat Wetten abgeschlossen mit Geld aus meiner Mitgift – einem hübschen Batzen, wie ich später rausgekriegt hab. Er hat die Zukunft meiner Kinder aufs Spiel gesetzt, um immer noch mehr Waffen mit hohem Sammlerwert an sich zu bringen. Hat sie unterm Bett immer höher gestapelt, bis ich sie dann in manchen Nächten spüren konnte, wenn ich mich umgedreht hab, starr und unfreundlich unter der Matratze. Bei jedem Umdrehn haben Hähne, Abzugshaken, Schäfte geklappert. Das hat mich nervös gemacht. Und wie. Auf einmal schien der Feind so nahe, und richtig gut gerüstet.

Der Krieg: Ein Feuersee, in dem es von Menschen gewimmelt hat, die ich nicht retten konnte. Ich bin mir noch kleiner vorgekommen.

Castalia hat damals zweihundertzehn bis zweihundertvierzig Pfund gewogen.

Captain ist auf hundertachtzig bis hundertneunzig Pfund gekommen.

Lucy hat's – sogar als Schwangere – auf ganze achtundneunzig Pfund gebracht.

Jetzt, wo ich so alt bin, erinner ich mich, wie's damals war. Meine Müdigkeit stellt sich jetzt immer ganz pünktlich ein. Ich bin wirklich gar nicht schlecht drauf für jemand, der längst tot sein müßte – wenn er noch einen Funken Anstand im Leib hätte. In dem Alter denkt man: *Natürlich* bin ich müde, schließlich bin ich fast so alt wie der liebe Gott. Aber noch keine siebenundzwanzig zu sein und schon so verschlissen, das ist viel schlimmer. Durchs Fenster hab ich – auf ihren Gängen in die Stadt und zurück – die alte Jungfer beobachtet, die sich Cap als Lückenbüßerin nach meinem Tod ausgeguckt hatte. Sie war angezogen wie eine Wallfahrerin und hat eine Tasche geschleppt, die so groß war, daß ein geraubtes Waisenkind drin Platz gehabt hätte. Sie hat sich die Haare selber geschnitten, das hat man von weitem gesehn. Waren das schon Wahnvorstellungen von mir, oder hat sie wirklich unser Haus, unsern Garten im Vorbeigehn taxiert? »Na dann«, hab ich gesagt und mich umgedreht, und etwas in mir hat sich in mir umgedreht. Ich hab gemeint: »Na dann von mir aus.« Ich bin allmählich zu müde geworden, um lange wütend zu sein. Und das heißt bei mir, daß ich fast tot bin, mein Junge.

Nachdem Cap uns auf seiner sentimentalen Reise zurück in den Krieg mitgeschleift hatte, wie ich bettlägerig war und fast schon reif für Cassies helfende Hände, ist es mit mir auf eine so endgültige Art bergab gegangen. Ich bin mir vorgekommen, als wär ich allen nur noch im Weg, allen nur noch ein Dorn im Auge. Ich war der eine Rostfleck, der was an sich Reines, Gutes verunziert. Ich war abseits. Ganz langsam war ich gesunken, zur Fluse unter einem Möbelstück geworden. Ich war das Braun, das Tapeten fad und verwohnt aussehn läßt. In so einem Zustand meidet dich der Schlaf wie die Pest. Allein dafür, daß du den Arm hebst, daß es dir gelingt, für ein Viertelstündchen einzunicken, hättest du den Nobelpreis verdient. Du tätst alles dafür geben, diese tiefe Erschöpfung abschütteln zu können. Louisa hatte angefangen, die Pausenbrote für ihre Geschwister selber herzurichten – ich hab sie von einer Gartenliege in einer Küchenecke aus beaufsichtigt. Hab sie bedauert, sie mußte deswegen schon um halb sieben aus dem Bett. Hab ihr gesagt, sie soll das Wasser auf dem Herd weiterkochen lassen. Ich wollte ihr erklären, daß das Wasser mir hilft, nicht auch noch das letzte Interesse zu verlieren. Aber die Erklärung hätte die Kraft eines ganzen Tages beansprucht. »Tu's einfach«, hab ich ihr deshalb bloß gesagt. Ich muß mich angehört haben wie ihr Papa, der auf Kinderfragen unweigerlich geantwortet hat: »Weil ich es sag. Weil du an meinem Tisch sitzt, *darum*.«

Ich war entsetzt, was diese Müdigkeit und die Schwangerschaft allmählich aus Lucy gemacht haben. Aber das hat auch nichts geändert, Schätzchen, nichts.

Die Kinder waren in der Schule, Baby hat sich im andern Zimmer gelangweilt und das auch rausgekräht, und auf einmal hab ich das Gefühl gehabt, ich wüßte, was mir fehlt. Ich hab einen Heißhunger nach irgendwas gekriegt, als ob das, was mir fehlte, in einer bestimmten Sorte von Lebensmitteln zu finden wär. Ich hab Louisa gebeten, mir einen Versandkatalog zu bringen. Sie hat's gemacht. Louisa hat immer getan, was man von ihr verlangt hat, das arme Ding. Ich hab ihn durchgeblättert wie eine Speisekarte mit allem, was ich entbehrt hatte. »Probiern wir mal was *Neues* aus«, hatte mein Mann manchmal im Bett gesagt. Ich hab das jetzt zu den Katalogseiten gesagt. Ich hab . . . ja was hab ich gebraucht? Eine ordentliche Portion Fensterkitt? Nein. Ein Döschen Gesichtspuder? Nein. Oder mich aus dem Staub zu machen wie die weise Winona, einfach zu verschwinden, war's das?

Ich hatte nie das berühmte Verlangen nach sauren Gurken um vier Uhr früh gehabt, das man Schwangeren gemeinhin nachsagt. Aber jetzt beim Warten auf Nummer neun kam's mir vor, daß es *ein* Essen geben mußte, das mich für alles entschädigen würde. Captain hatte uns mal gesagt: Säue fressen ihre Jungen auf, weil sie einen Nikotinsäuremangel haben. Ist also nicht persönlich gemeint. Mit meinem Heißhunger auf irgendwas hab ich meine Schwestern, die Mutterschweine, besser verstanden.

Ich hab Mehl aus dem Sack probiert. Nein, *da*nach war ich nicht gierig. Dann hab ich ein Viertelpfund Gewürznelken gemampft (das sind ganz schön viele Nelken, Schätzchen). Als nächstes war Backpulver an der Reihe. Auch nicht das Gelbe vom Ei. Ich hab Lou zugerufen, sie soll mir bitte ein bißchen Stärke ans Bett bringen. Stärke wurde damals in Blöcken verkauft. Ich hab mir ein ordentliches Stück abgehackt und gemütlich mit geschlossenen Augen zu kauen angefangen, den Brei durchgekaut, bis ich nur noch einen einzigen faden seifigen Schaumgeschmack im Mund hatte. Schon besser. Ich hab an dem Nachmittag den halben Block verschlungen. Ich hatte gehört, daß die schwarzen Frauen unten am Fluß das Zeug wie Zuckerwerk gelutscht haben. Als nächstes hab ich Erde aus einem Blumentopf probiert. Damit sie besser rutscht, hab ich einen winzigen silbernen Teelöffel als Schäufelchen benutzt. Ich hab das Gefühl gehabt, ganz dicht vor dem zu stehn, was ich wirklich brauchte. Bald schon würde sich der Mangel in Überfluß verwandeln. Ich hab irgendwas gebraucht als ... Ergänzung. Der bloße Gedanke, vierundzwanzig Stunden täglich auf dem Posten sein zu müssen, hat mich todmüde gemacht, Schätzchen. – Bist du noch wach? Kennst du das Gefühl?

Meine Kinder draußen im Garten hatten eben noch rings um mein Bett gespielt. Sie hatten ihre Malkreiden in einer alten Keksdose stehngelassen. Ich hab mich über den Bettrand gebeugt und mir die Dose geschnappt. Mit schlechtem Gewissen hab ich angefangen, an den Stiften wie an Bonbons zu knabbern. Das Papier hab ich vorher abgewickelt. Ein *bißchen* Stolz war mir noch geblieben, Schätzchen.

Mit gespitzten Lippen und geschlossenen Augen hab ich die Stifte gekostet. Himmelblau hat nach Chemie geschmeckt, aber fad, Meergrün hatte einen kräftigeren Geschmack, aber die beiden süßesten Farben waren Himbeerrot und mein ewiger Favorit, »Fleisch«. Ich hab mich satt gegessen und dann die wächsernen Stifte durchsucht, einen extra Stummel Fleisch gefunden und ihn auch verschlungen. Vier Kinder sind im Gänsemarsch ins Zimmer gekommen, mich was fragen. In aller Eile wollte ich die papierenen Überbleibsel meiner Orgie von Bettdecke und Laken verschwinden lassen. Mir ist bewußt geworden, daß ich auf Kosten meiner Kleinen genascht hatte. Sie haben's natürlich gemerkt, waren nicht umsonst meine Kinder. Sie sind ein paar Schritte von mir zurückgewichen. Ich hätte ihnen zurufen wollen: »Bitte versteht doch. Mit Malkreiden war's das erste Mal – ehrlich.«

»Sie *essen* hat«, hat Baby gesagt und, von Geburt an unbarmherzig, mit dem Finger auf mich gezeigt. Ned hat zu den Kleineren gesagt: »Oje, Mama kaut neuerdings Wachs. Und sie hat's sogar *aufgegessen*.«

Ich wollte's ihnen unbedingt erklären, aber meine Backenzähne hatten einen weichen, glatten Überzug. Die Kinder haben mich mißtrauisch angeguckt, geschnüffelt – richtig entsetzt jetzt, die kleinen Hände vor den kleinen Gesichtern. Da hab ich nur noch vor mich hingestarrt. In dem ovalen Spiegel gegenüber dem Bett hab ich mich gesehn – eine graue Frau. Ich hab eine Grimasse geschnitten, gelächelt und dabei die Oberlippe zurückgezogen. Die Zähne waren verfault, aber in allen Farben. Ich hab aufgeschrien und die Keksdose auf den Boden geschmissen. Die Malkreiden sind in alle Ecken geflogen, auf den Flur rausgerollt. Ich hab mich weggedreht. Hab gezittert – die Wand angestarrt und am ganzen Leib gezittert.

Und draußen haben die Kinder geheult.

Ich hatte mal einen Mann gehabt. Was machen Männer eigentlich den ganzen Tag? Wo war meiner?

Jedesmal, wenn Mutter zu Besuch da war, hab ich mich zusammengerissen und so getan, als ob alles in Butter wär. Warum konnte ich keinem sagen, was im argen lag? Warum hab ich's selber nicht gewußt? Da hat sie gestanden im Schneiderkostüm, mit Hut und weißen Handschuhen, und hat mir wieder drei Bücher aus der Leihbibliothek für Damen gebracht, immer drei, immer mit Titeln wie *Ihr erster Fehltritt*, *Das Herz ist ein seltsam Ding* und *Nacht über dem Delta*. Genau, was ich gebraucht hab. Literatur muß eine Eintrittskarte für dein eignes Leben sein, nicht eine Fahrkarte aus ihm raus. Für meine Mama war Flucht aus der Wirklichkeit der einzige Luxus. Ich hab dagegen schon seit einiger Zeit über die Flucht im wörtlichen Sinne nachgedacht ... falls ich jemals wieder richtig auf die Beine kam, wollte ich von zu Hause weg. Über alle Berge, einfach so.

Mama hatte wieder einen Strauß herrlicher bunter Zinnien bei den schwarzen Blumenfrauen vor der Post erstanden. An manchen Tagen hat sie behauptet, sie hätte die Blumen selber gezogen, extra für mich. Warum hat sie mich angelogen? Ich wußte schließlich, daß sie sich vor Insekten gefürchtet hat (seit ihr als Kind solche Biester einmal beinah den Garaus gemacht hatten). Die feine Dame hat Gartenarbeit gehaßt. Trotzdem, ich fand's nett, daß sie dran gedacht hatte. Aber wie ich die Zinnien in eine Vase auf dem Nachttisch stopfe, lächeln mich die Blumen an wie lebendig gewordene Malkreiden mit Stengeln. Ich wußte, sobald Mama weg war – ich hab kurz gekichert, was sie ziemlich irritiert hat –, würde ich eine von den leckeren Zinnien probieren. Knusper knusper Knäuschen.

Ich glaub, ich hab nie einen Menschen gekannt, der so von Ängsten gepeinigt war wie meine Mutter.

Sie hat mir jetzt den neuesten Klatsch erzählt, Geschichten von Frauen und Männern, denen es noch viel schlimmer ergangen ist als mir. »Erinnerst du dich noch an die nette Winnie Murchison, die aus dem teuren Schleiertanz-Kursus, für den ich dich interessieren wollte, leider vergeblich? Die muß, laß mich nachdenken, ich glaube zwei Klassen unter dir gewesen sein in der Grundschule. Weißt du noch, wie sie dich immer bewundert hat? Du weißt doch, welche kleine Murchison ich meine? Na ja, wenigstens ein Nicken, Lucille. Also anscheinend ist das Hausmädchen gekommen und hat die Schuhe der kleinen Winnie in der offenen Speisekammertür gesehen. Wie sich herausstellte, hat Winnie dringesteckt, in den Schuhen. Schlaganfall. Sie hat nichts gespürt, behauptet der Doktor. Eben noch quicklebendig, und eine Minute später ... Tot, mit vierundzwanzig. Was soll man da sagen? *Diese* Winnie Murchison. Den ältesten Thorp-Jungen hast du doch auch gekannt, den einzigen, der gut aussah? Und erinnerst du dich an den gefährlichen Badetümpel im Steinbruch? Also, es war vor knapp einer Woche, an dem warmen Montag ...«

Sie hat mich fast ein bißchen aufgeheitert, aber (wie bei Müttern üblich) aus ganz falschen Gründen. Während die strenge Lady kreuzfidel in den melodramatischsten Tragödien geschwelgt hat, bin ich aufrecht im Bett gesessen und hab so getan, als wär ich's wert, daß man mit mir redet, und im Grunde genauso lebendig wie jeder andere Erwachsene.

War auch kein Kunststück, sich lebendiger zu fühlen als die allwöchentlichen Heimgegangenen, von denen sie erzählt hat. Wenn sie da war, haben sich meine Kinder bei mir im Zimmer versammelt. Ich hab mich geschämt – sie haben scheint's geglaubt, ich benehm mich nur noch normal, wenn Besuch da ist.

Lou hat dann immer die Haarbürste von meiner Frisierkommode genommen, der Oma zugehört und mir dabei die Haare gebürstet. Dann haben wir die Rollen getauscht, und ich hab mich mit dem feinen Haar meiner Ältesten beschäftigt. Louisa hat so getan, als ob wir das jeden Tag machen, nicht nur einmal pro Woche, wenn Mama zu Besuch da war. Meine Mutter hat uns zugesehn, hat dagesessen mit ihren Blümchen, ihren Neuigkeiten von Todes- und andern tragischen Unglücksfällen und ihren Büchern über herzensgute Frauen, die in stürmischen Nächten von bösen, wenn auch gutaussehenden Männern in Bedrängnis gebracht werden.

Meine Kinder haben sich alle auf meinem Bett getummelt. Ich war darüber so froh, daß ich ihnen nicht mal gesagt hab, sie sollen die dreckigen Schuhe ausziehn. Meine Mutter hat innerlich die Nase gerümpft, aber nichts gesagt. Während ich so tat, als ob mein Leben gesund und normal wär, ist der lippenlose zweifelnde Mund meiner Mutter immer winziger geworden. Ich hab sie angesehn: Mrs. Bianca McCloud Honicutt. Wie hatte so was Ungehobeltes wie ich einem so vertrockneten, so lähmend höflichen Körper entschlüpfen können? Ich hab die Decke über die Beine von meinen Kindern gezogen und die Kleinen mit beiden Armen an mich gedrückt. Alles nur Theater ihr zuliebe, wir alle ein einziger Klumpen, gestützt von vielen Kissen. Aber meinen Kindern hat's gefallen, und mir auch. War alles nur gespielt, aber es waren trotzdem schöne Augenblicke.

Kaum hatte Mutter gesagt: »Also dann . . . Es war wirklich ein . . . Schön, Lucille, daß es dir . . . nein, bitte bleib liegen . . . ich finde selbst hinaus« (als ob ich eine andere Möglichkeit gehabt hätte, als liegenzubleiben), kaum hatte sie die Haustür hinter sich zugemacht, haben sich die Kinder aus meiner Umarmung befreit und sind runter von meinem Bett. Sie haben die Schuld nicht bei mir gesucht, weißt du. Waren anscheinend noch nicht mal traurig, sondern haben so getan, als wär's ihre Pflicht, so zu tun, als ob mir im Grunde nichts fehlt. Sie haben wohl darauf gehofft, sie könnten, wenn sie einmal in der Woche mitspielten, dazu beitragen, daß ich keine Malkreiden mehr mampfe, daß ich ihnen erhalten bleib und nicht über den Kraterrand falle, an dem ich die ganze Zeit entlangbalanciert bin. »Geht nicht wütend«, hab ich ihnen nachgerufen.

»›Aber geht?‹« hat Ned gefragt, sich umgedreht und mit den Achseln gezuckt. Sie haben mir's nicht übelgenommen, mein Lieber. Das hat mich am meisten beunruhigt.

Schätzchen, wenn meine steife, wohlmeinende Mutter gegangen war, wenn die Kinder wieder beim Spielen waren, hab ich mich in die Kissen sinken lassen. Dann hab ich an mein großes Zimmer daheim bei meinen Eltern gedacht. Ein sonniges Zimmer mit Rüschen und Blümchen. Früher hatte ich keine andern Sorgen gehabt als die Schularbeiten, das Spielen mit meiner Schulfreundin Shirley und das Kopfzerbrechen darüber, was ich Mama, Papa und meinen ledigen Tanten zu Weihnachten basteln soll.

Am Morgen hab ich mir dann gesagt, daß es ungut und ungesund ist, so der Vergangenheit nachzutrauern. Ich war Mutter von acht Kindern, bald schon neun. Ich hab mir gesagt: Lucy, versuch's, streng dich an. Ich hab die Bettdecke zurückgeschlagen. Dann hab ich mich von der Anstrengung ausgeruht. Mir war, als würde die Zimmerdecke mitleidig auf meine geschwollenen Beine runterschaun, die ich vor Mama wohlweislich versteckt hab. Mein Unterleib war aufgebläht wie ein Ballonreifen, der jeden Moment mit einem Kanonenschlag platzen muß. Dann hab ich die Zudecke wieder über mich gezogen, mich wieder ordentlich bedeckt. Nein. Unmöglich. Verglichen mit dem Aufstehn wär ein Blutsturz das reinste Vergnügen gewesen. Zwei Tage nach dem Farbstiftessen hab ich mir die Zähne am Bettbezug abgewischt. Sämtliche Farben dieser Welt sind runtergegangen. Ich war nicht nur aufs Schlimmste gefaßt, mir ist es auch so vorgekommen, als wär ich selber das Schlimmste, der Graben, in dem sich die Abwässer von den andern gesammelt haben. (Es macht mir Spaß, das zu sagen!)

Es ist so schlimm geworden, daß bloß ein Spatz draußen in einer Hecke piepen brauchte, und ich bin in Tränen ausgebrochen. Der kleine graubraune Vogel hat so kraftstrotzend geklungen, so voll unbändigem Lebenswillen. Ich hab jede Kreatur mehr bewundert als mich selber. Das Baby, das sich in mir bewegt, sich scheinbar gereckt und gestreckt hat, um sich auf die Welt vorzubereiten, war wie der Präsident der Vereinigten Staaten, und ich die billige Absteige, in der er wegen einem plötzlichen Unwetter übernachten mußte. Ich war eine Anstalt, ein Warteraum, eingerichtet für die Bequemlichkeit der andern. Die Wachskreiden, die ich aufgegessen hatte, haben mir mehr leid getan als ich selber.

Und wo war der Mann, den ich geheiratet hatte? Wahrscheinlich unterwegs, noch mehr Geld verdienen. Unterwegs, um Wetten zu gewinnen, um das zu tun, was er angeblich tun mußte.

Wie hält man so was aus? Ich hab in dem – trompetengelben – Messingbett gelegen, das Captain später berühmt gemacht hat, indem er drin gelegen hat, bis irgendwer das Fernsehn erfunden und schließlich wen mit einer Kamera geschickt hat, daß er ihn da in den Kissen aufnimmt. Das Gesicht hab ich zur Tapete gedreht. Die senkrechten Stäbe am Fußende haben ausgesehn wie das Himmelstor oder wie ein Gefängnisgitter, von mir eigenhändig auf Hochglanz poliert. Cassie war im Zimmer nebenan und hat mein Jüngstes gehätschelt (den Teil hab ich übersprungen, tät mich zu sehr mitnehmen, davon zu sprechen). Durchs Fenster hat sie meinen Großen auf der Schaukel hinten im Garten zugeschrien, was sie tun oder lassen sollen. Zwischendurch hat sie Strophen von einem Kirchenlied gekrächzt. »Liebster Jesus, wir sind hier.« Captain war weiß Gott wo unterwegs, Geschäfte oder Dummheiten machen. Ich war achtundzwanzig. Und hab selber kaum mehr als ein Kind gewogen. Hab mich ausgeruht nach neun Entbindungen, von neun Passagieren geschwächt.

Da hör ich draußen direkt unter meinem Fenster meinen Drittältesten von der Schaukel fallen. (Hatt ich's ihnen nicht tausendmal gesagt: Nicht mehr als drei auf einmal auf der Schaukel? Hatt ich's ihnen nicht gesagt?) Sogar von drinnen hab ich sofort gemerkt, daß ihm von dem Sturz glatt die Luft weggeblieben ist – diese schreckliche Pause, die eine Mutter von den Toten auferwecken kann.

Wie er dann doch zu heulen angefangen hat, wie ich gehört hab, daß er wenigstens noch japsen konnte – da war ich erleichtert. Ein anderer von meinen Söhnen hat ständig gegreint, weil er sich vernachlässigt gefühlt hat. Baby hat »Baby auch« geschrien, aus Angst, die Welt wär eine Party, die woanders stattfindet. Kannst du dir vorstellen, wie unleidlich, unberechenbar, unausstehlich deine Kinder werden, wenn du dich nicht regelmäßig um sie kümmerst? Wenn du sie nicht ständig durch ein Wort hier, ein Streicheln da bei Laune hältst?

Zwei haben schon geplärrt, und dann hat auch noch ein drittes eingestimmt. Ich hab immer bei jedem von meinen Sprößlingen gewußt, warum er flennt. Das war bei jedem Kind wieder eine ganz neue Sprache. Ich spreche ja außer Englisch keine Sprache, aber die neue von jedem meiner Kinder hab ich immer von Anfang an perfekt verstanden.

Wir waren mit dem Mittagessen spät dran. Baby hatte sich das Handgelenk verstaucht und wollte die Bandage gewechselt kriegen, hat Dreck nicht ausstehn können. Zeugnisse mußten unterschrieben werden.

Was soll ich sagen, meine Kinder haben mich dazu gebracht, den Kopf wieder ins Zimmer zu drehn. Als erstes haben sie erreicht, daß ich wieder geseufzt hab, immerhin ein Anfang. Dann hab ich mich auf den Ellbogen aufgestützt. Und so hab ich dann schließlich die Bettdecke abgeworfen, einen nackten Fuß nach dem andern auf die kalten Dielen und ein paar verstreute Fetzen von Buntstifthüllen gesetzt (die Kälte hat mir die Augen geöffnet). Das Zimmer war in trostlosem Zustand, in allen Ecken hatten sich Staubflocken versammelt wie fusselige Habichte, die beobachten wollten, wie ich alles verlier. Eh ich's selber gemerkt hab (oder auch nur wußte, wie das zuging), hab ich mich, das Bettgestell als Geländer benutzend, halbwegs in die Senkrechte gebracht und bin losgewatschelt, meinen Frieden mit den verwahrlosten kleineren Wesen draußen machen. Hier kommt die Dame mit den Buntstiften, Mrs. Heile-heile-Segen.

Meine Arme haben sich wie von allein seiltänzerisch ausgebreitet, ich hab meine Wackelbeine erprobt und versucht, die Schwerkraft wieder auf meine Seite zu ziehen. Hab's bis auf den Flur geschafft (so weit, so gut), mich an Möbeln und Wänden entlang bis zur Treppe vorgearbeitet und bin dann ganz, ganz langsam, aber stolz auf meine Fortschritte, runtergestiegen, gegen die Ohnmacht ankämpfend wie gegen einen widerlichen Geruch, den man einfach ignorieren will will will.

Meine Lieblinge haben mich wieder ins Getümmel gezogen. Ein Weilchen noch würde ich ihren Teamchef und Schiedsrichter machen, ihren Zeugen. Dann würde ich hoffentlich fortgehn können. Mir war jetzt klar: Etwas Besseres finde ich überall.

Zu viert auf der Schaukel, sehn sie eine Gestalt in der hinteren Küchentür lehnen. Ned ruft: »Mama ist auf!« Sie springen von der schwingenden Schaukel ab, laufen Hals über Kopf los, schubsen und drängeln und rennen mich fast über den Haufen. Und da bin ich dann, halb mit Absicht, doch hingefallen. Aber sie waren hinter mir und haben mich aufgefangen. Ich bin auf ein wartendes Knäuel von Körpern gesunken, die ich irgendwie zur Welt gebracht hatte. Rings um mich haben sie auf dem Boden gelegen. Sie wußten, daß sie sich nicht auf meinen empfindlichen, wunden Unterleib setzen durften. Am Rand von meinem Gesichtsfeld hat Castalia gestanden und gelacht. Ihr Lachen schwang dunkel und voll und gestreift wie ihr Nerzmantel, der jetzt endlich so lang war, daß er ihrer Vorstellung von Eleganz entsprochen hat.

Ein Konvent – Kindergesichter, um diesen rasch alternden Körper versammelt, ihre erste Behausung. Sie haben gedacht, ich wär aufgestanden, um ihnen Mut zu machen. Aber eine Zeitlang – sie hatten die Hände auf meinem Gesicht, meinen Schultern, meinen Ohren: Sie haben nichts davon geahnt –, eine Zeitlang waren sie wirklich das einzige, was mich in dieser Welt zurückgehalten hat, Schätzchen.

Jedesmal haben meine Lieblinge mich so lange geneckt, bis ich wieder auf den Beinen war. (Ein guter Trick!) Dann kommt Castalia näher, mit meinem Jüngsten auf dem Arm. Groß und aufrecht steht sie neben mir, ich auf dem Linoleumboden mit meinen acht, die jetzt mit meinen Haaren spielen – ich hilflos wie der gefesselte Gulliver. Cassie betrachtet mich beinah mit Bewunderung, in der Erinnerung an eine eigne tiefe Müdigkeit. »Aha«, lächelt sie. »Wieder auf dem Damm?«

»So ähnlich«, sag ich zu ihr rauf. Sie bückt sich tiefer. Ihre kräftigen Hände legen mir Archie, meinen schwächlichen Neugeborenen, auf die Brust, und dann läßt sie sich ausnahmsweise mal gehn, beugt sich ganz runter und legt ihren großen Kopf für eine Sekunde auf meine Schulter. »Du«, sag ich, froh und gerührt. Und dann kullern mir die Tränen in die Ohren.

Wieder auf dem Damm. Bevor die Kinder weggerannt sind – und wieder für sechs Wochen vergessen haben, an mich zu denken –, waren wir die paar Augenblicke eine Einheit, wie ein einziger Tausendfüßler mit vielen verschiedenen Schuhgrößen, mit den müden, willigen Beinen eines langen langen langen Lebens.

Die Liebe duldet alles, heißt es. Alles. Was ein richtiger Dickschädel ist, der läßt sich nicht ewig ducken. Aber die Umstände lassen nicht locker, hab ich nicht recht, Schätzchen? Und werden von Jahr zu Jahr raffinierter. Aber schau, ich sitz immer noch hier, oder? Lucy ist auch jetzt noch nicht ganz am Boden. Die Liebe duldet alles, sie ist langmütig und freundlich. Obwohl sie's langsam besser wissen müßte.

Auch ein Dickschädel, die Liebe.

Vielleicht sogar ein Dummkopf. Aber wen juckt's?

Zwei Tage später war's, da kommt mein Alter in die Küche gerumpelt, zurück von nirgendwo, wo er zu lang gewesen ist. Er trägt seine Gala-Uniform und hat einen ganzen Festmeter Flinten und Gewehre auf den Armen. Ich sitz mit Cassie am Küchentisch beim Kaffee. Sie hat mir einen Quilt um die langsam abschwellenden Beine gelegt. Cap stiefelt ohne ein einziges Wort an uns vorbei, und dabei war er vier Tage weg und ich hab nicht mal gewußt, wo.

»Na, wohin denn, Fort Alamo?« schreit Cassie ihn fast an. Er bleibt stehn, macht rechtsum und legt ganz vorsichtig die Waffen zwischen Castalia und mir auf die rot-weiß karierte Wachstuchdecke.

»Ich hab das Auto gar nicht gehört«, sag ich. Er runzelt die Stirn, um mir zu bedeuten, daß mir so eine Bemerkung wohl kaum zusteht. Dann streckt er die Hand aus und streichelt die Waffen zwischen Cas und mir. Richtig liebevoll. Man hat gesehn, daß es alte waren, manche Kolben waren aus Hickory-Eiche, andere aus rosa-goldenem Kirschbaum. Die Messingbeschläge waren grünlich angelaufen. Auf manchen Musketenschäften waren Kerben – da hatte wer Abschußlisten geführt. Enten? Junge Farbige? Ich hab's nicht wissen wollen.

»Das da«, er hat eins berührt, »*ist* die Revolution. Und das gute Stück hier hat 1812 Dienst getan. Eine sehr schöne Waffe, die im Texaskrieg auf unserer Seite gedonnert hat. Und die hier« – er hat eine hochgehoben, die wie eine Eichhörnchenflinte ausgesehn hat, nicht besser und nicht schlechter – »hat dem großen Forrest persönlich gehört.«

»Darf ich mal was fragen, Mister? Hast grade dein Fordauto verkauft für die Dinger da, hab ich recht?« Ich war froh, daß Cassie mir's erspart hat, die Frage selber zu stellen.

»Ich hab hier ein Museum. Autos wird's immer geben. Aber Meisterwerke wie die da sind rar.« Dann hat er sie wieder auf den Arm genommen – ein Waffenstapel bis an seinen Bart.

Ich hab ihn ins Auge gefaßt. »Und wo haben der Herr vor, die Dinger zu verwahren? Ach ja, nett, daß du fragst, es ist ein Junge.«

»Tatsächlich? Na sieh mal einer an. Grund zum Feiern. Ich tu sie unters Bett, wo einem Mann seine Waffen hingehören. Griffbereit. Sind zu viele Kinder im Haus, wär mir nicht wohl dabei, wenn die Dinger überm Kamin hängen würden.«

»Das erste vernünftige Wort, das du sprichst, Mann.«

»Außerdem sind sie viel zu wertvoll.«

»Danke. Als ihre Mutter dank ich dir.«

»Schau sie dir doch an, Lucy. Lauter Museumsstücke. Ist dir nicht klar, was wir da jetzt besitzen?«

»Für mich sind das bloß Schießprügel, mein Schatz. Und *einer* davon ist schon einer zuviel, nach *meiner* unmaßgeblichen Meinung. Von jetzt an können wir also wieder auf Schusters Rappen in die Kirche pilgern. Du entschuldigst sicher, daß ich keine Freudentänze aufführ.«

»Man braucht Phantasie, um die Geschichte unserer Nation zu begreifen, Lucille – und die Rolle, die diese Waffen, die deine Küche zieren, in diesem Kampf gespielt haben. Phantasie braucht man.« Mit vollen Armen ist er raus, hat uns sitzenlassen.

Ich hab Castalia angeschaut. Sie hat den Kopf geschüttelt. Hat den Mund spöttisch verzogen, aber in ihren Augen hat Rotvogelwut gebrannt. Ich hab so getan, als ob ich nichts seh. Hab auch so schon genug am Hals gehabt und wollte mich nicht ständig noch vor was anderm fürchten. Mir war bange vor dem, was als nächstes kommen würde. Ich hab's mir mehr oder weniger schon vorstellen können. Auch heute noch, wo ich hier in dem Heim sitze und freundliche Damen mit Haarnetzen mir dreimal am Tag was zu essen machen, scheu ich mich zu erzählen, wie's weitergegangen ist. So als könnt ich's, indem ich's einfach überspringe, ein für allemal aus meinem Leben streichen. Meinst du, du verträgst ein paar Umwege, mein geneigter Zuhörer?

Aber keine Angst, versprochen ist versprochen: Man muß erzählen. Es erzählen. Alles erzählen.

Nur, bitte, noch nicht gleich, ja?

Gutes Personal

Ein guter Name ist besser denn gute Salbe, und der Tag des Todes besser denn der Tag der Geburt. Es ist besser in das Klaghaus gehen denn in das Trinkhaus; in jenem ist das Ende aller Menschen, und der Lebendige nimmt es zu Herzen.
Es ist Trauern besser denn Lachen, denn durch Trauern wird das Herz gebessert.
– Prediger 7, 2 - 4

1

Sogar mit neun Kindern und obwohl ich die meiste Zeit allein zurechtkommen mußte, wollte ich keinen Dienstboten zum Rumkommandieren.

Mama ist in einem Haus mit vierundzwanzig schwarzen Bediensteten aufgewachsen. Die meisten waren im Garten und mit den Pferden beschäftigt. Die Freude am Bedientwerden ist ihr schon früh vergällt worden. Durch das Unglück. Sie hat diese Angst an mich weitergegeben, ihr einziges Kind. Auch jetzt in meinem hohen Alter will ich noch jeder Kellnerin helfen, die mich bedient. »Geben Sie her, das ist Ihnen doch sicher zu schwer.« Ich steh auf, und manchmal stoß ich dann an das Tablett an, manchmal verschütte ich was.

Mama war grade fünf geworden, als das Unglück geschehn ist. Wär um ein Haar gestorben. Ihr Leben lang hat sie die Schuld dem Kindermädchen gegeben, einer bibelfesten älteren Frau namens Maimie L. Beech. Die war eingenickt, während sie das weiße Kind hüten sollte. Unglücklicher Zufall. Die kleine Bianca hat drei Wochen im Koma gelegen. Nachbarinnen haben so viele Eintopfgerichte gebracht, daß man mit den Gefäßen ein modernes Atrium hätte pflastern können.

Biancas Papa, der »Indigo-Baron« von Falls, North Carolina, hatte drei wohlgeratene ältere Töchter, aber sein Liebling war das ungebärdige Nesthäkchen. Wie sie jetzt jenseits aller Hilfe und Liebe geschwebt und ihm sein ganzes Geld nichts genützt hat, hätte der junge Angus McCloud fast den Verstand verloren.

Das vergiftete Mädchen, meine zukünftige Frau Mama, hat bei den Leuten von Falls als der schlimmste Satansbraten aller Zeiten gegolten. Und das will was heißen in dieser Hochburg der Hätschelkinder. Die reiche Summit Avenue hat ihre Bälger verzogen, weil sie sich's leisten konnte.

Kaum hatte Bianca laufen gelernt, haben alle andern Kinder, die schon laufen oder krabbeln konnten, vor ihr Reißaus genommen. Und auch manche Erwachsenen. Der Chef der städtischen Feuerwehr hat den McClouds in aller Form nahegelegt, die kleine Bianca »unter ständige Aufsicht zu stellen«, nachdem bei der Sägemühle ein Holzschuppen in Flammen aufgegangen war. Sie hat für ihr Leben gern gezündelt. Als Angus der Freiwilligen Feuerwehr einen neuen Spritzenwagen gestiftet hat, durfte sein Töchterchen bei der Einweihungsfeier mit Blasmusik nicht dabei sein. Sie hat sich schadlos gehalten, indem sie rübergegangen ist und die Collier-Zwillinge in alle vier Schienbeine getreten hat. Die wohlerzogenen älteren Mädchen sind rumgehüpft und haben gefragt: »Aber Kindchen, wieso ausgerechnet wir?« Und Bianca hat sie angefaucht: »Guckt doch mal in den Spiegel, ihr Heuschrecken.«

HILFE! Maimie L. Beech wurde zitiert, als letzte Hoffnung. Bei manchen reichen Leuten, die ihre Kinder scheinbar rettungslos verzogen hatten, hatte Miss Beech den Beinamen »Wunderwaffe«. Keiner hat das Rezept dieser Frau gekannt, keiner hat sie danach gefragt. Sie selber hatte als Sklavin bei einem Pastor Beech die Wäsche gemacht. Seine sechs rebellischen Bälger haben Maimie umschwirrt wie Bienen einen Baumstamm voller Honig. Sie hat nichts getan, um sich bei ihnen beliebt zu machen oder sie bei Laune zu halten. Im Gegenteil, sie hat geschimpft und geknufft. Und sieh da, die Kinder konnten gar nicht genug kriegen von Maimies Kratzbürstigkeit. Maimie war die einzige Haussklavin, die keine Angst vor den kleinen Teufeln hatte. Die haben das gespürt und sie dafür bewundert. Ganz allmählich hat sich ihre Wildheit ein bißchen gelegt. Dem Pastor ist das nicht verborgen geblieben. Die Sache hat sich rumgesprochen.

Als Maimie Beech dann ihre Freiheit bekommen hatte, konnt sie sich die Angebote aussuchen. J. V. Vining senior war schon drauf und dran gewesen, J. V. Vining junior, Alter acht Jahre, in eine Kadettenschule, eine staatliche Besserungsanstalt oder einen mit Steinen beschwerten, zugebundenen Sack zu stecken. Da war Maimie aufgetaucht, hatte sich dem Jungen monatelang mit starker Hand gewidmet, und schließlich hatten sich erste Anzeichen dafür gezeigt, daß er doch was Menschliches an sich haben könnte. Jetzt hing unter »Baumwollspinnerei J. V. Vining« noch ein vergoldetes Schild mit dem Zusatz »und Sohn«. Maimie bekam nicht nur Anerkennung, sondern auch eine so stattliche Prämie, daß sie sich das Häuschen am Fluß kaufen konnte.

Die andern Hausangestellten von den McClouds sind schon bald eifersüchtig auf die Neue geworden, die nichts weiter zu tun hatte, als sich ständig um das allzu lebhafte jüngste Kind zu kümmern. Castalia konnte sich erinnern, Maimie noch in der Stadt gesehn zu haben, eine spindeldürre, hochgewachsene alte Dame, die auf die Siebzig ging. Maimie gab zu, daß sie auch Tuscarora-Blut in den Adern hatte. Man hat's an ihrem vollen, schlichten Haar, dem langen, schmalen Gesicht mit den hohen Backenknochen und dem Gang gesehn. Über der Oberlippe standen wie mit dem Lineal gezogene senkrechte Falten. Um den Hals hat sie ein kreuzförmiges Medaillon getragen, das sie ziemlich oft berührt hat. Ihr Häubchen hat wie angewachsen gewirkt – ein ungeöffneter Briefumschlag. Sie war schlank und geschmeidig wie die Gerten, die manche von ihren mißratenen Schützlingen auf ihr Geheiß selber schneiden mußten. Maimie hat sich bei lauten Geräuschen immer erschrocken. Und überall, buchstäblich überall hat sie ihre Bibel dabei gehabt, die so groß war wie der Stein auf einem Kindergrab.

Erst war Maimie bloß Biancas Kerkermeisterin. Die Kleine ist ihr oft genug ausgerissen, und wenn sie dazu am Regenrohr runterklettern mußte. Die liebe Bianca hat in der ganzen Nachbarschaft die verfaulenden Kürbiskopflaternen eingesammelt (schlauerweise nach dem ersten Frost). Dann ist das Balg ins Haus geschlichen, hat sich einen Stuhl rangezogen und je vier weiche Kürbisse in die Mechanik der drei signierten Steinway-Flügel von ihren Schwestern gestopft. Die älteren McCloud-Töchter haben geheult, sich aber als wahre Engel erwiesen und die kleine Schwester nicht verpetzt. Angus' drei große Mädchen waren in ihren dunklen, bis zum Kinn zugeknöpften Kleidern zwar proper, aber so reizvoll wie zusammengerollte Regenschirme. Sie haben genau die höheren Interessen gehabt, die man damals von den Töchtern von Männern erwartete, die's zu was gebracht hatten. Am Tag der Kürbiszermanschung hat meine Mama – ein zartes, spitzgliedriges kleines Ding im Reifrock – auch noch Nachbars Perserkatze mit dem Rasenmäher traktiert. Wirklich wahr. Die Katze hat's überlebt, aber ihr Gefühlsleben war von da an gestört. Sie hat Zuckungen im Gesicht gekriegt und deshalb natürlich auch Zuckungen in den Schnurrhaaren. Alle paar Minuten ist ihr wuscheliger Kopf losgegangen wie ein Küchenwecker. Sehenswert. Es war von gerichtlichen Schritten die Rede, aber Angus McCloud hat den Katzenbesitzern fünfundfünfzig Dollar bezahlt – damals ein kleines Vermögen.

Zweifel an Maimies geheimen Fähigkeiten sind laut geworden. Hatte sie ihren Meister gefunden? Das Kindermädchen hat ständig Sprüche aus der Bibel gemurmelt, die sie von Zimmer zu Zimmer mitgeschleppt hat wie andere Frauen ihre Handtasche. Der kleinen Bianca hat die Frau aus der Heiligen Schrift zitiert: Daß man sein Kind verdirbt, wenn man der Rute schont. Keiner hat gewußt, was für Strafen da insgeheim verhängt wurden. Mama hat später mal angedeutet, *jemand* hätte ein gewisses Kind gezwungen, in Gebetshaltung mit nackten Knien auf einem nicht zufällig sandigen Boden zu knien. So mußte die Missetäterin laut beten und dabei noch mit seitlich ausgestreckten Armen je ein schweres Bügeleisen halten. (Ob das Maimie Beechs Liturgie war? Würde mich nicht wundern.) Schätzchen, manches, was heute als Kindsmißhandlung gilt, war damals schlicht und einfach gute Erziehung.

Den McClouds ist aufgefallen, daß ihre Bianca irgendwie müde gewirkt hat und dann scheinbar eine Spur ruhiger geworden ist. Überall im Haus und im Garten hat sie sich Maimies Erzählungen von bösen Kindern und unbarmherzigen Engeln anhören müssen. Ihre Miene hat sich zusehends verfinstert – eine beleidigte, zunehmende Huldigung an ihre fahrige, frömmelnde Miss Beech.

2

Vor dem Unglücksfall, der sein Herzblatt fast das Leben gekostet hätte, war der aus Glasgow gebürtige Mr. McCloud immer der Ansicht gewesen, daß man auf dieser Welt so ziemlich alles kaufen kann. Geld war für ihn fast eine Religion. Er war als Findling aufgewachsen und später Kabinensteward auf einem Schiff geworden. Anno 1839 ist er in den Hafen Wilmington in North Carolina eingelaufen. Die

Stadt hat ihm gefallen. Sie ist ihm vertraut vorgekommen – so wie der (in den meisten Fällen doch unerreichbare) Himmel so vielen Menschen vertraut vorkommt. Unbemerkt an Deck, hat ein mickriger kleiner Rotschopf leise gesagt: »An diesen Gestaden wirrrd Angus grrründen, was immerrr sich hierrr zum Grrründen findet.« Dreißig Jahre danach hat sich sein Unternehmungsgeist längst ausgezahlt: McCloud beschäftigt über dreihundert Seelen und besitzt fünf Frachter für den Transport der Baumwollballen und der patentierten blauen Farbe, deren Zusammensetzung geheimgehalten wird. Dieser schon zu Lebzeiten legendäre Mann hat an die Überlegenheit des »Allerrrbesten« geglaubt. Ein König hätte nicht kostbarer eingerichtet sein können als McCloud. Was könnte auch besser sein als das Allerrrbeste? Er ist ein Potentat, zumindest in Falls. Seine vier Töchter: Prinzessinnen, denen alles erspart bleibt bis auf die Aufmerksamkeiten von ihrem Papa. Angus liebstes Kirchenlied: »Unter seinen Fittichen gedeihet ein jedes Ding.« Die Hiesigen haben von McCloud gesagt: »Alles, was der Schurke anfaßt . . .«

Fünf Jahre bevor meiner Mutter das Unglück zugestoßen ist, kam Angus einmal vom Indigo-Anbau an der Küste nach Hause und hat seine drei ältesten Töchter im Salon von ihrer Musiklehrerin sechshändig Klavier spielen hören. Die drei waren damals noch sehr jung, aber als Musikerinnen schon richtig gut. Obwohl selber alles andere als gebildet, hat Angus das mit seinem untrüglichen Sinn für Qualität noch in seinen kiltgerechten Waden gespürt. Das Talent seiner Töchter hat eine lohnende Investition versprochen. Der Mann hat nicht mal gewartet, bis der Applaus verklungen war, sondern ist spornstreichs zum Telegraphenamt gerannt. Angus, ein Mann der Tat – und flüchtiger Bekannter von seinem Idol, Mr. Carnegie –, hat eine Depesche an Steinway and Sons in New York City geschickt. Es hat kein geringes Aufsehen auf dem kleinen Bahnhof von Falls erregt, wie mit einem der nächsten Züge drei übermannshohe, seetüchtig aussehende Kisten aus hellem Holz eingetroffen sind. Es war sogar ein entfernter Steinway-Verwandter mitgekommen, der die drei völlig gleichen Konzertflügel aus Ebenholz und Elfenbein »installieren« sollte. Das sind die Vorteile, Schätzchen, wenn man immer nur du weißt schon was kauft.

3

Fest entschlossen, auch hier Erfolg zu haben, hat die berühmte Maimie Beech schon bald Wohlverhalten mit ungewöhnlichen Vergünstigungen belohnt. Sie hat sich von ihrem Schützling das silberschwarze Haar flechten lassen. Im sonnigen Garten hat die Kinderfrau ihr Häubchen abgenommen und es auf die Bibel gelegt. Sie hat Bianca auf einen hohen Hocker gesetzt, und gleich sind Kinderfinger über den knubbligen Kopf einer würdigen alten Dame gekrabbelt. Die Eltern McCloud und die drei ältesten Töchter haben aus ihrem fensterreichen Haus zugleich besorgt und belustigt zugesehn. Miss Maimie hat ruhig da drunten im Sonnenschein gesessen, geduldig, den Kopf nach vorn geneigt wie eine afrikanisch-indianische Stammesälteste, die eine Bitte gewährt. Sie hat dem Kind laufend Ratschläge gegeben, während ihr die Zöpfchen aus dem Kopf gewachsen sind. Unter Biancas liebevollen, wenn auch ein bißchen plumpen Fingerchen geriet Maimies Frisur zu einer Mischung aus Maibaum und Medusa.

Mit der Zeit haben sich dann Kinderfrau und Kind gegenseitig denselben Dienst geleistet. Das war wunderschön anzusehn, aber auch ein bißchen unheimlich. Maimie hat Biancas braune Locken zum Bürsten einzeln um einen kundigen langen schwarzen Finger gewickelt und sie laut gezählt wie Geldstücke. Bianca hat gern Kinderreime verdreht: »Der König sitzt im Rittersaal und zählt seine Tomaten, Die Königin geht in die Küch und ißt ihre Duka-ten.« Mit der Zunge zwischen den Milchzähnen hat das Balg aus Maimies Haaren ein Gewirr von Zöpfchen gemacht, von denen jedes seine eigne Schleife bekam. Miss Beechs Kopf hat danach ausgesehn wie eine mit Drachenschwänzchen gespickte Pusteblume.

Man hat das gesprächige Paar lange Spaziergänge durch die Felder machen sehn (eine hochgewachsene ledrig-schwarze Gestalt und ein milchweißes kleines Ding Hand in Hand, mit schwingenden Armen). Maimie hat kopfnickend auf Bienen, Erde, Schweine gezeigt und erklärt: »Na, was sag ich? ›Die Erde is des Herrn, und was darinnen is.‹ Is *geplant*.« Nach einem Gang über Meadows Weide und am hellen Fluß entlang ist Bianca mit wichtigen Neuigkeiten ins Haus gerannt gekommen: Jesus konnte übers Wasser gehn, so oft er gewollt hat, nicht wahr, Maimie, hm? Sag's ihnen ... die wissen doch wirklich *gar nichts*. – Maimie, ganz oberste Autorität, hat genickt. Einmal. Obwohl die McClouds bestimmt schon mal gehört hatten, daß er unsinkbar war – wieso ist es ihnen vorgekommen, als hätte sich Maimie das grade erst ausgedacht? Aber auch wenn's so gewesen wär, hätte keiner gewagt, ihr zu widersprechen.

Bianca hat ihrer Kinderfrau ein Armband aus Kleeblüten geflochten, und Maimie hat's getragen, bis die letzten dürren braunen Überreste auf die Orientteppiche im Haus gerieselt sind. Das Kind und die Kinderfrau haben sich im Garten in den Klee gesetzt, Ungeziefer verscheucht und sich gegenseitig Schmuckstücke gebastelt. Der Indigo-Baron ist aus dem Haus gekommen und hat ihnen lächelnd zugesehn. »Also nehmt mal zum Beispiel die Bienen«, hat er angefangen. Maimie Beech hat düster genickt. Angus hat gefragt, ob die Damen das wüßten: Die Bienen wären in Nordamerika gar nicht heimisch, sondern wie er mit dem Schiff gekommen. Wie er wären sie bald in die Freiheit entwischt und hätten »Filialen aufgemacht«. Um 1750 hätten sie den Fluß Susquehanna erreicht. Die Indianer haben die Insekten als »Fliegen des weißen Mannes« bezeichnet und beobachtet, daß sie den lästigen, nach Westen ziehenden Siedlern immer um hundert Meilen voraus waren. Tatsache.

An Biancas schlimmen Tagen hat Maimie das Mädchen eigenhändig gefüttert. Kam jemand ins Zimmer, hat die scheinbar so humorlose alte Frau zu summen aufgehört – ein Löffel hatte grade einen zusammengekniffenen hübschen Mund umschwirrt. Und Maimie hatte gesagt: »Miss Blüte? Öffen dich. Bin ich, dein großer Wunderer, Master Hummel . . .« Wenn sie den Störenfried bemerkt haben, sind Kind und Kinderfrau richtig zusammengefahren. Bianca hat den Löffelvoll hastig runtergeschluckt, als hätte man sie beim Lauschen oder Küssen ertappt.

Nach drei ruhigen Wochen hat sich Maimie eine besondere Belohnung für das folgsame kleine Mädchen ausgedacht: Die beiden sind am Samstag mit Maimies fünf besten Freundinnen in die Stadt zum Einkaufen gegangen. Maimie hat ihre Freundinnen »Schwestern« genannt. Sie waren so alt wie sie oder jünger, aber ausladend gewölbt, wo sie selber platt war. Die Damen haben hart gearbeitet und leicht nach Apotheke gerochen und waren genauso respektabel und bigott wie ihre fischbeinversteiften Korsetts. Haben in einem mit Talkum gepuderten, taubenbrüstigen Gestell gesteckt und alle auf einmal geredet, wenn sie nebeneinander auf der Straße gegangen sind mit ihren herrlichen Hüten. Beim Schaufensterbummel ist die dunkle Schar immer von einem weißen Stern geleitet worden, einem altklugen kleinen Mädchen. Wenn sie Weiße getroffen hat, die sie kannte (und sie hat fast jeden gekannt), hat Bianca gern sämtliche Freundinnen von Maimie mit Namen vorgestellt, ganz langsam, eine nach der andern. Auch so eine von ihren Bosheiten. Castalia hat Maimie und ihre Freundinnen gekannt, sich aber nicht mit ihnen abgegeben. Vom Sklaventum befreit, hatten die nichts Eiligeres zu tun gehabt, als sich einem weißen Jesus zu verschreiben, über weiße Brötchengeber zu klatschen, sich das ganze Jahr auf ihr Weihnachtsgeschenk zu freuen, die Männer zu heiraten, mit denen sie zusammenlebten, und ihre Töchter Letitia oder Mary Grace zu taufen. Cassie hat genug eigne Interessen gehabt, von der hausgemachten Rotvogel-Religion bis zu ihren Kindern.

Zuckerbrot und Peitsche haben ihre Wirkung auf Bianca nicht verfehlt; sie hat sich angewöhnt, beim Essen ständig Miss Beechs Hand zu halten. Die Kinderfrau hat jeden Löffelvoll inspiziert, hat Nesthäkchen mit der Serviette den Mund abgewischt. Sogar wie Weihnachten der Gouverneur zu Besuch war, hat Maimie mit am Tisch sitzen dürfen. Sonst hätte meine Mama gebrüllt wie am Spieß.

Die älteren McCloud-Mädel hat schon manchmal die Eifersucht gezwickt, und sie haben's auch zugegeben, aber nur im Scherz. Die total überdrehte Bianca ist einem fast abgegangen. Tröstlich war immerhin, daß Rückfälle vorgekommen sind. Vor allem wenn die Köchin Angus' strikte Anweisung mißachtet hat und verlockende Streichhölzer rumliegen ließ. Aber nach vier Monaten Maimie war Bianca scheinbar ein artigeres Kind, wenn auch irgendwie verändert, *verkleinert*. Vier Monate Jesusgeschichten voller Verheißung übernatürlicher Kräfte, vier Monate strenges, hypnotisierendes Füttern und Bemuttern (»Öffen dich, bin ich«). Es hat wirklich so ausgesehn, als hätte die Kinderfrau das ausgekochteste Früchtchen der Summit Avenue mehr oder weniger in den Griff gekriegt.

4

Angus hat die Wundertäterin in sein getäfeltes Arbeitszimmer zitiert. Er hat an dem riesigen Schreibtisch gesessen und mit einem Tintenfaß gespielt, das aus zwölf auf den Spitzen stehenden Hirschhufen gemacht war. Hinter ihm an der Wand in goldgerahmten Glaskästen eine schöne Sammlung von Pfeilspitzen, auf honigfarbenem Samt der Größe nach geordnet, wie Münzen.

»Herein.« Er hat Beechs Storchenbeine bewundert, das Silberhaar, das sie zu einem strengen Knoten gebunden im Nacken trug – wie ein Schützling, der, wenn man nicht auf ihn achtgibt, Dummheiten machen könnte. Angus McCloud hat offen in ihre schwarze Bibel von einem Gesicht gesehn.

Er bietet Maimie einen Sessel an. Sie will sich nicht setzen. Erwartet anscheinend Tadel. Statt dessen lächelt Angus. Läßt seinen ganzen Charme spielen. Er überreicht Miss Beech ein blaues Kuvert. »Ihre Prämie dafür, daß sie mit ihr . . . zurechtgekommen sind. Aber bitte sagen Sie mir eins, Miss, sozusagen vertraulich, unter uns: Wie *machen* Sie's?« Das war seine Lieblingsfrage. Er hat sie vielen Männern und auch ein paar Frauen gestellt. Es hat immer so ausgesehn, als ob er auf was Sexuelles aus wär, so sehr hat er dabei geblinzelt und an den Händen geschwitzt und weiß der Himmel was noch alles. Die Welt war eine Geheimformel wie die von dem höchst einträglichen, von ihm selbst verbesserten Haushaltspulver für das Färben mit Indigo. Was das unentbehrliche himmlische Blau anging, hat er den Weltmarkt beherrscht. – Normalerweise hat der Mann eine Antwort gekriegt.

Maimie L. Beech hält ihm stand, mit einem Blick, der ein Farbstoff ist: dunkel und dem von Angus' Indigo zu ähnlich, um transparent zu sein. Wie er in diese jettschwarzen Augen schaut, sieht Angus in jedem Schlitz ein Wort: »Patent« »Angemeldet«. Er nickt und berührt abergläubisch die Hirschhufe von dem Tintenfaß. Freude durchströmt ihn – auch Maimie Beech gehört ihm, die Allerrrbeste.

Das Los dieser Frau im Leben mochte ungewiß sein, aber davon abgesehn hat sie genau gewußt, was sie wert war. McCloud hat sich vorgebeugt und nochmal kontrolliert, wieviel er ihr in den Umschlag getan hatte – genug? »Also, *wie?*« Er hat immer noch gewartet.

Sie blickt auf ihre trockenen Hände. »Kann's sein, Sie sind auf Maimies Geheimnis verpicht, Sir? – Weiß eigentlich selber nich so recht. Vielleicht is das das Geheimnis. Muß was mit der Erinnerung da dran zu tun haben, wie's letztmal funktioniert hat. – Sir, vielleicht kommt davon, daß Maimie . . . Wissen schon – Talent hat?«

Er muß lachen und schlägt sich auf den Schenkel, so daß das Hirschhufdingsbums über die Schreibtischplatte schlittert, ohne daß ein Tropfen Tinte rausspritzt. Miss Beech genehmigt sich ein zufriedenes Grunzen und nagt leicht an der Unterlippe.

»Wir werden es schon schaffen. Selbstbewußtsein. Nichts, was dem gleichkommt, Beech. Lassen Sie sich's nicht nehmen, hören Sie?«

Von unten ist Geschrei zu hören. Während Maimie mit Schmeicheleien und Bargeld traktiert wurde, hat Bianca die sechs Kinder des Obergärtners aufgefordert, sich doch bitte nackt auszuziehn. Weil sie die Tochter vom Chef war, haben sie's gemacht. Dann hat Bianca sie in den Pavillon eingesperrt. Und den kunstgerecht in Brand gesteckt. Bianca wird ins Arbeitszimmer vom Papa geschleift und von den Eltern barsch zur Rede gestellt: »Warum hast du das getan? Nun sag schon, *warum*?«

Maimie mischt sich ein. Der blaue Umschlag beult die Brusttasche von ihrer Tracht aus. Mit ausgebreiteten Armen stellt sie sich zwischen das Mädchen und die Eltern. Alle sind überrascht von diesem Beschützereifer – Maimie selbst am meisten. Sie beantwortet die noch in der Luft hängende Frage des Indigo-Barons: »*Warum?* Wegen Master Satan, dadrum. Is hinter ihr her. Manchmal, da kommt sich mein kleiner Schatz so ausgeschlossen vor, wo die drei andern Schwestern immer so zusammenhalten. Satan hat Sein Auge auf sie. – Und ich sag Ihnen, sie is *schüchtern*.«

Das Mädchen versteckt sich hinter der weißen Tracht, klammert sich an den gestärkten Stoff. Tränen sind ihr in die großen Augen getreten, sie will sie an Maimies knisterndem Weiß abwischen. Aber der Stoff ist zu steif, saugt kaum was auf, die Tränen kullern runter wie auf Gips. – Beim Zuhören merkt Bianca auf einmal, daß sie's tatsächlich ist. Genau das. Was Maimie gesagt hat. – Nur Maimie Beech hat sie wirklich gekannt.

Einer von Angus' Konkurrenten wollte Maimie Beech beschwatzen, daß sie zu ihm kommt und seinen ungeratenen Sohn »in den Senkel stellt«. Er hat Maimie eine ansehnliche Lohnerhöhung geboten – aber sie hat's Angus erzählt. McCloud, der Treue zu schätzen wußte, hat ihr von Stund an dasselbe bezahlt. Bianca hat sich inzwischen ganz manierlich betragen. Das hatte Maimies Liebe bewirkt. Die »Wunderwaffe« hat keinen Namen für ihre Methode gewußt. Talent? Nein, eher Liebe.

Ihre Bälger haben sich am Riemen gerissen, weil Maimie sie ganz und gar an ihre schrecklich intensive Aufmerksamkeit gewöhnt hat. Wenn sie am Morgen gekommen ist, durften die Kinder ihr eine halbe Stunde lang erzählen, was sie alles verpaßt hatte, seit sie letzten Abend aus dem Haus gegangen war. Hat ihnen beigebracht, ihren kleinen Spielkameraden zu mißtrauen, überhaupt allem und jedem, nur nicht ihrer Maimie. Alles, was Maimie wußte und vermutete, hat sie ihnen gesagt. Diesen Ernst haben die Kinder gespürt. Und sind ihm genauso ernst begegnet. In ihren nachsichtigen, verhätschelnden Elternhäusern hat sie ihnen den einzigen sicheren Halt geboten, die einzige Richtschnur. Und dann hat sie den Bälgern Angst eingejagt: Sie könnten ja Maimies Liebe verlieren. Wie ihnen das denn gefallen würde, na? Wen sie dann noch hätten? – Ihre Liebe war so streng wie der alttestamentarische Bund. Gott hat seinen auserwählten Kindern oft gesagt: »Ihr seid Meine Auserwählten, wenn ihr euch auch für Mich entscheidet ...« Wenn nicht, dann hat Er seine Brut mit Blattern, Heuschrecken, Hagel und Pestilenz und dem Tod ihrer Lieblingskinder geschlagen. Maimies Liebe hat wie die Seine immer ihre glänzend spiegelnde, schöne Vorderseite hergezeigt. (Die haben die Eltern und Arbeitgeber gesehn.) Dahinter waren aber hundert verkrustete Schichten von schwarzem Blei übereinander. Und doch: Erst diese Schwärze hat den Spiegel spiegeln lassen.

Maimie war wie eine Sucht, gegen die es kein Heilmittel gab. Bis auf das eine, daß die Kinder aus dieser Sucht herausgewachsen sind, daß man sie eines Tages heulend in die Schule geschickt hat. Die Kinder haben dann bald gemerkt: Lesenlernen war kein anständiger Ersatz dafür, daß man unter Maimies totaler Aufmerksamkeit so liebevoll entziffert worden war.

Weil sich auch meine wilde Mutter an ihr die Hörner abgestoßen hat, ist Maimies Reputation noch gewachsen. Man hat sie nicht mehr nur als simples Kindermädchen, sondern fast schon als Gouvernante gesehn.

5

Wie so mancher von uns war diese Frau fast ständig damit beschäftigt, ein kostbares Geheimnis zu hüten – und grade dieses Geheimnis war das, was jeder als erstes über sie erfahren hat. Unfair.

Wie sie sich bei den McClouds vorgestellt hat, war Beech mit einem hervorragenden Empfehlungsschreiben ausgerüstet. Aber sie selber hat nicht lesen können, was drinstand, und das, mein Schatz, war das Geheimnis, verstehst du? »Miss Beech hat eine selten glückliche Hand mit Kindern.«

Und was lag Maimie in ihrer Eitelkeit besonders am Herzen? Aller Welt vorzuspielen, sie wär doch »des Lesens mächtig«.

Wie schon gesagt, sie hat ihre Bibel überall mitgeschleppt, hat sie oft aufgeschlagen und wieder zugemacht und finster um sich geblickt, damit ja niemand dran zu zweifeln wagt. Maimie hat das Buch als moralischen Leitfaden, aber auch als ihren Adelsbrief in den feinen Häusern benutzt.

Vom ersten Arbeitstag an ist Maimie das Vierzigzimmerhaus von den McClouds – mit seinen Buntglasfenstern und altarähnlichen Kaminsimsen – fast wie eine Wochentagskirche von Weißen vorgekommen, eine Kirche, die man nie würde verlassen müssen. »Villa McCloud« hat sich der hundert Psalmen würdig angehört, die Maimie auswendig konnte. Die Flurwände waren mit dreißig Gemälden von ein und demselben Schloß gepflastert. Den ganzen Tag hat Musik von drei Klavieren durchs Haus geschallt, die Spielerinnen waren gut und sind zusehends besser geworden. In den Zimmern mit Oberlicht sind Topfpalmen gewachsen, die sogar Miss Maimie überragt haben. Wenn sie, in der Zeit vor dem Unglücksfall, in den unteren Räumen mit der kleinen Bianca Verstecken gespielt hat, ist sie besonders gern zu den Palmen gegangen und hat sich mit geschlossenen Augen das Gesicht von den Wedeln befächeln lassen. Auf der riesigen Treppe (einer idealen Kanzel, wenn keiner in der Nähe war) hat sie die freundlicheren Psalmen aufgesagt. Dann hat sie an den Weihrauch in ihrem Lieblingsbuch gedacht, an die Zedernholz-Tabernakel und die Marmortreppen, an die Glockenspiele und die hübschen Laute der Muttersprachen gefangener Völker, die den Herrn priesen.

Wenn Angus von den Indigofeldern an der Küste heimkam, hat er einheimische Bürgermeister und oft auch ausländische Gäste bewirtet. Beim Essen wurde manchmal Französisch gesprochen. Maimie hat auf das Sägen der Celli unter dem französischen Geplapper an der Oberfläche gehört. Sie hielt den Kopf auf dem langen Hals immer hochmütig geneigt. Ihr gefälteltes Gesicht war weit offen und hat volle Gleichberechtigung zur Schau getragen. Bei Tisch brauchte sie selbst nicht die Muttersprachen fremder Völker sprechen. So konnte sie sich einfach an den Lauten freuen, sie von Mund zu Mund verfolgen. (Die Druckbuchstaben in ihrer Bibel – die ameisengleichen Pünktchen und libellenartigen Schnörkel – haben für sie mehr nach den Krakeln auf den Notenblättern im Kirchenchor ausgesehn als nach Zeichen für simples, alltägliches Englisch. Französisch hat in Maimies Ohren viel orientalisch-biblischer geklungen.) Sie hat dagesessen, ehrfurchtsvoll, aber gefaßt, und der Sprachmelodie gelauscht. Für Maimie Beech ist das Französische zur einzig wahren Begleitmusik für ihre Psalmen geworden, die mit Gongs und Glöckchen ständig in ihrem Kopf erklang.

Und die kleine Bianca, die da neben ihr gegessen hat – ein Händchen in Maimies Hand geborgen –, dieses liebe kleine Ding hat tatsächlich die heilige Sprache schon gesprochen.

6

Wer seine Kinder für einen Besitz hält, über den er nach Gutdünken verfügen kann, erlebt oft böse Überraschungen.

Später, wie er zittern mußte, ob sein temperamentvoller Liebling am Leben bleibt oder einfach erlischt, hat der stattliche Angus McCloud in seiner pompösen Villa rumgelungert. Den ersten Stock, wo Ärzte ein bis zur Unkenntlichkeit geschwollenes Kind umschwirrten, hat er gemieden. Die Experten haben dunkle Röcke mit Wespentaille getragen. Sie waren mit dem Buggy bis von Richmond gekommen. Der junge ortsansässige Dr. Collier war übergangen worden, der war nicht gut genug für so was. Bis dahin hatte Angus geglaubt, daß man für Geld alles kaufen kann. Die ältesten Töchter haben den verstörten Vater im ganzen Haus gesucht, Stockwerk für Stockwerk. Seit dem Unglücksfall haben die Mädchen nur noch Schwarz getragen. Und auf ihre größte Freude verzichtet: Sie hatten die Deckel von den Konzertflügeln abgeschlossen. Alle Spiegel im Haus waren mit schwarzem Krepp verhängt. Die drei Mädchen und ihre Mutter haben Angus allein auf dem Dachboden kauernd gefunden. Der bedauernswerte Mann hat mit langsam wiederholter Bewegung immer wieder die rechte Schläfe gegen einen Holzpfosten gehaun. Dann ist der kraftstrotzende McCloud die Treppe runtergerannt und hat in neunundzwanzig hohen, makellosen Räumen die Samtvorhänge von den Fenstern gerissen. »Licht«, hat er geschrien. »Sie braucht mehr Licht.« Er hat der hageren Kinderfrau nicht die Schuld am Unglück seiner Tochter gegeben, obwohl die Übeltäter so schwarz gewesen waren wie Maimie L. Beech. Die Kinderfrau konnte man jetzt draußen im Gartenhäuschen weinen und Streifen von ihrer weißen Tracht abreißen hören. (»Ich hab gar nicht geschlafen, bloß meine Augen ausgeruht, weil ich zu lang die Bibel gelesen hab.«) Angus' Frauen sind ihm von Zimmer zu Zimmer nachgelaufen, wie er die Vorhänge runtergerissen hat. Im hellen Licht hat man gesehn, daß die Räume voller schwebendem Staub waren – golden, das schon, aber mückenartig –, eine schreckliche Verderbnis der Luft, die alle atmen mußten. »Jetzt seht euch das an.« Er hat die Staubkörnchen betrachtet. »Zwei Dutzend Leute machen sauber in diesem Haus, und trotzdem überall so große Staubflocken? – Kein Wunder.«

Seine Lieben haben ihm den vorübergehenden Wahnsinnsanfall verziehen.

»*Laß* ihn.« Für manche Frauen ist das eine ganze Lebensphilosophie.

Angus hat die Indianer geachtet. (»Respekt, Respekt.«) Er hat vor Gästen Maimie Beech gelobt und ihre Tuscarora-Vorfahren erwähnt: zweifellos lauter Häuptlinge und Stammesälteste. Wie konnte Maimie, die's im Palmenhaus so weit gebracht hatte, so hoch gestiegen war, so tief fallen? Schätzchen, das Unglück kommt immer näher, und ich scheu davor zurück.

Wie viele fromme Menschen ohne Schulbildung damals konnte Maimie über ein Drittel der Heiligen Schrift auswendig hersagen. Sie hat also aus dem Gedächtnis zitiert, dabei aber eine feierliche Miene aufgesetzt und so getan, als ob sie liest. Egal, ob sie was aus der Genesis oder der Offenbarung »gelesen« hat, immer hat sie die Bibel in der Mitte bei den Psalmen aufgeschlagen. Viel zu schnell ist ihr Finger über die gedruckten Zeilen gehuscht. Manchmal hat sie eine Pause eingelegt und sich die Augen gerieben, so wie sie's bei andern Lesern gesehn hatte. Maimie Beech hat scheint's gespürt, daß Lesen – mit seinen Freuden und seiner Macht – sehr aufregend, aber auch sehr anstrengend sein mußte. Eifersüchtige McCloud-Domestiken haben gesagt, sie hätten oft gesehn, wie Maimie das geprägte goldene Kreuz auf dem vorderen Deckel von ihrer Bibel gemustert hat. Das war ihre Eselsbrücke – so hat sie festgestellt, ob sie das Buch richtig rum hält. Wenn der Querbalken von dem Kreuz oben war, brauchte sie nicht fürchten, ertappt zu werden. Dann hat ihre tiefe Stimme mit frischer, überzeugender Autorität Gottes Wort verkündet.

Bis zu dem tragischen Ereignis sind Maimie und ihre Bibel tagtäglich zwei Stunden zu früh zur Arbeit erschienen. Lange bevor Bianca so gegen elf aufwachte, ist die schwarze alte Jungfer in der steifsten aller gestärkten weißen Trachten eingetroffen. Sie hat an dem Messingkreuz gefummelt, das ihr am Hals gebaumelt hat. Und sie hat ewig dieses Häubchen getragen, das ihr wie ein unadressierter Briefumschlag auf dem Scheitel saß. Während im Haus alles auf Zehenspitzen rumgehuscht ist, um nur ja Nesthäkchen nicht zu wecken, hat die Köchin Maimie einen Ehrenplatz angeboten, auf dem dreibeinigen Hocker neben dem Küchenherd. Maimies Kostüm war so gestärkt, daß es beim Hinsetzen wie ein Eierkarton geknistert hat.

Dort konnte sie dann ewig sitzen und in ihre Bibel schaun, die so groß wie ein Kochbuch war. Die andern Dienstboten haben sich eins gekichert. Der Obergärtner hat sie manchmal gefragt: »Studierst denn heut wieder so angestrengt, Maimie Beech?« Dann ist sie, ertappt, fuchsteufelswild geworden und hat, ohne auch nur den Kopf zu heben, fünf Minuten lang mit Kapitel und Vers aus dem Levitikus gelesen, wobei ihr Finger engelsgeschwind ständig über dieselbe Seite vom Psalter geflogen ist. Sie hat wohl gedacht, ein Buch ist so was Ähnliches wie ein Eimer Wasser – oben schwimmt so ziemlich dasselbe wie am Boden. Tauch ein, wo du willst – lauter Wasser. Der Text, den sie braucht, wird dann schon an die Oberfläche steigen, durch die ganzen Seiten durch nach oben, angelockt vom Köder einer so emsigen Fingerspitze. Keiner hat Maimie für ihr glänzendes Gedächtnis gelobt. Wie die sich konzentrieren konnte! Dieselbe unglaubliche Intensität, mit der sie sich sonst einem verängstigten, geschmeichelten Kind gewidmet hat, galt jetzt der einen Bibelseite. Die Alte hat nur innegehalten, um sich die überanstrengten Augen zu reiben. Und das hat so echt gewirkt, daß man auf einmal gemerkt hat, wie einem selber die Augen brennen.

Bei ihrer Anstellung hat sie zu Angus gesagt: »Kann aber nich lang bleiben. Maimie hat sie gern jung.«

Miss Maimie L. Beech hat gewußt: Sie wird an dem Tag kündigen, wo ihre Schutzbefohlene sechs wird. Sie hätte's einfach nicht ertragen können, daß das Kind ihr auf die Schliche kommt.

Bis die Schule alles verdorben hat, konnte Maimie, ein schönes Bilderbuch auf dem Schoß, mit einem Kind unterm Arm dasitzen und so frei wie die Luft und das Wasser alle Geschichten erzählen, die ihr eingefallen sind. Das war wie Schwimmen und Laufen gleichzeitig, eine Promenade auf dem gläsernen Band eines Flusses. Ihre Erzählungen waren zum Teil Märchen wie das über einen König-Papa, dem zu seinem Pech alles unter den Händen zu Gold geworden ist. Zum Teil waren es wiedergekäute biblische Geschichten, zum Teil war's auch Klatsch aus Klein-Afrika oder etwas, was sie sich anhand der hübschen bunten Bilder selber zusammengereimt hat. Dabei hat sie nie vergessen, den Finger hin- und hergleiten zu lassen. Das falsche Lesen war Maimie L. Beechs einzige Lüge. Als überzeugte Christin hat sie täglich daran gelitten.

7

Ein Geschenk, das Maimie Beech meiner Mama kaufte, ist ihnen beiden zum Verhängnis geworden. Ich hab mich oft gefragt, was für ein Mensch Mama ohne das geworden wär – und was ich dann meinerseits hätte werden können, Junge. Schauspielerin, Wissenschaftlerin, Lehrerin – einfach alles! Maimie hat ihren Ehrenplatz im Haus und bei Tisch verloren. Auch mit ihrem Ansehn auf der Main Street ist es bergab gegangen. Ein Kind hat oben im Bett um sich geschlagen. Als Buße mußten Haus und Dienerschaft ohne Musik und mit zuviel Licht leben. Alle haben in grobem, gar nicht psalmenhaftem Englisch gesprochen. Die Ärzte haben die alte Kinderfrau nicht mal in die Nähe des kleinen Opfers gelassen. Sie haben gedankenlos Maimie die Schuld gegeben, ohne es auszusprechen. Zweimal hatten sie sie schlafend auf dem Boden vor dem Krankenzimmer gefunden, mit dem Kopf auf dem großen schwarzen Buch.

Am nächsten Morgen haben Mr. und Mrs. McCloud Maimie schon sehr früh zur Arbeit kommen hören. Sie hatte sich selbst hinters Haus verbannt. Sie hatte gebeten, die Nacht im Pavillon verbringen zu dürfen. Das war ihr nicht erlaubt worden. Was sich zunächst wie ein Konvent von Carolinatauben anhörte, hat sich als das Gemurmel von Miss Maimie entpuppt, die endlos Wache gehalten und dabei Bibelverse aufgesagt hat. Angus ist aufgestanden, hat rausgeschaut: Eine dicke Bibel liegt aufgeschlagen auf Maimies langen, hageren Schenkeln. Ihr schwarzer Finger hat's so eilig, daß er eine der kostbaren Seiten eingerissen hat. Sie drückt das Papier an, entschuldigt sich bei dem Buch, läßt den Finger auf dem Riß, als ob der ihn heilen könnte. Mit dem züchtigen Häubchen schräg auf dem Kopf, sitzt sie zusammengesunken auf einer gußeisernen Bank, die aussieht, als ob sie ganz aus Farn gemacht wär, aus versteinertem Farnkraut, das sich nichts Schöneres wünschen könnte, wie einem Menschen als Möbel zu dienen.

Am Fenster im ersten Stock hat mein Opa Angus sich die alttestamentarischen Klagelieder angehört, die ja so passend sind für schreckliche Unglücksfälle und deshalb, mein Lieber, oft viel zu passend für dich und mich. (Ist vielleicht einer der Gründe, warum die Bibel der zweitgrößte Bestseller aller Zeiten ist. Nach dem Versandkatalog von Sears and Roebuck. Tatsache. Kannst es nachlesen.)

McCloud ist, ganz Hausherr, die Treppe runtergekommen. Die Köchin hat noch geschlafen. Im quastenbehängten Schlafrock hat

Angus persönlich Tee für Maimie aufgebrüht. Von den zwei Dutzend dienstbaren Geistern im Haus hatte er eigentlich nur vor Maimie Respekt, vor ihrem Talent, Kindern die Bosheit auszutreiben. Aber jetzt hatte auch sie sich als gewöhnliche Sterbliche entpuppt. Enttäuschend. Warum hat sich Angus immer gewundert, wenn ein anderer kleiner Zauberkünstler mal was verpatzt hat? Hat ihn jedesmal geschmerzt.

Nur mit dem Schlafrock bekleidet, bringt er ihr ein Teetablett mit einem warmen Brötchen. Sofort sprudelt alles aus Maimie raus, was sie sich die ganze Nacht durch zurechtgelegt hat: An dem Tag, wo's passiert ist, da hat sie nur mal geblinzelt, nachdem sie zu lange hintereinander die Frohbotschaft gelesen hatte. Und da ist die Kleine ihr entwischt. »Aber sehn bloß, was ihr da zugestoßen is jetzt. Herr wird Maimie strafen, bestimmt. Mhm. ›Auge um Auge, Zahn um Zahn‹. Exodus 21, 24, Levitikus 24, 20, Deuteronomium 19, 21, Matthäus 5, 38. ›Auge um Auge‹. Werden schon sehn.«

»Aber, aber, so dürfen wir nicht reden«, sagt Angus. Und er möchte, daß sie vor seinen Augen ißt und trinkt. Sie hätte zuviel abgenommen, das wär ungesund. Der indigoblaue Saum von seinem Schlafrock ist naß vom Tau. Er schlägt den Satin um seine rothaarigen Beine und setzt sich neben Maimie. Sie hören, wie das Haus erwacht. Die drei Töchter strecken die Köpfe raus. Und das Gesinde beäugt schon bald kopfschüttelnd das ungleiche Paar auf der Bank im dollargrünen Garten.

Angus sagt, er erinnert sich, daß Maimie genau wie er Waise gewesen ist. Er sagt, er versteht's, daß für so eine Person eine Familie, wenn sie endlich eine gefunden (oder gegründet) hat, um so mehr bedeutet. Ob er nicht recht hat? »Person . . .« setzt sie an, nickt dann aber. »Person . . . bedauert so sehr.« Ihre Hände machen in einem fort die Bibel auf und zu, der Einband bewegt sich wie die Flügel von einem Schmetterling, der sich in der Sonne aufwärmt. Angus sieht zu und begreift, daß sie's kaum merkt. Er streckt die Hand aus und macht dem – mit zärtlich-männlicher Berührung – ein Ende. »Oh«, sagt Maimie und schämt sich.

Angus rückt näher ran. Im hellen Tageslicht wirkt sie richtig distinguiert, aber ihr Blinzeln verrät ihm, daß sie sich fragt, wo ihre Macht geblieben ist. McCloud bedauert es, daß ihre Geheimmethode jetzt ein Geheimnis bleiben muß – unpatentiert. Er hat sich ausgemalt, Maimie würde irgendwann mal einer seiner Sekretärinnen ein ganzes Buch mit praktischen Ratschlägen diktieren. Seit dem Unglücksfall wirkt Miss Beech so gestrandet – wie ein Wesen mit gestutzten Flügeln, ein bejammernswerter Bussard, der jetzt für alle Zeit zu Fuß gehn muß. McCloud hat Beech gebeten, sie soll doch bitte heute heimgehn, sich ausruhn. Er verspricht ihr hoch und heilig, sie benachrichtigen zu lassen, wenn sich der Zustand unseres kleinen Mädchens verändert, zum Guten oder zum Schlechten.

»Unser kleines Mädchen.« Sein sonorer Bariton hat sich den weichlichen Luxus der Wiederholung gestattet. In seinem Innern hat die Süße der Worte einen so dunklen, sirupzähen Kloß gelöst, daß fast ein Gift draus wurde. Der große Mann hat sich wieder mal der Vorstellung hingegeben, was Biancas Verlust bedeuten würde. Das letzte Mal, wo er sich das erlaubt hatte, war er wie ein Tobsüchtiger durchs Haus gerannt und hatte erstickende Vorhänge runtergerissen.

Ohne es zu wollen, streckt er jetzt die Hand aus und nimmt die schwarze Knochenharke der alten Frau. Er drückt die Hand und sagt: »*Wir* haben sie verstanden.« Maimie nickt bloß. Ihr Gesicht platzt auf wie eine Samenkapsel. Sie weint, und ihre Runzeln weichen von den tiefsten mittleren Furchen nach außen hin auf. Es ist, als ob sie die mit Schleifen geschmückten Zöpfchen trägt, um mit jedem eine Träne aufzutrocknen.

Mit der Zeit wird es den beiden Menschen, die sich da an den Händen halten, peinlich, mein Junge – aber nicht so peinlich, daß sie aufhören. Angus, durch Maimies Berührung getröstet, findet nichts dabei, auf eine ruhige, entschlossene Art zu weinen. Die Tränen sind ein ganz natürlicher Tribut an den Kummer. Maimie sitzt still, schluckt schwer, bewundert seine Gefaßtheit, wehrt sich gegen den Drang, laut loszuheulen, sich an ihn zu drücken, zu betteln, sich Vorwürfe zu machen. Neunundfünfzig Jahre Gutes getan. Und jetzt das. Keine Dankbarkeit. Der Mensch kann nicht auf Dankbarkeit zählen. Auf ihrem Konto ist nichts gutgeschrieben. Keine Ersparnisse.

Maimie hat abgewartet, sie war sich nicht sicher, welche Gefühlsäußerung – falls überhaupt – hier vor aller Augen schicklich war. Angus' feierliche Schluchzer haben ganz ähnlich geklungen wie die von seiner kleinen Tochter. Maimie hatte schon viele weinende weiße Kinder getröstet, aber noch nie einen ausgewachsenen weißen Brötchengeber, schon gar nicht, während sie ihm die rosige Pranke gehalten hat.

Sie hat gewußt, daß Angus unter dem biblisch-seidigen Schlafrock nackt sein mußte wie ein kleiner Junge. Das hat für sie kein Geheimnis, keinen Zauber gehabt. Hat sie nur noch mehr trauern lassen, um sie beide und die kleine Bianca oben.

Maimie hat gespürt, daß sie drauf und dran war, in lautes Schluchzen auszubrechen, und dagegen angekämpft, obzwar's hochkommen wollte. Ihre Schultern haben gebebt, die Finger krampfhaft gezuckt, und sie ist erschrocken, wie Angus' Hand den Druck erwidert hat – seine übliche Autorität (Na, nun wollen wir mal wieder).

Nicht lange, und die beiden haben praktisch einen Indianer-Ringkampf aufgeführt, mit aneinandergepreßten Handgelenken ihre Kräfte gemessen. Sie haben sich fast wehgetan und das gern ertragen. Hat ihnen irgendwie geholfen. Und Nachbarn, Bediente und Kinder haben fassungslos aus vielen Fenstern zugesehn.

Unten im Garten hat Angus gezittert, gezuckt und unaufhörlich gestöhnt. »O mein Gott.« Ungeniert hat er gehustet und noch krampfhafter geruckt. Und Töne von sich gegeben. Salzwasser ist ihm in Streifen übers glatte, rotbackige Gesicht gelaufen. Er hatte sich noch nicht rasiert, aber die hellen Stoppeln konnten die Tränen nicht aufhalten. Bald haben Brust und Bauch naß geglänzt. Das kühlende Wasser hat ihn ein bißchen beruhigt. »Na«, hat er gesagt und sich mit dem Rücken einer sommersprossigen Hand die Wangen abgewischt. »Na, so was.« Die Tränen hatten die indigoblauen Revers schwarz gefärbt.

Maimies runzliges braunes Gesicht hätte ein Mosaik aus wildem Reis sein können. Sie hat sich immer noch nicht getraut, einen Laut von sich zu geben, hat die Ellbogen an die Rippen gedrückt und kaum noch geatmet. Wenn sie auch nur einen einzigen lauten Ton rausließ, wäre er womöglich explodiert, und das wäre peinlicher gewesen, als wenn man während einem langen gemischten Doppel in Psalmen-Französisch neben dem Gouverneur einen Wind hätte abgehn lassen.

Das Weinen tut Angus McCloud gut. Dampfend sitzt er da wie ein vom Schweiß reingewaschener, erschöpfter Liebhaber. Maimie hat nur zwei ärmliche Fingerhüte voll Tränen vergossen, und diese Feuchtigkeit ist so quecksilbrig, hat sich so im Labyrinth ihrer Falten und Runzeln verlaufen, daß ihr gestärkter Kragen salztrocken geblieben ist.

Sie halten sich immer noch an den Händen, wenn auch nicht mehr so fest, keiner will so unfreundlich sein und als erster loslassen. Keiner von beiden traut sich, zum Krankenzimmer raufzuschaun, dem einzigen Fenster im ersten Stock, hinter dem noch die Samtvorhänge zugezogen sind.

Aus den Fenstern und den Nachbarhäusern schaun Leute in Pyjamas runter. Die Sonne findet die Farnkrautbank, mit einem Mann und einer Frau drauf, die vor sich hinstarren, steif wie ein Denkmal von König und Königin in einem Park. Es ist schon warm geworden. In der ganzen Stadt haben heiser die Hähne gekräht.

Zum Himmel rauf.

Die Erde ist des Herrn, und was darinnen ist. Die Hähne haben stracks zum Himmel rauf gekräht. In Maimies Ohren haben ihre Schreie wie ein selbstgemachter Psalm geklungen, den sie neunundfünfzig Jahre lang schlechten Essern vorgesagt hatte:

»Sei lieb. Mach auf. Bin ich.«

8

Aber ich schweife ab. Was passieren mußte, muß passieren – sogar hinterher, wenn die Geschichte *erzählt* wird, mein Junge.

Der Unglücksfall. Mit eignem Geld aus ihrer Prämie für die Bianca-Zähmung hat Maimie L. Beech, achtundsechzig, ihrem geliebten Schützling, grade fünf geworden, ein Geburtstagsgeschenk gekauft: ein Parfüm für erwachsene Frauen. Was das Fläschchen gekostet hat, ist nicht überliefert, aber wir wissen, daß der Inhalt sehr, sehr süß war – sogar für einen schwülen, mit Magnolien bestandenen Garten Mitte Mai im grünen Falls, sogar, wenn gleichzeitig auf drei Klavieren geübt wird. Zuviel Süße kann trügerisch sein und zum Gift werden. Merk dir das.

Es ist der Tag nach der Feier für fünfzig handverlesene Kinder. Die zigarrenbraunen Locken meiner Mutter müssen schon wieder gewaschen werden. Maimie trägt das widerspenstige Kind in den Garten, setzt Bianca auf zwei Dutzend durstige Handtücher. Das Mädchen ist müde vom Artigsein beim Kindergeburtstag. Nur ein paar Ausrutscher hat sie sich geleistet: Sie hat zwei herrischen Müttern, die mit ihren Töchtern mitgekommen waren, die Zunge rausgestreckt. Und dann hat sie mutwillig das Geschenk von ihren Schwestern zerbrochen, eine braungefleckte Schildpattdose für Hutnadeln. (»Sie ist *häß-lich*, viel zu alt für mich. Ich will sie nicht.«)

Damals in der Zeit vor der Erfindung des Haarföns haben sich Damen mit feuchtem Kopf gern draußen in die Sonne gesetzt. Man hat eine Bürste, einen Roman, eine gesprächige Freundin oder alles zusammen mitgenommen. Ein nettes Ritual – das uns verlorengegangen ist, genau wie der frische Geruch von Kleidern, die ein zufällig vorbeikommender Frühlingswind getrocknet hat.

Bianca, die zum erstenmal in ihrem fünfjährigen Springbohnenleben einem Menschen wirklich vertraut, läßt sich mit dem Gesicht nach oben hindrapieren, zeremoniell wie der Leichnam einer ägyptischen Prinzessin. Froh drüber, daß sie endlich als schüchtern erkannt worden ist, macht sie ihre blauen Augen zu, die von den dichten Wimpern wie von einer Markise beschattet werden. Maimie zählt laut ihre Korkenzieherlocken – es sind neunundvierzig bis einundfünfzig, je nach Laune und Luftfeuchtigkeit. Sie löst alle Locken, so daß jede für sich in voller Länge auf dem Frotteestoff in der Sonne liegt. Ich stell mir das alles (und meine Mama) aus der Vogelperspektive vor. Als ob ich in der Luft schweb oder versteckt auf dem höchsten McCloudschen Pecanobaum sitz. Unter mir auf den im Gras ausgebreiteten weißen Badetüchern bilden Biancas feuchte Locken einen Kranz um ihren Kopf wie die Strahlen einer fransigen jungen Sonne, die noch in die Lehre geht.

Maimie sitzt auf einem von den farnigen Gartenstühlen. Die Bibel lehnt an ihr wie das nächste Kleinkind, das sie hüten wird, wenn das Lesen ihren derzeitigen Liebling verdirbt. Der Blick zu Bianca hinüber macht die alte Frau so froh. Viele schwierige Kinder waren nacheinander ihre Lieblinge, aber dieses liegt ihr besonders am Herzen. Wohlgefällig läßt Maimie ihre simplen Geheimwaffen Revue passieren: Sprich nie »von oben herab« mit deinem Kind. Behandel es, wie *du* behandelt werden möchtest – also mit Liebe, viel Liebe. Die Liebe ist eine Geheimwaffe, ein ernsthafter Beruf und nicht (wie für viele Eltern an der Summit Avenue) ein unterhaltsames Steckenpferd.

Bianca bettelt schon lange, einmal zu Maimies Betstunde am Mittwoch abend mitgehn zu dürfen. Anfang dieser Woche haben die vorsichtigen Eltern endlich ihre Zustimmung gegeben: »Aber nur, weil du in letzter Zeit so artig gewesen bist, nur, weil wir so großes Vertrauen in deine Maimie setzen.« Hinterher haben sie sich Sorgen gemacht, ein Kind, das so artig geworden ist, könnte eine zu große Dosis von dieser altmodischen Religion abkriegen. Unter vier Augen haben sie gesagt: »Erst muß sie lernen, sich anständig aufzuführen. Das andere reden wir ihr dann schon wieder aus.« Im Betsaal der schwarzen Baptisten erscheint Bianca im Sonntagsstaat. Sie erlaubt Maimies fünf Lieblingsschwestern, aus dem Chor rauszutreten und ein Riesentheater um ihr gestärktes weißes Kleid, ihren weißen Hut und ihre weißen Schuhe zu machen. Auf Verlangen sagt sie zehn Worte auf französisch (»Würdest du mir bitte die Butter reichen, meine liebe Maimie?«). Sie entschuldigt sich für ihre Aussprache, die ihre Schwestern schauderhaft finden. Dann geht Bianca nach vorn und wird erlöst. Einfach so. Mit lauter Stimme beichtet die Kleine, wie schlimm sie gewesen ist, und versichert, wie sehr sie's bereut, die arme Maimie da in der sechsten Reihe so drangsaliert zu haben, und gelobt, daß sie nie wieder so schlimm sein wird – wenn möglich. Dann schaut sie sich um und bittet, untergetaucht zu werden. »Aber doch nicht mit dem schönen Kleid an, auf keinen Fall«, ruft die strahlende Kinderfrau. Alles lacht. Bianca fühlt sich nicht so ganz ernst genommen.

Sie denkt, das Taufwasser wird unter ihren Füßen dick werden, sich sofort mit einer ledrigen Haut überziehn wie Schokoladenpudding. Es wird das Gewicht eines erlösten kleinen Mädchens ohne weiteres tragen. Stell dir vor, du kannst über jedes beliebige Wasser gehn, ob in der Badewanne oder bei einer Überschwemmung. Der Neid wird deine Schwestern zerfressen, die Reue wird sie packen, wenn sie selber untergehn und ertrinken wie Pharaos Soldaten. Bianca bettelt um die Taufe, behauptet, *ihr* Herr Jesus wird *ihre* Sachen bestimmt trocken halten. »Er wird mich auf Flügeln übers Wasser tragen«, sagt sie. Sie klingt so überzeugt wie ihr Papa, wenn er sich seiner Sache ganz sicher ist, und das will was heißen. Die ganze Gemeinde ist tief beeindruckt. Amen, Amen, Amen läuft's durch die Stuhlreihen. Ältere Frauen rollen die Augen, schütteln den Kopf, seufzen: »Hat's gesagt.« Sie haben bis jetzt nur *gehört*, was ihre Maimie für Wunderdinge von ihrem neuesten Schützling zu berichten hatte. Es ist alles wahr.

Jetzt hier in der Sonne, wie sie an das alles zurückdenkt, ist Maimie so zufrieden mit den christlichen Fortschritten ihres Lieblings, fühlt sich so ungewöhnlich anerkannt in diesem Haus, daß sie reingeht und das Geburtstagsparfüm holt. Sie kniet sich auf die Handtücher. (Vielleicht sollte sie Mr. Angus persönlich um Leseunterricht bitten? »Geh zu einem vielbeschäftigten Mann, wenn du was erledigt haben willst.« – Wenn sie ihr Manko eingesteht, kann sie dann endlich ausruhn? Hier ausruhn?)

Maimie sprüht jede einzelne dicke, schläfrige Locke von ihrem Schützling ein. Das Parfüm, das beste, das zu haben war, heißt *Instant de Joie*. Die ganze bernsteingelbe Flüssigkeit rinnt aus dem Fläschchen. »Salb/ dein/ süßes/ Haupt/ Maimie Öl/ Becher/ fließet/ über . . . Güte/ Gnade/ wohnen/ Haus/ Herr/ alle/ Menschen.«

Gleich wird ihre Kleine aufwachen in einer süßen Wolke, die Maimie von ihrem Geld gekauft hat. Das wird eine Überraschung sein, als ob man mit einem maßgeschneiderten Heiligenschein zu sich kommt. Dieser Duft – er rührt an die Geheimnisse der Erde, fühlt sich verwandt mit allem, was darinnen ist –, dieser Duft wird sagen: »Öffen dich. Bin ich.« Im Knien schließt Maimie die Augen. Der Duft steigt auf wie ein chemischer Choral.

In der Sonne schwillt der Duft an. Er wächst und wächst, bis er fast wie die Posaunen von einem Psalm klingt. Er wetteifert mit der perlenden Klaviermusik, die vom Haus rüberweht. – Die Süße läßt Bianca noch ein paar Stufen tiefer in ihren Bienenwabenschlaf sinken. Die sechshändige Klavierfassung von einem Schubert-Lied dringt an ihr Ohr. Maimie wendet sich ihrer Bibel zu, die, warm wie das Leben, auf gußeisernen Farnwedeln in der Sonne liegt. Sie schlägt den Psalter auf, macht die Augen fest zu, schnuppert an ihren duftenden Fingerspitzen, döst vor sich hin. – Das gute Mittagessen war schwer, die gute Sonne scheint warm. Vier Schwarze kümmern sich in diesem Bienenstock von einem Haus um jeden weißen Bewohner. Die Zukunft einer McCloud beruht auf Papas begehrter Geheimformel für das überzeugendste Blau, das es zu kaufen gibt. Alles, was das Auge sieht, scheint attestiert und anerkannt: das Allerrrbeste. Ein Leben mit Garantieschein.

Unbemerkt braut sich das Unglück zusammen.

Maimie nickt ein, träumt Träume. Schwäne schwimmen auf einem glänzenden Fluß – die Körper über Wasser sind schneeweiß und scheinbar gelassen, die farbigen Gummifüße unter der Oberfläche rudern heftig gegen die Strömung an – und auf einmal ist es der Herr Jesus persönlich in einem Ruderboot, mit dem organgerosa Bart eines Schotten. Er steigt aus dem Boot und wandelt. Er trägt einen maskulinen weißen Bademantel, mit Stärke zu einer aufrechtstehenden Boje kalfatert, hübsch anzusehn wie die Krinoline eines artigen Mädchens. Aus Seinen Taschen rieseln Goldstücke. Sie fallen senkrecht nach unten durch das tiefe Wasser, das Ihm erspart bleibt, auf dem Er dahinschreitet.

Ich bin hier fast ganz auf Vermutungen angewiesen.

Tatsache: Meine kleine Mama wacht auf. Wo bin ich? Ach, draußen an der Sonne, Schampoo-Tag, muß das Geburtstagsparfüm sein, das da überall so kräftig riecht wie verdunstender Schellack oder das Sprechzimmer beim Doktor – Musik, die Schwestern . . . Ach so, daheim . . . Aber da ist ein unbekanntes Geräusch, das nicht ins Bild passen will. (Ein Summen, Schnarren, Klicken wie von Kastagnetten in der Stadt auf dem Gerichtsplatz.) Wenn jetzt wer von einem der Pecanobäume runtersähe, würde er *eine* Veränderung bemerken: Biancas braunes Haar hätte hell auftrocknen müssen, aber es ist dunkler geworden. Nämlich, zwei- bis dreihundert schwarze Wespen haben sich von dem vielleicht allzu aufdringlichen Parfüm anlocken lassen. Die versammelten Insekten wimmeln und wuseln jetzt, saugen an der feuchten Süße der ausgebreiteten Locken, lauter Straßen, die nach ein und demselben Rom führen, zum weichen weißen Kopf von einem Kind, das noch nicht mal was gemerkt hat. Sie ist in letzter Zeit artig gewesen, also wieso auf einmal *das*?

Biancas Haar umgibt sie wie ein Fächer. Ihre Füße sind nackt, sie hat nur ein Spielhöschen aus Batist und ein hübsches Satinhemdchen an. Sie setzt sich auf, hat Angst, hinter sich zu schaun. Gleich wird direkt hinter ihr was passieren. Das spürt sie. Ihr Kopf fühlt sich so schwer an, wie von einem Kopftuch oder einem Helm bedeckt. Einem Indianer-Kopfschmuck. Das schläfrige Kind, neugierig geworden, faßt sich an den Hinterkopf – und preßt zwanzig pechschwarze stacheltragende Insekten auf seine blasse Kopfhaut.

Jetzt sollte der Schrei kommen. Jetzt sollten sich der Nachbarskatze die Nackenhaare sträuben, alle Klaviere verstummen, Maimie aufspringen, alle in fliegender Hast gerannt kommen. Aber Klage, Warnung, Wut, nichts davon kann so richtig raus aus Biancas Mund, so fest beißt sie die Zähne zusammen wegen einem Schmerz, den sie noch nie erlebt, den sie nicht mal geahnt hat. – Was hat dir bis jetzt Spaß gemacht? Die Brände, die du gelegt hast, zuschaun, wie Tiere versuchen, dem Feuer zu entfliehn, die häßlichen Gesichter der Erwachsenen, wenn sie dahinterkommen, was du jetzt wieder angestellt hast. Das alles, und immer Papa und in letzter Zeit Maimie. – Aber wie kann jemand, der so verzogen ist und erst fünf, auf ein erstes Leid gefaßt sein, das gleich so nahe ist?

Sie ist stumm, weil ihre Zunge sich auf einmal anfühlt, als wär sie angeschwollen auf die Größe einer toten, seit mehreren Tagen toten Forelle. Das Gift macht, daß der Hintergrund von Biancas blauen Augen schwarze Flecken kriegt und die Augen weiter, wacher werden. Fieberhaft sucht ihr Kinderverstand nach einem Ausweg aus dieser unbekannten Bedrängnis durch verschmierte Chemikalien und Gedanken.

Bianca steht auf – zögernd, vorsichtig. Hüpft barfuß von den

Handtüchern ins Gras. Lautlos, grazil, so schnell sie kann. Sie trägt hübsche weiße Wäsche und drei Pfund schillerndes Schwarz. Die Insekten fangen zu summen an, ein Zeichen, daß sie gereizt sind. Siebenmal umkreist das Kind in stummer Not ein und denselben Stuhl. Auf dem sitzt die eingenickte Maimie Beech, den Mund zu ihrer Bibel hin geöffnet. Das Kind läuft so leicht, als ob's Flügel hätte, als ob's selber fliegen könnte.

Der Verstand des Kindes ist vergiftet, und es ist sowieso nur ein Kinderverstand.

Ihr Verstand sagt ihr: Lauf über Meadows Weide bis zum Fluß runter und ertränk sie, tauf sie, damit sie netter zu dir sind, du. – Der Verstand sagt ihr, wenn sie schnell genug rennt, fliegen sie von ihr weg wie Mücken im Galopp. Derweil macht sie, im Rennen, noch andere Fehler. Einer davon: Sie schlägt sich immer wieder auf Kopf und Schläfen, Ohren, Hals. Eine schwarze Wolke schwebt vor ihr her, und in die läuft sie rein.

Durch ein Gartentor, über den mit Asche bestreuten Weg tappen die zarten bloßen Füßchen. Sie opfert den Schatten. Verläßt die Geborgenheit der virtuosen Schubertklänge von ihren Schwestern. Lautlos laufend schafft Bianca irgendwie sechs Häuserblocks, sieben. Der Gerichtsplatz ist heiß wie ein Backofen und jetzt zur Siestazeit völlig ausgestorben. Mutterseelenallein läuft sie durch die Innenstadt.

9

Die dicke Mrs. Lucas von Lucas' Gemischtwarenhandlung sitzt im Laden und ißt Käse. Sie hat ihn heute runtergesetzt, aber keiner will ihn haben. Es rührt sich nichts hier um zwei Uhr nachmittags – außer daß grade eben, so schnell wie einer dieser geisterhaften blutunterlaufenen schnörkligen Engerlinge, die einem vor den Augen tanzen, wenn man aus dem Schatten ins gleißend Helle schaut, etwas an der Tür von dem düsteren Laden vorbeiwischt. Es ist ein Kind, und es rennt so schnell und ist so weiß in der Sonne, daß Mrs. Lucas denkt, sie sieht ein Gespenst. Der Körper, was davon zu sehn ist, wirkt schneeweiß, nackt, der Kopf mit kohlschwarzen Scheuklappen, mit dunkelsten Gedanken beschäftigt, die als Wolke aus ihm aufsteigen, als Maske und Hut.

Nur einen Sekundenbruchteil ist dieses schwarzweiße Gespenst zu sehn. Mrs. Lucas läßt kaum eine Kaubewegung aus. Und trotzdem, obwohl sie ihren Augen nicht traut, entschließt sich diese kompakte Frau zum Handeln. Das heißt, irgendwas in ihr zwingt ihr die Entscheidung auf. (Gott segne die gute Frau dafür, daß sie mein Leben ermöglicht hat, indem sie das von meiner Mama gerettet hat.) Den Mund voller verbilligtem Käse, den sie hastig runterzuschlucken versucht, selbst Mutter von acht Kindern, hat sie schon abgehoben, ist sie schon runter von ihrem Hocker, zischt sie los wie die unwahrscheinlichste Rakete, die je gestartet wurde. Was sie so blitzartig auf die Beine gebracht hat, ist die ungeahnte Kraft, die Katastrophen in manchen Menschen wecken, vor allem in sonst eher behäbigen Eltern, die irgendwo diese geheime Reserve haben für den Fall, daß sie eins ihrer Kinder retten müssen. Sie hat nichts mehr von der Dickmadam mit dem roten Gesicht, die trantütig ihre Kundinnen bedient. Sie reißt sich die Schürze runter und läuft auf Zehenspitzen.

Sie stürmt zur Tür raus, läßt die Ladenkasse und den gesamten Warenbestand ohne Aufsicht. Sie hat richtig gesehn, das Wesen ist real, ist schon vierzig Fuß von ihr weg. Mrs. Lucas ist schon halb an der Auslage vor dem Laden vorbei, mit dem Schild »Der Mai ist gekommen. Denken Sie an Ihre Nachbarn. Pflegen Sie Ihren Garten dieses Jahr richtig.« Sie schnappt sich eine Heckenschere – warum, wird ihr erst später aufgehn.

Was hat diese oft so träge Frau in einen rettenden Engel verwandelt? Nichts anderes als das »Du mußt«. Das kann aus jedem von uns in Sekundenschnelle einen Helden machen. Und es kann uns genauso leicht zeigen, was für jämmerliche Feiglinge wir sind, und das vergessen wir dann unser Leben lang nicht mehr. Aber sie? Sie wetzt richtig los, es ist die längste Strecke, die sie im Sprint zurücklegt, seit sie vor siebenundzwanzig Jahren bei einem Kirchenfest vor dem damals achtzehnjährigen brünstigen Luke Lucas davongelaufen ist und sich nur zu gern einholen ließ. Jetzt schwenkt sie ihre Schürze wie der Matador das rote Tuch, drunter die Gartenschere. Mrs. Lucas jagt einem Kind nach, das sie von hinten eindeutig als eine McCloud erkennt, die wilde jüngste, die vor ein paar Wochen noch geklaut hat wie eine Elster.

Kurz vorm Gerichtsplatz holt Mrs. Lucas das schnelle kleine barfüßige Mädchen ein. Das Kind rennt mit geschlossenen Augen und schlegelt mit den Armen wie ein Ertrinkender, der schon mit dem Kopf unter Wasser ist und immer noch hofft, es wird ihn jetzt endlich – bitte – jemand rausholen. Mrs. Lucas sieht: Der Kopf von dem

Kind ist schon doppelt so groß wie ein Kinderkopf, durch das, was die immer noch stechenden schwarz glänzenden Stachelbiester in ihn reingepumpt haben. Und die Frau wirft ihre Schürze über diesen summenden, wimmelnden Wasserkopf. Mit ihrem ganzen Gewicht reißt sie im Laufen die Kleine vor unserm Kriegerdenkmal ins Gras. Das Mädchen schlägt fast elegant ein Rad. Auch Mrs. Lucas schlägt hin, schwer, und rutscht noch ein Stück. Der bevölkerte Kopf eines Mädchens ruht jetzt im Schoß einer Frau.

Das Parfüm, das Mrs. Lucas plötzlich in die Nase steigt, ist so stark und so unerwartet, daß ihr fast der runtergesetzte Käse hochkommt. Sie schreit, weil das schlitzäugige Gesicht so weit weg scheint. Sie brüllt durch den Insektenvorhang vor dem blauweißen Gesicht. Sie tut bloß, was man immer in Erste-Hilfe-Kursen gesagt kriegt: »Denken Sie daran, dem Opfer gut zuzureden.« Das kann man, als Opfer des *Anblicks* eines Opfers, nur allzu leicht vergessen. Eine schöne, kräftige Stimme ruft: »Ich bin ja da. Ich bin's, Doris Lucas, Schätzchen. Es ist gut. Ich weiß, was zu tun ist.«

Wie jeder in so einer Situation hofft die Frau, daß ihr schon noch das Richtige einfallen wird, mein Junge. Sie hat die ganze Zeit grauenhafte Angst. Manchmal handelt man bloß, weil man sich weniger vor einem Fehler fürchtet als davor, nicht rechtzeitig einen zu machen.

Also schnell: Tu so, als ob.

Sie kriegt selber jede Menge Stiche in die Handflächen ab, lauter kleine Markierungsfähnchen setzen die Wespen ihr rein. Mit der Heckenschere schnippelt Mrs. Lucas zunächst die langen Locken ab, so weit's geht. Sie starrt in den offenen Mund von dem Kopf, den sie da stutzt. Sie schlägt nach den Wespen, zerdrückt sie, aber nur in der Luft, nicht auf der Haut. Und während die Insekten sie stechen, redet sie weiter beruhigend auf das Kind ein, das inzwischen schon tot sein könnte: »Gleich ist es vorbei, du hast's fast überstanden, sei tapfer, Schätzchen. Sind schon fast alle runter. Du bist bei mir, bei Doris Lucas, weißt du. Doris kümmert sich um dich. Alles gut, es wird alles gut. Wir sind schon fast fertig. Es ist vorbei, glaub mir, du hast's überstanden. Jetzt mußt du schön atmen, bitte, atmen. Bitte, tu's Doris zuliebe.«

Und sie klopft dem Kind auf den Rücken, klopft und klopft.

Zu Hause: Schubert geht weiter, ein hellhäutiger Jesus watet im Traum.

Dem Eigentum der tapferen Retterin wird kein Haar gekrümmt: Die Collier-Zwillinge kommen in Lucas' Gemischtwarenhandlung, Zackenlitze zum Umsäumen einer Filz-Tischdecke kaufen. Wie sie feststellen, daß zum erstenmal seit Menschengedenken kein einziger Lucas im Laden ist, beschließen diese wackeren Mädchen, Wache zu halten, und machen sich alsbald sogar nützlich, indem sie den Boden fegen. Sie stellen sich hinter die Theke und tun so, als hätten sie das von klein auf gemacht – Doc Colliers Zwillinge, die bei sich daheim nicht mal abwaschen müssen, haben richtig Spaß am Kaufmann-Spielen. Einem gutaussehenden jungen Mann verkaufen sie sogar ein Stück runtergesetzten Käse. Erbieten sich sogar, ihn einzuwickeln.

Ein geschorener Kopf zeigt sich endlich der Sonne, vom Haar befreit, und ein Kindermund, der nun doch wieder atmet, entläßt einen Schrei wie eine Fontäne. Der Schrei fliegt an der dicken Frau vorbei, der's jetzt ihrerseits den Atem verschlägt. Bianca ist eine Sirene, die elfhundert Seelen in ihrer Beschäftigung – Dösen, Lieben, Klavierspielen, Ladenhüten – jäh innehalten läßt. Als erstes: Der Schrei reißt Maimie L. Beech aus dem Schlaf, und Sekunden später hat sie die Schuhe an und rennt los – ihre Bibel an die Brust gedrückt wie einen Schild gegen Gewehrkugeln. Ihr Ziel ist die Quelle des Schreis, sie fühlt sich imstande, kopfüber in den gequälten Mund ihres Lieblings zu stürzen. Das alles, ehe Maimie auch nur begriffen hat, warum sie läuft und wohin und wer sie ist und warum sie nicht Jesus beim Wasserwandeln, sondern eine Hausangestellte ist, eine Sterbliche – eh sie begreift, was ihre geliebte Arbeit ist, war, und warum sie sie soeben verloren hat.

Um eine lange, grausame Geschichte gnädig abzukürzen: Nachdem drei Wochen lang alles, wie man so sagt, »am seidenen Faden hing«, ist die Schwellung, die aus dem Gesicht eines kleinen Mädchens eine Wasserspeierfratze gemacht hatte, allmählich zurückgegangen. Biancas Gesichtchen hatte sich so aufgebläht, daß es – wie die Klatschbasen mit ihrer Vorliebe für Übertreibungen behauptet haben – »in die Breite gegangen ist, bis doch tatsächlich die Haut innen an den Augen gerissen ist, erzählt man sich jedenfalls«. Biancas Hände, mit denen sie ihren Kopf hatte schützen wollen, waren fast so geschwollen wie der Kopf.

Unten haben sich jeden Nachmittag und Abend teilnehmende

Krankenbesucher eingestellt. Sie haben leise gesprochen, und viele waren in Schwarz. Auch Doris Lucas ist erschienen, mit Rouge auf den Wangen und verbundenen Händen, und hat gesagt: »Hätte jeder getan. Ihr Glück, daß ich grade da war.« Eine Heldin. Die Köchin hat verlauten lassen, daß ihr kein gestifteter Eintopf mehr in die Küche kommt. »Die denken wohl, ich versteh mein Handwerk nicht.«

Daheim im Salon haben die Leute, statt zu lügen und wie bei den andern Kranken und Sterbenden von Falls die üblichen Heilungsgeschichten zu erzählen, die Wahrheit gesagt. Sie haben sich erinnert, wie munter und springlebendig Bianca immer war. Sicher, Engel war sie keiner. Den von Maimie jüngst herbeigeführten Wandel zum Besseren haben sie ausgelassen. Haben von ihren früheren schweren Missetaten erzählt, Vandalismus kindlichen Übermut genannt, Brandstiftung Spielen mit Zündhölzern. Haben Hymnen auf die Katastrophenjule gedichtet. Die ruhigen älteren Schwestern, voll Sehnsucht nach ihren Klavieren, haben insgeheim ihren jungen Mozart und ihren Schubert zusammen mit dem Nesthäkchen der Familie betrauert. Von manchen Untaten ihrer kleinen Schwester hören sie jetzt zum ersten Mal. Verwirrt riskieren sie das eine oder andere Lächeln in Moll. Neueste Nachrichten: Mehrere Klohäuschen (mit Insassen), die auf einmal in Flammen standen, Katzen, die unfreiwillig geschoren wurden, Hunde, die man in Menschenkleider eingeschnürt gefunden hatte. Und auch, wie Bianca sich einmal auf das nagelneue rotbraune Samtkissen auf der Kirchenbank gesetzt, seltsam gelächelt und gesagt hatte: »Mal ausprobieren.« Und dann hat sie auf und tief in das Kissen gepinkelt. Warum? Aus Schüchternheit? Hast du mal versucht, Kürbisfleisch (und später dann den Geruch) aus siebenhundert Klavierdrähten zu entfernen? Na ja, am besten, du probierst es gar nicht. – Die Leute haben jetzt aus Biancas Streichen eine Litanei gemacht. Im Grunde haben sie mit den Erzählungen von ihren genialen Dummejungenstreichen versucht, Bianca aus der Umnachtung zu holen. Haben sich gewünscht, sie selber wären als Kinder viel schlimmer gewesen.

»Artig« kam ihnen dem Tod viel, viel näher vor als »bös«.

Wie die kleine Bianca endlich ihre blauen Augen aufgemacht hat, war der Jubel groß. Vor allem bei Maimie. Die schwarzen Baptisten hatten ständig um das Leben des aufgeweckten kleinen Mädchens gebetet, das sie erst vor so kurzer Zeit in ihrem Betsaal besucht hatte. Das Mädchen war am Leben geblieben, sicher, hatte aber aus ihrem dreiwöchigen Alptraum im Finstern schlimme Sachen mitgebracht. Vielleicht hat sie die Dunkelheit ihres Komas oder die Farbe der Wespen mit der Hautfarbe der armen Maimie Beech verwechselt. Als jedenfalls die gütige Kinderfrau schließlich zu ihrem ersten Besuch am Krankenbett raufgeführt wurde, als sie beschämt, hoffnungsvoll, grinsend in der offenen Tür stand, in der Hand ein nichtduftendes Bukett, von ihrem eignen Geld gekauft, da hat Bianca nur einen langen Blick auf sie gerichtet. Sie hat schwer geschluckt, ist auf das Kopfteil von ihrem geschnitzten Bett gestiegen und hat die Finger in die Tapete gekrallt, wollte unbedingt weg. Dann hat sie sich mit ihren geschwollenen Händen die geschwollenen Augen zugehalten und einen Schrei ausgestoßen, der wieder den Leuten in der ganzen Nachbarschaft je drei Herzschläge gekostet hat. Sogar den Vögeln ist der Gesang in der Kehle steckengeblieben. »Schwarz!« hat sie gekreischt. *»Schwarz!«* war das erste Wort in ihrem angstvollen neuen Leben. Schwarz, mein Junge, ist das Vorhandensein aller Farben. Farben sind Taten und Leiden des Lichts.

Der einzige Fehler der armen Maimie war, daß sie eingenickt war, als sie ein Kind hüten sollte. Das weiße Mädchen (Weiß ist das Fehlen jeder Farbe) hat der schwarzen Kinderfrau die Schuld daran gegeben und damit, mein Junge, die Schuld an ihren furchtbaren Schmerzen. Unfair. Aber für die kleine Bianca war's nun mal so simpel und so festgelegt. Angus McCloud hat Maimie L. Beech eine fürstliche Abfindung gezahlt. Hat auf fünf handgeschriebenen Seiten ihren makellosen Charakter gelobt. (Maimie hat den Empfehlungsbrief in ihrer Bibel heimgetragen und ihn sich später vorlesen lassen.) Wohlversorgt hat sie also jetzt in ihrem properen Häuschen am Fluß gesessen und nach und nach begriffen, daß sie an die Luft gesetzt worden war, wenn auch mit Samthandschuhen. Aber weil sie sich nun mal auf die Erziehung mißratener Kinder aus reichen Häusern spezialisiert hatte und die Neuigkeit sich so weit verbreitete, wie sie zur Arbeit hätt gehn können, ist Maimie L. Beech ihr einmaliges Nickerchen teuer zu stehn gekommen. Sie konnte sich's leisten, aufs Altenteil zu gehn, aber ohne Arbeit hatte sie natürlich auch keinen kleinen Liebling mehr. Und wozu dann noch gestärkte weiße Kittel tragen und zum Bügeln lang aufbleiben? Allein zu Hause, brauchte sie keinem mehr tägliches Bibellesen vorspielen – und deswegen hat sich die Wunderwaffe weniger ehrenwert gefühlt. *Sie* wußte ja, daß sie nicht lesen konnte. Und Gott, der alles weiß und alles vom Blatt lesen kann, hat's bestimmt auch gewußt. Trotzdem wollte sich Maimie nicht damit abfinden, daß sie nicht mehr so tun konnte, als ob. – Die Größe in unserm Leben beruht ja seltsamerweise oft auf liebgewonnenen alltäglichen Gewohnheiten. »Hier steh ich und tu wieder *das*. – Amen.« Jawohl, Größe. Nachher erzähl ich dir von den Wechselfällen ihres weiteren Lebens.

– Erst mußt du aber wissen, daß das L. in »Maimie L. Beech« für Lucille stand. Seltsam, aber die kleine Bianca – die längst nicht mehr wußte, *wieso* ihr der Name so gefiel – hat dann mich, ihr einziges Kind, nach der traurigen Kinderfrau taufen lassen, an deren Entlassung sie schuld war. Eine Geschichte für sich.

Die kleine Bianca McCloud, fünf Jahre alt, aber sichtlich gereift, hat keine Zoowärterin mehr gebraucht. Vor dem Unglück war Angst für sie nur ein angenehmer Geschmack im Mund gewesen, sonst nichts. Sie hat sie hergestellt wie Papa sein geheimes Blau. Sie hat die Angst ständig hinter sich hergezogen, ein knietiefes Katastrophen-Kielwasser. Katzen haben vor ihr Reißaus genommen, Nachbarn die Deckel ihrer Spinette zugeklappt und sich sicherheitshalber noch draufgesetzt. Jetzt hatte die Angst *sie* eingeholt.

Menschen ändern sich. Sogar Kinder. Die besonders. Wenn man früh genug anfängt, kann man das arme Kind wie Bugholz in jede gewünschte Form krümmen. Es ist wie beim Geigenbau: Man macht das Holz naß, spannt's ein und wartet, bis es getrocknet ist. Wie hat die Fünfjährige über den Unglücksfall mit dem Parfüm gedacht? Vielleicht hat sie geglaubt, es wär die Strafe für alles, was sie jemals ausgefressen hatte? Oder hat sie's für die Rache der dunklen Rasse für die Hochnäsigkeit der Weißen gehalten – schwarze Vergeltung, an einem kleinen hellhäutigen Ding geübt? Findet man die zweite Erklärung wahrscheinlicher (die von einem Kind, simpel wie ein Märchen, grausam wie ein Märchen), wundert's einen wohl nicht, daß Bianca den Einwohnern von Klein-Afrika nie wieder so recht über den Weg getraut hat. Und das ist noch gelinde ausgedrückt.

Sie ist nie mehr am Samstag in die Stadt gegangen, wo auf dem Gerichtsplatz das bunteste Gewühl geherrscht hat – rund sechzig Prozent Farbige. Wenn ein großer schwarzer Hund bei den McClouds über den Rasen lief, ist das kleine Mädchen zur Salzsäule erstarrt. Dann ist ihre Körpertemperatur gefallen, und Angus mußte sie eilends ins Haus tragen und ihr die rosa Zehen und Finger reiben.

Als Bianca sich nach dem Unglück langsam wieder erholt hat, haben ihre Schwestern – in Schichtarbeit – alles getan, was der gewesene Teufelsbraten verlangt hat. Sie haben ihr das Lesen beigebracht.

Ihre erste Lieblingslektüre? Benimmbücher. Nicht lange nach ihrer Genesung hat sie drauf bestanden, daß ihr schlichtes Kinderzimmer mit dem allerbesten Chintz tapeziert wird – aber nur mit Blumenmuster, keine Vögel oder Schmetterlinge und schon gar keine Bienen. Sie hat sich einen Steinway gewünscht und mit einem Seufzer gefragt, ob's die auch in Weiß gibt. Hat sich über ihre Schwestern lustig gemacht wegen denen ihrem Mauerblümchen-Gehabe, ihrem blassen Teint, ihrem stundenlangen Üben in abgedunkelten Zimmern, ihren tristen, altmodischen Kleidern und ihrer panischen Angst, unter die Leute zu gehn. Früher mal hatte Bianca in aller Seelenruhe den gut besetzten Goldfischteich der Nachbarn mit einem Speer leergefischt und sich dabei von Farmersleuten auf ihrem Wagen auf der Summit Avenue zuschaun lassen. Jetzt ist sie, mit völlig kahlgeschorenem Kopf (damit das Haar gleichmäßig und nicht büschelweise nachwächst), sogar pünktlich zum Nachmittagstee erschienen. Auf einmal konnte der kleinen Bianca nichts akkurat genug sein.

Vor der Sache mit dem Parfüm hatte es ihrem Papa insgeheim Spaß gemacht, die erbosten Leute auszubezahlen, denen sie was kaputtgemacht oder aus Versehn in Brand gesteckt hatte. Für Angus – den ehemaligen Schiffsjungen aus Glasgow, der's in der Neuen Welt zu Wohlstand und Ansehn gebracht hatte, ein Mann, der sich seine schottischen Jacken und Kilts nur aus Jagd-, nie aus Paradestoffen schneidern ließ, war jedes zerissene Kleidchen so was wie eine Siegesfahne gewesen.

»Genau wie ich« – das innigste Gebet, die schlimmste Angst eines Vaters, einer Mutter.

Jetzt hat er seinem Wildfang nachgetrauert. (Ihm war, als wär sein Sohn gestorben. Er hatte nicht gewußt, daß er einen hatte, bis dieser Kobold aus der Welt gestochen wurde, ertränkt in einer Finsternis, die Angus so kalt vorkam wie die Nordsee in einer stürmischen Winternacht.) Der Indigo-Baron hat gemerkt: Seine Bianca war nur ein Mädchen wie jedes andere. Was ihm jetzt gefehlt hat, war das kleine bißchen Angst, das er immer vor ihr gehabt hatte, das war's. Daran erkennnen die wahrhaft Starken einander. »Oje« wird zu »aha«. Angst kann der Anfang der echtesten Liebe sein.

In eine sich selber zurückstutzende Hecke verwandelt, hat Bianca McCloud später versucht, auch ihrer ungeratenen Tochter Lucille diese Kunst beizubringen. Aber bei mir, Schätzchen, war Hopfen und Malz verloren. Hinter Mamas verkorkstem Charakter hat was gesteckt, was in ihren Augen eine unverzeihliche Nachlässigkeit einer – schwarzen – Hausangestellten gewesen war. Und die hat sie der armen Maimie nie verziehen. Ein schreckliches Los. Immer denken zu müssen: *Das haben dir andere angetan*. Und die Hautfarbe von diesen andern zu kennen, in einem Kaff zu leben, wo knapp zwei Drittel der Einwohner diese Farbe haben.

Als Erwachsene hat Mrs. Bianca die Gärtner und Hausmädchen von unsern Nachbarn oft als »richtiggehend unverschämt« bezeichnet. Sie hat behauptet, das seltenste Gut auf Erden wär »gutes Personal«. Mama hat geschworen, sie würde schwarzen Hausangestellten keinen Steinwurf weit trauen. Und Castalia hat mir später mal erzählt: In Klein-Afrika war und blieb Bianca die einzige Weiße, die die Schwarzen aus ganzer Seele gehaßt haben – wie du mir, so ich dir.

Als einzige von den weißen Damen am besseren Ende der Summit Avenue hat Mama ihre Hausarbeit immer selber erledigt. Für die andern war sie ein schwarzes Schaf. Es war allen peinlich. Mir auch. Die Hausmädchen der andern haben auf dem Weg zur Arbeit mißbilligend mit der Zunge geschnalzt, entrüstet über den Anblick einer so feinen weißen Frau, die eigenhändig ihre Fenster putzte, sich gefährlich weit rausbeugte, um den Kopf ein unkleidsames indigoblaues Baumwolltuch, schwitzte wie ... ein Schwein und allen zuwinkte und rief: »Heiß heute, unangenehme Arbeit. Aber was will man machen?« Und dabei hat sie's eigentlich gern getan.

Sie war in diesem protzigen Haus aufgewachsen, dem ein aus Edinburgh stammender Ordnungssinn zugrunde lag (Angus McCloud selbst stammte aus dem nicht so arg feinen Glasgow, hat aber sein Haus mit riesigen Ölgemälden der Burg von Edinburgh vollgehängt und auch sonst keine Mühe gescheut, sich so mondän und interessant wie ein echter Edinburgher zu geben). Unsere Nachbarinnen und Nachbarn haben ja gewußt, daß Bianca McCloud Honicutt *seine* Erbin war, und deswegen ihre eigensinnige, ungeschickte Hausarbeit nur um so trauriger gefunden.

»Lucille, die Schwarzen sind Menschen, die eigentlich nicht stehlen *wollen*.« (Mit dieser Ansicht war Mama anno 1900 nach ortsüblichen Maßstäben richtig liberal.) »Die vergaffen sich einfach in irgendwas, und eh sich's jemand versieht (sie selber eingeschlossen), ist jemandes signierte silberne Paul-Revere-Zuckerdose schon in einer Handtasche verschwunden, nur um bald danach auf einem hölzernen Kaminsims unten in Klein-Afrika wieder aufzutauchen. Man macht einer Elster ja auch keine Vorwürfe, weil sie glänzende Gegenstände in ihrem Nest hortet. Deshalb dürfen wir auch *ihnen* keine Vorwürfe machen, wenn du mich fragst.«

Die Erde ist des Herrn, und was darinnen ist.

– Arme Mama.

Ach ja, Maimie. Was ist aus meiner bibelgläubigen Namensvetterin geworden, die zu ihrer Zeit so manches weiße Kind »auf den Weg der Tugend gebracht« hat? Sie hat keine Arbeit mehr gefunden. Nirgends. Einmal war ihr ein vielversprechender Bettnässer anvertraut worden, aber auch dort hatte ihre Vergangenheit sie schon nach zwei Tagen eingeholt. Maimie Beech wurde gebeten, doch bitte sofort zu gehn. Man hätte nichts gegen sie persönlich. Aber sie bringt Unglück, haben die Leute gesagt. Schläft bei der Arbeit ein, hat's geheißen. Zieht Unheil an, statt Unheil von ihren Schützlingen abzuwenden.

Schließlich hat eine Abordnung von fünf schwarzen Frauen aus ihrer Kirche einen Zug bestiegen und dann einen Pferdewagen gemietet und ist unangemeldet auf dem Flaggschiff von Angus McCloud aufgetaucht, seiner Indigo-Plantage. Hohe Mauern haben sein Hauptquartier umgeben: Mit Unterstützung von zwei angehenden Chemikern hatte Angus im Lauf des Sommers die Geheimformel für die Herstellung eines weitgehend waschechten Indigo-Farbstoffs entwickelt. Dafür haben sich auch andere interessiert. Für die Schwestern war das eine Zweitagesreise. Ein Beweis, wie ernst es ihnen war. Maimies einstiger Arbeitgeber hat das zu würdigen gewußt und die Damen gebeten, doch bitte Platz zu nehmen.

»Sie hat keinen Fuß in die Kirche gesetzt, seit's passiert ist«, fängt die eine an. »Is gar nich Maimies Art«, spricht eine andere weiter. »Machen uns große Sorgen«, fällt die dritte ein. »Für sie«, ergänzt die erste. Reden als Gemeinschaftsarbeit. Das war typisch. Trotzdem sie nicht verwandt waren, haben sie sich in ihrer Kirche gegenseitig als Schwestern angeredet und waren es auch. Sie haben seit Kindesbeinen demselben Kirchenchor angehört und jetzt gedacht und gehandelt, so wie sie von jeher viermal wöchentlich gesungen hatten: als ein harmonisches, still-feuriges Ganzes.

Die Damen haben verlauten lassen, wie sehr sich Maimie doch danach sehnt, ihren kleinen Liebling wiederzusehn. Das wär völlig ausgeschlossen, hat Angus gesagt. Die Ärzte hätten es verboten. Noch so einen Schock würde Bianca nicht mehr verkraften. Bedauerlich, aber wahr.

»Maimie is nich bloß traurig.«

»Hat bald keins mehr.«

»Kein Geld.«

Das hat nicht gestimmt. Maimie mußte nur für sich selbst sorgen, hatte ihr Leben lang gespart, hat sich nur beim Kirchzins und bei Geschenken für ihre ehemaligen Zöglinge nicht lumpen lassen. (Maimie hat jedem von ihnen zu jedem Geburtstag was geschenkt. Sie hat die Geschenke immer persönlich vorbeigebracht, weil sie sehn wollte, wie sich das Kind im Lauf des Jahres verändert hatte. Außerdem hat sie so kein Päckchen adressieren, keine Karte schreiben brauchen.)

Auf der langen Fahrt an die Küste haben die Schwestern beschlossen: Wenn Maimies Wiederanstellung nicht durchzusetzen ist und wenn sie auch nicht erreichen können, daß Maimie zu Besuch im Hause McCloud gelitten wird, wollen sie dem drittreichsten Mann des Landkreises wenigstens noch ein bißchen mehr Geld für Maimies Lebensabend abluchsen.

»Über Geld«, hat dieser Mann nun zugestanden, »können wir reden. Der Herr sei gepriesen. Vor allem wenn man denkt, welche Sympathien Maimie bei meiner Familie genießt. So was von ergeben, diese Frau. Tadelloser Charakter. Und immer pünktlich. Und mit Kindern geradezu ein Genie war sie. Ist sie.« Er hat ein Scheckbuch vorgeholt so groß wie eine Bibel. Den Schwestern ist aufgefallen: Jede Seite besteht aus zwölf zusammenhängenden Schecks.

»Herr sei's gepriesen«, haben die Damen geantwortet, in einem einstimmigen, aus tiefster Brust aufsteigenden Seufzer. Was hatte diese Frauen dazu getrieben, so weit zu reisen und so keck aufzutreten? Daß Maimie nicht mehr bei ihnen war. Das hat sie schier umgebracht. Sie hatte sich immer so selbstverständlich unter ihnen bewegt, geatmet, mit ihnen gesprochen. Am Samstag in der Stadt sind die Schwestern immer unruhig geworden und waren zugleich angenehm berührt, wenn vornehme Weiße, die Maimie von Diners bei den McClouds her kannten, ihr zugenickt, sich an den Hut getippt und ohne den geringsten fragenden Ton in der Stimme »Beech« gesagt haben. Genauso sachlich, wie man »Tag« oder »Abend« zur Begrüßung sagt. Maimie hat das als eine ihr zustehende Höflichkeit entgegengenommen. Und die Schwestern sind dadurch ein bißchen sichtbarer und – indirekt – bekannter geworden. Wegen ihrem Gedächtnis für Bibelsprüche ist Maimie in ihrer Kirche sehr bewundert worden. Ihr Fehlen war für ihre ältesten Freundinnen wie eine Amputation.

Sie war die einzige Magere in ihrem Kreis gewesen. Mit Vorliebe haben ihr die Schwestern was zu Essen gebracht und sie genötigt, es vor ihren Augen aufzuessen. Sie war die einzige Unverheiratete, die einzige, die keine Kinder hatte. – Lange hatten sie versucht, sie mit ihren bibelgläubigen Brüdern und feschen Schwagern zu verkuppeln. Aber die Männer sind einer nach dem andern wiedergekommen, haben sich auf einen Stuhl fallen lassen, sich die müden Augen gerieben und gesagt: »Was soll ich wieder Schulbank drücken! Die redet ganze Zeit bloß von irgendwelchen piekfeinen Gören oben an Summit. Was gehn die *mich* an? War ganzen Abend wie Luft für sie.« Die Freundinnen haben sich schließlich damit abgefunden – wenigstens haben sie so ihre Maimie mehr für sich gehabt. Die fünf Damen wußten Maimies kluge Gedanken zu schätzen, und sie haben die Spionageberichte aus der vornehmen Welt geliebt. Bienen per Katalog bestellen! Zwei der Schwestern waren zwar Schullehrerinnen, aber sie fanden, daß Maimie durch ihre Jahre oben bei den Reichen fast genauso gebildet war wie sie, ob sie nun strenggenommen lesen konnte oder nicht. Maimie hatte keine Angehörigen. Die Freundinnen waren so alt wie sie oder jünger, haben sie aber immer wie ihren kleinen Liebling, ihr geheimgehaltenes Kind behandelt. Komisch, aber Maimie hat sich's gefallen lassen. Sie wußte genau, wann man schmollen und wann wieder einlenken mußte, nachdem weiße Bälger das so lang mit *ihr* gemacht hatten. Den Schwestern war jetzt, als würde ihr ältestes, liebstes Kind zusehends dahinschwinden. Da haben sie ihre Angst verloren. Sie hätten alles getan, um eine Frau ins Leben zurückzuholen, die zwar manchmal etepetete war und richtig hohe Ansprüche an sich stellte, aber doch, wenn sie in der Stimmung war, genauso wie jede von ihnen deftige Witze reißen konnte.

»Erscheint Ihnen das angemessen?« McCloud hatte einen Scheck über elfhundert Dollar ausgeschrieben.

»Herr sei's gepriesen.«

Er hat den Damen gesagt, sie sollten auch ihre Verpflegung und ihre Fahrtkosten davon bestreiten. Ist aufgestanden und hat ihnen für ihre Mühe gedankt, dafür, daß sie so fest in Freundschaft zu Maimie L. Beech hielten. Angus hat gesagt, daß er persönlich sie ja sehr vermißt, daß da aber nichts dran zu ändern wär nach dem, was passiert war, und dafür könnte man ja keinem die Schuld geben, nicht wahr? Wen wundert's, daß Wespen sich von Süße anlocken lassen? Es gibt ja so viel Schlimmes auf der Welt, wo niemand Schuld trägt, nicht wahr? Wie sie das hören, räuspern sich die vier Frauen. Eine nimmt den blauen Scheck, die andern drängen sich um sie. Und jede berührt das Papier mit einer Fingerspitze. Das Komitee scheint noch nicht geneigt, sich aus McClouds Büro zu entfernen. Im Vorzimmer warten murrend seine Direktoren auf eine Sitzung.

Angus lehnt sich rückwärts an seinen Schreibtisch. Er sagt nicht: »Meine Damen, es tut mir aufrichtig leid, aber ich bin ein vielbeschäftigter...« Statt dessen zeigt er sein rotblondes Grinsen: »Ich habe mich sehr über Ihren Besuch gefreut. Haben die Damen auch alles?« Da sehn sie ihn an, sehr eindringlich und ganz neutral. Die Frau in der Mitte sagt allein etwas, sehr langsam, weil sie ganz allein Chor und Sprachrohr von allen sein will. »Wird Maimie wahrscheins ziemlich viel vorkommen. Is aber nich mehr sie selber.«

»Sie meinen, die Summe reicht nicht aus?«

Vier weiche Schultern stoßen die Sprecherin von hinten an. Da zuckt sie die Achseln, nimmt aber trotzdem ihren Blankoblick nicht von Angus. Er bedankt sich bei den Frauen, mit Nachdruck. Als Mann, der das Zeug dazu hatte, in dieser Welt sein Glück zu machen, sagt Angus noch dazu: »Der Herr sei gepriesen?«

»Herr sei's gepriesen«, seufzen die Frauen wie aus einem Mund. Und empfehlen sich.

Maimies Freundinnen waren auf der Heimfahrt, nicht unzufrieden, und haben abwechselnd den blauen Gutschein gehalten. Ihr Prediger hat zur selben Zeit an Miss Maimies Tür geklopft. Lächelnd hat der alte Herr erläutert: *Er* hätte einen Weg gefunden, Maimie von ihrem Kummer zu erlösen. Der Allmächtige hätte ihm das gestern beim Abendbrot eingegeben. Der Geistliche nahm den Hut ab und trat ein, unaufgefordert. Es gäbe doch, hat er gemeint, hier herum so viele *schwarze* Kinder, die von MLBs jahrelanger Erfahrung oben bei den Weißen profitieren könnten. In Klein-Afrika lechzten viele Kinder gradezu nach Maimies Glacéhandschuh-Betreuung. Warum sich nicht um die kümmern und mal auf andere Gedanken kommen? Beechs Zöpfe waren aufgegangen und haben gebaumelt wie gefährlich offene Schnürsenkel an einem Schuh. Sie hatte Pfunde verloren, die eh keiner bei ihr vermutet hatte. Sie sah reiner und aufrechter aus. Weniger Jungfrau, mehr Kriegerin.

»*Der Allmächtige*«, hat Maimie gefragt, »hat Ihn das geflüstert? *Ich* für umsonst Kinder hüten?« Sie hatte dem Gottesmann keinen Tee, nicht mal ein Glas Wasser angeboten. Sie ist stehn geblieben, zum Zeichen, daß es ein kurzer Besuch sein wird. Auf dem Tisch hinter ihr teilweise eingepackte Geschenke. Den Hut in der Faust, hat der Pastor gesagt: Sein Beruf wär, Gottes Wort zu überbringen. Was die Leute dann damit anfangen, wär ihre Sache.

»Also, Sir.« Maimie hat sich die Augen gerieben wie ein Leser, dem sie ständig vom Kleingedruckten der Welt brennen. »Erstesmal bin ich immer *bezahlt* worden. Hab nich so schlecht verdient da oben. *Sie* müssen's wissen – hab immer mein Zehnten bezahlt, *Ihn*.« Außerdem hätte sie immer nur für »bessere Leute« gearbeitet. Möglicherweise wär das ihr Verderben gewesen, wer weiß. Aber diese abgerissenen dürren Bälger hier unten? Also die haben ihr eigentlich nie so viel bedeutet. Ob ihn das wundert, ob sie seine Gefühle verletzt hat. »Man soll ja nich prahlen« – sie hat weiter Geschenke eingepackt –, »aber is mir gesagt worden, bin ein Genie für verzognen Kindern Kopf zurechtsetzen. Könnt sein, viele Zeit mit Verzognen hat auch Maimie verzogen. Aber mein halt, wenn ich mich nich selber von kurieren kann, daß mich Verzogenheit zugrunde gerichtet hat, kann's auch sonst keiner. Und bei diesen klein Schwarzen soll umsonst machen? Nein, damit kann keiner Maimie nich hintern Ofen locken, aber vielen Dank auch so, Sir.«

Er wendet sich zum Gehn. »Schwester«, probiert er's ein letztes Mal. »Sag Ihn nix Neues, aber . . . Barmherzigkeit beginnt zu Hause.«

»Na gut«, fährt Maimie ihn an. »Dann fang Sie mal zu Hause bei sich an. Hier bei mir hält Erinnerung an meine Kinder mich immerfort im Trab. Mir scheint, grad im Moment rufen sie nach ihrer Maimie. Guten Tag.«

Sie hat zugesehn, wie er vorsichtig die Treppe runter ist, hat eingefallen ausgesehn der Mann, so enttäuscht war er von seinem liebsten Schäfchen, das die besten hundert von den hundertfünfzig Psalmen auswendig gekonnt hat. Sie hat ihre Bibel gepackt (Staub war drauf – tat weh, diese ungewohnte Grabesrauhheit unter den Fingern). Sie ist raus auf die Veranda und hat sich nicht mal die Mühe gemacht, die Bibel aufzuschlagen, hat nur mit der Hand drauf geklopft. Im Morse-Stakkato hat sie dem davoneilenden Rücken nachgerufen: »Prediger? Wir haben alle zu wenig ›Selbstzucht‹. Sie auch. Und wer nimmt *uns* anhand? In Psalm vierzehn steht: ›Der Herr schauet vom Himmel auf der Menschen Kinder, daß er sehe, ob jemand klug sei und nach Gott frage. Aber sie sind alle abgewichen und allesamt untüchtig; da ist keiner, der Gutes tue, auch nicht einer.‹ – Innendrin is jeder ein verzogner Balg. Maimie is nich alleins verdorben, unwürdig.«

Drei Kinder (eins davon hat Castalia gehört) haben auf der staubigen Straße mit einem Wagenrad gespielt. Sie haben innegehalten und geschaut. Miss Maimie war früher mal das große Vorbild für alle Nachbarn gewesen. Oft genug hat eine Mutter zu ihren Bälgern gesagt: »Raus aus Betten! Kommt her ans Fenster und seht euch unse Schwester Beech an.« Und da ist sie im Sturmschritt den Berg rauf, streng in ihrem jungfräulichen Weiß, die Bibel an die Brust gedrückt, wie jeden Tag unterwegs, um die Kinder der Großen zu gottgefälligem Betragen zu erziehn. Jetzt hat sie's an den Gesichtern der Straßenkinder gesehn: Ein halbes Jahr keine Arbeit, und sie war zur Hexe geworden. Sie hat sich ans unfrisierte Haar gefaßt. Ihr Kittel war schmutzig. »So glotzen is ganz ungezogen.« Sie hat ihnen mit der Bibel gedroht. »Seid böse Kinder!« – Hastig ist sie ins Haus zurück und hat sich an die Wand gelehnt. Die hat geknistert von lauter vergilbten Kinderzeichnungen.

Wie hätte sie je dem Prediger und ihren Schwestern sagen können, was es für sie war, allein essen zu müssen, eine Mahlzeit ohne ein einziges Kind neben sich, das sie hätte streicheln und säubern können und so? Essen hat sie überhaupt nicht mehr interessiert – war nicht der Mühe wert, für sich ganz allein zu kochen. Sie war's gewöhnt, an der Tafel des Gouverneurs zu speisen, in einem sonnigen Kinderzimmer bei ihrem Liebling zu dösen oder wenigstens mit dem Personal in der Küche beim Mittagessen zu sitzen, die Bibel aufgeschlagen vor sich, damit sie nicht mit simplen Hilfsgärtnern und solchem Volk reden braucht. Als sie heimgeschickt worden war in ihr Haus unten in Klein-Afrika, hat sich Maimie zuerst redlich bemüht, sich jeden Tag ein ordentliches Essen zu machen, sich bei Laune zu halten. Am Abend hat sie überflüssigerweise ihre Tracht gebügelt. Den ganzen Tag hat sie in der Küche ihr Schwesternhäubchen getragen. Und sich selber Kindergeschichten erzählt – zum Beispiel die von dem König, dem sich alles, was er anfaßte, in reinstes, edles Gold verwandelte, dem König, der die Pratzen nicht von seiner Lieblingstochter lassen konnte, so daß auch sie sehr wertvoll wurde, vierundzwanzig Karat und tot, mausetot.

Weil das Essen sie angewidert hat (ein Leiden der Reichen, mit dem sie sich angesteckt hatte), hat Maimie alle Tricks durchprobiert, die sie im Lauf der Zeit zur Überlistung schlechter Esser vervollkommnet hatte. Allein am Tisch in ihrem Haus, hat die Frau einen Löffel Grütze zum Mund geführt, ihn aber vor ihren verstockten Lippen in der Schwebe gelassen. Dann ist ein Singsang aus dem Mund gekommen: »Klopf, klopf. Bin *ich*. Mach auf, Maimies süße Blüte. Weil hier is dicker fetter alter Master Hummel.«

Dann hat sie sich selbst reden gehört. Die Frau, allein am Tisch in ihrem Haus, hat leise den Löffel weggelegt. Beide Hände flach auf die Tischplatte gestemmt. In die Luft gestarrt.

Die fünf Schwestern, wieder daheim in Klein-Afrika, haben McClouds blauen Scheck stracks Maimie ins Haus gebracht. Sie hat gar nicht gut ausgesehn. Ihr Gesicht war aschgrau, wie sie sich bei ihnen bedankt hat. »Hoffentlich«, hat sie gesagt, mit dem Rücken zu ihren liebsten Freundinnen, »habt ihr ihn nich gebettelt drum oder so was. Wegen dem Geld is es nich. Am Geld liegt's eigentlich nich. Hoffentlich hat's euch Mr. McCloud von freien Stücken gegeben.«

»Hat's uns genau aufgedrungen.« »Richtig nette Sachen gesagt von dir.« »Is eh billig gekommen, wenn uns fragst.« Maimie hat ihnen gedankt, aber wieder geheult. Alle gemeinsam haben sie gebetet, sich dabei an den Händen gehalten, gehofft, die alte Eintracht würde sich wieder einstellen. Dann haben sich die weitgereisten Damen erschöpft heimgeschleppt.

Wie die Schwestern nach getaner Arbeit heimgekommen sind, haben sie auf ihren Veranden ihre untüchtigen, übertüchtigen Ehemänner vorgefunden. In den Küchen hat sich das dreckige Geschirr von drei Tagen gestapelt. Die Gärten waren mit allen möglichen Sachen übersät und zu laut vom Geschrei von Kindern, die nicht so wohlerzogen waren wie ihr auserwähltes Maskottchen Maimie. Aber nach *der* ihrer kahlen Schachtel von einem Haus war man doch froh, vom Lärm der Lieben empfangen zu werden, hat man sich doch gefreut über die Reibereien, die einen von Zimmer zu Zimmer begrüßt haben. Allein schon, daß einen wer (ohne's eigentlich wissen zu wollen) fragt: »Na, wie is gewesen?« Das hat schon geholfen. Man hat sein eignes Leben mit Maimies Möglichkeiten verglichen – mit Kindergekritzel überzogene Wände, Totenstille, ein großer Kalender, auf dem Geburtstage angekreuzt waren. Maimie und ihr Kindergarten von weißen Geistern – Geistern, die ihr noch nicht mal die Tür aufgehalten oder auf sie gewartet hatten. Geister, die sie verrieten – indem sie nicht ewig Kinder blieben, sondern heranwuchsen, grob und ungeschlacht wurden, sie vergaßen.

Wieder allein, ist Maimie L. Beech jetzt auf und ab gegangen. Scheinbar hat sie aufmerksam ein falsch rum gehaltenes blaues Blatt Papier gelesen – indigoblau aus Reklamezwecken und als kleiner Scherz. Es war ein riesiger Betrag. Dementsprechend groß war ihre Verlegenheit. Zusammen mit ihren Ersparnissen hätte ihr das ein gutes Auskommen bis ans Ende ihrer Tage gesichert. Warum war das jetzt für sie wie eine endlose Gefängnisstrafe? Sie hat hinter McClouds Geschenk böse Absicht gewittert, jeder Dollar hatte einen verborgenen Stachel. Das Geld sollte sie langsam betäuben, sie mundtot machen, damit sie schön brav unten in Klein-Afrika blieb und sich nur noch um die aufsässigen Kinder ihrer eignen Hautfarbe kümmerte. Wenn sie sich McClouds blaues Papier in Gold umwechseln ließ, würde sie damit auf ihren letzten rechtmäßigen Anspruch verzichten. Sie hat versucht, sich mit der Heiligen Schrift zu beruhigen: »Psalter sagt: ›Wo aber seine Kinder mein Gesetz verlassen und in meinen Rechten nicht wandeln, so sie meine Ordnungen entheiligen und meine Gebote nicht halten, so will ich ihre Sünde mit der Rute heimsuchen und ihre Missetat mit Plagen.‹« Sagt Maimie zu dem blauen Scheck: »Bin berühmt gewesen. Be-rühmt.« Und geht weiter auf und ab.

»Wunderwaffe« hatten sie zu ihr gesagt. Diese Löhnung hat bedeutet, daß sie Abschied nehmen mußte von französischen Tischgesprächen, von den Palmen. Ja sogar vom halb zum Lachen reizenden Schreck, wenn's wieder mal brenzlig gerochen hat und sie hinrennen und »Was hast denn nun schon wieder ...« schreien mußte. Kurzum, sie sollte sich ihre Bianca abkaufen lassen.

»Nich mit mir«, spricht die berühmte Maimie Beech. »Nich um alle Welt.« Sie ist hin und her gegangen und hat sich den Scheck immer dichter vors lange Gesicht, vor die schwachen Augen gehalten. Hat sich vorgestellt, wieviel Gold sie für dieses Papier auf der Bank kriegen würde. Hat sich's ausgemalt: ein kopfgroßer Haufen von klimperndem gelbem Licht, Goldstücke, die sich irgendwie auf die tausend goldenen/braunen/gelben Ringellöckchen gereimt haben, die in all den Jahren aus rosa Kinderchen oben an der Summit gesprossen waren. Fast aus dem Nichts hat sie sie erschaffen, indem sie sich den Flaum um den Finger gewickelt hat – die vielen einzelnen Locken, voller Stolz, jahrelang. Die Babylöckchen waren auch eine Art Währung, vielleicht die zarteste Münze auf Erden. Die Reichen, den ganzen Tag unterwegs, noch mehr Geld verdienen, waren stolz gewesen, ihre eigentlichen Goldschätze der Obhut der kostspieligen Maimie Beech anzuvertrauen. Schon als junge Sklavin vor langer,

langer Zeit hatte Maimie begriffen: Die Rabauken waren oftmals die Lieblingskinder ihrer Eltern. Alle waren der Meinung, daß bös – wild, eigensinnig – zu sein nicht nur was Trauriges war, sondern auch ein Luxus. Ungezogenheit hat Wärme verbreitet. Maimie mußte es wissen. Die Elternhäuser mochten wechseln, die Kinder mochten verschieden aussehn, aber aus blauen und braunen Babyaugen hatte ihr immer das gleiche Wesen höhnisch entgegengegrinst. Es hat Hausbesuche gemacht, genau wie Maimie. »Na, was treibst so, Master Satan?« hat sie stumm nickend gefragt. Und Er hat sie angeknurrt: »*Du* schon wieder?« Sie waren Erzfeinde. Sie war Seine Wäscherin. Er war ihr dreckiger Lebensunterhalt.

Maimie hatte mal so viel Oberwasser gehabt, als die Gutbetuchten sich um sie gerissen, sie zu bestechen versucht hatten, damit sie ihre lebhaften Sorgenkinder zähmt. Es war die ganzen Jahre leicht verdientes Geld gewesen, fand sie; die Bälger *lieben*, das war ihr Trick – so einfach war das, so billig.

Jeder hat eine bestimmte Ration Liebe pro Haushalt zugeteilt bekommen, sogar die Einwohner von Klein-Afrika haben ihren rechtmäßigen Anteil gekriegt. Aber sie? Ach, sie war immer so smart gewesen, sie war den Berg raufgelaufen und hatte ihre Liebe auf undankbare Bälger verschwendet, hatte sie – wie Goldpuder – über faule kleine Bündel fremder Kinder verstreut. Mit ihrem Anteil hatte sie ihr Fieber gelindert, ihr Stottern geheilt, sie zu den ersten Schritten ermuntert. Sie hatte ihn aufgebraucht, indem sie den Kleinen die schönsten Sachen vorgelesen hatte, die sich ein gemieteter Kopf ausdenken kann. Jahrelang hatte sie immer nur geschimpft und aus der Bibel vorgelesen, immer nur Windeln und Gummieinlagen gewechselt.

Kein Mann hatte sich nach dem dritten Besuch bei ihr jemals wieder blicken lassen, nicht mal dann, als schon alles drüber klatschte, wieviel Geld die alte Beech auf der hohen Kante hatte. Ihr hatte nie ein Mann ins Ohr gesummt: »Öffen dich. Bin ich.«

Maimie hat den blauen Scheck betrachtet. Und begriffen: Das war eine höfliche weiße Ausladung – eine Abstandszahlung. Master McCloud wollte den Tag ungeschehn machen, wo er ihre Hand gehalten hatte. Ein Genie mit Kindern – von Kindern ferngehalten –, tja, Genie ist sie jetzt keins mehr. Sie ist mehr oder minder zu einem bleichen, wäßrigen Gespenst herabgesunken. Die Bank ist bankrott.

Maimie hat ihre Bibel mit dem Scheck drin zugeklappt und sie unter einen Stapel weiße Teller geschoben, die sie von verschiedenen

Herrschaften bekommen hatte. Aber sogar vom andern Ende des Zimmers aus war noch eine indigoblaue Zunge zu sehn. Sie hat sich zum Ausgehn angezogen und dabei Verse vor sich hingesagt, die Bianca gemocht hatte: »Gehet zu seinen Toren ein mit Lobgesang. König sitzt im Rittersaal und zählt seine Tomaten. Wisset, der Herr ist unser Gott. Königin geht in die Küch und ißt ihre Dukaten.« Maimie hat den Scheck rausgezogen und ihn mit dem Salz- und dem Pfefferstreuer beschwert. Diese Streuer: Metallbeschichtete Babyschuhe mit klaren Glaseinsätzen. Maimie hat ihre eigne, ungeöffnete Flasche Parfüm vorgeholt, genauso eine wie die, die sie Bianca zum Geburtstag geschenkt hatte. *Instant de Joie* war Maimies Gegengeschenk für sich selber gewesen. Sie ist in ihre beste weiße Gouvernantenkluft geschlüpft, die sie in Reserve gehalten hatte für den Fall, daß ihr doch noch mal jemand eine Arbeit anbietet. Dann hat sie ihr knusprigstes Häubchen aufgesetzt, das Parfüm in der Handtasche verstaut und ihre fußabtretergroße Bibel an sich gedrückt – und ist zur Mittwochabend-Andacht gegangen. Im Betsaal hat man sie mit Jubelgeschrei empfangen wie eine von den Toten Auferstandene.

Was jetzt kommt, hab ich nur aus dritter, vierter Hand. Trotzdem, besonders wenn diese Ereignisse dein eignes späteres Leben beeinflußt haben, besonders wenn du nach der betreffenden Person getauft worden bist, machst du dir natürlich Gedanken, was an dem Abend in ihrem Kopf vorgegangen ist. Wir wissen, daß die Andacht gegen elf zu Ende war. Die Schwestern haben Maimie heimbegleitet und sich alle mit einem Gutenachtkuß von ihr verabschiedet. Und sich gegenseitig geküßt. Sie waren überzeugt, sie hätten Maimie das Leben gerettet. Waren dankbar, daß sie ihnen das köstliche, zu Recht gerühmte Gefühl verschafft hatte, eine gute Tat vollbracht zu haben. (Auch Unrechttun ist was Besonderes und wahrscheinlich viel abwechslungsreicher, aber die Freude über eine gute Tat hält länger an. Zumindest muß man sich das einreden, wenn man so alt ist wie ich, Schätzchen.)

Maimie hat gewartet, bis die andern sich verlaufen hatten. Aber schon war ihr bang nach ihnen. Die Schwestern hatten immer zugegeben, daß sie sie um ihre Reputation beneidet, sich gewundert hatten, mit welchem Respekt ihr die Weißen begegnet sind. Die Freundinnen waren immer nett zu ihr, aber am Schluß ist doch jede zu ihrer richtigen Familie heimgegangen. Maimie wußte: Wenn sie krank wird, werden sie sie pflegen. Wenn sie stirbt, werden sie sich bei ihrem Begräbnis anständig und angemessen laut betragen. Aber auch nach den vielen Jahren der Freundlichkeit wußte Maimie genausogut wie die Schwestern: Für ein ganzes Leben hat's einfach nicht gelangt. Wär zu einseitig gewesen.

Maimie, jetzt wo sie reicher war, hat sich überlegt, daß sie ja einfach hergehn und sich selber eine Fremde (vielleicht sogar eine Weiße) als Pflegerin anstellen könnte. Diese Person würde dann heut abend kommen und bei Maimie bleiben. Die Dame würde ihr Strickzeug oder ihr Briefpapier dabei haben, aber erst würde sie Maimie zu Bett bringen und sagen: »Rufen Sie einfach, wenn Sie was brauchen, ich bin da.« Würde ab und zu »Ist ja gut« sagen oder was bezahlte Händchenhalter eben so von sich geben. Die Frau würde es nicht ehrlich meinen müssen. Im Gegenteil, ihre Worte würden Maimie grade dadurch helfen, daß sie unpersönlich wären. Daß sie zum gängigen weißen Marktpreis, also teuer, gekauft wären.

Als erstes hat Maimie sich selber in Verlegenheit gebracht, indem sie zum Haus der McClouds raufgegangen ist. Sie hat zwar geahnt, daß sie damit gewaltig ins Fettnäpfchen treten wird, aber auch das hat sie nicht abgehalten. Plötzlich hat sie der Wunsch gepackt, selbst einmal »böse« zu sein. »*Du* schon wieder«, hat sie gemurmelt und gewußt, daß sie damit Satan begrüßt hat, den Satan in ihr. Wenn Maimie sich in den Kopf setzte, böse zu sein, *mußte* ihr's einfach gelingen, dank ihrem jahrelangen Umgang mit kleinen Teufeln.

Eine Party ist in vollem Gange. In den Bäumen brennen Lampions. Massenhaft baumeln die Papierlaternen von einem Harem von Topfpalmen, der auf der Veranda versammelt ist. Auf jeder der pastellfarbenen Laternen prangt ein verschnörkeltes chinesisches Schriftzeichen. Maimie weiß: Diese Zeichen kann auch kein McCloud entziffern. Jedes einzelne sieht aus wie Maimies Vorstellung von orientalisch-biblischer-englischer Schrift. Jedes sieht aus, als wär's von einem in Tusche getauchten Flügel im Flug gemalt worden.

Die Gäste bevölkern in Trauben und Grüppchen den ganzen Garten der McClouds. Man hört so viele gläserne Schöpfkellen beim Füllen von Trinkgläsern aus gläsernen Bowlen klirren, daß es klingt, als ob die Weißen allesamt mit Mund und Hand aus Glas gemacht wären. Maimie mischt sich zunächst ohne weiteres unters Volk. Zwei junge Frauen bitten sie, ihnen doch noch ein paar Servietten zu bringen. Als sie ihnen bloß einen strafenden Blick zuwirft, sagt die eine: »Entschuldigung, wir dachten . . .«

Von drinnen hört man drei Klaviere. Die Collier-Zwillinge sind auch eingeladen und blasen Flöte. Die Musik kommt mit dem Kerzenschein durch die offenen Fenster. Der Mond guckt als Zaungast durchs Geäst. Die hundert Spitzen und Kanten des Hauses heben sich schwarz vom Sonnenuntergang ab. Der hat die Farbe billiger ausländischer Rubine oder der besten einheimischen Beerenmarmeladen.

Der zweite Gärtner, ganz in Weiß, schneidet auf einem ins Freie geschleppten länglichen Tisch rosa Roastbeef auf. Von dem Essensgeruch wird Maimie ganz schwindlig. Sie hat wohl schon sehr lang nichts mehr gegessen. Wie viele Tage hat eine Woche, und welcher ist ihr freier Tag? Je näher sie dem kirchenähnlichen Haus kommt, um so weicher werden ihr die Knie. Im Gewühl wird sie immer wieder angerempelt, und schließlich setzt sie sich auf den Rasen. Muß sein. Sie ist ins Taumeln geraten.

Wie sie so im feuchten Gras sitzt, umklammert Maimie ihre Bibel fester. (Die Leute werden das Buch sehn und wissen, wer sie ist.) Prüfend tastet sie nach ihrem Häubchen. Mit dem Blick auf das zweistöckige Herrenhaus, dessen gemalte Fensterscheiben wie im Fieber von innen raus glühen, sagt Beech wie zu einem heiklen Kind: »Öffen dich. Bin ich.«

Sie will nur ausruhn. Es ist ihr gutes Recht, sich hier und nirgendwo sonst auszuruhn, irgendwann unter diesem schönen Rasen begraben zu liegen, mit einem Grabstein so weiß wie eine Salzlecke. Bald wird Bianca hören, daß ihre Maimie da ist, wird rausgerannt kommen mit eigens für Maimie geflochtenen Klee-Armbändern, einem fünfreihigen Kleeblütenkranz.

Die Gäste sind ganz mit sich selber beschäftigt, nehmen mit der Zeit aber doch den seltsamen Anblick wahr: eine Schwarze in weißer Tracht, die im Gras sitzt, als ob sie sich dort irgendwie nützlich machen sollte, etwa aus ihrem großen schwarzen Buch die Zukunft weissagen, mit ihrem Körper einen Geysir im Garten verstopfen oder Kleeblüten zählen. Inmitten von eleganten zehenfreien Schuhen weißer Damen und spiegelblanken Herrenschuhen gibt sich die sitzende Frau sichtlich Mühe, ihren Hals auf beinah vornehme Weise gradezuhalten – mit dem Ausdruck voller Gleichberechtigung auf dem zerknitterten Gesicht.

Die teuren Schuhe der ortsfremden Gäste weichen ihr zunächst aus. Dann kommt ein Paar weiße Wildleder-Herrenschuhe doch neugierig näher. »Können wir Ihnen behilflich sein?« Zu den Schuhen gehört eine junge weiße Männerstimme. »Mir scheint, sie fühlen sich ein bißchen benebelt. Da sind sie bei Gott nicht die einzige hier. Meine Freunde haben sich gerade erkundigt, was unser presbyterianischer Angus alles in das Zeug reingetan hat. Steigt einem jedenfalls ganz schön zu Kopfe. Sieht zwar so aus, als ob Sie da ganz bequem sitzen, aber falls Sie doch die Lust ankommt aufzustehen, halte ich mich noch für standfest genug – gut, vielleicht irre ich mich –, Ihnen behilflich zu sein. Entschuldigen Sie, aber sind Sie eine Kinderfrau oder so was? Haben wir uns nämlich gerade gefragt da drüben. Ihr schmuckes Häubchen ist uns aufgefallen. Die junge Dame da drüben bei den anderen, sehen Sie sie? Die hat es bewundert. Schauen Sie, sie kichert gerade. Eine schreckliche Unart. Finden Sie es nicht auch furchtbar, wenn eine so kichert?« »Sagen Sie Master Angus mein Namen. Kennt mich. Hab frühers hier gearbeitet. Mit an Tisch sitzen dürfen. Sagen ihm, Maimie L. Beech meldet zur Arbeit zurück. Und schaun, was er sagt, bitte.«

Jetzt müssen sie McCloud holen, denkt sich Maimie. Sie hat ihren Auftrag erteilt. Sie ist froh. Jauchzet dem Herrn alle Welt. Schlagt die Pauken, bringt Räucheropfer, blast die Posaunen, spart nicht mit kostbarer Salbe. Wenn das Tor aufgeht, wenn Beech gebeten wird, wieder einzutreten, wird sie wissen, was sie zu singen und zu sagen hat. Darüber braucht sie sich jetzt noch keine Gedanken machen. Ihr liebstes Kirchenlied ist: »Singet dem Herrn ein neues Lied.« Hab nur Vertraun, ermahnt sie sich – ein bißchen Selbstbewußtsein ist ihr noch geblieben. Aber sie sitzt am Boden und zittert. Ihre dunklen Beine – kaum dicker als die Knochen – kommen steckengrade aus ihrem Rock vor, die weißen Schuhe sind schlicht und klobig. Ihr Buch an sich gedrückt, wartet sie, umringt von Füßen und Beinen. Ihr Gesichtsausdruck hat sich verändert, der Mund ist fast selbstgefällig und bewegt sich murmelnd, bereit, den Hausherrn zu begrüßen. Sie sitzt bloß da und grinst hartnäckig ohne Grund, augenscheinlich drauf aus, sich noch ungezogener zu benehmen.

Die jungen weißen Schuhe sind zu den andern rübergegangen (»Scheint tatsächlich Angus zu kennen«), jetzt entfernen sie sich Richtung Haus, steigen die neun Stufen rauf, kommen wieder: eine Nachricht.

Unbeholfen beugt sich ein ganzer junger Mann zu ihr runter und atmet Whiskey aus. Maimie macht beide Augen zu. Das hat sie nicht erwartet, daß sich ein Mensch zu ihr herabläßt wie ein Taucher, der sich unter Wasser zu ihr gesellt. Das war der erste Befehl, den sie McCloud je erteilt hat: »Hör meine Bitte. Komm zu mir.«

»Angus besteht darauf, daß Sie sich mit ihm auf der Gartenbank treffen, auf der Bank von Ihnen beiden. Sie kennen ihn doch, oder? Der Chef hat mir eingeschärft, ich soll Ihnen unbedingt sagen: ›Auf keinen Fall darf meine Jüngste die Bleach sehen.‹ Damit meint er die Kleine, die immer so Hüte aufhat, das Nesthäkchen, wie heißt . . .«

Mit geschlossenen Augen sagt Maimie heiser und sehr müde: »Bianca.«

»Richtig, die. Der Chef sagt, unter keinen Umständen darf Bianca Sie sehen. Ich hab angedeutet – Sie werden's vielleicht bestreiten –, daß Sie sich möglicherweise das eine oder andere Gläschen genehmigt haben. Nicht, daß ich selber noch ganz nüchtern wäre. (Aber ich hab meine Gründe. Ich arbeite immer noch für ihn.) Und der Chef sagt: ›Bianca darf die Bleech nicht zu Gesicht bekommen. Die Bleech wird das schon selber wissen, egal, in welchem Zustand sie ist.‹ Und er hat gesagt, sie wären ihm treu ergeben. Na, jedenfalls, ich würde Ihnen raten, gleich in den Garten hinter zu gehen. Wissen Sie was, Clara hat recht. Aus der Nähe sieht Ihr Häubchen noch hübscher aus. Vielleicht will Clara es sogar haben. Ich frage sie mal.«

Maimie Beech hat genickt, aber weiter die Augen zugekniffen. Sie wollte ihr Häubchen abnehmen, doch die Stimme hat sich entfernt. So hat sie es aufbehalten und dabei mit tonlos gequetschter Stimme gesagt: »›Darf hier nich gesehn werden. Darf hier nich mehr gesehn werden.‹« Is so gemein. Is *gemein* zu mir.«

Sie hatte nur um einen Augenblick Aufmerksamkeit gebeten, hier draußen vor dem Haus, wo die Leute gesehn hätten, wie eine alte Frau kriegt, was ihr zusteht – Du bereitest vor mir einen Tisch angesichts meiner Feinde. Er war nicht zu ihr rausgekommen. »Öffen dich«, hatte sie gebeten. Aber das Haus war zugeblieben. Nur wenige haben das kleine Spektakel mitgekriegt. Durch Haine von Fesseln, Aufschlägen, hellen Schuhen, vorbei an Schnallen ist eine magere schwarze Frau in einer zu großen weißen Tracht, die Augen eigensinnig geschlossen, ihre Bibel an die Brust gedrückt, auf Ellbogen und Knien davongekrochen. Sie ist raus aus dem mit Lampions beleuchteten Garten, war schon bald nur noch ein Paar weiße Schuhe, das sich durch ein Loch in der Hecke zwängt, hat sich gleich darauf in die Dunkelheit der Straße gerettet.

Um Mitternacht ist Maimie ein Stückchen aus der Stadt raus, aber nicht weiter wie sechs Gehminuten vom Mittelpunkt von Falls. Beim Farmer und Imker Meacham ist dann was passiert. Davon gibt's viele verschiedene Versionen, je nachdem, wer dir die Geschichte erzählt.

Manche behaupten, die Beech hätte versucht, sich mit dem Parfüm zu vergiften. Die meisten meinen aber, daß sie sich damit übergossen hat. Am nächsten Morgen war an den Fußspuren zu sehn, daß sie vor den Bienenkörben auf und ab gegangen war und sogar gegen den einen oder andern getreten hatte. Aber die Bienen sind nun mal zwanghafte Tagarbeiter und bleiben bei Nacht daheim.

Das zerbrochene Parfümfläschchen wurde unter einem der von der berühmten Maimie Beech umgetretenen Bienenkörbe gefunden. Anscheinend hatte sie sich mit Honig eingeschmiert. Am Morgen war alles mit Wachswaben und körnigem Sirup verklebt. Viele Bienen haben tot in flüssigem Bernstein geschwommen, gefangen in der Süßigkeit, die ihr Lebenswerk war.

Anschließend ist Maimie Beech über Meadows Weide zum Fluß marschiert. Vielleicht haben die Bienen sie gestochen, wie sie sich's erhofft hatte. Vielleicht war sie nur klebrig und parfümiert, ein Bild des Jammers, enttäuscht. Der Fluß ist ihr als der einzige Zufluchtsort erschienen. Sie hat ihre Bibel aufgeschlagen und auf einen flachen Stein am Feldweg gelegt, den Stein, von dem aus die Frauen immer geangelt haben. Kein Name hat in ihrem Buch gestanden, nur ein X, oftmals nachgefahren, damit es deutlicher und mehr ihr eignes wurde. Aber die Bibel war die größte in Falls und allen bekannt. Die mittleren Seiten waren am stärksten abgegriffen, der Psalter eine ausgefranste Vertiefung zwischen den Plagen, die über den treuen Hiob gekommen waren, und der herrischen Hoffnung der Sprüche. Ich stell mir Maimie vor, wie sie den Fluß riecht, laut seufzend viele Psalmen aufsagt, sie praktisch hervorkeucht. Ich seh, wie sie den Mond auf dem Wasser glitzern sieht wie einen leuchtenden Pfad oder eine Riesenzunge. Ich stell mir vor, wie sie mit ihren guten Schuhen an den Füßen die Temperatur des Wassers prüft. Ich hör die berühmte Maimie Beech zum Fluß, zur Nacht, zur Welt sagen: »Öffen dich. Bin ich.«

Sie steigt von einem Stein in unsern Fluß Tar. Leicht vorzustellen, wie ihr gestärktes Häubchen zum Papierschiffchen wird und ohne sie davonsegelt. Mag sein, daß sie vorhatte, wenigstens ein paar Schritte über das mondhelle Wasser zu wandeln, oder vielleicht wollte sie überhaupt auf dem Wasser gehn und hat nur allzu bald gemerkt, daß sie nirgends Tritt fassen kann außer auf dem schlammigen Grund, der hier kurz hinter dem Wasserfall, dem unser Städtchen den Namen verdankt, eine Tiefe von fünfunddreißig Fuß erreicht.

Der Leichnam ist lange nicht aufgetaucht. Später haben Gerüchte hartnäckig wissen wollen, daß sich Maimie, als vier entsetzte, schattensuchende weiße Jungen sie bei einer Fabrik in Tarboro rausfischten, weiter von Falls entfernt hatte als jemals im Lauf ihres ganzen Lebens. Von der Sonne und davon, daß sie die Gerbsäure von einer Schuhwichsefabrik bei Tarboro aufgesaugt hatte, war die aufgetriebene Leiche ziemlich ausgebleicht. Das hat die Identifikation noch zusätzlich erschwert.

Aus Tarboro kam die amtliche Mitteilung, eine »ältere, möglicherweise indianische Kinderfrau« wär tot angeschwemmt worden. Falls hatte die übliche Vermißtenmeldung durchgegeben, aber ein Städtchen von der Größe von Tarboro leistet sich nicht den Luxus, einen Leichnam in einer Kiste mit der Stichbahn zu verschicken, nur um rauszukriegen, um wen es sich handelt. Der Sheriff von Tarboro hat deshalb nach billigeren Möglichkeiten gesucht.

Sheriff Cooper (ein Vetter vom Sheriff Cooper in Falls) hat ein Messingmedaillon an dem Hals entdeckt, der so aufgedunsen war, daß er die Kette zerreißen mußte, um es abzukriegen. Er hat's aufgemacht und auf einen Klumpen nasses Papier drin gedrückt, Papier, wo Wasser rausgelaufen ist wie aus einem Auge. Vielleicht waren das mal Photographien gewesen? Es war nichts mehr drauf zu erkennen, aber unter dem Klumpen hat der Sheriff einen roten Aufkleber entdeckt.

»Also, dann wollen wir mal sehn«, hat er gesagt und ist mit dem Medaillon ans sauberste Bürofenster gegangen. Er hat's hochgehalten, die Augen zusammengekniffen und laut gelesen:

Lucas' Gemischtwarenhandlung, Falls
29 ¢

Die Schwestern haben den noch nicht eingelösten Scheck auf Maimies Tisch gefunden. Die untröstlichen Chorsängerinnen hatten schon Maimies klebrige Bibel Seite für Seite nach irgendeinem gekritzelten Hinweis durchgeblättert. Sie haben Maimies Haus derart gründlich auf den Kopf gestellt, daß sie hinterher nicht mehr gewußt haben, wo die Sachen alle hingehörten. Trotzdem haben sie weiter nach einer Erklärung gesucht. Maimie hatte doch die Prämie von Mr. McCloud gekriegt. Sie war in die Kirche zurückgekommen. Was hatte sie also zu dieser gottlosen Tat getrieben?

Die Schwestern waren müde und ärgerlich – fast ärgerlich auf

Maimie. Je länger sie nach ihrer letzten Mitteilung gesucht haben, desto dumpfer ist das Gefühl geworden: Eigentlich war sie nie eine der ihren gewesen. Maimie hatte geglaubt. Das hatte sie dazu getrieben, diese Dummheit zu machen. Sie hatte zu sehr an die da oben geglaubt. Sie war verschwunden, wie die sie nicht mehr sehn wollten. Für Maimie war der Blick dieser Leute so eine Art Sonne: Wendet sie sich von einem ab, muß man sterben. Und die Damen sind zu dem Schluß gekommen, daß Maimie sich bloß deshalb mit ihnen abgegeben hatte, weil sie, die Schwestern, sich genauso schamlos für die da oben interessiert hatten wie sie, so elektrisiert gewesen waren von der strahlenden Spannung der Weißen, daß sie das manchmal mit Zuneigung verwechselt hatten.

Schließlich hat dann eine der Damen mit den kräftigen Fingern geschnippt. »Maimie konnt ja . . .«

». . . gar nich lesen und schreiben«, hat eine andere ergänzt.

»Dadrum: keine Nachricht«, folgerte wieder eine andere.

Da sind sie alle nach Hause gegangen. Sie hatten ein schlechtes Gewissen, waren aber froh über die Entlassung in ihr verläßlicheres, randvolles eignes Leben. Trotzdem sie einander immer mehr brauchten, waren die am Leben gebliebenen Schwestern von da an nie mehr ganz so eng beisammen wie früher. In der Kirche haben sie sich sogar beim Singen gegenseitig harte Blicke zugeworfen. Sie hatten auch früher schon gewußt, was und wieviel gute Freundinnen füreinander tun können. Und das war nicht wenig. Aber jetzt wußten diese Frauen auch, was sie *nicht* füreinander tun konnten. Das hat ihnen angst gemacht. Sie haben sich dagegen gewehrt, aber sie haben sich trotzdem fast voreinander gefürchtet.

11

Oft bleibt noch eine sehr gute letzte Frage: *Das viele Geld, das so viel in Gang gebracht hat, wo war das her?*

Na ja, wie gesagt: Baumwolle und eine kleine, aber lukrative Schiffahrtsgesellschaft mit Sitz in Wilmington. Aber vor allem Indigo – ein Goldesel, der seinen Wert nur kurze Zeit behalten sollte. Zum Wachsen hat die Pflanze die gleichen feuchten Bedingungen wie der Reis gebraucht. Seinen Namen hat der Indigo daher, daß er zuerst in Indien verwendet wurde. Die Farbe ist ein herrlich leuchtendes Blau. Ein Nachteil: Der Farbstoff neigt zur Streifenbildung und wurde um die Jahrhundertwende durch einen künstlich hergestellten Stoff ersetzt.

Weil die Zeit, wo man mit dem Indigoanbau Geld verdienen konnte, ein für allemal vorbei ist, will ich jetzt das Geheimnis um das nie aufgeschriebene, nur mündlich überlieferte Rezept meines Großvaters Angus McCloud lüften. Wenn er das wüßte, tät er wahrscheinlich in seinem Bronzesarg rotieren. Angus, der ein so langes, erfülltes Leben geführt, zweimal für den Gouverneursposten kandidiert und zweimal verloren hat. Angus, der soviel Gold angehäuft hatte, daß er sich eines Tages umgedreht und es alles hinter und unter sich gesehn hat, der auf einmal begriff, was für ein Talent in ihm steckte, war plötzlich starr vor Schreck, ganz verkrampft und unsicher. Er hat panische Angst bekommen, er könnte alles verlieren. Anstatt weiter Geld zu scheffeln, hat er nur noch drüber nachgedacht, wie er sein Vermögen erhalten kann, und war verloren. Erst ist er Republikaner geworden, dann hat er sich noch weiter in die Richtung bewegt, bis man ihm schließlich nahegelegt hat, sich als Kandidat bei den Gouverneurswahlen aufstellen zu lassen, aber nicht für die Republikaner, sondern für die Royalisten. So was passiert, sogar Männern, die's zu was gebracht haben, denen sogar besonders oft. Weißt du was? Hüte dich davor, in deinen letzten vierzig Jahren nur noch der Verwalter deiner ersten fünfzig zu sein. Stillstand ist Rückschritt.

Die Chemikalien, die man braucht, hab ich nie gesehn oder in der Hand gehabt. Trotzdem kenn ich ihre Namen. Mein armer alter Elsternverstand funktioniert nun mal so. Also hier das Geheimrezept, dem die Familie ihren Wohlstand verdankte:

Einen Teil Indigo-Pulver mit zwei Teilen Ferrosulfat mischen. Drei Teile gelöschten Kalk zusetzen und umrühren. Zum Schluß zweihundert Teile Wasser zugeben und das Gebräu drei Tage stehnlassen.

Bei Maimies Beerdigung waren die meisten weißen McClouds und neunzehn von ihren schwarzen Hausangestellten – weiß Gott ein stattliches Aufgebot. Angus und seine schweigsame, diplomatische Frau haben sich immer drauf verstanden, das Richtige zu tun. In Falls waren sie mit der Zeit berühmt dafür geworden. Die Angestellten hatten eigentlich nicht mitgehn wollen, aber ein einziges Wort von Angus, und sie waren fast alle da. Eine Notbesatzung blieb zurück, um das Haus McCloud zu hüten. Die kleine Bianca McCloud war natürlich bei diesem Begräbnis nicht dabei.

Ihre drei großen Schwestern hatten sich erboten, sechshändig geeignete Trauermusik zu spielen. Ihr Papa wäre sogar bereit gewesen, die drei Steinways von der Summit zur Afro-Baptistenkirche Garten Gethsemane unten am Fluß transportieren zu lassen. Der Prediger hat zaghaft Bedenken geäußert, ob der altersschwache Fußboden seiner Kirche solch ein repräsentatives Gewicht noch aushalten würde. Und er hat den jungen Damen zwar gedankt, aber laut überlegt, ob denn *ihre* Art europäischer Musik angemessen bodenständig und passend wäre für das Ende einer so gläubigen, hiesigen und arbeitslosen Person wie Miss Maimie Lucille Beech.

Wie ihnen die Erlaubnis verweigert wurde, nachdem sie zwei Tage lang ununterbrochen geübt hatten, wollten die stillen Mädchen Maimie Beech trotzdem unbedingt was Gutes tun. Sie haben Papa einen Tip gegeben: Er könnte doch den Sargträgern leihweise die gesündesten Topfpalmen anbieten, könnte noch anderes Grünzeug für den Trauergottesdienst zum Garten Gethsemane runterschicken lassen. Maimie hatte einmal um die Erlaubnis gebeten, am Palmsonntag – es war ihr freier Tag – kommen und alle Palmen gießen zu dürfen. Anscheinend hat sie die Palmen geliebt, aus geheimen, nur ihr selber bekannten Gründen. Die Mädchen haben Maimie manchmal überrascht, wie sie unter den runterhängenden Wedeln einer von diesen Pflanzen stand und die grünen Blätter schräge Schatten auf ihre vertrocknete dunkle Haut geworfen haben. Dann hatte sie die Augen immer geschlossen, und ihre abstehenden Zöpfe haben wie Federn das Blattgeflecht durchstoßen. Zwischen Daumen und Zeigefinger hat sie manchmal die Spitze von einem Zweig gehalten und leicht dran gezogen. Man hätte denken können, die Fasern übermitteln ihr verschlüsselte Schwingungen: Neuigkeiten, Gedichte, alles was darinnen ist. Also hat Angus gesagt: Hat die Palmen wohl gemocht, oder? Na gut, warum nicht. Und nach dem Frühstück hat er seinen dritten Gärtner holen lassen und ihm gesagt, welchen Wagen er nehmen soll. Er hat ihm angeschafft, ungefähr die zwölf besten Pflanzen im Haus aufzuladen, in die Kirche zu bringen und aufzustellen, bevor der Gottesdienst anfing. Hinterher sollte er die Pflanzen wieder abholen, aber nicht sofort, damit die Schwarzen sich nur daran erinnerten, daß die schönen Pflanzen da waren, und nicht mit ansehn mußten, wie sie allzu eilig wieder nach Hause gekarrt wurden und so weiter. Verstanden?

Die Eltern hatten ihre kleine Bianca an dem Tag unbeaufsichtigt in ihrem Zimmer im Oberstock gelassen. Bianca hatte ihnen nicht erlaubt, eine neue Kinderfrau anzustellen. Ihr Haar ist jetzt schön nachgewachsen, wenn auch ein bißchen dunkler. (Angus wollte seiner kleinen Invalidin eine Perücke kaufen, eine aus echtem Haar von den irischen Mädchen, die alle fünf Jahre zum Haarhändler gehn und sich – heulend, aber still resigniert – für Geld praktisch skalpieren lassen. Es hätte dem Schotten behagt, irisches Haar für seine amerikanische Tochter zu kaufen. Aber Biancas Mutter hat zum ersten und einzigen Mal in unserer Geschichte was gesagt; beim Essen ist sie aufgestanden, hat mit der Faust auf den Tisch gehaun und geschrien, daß eine Perücke aus dem Haar einer Fremden bloß wieder den Tod anziehn und das Schicksal herausfordern wird. »Mein Kind trägt eine Perücke nur über meine Leiche.« Und hat sich nach diesem etwas unglücklichen Bild wieder hingesetzt.)

Mr. und Mrs. McCloud waren der Ansicht, ihre Bianca hätte es ernst gemeint, als sie gebeten hatte, daheimbleiben und auf ihrem neuen Klavier üben zu dürfen. Ihre Schwestern hatten einen riesigen Vorsprung, und den wollte sie unbedingt aufholen. War schon bewundernswert, wie viele Stunden sie am Klavier gesessen hat, obschon sie vielleicht nicht so talentiert war wie die drei andern. Die Eltern hatten erst Bedenken, sie allein zu lassen, sich dann aber damit getröstet, daß ja die Köchin, der Stallknecht und der Obergärtner da waren, falls Bianca irgendwas brauchte und nach etwas zu essen oder um Hilfe rief.

Angus McCloud hörte jetzt dem weißgewandeten Kirchenchor zu, der neben Miss Maimie Beechs Kiefernsarg rhythmisch in die Hände klatschte. Der Deckel war barmherzigerweise zu. Die geliehenen Palmen haben beinah afrikanisch gewirkt und mit der Musik und dem vereinten Atem der Chormitglieder geschwankt und gezittert. In einem blauen Kuvert, das Angus in der Brusttasche trug, hat ein ganzes Bündel Geldscheine geknistert. Der Scheck, den er Maimie ausgestellt hatte, war nicht eingelöst worden. Er wollte ihrer Kirche heute eine namhafte Summe stiften. Aber dann ist ihm eingefallen: Bei Beerdigungen gibt es keine Kollekte.

Recht ungeschickt, besonders wenn er anwesend war. Angus hat dagesessen und in seine auf- und zugehende rosige Hand geschaut. Auf dem Fensterbrett hat eine Fliege gesummt. Angus hat sich den Profit ausgerechnet, der dem Mann, der 1602 den ersten Bienenstock aus Holland importiert hatte, inzwischen zugestanden hätte. Man stelle sich vor: Der Mann hätte seine Bienen ja einfach hinter Schloß und Riegel halten und dann weitere Völker an andere Einwanderer verpachten können. Aber wenn die Bienen der eignen Firma anständigen Honig sammeln sollen, *muß* man sie natürlich frei fliegen lassen den ganzen Tag. Und dann bilden sich bald Ableger, die sich selbständig machen. Man kann sie nicht zurückhalten.

Angus hatte Maimie gemocht. Er hat überlegt, wie ein Arbeitgeber sie gerechter hätte behandeln können. Unfälle passieren nun mal, die Jungs von den Versicherungen nannten das »Höhere Gewalt«. Er hat den Kopf leicht gesenkt, weil er lächeln mußte: Darüber, wie die Beech ihn zum erstenmal in seiner schottischen Feiertagstracht gesehn hatte. Kaum hatte sie seinen Kilt erblickt, war es um ihre gewohnte würdevolle Reserviertheit geschehn. Sie hat haltlos zu kichern angefangen, sich mit der einen Hand den Mund zugehalten und mit der andern auf ihn gezeigt. Alle andern haben mitgelacht. Angus – die Fäuste in den Hüften, im Vollbewußtsein seiner Pracht und Macht und Güte auf der dritten Stufe stehend – hat gegrinst. »Also, Miss Beech, was ist das wohl, was ich da anhabe?« (Einer der Gründe, sich Hausangestellte zu halten – man läßt sich sagen, wie sie einen »sehn«.)

Verlegen und geschmeichelt hat Beech geantwortet: »Eine Windel, eine karierte Windel, und für ein Mann!«

Selbstmord sah ihr so gar nicht ähnlich. Selbstbewußtsein, er hatte gespürt, daß es – ein solides Mittelmaß – hartnäckig in und unter seiner Maimie gelebt hatte. (Womöglich hatte sie sich bei den vornehmen Herrschaften, die sie vor Angus engagiert hatten, mit einer Krankheit angesteckt: mit dem Glauben nämlich, wenn einer kein Ansehn mehr hat, hätte er gar nichts mehr.)

McCloud hat sich gefragt, warum er immer so verblüfft war, wenn andere ihn enttäuschten. Er war ständig auf der Suche nach Menschen mit demselben Mumm und Elan, den er als junger Mann gehabt hatte. Hat sich danach gesehnt, wenigstens einen strebsamen Armen zu finden, der jetzt genauso arm und strebsam war, wie er es damals auf dem Schiff gewesen war – nichts als Haut und Knochen und Rachitis, aber den Kopf schon voller Pläne, Pläne.

Sein erster Geschäftspartner hatte Angus gesagt, er wär ein guter Menschenkenner, der für alles ein Auge hat, nur nicht für glückliche Fügungen. McClouds eignes Glück hat zum Teil darin bestanden, daß er nicht wahrhaben wollte, wie sehr er sein Glück dem puren Zufall zu verdanken hatte. – Das ist wirkliches Glück. Oder vielleicht doch nicht?

Aber der gutgebaute Mann hat sich wieder grade hingesetzt – mit Trübsalblasen war kein Schnitt zu machen, also wozu lange traurigen

Gedanken nachhängen? Pure Eitelkeit, diese Wut darüber, daß man sich in einem Angestellten getäuscht hat. Mit seiner Traurigkeit belastet man nur seine Umgebung. Also hat Angus einen Arm auf die Rückenlehne der Kirchenbank gelegt, als ob er seine drei unscheinbaren, begabten Töchter beschützen wollte, die rechts von ihm saßen. Vielleicht hatten die überschwappenden Gefühle hier sie zu sehr aus der Fassung gebracht. Jedenfalls haben die Mädchen so heftig geschluchzt, wie sie's (zu Angus' Enttäuschung) nie getan hatten, als das Unglück mit ihrer kleinen Schwester passiert war.

Eingekeilt zwischen Geflenn und Händeklatschen, hat McCloud beschlossen, guter Laune zu sein. Ja, jeder war seines Glückes Schmied. Er hat sich diesen ersten Bienenstock auf dem offenen Deck vorgestellt, unterwegs in das neue Land: Die Insekten sind auf der ganzen sechswöchigen Überfahrt ruhig geblieben. Mit Zuckerwasser aus einem Tiegel gefüttert, sind sie scheinbar wie betäubt von dem Geschaukel und der Salzluft. Aber bevor die Sehnsucht nach dem Festland auch nur *einem* Matrosen die erste Ahnung eingibt, daß vierzig Meilen voraus im Nebel ein Kontinent wartet, wissen es die Bienen. Sie riechen seine Fülle, seinen Duft. Nervös lächelnd versammeln sich die Seeleute um den Stock, der auf einmal zu summen anfängt, sich entklumpt, von wimmelndem Leben dröhnt – faszinierend, bedrohlich. Die entführten Insekten erschnüffeln ihn als erste: den frischen grünen Profit »recht voraus«.

Angus konnte sich so gut seine Bianca allein zu Haus vorstellen. Bestimmt saß sie kerzengrade an ihrem neuen weißen Steinway. Er hatte ihr immer nur das Beste und Feinste auf der Welt gegeben, das erlesenste Personal.

Und, so traurig die Geschichte mit Maimie war, meinem Großvater ist die Vermutung gekommen, daß er auch diese Sache in den Griff gekriegt hatte, wenn auch eher mühsam. Wieder mal hatte sich's für ihn zum Guten gewendet. Maimie hatte Angus wenigstens gegeben, was er *angeblich* haben wollte. Sogar von der Beech hatte er nur das Allerrrbeste gekriegt.

Er war beruhigt: Natürlich konnten sie ihr Nesthäkchen allein zu Hause lassen die anderthalb Stunden, die das Begräbnis gedauert hat.

Schließlich war sie ja doch ein richtig braves kleines Mädchen.

Warum ich tu und tät sag

Gott gibt den Einsamen das Haus voller Kinder . . .
– Psalm 68, 7

1

Also früher mal, ja, Glück. Vierzehn Glasprismen im Zimmer von einem andern kleinen Mädchen haben bewiesen, daß auch das weißeste Licht heimlich die buntesten Farben in sich trägt. Der liebe Gott hat mich ins Haus einer erwachsenen Frau geschickt, die auch ein Wildfang gewesen und dann durch schmerzhafte Stiche zur Tugend bekehrt worden war. Aber lassen wir das lieber aus, mein Junge. Fangen wir mit dem Glück an, mit meinem, und arbeiten uns dann langsam nach unten, ja?

Ich stelle mir meine goldhaarige beste Freundin vor, Shirley Williams. Wie wir neun Lenze hinter uns hatten, hat Shirley oft bei mir übernachten dürfen. Unser Haus hatte drei Geschosse, und jedes hatte an einer Ecke Buntglasfenster. Shirley war aus einer armen Familie. Wenn sie zu uns gekommen ist, hat sie immer erst eine Weile nur geflüstert.

Ich will also mit dem Glück anfangen. Früher mal gab's das.

Steck einfach Shirl und mich in zwei getrennt stehende Rosenholzbetten mit hohem Kopfteil und geschnitzten Girlanden. In den Erkerfenstern von meinem Zimmer spielen die Prismen eine Glanzrolle. Sie sprenkeln meine Quilts und meine Tapete mit Farbtupfern, die wie Tropfen vom Regenbogen sind. Ein weiß emaillierter Schubladengriff pulsiert förmlich von wechselnden Farben, atmet sozusagen Licht – wie die Kiemen von was Lebendigem. Auf Shirleys Unterrock, den sie, ordentlich wie immer, über eine Stuhllehne gehängt hat, halten sechs Farben ein Palaver ab. Ein paar Häuser weiter, auf Winona Smythes offener Veranda, schmettern die Kanarienvögel, verkünden das Tageslicht, als ob sie das Patent drauf hätten.

Dann fang ich an, im Bett auf und ab zu hüpfen, werf zwei Kissen nach Shirley und sag unser Lieblingsgedicht von Robert Louis Stevenson auf:

Ein gelber Zeisig, dick und fett,
Hüpft in der Früh aufs Fensterbrett
Und sagt: »Nanu, was seh ich hier?
Schäm dich was, du Murmeltier!«

Shirley hat in dem andern Bett noch gedöst, aber ihre gelben Locken waren schon richtig lebendig. Sie hat sich immer wachgestriegelt. Jetzt hat sie sich nach vorn fallen lassen, mit den Fingern ihre Locken aufgeplustert und pausbäckig gelacht: »Na, du alte Soundso. Es ist wieder Tag! Was machen wir als *erstes*?« Sie hat gegrinst, sich gestreckt – wahrscheinlich war sie einfach zu schön, um lange mir zu gehören.

Wir sind auf den Betten rumgesprungen und haben gemeinsam unsern Singsang angestimmt: »Schäm dich was, ja, schäm dich was!« Der Flieder hat bis zu uns rauf gestunken. Unten hat man Speck brutzeln hören. Mama – sie hat sich immer noch vor schwarzem Personal gefürchtet – hat den Speck ausgezankt, weil er sich an den Rändern nach oben gekräuselt hat, dafür wär er zu teuer gewesen. Schätzchen – ich hab nicht gewußt, daß das Glück ist, damals. Aber wenn man über einen Haufen Gewehre zurückschaut, die wie lebendige braunsilbrige Schlangen unterm Bett liegen, wird's einem klar.

Der einzige Schönheitsfehler an diesem Morgen – Blut auf unsern Laken. Weil weißt du, tags zuvor hatten meine Freundin und ich uns die Handgelenke angeritzt. Eine Geschichte für sich.

Also, wie gesagt, Säckevoll Jahre eh ich an den Neunziger-Grenzstein gestoßen bin, zu einer Zeit, wo die Männer noch Männer waren und die Frauen nicht so recht wußten, ob ihnen das behagt, lange bevor ich Bienenkönigin in meinem wimmelnden, summenden Stock geworden bin, ach was, sogar bevor ich mich verlobt hab, war ich die boshafte Range, die ich bis jetzt völlig totgeschwiegen hab. Tief, tief in die Vergangenheit, ein Eimer in einen Brunnenschacht runter. Laß die Rocksäume fallen, so weit sie wollen.

Meine Mama war so nüchtern wie ein Lexikon (sämtliche Einträge zusammen). Hat sich so grade gehalten wie der Shaker-Stuhl in unserer Diele (auf dem nie wer gesessen hat – er war bloß Hutablage für Besucher). Sie hat ihre Wörter scheint's immer im voraus abgezählt, nette Bemerkungen bei Einladungen, eine pro Gast. Die Hände hat sie vorm Körper verschränkt, die Haare im Nacken in einem

Knoten von der Form einer weiblichen Brust getragen. Ihre langen Kleider sind wie auf Rädern über den Boden geglitten. Inzwischen hatten die Leute Angst vor ihr. Und das mit Recht. Als gebildete Frau in einer Hinterwäldlerstadt hat Mama oft Bizets *Carmen* gepriesen und behauptet, die Oper hätte für das lateinische Temperament bewirkt, was Richard Wagner beim deutschen nicht gelungen ist. Nur ihre Schwestern haben verstanden, was sie damit gemeint hat, aber sie waren anderer Ansicht. Außerdem hatte sie schon seit Jahren nicht mehr mit ihnen geredet. – Die Tragödie mancher Leute, Schätzchen, ist, daß sie sich nicht drum scheren, was ihre Mitmenschen von ihnen denken. Andere, Mama zum Beispiel, sind gezwungen, sich zuviel drum zu scheren. Meine Rauhbeinigkeit als Kind hat sie nicht bloß irritiert, sondern ihr regelrecht Angst eingejagt.

Und er? Rothaarig und grobschlächtig sogar in seinen Äußerungen. Papa hat ständig Hausgemachtes dahergeplappert, Stegreifwörter wie »Quadratwachtel« oder »etetapete«. Mama hat meine ganzen Schludrigkeiten ihm angelastet. Zugegeben, nach der Schrift hat er nicht grade geredet. Die Übereinstimmung von Subjekt und Prädikat sind in seinen Sätzen öfter mißachtet worden wie die Verträge mit den Indianern. Aber wem Spaß wichtiger war als Regeltreue, der war bei ihm gut bedient.

Der Mann ist gemächlich in die Stadt getrabt (rotbraun von Kopf bis Fuß, das Hemd falsch geknöpft, das Gesicht borstig, rechtschaffen und auf Mitte wie ein Fußabtreter vor der Tür). Nur ein Weilchen, und schon war er mit dem Brot zur Stelle, nach dem sie ihn geschickt hatte. Aber in den neun Minuten, die er weg war, hat er so viel Neues erfahren wie Magellan auf allen seinen Reisen – hatte Andeutungen, Klatsch, Fehltritte aufgeschnappt und ganz nebenbei spitzgekriegt, wem seine episkopalische Hündin läufig war und welche zwölf lüsternen Straßenköter das auch schon wußten.

Mama hat's mir nie durchgehn lassen, wenn ich Papas Echo gespielt hab. »Tu« und »Tät«, hat sie gesagt, wären solche Taugenichtse, daß sie kein anständiger Mensch auch nur ins Haus läßt, geschweige denn in den Mund nimmt. Und wenn ich heute zurückdenk, seh ich auch, daß sie ihre Gründe hatte. Jetzt ist es zu spät, um Reue zu zeigen oder Besserung zu geloben. Damals hab ich sie bloß für hoffnungslos versnobt gehalten. Heut weiß ich, daß Tu und Tät mein Leben verändert haben. Mich gezwungen haben, mit fünfzehn zu heiraten. Tu und Tät waren die Brechstange, die mich unter einen gewissen vierschrötigen Mann ins Bett gehebelt hat. Und Mama hatte mich gewarnt.

Ich mit neun? Ganz einfach: Ein Malheur auf zwei Beinen. Ein Haferbrei von Sommersprossen, zwei steife rotbraune Zöpfchen, aus ein und derselben widerspenstigen Strähne geflochten. Wie jetzt haben mir die Schneidezähne gefehlt, nur hatte ich damals noch die Hoffnung, daß neue nachwachsen. Durch die Lücke hab ich gespuckt und gepfiffen.

Die meiste Zeit war ich damit beschäftigt, Flaschenzüge zu basteln, mit denen wir dann Bretter und alte Möbel sechzig Fuß hoch in unser Baumhaus gehievt haben. An Knien und Ellbogen hatte ich massenweise Beulen und Grinde und Insektenstiche, ein ganzer Gedichtband in Blindenschrift.

Wir waren ziemlich reich. Wir waren reich. Wir haben auf dem Scheitel von Falls gewohnt. Hügelstädte sind allzu leicht zu durchschaun: Die Reichen wohnen ganz oben, wo der kühle Wind das Leben erträglich macht. Die schöne Aussicht ist wie ein Club, der happige Mitgliedsbeiträge kassiert.

Unsere Summit Avenue war ein regelrechtes Museum von verschnörkelten Veranden und gepflegten Gärten. Die eisernen Pfosten zum Anbinden der Pferde am Straßenrand waren in einem satten Mahagonibraun gestrichen, der Hautfarbe der Schwarzen. Manche der Pfosten waren metallene Knaben, denen Kleider in den bunten Farben von Karussellpferden aufgemalt waren. Unsere Straße hat verkündet: Platz für jeden, jeder an seinem Platz. Besonders wir. Die andern? Sollen sehn, wo sie bleiben.

Am Sonntag sind immer die Leute vom Land mit ihren Fuhrwerken in die Stadt gekommen, uns ausspionieren. Die Summit Avenue ist früher als jede Landstraße im östlichen North Carolina gepflastert worden. Die Farmer sind hin- und hergefahren, haben gegafft und überlegt, welches Haus sie sich aussuchen täten, wenn's umsonst zu haben wär. Was meines Wissens bei keinem je der Fall war. – Von der Schaukel auf der Veranda aus hätt ich ihnen am liebsten zugerufen: Fahrt wieder heim, ihr habt doch ganze Wiesen, was wollt ihr mit so einem mickrigen Garten?

Aber wo war ich meistens, während die Landeier Mund und Augen aufgerissen haben über unsere käseglatt geschnittenen Buchsbäume? Unten bei meiner armen Freundin Shirl. Oder im Haus, wo ich eins auf die Finger gekriegt hab, weil ich wieder mal »tu« oder »tät« gesagt hab. Dafür hab ich mir oft was eingefangen, immer von Mama. Sie hat an Strenge geglaubt, wollte, daß ich mich wie ein reiches Mädchen benehm, hat gehofft, ich würde mich selber schützen. Wovor? wollte ich wissen. »Vor *denen*«, hat sie geantwortet, mit Flüsterstimme in unserm dienstbotenfreien Haus.

Dank ihrem Geld haben wir an dieser Straße gewohnt, aber ich hab eigentlich nie das Gefühl gehabt, daß mir das auch zusteht. Arme Kinder sind oft auf dem Heimweg von der Schule durch die Summit gegangen, zaghaft-bewundernd, mit großen Augen – sogar Bruder und Schwester haben sich an den Händen gehalten. Haben so getan, als wären sie in einem der schönen Häuser daheim. Und die rechtmäßige Anwohnerin? Die ist durch Seitenstraßen gelaufen, an Gräben entlang bis runter nach Klein-Afrika. Außer an ganz nassen Tagen war das regelmäßig Lucys langer Heimweg. Ich hab mich durch die Hintertür ins Haus geschlichen – den ehemaligen Dienstboteneingang. Ich war immer rotbackig und verschrammt wie ein Bauernkind. Wie Papa hab ich roh ausgesehn, karottenfarbig. Mama, eine echte Weiße, hat mehr an Blumenkohl erinnert, der bis zu dieser traurigen, gleichmäßig käsigen Konsistenz gekocht worden ist.

Versnobte Mädchen und ihre versnobten Mütter haben deine kleine Lucy damals schon geschnitten. Womit ich mir das verdient hatte? Mit meinem von Papa abgeschauten »tu« und »tät«, meinem unstillbaren Drang zum Popeln, der Manie, banale, langweilige Begebenheiten zu prächtigen, erzählwürdigen Geschichten auszuschmücken, der Begabung zum Nachmachen anderer und meiner Vorliebe für alles Laute. Wie die Tochter vom Pferdeverleiher auf dem besten Weg war, meine einzige Freundin zu werden, hat mich Mama beiseite genommen und mich aufgeklärt: *Noblesse oblige* heißt bisweilen auch Opfer bringen. Sie hat mein verständnisloses Gesicht gesehn und erklärt, ich könnte mir doch jemand aus besserem Haus suchen als diese Shirley. Und sie hat mich gewarnt: Keine Familie, die auf sich hält, wird mich mehr zu sich einladen, wenn mein Umgang und mein Englisch nicht wesentlich besser werden. »Hast du mich verstanden, Schandmäulchen?«

2

Trotzdem sie so arm war, hat Shirley so korrekt wie eine Lehrerin gesprochen. Wenn sie bei mir übernachtet hatte, hab ich oft was von ihr hinter Couchkissen gefunden – Vokabeln auf selbstgemachten Karteikarten: »Willfährig.« »Renitent.« Dann war ich immer ganz niedergeschlagen. Wann benutzt ein normaler Mensch jemals ein

Wort wie »renitent«? Shirl hat anscheinend gemeint, wenn sie mich erst auf Vordermann gebracht hat, könnten wir uns, sozusagen als Paar, in den feudalen Salons der besten Familien von Falls sehn lassen. In unserm geheimen Baumhaus in schwindelnder Höhe hat sie mich richtig mitleidig gefragt, ob ich überhaupt weiß, was Gerundien sind. »Gerundien, Gerundien. – Sind das nicht ... so Topfblumen?« Sie hat keine Miene verzogen. Ich hab immer wieder versucht, sie zum Lachen zu bringen. Manchmal hab ich mich gefragt, ob einem, wenn man kein Geld hat, auch der Humor abhanden kommt.

Andere Mädchen von der Summit Avenue hatten mich schon längst Lucy Schlampmaul getauft. Das hat weh getan, und auch heute schmerzt es mich noch ein bißchen, an den Kummer zu denken, den sie mir gemacht haben – sogar die Mütter. Die besonders. »Lucille, Emily muß jetzt reinkommen und ihre *Englisch*-Aufgaben machen. Mir ist auch, als hätten deine Eltern dich schon gerufen.«

»Über zehn Häuser weg? Sie wollen mich wohl vergackeiern? Aber ich hab schon verstanden. Wiedersehn, Emily. Also die feine englische Art ist das nicht. Und dabei heißt's immer, *ich* wär unhöflich!«

Damals hab ich so getan, als wär ich mehr oder weniger stolz drauf, daß mir in unserer Straße so viele die kalte Schulter zeigen. Hab mich in unserm gemütlichen Baumhaus verkrochen. Mit Shirley als meiner liebsten Freundin hab ich mich den episkopalischen Zimtzicken überlegen gefühlt. Shirl war wie ich überzeugte Baptistin. Mit gemischten Gefühlen hatten wir uns beide am selben Tag taufen lassen. Shirleys Mutter hatte ihr die goldenen Locken in eine Gummi-Badekappe gestopft. Ich bin barhäuptig ins Wasser gegangen. Bis nachmittags um zwei hatte die Sonne meine Flachszöpfe wieder getrocknet.

In der Kirche haben wir immer nebeneinander gesessen, möglichst weit weg von unsern strengen Eltern, und uns ständig Kassiber zugeschoben. Unser bester Streich war, so zu tun, als wären wir mitten im langweiligen Geseire des Pastors eingeschlafen. Andere Geistliche hätten dann zu toben angefangen. Unserer hat bloß ein bißchen geschimpft. Auch viele Erwachsene sind eingenickt. Einmal hat Mr. Pember laut geschnarcht und sich dabei den Schlips besabbert. Wir haben uns vor Kichern nicht mehr eingekriegt. Jedesmal, wenn wir hingeschaut haben, war der Fleck wieder ein bißchen größer und häßlicher geworden. Irgendein wildfremder Mensch hinter mir hat sich vorgebeugt und mich auf den Kopf gehaun. Shirl hat sich sofort anständig hingesetzt. Dann hat sie ganz scheinheilig mit ihrem goldenen Drehbleistift was auf unser Kirchenblättchen geschrieben: »Schäm dich was, du Murmeltier!« Da hat's mich fast zerrissen. Und ich hab noch einen Schlag auf den Kopf gekriegt. Und was für einen! Ein Heidenspaß! Um unser Lachen zu ersticken, haben wir uns in die Handrücken gebissen. Hinterher haben wir verglichen, bei wem die Haut am rötesten geworden war, bei wem die Zähne die tiefsten Abdrücke hinterlassen hatten. Schließlich, wie die Predigt aus war, ist Pember mit einem Schweinegrunzen erwacht, hat auf seinen Schlips geschaut und ihn unter der Jacke versteckt, und wir sind fast gestorben, so komisch war das, die Tränen sind uns nur so über die Backen gelaufen. »Ist der Heilige Geist über euch gekommen?« hat Shirleys gewichtige Mutter wissen wollen und unsere nassen Gesichter berührt. Shirley, die sich besser verstellen konnte als ich, hat genickt. Wie die Erwachsenenaugen sich direkt auf mich gerichtet haben, hab ich den Kopf geschüttelt und zugegeben: »Mr. Pember hat sich besabbert, die ganze Predigt durch.« »Nun ja«, sagt Shirleys Mama, »die Wege des Herrn sind wundersam«, und lacht. Zu Hause hat mir dann meine Mutter wieder mal die Knöchel poliert, mit dem Lineal.

Hab ich schon gesagt, wie hübsch Shirley war? Mein Gott, diese Shirl war aus dem Stoff, aus dem man Prinzessinnen macht. Papa hat schwadroniert: Meine Kameradin wär so viel hübscher wie jedes hochwohlgeborene Mädchen von der Summit Avenue, daß es schon nicht mehr lustig wär. Wenn reiche Damen ihren Töchtern weiße Kleider angezogen haben, hat Papa behauptet, täten sie beten (falls Episkopale überhaupt beten), ihre Schnepfen möchten wenigstens halb so gut aussehn wie unsere Shirley im schlichten Schulkleid.

Dabei war Shirley eigentlich nie wirklich unscheinbar angezogen. Ihre vollschlanke Mutter hatte hochfliegende Pläne mit ihrem einzigen Kind. Sie hat Shirleys Ärmel, Rocksäume und Kragen ständig mit billigen Borten, Messingmedaillons und Tüllfalbeln verziert. Shirl mußte in der warmen Jahreszeit Strohhüte und im Herbst und Winter Filzmützen mit Pelzbesatz tragen. Ihre Kleider waren mit Rüschen übersät. Überall haben welke Stoffrosen runtergehangen. Obendrein waren ihre Sachen meistens giftgrün oder schrill rosa. Eins von Shirleys Kostümen war so knallgelb, daß ein Zitronenzüchter grün vor Neid geworden wär. Die Hiesigen haben das Kind bedauert, das die ganze Zeit den neuesten billigen Schnickschnack spazieren tragen mußte. Eine Frau hat mal Shirleys Fransen befühlt und gefragt: »Ist dir denn nicht zu warm, Kind?« Aber Shirl wußte, was sich gehört, und hat sich nie beklagt. Wenn Shirley Williams bei uns war, ist Mama oft wie zufällig in der offenen Tür von meinem Zimmer aufgetaucht, hat die Hände vorm Körper verschränkt wie ein Solo-Sopran, der auf seinen Einsatz wartet, und die Lippen zusammengekniffen. Sie war gekommen, um Shirleys neuesten Aufzug zu taxieren. Ich hab's gemerkt und mich geärgert. Shirl hat ihr Zweieinhalb-Grübchen-Lächeln aufgesetzt. »Deine Mutter ist so nett zu mir. Sie interessiert sich wirklich für mich.«

»Ja«, hab ich gesagt.

Hinterher, wie Shirl heimgegangen war, hat Mama Klavier gespielt und mir auseinandergesetzt, wie bedauernswert Shirley und ihre Mutter doch eigentlich wären. Am Vormittag hatten wir meine Freundin Arm in Arm mit ihren beleibten, vernarrten Eltern durch die Stadt bummeln sehn. »Weißt du, was für Shirleys Mutter der Inbegriff von Schönheit ist?« hat Mama mich gefragt. »Ich sag's dir: Ein Rauschgoldengel.«

»Du bist gemein!« Ich bin rückwärts von ihr weg und hab mit dem Finger auf sie gezeigt.

Die Musik hat aufgehört. Mama hat sich zu mir umgedreht. »Du hast natürlich recht. Und ich bereue, Lucille. Es ist nur, ich habe so viel mit dir vor. Und ich werde ungehalten, wenn etwas dazwischenkommt.«

Ich hab meine ausgestreckte, sommersprossige Hand gemustert. »Da kann doch Shirley nichts dafür. Solltest froh sein, daß sich überhaupt noch wer mit mir abgibt. Schieb's ruhig auf mich. Ich weiß schon, daß ich komisch ausseh. Und unmöglich rede. Es liegt an mir, Mama, aber weißt du was? Ich geb mir wirklich Mühe.« Ich hab mehrmals hintereinander dieselbe hohe Taste angeschlagen. Hab mich schmutzig und schwach gefühlt. Sie hat sich vorgebeugt, meine beiden drahtigen Zöpfe hochgehoben und sie auf meinem Kopf kreisförmig übereinandergelegt. Ich hab mir an die Bekrönung gefaßt und gegrinst: »Fühlt sich an wie eine Kaputte.«

»Eine Kapotte«, hat sie mich korrigiert. Sie hat sich auf dem Klavierhocker aus Ebenholz vorgebeugt. Ich hab mir seine Füße angesehn: Kugel und Klaue, aus Messing. Sie hat mich auf den strähnigen Scheitel geküßt, immer und immer wieder. »Du schaffst es schon«, hat sie gegurrt. Ich hab gesehn: Sie hatte die Augen zu.

Ein Eisenbahnunglück hat meine Eltern zusammengebracht. Da war Mama zweiundzwanzig, nach hiesigen Maßstäben schon eine alte Jungfer. Seit Jahren waren mehrere Jünglinge hinter ihr her, denen ihre Erbschaft ins Auge gestochen hat. Keiner von ihnen war ihr genehm. »Kleiderständer« hat sie die Knaben insgeheim genannt. Aus Langeweile hat sie eine Fahrt mit einem älteren Cousin gemacht. Es war ein Ausflug aufs Land, in die gottverlassene Gegend bei Bear Grass, North Carolina. Der reiche, draufgängerische Cousin hat da draußen eine Entenjagdhütte gehabt.

Ich will's kurz machen: Mamas fünfzigjähriger Cousin hat sich, nachdem er bei seiner jungen Begleiterin abgeblitzt war, betrunken und, mit meiner verängstigten Mama im Buggy, aus Jux und Tollerei beschlossen, einem nach Norden fahrenden Zug eine Wettfahrt bis zum Bahnübergang Bear Grass zu liefern. Auf den Gedanken ist er erst gekommen, wie er den Zug gesehn hat. Das Pferd hat er nicht gefragt. Der schwarze Zug hat fast nichts davon gemerkt. Meine Mama um so mehr. Ohrenzeugen haben ihre spitzen Schreie für das Pfeifen der Lokomotive gehalten. Der beschwipste Cousin hat die Wettfahrt gewonnen – er war einen Sekundenbruchteil eher am Bahnübergang als der Zug. Das Pferd, das vor dem Übergang um die Kurve laufen mußte, wurde von der Lokomotive erfaßt und war sofort tot. Dito der lebenslustige Cousin. Mama wurde durch die Luft gewirbelt und ist ein gutes Stück jenseits vom Bahndamm gelandet. Hinterher hat sie sich erinnert, daß sie noch dachte: »So ist es also, wenn man fliegt.«

Wie sie neun Stunden später aus der Ohnmacht erwacht ist, hat sie gesehn, daß ihr gebrochener Arm notdürftig geschient war – mit Latten und Zeitungspapier. »Lucille, ich fand mich in einer winzigen, dreckigen Bauernkate wieder. Ich hatte schon Ställe gesehn, die sauberer waren, aber die einfachen Leute waren sehr nett zu mir. Ihre Sprache verstand ich kaum. Zuerst dachte ich, ich sei im Himmel und der Himmel sei ein ländliches Europa. Alles war strohgelb. Ein ungehobelter Bursche beugte sich über mich und legte mir ein kühles Tuch auf die Stirn. Meine erste Frage, Stunden später, galt seinem Namen. ›Samuel‹, sagte er und zwinkerte. Ich mußte lachen und wurde wieder bewußtlos. Als ich wieder aufwachte, wußte ich gleich, wo ich war. Der Junge hatte keine Ahnung, wer ich war, was ich einmal erben würde. Schließlich fragte er mich, wen er benachrichtigen solle. Erst konnte ich mich wirklich nicht erinnern, dann habe ich so getan. Vier herrliche Tage lang habe ich so getan. Meine armen Eltern haben schrecklich gelitten. Aber Samuels Witz, seine . . . nun ja, seine menschliche Wärme waren ein so wohltuender Gegensatz zu meinen langweiligen, steifen Freiern an der Summit. Samuel erzählte mir die reizendsten Geschichten. Ich zog Kraft aus ihnen, vor allem aus denen über schlaue Waldtiere. Köstlich. Ich ruhte in der Sonne, mit geschlossenen Augen, und lauschte. Ich fühlte mich wie das Kind, das ich vor dem Unfall gewesen war, den ich mit fünf Jahren hatte. Die alten Bauern gaben mir Milch, warm noch, direkt von der Kuh, die genauso hinterwäldlerisch anmutete wie ihre Besitzer; sie war so dürr, daß man die Rippen zählen konnte. Allmählich wurde ich kräftiger, und schließlich war ich schon recht zuversichtlich. All die Tage verstand ich kein Wort von dem, was seine Eltern sagten. Sie waren rührend zu mir, aber eben, nun ja, *primitiv*, meine liebe Lucille. Dein Vater hat anscheinend den gesamten Verstand der letzten vier Generationen in Bear Grass allein abbekommen. Den einen Tag trug er mich auf den Armen zum Tomatenbeet hinaus, in die warme Sonne. Tomatenstauden haben einen sinnlichen Geruch. Ich bat ihn, mir das Haar zu kämmen. Während er hinter mir stand und mich kämmte, mit einem Pferdestriegel, glaube ich (der mir noch lieber war als die keineswegs hygienische Haarbürste seiner Mutter), sprach ich im Scherz davon, ob ich wohl eines Tages den Mut aufbringen würde, einen jungen Mann wie ihn zu bitten, ein Mädchen wie mich zu heiraten. Er sagte nicht ›ja‹, er sagte ›Probiern Sie's mit mir‹. Es war das Köstlichste, was ich je gehört hatte. Ich drehte mich um. Er ließ den Striegel sinken. Tränen standen ihm in den Augen.

›Ich heiße Bianca‹, sagte ich.

›Kolossal‹, antwortete mein lieber, lieber Samuel. So begann mein Glück. Ich verschwieg ihm, daß ich außerdem auch eine McCloud war, aus dem Clan des Angus McCloud. (Dabei hatte er noch nie von uns gehört, wußte nicht, daß Papa mit Indigo sein Glück gemacht hatte. Woran du siehst, *wie* rückständig man damals in Bear Grass war.) Mein draufgängerischer lediger Cousin hatte sein verpfuschtes Leben geopfert, damit ich mein eigenes fände.«

Vier Tage lang galt Mama als tot oder vermißt. Die Leute haben den Bahndamm auf einer Länge von drei Meilen nach irgendwelchen Spuren von ihr abgesucht – nach Knöpfen von ihrem Kleid, nach dem Satin-Handtäschchen, das ja vielleicht in den Graben gefallen war. Nichts. Die Räder der Lokomotive wurden von Polizisten untersucht, denen man Mamas Haarfarbe gesagt hatte. Eine furchtbare Geschichte. Die Sorge hat ihren liebenden Eltern das Leben verkürzt.

Samuel Honicutt hatte Mama stöhnend in einem Graben gefunden. Er hatte von weitem die vielen Menschen an dem entgleisten Zug gesehn. Hat Mama zu der Hütte von seinen Eltern getragen, eine Meile von der Bahnlinie entfernt in einem Nadelwald.

Wie sie sich wieder besser fühlte, ist sie allein mit einem Buggy nach Falls kutschiert, die Hochzeit vorbereiten. In der Stadt haben die Leute im ersten Moment gedacht, sie sehn ein Gespenst. Ihre Freundinnen haben geglaubt, die romantische Begegnung wär die Ausgeburt einer Gehirnerschütterung. Um Mama zu schonen, haben sie sich bereit erklärt, ihre Brautjungfern zu machen. Die eine oder andere war ganz froh drüber, daß durch Biancas Hochzeit ihre drei ernsthaften Verehrer frei geworden waren – jetzt waren genug für alle da. Die feinen Leute haben schon bald von dem edlen Retter gehört und konnten es gar nicht erwarten, meinen armen Papa kennenzulernen.

Tja, Schätzchen, du weißt ja, in den meisten Familien gibt es diese Kluft. Die eine Seite ist reich und elegant und richtig stolz drauf, die andere ein Hornissennest von Zeitgenossen, die sich vor andern in den Zähnen polken, wie die letzten Bauern reden und schwache Nieren haben. Aber ich muß ehrlich sagen, nur selten war die Kluft so breit wie bei uns.

Da sie sich nun mal einen Mann aus der Umgebung von Bear Grass ausgesucht hatte, muß Mama zumindest anfangs seinen rustikalen Charme wohl reizvoll gefunden haben. Aber auf die Dauer hat sie nicht die nötige Charakterstärke gehabt. Ihre Familie hatte immerhin einen College-Vizepräsidenten und eine ganze Reihe von Klavierlehrerinnen vorzuzeigen. Und kannst du dir was Gebüldeteres, Überspannteres vorstellen als die drei besten Klavierlehrerinnen einer Kleinstadt?

Dagegen war der Großvater von meinem Papa im Unabhängigkeitskrieg wegen unerlaubter Entfernung von der Truppe erschossen worden. Von da an war es mit dem Ruhm der Familie bergab gegangen. Die Rolle der Honicutts im Leben unserer Nation hat dann darin bestanden, daß sie die Nation schlicht ignoriert haben. Papa hat Stein und Bein geschworen, der erschossene Soldat wär nur für einen Tag nach Hause, um für seine schwangere Frau und die Kinder Holz zu hacken. Mama hat sich jedes Kommentars enthalten. Papas zwielichtigster Verwandter – er hatte sogar in Bear Grass einen zweifelhaften Ruf – war an Bandwürmern zugrunde gegangen. Tatsache. Die Krankheit wurde immer interessanter, je mehr der Patient verfallen ist, und eh er sich's versah, hatten seine Zureiter die Mehrheit der Firmenanteile in ihrem Besitz. Papas bedauernswerter Cousin wurde von seinen Hauptaktionären überstimmt und aus der Firma gedrängt.

Wenn Papa, wie es seine Art war, seine häßliche Familiengeschichte beschönigen wollte, hat Mama oft gesagt: »*Dich* lieben wir. Was die anderen angeht – *we are not amused.*«

Papa war natürlich in Mamas Bekanntenkreis nicht direkt ein wohlgelittener Gast. Und weil er nichts gearbeitet hat, ist ihm die Zeit richtig lang geworden. Wenn meine Freundinnen zu uns gekommen sind, hat er sie mit gut gemeinten, aber albernen Streichen eingedeckt. Für jede hat er einen Spitznamen aus dem Ärmel geschüttelt. Auf Händen und Knien ist er, kindhoch, über den Marmorboden in unserm Flur auf sie zu, hat eine Hand wie eine Klaue ausgestreckt und gesagt: »Gib Pfötchen, du Krötchen.« Emily ist dann immer kreischend davongerannt.

Keiner hat sich einen Reim auf diesen ausgewachsenen Kerl machen können, der den lieben langen Tag in der Verandaschaukel gesessen und hauptberuflich Mama Gesellschaft geleistet hat. Er hat meine Freundinnen gebeten, sie sollen ihm was von ihrer Milch oder ihren Keksen abgeben, und ist in mein Zimmer geplatzt, ohne auch nur anzuklopfen. Komisch, aber Shirley, so schüchtern sie war, hat's als einzige verstanden, Papa richtig Kontra zu geben. Sie hat »Mr. Spaßvogel« zu ihm gesagt. Einmal, wie er auf den Knien laufend mit ausgestrecktem Arm auf sie los ist, hat sie ihn so hart angerempelt, daß er seitlich umgekippt ist; er hat auf dem Boden gelegen und gejapst: »Noch mal, noch mal.«

Wenn Shirl bei uns zu Besuch war, hat Papa regelmäßig über die Stränge geschlagen. Besonders gern hat er Mama mit verdrehten Bibelsprüchen geärgert. Ihn zu heiraten, war die einzige Verrücktheit, die sie sich in ihrem Leben nach dem Eisenbahnunglück noch geleistet hatte. Im übrigen hat sie sich in allem sozusagen peinlich genau an den Buchstaben des Gesetzes gehalten. Sie hätte sonstwas dafür gegeben, von ihren alten Freundinnen eingeladen zu werden, die jetzt mit ihren drei Ex-Verehrern verheiratet waren. Sie haben mit ihr auf der Straße und bei Veranstaltungen gesprochen, das schon, aber Papa (daheim auf der Veranda) war für sie ein Klotz am Bein, in gesellschaftlicher Hinsicht. Daß ich ihn ihr vorgezogen hab, hat meine arme Mama manchmal schier zur Weißglut getrieben. Sie hat's nie bereut, daß sie ihn geheiratet hatte, aber seine Nebenwirkungen haben ihr schwer zu schaffen gemacht. Deshalb hat sie jetzt allen Ehrgeiz und alle Hoffnungen auf mich gesetzt – ich sollte das Schiffchen unseres kostbaren Familienerbguts wieder flottmachen. Ahoi!

Papa war kein Kirchgänger. In die Kirche, hat er gemeint, kommt er noch früh genug – bei seiner Beerdigung. Aber für Shirley hatte er trotzdem gleich einen Lieblings-Psalm bei der Hand. »Nanu, wen haben wir denn da unter unser Bettdecke gefangen?« hat er sie beim Reinkommen geneckt. »Shirley Güte und Gnade, willst du mir folgen alle Tage? Bitte?«

Dann hat sie sich züchtig die Bettdecke über den Kopf gezogen – aber ihr ersticktes Kichern hat gezeigt, daß sie sich durchaus geschmeichelt fühlt.

Wenn Papa uns endlich in Ruhe gelassen hat, haben wir unser Geheimspiel »Ich bin die größte Memme« gespielt. Mit kindlicher Grausamkeit haben wir uns durch Kratzen und Haareziehen – und mit einer fiesen Hutnadel, vor der ich mich schrecklich gefürchtet hab – gegenseitig weh getan, manchmal richtig fest. Einmal, wie ich Fieber hatte und Mama mich ausgezogen hat, ist sie zurückgeprallt, wie sie meine Schrammen und Stiche gesehn hat. »Was hat dich denn da gestochen, Kind?« Vielleicht hat sie an die Wespen gedacht. (Shirl hat mich grundsätzlich böser zugerichtet als ich sie. Ich hab immer zu früh aufgehört, weil sie mir leid getan hat. Ihre Mutter hat ihr die Fingernägel farblos lackiert und ganz spitz zugefeilt, schrecklich.) Wer's nach langen Folterqualen nicht mehr ausgehalten hat, mußte »Ich bin die größte Memme« schrein. Ich hab mir nie erklären können, warum wir uns das angetan haben. Wir haben das alle zehn Tage oder so gespielt, jahrelang.

Die feinen Leute von der Summit mögen Papa geschnitten haben, aber er hatte andere Freunde. Eine bestimmte Sorte von leichtlebigen Junggesellen und Stammtischpolitikern, Billardgrößen, die schwarzen Schafe aus den besten Familien – die sind öfter mal zu ihm gekommen, besonders im November. In der übrigen Zeit war Papa es scheinbar zufrieden, allein in der Verandaschaukel zu sitzen und so zu tun, als wüßte er nicht, wie unbeliebt er ist.

Aber im geschäftigen November haben sie sich auf unserer Veranda eingefunden und Sam Honicutt nach seiner Meinung über die Wahlen gefragt. Wie ich heute war er gradezu ein Magnet für den Klatsch der andern. Der Postmeister war ein guter Freund von ihm. Wenn Besuch ins Haus stand, hat Papa sich ausnahmsweise rasiert und ein gestärktes Sonntagshemd angezogen. Ich hab ihm mit den Kragen- und Manschettenknöpfen geholfen. Sogar Captain Marsden ist vorbeigekommen, relativ jung noch damals – Mitte Vierzig. Reich und vielbeschäftigt wie er war, hat er plötzlich auf unser Verandatreppe gestanden, Hut in der Hand, und in die Runde genickt – ein geübter, unauffälliger Charme. Ich hab die Schaukel für mich beschlagnahmt, hochmütig geschaukelt und zur Abwechslung mal den Mund gehalten. Sogar der Captain (der sich meistens melancholisch hinter seinem Soldatengesicht verschanzte) hat über Papas Scherze breit und neidisch gelächelt.

Die Besucher wollten die eine oder andere von seinen bekannten Geschichten hören. Vor allem die, wo Jefferson Davis sich Frauenkleider anzieht, um den Yankees zu entwischen. Irgendwann hat dann einer gefragt: »Na, Sam? Was gibt's diesmal Neues von den republikanischen Kandidaten?«

Papa, selber Demokrat, fängt an: »Tja, ich will ja nicht andeuten, denen ihr toller Kandidat für den Bürgermeister tät sich am Stadtsäckel vergreifen, aber ihr wißt doch alle, was für eine Taillenweite seine Frau hat, oder, Jungs?« Er legt eine Pause ein, kratzt sich am Kopf. Es hat ausgesehn, als müßte er überlegen, was er als nächstes sagen soll, aber ich hatte ihn schon Wochen vor der Wahl im Garten hinterm Haus auf und ab gehn und Witze einstudieren sehn. »Ja, also, irgendwie muß dieser arme Republikaner ja sein Weib satt kriegen – nicht daß ich behaupten wollte, sie wär regelrecht dick. Aber ich hab doch tatsächlich gehört ...« Er hat sich umgeschaut und die Stimme gesenkt, um bei seinen Zuhörern Respekt zu schinden. »Sie soll so füllig sein, daß sie sich ein Lesezeichen in die Halsfalten stecken muß, damit sie am Abend ihre Perlenkette wiederfindet. – Ungelogen!«

Die Kerle haben gegrölt. So was wollten sie hören. Sie haben mit der flachen Hand an die Verandapfosten geschlagen. »So wahr ich hier steh.« Papa hat sich das Lachen verbissen, mit Mühe. »Fragt meine Lucy. Fragt meinen kleinen Springinsfeld, ob das nicht so wahr ist wie Gottes Wort.« Meine Rolle war, zu nicken. Ich hab genickt. So heftig, daß die Schaukel in den Ketten gequietscht hat. Aber dicht hinter der Fliegendrahttür hab ich Mamas steife Gestalt stehn sehn, die Arme verschränkt, eine Fußspitze wippend. Sie hat schon Pläne für mein Debütantinnenfest geschmiedet. Hat ihr gar nicht behagt, daß ihr einziges Kind da draußen den dummen August spielen mußte.

Nur Mama hat gezählt, wie oft Papa und ich »tu« oder »tät« gesagt haben. Wenn die andern behauptet haben, Papa könnte mit seinem bloßen Charme die Vögel von den Bäumen runterlocken, hat sie sich aufgerichtet und pikiert gemeint, *sie* müßte's ja wissen, wenn's so wäre – schließlich hätte sie weder Federn noch Blätter an sich.

Trotzdem, sie hatte ihn sich schließlich ausgesucht, oder? Mit ihrer Indigo-Erbschaft und ihrem gedeckten Blankoscheck von Gesicht hätte Mama fast jeden hübschen reichen Jungen im östlichen North Carolina kriegen können. Davon gab's Tausende, damals wie heute, Gott sei's getrommelt und gepfiffen. Statt dessen hatte sie einem dürren Hinterwäldler einen Antrag gemacht, einem, der ihr angeblich das Leben gerettet hatte, einem Mann, von dem Bianca McCloud Honicutt glaubte, sie könnte ihn total unterjochen und total genießen.

In unserm schattigen Salon und in kühlen Fluren so breit wie die in feinen Hotels haben meine Eltern und ich genauso gelebt, wie wir geredet haben: Mama mehr oder weniger untadelig, obwohl kein Mensch Notiz davon genommen hat, Papa falsch, aber witzig, ich fast durchweg mangelhaft. Mama hat das Spielen – Bridge und halbklassiche Klaviermusik – wie Arbeit betrieben. Papa hat Arbeiten gespielt. Er hat geschnitzt und Besucher empfangen. Oft hat er dagesessen und an den Schwielen rumgepult, mit denen er seit seiner bäuerlichen Kindheit geschlagen war. Seine Handflächen waren zerfurcht und verhornt wie Fußnägel und mit der Zeit bernsteingelb geworden. Die Heirat hatte ihn von der körperlichen Arbeit befreit, aber er ist nie müde geworden, seine Pranken zu mustern, die breit und gepolstert waren wie Boxhandschuhe. Er hätte sich's nie träumen lassen (so wenig wie ich), daß ich eines Tages genauso abgearbeitete Hände haben würde.

Manchmal hat Papa auf den verhärteten Stellen von seinen Handflächen rumgekaut. Beim Betrachten seiner in der Farbe an Dörrfleisch erinnernden Pfoten hat er oft und gern diese Geschichte erzählt:

»Du machst dir keine Vorstellung, Lucy von Silberlöffel. Bevor deine Mutter mir vor die Füße gefallen ist, buchstäblich, wie Manna vom Himmel, war ich ärmer als arm. Um viere in der Früh hab ich schon Holz gehackt draußen, hab Blasen an meinen Blasen gekriegt, die Hände haben getrieft, als ob sie erst Tränen geweint hätten, eh das Blut kam. Vier ältere Brüder, die so wißbegierig waren wie Klötze. Am Morgen hat Mutter sie gefragt: ›Na, wie habt ihr geschlafen?‹ Sagt der eine: ›Klotz.‹ Die andern nicken bloß. Klötze, rothaarige Klötze, die ewig auf mir rumgehackt haben. Keiner in der ganzen Familie hat ein A von einem Z unterscheiden können. Ich hab mich heimlich in den Wald geschlichen, mit Büchern, die ich in den Hosen versteckt hab. Ich hab Streichhölzer stibitzen müssen, mir Lagerfeuer machen als Leselampen. Einmal hab ich dabei aus Versehn vier Morgen Wald abgebrannt. Deine Mutter macht sich lustig darüber, was ich alles angestellt hab, bloß um meine Western zu lesen. Aber ich sag dir, Struppi, wenn man bedenkt, wo ich angefangen hab, bin ich jetzt schon gleichauf mit Mr. Shakespeare. Die Leute in Falls zerbrechen sich den Kopf, wie ich's den lieben langen Tag auf der Veranda aushalt. Aber mir ist nie langweilig, ich hab so viel, wo ich drüber nachdenken muß. Willst du wissen, was mein Verdruß ist? Aber nicht lachen. Weißt du, in meinem Bauernlümmel-Körper sitzt der Verstand von einem Harvard-Professor, und die Kluft zwischen beiden ist so verdammt breit, daß ich nichts anderes tun kann, wie ständig hier sitzen und drüber nachgrübeln.«

Der Mann hat jede Woche einen Brief an seine Eltern geschrieben, die gar nicht lesen konnten. Wenn wir sie im Wald bei Bear Grass besucht haben (noch eine Geschichte für sich), hatten meine Großeltern alle Briefe an die Wand gepinnt, ungeöffnet, säuberlich in einer Reihe. Sie haben wie Papa für ihr Leben gern Post gekriegt und die Briefe an die Wand geheftet, weil die Briefmarken so hübsche Pastellfarben hatten. Immerhin hat Papa zugegeben, daß er sich trotz Schnitzarbeit, trotz Schaukeln auf der Veranda, Cowboy-Heften und den Unterhaltungen mit seinen Besuchern manchmal am Nachmittag so gegen drei doch ein bißchen gemopst hat.

Bianca, sein Eisenbahnunglücksengel, hatte ihn von der Arbeit errettet. »Aber was meinst du, mein Sekundenzeiger, hätte sie's auch tun *dürfen*?«

3

Eines schönen Vormittags hat Papa beschlossen, stellvertretender Postmeister von Falls zu werden. (Er hatte geträumt, er wär's schon.) Konnte ja nichts schaden, mal eine Zeitlang von der Veranda runterzukommen und ein bißchen mehr vom neuesten Klatsch mitzukriegen. Bei diesem ersten Anzeichen von Ehrgeiz in acht Jahren ist Mama schier aus dem Häuschen geraten. Nur ihr Mund hat ihre überschäumende Freude verraten. Sie hat sich in aller Eile ihr schönstes schwarzes Kleid angezogen und ist erhobenen Hauptes Richtung Rathaus entschwebt. Ihre ehemaligen Freier waren jetzt Bürgermeister, Stadtratsvorsitzender und Stadtdirektor. Keinen von ihnen hatte sie je um einen Gefallen gebeten. Dabei waren sie ihr zu Dank verpflichtet dafür, daß sie einen andern genommen hatte.

Papa hat gewartet, geschaukelt und ab und zu die Hände in »Schwielentod« gebadet. Sechzehn Monate hat er so zu Hause gewartet. Er hat über Verbesserungen nachgedacht, die er einführen würde (eine zusätzliche Nachmittagszustellung, besonders geschulte Briefträger, die Analphabeten wichtige Post vorlesen sollten). Und ist nicht müde geworden, die Schönheit von Briefmarken zu preisen. Also weißt du, hat er zu mir gesagt, es gibt ja Briefmarken, die sind so schön ... wie Shirley, schöner wie alles, was wir je gesehn, und aus Ländern, von denen wir noch nie gehört haben. Mama hat ihm eine Uniform schneidern lassen, für alle Fälle, um ihn bei Laune zu halten. Papa hat Shirl und mir beim Ausbau von unserm Baumhaus geholfen. Er hat mir einen Männerwitz nach dem andern erzählt und mir eingeschärft, sie ja nicht Mama weiterzuerzählen. Er hat für Mamas Geschmack nicht oft genug gebadet und sich immer nach Shirl erkundigt, als ob sie meine Frau wär. Er hat die Kirche gemieden und auf Arbeit gewartet und war sogar bei Leuten beliebt, die ihn nie und nimmer offziell zu sich eingeladen hätten, und bei Männern, die ihn um das kleine Vermögen seiner Frau beneidet haben. – Endlich ist das Angebot gekommen. »Beziehungen muß man haben«, hat Mama gesagt und ganz gegen ihre Art einen kleinen Freudentanz aufgeführt.

Papa sollte am nächsten Morgen Punkt acht zum Dienst im Postamt erscheinen und sich ein Mittagessen mitbringen. Am Abend hat Mama ein rauschendes Fest gegeben. Ich hab Shirley eingeladen. Die Tischkarten haben ausgesehn wie Kuverts aus Büttenpapier. Ich hab kleine Briefmarken aus möglichst schönen Ländern draufgemalt, die ich auch nicht gekannt hatte, bis ich sie mir ausgedacht hab.

Papa ist früh aus dem Haus gegangen, in Uniform, und hat uns zum Abschied gewunken – wie ein Krieger, der furchtlos ins feindliche Feuer marschiert. Mama hat gerufen: »Was ist er doch für ein Schatz, ein richtiges Kind! Die Geschichte, wie wir uns kennengelernt haben, ist vielleicht das Romantischste, was mir je zu Ohren gekommen ist.«

So gegen zwei sitzt auf einmal ein Mann, ein Doppelgänger von Papa, in unserer Verandaschaukel. Er hockt zusammengesunken da und schlingt das feudale Mittagessen runter, das Mama ihm eingepackt hat. Dabei schüttelt er ständig den Kopf und murmelt »nein, nein« vor sich hin. Wie er mich sieht, grinst der Mann, aber so, als ob er sich schämt. Er wirft mir seine Postlermütze zu. Ich setz sie mir auf, Schirm nach hinten. Mama kommt zur Tür rausgerauscht, auf der

Suche nach den Noten, die sie vorhin studiert hat, sieht ihn, erstarrt und tastet sich dann mühsam zu einem Korbsessel.

»Samuel?« Sie setzt sich hin und hebt die Füße hoch. »Soll das heißen, daß deine Karriere im Postdienst hiermit beendet ist?«

Papa erklärt's ihr mit einem rührenden Achselzucken. Seine Enttäuschung wär noch größer wie ihre, sagt er. Behauptet, er hätte gehofft, das Postamt wär der Tempel des Ortsklatsches. Pustekuchen. Ob wir uns vorstellen können, daß der Postmeister (ein netter Kerl, aber ein Ignorant) noch nicht mal weiß, daß die Tochter vom Reverend Vickers *nicht* sechs Wochen zu Besuch bei einer Tante in Newport News war, sondern mit ihren fünfzehn Lenzen in andern Umständen ist, in die sie der Kirchendiener gebracht hat! »Wie kann sich ein Mann, der noch nicht mal mit Hilfe der Finger bis neun zählen kann, Postbeamter nennen? Na? Und außerdem«, sagt Papa und betont dabei jedes Wort, »kann ich die alphabetische Ordnung nicht ausstehn.«

Nur Mama, sein bester Zuhörer und einziger Gönner, und kein Mensch sonst könnte sagen, was sie jetzt sagt: »Warum nicht?«

»Ich hab's denen gesagt, und ich sag's auch dir, Perle meines Lebens. Es geht doch wohl nicht an, daß das M vor dem N kommt. Das N ist eine Vorübung für das M. Erst nach einem gelungenen ersten Versuch tut sich das N aufschwingen, nimmt die Hürde und verdoppelt sich zu einem ausgewachsenen M. Ich hab denen gesagt, das M vor dem N? Das darf doch nicht wahr sein! Und weißt du was, keinem einzigen von den Knaben im Sortierraum ist das jemals auch nur aufgefallen. Ich sag ja nicht, daß die nicht alle beisammen hätten, aber die Jungs haben mich angestarrt, als ob ich Schaum vorm Mund hätte. Du siehst also, ich hab aus Prinzip gekündigt. Mußte sein. Ehrensache. Ach ja, die Sortiererei – die machen da den ganzen Tag nichts anderes. Wozu soll das gut sein?«

Im Korbsessel, der wie das Kerbholz ihrer Heimsuchungen knackt, hält Mama beide Augen fest geschlossen. Ich setz mich neben Papa, zieh mir die Mütze übers rechte Auge und schau zu ihm hin, ob's ihm gefällt. Er drückt mich an sich, nimmt das pinselige Ende von meinem Zopf und spricht rein wie in ein Hörrohr. »Macht's meiner Taschenratte was aus, ihren alten Papa noch eine Zeitlang um die Beine zu haben?« Statt einer Antwort umarm ich ihn. (Seine andern Kosenamen für mich: Struppi, Sekundenzeiger, Irrwisch, Springinsfeld.)

Mama hält die Augen geschlossen, während auf der Summit der Verkehr vorbeirattert. Die Kanarienvögel bei der Witwe Smythe hüpfen nervös herum. Es ist Donnerstag, und der schneidige Captain Marsden ist bei Winona zu Besuch. Erschüttert über Papas Arbeitslosigkeit, bewegt sich Mama keinen Fingerbreit.

»Was hast du denn?« Papa spielt den Wütenden. »Vergiß nicht, Königin von England, *du* hast *mich* geheiratet.«

»Unbestreitbar.« Und wie sich ihr rechtes Auge öffnet, fällt Papa zu Boden und läßt mich allein weiterschaukeln. Auf den Knien rutscht er zu ihrem Ohnmachtssessel und zeigt ihr (unangenehm nah) seine beste Fratze – zwei Fingerspitzen ziehn die Augenlider runter, zwei schieben die Nasenpitze hoch, so daß man statt Nasenlöchern zwei mit Gestrüpp zugewachsene Höhlen sieht.

Sie betastet sein Gesicht wie eine Blinde. »Mein überragender, erfolgreicher Narr. Aber, Samuel, Liebling, du brauchst doch einen Beruf. Wie jeder Mann.«

Er murmelt an ihrem Hals, erklärt, daß er ab sofort hier daheim Postamt spielen wird. »Außerdem bist du mein Beruf und meine Berufung, meine Pfirsichblüte. Ihr beide seid meine tägliche Pflicht. Ihr Damen seid das einzige, worauf ich mich bestens versteh. Bei euch beiden ist mir, als wär ich – nicht lachen – ein Akademiker aus Harvard!«

Immer noch auf den Knien, faßt er Mama um die geschnürte Taille, taucht das Gesicht in ihr Spitzenjabot und schiebt mit seiner frechen, witzigen Zunge ihre Goldbrosche hoch. »Ach, du«, schmollt sie. Die Aprilsonne strampelt sich ab, hinter den Wolken vorzukommen. Ein Fuhrwerk mit Säcken voll Saatgut auf der Summit wird langsamer. Die Leute auf dem Wagen gaffen zu unserm Vorgarten rüber und denken bestimmt, daß hier Bonzen wohnen. Ha!

Leise sagt Papa zu Mamas Taille: »Ab geht die Post, nach oben.« Ausnahmsweise genießt Mama es mal, matt und schlaff zu sein. Er hilft ihr auf, sagt zu mir: »So hab ich sie im Unkraut gefunden, gut zwanzig Fuß vom Bahndamm, das Mieder aufgerissen, die Haare ganz verzottelt. Ein vom Himmel gefallener Engel, mein Nachnahmegeschenk vom höchsten Postminister.« Er führt sie zu meiner Schaukel. Ich reiß mir die Mütze vom Kopf und nehm die milchweiße Hand, die Mama mir hinstreckt. Ich küß die weichen Knöchel von meiner Mutter. Dann küß ich seine: karamelbraunes Leder. »Du wirst vorschriftsmäßig befördert«, sagt Papa zu Mama. »Laß dir das von einem pensionierten Postler gesagt sein.«

Er will Mama über die Schwelle tragen wie damals, als sie zwei Turteltauben waren, zurück von der Hochzeitsreise. Aber Mama hat inzwischen ein paar Dividenden kassiert. Und die Zeiten, wo Papa stark war von der Feldarbeit, sind lange vorbei. Er läßt eins ihrer Beine baumeln. Sie kichert, ganz gegen ihre Art. Lachen tut ihr weh wie ein tiefsitzender Husten. Man hört aber auch, wie die Luft in ihr Korsett einströmt. Mama küßt ihn auf den drahtigen rotbraunen Scheitel und sagt: »O wie töricht sind doch die Sterblichen!«

»Na und?« Er zwinkert mir zu. »Will auch gelernt sein!«

Ich hab gehört, wie sie schnell die Treppe rauf sind. Hab gewußt, daß sie jetzt anderthalb Stunden ein Nickerchen machen. Hinterher waren sie immer besonders nett zueinander. Jeder von beiden hat mich gedrängt, doch selber zu sagen, was für ein Schatz der andere bei allen Fehlern im Grunde genommen doch wär. Allein zu zweit waren sie eins der glücklichsten Paare auf der Welt, mein Junge. Eine wunderliche Ehe, aber eine gute. Im Himmel geschlossen, haben sie beide beteuert.

Die Sonne kam durch, die Kanarienvögel haben zwitschernd die Kunde verbreitet. Ich hab rübergeschaut und gesehn, daß die Vögel sich alle auf der hellsten Seite von ihren Käfigen zusammengedrängt haben. Sie waren fast so gelb wie die Sonne selbst, wie daunenweiche Stückchen von ihr, die runtergefallen und hier unten eingesperrt worden waren, aber zu ihr raufgepfiffen haben: »Erinnerst dich? Erinnerst dich?«

Ich hab seitlich geschaukelt und war glücklich. Die Vögel haben gesungen. Die Sonne hat gescheint. Wir hatten viel zu essen. Ich war das einzige Kind von zwei herzensguten, törichten Menschen. Papa würde wieder den ganzen Tag auf der Veranda sitzen, wo er hingehörte. Ich hatte Shirley zur Freundin. Papa zu Ehren hab ich sein Lieblingsgedicht aus Stevensons *Versgärtlein für Kinder* aufgesagt. (Papa hat immer gemeint: »Ich mag meine Gedichte genauso wie meinen Bourbon – pur, knapp, kein Firlefanz.«)

Ein schöner Gedanke
Die Welt ist so reich und voll Sonnenschein.
Wir könnten so glücklich wie Könige sein.

Shirley wollte um vier kommen. Ich hatte einen neuen Hut. In unsern Ulmen haben die Insekten gesummt. Die Bäume würden ewig weiterwachsen. Die Schule, die Gefängniszeit, war zu Ende, und die schöne Sommerszeit hatte grade erst angefangen. Was hätte je in meinem Leben schiefgehn können? Was?

– Alles, was schiefgehn kann.

4

In dem Jahr wurde in Mr. Williams' Stallungen ein Toter gefunden. Er hatte sich reingeschlichen, um sich auszuschlafen, und war unbemerkt auf den Heuboden geklettert. Ein alter Landstreicher. Erstes verdächtiges Anzeichen: Die Pferde sind unruhig geworden. Dann sind die Arbeiter der Nase nachgegangen und auf den unerquicklichen Anblick gestoßen. Der Mann hatte bloß vierzig Cent bei sich. Auf einem zusammengefalteten Steckbrief war dasselbe Gesicht, bloß jünger. Der Pferdeverleih ist durch den Vorfall ins Gerede gekommen. In unserm Baumhaus hat mir Shirl in ihrer ruhigen Art gesagt: Ihr Vater könnte doch nichts dafür, wer sich bei ihm zum Schlafen reinschleicht und dann stirbt. Ich wollte meine Freundin aufheitern und hab sie gefragt, ob die Arbeiter, die den Toten aufwecken wollten, »Schäm dich was, du Murmeltier!« gerufen hätten.

Shirl hat das in den falschen Hals gekriegt. Und einen Spruch zitiert, den sie von meiner Mama gelernt hatte. Mama hatte mal gelesen, daß die regierende Königin von England ihn auf so ziemlich alles anwandte, von Unwettern über Kopfweh bis zu Aufständen in Indien – »*We are not amused*«. Ich hab jetzt Shirley erzählt, was Papa immer Mama an den Kopf geworfen hat, wenn ihr unamüsierter Zustand zu lange anhielt. »Na«, hat er grinsend gesagt, »wer ist denn das, dieses ›Wir‹? Du und dein Bandwurm?«

Shirl hat mir eine geklebt. Dann ist sie vom Baumhaus runtergeklettert, aber ihr Abgang war ziemlich langsam, weil sie so heulen mußte. Ich hab die Hand auf die brennenden rosa Striemen auf meiner Backe gedrückt. Mir ist ganz schwindlig geworden da oben auf dem Baum. Die Ohren sind mir zugefallen, und ich hab geschluckt. Durchs Laub hab ich Shirley beobachtet, wie sie unter unserer liebsten Ulme schmollt.

Sie zupft an der Rinde, lehnt sich murmelnd an den Stamm. Dann fangen ihre vielen vergoldeten Locken zu hüpfen an, wie sie sich schluchzend bei mir und bei sich selber entschuldigt. Leise lispelt sie was in ein Astloch vierzig Fuß unter mir. Ich weiß genau, was sie sagt.

Die Lehrerin hat mich nachsitzen lassen. Dreihundertmal sollte ich an die Tafel schreiben: »Ich darf nie mehr meinen Eltern und meiner Heimatstadt Schande machen, indem ich ›tu‹ oder ›tät‹ sage.« Shirl war draußen auf dem Schulhof bei den Schaukeln. Mit zusammengepreßten Knien hat sie gewartet, und Atemwölkchen sind ihr aus dem

Mund gekommen. Im Winter hat sie die Hände immer in einen Muff aus Pelzimitation gesteckt. Die blauen Wolken, die von ihrem Gesicht aufgestiegen sind, waren gekräuselt wie die meisten Sachen, die Shirley getragen hat.

Eine treue Freundin. Seit der Geschichte mit dem toten Landstreicher im Stall von Mr. Williams waren die andern Mädchen besonders gemein zu Shirley. »Shirley mit den Löckchen trägt nur rosa Röckchen«, haben sie uns im Chor nachgerufen, wenn wir Hand in Hand heimgegangen sind. »Und Lucy mit den Zöpfchen hat nicht viel im Köpfchen.« War ja an sich nicht weiter schlimm, aber geärgert hat's uns doch – man merkt die Absicht und ist verstimmt. An dem Tag hab ich unter den kahlen Bäumen unsere Feindinnen bemerkt, die aufgeblasenen Töchter von zwei verschiedenen Pastoren. Sie haben draußen rumgelungert und meine Freundin beobachtet.

Ich hab schneller gekritzelt, die beiden aber im Auge behalten. Die blöden Ziegen haben in der Kälte ausgeharrt, obwohl der Hof schon längst verlassen dalag. Ich hab gesehn, wie sie Shirley bewundern, sie taxieren wie Kauflustige, die sich auf einer Auktion was aussuchen, bevor die Versteigerung anfängt. Sie haben gewußt, daß Shirley auf mich wartet. Daß sie meine Freundin zu schätzen wußten, hat mir wieder mal vor Augen geführt: Meine arme Shirley hatte nur zweierlei gegen sich. Erstens, daß sie das Kind von einem Pferdeverleiher war. Und zweitens, daß ihre beste Freundin eine rauhbeinige, auf Bäume kletternde Göre wie meine Wenigkeit war, der Sproß einer Mischehe – gesellschaftlich gesehn. Ich hab gewußt: Wenn irgendwann eins von diesen beiden Hindernissen aus dem Weg geräumt wird, dann werden die feinsten Leute in Falls sich um Shirley reißen. Aber ich war auch überzeugt, daß sich keins von beiden jemals ändern würde. Jedenfalls nicht, wenn ich's verhindern konnte. Und ich konnte's verhindern.

Ich hab die Kreide in würfelgroße Stücke zerbrochen und sie wie ein Spieler in der Faust geschüttelt.

Ich war ihr Klotz am Bein, aber sie hat's nicht gemerkt. Ich hab an die Fensterscheibe geklopft, gewinkt. Sie hat ihren Muff überm Kopf geschwenkt und weiter gewartet, geduldig wie ein Schaf. Die blasierten Pastorentöchter hinter ihr – Shirl hatte sie nicht bemerkt – haben mich gesehn und sind abgezogen, stahlgraue Wölkchen ausstoßend. Wer hätte mir einen Vorwurf machen können, weil ich die schöne Shirley für mich behalten wollte? Ich hatte sonst niemanden, abgesehn von meinen Eltern und meinen drei Tanten. Sogar meine Lehrerinnen, die gewußt haben, daß unser Geld aus Mamas Mitgift stammte und nicht von Papa verdient wurde, haben mich ein bißchen hart angefaßt. Mama hat mit ihnen geredet, als ob sie unsere Mägde wären, und dadurch ist das Klima nicht grade besser geworden. Weil Mama unser Vermögen in die Ehe gebracht hatte, war's weniger wert. Schon bevor ich eine Lehrerin namens Beale bekam, das Genie der Grundschule Falls, hab ich gewußt: Frauen haben herzlich wenig Respekt vor dem Ansehn und Einfluß anderer Frauen. Im Unterricht haben die Lehrerinnen die Jungen »unsere angehenden Gouverneure« und was weiß noch genannt. Mich haben sie jede Woche nachsitzen und immer wieder »Ich darf nicht . . .« schreiben lassen. Ich hab mich jetzt beeilt, wollte fertig werden. In jedem Satz haben zwei Wörter gefehlt. Ganz zum Schluß hab ich dann dreihundertmal »tu« und »tät« geschrieben, in besonders großen Buchstaben. Was ja eigentlich nicht der Zweck der Übung war. Ha.

Ich bin die Treppe runter in die Wintersonne gerannt, hab mich von hinten an meine stille Freundin angeschlichen, die auf der Schaukel gesessen und vor sich hingesummt hat. Ich hab sie so angeschoben, daß sie vor mir in die Luft gestiegen ist. Sie hat die Ketten gepackt und »Du!« geschrien.

Aus Rüschen sind Flügel geworden.

Ich hab nie bei ihr zu Hause übernachtet. Dabei hab ich's mir so gewünscht. Meine Mutter hat scheint's Angst gehabt, irgendein Strang in meinem Erbgut von Papas Seite könnte durch zu häufiges Zusammensein mit Shirley gestärkt werden. Sie hat befürchtet, das Armenviertel von Falls und der Gestank der Erdnußmühle könnten mich ihr abspenstig machen. Shirl hat für ihr Leben gern die Geschichte gehört, wie meine alten Herrschaften sich kennengelernt hatten. Wenn sie mit Papa und mir allein war, hat sie oft gesagt: »Mr. Spaßvogel, bitte erzählen Sie, wie Sie die Frau gerettet haben.« Wenn Mama da war, ist Shirl einsilbig geworden. Anscheinend hat sie nie das zerrissene Mieder in der Geschichte mit der adretten, praktischen Frau in Verbindung gebracht, die mit der flinksten Fliegenklatsche von Falls in der Hand durch unsere hohen, kühlen Flure patrouilliert ist.

Shirleys grobschlächtige Eltern haben gesagt, ich könnte nicht über Nacht bleiben – wär zu eng in Shirleys Bett für uns beide.

»Unser Haus«, hat Shirleys Mama gesagt, »ist kleiner als wie euers.« Ich hab sie nicht verbessert. Hab drüber gestaunt, daß es meinem Papa gelungen war, sich halbwegs anständige Manieren anzugewöhnen, verglichen mit den Eltern von meiner Freundin. Wenigstens hab ich hin und wieder zum Mittagessen dableiben dürfen, in dem ebenerdigen Häuschen, nur einen Steinwurf weit von Klein-Afrika.

Kaum war ich wieder daheim, hat Mama mich nach Einzelheiten aus dem Leben der Unterschicht ausgefragt. »Ich nehme an«, hat sie gesagt und die Kunstbände zurechtgerückt, die auf einem Marmortisch im Flur aufgefächert waren, »ich nehme an, du denkst, ich glaube, daß sie ein komplettes Eßservice aus richtigem Porzellan haben. Würde mich wundern, wenn sie überhaupt ein Eßzimmer hätten – aber ich will nicht neugierig sein.« Sie hat mich nie direkt nach was gefragt, immer nur mit einem Zaunpfahl von der Größe einer Wagendeichsel gewunken. Und ich hätte ihr gerne die ganze seltsame Wahrheit gesagt. Aber das wär ihr runtergegangen wie Butter. Sie hatte einen Mann aus einer Blockhütte geheiratet, warum dann diese Schadenfreude über die längst nicht so beschränkten Verhältnisse von meiner Freundin? Deshalb hab ich, statt ihr alles zu erzählen, bloß gesagt: »Och, sind eigentlich ganz normale Leute, auch nicht viel anders wie wir.«

»Als wir.«

»Na meinetwegen, ich mein ja bloß«, hab ich noch gesagt, um sie zu ärgern.

Wenn meine steife Mama die Lippen so republikanisch zusammengekniffen hat (allzu gierig auf Neuigkeiten aus dem schmierigen Alltag der armen Leute), hab ich nichts mehr gesagt. Mama hat ihren Wohlstand nicht auf ihr Glück, sondern auf ihre biologische Überlegenheit zurückgeführt.

In Wirklichkeit war's so: Bei Shirley durften Kätzchen beim Essen auf dem Tisch rumlaufen, maunzen, miauen und Schlimmeres machen. Sie durften von unsern Tellern fressen, was sie erwischt haben. Shirley mochte kleine Kätzchen, aber keine ausgewachsenen Katzen. Konnte nur die jungen um sich haben. Ich hab mich nie erkundigt, wo sie hingekommen sind, wenn sie groß waren, aber ich hab mir gedacht, daß Shirleys Vater sie alle paar Monate mit seinen roten Pratzen packt und dann mit einem beschwerten Sack auf der Schulter zum Fluß Tar runterspaziert. Das Haus hat nach Talkum, Bratenfett und Kätzchen gerochen. Shirley und ihre Eltern haben zu jeder Mahlzeit Maisgrütze gegessen, dreimal täglich. Die Mutter hat das Zeug über Koteletts und Gemüse geklatscht. Ich kann Maisgrütze nicht ausstehn. Der Vater hat sein Maisbrot in eine rote Schale mit Essig getunkt. Er hat gerülpst, ohne sich zu entschuldigen, bloß »Mann, das war vielleicht einer« gesagt. Mit vollem Mund hat er über Gäule und Futtermittelpreise geredet. Mit dem behaarten Handrücken hat er sich den Mund abgewischt. Hinterher sind ihm Essenreste (die ganze Menüfolge) in den schwarzen Bartstoppeln gehangen. Wie die überall rumwuselnden kleinen Katzen hat mich das zugleich angeekelt und aufgeregt.

Meine Mama hat hinterher gesagt: »Ich nehme an, sie behandeln dich wie eine Prinzessin, die beiden Alten und ihr Rauschgoldengel?« In Wirklichkeit haben Shirleys Eltern ein derartiges Affentheater um ihre Tochter aufgeführt, daß für mich nicht viel übriggeblieben ist. Wie auf Kommando sind sie beide losgerannt, ihrer Shirley ein Kopfkissen vom Bett holen, wenn ihr der Küchenstuhl zu hart war. Der Vater hat manchmal, wenn er Shirley ansah, einen heiseren Seufzer ausgestoßen. Man hätte denken können, er hätt sie grade zum erstenmal gesehn – von Geburt vollkommen und prächtig herangewachsen, wie die nackte Venus in ihrer Muschel in unserm Sagenbuch in der Schule.

Beim Essen ist die Mutter oft mit vollem Mund aufgesprungen und hat Kamm und Bürste aus den Schürzentaschen gezaubert. Um einen abgesägten Besenstiel hat sie Shirleys Korkenzieherlocken gedreht. Geduldig hat sie gelbes Haar spiralförmig um das Ding gewickelt und Löckchen für Löckchen eine noch schönere Shirley aus ihrer Tochter gemacht. Die Frisur war so kompliziert, daß man hinterher gemeint hat, man hätte zugesehn, wie ein Tischler eine Kommode baut.

Bei sich zu Hause war Shirl ganz verändert und hat im Gespräch immer den Ton angegeben. Wenn sie bei mir war, hat sie zimperlich getan und auf Stichwörter von uns gewartet. Während ihre Mutter noch die fertige Frisur mit den Händen auflockerte, hat Shirley mich über den Tisch weg gefragt: »Was hältst du eigentlich wirklich von Emily Saiterwaite?« Ich hab mich nicht so recht getraut, mit den Eltern im Zimmer. Aber Shirl hat gemeint: »Nur zu, die halten schon dicht.«

»Die Emily ist eine dumme Pute«, hab ich zugegeben. Sie war die Tochter vom episkopalischen Pfarrer, eine von den beiden, die Shirley belauert hatten.

»Und was«, hat sich Shirleys Mutter eingemischt, »denkt die junge Emily deiner Meinung nach von . . . na ja, von unserer Shirley?«

»Sie findet sie hübsch«, hab ich erklärt, obwohl ich mir damit ins eigne Fleisch geschnitten hab.

»Mir sagt sie so was nie«, hat Shirley zu ihrer Mama gesagt und mich damit gemeint.

Ihre Mutter hat gefragt, ob es stimmt, daß Pastor Saiterwaite von der Allerheiligen-Episkopalkirche meiner Mutter mal einen Heiratsantrag gemacht hatte, wie ja angeblich auch die beiden gutaussehenden Streeter-Zwillinge, von denen der eine jetzt Bürgermeister war. Ich hab die Achseln gezuckt. »Meine Mutter behauptet, ja ...« Shirleys Mutter hat gemeint, es wär nett von meiner Mama gewesen, den Bauernjungen zu heiraten, der sie gerettet hatte. Sie hätte gehört, daß sich heute noch junge Männer in Bear Grass am Bahndamm rumtreiben und durchs Unkraut streifen, weil sie auch eine reiche Erbin finden wollen. Ich hab nicht gewußt, ob das als Scherz gemeint war oder nicht. Wieder hab ich die Achseln gezuckt, aber dabei gelächelt. Ich hab's nicht ausstehn können, wenn Erwachsene sich die Mäuler darüber zerrissen haben, was für ein ungleiches Gespann meine Eltern doch waren.

Aber Shirls Eltern haben mich wirklich gemocht. Von allen reichen Bälgern an der Summit Avenue hab ich als einzige ihrem Goldstück gehuldigt. Trotzdem hab ich nie in Shirleys Juckreiz auslösender, nach Katzen riechender Boudoir-Puppenstube übernachten dürfen. Ich hab drum gebettelt. Sie haben mich nicht gelassen.

Komisch, aber während die Leute von der Summit nicht wahrhaben wollten, daß Shirl eine richtiggehende Schönheit war, haben die Kinder von Klein-Afrika fast so was wie eine duftige, strahlende Göttin in ihr gesehn. Manchmal haben Shirl und ich auf dem Weg zu unserm Haus einen Abstecher zu dem unbebauten Grundstück am Rand vom Farbigenviertel gemacht. Da hatte mal ein Haus gestanden. Jetzt waren nur noch ein paar von Unkraut überwucherte Ziegelsteine übrig – zwei, drei gemauerte Stufen, die auf ein Podest führten. Hier hat sich Shirley in voller Krinolinenpracht, mit ihrer von den Bäuerinnenhänden der Mama frisch gerichteten Frisur, gern in Positur gestellt wie auf einer Bühne. Ich bin auf der untersten Stufe geblieben und hab, ganz hin, aber respektvoll, zu ihr aufgeschaut. Sie hat sich dem schwarzen Armenviertel zugewandt, und es hat nicht lang gedauert, da sind die Kinder schüchtern über die steinige Erde angekommen. Sie haben miteinander geflüstert, wie schön sie ist, so still und steif auf dem Postament. Manchmal hat sie den Saum von ihrem gestärkten gelben Kleid gelüpft, meistens aber bloß dagestanden, fast ein bißchen gelangweilt, doch so, als ob's ihre Pflicht wär, sich von ihnen begaffen zu lassen, sie zu reizen und aufzumuntern. Die Kinder haben sich grüppchenweise genähert, abgerissener als die ärmsten Weißen in der Stadt, und manchmal hat der eine oder andere Sachen angehabt, die früher einem unserer Klassenkameraden gehört hatten. In Häufchen sind sie schrittweise vorgerückt, bis sie auf Shirleys Höhe waren. Sie hat bloß gewartet, steif wie eine Puppe in einer Jahrmarktsbude. Die schwarzen Mädchen mit Bindfadenschleifen an den strickartigen Zöpfen haben ihre steifen Kleider befühlt und sich sogar getraut, eine ihrer gelben Locken anzufassen, und Shirl hat das alles geschehn lassen. Stolz wie eine Flagge und ungefähr genauso gleichgültig hat sie sich bewundern lassen. Einmal hat ein ganz kleiner Junge Shirls Hand gepackt und seine Lippen draufgedrückt, aber sie hat sie ihm entrissen, nicht böse, nur streng. »Keine Küsserei«, hat sie gesagt. Also wenn Shirl auch oben an der Summit noch nicht bewundert wurde, unten in Klein-Afrika hat sie schon geübt, wie man Huldigungen entgegennimmt, oft und lange geübt.

5

Mama hat mal zufällig mit angehört, wie zwei Pfarrersfrauen sich über die unmögliche Sprache einer gewissen jungen Person lustig gemacht haben. Wie ich ihr gesagt hab, daß da wahrscheinlich nichts dran zu ändern wär, hat sie nicht mehr mit mir geredet. Drei Wochen lang. Shirley und Papa sind als Boten zwischen ihr und mir hin- und hergependelt.

Während diesem langen Schweigen hab ich Mama öfter beobachtet als sonst. Ich hab überlegt, warum sich so eine gescheite Frau so sehr vor andern fürchtet. Schon die kleinste anzügliche Bemerkung von irgendeiner Gans aus der Nachbarschaft hat ihr die ganze Woche versaut. Als Mama dann wieder mit mir geredet hat, ist sie auf eine neue Taktik verfallen. Ich hab mich hinsetzen müssen, und sie hat mir einen elend langen englischen Roman vorgelesen, immer vier Kapitel auf einmal.

Am meisten hab ich die Landschaftsschilderungen gehaßt, obwohl ja ein bißchen Tau in einer Geschichte schon viel ausmachen kann. Aber wenn ich auch noch so angeödet war, mein Gerechtigkeitssinn hat dafür gesorgt, daß mir allmählich was aufgefallen ist: Alle Dienstboten haben komisch geredet. Weil sie arme Leute waren (Köchinnen, Gärtner, Fischweiber), haben sie die dümmsten Fehler gemacht, kaum daß sie den Mund aufgemacht haben – jeder, der genug Geld hatte, sich das Buch zu kaufen, sollte sich über sie amüsieren können. Zum Kotzen. Mama hat mich aus halb zusammengekniffenen Augen beobachtet und hat's gar nicht ungern gesehn, wie ich immer dann unruhig geworden bin, wenn in dem Roman ein einfacher Mensch was sagen mußte. Sie hat sich richtig zur Schauspielerin gesteigert und jede Dienstmagd so breit reden lassen wie Papa, wenn er einen Republikanerwitz erzählt hat. Papa hat schnarchend dabeigesessen, um sich rum lauter Holzspäne von seiner Schnitzerei. Schließlich hab ich die Arme verschränkt und verkündet: »Das ist unfair.« Mama hat das Buch zugeklappt, einen Moment die Augen geschlossen und mich gefragt, was ich meine. Wie ich ihr erklärt hab, was mir an dem Zeug so gegen den Strich geht, hat sie gestrahlt wie ein Honigkuchenpferd. Da hab ich gewußt, daß ich ihr auf den Leim gegangen war. Ich hätte natürlich recht, hat sie gemeint. Und sie möchte nicht, daß ihr Kind jemals so eine schrullige Nebenrolle spielt. »Du wirst in dem Moment ernstgenommen, wo du wie ein ernst zu nehmender Mensch sprichst. Dein ›tu‹ und ›tät‹, das ist bloß eine schlechte Angewohnheit, Lucille. Ich halte es mit dem Engländer, der mal gesagt hat, Natürlichkeit sei die affektierteste Pose überhaupt. Mein Kind, wenn du eines Tages dieser Sache überdrüssig wirst und dich nicht mehr auf diese fixe Idee versteifst, wirst du genauso gutes Englisch sprechen wie jedermann. – Also, du hast die Wahl. Was willst du sein, der Küchentrampel oder die Hauptdarstellerin? Entscheide dich. Na? Was?«

Ich hab schon gemerkt, worauf sie hinauswollte. Aber dieses unfaire Gehabe – die falsche Freundlichkeit gegenüber den hinterwäldlerischen Eltern von Papa, meiner Freundin und den Leuten, die unten gewohnt haben – hat bloß dazu geführt, daß ich noch treuer zu »tu« und »tät« gehalten hab. War Ehrensache. Irgendwer mußte es tun.

Ab und zu hab ich mir trotzdem vorgenommen, mich zu bessern. In der Schule und vor allem bei Shirleys Eltern hab ich mir richtig Mühe gegeben, nach der Schrift zu sprechen. (Wenn ich bei denen geredet hätte, wie mir der Schnabel gewachsen war, hätten sie mich als Gefährtin ihrer Tochter für untauglich erklärt.) Aber ich hab mir gedacht, reiche Leute sollten einen nicht deshalb mögen, weil man sich gewählt ausdrücken kann. Grammatisch richtiges Reden ist eine Art Verschwörung, man zeigt damit andern, daß man die Parole kennt, daß man kraft Geburt oder Bankkonto dazugehört. Hat mich richtig gefreut, mit Shirl und den rauhbeinigeren Kindern von unten in einen Topf geworfen zu werden. Und so sehr ich mich auch angestrengt hab, es hat nie ganz gereicht. Jedesmal, wenn ich glücklich oder aufgeregt war (das ist damals oft vorgekommen), hab ich einen Rückfall gekriegt. Papas Salz hat Mamas Zucker neutralisiert. Und aus meinem Mund sind weiter diese garstigen alten Kröten Tu und Tät mit ihren vielen Warzen gesprungen und haben jeden erschreckt außer mir. Mir und Papa. Und Shirley, die mir's nachgesehn hat. Und meinen ledigen Tanten.

Mama hatte seit fast sechzehn Jahren nicht mehr mit ihren drei älteren Schwestern gesprochen. Dabei haben sie keine zwei Straßen weiter gewohnt. In einer Stadt wie Falls *merkst* du's, wenn dich jemand schneidet. Die Schwestern haben ihr Geburtshaus bewohnt, das geerbte McCloud-Haus, das doppelt so groß war wie unsers, und das war schon zu geräumig. Ihrs hatte Giebel über Giebeln und ein Gartenhaus so groß wie das Haus von Shirleys Eltern, und alles hätte neu gestrichen werden müssen. Im Garten ist nichts gewachsen außer den mehrjährigen Pflanzen, die sich gegen den Efeu und das hohe Unkraut behaupten konnten.

Meine Tanten hatten wie viele Menschen, die von der Geburt bis ins hohe Alter zusammenleben, unter sich aufgeteilt, welche von ihnen wer sein sollte. Jede hat sich auf eine bestimmte Art von Gefühlen besonders gut verstanden, und jede hat das Revier der andern beiden respektiert. Man konnte sie sich nicht so recht als getrennte Wesen vorstellen, eher schon als Pflanzen, die alle ein und demselben Topf entsprossen sind – vielleicht tiefwurzelnde, mit den Blättern ineinander verschlungene Efeupflanzen.

Die Mädchen hatten alle drei denselben Jungen geliebt. Er war in den Norden aufs College gegangen, war leidend zurückgekommen, hatte während dem Studium in Cambridge ein einziges Gedicht im *Atlantic Monthly* veröffentlicht. Das Gedicht, hat meine Mutter ein bißchen herablassend gesagt, hat vom Frühling gehandelt – wie kahl und öde alles ist, bevor die Knospen sprießen und die Vögel aus Florida zurückkehren, nicht sonderlich originell.

Der Dichter hatte sein Werk nur mit seinem zweiten Vornamen Randall gezeichnet. Mit seiner leichenblassen Haut hat er immer schlaff in Sesseln und auf Sofas gelümmelt, als ob er keine Knochen im Leib hätte. Die Schwestern haben ständig für ihn Klavier gespielt. Mein strenger schottischer Großpapa hatte für Künstlertypen nichts übrig. Opa Angus McCloud hatte sich in einen senilen alten Knacker verwandelt. Seine Ansichten waren so unübersehbar wie der

Schnauzbart, den er hingebungsvoll gebürstet und eingeölt hat. Er war einer von den Männern seiner Zeit, die mit der Keuschheit ihrer Töchter geprahlt haben. Zehn Jahre bevor mein Papa auftauchte, hat Großpapa alles drangesetzt, Randall zu vergraulen, den die drei ältesten Töchter so ins Herz geschlossen hatten. Als Randall schließlich gedrängt wurde, sich endlich zu entscheiden, welche der ihn anbetenden Schwestern er heiraten wollte, hat er sich taktvoll aus der Affäre gezogen: Er hat eine frischere Hautfarbe und sogar rote Wangen bekommen, und dann ist der arme Junge mit dreiundzwanzig an der Schwindsucht gestorben. Als Heiratskandidat ein glatter Versager.

Mein Opa hat sich vorgestellt, seine untröstlichen Töchter würden eines Tages doch noch »Filialen aufmachen«, wie er das genannt hat. Statt dessen haben sie so was wie einen ewigen Fan-Club zum Andenken an den Verblichenen gegründet. Sie haben das Gesamtwerk des Poeten in kalligraphischer Schrift kopiert und den ersten Buchstaben auf jeder Seite mit Vögeln und Blumen und goldbelaubten Ästen ausgemalt. In kürzester Zeit hat ihr Musikzimmer mit Randalls gerahmten Reimereien vollgehangen. Großpapa hat unverdrossen junge Männer ins Haus gebracht. Hat Schotten rübergeholt, die seine Fabrik bei Wilmington leiten sollten. Diese Knaben wurden zum Dinner eingeladen. Die Schwestern haben allen Gästen Randall rezitiert und ihnen angeboten, eine Klavierfassung von Randalls berühmtem *Atlantic*-Poem »Oh, erwachende Knospe – Des Jünglings Aprilträumerei« vorzuspielen. Großpapa konnte seinen drei Ältesten ihren Geschmack bei (toten) Männern nicht verzeihn. So kam es, daß er mit der Zeit seine jüngste Tochter bevorzugt hat. Sie war elf gewesen, als Randall verschied, nachdem er monatelang Taschentücher rot gefärbt hatte. In Biancas Augen war er kein hinreißender junger Dichter, sondern bloß »der mit dem Husten«. Ihre älteren Schwestern waren glücklich mit ihren gemeinsamen Stimmungen, Ahnungen, Gedichten, Klavierstücken und »Fragen der Zeit«, die sie so beredt erörtert haben, daß die jungen Glasgower aus der Indigo-Fabrik erst beeindruckt waren und dann Reißaus genommen haben.

Wie Bianca bei dem Eisenbahnunglück zum zweitenmal nur knapp dem Tod entronnen war, hat sie gedacht, daß sie jetzt lange genug gefährlich gelebt hätte, und sich mit ihrem frischgebackenen Ehemann auf die Veranda zurückgezogen. Papa McCloud hatte zwar seine Vorbehalte gegen den ungeschlachten Schwiegersohn, aber ein lebendiger Mann war ihm jedenfalls noch lieber als der Kult, den die drei andern um den Toten gemacht haben, der schon zu Lebzeiten kaum mehr als ein Geist gewesen war. Der alte Angus hat deshalb meiner Mama alles bis auf den Familiensitz vermacht. Die Leute fanden das ungerecht. Die ganze Stadt war empört, mit Ausnahme von meiner Mama und ihren drei Schwestern.

Nachdem sie ihr Erbe angetreten hatte, hat Mama kein Wort mehr mit ihren ledigen Schwestern gesprochen und nicht etwa umgekehrt. Die drei haben sich von da an mehr schlecht als recht durchgeschlagen, indem sie allen Mädchen von der Summit Avenue Klavierstunden gegeben haben. – Papa hat den Schwestern dreimal jährlich Kuverts mit Bargeld zugesteckt, zu Weihnachten, zu Ostern und am Todestag des Poeten (den Iden des März, ein Zufall, den die klassisch gebildeten Damen durchaus passend fanden).

Wie ich hat Papa sie oft besucht – durch den Dienstboteneingang auf der Rückseite. Mama durfte nichts davon erfahren. Das hätte sie nur unnötig verletzt. Die großherzigen Schwestern fanden Papa »drollig« und »originell«. Sie haben ihm allerhand beigebracht. Wie er ihnen anvertraut hat, daß in seinem Ackergaulkörper ein Harvard-Verstand wohnt, haben meine Tanten mitfühlend genickt und keine Miene verzogen. Papa hat gemeint, Harvard hätte ihm durchaus blühn können, wenn er in Falls statt in der Nähe von Bear Grass auf die Welt gekommen wär. »Du hättest auf Randalls College bestimmt glänzend abgeschnitten«, hat die älteste Schwester gesagt. Papa ist vor Rührung die Spucke weggeblieben, er hat die Augen niedergeschlagen und verlegen an seiner einstmals schwieligen Hand rumgezupft. »Ich dank euch. Ihr könnt euch nicht vorstellen . . . was ihr mir . . . damit für eine Freude macht.«

Die drei wohlerzogenen, gebildeten McCloud-Schwestern haben sich zum Verwechseln ähnlich gesehn und nur mit größter Achtung übereinander geredet, aber ihre Auffassungen vom Klavierunterricht waren grundverschieden. Ihre vielen Schülerinnen haben nie gewußt, welche Schwester nächste Woche an welchem Steinway sitzen wird. Bei der Dichtkunst hatten alle drei denselben Geschmack (Randalls Gedichte sind die besten). Aber ihre Vorstellungen von dem, was sie als »exquisite Musik« bezeichneten, also die haben weit auseinandergeklafft. Das hat den Schülerinnen das Lernen erschwert. Ihnen sogar angst gemacht. Die eine Woche wurde man von der jüngsten der drei McClouds ermahnt, doch träumerischer zu spielen: »Denk an einen mondbeglänzten Weiher im Wald und laß deine Finger diesen Schimmer unter dem Elfenbein entdecken, Kind.« Die Woche drauf ist man, vom Üben ganz mondsüchtig, wiedergekommen, aber die verträumte Schwester hat mal wieder mit einer ganz unromantischen Magenverstimmung flachgelegen und sich von der zweitältesten vertreten lassen, der die Pedalarbeit das wichtigste am Klavierspiel war. Sie hat Filzpantoffeln getragen (mit dem Kopf eines Indianerhäuptlings verziert – man hat tunlichst verschwiegen, daß Woolworth noch achtzig Paar davon hatte). Die hat einem jetzt vorgeworfen, man tät die dramatische Fuß-Dynamik vernachlässigen. Das erregende An- und Abschwellen, den Kontrast zwischen rauschender Klangfülle und jäher Stille – »Denk an den Nordatlantik, Kind! Wach auf und stell dich dem Leben! Verwandle dich in *la mer, toujours la mer!* Dein Spiel wirkt so … binnenländisch. Wie ein Dorfteich. Das muß wogen, Kind, toben, aufjauchzen.«

Und wenn die Schülerin dann eine Woche lang wie besessen die Pedale getreten hatte und sich fast seekrank zur nächsten Stunde einfand, hat prompt die älteste und strengste Schwester, die den größten Wert auf saubere Anschlagtechnik legte, fingerknackend auf dem Bänkchen gesessen. Sie hat alle Vergleiche mit Wasser abgelehnt. Die formlose neue französische Musik, bei der ihre beiden Schwestern schier in Ohnmacht fallen konnten, war ihr ein Greuel. Wenn sie jemand nach ihrer Meinung über Monsieur Debussy fragte, hat sie nur gesagt: »Glibbrige Algen.« Wie sie selber zugab, hat sie »vor den Deutschen auf den Knien gelegen«. Als meine Mutter in ihrer Jugend mal sagte, Bizet wär besser als Wagner, hat diese Schwester bloß gelacht, die seifigen weißen Händel- und Gounod-Büsten gepackt und sie graziös nach Mama geworfen.

Wenn die Schülerin gekommen ist, hat sie schon gewartet, ein lackiertes Lineal in der Hand. Sobald sich ein Finger auf eine falsche Taste verirrte, hat ihm das sofort leid getan. Ihr Lieblingsspruch war: »Ungenauigkeit ist unmoralisch.« Die drei Damen haben konkurrenzfähige Honorare liquidiert und zweimal jährlich ein Konzert gegeben. Meine Tanten galten allgemein als der Gipfel der Musikpädagogik in Falls.

Hinterm Rücken haben die Einheimischen sie Weiher, Woge und Lineal genannt. Zwar hatten Generationen von Kindern Bammel davor gehabt, durch den verwilderten Garten, zwischen hohen, nach Katzenklo riechenden Buchsbäumen durch und schließlich in den Salon zu gehn, wo dann eine von den dreien gewartet hat, aber niemand kam auf die Idee, was dran zu ändern. Klavierspielen wurde einfach als unentbehrlich für die seelische Hygiene eines jungen Mädchens angesehn.

Weiher, Woge und Lineal waren zu mir, ihrer einzigen Nichte, sehr nett. *Wie* nett, kannst du daran sehn, daß sie mir nie auch nur eine einzige Klavierstunde aufgedrängt haben. Je abweisender meine Mama zu ihnen war, desto mehr haben sie bei mir Gnade vor Recht ergehn lassen. Ich hab mich bei ihnen immer wohl gefühlt. Ich war nicht das perfekte kleine Dämchen (so gar nicht wie die Emily Saiterwaites, die man unter der Woche nachmittags gewaschen und gestärkt im Haus der Klavierlehrerinnen verschwinden sah). Aber die Schwestern haben mich sogar mit ihrem verehrten Dichter verglichen. Wie er, so haben sie gemeint, wär ich zwar ein klein bißchen unausgegoren und unzivilisiert, im Innersten aber von heiter-ausgeglichener Wesensart und eine richtige Persönlichkeit. Ich hab mir das gefallen lassen. War froh, wenigstens ein Haus zu haben, wo nicht ständig einer an meinen Ausdrücken und Manieren rumgenörgelt hat. Sogar Freundinnen hab ich mitbringen dürfen, inklusive Shirley.

Meinen Tanten konnte ich erzählen, wie ich zwei Meilen weit durch ein Kanalisationsrohr gekrochen war. Oder bei Gewitter ganz hoch auf gefährlich schwankende Ulmen geklettert. Wie man, ohne daß die Mutter was davon merkt, Salamander in einem Eimer unterm Bett halten kann. Sie haben mich erstaunt angeschaut und mit unverhohlener Bewunderung genickt. »Ganz wie . . . unser Randall«, hat dann eine von ihnen gesagt. Anscheinend haben sie gedacht, ihr Dichter wär durch eine Art Seelenwanderung in mich eingegangen. Nur sie hatten den Naturburschen in ihm gekannt. Sie haben sich erinnert, wie sich der Autor von »Oh, erwachende Knospe« nach Spaziergängen »in freier Natur«, bei denen er »Eindrücke gesammelt« hat, erschöpft in einen Sessel fallen ließ. Angetrockneter Dreck und stachlige Samen haben dann an Randalls Tweed-Hosenbeinen geklebt, so als ob die Welt was wär, wo sich der Dichter drin wälzen muß, bis er einem panierten Kalbsschnitzel des Geistes ähnelt.

Ich hab Mama angefleht, ihren Schwestern zu vergeben. Hab sie gefragt, was denn ihr großes Verbrechen gewesen wär. »Arroganz, unglaubliche Albernheit und der Märtyrergeruch, der ihnen ständig hinterherweht. Als Kinder haben sie mich immer ausgeschlossen, sind sie immer unter sich geblieben wie kleine Nonnen. Geradezu beweint haben sie mich, wenn ich auch nur den kleinsten Fingersatzfehler gemacht habe. Getuschelt haben sie. Wenn *ich* mal auf dem Klavier übte, saßen sie alle im Zimmer nebenan, die Augen geschlossen und die Vorhänge zugezogen, und haben geseufzt – hörbar. Irgendwann haben sie mal zugegeben, sie hätten, alle drei, erst angesichts meiner Künste den Entschluß gefaßt, Klavierlehrerinnen zu werden. Nein, du kannst dir nicht vorstellen, wie es war, die kleine Schwester von *so was* zu sein. Stundenlang haben sie Deutsch gelernt und über irgendeine unregelmäßige Verbform gekichert. Lucille? Glaub mir, du kannst dich glücklich schätzen, daß du ein Einzelkind bist.«

Dabei hat Mama selber dazu beigetragen, Weiher, Woge und Lineal zu Ortsheiligen zu machen. Irgendwann hab ich begriffen, daß die Schuld, wenn man überhaupt von Schuld reden kann, vor allem bei Mama gelegen hat. Sie hätte ja bei der Testamentseröffnung den sanftmütigen älteren Töchtern einen gerechten Anteil an der Beute überlassen können. Statt dessen hat sie auf den letzten Willen von ihrem Papa gepocht und alles eingesackt. Noch nach sechzehn Jahren hat sie's ihnen nachgetragen, wie sie zu dritt dagesessen und es ohne mit der Wimper zu zucken hingenommen hatten, daß sie sie um ihr Erbteil brachte. Also hat sie nicht mehr mit ihnen geredet, jeden Verkehr mit ihnen abgebrochen. In der Kirche oder auf der Straße hat Mama notfalls sogar kehrtgemacht, um zu verhindern, daß die Damen mit den aufeinander abgestimmten Paisley-Tüchern ihr (im Tonfall von Weiher, Woge und Lineal – zwei Teile flüssig, ein Teil fest) nachrufen: »Wunderschönen guten Tag, Schwester. Du siehst heute wieder *hinreißend* aus, Schwester.«

Einzeln konnten ihre Stimmen scharf sein. Aber wenn sie im Terzett gesprochen haben, war – wen wundert's – der Zusammenklang nicht bloß wohllautend, sondern pure Musik.

6

Inzwischen hat Shirley, unser Publikum und unser Liebling, zweimal wöchentlich bei uns übernachtet. Papa hat sich wirklich Mühe gegeben, seine schwieligen Hände bei sich zu behalten, aber leicht ist es ihm nicht gefallen. Wenn er Shirleys natürliches Blondhaar bewundernd gestreichelt oder sie aufgefordert hat, sich ihm nur mal einen Moment auf den Schoß zu setzen, kam gleich Mama angeschossen und hat sich vernehmlich geräuspert. »Samuel, ich würde doch meinen, die junge Shirley fühlt sich bei uns auch ohne solche Extrawürste durchaus wohl. Hab ich nicht recht, Shirley?«

Shirley hat seufzend genickt und ist Papa von den Knien gesprungen. Am Rock nestelnd, ist sie dagestanden, ein Mädchen, das Spitzenrüschen getragen hat wie ein Baumstamm seine Jahresringe.

Papa hat sie trotzdem nicht aus den Augen gelassen, ihr sogar zugezwinkert. »Unsere Shirley, Güte und Gnade, ist schon ein netter Kerl, tät ich sagen. Nicht so etetapete wie manche andern kleinen Mädchen in unserer Straße. Die die Nase so hoch tragen, daß es ihnen reinregnet. Shirl ist überhaupt nicht eingebildet.«

Mama hat sich in ihrem Korsett aufgerichtet.

Sogar ihre Stimme hat wie mit Fischbein versteift geklungen: »Samuel, jedes junge Mädchen, das sich mit einem Menschen abgibt, der so wenig Ahnung von seiner Muttersprache hat, muß die christliche Barmherzigkeit mit Löffeln gefressen haben. Zumindest weiß unsere Shirley, wie man sich unter anständigen Menschen ausdrückt. – Ich hoffe nur, es färbt auch etwas davon auf dich da drüben ab, Miss Slang.«

Ich hab ein beleidigtes Gesicht geschnitten, dann gelacht.

In warmen Nächten, wenn draußen ein Gewitter war, hab ich meine Eltern manchmal auf dem Teppich vor meinem Zimmer hin- und hergehn hören. Dann hab ich mich geehrt gefühlt. Hab geglaubt, sie wollten mich vor den Blitzschlägen beschützen. Den Blitz hab ich mir als grelles Strichmännchen ausgemalt – weißglühende Zickzackglieder mit Licht anstelle von Blut –, das mich verbrennen oder wegschleppen will. Hab mir vorgestellt, daß die beiden ihn mit dem Schirmständer aus Messing abwehren, oder mit der riesigen rosa Vase, die ihnen jemand zur Hochzeit geschenkt hatte. Aber nach längerem Zuhören bin ich dahintergekommen, daß Mama selber panische Angst vor Gewitter hatte. Sicher, sie hat darüber gescherzt und ganz verschämt getan, aber beim ersten Blitz hat sie sich gleich in den Flur vor meinem Zimmer geflüchtet, den einzigen, der kein Fenster hatte. Papa ist mit ihr aufgestanden, im Nachthemd, und war nie vergrätzt. In solchen Stunden hatten sie ihre guten Gespräche. Durch den Schlitz unter meiner Tür hab ich die Kerze kommen und gehn sehn. Ich hab selber Angst vor Unwettern gehabt, bis ich merkte, daß Mama sich vor ihnen fürchtete. Von da an hat sie sozusagen das Fürchten für uns beide übernommen. Durchs Schlüsselloch hatte ich gesehn, daß sie und Papa sich im Auf- und Abgehn an den Händen halten. Um Mama vom Gedanken an den Tod durch Kugelblitz abzulenken, hat Papa sie geneckt und Leute aus der Stadt nachgeäfft. Manchmal hat sie sich auf einen Stuhl gesetzt und ihm Ratschläge erteilt. »Die Gesten noch ein bißchen ausgeprägter«, hat sie gesagt. Sie haben sich gestritten wie Geschwister, fand ich, aber als Einzelkind hab ich das nur vermuten können.

In manchen Sturmnächten hab ich mich vom Gemurmel ihrer Stimmen in den Schlaf lullen lassen. Aber wenn der Name Shirley gefallen ist, hab ich sofort mit aufgerissenen Augen kerzengrade im Bett gesessen. Und in dem knatternden blauen Licht hab ich meine Freundin zusammengekuschelt im andern Bett gesehn.

Mama war nervös vom Gewitter und ist wieder über Shirley hergezogen. Sie hätte sie längst fortgejagt, hat sie gesagt, wenn sie nicht wüßte, daß ich dann bloß noch öfter an sie denken würde. »Lucille wird diesen Fimmel schon überwinden. Aber die beiden stecken viel zuviel zusammen. Unsere Kleine hat noch nicht gemerkt, daß die anderen armen Kinder jetzt Luft für Shirley sind. Ach, Shirley tut jetzt richtig vornehm, seit sie so oft bei uns ist und gute Manieren lernt. Man könnte fast meinen, wir hätten sie adoptiert.«

Dann hab ich sie nicht mehr verstanden: Sie waren am äußersten Ende vom Flur angelangt. Auf dem Rückweg hat Papa gesagt, damit einer einen Gaul verleihen kann, muß er ihm erst gehören; er hat gemeint, daß ein Pferdeverleiher ganz gut zurechtkommt. Und er hat wieder mal gesagt, Shirley wär die richtige Gesellschaft für mich, wie eine Schwester. »Diese Shirley«, hat Mama laut geantwortet und dann leiser gesprochen (es war ihr wohl grad wieder eingefallen, daß meine Freundin bei mir übernachtete), »Miss Shirley . . . wird immer am nettesten zu dem reichen Menschen sein, der im Moment nett zu ihr ist. Du vergißt *meine* Kindheit, Samuel. Zwei Spielzimmer voller schöner Wachspuppen. Jedes Mädchen im Umkreis von hundert Meilen hätte seine Seele dafür verkauft, einmal diese Puppen in die Finger zu kriegen. Sie waren so kalt wie tote Babys, diese Wachsdinger. Ich habe sie verabscheut. Sie sahen alle aus wie geschwollen. Wie oft hat nicht irgend so eine kleine Nervensäge, die zu Besuch kam, nur schnell unten meine Schwestern und mich begrüßt und sich dann sofort auf unsere vier voll eingerichteten Puppenstuben gestürzt. Du siehst, ich weiß, wovon ich spreche. Wir lassen Lucilles Liebling einfach genug Spielraum, lassen sie am langen Zügel. Alles weitere ergibt sich dann von selbst. Eine regelrechte Verbannung wäre ein taktischer Fauxpas. Das sehe sogar ich ein.«

Papa hat gemeint, sie hätte unrecht mit Shirley, und dazugesagt: »Ich muß es wissen. Ich hab doch Augen im Kopf.«

»Das, mein Bester, ist dein Problem. Denk dran: ›Süß blüht die

Blume in der Sommerluft, Ob sie auch lebt und welkt für sich allein, Doch trifft sie Fäulnis, wird ihr Moderduft Noch schlechter als das schlechtste Unkraut sein.‹ Erinnerst du dich noch daran, Samuel?«

Er hat erschrocken getan. »Was denn, hab ich wieder im Schlaf geredet?«

Sie haben sich gebalgt. Das Kerzenlicht hat geflackert, und Mama hat auf ihre gezwungene, verklemmte Art gelacht. Das Gewitter hat sich grollend verzogen. Schwatzend sind meine Eltern wieder ins Bett gegangen, glücklich und zufrieden.

»Shirley?« hab ich leise gefragt und inständig gehofft, daß sie Mamas Beleidigungen verschlafen hatte. Ich hab nur ruhiges Atmen gehört. Wie meine Freundin sich unter der Bettdecke umgedreht hat, ist etwas Neues zu mir rübergeweht: der milchige Duft, den sie an sich hatte. Mir ist er vorgekommen wie der Duft der Gesundheit schlechthin.

Papas Eltern waren so, wie ich heute bin: zu alt, um Anteil zu nehmen, zu knickrig, um abzudanken. Sie haben nach wie vor in der sumpfigen Umgebung von Bear Grass gelebt. Papa hat gemeint, er müßte sie wenigstens alle paar Jahre besuchen. Mamas gebildetere Eltern waren tot. »Die mußten einfach sterben«, hat Papa gesagt. »Hat ihnen eh nie so richtig gefallen hier. Mich haben sie auf den ersten Blick verachtet. Sie waren mir dankbar dafür, daß ich ihre schöne Tochter gerettet hatte und so. Haben gewußt, daß sie mich praktisch mit Waffengewalt gezwungen hatte, sie zu heiraten. Vor meinem Antrittsbesuch bei den McClouds bin ich hergegangen und hab mich vom Scheitel bis zur Sohle neu eingekleidet, mich picobello gekämmt und alles. Ich komm rein, und die beiden sitzen in ihren großmächtigen Ohrensesseln; mich sehn und aufstöhnen war eins. Buchstäblich. Ich nehm den alten Papa Angus beiseite und sag ihm, wie gewaltig es mir stinken tut, daß er stöhnt, kaum daß er mich sieht. Hat ihm imponiert, daß ich ihm gleich die Meinung gesagt hab, das hat sich sonst nie einer getraut. – Weißt du, Lucy-Schatz, für Mamas alte Herrschaften war die Bevölkerung dieser Erde viel zu groß, viel zu poplig. Tja, wenn die Erde, na, sagen wir mal nur ungefähr fünfunddreißig Bewohner gehabt hätte, dann hätte sie ihnen behagt. Weil, dann hätten sie ja zu den Auserwählten gehört. Die McClouds! Aber Karnickel und Kriebelmücken leben auch. Und was ist das tägliche Brot schon wert, wenn das Geschmeiß auch sein Auskommen hat? Die McClouds wollten im wahrsten Sinne des Wortes ex-klusiv sein. Also haben sie sich davongestohlen.«

So gern sich Papa über seine verblichenen Schwiegereltern lustig machte (obwohl er von ihrem Geld gelebt hat), so wenig hat er über seine eignen Eltern gesagt. Er ist nie drüber weggekommen, daß sie ihn als Kind immer so verdroschen hatten. Aber er konnte sich's einfach nicht eingestehn. Für die Fahrt haben wir einen riesigen Picknickkorb gepackt. Beim Abschied von Shirl hab ich geheult, und sie auch. Mama hat, angeödet von solchen Übertreibungen, eine halbe Stunde lang immer wieder »Also wirklich« gesagt. Papa hat uns praktisch gezwungen mitzufahren. Einen Besuch zu Hause, hat er gemeint, sollte niemand allein machen.

Mama hatte mir das Vorlesen beigebracht. Sie konnte nicht genug davon kriegen, wie die Stimme von ihrem Töchterchen die vielen verschiedenen Wörter aussprach. In unserm Buggy hab ich mich durch ein Buch gekämpft, das sie mitgenommen hatte, einen von ihren englischen Romanen (ein Gouvernantenschicksal), geschrieben von einer Mrs. Soundso. Ich hab blinzeln müssen wegen dem Staub. Wir haben vier Tage gebraucht, um die feuchte, halb mit Schilf zugewachsene Gegend zu finden, wo Papa auf die Welt gekommen war. Rotschulterstärlinge haben an dürren Halmen gesessen und ihr messerscharfes kleines Lied gepiffen. Je sumpfiger es wurde, je näher wir dem Ziel gekommen sind, desto ruhiger ist Papa geworden (für seine Verhältnisse), und am Schluß war er genauso still wie wir.

Als wir über die Kreisgrenze gefahren sind, ist alles ein bißchen leiser und die Straße schlechter geworden. Weit voraus hat man einen kleinen Laden an einer Kreuzung gesehn, und nach so einer langen Fahrt durch Schilf und Riedgras hat man richtig Sehnsucht nach zwei Gesichtern und bunten Reklameschildern für Breiumschläge und Zigaretten gehabt. Aber der Laden war mit Brettern vernagelt, und man hat sich noch niedergeschlagener gefühlt, weil man sich drauf gefreut hatte. Nach einer Weile sind wir zu windschiefen Bauernkaten gekommen, und die Leute, die unsern Buggy gehört hatten, sind wartend am Straßenrand gestanden.

Sie haben genickt, als ob sie Papa wiedererkannt hätten, trotzdem er schon fünfzehn Jahre von daheim weg war. Manche sind mit der Neuigkeit ins Haus gerannt. Eine Frau hat im Haus drinnen mit schlampiger Aussprache wem zugerufen: »Mama, komm schnell! Es is der Sam Honicutt mit seiner reichn Erbin.« Meine Mutter hat wie versteinert dagesessen und starr vor sich hingesehn. Trotzdem hat sie Papa keine Vorwürfe gemacht, daß er ihr das zumutet. Zwischen meinen Eltern auf dem gepolsterten Sitz hab ich mir vorzustellen versucht, wie wir aussehn. Ich hab Mama im grauen Schneiderkostüm gesehn, ihre Kamee, die ich mal erben sollte, ihre streng nach hinten gekämmten Haare, ihre Wespentaille in dem Korsett, das ihr Haltung und Würde verleiht. Was war sie doch schön! Ich hab sie mit den Kartoffelsackkleidern am Straßenrand verglichen, den mißtrauischen Gesichtern und blöde aufgesperrten Mäulern, die uns auf unserer Fahrt begleitet haben. Ich bin näher an sie rangerutscht und hab versucht, in dem Buch weiterzulesen, wo das Hausmädchen in einem englischen Schloß sich grade »ziemlich aussichtslos« in den zweiten Sohn des Lords verliebt. Der Pfarrer nimmt sie gründlich ins Gebet und setzt ihr den Kopf zurecht, sie verpflichtet sich als Missionarin und stirbt einen recht ehrenvollen Tod von der Hand braunhäutiger Inder. Hier draußen im Kreis Burgaw ist mir sogar das Vorlesen wie Angeberei vorgekommen. Ich hab mir Shirleys städtische Schönheit vorgestellt. So weit draußen auf dem Land hätten die Leute sie angebetet, die heilige Shirley mit der Krinoline.

Papas alte Herrschaften haben in einer Hütte gewohnt, die aus längst rissig gewordenen Baumstämmen gezimmert war. Drei klapperdürre Schweine sind frei rumgelaufen; man konnte sich nicht vorstellen, daß sie jemals schlachtreif werden würden. Papa hat mir erklärt: Hier draußen wären die Schweine so schlau, daß sie nur ganz wenig fressen, damit sie länger am Leben bleiben. Zwei alte Leute sind aus der Tür getreten und mit genau dem gleichen Gang Seite an Seite auf uns zugekommen. Sie haben wie braunlackiert ausgesehn, wie geröstet, als wären sie längst über das Sterbealter raus, als wär alles Feuchte in ihnen gedörrt worden, als würde das, was noch übrig war, ewig bleiben. Ihre Gesichter: kleine, faustgroße Schinken. An ihr Englisch – nicht daß sie viel gesagt hätten – mußte man sich erst gewöhnen. Sie haben jedes nicht ganz unentbehrliche Wort weggelassen.

Am Buggy stellen sie sich auf die Zehenspitzen, küssen mich und fragen: »Hastung?« Ungeniert erklärt Papa: »Schätzchen, sie meinen ›Hast du Hunger?‹«

»Sag ihnen nein«, flüster ich ihm zu, wende mich aber dann – sicher ist sicher – doch meinen Großeltern zu, schüttel energisch den Kopf und sag laut »NEIN!« Mama ist pikiert. »Also wirklich.« Die beiden Alten lachen.

»Godefatz«, sagt die yamsfarbene Frau. Sie sieht genauso aus wie der alte Mann (bloß mit mehr Haaren und einem Rock, allerdings aus dem gleichen Stoff wie seine Hose). »Sie sagt ›goldiger Fratz‹«, erklärt

Papa wieder, und es hört sich schon müde an. »Das ist freundlich gemeint. Sag danke.« Ich bedank mich bei ihm, aber er zeigt auf die beiden verhutzelten Alten. »Ach so, euch«, sag ich. »Danke!« Sie schnaufen pfeifend. Das war ihre Art zu lachen.

Mama hat sich geweigert, in der Blockhütte zu schlafen. Hat vorgeschoben, sie wär allergisch gegen Insekten und Stroh, aber alle haben gewußt, wo sie wirklich der Schuh drückt. Papa hat sie in die einzige Pension im ganzen Kreis gefahren, sechs Meilen hin und zurück. Mich haben sie mit den beiden Alten allein gelassen, die so braun waren wie Käfer. Mir war, als hätte mein Papa Stunden gebraucht. Ich hab die Landleute immer heftiger angegrinst. Die Wände von der Hütte waren nichts weiter als die Innenseiten der behauenen Stämme, die man auch von außen gesehn hat, Holz, das jahrzehntelang in fettigem Küchendunst gebeizt worden war. Fugen waren stellenweise mit ein paar von den Hunderten ungeöffneter Briefe von Papa verstopft, von denen die meisten, inzwischen ebenfalls braun geworden, an die Wände geheftet waren. Ich hab noch mehr gelächelt. Die beiden haben mir gegenüber auf ihren Stühlen gesessen und mich angestarrt. Die durften das. Sie waren hier zu Hause. Ich war neu hier. Einmal ist die alte Frau aufgestanden und zu mir rübergehumpelt, hat meinen Zopf befühlt, genickt, »Wie Sammelei« gesagt und sich wieder hingesetzt.

Eine halbe Stunde später ist mir ein Licht aufgegangen. »Wie Samuel seine« hatte sie gemeint.

Wie mein geliebter Papa wiedergekommen ist – bin ich ihm da vielleicht um den Hals gefallen! Es war richtig Nacht geworden. Und was für eine Nacht, eine pechschwarze Finsternis, die sich in unserm hellen, glitzernden Falls nie durchsetzen konnte. Ganz in der Nähe haben Hunde geheult. Das Schrillen der Insekten hat sich angehört, als ob sie in einer Geheimsprache berieten, wie sie die Welt erobern könnten. Sollen sie doch, hab ich mir gedacht. Das einzige Licht in der Hütte war eine Lampe, in der Öl gebrannt hat, das so braun war wie die beiden Alten. Insekten mit schrägen Flügeln haben den verrußten Zylinder zum Klingen gebracht. Zwanzig Minuten lang, nein, länger noch, hat keiner ein Wort gesprochen. Ich hab die ganze Zeit schlukken müssen. »Ganz schön still hier«, hab ich mich gemeldet. Sie haben mich alle angesehn – keinem war's aufgefallen.

»Lucy kann übrigens schon lesen«, hat Papa gesagt, und es hat sich stolz und zugleich verärgert angehört.

»Naa«, haben die Alten wie aus einem Munde gesagt. Ich hab jünger ausgesehn, als ich war. Doch, ich könnte es wirklich, hat Papa beteuert. Die alte Frau ist zum Schrank geschlurft und hat mir eine Bibel gebracht, die war so dick wie ein Sofakissen. Auf meinem Schoß hat sie sie aufgeschlagen und auf einen Vers gezeigt. (Weil ich wußte, daß sie Papa bestraft hatten, wenn er im Haus gelesen hatte, hab ich mich beschämt und gereizt gefühlt, richtig schwach.) Aus der Bibel hat's gerochen wie aus einem offenen Grab.

Papa hat hinter mir gestanden und gebibbert. Er hat die Lampe auf dem Tisch näher zu mir rangeschoben. Ein Insekt ist mir an den Hals geflogen. Hat sich groß angefühlt. Die Hunde haben immer noch gebellt. Ich hab in die Bibel geschaut. Hab Angst gehabt, die braunen Alten würden mich schlagen. Ich hab mir Mama vorgestellt, wie sie allein in einem Pensionszimmer sitzt und der Tapete erklärt, was für eine häßliche Tapete sie doch wär.

Ich hab zu Papa raufgeschaut.

»Na, lies«, sagt er, so scharf und eitel wie Mama an ihren schlimmsten Tagen. Er hat mir die Hand auf die Schulter gelegt. »Zeig's ihnen«, sagt er. »Das ist mir wichtig. Ich bin ja bei dir. *Mach.*« Schwer hab ich seine Hand gespürt, ein Trost.

Langsam, mit zugeschnürter Kehle hab ich angefangen. Ich wollte nicht zu ungezogen erscheinen, aber auch nicht zu folgsam.

»Das zweiund-dreißigste Kapitel. Merket auf, ihr Himmel, ich will reden, und die Erde höre die Rede meines Mundes. Meine Lehre triefe wie der Regen, und meine Rede fließe wie der Tau, wie der Regen auf das Gras, und wie die Tropfen auf das Kraut. Dritter Vers . . .«

Zaghaft schau ich auf. In den vertrockneten Runzeln von den beiden Alten, die mich ansehn, glänzt Wasser. Der kleine Mann springt auf und hastet zu einem Schrank, mir was zur Belohnung suchen. Er wird von Fach zu Fach langsamer, zusehends schwindet seine Hoffnung, was zu finden. Schließlich bringt er eine Zuckerdose an, mit einem rostigen Löffel drin. »Eß was davon«, sagt Papa hinter mir heiser. Ich schau auf. Sein Gesicht ist versteinert. »Ich bin ja so stolz auf dich.« Er streichelt eins von meinen Zöpfchen und dreht sich dann zur Wand um und sagt: »Tu ein bißchen Zucker essen, meine Süße. Sie denken, das ist was Leckeres.« Also nehm ich einen Löffelvoll. Ich spür, wie er allmählich schmilzt. Mit vollem Mund versuch ich zu grinsen. Unter der schweren Bibel auf meinem Schoß sind mir beide Beine eingeschlafen. Das Buch riecht schwarz. Es stinkt nach alten Zeiten, so bitter wie Teer. In der Bibel tut sich die Erde auf und verschlingt Kinder, zur Strafe für böse Taten, die ihre Eltern begangen haben. Ich kann das förmlich riechen. Den Mund voller Zuckerkörnchen, lächel ich. Die heulenden Hunde kommen näher. Sie hören sich nicht bösartig an, bloß hungrig. Mir brennt von dem Zucker die Zunge. Ich kann kaum schlucken. Die drei Bauersleute lachen in sich rein, schütteln verwundert die Köpfe über mich, schniefen ein bißchen. Wie ich da so sitz, macht sich die tagelange Fahrt bemerkbar und die Anstrengung, weil ich hier bei den Alten sein muß. Ich denk an Shirley, die allein zu Hause ist und mich vermißt. Und schlaf ein.

Ich spür, wie Papa mich hochhebt und auf den Dachboden trägt. Ein mit Maisstroh gefüllter Sack knistert unter meinem Gewicht. Ich merk, wie drei Hinterwäldler mich ausziehn, hör sie in diesem komischen, unfertigen Englisch miteinander reden. Jetzt spricht er genau wie sie. Jetzt, wo ich zu müde bin, um ihm zu helfen und ihn zu behüten, hat der Arme scheinbar vergessen, wer er ist. Er ist einer von ihnen geworden, jetzt wo er denkt, ich schlafe. Die alte Frau stellt die Lampe ans Fußende. Ich spür, wie sie alle drei meine stadtblassen Glieder mustern. Sie mauscheln und grunzen in ihrer seltsamen Bauernsprache. Beäugen mich von Kopf bis Fuß. Drehn mich um. Schaun mir zwischen die Beine. Ich lieg da, laß sie machen. Muß ja.

Noch nach Jahren hab ich, wenn jemand »Sie spricht eine Fremdsprache« gesagt hat, regelmäßig an diese Bauernsprache denken müssen.

Zu Hause hab ich eine Einladung vorgefunden, mit meinem vollen Namen in schnörkeliger Schönschrift. Der Bürgermeister richtete die wichtigste Party des Jahres für Mädchen von der Summit Avenue aus. Weil sie arm und von einfacher Herkunft war und mit einem Pferdestall in Zusammenhang gebracht wurde, hatte man Shirley nicht eingeladen.

Vor dem großen Fest hat sie in unserm Baumhaus ein bißchen geweint und mich angefleht, nur ja Augen und Ohren offenzuhalten und ihr hinterher alles zu erzählen. Ich hab's ihr versprochen. Dann hab ich ihr eine Erste-Hilfe-Übung vorgeschlagen. In einem Kurs in der Kirche hatten wir gerade gelernt, wie man sich verhält, wenn jemand in Ohnmacht gefallen ist. Damals sind Frauen viel öfter in Ohnmacht gefallen wie heutzutage; das lag an den Korsetts, den zu engen Schuhen und, ja, wohl auch daran, daß Ohnmächtigwerden in Mode war. Unterschätz nie die Macht der Mode, mein Junge, hörst du? Erster Schritt: Beengende Kleidung lockern. Shirley hat wie immer die Ohnmächtige gespielt. Ihre rosigen Wangen haben noch von den Tränen geglänzt. Ich hab mich an die rund zwanzig Knöpfe gemacht, die ihre weißen Schlüsselbeine vor der frischen Luft versteckt haben. Das hab ich schon ganz gut gekonnt. Ihre Kleider hatten mehr Knöpfe als das Baß-Ende von einem Akkordeon. Wie ich eine ganze Menge davon aufgemacht hatte, hab ich unser Lieblingsliedchen in ihr offenes Kleid gesungen: »Nanu, was seh ich hier? Schäm dich was, du Murmeltier!« Bei »schäm dich was« hat Shirley erste Zeichen von sich gegeben, daß sie wieder un-ohnmächtig wird. Ich hab ein Ohr an ihre Brust gelegt. Seit unserer Landpartie ist sie mir noch glatter und heller und vollkommener vorgekommen. Ich hab auf ihr feuchtes Zentrum gehorcht, den Mittelpunkt, wo die gute alte Eva um Adams übrige Rippe rum geschaffen worden war – ein Stück Garten Eden, das die Zeiten überdauert hatte. Ach, da nahe ranzukommen! Auf unserer im Laub versteckten Plattform kauernd, hab ich zugesehn, wie Shirley unter Gekicher aus der Ohnmacht erwacht. Lachend hab ich das ganze Mädchen betrachtet – sie war hübscher, größer, einfacher und viel, viel netter wie ich. Ich hab's nicht fassen können, daß der Bürgermeister vergessen hatte, meine Shirl auch einzuladen – noch dazu, wo ich Großeltern hatte, die wie Salz- und Pfefferfäßchen aus gegerbtem Waschbärenfell ausgesehn haben. Ungerecht, so was. Es mußte was geschehn. Ich hab mir so gewünscht, was für sie *tun* zu können.

Mama und ich wurden reingeführt, ich in einem kratzigen Kleid – hat gejuckt, als ob ich ein Platzdeckchen angehabt hätte. Mama hatte es extra für mich bei einer guten schwarzen Näherin anfertigen lassen. (Die war so gefragt, daß Mama schon eine Anzahlung auf mein Debütantinnenkleid gemacht hatte, obwohl's da noch ein paar Jahre hin war. Ich hab sie ausgelacht, aber Mama hat gemeint: »So kommen wir nicht ins Gedränge. Du wirst mir noch dankbar sein.«) Unser Landausflug hatte mir gründlich die Lust auf das ganze piekfeine Getue verdorben. Auf meine arme Mutter hat er genau umgekehrt gewirkt: Ihre Augen haben jetzt noch mehr vor gesellschaftlichem Ehrgeiz für mich geglänzt. Von einem Besuch in Bear Grass zum nächsten hat sie regelmäßig vergessen, wie schlimm Papas Eltern tatsächlich ausgesehn haben. In der Erinnerung hat sie stramme Jäger- und Grundbesitzertypen aus ihnen gemacht. Wenn sie dann vor ihr gestanden haben, ist ihr wieder die bittere Wahrheit zum Bewußtsein gekommen. Sie hat um mich gefürchtet, um meine Zukunft, sogar um das bißchen wertvolles Erbgut, das ich abbekommen hatte. Ach, wie sehr hat Mama sich gewünscht, ich tät beweisen, daß sie mit ihrer Heirat keinen schrecklichen Fehler gemacht hatte. Das ist mir heute klar.

Damals hab ich auf der Party rumgesessen und bin allmählich schläfrig geworden; und dann hab ich – mit den Gedanken halb bei Shirley, halb bei den rauhen Bauernsitten – was gemacht. Ganz unschuldig, aber durchaus bewußt, hab ich mir unter den Rock gegriffen, an meinem Höschen gezerrt und mir ein gewisses Etwas gekratzt. Sämtliche Mütter im Saal (meine eigne inklusive) haben eine Gesichtslähmung bekommen. Erst haben sie die Schultern hängenlassen, dann resolut das Kreuz durchgedrückt. Meine harmlose kleine Bewegung hatte mich auf einen Schlag zum Mittelpunkt gemacht. Ein bißchen peinlich war mir's schon, wie die Frau vom Bürgermeister von mir zu meiner Mutter geschaut und uns dann den Rücken gekehrt hat. Ein Weilchen später, wie die andern lächerlich aufgeputzten Püppchen sich zur Polonaise aufgestellt und artig jede Anweisung befolgt haben (drei Fuß hoch, aber schon genauso gnädig und hochnäsig wie ihre Mütter), hat Mrs. Saiterwaite mich an meinen Platz bugsieren wollen und mich ein bißchen gezwickt. Was ist in dem Moment bloß in mich gefahren? Was hat mich dazu getrieben, im Allerheiligsten der feinen Gesellschaft von Falls loszukläffen: »Behalten Sie Ihre Griffel gefälligst bei sich, Sie alte Schreckschraube. Ich tu ja auch nicht an Ihnen rumgrapschen.«

Damit war der Ofen aus.

Ich hab meine arme Mama auf der Veranda wiedergefunden, mit so hochrotem Gesicht, daß sie ganz verändert ausgesehn hat. Sie hat sich im Sitzen Stirn und Hals befächelt und dabei gezischt: »Diese Schande, Lucille. Diese Schande.« Ich hab zu ihr gesagt, ich weiß auch nicht, warum ich das getan hab. Im Grunde war ich ja ein anständiges Mädchen, aber ich hab halt gemeint, wir hätten kein Recht, uns dermaßen über alle zu erheben, die nicht eingeladen waren. Ich hatte mich im Salon drin umgeschaut und nur die gesehn, die nicht da waren.

Vielleicht war ich – wie Papa – zu demokratisch; nicht mal Republikanerin genug, um meine eigne Haut zu retten.

Ich hab Mamas Leinenrock gestreichelt, ihre langen Finger gezählt, so getan, als wär ich die bravere Schwester von der Göre, die da drin eben so bäurisch und laut dahergeredet hatte, daß man hätt meinen können, sie wär ein Junge, ein Zögling aus einer Besserungsanstalt, der auf Ehrenwort in einem krausen Salatkopf von Kleid rausgelassen wurde und pötzlich wieder unter seinen Kameraden aufgetaucht ist.

»Gesellschaftlich«, hat sie wie in Trance gesagt – nicht mal mehr böse, was mich umgehaun hat –, »war das, was du gerade getan hast, schlichter Selbstmord, Lucille. Du weißt, was das Wort bedeutet?«

»Wenn man . . .« Ich hab mir die Fingerspitze quer über den Hals gezogen.

Sie hat genickt. »Genau das«, hat sie gesagt und auf dem ganzen Heimweg meine Hand gehalten, zärtlich, beinah erleichtert. »Zieh dich um«, sagt sie an der Haustür. »Du kannst es dir ruhig bequem machen. Ich weiß, du wirst dich vielleicht nicht mehr an diesen Augenblick erinnern, wenn du groß bist. Aber du solltest begreifen, was du getan hast, mein armer Schatz. Es ist vorbei. All meine Pläne und Hoffnungen zunichte. Das bedeutet, daß unsere Familie nie mehr die Stellung zurückerobern wird, die sie verloren hat, als ich meinen lieben Samuel heiratete. Wir hätten eine Chance gehabt. Du konntest oder wolltest mir nicht helfen in der einzigen Sache, die mir je am Herzen gelegen hat. Lauf, zieh dir was anderes an, irgendwelche alte Lumpen. Von heute an schert das keinen Menschen mehr.«

In meiner Werktagskluft bin ich mit einem Buch und einem Schlachtermesser in einem Säckchen das Regenrohr runtergerutscht.

Auf unserm Baum hat Shirley gesessen, geduldig wie eine leidgeprüfte Ehefrau. Sie konnte es kaum erwarten, von meinem gesellschaftlichen Triumph zu hören, und hat mir durch die Ulmenblätter Gastgeberinnenfragen zugerufen. Ich bin raufgeklettert, einer lieben Stimme entgegen, die nicht wußte, was sie zuerst fragen sollte: Sind rosa *und* grüne Pfefferminzdragees gereicht worden? Was für Blumenarrangements? Bitte! Ich hab gestöhnt. Sie hat mitten in ihren ausgebreiteten Röcken gethront. Hatte, extra für mich, angezogen, was sie auf dem Fest getragen hätte, wenn sie eingeladen worden wär. Um das Maß voll zu machen, hatte sie Schleifchen aus Kreppapier an die Zweige von unserm Zuhause gebunden. Mir ist schier das Herz gebrochen.

In einem von Papas Lederstrumpf-Büchern hatte ich gelesen, wie der freundliche Indianer und der weiße Mann sich die Adern öffnen, um für immer Blutsbrüder zu werden. Jetzt sollte auch mein Herz auf ewig ein Tröpfchensouvenir von Shirley durch meine Adern pumpen. Ich hab gewußt, daß die bessere Gesellschaft – jetzt wo ich mich vor aller Augen an einer verborgenen Stelle gekratzt und eine vom heiligen Stamme der Saiterwaites angefaucht hatte – für mich passé war. Jetzt war der nächste Teil dran: Shirley. Ihr zuliebe hatte ich das alles sausen lassen und meine arme Mama fast ins Grab gebracht. Komisch – ich hab erst an Mamas Schmerz geglaubt, wie's passiert war. Ihre unheimliche Ruhe hatte mich dran erinnert, wie sie als Kind so übel zugerichtet worden war.

Aber die arme Shirl hat dagesessen und mich nach dem Bowlerezept vom Bürgermeister gelöchert. Ich hab sonst meistens nicht mit Einzelheiten gegeizt (wie du ja inzwischen wissen müßtest!), aber da hab ich Shirleys Fragen alle bloß mit einem Achselzucken abgetan. Wie sie gesehn hat, daß ich in gedrückter Stimmung bin, hat Shirl gemeint, sie würde sich mit einer einzigen klitzekleinen Auskunft zufriedengeben: Wie ist der schönste Salon im Haus des Bürgermeisters eigentlich von innen?

Meine Antwort: »Groß.«

Shirl hat sich den Rock (giftgrün) über den Knien glattgestrichen, ihre beiden Grübchen gezeigt, die Locken geschüttelt und unser blechernes Teegeschirr, das vor ihr stand, gefragt: »Aber *wie* groß, Luce?«

Ich hab hinterm Rücken das Säckchen aufgemacht und das Buch rausgeholt, das Messer aber erst noch dringelassen. Hab den Ritus der Mohikaner vorgelesen, der beim Adernritzen aufgesagt wird. »Klingt mächtig gut, oder?« Sie hat zerstreut genickt, immer noch erpicht auf Neuigkeiten von der Party, die ich möglichst schnell vergessen wollte. »Hört sich wirklich gut an«, hab ich mir selber geantwortet. »Komm, wir machen das auch. Nur werden wir natürlich Bluts*schwestern*.«

»Aber wie machen wir's?« Ich hab Mamas bestes Küchenmesser gezückt, und Shirley hat die Hände vors Gesicht geschlagen und einen Quiekser ausgestoßen, den ich einfach köstlich fand. Ich hatte plötzlich Sülze in den Knien. Auf dem Gehsteig unter unserer Ulme hat der Briefträger gedacht, es soll jemand umgebracht werden, und sich ein paarmal im Kreis gedreht, aber nichts gesehn. Dann hab ich eine Stunde lang wie mit Engelszungen geredet, um Shirley zu überzeugen, daß dieser Austausch uns kräftigen, daß jede von beiden dann nur noch halb so oft den Schnupfen kriegen wird.

Schließlich hab ich mich erboten, selber den Anfang zu machen – bloß ein kleiner Kratzer, verstehst du? Nicht zu glauben, wieviel Farbe in so einem mageren weißen Mädchen ist. Das Rot hat meine Hand gefüllt, jedem Finger einen eignen leuchtenden Handschuh übergestreift. Als nächstes hab ich Shirls Handgelenk geritzt, und sie hat sich dabei – Augen zu, Stirn kraus – mit der freien Hand die Nase zugehalten. Dann kam die magische Vermischung (ich hatte mich bereit erklärt, den Indianer zu machen, und ihr die bessere Rolle des weißen Mannes überlassen). Zwischen unsern Handgelenken hat sich Nasses mit Nassem vermählt. Wir haben uns Gelübde ausgedacht, geschaudert, indianische Ortsnamen laut ausgesprochen.

»Na, siehst du«, hab ich gesagt, als es überstanden war. Shirl hat sogar die rote Spitze von ihrem kleinen Finger geküßt und sie mir auf die Stirn gedrückt, einen roten Abdruck draufgestempelt. Aber auch wie wir genug ausgetauscht hatten, ist das Blut immer noch weitergeflossen. Hätte fast schon für eine Transfusion gereicht. Wir haben uns aus einer alten Gardine Verbände gemacht und sogar das Krepppapier hergenommen, aber aus Party-Schnickschnack kann man keinen Druckverband machen. Erst haben wir gekichert, wie unser Lebenssaft auf Blätter und Bretter tropft. Dann haben wir »Oje« gemacht. Was als Gedicht anfing, hat als Notfall geendet. (Wie das Leben, mein Junge!)

Einarmig sind wir runtergekraxelt, und obwohl sie literweise Blut verloren und ihr schönes Kleid ruiniert hat, hat Shirley mir nachgerufen: »Belegter Toast mit Kruste? In Dreiecke geschnitten? Brunnenkresse und was noch?«

Später hat sich rausgestellt, daß wir beide, wie unsere Mütter uns gefragt haben, wie das passiert wär, gesagt haben: »Ach, beim Brombeerenpflücken, ein Dorn«.

Kein Mensch hat mehr mit mir gesprochen seit dem Fest, wo ich mir an, unter und in die Unterhose gegriffen hatte. Die Mädchen, die dabeigewesen waren, haben sich von mir abgewandt. So richtig spüren lassen haben es mich aber die andern, die bloß gern dabeigewesen wären; die waren entrüstet, daß ein Mauerblümchen wie ich so achtlos mit seinem Glück umgegangen war. Wie ich am Montag in die Schule gekommen bin, mußte ich Spießruten laufen wie ein verwöhntes Balg, das – in Zeiten der Hungersnot – Essensreste pfundweise in den Abfall schmeißt, statt an die Darbenden zu denken. Auf dem Heimweg von der Schule hat irgendwer eine dicke grüne Walnuß nach mir geworfen, über einen Zaun. Zum Glück hab ich mich noch rechtzeitig geduckt. Bei Mama konnte ich mich ja nicht gut beklagen, oder? Wir haben keinerlei Einladungen mehr gekriegt. Das ist ihr aufgefallen. Beim Essen, dreimal täglich, hat sie ständig so getan, als ob sie guter Dinge wäre, und mir sogar manchmal zugelächelt. Und »Na, Selbstmörderin« zu mir gesagt. Papa hat gemeint, sie soll's gut sein lassen. »Samuel, hast du eigentlich deinen gebildeten Eltern schon einen Dankesbrief geschrieben? Nein? Dann werden sie sicher ziemlich verschnupft sein.« Dann hat sie sich bei ihm entschuldigt, aus Angst vor der eignen Courage.

Wenn ich bei Tisch eine leicht übertriebene Geschichte erzählt hab, hat sie mich immer auf den Boden der Tatsachen zurückgeholt. »*Wie* groß war der Kürbis?« Papa hat gemeint, da dran tät man doch bloß sehn, daß ich auf meine Art mit der Welt umgeh, hier ein Stückchen wegnehm und dort einen Zoll dazudichte. »Einen Zoll? Zeig mal mit beiden Händen, wie groß er war, Fräuleinchen. Ich hole mein Maßband, und morgen marschieren wir in die Stadt und messen nach. Ich kann Lügerei einfach nicht ausstehen.«

Sie rauscht von dannen, in ihr Handarbeitszimmer. Ich hab dagesessen und an meinem verbundenen Handgelenk rumgezupft. Papa hat mich auf seine schiefe Art angegrinst. »Meine Frau«, sagt er achselzuckend und nickt hinter ihr her.

»Unsere«, sag ich ohne zu überlegen. Er hat zustimmend gelacht.

Dann hab ich beschlossen, was sowieso immer schon klar gewesen war: Mich als Debütantin in aller Form in die Gesellschaft aufnehmen zu lassen, kam für mich nicht in Frage. Nachdem ich mich auf dem Fest unmöglich gemacht und mich durch das Blut meiner erwählten Schwester gestärkt hatte, konnte ich jetzt mehr ich selber sein. Auf keinen Fall würde ich mich mit siebzehn von Mama in ein Ballkleid stecken lassen. Lieber würde ich die Kutte den Armen geben oder sie in seidige Drachenschwänze zerreißen.

Ich hatte es eigentlich von jeher mehr mit Papa gehalten. Ich bin aufgestanden und hab verkündet: »Ich setz mich jetzt auf deinen Schoß.« Er hat seinen Stuhl zurückgeschoben, mir Platz gemacht, und ich hab mich an ihn geklammert wie ein Äffchen. »Du wirst schon sehn«, hat er gesagt, als ob er mich mit einem Versprechen trösten wollte, aber er hat nicht dazugesagt, *was* ich sehn würde.

Nicht lange, und ich hab seinen o-beinigen Gang nachgemacht – und Mama hat natürlich gleich gedacht, ich hätte Rachitis. Ich hab Gräser gekaut, billige Western gelesen und mit Todesverachtung unter Büsche gepinkelt. Hab Papas lustigere Witze auswendig gelernt und die arme Shirley damit traktiert. Es hat aber was gefehlt, wenn ich mich am Kopf gekratzt hab oder sein hinterwäldlerisches Geschlenker nachahmen wollte. – Mama hat unterdessen Klavier gespielt, ist unruhig auf und ab gegangen, hat Trübsal geblasen und mich noch öfter in die Kirche mitgeschleppt. Ich mußte ihr jedesmal einen Cent geben, wenn ich wen imitiert oder es mit der Wahrheit nicht so genau genommen oder wieder mal »tu« oder »tät« gesagt hab.

Wie ich zwölf geworden bin, hab ich ihr schon hundertdreißig Dollar und ein paar Zerquetschte geschuldet.

Ein Evangelist ist in den Ort gekommen, ein richtiger Kanzeldonnerer, jung und breitschultrig. Hat für alles ein Gleichnis gewußt und mit einer Stimme gepredigt, die öfter auf und ab gegangen ist wie das Trittbrett von einer Singer. Er hat sich pfundweise Brillantine in die Haare geschmiert; das hatte den Vorteil, daß er seine Argumente mit einem wirkungsvollen Schwenk seiner Tolle unterstreichen konnte. Die andern Baptistenmädchen und -frauen haben von ihm geschwärmt. Shirley und ich haben sie als Heuchlerinnen entlarvt: Anstatt zu sagen: »Ist der Junge nicht hinreißend? Seht euch doch bloß mal dieses Kinn an, die reinste Burg Zion«, haben sie getönt: »Der Herr hat dem bei uns weilenden Prediger wahrlich ein einnehmendes Äußeres geschenkt, zur größeren Ehre Gottes.«

Sechs Montagabende hat dieser wackere Bursche der Schöpfungsgeschichte gewidmet. Die Kirche war jedesmal gesteckt voll – hauptsächlich Frauen. Wenn der Prediger seinen schwarzen Rock ausgezogen und genüßlich die Ärmel hochgekrempelt hat – nicht ohne wohlgefällige Blicke auf seine ansehnlichen hellen Arme –, hat's den Anschein gehabt, als sollte sein Weißbrot-Bizeps an dem Abend unsere Hostie sein, Schätzchen – wahrscheinlich sogar ein Leckerbissen. Hat den Mund ganz schön voll genommen, der. Gleich beim ersten Mal hat er behauptet, er hätte noch in keiner von den vielen Kirchen, in denen er schon war, so viele so schöne Christenmenschen unter *einem* geweihten Dach gesehn. Die Leute haben die Augen niedergeschlagen und verschämt geschmunzelt. Dann hat er gesagt, *er* wüßte, welche Versuchungen das Fleisch denen in den Weg legt, die mit Schönheit geschlagen sind, *er* könnte – und dabei hat er den Blick von Bank zu Bank schweifen lassen – in jedem Gesicht lesen wie in einem aufgeschlagenen Buch. Die Mienen sind ein bißchen betretener geworden, die Blicke haben sich auf Knie gerichtet, auf wohlgeformte Knie. Schon bald hat einen die Stimme von diesem Jungen umbraust, so breit und tief, wie der Mississippi dem Hörensagen nach war –

ganz anders als die Stimme von unserm richtigen Pfarrer, dieses vereiste Rinnsal.

»Ja.« Der Wunderknabe hat sich den Kragen aufgeknöpft, und aus Versehn ist das Hemd aufgegangen, und man hat seine Brust gesehn, die für einen Mann seines Alters erstaunlich behaart war. »Ja, bei diesen beiden Gärtnern ›hat's geflutscht‹, wie die heutige Jugend sich vielleicht ausdrücken würde, sie waren ›wie füreinander geschaffen‹ und ›eins‹ mit sich und ihrer grünen Welt. Sie sind unbekleidet umhergegangen. Wozu sich anziehen, wenn man ohnehin nie sein Gewächshaus verläßt? Ihre einzige Aufgabe? Lustwandeln, sich an den Tieren ergötzen und sich rund um die Uhr lieben.«

Natürlich gab's damals – hat er, der reinste Gelehrte, uns aufgeklärt – noch gar keine Uhren. Wozu eine Uhr, wenn man sowieso nie stirbt? Wer würde sich die Mühe machen, einen Wecker zu stellen, wenn er weiß, daß ihm doch nie die Stunde schlägt?

Shirley und ich haben Hand in Hand dagesessen und gegenseitig unsere Fingernägel kontrolliert.

Seit ich endgültig aus der Summit-Gesellschaft rausgeflogen war, hatte es zwischen uns ab und zu auf der Kippe gestanden, aber wie sie dann schließlich eingesehn hat, daß ich genau die Richtige für sie war, sind wir ganz enge Freundinnen geworden. Erst hatte sich Shirl beklagt, Emily Saiterwaite hätte *ihr* die Schuld an meinem unmöglichen Benehmen gegeben. Daraufhin hatte ich sie bekniet, doch öfter in unser Baumhaus zu kommen, wo wir beide den Dünkel und die Gemeinheiten drunten vergessen haben. Der attraktive Priester hat Adam und Eva die Hölle heißgemacht, weil sie sich aus purem Leichtsinn ihr schönes Leben verscherzt hatten. »Die haben nicht gewußt, wie gut es ihnen geht, hab ich nicht recht, Brüder und Schwestern? Die beiden haben die Chance ihres Lebens bekommen, aber was haben sie draus gemacht? Na, was?« Alle sind still geworden, als ob sie Angst hätten, selbst an den Pranger gestellt zu werden. Warum hat eigentlich die Kirche ständig mit dem Finger auf uns gezeigt? Ein Pfarrer nach dem andern hat Lucy gepredigt, sie wär eine Sünderin. Ein richtiger Rotzlöffel war ich, das schon, aber das war auch das einzige. Vielleicht *hätt* ich gern gesündigt, aber ich hab nie die Gelegenheit bekommen.

Statt dessen hab ich einfach nur in der Kirche gesessen und überlegt, was ich zu unserm nächsten Picknick auf der Ulme mitbringen würde. »Geliebte Freunde, dazumal war die Welt ein Ferienort, ein blühender Garten. Die einzigen zwei Menschen waren das ideale

Ehepaar – mit den denkbar besten Voraussetzungen. Sie haben ihr Essen umsonst bekommen. Alles ist seinerzeit auf den Bäumen gewachsen. Keine Miete, keine Steuern, keine Reparaturen – sorglos lebten sie in den Tag hinein wie die Affen. Im Garten Eden war jeder Tag so eine Art Sonntag. Es hat nie geregnet in diesem Garten. In der Schöpfungsgeschichte lesen wir, daß der nächtliche Tau in kurzen Abständen alles erfrischt hat. Keine Regenschirme, nichts. Nicht einmal jäten mußten diese Gutsverwalter (um einmal diesen landwirtschaftlichen Ausdruck in eurer schönen landwirtschaftlichen Gemeinde zu gebrauchen). Es gab nämlich kein Unkraut. Und was haben sie mit diesem Überfluß angefangen? Was?«

Ich hab Shirleys Hand gehalten und dran gedacht, wie sie zum erstenmal ins Baumhaus gekommen war. Ich hatte das Ding mit Papas Unterstützung gebaut und dabei gehofft, ich würde eines Tages mal eine so gute Freundin haben, daß ich sie in mein Allerheiligstes lassen könnte. Wenn du in einer glockenförmigen Ulme eine Plattform baust, hast du den schönsten von einer Kuppel überwölbten Raum, den du dir denken kannst. Tapeten? Na ja, gelbe und grüne Blätter, die sich noch dazu bewegen. Du kannst runterlinsen, ohne daß die andern rauf- und reinschaun können. Nirgends bist du außer Haus so für dich wie in einem Baumhaus.

Das erste Mal mit Shirl bin ich vorausgeklettert. Ich hab ständig zurückgeschaut und sie gewarnt, welche Griffe und Tritte gefährlich, welche sicher sind – konnte sie doch nicht gleich bei ihrem ersten Besuch abstürzen lassen. Oben angekommen, hab ich mich hingekauert und gewartet. Shirleys Stirn ist aufgetaucht. Die blauen Augen haben scheinbar drei Viertel von ihrem ganzen Gesicht ausgemacht. Sie war noch nie im Leben so hoch über der Erde gewesen. Als sie gesehn hat, wie gemütlich es da oben war, hat sie nur ein »Ahh« rausgebracht. Sie in dieser Laube zu haben, das war ... als ob wir zusammen in der Kirche und zugleich in einem lenkbaren Privatdrachen gesessen hätten. Mit dem Straßenlärm weit unter dir hast du dasselbe herrliche Gefühl gehabt wie in den besten einsamen Momenten klaren Denkens auf dem stillen Örtchen.

»Das«, hat Shirley verkündet, »ist unser *richtiges* Zuhause.« Sie hat angefangen, diesen Ast an jenen zu binden, hat das Grün beiseite gerafft wie einen Vorhang. Wie geborgen hab ich mich gefühlt, als sie das gesagt hat: »Zuhause.«

Beim nächsten Besuch hat Shirley zwei mit Stoff bezogene Kleiderbügel mitgebracht. An warmen Tagen haben wir uns das Kleid ausgezogen. Nur in der Unterwäsche haben wir Papa und Mama gespielt. Die Kleider hat Shirley an einem Ast aufgehängt. Da haben sie dann im Wind geweht wie bunte Fähnchen. Wir hatten ein ganzes Land entdeckt, eine ganze Nation gegründet. Wir waren gemeinsam die beiden Staatspräsidenten und auch die beliebtesten Schauspielerinnen. Und keiner wußte was davon.

Sogar unten auf der Straße haben wir nach unserer eignen Schatzsucherkarte gelebt. Die andern Leute haben auch ein Falls gesehn – aber das einzig echte war unsers. Wir haben Blumen füreinander in leeren Laternenpfählen oder in der abschraubbaren Hand einer Kriegerstatue am Stadtplatz versteckt. Keiner hat's gemerkt. Eine bestimmte Stufe am Gerichtsgebäude haben wir zu unserm Briefkasten gemacht. Auf dem Weg zur Schule hab ich zum Beispiel zwei Magnolienblätter unter einen blauen Stein und daneben eine gekaufte Muschel gelegt. Wenn ich dann heimgelaufen bin und an unserm heiligen Platz nachgeschaut hab, waren meine Sachen weg und dafür welche von Shirley da: ein Straßknopf, dem ein paar Backenzähne gefehlt haben, und ein verdreckter grüner Kamm, den sie irgendwo gefunden hatte. Ich hab mich neben dieser Nachricht von ihr hingesetzt. Und hab gelacht. Erwachsene sind dicht an mir vorbei. Keinem ist aufgefallen, daß ich kicher, keiner hätte sich drum geschert. Solche kleinen Kostbarkeiten waren unsere Geheimsprache und haben was Bestimmtes bedeutet. Sie haben bedeutet: Wir. Sie haben gesagt: Wir leben auch in dieser Stadt. Wir sind wer, weil wir uns gegenseitig wichtig sind. Jede von uns ist keinen Deut interessanter, als die andere sie findet. Aber das heißt: ziemlich interessant. Jeder Erwachsene auf den Gehsteigen von Falls kennt unsere Namen, unsere Eltern. Aber keiner kennt uns wirklich. Uns gefällt's so. Wir gehn zur Schule – aber die Schule ist uns egal. Wir schlafen in Häusern von Erwachsenen. Aber richtig zu Hause sind wir da nicht. Wir zwei leben als kleine Mädchen *verkleidet*. Wir machen das bloß mit, weil uns das füreinander frei macht, weil wir uns – während uns einer von der Kanzel runter anbrüllt – mitten in der Kirche an den Händen halten können, weil wir so nahe beieinander schlafen können. Wir legen einen Garten in die Blicke, mit denen wir uns ansehn, einen geheimen Garten – die beste Art.

Der junge Prediger ist in die Zielgerade eingebogen, und da mußte natürlich auch noch der Herr Jesus dran glauben. Ans Kreuz geschlagen für unsere Sünden. An den Baum der Erkenntnis von Gut und Böse, von Dornen zerstochen und in vollkommener nackter Unschuld hochgezogen, angenagelt. Shirl und ich haben gewußt, mit Bäumen konnte man mehr anfangen, als sich dran aufhängen lassen. Ich hab meine Hand um die Knöchel von einem hübschen rosigen lebendigen Mädchen geschlossen.

Das »Blut vom Lamm Gottes« war nichts gegen die Blutsschwesternschaft zwischen Shirl und mir. Und so haben wir in der Kirche unter den eingebildeten, aufgewühlten Gemeindemitgliedern gesessen und uns Mühe gegeben, genauso auszusehn wie all die andern schlechten Menschen. Nur daß wir nicht schlecht waren! Nach dem letzten Lied, das vierzig Strophen hatte, hat der Junge die Sünder aufgefordert, nach vorn zu kommen und zu bekennen, daß sie gefehlt hätten, vom Pfad der Tugend abgewichen, von Gott abgefallen wären. Mache deinen Frieden mit Gott, und dir wird wohler sein. Bekenne hier im Angesicht der Gemeinde, wie befleckt und beschmutzt du im Innern bist. Daß du alle Hoffnung auf den Garten hast fahren lassen, aber so gern wieder hinein möchtest. Die andern haben sich an uns vorbeigedrängelt – grobe, bärengroße Erwachsene, die Gesichter verkniffen vor Reue –, sind vor aller Augen nach vorn geschlurft, getrieben von höllischer Angst vor der Hölle, gebeugt unter ihren niederträchtigen Verbrechen. Wir beide haben derweil nur den Kopf eingezogen, sind Schulter an Schulter und Hand in Hand sitzen geblieben, friedlich allein zu zweit. Wenn man selber der geheime Garten *ist*, wie kann man dann aus ihm vertrieben werden?

7

Dann kam das Jahr der Besäufnis wider Willen. Shirley sollte in unserm Weihnachtsspiel die Maria darstellen. Davon reden manche noch heute: Wie sich die abstinenten, bibelfesten Baptisten zu Dutzenden sinnlos betrunken haben, trotzdem sie nichts dergleichen im Sinn gehabt hatten.

Weil Luke Lucas Kirchenvorstand war, hat er rund vierzig Gallonen alten Apfelwein gestiftet. Bei so einem notorischen Geizkragen grenzte das an ein Wunder. Das Dumme war nur, der Apfelwein hatte wirklich schon sehr lange gelagert. Lucas hatte wohl selber keine Ahnung, wie stark das Zeug inzwischen war. Seine Frau, die dicke Doris, hat dieses hochprozentige Gesöff noch mit Gewürznelken, Muskat und eingemachten Birnen versetzt. Da wollten natürlich auch die Kinder was abhaben. Alle haben rumgestanden und gewartet, daß die Feierlichkeiten anfangen. Wie alle Jahre hat's auch diesmal wieder unvorhergesehene Verzögerungen gegeben.

Es konnte nicht losgehn, weil die Mitchell-Zwillinge gerauft haben, statt sich endlich ihre Engelsflügel anschnallen zu lassen, und da haben sich Männer/Frauen/Kinder immer wieder an den Sägebock-Tischen angestellt und sich noch eine Schöpfkelle von dem süffigen, würzigen Apfelwein einschenken lassen. Das Wetter war ungewöhnlich mild in dem Jahr: Sechs Leute haben, im Freien, wie aus einem Munde gesagt: »Warm heute, oder kommt's mir bloß so vor?«

Die Rede ist hier von guten Christen, denen noch nie ein Tropfen Feuerwasser über die gottesfürchtigen Lippen gekommen war. Zum erstenmal im Leben ordentlich einen sitzen zu haben, noch dazu kurz vor Weihnachten, das hat so manchen umgehaun.

Überall auf dem Kirchhof sind schon bald erwachsene Menschen längelang in den Büschen gelegen. Trotzdem haben sie fröhlich weitergebechert, ihre Kinder immer noch mal zum Schanktisch torkeln lassen, Nachschub holen – und dabei gegrübelt, was eigentlich mit ihnen los ist. Alle waren durchglüht von einer nie gekannten Feiertagswärme. Weil der Andrang an der Tränke so groß war, hatte ich selber noch keinen Tropfen abgekriegt. Bedauernswert klar im Kopf, bin ich von Grüppchen zu Grüppchen geschlendert. Ein Musterknabe aus meiner Klasse, ältestes von neun Kindern, taumelt auf mich zu, nuschelt »Was hammern für Donnersag in Erkunne auf?«, trollt sich wieder und lallt dabei irgendwas von Flichbewussein. Eine paar Damen, vom ungewohnten Trank übermannt, beschließen (aus reinem Selbsterhaltungstrieb), eine Bibelstunde abzuhalten, aber dann liest eine den Teil aus der Heiligen Schrift vor, wo Ostern vorkommt.

Der uralte, ledig gebliebene Chorleiter, bekannt für seinen Tenor, der so manchem Sopran den Rang abgelaufen hat, bekannt für seine Begonien, bekannt dafür, daß er mal im Norden auf die Juilliard School gegangen war und prompt einen totalen Zusammenbruch erlitten hatte, worauf er sofort wieder heimgekommen war, ein Sohn, der berühmt war für die Engelsgeduld, mit der er seine starrsinnige alte Mutter gepflegt hatte, also eben der Chorleiter, der ein ausgeprägtes Faible für Ned den Ersten gehabt, noch lange nach dem Unglück am Mühlteich eine schwarze Armbinde getragen und einmal gestanden hatte, daß er sich als Neds heimliche Witwe betrachtete – also *der* ist heute nicht wiederzuerkennen. Er steht zwischen den Buchsbäumen und der Kirche, trommelt mit beiden Fäusten auf die Bretter von der Kirchenwand, so laut und fest er kann, und gebraucht dabei

Ausdrücke, die ich noch nie gehört hab, die aber – soviel kann ich mir denken – an diesem Ort absolut unzulässig sind. Er hat sich buchstäblich die Knöchel blutig geschlagen. »Schau«, lächelt er und zeigt mir seine roten Finger und die Abdrücke an unserer weißen Kirche. »Tja, Lucy, das hättest du mir nicht zugetraut, was?« Und drischt unverdrossen weiter auf die Kirche ein.

Besorgt seh ich mich nach meinen Eltern um. Mama liegt flach auf der kalten Erde und streckt praktisch alle viere von sich; der Rock ist ihr ein ganzes Stück über die Fesseln hochgerutscht, aber das ficht sie nicht an. Sie tändelt mit Papas Stirnlocke und sagt, wie gern sie eine Farm haben möchte. Es wär doch herrlich, meint sie, Truthähne und irische Wolfshunde zu haben und auf jedem Strauch einen Pfau. Weihnachten wär so was Schönes und eine verschneite Farm zu Weihnachten ihr sehnlichster Wunsch. »Stell dir nur mal vor, Prinzgemahl, du könntest auf unserm eigenen Grund und Boden den herrlichsten Christbaum schneiden!«

»Ich kann Farmen nicht ausstehn«, grinst er, dann wird er ernst und hebt den Finger: »›Doch schifft sie Säumnis, wird die Moderluft Noch trächtger als der beste Unflat sein.‹«

»Gar nicht schlecht«, sagt Mama, zieht vor aller Augen seinen Kopf zu sich ran und küßt ihn naß und voll auf (in) den Mund. Dann rappeln sie sich auf und entschwinden Richtung Heimat – womit sie drauf verzichten, Shirley als Jungfrau Maria zu sehn. Und das ist ein Fehler.

Unfreiwillig muß ich mit ansehn, wie auf dem Friedhof nebenan Mr. Kingston Haschen mit Mrs. Buxton spielt, einer fülligen Matrone und Mutter von sieben Kindern. Sie flattert vor ihm her wie ein Schmetterling und fällt schließlich rücklings auf ein frisches Grab. Mit dem späten Geständnis »Mädel, ich hab ein Auge auf dich, seit wir acht waren« stürzt er sich auf sie, und schon geht die Katzbalgerei los. Tja, solche Umwälzungen können ein Kind ganz schön verstören, mein Junge.

Ich hab zwischen den Grabsteinen nach meinen Tanten gesucht. Bin an einer Bohnenstange von Frau und ihrem zu kurz geratenen, sanftmütigen Mann vorbeigekommen. Sie hat sich beklagt: »DeWitt, seit einer Viertelstunde ist mir richtig übel.« Und er hat ihr geantwortet: »Ruth, achtundvierzig Jahre war mir übel. Seit einer Viertelstunde geht's mir richtig gut.«

Mitten in dem grandiosen Tohuwabohu haben zwei stadtbekannte Hunde (beide gelb), die ihren Herrchen zur Kirche nachgetrabt waren, ganz still dagestanden, Flanke an Flanke. Nur ihre Augen haben sich bewegt und die absonderlichen menschlichen Verhaltensweisen registriert, die hierorts noch nie beobachtet worden waren, schon gar nicht vor der Kirche. Den Kötern war's sichtlich nicht ganz geheuer, daß die sittenstrengsten Baptisten – wenn man sie nur richtig präpariert – sich schlimmer aufführen können wie die leichtfertigsten Promenadenmischungen. – Betrüblich.

Ich bin an unserm wohlbeleibten Bankdirektor vorbei, den vier schmächtige kleine Jungen mit ausgestreckten Händen in die Enge getrieben hatten. Die Bürschchen hatten sich genug Mut angetrunken, um den großen Mann endlich mal um einen Vierteldollar anzuhaun (für jeden einen, bitte), und er war (nur heute) so guter Laune, daß er in die Tasche seiner Nadelstreifenhose gegriffen und für jeden der kleinen Bettler einen Golddollar rausgeholt hat. »Heiland«, hat einer gesagt. Daran kannst du ermessen, Schätzchen, wie lange das schon her ist. Damals hat man noch Heiland gesagt. Und es sogar gemeint. Aus Angst, der Bankier könnte sich's anders überlegen, hat dann einer von den Jungen »Nichts wie weg!« geschrien, und alle vier sind in der Menge untergetaucht.

Mittlerweile hab ich mich richtig nach normaler, alltäglicher Anständigkeit gesehnt. Meine Tanten haben, alle drei gleich angezogen, in Schwarz, an Grabesrändern gesessen, jede an einen andern Stein gelehnt, keine zwanzig Fuß von der Stelle, wo ein Mann immer noch die aufs Kreuz gelegte Frau von einem andern beglückte – die Unterröcke waren wie ein Salat, in dem die beiden geschwommen sind. Die Tanten haben – mit dem Rücken zu den Gräbern – nichts davon mitgekriegt. Sie waren am Fachsimpeln, übers Klavierspielen. Die drei Jungfern waren für eine Stadt dieser Größe geradezu grausam übergebildet. Weil der Wind ging, haben sie alle drei ihren Hut festgehalten, aber sonst waren sie ganz kregel.

Sie haben mit einer von ihren Schülerinnen gesprochen. Von weitem war mir nichts an ihnen aufgefallen, aber wie ich näherkam, ist mir klar geworden, daß sie drauf und dran waren, eine Dummheit zu begehn. Das Mädchen war Mary Eliza Woolrich, angeblich ihre beste Schülerin in dem Jahr.

Lineal, die älteste Schwester, sagte grade: »Du hältst dich wohl allen Ernstes für ein Talent, wie?«

(Schätzchen, jeder weiß, daß man sich's als Klavierlehrerin in einer Kleinstadt nicht leisten kann, seinen Schülerinnen die ungeschminkte Wahrheit über ihre langfristigen Karrierechancen zu sagen.)

»Laß doch«, hat sich Weiher eingemischt, die jüngste von meinen Tanten, »die gute Mary Eliza *tut* wenigstens etwas. Phantasie mag vielleicht nicht ihre Stärke sein. Aber unsere einzige wirklich Begabte in den letzten neun Jahren hat nichts außer MÄNNERN im Kopf gehabt. Und mir persönlich ist ein braves Arbeitspferd allemal lieber als ein Genie, das eines Tages alles hinwirft. Nein, das war jetzt gelogen. Ich bin heute nicht ganz bei mir. Genie lohnt immer die Mühe. – Aber jetzt fort mit dir, Mary Eliza, für heute hast du uns genug kostenlosen Unterricht abgeluchst.«

Ich seh zu, wie das Mädchen davonschlängelt. Erleichtert stell ich fest: Sie ist viel zu weggetreten, um zu kapieren, was sich da grade abgespielt hat.

Lineal stimmt ihr Lieblingsthema an. Nicht zu übersehn, daß sie volle drei Oktaven betrunkener ist als ihre Schwestern. »Ich werde oft gefragt, was für ein Landsmann Maestro Lissszt denn nun gewesen sei. Von Geburt war er Ungar, zuzugehm, zugegehn – geb ich zu. Und in seinem Salonlöwentum, seiner Libertinage vielleicht *un soupçon français*. Sein musikalisches Formgefühl ist, wie ich jederzeit gern einräume, nicht gänzlich *un*-italienisch. Aber als nach den Sternen greifender Übermensch ist Liszt mit seinem Hang zur Verklärung durch und durch Exponent der deutschen Romantik. Sein Gestus, seine . . .«

Ihre jüngeren Schwestern haben sonst bei diesen Tiraden verschüchtert geschwiegen, aber heute mucken sie auf. Weiher sagt: »Ach, halt doch die Klappe.«

Und Woge: »Du immer mit deinem Liszt!«

Die beiden Jüngeren laufen ein paar Schritte weg, bleiben lächelnd stehn und spielen ›pitsche patsche Peter‹. »Na, sind wir nicht sehenswert, Lucy?« fragt Weiher mich ernstes kleines Mädchen. »Ich jedenfalls hatte nicht mehr so viel Spaß, seit Andrew Johnson gestorben ist.«

Ich hab mich hinter die Kirche verdrückt, hab Ruhe gebraucht, einen Platz zum Schmollen. Shirleys unförmige Mama hat zusammengesunken auf der Treppe vom Hintereingang gehockt, die letzten Tropfen aus ihrem Becher geschlürft und Nelken gelutscht. Um einen Finger hat sie Shirleys silbernen Heiligenschein kreisen lassen. Wie die Frau mich sieht, winkt sie mich zu sich ran. »Mir ist ganz komisch, Lucy. Vielleicht Lampenfieber wegen unserm Liebling. War die ganze Nacht auf, letzte Hand an das Kostüm gelegt – Taubenblau und Weiß. Find's schrecklich, daß jetzt die ganzen Locken von unserm Schatz unterm Schleier verschwinden, aber eine Jungfrau Maria ohne Kopfbedeckung, das geht halt nicht. Jeder weiß schließlich, wie die Maria aussieht, und *ich* will da auch keine neuen Moden einführen. – Komm, setz dich her zu mir. Ich wollte schon lange mal mit dir reden. Sozusagen von Frau zu Frau. Kind, ich hab schon gemerkt, wie du mich manchmal kritisch ansiehst, mit so Schlitzaugen, wenn ich mal wieder meine Bürsten raushol und Shirleys Locken auffrisch. Sei nicht so streng mit mir. Weißt du, ich hab nun mal eine Schwäche für Feste. Besonders wenn dabei meine Kleine die Hauptrolle spielen darf.«

Eins will sie von vornherein mal klarstellen, sagt die Frau: Sie trägt's *mir* nicht nach, daß die Summit Avenue so heißt, schließlich ist sie nun mal der höchste Punkt in fünf Landkreisen. Es wär nicht *meine* Schuld, daß die Blaublütigen, die diese Stadt gegründet haben, die schönste Aussicht und die luftigste Gegend für sich reserviert hätten. Das wär nur menschlich. Gut, im Tal drunten wär's tatsächlich schwül, und die Erdnußmühle, die denen hier oben so viel Geld einbringt, tät ja tatsächlich manche Häuser unten am Fuß vom Hügel ständig in einen üblen Geruch einhüllen, aber ich soll wissen, daß ich noch ein Kind und unschuldig bin. »Danke«, sag ich drauf, ein bißchen unsicher. Sie quittiert's mit einem Nicken.

»Ich find's schön, daß meine Shirley so gute Freundinnen hat wie dich. Wir wollen unser Licht ja nicht untern Scheffel stellen. Also, was unser Lieblingsthema angeht, deins und meins, nämlich wie wir zu Shirley gekommen sind: Ich stamme vom Land, von weit draußen, wo die Sümpfe sind. Magst eine Nelke zum Lutschen? Nein? Also die Heimat von deinem Papa ist auch meine. Du denkst wahrscheinlich, die Eltern von deinem Papa sind bettelarm. Ich hab den Jungen vom Sehn gekannt, aber nie mit ihm gesprochen. Also weißt du, Lucy, draußen in Bear Grass, da hat *seine* Familie zu den Reichen gehört – genau wie die von deiner Mama hier in Falls. Damit du dir keine falschen Vorstellungen machst. Die Honicutts, die haben eine schöne Blockhütte gehabt und volle sieben Morgen Land.

Und wir? Wir hatten noch nicht mal ein richtiges Dach überm Kopf. Wenn's geregnet hat, ja, dann hat's drinnen nur ein bißchen weniger geregnet wie draußen. Wir Kinder haben auf dumpfen Strohsäcken geschlafen – gleichaltrige Brüder und Schwestern, war unvermeidlich, daß man sich gegenseitig aufgefallen ist, in der Nacht. Papa hat sich am Fuß verletzt, ist an der Maulsperre gestorben. Da war unsere Mama auf sich allein gestellt, dabei hat sie von der Landwirtschaft nicht mehr verstanden wie irgendein Stadtkind. Das einzige, was an unserer Kate ein bißchen hübsch war: das Ölpapier in den Fenstern. (Glas kannst du dir keins leisten, also reibst du einen Bogen Papier mit Bratfett ein – das Licht geht durch, und der Regen perlt ab, jedenfalls eine Zeitlang.) Wir haben ein paar Seiten aus *Godey's Lady's Book* rausgerissen, das mein Bruder im Straßengraben gefunden hatte. Auf einer – die hatten wir in das Fenster neben unserer Bettstatt geklebt – waren zwei schöne Damen abgebildet, Lucy. Die waren von Kopf bis Fuß rausgeputzt mit Rüschen und Spitzen. Wenn die Sonne aufgegangen ist, hat sie mir die beleuchtet. Die eine hat so einen klitzekleinen Hund an der Leine geführt, nicht größer wie eine Semmel. Sind in einem Park spazieren gegangen, der war genauso vornehm und elegant wie die Kleider von den Damen. – Schätzchen, an das Bild hab ich mich geklammert. Es war ja nicht viel, Lucy, aber wenn man wie ich nicht auf den Kopf gefallen ist, hat's einem ziemlich viel gesagt. Hat mich auf Ideen gebracht, weißt du. Keine Angst, ich hab damals schon gewußt, wie *ich* ausseh. Wir haben vielleicht keinen Spiegel nicht gehabt, aber die Teiche verraten einem genug. Hab schon gewußt, daß diese Schleifchen und Schärpen nichts für einen Trampel wie mich sind. Aber jedesmal, wenn ich mir die Damen aus dem *Godey's* beguckt hab, und wenn sie noch so vergilbt und die Mode noch so altmodisch war, hab ich mir gedacht, ich müßte wenigstens *in der Nähe* von wem sein, den man so schön herrichten könnte. Dann bin ich in den Sumpf rausgewatet und hab ein rosa Band um einen Zypressenstamm geschlungen. Erst hab ich die Schärpe ziemlich weit unten angebracht, bin ein paar Schritte weggegangen, hab mich umgedreht und gesagt: ›Matrosenstil.‹ Dann hab ich's höher geschoben, mein Werk wieder von weitem betrachtet und gelächelt: ›Empire-Stil.‹ Hab mich so danach gesehnt – lach nicht über mich, Kind –, einfach jeden Tag wem helfen zu können, sich so feinzumachen.

Der Gedanke hat mir über alles weggeholfen, hat mich aus der Hütte getrieben, eh meine älteren Brüder sich mit ihren Dreckpfoten an mir vergreifen konnten, hat mich in diese schöne Stadt hier gebracht. Wie ich mich dann mit meinem Silas zusammengetan hab und wir ein kleines Mädchen bekommen haben – erst wie mir die Nigger-Hebamme voll des Lobes das Kind in einer blauen Decke in den Arm gelegt hat und wie die Kleine mich angeschaut hat und ich gesehn hab, daß ihre Augen genau dasselbe Blau haben, da ist mir erst gekommen, daß, du ahnst es nicht, der Herr der himmlischen Heerscharen mir genau das geschenkt hat, wo ich drum gebetet hab. Nach den vielen Nächten, wo ich sehnsüchtig zu den Sternen raufgeschaut hab, die man durch die Löcher im Dach sehn konnte (schön, wenn's nicht geregnet hat), nach den vielen Sonnenaufgängen, die mir die beiden vorbildlichen Ladys in einem Park irgendwo weit weg gezeigt hatten – ist mir mein Wunsch in Erfüllung gegangen.

Vielleicht verstehst du jetzt, wie mir heut zumute ist, daß ich fast besoffen bin davon. Meine Tochter: die Jungfrau Maria persönlich, meine Shirley, die Beste aus der ganzen Herde. Unsere Shirley ist das Gebet von einer einfachen Frau, das erhört worden ist. Mußt es mir nachsehn, daß ich vielleicht ein bißchen zu betulich bin mit der einzigen Freude, die mir vergönnt ist. Ich hab gewußt, was ich will, und es hat sich erfüllt, hat sich erfüllt aus meinem eignen dicken Körper hier. – Weißt du was? Ich bin wahrscheinlich die glücklichste Frau auf Erden.«

Ein bißchen später hat uns der Pfarrer (der natürlich gemerkt hatte, wie blau seine Schäfchen waren, aber nichts sagen wollte, damit sie nicht allesamt ein schlechtes Gewissen kriegen) zum Krippenspiel in die Kirche gerufen. Ein paar Pannen sind dann prompt passiert: Der Stern von Bethlehem hat zu früh geleuchtet, und Bobo Kingstons Hirten-Bademantel ist aufgegangen – und er splitternackt drunter und zu beduselt, um das Ding wieder zuzukriegen; Zuschauer aus der ersten Reihe mußten ihm zur Hand gehn. Dann hat sich rausgestellt, daß auch unsere Jungfrau – von ihrer fürsorglichen Mama ermuntert – dem Apfelwein tapfer zugesprochen hatte. In dem Jahr hat beim Weihnachtsspiel ein echtes Baby mitgewirkt (das Jüngste von der Mrs. Buxton, die kurz zuvor Opfer einer Grabschändung geworden war). Nach der ersten Hälfte war Shirley mit ihrem Monolog dran. Es ist mucksmäuschenstill geworden in der Kirche. Sogar die Schnarcher (»ist *wirklich* heiß hier drin«) sind davon aufgewacht.

Shirleys Wangen haben unter dem weißen Tischdeckenschleier rosig geglüht – sie hat echter gewirkt wie die Gips-Weihnachtskrippen beim Woolworth. Aber sowie sie den Mund aufgemacht hat, war mir klar, daß sie viel zu berallert war, um sich noch an ihren Text zu erinnern, trotzdem ich und ihre Mutter sie so oft abgehört hatten. Also hat sie sich, im Stroh sitzend, das so frisch und gelb war wie ihre Haare, wohl oder übel selber was ausdenken müssen. Ich hab das Unheil kommen sehn. »Nein, nicht!« hätt ich ihr am liebsten zugerufen. Hab mir auf die Knöchel beißen müssen. Papa hatte gesagt, wir könnten Shirley helfen, einen besseren Platz im Leben zu erringen. Jetzt hab ich fürchten müssen, meine adoptierte Freundin wird sich für immer den Ruf ruinieren. Und davon konnte ich ein Lied singen.

Schließlich hat sie angefangen. Lieb und süß, wenn auch mit leicht entgleister Stimme, hat sie sich an ihr sentimentales Publikum gewandt; wenigstens der kleine Buxton in ihren Armen hat manierlich stillgehalten.

»Das ist mein kleiner Junge. Gerade auf die Welt gekommen. Kein Mensch hat mich ins Haus lassen wollen, wie's soweit war. Tja, da hab ich halt meinen guten Mantel zerrissen und das arme Wurm drin eingewickelt. Ins nackte Stroh mußte ich ihn legen, wie eine Hundemutter ihre Jungen. Der Stall hier war unsere letzte Rettung, nicht wahr, Joseph? ›Je nun, dann nehmen wir eben mit der Krippe vorlieb‹, sagte ich, und jetzt seht uns an. Ach, eines Tages werden die Leute daran zurückdenken und sagen, Teufel, Teufel, waren wir gemein, daß wir die nicht aufgenommen haben! Wahrlich, wir hätten doch ein bißchen ›willfähriger‹ sein sollen. Bis auf die Knochen haben wir uns blamiert damals! – Aber im Moment weiß ja noch keiner, wer wir sind. Eins muß ich allerdings sagen, wenigstens die Tiere waren richtig fromm und haben uns verständnisvoll Platz gemacht. Und warm machen sie's auch hier drin. Mit einem Neugeborenen braucht man das schon. Eigentlich haben wir's ja vorderhand ganz gemütlich hier. Aber auf die Dauer stell ich mir was anderes vor für mein Kind. Ja, wir wollen für unser Erstgeborenes tun, was wir können. Das Knäblein« – sie hat das lebende Kind hochgehalten, das in dem Moment vor aller Augen eine goldene Locke unter Marias Schleier vorgezogen hat –, »dies Knäblein hier« – sie hat ins Publikum geschaut (ihre Mama, die hinten an der Tür stand, mit einer Haarbürste in der Hand, hat geweint und sich die andere Hand vor den Mund gehalten) – »kommt mir tatsächlich wie mein eignes vor. Wirklich. Zugegeben, wir sind bettelarm. Und daß der Kleine mal aufs College gehn kann, daran ist überhaupt nicht zu denken. Aber wißt ihr was? Ich würde für dieses Baby mein Leben lassen. Wir haben unser hübsches rosiges Christkind halt so schrecklich lieb.« Sie hat sich hinreißen lassen und den Kleinen tatsächlich an sich gedrückt. Und dann hat unsere Muttergottes einfach dagesessen und geheult wie ein Schloßhund. Konnte gar nicht mehr aufhören.

Geistesgegenwärtig hat die Organistin ein leises Weihnachtslied angestimmt und so die Situation gerettet. Das hat fast planmäßig gewirkt. Shirleys Monolog hatte sich viel natürlicher angehört als der steife Rollentext, den sie vergessen hatte. Hat einen erinnert, daß das Mädchen, das sie gespielt hat, genauso unschuldig gewesen sein mußte, bloß ein paar Jahre älter und fast genauso durcheinander. Was soll ich sagen, die ganze Gemeinde, Bankreihe für Bankreihe, war zu Tränen gerührt. Sogar die Zwillingsengel (sonst die reinsten Rabauken) haben nicht mehr an ihren Heiligenscheinen aus zurechtgebogenem Draht rumgefummelt, sondern – Händchen haltend in der vordersten Reihe – zu ihren Eltern hingesehn und krampfhaft geschluckt. Alle, die dabei waren, allesamt voll wie Strandhaubitzen, haben hinterher behauptet, es wär das schönste Krippenspiel aller Zeiten gewesen.

Zugegeben, ein bißchen peinlich war's schon, wie vorher mehrere Lutheraner und Episkopale ihre Buggys vor der Kirche angehalten und sich eine halbe Stunde lang unser zügelloses Treiben angesehn haben. Natürlich haben sie dann nichts Eiligeres zu tun gehabt, als die skandalöse Neuigkeit in der halben Christenheit rumzutratschen. Am nächsten Sonntag hat unser alter Chorleiter mit Händen dirigiert, die wie die Pranken von einem Boxer bandagiert waren, hat schwungvoll getan und sich fast ein bißchen gespreizt – richtig aufgekratzt war er. Dann ist unser Pfarrer aufgestanden und hat gesagt, es wär ein erhebender Anblick gewesen, wie die Gemeindemitglieder, erfüllt vom Mysterium der Weihnacht, es verstanden hätten, die vermaledeite ungewollte Trunkenheit in die erbaulichsten religiösen Gefühle umzumünzen.

Noch lange danach war dieses Jahr allen in guter Erinnerung. Als Kleinstädter haben wir ja für alles immer gleich einen Namen gehabt. Das Jahr, in dem Shirley der Star von Falls wurde, kam zwischen »Seinerzeit, wo der Tar fast über die Ufer getreten wär« und dem »Jahr, wo eines Nachts das Kriegerdenkmal aus unerfindlicher Ursache umgestürzt ist«. Es stand genauso auf der Liste wie »Als Mrs. Tom Yount ein Kind gekriegt hat, aufgestanden ist und schon vier Tage wieder auf den Beinen war, als sie – zu ihrem eignen größten Erstaunen – wie aus heiterem Himmel umgefallen ist und noch zwei bekommen hat«. (Jetzt zähl mal.) Shirley war die Heldin vom »Jahr mit dem richtig schönen Weihnachtsspiel«. Dem Jahr, in dem sich das lahmste, wenn auch hübscheste Kirchenfest ausnahmsweise zu was Frischem, Buntem aufgeschwungen hat. Die Wege des Herrn sind unerforschlich. Amen.

Von dem Weihnachten bis nächsten April hat Shirley praktisch bei uns gewohnt. So sehr sich Mama gegen meine Freundin aufgelehnt hat, wenn wir unter uns waren, hat sie Shirley doch von Angesicht zu Angesicht immer höflich behandelt. (Das hat mich mehr als alles andere auf den Gedanken gebracht, es könnte doch was dran sein, daß man sich wie eine Lady benimmt.) Wie es Frühling wurde, hat Mama Shirley ein silbernes Väschen auf den Nachttisch gestellt und ihr immer frische Blumen aus unserm Garten reingetan. Inzwischen hat in der Schule keiner mehr mit mir geredet, außer den Lehrerinnen, die dafür bezahlt wurden. Manchmal am Morgen, zu der Zeit, wenn das Licht bonbonfarbig glasiert ist, bin ich aufgewacht, hab mich auf die andere Seite gedreht und zu dem Stuhl mit der hohen Lehne rübergesehn, auf den Shirley ihre Sachen gelegt hatte; die Sonne hat durch ihre Wäsche gescheint und ein Schauspiel draus gemacht. Ich wußte, eines Tages bin ich alt und dann tot, und Shirley genauso. Wenn sie vor mir blind wird, kann ich wenigstens mehr für sie *tun*. Mir sind die Tränen in die Augen gestiegen, aber ich wußte nicht, warum.

Alles ist anders geworden, wie Mama mich und Shirl (ohne sie wär ich nicht hingegangen) für einen Samstagskurs in Porzellanmalerei angemeldet hat. Statt Kapuzinerkresse auf Fingerschalen zu pinseln, haben wir geschwänzt und im Stall von Shirleys Vater auf dem Heuboden rumgetollt. Überall sind da weiße Hennen frei rumgelaufen. Haben die Haferkörner aufgepickt, die den Pferden runtergefallen sind. Shirleys Vater hatte uns vorher aus Eiern, die er im Stroh gefunden hatte, auf dem Öfchen im Büro kleine Omeletts gemacht. Wir sind rumgerannt, haben die Hühner gescheucht, gerangelt, uns im Heu gewälzt, uns Bündel davon gegenseitig in die Socken gestopft und gelacht, bis wir nur noch japsen konnten. Mir war alle Naslang gesagt worden, ich soll mich von Pferden fernhalten. Papa hat alle Farmtiere gehaßt, weil sie ihn an Farmen erinnert haben. Mama hat sie für gefährliche Bestien gehalten und anscheinend gedacht, jedes Pferd wär ein Hengst. Immer wenn wir an einem mit ausgefahrenem Gehänge vorbeigekommen sind, hat sie auf eine besonders schöne Wolke oder einen Wetterhahn gezeigt. Wie wir den Stall unsicher gemacht haben, waren wir grade zwölf geworden, also an dem schwindelerregenden Punkt angekommen, wo jeden Moment die einschneidenden Veränderungen mit aller Macht einsetzen können. In dem Alter spielt man mit einer ausgreifenden Energie, die einen ahnen läßt, was vor einem liegt. Ständig haben wir uns gegenseitig angestachelt, uns genau über die Stelle zu rollen, wo die Leiche von dem Landstreicher gelegen hatte. Haben so getan, als könnten wir einen menschlichen Körper riechen – einen fremden, nicht unsern eignen.

Ich hab einen Ballen Stroh umgedreht, und da kauert in einer dunklen Ecke ein kleines Pelztier. Es macht einen Buckel und weicht fauchend bis an die Stallwand zurück. Es war dabei, ein Hühnerei zu verspeisen. Weiße Schalenstücke kleben ihm an der schwarzen Lacklederschnauze, glänzend gelb tropft ihm der Dotter von der Nase. »Miez, Miez, komm«, macht Shirley und rutscht auf den Knien näher hin. Wie sie die Hand ausstreckt, wirbelt das Biest rum, borstig blitzt ein weißer Streifen auf, der prachtvolle Schwanz schnellt hoch. Ein Strahl, und wir fallen geblendet ins Stroh, halb erstickt von einem so penetranten Gestank, daß ein paar Sekunden lang Atmen und Schauen unmöglich ist.

Shirleys Vater hat uns schreien hören und ist rasch die Leiter raufgekommen. Kaum hat er die Nase auf unserer Höhe gehabt, ist er schleunigst wieder halb runtergeklettert. »Puuh!« Wir haben uns auf dem Boden gewälzt, uns die Augen gerieben, gewürgt, mit den Röcken gewedelt, uns das brennende Gesicht gekühlt. »Wie oft hab ich euch gesagt, daß man Stinktiere nicht reizen darf!« hat er gebrüllt. Schätzchen, er hatte nie ein Wort drüber verloren, ich schwör's.

Mr. Williams hat uns (eine unter jedem Arm) vorsichtig runtergetragen und uns in die dunkle Sattelkammer geschleppt. Unter der haarigen, mit Omelettresten verschmierten Hand fluchend, ist er gleich wieder raus. Hat die Tür zugeknallt. Wir sind neben einer alten Badewanne gestanden, die manchmal als Viehtränke benutzt wurde. In einer Ecke war ein Haufen vom Flugbrand geschwärzter Hafer. An der gegenüberliegenden Wand Sättel und die widerlichen eisernen Trensen, mit denen man allen Pferden auf schmerzhafte Weise beibringt, rechts und links zu unterscheiden.

Shirleys Vater hat uns zugerufen, wir sollen mit der Heulerei aufhören und lieber die Wanne saubermachen. Fluchend ist er fort, zu Lucas, ein Gegenmittel kaufen. Nichts wie Ärger hätt man mit Mädchen, hat er geschimpft – als ob Stinktiere nicht auch Jungen anspritzen täten!

Wegen dem Gestank haben in den ganzen Stallungen die Pferde gewiehert, in den Boxen ausgekeilt. Direkt vor der Tür haben die Hühner spektakelt wie ein mittleres Kaffeekränzchen. Shirl und ich haben keuchend dagestanden, die Arme von den klebrigen Kleidern abgespreizt. Wir haben uns gegenseitig betrachtet, einmal kurz aufgelacht und dann richtig losgeprustet. »Schau dir das an!« hat sie gekreischt und mir das stinkende Ende von einer Korkenzieherlocke hingehalten. »Meine arme Mama!«

Es hat geklopft, und ihr Papa hat »darf man reinkommen?« gefragt.

Wie wir nicht geantwortet haben, hat er uns durch den Türspalt Dose für Dose eine ganze Kiste Tomatensaft reingereicht. Zum Schluß kam sein Taschenmesser, mit rausgeklapptem Dosenöffner. »Schüttet das ganze Zeug in die Wanne, zieht die versauten Sachen aus und schiebt sie mir zum Verbrennen raus. Dann steigt in die Wanne und schrubbt euch gegenseitig ordentlich ab. Bleibt drin, bis ihr von der Säure halb verschrumpelt seid. Das ist die einzige Möglichkeit, den grauenhaften Gestank wieder loszuwerden – verstanden, ihr Rasselbande?«

Erst haben wir gedacht, er macht Witze – ein Bad in Tomatensaft? Aber wie er brummelnd weg ist, haben wir schließlich angefangen, die zwei Dutzend Dosen aufzumachen, und uns dabei nicht allzu geschickt angestellt. Weil wir wußten, daß wir in die verdreckte Wanne steigen mußten, haben wir sie erstmal gründlich saubergemacht. Unsere Kleider ausgezogen und damit die fleckigen Wannenwände geschrubbt. Shirl hat gejammert: »Aber es hat genau wie ein Kätzchen ausgesehn, Lucy. Ich mag doch kleine Katzen so gern, und bis jetzt hat sich noch jede von mir streicheln lassen – und nun das! Das ist nicht fair.«

»Danach fragt doch keiner«, hab ich gesagt, ohne zu ahnen, wie recht ich hatte.

Wie die Wanne halb voll mit der sämigen roten Brühe war, haben wir unsere Unterhosen weggeschlenkert und sind – schamhaft, jeder Finger ein zu schmales Feigenblatt – unter Ächzen und Quieken reingestiegen. Bei mir zu Hause haben wir uns zum Schlafengehn voreinander ausgezogen, ohne uns groß was dabei zu denken. Heute, in diesem muffigen Lagerraum, war das was anderes, hier kamen wir uns nackter vor.

Auf einem Sattelknopf haben wir einen ausgefransten alten Schwamm entdeckt. Voller Übermut haben wir angefangen, uns zu schrubben. Shirl hat gemeint, keiner in der Stadt wird uns *das* jemals glauben. Wir haben überlegt, welcher Mama und welcher Lehrerin wir's zuerst erzählen sollten. Mit geschürzten Lippen hat Shirley die eingebildete, reservierte Episkopalin Emily Saiterwaite nachgemacht. So eine Begegnung mit einem wilden Tier hätte *die* bestimmt umgebracht. Aber wir? Wir waren noch am Leben. Baptisten sind einfach härter im Nehmen.

Das einzige Licht kam durch ein Sprossenfenster mit halb erblindeten Scheiben. Shirleys Vater hatte draußen einen jungen Stallburschen postiert, der aufpassen mußte, daß keiner reinplatzt. (Wie mir hinterher der Gedanke gekommen ist, der könnte geguckt haben, bin ich vor Scham fast im Boden versunken.) Shirley hat sich andersrum gesetzt, mit dem Rücken zu mir. Sie hat ihre blonden Locken gebündelt hochgehalten und sich vorgebeugt, und ich hab ihr den schlank zulaufenden Nacken gewaschen. Hab ihr gesagt, sie sollte eigentlich die Haare immer so hoch tragen. Und auch angedeutet, daß sie sich zur Abwechslung mal ein schlichtes weißes Kleid kaufen könnte, nicht immer nur ihre ewigen grellen Pastellfarben.

»Aber Mama *läßt* mich doch nicht«, hat sie schlicht gesagt. Und ich hab mich geschämt. Da sitzen wir splitternackt in der Badewanne, und ich muß ihr unbedingt Ratschläge zu ihrer Garderobe machen, genau wie meine immer auf Äußerlichkeiten bedachte Mutter. Wie sonderbar das war, nackt zu sein, am hellichten Tag, mitten in der Stadt. Der rote Saft ist allmählich warm geworden und hat sommerlich zu riechen angefangen, einladend wie ein gutes Essen.

Auf der Main Street hat man die Pferdehufe trappeln hören. Männer haben über Geschäfte und Frauen getratscht. Frauen über Sonderangebote, Kinder und Krankheiten. Wir haben alles mit angehört. Die konnten den Gestank riechen (manche haben eine Bemerkung drüber gemacht), aber nicht die zwei Mädchen sehn, die nackt in dieser komischen Brühe saßen. Sogar im Sitzen hat Shirl größer gewirkt als ich.

Wir waren glücklich und zufrieden und sind stiller geworden. Der Tomatensaft hat scheint's den Gestank von uns abgepellt und eine Luftglocke über unserer Wanne gesättigt. Andere Gerüche haben sich zögernd wieder zu Wort gemeldet. Der angenehme Modergeruch von dem ledernen Zaumzeug, den salzigen Sätteln. Und das scharfe Aroma von zwei Dutzend Pferden, halb stechender Uringestank, halb der sonnenwarme, trockene Geruch von frischem Stroh. Und mir war, als könnt ich auch Shirl riechen: Milch, Duftkissen, Pfirsichtoast und vielleicht ein Hauskätzchen zuviel. Die Pferde haben immer noch geprustet, sich aber langsam beruhigt. Sogar die Hühner haben sich abgeregt. Dabei fressen Stinktiere auch Küken.

Ich hab Shirley gewaschen. Hab mich vorgebeugt. Ihr über die Schulter geflüstert: »Wir erleben ein Abenteuer.« Ihr Kopf hat genickt.

»Ein Abenteuer«, hat sie mit leiser Stimme ergänzt, »als ob wir im Baumhaus wären. Nur statt windig und grün ist es hier eher ... rot und naß.«

»Jaaa«, hab ich zerstreut gesagt. »Naß und rot.« Ständig war mir, als ob ich was vergessen hätte, etwas, was ich jetzt eigentlich hätte *tun* sollen. Es war was mit Shirley, da war ich mir ganz sicher. Wir haben in der Wanne gesessen, innerlich bereits Blutsschwestern, und haben jetzt auch außen den gleichen roten Überzug bekommen. Von der Taille aufwärts war Shirley von hinten immer noch überwiegend engelweiß, golden und rosa, süß und glatt wie Kuchen. Aber vom Nabel abwärts hätte die Flüssigkeit beinah alles verbergen können – Fischschuppen, einen seidigen Ringelschwanz, ein dunkles Geheimnis. Vorsichtig, um nicht zu spritzen, hat sich Shirl wieder zu mir umgedreht. Resolut hat sie angefangen, mir mit unserm zottigen Schwamm die Vorderseite zu waschen. Sie hat kräftig hingelangt – bloß kein Schmus. Jeder Strich sollte beweisen, daß das einfach notwendig war – von Vergnügen keine Rede –, weil's ihr Papa uns eben aufgezwungen hatte. Aber ...

Meine Brust war ganz anderer Meinung. Shirleys lange Hände sind über Schlüsselbeine geglitten und dann tiefer über meine viele Rippen. Sie hat den kratzigen Schwamm über zwei empfindliche Punkte gezogen, die an meiner Vorderseite grade lebendig wurden. Vorwitzig haben sie sich aufgerichtet: kleine Lichter, Geburtstagskerzen. Shirl hat sich gewundert, daß die beiden so fühlbar angesprochen, sich den ruppigen Bewegungen von ihrer Tante Shirley so lustig angepaßt haben. Ich hab die Augen zugemacht, mich ein paar Fingerbreit näher zu ihr hingebeugt. »Da, du altes Stinktier«, hat sie gesagt und mir den nassen Schwamm aufs Ohr geklatscht. Kitzlig ist mir der warme Saft über den Hals, die Brust gelaufen. »Eines Tages«, hat sie gesagt, »werden wir beiden auf der Veranda sitzen und auf einen ganzen Garten voller Kinder schauen, Luce. Ich stell mir vor, unsere Kinder werden allesamt ›renitente‹ Rangen sein, poetische Namen haben und sich phantastisch vertragen.«

Ich, ein bißchen zittrig, hab gelächelt. »Und wo«, hab ich einfach fragen müssen, »sind unsere Männer geblieben?«

»Unsere was? Ach so, die sind dann schon gestorben. Vielleicht im nächsten Krieg gefallen. Ein Krieg räumt ganz schön auf unter den Männern, und unsere waren nett, solange wir sie hatten. Jetzt sind nur noch wir beide da. Wir haben jeden Cent geerbt. Jedenfalls sitzen nur wir beide auf der schönen Veranda – und haben den Garten voller

Kinder. Und weißt du was, Luce? Die Kinder entwickeln sich prächtig.«

»Na, dann ist ja alles bestens.«

Dann hat sich ein Knurren in ihre Stimme geschlichen. Ich wüßte doch wohl, hat sie gesagt, daß wir uns *richtig* waschen müßten gegenseitig, oder? Das wär mir doch klar?

Wie im Traum hab ich in unbeholfener Bauernsprache gestammelt: »*Wie* sauber werden hat er gemeint sollen wir?«

»Also Mama sagt immer, ›Sauber und sauber ist zweierlei‹. Und wie ich mich kenne, bist du hinterher *richtig* sauber, Mädel.« Ich hab den scharfen Ton gekannt – den hatte sie immer an sich, wenn sie bei »Ich bin die größte Memme« wieder mal am Gewinnen war.

Jetzt hat sie sich ernsthaft ins Zeug gelegt. Jedesmal, wenn ich ein Auge aufgemacht hab, war sie wieder ein Stückchen nähergerückt. Dann hab ich ein Geräusch gehört . . . es ist von mir selber gekommen, kein Reden, kein Atmen, sondern irgendwas Geborgtes zwischendrin. Ich wollte was sagen, aber ich hatte einen Frosch im Hals. Es war nicht zu übersehn (*ich* konnte's nicht übersehn), daß Shirleys Brüste (wo hätte ein kleiner Mensch wie ich, mit ihr in einer Wanne und ihr direkt gegenüber, sonst hinsehn sollen?) zwar genauso neuen Datums waren wie meine, es aber für angebracht hielten, sich ein Stückchen weiter vorzuwagen – unternehmungslustiger, weniger stubenhockerisch. Sie haben traurig ausgesehn, als ob sie Schmerzen hätten – die Brustwarzen richtig kräftig rosa, so groß wie Vierteldollarstücke –, und sehr damenhaft. Kostbar wie Kameen und doch nüchtern wie Schubladenknäufe.

Die Main Street hat noch genauso profitsüchtig und hektisch belebt geklungen. Shirley hatte die Knie hochgezogen, damit wir beide reinpassen, und ich hab meine auch oben gehabt, meine Knie. Ganz nah waren wir uns. Um des lieben Friedens willen hab ich angefangen, sie zu schrubben. Bin immer besser geworden. Lucas' Ladenkasse hat wie beim Kaufmannspielen ihr Geben und Nehmen geklingelt. Wie sehr hab ich unsere kleine Stadt geliebt. Schrubb, schrubb.

Vor lauter Glück war ich richtig aufgeregt. Hab den Schwamm fallenlassen. Er ist im dunklen Saft versunken. Da hab ich reingreifen müssen und da unten rumtasten, jagen, angeln, im Trüben fischen.

Aus Versehn bin ich dabei an den rechten Schenkel von meiner Freundin gekommen. Mit der Hand. Sie ist nicht zusammengezuckt. Ich schon. Ich hab die Hand zurückgezogen, aber Shirley hat, scheinbar schläfrig, in die Tomatensauce gegriffen. Sie hat meine Hand hochgehoben, naß und rot, hat mich auf die Handfläche geküßt und den Schwamm selber rausgeholt. Ihre rosigen Brustwarzen hatten sich zusammengezogen, waren nur noch so groß wie Zehncentstücke. Dagegen der Schwamm: vier Pfund triefende schwarze Nässe.

»Also jetzt«, sagt ihre Stimme, eine Jungenstimme auf einmal. »Jetzt werd ... ich mal ... *dich* waschen.« Und wie sie ihn vorwärts stößt und dabei »Du bist so nett, Luce. Ich denk den ganzen Tag an dich, du bist meine aller-allerbeste Freundin« murmelt, wie sie ohne Vorwarnung dieses rauhe, alte, unverschämte Ding fest gegen mich drückt, holt Shirl Shirl Shirl ein Geheimnis an den Tag, das bis jetzt die meiste Zeit sogar vor der Hüterin dieses Geheimnisses geheim geblieben ist. Uff. Wie der kratzige alte Schwamm gleich beim ersten Versuch unter mir runter und rauf fährt, mein Gott, wie prall ich zurück vor all dem Neuen, das sie da aufstört ... »Die beste Freundin, die ein Mädchen je ... hatte ... auf der ganzen weiten, weiten Welt, Luce.«

»Uff«, will ich sagen, aber es wird ein »Aaa-hmm-uuu ...« draus. Ich schmeiß mich nach vorn, krall mich in Shirleys Schultern, spring auf und brech gleichzeitig zusammen. Es ist wie ein schwerer Krampf, ich bin ein Feuerwerkskörper, gebrochen und zugleich der stärkste Mensch auf der Welt. Es steht mir zu, es steht mir zu.

Unterhalb meiner Taille war alles wie kurz vorm Niesen – in dem Moment, wo man weiß, jetzt hilft nichts mehr, nicht für Millionen Dollar, nicht wenn man wüßte, man könnte damit die ganze Nation retten, die eigne Familie, den Süden, könnte man ... jetzt noch was ... dagegen tun. (Komisch, wenn so ein verschüchterter kleiner Teil von einem selbst ganz plötzlich anfängt, seine eignen Träume zu haben, Träume so wichtig und bunt wie die, von denen einem in der Nacht der Kopf brennt.)

Ich hab's nicht mehr ausgehalten. Hab runtergegriffen, mit aller Kraft Shirleys glitschiges Handgelenk gepackt, damit sie aufhört, hab geschrien: »Nein, bitte nicht. Ich bin schon fast ganz sauber, Shirley. Blitzblank einwandfrei sauber bin ich da unten, ehrlich.«

Also da hättst du sie hören sollen! Die hat vielleicht losgeflucht, hat mir die übelsten Schimpfwörter an den Kopf geschmissen, die ich je von Mann, Frau oder Kröte gehört hatte, hat mir den klatschnassen Schwamm in die Hand gedrückt und meine Finger so grob drumgebogen, daß gleich drei Knöchel geknackst haben. Sie hat mich an beiden Zöpfen gepackt, mein kleines Gesicht an ihrs rangerissen – groß, gerötet, mit schrägen Strohhalmen in den Locken – und mir richtig weh getan. Zum ersten Mal hat sie ihr gutes Englisch vergessen, wie sie mir naß in die Augen gezischt hat: »Jetzt hör mir mal zu, Lucy Rührmichnichtan. Ich tät sagen, wir sind zu zweien hier drin. Und ich bin noch nicht sauber, du Egoistin. Ich bin verdammt nochmal noch lange nicht sauber . . . Also los.« Sie hat meiner Handvoll Schwamm den Weg gezeigt und sich draufgesetzt, und dann . . . war auf einmal ihr Mund, ihr ganzer Mund, in meinem. Irgendwie ist das gegangen. Ein Austauschstudent. Ich hab gespürt, wie der lange, ernsthafte Besuch begonnen hat. Händedruck übers Wasser – nur daß es Zungen waren. Wie Shirl mich dann nicht mehr ganz so fest an den Zöpfen gezogen hat, wie ich mich wenigstens wieder blinzeln getraut hab, bin ich allmählich auf den Dreh gekommen.

Ich hab schon mal gehört, daß Schwangere für zwei essen, aber Shirl und ich atmen jetzt wie ein Mensch, ein großer Mensch. Ihre Hand, wieder freundlich geworden, leitet meine vorsichtig an, wie hoch rauf sie schrubben soll, um dann mit ernsten Absichten umzukehren und wieder den ganzen köstlichen Halbkreis zu beschreiben, hin und her, auf und ab. Auf Shirleys Gesicht, so dicht an meinem, steht der Schmerz der höchsten Lust. Dann reißt sie's auf einmal hoch wie eine aus dem Wasser schnellende Regenbogenforelle. Und mein Gott, Junge, ich bin grade dabei, mich so richtig einzuarbeiten, bin grade schön in Fahrt, da klopft wer mit einem Peitschenknauf an die Tür.

Shirleys Vater kläfft: »Na, duften meine kleine Petunien jetzt wieder?« Wie von der Tarantel gestochen sind wir zurückgeprallt an die äußersten Enden von der Wanne. Und haben uns zugleich weggedreht, die Gesichter abgewandt. Gallonenweise ist der rote Saft hochgespritzt und hat Wand und Zaumzeug mit Blutgirlanden verziert. Durchs aufgestoßene Fenster hat Shirleys Papa uns frische Kleider reingeworfen. Er war zu uns gegangen und hatte sich von Mama (meiner Mama!) mein bestes Sonntagskleid geben lassen.

Betrüblich zu sehn, wie mein gutes blaues Kleid eine Bauchlandung im Stroh macht und ein Ärmel schlaff um rostige Kanister greift. Über meine rotverschmierte Schulter werf ich Shirl einen einzigen hündisch-verlegen lächelnden Blick zu. Mit großen Augen starren wir beide ins Unbestimmte und fragen uns, wer von uns wohl mehr Schuld hat – Schuld *woran*?

Shirleys Papa hat uns auch noch Handtücher und zwei saubere Pferdedecken reingeworfen und uns im Gehn noch zugerufen: »Laßt euch nur Zeit, meine Kirschtomaten.« Langsam, wacklig sind wir gebückt aus der Wanne gestiegen, und keine hat sich getraut, auch nur einen Zoll von der andern anzusehn, ob rot oder weiß. Verschämt haben wir uns in Deckenzelten abgetrocknet und dabei kein Wort gesprochen. Die Luft da drin ist immer dumpfer, stickiger geworden. Nebenan hat ein Pferd gepißt (komisch laut ist das viele Wasser in die Einstreu geschwappt). Wir haben die Luft angehalten, bis das Plätschern aufgehört hat. Mir war kalt, ich hab mit den Zähnen geklappert.

Von der Säure in dem Bad waren meine Beine und Hüften ganz verschrumpelt, ich hab welk und runzlig ausgesehn wie Weichleder, eingeschrumpft wie eine alte Hexe. Schließlich hab ich mit Zitterstimme gefragt: »Das war vielleicht ein Vormittag, hm? Erst das verflixte Stinktier. Und dann ein Desinfektionsbad in gottverdammtem Tomatensaft!«

Das hat die Spannung ein bißchen gelöst. Hat uns ein bißchen lachen lassen. Wir haben gekichert, noch ziemlich krampfhaft. Aber bald sind wir wieder übermütig geworden. Wie wir angezogen waren und uns zurechtgelegt haben, was wir den andern erzählen werden – Stinktier und kalter Saft inklusive –, haben wir das Mysterium weggelassen: Was uns dazu getrieben hatte, das alles zu machen. Was zu machen?

Unser Gackern ist immer schriller geworden, sogar für uns. Shirleys Vater ist zur Tür reingekommen, und hat sich die Ohren zugehalten: »Geht's noch ein bißchen lauter?« Dann ein furchtbarer Schock: Das erste Pferd wird in die Sattelkammer geführt und aus unserer Wanne getränkt. Wie ich gefragt hab, warum, hat Shirleys Vater die Achseln gezuckt. »Bestimmt gesund für die Gäule. Oder hast du gedacht, das wird alles weggeschüttet? Hat mich eine Stange Geld gekostet, Fräuleinchen.«

»Aber«, sagt Shirl mit niedergeschlagenen Augen, »da haben wir doch *dringesessen*!«

Der junge Stallbursche, der Wache gestanden hat, läßt die Brauen spielen. »Desto besser wird's schmecken. Überhaupt, wie wär's, wenn wir das Zeug auf Flaschen ziehn?« Er zwinkert uns zu. Shirleys Papa sieht ihn scharf an, lacht aber trotzdem.

Shirl und ich haben so getan, als hätten wir's gar nicht gehört. Haben uns vorgemacht, es wär nichts gewesen. Danach hab ich sie volle drei Tage nicht gesehn. Dann vier.

Erst bei Nacht, in der zweiten Nacht allein zu Hause, konnte ich mir den Luxus der Erinnerung erlauben. Etwas Seltsames und Überwältigendes war passiert. Ich hab mir eingebildet, wir wüßten jetzt mehr als alle andern – ob erwachsen oder nicht – im ganzen Kreis Nash. Hab geglaubt, wir hätten das irgendwie erfunden – das, was passiert war. Ich hab noch immer keinen Namen dafür gehabt. Nur Shirleys Namen. Shirley Güte und Gnade. Vor dem Einschlafen hab ich mir manchmal gestattet, bloß so zur Erinnerung, unter die Bettdecke zu greifen. Ja, alles noch da. Komplett und vollkommen wie ein versteckter Garten. Sogar allein hab ich mir ziemlich viel vergegenwärtigen können. Aber ich hab das nur getan, um mich an Shirl zu erinnern, wie sie in der Wanne gesessen hatte – weiß wie eine Hochzeitstorte von der Hüfte aufwärts, alles andere hübsch mit glitschig-nassem Rot glasiert. Nur wenn ich die Augen ganz fest zugekniffen hab, sind bestimmte Bilder über mich gekommen, und auch dann nur gelegentlich:

Ich hab mir vorgestellt, wie sich Shirley das schönste aller Hochzeitskleider auszieht. In meinem Kopf hat sie sich dabei zu einem Lied bewegt, das wir gern beim Seilspringen gesungen haben: Grünes Brautkleid Froschnatur, von der Liebe keine Spur, Blaues Brautkleid Himmelszelt, er fährt mit dir in alle Welt, Rotes Brautkleid Liebesfeuer, bleibst ihm immer lieb und teuer, Lila Brautkleid wie Lavendel, bringt dir Ärger nur und Händel. Aber ich hab mir vorgestellt, daß Shirley in Gold und Rosa heiraten würde – ihre Haare, ihre Haut. Was hatte *das* nun wieder zu bedeuten?

Ich hab dran gedacht, wie wir im Sommer oben im Baumhaus nur die Unterwäsche angehabt hatten. Auf dem Wohnbaum, den wir den unsern genannt haben und der für uns eine Sie war – unsere schützende, wachsame, riesige Ulme. Sie war nicht grade begeistert, daß sie uns und unsere Plattform dulden mußte, hat sich aber dran gewöhnt wie ein Mädchen, das ein oder zwei Jahre lang eine Zahnspange tragen muß und gute Miene zum bösen Spiel macht. Hat mir sogar die riesigen Nägel verziehn, die ich ihr tief ins Fleisch getrieben hab. Bei jedem Hammerschlag hab ich mich entschuldigt. Am nächsten Tag war der Kopf von jedem Nagel mit geronnenem Saft überzogen, wie ein gläserner Türknauf. Als ich diese klaren Bernsteinknöpfe – aus Leid geborene Edelsteine – anfaßte, hat mich die Reue gepackt, wie wenn ich einem Menschen weh getan hätte. Umgeben von diesen Schmuckstücken, haben Shirley und ich halbnackt und fröhlich im Baumhaus gesessen, auf allen Seiten von Laub umschlossen, in grüne Holzwolle verpackt wie zwei kostbare helle Vasen in einem Frachtschiff auf hoher See.

Mit mir selber gespielt hab ich bloß, um mir vorstellen zu können, Shirley wär in dem andern Bett. An dem Abend war das Väschen leer. Shirley hätte von jetzt an jede Nacht bei mir schlafen sollen. Wir hätten die Winter hier und die Sommer in unserm Baumhaus verbringen können. Mir war ganz klar, daß Shirley und ich einfach zusammengehörten. Wie sonderbar, daß wir, weil irgendwas schiefgelaufen war, in verschiedene Häuser eingesperrt waren, durch den halben Ort voneinander getrennt, ich in einer zu großen Villa, sie in einer zu kleinen Käseschachtel, Gefangene von dem kuriosen Glücksspiel, das die Erwachsenen Familie nennen. Komisch, daß Shirl und ich, obwohl wir uns so gut leiden konnten, schon vier Tage nicht miteinander geredet hatten. Was war los? Und doch, sogar in meiner Verwirrung, sogar von ihr getrennt, konnte ich mit meiner Freundin Verbindung aufnehmen. Unter der Bettdecke lag die Anfängertaste – winzig, und doch genauso wirksam wie jede im Telegraphenamt –, sogar in unsern Betten, weit auseinander, konnten wir in Punkten und Strichen unsere von Herzen kommenden Botschaften senden und empfangen –, bei Nacht, verschlüsselt, von Hand.

Zwei Tage drauf hat mir Papa (dem meine gedrückte Stimmung aufgefallen war) angeboten, mir mein Geburtstagsgeschenk schon im voraus zu geben: vierzig Fuß gutes Hanfseil, das die neue Eingangsleiter für unser Baumhaus werden sollte. »So gelb wie die Haare von einer gemeinsamen Bekannten«, hat er gegrinst. Ich hab genickt, dankbar für das Trostpflaster. Hab den neuen Strick aufgerollt über der Schulter zum Haus der gemeinsamen Bekannten runtergeschleppt. Bei der Erdnußmühle hat die Luft wie Gebratenes gerochen. Man hätte meinen können, man wird schon durchs Einatmen dick davon.

Ich hab an die ungestrichene Tür geklopft und mich in Positur gestellt, mit dem neuen Strick in der Hand. Shirleys Mama macht auf, diese füllige, freundliche Frau mit den roten Backen vom zu vielen Kochen. Schwerfällig schiebt sie sich auf die Veranda raus, macht rasch die Tür hinter sich zu, lächelt, nimmt umständlich die Schürze ab, setzt sich auf die splittrige Bank und zieht mich neben sich. Sie nimmt meine Hand und drückt sie fest, während sie mir die Neuigkeit eröffnet. Es wär traurig, aber mit Shirleys Sprache wär's in letzter Zeit rapide bergab gegangen. Hätt geredet wie ein Stallknecht. Schludriges Sprechen wär wie ein Fieber, meint sie – und genauso ansteckend. Vor vier Tagen hätte Shirley einen schweren Anfall gehabt.

»Ich weiß ja, mit meinem Englisch ist es auch nicht weit her, aber wir wollen doch nur das Beste für unsere Shirley. Und ich weiß, du willst das auch, Lucy. Unsere Shirley ist hübsch und umgänglich genug, daß sie sich fast überall sehnlassen und fast mit jedermann befreundet sein kann. Aber seit dem Stinktier, ich kann dir sagen, Mädchen, da haben wir's richtig mit der Angst gekriegt. Die Shirley hat gefiebert, phantasiert, ist im Bett geblieben, hat wirres Zeug gefaselt und andauernd tu und tät gesagt. Ich hab aufs Fenster gezeigt, ob sie frische Luft will. ›Tu ich nicht, tu ich nicht.‹ Ob wir sie runter aufs Klo führen sollen? ›Tu nicht müssen.‹ Sie hat brechen müssen, wollte nicht in die Chorprobe, hat ›tät ich nie mehr‹ gesagt. Ein richtiger Anfall war das. Bitte behalt's für dich. Aber ich weiß ja, daß du's nicht rumerzählst. Ich weiß genau, wer die geheimen Vorzüge von unserer Shirley kennt und nur ihr Bestes will. Ich hab immer gewußt, daß man sich auf dich verlassen kann.«

Mrs. Williams hat mich nicht angesehn, aber meine Hand noch fester gedrückt. Ich hab im Haus drin fünfzehn, zwanzig Kätzchen maunzen hören. Ganz allmählich ist mir übel geworden. Sie hat von Shirley wie von einer Toten gesprochen, von jemand, der uns verlassen hat. Hat mir erzählt, Shirleys Zustand hätt sich ständig verschlimmert. Doc Collier war auch ratlos gewesen. Sie hat sich erst wieder besser gefühlt, wie die Frau und die propere Tochter von unserm Baptistenpfarrer ihr einen Krankenbesuch gemacht haben. Die beiden haben die leidende Shirley gefragt, ob sie's aufheitern tät, wenn sie zu einer Geburtstagsfeier eingeladen würde. Sie haben Shirl sogar ein schönes weißes Kleid geborgt, in dem sie sich bei einer so feinen Party sehn lassen konnte.

»Also, unsere Shirley, die ist grad in dem Moment oben an der Summit. Bei der kleinen Emily Saiterwaite. Wundert mich, daß *du* nicht auch dort bist, Lucy.« Shirleys Mama hat irgendwohin geschaut. Ihr Grinsen war richtig erstarrt, weil's schon so lang gedauert hat. »Du hättst sie sehn müssen, wie sie aus dem Haus gegangen ist. Das Kleidchen war wirklich feudal. Viel zu schlicht für meinen Geschmack, aber beste Qualität. Und federleicht. Man hätt's aufessen können wie Zuckerguß, durch meinen Ehering ziehn. Außerdem haben wir ihr die Haare zu so einem festen Kranz geflochten. Wie eine Krone. Auf die Idee ist der Pastor gekommen. Scheinbar hat sich die ganze Stadt schon Gedanken gemacht, wie man unser Kind noch schöner herrichten könnt, als ich's sowieso schon getan hab. War herzerfrischend anzusehn, wie sich die andern den halben Vormittag mit ihr beschäftigt haben. Wie wenn ein Maibaum geschmückt wird. Dir brauch ich's gar nicht sagen, Lucy, aber es hat ihr überhaupt nichts ausgemacht. Wie sie so wunderbar rausgeputzt in die Küche getanzt ist, hat ihr Papa sie nur einmal angesehn, den Kopf auf den Tisch gelegt und geheult wie ein kleines Kind. Mir schlackern jetzt noch die Knie. Wie sie dann losgezogen ist, Kind, hat sie so . . . na ja . . . also, wenn du ihr auf der Straße begegnet wärst, Lucy, du hättst sie nicht wiedererkannt.«

»Nein, sicher nicht, Madam«, hab ich gesagt, wollte kein Spielverderber sein.

Dann hat Shirleys Mama mir den Rest gegeben. Nimm's nicht so schwer. Wahrscheinlich wird's jetzt neue Freundinnen brauchen, Mädchen mit feineren Manieren, die sich gewählter ausdrücken. Sie wird noch mehr Kleider kriegen, noch schönere wie das von heute, zu wichtigen Tanzveranstaltungen gehn, wir werden beide unsere Shirl in den Gesellschaftsspalten vom *Herald Traveler* wiederfinden, verstehst du? Also nichts mehr mit Auf-die-Bäume-Klettern. Wer weiß, wie weit Shirley's mal bringt, gesellschaftlich gesehn. Das verstehst du doch? Ich hab genickt, ja gesagt. Ich soll das alles nicht persönlich nehmen, hat die Frau gemeint. Hat mir die Hand getätschelt, sogar einen Kuß draufgedrückt auf meine Dreckpfote. Hat mir gedankt, daß ich mir Shirley als Freundin genommen hatte. Ich hab ihr gedankt, daß ich sie überhaupt bekommen hab. Dann hab ich's fertiggebracht aufzustehn, hab's fertiggebracht, meinen gelben Strick zu schultern, hab's fertiggebracht zu gehn.

Langsamer wie sonst bin ich zu unserm Baumhaus gegangen. Ich mußte einfach in die Höhe, weg vom Boden. Die Erde war mein einziges Problem. Die Schwerkraft hatte was gegen mich. Oben angekommen, hab aus meiner Seilrolle unsern Tisch gemacht – und unser blechernes Teegeschirr in den Kreis gestellt. Hab mir Mühe gegeben, alles ganz akkurat anzuordnen, so wie sie mir immer alles hingestellt hatte. Ich war verwöhnt: Ich, der Papa, bin müde von der Arbeit heimgekommen und mürrisch auf unsern Einfamilienbaum geklettert, zum Rumkommandieren aufgelegt nach einem schweren Tag auf Straßenebene. Sie (Mama) war immer entzückt, ihren Brotverdiener den Baum raufkommen zu sehn.

Brotverdiener: Und wie geht's den Kleinen, Frau?

Ehefrau: Liegen schon wieder auf der Nase. Mit den Masern, fürchte ich, die nervösen, anfälligen Rangen. Alle zwölf haben Ausschlag am ganzen Körper, und ständig zanken sie sich – das alte Lied. Und wie war's beim Gouverneur?

Brotverdiener: Alles unter Dach und Fach, jetzt kann uns nichts mehr passieren, meine Hübsche. Was gibt's zum Abendessen?

Ehefrau: Zum Nachtisch kannst du dir was wünschen.

Und so weiter und so fort. Wie blöd sich das jetzt angehört hat! Kindereien! Hatte eigentlich der Papa die Mama schikaniert oder die Mama den Papa? Shirl hat alles auf Tu und Tät geschoben. Aber in Wirklichkeit hatte das, was wir heimlich getan hatten (wie sich's für Mann und Frau gehört), den Anfall von Sprachverwirrung bei meiner Freundin ausgelöst. Jetzt war sie geheilt, hatte's hinter sich, war perfekt in Wort und Schrift. Ich bin noch ein Stückchen höher geklettert und hab zwei nistende Häher aufgescheucht. Recht so! Wenn's nach mir ging, sollte nichts auf Erden mehr ein Zuhause haben, schon gar nicht ein Pärchen, schon gar nicht auf unserm Baum.

Um mich rum kaputte Schemel und angeschlagene Untersetzer, die wir aus dem Haus von Shirleys Eltern oder von mir daheim auf den Baum geschleppt hatten. Auf den hellen Brettern unten rostrote Flecken: Blut von unserer Zeremonie. Ich hatte meiner sorgsam ausgesuchten Schwester gesagt, mein Rot würde ihre Kraft verdoppeln und umgekehrt. Aber scheinbar war was schiefgelaufen, und sie hatte die ganze Stärke gekriegt, und ich alle Schwächen von meiner Freundin übernommen, zusätzlich zu meinen eigenen.

An meinem rechten Handgelenk hat sich die rötliche, blitzförmige Narbe immer noch wie ein Reißverschluß angefühlt. Die Häher sind auf mich runtergestoßen, und ich hab angefangen, den geäderten Teil von diesem Arm gegen die rauhe Rinde zu dreschen. Wie's dann richtig weh getan hat, hab ich eingesehn, daß das ziemlich albern ist. Ich war durch mein unverdientes Unglück schon genug gestraft, brauchte meine Schmerzen nicht auch noch selber vergrößern. Also bin ich runtergeklettert, den Strick um die Schulter, und hab überlegt, wer mir helfen könnte. Helfen wobei? Als erstes hab ich einen langen verdrossenen Rundgang durch Klein-Afrika gemacht. Hab da keinen Menschen gekannt. Wenn Mama ein Hausmädchen gehabt hätte, wär ich zu der gegangen. Mein Strick hat ein paar unbehagliche Blicke auf sich gezogen. Immerhin war's erst vier Jahre her, daß dieser Rafferty gelyncht worden war. Nach einer Weile bin ich dann zum Haus von meinen Tanten getrottet, den Strick hinter mir herschleifend.

Weiher und Woge haben auf einer Veranda auf der Schattenseite gesessen und die Augen zugehabt. Durchs offene Fenster hat man Lineal richtig kraftvoll ein Kirchenlied spielen hören. Lieblingsschülerinnen waren auf Sitzkissen und alte Korbsessel verteilt. Auch sie haben die Augen fest zugehabt – die Mädchen hatten weiße Kleider an, die so gestärkt waren, daß sie, wenn man eine Briefmarke auf die schmale Taille geklebt hätte, anstandslos von der Post befördert worden wären. Jedes der Kinder hatte auf dem Kopf eine hohe, halb über die Augen runterreichende Papiermütze mit einem alten Konterfei von einem Komponisten drauf. »Mein Lieblingskomponist« stand darüber in so schwungvollen Lettern wie die Inschrift auf einem Grabstein. Unter den steifen Helmen mit den schwarzweißen ausländischen Genies haben rosige einheimische Gesichter vorgeblinzelt.

Wie ich gesehn hab, daß meine Tanten beschäftigt waren, bin ich noch trauriger geworden. Ich hab zu flennen angefangen. Alle haben sämtliche Augen aufgemacht. Die alten Jungfern sind schleunigst mit mir auf die hintere Veranda. Die Musik hat aufgehört. Lineal ist erschienen und vor mir in die Hocke gegangen. Den andern jungen Leuten hat sie mit Stentorstimme befohlen, sie sollten mit geschlossenen Augen sitzenbleiben und dem Nachhall der Musik in ihrem Innern lauschen, und zwar ab *jetzt*. Die Tanten, die ja auch ihren Geliebten verloren hatten, wußten scheint's sofort, was passiert war. Mitfühlend haben sie sich um mich gedrängt.

»Also«, hat Lineal angefangen, »wer ist es, Lucyschatz? Wen hast du verloren? Deine kleine Shirley, stimmt's? Warum ist es immer der *eine*, der geht? Von uns aus könnte ganz Falls verdientermaßen im Orkus versinken, wenn wir dafür nur den einen behalten könnten, den wir lieben.«

Seit einiger Zeit hatten die drei Schwestern meiner Freundin kostenlos Stunden gegeben. Ich hatte Shirley mal zu Besuch mitgebracht, die Tanten wußten, daß ihre Eltern nicht viel Geld hatten, und haben gesehn, wie Shirley verträumt (wenn auch nicht allzu talentiert) auf einem von ihren Steinways rumgeklimpert hat. Die Tanten haben ihre Wohltätigkeit geheimgehalten. Alles mir zuliebe. Wie Shirleys Name gefallen ist, hab ich wieder losgeheult und mich geschämt, daß ich ihnen ihr Konzert verdorben hab. Am liebsten wär ich auf der Stelle zu diesen ungewöhnlichen Frauen gezogen, die schon früh um die Liebe betrogen wurden, aber klug genug waren, sie trotzdem nie verloren zu geben.

»Also, was hat dir die kleine Shirley denn getan?« Ich hab den Kopf geschüttelt, und das Wasser ist mir aus den Augen gelaufen wie aus aufgeplatzten Blasen. Ich wollte nichts sagen, damit's die andern Kinder nicht hören und dann am nächsten Montag in der Schule drüber tratschen.

»Ja dann«, hat Lineal konsequent weitergefragt, »was hast *du ihr* getan?« Auch das konnte ich ihr nicht sagen. Das Thema Liebe – eine schwierige Sprache, die mir fremd war.

Lineal, die voller Mitgefühl war, hat sich aufgerichtet. Sie hat mir die Hand auf den Kopf gelegt und sich in Positur gestellt. Dann hat sie, auf mich bezogen, einen deutschen Satz zitiert, den ich mal auf ihren Wunsch (und für eine Belohnung von fünfundzwanzig Cent) nach dem Gehör auswendig gelernt hatte – ich kann ihn heute noch hersagen. Er galt ursprünglich Maestro Wagner, an dessen Altar Lineal, wie sie freimütig zugab, regelmäßig opferte: »›Er wurde entweder verfolgt oder angebetet – zwischen diesen beiden Extremen pendelte sein Leben.‹«

Woge, die es Lineal übelnahm, daß sie allzugern auf heimatlichem Boden in fremden Zungen redete, übersetzte mir das Zitat ins Englische.

»Ach, die Frauen dieser Familie!« hat Weiher resigniert ergänzt. »Die Schicksale der Frauen dieser Familie.«

Hätt ich mir nicht träumen lassen, daß meine fünfundsechzig Pfund Lebendgewicht jemals mit einer Tragödie in Verbindung gebracht würden. Dieses Omen war mir einigermaßen unheimlich. Also hab ich meinen guten Tanten die Hand geküßt und mich und meinen Strick von ihrer kultivierten Veranda entfernt.

Später haben sie mir mal gesagt, der Strick hätte ihnen – bei meiner Stimmung – die größten Sorgen gemacht.

8

Gestern haben wir im Mehrzweckraum gesessen und *Meine Kinder sind die besten* angeschaut. Fängt um eins an. Du weißt schon, die Fernsehserie, wo alle so geschleckt aussehn, was sie aber auch nicht weiterbringt. Schätzchen, was immer in denen ihrem Leben schiefgehn kann, geht schief – aber wirklich jeden Tag. Fad.

Ich seh mir das Zeug regelmäßig an, bin aber nicht so scharf drauf wie manche andern hier drinnen. Ich hab noch andere Interessen. Ich will, wie man so sagt, von nichts abhängig sein. So gern ich zum

Beispiel eß, wenn ich könnte, würde ich mal drei Tage hintereinander drauf verzichten, bloß um zu beweisen, daß Essen *so* toll nun auch wieder nicht ist. Vielleicht kommt meine Abneigung, mich auf irgendwas zu stützen, zum Teil auch daher, daß ich jetzt auf alles verzichten muß, was mir früher mal wichtig war. *Meine Kinder* – also weißt du, an manchen Tagen tun mir meine letzten vier Zähne weh, wenn ich bloß den Titel hör. Meine eignen hab ich ja alle überlebt. Hab ich dir schon gesagt. Kinder bekommt man doch auch dazu, daß sie einem Gesellschaft leisten, wenn man vom Alter so braungrün geworden ist wie ich. Sollen ein Auge auf einen haben, einem ein Geländer an die hintere Veranda machen, damit man sich nicht das Hüftgelenk bricht. Einem eingemachte Birnen und die Enkel bringen, die in der Schule nur die besten Noten kriegen, oder? Und einen vor so einem staatlichen Altersheim bewahren.

Na jedenfalls, gestern sitzen wir da und gucken unsere Serie an, da steigt auf einmal so ein Dunstschleier aus dem Apparat wie das Engelshaar, mit dem wir zu Weihnachten immer den Kamin geschmückt haben: Die Glotze geht in Flammen auf. Dann kommt der ekelhafteste Gestank von brennendem Kunststoff raus, den du jemals gerochen hast. Eine alte Frau – *wirklich* alt – hat zu heulen angefangen. Heute ist dieselbe Dame mit ihrem Rollstuhl hier reingekommen, mit einer kleinen Blechbüchse auf dem Schoß. Hat für die Reparatur von dem Gerät gesammelt. Das Heim hat erst neulich vierzig Dollar für eine Reparatur geblecht. Jetzt hat der Direktor gemeint, wir werden wohl eine Zeitlang ohne auskommen müssen. Aber die senile Lehrerin mit ihrer Sammelbüchse denkt, sie geht drauf, wenn sie nicht mitkriegt, wie das mit dem Mord und den beiden Scheidungen ausgeht und wer nun wirklich Debbys Vater ist. Ich sag ihr, ich kann leider keinen Cent für den guten Zweck erübrigen, obwohl ich das Herz auf dem rechten Fleck hab. Sie war richtig niedergeschlagen. Da hab ich einen Zettel aus meinem Nachttisch genommen und draufgeschrieben: »Ich, Lucy Marsden, erkläre hiermit, daß ich das Reparaturvorhaben vollinhaltlich unterstütze.« Den Zettel hab ich ihr in die Büchse gesteckt. Hat sie richtig aufgebaut.

Das gehört auch zum Altwerden. Der Herr gibt's, und der Herr nimmt's, aber manchmal gibt er ein bißchen was zurück, indem er *dich* wegnimmt. Hier auf meinem Gang ist letzte Woche eine Frau gestorben; kommt öfter vor. Zimmer sechsundzwanzig. Aber kurz vorher bin ich noch zu ihr rein und hab ein Weilchen bei ihr gesessen. Sie war wie ich – die letzte Überlebende von einer langen Linie, aber zum Schluß so allein, als wär sie von Anfang an die einzige gewesen. Ich hab neben ihrem Bett in der zweiten Reihe geparkt und ihre Hand genommen. Unser Pflegepersonal ist wirklich überarbeitet, und Jerome war vermutlich wieder irgendwo mit Waschen, Schneiden, Legen beschäftigt.

Diejenigen von uns, die noch klar denken können (mehr oder minder – sogar ich hab meine schlechten Tage), springen nach Möglichkeit hier und da mal ein. Gutes Mittel dagegen, daß einem die Decke auf den Kopf fällt und man denkt, die Fernsehserien wären das einzig Lebendige diesseits von unserm Parkplatz. Ja, also, meine Patientin redet ein bißchen wirr, daß sie ein dreireihiges Beet Zinnien anpflanzen will. Aber wie ich aus einem kurzen, nicht eingeplanten Nickerchen aufwach, liegt sie da und sieht mich voll an, richtig besorgt, so als ob *sie* die Pflegerin wär. Eine schöne Frau, sehr eigen im Anziehn, man hätte sie für fünfundsiebzig und keinen Tag älter gehalten, dabei hat sie sich genau wie ich mit Riesenschritten dem Ende ihres ersten Jahrhunderts genähert.

»Ach, wissen Sie, Lucille.« Sie hat mich schon noch erkannt und so. Hat so vernünftig geklungen wie Woodrow Wilson in seinen besten Jahren. »Ich hab gedacht, es tut *weh*. Na ja, zugegeben, es ist schon ein Schock für Körper und Geist, daß es zu Ende geht – aber man hat nicht die Art Schmerzen, vor denen ich mich fürchte, seit ich, sagen wir, achtundsechzig war. Es wird alles leichter, wenn es einem entgleitet, wie ein Gefallen, den einem der eigene Körper am Ende noch tut. Als Mädchen hab ich mal einen Sommer lang am Virginia Beach als Kellnerin gearbeitet. Die Gäste haben einem nach dem Essen das Trinkgeld unter den Teller geschoben. Man hat sich gedacht: Wieder ein leergegessener Teller von einem wildfremden Menschen, keine Belohnung für die freundliche Bedienung, aber manchmal hat man beim Abräumen doch was gefunden. Man war immer gespannt, wieviel es ist.«

»Na, ist doch immerhin etwas«, hab ich gesagt und ihre Klaue in meiner gehalten. »Wenigstens ein bißchen Mitgefühl.«

Aber dann war sie ganz plötzlich wieder die Sechsjährige, die mich (als ob ich ihre leidgeprüfte schwarze Mammy wär) angeherrscht hat, ich soll ihr die rote Blumengießkanne von der Fensterbank bringen. Hat sie eindeutig da stehn sehn. Um sie bei Laune zu halten, fahr ich ein Stückchen auf das Fenster zu. Aber sie hält mich an der Armlehne fest. »War das jetzt nicht dumm von mir?« lacht sie, aber ich hör auch schon die ersten Ansätze von dem langsamen Röcheln. Mit der Zeit kennt man das Geräusch. Nicht lange, und ich hab Jerome und die Oberschwester holen müssen.

Trotzdem, ich glaub, je mehr Leute man sterben sieht, um so klarer wird einem: Man hat schon einen gewissen Einfluß darauf, *wie* man abtritt. Jeder hat da seinen persönlichen Stil, verstehst du? Ich hab mir ja immer vorgestellt, es wird ein dunkler Schacht sein, in den man runterstürzt. Man steht irgendwo an, um Käse zu kaufen, und unversehens kommt der Tod über einen, haut einem eins über den Schädel, daß man blind wird. Und dann geht's abwärts: in den finstern Abgrund, einen Rachen so groß wie das Staats-Capitol.

Heut weiß ich – er ist ständig *in* einem. Er ist kein Netz, das von hoch oben auf einen runterfällt. Er ist da – wie eine Begabung für Musik –, dieser heimliche Hunger, und wartet. (Ist nur einfach der letzte Dreh, den man rauskriegen muß, nicht mehr, und ein Talent, dem – richtig demokratisch – keiner entgeht.) Tröstlicher Gedanke, daß das von klein auf in deinem Knochenmark angelegt ist. Du kannst es nicht verhindern. Aber das wichtige dabei: es ist deine persönliche Angelegenheit. Also wenn Freund Hein Ernst macht, kannst du wenigstens noch ein Wörtchen mitreden, weil's ja immerhin *dir* an den Kragen geht.

Deine Lucy findet, das ist ein Segen. Weißt du, mir wird allmählich klar: Von der Wiege bis zur Bahre müssen wir die bleiben, die wir sind.

Eigentlich nur gerecht . . . wir sterben, wie's zu unserm Charakter paßt.

9

Mama hat gemerkt, daß ich oben Trübsal blase, und hat raufgerufen: »Na, hat's dir die Petersilie verhagelt?« Ich hab die Badezimmertür verriegelt, mich ausgezogen und mich ins heiße Wasser gesetzt. Vor Shirley hatte ich nie mit wem andern in der Wanne gesessen. Aber immer wenn ich jetzt allein reingestiegen bin, ist mir das viele Emaille so riesig wie ein zahnfarbenes Mausoleum vorgekommen. Außerdem hat das klare Wasser (anders als der Tomatensaft) ein tischplattengroßes Vergrößerungsglas abgegeben. War mir zuwider, wieviel man da unten von sich selber wie im Aquarium gesehn hat – zwar immer noch man selber, aber gemustert und zerfließend, ein bißchen aufgedunsen. Ich hab die Badebürste am Fußende von der Wanne aufgestellt und so getan, als wär sie ein Mensch. »Hallo«, hab ich gesagt.

»Mädchen?« Mama hat vor der Tür gestanden und gerufen, an der Klinke gerüttelt. »Weinst du? Oder bist du erkältet? Du weinst!« Ich hab ihr nicht sagen wollen, was mit mir los ist. Sie ist die Treppe runtergerannt, hat rasch einen Besuch bei den Williams unten gemacht. Da war sie noch nie gewesen. Ich hab mir vorgestellt, wie sie mit vornehmer Zurückhaltung an die rohe Holztür klopft (höchstens dreimal). Hab mich für sie geniert, für uns. Wir waren immer auf die falsche Art reich gewesen. Ich hatte ewig die Arme gespielt, und Shirl, die sich ihrer Armut schämte, die Tochter aus wohlhabendem Hause. Wir waren nie ehrlich miteinander gewesen. Vielleicht hätten wir *beide* die Mutter oder beide den Vater spielen oder öfter mal wechseln sollen?

Gleich darauf ist meine Vollzeit-Mama zurück und rüttelt wieder in kurzen Abständen an der Türklinke. Sie weiß was, will aber von mir selber hören, warum ich wein. Schließlich schrei ich: »Tu ich doch gar nicht!« Also, da fängt die doch zu brüllen an, wie ich noch nie wen brüllen gehört hab. Vor Schreck tauch ich so tief ein, daß nur noch die Nase rausschaut. Mama schmeißt sich jetzt andauernd mit der Schulter gegen die Tür. Schreit, ich wär ein böses, böses Kind, weil ich immer noch dieses schreckliche Wort in den Mund nehm – und das, obwohl ich wegen meinem ewigen »tu« meine einzige Freundin verloren hab.

»Wie-kannst-du-das-bloß-immer-noch-sagen?« Sie donnert an die Tür, ohne Rücksicht auf ihre Pianistinnenhände. Dann stolpert sie zu dem Tischchen im Flur rüber, schleppt was weg und schmeißt es (es ist die riesige rosa Vase, die sie eh nie leiden konnte) übers Treppengeländer auf den Marmorboden in der Diele. Ein grauenerregendes Getöse. Ich lieg wimmernd im Wasser, und Mama zetert: »*Tu* ist der Dolch, den du deiner Mutter ins Herz gestoßen hast! In unserer Stadt bist du von nun an tot, mein Kind, und das mit Recht. Sogar die Tochter des Pferdeverleihers will nichts mehr von dir wissen. Jetzt hast du niemanden mehr. Bist du nun zufrieden? Du bist noch nicht mal dreizehn. Eine Leiche kann nicht debütieren. Gesellschaftlich, Lucille, bist du ein kleines . . . blaues kleines totes Mädchen. – Das ist mein Ende.«

Zitternd hab ich im Wasser gesessen. Es war richtig kühl inzwischen. »Du Ungeheuer.« Mit dem Fuß hat sie die Scherben von den Stufen gekickt. Doc Collier wurde geholt. Er hat sie mit Pillen vollgestopft und Bettruhe in einem abgedunkelten Raum verordnet, bis sie wieder zu Kräften kommt. Ich hab Angst gekriegt, sie könnte ihre wiederkehrenden Kräfte dazu benutzen, mich zu erwürgen. Papa war ziemlich verstimmt und hat mich den ganzen Samstag und Sonntag vor ihr versteckt. Hat gekränkt getan und mich behandelt, als hätt ich Shirley mutwillig verlassen und nicht sie mich. Am Samstag abend hab ich in meinem Zimmer aus dem Fenster geschaut, und da sind schon wieder Sachen durch die Gegend geflogen und auf dem Ziegelpfad zerschellt. Mama hat das ganze Bettzeug aus dem zweiten Stock geschmissen. Die zwei Möpse vom Kaminsims hinterher. Dann hat sie noch die Stratfordshire-Kakadus zertöppert, die sie mit sechs Jahren gekriegt hatte. Ich hab im Bett gelegen und gehorcht: Papa hat erst laut und nett mit ihr geredet, dann nur noch laut, sie dann geohrfeigt. Schließlich ist es ganz still geworden, und mittendrin war als einzige ich noch wach, ich, die an allem schuld war. Ich bin mir vorgekommen wie ein Zahn, der so verfault ist, daß er drum betet, von dem Ort entfernt zu werden, wo er ausgebrütet wurde, gesteckt hat und verdorben ist, ein Ding, so braun und verrottet, daß es sich danach sehnt, ein für allemal weggeworfen zu werden. Auf den Abfallhaufen. Und vielleicht obendrein noch verbrannt, sicher ist sicher. Ja. Auch verbrannt. (Ich will mich einäschern lassen. Und zwar schon bald, mein Junge. Hab ich wahrscheinlich schon gesagt.)

Am Sonntag auf der Veranda – sie hat oben das Bett gehütet – hat er getan, als ob seine vornehme Frau tot wär, als ob Mama eine Art Shirley wär, zu vollkommen und deshalb zu gut für uns. »Ich hab dir doch schon mal vom wichtigsten Tag in meinem Leben erzählt? Ich war in Bear Grass, unterwegs zum Billardspielen, mit einem Queue, das ich mir aus alter Hickory-Eiche geschnitzt hatte. Dazu hatte ich mir einen Sack aus schwarzem Wollstoff genäht und einen Koffergriff drangenietet, weil es sollte alles möglichst echt aussehn. So bin ich am Bahndamm entlanggegangen und hab an nichts Besonderes gedacht. Der Zweiuhrzug, der in Bear Grass nicht hält, wird links von mir langsamer.

Erst gellt seine blöde Pfeife, dann hör ich ein Splittern und ein Geräusch wie von vierzig Gallonen Wasser, als ob ein riesiger Ballon am Cowcatcher geplatzt wär. Das war das Pferd, mit dem die Lokomotive zusammengestoßen ist. Rechts von mir ist der Wald, und ich hör ein Rascheln in den höchsten Zweigen, Struppi. Dann seh ich so was wie ein dünnes Tuch in die hohen Seggen fallen. In der Nacht hatte's geregnet, und deshalb war der Boden aufgeweicht, gottseidank. Ich denk mir, was da runtergekommen ist, war vielleicht ein Adler, der von seinem Ast aufgescheucht worden ist. Ich geh rüber.

Es ist eine sehr hübsche junge Dame, sie liegt da mit dem Gesicht nach oben, die Augen zu, und sie hat ein Cape um. Das Cape ist mit weißer Seide gefüttert, liegt unter ihr wie ein ausgebreitetes Paar Schwingen. Ihr Mieder ist zerrissen, aber nicht so sehr, daß es ordinär aussehn würde. Ein bißchen Blut war zu sehn, aber auch das war verteilt, fast künstlerisch. Oben auf dem Damm kreischen immer noch die Bremsen von der Lokomotive, dann große Aufregung und plötzlich Geschrei. Ich seh überhaupt noch keinen Zusammenhang mit dem, was ich da gefunden hab. In dem Moment jedenfalls noch nicht. Ich laß mein Queue fallen und knie mich daneben hin. (Ich seh das Wesen noch nicht für einen Menschen an, sondern denk, es ist ein vom Himmel gefallener Engel oder so was.) Ich leg ihm/ihr das Ohr auf die Brust und hör ein Herz schlagen, gut. ›Sammy, sieht aus, als wärst du ein Glückspilz‹, sag ich mir, wie ich sie auf ihrem Cape tiefer in den Wald schleifen tu. Erst hab ich ihr noch das Gesicht mit Quellwasser bespritzt und sie dann heimgetragen, sie war federleicht damals, Kind. Mein Queue hab ich versteckt, das wollte ich später holen.

Die am Zug sammeln ihren Cousin in Einzelteilen auf und sehn, daß das Pferd zur Hälfte auf der einen und zur Hälfte auf der andern Seite vom Gleis liegt. Denken natürlich, daß *sie* auch in Stücke gerissen worden ist, zu Brei zermalmt. Die Leute, die vom Zug aus die irrsinnige Wettfahrt beobachtet haben, sagen unserm Sheriff: ›Der unglückliche Gentleman hat ein hübsches Mädchen dabeigehabt – wirklich ein Jammer.‹ Wir haben sie drei Tage ganz für uns allein gehabt, eh sie zu sich gekommen ist. Mama und Papa waren beeindruckt, daß ich sie gefunden hatte. Ich hab zwar öfter Glück gehabt und was gefunden, aber noch nie ein ganzes Mädchen! Ich hab die ganze Zeit an ihrer Pritsche gesessen und zugesehn, wie sie schläft. Eines Tages hat sie dann die Augen aufgeschlagen. Irgendwie war ich überzeugt, daß sie mich erkennen wird, falls sie jemals wieder aufwacht. Und so war's dann scheinbar auch. Sie hat sich umgeschaut, als ob sie denkt, unsere bescheidene Hütte ist eine Bühnendekoration oder ein Witz. ›Lebe ich noch? Ich bin im Himmel, nicht wahr?‹

Ich hab meinem aus dem Baumwipfel oder vom Himmel gefallenen Engel zugenickt. ›Im Himmel. Ja, Madam. Was Sie wollen.‹

Schließlich bin ich dann in die Stadt gegangen und hab's dem Sheriff gesagt. ›Hören Sie, ich hab wen gefunden.‹ Ihre reiche Familie hatte eine Belohnung ausgesetzt. Hab ich nicht gewußt. Hab auch keine Ahnung gehabt, wer sie sind, obwohl das seidengefütterte Cape einen schon auf Gedanken bringen konnte. Kaum hatt ich's dem Sheriff gestanden, hat's mir schon leid getan, Kind. Wie er mich nach ihrer Haarfarbe und allem gefragt hat, hab ich den Kopf geschüttelt: Noch nicht. Das konnte ich ihm noch nicht verraten. Hab nur immer wiederholt, was ich ihm schon gesagt hatte: ›Ich hab wen gefunden. Ich hab mir wen gefunden.‹«

Papa hat den Arm ausgestreckt und mich an der Schulter berührt. »Nach allem, was die arme Bianca durchgemacht hat – das Unglück, wie sie noch ein kleines Mädchen war, und die furchtbare Geschichte mit dem Zug –, ist das jetzt eine Kleinigkeit, Struppi. Die wird schon wieder. Bloß ein bißchen überreizt.«

»Ja, Sir«, hab ich gesagt und seine Hand gehalten.

10

Dann ist der Montag gekommen (was hab ich für einen Bammel vor der Schule gehabt). Ich hab *sie* gesehn. Auf dem Schulhof, kurz vor dem Klingeln, schon bei den andern, dieser eingebildeten Clique. Sie war in Weiß. Die Tochter vom Baptistenpfarrer hat neben Emily Saiterwaite gestanden, der vom Episkopalenpfarrer. Sie hatten sich geeinigt, Shirley zu teilen. Beide haben Shirleys neue Frisur befühlt. Sie haben miteinander geschwatzt, nicht mit ihr. Wie konnte meine Shirley sich so von denen betatschen lassen? Die ondulierten und aufgesteckten Haare haben sie älter gemacht. Unter der neuen Frisur ist ihr schöner langer Hals zur Geltung gekommen – so hat sie viel reicher, feiner gewirkt, fast wie eine Prinzessin, aber auch kälter. Jemand hatte ihr die ganzen welken Stoffblumen vom Kleid gepflückt, die tristen Spitzen abgeschnitten. Mir hat der hübsche Tand gefehlt. Wird dich wahrscheinlich nicht wundern: Für Kitsch hab ich schon immer was übrig gehabt. Ich hatte vergessen, daß Shirley so viel größer war wie ich. Man *mußte* einfach zu ihr aufschaun.

Wie ich an dem Grüppchen vorbeigeh, lacht die Bürgermeisterstochter: »Pssst. Da kommt der bewußte Jemand.« Ich hab's eilig gehabt, mir aber trotzdem einen Blick zu Shirl hin nicht verkneifen können. Es war kein fieser Blick, auch kein demütig verzeihender – halt nur ein Blick. Ich hab gewußt, sie wird keiner Menschenseele erzählen, was tatsächlich passiert ist. Wir hätten nicht drüber reden können, es gab (ob in städtischer Redeweise oder in Bauernsprache) einfach keine Wörter dafür.

Ich hab versucht, so selbstbewußt jungenhaft zu gehn, wie ich konnte. Hab die Daumen im Rockbund eingehakt und das Kinn vorgestreckt.

Shirl hat mir halbherzig-schuldbewußt zugenickt, und ihr Mund hat sich zu einem Lächeln verzogen, das keins wurde. Sie hat wie die Gefangene von den andern gewirkt, aber ich hab gemerkt, daß sie sich ihr Gefängnis selber ausgesucht hatte. – Sie hatte sich schon immer ein bißchen zu leicht untergeordnet. Wenn wir allein auf unserm Baum waren, hat sie jedesmal bereitwillig die Ehefrau gespielt, eine Rolle (wie der Indianer, der massakriert wird), um die sich keiner reißt, die eben irgendeiner übernehmen muß. Vielleicht ist mir recht geschehn, daß ich meine Freundin an die Arroganz von andern verloren hab? Aber wie schnell diese hochnäsigen Schnepfen ihre Klauen in meine blasse Blutsschwester geschlagen hatten!

Sie haben sich alle von mir abgewandt. Zwei haben Shirl an den weißen Puffärmeln gepackt. Haben glucksend meine Freundin so gedreht, daß sie mein gekränktes Gesicht nicht mehr sehn mußte. Von Shirls hochgestecktem Haar haben sich zwei schüchterne silberne Strähnchen über ihren Nacken gekringelt – nicht lang genug, um hinaufzureichen, sich einflechten zu lassen. Unschlüssig federnd haben sie da gehangen, so süß und traurig, überrascht vom Tageslicht nach den Jahren, die sie unter der feuchten Markise der Korkenzieherlocken verdämmert hatten.

Sogar von hinten hab ich Shirl noch bewundert.

Papa hat verdrossen im Haus rumgelungert. Eine geschlagene halbe Stunde in der Küche gestanden. Hat Mama ans Klavier geholfen, wo sie dann gesessen und alte Ausgaben vom Präludium des Monats gespielt hat – erst übergenau, dann schusselig. Papa hat von der Veranda zu den neidischen Farmern rausgeschaut und sie beneidet. Man hätt meinen können, unser Haus wär unter Quarantäne. Papa hat sich selber die Schuld gegeben, seiner Jugend in den Sümpfen. Er hat Shirley nachgetrauert, die auch über Mr. Spaßvogels dümmste Witze gegrinst hatte. Wenn er zu ihr gesagt hat: »Shirley Güte und Gnade, willst du mir folgen alle Tage?«, hab ich gemerkt, daß er es halb ernst gemeint hat. Wenn mir Shirley wieder mal bewundernd gesagt hat, wie gut mein Papa doch aussieht, hab ich ihm das jedesmal brühwarm erzählt. Dann hat er gestrahlt: »Das gibt's doch nicht! *Das* hat sie über mich häßlichen alten Vogel gesagt?« Und ist raufgerannt, sich rasieren, und mit neuen karierten Hosenträgern runtergekommen, hat sie schnalzen lassen, ist o-beinig rumstolziert und hat gefragt: »Na, wie mach ich mich?«

Jetzt hat er nur noch auf der Verandaschaukel gefläzt und nicht mal geschaukelt. Ich hätt ihm gern gesagt, daß er's nicht auf mein »tu« und »tät« schieben soll, sondern vielleicht auf ein Stinktier, auf einen rumliegenden Schwamm, einen abartigen Kitzel. Darauf, daß zwei Mädchen von einem unvermutet aufgetauchten Tier angespritzt worden sind. Darauf, daß der Gemüsesaft zwar scharf genug war, den Gestank zu tilgen, aber nicht verhindern konnte, daß zwei Mädchen einander wahrnehmen, sich auf einmal so stark zueinander hingezogen fühlen, daß sie sich aneinander klammern wie die arglosen kleinen Tiere, die sie sind. Darauf, daß Pflanze nicht gegen Tier ankommt. Nur Tier kommt gegen Tier an.

Alle Sprache beginnt als Bauernsprache.

Ich hab versucht, ihn durch Witzeerzählen aufzuheitern. »Danke vielmals«, sagt er, nachdem ich ihm ein paar von meinen besten aufgetischt hab, »aber weißt du, Struppi, die hab ich alle schon mal gehört.« Ganz plötzlich geht mir auf: Ich hab alle meine Witze von ihm. Das war mir noch nie aufgefallen. Und er hatte es mir nie unter die Nase gerieben. Ich hab kapiert: Ich war drauf und dran, erwachsen zu werden.

Ungefähr zu der Zeit hat er angefangen, mich abschätzend zu mustern, hat manchmal den Kattun von meinem Kleid prüfend zwischen Daumen und Zeigefinger gerieben und gesagt: »Deine Mutter könnte dir auch mal was Schöneres kaufen.« Er hat – wie Mama – meine Zöpfe genommen und sie oben auf meinem Kopf zu einem Klumpen zusammengelegt. Dann hat er enttäuscht gegrinst, den Kopf gewiegt und mich mit den Zopfenden an der Nase gekitzelt, als ob er mich neu malen wollte. »Mein armes Schnuckelchen, du hast ja mehr Sommersprossen wie dein gesprenkelter Erzeuger.«

Er hatte sich früher nie darüber beklagt, daß ich nicht hübsch war. Er hat immer gesagt, er kann von Glück reden, daß ich so ein richtiger Struppi bin, weil mich ihm so keiner wegnimmt. Und ich hab deswegen gedacht, es ist vielleicht doch nicht so schlecht, daß ich so ausseh. Jetzt hab ich ihn öfter dabei ertappt, wie er meine Fesseln, meine Hände betrachtet hat, und unter seinen Augen (die nichts und niemand täuschen konnte) bin ich mir dabei vorgekommen wie ein Möbelstück, das nach dem Tod seines Besitzers von einem Gutachter taxiert wird.

Papa hat sich jetzt auch werktags besser angezogen. Ich hab dabei das deprimierende Gefühl gehabt, daß er netter aussehn wollte, damit *ich* mich nicht durch seinen Anblick gestört fühl. Auf einmal hat er sich auch für unsern Garten interessiert, ist im weißen Hemd raus, hat die Buchsbaumhecke geschnitten und dabei fast devot allen netten Leuten zugelächelt, die zu Fuß vorbeigekommen sind. Farmer waren nach wie vor Luft für ihn.

Papa hatte sich immer auf dem laufenden gehalten über die gesellschaftlichen Ereignisse, wo ihn keiner dabeihaben wollte. In dem Sommer hat's einen handfesten Skandal gegeben: Die dickliche Tochter vom Besitzer der Erdnußmühle hat sich mit einem Scherenschleifer ohne festen Wohnsitz verlobt, der in der Nähe vom Haus ihres Vaters gearbeitet hatte. Der Bursche hat gut ausgesehn, konnte aber (so hat man gehört) kein Wort lesen. Die Leute haben sich erzählt, daß der dunkelhaarige Junge, wie ihn die herzkranke Brautmutter nach *seiner* Liste der einzuladenden Hochzeitsgäste gefragt hat, bloß zwei Namen gewußt hätte: einen Zirkus-Ausschreier aus Providence und seinen Bewährungshelfer in Newport News. Papa hat verkündet, er wär richtiggehend *erschüttert*, daß so einer Familie ein solches Unglück zugestoßen ist. Den Kerl müßte man mit der Reitpeitsche davonjagen, hat er gemeint, und das Mädchen entweder als Frachtgut nach Europa schicken (damit ihr die romantischen Flausen vergehn) oder ihr mal ordentlich den Südpol versohlen. Mama und ich haben uns bei Papas hochtrabenden Ansprachen still verhalten. Haben kein Wort drüber verloren, daß sich Mama, wie sie sich den Mann fürs Leben ausgesucht hatte, genau dieselben Sprüche anhören mußte. »Und falls *du*«, hat er eines Tages mich aufs Korn genommen, »uns jemals eine solche Schande machen, unsern ehrlichen Namen jemals mit so einer Laus beschmutzen solltest . . .« »Na, was dann?« hab ich gefragt, und in dem Moment war mir alles egal. »Was machst du dann mit mir, du rothaariger . . . Bauerntrottel?«

Sein Gesicht ist jählings eingefallen, aber im nächsten Moment hatte er sich wieder in der Gewalt. Er hat sich weggedreht. »Das hat gesessen«, hat er leise gesagt. »Mann, Lucy, damit hast du ins Schwarze getroffen. Das haut den stärksten Neger um.«

Mit der Hand auf dem Mund bin ich ins Haus und auf mein Zimmer gerannt. Alle Kinder leben in der heimlichen Angst, daß es *eins* gibt, was sie nie tun oder sagen dürfen. Wenn ihnen das doch mal rausrutscht, sind Eltern und Zuhause nie mehr das, was sie vorher waren.

Nach sechs traurigen Wochen hat Mama sich zur Friedfertigen geläutert. Hat sich bemüht, mir das Gefühl zu geben, ich wär ihnen gar nicht so sehr im Weg. Ich hab's besser gewußt, aber wo hätt ich denn sonst hin können?

An einem Sonntag hat Papa schwer in der Verandaschaukel gesessen, und ich bin ihm zum erstenmal seit Ewigkeiten wieder auf den Schoß gekrochen. Seine Arme haben sich wie von selbst um mich geschlossen. Aus seinem blumentopffarbenen Gesicht sind goldene und silberne Spitzen gesprossen. An seiner Wange hab ich »Kommt ein Mäuschen« gespielt.

»Also gut, du bist ein unausstehliches Gör«, sagt er und drückt mich noch fester an seine knochige Vorderseite. »Aber weißt du, bloß weil dein alter Vater tagein, tagaus in der Hundehütte bleibt, mußt *du* das doch nicht auch machen. Wenn du schlau bist – und das bist du, kommst ja schließlich ganz nach deiner Mama und deinen Tanten –, kannst du dir aussuchen, was du willst. Und ›was du willst‹ heißt: eine ganze Menge. Warum in aller Welt solltest du's also genauso machen wie ich? Zum Henker, *ich* tät mir auch was Besseres suchen, wenn ich könnte. Aber ich hab keine Wahl. – Jetzt sag doch mal selber, warum?«

Er hat gewartet. Ich hab mich weiter an ihn geklammert, halb tot vor Angst, er könnte mich runtertun, mich wegstoßen wie Shirley, wie Mama.

Ich hab mich verzweifelt an seinem Hemd festgekrallt wie ein junges Äffchen, das jedesmal zu Tode erschrickt, wenn es von seinem hohen Baum in die Tiefe schaut, aber doch weiß, daß es immer da oben leben wird.

Er läßt nicht locker. »Weil dein alter Vater findet nämlich, du bist langsam alt genug für – na, was meinst du, wofür?« Ich hab das Gesicht an Papas Brustbein gedrückt. Hab einen fragenden Laut von mir gegeben – mich mit weit aufgerissenen Augen an ihn geschmiegt. Gleich sollte ich hören, was man über mich verfügt hatte. Die Kirchenglocken haben geläutet. Die Kanarienvögel von Mrs. Smythe sind in ihren Käfigen rumgeschwirrt.

»Na, dafür, dich nach dem richtigen Mann umzusehn, Dummerchen.« Ich hab mich angeklammert. »Schau, schließlich wirst du bald fünfzehn, stimmt's? Eine lange Verlobungszeit. Wie wär das, mein Sekundenzeiger? Machen wir uns nichts vor, Kleines, eine richtig gute Schülerin bist du eigentlich nie gewesen, nicht so wie Shirley und die andern. Was nicht heißen soll, daß du keinen Grips hast, versteh mich nicht falsch. Aber was Mama ›höhere Bildung‹ nennt, das kommt doch für dich nicht in Frage, oder? Außerdem tätst du bloß immer zappeliger werden, ewig auf dieser Veranda mit Leuten wie mir und ihr. Also, was bleibt dir noch übrig? Was? frag ich dich. Sag selber.«

Ich war so maulfaul, denkfaul. Hab mich noch krampfhafter an ihm festgehalten. Jedem, der mich von der Straße aus gesehn hätte, wär's kein bißchen komisch vorgekommen, daß ein Kind in meinem Alter seinem Papa auf dem Schoß sitzt, aber was hat dieser Papa mir grade schonend beibringen wollen? Er hat mich am Oberarm gepackt, ein bißchen härter wie sonst, damit ich merk, daß seine Frage ausnahmsweise mal ernst gemeint ist.

Ich hab mich an ihn gedrückt, wollte entweder geborgen oder überhaupt nirgends mehr sein.

»Na, sag's deinem Papa. Was wär das beste für dich, Mädchen? Was kommt als nächstes? Was?«

Ich hab geschluckt und es probiert: »Der richtige . . .«

Er hat genickt. »Der richtige Mann. Bin froh . . . froh, daß es dir jetzt auch dämmert.« Er hat genickt. Erst da ist unsere Schaukel in Bewegung gekommen.

Ich war noch nicht mal ganz vierzehn. »Und keine Angst.« Er hat mich auf nettere Art gedrückt. »Wenn's soweit ist, Struppi, und du umgezogen bist, wirst du dich wundern, wie oft du deinen Papa auf dem Hals hast. Also, deine Mutter und ich werden dich so gut wie jeden Sonntag besuchen kommen, wenn du uns haben willst. Und wenn nicht, du wirst sehn, keine zehn Pferde . . .« Ich hab mich an dem Mann festgehalten. Mußte ja. An wem sonst?

Ich war zu müde oder zu abgestumpft zum Weinen. »Struppi? Bist du da drin?« Er hat mich gekitzelt. Hat seine beste schlimme Fratze gezogen. Seine haarigen Nasenlöcher haben ausgesehn wie Erdhöhlen, in denen scheue Tiere leben. Hat mich auf einmal erschreckt, ein ganzer ausgewachsener Mann so nahe.

»Ich nehme dir nichts mehr übel«, sagt Mama mir eines Abends beim Essen. »Für mich gibt's jetzt nur noch ›uns‹. Du hast getan, was in deinen Kräften stand – mehr haben deine Erbanlagen eben nicht zugelassen. Wir sind Parias. Selbst wenn in der Stadt gewisse Leute mit mir sprechen, klingt es ziemlich gezwungen. Was Einladungen angeht, ist dieses Haus ein Geisterschiff geworden, der *Fliegende Holländer*, zurück an Absender. – Lucy, uns würde man zu keinem Ball einladen, nicht mal für ein dickes Bestechungsgeld. Ich hab meine

Fühler ausgestreckt, das kannst du mir glauben. Und selbst *wenn* wir jetzt auf irgendeiner Einladungsliste auftauchten, würde *ich* mir das nicht antun. Ich meine, das wäre, wie wenn man ... bis nach New York zur Hundeausstellung fahren und sich Hoffnungen auf den ersten Preis machen würde für ...«

»Jetzt reicht's«, hat Papa gebrüllt und auf den Tisch gehaun.

»Für ein dreibeiniges Tier. Einen dreibeinigen Hund!«

Sie ist mühsam vom Tisch aufgestanden und hat sich hustend die Treppe raufgeschleppt. Zwei von uns sind zurückgeblieben.

Weil sie wie ein Kind weggerannt war, sind wir uns wie ein Ehepaar vorgekommen. Papa hat gesagt: »Die Bohnen, bitte.« Ich hab sie ihm rübergereicht. Ich wußte, wenn wir ein Paar wären, dann wär's jedenfalls eine schlechte Ehe. Mama hat mir gefehlt. Ich hab ja gewußt, daß sie sich Mühe gab. Hab ihr verziehn, daß sie noch nicht so weit war, mir zu verzeihn. Jahrelang hatte ich mit angesehn, wie die Frau bei jeder dummen Bemerkung so getan hatte, als wär sie zutiefst gekränkt. Jetzt, wo ihr Schmerz echt war, hat sie mir angst gemacht und mir leid getan. Sie hat jetzt immer den ganzen Tag und auch noch am nächsten Morgen ein und dasselbe Kleid getragen. Ist ständig an Möbel angestoßen wie eine halbblinde alte Frau.

Vor dem Stinktier hatte sie jeden Tag über die Einladungsliste für mein Debüt nachgedacht. Sich überlegt, welchen Floristen sie nehmen sollte. Wie sich Papa jetzt an die Anzahlung für mein Kleid erinnert und gefragt hat, ob wir die zurückverlangen könnten, hat Mama ihn mit dem unamüsiertesten Blick aller Zeiten angesehn. Ich war ihr einziges Kind, und ihre Pläne für mich waren immer ein bißchen waghalsig gewesen. Wär ich doch nur von Natur aus ein so schlichtes Gemüt wie Shirley gewesen, genauso bereit, mich rumkommandieren zu lassen, genauso hübsch wie meine ehemalige Freundin – eine Schaufensterpuppe, die andere rausputzen können, um mit ihrer Hilfe alles mögliche zu verkaufen. Nicht mal ich selber hab mein Gesicht für so toll gehalten, und ich hab mich bemüht, es Mama nicht übelzunehmen, daß sie meiner Meinung war.

Sie hat jetzt mehr Klavier gespielt. Ist den ganzen Nachmittag daheim geblieben im verdunkelten Haus. Hat sogar an kalten Tagen die Fenster offengelassen, damit die Passanten auf der Summit wenigstens hören konnten, daß sie die Schwester guter Klavierlehrerinnen ist. Hat ganz steif dagesessen mit durchgedrücktem Rückgrat, drei Oktaven Elfenbein. Hat konzertiert, wie sie es nannte: Das war der große Gefallen, den sie täglich der undankbaren, nichtswürdigen

Welt getan hat. An den Nachmittagen bei offenen Fenstern hat Mama sich nur an Stücke getraut, die sie perfekt auswendig spielen konnte. Das hat bedeutet, daß sie jedesmal dieselben fünf Kompositionen zum besten gegeben hat, immer in derselben Reihenfolge. Sie hat nie auch nur einen einzigen falschen Ton gespielt. Aber sie hat sich an kein neues Stück gewagt, das sie in den letzten zwanzig Jahren eingeübt hatte.

Am Donnerstag nachmittag hab ich in der Badewanne gesessen und an nichts gedacht – und war dankbar dafür. Unten in unserm Salon war Mama immer noch hinter ihrer Musik her, zuverlässig wie eine Tapete, ewig dasselbe, dasselbe, dasselbe. Dann hab ich runtergeschaut und so einen langen roten Strang zwischen meinen Beinen gesehn, eine Art Zylinder im Wasser, der von mir weggeschwommen ist, über die Knie hinaus. Am Vorderende ist das Ding ausgefranst, hat sich aufgefächert wie eine Feder. Wie es, zu Rosa verblaßt, meine Füße erreicht hat, ist mir das Lächeln vergangen. Eine Sekunde lang hab ich, verrückt wie Shirl bei ihrem Tu-und-Tät-Anfall, gedacht, die Farbe von den Tomaten wär innendrin aufbewahrt und jetzt rausgeschickt worden – eine sonderbare, in den Bauch gerutschte Art des Weinens oder Erinnerns. Aber wie ich mir Badewasser in der hohlen Hand vors Gesicht gehalten, mich betastet hab, ist mir klar geworden, das war kein anderer Saft als mein eigner. Das ganze Rot ist aus meinem weißen Körper rausgeflossen.

Langsam und vorsichtig wie ein uralter Mensch bin ich aus der Wanne geklettert. Hab starr vor mich hingesehn. Meinen alten Bademantel angezogen. Barfuß bin ich die Teppichstufen zu Mamas Musik runtergetappt. Da hat sie gesessen und ihre virtuosen Läufe absolviert, mit nicht mehr Hingabe oder Gefühl wie jemand, der Toast macht.

Ich hab mich an ihren Flügel gestellt. Sie hat jetzt auch wochentags ein Sonntagskleid getragen, um ihr Selbstbewußtsein aufzumöbeln, das ich mit Füßen getreten hatte. Ich hab gewartet, bis sie mit ihrem fünften und letzten Konzertstück fertig war. Dann hat sie sich mit völlig ausdruckslosem Gesicht zu mir umgedreht. Ich frag: »Sag mal, es gibt doch überhaupt keinen Grund dafür, daß ich zwischen den Beinen raus bluten tu, oder?«

Sie hat sich im Sitzen aufgerichtet und nach ihrer wunderschönen Kamee getastet. »Nein«, hat sie gesagt, »nicht den geringsten Grund.« Dann hat sich ihr Gesicht von innen raus verbreitert. »Doch.« Und damit hat sie sich, den Kopf in der Armbeuge, vornüber auf die

Klaviatur fallen lassen, daß es nur so gekracht hat. Schluchzend hat sie da gelegen, und ihr Rücken hat krampfhaft gezuckt wie der von einem Kind. Ich hab ihr den Nacken gestreichelt, das feine, hochgesteckte Haar. »Schon gut«, hab ich gesagt. »Schon gut. War nur eine Frage.«

In den Nächten hab ich die beiden auf dem Flur auf und ab gehn hören, obwohl kein Gewitter sie wachgemacht hatte. Sie haben über die Zukunft geredet: meine. Zwei Wochen nachdem ich in der Badewanne geblutet hatte, hab ich zum erstenmal ernsthaft Notiz von einem hochgewachsenen ehemaligen Soldaten genommen. Er hatte mich schon länger im Auge gehabt. (Wie hätte ich sonst so viel von seinen Augen, in seinen Augen gesehn?) Die Uniform, das Kinn, der Körper, alles war wie aus festem Schulterknochen, eine aufrechte Mauer – überwiegend grau gestrichen. Papas Freund hat meinen Blick mit einer Offenheit erwidert, die mir seit Shirley nicht mehr begegnet war. Wo ich so viel allein war, hab ich auch Zeit gehabt, drüber nachzudenken, wie er mich angesehn hat. Captain hat mir scheint's angeboten, was ich eigentlich von einer gleichaltrigen besten Freundin hätt kriegen müssen. – Er hat später behauptet, ich hätte den Jungen in ihm geweckt.

An manchen Abenden ist er auffallend lang dageblieben, hat sich zu mir in die alte Verandaschaukel gesetzt. Papa hat gescherzt, dem andern geschmeichelt. Ich hab mir Mühe gegeben, sein anzügliches Grinsen und sein heimliches Zwinkern zu übersehn. Ich hatte eigentlich erwartet, Mama würde um meinen ersten Verehrer rumscharwenzeln, noch dazu wo's so ein wohlhabender war. Hatte gedacht, sie würde kokettieren, sich schön anziehn. Statt dessen hat sie sich so zugeknöpft gegeben, daß es schon peinlich war. Den ganzen Tag hat Papa davon geredet, was für ein stattlicher Mann Captain doch ist, daß er einen guten Ruf hat und jede Menge Immobilien besitzt, sein großes Haus an der Summit längst schuldenfrei ist. Hat erzählt, wie General Forrest – da war er schon alt – mal mit dem Zug hier durchgekommen und ausgestiegen war und ein schwarzes Kind gebeten hatte, den Captain zu holen. Vom andern Ende des Warteraums aus hatte eine Menschenmenge zugesehn, wie die beiden in Erinnerungen schwelgen, bis der Fünfuhrvierzigzug den ergrauten Helden wieder entführt hatte. Papa hat keine Ruhe gegeben: »Auf wen wartest du denn noch, Weib? Auf den Herrn Jesus? Der ist ein eingefleischter Junggeselle, wüßte gar nicht, was er damit soll. Tät wahrscheinlich mit Steinen danach schmeißen. Wartest du auf Jesus Harvard Vanderbilt Astor oder was?«

So höflich Mama auch zu Captain war, sie hat es immer fertiggebracht, daß ihr Händedruck ein Gefühl wie ein Armband aus Eiszapfen hinterließ. Papa hat ihr hinterher Vorwürfe gemacht, hat behauptet, sie würde sich bei Marsdens Besuchen so unamüsiert geben wie Queen Victoria mitten in einer Migräne.

Jede Nacht sind meine Eltern jetzt auf und ab gegangen und haben sich in feierlich leisen Tönen über den Mann unterhalten, in dessen Haus ich mein weiteres Leben verbringen würde. Mich hat keiner gefragt. Mama hat zugegeben, daß es den Anschein haben konnte, als wär sie für diese Verbindung. Sicher, andere Mütter hätten aufgehorcht, sogar Mrs. Saiterwaite, wie sie gehört hätten, daß der Captain sich ausgerechnet für mich unscheinbares Wesen interessiert. Sie wüßte, daß uns das wieder gesellschaftsfähig machen konnte. Sie könnte die Gästeliste für mein Debüt ja einfach für die Hochzeitsfeier nehmen. Ohne Debüt wär mein Kurs an der Heiratsbörse in den Keller gegangen. Das alles wüßte sie recht gut. »Aber«, hat sie gesagt, »da wäre zum einen der Altersunterschied.«

»Das kommt doch alle Tage vor«, hat Papa gemeint. »Julia war erst vierzehn.«

»Welche Julia?«

Papa hat gezögert, den Moment ausgekostet. »Mrs. Julia Romeo, schon mal gehört?«

»Mein lieber Schatz, du vergißt, daß ihr Bräutigam genauso jung war.« Mit Literatur konnte man Mama immer am ehesten beeindrucken. Ich hab mich im Dunkeln aufgesetzt und gelauscht. Aber jetzt verfing nicht mal mehr Shakespeare.

»Ich seh Captains Hände mit den gelben Nägeln, riesig. Es sind, na ja, eben die Hände von einem Kriegsveteranen. Weiß der Himmel, wo er die schon überall dringehabt hat. Und dann seh ich unsere Tochter an, die noch völlig ahnungslos ist, Samuel. Tut mir leid, aber davon wird mir ein bißchen übel. Das ist einfach so. Ich kann mir nichts davon zusammen in ein und demselben Rahmen vorstellen. – Du denkst wahrscheinlich, Heiraten ist ein Kinderspiel für eine Frau, bloß weil es bei uns so gut gegangen ist. Aber glaub mir, Geliebter, die Ehe hat . . . mehr enervierende hohe F als die zweite Arie der Königin der Nacht. Dazu ist nicht jede fähig. Sie ist doch noch so jung, sie hat noch nicht einmal Europa gesehen, war noch nicht mal in Washington, D. C. Ich möchte Lucille schonen, das ist alles. Ich versichere dir, mir wäre es lieber, sie würde ledig bleiben wie meine hausbackenen Schwestern. Wirklich. Du darfst mich da nicht unter Druck setzen. Sie ist unser einziges Kind – sie war all die Jahre meine ganze Hoffnung. Natürlich weiß ich, daß ihr der Schliff fehlt, aber trotzdem...« Wie Papa wieder mit Captains Kriegsruhm angefangen hat, ist Mama – im Aufundabgehn – lauter geworden, hat gemeint, das wär ihr gleichgültig, und wenn er den Krieg im Alleingang gewonnen hätte. Und wenn die halbe Welt ihm gehörte, würde das auch nichts ändern. »Samuel, der Mann ist älter als *wir*!«

»Aber versteh doch, Frau, er *will* sie. Ich will nicht allzu deutlich werden, aber hast du dir unsern lieben Struppi in letzter Zeit mal richtig angesehn?«

»Nenn mein Kind gefälligst nicht so! Du weißt doch, daß ich diese Hundenamen verabscheue.«

»Aber hast du sie mal angesehn? Ich mein, *richtig*?«

Sie ist auf ihn losgegangen. Ich hab's gehört, bestimmt hat er sie jetzt an den Handgelenken gepackt, damit sie nicht weiter auf seine Schultern trommelt. Ich hab mich wieder im Bett ausgestreckt, die Hände hinterm Kopf verschränkt. Sie hat zu heulen angefangen, auf eine leise, hilflose, säuerliche Art.

Im Dunkeln hab ich Gesichter geschnitten, gelächelt. Vor lauter Angst gekeucht. Seit Jahren hatte die Frau phantasiert, was ich, durch irgendeinen Zufall, alles werden könnte: eine Gelehrte, ein Liebling der feinen Gesellschaft, eine Schönheit? Aber jetzt hab ich an ihrem Tonfall, an den häßlichen Schluchzern vor meiner Tür gemerkt, daß sie auf einmal wirklich für mich gekämpft hat. Für meine Wenigkeit, so wie ich war und immer gewesen war. Aber seltsam, anstatt froh und dankbar zu sein, bin ich gemein geworden. Wirklich. Hab einfach mein Herz verhärtet gegen die Frau, die mich hätte retten können. Wo, hab ich mir gesagt, war Mrs. Königin der Nacht denn gewesen, wie ich sie gebraucht hätte? Immer wieder hatte sie mir zu verstehn gegeben, ich sollte die Augen offenhalten nach einem männlichen Wesen, einem, der was ist und was hat. War über meine Freundin hergezogen, bis ich mich kaum noch getraut hatte, mit Shirl nach unten zu gehn, in Mamas königliche Nähe. Und deshalb hab ich jetzt beschlossen, genau das zu tun, was Mama mir früher immer ans Herz gelegt hatte. Hab mir gedacht, das wär die beste Art, ihr alles heimzuzahlen – ihre täglichen Sticheleien, ihre Seufzer, ihre raschen eisigen Blicke. – Schätzchen, ich hab gedacht, ich kann ihr, indem ich Captain heirate, eins auswischen.

Da siehst du, wie jung und dumm ich noch war. Hab nicht geahnt, daß Papa, ein Bauernjunge, der selber reich geheiratet hatte, sich für mich das gleiche gewünscht hat. (Er hat vergessen, daß wir ja jetzt selber ein paar Dollar hatten.) Er war von seinem eignen Aufstieg so begeistert, daß er sich für seine Tochter nichts Besseres vorstellen konnte. Und noch was, wo ich nicht dran gedacht hatte: Papa war ein Mann, genau wie der bewunderte alte Soldat, dem er mich ausliefern wollte. So was zählt, aber da kommt man erst später drauf. Daß ich sein einziges Kind war und Mama für immer die Hand, die ihn hält und füttert – das hat alles in der einen Spalte gestanden. Und in der andern, daß Captain ein Mannsbild von echtem Schrot und Korn war. Und das war der größere Posten. Auch die vielen Jahre auf der Verandaschaukel mit uns beiden Frauenzimmern konnten die Bilanz nicht zu unsern Gunsten verändern.

Das hab ich mir alles nachträglich zusammengereimt. Als Frau und Mutter hab ich bei der Hausarbeit mehr Zeit als genug gehabt, drüber nachzudenken, wie es dazu gekommen war. Aber damals war ich allein im Dunkeln. Ich, ohne eine beste Freundin, mit der ich alles hätte durchsprechen können. Ich, vierzehn, mit einer Drüse dort, wo eigentlich das Gehirn hätt sein sollen, einem ganzen Kopf voll Rache, aber ohne einen Schimmer, wo die kleinen Kinder herkommen – ich, ausgestreckt in meinem schönen, mit Girlanden verzierten Bett, die Hände hinterm Schädel und ausnahmsweise mal überzeugt, ich wär am Drücker. Ha! Ich könnt heulen, wenn ich dran denk. – Am liebsten tät ich in meine eigene Geschichte einbrechen, Junge. Ich tät »Feuer!« schrein. Und mich mageres kleines Ding schleunigst aus diesem großen weißen Haus schaffen, mich rechtzeitig in Sicherheit bringen. Aber natürlich kann man sich nie rechtzeitig retten, hab ich nicht recht? Das hat die Zeit so an sich – sie ist wie Quellwasser, das eine Weile stehn muß, bis es ganz klar wird, und dann ist es schon lauwarm und löscht den Durst nicht mehr.

Papa hat sich mit Mamas Nein nicht abfinden wollen. Ist hinterlistig geworden. (Mir ist klar geworden, wieviel er in all den Jahren von Mama gelernt hatte – oder sie von ihm? War inzwischen kaum noch festzustellen, wer das Huhn war und wer das Ei.) Zum ersten Mal seit dem vorzeitigen Ende seiner Postlerlaufbahn wurde Papa zwei Tage hintereinander nicht auf der Veranda gesichtet: Er ist hergegangen und hat eine Schachtel klebrige Karamellen gekauft, nachdem er rausgekriegt hatte, daß er mit denen bei einer gewissen Näherin Ehre einlegen konnte. Dann hat er die schwarze Frau besucht, die immer noch die Anzahlung für mein Debütantinnenkleid hatte. Er hat Süßholz geraspelt und Karamellen an alle ihre Kinder und die aus der ganzen Nachbarschaft verteilt und sie damit rumgekriegt, sie beschwatzt, die Anzahlung auf mein Brautkleid umzubuchen. Er hat mit einem Bündel Geldscheine gewedelt, hat dann ihre besten Seidenstoffe durchgesehn und ein herrliches Königsblau für Mamas Kleid ausgesucht. Brautjungfern? Wird's keine geben – wissen Sie, wir stellen uns eine möglichst einfache, aber elegante Hochzeit vor. Außerdem hätte seine Tochter keine Freundinnen. Er wußte, daß Captain das Recht hatte, in der Kirche Uniform zu tragen. Papa, der zu spät auf die Welt gekommen war, um mitzukämpfen, hat ihn da drum beneidet. Aber für sich hat er einen maßgeschneiderten Smoking bestellt und auch gleich bezahlt. (Schätzchen, der Mann hat's ernst gemeint.)

Papa hat mit der Näherin einen Termin zum Maßnehmen bei uns zu Hause ausgemacht und sich mit Champagner eingedeckt. Daheim hat er sich zu Mama gesetzt und ihr eine Einladung gezeigt, die er mit weichem Blei auf einen Zettel gekritzelt hatte. »Nein, nein«, hat sie gesagt und lachen müssen. »Das ist ja fast so schlimm wie die Sachen, die Shirley immer abgeschrieben hat und die ich dann hinter den Sofakissen fand: ›Der Maharadscha von Raleigh nebst Maharani geben sich die Ehre, Sie zu ihrem Galaempfang einzuladen.‹ Rührend. Das einzige, was du richtig hingekriegt hast, ist die Schreibweise von unseren Namen. Im übrigen ist das alles so sehr daneben, daß es fast schon ›originell‹ ist.« Wie sie den Stift genommen hat, den er ihr hinhielt, hat Papa mir verstohlen zugezwinkert. Genau in dem Moment hab ich zum erstenmal im Leben dieses komische Ohrensausen gekriegt.

Mir war klar, daß ich jetzt über kurz oder lang einen wichtigen Schritt tun würde. Papa hatte sich dumm gestellt und Mama dazu gebracht, sich mit Einzelheiten zu beschäftigen. Sie hatte grade ›Ja‹ gesagt, ohne es zu merken. Und das hat bedeutet, mein Junge, *ich* hatte grade ›Ja‹ gesagt.

Was meinen Bräutigam in spe anging, der hat mich meiner Ansicht nach schon ganz gut gekannt. Was gab's bei einer Vierzehnjährigen auch schon viel kennenzulernen? Er hat mir tief in die Augen gesehn. Seit Shirley nicht mehr meine Freundin war, hatte niemand mehr so richtig meinem forschenden Blick standgehalten. Captain schon.

Einmal am Abend, wie ich mit ihm spazierengegangen bin, hab ich ihm mein (unser) altes Baumhaus gezeigt. Er hat gesagt, er liebt

Bäume, bestimmte Bäume, wo wichtige Sachen passiert sind, die könnten wie Freunde sein, nicht? Hat mir eine Rosenpelargonie für das Erkerfenster von meinem Zimmer geschenkt und mir gezeigt, wie man ein Blatt bricht, um den rosenähnlichen Duft zu riechen. Was mich dabei bekümmert hat: Daß man, um einmal dran zu schnuppern, gleich ein ganzes Blatt knicken mußte. Er hat mich gefragt, ob ich Haustiere mag. Wollte meine Lieblingsfarbe wissen. Hat sich erkundigt, ob mir Marschmusik genausogut gefällt wie ihm. »Wahrscheinlich«, hab ich gesagt. Wenn ich so für jeden sichtbar mit ihm durch die Stadt gegangen bin und mir Mühe gegeben hab, ihm zu antworten, so gut ich konnte, bin ich mir richtig interessant vorgekommen, fast erwachsen. Die überheblichen Saiterwaite-Töchter, die nach der neuesten Mode mit Sonnenschirmen rumspaziert sind, haben uns beide Arm in Arm gesehn. Ich hab gespürt, wie sie mich um Captain beneiden. Vielleicht hab ich mir's auch bloß eingebildet.

Keine drei Monate später hat Papa klammheimlich die Weichen für die Verlobung gestellt. Schätzchen, was hab *ich* schon gewußt? Ich hab geglaubt, die stärkere Hälfte vom »Ehejoch« wär die Ehe, nicht das Joch. Hab gedacht, man würde sich vorkommen wie in einer schönen sauberen Badewanne (anstandshalber einer, die bis zur Brust voll Wasser wär und diesmal in Gesellschaft von einem lieben, heftig schrubbenden Jungen in meinem Alter). Ich wollte alles ausprobieren. Außerdem hatte mich, wie Papa betonte, ehe Captain kam und mir einen Antrag machte, noch nie einer gefragt.

Der Verlobungsring – den er mir im Herbst überreicht hat, bei Mondschein im Garten hinterm Haus – war ein Brillantring von anderthalb Karat und hatte der armen Mrs. Marsden gehört, die ihn vor Shermans Feuer gerettet hatte. Ein birnenförmiger Stein, der herrlich gefunkelt hat. Für ein Mädchen in meinem Alter war das schon ein Trost. Wenn ich mit ihm allein war, hab ich mit meinem neuen Edelstein gesprochen. Hab mit ihm geredet, wie andere gleichaltrige Mädchen noch miteinander und mit ihren Puppen geschwatzt haben.

11

Shirley, so hat's in unserm Lokalblatt gestanden, war beim Ball des schicken Jägerclubs im fernen Raleigh unangefochten die Attraktion des Abends. Ich, an einen Mann verheiratet, oft allein im Haus, ohne die an die Luft gesetzte Castalia, zum erstenmal schwanger (es ist alles so schnell gegangen, Schätzchen) – ich konnte ganze Nachmittage über meine lange Freundschaft mit der mittlerweile arrivierten Shirley nachdenken. Von ortsbekannten Klatschtanten hatte ich gehört, daß die Mädchen, die sich mit der Tochter vom Pferdeverleiher abgegeben hatten, das längst bereut haben. Hat schnell kapiert, wo's langgeht, die stille Shirl. Gleich nachdem sie mir den Laufpaß gegeben hatte, war sie in die Episkopalkirche eingetreten, hat mich und ihre eignen Eltern als gestrandete Baptisten zurückgelassen. Sie hat nur noch Weiß getragen, die braven, billigen Pastellfarben waren ihr nicht mehr gut genug. Die Frau und die Tochter vom Baptistenpfarrer, die Shirley »entdeckt« hatten, haben in der ganzen Stadt rumerzählt, sie fühlten sich, na ja, ehrlich gesagt, richtiggehend ... *ausgenutzt*. Sie waren nur das erste Trittbrett für Miss Shirleys gesellschaftlichen Aufstieg gewesen. Für die Episkopalen war Alkohol nur ein Magenmittel. Sie haben gute Erbanlagen mit guten Werken gleichgesetzt. Haben gedacht, der Himmel ist ein Club mit ihren Namen in Stahlstich auf dem Briefpapier. Shirley war derselben Meinung. Und ist Mitglied geworden.

Schon bald hat sie – bei Hauskonzerten und Wohltätigkeitsbällen (erst in Falls, dann bis nach Rocky Mount, Durham und schließlich sogar Raleigh) – die Aufmerksamkeit von genau den jungen Männern auf sich gezogen, hinter denen auch ihre ersten vornehmen Freundinnen her waren. Emily Saiterwaite war, wie man hörte, fuchsteufelswild darüber. Ha ha ha.

Ein Gutes: Shirl hat nach wie vor den Mund gehalten. Die Summit-Clique hatte sie ein klein bißchen zu gut präpariert. Irgendwer hatte ihr schon ganz am Anfang den Tip gegeben, sie sollte auch ihren zweiten Vornamen – das neutrale Ann – benutzen, als Gegengewicht zu dem etwas hausbackenen Nachgeschmack, den »Shirley« bei vielen Leuten hinterließ.

Ich hab im Haus gesessen und meine Louisa gestillt – unersättlich, dieses Kind. Ich hatte mir ein Bild von Shirley (aus der Zeitung) aufs rechte Knie gelegt. Nach einer Weile ist mir bewußt geworden, daß ich mit dem Knie geschaukelt hab, wie wenn man ein Baby mit Bauchweh tröstet. Es war nur ein Bild, aber mein Bein hat es trotzdem bei Laune gehalten. Ich hab an den sauberen Milchgeruch denken müssen, den sie an sich hatte. Und hab mir doch mal vorgestellt, was gewesen wär, wenn. Wenn ich vielleicht nicht so oft »tu« und »tät« gesagt hätte? Wenn sie die schlichte Shirl und meine Freundin geblieben wär, vielleicht hätt ich dann nicht ganz so jung geheiratet. Vielleicht. Natürlich hab ich's besser gewußt. Trotzdem hab ich mich dem schönen Gedanken hingegeben, daß ich, wenn ich nur besser geredet hätte, vielleicht doch aufgestiegen wäre. (Ich wär zwar immer noch erst fünfzehn gewesen, aber irgendwie nichtschwanger, Nichtmutter – nicht daß ich meine liebe kleine hungrige Lou nicht gern gehabt hätte.) Aufgestiegen zu einem sichereren, leichteren Leben. Wer weiß? Vielleicht hatte ich, weil ich so oft »tu« und »tät« sagte, so früh »ich tu's« sagen müssen.

Nur Tier kommt gegen Tier an.

Meinen Eltern hat's leid getan, daß sie mich verloren hatten. Sie hatten nicht gemerkt, was für eine lustige Zündkerze sie mit ihrer Lucy im Haus gehabt hatten, bis sie sie abgeschoben hatten. Wie sie mich das erste Mal im großen, spärlich möblierten Haus von meinem Angetrauten (zwei Stück Junggesellenmöbel in jedem riesigen Raum) besucht haben, sind sie früh gegangen, mit Gesichtern wie geballte Fäuste, und haben sich aneinander festgehalten. Ich hab so getan, als wüßte ich nicht ganz genau, was sie – obwohl ich mich feingemacht hatte und mir alle Mühe gab – so traurig machte. Aber kaum waren sie draußen, bin ich nach oben gerannt und hab geschluchzt, zu stolz, um ihnen zu folgen, nach Hause zu folgen.

Kann sein, daß meine Eltern, wo ich jetzt nicht mehr da war, gedacht haben, sie bräuchten beide eine ernsthafte Beschäftigung. Wer weiß? Auf jeden Fall hat sich bei ihnen drei Monate nach meiner Hochzeit im Juni einiges geändert. Eines Tages hat Mama auf der Veranda gesessen und einen Trupp schwarzer Tagelöhner beim Zusammenrechen vom ersten Herbstlaub beobachtet. Die Männer haben sich alle gekannt und öfter mal eine Pause eingelegt, sich auf ihre Besen und Rechen gestützt oder an die filigranen gußeisernen Gartenzäune gelehnt und ein Schwätzchen gehalten. »Jetzt sieh dir das an«, hat sie gesagt. »Die haben die Arbeit auch nicht erfunden.« Papa ist blinzelnd sitzen geblieben, aber sie ist ins Haus gerannt, hat sich alte weiße Handschuhe angezogen, einen Rechen gepackt und sich in unserm Garten an die Arbeit gemacht, der bis dahin gelegentlich von Papa, meistens aber – wenn's unumgänglich geworden war – von Tagelöhnern notdürftig in Ordnung gehalten worden war. Von dem Tag an ist Mama in Wettbewerb mit den bezahlten Gärtnern der andern Anwohner der Summit getreten. Im nächsten Frühjahr hat sie sich dann immer Papas älteste Sachen angezogen und mit Gärtnerhandschuhen gearbeitet, einem aber gern gezeigt, daß ihre Handteller trotzdem allmählich braun und rauh geworden sind wie Pekannußschalen. Vor Insekten hat sie sich nach wie vor gegruselt, und einmal mußte sie ein Beruhigungsmittel bekommen, nachdem sie drei Gottesanbeterinnen auf ihrem Hut entdeckt hatte. Aber die Leute haben öfter mit ihr gesprochen, seit sie so fleißig im Garten gewerkelt hat, und sich offenbar nicht mehr so vor ihrer scharfen Zunge gefürchtet. In Männerkleidern war sie ihnen sympathischer. »Bianca ist fast ›menschlich‹ geworden«, haben sie gesagt. Nur Papa, ganz allein auf der Veranda, hat sich scheint's noch einsamer gefühlt.

Aber sogar das hat sich geändert, wie der Postmeister, mit dem er noch auf halbwegs gutem Fuß stand, ihm einen Zeitungsartikel über neuartige Abendkurse für Erwachsene an einem gewissen Harvard College vorbeibrachte. Weil man da angeblich sogar ein richtiges Diplom bekam, hat sich Papa die Unterlagen schicken lassen. Um eine Geschichte von sechs Wochen abzukürzen: Er und Mama sind schon bald mit vielen Koffern in einen Zug gestiegen und haben in Cambridge, Massachusetts, eine schöne Unterkunft gefunden. Bei seiner glücklichen Rückkehr haben meine drei Tanten eine Party für Papa gegeben. Auf einem handgeschriebenen Transparent stand zu lesen: »Ein Hoch auf unseren Sam, auf seine triumphale Heimkehr als Gentleman und Gelehrter.« Sechs Wochen nach seiner Abreise war mein Papa mit seinem gerahmten Zeugnis wiedergekommen. Mit seinem neuen, ruhigen Selbstbewußtsein hat er mir richtig gut gefallen.

»Hiermit bestätigen wir, daß *Samuel Honicutt* mit zufriedenstellenden Ergebnissen den Abendkursus *Grundlagen des Schreinerhandwerks* am Harvard College absolviert hat. Er ist berechtigt, ALLE DARAUS RESULTIERENDEN RECHTE UND PRIVILEGIEN in Anspruch zu nehmen.« Dieses Diplom hat er in der Diele aufgehängt und allen Besuchern gezeigt. Er hat daneben gestanden, sich am Kopf gekratzt und zugegeben: »Da oben geht alles schneller wie bei uns in Falls, die Leute reden ungefähr eine Meile pro Minute, und manchmal hab ich wirklich gedacht, ich komm da nicht mit. Aber meine liebe Bianca hat die ganze Zeit an mich geglaubt. So manchen Tag bin ich heimgekommen, die Hosen voller Harvard-Sägemehl, die Hände voller Harvard-Schnitte – aber sie hatte nur Tee und freundliche Worte für mich. Sagt sie zu mir: ›Du bist im Kern fürs Harvard College geschaffen, und dieser Kern hat sich in deiner rauhen Burgaw-Schale besonders gut erhalten.‹ Das hat Bianca gesagt, und, na ja, wie sich gezeigt hat . . .

kann ich nicht alles falsch gemacht haben, weil hier steht ›mit zufriedenstellenden Ergebnissen‹, bestätigt von dieser Schule in Cambridge.« Er hatte einen solchen Respekt vor seiner Alma mater, daß er manchmal – wie aus Ehrfurcht – den Namen nicht genannt, sondern statt dessen von der Stadt gesprochen hat. »Während meinem Studium in Cambridge« – so haben jetzt viele von seinen Sätzen begonnen. Er hat die Neuigkeit von seinem Diplom auch seinen Eltern bei Bear Grass geschrieben. Und die Sache hat auch ein glückliches Ende gefunden, jedenfalls für die Schule in Cambridge, wenn man bedenkt, wieviel vom Geld meiner Mutter mein studierter Vater seinem geliebten College vermacht hat anstatt seiner seßhaften verheirateten Tochter drei Häuser weiter.

Was Shirley Güte und Gnade anlangt, also da hab ich mir gesagt, daß ein trauriges Nicken in der Öffentlichkeit alles sein wird, was ich noch jemals von ihr kriegen werde. Aber ich hab Zeitung gelesen, mich auf dem laufenden gehalten, war stolz auf sie und hab mich für ihre Eltern gefreut. Sie hat die beiden dann tatsächlich mal zu einem Empfang beim Gouverneur mitgenommen. Hat ihnen (wie man gerüchtweise gehört hat) eingeschärft, sie sollten nur was sagen, wenn sie gefragt werden, und auch dann zusehn, ob sie sich nicht auf ein Nicken oder ein Achselzucken beschränken können. Aber immerhin, sie hat sie mitgenommen. Für ihre Mutter muß das der Himmel auf Erden gewesen sein. Wie ich so jeden Tag die Gesellschaftsnachrichten durchgesehn und Shirleys Aufstieg verfolgt hab, ist sie mir fast wie meine Tochter vorgekommen, nicht wie ein Mädchen meines Alters. Ich hab mich schon richtig alt gefühlt. Vielleicht auch so ausgesehn. Manchmal hab ich was zu einem Bild von ihr gesagt, so laut, daß meine kleine Tochter von einer durch doppelten Gebrauch mitgenommenen Brust aufgeschaut hat, hab die Zeitung fast angeschrien: »Ja, zeig's ihnen, Kind.«

Drei volle Jahre später war's, da hab ich mal mit Shirl gesprochen. Nur das eine Mal. Das kürzeste Gespräch, das je geführt wurde. Ich war in der Stadt beim Einkaufen – Lou konnte schon laufen, Ned hab ich auf dem Arm gehabt –, da ist es passiert. Lou war grade drei geworden und seit ihrem Geburtstag richtig eigensinnig, als ob sie die Warnungen in den Büchern über Kindererziehung gelesen hätte. Ned hat früh sprechen gelernt und wollte bei Lucas unbedingt noch einen Bonbon. Da hat Lou natürlich auch angefangen. Ich hab sie auf den Gehsteig rausgezerrt, und sie hat geschrien, sie hätt sich *so* auf den zweiten Bonbon gefreut. Der Junge auf meinem Arm hat gesagt:

»Mama Bombom kaufen.« Darauf ich: »Tu ich nicht!« »Doch!« »Nein, tu ich nicht, tu ich nicht, tu ich nicht.« Und hab mit dem Fuß auf dem Gehsteig aufgestampft.

Genau in dem Moment bin ich zur Seite, um eine Dame vorbeizulassen. Sie hat ein cremefarbenes Seidenkleid getragen, Hut und Schleier. Ihre ganze Art, sich zu bewegen, hat einem schon von weitem zugeraunt, was für eine feine Dame sie ist. Sie war fast an mir vorbei, da hat sie gezögert, ist stehngeblieben und hat auf mich runtergeschaut. Sie war weitergewachsen. Ich, fast so klein wie ein Kind geblieben, mußte immer noch zu ihr aufschaun. Das häßliche Entlein begegnet dem stolzen Schwan. Sie hat durch die sternförmigen Tupfer gelächelt, mit denen der Schleier ihr Gesicht überzogen hat. So sind wir fast eine Minute dagestanden wie gebannt, sie mit zwei Päckchen und einer Hutschachtel. Ihr Blick hat sich kein einziges Mal auf mein abgenutztes Waschkleid und meine ausgeleierte Lieblings-Strickjacke verirrt. Mein bewunderndes Gesicht hat ihrs gefangengenommen. Wir haben nichts gesagt, aber unsere Augen haben noch einmal alles Gute durchlebt.

Sie hat ihre Päckchen alle auf einen Arm genommen und nach den Perlmutterknöpfen an ihrem linken Handschuh gegriffen. Vielleicht wollte sie mir bloß ihr neues Armband, ihre neue Uhr zeigen. Dabei hat sie mich weiter angeschaut. Aber dann verzieht sie, sprunghaft wie eh und je, das Gesicht, überlegt sich's anders, gibt sich einen Ruck, nimmt ein Päckchen wieder unter den andern Arm und wendet sich schon halb zum Gehn.

In diesem Moment hat Shirley, vielleicht weil ihr meine Treue zum guten alten »tu« aufgefallen war, etwas gesagt. Mit einer neuen Stimme hat ihr Mund ganze drei Worte durch das Schleiernetz rausgepreßt: »Immer noch renitent.« Hat fast anerkennend geklungen.

Aus lauter Verlegenheit hab ich sie angelächelt. Schließlich rafft die feine Dame mit einem brüsken und doch verträumten Nicken ihren Rock und rauscht an mir und meinen still gewordenen, schmuddeligen Bälgern vorbei. Louisa – so artig war sie schon lang nicht mehr gewesen – hat ihr nachgestarrt. Hat noch eine ganze Weile den Kopf nach ihr verdreht und dann wieder mich angesehn, als ob sie fragen wollte, wer denn das war, als ob sie uns beide überhaupt nicht zusammenbringen könnte. Und Ned hat sich auf meinem Arm in einen Kleinen Lord verwandelt, sich auf dem ganzen Heimweg manierlich betragen, ein Wunder, das der bloße Anblick von Shirley bewirkt hatte. Dieser Anblick hatte auch mich zugleich aufgeregt und betäubt. Mit offenem Mund, verträumt, bin ich nach Hause gezockelt und hab mir alles nochmal durch den Kopf gehn lassen. Ich hatte »Tu ich nicht!« gesagt, ja? Und sie »Immer noch *renitent*«. Was, wie mir jetzt eingefallen ist, obwohl ich mir gar nicht denken konnte, woher ich's wußte, soviel wie »widerborstig, nicht unterzukriegen« bedeutete.

Na ja, damit konnte ich mich abfinden. War immerhin etwas. Und weißt du was, Schätzchen? Ich bin dabei geblieben.

Ich war zum dritten Mal schwanger, wie ich in der Zeitung gelesen hab, daß Shirley (ihr Ann hatte inzwischen ein e dazubekommen) heiraten wird. Ihr Auserwählter war der hochgewachsene Sohn vom zweitreichsten Anwalt von Raleigh/Durham. (Der reichste hatte nur Töchter.) Damit machte sie die denkbar beste Partie, gesellschaftlich und auch finanziell gesehn. Der Opa von ihrem Bräutigam war Gouverneur gewesen, und es bestand, wie es in dem Artikel hieß, »aller Grund zu der Annahme, daß die Aussichten der neuen Generation nicht weniger rosig sind«. Ich hatte den jungen Mann nur einmal gesehn, wie er in der Stadt bei einer schwarzen Frau Gardenien gekauft hatte. Sein Gesicht war so glatt und steif wie der Zelluloidkragen, der es – wie eine Vase – von unten stützte. Ich hab natürlich keine Einladung gekriegt. Hab auch keine erwartet – obwohl, Hoffnungen macht man sich natürlich schon.

Papa war furchtbar enttäuscht, daß er und Mama nicht auf der Liste standen. Wo er doch inzwischen . . . in Cambridge gewesen war, hat er eigentlich gedacht, seine Chancen wären gestiegen. »Meinst du, sie hat auch nur davon *gehört*?« hat er mich gefragt und natürlich Shirley und sein Diplom gemeint. Mama hat nur knapp genickt, hat sich bestätigt gefühlt und war zugleich erleichtert, *da* nicht hin zu müssen.

Aber ich hab natürlich alle Berichte über das große Ereignis verschlungen. Der *Herald Traveler* brachte zwei ganze Seiten, mit vielen Bildern, gottseidank. Ich hab den Floristen ein bißchen ausgehorcht, der den Jagdclub für den Empfang hier am Ort dekorieren durfte. Auf diese Weise hab ich erfahren, daß der ganze Raum mit Girlanden aus weißen Gardenien bekränzt werden sollte, vom Parkett bis zur Decke, Geld spielt keine Rolle. In dem – wie Shirleys Kleid – ganz weißen Ballsaal sollte der mittlerweile berühmte Teint der Braut das einzige Rosa sein. Gerüchtweise war zu hören, die Schwiegereltern wären zwar sehr angetan von Shirley Annes Natürlichkeit in Aussehn und

Betragen, machten sich aber doch Sorgen wegen ihrer einfachen Herkunft.

Das hat sich geändert, wie nach einem Jahr das erste Kind geboren wurde – ein Junge. Er war der einzige männliche Enkel auf beiden Seiten und wurde auf den Namen Soundso Hamilton der Vierte getauft. Damit hatte Shirley (Ann oder Anne oder nur so) es endgültig geschafft. Sie war die Weiße Dame, die einen blaublütigen Stammhalter zur Welt gebracht hatte. Es lag auf der Hand, daß sie über Falls und alle seine Einwohner hinausgewachsen war. Um das Gesicht zu wahren, haben sie jetzt alle Einheimischen als »unsere« liebreizende Shirley Anne vereinnahmt. Emily Saiterwaite hat Shirl dazu gebracht, eine Versammlung des Literarischen Zirkels mit ihrer Anwesenheit zu beehren, und man hätte meinen können, Queen Victoria höchstpersönlich wär auf eine Tasse Tee vorbeigekommen. Die Mütter von der Summit Avenue haben Shirley inzwischen ihren Cakewalk tanzenden, auf dem Klavier klimpernden Töchtern als leuchtendes Vorbild hingestellt.

Shirl hatte nie mehr mit meinen Eltern oder meinen Tanten gesprochen, seit sie mit zwölf von mir weg war. Sie hat sich, glaub ich, ein klein bißchen geschämt, daß sie die ganzen Jahre Gastfreundschaft und kostenlose Klavierstunden genossen und sich nie erkenntlich gezeigt hatte. Da Mama Shirley schon seit langem nicht mal mehr zunickte, hat sie sich über ihr Verhalten nicht weiter gewundert. Aber Papa, gekränkt und immer noch neugierig, war ständig hinter Neuigkeiten über seine Shirley Güte und Gnade her. Mama fand das erbärmlich, aber Papa hat mir alles über Shirleys zweite Schwangerschaft erzählt. Wenn man dem Klatsch glauben konnte, war der Grundstein dazu in Venedig gelegt worden, auf einer Cook-Reise der jungen Leute. »Wahrscheinlich nachts in einem von diesen langen Skispitzen-Kanus«, hat er phantasiert, den Kopf immer noch voller romantischer Gedanken über unsern Goldschopf. Mir ist vorgekommen, als hätt er – durch verläßliche Zuträger aus dem Postwesen – sogar über Shirleys morgendliche Übelkeit immer schon am selben Nachmittag Bescheid gewußt.

Eines Abends bin ich mit zwei Kindern im Wagen und einem an der Hand zu meinen Eltern rübergegangen. »Willst du was Neues über deine alte Busenfreundin wissen?« hat Papa gefragt und ist mit mir auf die Veranda raus. Mama hat, noch in der Gärtnerkluft, meinen Kleinen was auf dem Klavier vorgespielt (immer noch dieselben fünf

Präludien). Kannst du dir mich kindisches Wesen mit drei eigenen Bälgern vorstellen? Ich auch nicht, Schätzchen.

Papa hat sich in die verwitterte Schaukel gesetzt. Seit seinem »Studium« hat er einen glücklicheren und zugleich traurigeren Eindruck gemacht. Es war fast so, als hätte er alles erreicht, was er wollte, und wüßte nicht, was er sich noch wünschen sollte. Seine Eltern waren vor kurzem beide innerhalb von ein paar Tagen gestorben. Er hat mit großer Zärtlichkeit von ihnen gesprochen. Hatte vergessen, wie sie ihn immer verdroschen hatten, weil er seine Zeit mit Lesen vertrödelt hatte. Jetzt hat er dagesessen und seine Hände betrachtet, als ob da eine schöne Landkarte von einer Farm eingraviert wäre. Im dämmrigen Abendlicht hab ich gesehn, wie sehr er gealtert war – er hatte jetzt edle graue Strähnen in den borstigen orangeroten Haaren.

Er hat sich nur ein müdes, schiefes Lächeln abgerungen. »Ich hab in Erinnerungen gekramt, Lucy: Es war an einem Sommerabend, wo deine Shirl hier bei uns geschlafen hat. Da hab ich was getan. Ich weiß nicht, was da in mich gefahren ist, Struppi. Ich hab mir eine Kerze gesucht. (Wir hatten deinen Geburtstag gefeiert, mit einem langen, lauten Essen. Wir drei haben uns herrlich amüsiert, aber deine Mutter ist nach oben gegangen, weil sie Kopfweh hatte, weißt du noch? Nein?) Also jedenfalls, ich hab die Kerze angezündet und bin in euer Zimmer rauf. Hab mir eingeredet, ich müßte nachsehn, ob auch alles in Ordnung ist bei euch. Aber eigentlich, mein Sekundenzeiger, hab ich's besser gewußt. Ich hab die Bettdecke hochgehoben . . . die von Shirl, mein ich. Und dann hab ich Miss Shirley Güte und Gnade angesehn . . .«

Ich hab genickt, auf den Rest gewartet. Aber er hat nur mit den Schultern gezuckt, als ob nicht mehr gewesen wär, hat nach seinen Handtellern geschielt, seinen schrumpfenden Schwielen. Da hab ich mir selber ausgemalt, was er verschwiegen hat. Es mußte ungefähr so gewesen sein: Erst hat er sie aufgedeckt und dann ihr Musselinnachthemd hochgeschoben. Und sich an allem sattgesehn, was da zu sehn war unter der Bettdecke, die bestimmt Shirleys freundlichen, milchigen Geruch verströmt hat. Wie er genug gesehn hatte, hat er Shirley wieder zugedeckt und uns beide auf die Stirn geküßt und ist auf Zehenspitzen aus dem Zimmer. Natürlich hab ich mir das nur so zusammengereimt.

Mein älter und weiser gewordener Papa hat mich beobachtet – und genickt, als ob er mir ansieht, daß ich's erraten hab. »Ich«, sagt er und zeigt auf seine Brust. »*Ich* hab das getan.«

Das alles hat er einer erwachsenen neunzehnjährigen Frau gestanden.

»Am nächsten Morgen ist Mr. Spaßvogel aufgewacht.« Seine Stimme ist kratzig geworden. »Hab euch zwei Kinder auf den Betten rumspringen, ›Schäm dich was, du Murmeltier!‹ singen hören. Das hat mich vielleicht umgehaun, Mädchen! Hab's nicht fassen können, daß ein Kerl wie ich zu *so was* fähig ist. Die ganzen Jahre hab ich so getan, als wär das nie passiert – aber weißt du was, mein Sekundenzeiger? Es ist passiert. Ich hab's getan. Ich wollte sie nur mal *ansehn*. Hab schon damals so ein Gefühl gehabt, sie könnte eines Tages hergehn und uns einfach sitzenlassen. Bevor sie die Gelegenheit bekam, wollte ich nur mal eine Sekunde lang alles sehn, was ich niemals . . . für mich haben konnte. Widerlich, widerlich . . . nur zu, sag's schon.

Ich hab's besser gewußt. Weiß es besser. Jetzt wo ich mein Diplom hab, bin ich fast wunschlos glücklich. Aber das hat mir die ganzen Jahre auf der Seele gelegen – wie ich euch alle hintergangen hab.« Er hat neben mir gesessen, die Hände offen auf den Knien, die Augen niedergeschlagen, als ob er sein Urteil erwartet.

Im Haus drin hat Mama zwei ganze Präludien gespielt, und ich hab meinen schönen Ehering am Finger gedreht. Schließlich hab ich zu einer Entschuldigung angesetzt. »Papa – es ist halt so, daß wir sie beide so sehr geliebt haben. War wahrscheinlich bloß natürlich. Wir haben gehofft, sie retten, ihr das Leben erleichtern zu können, weil es für uns so schwer gewesen war. Du hast sie geliebt. Also hast du geguckt. Und ehrlich gesagt, Papa, auf meine Art hab ich auch geguckt.«

Er hat dagesessen und an den münzengroßen Hornhäuten rumgezupft, die nie ganz verschwinden würden, und ich hab gesehn, daß er den Tränen nahe war. »Ich hätt's nicht tun sollen, Punktum. Soviel weiß ich. Aber nett von dir, daß du mich angehört hast. Ich hab's dir einfach sagen müssen. Ich dank dir, Lucyschatz.«

Ich bin näher gerutscht, er hat seinen großen Kopf auf meine Schulter gelegt. Eine von seinen Haarsträhnen hat mich am Kinn gestreift, kaktussteif wie eh und je. Mein Mann war im Kreis Dare, kaufen/verkaufen. Meine Mutter und die Kinder im Haus drinnen.

»Warum bist du hier weg?« hat er mich gefragt. »Wenn ich gewußt hätte, was ich da einem Fremden überlaß und von meiner Veranda vertreib, also da hätt ich jeden Mann erschossen, der dich auch nur angesehn hätte. Es ist nie mehr so gewesen wie früher, Mädchen. *Ich* bin nicht mehr so wie früher. Mein blinder Ehrgeiz (Beispiel: Cambridge) wird mir immer wieder zum Verhängnis. – Wir Aufsteiger sind arm dran.«

Mitten in Shirleys zweiter Schwangerschaft wurden zwei berühmte Fachärzte gerufen. Ich hab Castalia, meine Hebamme, nach Neuigkeiten ausgehorcht. Die reichsten Familien haben natürlich weiße Ärzte engagiert und nicht sie. Trotzdem war Cassie über alle Schwangerschaften und Geburten im Umkreis von sechzig Meilen bestens unterrichtet. Sie hat mir gesagt: »Die haben Telegramme geschickt zu Ärzten ganz weit weg. Und dabei is das Baby erst fünf Monate im Backrohr.«

Ich hab eine schöne Sülze gemacht. Papa hat mich im Buggy zu ihrem schönen Haus kutschiert, auf seinem eigenen grünen Hügel draußen vor der Stadt. Wir sind schnell gefahren, weil mein Geschenk nicht weich werden sollte. Auf der blitzblanken Veranda hat mich ein lebender rosa-weißer Kakadu in einem verschnörkelten Käfig angesehn, als ob er sagen wollte: »Was hast *du* denn hier verloren, du weißer Abschaum?« Papa, der schüchtern draußen bei den Pferden wartete, hat mir ein Zeichen gemacht: Na los, klopf an. Ich hab mein Geschenk einem braunen Hausmädchen überreicht. Sie war ganz in Schwarz und Weiß, mit Tracht und Häubchen, und hat streng, steifleinen gewirkt, gedruckt wie die Herzkönigin.

»Bitte sagen Sie nur, daß ich den Teller nicht mehr brauche.« Ich wollte schon gehn, hab dann aber doch gefragt: »Aber wie geht's ihr denn, was macht Mrs. Shirley Annes Gesundheit?«

»Miss Lady.« Sie ist auf mich zugekommen und hat dabei die Teak-Haustür hinter sich zugezogen. »Is ein Doktor von oben aus Washington. Vom *Staat* Washington, mein ich.«

Ich hab sie gefragt, ob ich eine kurze Nachricht hinterlassen könnte. Sie hat mir zwei Stahlstich-Karten gebracht: »Mr. und Mrs. Cheatham Hamilton III, Hilltop Farm.« Ich hab ein Weilchen gebraucht, um auf dem Verandageländer, die Zunge zwischen den Zähnen, leserlich zu schreiben: »Shirl: ›Schäm Dich was, Du Murmeltier!‹ Werd bald gesund, Mädchen. In alter Freundschaft, Deine Luce.«

Wie ich das fertig hab, wird mir unbehaglich wegen dem riesigen Haus mit der meilenweiten Aussicht, der Marmorstatue im Foyer (ein Junge, der sich einen Splitter aus dem Fuß zieht) und dem eiskalt leuchtenden Buntglas in dem Raum dahinter, und ich schreib in Druckbuchstaben auf die andere Karte: »Von Herzen gute Besserung!

Mit freundlichen Grüßen, Mrs. Lucille Marsden.« Und geb dem Hausmädchen nur die zweite. Sie hat aber gesehn, daß ich beide beschrieben hab. Sie seufzt, als ob sie enttäuscht von mir wär, und sagt: »Mein Mann hat frühers bei ihrm Papa gearbeitet, Stall gemistet. Ich und sie kennen sich eine Ewigkeit. Jetz machen Sie's nich so feierlich, schon gar nich, wo's ihr so schlecht geht. Geben Sie mir beide.« Ich tu's. Und bedank mich bei ihr. – Man erlebt immer wieder Überraschungen mit den Leuten.

Auf der Rückfahrt hat sich Papa auf einmal eingebildet, *er* müßte unbedingt reingehn, Shirley besuchen. Aber kaum hatten wir kehrtgemacht, hat er den Mut verloren. Zu Hause hat er sich dann schrecklich betrunken. Cap war inzwischen wieder da, und Papa ist zu uns rübergekommen und hätte fast die Kinder aufgeweckt. Angewidert hat Mr. Marsden meinen Papa an sein Ende der Summit zurückgeschickt. (Papa hatte schon immer regelmäßig das eine oder andere Gläschen getrunken, hab ich das schon gesagt?)

Für die Blumen, die ich haben wollte, ist das Haushaltsgeld für eine halbe Woche draufgegangen. Mußte ich eben nächste Woche öfter mal Reis machen. Ich hab einen großen Gardenienstrauß (in Form einer griechischen Vase) mit zwei tief drin versteckten Rosenknospen bestellt. Keiner außer mir hat gewußt, was das bedeuten sollte: zwei rote Kinder, die in einer weißen Badewanne spielen.

Mama hat auf meine drei Kinder aufgepaßt. Papa ist mit mir zur Beerdigung gegangen. Shirls Vater hatte sich von andern Pferdeverleihern sechs Schimmel für die Kutsche mit den schwarzen Federbüschen ausgeborgt, die draußen gewartet hat. Die Trauergemeinde war geschwätzig und riesig. Sogar der Gouverneur war gekommen. Die Polizisten von seiner Eskorte haben vorm Friedhofstor gestanden und geraucht. Papa und ich sind grade noch reingeschlüpft, wie die Kirchendiener die Türen wegen Überfüllung geschlossen haben.

Unter den vielen dunklen Kleidern sind mir drei riesige schwarze Hüte aufgefallen, mit Schleiern so dicht wie Moskitonetze. Die Hüllen waren so dunkel, daß die Trägerinnen erst mehrere Schichten beiseiteziehn mußten, eh ich in ihnen meine Tanten erkannte. Sie waren sichtlich erleichtert, daß Papa und ich uns im letzten Moment noch reingedrängt hatten. Ihre strengen Gesichter waren für mich wie ein Willkommen, wie die Aufnahme in einen Club. Die Tanten haben komisch ausgesehn, ihre Kleider waren zu eng und hoffnungslos altmodisch. Mir hat gedämmert: Sie hatten ihre Witwenkleider getragen, seit sie in unvordenklicher Zeit ihren Dichter und Nicht-Ehemann begraben hatten.

Sie hatten meine Shirley nicht geliebt (oder auch nur besonders gemocht). Aber sie haben mir zugenickt und einmal, als sie uns entdeckt hatten, die Schleier gelüftet und dann die Gesichter wie auf Kommando wieder nach vorn gedreht.

Shirleys Mutter konnte nicht zur Beerdigung kommen. Sie hat das alles einfach noch nicht glauben können. Die Ärmste war zur Beruhigung in ein Krankenhaus bei Durham gebracht worden, auf Betreiben vom Baptistenpfarrer, der sich nach wie vor um sie gekümmert hat. (Ich hab mir gedacht, sie war immerhin neunzehn Jahre lang jeden Tag glücklich gewesen. Das war, so hab ich mir gesagt, mehr, als die meisten Menschen je kriegen.)

Obwohl Shirley und ich uns die letzten sieben Jahre praktisch nicht mehr gesehn hatten, hab ich mich ihr da in der Kirche so nah gefühlt wie eh und je, nein, noch näher. Nur die Gefühle für meine eigenen Kinder waren damit zu vergleichen. Ich hab uns beide in dem Bad vor mir gesehn, das die gleiche Farbe hatte, wie sie unser beider Leben haben sollte. Hab uns auf einem Baum gesehn – zum Zeichen der freundschaftlichsten Gefühle mit offenen Adern, die sich auch nicht zudrehn ließen, wie das Ritual vorbei war. Wir hatten nie stillen können, was wir gegenseitig in uns ausgelöst hatten. Unsere eigenen Wege zu gehn, war die einzige Lösung gewesen.

Ich hab unter lauter Fremden gestanden. Manche von ihnen waren nur aus Neugier gekommen, manche, um eine dem Hörensagen nach so schöne und so reiche Frau zu sehn, die jetzt so tot war, wie man nur tot sein kann. Shirleys Vater hat in der vordersten Reihe gestanden, mit fürchterlich verschwollenem Gesicht. Er hat mich gesehn und die flache, behaarte Hand nach mir ausgestreckt, und ich hab mich zu ihm durchgedrängelt, ihm die Faust, die Schulter gedrückt, ihm einen Kuß auf die Stirn gegeben. »Lucy«, hat er gesagt. »Jemand hat uns unser Mädchen weggenommen. Es muß ein Irrtum sein.«

Eine Reihe hinter ihm die Summit-Clique, die Shirl zu ihren ersten Schritten in der großen Welt verholfen und sich dann bei ihren Erfolgen so schäbig benommen hatte. Jetzt haben sie sich hier um Emily Saiterwaite zusammengedrängt, allesamt in tiefster Trauer. Ich hab jetzt schon gewußt, daß sie von nun an bis in alle Ewigkeit von ihrer lieben lieben verstorbenen Freundin reden würden. Sie haben mich mit Shirleys Papa beobachtet. Zwei von ihnen haben vorsichtig genickt. Aber ich, immerhin die Tochter meiner Mutter, hab getan, als ob sie Luft wären, hab sie mit Verachtung gestraft. Ein herrliches Gefühl.

Ich wollte an ihrem offenen Sarg vorbeigehn. So weiß man, daß es wahr ist. Der kleine von ihrer totgeborenen Tochter war zu, ihrer nicht. Mir war's wichtig, meine alte Freundin in Seide ausgestreckt zu sehn, in viel mehr Seide, als sie je im Leben gebraucht hatte. Weiß, immer die Farbe, die ihr am besten gestanden hat – zwischen Rüschen davon aufgebahrt hat sie dagelegen, endlich vollkommen.

Die Leute haben ihr Rosen, Veilchensträuße auf den Schoß gelegt. Shirleys Gesicht hat einen Schimmer gehabt wie Porzellan oder die nach Wachs riechenden Tuberosen, die um ihren Sarg aufgehäuft waren. Irgendein übertrieben auf Schicklichkeit bedachter Mensch in Blacks Bestattungsinstitut (dem besten) hatte es für angebracht gehalten, Shirleys Hände wie im Gebet zu falten und sie ihr auf die Brust zu legen. Schätzchen, das war richtig kitschig. Shirley hätte es schauerlich gefunden. Maiglöckchen waren ihr zwischen die verschränkten Finger gestopft worden, und halb unter ihrem linken Seidenärmel hat was vorgeschaut, deutlich zu sehn.

Keine so häßliche Narbe wie meine, längst nicht mehr so frisch und roh – aber ein Z-förmiges, leicht erhabenes Mal. Das hätte sie mir beinah gezeigt, wie sie bei unserer letzten Begegnung ihren Handschuh aufgeknöpfelt hatte. Niemand hat gemerkt, daß ich nicht nur ein Sträußchen geworfen hab wie alle andern. Ich hab mich vorgebeugt, die Stelle berührt. Sie war, was Wunder, richtig kühl – irgendwie in der Mitte zwischen Marmor, gekühltem Rinderfett oder Tomatenaspik und der Haut eines Lebenden. Ich bin zu meinem Platz neben Papa zurückgeschlurft und fast zusammengebrochen, bin mir vorgekommen, als wär ich grade zwölf Meilen gelaufen.

»Eine vorbildliche Ehefrau und Mutter«, hat der Geistliche gesagt. Ein Baptist und ein Episkopale (der Bischof, kein geringerer) haben sich die Kanzel geteilt. Viermal haben sie erwähnt, daß der Gouverneur anwesend ist. Der junge Witwer hat in der ersten Reihe gesessen und mit seinem gestärkten Kragen ziemlich neutral gewirkt. Auf dem Schoß hatte er seinen und Shirleys kleinen Sohn, der mit einem Samtanzug und dazu passendem Barett feingemacht worden war – Geschenke, die Shirley ihm aus Europa mitgebracht hatte.

Ich hab zugehört und bin dabei leicht an Papa angestoßen (er hatte nicht nach vorn gehn wollen, sie ansehn). Er hat das mit Troddeln geschmückte Pergament-Liedblatt in der Hand gehalten, das Shirleys Mann in aller Eile und trotzdem in bester Qualität hatte drucken lassen. Es war so aufwendig wie die Broschüren, die bei Schulabschlußfeiern zum Andenken verteilt werden.

Papa hat immer wieder mal reingesehn und auf einmal so laut aufgestöhnt, daß sich drei Leute (noble Freunde der Familie des Ehemanns) halb umgedreht haben, um den Störer zum Schweigen zu bringen. Ich hab nicht gewußt, was er hatte. Er hat die Stirn gerunzelt und in einem fort den Kopf geschüttelt. Dann hat er meine Hand genommen – die inzwischen fast so ledrig geworden war wie seine. Hat sie gedrückt, daß mir die Knöchel weh getan haben. Ich hab gesehn, daß sich auf seinem Handrücken zwischen die hübschen rosa Sommersprossen Leberflecken geschlichen hatten, schon dabei waren, sie aus dem Feld zu schlagen. Schließlich hat er losgelassen, aber nur um sich mit beiden Pranken die Ohren zuzuhalten. Dann hab ich verstanden: Gut vierhundert Stimmen, alle Kehlen bis auf unsere beiden, haben gebetet: »Gewißlich werden Güte und Gnade mir folgen alle Tage meines Lebens, und ich werde wohnen im Hause des Herrn immerdar.«

Manchmal frage ich mich immer noch, warum ich mir eingebildet hab, so reden zu müssen, statt wie Mama zu sprechen – mit vielen Zitaten und dem passenden Fall für jeden Fall. Die Sprache von meinem Angetrauten war ein gutes Stück besser wie meine, und das hat er mich auch immer spüren lassen. Es ist so weit gekommen, daß meine eignen Kinder (würdige Enkel ihrer Großmutter) an meiner Hinterwäldlersprache rumgemäkelt haben. Meine Ältesten haben sich beklagt, sie schämen sich, Schulfreunde aus besseren Familien nach Hause mitzubringen. Vor allem die vom feineren Ende der Summit Avenue. – Ich muß an meine arme Mama denken, die jetzt schon so lange tot ist. Jedesmal, wenn ich »tu« sag, hab ich das Gefühl, sie rotiert im Grab wie die Spindel von einer Drehbank. Und manchmal schäm ich mich auch wirklich wegen den Schnitzern, die ich so mach. Ich weiß, daß ich noch nicht mal konsequent bin in meiner falschen Redeweise. Aber weiß der Himmel, jetzt ist es zu spät, jetzt kann ich nicht mehr damit anfangen, nach der Schrift zu reden. Aber so ungeschliffen ich mich manchmal für andere anhör – *ich* versteh immer, was ich mein. Und, Schätzchen, ich hab von jeher gewußt:

Wenn einer über deine Sprache die Nase rümpft, meint er eigentlich was anderes.

Wie meine Tochter Lou so an die neun war und viel gelesen hat, ist ihr mal das Erwachsenenbuch in die Hände gefallen, wo sich ein junger Bursch, verzweifelt und abgebrannt, von einer hohen Brücke in einen zugefrorenen Fluß stürzt. In dem Buch stand: »Gerald nahm sich das Leben.« Also Lou hat diese Redewendung, die neu für sie war, bewundert. Hat sie dreimal laut hergesagt. Ich hab neben ihr in *unserer* Verandaschaukel gesessen (hatte mir genau dasselbe Modell besorgt wie das von meinem Papa). Ich war grade dabei, Bohnen zu putzen. Draußen hat's geregnet, und meine Kinder mußten alle auf der Veranda spielen. Lou – ein geduldiges, manchmal melancholisches Kind, das sich immer zu helfen wußte – hat in das mit grünen Bohnen volle Sieb gegriffen, meine rosa rechte Hand genommen und sie umgedreht. Dann hat sie ihren abgekauten Fingernagel auf eine Zickzacklinie gelegt, die immer noch an meinem Handgelenk zu sehn war.

Sie hat sie nachgefahren und gefragt: »Hast du's auch mal probiert, Mama. Wolltest du dir mal ... ›das Leben nehmen‹?«

»Nein, Madam«, hab ich sofort gesagt. »Ich wollte's verdoppeln.«

»Was ist passiert?«

»Das hier. Weil, weißt du, einmal ...« Aber ich halt das Handgelenk von mir weg, dreh's hin und her, leg den Kopf auf die Seite und blinzel, wie Mama es immer gemacht hat, weil sie gedacht hat, wenn ihr Gesicht unschärfer wird, wirkt sie hübscher. Ich hab mich auf einmal wieder an alles erinnert, eine ganze Lawine von Bildern ist auf mich niedergegangen: Zwei Mädchen in einem Bad von der Farbe, die ihr Leben haben wird. Und besonders die Nägel, die ich so tief in unsere Lieblingsulme geschlagen hatte, wie über Nacht jeder Nagelkopf eine Bernsteinhülle gekriegt hatte, Knoten so glatt und groß wie die Pendelteile von einem großen Mann, aber klar wie Edelsteine, Nuggets, wie nur der Schmerz sie ausbrüten kann. Ich hab meine Narbe vorgeführt wie eine feine Dame das erlesenste Stück aus ihrem Familienschmuck. »Weil, weißt du, es war einmal ... Vor langer Zeit, wie die Brüder Grimm sagen, als das Wünschen noch geholfen hat, lebten einmal ...«

Meine andern Kinder haben rasch ihre Spielsachen und Kochlöffel und Kieselsteine weggelegt. Sind von den Holzdielen aufgestanden und zu mir gerannt gekommen. Das Nette dran war: Sie haben das nicht gemacht, um sich bei mir einzuschmeicheln. Sie sind aus eigensüchtigen Gründen gekommen. Hat mir richtig gut getan, daß ich endlich auch mal was zu erzählen hatte. Mein Englisch mag ja so häßlich sein wie ein Drecktümpel, aber ich weiß, was eine Geschichte ist.

Alles, was ich nach einem einleitenden »Einmal« zum besten gegeben hab, alles Wahre – also das haben meine Sprößlinge nur so verschlungen. Louisa war sensibel genug, ihr Buch zuzuklappen. Ich hab weiter die Bohnen geputzt, die ich hinterher den Kinder vorsetzen wollte. Von unsern Rinnsteinen sind kleine Wolken Sprühwasser aufgestiegen. Die Straße war ein breiter grauer Fluß, unser Gehsteig ein silbriger Bach. Am liebsten hätte ich meinen Kindern die ganze verwickelte Geschichte erzählt. Aber ich hab gewußt: Man kann Kindern vielleicht sagen, was die Erwachsenen so alles treiben ... aber nie die ganze Wahrheit darüber, was andere Kinder fühlen und tun. Tät ihnen Angst einjagen.

Also hab ich ihnen eine gestraffte Version erzählt. »Vor langer Zeit ... als man unter Geld noch einen Haufen Münzen verstand, als jeder Springbrunnen mindestens um zwei Ellen über sein Auffangbecken rausgespritzt hat, als der Konzertflügel von eurer Oma zweimal im Jahr von einem Blinden gestimmt wurde, der mit dem Buggy bis aus Raleigh kommen mußte, da haben mal zwei gelebt, die jedem, der nicht von hier ist, vielleicht als das Langweiligste auf der Welt vorkommen täten: zwei kleine Mädchen, gute Freundinnen, in einer Kleinstadt, wo nie was los war.«

»Also *hier*«, sagt einer von den Zwillingen und zeigt durch die Verandabretter nach unten. »Hier«, wiederholt der andere Zwilling. »Tja«, sag ich, »ja – und nein.« Und dann komm ich richtig in Fahrt.

Der Regen läßt nicht nach, der Tag bleibt trübe, und meine Geschichte nähert sich – wie die hier – dem Punkt, wo ich sie eigentlich beenden könnte. Ich merk, daß die Aufmerksamkeit von meinen Zuhörern ein bißchen nachläßt, aber wie ich mich an das berühmte Wort »Ende« anschleich, kommt mir die Idee, daß sie das womöglich nie tun wird. Zu Ende gehn.

Meine Kinder werden ein bißchen wachsen und älter und erfahrener werden und vielleicht, wenn ich sie richtig erzählt habe, genau dieselbe Geschichte weitergeben (zusätzlich zu all ihren eigenen). Dann werden andere Nachkommen sie andern Kindern auf andern Veranden in fernen Gegenden und Ländern und womöglich Galaxien weitererzählen. Wer weiß? Eine Frau hier ein paar Türen weiter sagt, das Wetter spielt jetzt so oft verrückt, weil da neulich diese Astronauten in der explodierenden Rakete verbrannt sind. Die Kameras waren auf die armen Angehörigen gerichtet, die zum Himmel gestarrt haben. Aber ich hab mir blonde Kinder vorgestellt, die lange genug leben, um das *ihren* kleinen Krügen in die großen Ohren zu raunen – und immer weiter und weiter, ein Ozean von Wellen mit weißen Gischtkämmen, und die rauschen: Einmal, Einmal, Einmal . . .

»Einmal, vor langer, langer Zeit, in einer Geschichte, die schon meine Ur-Urgroßmutter anderen Kindern erzählt hat, lebten zwei Mädchen, unschuldig, wie man nur sein kann, und gelangweilt wie nur was, die hatten sich zu lieb, um ›anständig‹ zu bleiben in einem Nest, wo nie was passiert ist außer dem, was sich im eigenen Kopf abspielt, im eigenen Herzen und, ja, sicher, in den eigenen Unterhosen. – Also, eines schönen Morgens haben die beiden Kinder mit blutenden Handgelenken ihr Lieblingsgedicht aufgesagt und angefangen, auf den Betten rumzuspringen. Eins, zwei . . .«

Und so weiter, so viel zu erzählen, bevor das »ENDE« kommt.

Das Ende! Ungerecht, wie früh sein Cowcatcher uns alle erwischt. Shirley ist mit neunzehn gestorben, wie ich auch neunzehn war. Mama war mit vierundfünfzig an der Reihe, da war ich grade einunddreißig geworden. Papa ist mit sechzig von uns gegangen, wie ich sechsunddreißig war. Mein Mann ist zweiundneunzig geworden, und ich war noch keine sechzig, wie er gestorben ist. Ach ja, wir dürfen meine Tanten bitte nicht vergessen, Schätzchen. Ich war Mitte Vierzig, wie sie sich empfohlen haben – alle drei gemeinsam, wie immer. Aber da waren sie auch schon alt. Wo man damit rechnet, daß einer stirbt. Damit rechnen *sollte*, wenn du mich fragst. Es heißt ja, das wär ganz natürlich, und man gilt als weise, wenn man sagt, daß man sich mit dem Tod abfindet. Tatsache. Aber, Schätzchen, mir kommt er in so mancher Hinsicht immer noch makaber vor. Und, nicht zu vergessen: Ungerecht.

Jetzt sind mir alle meine Weitererzähler, meine kleinen Zeugen, weggestorben. Du natürlich nicht. Danke schön. Und ich? Na ja, alle meine Freunde sind neue Freunde. Ich muß immer wieder ganz von vorn anfangen, jedesmal wenn irgendeine Geschichte erzählt sein will. Und das wollen sie immer noch. Sind ganz wild drauf. Was das Erzählen angeht, mein Lieber – *irgendwer* muß es ja machen, finde ich.

Verstehst du, Kind? Es ist noch nicht aus. Nein.

Nein, nein, nein und Amen.

Ein bißchen Selbstmitleid

Die Torheit wird in große Würden eingesetzt, und Reiche sitzen in Niedrigkeit. Ich habe Knechte auf Pferden gesehen und Fürsten, die zu Fuß gingen, wie Knechte. Aber wer eine Grube macht, der wird selbst darein fallen . . .

– Prediger 10, 6 - 8

Hüte dich davor, dir selbst leid zu tun. Die Versuchung ist groß.

Schütze Marsden, immer noch ein Kind, saß zusammengesackt – und verdreckt – an einem Graben bei Appomattox. Mit einem Glas in der Hand. Hat Bienen drin gefangen. Auf seinem Schoß lag eine Muskete. Sie hatte drei Menschen ins Jenseits befördert (mit seiner Hilfe). Der Junge hat unaufhörlich geheult, hat's aber gar nicht mehr gemerkt. Viertausend zerlumpte Männer haben da auf freiem Feld gerastet. Es waren lauter Südstaatler, und die meisten konnten's nicht fassen, daß sie nach so viel Arbeit »Nicht-Sieger« sein sollten. Sie haben auf Lee gewartet. Lee und sein Pferd sollten gleich hier vorbeikommen. Es ging das Gerücht, er würde heute die Rechte der Reb-Soldaten preisgeben.

Manche Veteranen haben sich mühsam mit selbstgemachten Krücken aus gegabelten Bäumchen aufrecht gehalten. Die Schwerverwundeten lagen auf Tragen. Sie haben ihre Freunde gebeten: Wenn der göttliche Lee kommt, könnte man dann ihre Tragen am Kopfende anheben, damit sie was sehn, bitte?

Der beste Redner jedes Zugs hat sich abseits gehalten und eine Ansprache vorbereitet, die seinen Kameraden und dem gedemütigten Lee Auftrieb geben sollte. Unsere Helden waren wahrhaftig tief gefallen! »DER SÜDEN HAT VERLOREN.« Wie würden die vielen Männer alle nach Hause kommen, mein Junge? Keiner wußte, wie er sich verhalten sollte.

Wo steht ein Soldat, wenn ihm der Krieg unter den Füßen weggezogen wird? Er ist noch kein richtiger Zivilist, aber eigentlich auch nicht mehr beim Militär. Er ist ein Niemand, der zwischen allen Stühlen sitzt. Die ungewaschenen Rebellen haben Karten gespielt, vor sich hingetrödelt oder, weil das irgendwie tröstlich war, Lagerfeuer angezündet. Aber die meisten haben still dagesessen, sich gegenseitig angesehn oder ins Leere gestarrt. Beim Pokern ist es nicht so hoch hergegangen wie sonst. Willie hat seine Bienen weggestellt, von den andern unbemerkt seine Muskete in den Straßengraben gelegt und sie feierlich mit Erde zugeschüttet. Dabei hat er geweint, als tät er sein Lieblingstier begraben. Seine Waffe, der schon längst die Munition ausgegangen war, sollte lieber in Frieden ruhn als den Nordstaatlern in die Hände fallen und da oben als »Beutestück« rumgezeigt werden. Zum Schluß hat er noch dürres Gras draufgestreut und sich dann wieder seiner Hauptbeschäftigung gewidmet, dem Bienensammeln. Er war fünfzehn. Das leere Senfglas hatte am Straßenrand gelegen, und im Klee hat's nur so gewimmelt von Bienen und Wespen.

Sal Smith und die andern Kartenspieler waren gereizt. Haben sich aufgeführt wie Arbeiter von einem Sägewerk an dem Morgen, wo der Meister krank ist: Die Männer kommen zur Arbeit, und der ganze Betrieb ist zu. Alle lungern mürrisch vorm Tor rum und wissen nicht, sollen sie heimgehn oder dableiben, damit sie die Stunden bezahlt kriegen, die sie verwartet haben. Um die Mittagszeit merken die Leute, daß ihnen ihre laute, splittrige Arbeit schon fehlt. Daß sie ihr Handwerk lieben. Sogar ans Kriegshandwerk kann man sich richtig gewöhnen.

Der kleine Willie Marsden hatte auf der Verliererseite gekämpft. Und weißt du was, Schätzchen? Man hat's ihm angesehn. Sein Knie war verheilt, nur eine rotviolette Narbe war zurückgeblieben. Das Schuhwerk von seinem toten Kameraden hat immer noch an seinem Gürtel gebaumelt, bloß die Sohlen waren weg. Über die Schulter hing ihm an einer roten Schnur die dreckverkrustete Trompete. Und an der Hüfte hat er einen ausgewachsenen Säbel getragen. Die grauen Hosen waren schimmlig und mit Kletten und klebrigen Früchten übersät – vom monatelangen Liegen in Schützengräben, das Gesicht nach unten, die Augen auf der Visiereinrichtung von einer Muskete, für die es schon seit Februar keine Munition mehr gab. Seine Muskete war ihm in letzter Zeit nur noch als Stock nützlich gewesen, als etwas, woran er sich aus alter Gewohnheit festgehalten hat. Wo *war* sie eigentlich? Es ist ihm nicht gleich eingefallen. Ach ja, er hatte sie eben erst begraben. Ja. Sie wenigstens war gut aufgehoben.

Sal Smith hatte irgendwie alles lebendig überstanden. Je länger sich Salvador Magellan hielt, um so dunkelblauer wurden die Ringe unter seinen treuherzigen Augen und um so röter hat sein flachssteifes rotes Haar ausgesehn. Jetzt haben er und die andern übers Kartenspiel gebeugt an dieser Straße gehockt und sich gegenseitig eingestanden, daß sie Angst davor hatten, neu anzufangen als Farmer, als Verkäufer. Daheim in New Bern haben Sals Zwillingsjungen schon ihre ersten Sätze geplappert. Und er hatte sie noch nie gesehn. Der ungetreue chinesische Schneidergeselle und die vollschlanke Schönheit aus dem Ort hatten noch keine Karte mit ihrer Adresse aus Florida geschickt.

Will hat andern zugehört, die sich ausgemalt haben, wie es sein wird – in ihre zivilen Berufe zurückzukehren. Auf die Seite gerollt, mit dem Rücken zu den Kameraden, hat er gedacht: Ich bin eigentlich überhaupt noch nichts gewesen, bevor ich mich auf einmal bei den Soldaten wiedergefunden hab. Nichts als ein Kind. Und das kann ich nicht mehr werden.

Der Mann, dessen Haus man zum Ort der Unterzeichnung bestimmt hatte, war vom Pech verfolgt. Es ging das Gerücht, seine *erste* Farm wär schon in der ersten Schlacht am Bull Run bei Washington in die Schußlinie geraten. Also hatte er seinen von Kugeln durchlöcherten Hof verkauft und war ins hinterste, verschlafenste Virginia gezogen. Nach Appomattox.

Willie beobachtet die eingefangenen Bienen. Zumindest so weit ist er ein Kind geblieben. Benommen hält er das klare Glas gegen den Himmel und redet sich ein, die Insekten täten freiwillig (als Mieter) in diesem blauen Pott bleiben. Nicht weit von Will sitzt ein anderer Reb und schnitzt aus einem gegabelten Zweig eine kleine Frau mit gespreizten Beinen. Sie besteht fast nur aus geöffneten weißen Schenkeln. »Bessie«, sagt der Mann und hält sein Meisterwerk hoch. »Bessie, mach sie breit, mein Goldschatz, weil Papa ist wieder da.« Die andern lachen, aber ein bißchen freudlos. Seit zwei Wochen nach Fort Sumter hat dieser Giftzwerg ständig zum Willkommen gespreizte Schenkel geschnitzt.

Der Redner von Willies Zug hat hinter ein paar Kermesbeerensträuchern gestanden, mit sich selber gesprochen und Gesten ausprobiert. »Sir? Heiliger und Genie, unser opferbereites . . . was wollte ich sagen . . . Genie.« Er hat den Faden verloren, sich schuldbewußt umgeschaut. Hat gehofft, Lee und seine geliebten hungrigen Kameraden zu rühren, diese Kinder und Kerle, an deren Seite er die langen Jahre gekämpft hatte. Fast sein Leben lang, ist ihm vorgekommen.

Das war das Unheimliche dran. Die Männer hätten glatt im Feld gezeugt, in Erdlöchern geboren sein können.

»Wo bleibt er denn?« hat Sal gerufen und den Hals gereckt, als einer von Tausenden hier an der Straße zu einer Farm in der Nähe von Appomattox. In der Ferne stieg eine Staubwolke hoch. Nahebei wurde die eine oder andere Trage mit dem Kopfende auf Steine am Grabenrand aufgestützt. »Er ist ja berühmt für seine Pünktlichkeit. Ist bestimmt eher da wie Grant, paßt auf.« Sal hat sich mit einer Hand voll Spielkarten Kühlung zugefächelt, sich wieder hingesetzt und gesagt: »Willst mich aufs Kreuz legen, was? Ja, dann erhöh ich und will sehn, du raffinierter Hund.« Gepokert wurde nicht mehr um Geld. Keiner hatte mehr welches. Statt dessen haben die unrasierten Soldaten um ganze Bündel von Sold-Gutscheinen gespielt. Auf jedem von diesen Zetteln stand, er wird vom Schatzamt unserer Konföderation eingelöst. Die gab es zwar nicht mehr, aber die Männer haben trotzdem so getan, als ob die Scheine noch was wert wären. Hat dem Pokern einen ernsten Anstrich gegeben. Es war sowieso alles nur ein Spiel gewesen, die ganzen vier Jahre; einer mußte gewinnen, und einer . . . na ja, das Gegenteil.

Sal sieht immer wieder mal zu dem kleinen Marsden hin, der mit überkreuzten Beinen oben auf dem kleinen Hügel sitzt, in der einen Hand das Glas mit den Insekten, in der andern eine schöne goldene Taschenuhr, die er immer wieder aufschnappen läßt, um das Glokkenspiel zu hören. Der Junge macht jedesmal die Augen zu, wenn er sich, das Einmachglas unterm rechten Arm, die Uhr ans linke Ohr hält. Will ist jetzt graubraun, nicht mehr dicklich und garnelenzart, sondern – vom Leben unter freiem Himmel – pergamentartig wie ein alter Mann. Der Junge flennt richtig trostlos vor sich hin. Alle, die's bemerken, genieren sich. Die Kartenspieler schielen ab und zu einmal zu ihm hin. Manche Blicke scheinen sagen zu wollen: »Jetzt werd endlich erwachsen, verdammt nochmal.« Andere, wie die von Sal, eher: »Meinst du, mir geht's anders?«

Will hat den Bienen ständig aufs neue Namen gegeben und dann doch wieder den Überblick verloren. Als die Muskete noch nicht beerdigt war, hatte er mit dem abgenommenen Bajonett kleine Luftlöcher in den Blechdeckel von dem Glas gestochen. Vorsichtig hat er es jetzt aufgeschraubt und Klee reingetan, damit's die Bienen bequemer hätten in ihrem zivilen Mobiliar.

»Da kommt was!« hat ein Sergeant gerufen.

Die andern haben unwillkürlich nach den alten Geräuschen gehorcht: Kanonengrollen, von Menschen erzeugter Donner. Statt dessen haben im Gebüsch weiter die Vögel gesungen. Wo waren die Piepmätze eigentlich die letzten vier Jahre gewesen? Hatten sie sich auf Urlaubsbäumen in Grenzstaaten versteckt? Jetzt haben sie jedenfalls drauflosgepfiffen, ihre Lieder sind stracks in den Himmel gestiegen – beinah spöttisch, als ob sie es gut fänden, daß die Blaubäuchigen Saftlecker die ganze Beute davonschleppen. Kardinäle, Spottdrosseln, Überläufer.

»Muß ein ziemlich hohes Tier sein, nach der Unruhe da vorn zu urteilen.«

Die Männer sind aufgestanden und haben sich gestreckt wie beim Aufwachen. Der Schnitzer hatte gerade wieder die braunrindigen Unterhosen von einem unschuldigen gegabelten Zweig abgepellt. »Eine Schwester von Bessie – sie wird euch mit ihren Puddingschenkeln umklammern, euch halb zu Tode drücken, und ihr werdet Shermans Feuer zu spüren kriegen, aber dort, wo ihr's gern habt, ihr Heißsporne. Wird eure Miniékugeln zum Schmelzen bringen. Seht euch das an, was *die* für pralle Schenkel hat.« Keiner sieht hin. Einer sagt: »Laß den Quatsch, du Verlierer.« Es war Mittag. Man war ganz elend vor Hunger, vor Gefühllosigkeit, von der Stumpfheit dieser sterblichen Nicht-Sieger, neben denen man zu lange gekämpft hatte. Wie herrlich das Tageslicht war. Wie gemalt. Jetzt konnte doch keinem mehr was passieren, oder? Man hatte nur den Wunsch, sich in einem ordentlichen, tapezierten Raum zu verkriechen und nach dem Aufwachen zu einem sauberen Fenster rauszuschaun. Erst könnte man ein ganzes Jahr schlafen, dann würde einen der Geruch von warmen, mit Kleehonig übergossenen Pfannkuchen wecken, außerdem die Stimme von einer lebendigen, leidlich gut aussehenden Frau, die auf dem Flur ein Kirchenlied oder einen Gassenhauer summt, und der Geruch von frisch gewaschenem, gebügeltem Leinen (vom Kleid der Frau und der eigenen Bettwäsche) –, lang entbehrte, sauer verdiente bürgerliche Freuden. Das wär doch sicher nicht zuviel verlangt. Und dazu vielleicht noch brutzelnder Speck? Konnte die Verliererseite so viel erwarten? Oder würden die Frauen der Verlierer sich von ihren Männern lossagen, weil sie so schmählich verloren hatten? Würden die daheim einen wieder reinlassen?

Irgendein Spaßvogel ist auf einen jungen Ahorn geklettert (was dem schlecht bekommen ist) und hat gerufen: »Die Staubwolke kommt näher, könnte Lee sein! Macht euch besser fertig, für alle Fälle. Oder wollt ihr beim Kartenspielen erwischt werden und alles verpassen?« Da stehn die Pokerspieler auf und suchen sich einen möglichst günstigen Platz. Andere aus anderen Zügen gruppieren sich auch ziemlich aufgeregt um. Männer auf Krücken überqueren die Straße, aber so eilig und schuldbewußt, wie Menschen bei einem Umzug zwischen den Festwagen durchlaufen.

Die Verwundeten auf ihren Tragen beklagen sich über die vielen Beine, die ihnen jetzt die Sicht versperren. Der Holzschnitzer legt das Schenkelpaar auf eine Matte aus Blättern wie ein kleines Mädchen, das seine Puppe schlafen legt. »Nicht weglaufen«, sagt er, »Und schön breit lassen.« Keiner grinst auch nur. Obwohl sie's gehört haben. Irgendwas in der Art haben sie sich seit Jahren anhören müssen. Im Wäldchen räuspert sich der Redner zur Generalprobe: »Für mich und im Namen meiner Kameraden, Sir, erlaube ich mir, Sir, ein paar Worte an Sie zu richten, um diesen historischen . . .«

Willie hat dem Getümmel den Rücken gekehrt. Für ihn gab es nur ihn selber, den Klee und die Bienen, die ihre zarten Flügel an dem Glas zerschlissen haben. Und das Ticken einer kostbaren deutschen Taschenuhr. Der Junge hat die Augen zugemacht. Er hatte alles gründlich satt. Hat sich das kühle Glas über die Stirn gerollt und vergessen, sich die feuchten Augen auszuwischen, sich die laufende Nase zu putzen. So müde, daß er sich nicht mal mehr schämen konnte, hat er das Gesicht der freundlichen Sonne zugewandt. *Wir haben verloren. Ich bin unsichtbar. Muß von nun an im Verborgenen leben, und dabei bin ich noch gar nicht so alt, den Jahren nach.*

Unten auf der Straße haben Südstaatlerstimmen wie Bienenflügel gesummt, die freikommen wollen, heimfliegen in den Stock. Will hätte sich das eigentlich auch wünschen müssen. Hätt ihm nicht was fehlen müssen? Oder jemand? Drück den Abzugsbügel, als ob er alles wär, was du lieb hast. Als Gentleman liebst du doch etwas, nein? Essen. Essen vielleicht? Wenn er was zu essen hätte, würde er stracks in südlicher Richtung losziehn, sich durchfragen. Er wußte, wer wahrscheinlich zu Hause auf ihn wartete – seine verwitwete Mama, dieses neunzig Pfund schwere Übermaß an Seide und Charme. Vielleicht zusammen mit Castalia, die sich immer noch um sie kümmerte. Und er wußte, wer nicht wartete – die meisten von Mamas einundsechzig Sklaven, einschließlich ihrer Kinder.

»Will? Komm runter, wir haben dir einen guten Platz freigehalten. Es ist Lee, mein Junge, Lee kommt.«

Will hatte in letzter Zeit auf der Erde vieler Staaten geschlafen. Manchmal hatte es den ganzen Tag geregnet, aber das hatte auch nichts geändert. Man hatte trotzdem gekämpft. Sie waren nach wie vor über einen hergefallen. Seine Stimme war seit ein paar Monaten in krächzenden Sprüngen abgesackt, und unter dem grauen Kammgarn hatten sich andere ungebetene Veränderungen drohend angekündigt. Menschen umbringen, ehe einem ein einziges Schamhaar gewachsen ist, und dann auch noch dafür gelobt werden! Pfui Deibel!

»Will? Es ist tatsächlich Lee, sagen die andern. Am besten, du lüftest deinen jungen Hintern und schaffst ihn hier runter. Lee ist nur noch eine Achtelmeile weg, reiß dich zusammen. – Will? ›Warum ist der Ozean so blau?‹ Kleiner Scherz, mein Junge. Sag, warum?«

Will, der jetzt auf seine Bienen gehorcht hat wie auf Orakelsprüche einer Zigeunerin und sich die kühle Uhr näher rangehalten hat wie ein Kuscheltier, Will hat lauter werdendes Hufgetrappel gehört und konnte sich nicht um alles in der Welt an die Antwort auf Sals alberne Scherzfrage erinnern, so wenig wie er noch gewußt hat, *warum* er hergegangen war und drei Männer mausetot geschossen hatte. Das »Wie« war ihm nur allzugut in Erinnerung, mit jeder Handbreit und jedem Tropfen. Das »Warum« weniger.

Vielleicht konnte Lee es ihm sagen. Als ob Lee menschliche Regungen für irgendeinen Soldaten unterhalb eines Obersten gehabt hätte!

Sal hat richtig beleidigt geklungen. »Muß das wirklich sein, daß ich hier raufkomm und dich runterschleif und wir *beide* unsern Platz verlieren? Na? Das ist wichtig, immerhin ist er unser Befehlshaber. Alles vorbei, bis auf das Gebrüll. Also komm schon, brüll ein bißchen. Ein letzter Rebellenruf, solange wir noch Rebs heißen.«

Will hat nichts von Lee wissen wollen. Lee war immer zu edel gewesen, um sich von dem sentimentalen Quatsch beeindrucken zu lassen, mit dem sich seine eingezogenen Verlierer jetzt rumgeschlagen haben. Lee war schon immer zu schön für einen gewöhnlichen Sterblichen gewesen, zu nobel, um jemals ein richtiges Bad zu brauchen, Hunger zu haben oder einen Wind abgehn zu lassen, selbst wenn er allein war.

Der kleine Marsden hatte insgeheim diesen aufrechten Christen und die sklavischen Lobreden der andern auf ihn hassen gelernt. Je mehr der Hunger unsern Willie zwickte, um so mehr war ihm danach, Master Robert beiseite zu nehmen und ihn zu fragen: »Also hören Sie, wo bleibt das Essen für den kleinen Soldaten, wo ist sein Kamerad geblieben? Ich will mich, wohlgemerkt, nicht beklagen ... aber trozdem ... ohne Schuhe hier draußen in der Nässe, keine Munition mehr für meine Muskete, und dann auch noch verhungern. Alles, Sir, hat seine Grenzen, Sir. Wenn Sie Menschen zu ihrem Krieg einladen, sollten Sie auch dran denken, daß es so was wie die Gastfreundlichkeit des Südstaatlers gibt.«

Aber Lee war ja aus Platin, nicht aus Fleisch und Blut wie unsereins. Lee hat bestimmt Hostien gefrühstückt und mit Dornenkronen unterm Kopfkissen geschlafen. Lee hätte die Seite anführen können, die heute den Sieg davontragen sollte. Die Yanks hatten es ihm angeboten. Aber nein, er mußte über die Potomac-Brücke reiten. Von der Pike auf ein Genie des Märtyrertums. Will hatte nur eine Frage an Lee: Wann kann ich hier weg und Sie verlassen, Sir?

Marsden hat die Augen aufgemacht, hat gesehn, wie die Soldaten Habtachtstellung einnehmen. Manche haben sich den Staub von der Uniform geschüttelt oder die Mütze auf dem hochgezogenen Knie ausgeklopft. Der Redner hat gewartet, vorn in der Mitte, die Hände vorm Körper verschränkt, bereit für seinen Solo-Auftritt. Hufschläge. Manche haben sich vorgebeugt, ein paar haben sich gebückt, um den andern nicht mit ihrem großen Kopf die Sicht zu versperren.

Will hatte seine ketzerischen Ansichten über Lee keiner Menschenseele anvertraut, nicht mal Sal, der ihm immer noch gewinkt hat, doch endlich runterzukommen. Sal hat ihm zugeschrien: »Letzte Gelegenheit . . . hab grad schon die Ohren vom Traveler gesehn. Wenn du das verpaßt, wird dir deine Mama den Hintern versohlen, und das mit Recht, Willie. Jetzt komm schon. Das ist Geschichte, mein Sohn. Wenn mir Offiziere nicht so zuwider wären, würde ich dir einen Befehl geben, Will.« Und Smith hat zu ihm raufgelächelt, sein zahnlückiges, liebloses, sympathisches Lächeln. Schließlich hat er andere gebeten, zwei Plätze freizuhalten, und ist so graziös wie ein improvisierter Ziegenbock den Hügel raufgerannt. »Bist das überhaupt du, Will? Man ist doch immer wieder enttäuscht von den Menschen. Was hast du eigentlich?«

Da hat Marsden den Freund, der sein Bein gerettet hatte, was ihm den Heimweg beträchtlich erleichtern sollte, ganz leise gefragt: »*Können* wir schon, Sal?«

»Können wir was, Kleiner?«

»Gehn.«

»Gehn? Wohin?«

»Weg von hier. Heim.«

»Weg von mir? Weg von uns?«

»Einfach weg. Weil, weißt du, Sal, wir haben verloren. Wenn man verloren hat, brauchen sie einen nicht mehr, hab ich nicht recht?«

»Aber erst kommst du noch runter und siehst dir das an – das ist kein Befehl, sondern eine Bitte.« Mit nervös zuckendem Adamsapfel hat er sich immer wieder umgesehn. Er hat zu erklären versucht: Willies Armee war dem Geld und der größeren Zahl der andern Seite unterlegen, aber nicht besiegt worden. Und das hatte sie dem feinen Pinkel zu verdanken, der jetzt kaum vierzig Fuß von hier weg war. Sal hat Will mit seinem strengsten, väterlichsten Blick bedacht. Dann ist er weggerannt und hat nur noch gerufen: »Mach doch, was du willst, du undankbares Stück!«

Weil Marsden auf der kleebewachsenen Böschung saß, weil er den Kopf ungefähr um drei Zoll nach rechts drehte, konnte er alles sehn, durch das klare Glas durch, das er sich wie zum Schutz vors Gesicht gehalten hat. Hat es besser gesehn als die meisten Soldaten unten an der Straße. Der Boß war schon unter ihnen. An beiden Grabenrändern haben die Männer so gerade Reihen gebildet, wie es so müden Kriegern eben möglich ist. Manche haben sogar Sichtlücken freigelassen für die Verwundeten am Boden. Will hat gesehn, wie manche von den Versehrten in der prallen Sonne stracks zum Himmel rauf salutiert und in der Haltung ewig gewartet haben, bis Lee endlich an ihnen vorbei ist. Weiter unten der abgerissenste Haufen seit dem Kinderkreuzzug ins Heilige Land. Die Männer haben sich gegenseitig gestützt. Der Holzschnitzer hat eine Decke über den freundlichen, Briefe schreibenden Leutnant Hester geworfen, der letzte Nacht erschossen worden war und schon süßlich zu riechen angefangen hatte. Die Soldaten wollten Lee jeden zusätzlichen Kummer ersparen. Der Himmel wußte, daß er schon genug mitgemacht hatte. Wie sie alle. Der Cicero von jedem Zug hat sich in Positur gestellt, seine lange Ansprache auf der Zunge, aber sogar von hier oben konnte Will sehn: Die geplante Feier würde ins Wasser fallen. Nur allzu typisch für die Seite mit den größten Verlusten.

Und da kommt nun tatsächlich der große Lee. Ohne Leibgarde. Eine Schwadron berittener Offiziere folgt ihm mit einer Viertelmeile Abstand. Will hat sich mit seinem Glas davor bewahrt, unmittelbarer Zeuge zu werden. Aber trotz der Verzerrung durch das Glas hat er Lee wiedererkannt – er kannte ihn von Stichen. Aber auf einmal hatte Will einen Grund, sich Master Robert genau anzusehn. Hatte dieser Mann damals nicht den mit dem Parfüm von einem Mädchen betupften Ned beschnuppert? Hatte er Ned nicht die »Letzte Rose« singen hören? Mit einemmal war er interessant, und Will hat hingesehn und die von Bienen wimmelnde Linse langsam sinken lassen.

Sal hat gesehn, daß Willie jetzt doch hingeschaut hat, sogar aufgestanden ist. Er hat einmal geklatscht und sich dann mit Gusto dem großen Mann zugewandt. Jetzt konnte auch er beruhigt schaun.

Langsam und würdig, lautlos, kam Lee angeritten. Anfangs schien er ruhig in dem Getümmel, das seine Ruhe auslöste. Kein Möchtegern-Redner wurde auch nur ein Wort von der Ansprache los, die er sich zurechtgelegt hatte. Der Holzschnitzer hat Bessies Beine über die Köpfe der Umstehenden gehalten. Lee ist hoch zu Roß an seinen verdreckten Soldaten vorbeigezogen, und ein Raunen ist ihm vorangegangen. Wie die Männer ihn so aufrecht auf Traveler sitzen sahn, dem perlgrauen Roß, das fast so berühmt war wie Lee selber, haben sie sich's anders überlegt. Kein einziger ist in Hurrarufe ausgebrochen. Kein Arm hat gewinkt. Statt dessen hat man nur leises, mannhaftes Stöhnen vernommen. Fragendes Stöhnen aus Hunderten von Kehlen hat einem gesagt, daß der Befehlshaber hier mitten unter uns war. Wer ihn so sah, hat gewußt, daß wir verloren hatten.

Die Männer hatten gedacht, sie würden laut rufen und ihre Mützen in die Luft werfen wie die Absolventen in West Point, wo Lee der Zweitbeste seines Jahrgangs und später dann bis Fort Sumter der Direktor der Akademie gewesen war. Aber Will hörte nur verlegene, zu Lee hinaufgesprochene Grüße, leises Brummen, schüchterne Fragen, Laute wie von männlichen Klageweibern. Als der General herannahte, haben die Kerle die Schultern hängenlassen, ihre stramme Haltung aufgegeben, die sie unter großen Mühen eingenommen hatten. Sie haben sich beschämt gezeigt, so als hätten sie, indem sie den Krieg verloren, ihren Lee im Stich gelassen. Und wenn man ihn genau betrachtete, stolz wie eh und je, aber wie betäubt unter der grellen Sonne, hat man gesehn, daß er sich verantwortlich fühlte. Es war, als wollte er sich unerschrocken entschuldigen bei den Männern, die zu ihm hinaufstarrten und sich jeden silbernen Zoll von ihm einprägten.

Da auf einmal hat Will gemerkt, daß etwas furchtbar aus dem Lot war mit Lee.

»Nein«, hat Will die Stimme von Salvador Cortez Drake Magellan Smith rufen, nein, blöken hören: »Nicht zu fassen.« Erst war Willie enttäuscht, wie er gesehn hat, daß diesem größten aller Generäle vor Rührung die Augen übergingen – richtig unziemlich. Lee war über sechs Fuß groß. Das hat man sogar hier gesehn, wo er im Sattel saß. Und auch sein Pferd war riesig. Lees Brust bebte kein bißchen. Er trug das Kinn hoch auf eine Art, die einem bei einem zehn Jahre jüngeren oder auch nur eine Spur weniger gottesfürchtigen Mann eitel vorgekommen wär. Erst hat Will gesehn, daß ein Verwundeter, bei dem Versuch, Lee zu berühren, einen ganzen roten Handabdruck auf der Flanke des Pferdes hinterlassen hatte. Dann hat ihm gedämmert, warum alle so zusammengezuckt waren. Man stelle sich die Schlagzeile vor: »Lee in Tränen.« Unfaßbar, daß *ihm* so was passieren konnte. Das Wasser lief ihm in ordentlichen Streifen aus beiden Augen in den Bart. Erst später ist Schütze Marsden dann draufgekommen: Der General hat nie was unüberlegt getan. Ein Gentleman ist nie aus Versehn unhöflich. Lee hatte sich vorsätzlich gehnlassen. Was für ein Beweis männlicher Größe! Das war sicherlich das schönste Geschenk, das der große Mann seinen Soldaten jetzt noch machen konnte. Verstehst du? – Weil er weinte, durften *sie* auch.

Die stehenden Soldaten auf beiden Seiten sind näher zusammengerückt, haben einander gegenübergestanden, die Mützen fester ans Herz gedrückt. Und dann haben die ganz vorne dasselbe getan wie die vielen andern, an denen Lee schon vorbeigeritten war. Man hätt meinen können, sie hätten es jahrelang geübt. Die Soldaten haben ihre zerfetzten Kopfbedeckungen hochgehoben, sie auf Armlänge von sich gehalten. Und durch diese Doppelreihe von baumelnden Mützen und Hüten ist Traveler geschritten.

Ade, Lee. Wir haben uns bemüht, Sir, Ihnen Ehre zu machen. Haben es wirklich versucht. War uns eine Freude, unter Ihnen zu dienen.

Marsden hat gesehn, daß manche Freiwillige sich abgewandt und an ihren alten Hüten rumgezupft haben. Sicherlich würden die Männer diese verdreckten Filzlumpen ihren Angehörigen zeigen. Jeder würde die durchgeschwitzte Krempe anfassen wollen, die den berühmten General und sein fast genauso berühmtes Pferd gestreift hatte. Wer wollte da noch behaupten, es gäb keine Magie, mein Junge? Die Geschichte kann aus jedem alten Hut ein Familienerbstück machen.

Die geschlagenen Soldaten haben sich nach und nach wieder im Gras niedergelassen, und die Stimmung war, wie man sich vorstellen kann, ziemlich gedrückt.

Marsden ist zu den andern runter und hat gar keinen so verdrossenen Eindruck gemacht. Er war abmarschbereit. Hat man ihm angesehn. Will hat die kostbare Taschenuhr in ihr Kästchen gelegt. Dann hat er den durchlöcherten Deckel von dem Glas mit den kitzligen Insekten, die fortwährend gegen die gekrümmte Glaswand geflogen sind, mit einer Schnur umwickelt und sich die um den Bauch gebunden. Da hat das Glas nun gebaumelt und am Griff von seinem Säbel geklappert.

Sal, der noch lange Lees Staubwolke nachgeblickt hat, wendet sich jetzt mit sorgenvollem Gesicht Willie zu. »Na, siehst du, Junge? Wenn Christus über fünfzig geworden wär, tät ich dir jede Summe Nordstaatlergeld drauf wetten, daß er genauso ausgesehn hätte oder jedenfalls fast so gut. Meinen Töchtern werd ich das immer wieder erzählen müssen. Meinen Zwillingsjungen natürlich auch – manchmal vergeß ich, daß ich ja auch zwei Söhne hab. Hast du ihn *gesehn?*«

Der Schütze hat schüchtern genickt und die rote Kordel von seiner Trompete zurechtgerückt. »Ja.« Und dann hat er noch gesagt, der General hätt wirklich richtig gut ausgesehn und es wär gut gewesen, daß Lee sich hätt übermannen lassen. »Aber weißt du was, Sal? Nach allem, was wir durchgemacht haben, hat Lee einfach – vielleicht bild ich mir das bloß ein, aber für meine Begriffe hat er einfach nicht *gut genug* ausgesehn, verstehst du?«

Andere, die das mitgehört hatten, haben Will angestarrt und bloß verächtlich geschnaubt – Will war halt noch ein bißchen sehr jung. Anscheinend war er wegen irgendwas richtig vergrätzt.

»Sal, ich glaub, ich mach mich auf den Weg Richtung Heimat. Das dürfen wir doch jetzt, oder was meinst du?« Sal hat sich umgeschaut, nach Leutnant Hester, aber der hat unter einer Decke gelegen, auf der zwei meergrüne Libellen gesessen und ihre Flügel gestreckt haben. »Keiner mehr da, den man fragen könnte.«

»Also dürfen wir«, hat Will gesagt. Und damit begann sein Leben als Erwachsener.

Smith hat ihm die große, sommersprossige Hand hingestreckt. Hat nicht geglaubt, daß Klein-Willie (der sich die verklebten Augen und die Rotznase am Ärmel abgewischt hat) wirklich abhaun würde. Aber Willie hat ihn eines besseren belehrt. »Ich sag's erst noch den andern«, hat er erklärt. Dann ist er, ein bißchen hastig, von Mann zu Mann gegangen. Ein paar hat er umarmt, andern fingierte Boxhiebe versetzt. »Macht's gut. Bis dann. Also dann ade. War schön.« Und hat laut jeden Namen gesagt, so als tät er durch dieses Aufsagen einer Namensliste eine letzte feine Kette zerreißen, die ihn da noch hielt.

»Mach's gut, Junge«, haben sie gegrinst, verlegen. Sie hätten Zeit gebraucht, um sich feierliche Ansprachen zum Abschied auszudenken. Der Redner war grad in den Wald gestürmt und ist erregt auf und ab gegangen, wütend, daß er seine Chance mit Lee verpaßt hatte.

Das waren die Männer, die überlebt hatten. Die zwanzig, die von der fünfundneunzigköpfigen Einheit von vor drei Jahren noch übrig waren. Unter ihnen waren ein paar von denen, die an Neds Todestag in dem Mühlteich gebadet hatten. Dieselben Kerle, die den Jungen heimlich im Wald begraben, die Will an sein Feldbett gefesselt hatten, damit er nicht zu oft auf eigene Faust loszog in der Nacht, wenn ihn seine kindlichen Rachegefühle am stärksten gebeutelt haben. Der Holzschnitzer hat Will das letzte glatte Schenkelpaar gegeben. »Da, nimm sie, Bessies Schwester, als Glücksbringer. Ich schenk sie dir. Nein? Na ja, wie du willst. Du wirst dich bald rasieren müssen, Junge. Kommst schon auch noch dahinter. Mach's gut. War richtig lehrreich, oder?«

Einige Ex-Soldaten haben Marsden gefragt, ob er nicht noch dableiben will, bis seine Kameraden aufbrechen. Ob er nicht lieber Gesellschaft hätte, wenn er hört, wie's ausgegangen ist? Die andern wollten bleiben, bis die genauen Kapitulationsbedingungen bekannt wurden. (Später, wie sie das Wort »bedingungslos« gehört haben, sind sie in die gotteslästerlichsten Flüche ausgebrochen. Manche haben sogar ihren beinah-heiligen Lee, ja sogar seine Mutter verwünscht.)

Marsden hat bloß gesagt: »Nein. Ich geh lieber gleich.«

Wie er mit seiner Abschiedsrunde fertig war, hat Will seinen besten Freund, den rothaarigen Corporal, ganz niedergeschlagen an einem runtergebrannten Lagerfeuer sitzen und mit zerknittertem Gesicht vor sich hinmurmeln sehn. Er ist zu ihm hin und hat ihn am Ärmel gezupft. »Hättest du dir nie gedacht, daß wir uns mal wie Zivilisten adieu sagen und jeder seiner Wege gehn wird, oder? Und eine Zeitlang hat's ja nicht so ausgesehn, als würde ich noch jemals genug haben, *worauf* ich gehn kann!«

Sal hat Will nicht angesehn, sondern nur seinen großen Kopf geschüttelt.

Nach einer Weile hat Corporal Smith zu seinen Schuhen runter gesagt: »Du willst also nach Falls gehn, einfach so? Wie willst du denn da hinkommen, Will?«

Statt einer Antwort hat der Junge beide Füße gehoben. »Genau so, wie ich in den letzten Jahren durch ganz Virginia und Maryland gestiefelt bin. Oder was hast du gedacht? Wir haben verloren, Sal. Ich will damit sagen, wach endlich auf. Du sehnst dich doch schon so lange danach, deine Familie wiederzusehn, die Zwillinge. Jetzt kannst du nach New Bern aufbrechen. Kommst du mit?«

»Nein, ich muß einfach wissen, wie's ausgeht. Gefällt mir gar nicht, daß du dich so einfach verkrümeln willst. Man muß eine Sache zu Ende bringen, Junge. – Außerdem hätt ich dir noch so viel zu sagen, bevor du gehst, das Dumme ist nur, ich hab sie alle vergessen, die guten Ratschläge.«

Dann hat der Corporal dem jungen Kerl wieder den Rücken gekehrt. Das Summen der Bienen ist von Will ausgegangen wie ein Körpergeräusch. »Du?« Will hat Sal auf die Schulter getippt. »Sag mal: Warum ist der Ozean so voll?«

Sal hat gelächelt, aber nur widerwillig. »Nicht ›voll‹. Wenn du gleich bei der Frage ›voll‹ sagst, versaust du dir bei der Antwort die Pointe. Junge, du kannst einfach keinen Witz richtig erzählen, was? Nicht mal, wenn du damit deiner Mutter das Leben retten könntest.«

Aber dann hat Sal den ausgedienten Schützen schmunzeln sehn und kapiert, daß er's absichtlich falsch rum gesagt hatte. »Du Früchtchen, dir scheint's ja wirklich schon besser zu gehn.« Und hat ihm den dichten Haarschopf gezaust.

»Ja, mir geht's besser. Es ist vorbei. Tja, also . . .«

»Das schlimmste ist, Willie, daß ich nie erfahren werde, wie du aussiehst, als Erwachsener. Macht den alten Sal ganz krank, daß er dir eines Tages auf der Straße begegnen könnte und dich nicht mal wiedererkennt. Aber du hältst mich an, ja? Wie zwei Fremde auf der Straße aneinander vorbeizugehn, nach allem, was wir zusammen durchgemacht haben – das wär doch beschissen, oder?«

»Ich werd dich wiedererkennen«, hat Will gesagt. »*Du* wirst nie besser aussehn.« Und hat ihn hart geknufft. Sie haben sich umarmt, fest entschlossen, nicht zu heulen, jetzt wo sie Lee weinen gesehn hatten – ihn zu schonen, indem *sie* sich nicht gehnließen.

»Sal, blöd, daß ich dich das fragen muß, aber wo genau ist Süden?«

Smith hat's ihm gezeigt. »Da lang.«

Dann hat sich Marsden rückwärts entfernt. Man kann's nicht glauben, daß man einfach so von den vielen andern weggehn kann. Als freier Mensch. Aber Will hat das ganze Zeug, was er so umgeschnallt hatte, zurechtgerückt, das Gewicht gleichmäßig verteilt. Er ist auf der andern Straßenseite zwischen fremderen Soldaten durch und weiter ins hohe Gras. »Geh nicht im Zorn«, hat ihm der Holzschnitzer nachgerufen und hat zwei hölzerne Schenkelpaare tanzen lassen. Will hat gesehn, daß Sal wie ein schmollender Liebhaber in den Kermesbeerensträuchern verschwunden ist.

Dann ist Will weitergegangen.

Die andern haben ihm nachgesehn. Er ist zügig marschiert. War nicht zu verkennen, daß er so schnell nicht wieder stehnbleiben wollte. Sie haben dem Jungen die üblichen Abschiedsworte nachgerufen. Sie hatten ihn gekannt als Besitzer von zwei Armen, die einer vollkommenen Singstimme assistiert hatten, als den jämmerlichsten Trompeter auf ihrer oder der feindlichen Seite im Angriffskrieg der Nordstaaten, dann als Scharfschützen, der ein paarmal getroffen und es, ihrer Überzeugung nach, mindestens einmal für richtig gehalten hatte, einen jungen feindlichen Gefallenen zu fleddern. Sie haben den Namen seiner Familie gekannt, einen der zwanzig klangvollsten in North Carolina. Jetzt, wo sie nichts anderes zu tun hatten, haben sie zugesehn, wie er entschlossen Richtung Heimat davongestiefelt ist.

Zum Abschied war ihnen nichts Besseres eingefallen als: »Tu nichts, was ich nicht auch täte, wenn ich die Gelegenheit dazu hätte.« »Mach dir das schöne, lange Leben, das du dir verdient hast, Junge.« »Laß dir kein hölzernes Konföderiertengeld andrehn, aber auch keine Reb-Münzen aus Metall.« »Hör auf meinen Rat, Kleiner: Sieh zu, daß du ihn immer in der Hose behältst, ja?«

Abschiedsworte sind nie gut genug.

Will ist also zu Fuß losgezogen. So simpel, sein Dahinstolpern, ein entschlossener Trott, der die Zuschauer traurig machte. Sie wußten, daß er in letzter Zeit genauso wenig zu essen gekriegt hatte wie sie. Sie wußten, daß es ihm mit seinen fünfzehn Jahren leichter fiel, jetzt auf einmal doch noch die nötige Kraft aufzubringen – stille Reserven, die er jetzt mobilisierte, um sich aus dem Staub zu machen. Wie jung er immer noch aussah – zumindest von hinten –, und das nach diesen furchtbaren Strapazen! Die Männer haben gesehn, daß er sich bemüht hat, schnurstracks nach Süden zu gehn. Immer noch hat er die Schuhe von seinem Freund mitgeschleppt, den riesigen Säbel, die Messingtrompete von seinem Kameraden an ihrer verdreckten, in eine Quaste auslaufenden Kordel. Außerdem hatte er ein Einmachglas mit Bienen am Gürtel hängen, auf das ihn keiner angesprochen, nach dem ihn keiner gefragt hatte. Aberglaube vielleicht? Oder bloß Kindlichkeit? In den zweieinhalb Jahren hatte Willie viele museumsreife Gesteinskristalle gesammelt, aber die hatte er nicht mitnehmen können. Immer wenn sie ihm zu beschwerlich wurden, hatte er sie an irgendeiner geschützten Stelle vergraben.

Nach zehn Minuten hat sich der Junge noch mal umgedreht, wollte seinen Kameraden noch mal großartig winken. Aber wie er zurückschaut, merkt er, daß er kaum noch die Straße erkennt. Und die vielen Veteranen sind nur noch eine feine Linie, grau jetzt wie ihre Uniformen und ohne die rosa Flecken der Gesichter. Am einen Ende dieser Linie hat Will noch ein handgroßes Staubwölkchen gesehn. Das mußte Lee sein. Durch die vielen ehrerbietigen Mützen verlangsamt, ist Lee weitergeritten, dem unausweichlichen Ziel entgegen.

Der Kindsoldat hat trotzdem gewunken, obwohl die andern ihn nicht mehr sehn konnten. »Adieu, Sauhaufen.« Er hat sich wieder nach Süden gewandt und ist marschiert, so zügig er konnte.

So wie er's später erzählt hat (und dann bleibt einem ja nichts anderes übrig, als alles für bare Münze zu nehmen): Wie er nach Süden gestiefelt ist und eigentlich nicht recht wußte, wo Südosten oder Südwesten ist, sich nur daran gehalten hat, auf welcher Seite die Bäume nicht bemoost waren, sich nie Gedanken über den heutigen Tag hinaus gemacht, immer wieder mal an eine Haustür geklopft und um ein Almosen gebettelt hat, hat sich unversehens sein Körper verändert. Frauenstimmen waren noch schöner, als er sie in Erinnerung hatte. Ob das die Veränderungen beschleunigt hat? Die Damen haben ihn gefragt, ob er ihre Söhne oder Schwiegersöhne, ihre Brüder oder Ehemänner kannte, die auch bei den Soldaten waren. Oft hat eine Frau atemlos eine ganze Liste von Namen runtergerasselt, Namen von Männern, die er manchmal tatsächlich gekannt hatte, von denen er manchmal wußte, daß sie tot oder schwer verwundet waren, aber das hat er nie zugegeben. Sollten doch andere die schreckliche Nachricht überbringen. Er hatte selber Sorgen genug.

Statt dessen hat Willie gegessen, was ihm vorgesetzt wurde, den Mund gehalten und sich gedacht, sie würden's noch früh genug erfahren. Weil er einer der ersten Heimkehrer war, die an Farmen vorbei- und durch Kleinstädte kamen, hat er ein bißchen mehr Kuchen und Aufmerksamkeit abgekriegt als später dann die übrigen neunzigtausend.

Er wurde abergläubischer. Die Bienen in seinem Glas sind eine nach der andern eingegangen, und er hat überlegt, ob er nicht an einem Kleefeld Rast machen und wieder ein paar einfangen soll. Er hat sich eingebildet, daß er's, falls die Bienen in dem Glas am Leben bleiben, bis nach Hause schaffen wird – ihr Summen hat ihm geholfen, wie ein Ersatzherz. Eines Tages ist er grade am Bienensammeln, da hört er eine Lokomotive pfeifen, und nach einiger Zeit kommt ein Güterzug Richtung Süden daher, mit weniger als Schrittgeschwindigkeit, weil er buchstäblich mit Veteranen überkrustet ist. Sogar die Lokomotive verschwindet unter sitzenden und stehenden Johnny Rebs, die sich Tücher vors Gesicht gebunden haben wegen dem Ruß. Wagendächer, Plattformen, Kupplungen – der ganze Zug ist ein einziges Mosaik von Gliedmaßen und Hüten und grauem Uniformtuch. General Grant hat auf Lees Drängen angeordnet, daß die Eisenbahnen die jetzt unbesoldeten Südstaatensoldaten kostenlos befördern müssen. Mehrere Veteranen pinkeln vom Dach des Dienstwagens am Zugende, und das Wasser spritzt auf den Grabenrand runter, an dem ein Junge sitzt, Bienen einfängt und sich scheinbar dafür schämt. Die Männer sehn zu Will runter, und er starrt zurück. Anscheinend fürchtet er sich vor ihnen, so als ob jeder Erwachsene auf Erden ein Yankee wär. Der Hunger läßt manche Dinge verschwimmen und zeigt einem dafür andere in um so schmerzlicherer Klarheit. Außerdem war da ein neuer Geruch. Nenn's Pubertät. Er war fast drei Wochen unterwegs und hatte in Heuschobern und Geräteschuppen geschlafen, als mit unserm Willie M. was Sonderbares vorgegangen ist: Der Junge hatte angefangen zu *wachsen* wie ein Schaubuden-Monster!

Ein Anzeichen war, um es ungeschminkt zu sagen, daß sein Mannesstolz neuerdings ununterbrochen strammgestanden hat – was (zusammen mit den zu klein gewordenen Hosen) erklären könnte, warum die Leute auf der Straße einen Bogen um ihn gemacht haben. Es war fast so, als hätte sein Körper auf den Waffenstillstand gewartet. Man expandiert ja für gewöhnlich nicht, eh man nicht sicher sein kann, daß der schwächliche Organismus die derzeitige prekäre Situation überstehn wird – das verlangt die Geschäftsräson. Jetzt war für Willies Körper der Zeitpunkt gekommen, sich zu vergrößern.

Willie tippelt eine staubige Poststraße entlang, da merkt er, daß seine Hosennähte von unten her aufplatzen, daß die Hosenbeine über den prallen Waden zum Zerreißen gespannt sind und daß zwischen Schuhen und Aufschlägen eine Handbreit sonnenverbrannte Haut vorschaut.

Langsam hat ihm gedämmert, daß er in den paar Wochen so viel gewachsen ist, so schnell. Hat ihm angst gemacht. Vor ein paar Wochen hatte Sal gesagt, du wirst dich verändern, und ich werd dich nicht wiedererkennen. Willie hatte ihm nicht so ganz geglaubt. Jetzt hat er verstanden.

Wegen dem übergroßen Appetit ist das jähe Wachstum dem Heimkehrer Willie Marsden natürlich besonders ungelegen gekommen. Es war Ende April, und die Brombeeren waren noch nicht mal rot, geschweige denn reif. So hat der arme Kerl die grünen Dinger gegessen.

Wie schlimm es um ihn stand, hat er gemerkt, als er sich einmal einfach nicht mehr beherrschen konnte und einer Hausfrau in Virginia drei zum Abkühlen aufs Fensterbrett gestellte Butterkuchen geklaut hat. Er hatte grade klopfen und um eine milde Gabe bitten wollen, als er diese köstlichen Dinger gesehn hat. Er konnte sich ausrechnen, daß er bestenfalls ein kleines Stück von *einem* kriegen würde. Und das hätte nichts genützt. Er hat sich die Kuchen alle drei geschnappt, ist hinter einen großen blühenden Hortensienbusch gerannt, hat sich hingehockt, alles auf einen Sitz verschlungen und nur versucht, nicht ganz so laut zu stöhnen.

»Hilfe, Zigeuner!« hat er schließlich die Frau kreischen hören. »Oder Yankees. Oder Yankee-Zigeuner. So eine Gemeinheit! Da haben wir schon den Krieg verloren, und dann stiehlt mir dieses Gesindel auch noch meinen ersten mit guter Butter gebackenen Kuchen seit dem Waffenstillstand! Hattie, geh, lauf, hol den Sheriff!«

Willie ist in den Wald gerannt und außer Atem stehngeblieben, verwirrt, lachend. Jahrzehnte später hat er von seiner Frau, also von mir, kategorisch verlangt, ein Rezept für einen schottischen Butterkuchen zu erfinden, der genausogut schmeckt wie damals der geklaute – pures Gold. Er hat behauptet, nichts, was er seitdem zwischen die Zähne gekriegt hatte, wär auch nur annähernd so gut gewesen – außer vielleicht, hat er gesagt, mein hübsches Turteltäubchen, außer vielleicht Teile von dir in unsern Flitterwochen. So ein verlogener Schuft. Ich hab probiert und gerührt, aber obwohl ich für mein hausgemachtes Rezept sieben Jahre hintereinander das Blaue Band auf der regionalen Haushaltsmesse gekriegt hab – kannst es nachprüfen –, war's für ihn einfach nicht das Wahre. Schließlich hab ich meinem großen gepolsterten dickbäuchigen Alten, der seit damals der Länge und der Breite nach zugelegt hatte, gesagt: »Du wirst nie wieder so leckeren Butterkuchen essen, weil dazu müßtest du ihn klaun und als Vorspeise drei Jahre in den Krieg ziehn. Außerdem wirst du nie wieder so hungrig sein.«

»Das wollen wir hoffen«, hat er gelacht. »Ich hab damals Baumrinde gegessen. Lehm von Bachufern, wie unsere Schwarzen. Eines Abends hab ich gesehn, wie einem Hund sein Fressen hingestellt wurde, ein Waschbärhund war's. Ich hab Steine in das Gebüsch hinter ihm geworfen, und wie er kläffend losgerannt ist, hab ich mir seinen

Napf gegriffen. Es war übriggebliebener Eintopf, hatte erst einen ganz kleinen Stich. Richtig gut. Mann, war der wütend. Das Schöne war, er konnte seinen Besitzern nicht erzählen, was passiert war, außer daß er wie verrückt gebellt hat, natürlich.«

Wie mein Willie an der Straße bei Appomattox aufgebrochen ist, war er fünf Fuß und fünf bis sechs Zoll groß, so in etwa. Später hat Captain steif und fest behauptet, wie er nach sieben Wochen endlich die blutigen Füße auf den Rasen von The Lilacs gesetzt hat (ich weiß schon, ich nehm meiner Geschichte die Spannung, aber um mich gut dreißig Jahre später zu heiraten, muß er ja irgendwann heimgekommen sein), wär der junge Zivilist sechs Fuß einen Zoll groß gewesen, und jeder seiner langen Knochen hätte geschmerzt, weil er nicht wußte, was ihn so gestreckt hatte. Von dem schnellen Wachsen ist ihm die Luft weggeblieben.

So schnell so hoch aufzuschießen ist viel weniger schlimm, wenn man zum Beispiel ein reicher Junge ist, der beim Country Club als Bademeister arbeitet, und die zusätzlichen Zoll wie ein Engelsbesuch oder ein Anfall über einen kommen. Da kann man gallonenweise Milch trinken und in der Sonne sitzen, vor sich hindösen und sich bewundern lassen, wie man vor aller Augen langsam dunkelbraun wird und sich nebenbei verdreifacht.

Aber versuch mal, gleichzeitig durch zwei Staaten zu gehn – und dabei nicht im Traum dran zu denken, die Trompete von deinem Kumpel oder die Taschenuhr von deinem Opfer oder deinen eigenen Säbel mit dem echt goldenen Griff zu versetzen.

Will Marsden, unterwegs nach Süden, hat einen prächtigen Wanderstab gefunden, fünf Fuß lang und ganz knorrig vor Strapazen und Autorität. Er hat ihn benutzt wie Moses den seinen – bloß daß er ihn nicht in eine Schlange verwandeln konnte. Wenn er dann bei Nacht vor Kälte zitternd hinter irgendeinem Schuppen lag, hat er sich vage an die Stelle in der Heiligen Schrift erinnert, wo der verlorene Sohn in der Fremde beschließt, wieder nach Hause zurückzukehren und seinem Papa zu sagen, sogar deine Taglöhner leben besser als ich in letzter Zeit, nimm mich wieder auf. Aber ob das auch für die Sklaven von seinem Vater stimmte?

Marsden, unterwegs nach Süden, ist Schwarzen begegnet, die in den Norden wollten. Manchmal haben sie ihn schon von weitem erkannt – an seiner verdreckten grauen Uniformhose. Die Ex-Sklaven haben, trotzdem sie jetzt frei waren, Ex-Rebs nicht über den Weg getraut und sich manchmal im Wald versteckt, bis der schlaksige Junge vorbei war. Will, höflich und fast ein bißchen schuldbewußt, hat so getan, als hätte er sie gar nicht gesehn, wie sie, ebenfalls höflich und fast ein bißchen schuldbewußt, hinter den Holunderbüschen gehockt haben.

Eine Zeitlang ist es Will vorgekommen, als wär er der einzige Reb, der zu Fuß nach Hause wandert, aber wie er sich der Grenze von North Carolina näherte, hat er gemerkt, daß andere ihn überholt hatten. Manche hatten Pech gehabt. Vielleicht hatten sie sich übernommen. An den Pfosten von einem Briefkasten an der Landstraße gelehnt, hat ein Veteran mit Abzeichen von einem Carolina-Regiment gesessen. Der Mann war grade noch über die Grenze von seinem geliebten Carolina gekommen, dann aber an den Wunden gestorben, die er sich in einem anderen Staat zugezogen hatte. Er hatte sich diesen öffentlichen Platz zum Sterben ausgesucht. Damit er auch wirklich mit allen Ehren begraben würde, hatte der arme Kerl die rote Metallklappe von dem Briefkasten hochgestellt und den Ärmel hochgekrempelt, um auf seine Hand aufmerksam zu machen, in der er einen Umschlag mit der deutlich geschriebenen Adresse seiner Familie hielt. »Sagt ihnen Bescheid. Bitte sorgt dafür, daß sie mich heimholen.« Der Leichnam hat da ganz würdevoll gesessen und eigentlich nicht tot gewirkt. Neben ihm saß eine Katze. Zwei kleine Mädchen haben vor ihm gestanden und ihn angestarrt. Die eine hat auf den Toten gezeigt und gesagt: »Schauen Sie, Mister.«

Willie hat genickt. »Geht heim. Sagt eurer Mama, sie soll Hilfe holen.« Seine tiefe Stimme hat ihn erschreckt. Und er hat den beiden Mädchen mehr Angst eingejagt als der Tote. Sie sind weggerannt. Die Katze ist sitzen geblieben.

Wer aus North Carolina ist, merkt es, wenn er über die Grenze von Virginia in die grüne Geborgenheit der Heimat kommt, sei es in der Nacht oder am hellichten Tag. Du kannst ihm die Augen verbinden, mit Seide oder Rupfen, laß ihm nur die Nasenlöcher offen! Fast sofort wird alles anders riechen. Den Virginiern darfst du kein Wort glauben. Die behaupten, ihr Boden riecht nach Geschichte. Und der in Carolina nach Dreck – nicht nach Erde, Schätzchen, sondern nach *Dreck*.

Für uns, für ihn, wird die Luft ganz plötzlich reiner. Sie riecht nicht mehr nach Straßenrand, sondern nach den Häusern dahinter. Der Geruch verrät dir, daß hier in den Blumenkästen an allen Häusern nicht bloß Unkraut wächst, sondern richtige Pflanzen – Petunien, die jedes Jahr neu aus Samen gezogen werden, aus Samen, die wir von unserem Blumenschmuck von vorigem Jahr aufgehoben haben. Die Blumen sind vielleicht hinter Sträuchern und Büschen versteckt, aber deine Nase weitet sich. Zieht den Geruch als Duftmarke ein und entläßt ihn als Seufzer.

An einer mit Klee bewachsenen Böschung hat Will gerastet, um die Bienen zu ersetzen, die tags zuvor eingegangen waren. Später hat er mir erzählt, wie sich, kurz nachdem er seine Kameraden verlassen hatte, sein Glied (vielleicht wegen der ständigen Reibung vom Laufen und Wachsen?) versteift hatte, dauerhaft, wie's scheint. Das war sein Ersatz für einen Kompaß: sein Glas voll Bienen und seine Hose voll Blut. Seine Wünschelrute hat ihm praktisch den Weg nach Hause gewiesen. War's der Gedanke an Zuhause, der den Jungen so erregt hat, oder daß er sich seine Mama oder Castalia vorgestellt hat oder den weichen roten Lehm am Fluß Tar? Auf jeden Fall ist seine Gewißheit auf dem siebenwöchigen Heimweg ständig höchst kompakt gewesen und fast zusehends gewachsen. Manchmal, hat er mir verschämt erzählt – aber beklag dich hinterher nicht, daß ich dir nicht manches erspar, mein Lieber –, hat er kaum pinkeln können; es war, wie wenn man von einem nach oben gerichteten Abflußrohr verlangt, es soll doch bitte seinen Strahl nach unten lenken. Wenn er in einen Ort gekommen ist, hat er seinen Säbel, das Bienenglas und die baumelnde Trompete vor diesen ansehnlich-unansehnlichen Höcker geschoben, diesen Infanten, der sich in eine Infanteriewaffe verwandelt hatte. (Wie du vielleicht weißt, hat ja die Infanterie ihren Namen von den kleinen Infanten, die seinerzeit als Kreuzritter ins Heilige Land gezogen sind.)

Unverdrossen ist er weitermarschiert. In der Früh hat er seine Waden und Blasen gespürt. Er ist schon längst barfuß gegangen wie ein indischer Heiliger, der mit einer Bettlerschüssel durch die Welt wandert. Aber bis Mittag hatte er sich dann eingelaufen, auch wenn jedes Bein sich bloß deshalb in Bewegung gesetzt hat, weil das andere eine Sekunde zuvor auch einen Schritt vorgegangen war. Weiter. Du hast es schon fast geschafft, bist schon fast da.

Vor einem Kramladen in Sharpsburg, N. C., ist Will schließlich einem Galanteriewarenvertreter begegnet, der zu ihm sagte: »Wir kennen die Marsdens in *Carolina*.« »Genau die.« Der Junge hat so grinsen müssen, daß er kaum reden konnte. Er hat dagestanden und sich gekratzt, weil's ihn gejuckt hat von den Läusen, die sich in jeder Falte von ihm eingenistet hatten (die Tierchen hatten scheint's mit dem Ausschlüpfen gewartet, bis sie in einem anständigen Staat waren). Der Vertreter hat Willie gefragt, wo er hinwill. Und hat ihm gesagt, er wär dort gewesen, auf der Straße am Fluß nach Falls, vor kaum drei Tagen.

»Steht The Lilacs noch?« bringt Will mühsam raus. Er und der gutgekleidete Gent haben sich vor dem Laden auf Kisten gesetzt. »Ich kenn die vielen Plantagen nicht alle beim Namen, Sir, aber die meisten sind niedergebrannt worden. Machen Sie sich auf's Schlimmste gefaßt. Tut mir wirklich leid, so was einem jungen Mann sagen zu müssen, der so sehr nach ... einem Veteran aussieht. Aber während Sie da oben waren, hat Sherman hier bei uns praktisch machen können, was er wollte. Und er hat uns fertiggemacht. Und wie. Fast alles, was schön war, hat er dem Erdboden gleichgemacht. Alle, die unten sind, wollen hoch hinaus. Man hat nie was Großartigeres gesehn als die Schwarzen, die in den abgelegten Kleidern von ihren Herrinnen auf den Straßen von Falls herumstolzierten. Ich hab gehört, ein paar weiße Yankees haben einen Nigger zum Bürgermeister Ihrer Stadt gemacht. Er kann kein Englisch lesen, aber ein paar Brocken Latein plappern. Sie können sich das selber ausmalen ... Ich möchte Sie nicht schon im voraus erschrecken. Könnte ja sein, daß Ihr Elternhaus verschont geblieben ist. Hoffe es für Sie. Aber wissen Sie was? Drauf verlassen würde ich mich an Ihrer Stelle nicht. Sie denken nur daran, wie schrecklich der *Krieg* war. Aber Sherman hat ganz bewußt und planmäßig alle unsere großartigen Baudenkmäler vernichtet. Im Krieg von 1812 haben die Engländer das Weiße Haus in Washington niedergebrannt. Diesmal sind die Heiden aus Washington zu uns gekommen und haben jedes schöne weiße Haus an jedem Fluß in unserem heiligen Land in Brand gesteckt. Sherman hat sich die besten ausgesucht. Hätte er nicht wenigstens die prachtvollsten verschonen können? Wär doch nur selbstverständlich unter zivilisierten Menschen. Was sollen wir jetzt unsern Enkeln zeigen? Die werden denken, wir haben uns das alles aus den Fingern gesogen, wie schön angeblich alles mal war, wie großartig. Wir werden nie das Geld und den Willen aufbringen, noch einmal solche Häuser zu bauen. Jedes von unsern Herrenhäusern hätte eines Tages ein Museum werden können. Jedes war eigentlich schon eins. Diese Hunde ... ob die jetzt Alpträume haben? Ich wünsche es ihnen von Herzen. Als Vertreter hatte ich die Ehre, auf einer dreitägigen Fahrt mit dem Buggy in viele dieser Häuser gebeten zu werden. Ich sage Ihnen, junger Mann, Salomon in seiner ganzen Pracht ... nur noch Schutt und Asche.«

Die beiden haben still nebeneinander gesessen – dem Vertreter schien Willies Geruch nichts auszumachen. Sie haben auf die mittägliche Main Street von Sharpsburg geschaut, beide auf dieselben sechs Quadratfuß tristen, glitzernden Sand. Schließlich hat der Vertreter sich entschuldigt, nachdem er erfahren hatte, daß der Junge einer von *den* Marsdens war, dieser stolzen Familie mit der wunderschönen Hausherrin, der Dame, die man nur bei ihren eigenen Festen zu sehn bekam, zu denen einfache Menschen wie Vertreter nie eingeladen wurden. »Ich möchte Sie nicht beleidigen, aber dürfte ich Ihnen Geld anbieten, das bißchen, das ich bei mir habe?«

Will hat aus dem Augenwinkel gesehn, daß ihm mehrere Silbermünzen hingehalten wurden. Die meisten sind ihm sehr sauber vorgekommen. Er hat sie genommen, wenn auch erst nach einer kleinen Anstandspause, und sich freundlich bedankt. Erst wollte er dem Mann anbieten, es ihm zurückzuzahlen, sobald er wieder auf The Lilacs war, aber dann hat er sich's – aus Höflichkeit und aus praktischen Rücksichten – anders überlegt. Hat das Geld als Geschenk angenommen.

»Damit können Sie sich etwas zu essen kaufen, Sir«, sagt der Mann. »Aber brauchen sie nicht auch was für ein Zimmer?«

»Ein was?« Marsden sieht ihn entgeistert an – er hat ja zweieinhalb Jahre im Freien oder im Zelt geschlafen. Ein Haus, was für ein Gedanke!

Zum Schluß hat der freundliche Handlungsreisende ihm seinen Buggy angeboten. Wollte ihn die letzten sechs Meilen bis zu seinem schönen Elternhaus fahren – oder der Ruine.

»Nein«, hat Willie sehr laut gesagt. »Es ist bloß, ich möchte meiner Frau und meinen Kindern sagen – wenn ich mal welche haben sollte, Sir –, daß ich zu Fuß von Appomattox heimgegangen bin.«

»Verstehe«, hat der andere gesagt und die Hände hochgehalten.

Will hat ihm erklärt, er wüßte schon, daß er jetzt eigentlich mit dem Geld in den Laden gehn und sich was zu essen kaufen müßte. »Käse wäre phantastisch. Ich danke Ihnen für das Geld. Und dann sollte ich mich auf die Socken machen, solange es noch sechs Stunden hell ist. Ich bin sicher, ich könnte es bis zum Abend schaffen mit dem Käse im Bauch, aber . . .«

»Ja, was, mein Sohn?« fragt der Kurzwarenvertreter.

»Ich hab Angst.«

»Das ist unter den Umständen auch durchaus weise.« Dann gestattet sich der Vertreter eine letzte Frage: Wozu die Bienen im Glas?

»Als Wegweiser. Und zur Gesellschaft. Sozusagen meine Haustiere.«

Dann ist Will aufgestanden und hat sich so jählings zu dem Vertreter umgedreht, daß der einen Schritt zurückprallte. »Wissen Sie, wovor ich mich am meisten fürchte? Mehr als vor allem andern? Weil's einen, wenn man nicht höllisch aufpaßt, in kürzester Zeit umbringt? Wissen Sie, was das ist, Sir?«

Der andere schüttelt den Kopf.

»Selbstmitleid.« Und dabei hat Willie ins Leere gestarrt. Dann ist er, ohne sich zu verabschieden, in den Laden und hat sich Käse gekauft. Der Krämer hat ihn ihm besonders sorgfältig eingewickelt. Der Vertreter hat ihm nachgesehn, wie er weggegangen ist, schlenkernd, entschlossen, nicht ganz bei sich.

Du weißt schon, was ihn daheim erwartet hat.

Fahnentuch, knitterfrei

Denn da ich es wollte verschweigen, verschmachteten meine Gebeine durch mein täglich Heulen.
– Psalm 32, 3

1

Captain hatte einen Horror davor, außerhalb von Falls in voller Montur aufzutreten. Ältere Veteranen, die nicht aus Falls waren, haben sich noch erinnert, daß er kein Offizier gewesen war, sondern nur ein zu Fuß heimgekehrter Junge, der's übertrieben hatte. Jetzt war er in den Sechzigern, und diese Männer haben so gewisse Bemerkungen fallengelassen. Gegen solche Verunglimpfungen war nicht mal Mr. Marsden mit seinem sonst so dicken Fell gefeit. Er ist dann immer mit Kopfschmerzen heimgekommen, gekränkt wie ein frommes Mädchen, das in der Schule von Ungläubigen verspottet wurde. Daheim in Falls war er vor solchen Fragen sicher. Sein Aussehn, seine gediegene Selbstsicherheit, sein Name – das alles hat sein Renommee gestärkt.

Einen Tag nach der Geburt von unserm Jüngsten ist er mit der Stichbahn nach Tarboro zum Schweinekauf gefahren. Im Zug hat er die soundsovielte rührende Geschichte über Stonewall Jackson gelesen. Der farbige Schaffner, der Cap vom Sehn kannte, ist zu ihm hin und hat leise gesagt: »Äh, Verzeihung, Captain, aber uns ist aufgefallen, mir und den andern Jungs da drüben, daß Ihre Hose ganz offensteht, Sir. Ich hab's für richtig gehalten, Ihnen das zu sagen.«

»Ja«, sagt mein Mann, ohne die Augen von dem Buch zu nehmen. »Ich trage sie manchmal so.«

Wie die »Töchter der Konföderation«, Ortsgruppe Falls, ihn gebeten haben, ihren alljährlichen großen Umzug in Raleigh anzuführen, hat Cap rumgedruckst und Ausflüchte gemacht. Die Zeitschrift *Liberty*, die mit dem Kupfertiefdruck, würde einen Bericht bringen, haben sie ihm gesagt. Schließlich haben sie ihm geschmeichelt: »Einfach Ihre

Mannespflicht, da mitzumachen.« Dagegen war er natürlich machtlos. Die Damen haben einen Kuchen mit der Konföderierten Flagge dekoriert. Nichts hat mehr dasselbe bedeutet wie früher. Die Mädels haben marmorierten Teig dafür genommen, in Rot und Weiß. Sollte patriotisch wirken. Ich für mein Teil hab keinen Bissen davon angerührt. In meinen Augen hat das Ding so ausgesehn wie das Zugunglück, bei dem meine Mama meinem Papa vor die Füße geflogen war.

Die Damen wollten meinen Alten in einem Sonderzug nach Raleigh bringen, inmitten von Picknickkörben, Glockenhüten, Fahnen. Am Tag davor haben sie sich in unserm Garten eingefunden, um ihn feinzumachen. Sie hatten sich in den Kopf gesetzt, das weiße Haupt- und Barthaar müßte einen blaugrauen Schimmer kriegen. Sechs schlanke junge Töchter der Konföderation haben in pastellfarbenen Kitteln hinterm Haus gestanden. Sie haben den Bart von meinem einzigen Ehemann durch und durch mit Kräuseltinktur getränkt. Und ihm dann Lockenwickler in die weiße Mähne gedreht. Natürlich hat er albern ausgesehn! Aber meinst du, er hätte's gemerkt?

Den Blick auf die schlanken Taillen der Nachwuchsriege gerichtet, hat Cap dagesessen und gegrinst wie ein Schwein, das in einen ganz aus kaffeebraunem Schlamm bestehenden Himmel gekommen ist. Ich hab mich derweil am Küchenfenster mit dem Geschirr unterhalten, das ich schon zum zweitenmal abgewaschen hab. Captain hat stillgehalten, als ob er für ein Bildnis in Öl posiert. Dabei haben die ihn bloß frisiert!

Ein Mädchen hat auf einem Schemel gesessen und seine riesige Hand manikürt. Vielleicht aus Respekt vor Caps todbringendem Abzugsfinger? Ich hab mich rausgehalten, bin in meiner Küche geblieben. Keiner da draußen hat mich vermißt oder mich gebettelt, ich soll rauskommen. Drei von meinen Kindern haben zu meinen Füßen auf dem Linoleumboden gesessen, in ihr Malbuch vertieft. Unsere Seth Thomas mit ihrem verläßlichen Ticken hinter mir an der Wand hat geklungen, als wär sie auf meiner Seite. »Ich weiß, ich weiß«, hab ich die Zeit sagen hören.

Captain (der vorher ein paar Schluck aus seinem silbernen Flachmann genommen hatte) hat die junge blonde Society-Maniküre gefragt, ob sie seine garantiert echte Minié-Narbe sehn möchte. Weil sie wie die meisten von diesen feinen jungen Damen aus einer alteingesessenen Familie stammte, hat sie gesagt: »Das wäre sicherlich interessant. Man muß sich mit Geschichte befassen, mit Selbstverteidigung, vor allem hierzulande!«

Mit seinem Frisierumhang – in miniékugelgroßen weißen Perlen tropft ihm das Lockenpräparat aus dem krausen Bart – führt mein Mann vor den Augen der Nachbarn und der Töchter der Konföderation die unternehmungslustige Dame in unsern Schuppen. Bevor er die Tür zumacht, blinzelt er den andern nochmal zu. Die lachen nervös und ein bißchen beunruhigt. (Ich selber schäm mich hauptsächlich, daß jetzt eine Fremde unsern unaufgeräumten Schuppen zu sehn kriegt mit seinen Lockenten und verrotteten Gartenmöbeln. Hundertmal hab ich ihm schon gesagt, er soll ihn aufräumen.)

Also, das Mädchen ist gleich wieder rausgerannt gekommen, ziemlich aufgelöst, mit einer Hand an der Wange. »*Sie* sind mir ja vielleicht ein Schlimmer«, hat sie gerufen und die Augen gerollt. »Wenn er mir gesagt hätte, *wo* er diese Narben hat . . .« Die andern haben gekreischt, nicht unamüsiert. Vielleicht dachten sie, der Captain wär einer von den alten Knackern, die nur noch kneifen können, die schon längst ihr ganzes Pulver verschossen haben? Schätzchen, ich hab's besser gewußt. Dann ist er zum Vorschein gekommen, ein bißchen verlegen, aber durchaus zufrieden mit sich; Haarklemmen haben ihn ins Kinn gestochen, und die Ohren haben in der Sonne steif abgestanden.

Er steht da und spielt mit seinen Fingerspitzen wie Oliver Hardy. Die Maniküre meint: »Schon gut. Wahrscheinlich wollen Sie bloß in Übung bleiben für den Kampf Mann gegen Mann.« Ein paar kichern. Da hab ich's dann doch für angebracht gehalten, mich zu räuspern. Das war jetzt weit genug gegangen. Mehrere Köpfe haben sich zu mir umgedreht.

Ich hab laut einen Spruch gesagt, den ich von Mama hatte: »Alter schützt vor Torheit nicht.«

Captain blinzelt und schreit: »Ach, laß mir doch meinen Spaß, du Trauerkloß.« Und dann brüllt er – und das ändert einiges: »*Du* weißt doch, daß ich dich liebe.«

Einfach so, vor den vielen Leuten. Mir wär beinah die Sauciere aus der Hand gefallen. Eins muß man Captain Marsden lassen, immer wenn man drauf und dran war, ihn als hoffnungslos abzuschreiben, hat er's gespürt und einen wieder eine Handbreit näher rangezogen, einen weiter in seinem Kielwasser geschleppt. Er hat's wirklich faustdick hinter den Ohren gehabt. Mir hat's gestunken, daß er gewußt hat, ich lieb ihn. Hat's weidlich ausgenutzt.

Voller Genugtuung hat sich der alte Mann mit seinem Frisierumhang wieder hingesetzt. Und ich hab am Spülstein gestanden, die nassen Fäuste in die Hüften gestemmt und wieder mal versucht, mir über meine Gefühle klar zu werden. Das mach ich oft, mein Lieber. Ein ganzer Schwarm jüngerer Frauen, und alle sind sie um meinen alten Sauertopf rumgeschwänzelt wie Bienen um einen Honigtopf. Woran hat's gelegen? An seiner Geschichte? Seinem Charme? Irgendeiner virilen Anziehungskraft, die sie unter seinem albernen Getue gespürt haben? Sie haben ein hübsches Bild abgegeben mit ihren nicht zusammenpassenden Pastellfarben in der Sonne. Cap hat ein paar Strophen von »Der alte Rebell« gekrächzt, und um mich rum auf dem Boden haben meine Sprößlinge mitgemacht, ohne überhaupt zu merken, daß sie singen.

Ned hat mir zu Füßen auf einem Fleck gesessen, wo die Linoleumfliese ganz abgewetzt und der drübergelegte Rest auch schon unansehnlich geworden war. (Eine Art Kalender, der Schaden vom häufigen Gebrauch.) Ned hat auf unsere ungebärdigen Zwillinge aufgepaßt. Ich hatte den Kleinen bei Woolworth ein großes Malbuch gekauft und ihnen gesagt, daß jeder nur eine Seite pro Tag ausmalen darf. Hatte gemerkt, daß sie's so mehr zu schätzen wissen. »Mama? Sind alle Himmel blau? Sind manche nicht auch schwarz? In der Nacht sind sie doch schwarz, oder?«

»Der Himmel kann alle Farben annehmen, die's gibt. Welche hat er, wenn die Sonne untergeht? Also, jeder nennt mir drei.« Während sie die Farben aufzählen, sag ich mir: Wenn die junge Frau da dem Mann die Schuhe auszieht und anfängt, ihm die altersgrauen Fußnägel zu feilen, geh ich zur Vordertür raus, und er sieht mich nie wieder. Dann spür ich, wie Ned seine Finger über meine Fesseln gleiten läßt, die geschwollen sind davon, daß ich so schnell hintereinander so viele Kinder gekriegt hab. Seine Finger machen meinen Schienbeinen Klarinettenklappen. Ich seh in seine zu mir hochschauenden grauen Augen – halb Spaniel-, halb Engelsaugen. Vielleicht zu einheimisch, um vollkommen zu sein, aber fast so schön, wie Augen überhaupt sein können in einer Stadt mit ganzen elfhundert sterblichen Seelen.

Ned malt mir mit seiner Kreide gezackte blaue Linien aufs Bein und sagt zu den Zwillingen: »Guckt mal, Mama hat Kampfadern.« Ich lache. Was soll man auch sonst machen?

Ich hör, ob ich will oder nicht, wie ein gewisser älterer Herr draußen unter seinem Umhang noch eine Strophe von »Der alte Rebell« von Innes Randolph singt. Das war Caps Lieblingslied. Und wieder fallen die Kinder ein, die zwischen meinen unansehlichen Beinen ihre Bilder ausmalen.

Sie singen das Lied wie ein altes Kirchenlied. Sie achten kaum auf die Worte, die sie gelernt haben, lange bevor Worte ihnen irgendwas bedeutet haben. Gemeinsam knödeln ein Mann und seine Kinder:

> Sie nannten uns Rebellen, und das bin ich immer noch,
> Ihr »Gelobtes Land der Freiheit« ist für mich das reinste Joch.
> Ich bin froh, daß ich's bekämpft hab, und bitt nicht um Pardon,
> Nur daß wir am End verloren, schmerzt mich bitter, ach, mein Sohn.

Da hab ich an meiner Spüle auf einmal zu zittern angefangen. Die Frauen haben sich weiter geflissentlich um Cap bemüht, über den bitter-lustigen Text gelacht, die rauhe Stimme von meinem »Lippensänger« überhört. Schlagartig ist mir bewußt geworden, wie tief er seinen Gesang schon in unsere Kinder gesenkt hatte, tief, tief runter bis in den Schlund wie einen Angelhaken.

»Zu spät«, hab ich gedacht. »Wird das jemals aufhören?« Er war die ganze Strecke von Virginia zu Fuß nach Hause gegangen. Ob er jemals endgültig ankommen würde?

2

Wieso bin ich, einziges Kind reicher Eltern, in diesem Heim für total Abgebrannte gelandet? Tja, da wär zum Beispiel meine Mitgift. Zwanzig Jahre nach meiner Hochzeit hab ich eines Tags die Briefe durchgesehn, die mein Alter als junger Soldat nach Hause geschrieben hatte, weil ich wieder mal Mitleid mit dem Willie von damals haben mußte, um den Cap von heute zu ertragen. Da fällt mir ein Zettel mit der steifen Schrift von meinem Vater in die Hände, auf dem der Betrag steht: fünfzehntausend Dollar. Erst war's ein herrliches Gefühl – daß ich so viel wert gewesen sein sollte. Aber dann hab ich mich betrogen gefühlt. Also erstens einmal hatte mir keiner einen Ton gesagt, daß auch nur ein Cent den Besitzer gewechselt hatte ... Alles hatte sich hinter meinem Rücken abgespielt. Ich hab meinen reizenden Professor Taw gefragt, wieviel fünfzehn Riesen im Jahr 1900 heute wären. Er hat gemeint: eine Viertel- bis eine halbe Million Dollar. Stell dir vor. Ich?

Wie nach Papas Tod sein Testament eröffnet wurde – Mama war da schon vier Jahre tot –, hat sich rausgestellt, daß er fast alles, das Geld vom Verkauf des Hauses eingeschlossen, seiner Alma mater vermacht hatte. Über zwanzig Jahre später hat meine Tochter Louisa, beseelt vom Geist der Wissenschaft, der Harvard-Universität einen Besuch abgestattet, um sich das Labor anzusehn, das Papa gestiftet und nach seinen Angehörigen benannt hatte. Lou hat mir erzählt, die Universität hätte sich in der Zwischenzeit sehr verändert, aber schließlich hätte sie eine Bronzetafel neben einer Tür in dem Gebäude entdeckt, wo sie gläserne Blumen aufbewahren. Die Inschrift hat gelautet: Gestiftet zum Andenken an Pearlie Gupton Honicutt und R. R. »Rusty« Honicutt. Seine Bauernsprachen-Eltern. Louisa hat einen Pedell aufgetrieben, der ihr die Tür aufgeschlossen hat. Früher einmal war der Raum voller Bunsenbrenner und wißbegieriger Studenten gewesen. Jetzt war's eine große und, wie sie sagte, wirklich hübsche Rumpelkammer. Soviel zu meinem Erbteil, Schätzchen.

Ich hab mich mein Leben lang um andere gekümmert. Irgendwer mußte's ja tun, und ich hab viel dabei gelernt. Heute frag ich mich natürlich, was aus mir hätte werden können, wenn die andern nicht gewesen wären, wenn ich solvent und allein gewesen wär. Wo ich doch wirklich genug Grips gehabt hätte, um selber aufs College zu gehn. Na ja. Lees Lieblingswort war »Pflicht«.

Das Seltsame dran: Wie oft man trotz allem glücklich und zufrieden ist, wie hartnäckig das Glück ist, ganz gleich, wieviel Geld man hat. Wenn ich an meine vielen Verluste und Rückschläge denk, an die Unfälle im Haus, die alltäglichen Schwindeleien, die Enttäuschung darüber, daß deine Wunderkinder dann doch bloß normal begabt sind, wenn auch besonders nett. Manchmal überrascht mich das Glück. Es hält sich einen als Steckenpferd, Gott sei's gedankt. Für manche von uns Glücklichen ist und bleibt das Glücklichsein eine Angewohnheit wie jede andere. Glück: Eine schöne Pflicht.

Die Einheimischen hatten ihn schon längst als »Original« eingestuft. Originale können sich scheint's ungestraft alles mögliche leisten, Mord inklusive. Ich selber bin offiziell nie als Original geführt worden, nur als die Frau von einem. Und das zählt eigentlich nicht. Kein Mensch hat sich mehr gewundert, wie jung ich war, verglichen mit ihm. Neun Kinder später hat mein Alter kaum älter ausgesehn als vorher. Warum auch? Sein Anteil an der Ankunft unserer Kinder: ein bißchen Geruckel wie bei einem ramponierten Schaukelstuhl, ein Rülpser, Muskete ab, Spannung gelöst.

Für mich hat dagegen jedes Kind bedeutet, daß ich neun Monate lang in die Breite gegangen und schließlich so beweglich gewesen bin wie eine Couch. Caps Gesicht war eine Bummelbahn, meins ein bergab fahrender Schnellzug.

Aber wir haben auch Spaß gehabt, das schon. Eines Abends – Cap war zu Besuch bei den Zwillingsjungen von Sal Smith, die ihrerseits beide schon Väter waren (Sal war mit einundachtzig als reicher Mann gestorben) – bin ich raufgegangen, nach meinen schlafenden Kindern sehn. Auf einmal kommen sie aus allen Ecken gesprungen, daß mir fast das Herz stehnbleibt. Baby schleppt einen Kuchen aus Harbisons Bäckerei an (in der Cassie Stammkundin ist). Mit Kerzen drauf. Es ist mein Geburtstag. Sie hatten sich alle Hüte gebastelt, und zu meiner Freude war keiner davon ein Soldatenhut. Ich hab mich aufs Fußende von Louisas Bett gesetzt und die üblichen Haarnetze entgegengenommen. (Hab nie eins getragen, aber meinen Kindern war das egal, weil die Haarnetze waren nun mal die billigsten Artikel in der Damenabteilung von Woolworth. Wie ich das Haus verkauft hab, hab ich festgestellt, daß eine ganze Schublade im Küchenbüffet voll war mit Haarnetzen, alle noch in der Originalverpackung. Das war das schlimmste an dem Tag. Nein, das schlimmste war, daß die Anstreicher von den Käufern, einem netten jungen Paar vom Rundfunk, also daß die die Wachstumsmarkierungen von meinen Kindern unter der Stelle, wo die alte Seth Thomas gehangen hatte, übermalt haben. »Unsere Striche« hat Baby die genannt. »Streich mich an«, hat sie immer gesagt.)

Aber einen Kuchen, den ich nicht gebacken hatte, *neue*, im Laden gekaufte Kerzen statt den Resten aus der Rumpelkammer! Wie schön von ihnen, an meinen Geburtstag zu denken, wo ich ihn selber glatt vergessen hatte. Ich hab mich gefragt, warum mein Mann so oft von zu Hause weggeblieben ist. Was meinst du, war ich zu schroff?

Abgesehn von Castalia hatte ich eigentlich keine Freundinnen, mit denen ich mich hätt unterhalten können. Und daß sie eine Schwarze war, hat sie in den Augen anderer zu einer Art Freundin zur linken Hand gemacht. Mir hat sie grade deshalb so viel bedeutet, weil sie als Nebenfigur angesehn wurde, in Wirklichkeit aber immer im Vordergrund gestanden hat. Bei ihr hab ich mich für nichts entschuldigen brauchen, was ich getan hatte – oder, schlimmer noch, was *er* getan hatte. Schließlich hat sie meinen Alten seit jeher in- und auswendig gekannt. Sie war so alt wie er, obwohl sie viel jünger ausgesehn hat. Worüber hätte sich auch Castalia, eine heruntergekommene afrikanische Prinzessin, jetzt noch wundern sollen? Wir haben uns immer noch ab und zu gestritten. Und sie war immer noch sehr empfindlich, schnell gekränkt.

Vielleicht hat mich mein Stolz von meinen weißen Nachbarinnen ferngehalten. Der Stolz ist jederzeit zur Stelle, um von allem sein Teil abzuschöpfen. Das war mein Fehler bis vor kurzem. Nein, ist es immer noch. Übertriebener Stolz kann einsam machen – obwohl ich ja hier oft genug die Bude voll hab. Da sorg ich schon dafür, und ich bin stolz drauf.

Du mußt mich verstehn: Ich schleiche mich an mein Thema an, ein Thema, das heute vielleicht »Gewalt in der Ehe« heißen würde. Früher hätte man eher »Pack schlägt sich, Pack verträgt sich« gesagt. Also wir hier in Lanes' End sehn uns manchmal eine Talkshow im Fernsehn an, und da sitzt dann eine geprügelte Ehefrau im Schatten und sagt so Sachen wie »Er schlägt mich nur, wenn er getrunken hat. Er ist Gift für mich, aber ich liebe ihn nun mal. Was soll ich tun?« So was macht einen fertig. Am liebsten tät man sie schütteln und sagen: »Sei nicht blöd, hau ab.« Dabei hab ich selber so geredet, als ob ich keinen Funken Stolz im Leibe hätt. Aber aus Stolz nur mit mir selber – und mit Castalia, die sowieso Bescheid gewußt hat.

Er hat mich nur an ein paar Wochenenden geschlagen, nur wenn er sich wegen irgendeinem großen Jubiläum hatte vollaufen lassen. Natürlich keins von uns, sondern ein Kriegsjubiläum. Das konnte der Tag sein, an dem Prothero im Geschützfeuer gefallen war, oder der Tag, an dem Cap den jungen Uhrenstifter aus Massachusetts mit Blei vollgepumpt hatte. Ich sitz in der Küche und stopf die Socken von den Zwillingen. Da kommt er reingewankt – riecht nach irischem Whiskey und sieht aus wie die große irische Hungersnot. Ich eröffne ihm, daß er vergessen hat, die Zeugnisse von den Kindern zu unterschreiben, die auf dem Küchentisch liegen, und daß ich bis Montag Geld für die Schulmilch brauche. Ich bleib sitzen und ratter bloß meine übliche Liste von alltäglichen Problemchen runter – sicher keine Bonmots vom Empfang eines Botschafters, aber doch wichtig für die betroffenen Hauptpersonen, möchte man meinen. Er geht an meiner Couch vorbei, irgendwas erwischt mich an der Seite vom Kopf, und noch was ist plötzlich mit uns im Zimmer, ein Geräusch, wie wenn ein Handknochen mit einem Backenknochen zusammenstößt. Es hängt in der Luft und hat scheinbar genau die Größe von einem Stück Toast.

Dann packt *ihn* die Reue, und er rennt raus, Eis holen, und sagt: »Ist ja nicht so schlimm. Hier.« Und ich hab mehr Angst vor seiner

Hilfe wie vor den üblichen Behinderungen. »Heute ist unser Jahrestag, seiner und meiner, es ist Simons Todestag, Lucille. Deswegen.« Ich hab ihm gesagt, jeder Tag wär für ihn irgendein grausiger Feiertag, ein neuer Vorwand für irgendwelche Gemeinheiten. Appomattox, ein indianischer Name, war vor über fünfzig Jahren. Er war dabeigewesen, erinnerst du dich? Es ist nur zwölfmal passiert, allerhöchstens sechzehnmal. Und nur in einem ganz kurzen Zeitraum. Sonst wär ich ihm auf und davon. Weil, wie gesagt, ich hab immer meinen Stolz gehabt.

Das war vor über siebzig Jahren.

Und ich schäm mich noch heute, Schätzchen.

Cas ist unsere Verandastufen raufgekeucht gekommen, hat meine Lippe gesehn und ohne Federlesen hingelangt und mir den Mundwinkel hochgezogen. »Hast dir auf die Lippe gebissen«, hat sie konstatiert. Und ich hab gesagt: »Haw mif auwie Wibbe wewissen.« Wir haben gelacht. So, wie man nur mit einer ganz alten Freundin lacht. Was war uns beiden nicht schon alles passiert?

Cassie, noch ganz außer Puste vom Treppensteigen, hat mir ein paar saftige Klatschgeschichten versprochen. Und dann bloß keuchend dagesessen. Ich hab sie (mit einem Eisbeutel auf der Lippe) gewarnt: Wenn du jetzt tot umfällst, bevor du mir alles erzählt hast, red ich nie wieder ein Wort mit dir.

Die spannende Neuigkeit war, daß unsere gute Mrs. Winona Smythe – die war ja eines schönen Tages spurlos verschwunden –, mit einem Italiener (muskulöse Arme, lange Koteletten) abgehaun war, einem Burschen, der im Auftrag von irgendeiner Firma das Kriegerdenkmal wieder aufrichten sollte, das im Sturm umgestürzt war. Die Klatschtanten haben steif und fest behauptet, der Kerl hätte die üppige Witwe samt ihren Kanarienvögeln in Miss Pettibones Akademie pour les Arts Equestriennes gebracht. Angeblich, so wußte Cas, war Mrs. Smythe allmählich im Management des Etablissements aufgestiegen, von der Buchhalterin zur unumschränkt herrschenden Madame. Winona hatte die Jahre, in denen sie verschwunden war, zu nutzen gewußt.

Das alles wär allgemein bekannt gewesen, wenn die Reitschule zwei Meilen östlich von Rocky Mount auch nur halbwegs seriös gewesen wär. Sie war's nicht. Schätzchen, sie war weiter nichts als ein Freudenhaus. Gefallene Yankee-Mädchen haben Reitschülerinnen gemimt. Mit offenem Mund (schlecht für die Lippe) hab ich dagesessen, wie Cas mir mitgeteilt hat, daß gewisse Bankiers und andere große Tiere in unserer kleinen Stadt sich danach drängten, Mitglieder vom Kuratorium der Schule zu werden. Und warum? Weil sie dann häufige Inspektionsvisiten machen, sich von den fortschreitenden Reitkünsten einer bestimmten neuen Schülerin überzeugen und Klein-Agatha höchstpersönlich in allen fünf Gangarten unterrichten, ihr den letzten Schliff beibringen konnten. Castalia, die alles über jeden wußte, hat mir den ganzen Schlamassel beschrieben. Namen genannt. (Sie hat immer alles gewußt, nur nicht, wie sie sich selbst helfen soll – unser üblicher blinder Fleck.)

Aber daß Winona da die Finger drinhaben sollte? Die Witwe Smythe, die noch nicht mal die Heucheleien der Ersten Baptisten ertragen konnte, ihr Tiffany-Glas von ihrem Altar zurückgeholt hatte? Die Cap mal gesagt hatte, sie hätte durchaus das Zeug, in irgendeinem Land amerikanische Botschafterin zu werden? Diese Frau eine Puffmutter? War das nicht unter der Würde jedes anständigen Menschen? Eine unwahrscheinliche Karriere: vom Heimchen am Herd zur Chefin von einem öffentlichen Haus. Und doch, je länger ich (beim Lutschen der Eiswürfel aus meiner Kompresse) drüber nachgedacht hab, um so sicherer war ich: *Das* konnte keiner erfinden. Es gibt ja Sachen, die so absurd und unglaublich sind, daß sie einfach stimmen *müssen*. »Du hast dir das doch nicht bloß ausgedacht?« hab ich Castalia gefragt, die mir, mit Recht, einen bösen Blick zugeworfen und so getan hat, als wollte sie auf der Stelle aufstehn und gehn.

»Tut mir leid, natürlich is kein wahres Wort nich dran. Hab mich bloß wichtiger machen wollen. Haben alle unsere Fehler.« Dabei hat sie gelächelt, und das tat weh.

Ich hab die Auskünfte über Winona irgendwo im Hinterkopf verstaut. Und Captain nichts davon gesagt. Aber er *mußte* es wissen. Es hat jetzt viel gegeben, was wir einander nicht gesagt haben. Bloß hatte er ein bißchen mehr zu verheimlichen, als daß eins von den Kindern in der Schule eine schlechte Note in Betragen gekriegt hatte. Ich hab's der Winona gegönnt, daß sie da draußen Chefin von was war – wenn auch von *so* was.

Meine Mama, die vielleicht gerüchtweise von gewissen Handgreiflichkeiten gehört hatte, hat mich zum Tee eingeladen, und ich bin hingegangen, trotzdem meine dicke Lippe noch nicht ganz vergangen war. Sie steht im Flur und fragt: »Na, sind wir schon wieder gegen eine Tür gerannt? Aber sag, wie geht's den Kindern? Louisas Pappmaché-Vulkan soll ja der absolute Knüller der Naturwissenschaftsausstellung gewesen sein.« Und dann hat sie mich bedrängt, ich soll ihr alles über mein verunstaltetes Gesicht erzählen. Ihre Augen, die Augen einer Leidgeprüften, haben warnend gefunkelt: Wenn du nichts Nettes erzählen kannst . . .

Also hab ich kaum was gesagt. Ich hab prophezeit, Lou würde eine zweite Madame Curie werden – aber so schlau sein und Handschuhe tragen, wenn sie mit *ihrem* Radium hantiert. Da drüber hatten wir uns schon früher unterhalten. Ich hätte Mama so gerne den Freudenhaus-Klatsch erzählt, aber der war einfach zu schade für eine Frau, die ihrer eigenen Tochter nicht ins geschwollene Gesicht sehn konnte.

Wie ich mich verabschiede, drückt sie mir einen Fünfdollarschein in die Hand (soviel wie heut ein Fünfziger). »*Tu* mal was für dein . . . Haar oder was weiß ich. Erweitere deinen Horizont, Lucille.«

»Zu Befehl«, hab ich gesagt, richtig sarkastisch, und es sofort bereut. Sie hat gemeint: Ich hoffe, daß deine geschwollene Lippe rasch heilt. Warum können die Leute nicht *sagen*, was sie meinen? Ich hab das Geld dann in »Lolly's Palais de Beauté Féminine de Falls (avec Maniküre jeden Vendredi und Lundi)« getragen. Hab Lolly angekündigt, daß ich Waschen und Tönen brauch. Das hab ich mir zweimal jährlich geleistet, ob's nötig war oder nicht. Meine Besuche im Palais waren immer ein kleines Fest für mich.

Als erstes hab ich meine weißen Handschuhe mit den Perlmuttknöpfen übergestreift. Die hab ich nur bei Hochzeiten und Beerdigungen gebraucht – und für Lolly. Castalia hat meinen Schwung Vorschulkinder bei sich zu Hause gehütet und sie die jungen Nerze mit Büchsenmilch füttern lassen.

Ich war allein, ausnahmsweise mal ohne Anhängsel rechts und links. Hab mich gefühlt, als könnte ich in die Ulmen raufschweben, die seit meinen Mädchenjahren so viel höher geworden waren. Schon damals waren sie mir so hoch vorgekommen, daß man auf ihnen geborgen war, sicher vor den Erdlingen und dem Ärger, den wir in einem einzigen Wort zusammengefaßt haben: JUNGEN!

Lolly hat immer einen Termin für mich reingequetscht und ihre Sache wirklich gut gemacht. Hat sich rührender um mich gekümmert, als es eine Nicht-Stammkundin eigentlich verdient. Sie war in der Schule besser gewesen wie ich (sie war älter, aber einmal sitzengeblieben, obwohl sie wirklich Grips hatte). Ich war damals nett zu ihr gewesen. Und Lolly hatte ein langes Gedächtnis. Ich bin lächelnd reingekommen. Sie hat mich immer überschwenglich begrüßt. Auch wenn man genau weiß, der andere will einen mit Gewalt aufmuntern, kann's einem trotzdem gefallen. Dauerwellen waren damals noch was Neues. Ich konnte mir keine leisten, und das war gut so, weil die moderne Wissenschaft inzwischen bewiesen hat, daß sie schädlich sind. Also nur tönen.

Nur ein einziges Gebäude im gesamten von Weißen bewohnten Falls war in unbekümmertem Zuckerguß-Rosa getüncht. »Palais avec Maniküre« hat auf dem Schild gestanden. Mama hat sich oft drüber lustig gemacht, aber Lolly hat ihr Handwerk verstanden. Und da kommt's doch drauf an, mein ich. Vornehmtuerei hab ich nicht ausstehn können, seit ich vier war.

Der ganze Salon hat nur ungefähr sechzehn mal sechzehn Fuß gehabt, aber du kannst dir nicht vorstellen, Schätzchen, was sich auf so engem Raum alles machen läßt. Es war, als ob man mit sechs bis neun andern Frauen in einem nassen Rettungsboot sitzen tät, und wenn man dann wieder den Fuß auf trockenes Land gesetzt hat, war man gestärkt für den Heimweg und hat das Gefühl gehabt, man wär wirklich weggewesen.

Lolly war ihre eigene wandelnde Reklametafel. Sie hatte ein langes Pferdegesicht, aber das hat sie nicht abgehalten, jede Frisur nachzumachen, die sie irgendwo in einer Zeitschrift oder auf der Kinoleinwand gesehn hat. Wenn später Ginger Rogers im Mittwochs-Film im Cameo ihr goldenes Haar in einem einzigen wehenden Bausch auf einer Seite getragen hat, konntest du drauf wetten, daß die langgesichtige Lolly tags drauf genau mit der Aufmachung zum Einkaufen gegangen ist. Wenn man sie drauf angesprochen hat, hat Loll immer so getan, als hätte sie nicht den leisesten Schimmer, was man meint. »Ach, das? Nur mal so ein Versuch. Der von Ginger ist extremer, aber die hat auch das Gesicht dazu, während ich . . . na ja . . . Ich hab ein Foto von ihr gesehn, wie sie sich auf einer Gartenparty unterhält, mit . . . David. Ich *mag* Ginger, aber für den Prince of Wales hat sie nicht genug Klasse. Bei all ihrem Schwung hat unsere Ginger doch ein bißchen was Ungeschliffenes an sich.«

Wenn sie Lollys neueste Aufmachung gesehn hat, konnte sich jede Frau in Falls überlegen, ob so was nicht auch ihr stehn würde. Man hat die Frauen sagen hören: »Also weißt du, wenn's bei Lolly schon so lala aussieht, wird's bei dir einfach umwerfend sein. Ich glaub ja sogar, sie ahnt das selber. Wenn sie doch bloß einen Mann hätte . . . *Männer* hat sie ja angeblich mehr als genug, wenn man ihr glauben kann, aber Loll bräuchte mal was *Festes*. Ich tät's keiner mehr gönnen als ihr.« Lolly war derselben Meinung und hat das auch oft genug gesagt. Der Jammer mit Lollie (sie hat sich entweder mit »y« oder mit »ie« geschrieben, je nach ihrer Stimmung und dem Film vom Vorabend), der Jammer war, daß ihr Liebesleben ein bißchen kunterbunt gewesen war und daß sie andauernd Schwierigkeiten mit der Verdauung hatte. Sie war die einzige zweimal geschiedene Weiße in Falls. Lollys einziger Sohn, ein jugendlicher Krimineller, hatte schon in jedem Bundesgefängnis gesessen, aber ihre wundervollen Nägel und Frisuren hat Lolly durch alle Wechselfälle des Lebens gerettet. Und das war ja immerhin etwas.

Sie hat mich zum Waschen ans Becken gesetzt. Ich hab Bammel gehabt, daß ihr meine fast schon wieder normale Lippe auffallen oder sie die beiden Beulen auf meinem Kopf fühlen könnte.

Meine Tochter Baby hat gedacht, die Sonne geht in Lollys Haaren auf und unter. Nie hat sie zweimal dieselbe Frisur gehabt, immer wieder einen anderen Braunton. Loll hat Wasserstoffsuperoxyd und alle, die es für was anderes als Blasen hernahmen, in Grund und Boden verdammt. »Ich *färbe* den Frauen nicht die Haare«, hat sie stolz gesagt. »Lolly verwandelt, Lolly verschönert, aber mein Salon ist kein billiger Henna-Schuppen. Ich bemühe mich im Palais, die eigentliche Frau hervorzuholen, und nicht, den Inneren Glanz mit Farbe zuzukleistern. Wahre Schönheit kommt vom Inneren Glanz, nicht aus Flaschen. Alle meine Kundinnen haben ein gewisses Etwas, einen Inneren Glanz. Oder seht ihr hier eine, die keinen hat?« Wir haben uns gegenseitig angesehn, mit unsern unförmigen Lockenwicklerköpfen, von Lotion triefend, die Tränensäcke von Eiweiß gestrafft, und haben uns gedacht, wir wären alle weit fortgeschritten auf dem äußeren Weg zum Inneren Glanz. Wir haben gegenseitig zu unsern Gunsten entschieden.

Zu jemands Gunsten entscheiden: Schätzchen, dazu sind Schönheitssalons in Kleinstädten da.

Lolly hat ihre Lieblingsmelodie gesummt, und ich hab den Kopf in das gekerbte Waschbecken gelegt. Loll hat sich über mich gebeugt und meine Haare naß gemacht. Mir hat's hier so gut gefallen, weil man alles vergessen konnte. Die Kinder waren in guten Händen. Ich hätte irgendwer sein können. Ihr Lieblingslied war »Ich hab mit einem Mann getanzt, der hat mit einer Frau getanzt, die hat mit dem Prince of Wales getanzt«. (Und Lolly hatte mit zwei solchen Gents getanzt, obwohl sie keine Namen nannte.) Ihre erste Liebe war Edward gewesen, aber wie sie den zum König gemacht haben, hat sie sich auf seinen Neffen versteift. Schon bald haben die Wände von ihrem Salon mit fachgerecht gerahmten Bildern von ihrem David vollgehangen – auf denen er grundsätzlich einen blütenweißen Polodreß getragen, aber eigentlich nie richtig gespielt hat. »Viel zu vornehm, um es auch nur *versuchen* zu müssen, jedenfalls in der Öffentlichkeit«, hat Lolly gesagt. »Zugegeben, sein Kinn ist ein bißchen schwächlich. Aber mir gefällt das grade. Es läßt seinen Inneren Glanz nur um so mehr strahlen. Seine Landsleute spüren den IG von dem Jungen. Ich mein, würdest du den nicht mal gern eines späten Samstagabends mit nach Hause nehmen, ihn mit einer blauen Decke zudecken und ihn immer nur anschaun?«

Später hat dann David, wie die Geschichte uns lehrt, für die Frau, die er liebte, auf sein Königreich verzichtet – aber der Himmel weiß, warum er sich grade die ausgesucht hat. Also, wenn du mich fragst: Sie hat ihn sich geangelt. Lolly hat dieser Mrs. Simpson ein bißchen geähnelt – hat genauso knorrig, langnasig und zweimal geschieden ausgesehn. Loll war untröstlich über den Fehlgriff von dem armen David. Am Hochzeitstag der beiden hat sie alle Porträts beider Prinzen von Wales abgehängt und sie in den Hof von ihrem Palais getragen. Sie hat die Bilder mit irgendeinem scharfen Haarzeugs übergossen, ein Streichholz angezündet und zugesehn, wie das Glas zersprungen ist und Davids Windhund-Schönheit sich gekrümmt hat und braun geworden ist.

»Der Innere Glanz von einem ganzen Land wird . . . ausgelöscht, und wozu? Für eine hergelaufene geldgierige Schlampe mit einem Knabenhintern«, hat Lolly getobt. Wir hatten den Namen »Palais« nie mit Lollys Interesse an ihren Kronprinzen in Verbindung gebracht. Aber schon eine Woche danach hat sie ihr Ladenschild auswechseln lassen. Jetzt hat nur noch »Institut für Schönheit und Inneren Glanz« draufgestanden. Man hat gemerkt, da war ein Traum gestorben.

Bei meinem Besuch an dem bewußten Tag – da war England noch nicht in andere Hände übergegangen und Le Palais hatte noch seinen Namen – hat Loll das Prinzenlied gesummt, im Rauch von ihren Lucky Strikes geblinzelt und Klatsch erzählt, der nicht so international war. In dem Moment hat sie den dicksten Höcker auf meinem Kopf ertastet, und ich bin zusammengezuckt, trotzdem ich mir fest vorgenommen hatte, tapfer zu sein. Nichts zu machen. Lollys geschickte Finger mit den langen Krallen haben auf Anhieb die größte Beule gefunden. Traumwandlerisch sicher ist sie ihr ausgewichen und nicht für einen Moment aus dem Takt gekommen mit ihrem

Tratsch über veruntreute Straßenbaumittel und das Liebesnest eines gewissen Stellvertretenden Gouverneurs draußen auf dem Land.

Vielleicht zehn Frauen haben da in dem sechzehn mal sechzehn Fuß großen Palais unter den riesigen Trockenhauben gesessen, auf dem Gesicht eine Creme oder Lotion, die mit Gewalt den Inneren Glanz an die Oberfläche holen sollte. Bei manchen lag dieser Glanz weiter drin als bei andern, und meiner war vermutlich ein besonders problematischer Tiefenglanz. Aber trotz dem auf Hochtouren laufenden Klatsch und der hautnahen Enge hat keine von den andern mitgekriegt, daß Loll eine Reliefkarte von Kleinasien unter den Fingern hatte.

Sie schwatzt unbekümmert weiter und dreht mir rasch die Haare auf Lockenwickler, um die Gänseeier zu verstecken. Bevor sie mir schwungvoll den Umhang abnimmt, spür ich, wie sie mein dünner werdendes Haar resolut nach hinten kämmt. Und dabei rennt sie ständig von einem Kopf zum andern. Gehilfin wollte sie keine. Also nur *eine* Königin im Palais, wenn auch eine unwirsche. »Du meine Güte, Estelle, schau dich an. Jetzt hat dir das Tonikum die Haare verklebt. Hab ich dir nicht gesagt, du sollst dich rühren, sobald sich das Zeug verfestigt! Und, ist das fest oder nicht? Also jetzt wach auf und leg deine *Liberty* weg. Dein Glanz bleibt ewig drinnen, wenn du hier nicht ein bißchen mitarbeitest. Ich tu mein Bestes, daß du auf dem Kostümball der Töchter der Konföderation besonders hübsch aussiehst, aber was machst du, Estelle? Na also!«

Und die ganzen Jahre hat's Lolly keinem weitergesagt. Sie hat mir nie Vorwürfe gemacht wegen den Beulen und Striemen. (*Ihm*, mein ich, *ihm*.)

3

Manchmal beim Bügeln haben mich Geister heimgesucht. Die Menschen, an die ich mich dann erinnert hab, waren keine Seelen, die ich jemals lebend gesehn hatte. Ich hab sie nur über einen erwachsenen Bürger unserer Stadt gekannt, der mit dreizehn Soldat gewesen war, und auch *der* hatte die drei nur dadurch kennengelernt, daß er sie umgebracht hatte.

Ich hab dagestanden und Louisas Frottee-Matrosenbluse eingesprengt, und dabei hab ich mir einen Mann vorgestellt, der mit der Pfeife im Mund erschossen wurde. (Sonst hatte ich keine Informationen über ihn!) Ich hab versucht, mir sein Gesicht vorzustellen und mich bei ihm zu entschuldigen. Mein Mann hat ja manchmal mit seiner brüsken Art Leute aus dem Ort verärgert, und dann bin ich zu irgendeiner Zusammenkunft gegangen und hab wieder gut Wetter gemacht. Und genauso sind mir manchmal beim Bügeln oder Einkaufen diese drei Opfer plötzlich erschienen, wie gute Hemden, die zum Trocknen in einer Reihe auf der Leine hängen. Ich hab mich gefragt, *wer* sie eigentlich für mich sind und ob ich vielleicht nicht ganz gescheit bin, daß ich mich verantwortlich fühl, zum Beispiel für den jungen Yankee, der einem Reb seine geerbte Taschenuhr anvertraut hat. Ich hab mir gesagt, wenn *ich* jemals wen umbringen müßte, würde ich's nicht tun, es einfach nicht können. Lieber tät ich selber sterben. Und selbst wenn – wie würde ich dann je wieder rumlaufen und ein Butterbrot essen und ein Nickerchen machen können? Das Leben würde einer moralischen Mörderin ihre alltäglichen Freuden und Vergnügungen nicht mehr gönnen. Der Geist von dem, den sie ins Jenseits befördert hat, würde ständig dasein wie die Verbrauchsteuern, die man auf alle möglichen billigen und teuren Artikel zahlen muß. Und so hab ich vierzig Jahre lang in aller Stille Tribut gezahlt an die erstaunten Geister von den drei Fremden, die mein Alter als junger Kerl um die Ecke gebracht hatte. Es kam mir vor wie eine Pflicht, wenn ich da so stand und bügelte, aber ich hab mich allmählich auch dran gewöhnt, daß sie dawaren, wie das Blubbern von dem Wasser, das auf dem Herd gekocht hat. Ich bin ihre Schutzpatronin geworden, ihre freiwillige, wenn auch ganz winzig kleine, bescheidene Madonna. Jeder von ihnen ist zu meinem stillen Partner geworden, zu einem gerngesehnen Gast.

Langsam hab ich begriffen: Ich war aus freien Stücken die Mutter der Männer geworden, die mein Mann getötet hatte.

4

Tja, in Raleigh hat Cap dann festgestellt, daß er so feierlich und großspurig auftreten konnte, wie er wollte, daß er von nun an in der Hinsicht keine Bedenken mehr haben brauchte. Weißt du, inzwischen hatten nämlich viele von den Soldaten, die früher seinen militärischen Rang angezweifelt hatten, ihre lichtesten Jahre hinter sich. Jeder zweite hat schon mit einem geistigen Bein im Gemüsebeet gestanden. Die meisten sind friedfertig geworden.

Die waren während unserer schrecklichen Rebellion schon gestandene Männer gewesen. Im Gegensatz zu ihm. Aber keiner von den Älteren hat sich mehr an Caps zartes Alter damals erinnert. Beim letzten Veteranentreffen vor sechs Jahren hatten noch ein paar Zweifler Bemerkungen gemacht. Jetzt haben alle geglaubt, Cap sähe so stark aus, weil er damals so ein ungewöhnlich harter Soldat gewesen war. Den Älteren war die Familie Marsden noch ein Begriff, und sie haben Captains Mutter nach wie vor für die bestaussehendste Frau weit und breit gehalten. Sie hatten vergessen, daß sie verbrannt worden war, daß sie jahrelang nur verschleiert und hinter zugezogenen Vorhängen gelebt hatte, weil niemand ihre Narben sehn sollte, und dann gestorben war, das arme Ding. Mit ihrer Porzellantasse in der Hand hatte sie bis zum letzten Atemzug geglaubt, vornehme Herren würden ihre Aufwartung bei ihr machen, und gesagt: »Sag ... ihnen ... ich ... sei ... ausgegangen.«

Aber wie er sich da in Raleigh ins Gewühl gestürzt und mit den andern auf die Ankunft der schmucken Blaskapelle von Fort Bragg gewartet hat, ist Captain von den letzten senilen Bewunderern seiner Mama ausgefragt worden. »Es geht ihr außerordentlich gut, in Anbetracht der Umstände«, hat Marsden tapfer die tapferen Jungs in ihrem mottenzerfressenen Grau angelogen. Wollte ihnen nicht ihre letzte Parade verderben.

»Extravagant wie eh und je, nehme ich an? So ein kleines Persönchen, unsere Lady, aber mein Gott, was für ein Teint!«

»Wenn meine Mutter gewußt hätte, daß wir uns treffen, hätte sie bestimmt einen Gruß ausrichten lassen.«

»So, so. Grüßen Sie sie auch von mir. Sie erinnert sich also noch an mich? Ich mache mir keine Illusionen, ich weiß natürlich, daß ich nur einer unter vielen war.«

Die Veteranen, mit Decken statt Konföderiertenflaggen über dem Schoß, haben sich noch genau an die kleinsten Kleinigkeiten erinnert, vorausgesetzt, sie waren nicht in den letzten fünfzig Jahren passiert.

(Lieber Gott, laß mich nie den Verstand verlieren – er ist alles, was ich noch hab –, aber ich will mich nicht beklagen.)

Captain William More Marsden hat sich ausgiebig photographieren und bewundern lassen, bevor der Umzug in Bewegung kam. Seine Töchter der Konföderation haben nach wie vor an ihm rumgefummelt, als ob er ein rosengeschmückter Festwagen und sie ehrgeizige Floristinnen wären. Angeblich haben sie ihm sogar die Augenbrauen nachgezogen, aber ich hab nichts gesagt, wollte mir nicht

Krittelei vorwerfen lassen. – Ein Photograph vom *Liberty* ist auf ihn zu und hat ein Bild von ihm gemacht. Cap hat sich in Positur gesetzt, eine Faust in der Jacke von einer Uniform, die mit dem schmächtigen Schützen Marsden ungefähr so viel zu tun hatte wie Hollywood mit dem Heiligen Land. Die Rollstühle im Hintergrund sollten beweisen, daß *er* noch keinen brauchte.

Perlgraue Montur, Federhut, weiße Handschuhe, die ich eigenhändig geschrubbt hatte: Ich hab mir jeweils einen übergestreift und ihn mit der Bürste bearbeitet, bis meine Narbe am Handgelenk weh getan hat. Der Mann hat nur auf direkte Fragen von *Liberty* geantwortet und sonst kein einziges Mal den Mund aufgemacht. Nicht lange, und alle haben geglaubt, Marsden hätte seinerzeit bei jedem Niesen vom großen Lee »Gesundheit« gewünscht.

Auf einem andern Bild sieht man unsern feschen Stellvertretenden Gouverneur, wie er Cap lächelnd auf die Schulter schlägt und ihn für hinterher zu einem Pokerspiel einlädt. Unser *Herald Traveler* hat eine ganze Seite mit Bildern von der Parade gebracht. Dafür hat der Ortsverein der Töchter der Konföderation gesorgt. Ich hab mir die Flotte von Korb-Rollstühlen angesehn, mit den Veteranen drin, die der Menge zugewinkt haben, sofern sie noch Arme hatten, mit denen sie winken konnten. Mehrere waren schon gelähmt, aber immerhin konnten sie noch mit den Augen in Habtachtstellung gehn, die armen Kerle. Aber mein Mann war der einzige, den man hinterher in der *Liberty* bewundern konnte, weltweit.

Erinnerst du dich noch an unsern »laufenden Meter«, den genialen chinesischen Schneider? Also der war etwas über fünfzig, wie er ungefähr zu der Zeit einsam an seiner Singer gestorben ist. Muß ganz plötzlich passiert sein, die Nadel ist durch zwei Finger gegangen, hat sie an der Naht vom weißen Satinhochzeitskleid der ältesten Lucas-Tochter angenäht. Ein riesiges Begräbnis hat »Reiskorn« bekommen. Der Pfarrer hat ihn gepriesen: »Er wußte, was eines Tages Arbeit ist.« Unter den Dielen von seiner Werkstatt sind hinterher achttausend sauer verdiente Dollar zum Vorschein gekommen. Die Stadtväter haben die ausländischen Adressen, die man in seinen Sachen gefunden hatte, einfach ignoriert und einstimmig beschlossen: Das Geld soll dafür verwendet werden, daß die Stadtbibliothek von nun an bis in alle Ewigkeit auch am Wochenende geöffnet bleibt.

Ich selber bin bei den Kindern in Falls geblieben; vier hatten Kopfgrippe, und die Zwillinge waren von der Gartenschaukel gefallen, als sie versucht hatten, Nachbars Collie auch mitschaukeln zu lassen. Dabei hatte ich's ihnen ausdrücklich verboten. Dann hatten wir unsern ersten Fall von Masern. Ich ständig die Treppen rauf und runter; ich war noch nicht alt, hab mich aber gefühlt, als hätte ich längst auch eine Flagge als Decke auf dem Schoß und einen Rollstuhl verdient (*der* Wunsch ist mir ja in Erfüllung gegangen, wie du siehst). Aber zugegeben, nach dem Umzug der Veteranen in Raleigh war ich auch stolz auf ihn, da ist nichts dran zu deuteln. Noch tagelang haben mich die Leute in den Geschäften angesprochen deswegen.

Einen Monat nach der Parade konnte man die *Liberty* mit seinem Bild drin kaufen, an Zeitungskiosken in der ganzen Welt genauso wie in Lucas' Gemischtwarenhandlung. Eine ganze Seite hat Captain da eingenommen, und er hat so unerbittlich und schicksalsschwer und zufrieden dreingeschaut wie der liebe Gott auf Fronturlaub.

Wie das Heft rausgekommen ist, hat bei uns zu Hause der Jubel keine Grenzen gekannt. Zwei Nachbarinnen haben uns einen Eintopf gebracht, und das, trotzdem keiner von uns tot oder verletzt war! Baby, die sich schon früh recht gewandt ausdrücken konnte, hatte mitgekriegt, bei welchen Anlässen solche Gerichte für gewöhnlich aufgetaucht sind. Sie hat die gestifteten Eintöpfe eines Abends beim Essen kurzerhand in Pechtöpfe umgetauft. Uns allen, auch Cap, ist die Spucke weggeblieben, wie treffsicher das war. Und wir haben uns gedacht, die wird sich tüchtig ranhalten müssen, damit sie im späteren Leben ihrem frühreifen Witz gerecht wird. Was ihr dann aber ganz gut gelungen ist.

Die Redaktion hat so viele Briefe gekriegt, daß sie uns schließlich geschrieben hat, es wär doch nett, mal einen größeren Artikel »über Ihre, wie man hört, so erstaunlich große und erstaunlich junge Familie zu bringen, Sir«.

Cap hat einen Termin mit ihnen ausgemacht, und zwei Wochen danach, zwei Tage bevor die Leute von *Liberty* mit ihren Kameras aufkreuzten, um *meinen* Haushalt für Leser auf dem ganzen Planeten Erde auszukundschaften, hat mein Angetrauter dran gedacht, auch mir Bescheid zu sagen. Hältst du so was für möglich? Findest du das fair?

Essen und Gewehre

Denn wo viel Gutes ist, da sind viele,
die es essen . . .
– Prediger 5, 10

1

Jungen sind von Gewehren begeistert. Väter, die ja einerseits ehemalige Jungen und andererseits Mitglieder im Schützenverein sind, unterstützen das noch. Ich für mein Teil seh von außen zu, ringe die Hände und kann nur hoffen, daß das nur eine Phase ist, die jeder Mann auf Erden so früh hinter sich bringt, daß er und wir alle gerettet werden können. Ich meine, wir mit unsern Spülsteinen, unsern Kalendern und unserer Hausarbeit, die Frauen, die sich Mühe geben, nicht auf das Krachen der Flinten drüben im Wald zu hören, nicht dran zu denken, daß irgendwann die Jagdsaison anfängt und der Himmel bleiern wird. Was ich damit sagen will: Damals war Ned, mein Ältester, fast zwölf. Das hat bedeutet, daß sein Vater vorhatte, ihn bald mal zur Jagd mitzunehmen. Ein Ritus – ein blutiger Ritus. Ich hab dran denken müssen, daß sich mein Angetrauter demnächst den Spaß leisten würde, Ned nach Duck, North Carolina, mitzunehmen und ihm beizubringen, wie man mit dem Gewehr Entenblut aus einem Zugvogelhimmel runterholt. Viel, viel spannender als der Alltag von meiner Louisa, die nur das Auf und Ab von ihrem rundlichen Stubenhockerkörper beobachtet hat. Aber wie gesagt, Schätzchen: Das Rätselhafte an uns und der Gerechtigkeit ist, daß wir immer so sehr auf sie zählen. Vielleicht werden wir alle bei der Geburt aus einem dämmrigen Land vollkommener Anständigkeit verbannt, vielleicht sind unsere Hoffnungen nur Heimweh nach dieser ersten Gerechtigkeit, die wir nie ganz vergessen?

»Ich lasse nicht zu, daß du unsern Ned in die Sümpfe mitschleppst, in Begleitung von berufsmäßigen Whiskeytrinkern, die's nicht erwarten können, sich wieder mal drei Tage nicht zu rasieren. Wenn sie heimkommen, sehn die meisten schlimmer aus wie ihre Beute. Ned ist ein bißchen nervös, und von der Knallerei wird das nicht grade besser werden. Du willst, daß Fleisch auf den Tisch kommt? Meinetwegen, ich geh zu Luke Lucas und kauf welches. Die Enten, die du heimbringst, sind so voller Schrotkugeln, daß man meint, man ißt Zahnplomben-Frikassee. Laß Ned in Frieden, Cap. Laß mir wenigstens den einen. Du setzt fast immer deinen Willen durch. Tu mir *einmal* einen Gefallen.«

Ned hat's mir übelgenommen, daß ich ihn als »nervös« bezeichnet hab. Ein Fehler. Das Ganze hat sich bei einem anderen gemütlichen Abendessen im Familienkreis abgespielt – nichts als eitel Friede, Gemeinsamkeit und gute Verdauung. Ned hat gemeint, er müßte langsam selber bestimmen können, was er gern macht, schließlich wär er schon fast zwölf. Und Captain hat gesagt, unser Stellvertretender Gouverneur wird mit von der Partie sein. »Stell dir vor, ein junger Bursche feuert seinen ersten Schuß in Gegenwart des zweithöchsten Politikers in unserm Staat ab. Man könnte fast von staatsbürgerlichem Anschauungsunterricht sprechen.«

»Jetzt übertreib's nicht«, hab ich gesagt, grade als die Zwillinge die Hand gehoben haben, weil sie auch was sagen wollten. Ich war dankbar für die Ablenkung. »Na, ihr beiden, was habt *ihr* denn auf dem Herzen?«

»Baby hat Wiener Würstchen zu uns gesagt.«

»Hab ich nicht, ich hab bloß gesagt, sie riechen nach Wiener Würstchen.«

»Papa, wann darf ich denn ›meinen ersten Schuß abfeuern‹, hm?«

»Schon bald«, hat Cap geantwortet und dabei zu mir hergeschielt. »Noch ein bißchen Mais, Lucille? Keine Angst, Ned, wir stimmen sie schon noch um. Ich werd sie persönlich überzeugen, wie lehrreich dieser Jagdausflug sein wird. Enten, Naturkunde, ein hoher Politiker, eine Autokolonne mit Polizei-Eskorte.«

Darauf ich: »Verschwendung von Steuergeldern, wenn du mich fragst. Außerdem ist das mein letztes Wort. Er fährt nur über meine Leiche mit.«

»Aha, *das* willst du also? – Bloß ein Witz. *Du* machst ja auch ständig Witze, dann werd ich ja wohl auch mal dürfen. Beruhige dich, du Schwarzseherin. Noch jemand Mais? Eure Mutter hat sich mit dem Mais wieder mal selbst übertroffen.«

»Reichst du bitte mal die Wiener Würstchen rüber.«

»Schluß jetzt.« Ich schnipse mit den Fingern. »Außerdem ist er jung für sein Alter.«

Ned hat den Salzstreuer nach mir geworfen. Eigentlich konnte ich's ihm nicht verübeln. Keiner hat's gern, wenn über ihn geredet wird, als ob er gar nicht da wär.

»Mit zwölf ist man nicht mehr jung«, hat mein Mann gesagt. »Weißt du, wo ich mit zwölf war?«

Ich bin sarkastisch geworden: »Nein, aber ich laß mich gern aufklären.«

»Höchste Zeit, daß Ned das eine oder andere lernt. Daß er ein bißchen . . .«

»›Zugeritten wird‹? Sozusagen ›zugeritten wird‹? Wo hab ich das denn schon mal gehört?«

Captain ist aufgestanden, hat gesagt, er hätte noch was in der Stadt zu erledigen – um sechs Uhr abends.

»Du gönnst einem überhaupt kein Vergnügen«, hat Ned mich angefaucht. »Wenn's nach dir geht, muß ich die ganze Zeit im Haus rumsitzen, wie die *Mädchen*.«

Louisa hat den Blick gesenkt, und Ned hat zu ihr gesagt, es tät ihm leid, aber sie wüßte schon, was er meint. »Männer brauchen so was. Du kannst mich nicht ewig behüten, Mama. Ich bin fast *zwölf*.«

Ich hab ihn angesehn. Wie vernünftig und intelligent er geredet hat. Wie klar und aufrichtig sein Gesicht war. Was für ein Drachen war ich doch, meinen Mann am Abend aus dem Haus zu treiben.

»Ich will doch nur dein Bestes, Junge. Nimm mir das nicht übel, bitte.«

Ned hat unter seinen langen Wimpern hervorgeschaut, die ausgesehn haben, als würden sie allnächtlich in einer Frischhaltedose aufbewahrt. Für Ned waren Augen nicht bloß was, wo man draus rausschaut, sie waren Oberflächen, hinter denen man sich ausruhn konnte. Wir haben uns angestarrt, und er hat »Darf ich aufstehn?« gefragt, hat seine Serviette hingeworfen und ist aufgestanden.

»Auf zu Castalia«, hab ich ein paar Minuten später gerufen, um die Kinder auf andere Gedanken zu bringen. Ein paar haben gejubelt. Haben sich drauf gefreut, wieder mal Castalias Nerzfarm zu inspizieren und sich auf dem Spielplatz ganz in der Nähe zu tummeln. Ned hat gemeint, er bleibt lieber daheim bei seinem Buch *Die Wasservögel Nordamerikas*. Da wären Vögel im Flug als schwarze Silhouetten abgebildet, damit man auf der Jagd erkennt, auf welche man zielen muß.

Ich hatte gute Lust, ihn ein bißchen aufzuziehn: Vielleicht hätten die kleinen Enten auch Bücher, in denen Jungen wie er abgebildet sind, nur aus der Vogelperspektive, damit die Enten wissen, wann sie möglichst rasch davonfliegen sollen. Aber ich hab's gut sein lassen. Weil ich immer das letzte Wort haben, möglichst oft recht behalten wollte, war ich, als Mutter und als Ehefrau, ein bißchen unnahbar. Alles, wodurch ich heute für Fremde zu einer halbwegs erträglichen Erzählerin werde, hat mich damals für meine Familie zum Reibeisen gemacht. Das ist eine Schwäche von mir, jetzt hab ich sie eingestanden, und damit basta, ja?

Trotzdem es über zwanzig Grad hatte, ist Castalia zur Begrüßung in ihrem sattbraunen Nerzmantel aus dem Haus gekommen. Der Mantel hat ihr jetzt bis zum halben Oberschenkel gereicht; sie hat ja die neuen Felle immer eins nach dem andern unten angenäht. Der Kragen, hochgewölbt wie der von Elisabeth I., hat Cassies noblen Hals umrahmt, ihr Rückhalt gegeben.

Die Haare hat sie an dem Abend in eng am Kopf anliegenden Zöpfen getragen, glänzend von teurer Pomade. Sie hat uns Eistee vorgesetzt, in kleinen Einmachgläsern. Meine Kinder hatten das mal zu Hause ausprobiert, aber was einem hier als gute Idee erschien, hatte bei uns oben albern gewirkt. Kaum hatten wir uns in der knallroten Küche niedergelassen, die den größten Teil von Cassies Haus einnahm, ist Baby auf Cassie in ihrem großmächtigen Pelzmantel zugegangen. »Darf ich, Cas?« Dann hat sie auf ein bestimmtes Fell gezeigt. Und Castalia hat mit geschlossenen Augen bloß auf Babys Fingerdruck hin gesagt, von welchem Tier das jeweilige Fell stammte. »Dixie. Noch mal Dixie, aber Tochter. Chenille. Flattermann. Kompott. Max. Foxy. Kartoffel. Raffzahn. Und wieder Chenille – bist ein kleiner Schlaumeier, was, Baby?«

Das Spiel ist den Kindern bald langweilig geworden. Wer hätte auch jemals Castalia bei einem Fehler ertappt? Kein Spiel macht lange Spaß, bei dem immer nur einer alle richtigen Antworten weiß. (Das hatte ich schon seit Jahren meinem Cap klarzumachen versucht.)

Also haben sich die Kinder getrollt, und Cassie hat ihnen nachgerufen: »Gebt ihn immer nur eine Schale auf einmal, verstanden – und paßt obacht auf die Finger!« Nerze sind wie professionelle Schönheiten bei den Menschen: Hübsch zu bleiben zehrt fast ihre ganze seelische Kraft auf – zur Freundlichkeit reicht's nicht mehr. Die begrenzte Liebesfähigkeit steht ihnen ins Gesicht geschrieben. Für das bißchen Liebe ziehn ihnen die Menschen dann das Fell über die Ohren. Einmal hab ich Cassie gefragt, ob es ihr nichts ausmacht, all diesen Viechern, die sie selbst großgezogen hat, den Hals umzudrehn.

»Hab nie kein Nerz kennengelernt, den ich besonders gemocht hab. Außer für zum Streicheln, und das kannst bei den erst, wenn sie abgeschnappt sind. Sind keine Streicheltiere, bloß schöner Ersatz. – Wo wir bei Pelzen sind, hättst mal die von Lady sehn müssen. Hat sie in einem Zedernholzschrank aufgehangen gehabt, und uns hat sie mitten in August geschickt Eis holen aus dem Eiskeller, und erst wenn das Zimmer kalt war wie ein Gletscher, hat sie alle nach der Reihe angezogen. Können wir auch. Man gewöhnt sich. August, und du bläst weiße Luft und bist in Schneemann-Chinchilla gehüllt oder Silberfuchs. Welt wird ein bißchen weicher so.«

Ich hab ihr gestanden, daß ich mir Sorgen mach: Daß Captain meinen Ned zu einem allzu männlichen Wochenende in irgendeinen Jagdunterstand an der See mitnimmt. Cas hat mich enttäuscht. Hat gemeint, je mehr ich mich dagegen sträube, um so schöner werden sich's Jungen vorstellen, die nun mal ... »Darf *ich* mal deinen Pelz anfassen?« hab ich gefragt.

Sie hat mir einen Ringelschwanz-Ärmel hingehalten, mit einem Arm drin, der so dunkel war wie Nerz, bloß glatter, fester. Aus der Nähe sind mir wieder mal die bedauerlichen Schönheitsfehler von dem Mantel aufgefallen. Zweimal hatte sie in den letzten zehn Jahren wegen ihrem wachsenden Umfang die Knöpfe und Schlaufen versetzen müssen. Die beiden Erweiterungen hatten Spuren hinterlassen – es sah aus, als ob der Mantel schielte oder mit kleinen Eutern in zwei Reihen bewachsen wär. Die Felle wurden immer üppiger, je weiter der Mantel dem Boden entgegenwuchs: Cassie hatte ihre Nerze in letzter Zeit öfters mit fetten Schlachthofabfällen gefüttert. Die Biester konnten einen Kuhschädel in kürzester Zeit so sauber benagen, daß man ihn glatt einer feinen Privatschule als Anschauungsmaterial hätte verkaufen können. »Sehr hübsch.« Ich hab den Pelz gestreichelt, sie hat genickt.

Stellenweise hat zwar die Angelschnur vorgeguckt, mit der die Felle zusammengenäht waren, aber trotzdem ist einem der Mantel vorgekommen wie der Luxus persönlich. Wie eine Blockhütte aus ehrlich verdientem Flausch hat er Castalia umhüllt, wenn sie in ihm fast bei jedem Wetter hocherhobenen Hauptes durch die Stadt schritt. Castalia hat der Welt nicht mal so weit über den Weg getraut, daß sie ihren Pelz allein zu Hause gelassen hätte, nicht mal im August.

2

Meine Kinder sind gar nicht gern zu meiner Mutter gegangen – da mußten sie immer Brettspiele spielen, hier und da in Grüppchen zusammensitzen. Deshalb haben sie immer behauptet, sie müßten heim, Schularbeiten machen. An dem Tag sind wir deshalb praktisch auf Zehenspitzen an ihrem Haus vorbei, und ich hab natürlich Gewissensbisse gehabt, als einziges Kind mit so vielen Enkelkindern im Schlepptau. Sie war eifersüchtig, weil ich so oft zu Castalia gegangen bin. »Was findest du bloß an dieser in Rattenfelle gehüllten fetten Bulldogge?« hat sie mich einmal gefragt. (Da hab ich volle sechs Tage nicht mehr mit ihr geredet.) Aber wie's der Teufel will, kommt sie uns doch auf der Straße entgegen, mit einem Armvoll Hortensien von einem schier überirdischen Blau. Je saurer der Boden, auf dem sie wachsen, desto dunkler das Blau. Sie ist in Schwarz und hat dunkle Ringe unter den Augen (das erste Anzeichen von ihrem unentdeckten Leberkrebs), riecht schwach nach Kölnisch (ganz ungewöhnlich für sie) und läuft an mir und meiner Kinderschar vorbei, als ob sie uns nicht kennt. Das macht mich neugierig. Sie trägt eine schwarze Armbinde. Ich frag ihre selbstgezogenen Blumen: »Wer ist denn gestorben?«

»Niemand, in letzter Zeit.« Das Bukett hat sich verschoben, und ich seh Mamas weicher gewordenes Gesicht. Sie hat anders ausgesehn. Die Menschen ändern sich. Da glaub ich fest dran, auch heute noch.

»Sie wäre heute hundertfünf geworden.« Ich hab gedacht, sie meint ihre eigene, farblose Mutter, Mrs. Angus McCloud, eine Frau, die scheint's von allen geliebt wurde, die für mich aber in keiner einzigen Geschichte richtig lebendig geworden ist, die Verfasserin eines Rezepts für Butterkuchen, das ich dir mal geben muß, eine Frau, deren ganzes Sinnen und Trachten auf das Wohlergehen ihrer Familie gerichtet war, und das reicht halt nicht. Reicht nicht, daß Geschichte draus wird.

»Du hast sie nicht gekannt, Lucille. Ich seh in letzter Zeit die Dinge ein bißchen klarer. Es war ungerecht, eine himmelschreiende Ungerechtigkeit, kein Zweifel. Aber jemandem Vorwürfe machen? Das tun wir alle. Häßlich, widerwärtig. Warum ist das so, Lucille? Wir brauchen einen Grund, nehme ich an, oder, genauer gesagt, einen Sündenbock. Tatsächlich findet man auf diese Weise fast nie eine hieb- und stichfeste Erklärung. Mir tut es leid, wie man mit ihr umgesprungen ist. Abgesehen von meinem Vater war sie es, die mir in meiner Kindheit über die größten Schwierigkeiten hinweggeholfen hat. Und trotzdem – erst an ihrem hundertfünften Geburtstag komme ich endlich auf den Gedanken, ihr wenigstens mal ein paar . . .«

Außer den Blumen hatte Mama auch ein als Geschenk verpacktes Fläschchen Kölnisch Wasser in der Hand. Das hatte ich gerochen. Mama hat sich nie parfümiert. Zieht bloß das Unglück an, hat sie gesagt.

»Ich habe von ihr geträumt. In meinem Traum hatte sie Geburtstag. Ich hab dann deinen Vater auf den Friedhof geschickt, nach ihrem Grab sehen, und siehe da, heute ist ihr hundertfünfter Geburtstag. Meine Kinderfrau hat mich geliebt, konnte mir aber die Schmerzen nicht ersparen. Wir können einander nicht retten, Lucille. Denk immer daran, im Hinblick auf einen gewissen Mann in deinem Leben, mein Kind. Wir müssen zusehen, wie jeder für sich untergeht, und vielleicht ist das der Grund, warum wir einander mit der Zeit so verabscheuen. Wir können es nicht ertragen, wie sehr der Schmerz der anderen uns daran erinnert, daß wir sie im Stich gelassen haben, daß wir wahrscheinlich ebenfalls untergehen werden. – Genug davon. Hört sich wahrscheinlich sowieso albern an. Ich muß weiter. Geburtstage waren für sie das Höchste.«

Ich hab mich umgedreht und ihr nachgesehn, der berüchtigten Bianca McCloud, dem absoluten Monster unter allen kleinen Satansbraten von Falls. Wie hatte im Lauf der Zeit aus so einem boshaften Balg die magere Dame werden können, die da an mir vorbeirauschte, sich hinter ihrem Blumenstrauß versteckte und nach gutem Kölnisch Wasser roch? Veränderung – das war für mich immer das Rätselhafteste an den Menschen. Wahrscheinlich sollten wir alle dankbar sein dafür, daß das jedem von uns jederzeit passieren kann. Kann es doch, oder? Man hofft, solang man lebt.

Cap ist im Kreuz breiter geworden. Obwohl er bei unserer Hochzeit schon fünfzig gewesen war, hatte er sich richtig gut gehalten – mit einer kleinen Mulde in der Gegend, wo Männer im mittleren Alter die ersten Pölsterchen ansetzen. Aber jetzt ist sein Rumpf in die Breite gegangen. Daß sich sein Kinn verdoppelt hatte, verdreifacht, hat der silberweiße Bart vor aller Augen verborgen. Nur wenn er sich das Nachthemd übergestreift hat, ist mir – dem einzigen Menschen auf der Welt, der ihm dabei zusehn durfte – aufgefallen, wie dicklich er geworden war durch das zusätzliche Wasser, das der Whiskey im

Körper gehalten hat. Seine Wangen sind rosiger geworden. Er hat jetzt – das ganze Jahr über – ausgesehn wie ein dem Trunk verfallener Weihnachtsmann, der bis zum Spätherbst arbeitslos ist und in der langen Mußezeit den Elfen nachstellt. Schätzchen, niemand ist deprimierter als der Weihnachtsmann außerhalb der Weihnachtszeit. Und doch, wenn ich's mir genau überleg, es war auch eine gute Zeit – eine unserer letzten. Wenn er bei Laune war, hat er mir andauernd ganze Bündel von Zwanzigern in die Hand gedrückt, für Lebensmittel, und damals waren zwanzig Dollar noch ein schöner Batzen. Er war so gut bei Kasse wie nie zuvor und nie danach. Ständig hat er im Haus den Paarungsruf vom wilden Enterich gequakt. In dem und im Jahr drauf hat auf unserm Nußbaum, an dem die Schaukel von unsern Kindern hing, eine geniale Spottdrossel genistet. Der Vogel konnte den Entenruf nachmachen. Nur die Männchen von den Spottdrosseln können singen, aber die haben bis zu fünfundsiebzig Lieder drauf, wenn auch (wie bei uns allen) mit ein paar Wiederholungen. Nicht lange, und ich hab den Vogel das Gejaule einer rolligen Katze nachmachen hören, das Surren von einem Fenster-Ventilator und – ich schwör's! – den ersten halben Takt von Rudy Vallees neuestem Schlager »Ich bin nur ein Vagabund der Liebe«. Er hat auch andere Vögel nachgemacht. Die haben sogar geantwortet, weil sie dachten, er wär einer von ihnen. An einem Augustabend haben Cassie und ich im Garten hinterm Haus gesessen und Mais enthülst. Die Kinder waren alle da. Auch Cassies Enkel. Cas hat den genialen Vogel Captains Entenlockruf nachmachen hören. Sie hat gelacht, was bei ihr eher wie Husten klang, und gesagt: »*Der* Xerxes kann *auch* jeden veralbern.«

»›*Der* Xerxes kann *auch* jeden veralbern‹«, kam gleich das Echo von mir.

»Bin aber nich ich, wen Lucy da nachmacht«, hat Cas sich verwahrt.

»Doch«, hat ihre eigene Enkelin genickt. »Ganz ähnlich.«

Da hat Louisa ihnen verraten: »Mama *übt* dich, Cassie, besonders beim Abwaschen.«

Ich hab nur genickt. Wir haben weiter unsere Maiskolben gerupft. Und zugehört. Der Abend hat sich auf den genialen Vogel gesenkt, der sich mit fremden Melodien geschmückt hat.

3

Ruth, eine verlassene Ehefrau, neunundzwanzig Jahre alt, war unsere Nachbarin. Die Spottdrossel hatte den Rudy-Vallee-Schlager von ihrer Schallplatte gelernt. Ruths Mann war im April mit dem Zug (mit verbilligter Eisenbahner-Fahrkarte) nach Washington, D. C., gefahren, sich die blühenden Kirschbäume ansehn. Die Kirschblüte hat ihm dann so gut gefallen, daß er Ruth geschrieben hat, er muß unbedingt bis zur nächsten rosa Runde bleiben. »Ich weiß, es macht dir nichts aus«, hat auf der Postkarte gestanden. Die arme Ruth ist rübergekommen und hat sie mir tapfer lächelnd gezeigt. »Eine *hübsche* Karte«, hat sie gesagt, als ob es da drauf ankäme. »Dieser verflixte Willard. War schon immer ein Träumer«, hat sie zweimal gesagt und ist wieder gegangen. Ich hab ihr vor dem Abendbrot ein paar Stück von meinem berühmten schottischen Butterkuchen rübergeschickt. Hab ich dir das Rezept schon gegeben? Muß ich unbedingt noch machen, bevor wir zwei hier fertig sind, erinner mich.

Willard hat sich nicht dazu geäußert, wovon Ruth leben soll, bis der nächste Frühling in Washington einzieht. Zum Glück hat sie ein bißchen eigenes Geld auf der Seite gehabt. Ihre Mutter war eine Pomeroy, obwohl man ihr das nicht ansah. Sie ist in dem Haus wohnen geblieben, hat geraucht und von ihrer stillen Veranda aus zugesehn, wie ich Captains Post ins Haus getragen hab, die vielen Einladungen, irgendwo zu »erscheinen«. Ruth hat tagtäglich auf den Briefträger und auf den Frühling gewartet, je nachdem, wer als erster auftauchen würde. Hat mir zugewinkt, das arme Ding, und rübergerufen: »Rat mal, bei wem's heut abend ein saftiges Lammkotelett gibt.«

»Bei dir?« Ich wollte höflich sein, aber es hat mir schier das Herz gebrochen. Ruth hat sich alles mögliche im Versandhaus bestellt, nur um noch extra was zu haben, wo sie drauf warten konnte, postalisch gesprochen. Wie mein Papa war auch die arme Ruth postsüchtig. Und wie Papa hat sie fast nie welche gekriegt. Trotzdem ist die Post eine von unsern Freuden, darin unterscheidet sich Falls nicht von den meisten andern Orten.

Ein auf Mary Worth eingestelltes Radio. Ein Grammophon mit Tangoplatten, eine Stange Lucky Strike und drei saubere Aschenbecher: Ruth hat ihren Posten auf der Veranda bezogen, gleich neben dem Briefkasten. Sie war immer Punkt neun draußen, obwohl der Briefträger bei uns erst nach halb zwei gekommen ist. Vielleicht konnte sie ja ihren Willard durch bloße Willenskraft heimholen. »Die arme Ruth«, haben sogar unsere Kinder gesagt.

Jedesmal wenn sie an einem der drei konkurrierenden Dauerwelleninstitute in unserer Stadt vorbeigekommen ist, sind die Friseusen ans Fenster gerannt und haben sie begehrlich angesehn. Lolly war dann noch minutenlang außerstande, einen Lockenwickler zu setzen.

»Ich würde ihr ja sogar was bezahlen dafür, Lucy. Jede Herausforderung reizt mich. Ich sag ja einer hiesigen Frau nicht gern was nach, und ich weiß noch, daß ihr Willard bloß recht ansehnliche Schultern hatte und sonst nicht viel mit ihm los war, aber kein Wunder, daß er ihr weggelaufen ist. Ruths gespaltene Spitzen seh ich schon von weitem. Schickt die arme Ruth doch zu Lolly, daß die ihr hilft, gratis. Auf Kosten des Palais. Ist doch nur meine Bürgerpflicht. Man stolpert doch überall über sie und ihre Haare.«

Die auf ihren Willard wartende Ruth hat sich das erste Telephon in unserem Viertel legen lassen. Vielleicht hat sie gehofft, er würde anrufen. Über den Zaun hat die Ärmste meine eigenen Kinder bei mir verpetzt. Ich komm mit achtzig Pfund nasser Wäsche aus dem Haus, und Ruth sagt: »Ich mach mir Sorgen um die Zwillinge, die klettern doch wieder in dem Abwasserrohr rum. Aber das geht mich ja eigentlich nichts an.«

»Allerdings«, hab ich leise vor mich hingemurmelt. Wenn's nach ihr gegangen wäre, hätt ich wie ein aufgescheuchtes Huhn losrennen, mich von ihr zu der Sickergrube führen lassen müssen, wo meine beiden Kleinen womöglich schon feststeckten und nach Atem rangen. Aber ich hatte diese Todesfalle in meinen Struppi-Tagen selber erkundet. »Bis jetzt sind sie immer wieder heimgekommen«, hab ich gesagt. Und sofort gemerkt, daß Ruth beleidigt war.

Willard hatte wie jeder zweite in Falls bei der Atlantic Coastline Railroad gearbeitet. Sein Job war es gewesen, Signale zu geben, erst mit einer Petroleumlampe, später dann, als die modernen Zeiten angebrochen waren, mit einer Taschenlampe mit zwölf Batterien.

Eines Nachts hat mir Baby gebeichtet, daß sie ihre neue Prinzeß-Armbanduhr verloren hatte, die ich ihr für viel zuviel Geld zum Geburtstag bei Woolworth gekauft hatte. Ich hab ihr angesehn, wie todtraurig sie über den Verlust war. Sie hat gemeint, sie wird keine Nacht mehr schlafen, bis die Uhr sich wiederfindet. Mit tragischem Ton hat sie gelispelt: »Das Sönste, was ich je gehabt hab.« Sie hatte sie im Garten verloren, bei der Schaukel. Also hab ich mir in der Küche die Taschenlampe geschnappt, die ich immer in der Schublade mit den Haarnetzen verwahrt hab. Ich kriech also auf Händen und Knien draußen am Zaun im Gras rum. Baby hab ich eingeschärft, an der hinteren Fliegentür zu warten, und sie hat wimmernd gehorcht. Ich richte meine Lampe auf die in den Boden geschürften Löcher unter der Schaukel, in denen Regenwasser steht, da hör ich wen flüstern.

»Willard? Geliebter? Bist du's?«

Ist mir richtig schwergefallen, der armen Ruth zu sagen, nein, ich bin's bloß, Lucy. Ich such Babys Armbanduhr, sie muß sie hier irgendwo verloren haben.

»Aha«, hat sie gesagt. Mit einer Stimme wie eine verdammte Seele, die auf der langen Rutsche ins Bodenlose glitscht. »Aha«, hat sie nochmal gesagt, und es sollte möglichst beiläufig klingen. »Ich hab mir schon so was gedacht. Aber mein Willard hat's ja so mit Taschenlampen!« Ganz geknickt ist sie davongeschlurft, zurück in ihr leeres Haus.

»Nacht«, hab ich ihr nachgerufen. Drinnen hat sie dann ihr Grammophon ganz laut aufgedreht. Ich hab mir gedacht: Wenigstens bin ich nicht allein. Manchmal hab ich mich zwar danach gesehnt, aber die arme Ruth hat mir klargemacht, daß mein Leben noch viel schlimmer werden mußte, damit ich wirklich weggehn würde. – Mit dem Gedanken gespielt hatte ich durchaus schon. Hab ich das schon gesagt?

Von ihrem Haus aus hat Ruth beobachtet, wie ich ein Bündel Briefe für Cap durchgesehn hab. Seit Raleigh hat er von allen Seiten Angebote gekriegt, einen Vortrag zu halten, auch von piekfeinen Institutionen, die ihm ein »Honorar« zahlen wollten, als ob er ein römischer Kaiser wär. Aus den verschiedensten Südstaaten sind sie gekommen. War es Eifersucht, was mich da umgetrieben hat?

Die »Wapitis«, die »Löwen«, die »Vereinigten Elche«. Cap ist in jedem Jägerclub mit offenen Armen empfangen worden. Ich fand es ganz passend, daß diese Männer ihre Vereine nach mehr oder weniger ausgerotteten Tieren benamst haben. Stell dir vor, du benennst dich genau nach dem, wovon du höchstpersönlich die letzten Exemplare abgeschossen hast. In Falls hat's sogar einen Club gegeben, der sich »Loge des Roten Mannes« genannt hat.

Mama hat ja behauptet, die beiden Laster unserer Familie wären Eifersucht und Selbstmitleid. *Ich* hab mich tatsächlich manchmal zum Selbstmitleid hinreißen lassen. Niemand ist vollkommen, stimmt's nicht? Aber das Gefühl, wenn ich zwei Pfund Post für den Herrn des Hauses in der Hand hatte, war vielleicht doch eher das andere, die gute alte Eifersucht. Und ich hab mir heimlich gewünscht, es würde mal eine wahrsagende Zigeunerin in die Stadt kommen. Ständig hab ich gehofft, man würde mir mal eine verantwortungsvolle Tätigkeit antragen, für die's einen intelligenten Menschen braucht. Zum Beispiel Unterricht in der Sonntagsschule. Das hätte ich so gern gemacht. Aber Leute wie mich hat man nie gefragt. Vielleicht haben die andern gedacht, ich hätte mit meinen vielen Kindern schon alle Hände voll zu tun?

Und noch was – fällt mir schwer, es zuzugeben: Je berühmter er geworden ist, je mehr Automobile mit Standern vorgefahren sind, je mehr Staatspolizisten auf Motorrädern noch vor Morgengrauen aufgetaucht sind, um Jagdgesellschaften bis ans Meer zu eskortieren – mit Sirenen, die sogar Krankenwagen an den Straßenrand gescheucht haben –, je mehr er sogar von uns wie ein Filmstar behandelt werden wollte, desto mehr hab ich den Eindruck gehabt, daß er, na ja, krätzig geworden ist. Schmierig. Er war schon so weit, daß er seinen betuchten Poker-Brüdern Geld geliehn hat. Stell dir vor, *ich* fall auf *so* einen Kerl rein. Aber so ungern ich's zugeb, ich war, ich *bin* auf ihn reingefallen.

Ungefähr zu der Zeit hab ich mal seine Weste von einer Stuhllehne genommen und mich an was Scharfem geschnitten. Mir richtig die Handfläche aufgeschlitzt. Aus der Tasche zieh ich so einen kleinen gebogenen Metallstachel raus. Hat gemein ausgesehn, das Ding, dornenförmig, dreieinhalb Zoll lang, silbrig hell wie ein Zahnstocher. Zwei Lederriemen waren dran, wie Schnüre zum Anschnallen. Mir ist es vorgekommen wie eine Kreuzung aus einer Injektionsnadel und dem widerlichsten Schlagring, den man sich vorstellen kann.

Ich bin dagestanden und hab auf meinen offenen Handteller geschaut wie eine Wahrsagerin, die endlich auch mal ihre eigene Lebenslinie studiert. Rote Perlen, noch eine längliche Wunde. Allein in unserm stillen Schlafzimmer, hab ich gesagt: »Lucy, ich seh Rubine in deiner Zukunft.«

Seine Hemden mußten in letzter Zeit immer nochmal extra gebleicht werden, weil sie ständig so kleine rostrote Flecken hatten. In dem Augenblick ist er hinter mich getreten, unerwartet, lautlos, heimgekommen zum Mittagessen. Wie er mich am Rücken berührt hat, bin ich zusammengefahren wie jemand, der eine Kugel abgekriegt hat. Er hat gesehn, was ich in der Hand hatte. Er hat sich das Ding geschnappt und es hinter seinem Rücken versteckt. Hat vor mir gestanden, einen Fuß größer wie ich, und trotzig-schuldbewußt auf mich runtergelächelt. Die Schnurrhaare, immer noch paradeblau gefärbt, haben sich gesträubt wie bei einem Kater.

»Womit hab ich mich da geschnitten?« wollte ich wissen. Typisch, daß meine Neugier durch körperlichen Schaden geweckt worden ist, Schaden an *meinem* Körper, und hinterher.

»Ausrüstung für eine neue kleine Nebenbeschäftigung, Lucille – abgerichtetes Federvieh. So was macht man einem Kampfhahn am Bein fest, weißt du. Damit kommt der Stärkere schneller zum Ziel.«

Unten haben Ned und Louisa Streit um ein Fünfcentstück angefangen. Louisa war aufs Geld aus und hat gespart, wo sie konnte.

»Soll das heißen, damit kann der eine Hahn dem armen Verlierer besser den Kopf absäbeln?«

»So könnte man's ausdrücken, mein Täubchen. Du kannst mit Wörtern umgehn, Lucy, stimmt's?« Und er hat gelacht wie ein Junge, den man beim Klauen in einem Laden erwischt hat – im Laden von seinem Vater. »Du mußt dir die Hand verbinden. Und das nächste Mal paßt du besser auf, wenn du meine Taschen durchwühlst. Man weiß nie, was da so alles drin ist.«

»Das hab ich überhört. Und was sind das für dunkle Flecken auf deinen weißen Hemden? Eingetrocknetes Hahnenblut, stimmt's? Das spritzt da nur so rum, was? Und du stehst natürlich ganz vorne in der ersten Reihe mit einem Bündel Geld in der Faust und feuerst sie an. Macht dir so was denn tatsächlich Spaß?«

»Alles klingt gemein, wenn man es so ins Banale zieht, Lucille. Alles. Der Geschlechtsakt, Tapferkeit, alles kann so in den Dreck gezogen werden, wie du's gerade getan hast. Und du hast ein richtiges Talent dazu, muß ich leider sagen. Das ist dein Hang zum Fabulieren. Zum Überbügeln gewisser kleiner Unterschiede. Es gibt so viel, was ich dir eigentlich gern erklären möchte. Aber es gelingt mir nur so selten, weißt du. In letzter Zeit lehnst du dich gegen die besten Seiten an mir auf. Ist vielleicht der Altersunterschied. Ich weiß es nicht. Aber daß jemand Spaß haben möchte, dafür hast du überhaupt kein Verständnis. Wir sprechen scheinbar zwei verschiedene Sprachen. Und was ich dir schon die ganze Zeit klarzumachen versuche: Wahrscheinlich kann man deswegen keinem einen Vorwurf machen. Das glaube ich wirklich. Komm mal her . . .«

Er hat aufs Bett gezeigt. Unten war der Kampf um den Nickel drauf und dran, in Handgreiflichkeiten auszuarten. Ich mußte runter, Schiedsrichter spielen. »Bitte, komm.« Er hat gewunken und gelächelt, und ich hab gesehn, daß es höchstens drei Minuten dauern würde. Er hat dagesessen und war sich seiner Sache scheinbar ganz sicher, hat mich mit einem Appetit angesehn, von dem ich wußte, es war auch Liebe dabei. Zu mir. Mir ist schwach unter der Schürze geworden, und ich hatte auf einmal weiche Knie. Er war so viel größer als meine Wenigkeit. Ich mußte auf der Hut sein, um da lebend rauszukommen. »Spaß, Lucille«, hat er gelächelt. »Schon mal davon gehört?«

Dann hab ich mir gedacht: Was soll's? Du kennst mich ja, ich kann allem widerstehn, bloß nicht einer Herausforderung. »Warum nicht?« hab ich kokettiert. »Für einen reifen Mann bist du gar nicht ohne.« Schauderhaft. Er hat sich auf dem Bett zurückgelehnt. Mit dem Schuh ist er an ein Gewehr unten angestoßen, hat es vorsichtig wieder zurückgeschoben. Er hat mich angestarrt wie ein Hypnotiseur und langsam angefangen, sich die Hose aufzumachen. Ich hab mir gesagt, da muß du jetzt durch. Manchmal hat sich mittendrin ein häßliches, düsteres Gefühl über alles gelegt, stumpfbraun, als ob ich einen Dienst zu leisten hätte. Dann hab ich mich gefragt, was das eigentlich mit *mir* zu tun hat, obwohl er gelegentlich richtig zärtlich und geduldig war, auf jeden Seufzer von mir reagiert und mir immer mehr entlockt hat.

»Hal-lo!« hat er gesagt, und der Mund in dem hübschen weißen Bart ist plötzlich ernst geworden. Ich hab zwischen seinen Beinen gestanden. Wir haben uns geküßt. Ich hab sein weißes Hemd berührt, und auf einmal sind seine Hände unter mir hochgestiegen und haben sich genommen, was immer mir und manchmal ihm gehört hat.

Ich hab seine Schultern gedrückt, aber dann ist mir meine Verletzung wieder eingefallen, und ich bin zurückgeprallt – ich hatte ihm Blutflecken aufs Hemd gemacht. »Ach, schau«, hab ich gesagt.

Er hat wie im Schlaf geredet: »Waaa . . .«

»Ich hab dein Hemd mit Blut bekleckert. Das krieg ich nie mehr sauber.«

Er hat mich gezwickt – nicht fest, aber, wo ich nun mal zwischen seinen Beinen war, doch so, daß man's gespürt hat. Er hat sich aufgerichtet, bis er mit dem Gesicht fast auf meiner Höhe war – trotzdem er gesessen hat. Leise hat er mit seiner Baßstimme gesagt: »Wen interessiert denn ein beschissenes weißes Baumwollhemd?«

Ich hab mich in seinen festen Griff gelehnt und hätte am liebsten gesagt: »Na *mich*. Weil du sie mir anvertraut hast. Ich bin zwar nicht wild drauf, aber wenn ich's schon mal mach, dann auch ordentlich, ja? Also ja, mich interessiert das Hemd.« Aber er hatte recht. *Er* konnte sich ein neues Hemd leisten. Warum sollte ich mir die Mühe mit dem Bleichen machen? Aber wie hätt ich das zugeben können, Schätzchen? Damit hätt ich doch mein letztes bißchen Macht aufgegeben. Also hab ich hausfraulich und altmodisch und kühl getan. War mir zuwider, daß ich so wenig Möglichkeiten hatte. »Ich geh am besten und weich's in kaltem Wasser ein. Bei Blutflecken *muß* man das machen ...«

»Du hast mir nicht geantwortet, wie wichtig ein einzelnes Hemd ist«, hat er gesagt. »Seit vier Jahren antwortest du mir nicht. Eines Tages bring ich dich soweit, daß du mir antwortest.«

»Soll das eine Drohung sein?« hab ich gefragt, und seine Hände haben sofort meine unteren Regionen verlassen, und mich hat Trauer gepackt, weil sie weg waren. Jawohl, »Trauer«. Grad in dem Moment hab ich mich, weiß der Himmel warum (das war mir immer wieder ein Rätsel), so sehr nach ihm gesehnt. Nach irgendwem.

»Ned schuldet mir fünfunddreißig Cent, und jetzt ...« Louisa hat neben dem Bett gestanden, bevor sie begriffen hatte, was los war.

»Schon gut«, hab ich gesagt.

»Na wunderbar.« Ihr Vater ist still geworden. Aber ganz leise hat er »Was seid ihr bloß für Menschen!« zu mir gesagt, und Tränen haben in einem von seinen grauen Augen gestanden. »Geld und Hemden und Hemden und Geld. Und du wunderst dich, daß ich lieber woanders rumsitze und an *richtige* Dinge denke.«

Ich hab nichts darauf gesagt. Aber ich hab ihn verstanden. Ich hätte ihn nicht allein lassen dürfen da auf unserm Bett. Heute denk ich mir: Eine bessere Frau als ich hätte ihm den Bart oder das Haar gestreichelt, irgend etwas berührt, nur nicht die Spuren von Rot auf seinem zweitbesten Bürohemd. Statt dessen hab ich den Arm um Louisa gelegt, die erschrocken war, weil sie in was reingeplatzt war, was sie nicht verstanden, aber bestimmt gespürt hat. »Also, was ist denn nun mit deinem berühmten Bankkonto?«

Und er ist auf dem Bett geblieben. Allein. Von seinem Standpunkt aus hat er manchmal nicht unrecht gehabt. Das ist mir jetzt klar.

An dem Nachmittag, wie er schon wieder in die Arbeit abgedampft war, bin ich auf der Suche nach meiner Schere wieder ins Schlafzimmer gegangen und hab ein zusammengeknülltes Taschentuch auf meinem Kopfkissen gefunden, mit einem Gramm von seinem elfenbeinernen Samen drin. Er hatte mir das da hingelegt, ein Liebeslied, eine Erpressung, einen anonymen Liebesbrief, der mich treffen mußte. Ich hab beschlossen, das Taschentuch nicht zu waschen und zu bleichen. Hab's einfach weggeschmissen. Aber es war ein einwandfreies Leinentaschentuch gewesen, und ich hab ein schlechtes Gewissen gehabt, wie ich es – warum eigentlich? – weggeworfen hab. Vergeudung. Manchmal denk ich, daß ich für die Wäsche mehr Schuldgefühle und mehr Liebe aufgebracht hab wie an manchen Tagen für ihn.

Das ist was, womit ich lebe, Schätzchen, jahrein, jahraus, für immer. Ich schieb's auf meinen Stolz.

Aber das an sich ist ja auch schon Feigheit, auch schon wieder Stolz.

Tingeltangel in der Kirche

Es ist alles ganz eitel, sprach der Prediger, ganz eitel.
– Prediger 12, 8

1

Wie ich schon überlegt hab, welche Strickjacke ich einpacken soll (die abgetragene braunrote mit den tiefen Taschen natürlich), ist was Nettes passiert. Ich hatte schon länger auf ein Zeichen vom Himmel gehofft oder daß eine Zigeunerin mir meine Zukunft voraussagen würde. Es ist doch wirklich zum Lachen – in dem Moment, wo der Kummer tiefe, schnurgerade Furchen in dein Leben zieht, kriegst du auf einmal einen Kanal quer durch dein verdschungeltes Panama gelegt, und schwupps kannst du von einem zum andern glänzenden Ozean sehn.

Eine Abordnung von den Baptisten ist zu mir gekommen mit einer höchst erfreulichen Neuigkeit. Anscheinend hatte eine Sonntagsschullehrerin Krebs bekommen (das war nicht die Neuigkeit) und nach neununddreißig Jahren den Unterricht aufgeben müssen, und jetzt hat man mich gefragt, ob ich nicht, bitte schön, die Klasse übernehmen will. – Stell dir vor, unterrichten! Ich!

Die Baptisten haben gemeint, es wär ein Versäumnis gewesen, daß man mich nicht schon früher rekrutiert hätte. Der eine hat gesagt: »Lucille, wir dachten uns: Wenn du was exzellent erledigt haben willst, geh zu einer vielbeschäftigten Frau.« Schmeichelei! Dafür war ich von jeher anfällig. Eine Schwäche von mir.

Ich kann mir ja vorstellen, daß so was gar kein so tolles Angebot wär für jemand wie dich, der sich's aussuchen kann. Aber wo ich nun mal ein Niemand war, und bei dem Leben, das ich führen mußte, hab ich's ernst genommen.

Meinen Verstand hatte ich bis dahin vor allem dafür gebraucht rauszukriegen, wie man eine Torte in elf gleich große Stücke teilt, oder den Kindern zu sagen, wie viele Farben unser einer Himmel annehmen kann. Mein Mann war schon längst von einer Welt »entdeckt« worden, die Respekt vor Kriegsveteranen hatte. Aber was hab ich normalerweise für meine Anstrengungen gekriegt? Die Chance, wieder eine Woche lang nicht zur Kenntnis genommen zu werden. Die Ernennung zur Sonntagsschullehrerin war für mich ein Grund, mich zu meiner vollen Größe aufzurichten. »Nun denn. Ich bin sicher, ich werde Sie nicht enttäuschen, mit Gottes Hilfe.« Das hab ich laut gesagt. Um meine Besucher zu beruhigen, hinsichtlich meiner Eignung. Hab's ernst gemeint.

Kaum hatten die dunkel gekleideten Damen und Herren meine besten Teetassen hingestellt und sich empfohlen, hab ich auf der Stelle die Lektion für nächsten Sonntag nachgelesen. Ich hab den dicken marmorierten Band geholt, den ich von meinem Opa Angus McCloud geerbt hatte und der immer noch voll war mit getrockneten vierblättrigen Kleeblättern, die er und seine jüngste Tochter in glücklicheren Tagen inmitten der Bienen im Garten gesammelt hatten. Es war eine schottische Ausgabe, »Das Alte und Neue Testament in King James' unübertrefflicher Übersetzung, einschließlich der Apokryphen, zu Nutz und Frommen der modernen Familie versehen mit Anmerkungen für den häuslichen, schulischen, gelehrsamen und kirchlichen Gebrauch.« Also Schätzchen, an dem Tag ist es mir vorgekommen, als wären damit genau ich und wir gemeint! Lou hatte sich in der Küche rumgedrückt und gewartet, daß die vielen Leute wieder gehn. »Was haben die denn gewollt?« Zögernd ist sie in meine Nähstube gekommen, wo ich jetzt gesessen und, schulisch und gelehrsam, den vorgeschriebenen Text gelesen hab. Ich hab ihr von der großen Ehre berichtet und sie gebeten, dafür zu sorgen, daß die Kleinen und ihre Spielkameraden mal eine Weile Ruhe halten. Hat sie natürlich gemacht, nachdem sie leise die Tür hinter sich zugezogen hatte. Lou hat fast immer gemacht, was man von ihr verlangt hat. Das war *ihre* Tragödie.

Der Text für die nächste Woche war, wo Judith dem ärgsten Feind ihres Volkes das Haupt abschlägt, einem Krieger, den sie vielleicht hätte lieben können. Das – abgesehn davon, daß sie ihn erst betrunken und dann einen Kopf kürzer gemacht hat – war die Tragödie von *den* beiden. Na gut, von mir aus – zum Einstand was Pikantes. Eine Geschichte, wo wirklich was drin passiert, meine liebste Sorte. Ich hab den Bibeltext schon fast auswendig gelernt, wie ich was trommeln hör – war Ruth, meine traurige Nachbarin, nicht die Figur aus der Bibel. Ruth, die gesehn hat, wie die schwarzen Gestalten gegangen sind, klopft an ihre Fensterscheibe und sagt mit lautlosen Lippenbewegungen: »Tag. Wer waren die?« Ich hab lächelnd abgewunken und auf der Seite vom Haus alle Jalousien runtergelassen.

Mit dem Buch der Bücher in der Hand bin ich in meiner engen Handarbeitskammer auf und ab, hinter verschlossener Tür. Die Kinder sind scheint's nur noch auf Zehenspitzen gegangen, unter der Fuchtel von unserer langmütigen Louisa. Da in der Bibel war Judiths Geschichte so lebendig und packend, voller Blut und Liebe – eine Heroine, die nicht nur schön ist, sondern auch patriotisch. Nicht lange, und ich hab sie bei mir schon fast »Judy« genannt. Aber ich hab genau gewußt, daß die Geschichte in der Sonntagsschule so fad sein würde wie die Kohlrüben von vorgestern. Ich bin auf- und abgestelzt und hab immer mehr Lampenfieber gekriegt. Hab überlegt: Gibt's was Langweiligeres wie eine langweilige Schulstunde in der Kirche? Ich mußte mir irgendwas ausdenken, um da *meine* Stunde draus zu machen, was Lebensechtes, was Neues. Eine *Geschichte*! Wie viele Sonntage hatte ich mich gelangweilt!

Shirley und ich hatten im großen Hinterzimmer der Ersten Baptisten gesessen, das war mit Vorhängen für die verschiedenen Altersgruppen abgeteilt. Man konnte den Unterricht in der Klasse hören, in die man bald aufrücken würde, ein genauso eintöniges, uninteressantes Geleier. Unsere Lehrerin hat genäselt wie eine Maultrommel, hat sich angehört, als würde ihre Nickelbrille reden und nicht sie selber. »Dies hier ist so erhaben«, hat sie immer gesagt und sich die Schrift ein paar Fingerbreit unter die Augen gehalten. »Eine ungebildete Frau hat kein Recht, auch nur den Saum davon zu berühren. Dennoch, irgend jemand muß es tun, also werde ich es versuchen, aber, Knaben und Mädchen, ich bin dieser Aufgabe nicht würdig. Es ist so *erhaben* . . . Es ist die *Bibel.*« »Wär ich nicht draufgekommen«, sag ich leise, und Shirl und ein paar andere kichern. Unser einziges Vergnügen war, Mrs. Snipes' Lieblingswort »erhaben« an den Fingern abzuzählen. Hinterher haben wir dann verglichen. Ihr Rekord hat bei einunddreißig an einem einzigen Tag gelegen. Ungelogen. Ich hab die Sonntagsschule nicht ausstehn können. Und jetzt, zum erstenmal im Rampenlicht, hab ich riskiert, genauso eine vergeistigte Witzfigur zu werden. Ich hab mir vorgenommen, mich nie für meine mangelnde Bildung zu entschuldigen. Künstler entschuldigen sich nicht. »Sieh die Lilien auf dem Felde, sie säen nicht, sie ernten nicht und haben auch kein Diplom von einer vornehmen Universität, aber welche von ihnen wäre nicht so schön, daß dir die Augen übergehn?«

Der einzige Stuhl in meiner Kammer hat vor meiner Singer gestanden. Ich hab mich draufgesetzt, mit dem Buch in der Hand. Ich hatte grade ein flaschengrünes Trägerkleid für Lous erste Teeparty fertiggenäht (im Haus des Bürgermeisters, wo ich mich vor ganzen siebzehn Jahren unmöglich gemacht hatte, indem ich mir unter den Rock gefaßt hatte). Und ich war dabei gewesen, eins von Captains mit Hahnenblut befleckten Hemden in Putzlappen zu zerreißen – es war so fleckig, daß nicht mal Borax mehr was ausgerichtet hat. (Ich hab nach wie vor versucht, jeden Blutfleck rauszukriegen, war Ehrensache.) Wie ich da so sitz, trommel ich mit den Fingern auf den Tisch von der Nähmaschine und fang an, mit den Resten von Lous Kleidchen zu spielen, dann mit Caps versautem Hemd. Ich sollte die Neun- bis Elfjährigen kriegen, also Kinder, die sich nichts mehr vormachen ließen. Lou und Ned würden meine eigenen Schüler sein. Ich wollte sie nicht in Verlegenheit bringen.

Ich hab mir Judith ausgemalt und ein Stück dunkelgrünen Samt hochgehoben. Hab sie mir als Rotschopf vorgestellt, obwohl Karottenköpfe in biblischen Zeiten wahrscheinlich ziemlich selten waren. Na wenn schon! Für mich war sie ein vaterlandsliebendes Kind, halb irischer Abstammung. Weiß nicht genau, warum. Vielleicht wegen dem Grün.

Als nächstes hab ich aus einem Streifen von ehemals weißem Mako einen schlafenden Tyrannen zusammengedreht. Den hab ich auf eine waagrechte Fläche gelegt, und schon ist ein schnarchender Krieger bei Nacht draus geworden. Dann hat sich's wie von selbst ergeben, daß das Grün auf dieses gesprenkelte Weiß hüpft, eine Attacke reitet. Er Punch, sie Judy. Ich hab dagesessen (froh, vor meiner neugierigen Nachbarin und meinen fragenden Kindern sicher zu sein) und mit meinen abgearbeiteten Händen die Flicken hin- und hergeschoben, sie aufgestellt und wieder hingelegt.

Meinen Kindern hatte ich mal gesagt, eure Halloween-Kostüme können bloß so gut sein wie die Sachen, die ihr habt. Also hab ich jetzt meinen Nähtisch gemustert. Man hat seine Hutnadeln und Fingerhüte, ein Nadelkissen wie eine Tomate mit einem Hündchen an der Leine – einer roten Paprikaschote (für Nähnadeln). Auf einem Campingausflug mit seinem Freund Billy hatte Ned mir ein paar Hickorynüsse gesammelt, die lagen jetzt da in einem gelben Schälchen. Um meinen Mädchen hübsche Seeräuber-Schnurrbärte für Halloween zu machen, hatte ich ein Päckchen Pfeifenreiniger gekauft und sie über den Ofen gehalten, bis sie hübsch schwarz waren. Die halbe Schachtel war noch da.

Und so wird Sonntagsschulgeschichte geschrieben: Ich nehm eine Hickorynuß und bohr mit meiner größten Stopfnadel am einen Ende ein Loch rein. Da steck ich den Draht von einem Pfeifenreiniger rein. Als Füße nehm ich zwei silberne Fingerhüte, und an jedem mach ich einen V-förmig gebogenen Pfeifenreiniger fest. Am Halsstengel bring ich die gekreuzten Arme an, damit die Nuß oben bleibt. Kannst du mir folgen? Vor mir hat eine einfache kleine Figur gestanden, zwei Handbreit hoch und grade so als eine von uns zu erkennen.

Aus dem gleichen Material hab ich dann das männliche Gegenstück gebastelt. Hab ihn neben die erste Figur geschoben. Hab mir das so gedacht, daß die Dame als erste da war und er nach ihr gekommen ist. Ich hatte den Mann aus ihrer überzähligen Rippe gemacht. Das konnte ich. Ich konnte alles tun, was ich wollte. Hier war ich heute mein eigener Herr, hinter verschlossener Tür, runtergezogenen Jalousien. Bald bin ich mir so mächtig vorgekommen wie der einzige Grund- und Bauherr im Paradies. Wie Adam mußte ich den Sachen Namen geben, die freudige Pflicht eines guten Verwalters.

Draußen auf dem Gang zur Küche hat Lou die popelnden und manchmal ein bißchen farblosen Zwillinge geschimpft, sie sollen still sein, Baby hat ihren Stepptanz ausnahmsweise auf einem Läufer geübt, und Ned und Billy haben sich in Flüstertönen unterhalten. Ich hab meine Kinder dafür geliebt, daß sie mich mal eine halbe Stunde verschonen. Manchmal kann es dir das Leben retten, wenn du deinen Kindern für ein Weilchen aus den Augen bist.

Ich hatte schon bald mehr Entscheidungen in kürzerer Zeit getroffen als je zuvor, Schätzchen. Wohlgemerkt, ich behaupte nicht, ich hätte ein Mittel gegen Krebs erfunden oder so was. Aber es hat richtig Spaß gemacht, und das ist ja auch schon was. Ich hatte keinem was getan.

Halb in Trance hab ich mich meiner treuen Singer zugewandt und mit kippelnden Füßen angefangen, meine neuen Puppen einzukleiden. Ein paar simple Röhren – eine weite für Judys Rock, zwei schmale für Ärmel. (Alles mit goldener Zickzacklitze umsäumt, damit's ein bißchen zigeunerhaft-orientalisch wirkt wie aus biblischer Zeit.) Im Nu hatt ich dem Holofernes sein Nachthemd fertig – weißer Baumwollstoff mit Blutflecken, haben prächtig zu unserer Geschichte gepaßt. Ich hab flink gearbeitet, so als hätt ich das alles schon seit Jahren immer wieder geträumt und wüßte von daher, wie die Nähte sitzen mußten. Hab mich erinnert, wie ich mir als Kind im Baumhaus alles mögliche ausgedacht hatte. Und daß, wenn man ein Ding so machte, andere folgen mußten.

Die Minuten, bis ich meine alttestamentarischen Puppen fertig hatte, sind wie im Flug vergangen. Ich hab gespürt, daß ich auf ein Ziel hinarbeite, das mein Körper besser kennt als mein armer junger Hickorykopf. *Ich war mir sicher*. Das ist es. Halb und halb hab ich begriffen, daß die angeborene Selbstsicherheit von meinem Angetrauten seit eh und je etwas war, was er mir voraus hatte. Daß man sicher *ist*, wenn man sicher *scheint*. Und wenn nicht, dann wittern das die andern, und man kann einpacken.

Aber es ist ja nie zu spät, oder? Man kann sich ändern. Bestimmt. Sogar Ruth hat mit ihren Röntgenaugen etwas durch meine Jalousien durch gespürt. Die Ärmste hat gemerkt, daß ich an was Gutem dran bin, und deshalb hat sie ihr Grammophon aufgezogen und einen schwülstigen Tango gespielt, so laut wie's ging. Nicht mal das konnte mich erschüttern.

Ich hab Judy eine Stopfnadel als Schwert in die rechte Hand gesteckt. Da hat sie jetzt neben dem Schlafenden gestanden. Ich hatte eins von Caps Zigarrenkistchen, in denen ich Scheren und ähnliches verwahrte, ausgeleert und es mit rotem Glanzpapier bezogen. Das Bühnenbild war fertig, und ich hab die Geschichte noch dreimal gelesen und dann meine Puppen ihre ersten Schritte machen lassen. Sie haben's bald schon so gut wie richtige Menschen gekonnt.

In dem Augenblick, wo beide auch noch Haare aus Garn hatten, sind meine Schauspieler mir echt vorgekommen, waren sie genauso durchschaubar, berechenbar wie meine Mitbürger – auch wenn Ruth einen Tanz gedudelt hat, über den sogar in Argentinien bessere Leute die Nase gerümpft hätten, war Holofernes ein älterer Mann, der in der Nacht schnarcht, ein Fleischfresser, der tief und fest schläft nach einem Tag Kriegsgemetzel und einem blutigen Steak hinterher. Judy hat sich an ihr düsteres Werk gemacht.

Dann erst hab ich die Kinder reingerufen: »Vorhang auf, ihr kleinen Christenmenschen.« Hat sie auf Zehenspitzen erstarren lassen. Mein Tonfall muß sie erschreckt haben, sie waren's nicht gewohnt, daß ich mich über irgendwas aufgeregt hab, außer darüber, daß sich beide Zwillinge an derselben Limonadenflasche die Finger zerschnitten haben. *Selbstsicherheit* haben sie gehört. Sie haben sich in der Tür von meiner Nähkammer gedrängt, sichtlich drauf gefaßt, mich in einem epileptischen Anfall vorzufinden. Ich hab mich entschuldigt, daß ich so egoistisch gewesen war und mich volle fünfundzwanzig Minuten eingeschlossen hatte. Hab noch nicht den richtigen Ton getroffen, den

Ton von einer, die sich »zur Künstlerin berufen« fühlt, hab mir noch nicht anmerken lassen, wieviel Freude mir das alles schon gemacht hat. Das war sündig – Vergnügen war für mich noch Sünde damals. (Heute ist mir Vergnügen heilig.)

Die Spielkameraden von meinen Kindern haben sich schüchtern zurückgehalten, aber ich hab sie in meinen dunklen Arbeitsraum gerufen. Je mehr, um so lustiger. Hab ehrliche Reaktionen von Kindern gebraucht. Sie haben sich um den Arbeitstisch gedrängt, hinter dem ich gestanden hab. Ich hab meine Bogenleuchte angeknipst und sie auf die glitzernde Zigarrenkistenbühne gerichtet, als ob's echtes Theater wär. Dann hab ich erst mal auf einen Sitz die ganze Geschichte zitiert.

»Also schön«, hab ich gesagt, so gerührt, daß ich mich geschämt hab, »dann schaun wir uns jetzt mal an, wie das *aussehn* könnte, ja?«

War die reine Improvisation, Schätzchen.

Aber das dürfen sie natürlich nicht merken, verstehst du? Die Kinder sind langsam näher gekommen zur Lichtquelle. Im Licht haben meine Hände die komischen kleinen Figuren durch ein Drama geführt, das scheint's viel größer war wie sie selber, größer wie wir. Ich hab eine Vision gehabt, wie ich da so erzählt und vorgespielt hab, beides. Hört sich billig an, ist aber wirklich passiert: Mir war, als tät mich was mit seinen Händen führen, so wie ich diese Figuren mit meinen – irgendwas, was in mich eingegangen war. Ich hab in den Figuren keine Puppen mehr gesehn, sondern Phantasiegestalten.

Unaufhaltsam hat sich das Schicksal von den beiden erfüllt. Ich bin Wort für Wort der Geschichte gefolgt – wie eine bedächtige Köchin, die ein Kochbuch durcharbeitet. Wie dann meine weibliche Phantasiegestalt mit einem einzigen Streich von ihrem silbernen Nadelschwert dem schlafenden Tyrannen den Kopf abschlägt und ich mit einem verspielten Schlenker das vom Rumpf getrennte Haupt absichtlich aus Versehn im hohen Bogen wegschleuder, haben die Kinder alle unterdrückt gestöhnt. Der Hickorykopf von Holofernes ist über den Boden unter meine Singer gekullert, und vier Kinder sind runtergekrochen, haben ihn vorgeholt und doch tatsächlich nach Blutspuren am Hals gesucht. Hat mich schaudern lassen, ihr Glaube. Aber ich hab's ja selber geglaubt.

Dann haben die Kinder wie verrückt geklatscht, und Ruths Platte war zu Ende, als ob der Trichter von ihrem Victrola neugierig horcht.

Ich hab meine Phantasiegestalten Verbeugungen machen lassen. Sogar unser kopfloses (hirnloses) Wunder ist aufgesprungen, um sich bejubeln zu lassen. Wie die Kleinen gar nicht aufhören wollten mit ihrem Pfeifen und Trampeln und »noch mal, noch mal« geschrien haben, tja, da hab ich gewußt, daß ich – wie man, glaub ich, in der Filmbranche sagt – einen Hit gelandet hatte.

Was soll ich dir noch sagen? Ruhm verbreitet sich. Was Gutes kommt in so einer Kleinstadt schon bald ans Tageslicht, und ich hab Angebote gekriegt für »Gastspiele« in andern Sonntagsschulen. Alle haben mich eingeladen bis auf meine Freunde, die Juden, die sich immer noch jede Woche in ihrem rosenumrankten Pavillon versammelt haben. Ich glaub ja, die haben sich nur nicht getraut. Ich hätte's ihnen sogar umsonst gemacht, bloß um *da* mal reinschaun zu können. War ja auch nichts dabei, was sie hätt stören können: Die meisten guten Geschichten stehn im *Alten* Testament. – Natürlich ist mir das Alte Testament lieber, Schätzchen. Vergiß nicht, wen ich geheiratet hab.

Nachdem ich meine Uraufführung gleich noch mal wiederholt hatte – vorher hab ich den Kopf wieder befestigt, damit Judy noch mal ihren Willen haben konnte (wundert dich sicher nicht, daß es schwerer ist, einen Kopf wieder aufzusetzen, als ihn abzuschlagen) –, hab ich die Kinder um unnachsichtige Kritik gebeten. »Glaubt mir, ich vertrag das. Behandelt mich nicht, als wär ich die Mama von irgendwem. Seid zu mir wie zu – euresgleichen. Ich muß das unbedingt richtig hinkriegen bis nächsten Sonntag um elf, sonst blamier ich mich bis auf die Knochen. So eine blutrünstige Geschichte, die haut entweder hin, oder sie geht grauenhaft in die Hosen, versteht ihr?«

Sie haben genickt. Sie hatten verstanden, das hab ich gespürt.

Ja, also die Kinder haben gleich ins Schwarze getroffen. Ich bräuchte eine bessere Bühne, haben sie gemeint, mehrere Lampen und eine Glühbirne, die den Augen der Zuschauer nicht weh tut, bitte. War mir nicht aufgefallen. Und vielleicht ein paar winzige Möbelstücke, Requisiten. »Und Grammophonmusik, vielleicht was mit Trompeten?« hat Ned, mit seinen Augen auf mir, auf seine übliche zerstreute Art gefragt. Hat gemeint, er würde zu Ruth gehn, das Grammophon ausborgen. Und welche Platten? »Vielleicht eher was in Richtung *Aida*?« sag ich, schon so professionell wie D. W. Griffith am Drehort. »Nein, frag Ruth lieber nicht. Die wird sowieso gleich rüberkommen. Ich kenne sie, die ist imstand und verrät alle meine Betriebsgeheimnisse den Methodisten. Diese Methodisten müssen sich immer was von andern Kirchen abschaun, weil sie selber keine einzige gute Idee haben.«

Mir war meine Macht zu Kopf gestiegen, Junge.

Die guten Ratschläge von den Kindern haben mich überrascht und mir geholfen. Man braucht nur die richtige Frage zu stellen, damit einem das wieder zum Bewußtsein kommt. Kinder fragen so oft, weil sie selber so gern gefragt werden, bloß *tun* das die Erwachsenen so selten. Ich hab's oft gemacht, und an dem Tag hab ich davon profitiert. Ned und Billy sind gegangen, mir eine Bühne mit einem Proszenium basteln, damit ich meine vom Hahnensporn zerkratzen Hände verstecken konnte oder wenigstens die Handgelenke. Aber auch meine Töchter haben gute Ideen gehabt. Ich hab mir gedacht: Gerade du, Lucy, solltest nie vergessen, wie gescheit Kinder sind. Deine besonders. Seit mehr als zehn Jahren hast du kaum ein Wort mit wem andern gesprochen außer mit ihnen, Cassie und ihm. – Andererseits: Je mehr Kinder man *hat*, desto härter muß man arbeiten, bloß um sie mit dem Allernotwendigsten zu versorgen, desto weniger Zeit hat man, die schönen Seiten wahrzunehmen, das zu genießen, weshalb man sich letzten Endes so was auflädt.

Hat mich gerührt, ihre Gescheitheit – und die fünfundzwanzig Minuten vorher. Mir war es ziemlich egal, ob die Kinder merken, daß ich mir immer Mühe geb, das Haus sauberzuhalten, oder ihre mit Käse überbackenen Makkaroni extra lang im Rohr laß, damit sie die dunkelbraune Kruste kriegen, die sie so gern haben. Aber daß sie meine Phantasiegestalten gemocht haben, das hat mir was bedeutet, Schätzchen. Wie sie einer nach dem andern raus sind, in Gespräche vertieft wie Besucher von einer echten Theateraufführung, bin ich nervös geworden hinter meinem Arbeitstisch. »Ich dank euch«, hab ich ihnen nachgerufen, und eins von den Nachbarskindern, der reizende Billy Preston, hat mir geantwortet: »Ich danke *Ihnen*, Mrs. Marsden. Das war wirklich eine freudige Überraschung heute.«

»Für mich auch, Billy.« Ich hab die Stoffreste und Garnrollen aufgesammelt, die ich beim Nachdenken über mein Projekt im ganzen Zimmer verstreut hatte. Im allgemeinen war ich ordentlicher, aber dies eine Mal hatte ich mich gehnlassen. Meine Louisa hat noch in der Tür gestanden, halb auf dem Flur draußen. Sie hat mit ihrem Zopf gespielt und noch einmal zu mir reingeschaut, nichts gesagt, nicht gelächelt. Mir nur in die Augen gesehn und einmal genickt. Im Gehn hat sie nur zwei Worte gesagt: »War gut.«

Ich hab an meinem Tisch gestanden, wo ich sonst immer ihre

Schulkleider genäht und geflickt hab. Aber heute war ich hinter der Bühne, hab mich voll auf die Arme gestützt und den Kopf vorgestreckt. »War gut«, hatte das Mädchen gesagt. Ich war dankbar – dankbar wie ein Kind, das von andern Kindern aufrichtig gelobt worden ist.

Am selben Abend – später, nach dem Abendbrot, die kleinen Freunde waren längst alle heimgegangen – ist es so merkwürdig still in unserm Haus geworden. Captain war für eine Woche unterwegs, auf Auktionen abgehalfterte Rennpferde kaufen. Wir waren allein, aber das Haus war so seltsam still. Ich bin nachsehn gegangen. Sobald solche Stille einkehrt, ist Vorsicht geboten. Sie waren im Wohnzimmer und haben Hausaufgaben gemacht, mit gesenkten Köpfen in Erdkunde oder Rechnen vertieft, haben sich abgefragt, sich gegenseitig zur Ruhe ermahnt. Hat mich immer wieder verblüfft, wie sie's geschafft haben, sich zu konzentrieren, zu so vielen zusammen im Zimmer, wie in einem Ameisenhaufen. Erst nach langer Zeit ist mir – dem Einzelkind – aufgegangen: Es ist ihnen – sie waren schließlich zu neunt – gar nichts anderes übriggeblieben.

Ich hab festgestellt, daß sie so ruhig waren, weil Louisa, eigentlich ganz gegen ihre Art, heimlich rausgegangen war und sich das neue grüne Samtkleid angezogen hatte. Sie ist mitten unter Schulbüchern und liniierten Heften rumgetanzt, vor ihren Geschwistern, die, über ihre Arbeit gebeugt, ein Weilchen aufgeschaut und Lou mit ihren Blicken zum Mannequin gemacht haben. Sie war ein dickliches Kind und ist auch als Frau grobknochig geblieben. Ihr Haar war zu fein, aber sie hat sich sehr schön bewegt, hat schon »Präsenz« gehabt. An dem Abend hat sie mit steifer Grazie ihre Schritte vollführt und dabei einen Zopf hochgehalten, fast so kokett wie Baby. Ich bin auf dem dunklen Flur geblieben, wollte ihr den Augenblick nicht verderben. Die andern, mit neutralen, aber nicht respektlosen Gesichtern, haben ihre Arbeit immerhin lange genug unterbrochen, um sie zu bewundern. Dann ist Lou – sie hat dem Zauber des Moments wohl nicht getraut – plötzlich aus dem Zimmer gehuscht. Stell dir vor, sie hatte sich das Kleid angezogen, weil vor ein paar Stunden meine Pfeifenreiniger-Judith dieselbe Farbe getragen hatte. Anderthalb Minuten hat sich Lou als Berühmtheit gefühlt.

So ein schönes Kompliment hatte ich seit 1896 nicht mehr gekriegt.

2

Am Montag nachdem die Aufführung mit meinen Phantasiegestalten im Anbau der Baptistenkirche so ein durchschlagender Erfolg gewesen war, hat mein Mann fast unser ganzes Geld verspielt. Er hatte, genau wie die Hälfte seiner Jagdkumpane von der Summit Avenue, alles, was er flüssig machen konnte, einem Makler in New York anvertraut, und der hatte es in Ölbohrlöcher in Louisiana gesteckt. Das ganze geschah auf Anraten von unserem Stellvertretenden Gouverneur, der später seines Amtes enthoben wurde. Es war ein Vorgeschmack auf 1929, wo's nicht nur Leute aus Falls getroffen hat. Eine begrenzte Wirtschaftskrise, aber für uns genauso katastrophal.

Ich hab gemerkt, daß was faul war, wie ich den Bankdirektor – den stattlichen Herrn, der bei unserm Krippenspiel die Goldmünzen verschenkt hatte, ein Mann so würdevoll wie ein schöner, mit Quasten verzierter Clubsessel –, also der ist die Summit Avenue langgerannt, und seine Taschenuhr hat ihm vor dem Bauch rumgebaumelt wie die Kette und Eisenkugel von einem entflohenen Sträfling. Hinter ihm sind an die vierzig Bürger um die Ecke gebogen, die mit Papieren und Sparbüchern gewedelt, die Fäuste geschüttelt haben. Ich hab auf dem Verandageländer gesessen und mir an die Stirn gefaßt, weil ich dachte, ich wär in meinem Eifer, gute Vorstellungen in der Kirche zu geben, unversehens ins Land der Phantasie geraten. Unser Bankier hatte auf eigene Rechnung mit dem Geld der Kunden spekuliert und verloren. Im selben Augenblick hab ich bei den Wilgus', zwei Häuser weiter von Ruth, einen Schuß gehört. (Das waren die Leute, die hinter den Gardinen beobachtet hatten, wie Cassie die Zwillinge auf dem Leiterwagen ans Licht der Welt geholt hatte.) Dann hab ich Mrs. Wilgus, die fünftreichste Frau in der Stadt, jetzt schon seit den Achtzigern leidend, aus ihrem Haus sprinten sehn wie eine Tennisspielerin. Die Haare haben ihr ins verstörte Gesicht gehangen, sie ist zu mir rübergerannt gekommen (dem einzigen Menschen, der nicht dem Bankdirektor auf den Fersen war) und hat mir schon vom Gehsteig aus zugeschrien, im Nachthemd und barfuß wie am Tag ihrer Geburt: »Wenn ich mich nicht sehr irre, hat sich mein Mann eben ein Gewehr in den Mund gesteckt und abgedrückt. Vielleicht täusche ich mich, aber ich glaube, er hat dabei das bestickte spanische Schultertuch ruiniert, das wir auf unserem Baldwin liegen haben. Wenn ich mich nicht sehr irre . . . habe ich nicht die leiseste Ahnung, warum Robert das getan hat . . .« Und dann ist sie um die Ecke Summit/Sycamore entschwebt wie ein Gespenst.

Der Text für den nächsten Sonntag, der Brief des Paulus an die Korinther, war nicht so leicht in Theater umzusetzen wie Judys Rache an ihrem Feind und Geliebten. Nicht mal die Chöre leibhaftiger Engel konnten die Kinder beeindrucken, die kurz zuvor gesehn hatten, wie zwei Männer vom Dach unserer Bank gesprungen waren, die als einziges Gebäude in Falls so hoch war, daß man beim Runterspringen ernstlich Schaden nehmen konnte. Und das war dann auch bei beiden Herren der Fall. Beide haben nur einmal springen müssen.

Ich hatte meinen Hickory-Paulus links auf der Bühne sitzen und seinen Brief schreiben lassen, und dann hat eine größere Gruppe von Gläubigen seinen kleinen Brief geöffnet, während ich ihn rezitierte. Nicht besonders einfallsreich, geb ich zu. Aber das hat keiner gemerkt. An dem Tag wurden bei den bibelfesten Ersten Baptisten die Kollekte-Teller nicht rumgereicht. War das einzige Mal, daß wir Super-Verlierer nicht um unser Scherflein gebeten wurden. Ich hab's halb und halb auf meine mittelmäßige Vorstellung geschoben. Pleite, wie wir waren, haben wir das Taktgefühl des Predigers zu schätzen gewußt.

Obwohl Captain zugegeben hat, daß wir viel verloren hatten, ist seine Gewehrsammlung weiter gewachsen. Heute weiß ich, daß er sich als Pfandleiher für Waffen, die er bewunderte, betätigt hat. Die Frauen von den Waffensammlern waren nur allzu froh, die Dinger aus dem Haus zu haben, angesichts der wachsenden Zahl von Selbstentleibungen in letzter Zeit. Manche Pistolen waren Geschenke. Cap hat behauptet, eine wär durch das Messingschild ruiniert worden, das an den Kirschholzgriff geschraubt worden war: »Von den Wapitis in dankbarer Anerkennung von Captain Marsdens patriotischem Konföderiertentum, seinem selbstlosen Dienst an der Allgemeinheit« usw. Das Schild hat den halben Griff bedeckt. »Stell dir vor, es macht jemand der Mona Lisa ein Namensschild mitten aufs Gesicht, Lucille, dann bekommst du eine Ahnung davon, was das für ein Sakrileg ist.« Männer stürzen sich von Hausdächern, und er macht krumme Geschäfte mit den Duellpistolen der Toten und zeigt dabei keine schlimmeren Anzeichen von seelischer Belastung als Säcke unter den Augen.

Wie er das Gewehr gekauft hat, mit dem Mr. Wilgus ein wertvolles Schultertuch verdorben hatte, hab ich gewußt, ich muß auf der Hut sein. Am Sonntag morgen – ich verteil grad die Lasten auf die freiwilligen Helfer, die mir Bühne, Beleuchtung und das geliehene Grammophon von Ruth in die Kirche tragen sollen – kommt Cap von einer zweitägigen Fahrt über Land zurück und poltert ins Haus, auf den Armen ein ganzes Bündel Musketen, im Gürtel zwei Piratenpistolen. »*Die* hätten wir an Halloween haben müssen«, hat Baby in ihrer Babysprache gesagt, mit der ich dich verschonen will.

»Nur über meine Leiche«, sag ich und lauf wieder in meine Nähstube, Davids Harfe holen, die ich ganz aus Büroklammern und Gummiringen gebastelt hab.

Wir haben gewartet, bis Cap seine Neuerwerbungen unter dem Ehebett verstaut hatte. Inzwischen ist er jede Woche mit ein paar Artikeln heimgekommen, und manchmal hat er die Beutestücke auf dem Tisch abgeladen, als ob ich sie wie Karotten als Suppeneinlage hernehmen sollte.

Es gab gute und schlechte Nachrichten. Die gute war, daß in unserem Sonntagsschul-Anbau die Vorhänge, die immer noch die Altersgruppen voneinander trennten, gefallen sind wie die Mauern von Jericho. Weil alle Kinder meine »Theaterstücke« sehn wollten. Obwohl, ich hab sie ja nicht so genannt. »Theater« klingt für Baptistenohren nach billigem Vergnügen, nach Sünde und Verworfenheit. Ich hab lieber von »Anschauungsunterricht« gesprochen.

Während die Kinder aus der ganzen Nachbarschaft immer öfter bei uns im Haus waren, auf die verschlossene Tür von meiner Nähstube gezeigt, gehorcht und Lou (die ihnen wahrscheinlich Eintrittsgeld abgeknöpft hat) leise gefragt haben: »Ist sie da drin und macht das Theater für nächsten Sonntag?« – während also die Kinder meinen Anschauungsunterricht lustig und interessant fanden, sind die leidgeprüften anderen Sonntagsschullehrerinnen, die schon lang auf der Suche nach neuen Wegen christlicher Unterweisung waren, eine nach der andern zu der Erkenntnis gekommen, daß meine Art auch nicht der Weisheit letzter Schluß war. Irgendwie hab ich das gespürt, wenn ich sie an der Rückwand vor den Bekanntmachungen und bonbonfarbigen Bildchen von unserm Herrn hab stehn sehn. Alle in trauerschwarzer Kleidung, alle mit verschränkten Armen. Je mehr Krach die Kinder gemacht haben, wenn Saul seinen Speer nach dem Harfe zupfenden David geschleudert hat, desto stiller sind meine Kolleginnen geworden. Aber dann hab ich mich nur um so stärker ins Zeug gelegt. Sollten sie nur versuchen, den besten Anschauungsunterricht einer aktiven Baptistin zu sabotieren! Meine jungen Zuschauer würden sich ihre alten vertrockneten schmallippigen Köpfe auf dem Tablett servieren lassen.

Nicht lange, und andere Religionsgemeinschaften waren hinter mir her wie Enten hinter einem Maikäfer. Hab sogar eine vorsichtige Anfrage von den zwanzig Katholiken drüben in Rocky Mount gekriegt, hab ihnen aber zurückgeschrieben, daß ich nur in der näheren Umgebung arbeite. Einmal hat mich meine alte Sonntagsschullehrerin beiseite genommen (die mit der Nickelbrille). Sie war nach wie vor im Dienst und zu der Zeit noch durch einen Vorhang von meiner Klasse getrennt und hat gejammert wie eh und je. »Meine Liebe«, hat sie gesagt, »alle Welt redet ja von Ihrem alttestamentarischen Flohzirkus oder wie man das nennen soll, und obzwar die Kinder so begeistert sind, daß sie hinterher, wenn ich meinen Vorhang zurückziehe und über die heiligen Mysterien sprechen will, nur über die Farbe der *Perücken* auf den Nüssen dieser Woche reden, obzwar Sie offensichtlich viel intelligenter sind, als ich jemals in all den Jahren geglaubt habe, die Sie mit der heimgegangenen Shirley bei mir verschwatzt haben, muß ich Ihnen sagen, daß ich doch, so einfallsreich und ›modern‹ dies alles sein mag, durch und durch überzeugt bin, daß Ihr Unterricht jedenfalls eines *nicht* ist: ERHABEN. Guten Tag.« Ich war wie vor den Kopf geschlagen, Schätzchen. Billig.

Der geckenhafte Stellvertretende Gouverneur ist nach wie vor auf Entenjagd gegangen und hat einen gewissen weißhaarigen Veteran und Geschichtenerzähler mitgenommen. Der Staat hat das Benzin und wahrscheinlich auch die Patronen für eine Wagenkolonne bezahlt, die bis nach Duck, North Carolina, gefahren ist. Die Limousinen sind an den Elendsquartieren der Menschen vorbeigerauscht, die eigentlich der Staat mit dem Geld hätte ernähren müssen. Captain hat seinen ganzen Charme an die hohen Tiere von unserm Staat verschwendet. Allmählich ist ihm aber scheint's bewußt geworden, was unser schwarzer Montag für uns bedeutete. Nicht mal neue Schießprügel konnten ihn mehr aufheitern. Während ich meinen neugewonnenen Ruhm bei den jüngeren Baptisten im Großraum Falls genoß, hat er mich – und jetzt kommt die vorhin erwähnte schlechte Nachricht – wieder ein paarmal geschlagen. Zwei-, vielleicht dreimal.

Mein Mann hat wie eh und je im Schlaf geredet, vor Artillerieangriffen gewarnt und Kindheitsfreunde beim Namen gerufen, allerdings vermischt mit Ereignissen aus jüngerer Zeit. Eine ganze Nacht lang konnte es so gehn: »Neun Dollar pro Kopf und keinen Nickel mehr . . . Hat gesagt, ich soll nicht . . . Die Schlingpflanzen wachsen einfach schneller . . . Muß jedesmal die Karten sehn. Ned, Ned? Runter, runter!« Ich bin wachgelegen und hab zugehört und immer noch versucht, Mitgefühl für ihn zu haben. War nicht so einfach, mit einem Eisbeutel auf dem Auge.

Einmal, wie er nett zu mir war, hab ich ihn gefragt, worüber denn er und der Stellvertretende Gouverneur und die andern Pokerfreunde so reden in ihren Unterständen bei Morgengrauen. Wir waren allein und im Bett, und mein Mann hat sich sofort zu mir umgedreht. »Muschis.«

»Ah.«

»Muschis und Moneten, Moneten und Muschis. Die Reihenfolge wechselt.«

»Nimm's mir nicht übel, aber das ist doch ein bißchen komisch, bis ans Meer zu fahren, bloß um sich gegenseitig Zoten zu erzählen. Finde ich jedenfalls.«

»Wir wissen, daß es Stumpfsinn ist, Lucille. Genau das kapiert ihr Frauen ja nie. Wir *mögen* das. Ist für uns eine schöne Abwechslung von den vielen Pflichten, die ihr und die Kinder uns ständig aufhalst. Hast du eine Ahnung, wieviel in diesem Haus *gegessen* wird? Macht Spaß, uns wieder wie Jungen zu benehmen, wenn wir die Gelegenheit haben. Und weißt du was, Lucille? Wir *schaffen* uns die Gelegenheit. Aber genug von dem albernen Geschwätz, es gibt da was, worüber ich schon die ganze Zeit unbedingt mit dir sprechen wollte, mit dir allein. Nur du kannst mir da weiterhelfen.«

Ich bin hellhörig geworden, aber auch ein bißchen neugierig. »Und, worüber? Schieß los.«

»Muschis. Genauer gesagt, über eine – deine.«

So was ist krank. Aber wenn ich's dir erzähl, kannst du mir's schon glauben. Ich hab mich damit abgefunden. Wahrscheinlich hatte ich mir's selber zuzuschreiben. Du hältst mich vielleicht für verkorkst, Junge, aber irgendwo, jedenfalls in den Punkten, auf die's ankommt, hat's mir gefallen. Wenn er mir seinen traurigen Schweinkram ins Gesicht geatmet hat, bin ich geblieben und hab's mir angehört, oder? Entweder man bleibt, oder man geht. Für's erste, bis dann das andere alles passiert ist, bin ich geblieben, wo ich war, und hab genommen, was er mir aufgetischt hat. – Und ich geb mir selber die Schuld an allem, was dann gekommen ist, Schätzchen. Von Rechts wegen müßte ich im Gefängnis sitzen.

Er war kein fröhlicher Trinker. Das viele verlorene Geld hat ihn geschafft. Und wenn er betrunken war, hat er vom Krieg geredet. »Tut mir leid«, hat er jedesmal gesagt, wenn er mich geschlagen hatte, sich auf unser Roßhaarsofa gesetzt und das Gesicht in den Händen vergraben. Er hat gewußt, daß es in der Nacht aus ihm raussprudelt, daß er Zahlen murmelt – daß elf Staaten die Union verlassen hatten, dreiundzwanzig dringeblieben waren, vierundzwanzig, wenn man West Virginia mitzählte, ein gefährliches Ungleichgewicht bestenfalls, kein Wunder, daß da zweihundertdreißigtausend Rebs verwundet worden und zweihunderttausend von seinen Brüdern aus den Südstaaten gefallen waren. So hat er endlos Buch geführt. Manchmal war mir, als ob er mich gern geschlagen hätte (vor allem freitags). Wenn ich den Blick gesehn hab, hab ich ihm ein Kopfkissen gegeben: »Da sind Entenfedern drin, du Held, na los.« Freitag war ganz schlecht. Da war mir Montag schon lieber – Freitag hat bedeutet, daß das Veilchen grade rechtzeitig für meine Vorstellung am Sonntagvormittag aufgeblüht ist.

Beim letzten Mal hab ich ihm Bescheid gestoßen. Er hatte einfach geschrien: »Das ist für Wilson's Creek.« Wahrscheinlich irgendein Scharmützel, hab ich mir gedacht.

»Für *was*?« hab ich geschrien, bin auf ihn los und hab mit den Fäusten auf seine Schultern getrommelt. »Wenn du mich noch *einmal* anrührst, einmal, hörst du, siehst du mich nie wieder! Gib's mir jetzt zurück. Ich will alles wiederhaben, was du mir genommen hast, und das ist so gut wie alles.«

Hinter den riesigen Händen, die er sich vors Gesicht hielt, hat er gesagt: »Wo willst du denn hin? Bekommst du neuerdings Herrenbesuche?« Ich hab gesehn, daß er gelächelt hat, so sicher war er sich.

»Sehr witzig«, hab ich unsicher gesagt.

Dann haben wir uns versöhnt. Versuch dir einen Reim drauf zu machen.

Heutzutage läßt man sich scheiden, wenn der andere beim Frühstück ein bißchen verquollen aussieht oder morgens Mundgeruch hat. Damals ist man zusammengeblieben, bis daß der Tod einen geschieden hat. Ich hab's weiß Gott bis zur Neige ausgekostet.

Willard hatte seine Ruth mit schöner Regelmäßigkeit zweimal die Woche vermöbelt, und dann ist sie rübergekommen, ein rohes Steak ans Auge gedrückt, ein Steak, das ich – bei meinem kärglichen Haushaltsgeld – liebend gern als hübsches kleines Mittagessen zweckentfremdet hätte, sogar mit Ruths Wimpern dran. Und diese Frau hat jetzt gemeint, sie müßte mir was über die Freuden des Alleinseins ohne einen prügelnden Mann erzählen.

Ein schwüler Tango ist losgegangen, und wir haben durchs Fenster Ruth beobachtet, wie sie mitten in ihrem riesigen menschenleeren Wohnzimmer ein paar Tanzschritte macht. »Aame Wuth«, hat Baby geseufzt und ihr weiter zugesehn. Wieder mal mußte ich meine hübscheste Tochter wegen ihrer schlampigen Aussprache tadeln. Ned hatte, glaub ich, noch feiner geschnittene Züge als unsere Baby. Aber sie hatte so was Schnuckeliges an sich, hat alle Besucher damit zu blenden versucht. Mit acht war sie schon drauf aus, daß ihre Kleider und ihr Schmuck zusammenpassen. Ned, ein ruhiges Kind, war wie eine griechische Statue, ein vollkommener, wenn auch augenloser Jüngling, dessen ebenmäßige Züge einem in so einer fernen Vergangenheit natürlicher vorgekommen wären. Sein Gesicht war einfach zu erlesen, um eine so stachlige, knallbunte Welt wie die unsere zu ertragen. Neddie war eins von *den* Kindern: Wenn wir außer Haus waren und Bonbons gelutscht haben und er hat klebrige Finger gekriegt, dann hat er sie angestarrt und gewimmert, fast außer sich vor Ekel über das widerliche Zeug, und dann *mußte* man einfach einen Wasserhahn finden, damit die Welt wieder in Ordnung kam. Er hat sich träumerisch bewegt. Am Tag der offenen Tür in der Schule hat mich regelmäßig seine jeweilige Klassenlehrerin angesprochen: »Sagen Sie, was *ist* das eigentlich an unserem Ned?« Die Frauen haben sich nicht beklagt, sie wollten mir nur zeigen, daß sie das Träumerische in diesen Augen wahrgenommen hatten, die scheinbar so gut wie nie blinzelten und immer der schöne graue Mittelpunkt von seinem Gesicht waren. Es war eine Ehre, sich in Gegenwart solcher Schönheit aufhalten zu dürfen, und mir ist es leichter gefallen, die andern zu bemuttern, wenn er auch da war, schweigsam, aber ohne einen je aus den Augen zu lassen. Ich hab ständig von seinen geduldigen Augen gelernt. – Was machen eigentlich Leute, die keine Kinder haben, Kind?

Kein einziges Mal hat Captain erwähnt, wie begeistert die Leute von meinen Vorführungen waren. Kein einziges Mal hat er mich gefragt, was ich mir denn für den nächsten Sonntag ausgedacht hätte. Nie hat er sich drüber aufgeregt, wieviel Zeit ich da reingesteckt hab, nie hat er zu erkennen gegeben, daß er nichts dagegen einzuwenden hat. Er hat sich einfach nicht geäußert. Und ich? Schätzchen, keine zehn Pferde, kein siedend heißes Öl und keine Versuchung, die jemals einen Heiligen gezwickt hat, hätten mich dazu bringen können, ihn von mir aus zu fragen, was er davon hält. Lieber wär ich gestorben.

Daß mein origineller Anschauungsunterricht in aller Munde war, hat meiner Meinung nach nur gezeigt, wie knickrig es von ihm war, mir mein einziges neues Vergnügen zu mißgönnen. Ich fand, er sollte sich dafür schämen, daß er sich meiner geschämt hat.

Dann ist er in einer von meinen Vorstellungen aufgetaucht. Schon seit einiger Zeit hatten sich Erwachsene in den Anbau geschlichen. Sie kamen ein bißchen früher zur Kirche, oder wenn ihre eigenen Sonntagsschulklassen sich aufgelöst haben. Vor allem die für »junge Erwachsene« hat sich nie lang gehalten. Meine Kinder – alle haben mich um sie beneidet – haben mir assistiert, und Ned hat das Grammophon bedient, das Ruth gestiftet hatte, nachdem sie meine Version einer Episode aus dem Buch Ruth gesehn und wie selbstverständlich auf sich selber bezogen hatte. Cap ist reingeschneit, als gerade eine ansehnliche Zahl Hickory-Schauspieler den Auszug aus Ägypten dargestellt hat, verfolgt von Streitwagen aus Zündholzschachteln und Rädern, die Ned von kaputten Spielsachen abmontiert hatte (manche hat er extra kaputtgemacht, um unsere Pharaonenflotte wachsen zu lassen – niemand hat größere Liebe). Ich seh auf einmal einen schwarzen Anzug und einen weißen Bart, die mir beide bekannt vorkommen. Auf der Ostseite eine Platin-Uhrkette über der Weste, alles in allem eine schemenhafte schwarze Erscheinung am Spielfeldrand. Er hat sich das Stück angesehn. Ist noch zum Applaus dageblieben. Ist gegangen und hat nie ein Wort drüber verloren, weder zu mir noch zu meinen Bühnenarbeitern, seinem eigenen Fleisch und Blut.

Ich hätte ihn erwürgen können.

3

Am nächsten Sonntag beim Kirchgang sind unsere Kinder in Zweierreihe hinter uns gegangen, da seh ich vor uns auf dem Gehsteig ein kleines dunkles Mädchen, das rosa Flugblätter verteilt. Sie war keine Farbige und auch keine Cherokee, sondern ein fremdländisch wirkendes Gassenkind mit schwarzen Zotteln, die förmlich nach dem mütterlichen Kamm geschrien haben. Sie war barfuß, am Sonntag! Cap ist ungeduldig an ihr vorbeigestürmt. Ich hätte mir zu gern eins von den Flugblättern geschnappt, hab mich aber eines besseren besonnen. Aber wie ich mich bedauernd umschau und seh, daß sechs von den Meinigen so ein Ding in der Hand haben, fühl ich mich erleichtert und gesegnet.

Erst nach dem Gottesdienst, zu Hause beim Aufhängen ihrer Sonntagssachen, hab ich ein paar Taschen gefilzt. Ich hab einen von den Zetteln gefunden. Hab mich ans Fenster gestellt und das rosa Papier auseinandergefaltet:

IHRE ZUKUMFT GEWEISSAGT – Billig.
Hat Sie die Liebe im Stich gelassen? Würden Sie am liebsten Ihrn jezigen Ort vergessen? Halten Dunkle Mächte Ihre Begabungen vor Ihnen versteckt? Wohin solln Sie sich wenden? Mrs. Williams weis. Ihr Radschlag betrift Liebe, Schiksal, Gelt, alles Menschliche Wisen. Wo gehörn Sie hin? Nicht hier? GUT. Mrs. Williams weis schon. Mrs. Williams weis, wo Sie hinpasen. Traun Sie Mrs. Williams. Wem sonnst? – Preis der ersten Sitzung? – Die besten 50 Cent, die Sie jemals ausgegeben haben. Kommen Sie! Warum warten? Ihre Wahre Zukumft ist alles!

Na ja, na ja. Als Adresse war eine finstere Seitenstraße unten bei der Erdnußmühle angegeben, wo früher mal meine Shirley gewohnt hatte. Das rosa Flugblatt hat ausgesehn, als wär's auf einer Presse von der Größe eines Toasters gedruckt worden. Die kleinen o und a waren alle mit Druckerschwärze verstopft. Aber aus irgendeinem Grund hat mir das und die spontane Rechtschreibung die Versprechungen der Mrs. Williams besonders wahr und vertrauenswürdig erscheinen lassen.

Ich hab das Ding noch mal durchgelesen, und es hat mir gefallen, daß Mrs. Williams sich nur mit dem Nachnamen zu erkennen gab und ihren geheimnisvollen zigeunerhaften Vornamen für sich behielt. Nicht zu übersehn, daß sie ihr Geschäft verstanden hat.

Also hab ich am Montag zur Schulzeit meine Schoß- und Wickelkinder zu Castalia gebracht. Dann bin ich allein losgezogen, mit meinem guten Hut und den besten Schuhen, einem Dollar in kleinen Münzen und meinen kostbaren Ringen in der Handtasche. An einer Klingel stand einfach: »Mrs. Williams. Specialität: Zukumft.«

Bei uns in Falls kann man keinen Stein schmeißen, ohne den einen oder die andere Williams zu treffen (Shirley war auch eine gewesen). Wie das ungekämmte braunäugige Kind die Treppe runterlinst, frag ich nach seiner Mutter. »Ihre Schwester!« kreischt eine heisere Frauenstimme von drinnen.

Die Wohnungstür im ersten Stock geht auf und gibt den Blick auf eine füllige, säuerliche Wahrsagerin frei, die ein wunderschönes Kind stillt. Die Tapete hat alle früheren Schichten sehn lassen, so wie ein gefällter Baum alle seine geheimen heiligen Ringe auf einmal zeigt. In dem Zimmer haben vier Betten gestanden, ein wackliger Kartentisch und ein Heizapparat mit einer tickenden Kuchenform voll Wasser. Auf einer glühenden Kochplatte ein Topf, aus dem würziger, nach Curry, Paprika oder so was ähnlichem riechender Dampf kommt. Das Mädchen hat sich wieder ans Kochen gemacht, den Deckel von einem Arzneiglas abgeschraubt und orangefarbene Pillen in ihr dubioses Gericht gestreut.

»Tag«, sag ich zu der verdrießlichen älteren Frau. Ich hatte meinen Ehe- und meinen Verlobungsring sicherheitshalber weggesteckt. Natürlich hat man am Ringfinger die rostigen Einschnürungen gesehn. Mrs. Williams hat gemeint, sie wüßte schon, was ich will, aber ich könnt's ja trotzdem sagen. Ich hab ihre Sprache kaum verstanden, aber *wahrscheinlich* hatte sie das gesagt. »Na schön.« Ich hab ihr ein bißchen mehr erklärt, als ich eigentlich vorgehabt hatte (wie üblich!). Hab ihr erzählt, daß letztes Jahr im Mai die Truppe aus Raleigh hier die Oper gespielt hatte, in der auch diese Wahrsagerin mit ihrem Liebestrank vorkommt, und daß ich dadurch auf die Idee gekommen wär, mir eines Tages meine auch mal weissagen zu lassen. »Sie wissen schon, meine Zukunft, mein Schicksal, was Sie wollen.«

»Mhm«, macht sie und nickt ausdauernd. »So wie mir dachtab.«

Dann macht sie eine Handbewegung, ich soll mich auf den Stuhl an dem Kartentisch setzen. Auf der Tischplatte ganze Haufen von Bauklötzen von ihren Kindern. Das Baby schmatzt, was das Zeug hält. Ich muß sagen, nachdem ich extra meine Bälger zu Cassie gebracht hatte, war ich ein bißchen enttäuscht, hier die ganze Stube voller Kinder zu finden. *Das* Schicksal hab ich schon gekannt.

Ungefähr sechzig Klötze mit Buchstaben drauf waren zwischen der Hellseherin und meiner Wenigkeit gestapelt. Ich wollte mich nützlich machen und hab angefangen, sie abzuräumen, während sie ihre Karten, ihre Teeblätter und ihre Kristallkugel zusammengesucht hat. Und weißt du was, haut mir das Weib doch auf die Finger! Da hab ich mit dem Aufräumen aufgehört. (Wenn ich in einem Busbahnhof bin, fang ich, wenn's irgend geht, nach einer Weile zu putzen an. Reine Nervensache, vermutlich.)

Sie hat sich mir gegenüber gesetzt und nichts gesagt. Ihre Ohrläppchen waren durchstochen, aber zwei langgezogene Löcher waren der einzige noch vorhandene Schmuck. Scheinbar hatte Mrs. Williams Ziegelsteine als Ohrgehänge getragen. Sie hat mir einen taxierenden

Blick zugeworfen. Da hab ich aufgehört, auf ihre Ohrläppchen zu starren. Hab mich besonnen und zwei Vierteldollar aus meiner schwarzen Geldbörse gefingert. Hab die Münzen auf den Tisch gelegt. (Die funkelnden Ringe in meiner Handtasche haben mich getröstet – mein geheimes Leben!)

Ungleichmäßig hohe Türme aus Holzklötzchen haben zwischen mir und der ausladenden, trägen Frau gestanden. Ich konnte die Augen nicht von dem saugenden Kind lassen, hab's um seine Lust beneidet. Seine dunklen Wimpern haben vor Freude am Trinken geraschelt. Es war ein Junge – splitternackt und nicht beschnitten. Mrs. Williams' Brustwarze, größer als der Mund des Säuglings, war genau in der Mitte zwischen Schwarz und Rot.

Sie hat über die kleine Stadt aus Bauklötzen geschielt, die beiden Münzen erspäht, dann das Baby am Handgelenk gepackt, mit dem schlaffen Händchen gewedelt, mit ihm nach den drei höchsten Turmspitzen geschlagen. Ein paar Klötzchen sind runtergepurzelt. Die meisten sind liegengeblieben. Dann hat Mrs. Williams ihrem Sohn sein Ärmchen wieder auf die Brust gelegt und sich über ihn gebeugt und geguckt, welche von meinen Buchstaben runtergefallen waren. Das Kind ist halb unter ihren freischwingenden Brüsten verschwunden, hat zu greinen angefangen. Ich hab mir die Klötzchen auch angesehn, die scheinbar mein Schicksal bedeuten sollten. Jedes hatte auf zwei Seiten eingeritzte Buchstaben. Die andern waren mit Silhouetten von Tieren verziert.

Sie hat auf eins mit dem Buchstaben S gezeigt. (Ich hatte ein Stachelschwein erwischt – ein gutes Omen?) Mrs. W. hat mir tief in die Augen gesehn. Ihre Pupillen waren auch rot bis schwarz.

»Du«, hat sie gesagt, »weißt, was Schmerz ist.«

»So weit, so gut.« Dann hab ich mir halb den Mund zugehalten – so viel hatte ich nicht preisgeben wollen. Mrs. Williams sollte erraten, wer ich bis jetzt gewesen war. Ich hab gehofft, sie würde mir weissagen können, wer und was ich von nun an sein würde. Hab mir gedacht, für fünfzig Cent wär das kein schlechtes Geschäft. Von so was hab ich was verstanden. Vom Schicksal nichts.

Als nächstes hat sie mit dem Fingernagel an einem U-Block gekratzt.

»Ich sehe«, sagte Mrs. Williams, »Reisen am Ort.«

»*Am Ort?*« Ich war gekränkt. Mein Mann hatte mir mal gesagt, die Zigeuner betrügen alle. »Da muß ich doch mal was fragen, Mrs. Williams, Madam. – Ich darf Sie doch Mrs. Williams nennen? Kleiner

Scherz am Rande. Aber im Ernst, wie soll denn ›Reisen‹ und ›am Ort‹ zusammenpassen?«

Sie hat sich geräuspert. Ihr Sohn (oder Bruder) hat weitergenuckelt.

Ich hab gehört, wie das barfüßige Mädchen sich interessiert zu uns umgedreht hat und auf nackten Sohlen über das dreckige Linoleum angetappt kam. Und ich hab gehört, daß sie gleichmäßig wie eine Katze an ihrem hölzernen Kochlöffel schleckt. Und wie ich wieder über mein Schicksals-Alphabet hinweg Mrs. Williams angesehn hab, war sie auf einmal über und über blau – als ob plötzlich ein Duschvorhang zwischen uns wär. Hab mir gedacht, die Geisterwelt hat mir schon den Star auf beiden Augen angehext. Nervös hab ich mich vorgebeugt, da hab ich gesehn, daß Mrs. Williams' Nasenflügel flattern und ihr Sohn zu spucken angefangen hat, als ob ihm der plötzlich bittere Geschmack der Milch aufgestoßen wär. Hab die Frau was sagen hören. »Weit fernes Kind . . . in tiffer, tiffer Not«, hat sie gekreischt und ist dabei rumgewirbelt, zu der Kochplatte hin. »Sieht« oder »zieht« oder »flieht« hat sie geschrien. Die Pfanne und die Tapete haben lichterloh gebrannt. Die Flammen waren blau und orange und haben mir die Sicht noch mehr verräuchert. Das Mädchen hat sich mit dem Gesicht zur Wand gedreht, hat einfach dagestanden und gegafft wie bei einem Spektakel, für das sie Eintritt gezahlt hat. Mrs. Williams hat sich eine Schürze von einem Stuhl geschnappt und – mit dem Baby auf dem Arm – die Flammen ausgeschlagen. Ich bin an ihr vorbei, hab die heiße Pfanne von dem Heizkörper genommen und Wasser auf die glühende Kochplatte geschüttet. Hat sofort einen Kurzschluß gegeben, mit einem schnorchelnden Geräusch. Und dann hat's furchtbar gestunken. Die dunkel gefleckte Tapete hat nur noch geschwelt.

»Ein weit entferntes Kind in tiefer Not?« Vielleicht waren ihr die Drähte durchgebrannt, und sie hatte ihre eigene düstere Zukunft gesehn. Ich hab mich rasch wieder auf meinen Stuhl gesetzt, meine Handtasche genommen, gezögert, nicht gewußt, was jetzt höflich gewesen wär. Hab mich allerdings berechtigt gefühlt, mein Geld zurückzunehmen. Reisen am Ort und ein fernes Kind in Not. Also wirklich. Ich konnte das Geld gut gebrauchen, für Louisas College-Sparschwein. Mrs. Williams war scheinbar fuchtig, weil ich ihrer Kochplatte den Garaus gemacht hatte. Sie kam auf mich zugestampft, hat sich über die bunten Klötze gebeugt, die fünfzig Cent zu mir hergeschoben. Ich hab nur einen Vierteldoller genommen, den andern liegenlassen. Dann hab ich, abergläubisch, auch den einen wieder hingelegt. Mit einem schwachen Lächeln bin ich rückwärts auf den Flur raus. Ein schwarzer Hausmeister ist schnuppernd an mir vorbeigestürzt und hat die Frau angeschrien: »Schon wieder Feuer!«

Ich hab gemacht, daß ich die Treppe runterkomm.

Wieder daheim, hab ich mich gefragt, ob mich wohl jemand unten bei der Erdnußmühle gesehn hatte und, wenn ja, warum mir das wichtig war. Ich hab, die Ringe noch in der Handtasche, in meinen guten Sachen an meinem soliden Küchentisch gesessen. Was hatte sie prophezeit? Nach zehn Minuten ist mir eingefallen, daß ja meine Kleinen bei Cassie unten auf mich warten, und bin runtergegangen, aber ganz langsam. »Schmerz.« »Reisen am Ort.« »Kind in Not.« Was war aus den hochgewachsenen, gutaussehenden dunklen Fremden geworden? Ich hätte was wiederkriegen müssen.

Und doch, dieser Vormittag hat mir bei einem Entschluß geholfen: Ich würde meinen Kindern jetzt schon ordentliche Wintersachen kaufen. Und Castalia bitten, den Haushalt zu machen, bis Cap jemand auf Dauer einstellt oder sich wieder verheiratet, je nachdem, was zuerst passiert. Ich würde meine Kinder im Grunde genommen nicht verlassen. Eher meine eigne Haut retten, sozusagen. Für sie. Für später.

Über diese Entschlüsse bin ich erschrocken, und doch auch wieder nicht. Wollte ich von ihm weg oder von ihnen oder von Falls oder von seinem nicht totzukriegenden Krieg oder von allem zusammen? Wie lange war mir schon klar gewesen, daß ich eines Tages wegmüssen würde?

Es sah so aus, als müßte ich mich beeilen.

Ich war wie ein Stück Seife aus einem Geschenkladen. Wieviel würde noch von mir übrig sein, wenn alle mit mir fertig waren? Das schönste Kompliment? Alles weg!

Der örtliche Schmerz würde jetzt eine weite Reise antreten. Ich mußte weg, ehe eins von meinen Kindern in Not geriet.

Mrs. Williams wurde doch noch zu einem guten Geschäft. Sie hatte Lucy gezeigt, daß ihr Schicksal besiegelt war, daß ihre Zukunft woanders lag.

4

Wenn du vertrauten Leuten nicht mehr traun kannst, nimm dich in acht. Es war um 1913, und die einheimischen Doughnuts (Castalias Hauptnahrung) waren köstlich, dank Gurney Harbison, diesem Unglücksraben. Sein Pech hat mir geraten: »Pack deine Sachen, aber schnell.« Heute ist mir klar, daß Gurney sich das, das alles, als erster zugezogen hat.

Er war Mitglied des Stadtrats gewesen, der den »Tor-zum-Brotkorb-des-Erdnußgürtels«-Bogen in Auftrag gegeben hatte. Gurney hat auch als Superintendent der Sonntagsschule bei den Baptisten Dienst getan, und er war fanatisch drauf bedacht, daß sein Garten immer picobello in Schuß war. Ein netter, ruhiger, bescheidener Rotschopf, bis von einem Tag auf den andern alles anders wurde. Harbison war so verträglich und sentimental gewesen wie wir alle damals: Ein Katzennarr, zu freigiebig mit seinen sechs Söhnen. Dem lutherischen Waisenhaus hat er heißbegehrte, eine Woche alte Gelee-Doughnuts gestiftet (die Füllung war so beliebt, weil sie so schön kirschrot, rubinrot war). Jeden Abend haben die Findlinge, noch Spuren von Puderzucker auf den zarten Lippen, Gurney in ihr Nachtgebet eingeschlossen. Dann ist Gurney Harbison fünfzig geworden. Manche haben es da drauf geschoben. Andere haben gemutmaßt, die ewige Schufterei am Kessel mit dem siedenden Fett hätte seine kleinen grauen Zellen verkümmern lassen. Jedenfalls ist er eines Montags aufgewacht und hat sich eingebildet, er bräuchte unbedingt noch drei Bäckereien in drei anderen Städten. Vorher hatte er einen immer angegrinst, immer einen Scherz auf den Lippen gehabt, war aber allem Neuen abhold gewesen. Jetzt hat er sich ein schnelles Pferd gekauft und in den drei fernen Orten energische Chefs eingestellt, die Harbisons süchtigmachende Doughnuts mit Hochdruck verkaufen mußten. Jeder von diesen Läden war eine Goldgrube, und Harbison hatte schon bald viel mehr Zaster und viel mehr Sorgen. Er ist von seinem Posten im Stadtrat zurückgetreten, und nachdem er viermal nacheinander nicht in der Sonntagsschule erschienen war, hat man ihm nahegelegt, doch einem andern Platz zu machen. Als der Prediger eine Bemerkung darüber gemacht hat, wie abgerackert und grau unser früher so freundlicher Gurney aussieht, hat er ihn beschimpft. Dunkle Ringe sind von beiden Augen ausgegangen wie Filialen vom Stammhaus. Schulaufführungen, bei denen die Harbison-Jungen als Pilger oder Häschen aufgetreten sind, wurden jetzt nur noch von der Mutter besucht. (Ein Sohn ist auf der Suche nach einem Ersatzvater in die furchterregenden Amboßpranken von Bertram geraten, dem genialen Schmied, der immer so ruhig gewesen war, aber jetzt auf einmal gefaucht und Funken gesprüht hat wie sein Blasebalg.) Gurney war ganz verändert, hat eines Tages Lolly einen Blumenstrauß gebracht und sie gebeten, seine Geliebte zu werden. Loll hat nicht nur dankend abgelehnt, sondern auch angekündigt, sie wird es allen erzählen, was sie dann auch weidlich getan hat.

Unser guter Bäckersmann war schon bald so weit, daß er beim kleinsten Geräusch zusammengefahren ist. Mir ist aufgefallen, daß er in einem fort auf seine Taschenuhr gesehn hat. Die Doughnut-Spenden an die Waisenhäuser wurden eingestellt. Die um diese Leckerei gebrachten Waisenkinder haben jetzt um Gurneys Verdammnis gebetet. Männern, mit denen er sein Leben lang befreundet gewesen war, hat er vorgeworfen, sie wären neidisch auf seinen Erfolg; denen ihre Kleingeldprobleme interessierten ihn nicht mehr, hat er gesagt. Wir konnten über seine unchristliche Hast und seine üblen Launen nur die Schultern zucken: »Vielleicht war Gurney insgeheim schon immer so aufbrausend?« »Der wird schon wieder, wartet's nur ab.« »Gurney braucht mehr Zuneigung? Die hat er ja reichlich bekommen, aber er hat sie zurückgewiesen.« Je mehr anspruchsvolle Kunden in drei Landkreisen er zufriedenstellen konnte, desto unzufriedener ist er geworden. Seine Mitbürger waren ihm nicht mehr gut genug, nie mehr hat er mit den andern Männern auf dem Gerichtsplatz rumgestanden, sich gesonnt, zugesehn, wie die Hinterwäldler sich um den Trinkbrunnen drängen. Hat überhaupt nicht mehr zugehört, wenn man was zu ihm sagte. Es war einfach nichts mehr anzufangen mit unserm Doughnut-König.

An einem Oktobernachmittag inspiziert Mr. Gurney Harbison mit einem Glas Milch in der Hand – mit der Milch behandelt er seine erfolgreich expandierende Kette von Magengeschwüren – den Gehsteig vor seinem Haus. Er trägt seine weiße Bäckerkluft und zertritt Walnüsse.

Seit Jahren hat der Baum in Nachbars Garten solche Nüsse auf Harbisons Gehsteig gestreut. Wenn du jemals grüne Walnüsse geknackt hast, Junge, weißt du, daß sie die hartnäckigsten tabakbraunen Flecken hinterlassen. Gurney hat nie ein Wort drüber verloren, wie sehr ihn diese Schandflecke geärgert haben. Der dickliche Nachbar ist dabei, das Laub auf seinem Rasen zusammenzurechen. Gurney ruft ihn ran, zeigt mit dem Finger auf das gesprenkelte Pflaster und sagt mit heiserer Stimme: »Fünfzehn Jahre Dreck von dir. Ich weiß schon, was du damit bezweckst, aber alles hat seine Grenzen. Leute wie du müssen einfach alles versauen, was mir gehört. Aber jetzt zeig ich dir, wer hier das Sagen hat, du Dreckschwein.« War Gurney denn völlig übergeschnappt? Aus seiner gestärkten weißen Jacke zieht er eine nagelneue Fünfundvierziger, das rosa Preisschild klebt noch am Lauf.

Er herrscht den Nachbarn an, er soll diese Nußflecken wegmachen, und zwar *auf der Stelle.*

»*Womit* denn, Gurn?« fragt der Mann ganz vernünftig und lächelt, weil er hofft, es ist der Erste April, obwohl er weiß, daß Herbst ist. Aber da er direkt in die feierlich-ernste Mündung von einer Pistole schaut (hat es jemals eine *lustige* Pistole gegeben?), kniet sich der Nachbar doch lieber hin und beweist – unter dem strengen Blick der allzu nahen Waffe – seinen guten Willen, indem er anfängt, mit den Fingernägeln an den Nußflecken zu kratzen.

»Leck's auf! Du sollst die Sauerei *auflecken*, du Hund, na los, leck.«

Der Nachbar hat sich – heulend oder lachend? – gebückt und seine Zunge auf das rauhe Pflaster gedrückt, und zum Lohn dafür hat er eine Kugel direkt ins Genick gekriegt. Dann hat er, tödlich getroffen, das Pflaster mit einem zusätzlichen, viel größeren Fleck verunziert, und Gurney ist stracks zu seiner Bank gegangen, hat seine gesamten Ersparnisse abgehoben, sich in seinem Laden in der Stadt noch zwei Rosinenbrötchen geholt, sich auf sein schnelles Pferd geschwungen und in östlicher Richtung das Weite gesucht, während sich am anderen Ende der Stadt eine Menschentraube um einen toten Nachbarn gebildet hat – tot warum und wodurch? Umgebracht aus welchem plausiblen Grund? Keiner hat's begriffen. Das war um 1913.

Es war was ganz Neues, weißt du.

Gurney Harbison ist nicht verhaftet worden. Ich glaub ja, unsere Gesetzeshüter haben sich nicht getraut. Sie haben kein Motiv gefunden, und das hat ihnen Angst eingejagt. Der Tote hatte Gurney keinen müden Cent geschuldet, hatte Mrs. Harbison nie auch nur schöne Augen gemacht. War es möglich, daß Gurney den Mann nur wegen den Flecken auf dem Gehsteig erschossen hatte? Wir haben uns erinnert, wie unser Bäcker über Nacht mürrisch und ehrgeizig geworden war, wie ihn die Lieblosigkeit gleich einer unbekannten Fieberkrankheit überfallen hat. Wie er nicht mehr zugehört hat. Im *Herald Traveler* sind wochenlang Leitartikel gestanden mit allen möglichen Vermutungen, was denn der Grund gewesen sein könnte. Oft erwähnt: Mr. Stevensons populäres Buch *Dr. Jekyll und Mr. Hyde*. Mir ist jetzt erst klar: In dem Buch geht's um einen Mann, der zwischen die alte und die neue Zeit geraten ist, einen Mann, der von Zeitläuften verdorben wurde, die viel schlimmer waren wie er.

Heute sind natürlich die Zeitungen voll von solchen Morden. Da taucht einer auf einmal in einer Schule auf und erschießt Kinder, die er nie im Leben gesehn hat, und alles bloß, weil letzte Woche was in der Zeitung gestanden hat von einem, der in einer andern Schule aufgetaucht ist und andere unbekannte Kinder erschossen hat, und weil ihn irgendwas daran gereizt hat. Gurneys Charakterwandel, mein Junge, ist zu einer Alltäglichkeit geworden. Diese gigantische Wut wegen irgendwelchen Lappalien ist längst ein alter Hut. Sogar diejenigen von uns, die behaupten, sie verstünden das nicht, verstehn es halb und halb doch.

Von diesem am knarzenden Ende des Jahrhunderts geparkten Bett aus seh ich jetzt: Der Feinschmecker Gurney Harbison war bloß der erste hier bei uns, der sich das zugezogen hat.

Der brave Familienvater, gute Christ und exzellente Bäcker hat sich als erster von uns mit dem Zwanzigsten Jahrhundert infiziert.

5

Aber davon abgesehn und noch in aller Unschuld ist wie aus heiterem Himmel eine andere Epidemie ausgebrochen: Alle Kinder in Falls haben auf einmal den unüberwindlichen Drang verspürt, bei andern Leuten zu übernachten. (Mir war das Gefühl nicht unbekannt.) Die Kinder haben öfters einen Tapetenwechsel gebraucht, wollten das Frühstück anderer Mütter testen. Mädchen in Lous Alter wollten sich unbedingt von den älteren Brüdern ihrer Freundinnen ärgern lassen, von Jungen, die Lex oder Ray hießen, in deren Zimmern es nach ungewaschenen Socken, Pomade und gelblichen, die Matratze verkleisternden Flecken gerochen hat. Ned hat geprahlt, er und sein Kumpel Billy Preston hätten mal die ältere Schwester von einem dritten Kumpel durchs Schlüsselloch beobachtet; die hatte eine Frisierkommode mit herzförmigem Spiegel und mit einem Spitzenkleid drapiert, so lang wie Cassies Nerzmantel, und die Schwester hat mit ihrem Spiegel gesprochen und sich mit einem Gerät, das wie eine Eiszange für die Augen aussah, an den Wimpern rumgedrückt.

Neds Freund Billy war bei uns an dem Abend, wo Captain versucht hat, die Entenkunde als bedeutendes Wissensgebiet für alle und jeden darzustellen. Billy hat sich beeindruckt gegeben. »Prächtiger Bursche, der junge Preston«, hat Captain gesagt – hat sich immer angehört wie ein Offizier in einem Rekrutierungsbüro, der zwölfjährige Jungen zu beurteilen hat.

Beim Abendbrot hat Cap Ned gebeten, ihm eine Lockente aus der

Garage zu holen. Der Mann war den ganzen Abend die Liebenswürdigkeit in Person gewesen, und ich hab mir schon gedacht, daß was im Busch ist. Er konnte seinen Charme an- und abstellen wie einen Wasserhahn. Wie Ned wiedergekommen ist, hat Cap den hölzernen Erpel genommen und ihn quakend über die interessierten Köpfe fliegen lassen. Er hat gesagt: »Ich geb zu, daß das einigermaßen künstlich aussieht. Aber ...« Er hat das Ding so gehalten, daß wir ihm jetzt direkt von oben auf Rücken und Kopf geschaut haben. »Nehmt mal an, ihr seid achtzig Fuß über der Erde und das Ding da hat genau die gleichen Farben wie ihr, und ihr seid müde und haltet Ausschau nach einem Rastplatz, also für was würdet ihr das dann halten? Natürlich für das leibhaftige Ebenbild von eurer Lieblingscousine, vielleicht sogar von der Liebe eures Lebens.«

Unsere Kinder haben gelächelt, sich Blicke zugeworfen, zugleich mißtrauisch und überrascht, daß ihr Vater auf einmal wieder ganz der alte war. Er hat gesagt, er wird uns zeigen, wie man die verschiedenen Lockenten plazieren muß, damit sich jede Art auf einem bestimmten Gewässer am wohlsten fühlt.

Aus dem Essigfläschchen wurden Kanadagänse, die immer dicht am Ufer niedergehn. Der Pfefferstreuer hat demonstriert, daß Spießenten vorzugsweise am ruhigeren Ende des Weihers und immer paarweise landen. »Bei Spießenten und Gänsen bleiben die Pärchen ihr Leben lang zusammen.« Captain hat kurz zu mir hergegrinst, ich hab nicht gewußt, warum. »Ihr Kinder denkt vielleicht, Tiere sind zu primitiv, um eine Partnerin fürs Leben zu finden und bei ihr zu bleiben, hab ich nicht recht? Ihr würdet meinen, daß nur höhere Lebewesen wie eure reizende Mutter und ich zu so was fähig sind. Aber die Natur ist ein Wunderland der Tugenden.« Ich hab ein Stöhnen unterdrückt.

»Enten sind schlau und Schweine sind schlau, aber Schweine können nicht fliegen«, hat sich Louisa eingemischt.

»Stimmt genau«, sagt der Papa unbeeindruckt. Er hat die Dessertteller rumgeschoben, um uns zu zeigen, daß manche Enten immer den Schnabel in den Wind halten und die Lockenten das auch tun müssen, weil sonst die lebendigen Enten sich denken »Alles Schwindel« und einfach weiterfliegen. Krickenten, Pfeifenten und Dunkelenten bleiben lieber unter sich – deshalb kann man Lockenten von diesen nicht mit solchen von andern Arten mischen.

»Aber das hier ist unser Leckerbissen.«

»Tabasco-Sauce?« fragt Ned.

»Das ist keine Tabasco-Soße, Junge. Hast du Tomaten auf den Augen? Das ist unser lebensgroßer Kanadareiher aus bemaltem Gips. Mein Freund, der Stellvertretende Gouverneur, hat so einen ständig im Kofferraum von seinem Auto. Reiher sind sehr schreckhaft, das wißt ihr doch? Die Enten wissen es auch. Und das ist unsere Trumpfkarte, meine Jagdgefährten. Die Enten in der Luft erspähen unten am Wasser einen Reiher, der nicht im geringsten beunruhigt ist. Das wirkt auf sie wie ein Entwarnungssignal. Der falsche Reiher ist drei Fuß hoch und steht irgendwo am Rande ganz für sich; so was nennen wir eine Attrappe. – Wißt ihr, wie man das schreibt?«

Sie haben's nicht gewußt. Aber sie waren ganz eifrig bei der Sache. Hat mir angst gemacht. Meine eigne Brut! Sie haben dagesessen und auf dieselbe Stelle gestarrt wie ich – auf das glatte Oval auf der Tischplatte, das er frei gemacht hatte, damit wir uns vorstellen konnten, wir täten dort landen, täten nach einem langen Nachtflug dem falschen Vogel vertrauen. Mit den Augen haben wir's jetzt getan. Sind gelandet. Man hat sich denken können, wie verlockend das sein muß, wenn man seit der Chesapeake Bay oder so nichts mehr gefressen hat. Traurig, daß einem grade das Bedürfnis nach Futter, nach Schlaf und angenehmer Gesellschaft zum Verhängnis wird.

Aber ist es nicht immer so?

»Nichts dabei«, hat der Vater gesagt und uns seine Handflächen gezeigt. »Bloß erstklassiges Fachwissen, jahrelange Geduld und ein bißchen gesunder Menschenverstand. – Also wenn euer Daddy das nächste Mal mit einem Wagen voller Vögel heimkommt, habt ihr eine bessere Vorstellung davon, wieviel Geschick nötig war, sie zur Strecke zu bringen.« Mein Alter hat sich zurückgelehnt und zufrieden die Daumen in den Westentaschen eingehakt.

»Darf ich jetzt was sagen, Papa?«

»Nur zu, Kind. Dürfen wir raten? Es hat was mit der Intelligenz der Enten zu tun.«

Der Zwilling hat genickt, enttäuscht. »Es war nur, daß ›Enten tatsächlich schlau sind‹.«

»Du sagst es. Nicht so schlau wie du oder ich, aber ich geb dir ein Beispiel: Sogar wenn du die Ente schon getroffen hast, ist nicht gesagt, daß du sie auch heimtragen kannst.« Cap hat behauptet, wenn eine Ente angeschossen, aber nicht tödlich verletzt ist, wird sie alles tun, um nicht gefangen zu werden. Alles. Das ist einer der Gründe, warum deinen Limousinen ein ganzer Lastwagen voll Hunde nach Duck (North Carolina) nachfahren muß. Und du tust gut daran, rasch ins

Boot zu springen und zu dem heruntergeholten Vogel hinzurudern. Aber selbst dann wird der Vogel, wenn er dich kommen sieht und zwar verletzt, aber noch nicht tot ist ... also er wird untertauchen, verstehst du? Er klammert sich mit dem Schnabel an ein Stöckchen oder einen Schilfhalm und kommt nicht mehr rauf.

»Bis er tot ist, Papa? Sie ertrinken ... freiwillig?« wollte Lou wissen. »Nehmen sich das Leben?«

Captain hat genickt, traurig, voller Respekt vor den Vögeln. »Unglaublich, oder? Aber Tatsache. Muß man ihnen lassen: Einehe und Selbstmord, beides kennen sie. Beides praktizieren sie. Enten haben Willenskraft. Deshalb ist die Jagd auf sie auch so ein schöner Sport.«

»Tät keinen Spaß machen, wenn sie sich einfach abschießen lassen?« hat Lou gefragt.

»Nein, Mädchen, das wär dann ...«

»Mord«, hab ich beigesteuert.

»Ja, vielleicht, wie eure Mutter das in charakteristischer Kürze nennt. ›Mord‹, kein Spaß. Man muß es mit einem intelligenten Gegner zu tun haben, damit es Spaß macht. Schaut doch bloß mal, was wir hier alles angestellt haben, bloß um sie zu uns runterzulocken.« Und er hat auf unsern Tisch gezeigt. Mein Brotpudding in seiner hübschen gelben Schüssel war kalt wie der Tod.

Cap hat weitergeredet – dafür war er begabt, damit hat er sich, wenn er wollte, zum Mittelpunkt jeder Party gemacht. Ein überzeugender Erzähler, der oft zunächst am Rande blieb. Unsere Kinder und ihre kleine Gäste haben ihm gescheite Fragen gestellt. Ich hab den Nachtisch abgeräumt. Wann hatten die Kinder das letzte Mal eine hausgemachte Süßspeise stehnlassen? Ich hab die Gesellschaft an unserem Tisch umkreist. Hab Ned angesehn, der still und lächelnd dasaß, sich geehrt fühlte und sich begierig anhörte, wie man fachgerecht Tiere austrickst, die wir nur respektieren, weil ... sie so intelligent sind, daß es uns Spaß macht, sie zu übertölpeln, sie runterzulocken, sie abzuknallen.

Ich hab mich an die Spüle gestellt und den Pudding geistesabwesend aus einer Schüssel in eine andere von gleicher Größe umgefüllt. Weißt du, ich hab mir, mit dem leisen Gemurmel von den Kindern und dem komischen Quaken hinter mir, alles vorgestellt, mir alles ausgemalt, aber vom Standpunkt der Ente aus. Wie sie vermeintlich das ideale Fleckchen im Sumpf entdeckt, durch die Luft runterrudert zu der Stelle, die in der Morgenröte rosig schimmert, und Licht ist ja an sich schon ein Köder. »Na endlich.«

Du achtest auf alle Anzeichen und bist, sagen wir, neun Fuß über dem Wasser, da springen plötzlich aus dem Schilf dünne Stöcke hoch, die Feuer und Rauch und Kälte ausspucken, du liegst auf dem Rükken, die Füße nach oben, im eiskalten Wasser, und dein linker Flügel zittert. Du flappst herum, so gut es geht, und siehst einen Kahn auf dich zuplatschten, einen Hund, riesige Gestalten, die dich hier im Nassen greifen wollen. Und während das alles auf dich zukommt, nimmst du deinen ganzen Mut zusammen und machst eine Reise am Ort, tauchst wild entschlossen unter. Du brauchst auch das letzte Fitzelchen von deiner Kraft, um möglichst tief zu tauchen, weg vom verräterischen Licht. Du schlängelst dich senkrecht in die Tiefe, bis du mit dem Schnabel an einen krummen Ast anstößt, der einen zottigen Überzug hat, und während du hineinbeißt, so fest du kannst, geht dir die ganze Luft aus und steigt in Blasen zu dem dunklen Kahn auf, der genau über dir vorübergleitet. Und du, hier festgeklammert, die Augen auf dem Grundschlamm, ertrinkst jetzt, doch mit Würde, denn du gehörst noch immer dir. Weil du dich selbst dafür entschieden hast.

Ich hab mich an den gußeisernen Ausguß gelehnt und meinen eigenen Umriß im nachtschwarzen Fenster vor mir betrachtet.

»He, wo ist eigentlich der schöne Nachtisch hingeflogen?« ruft mein Mann, wie noch mal vier Minuten vergangen sind.

»Hab ich weggeschüttet, glaub ich.«

»Aber da ist er doch, bloß in einem andern Gefäß. Du wirst immer vergeßlicher, altes Mädchen. Louisa, komm hol uns unsern Nachtisch. Er ist inzwischen sicher kalt geworden, aber der Brotpudding von eurer Mutter schmeckt bei jeder Temperatur, hab ich nicht recht?«

Hinterher, wie ich die Nachtisch-Schälchen weggeräumt hab, hab ich gesehn, daß die Kinder den leeren Platz auf dem Tisch respektiert hatten. Sie hatten das Essigfläschchen, den Pfefferstreuer und die andern Attrappen da gelassen, wo sie waren. Hatten sich gescheut, diese verwandelten Sachen anzufassen, Sachen, die sie jeden Tag in die Hand genommen haben. Ich hab alles wieder an seinen Platz gestellt. Aber sogar ich hab mich einen Moment lang gefürchtet, meinen Pfefferstreuer und mein Salzfaß zu berühren.

Aber ich hab's getan.

Meine allwöchentliche Vorstellung hat mir nach wie vor den dringend benötigten Auftrieb gegeben. Ich hab Briefe auf Kirchenpapier aus weit entfernten Orten gekriegt, mit richtig geschriebener Adresse, *getippt*. Tja ... das alles hat mich schließlich in meinem Vorsatz bestärkt, von zu Haus wegzugehn, aber da war's schon zu spät.

An einem Samstag war ich dabei, meine Puppenbühne für den Sonntag herzurichten, und hab noch mal das Stück »Daniel in der Löwengrube« geprobt, das aus dem Stand ein Klassiker werden würde, das hab ich im Gefühl gehabt. Da ist unser dünnlippiger Prediger reingekommen. Baby war bei mir, hat mir geholfen und mir Ratschläge zur Aussprache gegeben. Der Prediger war Vorsitzender von demselben Ausschuß, der mich bekniet hatte, mich doch im Dienste unseres Herrn nützlich zu machen. Er hat eine Leichenbittermiene aufgesetzt. Hat mich wissen lassen, mein Puppentheater sei gut aufgenommen worden, wär aber leider »zu gut«. Baby ist aufgestanden und hat sich neben mich gestellt. Es war ihre erste unangenehme Erfahrung mit einer Theaterleitung, aber, wie ich dank ihrer späteren, so glanzvollen Bühnenlaufbahn sagen kann, nicht ihre letzte.

Ich hab dem Prediger gesagt, ich wüßte mir kein Verbrechen, das mir lieber wär als das, die Heilige Schrift für dürstende junge Baptistenseelen allzu lebendig zu machen. Hab gesagt, mein Schwanengesang morgen würde ihn sicher umstimmen. »Das ist unwahrscheinlich«, hat er geantwortet und meine Flitterbühne und die vielen kleinen Löwen mit ihren Bindfadenmähnen angesehn, an denen ich bis drei Uhr früh gearbeitet hatte. »Es wird morgen keine Vorstellung geben.«

Baby hat sich zwischen mich und den Prediger gedrängt, als ob sie mich vor ihm beschützen wollte. Das Kind hat ihm einen gequälten Lillian-Gish-Blick zugeworfen, der den Apostel Paulus zum Frauenfreund hätte machen oder einen Deckenventilator zum Schmelzen bringen können. Sie hat sich an meine Beine geklammert und losgeblökt: »Sie ... lernt ... uns ... den ... lieben ... Gott.«

Ich hab gesehn, daß sogar der Prediger für eine Sekunde schwankend wurde. Aber er hat sich wieder gefangen und gelächelt, soweit das einem lippenlosen Menschen möglich ist. »Sie sind noch so jung«, hat er gesagt.

»Und Sie ...« Baby hat auf sein Gesicht gezeigt und mit der Verve eines wahnsinnigen Vamps gefaucht: »... eifersüchtig. Eifersüchtig. Eifersüchtig!«

»Komm, Liebes«, sag ich. »Pastor, würden Sie bitte Ihren Leuten sagen, sie sollen mir die Sachen hier in mein Domizil bringen? Ach, noch was – das war das letzte Mal, daß ich *Ihr* sogenanntes Gotteshaus betreten habe, Weldon.« (Ich geb zu: Ich hoffe, daß er in der Hölle schmort. Hoffe es inständig.)

Meine Tochter und ich haben im perfekten Gleichschritt hocherhobenen Hauptes die ungastliche Stätte verlassen. Erst wie wir nicht mehr auf geweihtem Boden waren und diese schwarzen Krähen hinter uns gelassen hatten, hab ich mich Baby zugewandt und gesagt: »Manchmal hab ich mir Sorgen über deinen Charakter gemacht, Kind. Du kannst ja manchmal richtig egoistisch sein. Aber du mußt wissen, daß du ein unglaubliches schauspielerisches Talent hast. Du warst großartig. Hat mir richtig gutgetan, und ich dank dir dafür.«

Aber so nah an ihrem Gesicht, das im allgemeinen so beherrscht war, hab ich gesehn, daß ich sie völlig falsch verstanden hatte. Sie hat dagestanden und geweint, und es war ihr egal, wie sie aussah. Sie konnte es nicht fassen, daß die mich an die Luft gesetzt hatten, war fuchsteufelswild. Sie war noch ein Kind und hatte es nicht mal kommen sehn wie ich nach der ersten Runde ganz unbaptistischen Beifalls. Sie hat mich mitten auf der Straße umarmt und gesagt: »Mama? Du wirst mir fehlen.«

Ich hab verstanden, daß sie Mich gemeint hat, die berühmte Puppenspielerin. Aber ich hab auch noch was anderes rausgehört. Hab gehört, wie ihr Leben ohne mich begonnen hat. Hab gehört, wie sie meine Unrast erahnt hat. Und ihre eigene gespürt. Wir beide waren wirklich verwandt.

Aber weißt du, ein bißchen was hatte mir die Spielerei mit den Puppen doch gebracht: Ned hatte sich so rührend um die Bühnentechnik gekümmert und jede Woche die richtige Musik ausgesucht. Ich hatte Lous »War gut« bekommen. Und jetzt auch noch diese merkwürdige Huldigung (und glänzende Vorstellung) von Baby.

Ich hatte meinen goldenen Augenblick im Rampenlicht gehabt, aber wie immer war mir das wichtigste gewesen, wie meine Lieben mich dort gesehn haben, wo ich am glücklichsten war – zu Hause, wenn ich mich um alles gekümmert hab.

Auf den Tag genau sechs Wochen später bin ich gegangen. Aber da war's schon zu spät.

6

Ich glaub, die Veränderungen haben mit Neds elftem Geburtstag und diesem Zeitschriftenartikel begonnen. Ein Jahr nachdem Caps Bild dort erschienen war, ist *Liberty* in unser Leben getreten und hat alles verwandelt. Die wollten ein formelles Bild von unserm Veteran, natürlich in Uniform. Unsere neun Kinder sollten sich wie Soldaten im Garten aufstellen. Jedes Kind (»Nur über meine Leiche«) sollte eine seltene Waffe aus Papas Sammlung schultern. (Ich hab den ganzen Nachmittag gebraucht, um meine Sprößlinge in ihre Sonntagssachen zu stecken, und dann sagt der Mensch von der Zeitschrift – bestimmt ein Junggeselle –, er will sie »in Spielklamotten« photographieren. Hinterher hab ich begriffen. Der Yankee *wollte*, daß sie wie Hinterwäldler aussehn. Das schlimmste war: Sie *haben* so ausgesehn, genauso unbedarft, wie der Knabe es sich vorgestellt hatte. Wir alle haben so ausgesehn. Unfair.)

Wie's so weit war, daß das Verbrecherphoto gemacht werden konnte, hab ich mich verdrückt. Ich war mir nicht sicher, was eigentlich mit mir los war, hatte nur so ein Gefühl, die Kamera würde sich in eine Kanone verwandeln. Ich bin ins Haus gerannt, und der Photograph hat Cap gebeten, er soll mich *zwingen*, wieder rauszukommen. Darauf Cap: »Sie haben gut reden.« Ich hab hinter der Fliegendrahttür gestanden und geschrien: »Nichts zu machen. *Ich* weiß, wie ich ausseh.«

Cap war viel zu aufgekratzt, um beleidigt zu sein. Er hatte unsere Kinder da draußen, hatte neun Seelen bei sich, was hat da eine weniger ausgemacht? Ich hab durchs Küchenfenster zugeschaut. Der Photograph hat meinen Sprößlingen gesagt, sie sollen ernste Mienen aufsetzen, wie die Leute auf gestellten alten Porträts. Hat mir angst gemacht, wie meine Kleinen da in der Sonne gestanden haben, mit ihren schönen Augen im Schatten: Der Kerl hat das extra gemacht. Ruth hatte sich ans Telephon gehängt und eine Menschenmenge auf ihrer Veranda versammelt. Da haben sie jetzt gestanden und zugesehn, wie wir berühmt wurden. Lolly, aus gegebenem Anlaß mit neuer Frisur und einem getüpfelten Kleidchen, das sie sonst kaum trug, hat Ruths Strohhut beäugt. Neben ihr Luke Lucas in seiner Schürze und alle unsere Nachbarn. Was mich aber am meisten bedrückt hat: In der hintersten Reihe ist Castalia auf Zehenspitzen hin- und hergegangen. Sie war bei uns zu jeder Tages- und Nachtzeit willkommen. Aber die Leute von der berühmten Zeitschrift hatten sie scheint's so eingeschüchtert, daß sie sich nicht nähergetraut hat. Sie hatte sich feingemacht. Unter dem Pelzmantel Sachen, die mit ihren vielen Farben schon allein ein Menschenauflauf waren. Das Glitzern der gläsernen Türknauf-Ohrringe, die ich nicht mehr gesehn hatte, seit ich, damals noch eine federleichte Braut, über die Schwelle von diesem Haus getragen worden war. Cassie hat jetzt schwerer und deshalb trauriger gewirkt. Hatte sich angewöhnt, Stärke zu mampfen. Vielleicht hatte sie sich so schön angezogen, weil sie gehofft hatte, mit aufs Bild zu kommen. Vielleicht hätte sie *meinen* Platz einnehmen sollen? Gott weiß, daß Castalia Marsden eigentlich auf jedes Marsden-Photo gehörte, aber statt dessen hat sie sich auf Ruths Veranda abseits gehalten. Ich bin nicht ins *Liberty* gekommen, und Cassie auch nicht.

Meine Lieblinge haben die Waffen geschultert und Gesichter geschnitten wie ihr Vater. Die meisten hatten Musketen, die größer waren wie sie. Louisa hat im einen Arm den Schießprügel und im andern unsern Jüngsten gehalten, Archie, sechs Monate. Sein Lächeln hat alles in den Schatten gestellt – besonders Betrunkene und Matronen konnten sich darüber schieflachen. Der Photograph hat immer wieder gesagt: »Das ist ja zum Auswachsen. Dieser rothaarige Säugling hört einfach nicht auf. Grinst der eigentlich immer?«

Baby, die unbedingt »entdeckt« werden wollte, hat gesagt: »Archie lächelt sogar die Sonne an.«

Mein Mann wollte die Nachbarn auf Ruths Veranda und die Presseleute unterhalten und hat die Kinder gebeten, alle Strophen von »Der alte Rebell« zu singen. (Ich hatte sie ständig mit Mr. Stevensons *Versgärtlein für Kinder* überfüttert, während Captain sie mit dem Schmählied von 1868 gestopft hat, das von schlechten Verlierern in jeder Kneipe der Südstaaten gegrölt wurde.) Die Zeitschrift hat hinterher unter dem Bild den gesamten Text abgedruckt. Die meisten Yankees hatten das Lied, das sich heimlich wie ein Krebsgeschwür verbreitet hat, noch nicht mal gehört, haben es aber anscheinend richtig lustig gefunden. Sie waren zu ahnungslos, um zu kapieren, daß sie eigentlich hätten Angst haben müssen. An meinem Ausguß bin ich schamrot geworden, wie Captain mit einer am Lauf gehaltenen Duellpistole dirigiert hat und meine unschuldigen Kleinen mit ihren zarten Stimmchen Verse intoniert haben, die ich nur zu gut kannte.

Sie nannten uns Rebellen, und das bin ich immer noch,
Ihr »Gelobtes Land der Freiheit« ist für mich das reinste Joch.
Ich bin froh, daß ich's bekämpft hab, und bitt nicht um Pardon,
Nur daß wir am End verloren, schmerzt mich bitter, ach, mein Sohn.

Ich hasse die Verfassung und das ganze Yankee-Blau,
Ich hasse ihren Adler, sehn mich so nach unserm Grau.

Denn die Yankees, die sind Diebe, sind Brandstifter und noch mehr,
Haben alles uns genommen, deshalb haß ich sie so sehr.

Ich hasse diese Yankees und was immer sie auch tun,
Und der Haß wird auch im Tode ganz gewiß bei mir nicht ruhn.
Ich hasse die Verfassung und die Flagge der Union.
Reiß sie eines Tages nieder, wenn du kannst, mein treuer Sohn.

Robert Lee war unser Führer in Sieg und auch in Not,
Wir folgten ihm vier Jahre, getreu bis in den Tod.
Ja, es waren schwere Zeiten in des Südens stolzem Heer,
Und starb auch mancher Yankee, wünscht ich doch, es wären mehr.

Dreihunderttausend Yankees hat's zuletzt erwischt, juchhei,
Dahingerafft vom Fieber, kaltem Stahl und heißem Blei.
Dreihunderttausend Yankees liegen tot in Erd und Staub.
Und sind immer noch zu wenig, viel zu wenig mit Verlaub.

O ich bin zu alt zum Kämpfen, und der Tod steht vor der Tür,
Doch ich werd sie immer hassen, o mein Junge, glaube mir.
Ich bin froh, daß ich gekämpft hab, und ich bitt nicht um Pardon,
Ja ich laß mich nicht beirren, bleib der Heimat treuer Sohn.

Eine gelungene Vorstellung, und das in meinem eigenen Garten, der voll war mit Stativen und Kameras und silbernen Schirmen, die mich an meine Schwiegermutter selig unter respektvoll gehaltenen Sonnenschirmen erinnert haben. Und als ob's jemand geplant hätte, ist genau in der Sekunde, wo meine Schar mit dem grausigen Lied fertig war, die Blaskapelle von Falls mit Tschingdarassabum die Straße langmarschiert gekommen. »O nein«, hab ich gerufen und mit der Faust auf den Ausguß geschlagen.

Nachdem die Kapelle abgezogen war und Cassie heimgegangen war, ohne ein Wort mit mir zu wechseln, was mich sehr gekränkt hat, hab ich mich wieder rausgetraut. Cap war so glücklich wie noch nie. Er hat auf die Gewehre gezeigt, die Ned jetzt zu einer Art Indianerzelt zusammengestellt hat. »Das«, hat er stolz gesagt, »ist Geschichte.«

Ich hab Louisa den kleinen Archie abgenommen. »Sir«, sag ich. »Sir? *Das* hier ist Geschichte.«

VIERTES BUCH

Dergleichen geschieht

Archies Auftritt

Du bist mein Schirm; du wollest mich vor Angst behüten . . .
– Psalm 32, 7

Das Kind, das nach unserer Heimkehr vom Kriegspfad geboren wurde, mit dem ich bei der Szene unter der Platane schwanger gewesen war, ist auf den Namen Archie getauft worden. Ausgesucht hat ihn Cap. Jeder Sohn wurde nach einem Kumpel von Cap benannt, einem, der noch lebte, oder einem, der im Krieg gefallen war.

Kann man von einem sechs Monate alten Kind sagen, daß es Humor hat? Ja. Archie hatte welchen. Er hat schon bei der Geburt einen roten Schopf gehabt, wie ein Knallbonbon, hat einen gleich vor Lachen zerrissen. Wie Louisa die feuerroten Haare gesehn hat, hat sie's sofort darauf geschoben, daß ich in der Schwangerschaft Buntstifte geknabbert hatte. »Er wird wohl nie hübsch werden, Mama, was meinst du?« »Nein«, hab ich geantwortet und ihn hochgenommen, »aber schau doch mal.« Und das Kind, froh, in der Luft zu sein, entblößt die Kiefer und grinst, daß seine Augen in Hautfalten verschwinden. Wir haben gelacht, er hat gemerkt, daß er uns zum Lachen gebracht hatte, und hat auch gelacht. So früh fängt das schon an mit dem Charakter.

Auf dem Gerichtsplatz hat Archie aus seinem Korbkinderwagen raus alles angestrahlt. Die Sonne, Staubkörnchen, Straßengeräusche – bei allem hat er die Fäustchen geballt wie ein kleiner Kämpfer, der sich vorgenommen hat, den Gegner niederzu*grinsen*. Leute, die nie viel für Kinder übrig hatten, sind eines besseren belehrt worden. Archies Freundlichkeit hat ihnen unter dem Verdeck von einem ramponierten Kinderwagen hervor das Herz gewärmt. Seine Augen waren meergrün wie die von Samuel Honicutt, meinem allzeit zu Scherzen aufgelegten Papa. Mir ist es immerhin gelungen, Samuel als zweiten Vornamen durchzusetzen, und Papa hat das Baby, das ihm so verblüffend ähnlich gesehn hat, besonders liebgewonnen. Hat sogar ein Bankkonto mit der Bezeichnung »Archies Harvard-College-Fonds« eingerichtet. Angeblich hat er dem Kleinen schon vor dem Zahnen angesehn, daß er gescheit genug ist, um aufs College zu gehn. Nach Caps katastrophaler Fehlspekulation hat's so ausgesehn, als könnten meine Kinder solche Hilfsfonds gut gebrauchen.

Beim Stillen hat unser Archie mir immer Streiche gespielt. Er hat zu Saugen aufgehört. Ich schau runter und seh, daß er mich voll anschaut. Er hatte nur aufgehört, um meine Aufmerksamkeit zu erregen. In seinen Augen hat eine Bosheit gefunkelt, die ich schon lange als meine eigne erkannt hatte. Hat mich fast ermüdet, daß ich solche Energie so frisch hab wiederkehren sehn, so entschlossen, es noch einmal zu probieren. Wie er das nächste Mal zu saugen aufgehört hat, bloß um beachtet zu werden, hab ich ihm gesagt, ich hätte außer ihm *noch* acht Kinder, und hab ihn – nicht grob, aber resolut – auf den Boden gesetzt. Er hat nicht geweint, hat scheint's verstanden, daß da eine etwas ruppige Gerechtigkeit am Werk war. Wie dann später der Mund von meinem kleinen Rotschopf wieder aufgehört hat, an meiner weidlich strapazierten Zitze zu saugen, hab ich gesehn, daß er mich starr angeschaut hat. Aber dann hat er sich gleich wieder drangehängt. Ein Spiel! Seine Augen haben gefunkelt – er hatte beides gekriegt, meine Aufmerksamkeit und meine dünne, bläulichweiße Milch. Und *wie* er das angestellt hat, das war einfach ... begabt. Ich kann's nicht erklären. Sonderbar, daß Witz sich schon eine gute Weile vor der Sprache einstellen kann. Einmal, wie ich die Kapriolen von meinem Sohn an meinem Busen gesehn hab, hab ich auflachen müssen in unserm stillen Haus – die Seth Thomas hat die Ewigkeit vorübergehend zu Salat zerhackt. Ich hab so heftig gelacht, daß meine Brustwarze rausgerutscht ist. Archie hat einfach weiter dahin gestarrt, wo sie grade noch gewesen war, hat meine Brust angegrinst. Und Saugbewegungen ins Leere gemacht, ein Scherz. Dann hab ich an seinem Ruckeln gespürt, daß er gekichert hat – oder war's nur der Schluckauf?

Es muß Oktober gewesen sein, wie alles anders wurde, Oktober deshalb, weil wir wieder festgelegt haben, wer an Halloween als Landstreicher (Bart mit angesengtem Kork aufgemalt) und wer als Gespenst gehen (meine ramponierten Laken sind durch Augenschlitze nicht besser geworden) und wer sich was Originelles ausdenken sollte. (»Geh und näh dir selber was, Kind. Mach dich selbständig.«) Baby wollte unbedingt wieder ein Engel sein, und das hat bedeutet, daß ich ihr Flügel machen mußte. Dabei hatte ich ihr *gesagt*, sie soll die vom letzten Jahr aufheben. Ich weiß noch, daß ich grade Federn aus Steifleinen an einem Schultergestell aus Kleiderbügeln befestigt hab – die Kinder hatten schulfrei, weil irgendwo draußen im Landkreis drei Scharlachfälle aufgetreten waren. Es war ein sehr warmer Herbstnachmittag, alles weit offen, ein Kürbis pro Haus.

Ich leg eine Pause bei der Flügelmacherei ein und greif in Archies Korbbettchen, seine Windel prüfen. Wie ich ihn rausnehm, scheint er zu schlafen, die Arme baumeln schlaff runter. Dann faß ich nach seiner Stirn, und das Kind ist so heiß, daß ich ganz schnell die Hand zurückzieh und die Finger in den Mund steck. Im nächsten Augenblick schrei ich nach Louisa, hüll mein nacktes Kind in eine rosa Baumwolldecke und mach mir Vorwürfe, weil ich nicht mehr nach ihm gesehn hab, seit ich ihn vor zwei Stunden schlafen gelegt hab. – »Paß auf die andern auf. Ich bin bei Doc Collier. Sieh zu, ob du Papa Bescheid sagen kannst. Archie glüht förmlich.«

Baby hat vor dem ovalen Wandspiegel gestanden (den wir von ihrer eitleren Oma, Lady More Marsden, geerbt hatten). Sie hat an ihrem linken Flügel gezupft und in Babysprache gesagt: »Archie verglüht is.« Mir ist das Herz stehngeblieben, wie sie das so beiläufig gesagt hat.

In weniger als zwei Minuten – normalerweise hat man sechs gebraucht – war ich bei Doc Collier; ich weiß nicht mehr, wie ich das geschafft hab, erinner mich nur noch an das Pfeifen vom Fahrtwind an meinen Ohren.

Drei Leute haben im tristen Warteraum gesessen und in den einzigen beiden Nummern vom *National Geographic* gelesen, die da jemals gelegen haben. Alle Mütter mit drei oder mehr Kindern kannten beide Hefte auswendig. Einer der Patienten gehörte dem Kirchenausschuß an, der mich unlängst rausgeschmissen hatte. Außerdem war Emily Saiterwaite da und hat ziemlich abgehärmt ausgesehn. Es war nicht meine Art, mich vorzudrängen. Aber die drei haben mich gekannt, und ich hab Archie hochgehalten und wie eine Idiotin gelächelt: »Ist scheint's was Ernstes, entschuldigen Sie bitte, nicht daß Ihrs nicht . . . ernst wäre.«

Schwester Milgrom – so alt wie der liebe Gott, aber viel tüchtiger – steht hinter ihrem Schreibtisch halb auf. Sie fühlt Archie die Stirn und zuckt genauso zurück wie ich vorher. »Eis, wir brauchen Eis, bitte kommen Sie mit, hier entlang.« Und geht voraus. Ihre Stimme war so tief wie die von Castalia, ein geschmeidiger Bariton. Mit schnellen Schritten ist Miss Milgrom den Linoleumflur entlanggehastet, und ihre Tracht hat geraschelt wie Vogelschwingen oder teures Briefpapier. Es wird alles wieder gut, hat mir dieses Rascheln zugeflüstert. Ich hab das Kind auf meinen Armen angesehn. Und hatte nur egoistische Gedanken:

Wie ich ihn in mir getragen hatte beim Warten unter der Platane, wie die Traurigkeit, als ich in meiner langen grauen Müdigkeit dieses komische, grinsende Kind ausgetragen hatte, mich beinah umgebracht hätte, aber auch, wieviel Freude mir seine alberne rostrote Gegenwart gleich wieder bereitete. Ich hab mir mit lautlosen Lippenbewegungen gesagt: »Wenn Du mir dieses Kind nimmst, Herr, dann werde ich nie wieder . . .« Aber ich wußte, daß ich mit nichts als meinen lächerlichen Schauspielerdrohungen gegen einen Gott stand, dem das Theater gehört und der alle Stücke selber schreibt. Ich geb ja zu, ich hab nicht so direkt an ihn geglaubt, aber weißt du, ich *hätt's* getan, um mein Kind zu retten.

»Eis.« Als es bereit war, hat die Schwester mir mein schläfriges rotes Baby abgenommen. Hat Archie in ein Porzellanbecken mit so kaltem Wasser gesteckt, daß es richtig blau ausgesehn hat. Da hat Archie vielleicht seine grünen Augen aufgerissen. Er hat zu mir hochgeschaut und mich erkannt, und seine stumme Frage hat gelautet: Muß das denn sein?

Es hat ihn sichtlich beruhigt, daß ich dabei war. Fast bis zum Hals im Eiswasser, hat er langsam die Kiefer entblößt – vor Schmerz, aber auch wie um in Übung zu bleiben. Das würde vorläufig als Lächeln hingehn müssen. Ich hab die Hand nach ihm ausgestreckt, hatte aber Angst, sein Gesicht zu berühren. Es mußte entweder sehr heiß oder sehr kalt sein, und was war schlimmer? Collier hat hinter mir gestanden. Archie war jetzt röter als je eins von meinen andern Kindern mit einem schlimmen Sonnenbrand. An der Decke hat ein Ventilator im Nichts gerührt. Ich hab die Leute im Wartezimmer besorgt murmeln hören. Der Doktor und Schwester Milgrom waren ein weißer Wirbelwind um das noch weißere Becken; da drin lag eine rosa-orange-lila Gestalt, aber der Kopf war über Wasser und hat nach Luft geschnappt wie ein witziger kleiner Seestern auf dem Trockenen. Und Archie hat mich erkannt. Das hat mich hoffen lassen, weißt du.

»Ich bin ja da«, hab ich gesagt, von ganz nah. Die beiden haben ihn aus dem Wasser gehoben und in ein Handtuch gewickelt, und ich hab gehört, wie er mit den Zähnen klappert, obwohl er noch gar keine Zähne hatte.

Der Doc hat mich zur Tür begleitet. Ich hab gesagt: »Er erkennt mich, haben Sie gesehn?« »Ein gutes Zeichen, aber wir können nicht ausschließen, daß es Scharlach ist, Lucille. Er geht um. Bleiben Sie in der Nähe, wir werden ihre andern Kinder isolieren, ich gebe gleich durch, daß sie im Haus bleiben müssen. Warten Sie bitte auf der Veranda. Weiß Captain schon Bescheid? Gut. Was ist denn das?« Er hat auf meinen Fußknöchel gezeigt. Hat ein bißchen geblutet. Beim Abkürzen quer durch die Gärten anderer Leute hatte ich ein Krocket-tor und die Kante von einem niedrigen Zaun gestreift.

»Ach, das ist nichts. Bitte kümmern Sie sich um *ihn*.« Ich hab ihm den Arm gedrückt. Er hat hinter seinen verschmierten Augengläsern genickt und ist wieder reingegangen.

Die drei Patienten sind ernst geworden, wie sie mich gesehn haben, meinen Knöchel. »Tut mir leid, daß ich mich vorgedrängt hab und so.« Ich hab die Achseln gezuckt und heroisch gelächelt. »Es ist nur . . . mein kleiner Junge, er . . . und die . . .«

War mir zuwider, daß mich wer von den Ersten Baptisten so gesehn hat. Emily würde bestimmt sagen, es wär eine Strafe Gottes. So denken diese Menschen.

Auf der Straße war nicht viel los. Ich hab mir die sechs Topfpflanzen auf der Veranda angeschaut. Ein paar hätten dringend gegossen werden müssen, eine war eine riesige Giftige Dieffenbachie. Zwei junge Hunde haben sich gegenseitig am Hinterteil beschnuppert. Wie der eine den andern bestiegen hat, wollten ein paar Jungen die beiden trennen. »Laßt sie«, hab ich von Docs Veranda geschrien. Und dann: »Tut mir leid.« Aber die Jungen haben bloß gekichert. »He, Roy, laß sie ficken. Hörst du nicht, was die Dame sagt?« Ich hab mich in den Schaukelstuhl gesetzt, den einzigen, der da war, und wär so gern heimgelaufen, die andern beruhigen, hab mich aber nicht weggetraut. Wenn die Leute vom Gesundheitsamt kommen und sie unter Quarantäne stellen täten, solang ich noch weg war, würden sie zu Tode erschrecken. Sie würden für Archie sofort das Schlimmste befürchten, und das hab ich nicht zulassen können.

Er hatte mich erkannt. Ja, hab ich mir gesagt, und geschaukelt und genickt. Sehr gutes Zeichen, hat der Doc auch gesagt, ja. Vierzig Minuten hab ich da draußen gesessen und gewartet. Jeder weiß, wie dehnbar die Zeit ist. Diese vierzig Minuten, nur um dir ein Beispiel zu geben, wenn man die in Land verwandelt hätte statt Zeit, also das wär die Antarktis gewesen, von einem einzigen Menschen auf Händen und Knien vom einen Ende bis zum andern erforscht. Mir war unheimlich kalt da draußen. Ich hab nicht nach meiner eigenen Verletzung gesehn. Der *neue* Pakt war: Wenn ich den ganzen Fuß verlier, bleibt Archie am Leben. Ich hab mir meinen Mann vorgestellt, als Kind, wie ihm sein Bein erhalten geblieben war dank den Pistolen in den Händen von einem guten Freund. Wie könnte man einem für so was danken? Was hatte ich anzubieten, wen konnte ich berauben, um die komische Rübe da drin zu retten?

Er hat mich erkannt und sein koboldhaft simples Grinsen gezeigt. Ein gutes Zeichen. Sogar der Doc hat das gesagt. Wir werden sehn.

Cap ist gekommen, fast im Laufschritt. »Scharlach kann's nicht sein«, hat er als erstes gesagt, und es hat wie ein Befehl geklungen. Ich hab genickt, bereit, ihm wenigstens darin zu gehorchen. »Lou hat mir von dem furchtbaren Fieber erzählt«, hat er gesagt. »Aber Scharlach hat Archie nicht, das kann überhaupt nicht sein. Ist nur draußen auf dem Land, die Krankheit, sagen alle. Wieso rennst du mit einem blutigen Knöchel rum?«

Ich hab seine Hand genommen. Und den Mund verzogen. »Entschuldige«, hat mein Mann gesagt und sich neben mich gesetzt. »Entschuldige. Manchmal geht's mit mir durch. – Er ist unsere Frohnatur, Archie. Man freut sich drauf, ihn aufwachsen zu sehn. Entschuldige.« Hat mein Mann gesagt.

Ich war dankbar, daß ich noch nichts hatte sagen müssen.

Wir haben bloß dagesessen, er auf dem normalen Stuhl neben mir. War nett. Die Pranke von einem andern Menschen auf seinen eigenen Fingern spüren – ich kann dir gar nicht sagen, wie beruhigend das für mich in dem Moment war, wie kostbar. Er war mein Partner gewesen bei Archies Zeugung, und jetzt hatte er im Geschäft alles stehn- und liegengelassen, um das mit mir gemeinsam durchzustehn. Auch das war ein sehr gutes Zeichen für die Zukunft von unserm intelligenten Sohn, ja. Das hat mich wenigstens halb wieder vom Südpol zurückgeholt. Wir hatten unsere Meinungsverschiedenheiten, der Captain und ich, aber in Notfällen . . . Er hat gefragt: »Wie ist das passiert?« Ich hab gewußt, er meint meinen Knöchel, hat's aber nur erwähnt, um . . . das Gespräch nicht versiegen zu lassen. »Weil ich so schnell hierher gelaufen bin.« Dann hat er gesagt: »Wir haben mit den unsern großes Glück gehabt bis jetzt, Lucille. Höchstens mal die Masern. Sehr großes Glück. Wollte Gott, daß es so bleibt.«

»Ja«, hab ich gesagt. »Ja.« Aber ich fand, daß er zuviel redet. Bringt Unglück.

Zwei von den drei Patienten sind gegangen, und ich hab ihnen angesehn, daß sie nicht drangekommen sind, daß sie ungehalten waren, aber nicht laut schimpfen wollten. Sie haben sich mit dem respektvollen Kopfnicken von uns verabschiedet, mit dem man sich vor dem Unglück verneigt.

Doc Collier hat hinter mir was gesagt. Ich hab mich umgedreht und gesehn, daß er klitschnaß war, vom Eiswasser, vom Schweiß, und die Brille ihm fast von der Spitze seiner langen Nase gerutscht wäre.

»Darf ich?« Ich bin aufgestanden und hab mit gestrecktem Finger angedeutet, daß ich sie ihm raufschieben will.

»Ja, bitte, vielen Dank.« Der Doktor hat Cap zugenickt. »Rühren!« hat er gesagt und damit gemeint, wir sollen es uns wieder bequem machen, ein militärischer Befehl. Ich hasse militärische Befehle, kein allzu günstiges Omen in so einem Augenblick.

Doc Collier hatte die freundlichste Stimme, die du dir denken kannst, genau wie seine Sprechstundenhilfe. Seine Zwillingstöchter, die Flötengenies, waren mit einem Zeitungsjungen durchgebrannt, der ein Drittel so alt war wie sie, und seitdem war der Doktor, wie die Leute behaupteten, vergeßlich und hat zu viele Rezepte ausgestellt. Es hat sogar geheißen, er hätte die alte Mrs. Helms tablettensüchtig gemacht, aber *ich* hab ihm vertraut.

Ich hab dran gedacht, wie sehr es einem hilft, wenn der alte Hausarzt und seine alte Sprechstundenhilfe beide so freundlich und herzlich mit einem reden. »Lucille«, hat seine Stimme jetzt gesagt, »Lucille, es sieht gar nicht gut aus. Er hat schon Zuckungen. Das ist das Fieber. Das ist jetzt die Krise. Manchmal geht es so schnell. Waren Sie mit ihm in der Stadt in letzter Zeit? Er ist noch so klein, und die Krankheit ist sehr ansteckend.«

»Es ist kein Scharlach«, hat Captain unsern Doktor aufgeklärt. »Weil der ist nur draußen auf dem Land.«

»Doc, ich hab ihn zu Lucas mitgenommen, in seinem Wagen. Was hätt ich machen sollen. Ich hab einkaufen müssen. Man muß ja leben.«

»Schon gut, bleiben Sie beide nur ruhig sitzen. Vielleicht geht's ja doch noch gut aus. Schauen Sie –« er ist kurz verschwunden und mit einem Tablett wiedergekommen »– ich hab Ihnen beiden eine schöne Cocola gebracht, auf einem Tablett.«

Ich hab auf die eiskalten, angelaufenen Gläser gezeigt. »Eis«, hab ich gesagt. »Haben Sie wirklich genug da drin? Brauchen Sie das nicht? Übrigens, Ihre Pflanzen müßten mal gegossen werden. Er hat mich erkannt, gell, Doc? Sagen Sie's Cap. Ein gutes Zeichen, hat der Doc gesagt.«

Dann ist Schwester Milgrom rausgekommen und hat sich die Hände mit einem Handtuch abgetrocknet. »George? Besser, du gehst mal rein.« Noch nie hatte ich sie oder sonstwen Doc Collier mit Vornamen anreden hören. Dann hat die Schwester gesagt: »Ich fürchte ... es ist gegen uns gelaufen.« Der Doktor ist ganz schnell rein, war aber gleich wieder da. Hatte er in der kurzen Zeit überhaupt nachsehn, *richtig* nachsehn können? Ich meine nur, man will's ja genau wissen.

Sie haben beide so merkwürdig geschaut, wie sie da gestanden haben, beide in Weiß, Schulter an weißer Schulter. Ich kann dir's nicht beschreiben. (Ich hab – insgeheim – gewußt, daß sie seit vierzig Jahren ein Liebespaar waren. »George«, hatte sie gesagt. Der Tod hatte sie für, ja vielleicht für zwanzig Sekunden vergessen lassen, es zu verheimlichen. *Ihm* ins Gesicht zu schauen, hat ihnen angst gemacht, und so sind sie für einen Moment näher zusammengerückt, dann hat die Distanz sich wieder zu Wort gemeldet. Ich hab das irgendwie aus dem Augenwinkel mitgekriegt. Hat mich traurig gemacht, ihr Geheimnis, sogar ihr Glück hat mich traurig gemacht.)

Der Doktor hat Captain die Hand auf den schwarzen Jackenärmel gelegt und gesagt, es tät ihm so leid, wie einem Menschen nur was leid tun kann. »Aber dergleichen geschieht«, hat er mit seiner Kirchenchorstimme gesagt.

»Das kann ich nicht glauben«, hab ich geantwortet. Es hat lebhaft geklungen, falsch. »Mann, es ist keine drei Stunden her, da hat er noch einen gesunden Appetit gehabt und Gesichter geschnitten, du kennst ja unsern Archie ...«

»Ich bringe Ihnen eine schöne Cocola auf einem Tablett«, hat Schwester Milgrom gesagt.

»Schon geschehn.« Doc Collier hat auf die Gläser gezeigt.

Ich hab laut, zu laut gesagt: »Was kümmert's mich, ob irgendwas auf einem Tablett ist? Soll uns das jetzt vielleicht helfen, was zu trinken auf einem Tablett?« Mein Mann hat mich am Arm gepackt. Ich hab ihn abgeschüttelt, hab allen den Rücken zugekehrt. »Es ist bloß, es dauert so lange, bis sie endlich zur Welt kommen, und dann ist auf einmal alles so schnell aus. – Hab ich nicht recht? Es geht so schnell ...«

Captain hat mich angefaßt, nervös, weil ich mich dumm benommen hab, und ich wußte, er hatte recht, diesmal *war* ich dumm. Weil ich gesehn hab, wie die beiden Hunde zurückkommen und wieder Anstalten machen, sich zu paaren, hab ich gesagt: »Schau, die zwei Hunde ficken, und unser Kind ist tot. Die können ficken. Und dabei weiß es noch kein Mensch. Wer wird ihn vermissen?«

Ach, Schätzchen, verzeih mir, daß ich das einfach so über dich ausschütte.

Es ist nur, wenn du schon weißt, daß dein Sohn ein lustiger Kerl werden wird – und dir vielleicht gute Gesellschaft leisten wird –, freust du dich schon drauf, daß du später mal deine Freude an deinem Archie hast. Er ist ein Mensch geworden, und auf einmal war er keiner mehr, das ging so schnell wie ein Zaubertrick. Heute erinnert an ihn nur noch ein Marmorblock für neunzehn Dollar, auf dem steht:

Archibald Samuel Marsden
Alter sechs Monate
«Sein früher Heimgang
hat ihn vor späterem Schaden bewahrt.«

Mein Lieber, ich schwör dir, ich spreche nie mehr von ihm.

Worin unsere Heroine ziemlich die Hucke vollkriegt

Und zum Weibe sprach er: Ich will dir viele Schmerzen schaffen, wenn du schwanger wirst; du sollst mit Schmerzen Kinder gebären, und dein Wille soll deinem Manne unterworfen sein, und er soll dein Herr sein.
–1 Mose 3, 16

1

Schätzchen? Wir müssen alle füreinander einstehn, es wenigstens versuchen.

Gestern kommt Jerome hier reingetänzelt, mit einem blauen Band hinter jedem Ohr. Hat sie auf der Handwerksmesse für seine Quilts gekriegt. Mann, war der stolz! Er näht sie alle mit der Hand. Seine Entwürfe lassen die brav traditionellen weit hinter sich.

Ich hab zu ihm gesagt: »Jerome«, sag ich, »ich weiß nicht, was höheres Lob verdient, deine Handarbeitskunst oder dein Schwung, aber wahrscheinlich dein Schwung.« Er hat das Kompliment mit einer Verbeugung quittiert. Hat den Quilt zum zwanzigsten Jubiläum von diesen Sängerinnen gemacht – den »Superbs« oder »Supremes« –, der war ganz Silber, und die drei haben jede ein Mikrophon in der Hand gehalten, und die Schnüre von den Mikrophonen haben eine Art Lasso gebildet, das die wichtigen Erfolgsdaten der Gruppe und ihre Namen ausgeschrieben hat; außerdem hatte jede eine Wildblume über dem Kopf wie einen Heiligenschein. Kein Wunder, daß er *dafür* den ersten Preis gekriegt hat, oder? Wirklich kreativ, der Jerome.

Er hat sich erboten, dem alten Professor Taw einen Quilt für sein kahles Zimmer zu nähn. Da drauf soll Taws Verbrennungstheorie auf viele verschiedene Arten in schönen Stoffen dargestellt werden. Jerome hat schon öfter Auftragsarbeiten für Insassen von Lanes' End ausgeführt (er läßt sie sich teuer bezahlen). Die geben ihm ihre Lieblingssachen von früher, kostbare Kleider, Taufkissen, was du willst. Die Stoffe werden dann nach einem Originalentwurf verarbeitet.

Gestern hat er mir gesagt, alle bisherigen wären bloß Fingerübungen gewesen. Für den einen Quilt, den er deiner alten Lucy hier nähen will. Umsonst. Der Preis ist in Ordnung!

Er hat gesagt, er kommt in sechs Wochen wieder vorbei. Bis dahin soll ich meine liebsten Sachen bereitlegen, Seidenkleider, was auch immer. (Das hat mich in Verlegenheit gebracht, weil die nur vier Kleider von mir mitgenommen haben, wie sie mich hier eingeliefert haben. Die andern müßten gereinigt werden, haben sie gesagt, und sie einfach in den fünf Schränken hängenlassen.) Jerome hat mir erklärt, daß alle seine Quilts Geschichten erzählen. »Und der wird Ihren . . . Lebensstil widerspiegeln, Lucy.«

»Soll mir recht sein«, sag ich. Für Schmeicheleien hab ich immer ein offenes Ohr. »Freut mich zu hören, daß ich überhaupt einen habe. Ich will mal meine Schatztruhen durchsehn und die schönsten Farben für meinen Quilt aussuchen.« Er hat hier getanzt, hat mich umarmt. Ich hab ihm mit einem Händedruck gedankt. Wie er wieder draußen war, hab ich minutenlang gestrahlt. Ich finde, ich bin ein Glückspilz. Warum sind alle so nett zu mir?

Weißt du, Schätzchen, es geht doch nichts auf der Welt über hundertprozentig reine Baumwolle. Darfst mich zitieren.

2

Mein Mann war inzwischen der Uncle Sam vom Alten Süden. Zeitungsreporter haben ihm die Bürotür eingerannt. Er hat sie allesamt empfangen. Er war allemal gut für einen Aufmacher mit seinem Gesicht und einem Mund, der nicht nur patriotische Sprüche aufsagen, sondern auch Geschichten wie »Der Mann, der seine Frau zu sehr liebte« oder »Der Schuh paßt« erzählen konnte. In allen Südstaaten konnte man Versionen von seinen Heiligenlegenden in der Sonntagsbeilage lesen.

Die vielen Einladungen haben unseren Korb-Briefkasten verstopft. Die meisten waren an ihn gerichtet, in manchen hat's auch höflichkeitshalber »und Familie« geheißen. Um ehrlich zu sein, ich war ihm neidisch, wo ich doch erst kurz zuvor aus Christi eigener Kirche rausgeflogen war. Schon bald hab ich mir bei Lucas die Preise für Koffer und Reisetaschen angesehn, Schätzchen. Ich wollte mich absetzen, bevor noch Schlimmeres passierte. Ich hab gespürt, daß was in der Luft liegt, sogar damals schon. Manchmal bin ich in der Nacht aus tiefstem Schlaf aufgewacht. Ein Geräusch direkt bei mir im Zimmer, ein Ruf, wie der Schrei von einem Kindsoldaten neben unserm Bett.

Dann hab ich dagesessen, hab die eine Hand auf mein Brustbein gepreßt und mit der andern nach dem massigen Schläfer neben mir getastet. »Alles Einbildung«, hab ich mich gescholten. Ich hab mich wieder hingelegt, dann die Decke zurückgeworfen und nach allen unsern Kindern gesehn. Ihr Atmen hat ein Dach aus Palmwedeln über mir gebildet, beruhigend und beinah tropisch. Ich hab mir den Palmen-Harem auf der Seitenveranda von McClouds Herrenhaus in seinen besten Indigo- und Steinway-Tagen ausgemalt. Hab mir Castalia in Afrika unter Palmen vorgestellt, die ganz mit ausgefransten Orchideen überwuchert waren. Hab die Hand auf die Bettdecken von meinen Kindern gelegt. Und dann bin ich beruhigt zu einem Bett zurückgekehrt, das über einem Waffenarsenal gestanden hat.

(Zu meiner Zeit haben Ehemänner in Läden und Büros gearbeitet. Wir Frauen haben uns um den Haushalt gekümmert. Heute gehn die Frauen in Läden und Büros *und* kümmern sich um den Haushalt. Soll das Fortschritt sein?)

Weil Billy Preston letzten Samstag bei uns übernachtet hatte, wollte Ned am nächsten Freitag zu Billy. Ich hab ihm gesagt, was die Welt so oft zu mir gesagt hat: »Wir werden sehn.« Captain hat gesagt: »Natürlich.« Das war das, was er meistens von Bankleuten und andern gehört hat.

Ned hat ein sauberes Hemd und zwei Paar Socken eingepackt. Außerdem hat er eine Windbluse mitgenommen. Scheinbar überglücklich hat er sich von mir verabschiedet. Dann hat er in der Küche rumgestanden, als ob er noch was wollte. »Brauchst ein bißchen Geld, Schatz? Zur Überbrückung?« Aber er hat den Kopf geschüttelt, mich mit seinen Augen angesehn und ist gegangen.

Wenn meine Kinder woanders übernachtet haben, sind sie meistens am nächsten Tag mittags gegen eins heimgekommen, ziemlich mitgenommen und verdrießlich, und haben gebrummelt, so was würden sie *nie wieder* tun. Dann haben sie zehn Stunden durchgeschlafen und sich nach dem Aufwachen erinnert, daß es ein Heidenspaß gewesen ist. Captain war an dem Wochenende an der Küste auf der Jagd, und ich hatte vor, mit meiner ganzen Kinderschar einen Film im Cameo anzuschaun. Wie Ned am Samstag nicht heimgekommen ist, hab ich Louisa gebeten, mit einer Nachricht von mir zu Billys Mutter rüberzulaufen. Mrs. Preston hatte Telephon, wir nicht. Cap war absolut dagegen, und mir hat auch nichts dran gelegen. Ich hätte nach nebenan gehn und Ruths Apparat benutzen können, wollte mir aber keine Blöße geben.

Lou war begeistert, mit Billys Mama reden zu können. Die Dame hat in unserm Lokalblatt unter dem Namen Neva tiefsinnige Gedichte veröffentlicht. Ihre Werke sollten bei den Lesern verständnisinniges Nicken hervorrufen, beispielsweise darüber, daß die Kinder ewig die Haustür zuknallen. *Ich* hätte ihr am liebsten gesagt, na ja, *bestimmte* Kinder knallen *bestimmte* Türen zu. In den meisten von Nevas Reimereien sind die Galoschen von einem Kind und sein unaufgeräumtes Zimmer vorgekommen. Mir hat er leidgetan, der Billy, ihr einziges Kind. Vielleicht kriegte er davon ein übertriebenes Gerechtigkeitsgefühl; vielleicht wurde er deshalb später mal Bundesrichter? Wie auch immer, Lou war in Nullkommanichts wieder da, mit einem Brief auf hübschem blauem Papier. »Sie ist ja so intelligent, Mama. Es macht Spaß, mit einer richtigen . . . Schriftstellerin zu sprechen. Ich führ ja auch ein Tagebuch und so, aber *richtige* Schriftstellerin bin ich keine.« Ich hab irgendwas vor mich hingemurmelt. Hat mir nie sonderlich gefallen, wenn die Kinder die Gescheitheit anderer Leute in einem Ton gepriesen haben, in dem sie über meine nie geredet hätten. Außerdem war ich wegen dem Fiasko mit den Ersten Baptisten noch besonders empfindlich. Je höher man steigt, desto tiefer fällt man.

> Liebe Lucille Marsden,
> wir dachten, Sie wüßten Bescheid. Er sagte, Sie seien damit einverstanden, daß er Ned ans Meer mitnimmt. Sie sind gestern abend um sechs losgefahren. Ihr Gatte hat meinem Billy freundlicherweise auch angeboten, an dem Jagdausflug teilzunehmen. Billy und ich waren einigermaßen beeindruckt von der Motorrad-Eskorte und den Staatskarossen. Ich glaube, Billy hätte erwogen, ebenfalls mitzufahren, wenn er nicht zufällig einen Lastwagen voller Hühnerhunde gesehen hätte. Die haben Billy und mir angst gemacht, und Ned vielleicht auch, aber er verstand es offenbar, das zu verbergen.
> Captain M. hat mich freundlicherweise mit unserem jungen Stellv. Gouverneur bekanntgemacht (sehr guttaussehend, das muß man ihm lassen). Wenn ich mich nicht sehr irre, hatte der Stellv. Gouverneur seit der Abfahrt vom Staatskapitol Stunden zuvor schon etwas gefeiert. Dies allein wäre, wie ich gern gestehe, für mich Grund genug gewesen, meinen Sohn hierzu-

behalten. Captain stellte mich dem Stellv. Gouv. als »Dichterin« vor, nicht wissend, daß ich diesen Ausdruck meide. Ich bin der Meinung, es handelt sich um eine unbedeutendere Untergattung, und man sollte daher nicht soviel Aufhebens davon machen. Aber ich weiß natürlich, daß es gut gemeint war. Ich hoffe, ich habe mir nichts vorzuwerfen, weil ich Ned ohne Ihre ausdrückliche Erlaubnis mitfahren ließ, doch da Captain ja Neds Vater ist, fühlte ich mich durchaus berechtigt, den Jungen seiner Obhut anzuvertrauen. Ihre Mitteilung, die Ihre reizende und höchst wohlerzogene Tochter mir überbrachte (ich habe ihr zum Dank einige meiner jüngsten Vierzeiler geschenkt), hat mich beunruhigt, und ich hoffe sehr, keinen Fehler begangen zu haben. Ich weiß, wie sehr uns beiden das Wohlergehen unserer Söhne am Herzen liegt.

»Neva«
Ann Preston

Wir sind trotzdem ins Kino gegangen. Es gab einen Stummfilm über einen Studentenulk, wo einer von den Jungen an das falsche Eisenbahngleis gefesselt wird und ein Bein verliert. Seine Mutter sieht ihn zum erstenmal seit dem Unfall wieder, als er am Stock die Verandatreppe raufgehumpelt kommt – man merkt, wie sie sich bemüht, tapfer zu sein und nicht vor ihm zu weinen. Mich hat das furchtbar mitgenommen. Meine Kinder waren peinlich berührt von den Lauten, die ich von mir gegeben hab. Ich hatte gedacht, diese Geräusche wären durchaus im Rahmen, aber hinterher haben mir ein paar Leute, die ich kaum kannte, gesagt, es hätt sie auch übermannt. Da bin ich mir ganz blöd vorgekommen. Ich hasse das: Jeder *sagt*, daß er manchmal im Kino heulen muß, aber wenn man's selber macht, erntet man vorwurfsvolle Blicke. Hatte bei mir was damit zu tun, daß ich so viele Jahre mit der Narbe an Captains Bein gelebt hatte – einer häßlichen Narbe. Die Chirurgen haben sich (lange vor der Erfindung der Bermudashorts) nicht vorstellen können, daß ein Mann jemals seine nackten Beine zeigen würde, und sich keine Mühe gegeben, die Wunden ordentlich zu nähen. Und dann natürlich auch damit, daß mein Ned mit unrasierten Pokerspielern unterwegs war.

Ich hab meine andern Kinder dazu gebracht, auf dem Heimweg mit mir bei meinen einsamen Eltern vorbeizuschaun. Hab sie damit bestochen, daß ich vorher mit ihnen zu Lucas gegangen bin, der neuerdings eine Eistheke hatte, und jedem ein Eis spendiert hab. Lou hat sich immer Vanille bestellt und diese Vorliebe auch wütend verteidigt. Baby hat das Pistazieneis probiert, die Neuheit der Woche, und hat geschworen, sie würde ihr Leben lang dabei bleiben, was sie dann auch getan hat. Meine Eltern haben sich nach Ned erkundigt, und Lou hat gesagt: »Der übernachtet noch mal bei Billy Preston.« Ich hab sie angesehn und war dankbar, daß Neva ihr nichts gesagt, sie nicht auch noch in Unruhe versetzt hatte. Besser, wenn nur ich wußte, wo Ned wirklich war.

Ich bin lebhaft geworden und hab Witze erzählt, die sogar für meine Verhältnisse ziemlich derb waren. Feilschen mit den Schicksalsgöttern: Wenn man viel lacht, zieht sich das Unglück von einem zurück. Ich hab so getan, als könnte ich auf Mamas Flügel spielen, hab einen Auftritt gemimt wie eine berühmte Konzertpianistin und dann alles grandios vermasselt. Papa mußte es natürlich auch gleich probieren. Die Kinder waren am Schluß so aufgekratzt, daß die Zwillinge ein Bambustischchen umgestoßen haben, wobei ein paar Stückchen von dem geerbten Hirschhuf-Tintenfaß abgesplittert sind, an dem Mama sehr gehangen hat. Sie hat aber gut reagiert, jedenfalls besser, als man erwartet hätte. Trotzdem hab ich dann bald zum Aufbruch geblasen, vor allem, weil ich meine eigenen Gefühle nicht mehr im Griff hatte. Erst hatte ich das Kino in eine Klagemauer verwandelt, und jetzt hab ich mich im Wohnzimmer von meinen Eltern wie ein Clown aufgeführt.

Nachdem ich meine Bälger in die Falle gebracht hatte, ohne einen Blick auf Neds Bett zu werfen (das er richtig ordentlich gemacht hatte, wie er schon wußte, wo er hinfahren würde, dieser Bengel). Ich hab mich gefragt, ob ich überhaupt Schlaf finden würde. Hab mir die Gebete von den Kleinen noch angehört – witzlose Litaneien, aber an dem Abend eigentlich nicht so sehr. »Betet auch für Ned«, hab ich sie aufgefordert. Der wär doch nur bei Billy, haben sie gemeint, aber weil sie meine Launen kannten, haben sie doch eingeflickt: »Und beschütze Ned, falls er's nötig hat.« Erledigt.

Ich hab mich besser gefühlt. Bei Menschen wie mir geht das schnell.

Unten hab ich durchs Küchenfenster ins Dunkle rausgeschaut und Ruths letzte Lucky Strike glimmen sehn. Sie hatte auf ihrer Veranda zugehört, wie ich meine Kinder zu Bett gebracht hatte. Mich hat das unbehagliche Gefühl beschlichen, sie wüßte, daß Cap Ned mit einem Trick aus der Stadt geschafft und meiner Fuchtel entzogen hatte. Wie ich sie da drüben sitzen und immer noch warten sehn hab, daß ihr

Willard endlich zur Vernunft kommt und zu Hause anruft, hab ich alle Lichter ausgemacht und bin ins Bett, wobei mir wieder mal Mamas Tiraden darüber eingefallen sind, daß jeder andauernd andern Leuten Vorwürfe macht. Ich hab versucht, nicht an das Fort Knox voller Waffen in den Vitrinen nur einen Stock unter mir zu denken. (Hab ich schon erzählt, daß er meinen Näh- und Puppenraum requiriert und ein Museum für Schießprügel draus gemacht hatte? War immerhin so feinfühlig gewesen zu warten, bis die mich in der Kirche rausgeschmissen hatten.) »Ich mach keinem einen Vorwurf. Ist ja auch weiter nichts passiert«, hab ich gesagt. Der Schlaf hat mich gerettet.

Wir können gerettet werden.

Wenn gar nichts anderes mehr hilft, rettet uns der Schlaf, Schätzchen. Der Tod wird kommen und uns endlich dorthin bringen, wo wir Frieden haben. Ich hab keine Angst davor. Es gibt Zeiten, da kommt mir dieses lange Leben vor wie eine Schlaflosigkeit, die mich von dem abhält, was ich mir ehrlich verdient hab und sehnlich wünsche.

3

Heute ordnet sich in der Erinnerung alles schön der Reihe nach ein. Daß ich zum Beispiel am nächsten Morgen, um mich zu beschäftigen, beschlossen hab, eine Riesenschüssel Kartoffelsalat zu machen. Hab mir vorgenommen, allen eine Portion abzugeben, Cassie, meinen Eltern, der armen Ruth, einfach jedem. Noch so ein Aberglaube: Sei möglichst nett zu andern, dann klopft das Unglück vielleicht nicht an deine Tür, sondern denkt, du hast dein Scherflein schon im Büro gegeben, und holt sich beim Nachbarn, was ihm zusteht. Trotzdem schon Oktober war, hat sich die Sommerhitze noch gehalten – und überall Fliegen. Bei Lucas hatte ich tags zuvor eine Frau sagen hören: »Ich finde, die Fliegen sind dieses Jahr besonders schlimm.« Und dann hat sie auf Anerkennung gewartet, so als ob sie einen neuen Jupitermond entdeckt hätte. Manchmal kommen Kleinstädte sogar Kleinstädtern kleinkariert vor.

Ich hab jeden Erdapfel gekocht, den ich im Haus hatte. Zwei Töpfe haben auf dem Herd gestanden und dieses anmutige Geräusch von sich gegeben, das Wasser macht, wenn es sich grollend, aber schicksalsergeben in dichte Luft verwandelt. Mit einem viel zu großen Messer hab ich Zwiebeln gehackt. Eine Schmeißfliege (sie waren *wirklich* besonders schlimm dieses Jahr) hat sich auf meine gewürfelten Essiggurken gesetzt, und wie ich sie verscheuchen will, fahr ich mit der Hand über das bereitliegende Messer und schneide mich richtig tief. Ich sitz da, betrachte meinen aufgeschlitzten Daumen und weiß, das wird lange bluten müssen, bevor's aufhört.

Ich hab mir gedacht: Wenn ich eine alleinstehende Frau wär oder sogar eine Neva, würde ich jetzt zu Doc Collier rennen und mir die Wunde mit fünf Stichen nähen lassen. Aber da ich nun mal ich war, habe ich bloß die ganze linke Hand in eine alte weiße Schürze gewickelt, die im Nu blutdurchtränkt war, und einfach weitergemacht. Ich wollte edelmütig und fleißig und tüchtig erscheinen – reiner Selbsterhaltungstrieb. Meine Kinder haben auf dem leeren Grundstück geschaukelt und gelärmt. Die Kirchenglocken haben angefangen, um die Wette zu läuten – hab ich dir schon mal geschildert. Ich hatte den Kindern gesagt, sie bräuchten heute nicht zur Kirche zu gehn, weil die Baptisten mir in einem Brief nach dem Rausschmiß obendrein noch mitgeteilt hatten, meine Hickorynuß-Gestalten wären »Götzenbilder« gewesen! Kannst du dir das vorstellen? Ich hab gehört, wie sich Lou von den Zwillingen anschieben läßt und bei jedem Stoß einen Vers aufsagt:

> »Fliegt ihr so hoch mit der Schaukel wie ich
> Bis in den Himmel hinein?
> Nichts kann für Kinder, für dich und für mich,
> Schöner als Schaukeln sein!«

Ruths Telephon hat geklingelt. Ich kann's normalerweise nicht ausstehn, wenn jemand sich beim Erzählen allzu oft unterbricht, so als wollte er den Erfinderlohn für die Gesamtheit aller Geschichten einheimsen, statt sich mit dem Lob für die eine zu begnügen, die er grad erzählt. Aber wenn ich mit meinem zahnarmen Mund »Ruths Telephon hat geklingelt« sag, krieg ich so einen Schub von mitfühlender Wut und Trauer, daß ich meine, ich muß einfach eingreifen. Dann möcht ich am liebsten das Leben zensieren und diesen Teil rausschneiden. »Welcher Teil von dem Ausflug hat dir denn am besten gefallen, Mama?« haben mich die Kinder oft gefragt, sogar nach einem Besuch bei Castalia. »Diesen Teil« würde ich in einer heilen Welt überspringen, aber unsere ist halt alles andere als heil. Also bleibt er drin. Komm weiter. Wir müssen.

Ruths Telephon hat geklingelt. Bei dem Geräusch hat Gladys, die einfältige Colliehündin von den Wilgus', gebellt, um ihre eigene Stimme zu hören. Wegen dem Blutverlust von meinem zerschnittenen Daumen fröstelt mich auf einmal, und ich steh, beide Hände voller Eidotter und Selleriesamen, vor dem Büfett mit den geschälten, abkühlenden Kartoffeln und zieh mir grad die ausgeleierte braunrote Strickjacke an, da seh ich die arme Ruth ganz aufgelöst an unserer Fliegendrahttür stehn.

»Es ist für dich, Lucille. Ich sag's dir besser gleich, es ist was passiert.«

»Und, was weiter?« Es ist patziger und schnippischer rausgekommen, als es gemeint war. »Was sagen sie denn? Ich bin beschäftigt, Ruth. Willst du nachher ein bißchen Kartoffelsalat? Weil, ich mach nämlich eine Riesenschüssel.«

»Lucy, du mußt an den Apparat kommen. Mir sagen sie nicht alles, sie wollen dich.« Sie hat richtig geheult da draußen.

Ich kann dir nicht erklären, Schätzchen, wie sehr ich Ruth in dem Moment gehaßt hab. Sie mußte natürlich ein Telephon haben, damit andere Leute ihre schlechten Nachrichten schneller bekommen.

»Komm rein, Ruth, Schätzchen.« Ich hab mir die Hände an der Schürze abgewischt. »Entschuldigung – bin gleich da.«

Die arme Ruth ist in meine Küche geschlüpft, als ob sie am liebsten unauffälliger, unsichtbar wär. Eine qualmende Zigarette hat ihr aus dem Mundwinkel gehangen, und es hat ausgesehn, als wär *die* der Grund für ihre Heulerei. Irgendwie ist mir das wichtig vorgekommen.

Ich hab mir die Schürze von der zerschnittenen Hand abgewickelt, der rote Daumen war ganz mit Eidotterbröseln gesprenkelt. Ich bin Ruths Blick gefolgt und hab gesehn, daß das Blut auch auf meinem Waschkleid und auf ein paar von den weiß schimmernden Kartoffeln auf dem Büfett war. Vom Zwiebelschneiden ist mir noch das Wasser aus den Augen gelaufen.

»Hab mich geschnitten«, hab ich mich entschuldigt. »Nicht weiter schlimm. Von wo kommt der Anruf?« Ich hab vorsichtig hinter mich gegriffen und mich am Büfett festgehalten.

»Von irgendwo draußen hinter Duck. Ich kenn den Mann nicht. Es hat so was wie einen . . . Unfall gegeben. Scheint, daß anscheinend jemand verletzt worden ist, Lucille.«

Ich hab gesagt: »Aha. – Ruth, ich hab keine Zigarette mehr geraucht, seit ich zehn war. Aber laß mich mal an deiner ziehn, bitte. Beruhigt doch, oder?«

Sie ist näher gekommen, hat das Ding zwischen den Lippen rausgeholt und mich dabei von Kopf bis Fuß gemustert. Da hab ich versucht, mich mit ihren Augen zu sehn: Der aufgelöste Dutt am Hinterkopf, die ausgebeulte Strickjacke, das Blut an der Hand und auf der Schürze, die tränenden Augen, überall die Eidotterkrümel. Ich hab mir ein Küchenhandtuch geholt und mir die linke Hand bandagiert wie ein Boxer. Und dann einmal tief eingeatmet.

Dann ist Ruth zurückgewichen, hat sie geschluchzt: »Du armes altes Ding.«

Ich war neunundzwanzig. Sie war einunddreißig.

Sie ist vorgegangen, zur Haustür raus, die Stufen runter und durch das Türchen im Gartenzaun zwischen unserm und ihrem Grundstück. Louisa hat sofort den Zwillingen gesagt, sie sollen sie nicht mehr schaukeln, wie sie mich gesehn hat. Sie hat immer alles im ersten Moment mitgekriegt, aber vielleicht hab ich das auch falsch in Erinnerung, einfach weil ich möchte, daß noch jemand aus meiner Familie so aufmerksam war.

Ruths Eichenholz-Telephon hat an der Wand gehangen. Sie hat sich an den Tisch gesetzt, betont umständlich zwei Zigaretten angezündet und ihre sauberen Aschenbecher bereitgestellt, als ob sie mein Gespräch nicht mitanhören könnte, solang sie ihre Hände beschäftigt. Aber es war natürlich ihr Haus, ihr Telephon. Ich hätt Ruth am liebsten gebeten, Louisa reinzurufen, doch das wäre Lou gegenüber unfair gewesen, sie war noch so jung. Aber ich hätte bei dieser Geschichte schon gern wen von meiner Familie dabeigehabt.

»Hier Lucille Marsden. Mit wem spreche ich? Wer ist verletzt? *Ist* überhaupt jemand verletzt?«

Aus der Leitung kam nur ein langes Knattern. Hätt mir grade noch gefehlt, daß die Verbindung unterbrochen ist! Schließlich hat eine Männerstimme zu wem gesagt: »Geht mal einer und sagt June, die Mrs. Marsden ist dran. Hier, June. Gut, June, du sprichst. Sollte eine Frau machen.« Ich hab Füßescharren gehört.

Mit geschlossenen Augen hab ich mich schräg an die weißgestrichene Wand gelehnt. Ich hab das Kinn auf die Brust gedrückt und bin gebeugt dagestanden, als ob ich gleich einen Schlag auf Rücken und Schultern kriegen sollte. Hab mir fest vorgenommen, mich wenigstens richtig zu verhalten. In letzter Zeit hatte ich aus den verschiedensten Gründen so oft verrückt gespielt. Das Unglück schlägt ohne Ansehn der Person zu. Es passiert immer mal was. Schlimmere Sachen sind schon besseren Menschen wie mir zugestoßen, hab ich mir gesagt.

Aber, Schätzchen, ich hab genau gewußt, was ich mir wünsche. Und ich hatte Angst, es mir einzugestehn, aber ich hab's mir eingestanden. Wahrscheinlich war einer von meinen beiden Jägersmännern umgekommen oder verletzt worden, ja? Wenn es denn einer von beiden sein mußte . . . weiß Gott keine Frage, für welchen ich mich entschieden hätte. Nachdem Cap mir diesen üblen Streich gespielt und meinen Jungen hinter meinem Rücken zum Spielen mit Gewehren aus der Stadt geschmuggelt hatte? Keine Frage. Und ich hab auch kein schlechtes Gewissen dabei gehabt. War dabei zu lernen, mir nicht immer so viele Gewissensbisse zu machen. Man braucht lang, um das zu lernen.

»Ja«, hat die Frau gesagt. »*Ist* sie's, Jim? – Ja bitte, sind Sie da?« Ich hab ja gesagt. Gut, hat sie gemeint, und dann, Jim möchte ihr bitte einen Kaffee bringen. Und: »Ja, die andern meinen, ich soll es Ihnen sagen. Ich wohne gleich neben unserem Gemischtwarenladen hier unten in Duck. Ich bin June. Wissen Sie, die haben mich drum gebeten. – Darf ich fragen, ist da die Mutter?«

Ich hab Ruth gewinkt, sie möchte mir einen Stuhl bringen. Sie hat ihn mir untergeschoben, und ich hab mich in aller Würde draufgesetzt, wirklich.

»Liebste«, hat die Frau gesagt. »Die haben mir das aufgetragen. Sie sind seine Mutter?«

»Wahrscheinlich«, hab ich gesagt. »Wie schlimm ist es? *Bitte* sagen Sie mir's schnell, Madam.«

»Er lebt, keine Sorge. Es ist nur . . . Es hat einen Unfall gegeben. Sie haben ihn ins Krankenhaus bei Wilmington gebracht. Soll wirklich gut sein. Der, dem sein Gewehr losgegangen ist, war der eine mit dem weißen Bart – angeblich war das Gewehr nicht gesichert –, er hat dem Jungen einen Stacheldraht aufgehalten, ja? Ein Schuß hat sich gelöst, in der Richtung auf den Jungen. Er wird wahrscheinlich durchkommen. Das ist es also nicht, nein. Er hat eigentlich nicht den Schuß selber abgekriegt, sondern die Verbrennung, Glück im Unglück. Aber wissen Sie, er hat's eher in die, na ja . . . Hören Sie, ist jemand bei Ihnen? Sind Sie in der Nähe von zu Hause?«

»Ja, bei einer Nachbarin. Nicht weit von zu Hause. Meine Kinder sind draußen, meine andern Kinder, bitte sagen Sie mir alles, hören Sie nicht auf.«

»Ja, wissen Sie, meine Liebe, es sind die Augen. Es ist mehr, der Junge hat . . . es geht um die Augen.«

»Sie sind verletzt? Bitte, sie müssen mir alles sagen, Mrs.? Miss? Sie müssen mir wirklich genaue Angaben machen. Sie dürfen mir nichts verschweigen, jetzt, wo ich schon soviel weiß. Bitte.«

»Na gut. Erst war schwer zu sagen, was ihm fehlt, wie sie ihn hier reingebracht hatten – Sie wissen, wie so was ist, ich meine, bei jedem Unfall fließt Blut, aber ehrlich gesagt, ich glaube, die Augen haben was abbekommen . . . Ich würde sagen, sie sind so stark verletzt, daß sie . . . Also, ohne Umschweife, na ja, sie sind mehr oder weniger, die Augen, also die sind ziemlich stark versengt, verbrannt, meine Liebe. Aber *ihm* geht's gut. So ein tapferer kleiner Soldat die ganze Zeit. Wir alle hier in der Nachbarschaft, wir kommen immer noch nicht drüber weg. *Er* hat den mit dem Bart getröstet – sein Opa? *Der* ist jetzt völlig am Boden zerstört, weil er weiß, daß *er's* ihm angetan hat. Er hat uns gesagt, ruft an. Die Polizei hat ihn mit Sirenen weggebracht. Ich hab hier eine Telephonnummer von dem Krankenhaus.«

»June? Ich geb Ihnen jetzt wen andern, June, die schreibt die Nummer auf, ja? Aber wissen Sie, June, ich möchte Ihnen danken dafür, daß Sie das übernommen haben. Ich kann mir vorstellen, wie das ist, sogar wenn's eine Fremde ist, der man's sagen muß, und bitte sagen Sie auch Ihre Adresse durch, weil ich möchte Ihnen schreiben, sobald ich dazu komme, oder Ihnen eine Kleinigkeit schicken. June? Ich heiße Lucy. Ich danke Ihnen.«

»Keine Ursache, meine Liebe. Sie hätten das für meinen Jungen auch getan. Allerdings hab ich lauter Töchter, da bin ich froh.«

»Ja, das können Sie sein. Hier kommt jemand für die Nummer.«

Ruth hat mit Block und Bleistift bereitgestanden. Ich hab ihr gedankt. Während ich mit June aus Duck gesprochen hatte, war mir aufgefallen, daß unter einem Tischchen eine Theater- und Musikzeitschrift lag. Auf dem Versandetikett stand als Empfängerin Baby Marsden, aber mit Ruths Adresse, und da hab ich gewußt, daß die arme Ruth alle möglichen Sachen für meine Kinder abonniert hat, bloß um sie ab und zu mal bei sich zu haben. Ich hab ihr noch mal gedankt und bin rückwärts raus. War auch wirklich allen dankbar.

Louisa hat sich draußen an Ruths Fliegendrahttür die Nase plattgedrückt und sich die Hand über die Augen gehalten, um reinsehn zu können.

»Wir gehn«, hab ich gesagt, und sie ist von der Tür weg. Kaum war ich in der Sonne, hab ich niesen müssen. »Es geht um deinen Bruder«, hab ich gesagt. »Papa hat Ned auf die Jagd mitgenommen.«

»Mit Billy Preston?«

»Nein, Billys Mama hat so eine Ahnung gehabt und ihn nicht mitfahren lassen. Und ich, ich war ganz ahnungslos, Lou.«

»Was ist denn passiert, es ist doch was passiert?« hat sie gefragt und meine Hand genommen. Wir waren schon bei uns im Garten. Haben bei der Wäscheleine gestanden, auf der nasse Bettwäsche gehangen hat, trotzdem Sonntag war und die meisten Nachbarinnen es »unmöglich« fanden, am Tag des Herrn Wäsche zu waschen. Wir sind so nah an den feuchten weißen Laken gestanden, daß eins davon sich bei einem Windstoß wie eine kühlende Kompresse an uns gedrückt hat. Ich hab Louisa in den Arm genommen, sie war noch ein Kind, aber fast schon größer wie ihre Mutter. Ich hab leise zu ihr gesprochen. Das Laken ist sanft gegen uns geklatscht, ganz kühl, herrlich. Ich mußte Louisa sagen, was passiert war. Ich konnte es nicht mit normaler Lautstärke sagen, weil ich wußte, wie sehr sie das – mehr als ihre erste Monatsblutung – verändern würde, wahrscheinlich. Und ich wollte nicht, daß sie sich verändern.

»Ned lebt«, hab ich geflüstert. Dann: »Es hat einen Jagdunfall gegeben, ein Gewehr ist losgegangen, keiner ist schuld, aber da sind Verbrennungen, möglicherweise an den . . . Augen. Neds Augen sind verbrannt. Aber wir können hoffen. Wir machen weiter wie immer, bis wir mehr erfahren. Ruth ruft in dem Krankenhaus an.« Ich hab gesagt, wie nett sie gewesen ist und daß ich mich schäm, weil ich immer so abweisend zu ihr war. »Und eine Frau von da unten hat's mir erzählt, und sie war einfach unglaublich nett. Ist bestimmt schwer, jemand so was zu sagen.«

Louisa hat sich nichts anmerken lassen, bloß aus ihrer Unterlippe ist das ganze Blut gewichen. »Neds Augen? Doch nicht *Papas* Gewehr?«

»Doch, leider, Schätzchen. Aber wir müssen hier erst mal weitermachen. Ich glaub, ich weiß, was wir tun können. Wir nehmen uns was vor, bis wir Genaueres erfahren. Komm, hilf deiner Mama. Weil – einmal muß Schluß sein. Ich setz dem jetzt ein Ende. Ich will das Zeug nie wieder in meinem Haus haben. Was bin ich doch blöd gewesen. Ich hätt wissen müssen, mit wem ich zusammenleb.«

Schätzchen, in dem Moment bin ich zu einer Naturgewalt geworden. Ich bin losgegangen, die Gewehre holen, und es war, als ob ich ein Wespennest ausräuchern wollte, bis hin zum letzten von diesen giftigen Viechern. Ich hab mich in eine strahlende Göttin der alten Griechen verwandelt, und Lou neben mir wurde meine tüchtige Schwester. Es war bald ein Gefühl wie Fliegen, Licht und Rache vermengt – dieser hellste Punkt, wo das Sonnenlicht sich in die Farben vom Regenbogen aufspaltet, der eine Welt in Brand stecken kann wie Papier. Vorbei an meinen andern Kindern unter dem riesigen Walnußbaum und seinem schwarzen Autoreifen, der wie ein Euter runtergehangen hat. Sie haben alle zu mir hergesehn und alle einen Laut gehört, der zu dünn und zu schmerzlich war, als daß ihn fremde Ohren wahrgenommen hätten. »Ned!« Sie haben sofort gewußt, was los ist, und ich hab gespürt, wie das Verstehn in ihre Körper eingezogen ist, und so sehr ich ihren Vater dafür gehaßt hab, was er ihm da unten angetan hatte, fast noch mehr hab ich ihn dafür gehaßt, daß er Neds Geschwister alle gezwungen hatte, sich einer Welt zu stellen, in der sich Verbrechen ausbreiten und sich nicht verhindern lassen und eine Sekunde Unaufmerksamkeit das Leben anderer für immer verändern kann. Ich glaub, was wir in dem Moment gehört haben, war der Schrei von einem Kind, das *nicht* geschrien hat auf dem mit Sägemehl bestreuten Fußboden von einem Laden, einem Jungen, der versucht hat, die Gefühle von seinem Papa zu schonen, einem Jungen, der seinen Mund nicht trauern lassen wollte darum, daß über dem Mund keine Augen mehr waren. Unsere stummen Köpfe haben ein Geräusch aufgefangen, das Ned sich versagt hatte, und wir haben seinen Schrei entgegengenommen, ihn gehütet und, oh, so hochgeschätzt. Aber scheinbar waren wir stumm. Alle meine Kinder hatten große Augen, weil sie's jetzt wußten. Aber auf der Straße sind die Leute zur Kirche gegangen, die Frauen mit ihren zu den Kleidern passenden Handtaschen, in Pastelltönen. Keiner hat's gewußt. Noch hat's keiner gewußt.

»Also gut, eins nach dem andern«, hab ich mir gesagt. Ich hab das Rasseln gehört, wie jeder Atemzug in mich reingefahren ist und mit verbrauchter Luft wieder rausgedrängt hat, mich wach und bei mir selbst gehalten hat, ein zielbewußter Racheengel.

In meiner kühlen Küche hab ich mir den neuen Besen mit dem

blauen Stiel gegriffen. Hab meine heile Hand in Lumpen gewickelt, um die blutige Faust hatte ich nach wie vor das blutige Handtuch, wollte ja nicht alles andere versauen. Dann hab ich mir aus dem Schuppen mit den alten Lockvögeln ein Paar hohe Gummistiefel geholt, und wie ich sie anhatte, bin ich in seinen Trophäenraum rein, meine einstige Nähstube, hab mich eingeschlossen.

Ich hab Lou gesagt, sie soll mir jede lebende Seele vom Leibe halten, bis ich fertig bin, ganz gleich, was sie für einen Krach hört. »Ja, Madam.« Ich hab an drei der zwölf Messingschlösser gerüttelt – die Schlüssel hatte er mitgenommen. Er hatte überhaupt alles dabei. Ich hab nachgesehn, in welchen Vitrinen leere Fächer waren. Hab mir vorzustellen versucht, wie das Gewehr aussieht, das meinem Sohn das angetan hatte, dann aber diese Gedanken verscheucht. Mit dem Besenstiel hab ich zwölf riesige Spiegelglasscheiben zerschlagen, gegen die sonst eigentlich nichts einzuwenden war. Geschickt bin ich den vielen eisigen Zickzackscherben ausgewichen, die mich, auf Unheil aus, anspringen wollten. Nicht mit mir! Das Geklirr hat die Leute aus der ganzen Nachbarschaft zusammenströmen lassen. Hatte ich kommen sehn. Die halbe Gemeinde der Ersten Methodisten hat sich auf dem Flur gedrängt, vor der Tür von meiner Stube. Blutegel! (Ich hab hinterher zwei volle Tage nicht richtig hören können, so ein Krach war das, und das war mir ganz recht – hat mich von manchem abgeschirmt, was dann gekommen ist.)

Ich wußte, daß June mich netterweise nicht zu falschen Hoffnungen verleitet hatte. Sie hatte mir diesen Gefallen getan, von Frau zu Frau, hatte mich nicht angelogen und war auch nicht überfreundlich gewesen. Das Schlimmste hab ich schon gewußt. Hatte es eigentlich schon gestern im Kino gewußt (war das erst gestern gewesen?). Ich hatte es schon gewußt, wie mich Donnerstag nacht der Schrei von einem Jungen geweckt hatte und ich aufgestanden war, um nach meinen Kinder zu sehn. Vielleicht sogar schon auf meiner Hochzeitsreise oder noch früher.

Als alle Scheiben eingeschlagen waren, hab ich mit dem Besenstiel noch die letzten scharfen Splitter aus den hölzernen Rahmen gebrochen. Dann konnte ich reinlangen und die Waffen rausholen. Raus mit euch. Wie ich die Tür aufgemacht hab (gar nicht so einfach, weil der Boden eine Handbreit hoch mit blaugrünem Glas bedeckt war), wie ich da mit dem ersten Armvoll Waffen gestanden und Louisa gesagt hab, sie soll sie hinters Haus tragen, hab ich besorgte Erwachsene gesehn, in Hemd und Krawatte, die Frauen mit weißen Handschuhn. Ungebeten bei mir im Haus. Am liebsten hätte ich losgebrüllt wie die wilde Winona. An ihren Gesichtern war abzulesen, daß sie schon im Bilde waren. Sie wollten helfen, aber wie üblich wußten sie nicht, wie. Außerdem sind sie vor mir zurückgewichen. Ich muß sehenswert gewesen sein, und dabei hatte's grade erst angefangen.

Ich hab die Sonntagsschul-Erwachsenen hinters Haus geschickt, jeden mit einem Bündel Waffen, das Tausende wert war. Sie haben sich ohne zu murren einspannen lassen, aber so, als wollten sie sagen: »Laßt sie halt.« Sie wußten nicht, wo sie die Dinger anfassen sollten – als ob es menschliche Gliedmaßen wären. Pistolen, Musketen, die ganzen Mordinstrumente sind schon bald stapelweise in unsern Garten gewandert, und keiner wußte so recht, was ich vorhatte. Ich selber auch nicht, bis ich dann Lou sagte: »Mach ein Feuer, Kind. Wir machen einen großen Scheiterhaufen und bringen's hinter uns.« »Ja, Madam.« Ruth hat mitten in einem Grüppchen Leute gestanden, ihnen noch mal alles erzählt und geweint. Ich hab sie gefragt, ob's was Neues gibt, und sie hat mir zugerufen: Sie wären noch nicht im Krankenhaus, würden aber jeden Moment erwartet. Der Stellvertretende Gouverneur hätte zwei Ärzte aus Chapel Hill an die Küste beordert, und Cap lasse mir ausrichten, daß er mir verspricht, es würde alles getan, was getan werden kann, Lucy.

»Glaub ich ihm aufs Wort«, hab ich gesagt.

Lou hat Kienspäne angezündet und ein paar *Herald Travelers* dazugetan, und meine andern Kinder haben jedes ein Scheit in der Hand gehabt und heulend dagestanden und darauf gewartet, sich nützlich machen zu können. Ich hab sie beiseite genommen. Wir waren nie eine Familie, in der man sich ununterbrochen umarmt und einander Küßchen gibt und so. Sie haben ihr Brennholz fallenlassen und sich an mich gedrückt. In meinem Säuberungseifer hatte ich sie ganz vergessen. Hab mich geschämt, wie sie sich so an mich geklammert haben. Ich hab ihnen gesagt, niemand wär schuld. Das war gelogen, aber in ihrem Alter mußten sie das hören. Fünf Minuten lang haben wir so aneinandergeklebt, ein bißchen abseits von den Gaffern.

Seit Cap mit seinen Waffen im *Liberty* gewesen war, sind immer wieder Männer gekommen, die sie sich ansehn wollten. Dieselben Kerle haben jetzt begehrliche Blicke auf die Museumsstücke geworfen, die nackt in der Sonne gelegen haben. Dann bin ich noch ein paarmal ins Haus gerannt. Ans Tageslicht kamen mit Elfenbein eingelegte Pistolen, die in meine Schürzentasche paßten, Duellpistolen mit Rosenholzgriffen und verschnörkelten Elfenbeineinlagen und zwei deutsche Revolver, so schwarz wie Erdöl, mit gedrungenen Nasen wie schreckliche Echsen und eiskalt anzufühlen. In der Schürze hab ich immer noch mehr rausgetragen, ohne mich drum zu scheren, daß wahrscheinlich meine nackten Beine zu sehn waren. Für diese Beine interessierte sich eh schon längst keiner mehr. Ich selber am allerwenigsten.

Ich hab mir eine Schaufel geholt und zu graben angefangen. Dann hab ich kopflos die ersten Gewehre in Lous hübsches kleines Feuerchen gelegt. Ein sehniger schwarzer Teenager sieht die Duellpistolen, ist mit einem Satz neben mir und sagt: »Sind da welche von geladen? Könn keine Gewehr nich ins Feuer legen, wo so viele Leute rumstehn, die gehn einfach los, und was dann?«

Gekränkt hab ich mich bei ihm bedankt. Dann hab ich befohlen, die Dinger sollten alle entladen werden. Ich hab mich als Chefin aufgespielt, aber Chefin von was? Wo hätt ich Hilfe finden können? Die Überprüfung hat den Männern Gelegenheit gegeben zu tun, wo sie schon die ganze Zeit scharf drauf gewesen waren: Sie haben jedes Gewehr in die Hand genommen, es untersucht, in Anschlag gebracht. Die Entladenen im Feuer haben nicht allzu gut gebrannt. Ich hab kapiert, daß die Dinger auch halb verbrannt noch funktionieren würden, die eisernen Schlösser bleiben auch an einem in Holzkohle verwandelten Schaft noch intakt.

Also hab ich geschrien: »Schafft sie weg hier! Schafft sie so weit wie möglich weg von diesem Haus und meinen Kindern! Geht runter zum Fluß damit, schmelzt sie ein, mir ist alles egal! Bloß laßt sie hier nicht rumliegen! Versteckt sie!«

Der farbige Teenager hat sich die Kirschholz-Duellpistolen direkt aus dem Feuer geangelt. Hat sich die Hände an ihnen verbrannt und sie schnell in seinen Gürtel gesteckt wie ein Pirat. Der Junge hat seine verbrannten Hände geschlenkert, aber trotzdem übers ganze Gesicht gestrahlt vor Freude über sein Glück. Ich hab gewußt, daß diese Pistolen mit Einlegearbeiten verziert und vielleicht Kunstwerke waren, aber jedes Kunstwerk an einer Waffe war für mich ein grundlegendes Mißverständnis und deshalb keine Kunst.

Der Junge ist weggerannt, und zwei weiße Männer hinter ihm her, die den Pistolen auf der Spur bleiben wollten, für Cap. War mir schon klar. Andere, die sich gleich einen ganzen Armvoll geschnappt hatten, sind jetzt in alle Himmelsrichtungen verschwunden und haben geschaut, wer denn was erwischt hat. Kaum waren sie von unserm Grundstück, sind sie stehngeblieben und haben ihre Beute bewundert. Ein paar haben über der Straße auf dem Gehsteig gestanden, im Sonntagsanzug, die Bibel unterm Arm, und haben mit ihren unredlich erworbenen Flinten in die Ulmenwipfel gezielt. Ihre Frauen neben ihnen haben zu mir zurückgeschaut, und ich hab in meinem Garten gestanden und war sehr, sehr müde. Mir ist klargeworden, was ich für einen Fehler gemacht hatte. Wenn man die Waffen erst mal hat, was *tut* man dann mit ihnen?

Ich hab mich an das noch lustig brennende Feuer gesetzt. In der Nähe hat ein alter Kissenbezug gelegen, den die Kinder mit Sand und getrockneten Kiefernnadeln ausgestopft und beim Baseballspielen als Schlagmal verwendet hatten. Ich bin zu ihm rübergekrochen und hab mich halb draufgelegt. Meine Kinder sind gekommen und haben sich im Kreis um mich geschart, als müßten sie auf mich aufpassen, bis ich wieder klar im Kopf bin. Wie ich mich da unter der Schaukel ausruh, muß ich aus irgendeinem Grund an Mr. Stevensons Gedichte denken. Ich hab eins aufgesagt, um meine Kinder zu beruhigen:

»Wenn ich erst mal erwachsen bin,
Dann sage ich mit stolzem Sinn,
Daß niemand – und das sag ich scharf -
Mit meinen Sachen spielen darf!«

Die Neugierigen haben uns vom Gehsteig aus beobachtet. Ruths Telephon hat andauernd geklingelt. Ich konnte jetzt keine Neuigkeiten mehr ertragen.

Lou hat neben mir gestanden. Ich hab ihr die Arme um die Knie gelegt und sie an mich gedrückt, ein Ohr an ihrem Bauch, und sie hat mir den Kopf gestreichelt. »Komm, gehn wir rein«, hat sie gesagt. »Die schaun alle her, Mama. Das ist schrecklich. Wir sind im Freien.«

»Zu Befehl«, hab ich gesagt. Ich wollte aufstehn, aber es ging nicht. Ich hab die vielen Leute gesehn, die alle Angst vor mir hatten, vor meiner blutigen Hand, die schlimmer geworden war, vor den vielen Blutflecken.

Louisa hat mir aufgeholfen. Ich bin an den Reifen von der Schaukel angestoßen. Der ist mir jetzt vorgekommen wie ein dunkles Lynchopfer. Ich bin mit meinen Kindern ins Haus. Wir haben uns bewegt wie Menschen, die sich ihrer selbst schämen. Wir haben uns geschämt. Wir hatten das geschehn lassen. Wir waren nicht imstande, unsern eigenen Dreck wegzuräumen.

Castalia, imposant in ihrem Nerz, außer Puste vom Bergaufgehn, die Hände noch mehlig vom Backen, ist in voller Lebensgröße erschienen, hat die andern Kinder Louisa anvertraut, die Fremden aus meiner Küche gescheucht und mich in den Salon geführt. Ich hatte die Möbel dort immer abgedeckt, um sie zu schonen für den Fall, daß mal vornehmer Besuch kommt. Was nie geschehn ist.

Castalia hat sich aufs Sofa sinken lassen und erleichtert geseufzt. Ohne ihren Mantel aufzumachen, hat sie sich die herrlich fülligen Oberschenkel getätschelt. Ich hab gehorcht, hab mich in ihren weiten, tiefen Schoß gekuschelt. Kein Nerz auf der Welt hätte einem in dem Moment mehr Befriedigung, mehr Trost spenden können. Ihre umnerzten Arme haben sich um mich gelegt, ihre Hände haben sich so kühl und weich angefühlt. Der Druck einer menschlichen Hand hat mich so erleichert, ich hab mich geborgen gefühlt, regelrecht mit ihrem Körper verwachsen.

Sie hat nach Kuchenteig gerochen. Nicht nur, weil sie grade vom Backen kam. Sie hatte schon immer diesen hefigen, nahrhaften Geruch um sich gehabt. Ringelblumen, Staub, Basilikum. Ich hab ihre Nerze gestreichelt, als ob's lebende Haustiere wären, die sie mitgebracht hatte, um mich aufzuheitern, hab ins gelbliche Weiß ihrer Augen geschaut, in die tiefschwarzen Iris, die kein Tageslicht aufhellen konnte.

»Schau dich bloß an«, hat Cassie gesagt. »Kein Wunder, daß alle wegrenn vor dir. Sieht aus, wie wenn *du* die aus dem Krieg bist, mit dem Blut überall. Wo hast dir die Hand dran geschnitten, an den zerschepperten Kommoden?«

»Du weißt, worum mein Mann uns bittet, hab ich recht? *Unser* Mann. Er will, daß wir ihn umbringen, Cassie. Er ist wie ein Köter mit Schaum vor dem Mund, der sich im Grunde bloß danach sehnt, erlöst zu werden. Er braucht die Hilfe, die ihm nur der Tod bringen kann.«

Sie hat gemeint, Cap hätte da auch nicht mehr Kontrolle drüber wie ich. Ich sollte mir das Gesicht waschen und mich ein bißchen beruhigen, meine Kinder in einem andern Zimmer versammeln und ihnen sagen, was das alles auf sich hätte, weil ein paar von ihnen – nach ihren Gesichtern zu urteilen – noch gar nicht so richtig begriffen hätten und ich ihnen selbst Angst einjagte. Sie wüßte schon, daß das nicht meine Absicht wär, aber es wär trotzdem so. Die vielen fremden Leute auf unserm Grundstück, das gehörte sich einfach nicht.

Ich war nur eine Handbreit von ihrem Kürbiskopflaternengesicht weg, das immer maskenähnlicher geworden ist, je älter sie wurde. Sie hat Doppelkinne wie Wolkenstores bekommen, so wie ihr Nerzmantel nach und nach gewachsen war. Ich hab gespürt, wie ihre Anweisungen mich beruhigt haben, fast wie ein Narkotikum – ich konnte einfache Sachen machen. Wir alle brauchen in solchen aufwühlenden Momenten so einen Menschen, der sich einschaltet und präzise ist und hilft. Wie unendlich viel Hilfe diese Frau mir schon fürs Leben gegeben hatte. Wie konnte ich mich je erkenntlich zeigen? Ich glaube, ich hab mir in dem Moment so sehr gewünscht, bei Ned zu sein. Ich hab all die aufgestaute Zuneigung auf den Menschen gerichtet, der mir die längste Zeit treu gewesen war.

Ich hab gehört, wie Lou Gastgeberin spielt, und gewußt, daß sie das alt machen muß. Sie hat Fremde gehaßt, war noch schüchterner wie ich. Nichts war so, wie's sein sollte. Mir sind die komischsten Gedanken durch den Kopf vagabundiert, beispielsweise wie sich Gerüche in meinem Haus fortpflanzen – warum, wenn ich Kohl fürs Abendessen koche, die Küche erstaunlich gestankfrei bleibt, dafür aber mein Wäscheschrank, zwei Zimmer und einen Flur weg, scheinbar die ganzen Gerüche allein in sich aufsaugt –, Haushaltsströmungen, die ich nie durchschaut hab. Also, meine Achtung vor dieser befreiten Sklavin, mein Mitleid mit meinem vermißten Sohn, meine Wut auf meinen Angetrauten, das alles hat sich plötzlich zu einem Verlangen verdichtet, das mir ins untere Rückgrat eingeschossen ist und meinen unteren Kadaver schlagartig feucht werden ließ, so wie einem ja bei bestimmten Nachrichten die Tränen buchstäblich aus den Augen springen können. Springen. Ich war ja schon auf ihrem Schoß. War einfach. Ich hab sie geküßt und hab gesehn, wie ihre Augen das zuerst als eine bestimmte Art Kuß akzeptiert haben, aber dann sind die Augen immer weiter geworden, wie sich der Kuß verwandelt hat. Castalia hat mich wiedergeküßt. Aus Mitleid? Hoffentlich nicht. Ich werd's wohl nie erfahren.

Eine Zusammenarbeit, gut, aber da ist ein Kuß draus geworden wie ein gemeinsam gedachter Gedanke. Ich hab nichts mehr gewußt und gespürt außer ihrer massiven schrankgroßen Gegenwart unter mir – und ihrem wissenden Mund. Ich hätte mich für immer in ihren Kopf flüchten mögen. Um uns beide, eingehüllt in ihren schönen, wenn auch ein bißchen geschmacklosen Nerz, hab ich's knistern hören wie von der elektrisierten Luft in einem Zirkus. Ich hab gehört, daß die schwatzenden Leute auf dem Gehsteig immer noch unser großes altes Haus belagern. Waren im Wert von vielen Tausend Dollar waren grade hergeschenkt worden von einer scheinbar verrückt gewordenen Frau, und wer weiß, vielleicht würden auch noch andere Sachen zu haben sein, darauf haben die Leute gewartet.

Wieder hab ich gehört, wie Lou die Haustür aufmacht, das Wort »danke« und das Wort »Eintopf« sagt, also waren die schon im Anmarsch. Wie haben die Frauen die so schnell kochen können? Oder hatten sie ständig einen auf Vorrat für eventuelle Verstümmelungen einheimischer Kinder, besonders solcher von Captain Marsden? Mir war die Unordnung in meinem Haus zuwider, ich fand den Gedanken unerträglich, daß womöglich die Hände fremder Erwachsener meine Zwillinge oder Baby beruhigen, daß sie Lous dünne Zöpfe berühren. – Cas hat mir jetzt gesagt, ich wär nicht die einzige, hat mir erzählt, wie die Marsdens Castalias Mutter umgebracht hatten, erstickt unter der Erde, und ihren Papa verkauft wie einen Sack Kartoffeln. Daß sie's *geduldet* hatten, daß der Aufseher und seine Männer sich an die Sklavenmädchen rangemacht haben, wie die fast noch Kinder waren. »Bückst dich auf dem Feld draußen und Rock rutscht dir hoch? Die Männer komm und haben ihre Hände überall, war nich viel gegen zu machen. Das jetzt gehört da scheints auch irgendwie dazu. Nur ein Unglück mehr. Irgendwas nich ganz richtig im Prinzip, scheints.«

Ich hab genickt. Das war mir klar. Aber ich selber, ich war anderweitig beschäftigt. Ich war dabei, Castalia Marsdens Bluse aufzuknöpfen. War, wie wenn man einen Planeten auspellt. Sie mußte jetzt fast dreihundert Pfund wiegen, wer weiß? Sie hat auf die offenen Knöpfe runtergesehn', überrascht, nicht erschrocken. »Soll das? Hast denn vor, Mädchen? Milch is da keine mehr drin in mein Alter.« »Sehn will ich«, hab ich gesagt. »Sehn. Benehm ich mich hier wie eine Wahnsinnige? Du kannst es mir ruhig sagen.«

Sie hat die Achseln gezuckt. »Geht vorbei. Mußt dich an den Gedanken gewöhn, daß ihm was passiert is. Kommst drüber weg, denk ich. Wie wir alle. Müssen wahrscheins.«

Dann hab ich auf einmal die Weiße rausgekehrt, die Bürgersfrau, die Gewissensbisse kriegt, und hab angefangen, ihre Bluse wieder zuzuknöpfen. Ich hab gehört, wie Louisa dem Anlaß der Blendung ihres Bruders gerecht wurde und zu neuen Essensspenden gesagt hat: »Für uns?« Castalia hat mir auf die Hand gehaun, wegen meinem nervösen Gefummel an ihren Knöpfen. »Meinst, es tät helfen? Weil, sonst hat sie schon die ganze Woche niemand sehn gewollt . . .«

Ich hab zugeschaut, wie die riesigen Hände dünnen Baumwollstoff aufgeknöpft haben. Hab zugesehn, wie das dunkle Fleisch erst ein V und dann ein U gemacht hat und auf einmal alles war, dunkel wie der Nerz, der es umrahmt hat. Ich hab zugesehn, wie die Hände in die zum Zerreißen gespannten Körbe von einem verwaschenen Büstenhalter Größe D getaucht sind, so oft gebleicht, daß er fast samtig war. Hab zugesehn, wie beide Hände mir diese Brüste hingehalten haben. »Also«, hab ich gesagt und selber nicht gewußt, was das bedeuten sollte. »Gut«, hab ich gesagt und mich tatsächlich besser gefühlt, weil ich sie gesehn hab, wen andern gesehn hab. Ich hätte Ned im Arm halten oder selber wieder ein Kind sein mögen. Was ich getan hab, weiß ich nicht mehr. Ihre Brustwarzen waren lachsrosa eingelegt in ein reifes dunkelbraunes Feld. Ihre Handflächen haben die Brüste gehalten, als ob sie große Schlucke Quellwasser aufschöpften. Ihre Brüste direkt vor mir, gebraucht und vollkommen, Abzeichen, Lasten, was du willst – es waren Castalias Brüste. Deswegen hatte mich nach ihnen verlangt.

»Danke«, hab ich gesagt. »Kann's dir nicht erklären. Hilft aber gewaltig.«

»Gib uns noch ein Kuß, und dann machst deine Sachen. Weil die Dinger wieder reinkriegen dauert viel länger wie sie rausschnappen lassen. In meim Alter is alles bißchen mühsam.«

Wir haben fast lachen müssen. Ich hab sie neben den Mund geküßt, aber sie hat gemeint: »Gib uns ein richtigen Kuß. Keiner hat dich genug geküßt, is ein Teil vom Problem.« Und wir haben uns geküßt. Hab mich an jemand Lebendigen gedrückt.

Eine schmächtige weiße Frau ist von der Couch aufgestanden, angeekelt von ihrem blutbefleckten Waschkleid, hat ihre Schürze zurechtgezogen und gefühlt, daß sie eine schnuckelige kleine Pistole in der Tasche vergessen hatte. Pingelig hat sie sich die Frisur gerichtet. Ich war wieder ich, war wieder da.

»Geh raus zu ihn, geh schon.« Cassie hat sich den Pelz über den Busen gezogen, auf einmal schamhaft, und deshalb nur um so liebenswerter. Da hab ich begriffen, daß es sie was gekostet hat, sich mir zu öffnen. Alles, was ich jemals von wem verlangt hab, hat Überwindung gekostet. »Mach ich«, hab ich gelächelt. »Mir geht's gut. Ich hab mir vorgenommen, ich bring ihn bei der ersten Gelegenheit um, und seitdem geht's mir gut.«

5

Wie ich wieder besser aussah, hab ich mich auch besser gefühlt (Spießbürger sind so). Das Gesicht gewaschen, die Hand verbunden, die Haare gekämmt, ein sauberes Sonntagskleid, eine frische Schürze (in der Tasche die eine übriggebliebene Pistole aus der verdreckten). Ich hab mich gezeigt, hab Hände geschüttelt, in Augen geschaut. Die Leute waren scheint's erleichtert. War ihnen anzusehn, daß sie gehört hatten, wie ich mich vorher aufgeführt hatte. Sie haben mich umarmt, als wär ich auf einer langen Reise gewesen und wieder heimgekommen. Ich hab Lou abgelöst. Ihr gedankt. Vorm Haus hab ich Männer reden hören, und erst später ist mir aufgegangen, daß unsere Veranda zu einem Waffenladen geworden war, weil weißt du, die Schießprügel sind nach und nach zurückgekommen. Die Männer hatten gehört, daß Cap auf dem Heimweg ist, und seine Kumpel hatten schon fast das ganze Arsenal wieder beisammen. Gottseidank hab ich das in dem Moment noch nicht gewußt, sonst wär ich heut bestimmt im Gefängnis oder in der Klapsmühle.

Ich hab mich entschuldigt und im Mädchenzimmer noch ein Palaver mit meinen Kindern abgehalten. Hab noch mal gesagt, daß »niemand schuld« ist. Sie waren zwar dabeigewesen, wie ich versucht hatte, die Waffen zu verbrennen, aber trotzdem. Zu Kindern in dem Alter mußte man »niemand schuld« sagen. Ich hab dran gedacht, wie Archie mich mit seinem mißglückten Lächeln angesehn, resigniert seine stumme Frage »Muß das denn sein?« gestellt hatte. Hab versucht, mich auch noch an andere Dinge zu erinnern. Hauptsächlich angenehme.

Die Nachricht hat uns erreicht: Cap würde spät am Abend heimkommen, mich holen kommen. Ich konnte's nicht fassen, daß er Ned in der ersten Nacht seiner Blindheit allein läßt. Aber warum sollte ich mich nach allem andern noch über so einen kleinen Lapsus wundern? Ich hab mich gefragt, sind alle Männer so, oder hatte bloß ich eine Niete gezogen? Ich hab mir meinen Sohn vorgestellt mit verbundenem Kopf, rund und groß wie ein kleiner Globus (je sauberer der Verband, desto trauriger der Anblick).

Waren noch andere Kinder auf Neds Station? Waren die Mütter da? Hoffentlich. Und hoffentlich Schwestern und keine Pfleger.

Ich bin in unsern zweitbesten Salon, und die Gespräche sind verstummt: Ein Mann erzählte grade noch einen Witz fertig. Ansonsten hatte man sich über Blindenschrift und ein Institut in Lumberton unterhalten, in dem Blindenhunde ausgebildet wurden. Ich hab den Betreffenden gebeten, den Namen aufzuschreiben und den Zettel Ruth oder Lou zu geben.

Ich hab mich entschuldigt, bin ins Trophäenzimmer gegangen und hab angefangen, die Glasscherben zusammenzukehren. Saubermachen hat mich in schwierigen Zeiten immer beruhigt. Typisch, daß ich so versucht hab, meine Nervenkrise zu kurieren. Grade hatte ich noch Castalias Brüste angestarrt, und jetzt wollte ich die Welt mit meiner Tüchtigkeit als Hausfrau beeindrucken! Ich hab mich gebückt, um einen Haufen Scherben auf die Schaufel zu kehren, und dabei was Schweres in meiner Schürzentasche gespürt. »Ach«, sag ich, »das kleine Ding«. Ich hab sie gemustert, die letzte Waffe, die – abgesehn von meinen Schlachtermessern – noch im Haus war. Dann hab ich mich fast fröhlich an die Arbeit gemacht und alle Schubladen unter den Vitrinen aufgezogen. Drei waren randvoll mit klappernden Patronen – in Schachteln, die so hübsch bunt waren, als ob gutes Briefpapier oder sogar Pralinen drin wären. Ich hab mich hingekauert und in den Munitionsschachteln gewühlt, mit großer, gähnender Geduld, beinah gutgelaunt – nach den tränenförmigen Kugeln für diese silberne Pistole mit dem Perlmuttgriff gesucht. Eher eine unscheinbare Waffe in Captains illustrer Sammlung. Hab mich gefragt, ob sie wirklich losgehn würde. Rund und stumpf, spitz und länglich – ich hab alle möglichen Typen ausprobiert, bis ich vier entdeckt hab, die genau in die »Kammer« paßten. Ich *glaub*, man sagt »Kammer«. Dann hab ich das Ding zuschnappen lassen und es wieder eingesteckt und bin entschwebt, um die perfekte Gastgeberin zu spielen, die meine Mutter, Bianca, immer aus mir hatte machen wollen.

Mama war inzwischen auch gekommen. Irgendwer hatte sie geholt. Irgendwer hat mir einen leeren Kochtopf gereicht, in dem ein Zettel gelegen hat: »Gutschein für einmal Waschen und Legen, wann immer Du Zeit und Lust hast. Lolly. Dein Innerer Glanz wird Dir auch da drüber weghelfen, glaub mir.«

Um zwei Uhr nachts hören wir wieder die Sirenen. Die Wagenkolonne des Stellvertretenden Gouverneurs fährt donnernd vor unserm Haus vor und weckt Kinder in der ganzen Stadt auf, aber vor allem unsere, die ich mühsam in den Schlaf gesungen hab. Die Kinder haben gebetet. Diesmal wurde Ned als erster erwähnt. Cassie ist mit ihrem Nerz in der Küche, schreibt auf, welcher Eintopf wohin zurück muß und kostet von jedem und auch von den beiden nicht herausragenden Pfirsich-Cobblers. Mutter zirkuliert, das Kinn vorgestreckt, in Dunkelblau. Papa murmelt auf der Veranda vor sich hin. Ruth geht von Grüppchen zu Grüppchen und sagt Sachen wie: »Könnt ihr euch das vorstellen? Die Ärmsten!« Ich stell mich mitten in den Flur und warte. Meine rechte Hand schlüpft in die Jackentasche. – Heute weiß ich, daß ich damals völlig weggetreten war, Schätzchen. Aber wer hätte mir das klarmachen, mich aufhalten können? Ich selber jedenfalls nicht.

Bunte Hausschuhe und unten geschlossene Schlafanzugbeine baumeln über und hinter mir zwischen Geländersprossen: Die Kinder sind alle wieder aufgestanden und schaun auch zur Haustür hin. Die Männer, die auf der Veranda geraucht haben, begrüßen jetzt wen. Klingt nach Beileidsbekundungen. Ein Nachbar sagt schlicht: »Hier . . . sind deine, glaub ich.« Da kapier ich erst, daß die Wapitis, die Elche und die Roten Männer Caps verstreute Meisterstücke aufgesammelt haben. Sie erstatten ihm seine kostbaren Waffen zurück, noch bevor er auch nur reinkommt und mit uns redet, mit mir redet, bevor er alles erklärt. »Ein gewiefter junger Nigger hat sich deine Aaron-Burr-Duellpistolen unter den Nagel gerissen. Mann, ist der gerannt, war aber nicht schnell genug, was, Charlie? Da sind sie.«

Die Fliegendrahttür wird aufgerissen. Alle im Haus erschrecken. Ich spür, wie sich hinter mir die Kinder zusammendrängen, als müßten sie sich auf was gefaßt machen. Sogar Castalia, die von der Küche aus zusieht, sogar Castalia zuckt zusammen. Und das will was heißen. Macht mir angst, daß sogar sie sich innerlich krümmt.

Ich bin froh, daß ich gerade den Verband von meiner Hand abgenommen hab. Cap sagt mir immer, daß mir andauernd was passiert. Mir! Ausnahmsweise bin ich mal bereit. Ich bin hier zu Hause.

Was für ein hochgewachsener, stattlich-schwerer, schwer-stattlicher Mann jetzt reingepoltert kommt, als ob ihm hier alles gehört, ein Riesenkerl in Khaki, Karo und Braun. Er trägt hüfthohe Gummistiefel, froschgrün. Er atmet schwer, als ob er ein Stück gerannt wär. Ich seh, er hat was getrunken. Wer könnte's ihm verübeln. Ich muß wie immer zu ihm aufschaun, und etwas in seinen Augen rührt mich auf eine Art, auf die ich nicht gefaßt bin, Schätzchen, die nicht eingeplant war. Er weint, vor allen Leuten, die Tränen laufen ihm in den weißen Bart. »Lucy«, sagt er. »Vergib mir.« Und so viel von dem, was in den vielen Jahren zwischen uns gewesen war, ist auf einmal wie ein Netz aus Gaze, ausgespannt zwischen meinem und seinem Brustbein. Ich hab das Gefühl, daß ich versinke. Kann ich mir noch einmal meine Bereitschaft verzeihn, ihm zu verzeihn, vor all den Leuten, die uns zuschaun?

Dann setzt er was ab, es ist ein Sack, er stellt ihn neben die Tür, einen Rupfensack voller zurückgebrachter Gewehre. Kolben und Läufe schaun oben raus. Cap hat einen weißen Bart, und der Sack ist voll wie der vom Weihnachtsmann, aber mit lauter ekligem Zeug, eine ansteckende Krankheit, die sich zu Weihnachten ins Haus schleicht. Ich stell mir Archies nackte rosa Kiefer vor. Muß das denn sein?

Über dem weißen Bart ist das Gesicht von dem Mann um fünf Jahre gealtert. Ich seh's, und es tut mir leid, *er* tut mir leid. Seine aufgerissenen Augen flackern von einem Gram, der älter ist als unser verletzter Sohn. Diese Wildheit rührt mich. Sie gehört mir. Keiner versteht uns, zwei Trauerklöße, die sich trotz allem lieben. Ich kann nicht anders, ich muß einfach einen Schritt auf ihn zu machen. Es wäre in Ordnung, ihn jetzt zu umarmen, zu wissen, daß er all dem genauso hilflos ausgeliefert ist wie ich, unter den Augen einer kleinen Menschenmenge. Ich tu's. Ich denk mir, es sieht vielleicht geheuchelt aus, aber es lohnt den Versuch. Ich will großzügig sein oder wenigstens als großzügig *gelten*. Wie ich zwei Schritte näher komm, seh ich, daß er was hinterm Rücken versteckt, könnten Blumen sein, für mich. Eine Sekunde lang denk ich, er hält da vielleicht ein kleines Kind. Lebendig oder tot? Ich hab die ersten Schritte gemacht. Ich geh weiter. Muß einfach.

Ich reich ihm bis an die Brust, bis an die Brustwarzen. In der Schürzentasche entsicher ich meine kleine handwarme Pistole. Dann greift er hinter sich und hält sie mir direkt vors Gesicht, diese Dinger.

Im ersten Moment seh ich nichts als Gefieder. Er denkt anscheinend, das ist eine Opfergabe, die alles rechtfertigt, eine Entschuldigung. Der Mensch hält mir sechs tote Wildenten vor die Nase. Schlaff baumeln sie, mit gebrochnem Genick, an manchen hängen noch traurige verdreckte Schilfhalme, und wie ich das Auge von der einen seh und das verklebte, glasige Loch, reicht's mir endgültig.

»Taktvoll«, sag ich. »Du bist ein durch und durch taktvoller Mensch. *Jetzt* fällt mir wieder ein, wer du bist.«

Die Umstehenden haben entsetzt die Luft angehalten, wie er die toten Dinger vorgeholt hat. Da stehn wir, und diese fremden Leute starren aus allen vier Flurtüren zu uns her. Er hat mich nicht in die Arme genommen. Unsere Kinder hinter und über mir auf dem Treppenabsatz warten. Meine Hand findet wieder Metall. Meine Hand freut sich, daß das Metall immer noch handwarm ist, hallo.

»Lucy«, sagt der Veteran und versteckt wieder die Enten, die mir nicht gefallen. »Niemand ist schuld, Lucy. Die Sicherung hat sich gelöst.«

Ich denk an unsere Kinder hinter mir. Ich möchte, daß sie sich später erinnern, was für ein guter Mensch ich in diesem Augenblick gewesen bin. Ich will das Richtige tun und genauso großherzig sein wie Castalia, und nicht eins gegens andere aufrechnen wie er. Aber ich seh, daß von den Enten Blut auf unsern hellen Flurboden tropft, rötliche Spritzer.

»Ist das deine Vorstellung von einem Geschenk? Tote Viecher, die ich putzen soll, bis sie zu was zu gebrauchen sind?«

»Die Sicherung hat sich gelöst«, sagt er noch mal. »Hätte jedem passieren können. Ned geht's gut, in Anbetracht der Umstände.«

Da bring ich sie endlich ans Licht. Ich richte die Waffe auf ihn, kaltblütig. Ich hab so einen klaren Kopf, daß ich drüber erschrecke. Ich weiß genau, wie dieser Veteran aussehn wird, wenn er nach hinten umfällt.

Ich hör meine Kinder hinter mir rascheln, ein bedrohliches Flüstern kommt aus allen Räumen. Genau in der Sekunde klopft's an der Tür, und ein alter Junggeselle, der ein paar Häuser weiter wohnt, platzt rein, im Morgenmantel, mit drei Gewehren unterm Arm; er fürchtet sich offensichtlich schon lange vor Cap, will sich einschmeicheln und lächelt immerhin so lange, daß er sagen kann: »Ich hab mir gedacht, Sie werden die vermissen.« Er sieht meine auf ihn gerichtete Pistole, grinst »Tschuldigung, Leute«, und macht die Tür hinter sich zu. Männer! Ein Verein, eine Armee.

Der Pistolenlauf richtet sich leicht nach oben. Ich ziel ziemlich genau zwischen seine Augen. Meine Hand zittert kein bißchen. Das bekümmert mich fast. »Kinder?« sag ich, ohne mich umzudrehn. »Ihr geht jetzt ins Bett! Sofort!« Sie gehorchen nicht. Ich hab das Gefühl, ich muß zu ihm sagen: »Das ist eine echte Pistole, und ich hab sie geladen.«

»Kann ich mir denken«, kommt seine Stimme tief und sonor und souverän. »Du hast ja heute jede Menge Waffen im Umlauf gehabt, wie's scheint. Lucy, gib sie her. Ich kann nicht glauben, daß du dir das antun willst vor all den Leuten. – Vergebt ihr, sie hat keine Ahnung ... sie trauert ... sie hat keinen Schimmer, was das bedeutet, so was zu tun, vor Leuten. Lucille ... schau dich doch nur an.«

»Wie konntest du ihn allein lassen? Er ist noch nie eine Nacht von zu Hause weggewesen, außer bei Billy Preston.«

»Ach, er ist in guten Händen, die Schwestern kümmern sich ganz reizend um ihn. Ich bin bloß gekommen, um *dich* zu holen, weiter nichts. Scheint mir mehr was für dich zu sein.«

»Für ihn sorgen ist mehr was für mich? Und hinter dir herräumen, deine toten Viecher rupfen?«

»Er hat Verbrennungen, aber es ist gut möglich, daß *eins* noch zu retten ist. – Denkst du vielleicht, ich leide nicht, Lucille?«

Castalia steht plötzlich neben mir. Sie streckt die Hand aus, Handfläche nach oben. Die Handfläche ist kupferfarben und trotzdem elfenbeinweiß und sehr schön. Ich kümmer mich nicht um sie.

»Falls du wirklich leiden würdest, tätst du nicht damit prahlen. Die ›Sicherung‹ hat sich in dem Moment gelöst, wo du auf die Welt gekommen bist. Du hast meinen Sohn heimlich entführt. Du bist so was von schäbig, weißt du das? Du bist schäbig, und es ist für dich und uns alle am besten, wenn du endlich über den Jordan gehst. Solltest mir dafür danken, daß ich dir endlich die verdiente Ruhe verschaff. Das hier ist dein Appomattox.«

Die Pistole ruckt vorwärts. Castalia stellt sich zwischen ihn und mich, in ihrer ganzen Breite steht sie vor mir. »Gibt bessere Möglichkeiten«, sagt sie traurig zu mir. »Sind Leute hier. Kinder sehn zu. Komm schon, Mädchen. Ich hab dich nich so weit gebracht, daß du jetzt so ein Blödsinn machst.«

Wie ich »Kinder« hör, schau ich erleichtert von ihrem sogenannten Vater weg, dreh mich um und seh Schlafanzugbeine und Füße, rosa, blau, gelb, gepolsterte weiße Sohlen – ganz still jetzt, eingeklemmt zwischen den Geländerstangen. Könnte glatt eine Weihnachtskarte sein. Ich lächel, wink sogar, zähl meine Kinder. Aber Ned fehlt. Muß noch bei Billy sein. Dann fällt's mir wieder ein. Dann ist mir, als wär ich die Ente, die untertaucht, um sich tief drunten im trüben Wasser an was festzubeißen, ein Vogel, der sich selber rettet, indem er ertrinkt. Mit mir geht's zu Ende, mir werden schwarze, ölige Ohrenschützer übergestülpt, Dinger wie Scheuklappen packen mich an den Schläfen und greifen so kalt von beiden Seiten nach meinen Augen. Kalt auf beiden Seiten. Ich falle nach hinten, nach hinten ins Dunkle.

6

Schätzchen, hier ist das berühmte schottische Großmutter-McCloud-Rezept für Butterkuchen, das ich dir versprochen hab und das mir so viele Preise bei allen möglichen Messen und Ausstellungen eingebracht hat:

Man nehme 2 1/2 Tassen gesiebtes Mehl, eine Prise Salz, 1/2 Tasse Puderzucker, eine Tasse Butter, ein Handvoll abgezogene Mandeln, kandierte Kirschen oder kandierte Angelikawurzel oder Zitronat als Dekoration für obendrauf. Sei »kreativ«.

Die trocknen Zutaten in eine Schüssel sieben, die Butter dazugeben. Schätzchen, du mußt das Zeug mit den Händen durchkneten, bis die Mischung zu einem glatten Teig verarbeitet ist. Ich drück mich darum, von meinem Besuch im Krankenhaus zu erzählen. Du teilst den Teig in zwei Hälften und rollst jede Hälfte in vier runde Teile aus, die ungefähr fingerdick und so groß wie ein Dessertteller sein sollen. Ich weiß noch, daß ich nicht mit Captain mitgefahren bin, ich muß in einem andern Wagen gesessen haben, der hinter seinem hergefahren ist. Daß man seinen eigenen Sohn sehn muß, das einzige Kind auf der ganzen Männerstation. Ihn sehn, wie er mit vermummtem Kopf daliegt und trotzdem aufhorcht, wie er deine Schritte auf den Fliesen hört. Wie er seinen langen, kecken und zarten Hals reckt, den Kopf zu dir hin dreht, einen Klumpen ordentlich gewickelter Mullbinden, so groß wie die noch geschlossenen Glotzaugen von einem Vogeljungen. Seine Arme, die fast genau auf dich gerichtet sind, tasten in der Luft nach dir, an der Stelle, wo du seiner Meinung nach gleich stehn wirst. Durch Einkerben mit den Zinken einer Gabel jeden der runden Teigfladen in sechs keilförmige Stücke aufteilen. Auf ein mit Butter eingefettetes Backblech legen. Ich hatte ihm einen Brief von seinen Geschwistern mitgebracht – jeder hatte ihm ungefähr vier Zeilen geschrieben oder aufschreiben lassen, und ich hab ihm alles vorgelesen und dabei von jedem die Stimme nachgemacht. Hab's jedenfalls versucht. Louisa hab ich hingekriegt, dann waren die Zwillinge dran, die abwechselnd jeder eine Zeile geschrieben hatten, dann die Jüngsten und zum Schluß unsere lispelnde Baby, die am leichtesten nachzumachen war. Ich bin da wirklich gut drin, wenn ich mich anstreng, und an dem Tag hab ich mich Ned zuliebe in Hochform gebracht. Am liebsten hätte ich sogar ihn selber für ihn nachgemacht. Hätte ihn vielleicht aufgemuntert. Erinnert. Er hat gelacht – das hab ich schon vorher gewußt –, wollte mir beweisen, daß er noch ganz der alte war, obwohl er das natürlich nicht war und nie mehr wurde. Sein Vater ist in der Tür stehngeblieben, auf Distanz, hat zugeschaut, sich abseits gehalten, hat gespürt, daß sich das gehört, war jetzt die Rücksichtnahme in Person. Ich hatte meinem Sohn ein Stück Butterkuchen mitgebracht, noch warm, weil ich's in eine Serviette eingeschlagen hatte, und er hat lustlos dran geknabbert (kein Appetit) und gelächelt und genickt, als ob er mir zeigen wollte, wie tapfer er ist und so, hat beim Essen zu lachen versucht, alles mir zuliebe. Ich hatte's am Anfang ein bißchen zu weit getrieben mit meinen Faxen. Du kennst mich, Junge. Dazu nehm ich zu gern Zuflucht, fast gewohnheitsmäßig. Wenn man eigentlich vor Angst bibbert. Zu was Besserem wär ich nicht fähig gewesen beim ersten Anblick von meinem verletzten Sohn. Den Backofen vorheizen, ungefähr auf 135 Grad. Er war da auf der Station mit lauter besorgten Männern um ihn rum. Die hatten ihn schon zu ihrem Maskottchen erklärt. Wo er nichts dafür gekonnt hat. Die Männer haben nichts gesagt, nur dagesessen mit ihren eigenen Schmerzen und Verbänden und Fieberanfällen und der Mutter von ihrem neuen Fall zugehört. Man war nicht für sich, aber das konnte man *ihnen* ja nicht vorwerfen. Wann war ich schon jemals für mich? Ich hab an Ned gedacht, Ned den Ersten, den Liebling einer ganzen Division und nun schon so lange tot. Ich hab auf dem Bett von meinem Sohn gesessen und gewünscht, ich hätte's nicht zugelassen, daß sein Vater ihn nach einem Jungen taufen läßt, der umgekommen ist, wie er im selben Alter war. Es war ein Fehler, Namen sind ansteckend, das ist mir jetzt klargeworden.

Ned, mein Ned, hat sich in die gestärkten Kissen zurücksinken lassen, den Kuchen aus dem Mund genommen und ihn auf das Nachtschränkchen gelegt, nachdem er mit der Hand nach der Kante getastet hatte. Gut, der Kuchen, hat er gesagt, und er hebt ihn sich für später auf. Und daß ich die Stimmen gut hingekriegt hätte. »Mach die Zwillinge nach. Man hört den Unterschied. Das ist das schöne, daß man den Unterschied hört.« Das Backblech in den Ofen schieben. Hab ich vielleicht schon gesagt. Vorheizen. Also hab ich die Zwillinge nachgemacht, aber nicht so gut wie zuvor. Ich kann nie was auf Befehl noch mal machen, also bin ich keine gute Darstellerin. Er hat trotzdem gelächelt unter dem riesigen, schneeweißen Kopfverband, sich grinsend zurückgelehnt, den Kopf geschüttelt, froh darüber, in einem richtigen Männerbett liegen zu können. Er hat den Kopf fast zu heftig geschüttelt. Und ich war erleichtert – ich hatte ihn mit meinem Kuchen und meinen albernen Scherzen aufgeheitert. Na gut. Es würde bald heilen. Immerhin ein gutes Zeichen, im Grunde genommen, in Anbetracht der Umstände. Wir konnten uns noch glücklich schätzen. Ein Säugling, und jetzt ein Unfall bei einem größeren Kind. Manche waren viel schlechter dran. Wir würden drüber wegkommen. Dann hab ich einen Streifen an seinem Hals gesehn, und wie ich näher ran bin, hab ich gemerkt, er bewegt sich, ist dunkel. Durch Neds Lachen war er ans Tageslicht gedrückt worden, unter dem Mull hervor. Eine dünne rote Linie war unter dem Verband ausgetreten und ist jetzt von daher gekommen, wo die Augen gewesen waren. Den Kuchen aus dem Backrohr holen, auf einen Drahtrost legen und abkühlen lassen. Zum Schluß nach Belieben mit Mandeln, Kirschen, Angelikawurzel oder Zitronat dekorieren. Sei »kreativ«, geh aus dir heraus.

Dann kannst du den Kuchen in Stücke aufteilen. Du wirst nicht enttäuscht sein.

Ich hab mir jetzt ernstlich vorgenommen, von zu Hause wegzugehn. Raus aus allem. Mußte sein. Natürlich bin ich mit Ned erst noch diese Schulen »anschauen« gefahren – in einem Auto mit einem gemieteten Fahrer . . . der mir dabei das Fahren beigebracht hat. Eine nützliche Fähigkeit. Ich wollte nicht, daß Captain Marsden mitkommt, die Schulleiter überschwenglich begrüßt, mit seinem Namen und seinem Kriegsruhm prahlt, um unserm Sohn alle Türen zu öffnen. Captain hat jetzt im New Ricks Hotel in der Nähe vom Bahnhof gewohnt. Ich hab ihn gebeten, sich eine Weile nicht blicken zu lassen, nichts für ungut. Hab gesagt, ich müßte erst mal mit mir selber ins reine kommen. Er hat nett reagiert. *Wirklich* nett, mein ich.

Das war's ja, was einen immer wieder so verwirrt hat.

Ich bin mit Ned zu einer Führhundschule bei Lumberton gefahren, wo wir Moxie bekommen haben, einen Neufundländer. Neds Geschwister waren sauer, weil sie sich schon immer einen Cockerspaniel gewünscht hatten und Ned jetzt auf einmal einen großen Neufundländer ganz für sich allein gekriegt hat, noch dazu einen ausgebildeten.

Geschwister!

Ich hatte Ned die verwüstete Waffenkammer als Zimmer hergerichtet, weil das Treppensteigen problematisch war. Er wollte aber trotzdem wieder nach oben zu den andern. Ich hab ihn verstanden und eingewilligt. Wie er ausgezogen ist, hab ich sofort wieder meine Singer reingestellt. Da ist sie dann geblieben, bis mich Sheriff Cooper ein paar Jahrzehnte später zwangsweise ausquartiert und hier eingewiesen hat.

Während dem ganzen furchtbaren Schlamassel haben sich meine Kinder phantastisch benommen. Nicht nur Ned, auch die andern alle. Sie konnten scheinbar mit fast jeder Situation fertig werden. Sie waren zu allem begabt, nur nicht zur Langeweile. Ich bin mit allen acht ins Restaurant gegangen, in die zwei, die's in der Stadt gab. Mein Vater hatte ungefähr zu der Zeit angefangen, mir ab und zu ein bißchen Geld zuzustecken. Captain hatte Mühe, die Schuldscheine vom Pokern im ganzen Landkreis einzulösen, und mir hat er leid getan, ehrlich. Weißt du was? Er hat mir im Haus gefehlt. Hältst du's noch aus? Hör ich mich schon an wie die geprügelten Frauen, die im Fernsehn mit abgewandtem Gesicht und verzerrter Stimme aus ihrem Leben erzählen?

Sei's drum. Ich hab gesehn, daß er den Kindern auch gefehlt hat, besonders beim Abendbrot und beim Frühstück. Sooft ich's auch probier, eins will mir einfach nicht gelingen: Dir begreiflich zu machen, wie tief er einen mit seiner Aufmerksamkeit beeindruckt hat, wenn er »ganz da«, wirklich bei uns war. Er hatte die tiefste, schönste, angenehmste Stimme, die du dir vorstellen kannst. Der einzige Schauspieler, der sich mit ihm vergleichen könnte, war der junge James Mason. Aber der ist auch tot, alle sind tot. Captains Stimme hatte die gleiche Leuchtkraft wie die von James Mason. Er brauchte nur was über's Wetter zu sagen, und es hat einem was *bedeutet*.

In der letzten Zeit war Cap in der Stadt so was wie eine öffentliche Peinlichkeit geworden. Die Leute wußten, was er getan hatte. Und daß er knapp bei Kasse war. Außerdem ist er vergeßlich geworden. Ja, und das Haus ist mir so riesig vorgekommen ohne ihn.

So tadellos meine andern Kinder sich verhalten haben, eins muß ich doch sagen: Sie haben über unsern Invaliden geredet, als ob er nicht im Zimmer wär. »Was meinst du, welchen Ned haben will?« hat Baby gefragt, wenn's verschiedene Sachen zum Nachtisch gab. »Da sitzt er doch, Liebes. Frag ihn selber. Er ist noch derselbe wie früher.« Aber ich hab ihr vom Gesicht abgelesen, daß er sich doch geändert hatte. Und daß ich sie in Verlegenheit gebracht hatte. »Schokolade oder Vanille, Schätzchen?« hab ich ihn gefragt und mit den Fingern die plattgedrückten Locken unter den Brillenbügeln vorgeholt.

Ich hab für Moxie das beste Geschirr gekauft, das zu haben war. In Raleigh hat's ein Geschäft für Blindenhilfsmittel gegeben, mit einer Riesenauswahl an ganz, ganz kurzen rot-weißen Stöckchen für das wohlausgerüstete blinde Kind. »Such dir einen aus«, hab ich gesagt und mich hingesetzt wie eine Mutter im Schuhgeschäft, wo dein Kind, anstatt auf dem Teppich zu bleiben, hierhin und dahin tappt. Die hatten da eine kleine Hindernisstrecke aus Kartons und so Sachen aufgebaut. »Ich glaube«, sagt der freundliche Verkäufer, »er tendiert zu unseren leichteren Modellen. Der modifizierte Bambusstock ist dieses Jahr sehr gefragt.« Und die ganze Zeit sitz ich da und denk – im Innern ein Getöse wie der Sturm an einem Höhleneingang – über Flucht nach. Meine. Nur meine. Vielleicht an einen Ort mit Palmen wie die in Cassies Heimat oder die, die Maimie Lucille Beech so geliebt hatte? Ich hatte die Nase bis obenhin voll von diesem anstrengenden Sich-Kümmern um andere. Ich hab gedacht, ich hätte es probiert – an Ort und Stelle zu bleiben, immer freundlich zu sein und Pausenbrote zu schmieren – und wär gescheitert. Man hatte mir Hemden und Geld und Kinder anvertraut. Ein Kind war tot, ein anderes erblindet. Es wär wirklich besser gewesen, ich hätt mal andere rangelassen, die von Natur aus besser gerüstet waren, sollten die mal versuchen, es besser zu machen.

»Also bleiben wir bei diesem? Bar oder Scheck? Wie möchten Sie bezahlen, Madam?«

Ich schneid's mir aus den Rippen, hätt ich beinah gesagt. Aber nur beinah. So was tut man nicht. Ich hatte das Verrücktspielen satt. Das hat den Leuten zu große Genugtuung verschafft, daß sie einen getroffen haben, daß sie einem so weh getan haben. So bin ich aufgestanden, zu Ned hingegangen, hab gelächelt, wie er immer wieder gegen eine Wand gerannt ist, seinen Stock wie einen Fechtdegen verwendet und dabei unter der dunklen Brille gelächelt hat. Ich hab mich vor die Registrierkasse gestellt, das Portemonnaie gezückt und gesehn, daß die Kasse Blindenschrift auf allen Tasten hatte. Dann hab ich mir den Verkäufer genauer angeschaut, der einen so gelassenen Eindruck machte. Er war noch jung und hat über das Sausen von Neds Stöckchen in der Luft gelächelt. »Das Gewicht ist genau richtig«, hat der Mann gesagt und dabei eine Handbreit neben mein Gesicht geschaut. »Er wird gut damit zurechtkommen.« Eigentlich waren meine Probleme läppisch, verglichen mit denen von andern Leuten, aber mir sind sie riesig und grau und so real wie Schweineschmalz vorgekommen.

In der Offenbarung heißt es: »Und wer da überwindet, und bewahrt meine Werke bis an das Ende, dem will ich Macht geben über die Völker ... und will ihm geben den Morgenstern.« Ich hab natürlich

»dem« und »ihm« durch »der« und »ihr« ersetzt und gewartet. Auf Völker war ich gar nicht aus. Ich hätt mich schon mit einer kleinen Vergünstigung wie einem Frühstück im Bett an irgendeinem fremden, aber sonnigen Ort begnügt. Ich war so reif für eine Belohnung, überreif: Zwei Wochen Ruhe wären schon fein, vielen Dank.

Ich bin mit Ned ganz Falls abgelaufen und hab mich überzeugt, daß Moxie meinen Sohn an den Kreuzungen richtig geführt hat. Die Leute haben uns unerbetenen Respekt gezollt, mit geschlossenem Mund und nach unten gezogenen äußeren Augenwinkeln gelächelt. Ich war beinah froh, daß Ned es nicht gesehn hat – Stolz war auch *seine* Sünde gewesen. Diese Lächler schienen peinlich berührt, weil sie die ganze Geschichte von unserm Verlust und meine Rolle als Kollaborateurin dabei gekannt haben.

Eines Tages hat eine kleine läufige Spitzhündin Moxie den Kopf verdreht, und ich war zur Stelle und bin dem liebestollen Köter ein paar Häuser weit nachgerannt, wie er meinen Ned hinter sich hergeschleift hat, der, wie ich ihn erreicht hab, bloß gelacht hat. »Der war doch bestimmt hinter was her«, hat er gesagt. Der Junge hat da noch Verbände getragen, aber jetzt nur mehr über den Augenhöhlen. Er hat sich immer eine Sonnenbrille aufgesetzt – so waren die mit Mull verklebten Mulden nicht so furchterregend, wenigstens eine Spur menschlicher. Von Ruth aus hab ich Lumberton angerufen und mich über Moxies laxe Moral beschwert, und die haben gemeint, es wär an der Zeit, ihn ändern zu lassen, wenn er erst mal geändert wär, würde es ihm leichter fallen, Ned ständig ein treuer Gefährte zu sein.

»Ändern?« hab ich gefragt – hat sich angehört, als sollte er ein modischeres Halsband kriegen.

»Sie wissen schon ... entmännlichen«, hat der Mann nach einer taktvollen Pause gesagt.

Ich hab lachen müssen. »Also *damit* erreicht man, daß sich ein männliches Wesen nützlich macht! Wieso hab ich da nicht schon früher drangedacht?« Ich hab gekichert wie eine Verrückte, die sich nach Freiheit sehnt. Der Blindenhund-Mann am andern Ende hat geschwiegen.

Captain ist jetzt nur ab und zu vorbeigekommen. Er hat Lady More Marsdens letzte Farm verkauft. Von mir wollte er förmliche Einladungen zum Abendessen. Geschlafen hat er in einem Raum hinter seinen Stallungen, einer Kammer mit zwei Bettstellen, seinem früheren Poker-Hauptquartier. Wenn er zu Hause war, hat er seinen Charme spielen lassen, und ich hab den guten Willen anerkannt. Wirklich. Alles ist leichter geworden dadurch. Er hat Geschenke mitgebracht, die er sich nicht mehr so ohne weiteres leisten konnte. Für Ned hat er in einem Versandhaus ein Schaukelpferd bestellt – mit echtem Ponyfell bezogen und mit bernsteingelben Glasaugen, vor denen mir gegruselt hat. Dabei war Ned schon viel zu alt für ein Schaukelpferd. Heute kann ich mir vorstellen, wie zuwider es Captain gewesen sein muß, als eine Art Onkel nach Hause zu kommen und nicht als Vater. Aber nichts konnte mich jetzt noch zurückhalten. Über das Stadium war ich längst hinaus. Ich neige dazu, selbstgerecht zu werden, das ist eine Schwäche von mir. Aber tagtäglich Ned sehn zu müssen, wie er mit seinem Stock im Haus rumstolpert und sein Schicksal mit Fassung trägt – mein Gott! Ich hab mir die größte Mühe gegeben, noch mehr als früher für meine andern Kinder dazusein. Hab mit jedem einzeln einen Stadtbummel gemacht. Sicher, sie haben Ned um Moxie beneidet, aber im Grunde genommen waren sie doch richtig nett zu ihm. Allem Anschein nach waren meine Kinder schon moralisch gefestigte kleine Menschen.

Macht es mir leichter fortzugehn, hab ich gedacht.

Captain, eine Zeitlang ein Ausbund an Freundlichkeit, hat mir gesagt, ich soll mal einen Tag ausspannen, er wird sich um die Kinder kümmern. Mir war nicht wohl bei dem Gedanken, ihn noch einmal einen Tag mit Ned allein zu lassen, aber dann – ich hätte nie gedacht, daß ich jemals so zynisch werden würde – hab ich mir gesagt: Was kann der Mensch ihm eigentlich noch groß antun? Ich hab also einen Tag ganz für mich allein geschenkt bekommen – meine Rasselbande hat einen Ausflug auf eine Farm gemacht, wo Kampfhähne gezüchtet wurden. Aber ich hab die freie Zeit mit Aufundabgehn, der Wäsche, reuigen Gedanken und Fluchtplänen vertrödelt. Ich hab mir ein Datum ausgesucht. Hab mir wieder mal selber erklärt, warum ich allein weggehn muß. Hab das Haus saubergemacht und bin fast in jedem Zimmer über einen rot-weißen Reservestock gestolpert, der irgendwo an der Wand lehnte. Du kennst das sicher, daß vergeßliche Leute auf jedem Tisch im Haus eine Brille liegen haben, damit immer eine zur Hand ist? Wann würde ich mich dran gewöhnen? Ich hab buchstäblich um meinen Verstand gefürchtet. Hört sich simpel an, wenn man es so ausspricht. Aber wenn du das jemals durchgemacht hast, Schätzchen, weißt du, welche Gefahren dann jede Minute mit sich bringt. *Noch* eine einzige winzige Kleinigkeit kann dich schließlich soweit bringen, daß du eine Linie überschreitest, die sich dann unversehens in eine befestigte Grenze verwandelt. Du wirst dein Haus nie wiedersehn. Cap hat sich viel um unsern blinden Sohn gekümmert. Wie diese geschiedenen Väter heutzutage, die sich am Wochenende besonders intensiv mit ihren zurückgelassenen Kindern beschäftigen. Sie nennen es »intensiv«, um den acht Stunden pro Woche größere Bedeutung in ihrem hektischen Leben zu verleihn. War natürlich gut und schön, daß Cap unsern Jungen in einem geliehnen Auto rumgefahren hat. Aber war ich zu streng, weil ich fand, daß es zu wenig und zu spät war?

Ich hab gemerkt, daß unsere andern Kinder ihrem Papa allmählich wieder getraut haben. Sogar Louisa. Erst war er bloß ein gerngesehner Gast, dann hat er um Erlaubnis gefragt, einmal übernachten zu dürfen, und dann war er plötzlich wieder ganz da. Und hat so getan, als wär er ein Mensch, einer von uns. Und das war er wahrscheinlich auch.

Ich hab meinem eigenen Urteil nicht mehr getraut. Bin Castalia aus dem Weg gegangen. Hätte nicht zu sagen gewußt, warum. Ihre Stärke hat mich allmählich irritiert. Wer will schon tapfer und am Boden sein? Ich wollte mich amüsieren, wollte frei sein.

In der Zeit sind sicher auch nette Dinge passiert, aber die hab ich vergessen. Wenn du in deinem Bett neben deinem zurückgekehrten Mann, dem Vater deiner vielen Kinder, aufwachst und als erstes dieses Geräusch hörst, ein kindliches Tapsen die Flurwand entlang zur Toilette um drei Uhr morgens, weil er muß und nicht sieht, wann es hell wird, und deshalb nicht warten kann, damit er die andern nicht weckt – so was kann einen auf viele verschiedene Arten beeindrukken.

Für mich hat es nur eins bedeutet: »Geh.« Ich wollte sie alle retten oder sie weit, weit wegbringen, weit weg von jedem möglichen Unheil. Das konnte ich nicht, also würde ich mich fürs erste schonen, für sie, für später. Das war jedenfalls meine Logik.

Manchmal hab ich Ned in der Speisekammer gefunden (er hat im Dunkeln geweint, um uns, da war ich sicher, nicht um sich). Ich wußte, daß er weint, weil seine Schultern gezuckt haben. Hab's daran erkannt und nicht an Tränen. Die Ärzte in Chapel Hill hatten mir gesagt, daß die Tränengänge weggebrannt waren, nicht mehr vorhanden. Meistens hat sich Ned aufgeräumt gegeben. Je tapferer er sein Unglück getragen, je geschickter er sich im Haus bewegt und je angestrengter er an seiner Blindenschrift gearbeitet hat, um so fester ist mein Entschluß geworden, am vierzehnten, dem D-Day, meine Zelte abzubrechen. Und um so vertrauter ist mir wieder der Gedanke geworden, Neds Vater doch noch umzubringen. Irgend jemand mußte es tun, schien mir. Mein Junge hat nie irgendwelche Extrawürste verlangt. Er hat sich von Anfang an auf die Blindenschrift gestürzt und sogar gemeint, das wär ein bißchen so wie Steinesammeln – daß man Pünktchen durch Tasten erkennen mußte und ganze Wörter da im Dunkeln versteckt gewartet haben. Manchmal hat er in einer stürmischen Nacht in seinem Bett im Jungenzimmer gelegen, unter der Bettdecke mit den Fingern gelesen, vor sich hingestarrt und die schwierigeren Wörter leise ausgesprochen.

Cap ist nach wie vor zu Paraden im ganzen Süden eingeladen worden und mit seiner Galauniform in einem Wäschesack hingefahren. Am vierzehnten mußte er zu einem Viehzüchter-Kongreß in Richmond; an dem Tag wollte ich woandershin aufbrechen. Jede Reise beginnt am Ort. Ich hab meiner Flucht jetzt fast heiter entgegengesehn.

Wir hatten Ned fürs nächste Schuljahr in der besten Blindenschule beider Carolinas angemeldet. Deshalb konnte ich jetzt weg. Vorher wollte ich ihm noch bei Ekstein jede Menge hübsche Kaschmir-Pullover kaufen. Hab mir gedacht, Ned soll jederzeit alles, was sich schön anfaßt, bei sich haben, koste es, was es wolle. Ich hab meine gute alte Hochzeitsreisentasche vorgekramt. Und Cassie einen Brief geschickt – trotzdem ich ihr in letzter Zeit aus dem Weg gegangen war – und sie gefragt, ob sie vom vierzehnten auf den fünfzehnten bei uns übernachten will. Sie ist gekommen und hat ja gesagt.

»Fährst'n hin?« Sie hat meinen Brief in der Hand gehalten, ihn sorgfältig zusammengefaltet und eingesteckt – ein Beweisstück, das sie vor Ihm verstecken wollte. Keine Spuren. Spurlos verschwunden. Dann hat sie mir ein Glas von ihren berühmten sauer eingelegten Wassermelonenschalen überreicht.

»Wohin?« Ich hab die Achseln gezuckt. »Irgendwohin, wo mich keiner kennt. Irgendwo *anders* hin, wo mich keiner kennt.«

Ich hab sie stirnrunzelnd angesehn, als ob sie schuld wär. Sie hatte mich als fünfzehnjährige Braut gekannt, sie hatte gewußt, daß mir das irgendwann blühte, aber was hatte sie getan, um es zu verhindern, um es mir zu ersparen? »Wir werden sehn«, hab ich gesagt, um alles ein bißchen zurückzunehmen.

Am Tag vor meiner Abreise war es an der Zeit, Ned die letzten Verbände abzunehmen.

Normalerweise haben wir beide uns zum Wechseln der Verbände in die hinterste Ecke zurückgezogen. Ich wollte nicht, daß die andern Kinder jetzt schon durch den Anblick erschreckt werden, den ich zu ertragen gelernt hatte. Jemand mußte es tun. Ich war seine Mutter, ich hab ihn geliebt.

Die Zwillinge haben die ganze Zeit Alpträume gehabt, alle beide dieselben. Und ich bin die ersten sechs Wochen nach dem Jagdunfall ständig rauf und runter gerannt. Ned hat tiefer geschlafen wie seine Geschwister. Hatte scheint's beschlossen, es möglichst leicht zu nehmen. Ich hab versucht, ihm klarzumachen, daß das nicht notwendig ist. Dann hab ich mir Sorgen gemacht, ich würde meine eigene Dunkelheit auf einen Jungen übertragen, der eh schon genug in Dunkel gehüllt war. Aber er hat mir gesagt, er sieht mehr als nur Dunkelheit. Die Blinden sehen langsame Farben, Flecke, die Taten und geheimen Leiden des Lichts. Ohne die Augen drunter sind einem seine dichten Locken auf einmal schwerer vorgekommen, wie eine Perücke.

Wie die Verbände endgültig abgenommen waren, ist Ned gleich einmal in die Stadt gegangen – mit Louisa und mit dem schläfrigen (geänderten) Moxie. Danach hat er mich beiseite genommen. »Wie sehen sie eigentlich aus?« hat er mich gefragt. »Weil, da müssen über der Brille noch Narben zu sehen sein, Mama. Wenn ich nämlich bei Lucas reinkomme, wird plötzlich alles still, und dann werden alle richtig laut und tun so, als wär alles in bester Ordnung. Irgendwas muß man sehen, Mama. Lou will's mir nicht sagen. Jedesmal, wenn ich sie frage, wird sie böse.«

»Stimmt schon, da sind noch ein paar kleine Narben.« Ich hab seine Stirn berührt. Er ist nicht zusammengezuckt, war froh, daß ihn wer angefaßt hat, wollte unbedingt alles wissen. »Der Doktor sagt, die verschwinden noch. Ansonsten merkt man nichts, wenn du die Brille aufhast.«

»Sieht also gar nicht so schlimm aus, hm? Ich muß das wissen, weißt du.«

»Die Leute müssen sich eben erst dran gewöhnen, daß du mit einem Blindenstock rumläufst. Und an Moxie. Dein Moxie liebt dich ja heiß und innig, nur manchmal ist er ein bißchen träge. Aber ein gescheiter Hund, unser Moxie.«

»Also gut.« Damit war das Thema für alle Zeiten erledigt. Ich hab zugesehn, wie er mit seinem schmalen Rücken nach draußen entschwunden ist, Tap-tap spielen, voller Vertrauen in die Welt.

Beim Abwaschen des Frühstücksgeschirrs ist mir Stevensons Gedicht »Reisen« eingefallen. Es fängt so an:

Fliegen möcht ich, dorthin schweifen,
Wo die goldnen Äpfel reifen.
Wo ein andrer Himmel lacht,
Wo voll Kakadus und Ziegen
Papageieninseln liegen,
Nur von Robinson bewacht . . .

Ein andrer Himmel. Hat sich gut angehört. Jetzt oder nie, hab ich mir gedacht.

FÜNFTES BUCH

Ein Pakt mit der Welt

Wie man fortgeht

Darum fahren alle unsere Tage dahin durch deinen Zorn; wir bringen unsere Jahre zu wie ein Geschwätz.
– Psalm 90, 9

1

So hat der liebe Gott mir klargemacht, daß es Zeit war fortzugehn: Neds Verbände waren alle runter, und er hat das Gefühl gehabt, er sieht ganz passabel aus, Lou hatte endlich den örtlichen Rechtschreib-Wettbewerb gewonnen, und obwohl sie auf Bundesstaatsebene leer ausgegangen war (weil sie in dem Wort »plebejisch« das j vergessen hatte), hat sie trotzdem den Drei-Kreise-Pokal bekommen und ihn zweimal wöchentlich blank poliert, bis die Messingschicht abgegangen ist. Der Krupp von den Zwillingen ist besser geworden. Mein Kartoffelsalatschnitt ist zu einer Narbe verheilt. Und endlich war auch die undichte Stelle über meiner Küchendecke abgedichtet worden – von mir selber, mit einem Eimer Teer und einer Handvoll Ziegelstaub von unserm leeren Grundstück. Es war scheint's ein äußerst günstiger Augenblick, eine Verschnaufpause zwischen den Katastrophen. Ich hab mir gesagt: Lucy, mach dich besser davon, bevor die nächste Pechsträhne anfängt. Eine Besonderheit von Schicksalsschlägen: In einer Familie mit acht Kindern muß man immer mit einem rechnen.

Ich wußte, daß die Zeit reif war. – Sicher hab ich auch überlegt, ob ich die Kinder mitnehmen soll. Aber weißt du, Schätzchen, mit acht Kindern durchbrennen, das ist kein Durchbrennen, das ist ein Umzug.

Ich hab mich allmählich gefühlt wie ein abnehmender Mond, der nie mehr voll werden wird.

An dem Tag, wo ich meine Sachen gepackt hab, ist mir bei Lucas ein Zeitungsartikel aufgefallen: Eine Frau in Ohio hatte sechs Menschen umgebracht. War mit einem Beil auf ihren Mann und die fünf Kinder losgegangen, während die geschlafen haben. Auf der Polizei hat man sie nach dem Grund gefragt, und die Frau hat in aller Seelenruhe geantwortet: »Weil sie es alleine zu schwer gehabt hätten. Und *ich* hab ihnen nicht mehr helfen können.«

Der *Herald Traveler* hat ein Photo von ihr gebracht. Und weißt du was? Sie hat nett ausgesehn. Hatte ein hübsches Kostüm an. Wie ich das alles gelesen hab und es mir absolut plausibel vorgekommen ist, habe ich gewußt, daß ich – als anständige Ehefrau und Mutter – gehn muß.

Ich hab meine Hochzeitsreisentasche gemustert – sie war mit Rosen bestickt. Schon lange nicht mehr modern. Wie schnell sich alles geändert hatte. Alles bis auf mich. Ich hatte keinen genauen Plan, wußte nur, daß ich so bald wie möglich weg mußte. Die Kinder waren im Bett. Ich hatte ihnen warme Milch gegeben, sie sollten während meiner Abschiedsrunde durchschlafen. Ich hatte Cassie dazu gebracht, Geld dafür anzunehmen, daß sie sich um die Kinder kümmert, bis Captain von seinem Schweinezüchterkongreß in Norfolk zurück ist. Ich hatte die Broschüre gelesen, die man ihm geschickt hatte. Der Kongreß stand unter dem Motto »Jüngste Fortschritte in der Schlachter-Technik«. Ich hab bloß gelacht. Und er hat mir so einen besorgten, schuldbewußten Blick zugeworfen. Ich mußte immer wieder an die Frau aus Ohio denken, die ihre eigenen Kinder umgebracht hatte. Sie hatte es getan, weil sie ihnen nichts ersparen, sie nicht vor der mistigen Zukunft der Welt retten konnte, vor den Fallen, die schon aufgestellt waren, für jeden. – Während ich meine besten Sachen gepackt hab, war ich freudig erregt und zugleich niedergeschlagen.

Auf Zehenspitzen bin ich herumgegangen und habe meine schlafenden Kinder geküßt, erst die Mädchen in ihrer langen Bettenreihe, dann meine Jungen. Hab den Stock aufgestellt, der neben Neds Bett umgefallen war. Ich hab laut den Namen von jedem Kind gesagt und, obwohl ich nie katholisch war und es nie sein werd, über ihren Decken das Kreuz geschlagen. Feuchte, milchige Gerüche sind von der Bettwäsche ausgegangen und haben mich an Shirley erinnert. Aber ich war weniger gerührt, als ich gehofft hatte. Sobald du deine Gefühle vorausplanst, Schätzchen, werden sie schwächer. Oder jedenfalls anders. – Zumindest hatte ich keins von ihnen verletzt oder umgebracht. Im Gegensatz zu gewissen andern Personen. Das war doch immerhin etwas.

Es war eine kühle, klare Nacht. Der fast volle Mond hat mir geleuchtet. Falls, North Carolina, hat um 2.49 Uhr morgens ganz neu ausgesehn, mehr so, wie ich mir Europa vorgestellt hab. Ich bin zu

Fuß zum Bahnhof. Hatte Angst, der Taxifahrer (es gab nur zwei in der Stadt) würde mich erkennen und neugierig werden. Meine Reisetasche hab ich geschwenkt wie ein Schulmädchen seine Schultasche auf dem Heimweg von der Schule, nicht auf dem Hinweg. Wenn ich mir früher meinen Weggang vorgestellt hab, waren das immer Abenteuer in der Fremde gewesen. Amüsante, nette neue Bekannte haben mit mir in Restaurants gegessen und gelacht. Aber je näher die Flucht kam, um so nüchterner ist meine Vorstellung davon geworden. Inzwischen hab ich nur noch die Einzimmerwohnung gesehn, die ich mir irgendwo mieten würde. Ein schmales Bett, ein Stuhl, ein Tisch, ein Toilettentisch mit ovalem Spiegel, ein einzelnes Fenster mit Aussicht auf irgendwas Grünes, nur ein Plätzchen für einen ungestörten Mittagsschlaf. Ein einziges ausgedehntes Nickerchen allein. Ich will ja nicht viel, hab ich mir gesagt. War *das* schon viel?

Ich hab meinen schwarzen Hut getragen, mein bestes graues Kostüm. Hab überlegt, wie lang ich's aushalten werd, ohne meine Kinder. (Ich hab versucht, nicht dran zu denken, wie ihnen zumute sein wird, wenn sie aufstehn und feststellen, daß Castalia ihnen Rühreier macht.) Hab mir eingebildet, meine Kinder wären so was wie Vitamine, unentbehrliche Nährstoffe, ohne die ich eingehn würde wie eine Primel.

Trotzdem, ein bißchen Diät würde mich nicht umbringen. Wenn ich blieb, würde ich ihm oder mir was antun, vielleicht sogar den Kindern. Irgendwas Unüberlegtes würde ich bestimmt machen, obwohl ich's nie fertigbringen tät, mit einem Hackebeil von Bett zu Bett zu gehn.

Deine Lucy ist zu Fuß gelaufen. Den langen Weg hintenrum zum Bahnhof. Ich hatte sogar hundertfünf Dollar einstecken. Ist mir damals ziemlich viel vorgekommen, vielleicht wegen Caps Spekulationsverlusten, vielleicht auch deshalb, weil ich sechs Jahre gebraucht hatte, um das Geld auf die Seite zu legen, ohne das Gefühl zu haben, daß die Kinder zu kurz kommen. Bevor ich gegangen bin, hab ich Cassie die Kaffeebüchse in der Speisekammer gezeigt, mit dem Etikett »Für die Ausbildung von Lou, meiner ältesten Tochter«. Da drin waren zweihundertzweiundvierzig Dollar und ein paar Cent. Meine Lou, der Rechtschreib-Champion, war die geborene College-Kandidatin, von Kopf bis Fuß. In Scherflein von zwölf oder zwanzig Cent hatte ich ihr Ausbildungsgeld und mein Fluchtkapital zusammengespart. Ich hab mir vorgestellt, Ned würde trotz dem Unfall mit seiner Intelligenz und seinem guten Aussehn bestimmt mal ein Stipendium kriegen. Lou eher nicht. Daß ihr Vater ihr nichts zahlen konnte, hab ich gewußt.

Hunde haben meine guten Schuhe quietschen hören und gebellt. Ich bin an einem Baumhaus in der Ulme vorbeigekommen, auf der vor Jahren Shirl und ich eins gebaut hatten. Zwei Jungen haben dringesessen und geraucht. Der eine hat mich gehört, ein Streichholz angezündet, damit ich ihn seh, und mich gefragt, wer ich bin. Ich bin stehngeblieben und hab raufgeschaut. Ich weiß nicht, warum ich's ihnen gesagt hab. »Ich geh von zu Hause weg«, hab ich gesagt. »Gut«, hat der eine runtergerufen. Ich hab die beiden nicht erkannt. Sie waren ungefähr in Neds Alter. Elf ist das beste Alter für einen Jungen. »Und wohin?« hat der andere wissen wollen. Ich hab meine Tasche geschwenkt. Hab mich frei gefühlt. Aber aufgeregt war ich auch. Stell dir vor, ich um drei Uhr früh allein unterwegs – und dann red ich auch noch mit wildfremden Kindern. »Was tätet ihr vorschlagen?« hab ich gerufen.

»Florida«, haben sie fast im Duett gesagt. Sie mußten grad darüber gesprochen haben, wie ich stehngeblieben bin, darüber, wo *sie* hinfahren täten, wenn sie eine Fahrkarte hätten. Jeder Mensch hat einen Fluchtweg parat, als Alternative zum alltäglichen Schrecken zu Hause.

Hat mich erleichtert, daß ich ihnen meinen Plan verraten, sie um Rat gefragt hatte. Fast hatte ich das Gefühl, ich könnte auf der Stelle wieder heimgehn. Schon daß ich auch nur so weit gekommen war, hat mich irgendwie befriedigt. Aber ich hab mir gesagt: Sorgen sind Sorgen, und Pläne sind Pläne. Ich hab mich gezwungen, weiterzugehn bis zum Bahnhof. Einer der beiden Jungen hat mir nachgerufen: »Viel Glück. Aber Moment mal, Ihr Proviant! Kommen Sie noch mal zurück!« Sie haben mir eine Zigarette runtergeworfen. Ich hab mich bedankt und sie in meiner Tasche verstaut.

Auf dem Bahnhof war ich seit Jahren nicht mehr gewesen. Von außen hat das Bahnhofsgebäude, sauber und weiß wie Zuckerwerk, immer schön ausgesehn. Innen drin hätte's mal neu gestrichen werden müssen. Der Warteraum hat eine hohe Decke gehabt, von der die Farbe in großen Flocken abgeblättert ist, als ob sie auch von hier weg wollte.

Nur sieben Leute haben dringesessen, den Mann hinter dem Schalter nicht gerechnet. Ich hatte mir eine Menschenmenge erwartet, fast wie auf Ellis Island, ein bißchen Getriebe, bessere Kleider, Überseekoffer mit ausländischen Aufklebern, irgend so was.

Statt dessen haben zwei alte Männer, die ich aus der Stadt kannte, auf Bänken gelegen. Ihre Habseligkeiten hatten sie in Säcken und Schuhkartons neben sich. Die Tochter von dem einen, der geschnarcht hat, war mit mir in die Schule gegangen. Ich hab mich geschämt für sie, für ihn und für unsere Stadt. Weil so wenige Leute aus der Stadt jemals weggefahren sind, hat kaum einer gewußt, daß dieser Alte, der immer freundlich war und meinen Kindern Kaugummi geschenkt hat, ein Obdachloser war.

Ich hab mich neben eine dunkle Frau mit einem ordinären bunten Kopftuch gesetzt. Sie hatte zwei Kinder dabei und hat ein drittes grade gestillt, war dabei aber eingeschlafen. Neben sich hatte sie einen Koffer und eine Kochplatte in der Pappschachtel, in der sie sie gekauft hatte. Mrs. Williams. Sehenswert, wie gierig der Kleine gesaugt hat, wie krampfhaft die Augen von seiner Mutter geschlossen waren, wie schlaff ihr der Mund offenstand, als ob sie erstaunt wär, schon wieder auf Reisen zu sein. Ihre hübsche ältere Tochter hat unablässig einen Zigarrenstummel hin- und hergekickt. Sie hat mich offenbar wiedererkannt, mir zugezwinkert.

Ich bin zur Abfahrtstafel rüber und hab mir angesehn, wo der Orangenblüten-Expreß überall hält. Ene mene mu. Mir hat der Name von dem Zug gefallen. Mein Hochzeitsstrauß war auch aus Orangenblüten gewesen. An den Duft hab ich mich auch jetzt noch gern erinnert, trotz allem. Ich hab mich für St. Petersburg entschieden, weil Papa mal »St. Pete« dazu gesagt hatte. Eine Fahrt nach St. Pete hat mich an eine himmlische Belohnung denken lassen. Ich hatte meine nächste Heimatstadt ohne besonderen Grund ausgesucht, so wie Cap manchmal auf Pferde gewettet hat, bloß weil sie so gut klingende Namen hatten. Jetzt wo ich meine Bestimmung und meinen Bestimmungsort gekannt hab, wollte ich vor allem mit wem reden.

Der Zug sollte in anderthalb Stunden fahren. Ich hab eine gutaussehende Frau in den Fünfzigern gesehn. Sie war ganz in verschiedene gebrochene Weißtöne gekleidet und damit beschäftigt, ihren einen Koffer neu zu packen. Nicht grade ein erquickliches Geschäft – wenn man seine ganze Habe vor aller Augen ausbreiten muß. Aber sie hat sich mit gradezu königlicher Würde ihrer Aufgabe entledigt. Sie war eine hochgewachsene, kantige Weiße und hat den Aufenthalt zwischen zwei Zügen genutzt, um ihre Sachen in Ordnung zu bringen. Hat ihre Schultern und den schönen Hals gehalten, als ob alles aus einem Guß wär. Trotz ihrem angeschlagenen Zustand hat sie sich gegeben wie jemand, der zur feinen Gesellschaft gehört, aber auf der

Flucht vor ihr ist. Hat ihren ganzen Schmuck auf einmal getragen. Keine Klunker, die man im Banksafe aufbewahrt – aber auch kein Tand. Viel besser als alles, was ich jemals besessen hatte, abgesehn von meinem Brillant-Verlobungsring. Sie hatte helle Handschuhe ohne Fingerlinge an, wie sie seit der Jackson-Regierung niemand mehr getragen hatte. »Morgen«, hab ich gesagt. »Wo fahren *Sie* hin?« Sie hat mich nicht beachtet. Ich hab nicht gewußt, wie man sich als Reisende benimmt. Hab's halt mal probiert, aber wohl nicht den richtigen Ton getroffen. Ich hab dagestanden und mit beiden Händen meine Reisetasche gehalten. Und einfach gelächelt. Sie hat mir einen müden Blick zugeworfen, so als ob ich eine von den Frauen wär, denen sie immer wieder mal in der Eisenbahn begegnet. Dann hat sie sich wieder über ihre verstreuten weißen Kleider gebeugt. Es waren gute Sachen, die man aber alle ein paarmal hintereinander gründlich hätte durchwaschen müssen. Womöglich hätte aber auch das nichts mehr genützt. Weil ich so nah dran war, hab ich gesehn, daß an jedes Stück ein Zettel mit der Beschreibung angesteckt war: »Weiße Bl. m. Br. Spitze.« Seltsam, weil das hat man ja auf den ersten Blick gesehn.

»Entschuldigung«, hab ich gesagt (weil ich sie angesprochen hatte) und mich abgewandt, da sagt sie auf einmal – so leise, daß es sonst niemand hört: »Sie laufen weg.«

Ich bin wieder herumgewirbelt und hab gewartet, erschrocken, mit angehobenem Kinn.

Sie hat's an den Fingern abgezählt. »Zu viele Kinder. Ein Mann, der Sie nicht mehr kennt. Keine Kraft mehr. Alles ist trist, grauer Alltag.«

Ich hab genickt. »Sie sind eine Hellseherin«, hab ich gesagt.

»Nur eine Frau mit Gedächtnis, Kind. Hören Sie auf meinen Rat.« Ihre Stimme hat reif und kräftig geklungen.

»Ja, Madam?«

»Tun Sie's nicht.«

Ich wollte wissen, warum nicht. Sie hat sich neben ihren offenen Koffer gesetzt. Hat mit der Hand auf die abgewetzte Holzbank geklopft: Ich soll mich neben sie setzen. Ich hab's getan. Sie hat sich umgesehn, als ob sie Angst hätte, es könnte einer mithören oder sie unterbrechen. Unsere Schultern haben sich leicht berührt, ich hab ihr vertraut. Sie hat weiter ihre schönen, schmuddeligen Satinsachen zusammengelegt und mir den Saum von einem Unterrock zum Halten gegeben, während sie die obere Hälfte zu meiner hin faltete. Sie hat geredet, und wir haben dabei ihre ganzen Sachen gefaltet. Es war wunderbar, so eine Arbeit mit einer Fremden zu machen, die dann hinterher keine mehr ist. Wie viele ältere Leute, wenn sie zu erzählen anfangen, hat sie gesagt, sie hätt früher wirklich gut ausgesehn (hast du *mich* auch schon sagen hören, Schätzchen, stimmt's?). Sie hat behauptet, drei oder vier Leute, die wirklich nichts an den Augen hatten, hätten Sie in ihrer besten Zeit eine ausgesprochene Schönheit genannt. Ich hab zu ihr gesagt, das sieht man immer noch, aber sie hat abgewinkt.

»Ich erwähne das nur, weil es in *meiner* Geschichte darüber, wie ich davongelaufen bin und was bei mir schiefgelaufen ist, eine Rolle spielt.«

Ihre Sprache war richtig kultiviert. Ihre Fingernägel waren so schmutzig wie die von einem Bergmann. Hab mich geschämt, daß mir das aufgefallen ist.

Also, die Dame hat erzählt, wie sie geheiratet hatte, nach Baltimore gezogen war und drei reizende Kinder bekommen hatte, sich dann aber schon bald eingesperrt, verloren, verkauft vorgekommen ist. Und in Versuchung geraten. Irgend etwas zu probieren. Alles andere, nur nicht das, was sie tagein, tagaus hatte. An einem Samstagvormittag auf dem Jahrmarkt – ihre Kinder sind Karussell gefahren, und sie hat gewartet, daß sie endlich genug haben, war es überdrüssig, *jedesmal* zu winken, wenn sie vorbeigekommen sind – wurde sie von einem elegant gekleideten Herrn angesprochen, einem Kaufmann. Er war überaus galant zu ihr. Sie hat sich dreimal heimlich mit ihm getroffen und ist schließlich einmal in seine Wohnung mitgegangen. Daraufhin hat sie sich das beste Briefpapier gekauft, das in Baltimore zu haben war, und hat zwölf Blätter zerknüllt, bevor sie die richtige Formulierung gefunden hatte. Während ihr Mann in der Arbeit und ihre Kinder in der Schule waren, hat sie die Nachricht auf den Tisch gelegt. Sie lautete: »Ich muß einfach.« Sie hat mit ihrem Galanteriewarenverkäufer den Schnellzug nach Niagara Falls genommen. Er war zehn Jahre jünger als sie. Er hat sie geliebt und sie als die gesehn, die sie wirklich war, als einen vielversprechenden, wertvollen, vernünftigen Menschen. Er hat oft spontan Zaubertricks vorgeführt, auf der Straße wildfremde Leute gegrüßt, war, mit einem Wort, ein Mann, wie ihn sich jeder Mann zum Freund und jede Frau als Gefährten wünscht. An seiner Uhrkette hat er ein Äffchen aus Jade getragen. Das hatte er angeblich nicht in einem Trödelladen, sondern in Singapur gekauft. Im nächsten Frühjahr wollte er mit seiner neuen Geliebten eine Fernostreise machen. Hat es ihr fest versprochen, ihr die Quittungen über Anzahlungen für eine Dampferpassage ab Seattle gezeigt. Sie fühlte sich belohnt und irgendwie berühmt. Hat bis in den Tag hinein geschlafen. Er kaufte ihr feine weiße Brokatstoffe, Spitzenblusen und ein Döschen Make-up, das sie bis dahin nie verwendet hatte. Die Leute haben sich nach ihr umgedreht. Ihre alten, karierten und buntgeblümten Waschkleider hat sie an die Armen verschenkt. Er hat tagsüber gearbeitet. Hatte eine Stelle da oben in Kanada gefunden, als Verkäufer für Wäschereiartikel und Restaurantbedarf.

Eines Sommerabends, als sie sich eng umschlungen vereinigt haben, hat er seine Lust rausgeschrien. Dann gab es auch für sie kein Halten mehr, sie wurde immer lauter, bis sie beide gestöhnt und geschrien haben, daß es in der ganzen Pension zu hören war. Sie haben sich nicht geschämt, waren sogar stolz. Wie sich ihr junger Liebhaber am nächsten Morgen anzieht, um zur Arbeit zu gehn, findet er eine Nachricht, die ein Nachbar ihnen unter der Tür durchgeschoben hat: »Sie beide haben sich angehört wie liebestolle Katzen. Katzen! Ein wenig Zurückhaltung, wenn ich bitten darf! Sie sind hier in Kanada.« Er hat ihr den Zettel gebracht – sie hat noch im Bett gelegen. Sie hat sich in Grund und Boden geschämt und geweint – bis sie sein tiefes Lachen gehört hat. Er hatte sich ihren besten Hut aufgesetzt und ist wie ein Clown auf und ab stolziert. Sie mußte lachen. Aber als sie dann später die Treppe runtergegangen ist und gemerkt hat, wie peinlich berührt die andern Pensionsgäste waren, und als der verhutzelte alte Portier sie mit so einem komischen Lächeln gegrüßt hat, ist sie sich richtig billig, richtig schlecht vorgekommen.

Mit dem Bus ist sie zu den Fällen rausgefahren. Sie hatte sie schon viele Male gesehn, konnte sich aber immer wieder an ihrer geballten Kraft berauschen. Hat behauptet, man könnte das Donnern der Wassermassen ohne weiteres noch aus einer Meile Entfernung hören und den weißen Dampf sich zu Bergeshöhe auftürmen sehn. An einer Höhle über den Fällen hat sie die Tafel für die Touristen gelesen, auf der stand, daß ein junges Mädchen einmal genau auf dieser Aussichtsplattform ausgerutscht und runtergestürzt ist, daß ihr älterer Bruder reingesprungen ist und sie keine zwanzig Fuß vom Abgrund gepackt und in Sicherheit gebracht hat. Dann hatten andere Touristen eine Kette gebildet und die beiden Kinder ans sichere Land gezogen. Wie sie da so steht und das liest, durch einen neuen weißen Sonnenschirm vor dem Sprühwasser geschützt, hat sie plötzlich das Gefühl, daß ihr ein Zeichen gegeben wird. Sie vermißt auf einmal ihre Kinder – ein längst fälliger böser Schock. Das Donnern der Wasserfälle kommt ihr vor wie eine Abszeßhöhle, die danach schreit, gefüllt zu werden. Die Lieblings-Redensarten ihrer Kinder, ihre Geniestreiche beim Kolorieren von Malbüchern, die Art, wie sich jedes im Schlaf zusammengekuschelt oder ausgestreckt hat – das alles strömt in einem gewaltigen, schwindelerregenden Strudel auf sie ein. Sie muß ihren Sonnenschirm zumachen und ihn als Stock benützen, um sich auf den Beinen zu halten. Das weiße Kleid ist schon bald mit feinem weißem Sprühdunst durchtränkt. Der Nebel macht die Keulenärmel von ihrem Kleid schwer und kühlt ihr den Nacken. Ihr Weggang hat auf einmal gar nichts Heroisches mehr. Wie sie an einem Spiegel vorbeikommt, sieht sie, daß sich ihr Rouge in dem Gesprüh in Tröpfchen aufgelöst hat und ihr zierlich über die Wangen rinnt. Sie hinterläßt ihrem jungen Liebhaber eine Nachricht (auf feinem Papier). Schreibt ihm, daß sie ihn noch liebt, und verspricht, sie kommt mit dem nächsten Zug zurück. Der Brief endet: »Ich habe etwas vergessen.«

Sie ist mit dem Schnellzug nach Baltimore gefahren, hat sich ein Taxi zu ihrer alten Wohnung genommen. Die Vermieterin hat sie nicht reingelassen. Nachbarn sind aus ihren Wohnungen gekommen, haben sie auf dem Flur gesehn und sich kopfschüttelnd zurückgezogen. Alle waren der Meinung, sie wär schlimmer als eine Mörderin, weil sie ihre Familie im Stich gelassen hatte. Ihr Mann war mit den Kindern fortgezogen. Nachsendeadresse hatte er keine hinterlassen. Mit dem Zug ist sie zu den Eltern von ihrem Mann gefahren, die eine Farm im fernen Indiana hatten. Hat drei Tage gedauert. Die Schwiegereltern sind nicht mal auf die Veranda rausgekommen. Haben ihr durch den Briefkastenschlitz zugerufen, sie wüßten selber nicht, wo ihr Sohn mit den Enkeln hingezogen wär. Sie haben ihr die Schuld gegeben, mit einer Offenheit, die sie trotz allem bewunderte. Dann haben sie noch drei kleine gerahmte Bilder von ihr durch den Schlitz geworfen. Alle drei haben ihr in Scherben vor den Füßen gelegen.

Sie hat die schnellste Zugverbindung zurück nach Kanada genommen. Hat sich geschworen, ihren Verkäufer von nun an als Bruder, Sohn und Liebhaber zu behandeln – er würde jetzt ihre Familie sein. Doch wie sie wieder auf ihr Zimmer in der Pension wollte, hat sich rausgestellt, daß ihr junger Liebhaber ausgezogen war. Ihr Gepäck hatte er beim Portier untergestellt. Der Verkäufer hatte keine Nachricht hinterlassen, aber sie vermutete, daß er nach Fernost abgedampft war. Mit ihrem ganzen Gepäck ist sie noch mal zu den Fällen gefahren, um entweder einen vernünftigen Entschluß zu fassen oder runterzuspringen. – »Und deshalb, meine Liebe: Wenn Sie mich fragen, wo ich hinfahre, kann ich es Ihnen nicht sagen – nicht, weil ich es Ihnen nicht sagen will, sondern weil ich tatsächlich nicht weiß, woher der nächste Hinweis kommen könnte. Ich warte auf Fingerzeige, auf Nachrichten darüber, wo sie sich aufhalten, mein Mann und meine Kinder. Oh, ich weiß, sie sind irgendwo da draußen. Damals habe ich zuerst einen kanadischen Detektiv engagiert, dann einen Mann aus Baltimore. Aber das Geld ist mir ausgegangen, ehe die irgendwas gefunden hatten. Ich nehme Gelegenheitsarbeiten an – einmal war ich Gouvernante. Auch als bezahlte Gesellschafterin habe ich mich schon versucht. Ab und zu bekomme ich einen Hinweis. Vor zwei Jahren hat ein Mädchen, das so hieß wie meine Tochter, ihr Diplom am Bryn Mawr gemacht. Mein Geliebter ist auf der Gehaltsliste einer Holzhandlung in Eugene, Oregon, aufgetaucht. Ich bin mit dem Zug hingefahren. Aber niemand wollte mir was sagen. Man kann seinen Platz im Leben verlieren, wissen Sie. Anscheinend ist jedem von uns ein bestimmtes Gleis vorherbestimmt. Ich bin aus meinem herausgesprungen. Hab ein einziges Mal einen falschen Anschluß genommen. Jetzt finde ich die richtige Spur nicht mehr. Nichts zu machen.«

Dann hat sie mir ausführlich ihren Mann und die kleinen Kinder beschrieben. Und sämtliche Eigenheiten von ihrem verschollenen Verkäufer aufgezählt, mir seine Lieblingswitze erzählt, sogar das Muster von seinem karierten Anzug geschildert. Aber das war jetzt alles bestimmt dreißig Jahre her. Sie hat gemeint, wenn ich irgendwann mal wen seh, der ihren Beschreibungen auch nur halbwegs nahekommt, soll ich unbedingt Kontakt mit ihr aufnehmen. Sie hat aus einem Aschenbecher einen Fetzen von einem Briefumschlag gezogen und, Zunge zwischen den Zähnen, in deutlichen Blockbuchstaben eine Adresse draufgeschrieben. Anschließend hat sie mir den Zettel gegeben, sichtlich froh, wieder noch wen gefunden zu haben, der nach ihren Vermißten Ausschau halten würde. Auf dem Papier stand: »Mrs. Carlotta Webb, p. A. Atlantic Coastline Railroad.«

Ich hab sie angesehn, mich bedankt. Hab den Zettel gefaltet und ihr gesagt, falls mir mal einer von . . . ihren Angehörigen über den Weg läuft, geb ich ihr ganz bestimmt Bescheid. Und daß ich dankbar bin für die Lehre, die ich aus ihrer Geschichte gezogen hab. Sie hat gelächelt, hat wieder müde gewirkt und sich von neuem darangemacht, ihren ramponierten Koffer umzupacken. Sie hat gemerkt, wie besorgt ich ihre angegrauten Kleider angesehn hab. »Eigentlich bin ich ein ordentlicher Mensch.« Sie hat die Hand auf die zusammengefalteten Sachen gelegt. »Es ist bloß ... ich muß die Sachen mit der Seife in Bahnhofstoiletten auswaschen. Die ist einerseits zu scharf, andererseits wird sie verdünnt. Ich hab mir eine raffinierte Methode ausgedacht, die Sachen in einem fahrenden Zug zum Trocknen aufzuhängen – aber man darf natürlich nicht den Ruß vergessen. Irgendwann habe ich kapituliert: Man kann nicht sauber bleiben. Wenn man ständig auf Reisen ist, kann man nicht sauber bleiben.«

Sie hat gelächelt, die Achseln gezuckt. Ich bin rausgegangen.

Ich hab mich nach Hause geschleppt, mit steifem Hals, wie nach einer langen Reise. Nach einer Weile hab ich die Schuhe ausgezogen und bin barfuß weitergegangen. Die Gehsteige waren feucht vom Tau, der Asphalt samtig wie Wildleder. Wie durch Zufall hat grade wieder mal der Morgen gegraut. Warum kommt einem die Morgenröte immer wie ein Geheimnis vor, ein Schock, ein unerwarteter Erfolg? Jeder Sonnenaufgang ist durch Dunkelheit von seinesgleichen getrennt. Vielleicht hält sich jeder für den allerersten. Unsere Stadt hat ausgesehn wie ein Glanzprospekt von sich selbst, wie was Neues.

Ich bin an der bewußten Ulme vorbei und hab gesehn, wie sich eine blaue Decke, die vom Baumhaus runterhing, im Wind bewegt. Ich hab angestrengt gelauscht und gemeint, ich könnte die beiden Jungen atmen hören. Tief und fest schlafend, wie nur Elfjährige (mit Freunden am Wochenende, im Freien) schlafen können. Hat mir gefallen. Hab mir vorgestellt, daß sie »Na, wie war's in Florida?« runterrufen. Hab mir eine Antwort ausgedacht. Am liebsten hätt ich meine Zigarette geraucht, aber ich hatte kein Feuer. Ich hab immer nur Küchenzündhölzer gekauft.

Ich bin leise ins Haus. Castalia war am Tisch eingenickt, eins von Babys Filmmagazinen aufgeschlagen vor sich. Sie war schön, so ausgebreitet auf der Platte, mit ihrem kostbaren Nerzmantel zur Gesellschaft auf dem Stuhl ihr gegenüber – ihrem Zwilling. Ich war ihr dankbar, daß sie es mir vorher, wie ich ihr von meinem Vorhaben erzählt hatte, nicht auszureden versucht, sondern nur geseufzt und einmal genickt hatte. Ich hab ihr die Hand auf die Schulter gelegt, sie hat überrascht aufgeschaut, dann meine Hand gepackt, mir einen Kuß auf die Innenfläche gedrückt und bloß gesagt: »Hab's gewußt.« Wortlos geb ich Cassie zwanzig Dollar von meinem Fahrgeld (vielleicht zum Teil als Schweigegeld – obwohl ich da keine Bedenken hatte). Sie hat mir den Schein zurückgeschoben, da hab ich ihn ihr in die tiefe Tasche von ihrem Nerz gesteckt und sie heimgeschickt.

Ich hab angefangen, Zimttoast für acht zu machen. Hab gewußt, der Duft wird sie beizeiten runterlocken. Wegen dem Zucker und weil mir ihre ersten Zähne so wichtig waren, hab ich im allgemeinen höchstens zweimal im Jahr Zimttoast gemacht. »Na, gut geschlafen?« hab ich die ersten gefragt, die dem Geruch von Gewürz und Butter nicht widerstehn konnten. Die Kinder sind in Grüppchen und einzeln eingetrudelt, haben sich die Augen gerieben, nach einem bitteren Metallgeruch gerochen. Schlafen ist anstrengend für sie, sie betreiben es so ernsthaft. Ich hab Neds Stock die Treppe runter und dann über den Fußboden im Flur tappen hören, und das Geräusch war jetzt so wundervoll, wie es vorher schrecklich gewesen war. Wenigstens war er immer noch er selber, weißt du? Am Leben und bei mir. Wie sie so um den Tisch sitzen, kommen mir die Kinder alle ganz neu vor, als wär ich lange Zeit weg gewesen. Ich hab gespürt, wie ich – mit einem einzigen langen Blick – alles zurückgewonnen hab, was ich dadurch, daß ich sie verließ, verloren hatte. »Ja, wie ein Stein«, kam die obligate Antwort.

»Und wie hast *du* geschlafen, Mama?« hat sich Lou erkundigt.

»Als ob es kein Morgen gäb«, sag ich. Sie hat genickt und mich dann gefragt, ob's mir hier drin zu kalt wär. »Nein, warum?« sag ich, während sie mich von oben bis unten mustert. Weißt du, ich hab nämlich noch mein gutes Kostüm angehabt – und sogar den Hut auf. Vor dem Herd haben meine engen Schuhe gestanden. Die Hochzeitsreisentasche hat ganz schlaff ausgesehn, in sich zusammengesunken.

Ich hab die Nadel aus dem Hut gezogen und ihn abgenommen, mir ans Nackenhaar gefaßt. Niemand würde es je erfahren. Zumindest insoweit hab ich mich nicht schämen müssen. Ich hab sie beim Essen betrachtet – jeder hat seine eigene Methode gehabt. Baby hat den Zimttoast von der weichen Mitte nach außen geknabbert. Andere haben sich von allen vier Ecken nach innen vorgearbeitet. Ned hat seinen jetzt mit beiden Händen gehalten und im Bogen von links nach rechts abgebissen. Die Zwillinge haben mal so, mal so gemampft. Lou, die den andern geholfen hat, hat ihren erst abkühlen lassen und dann in säuberlichen Quadraten abgebissen, wie man's von einer Rechtschreibmeisterin nicht anders erwarten tät.

Wie ich so dasteh, barfuß, die Arme verschränkt, zu schön angezogen für unsere Küche, wird mir klar – ja, also, weißt du, deine Lucy hatte kein Bedürfnis mehr, irgendwen umzubringen. Nicht mal ihn.

Sechs oder acht Wochen lang hab ich mich besser gefühlt. Nicht grade phantastisch, wohlgemerkt, aber besser. Ich hatte meinen Ruhepunkt wiedergefunden.

In der neunten Woche hab ich dann gemerkt, daß ich's – endlich – doch konnte.

Ich hab dir hier erzählt, wie ich mich drauf vorbereitet hab, von zu Hause wegzulaufen. Mein erster Versuch war eine gute Übung gewesen. *Danach* war ich bereit wegzugehn.

2

Aber *mit* meinen Kindern. Allen acht. Du hast doch nicht gedacht, ich wär fähig gewesen, ein blindes Kind und die ganzen andern netten kleinen Verrückten im Stich zu lassen, oder? Man kann vielleicht mit dem Gedanken spielen, aber wenn's dann soweit ist, daß man weggehn müßte, wird einem klar, man kann nicht. Cap, vom fröhlichen Schweinefest in Norfolk zurück, war jetzt zu einem in Richmond gefahren. Ein günstiger Zeitpunkt. Die Kinder waren begeistert. Ich hatte ihnen Entschuldigungen geschrieben. Begründung: »Ein Ausflug.« Sicher, ich wollte meine eigene Haut retten. Das will jeder. Aber ich war inzwischen so mit meinen Kindern verwachsen, den kleinen und größeren ebenso wie den halbwüchsigen, daß ich ohne sie nicht mehr hätte leben können.

Sie waren in der Schule oder im Garten, und ich hab oben in den Kinderzimmern ihre Wegfahr-Sachen auf Häufchen sortiert. Ich hatte ihnen gesagt: »Eine Sommer- und eine Herbstgarnitur und ein Spielzeug pro Nase, außerdem eine Haarbürste für je drei.« Baby hatte wissen wollen, ob wir in einem »weinumrenkten Häuschen« übernachten würden. Darauf ich: »Wie oft muß ich dir's noch sagen: ›weinum*rank*tes Häuschen.‹« Da hat's an der Haustür geklopft, und ich bin richtig zusammengefahren. In Falls klopft kein Mensch an. Wer einen gut genug kennt, um einen überhaupt zu besuchen, kommt einfach rein, und höchstens wenn er besonders höflich sein will, ruft er vorher »huhu!« oder so was. Captain hat sich wieder mal den denkbar ungünstigsten Zeitpunkt ausgesucht.

Ein Telegramm: »Ihr Mann im Krankenh. Mögl. Schlaganfall. Orientierungsverm. stark herabges. Viehzüchterkongr. Richmond.« Ich hab dem Jungen fünf Cent und dann einen Vierteldollar Trinkgeld gegeben. Hab dagestanden, den Manchester-Spielanzug von dem einen Zwilling in der Hand, und mir überlegt, wo ich eigentlich hatte hinfahren wollen. Vielleicht in Winonas weinumrenkte Reit-Akademie? Ob sie mich und die meinen aufgenommen hätte – vielleicht als Putzkolonne, als Hilfsgärtner? Reisen am Ort!

Ich hab ein Mädchen von der High-school engagiert, die sich um die Kinder kümmern sollte, während ich mit dem Zug nach Norden gefahren bin, mich selbst überzeugen, wie schlimm es ist. Mein Mann hatte mich am Telephon nicht erkannt. Cassie hat die Beleidigte gespielt, weil ich mir das Mädchen besorgt und nicht sie gefragt hatte. Aber ich hab das als Maßnahme zur Erhaltung meiner Freundschaft mit Miss Cassie Marsden gesehn. Wollte nicht einfach über Cassie verfügen. So was tut keiner Freundschaft gut.

Nach Neds Unfall hab ich Auto fahren gelernt. Hab ich, glaub ich, schon gesagt. Jetzt war Cap krank, und ich bin flott in den Zug gestiegen wie eine berufstätige Frau in einem Film. Geschäftstüchtig, aber im Innersten weichherzig. Auf der Fahrt nach Norden war ich völlig durcheinander, so durcheinander, daß mein ganzer Zorn verraucht ist. Bei der Ankunft war ich gradezu unheimlich entspannt und resolut. Hab mir ein Taxi genommen, froh drüber, daß ich erst vor kurzem bei Lolly gewesen war. Hat mich alles an die Fahrt zu meinem Sohn im Krankenhaus von Wilmington erinnert. Nur daß es diesmal leichter war. Mein Angetrauter hat ausgeruht gewirkt, und ich hab gefunden, ich seh auch gut aus. Aber dem Captain ist das nicht aufgefallen. Ich hab seine Hand genommen. »Die haben meiner Mutter weh getan«, sagt er, fast fröhlich, eine Mitteilung. »Jawohl.«

Ich war froh, daß er wenigstens das noch gewußt hat. »Weißt du, wer ich bin, Schatz?«

Er hat eine Weile gebraucht, um sich auf die Frage und dann auf mich zu konzentrieren. Hat genickt und hinter seinen auf einmal katzenartigen Schnurrhaaren gelächelt.

»Wer bin ich?« Ich hab nicht locker gelassen, hab gedacht, er wird mir einen Rat geben wie Mrs. Williams. Hab seine riesige Hand gehalten und gedrückt. Andere Männer in Morgenmänteln sind auf der Station rumgeschlurft, haben gelangweilt geguckt. »Wer?« Ich hab mich zum Vater meiner Kinder runtergebeugt. »Also, wer bin ich?«

Er hat sich in die Kissen zurücksinken lassen, die Augen mit den weißen Wimpern geschlossen und sehr müde, aber auch sehr würdevoll gesagt: »Du bist ein kleines Mädchen, für das ich verantwortlich bin, aber das komische ist, ich weiß deinen Namen nicht mehr.«

Ich hab dagestanden und nicht gewußt, soll ich lachen oder heulen – völlig durcheinander. Dann hat mich etwas an der Ausstattung von der Station – gerahmte Infanteriewappen, gekreuzte Gewehre – auf die Idee gebracht, ein bißchen mit ihm zu üben. »Erzähl mir von Simons Taschenuhr. Schütze Simon P. Utt.«

Im ersten Moment hab ich gedacht, er muß sich übergeben. Er hat sich aufgesetzt und wie ein Epileptiker, der sich der erlösenden Freude und Notwendigkeit eines ausgiebigen Anfalls überläßt, geschrien, so daß der schwarze Pfleger gelaufen kam: »Sie sind nah rangekommen. Du hast ihnen zugerufen, sie sollen bleiben, wo sie sind. Zwecklos. Du hast gesehen, daß sie ihre Musketen schußbereit halten. Die Offiziere haben einen dazu gezwungen; außerdem hat man gewußt, daß die Kameraden in der Nähe sind und einen beobachten. Vielleicht war's auch die Angst, wenn einer von den andern über den Hügel auf einen zugerannt kam. Du hast ihre Gesichter sehen können . . .«

Der Pfleger, an den mich – wie mir grad einfällt – Jerome ab und zu erinnert, hat sich neben mich gestellt und mir die Hand auf die Schulter gelegt. Beide haben wir dagestanden und den Mann mit dem weißen Bart angesehn, der eine Geschichte rausgebrüllt hat, auf die sich hier keiner einen Reim machen konnte. Hat sich angehört wie auswendig gelernt. Wie geprobt.

Ich hab den jungen Mann im gestärkten weißen Kittel angesehn. »Ich glaub, ich würde gern mit seinen Ärzten sprechen.«

»Sind die Tochter?«

»Nein.« Ich hab den Kopf geschüttelt. »Aber er ist ein alter Mann, für den ich verantwortlich bin.«

Von da an hab ich neun Kinder gehabt statt acht. Und weißt du was? Das war besser.

Papa hatte mir seit einiger Zeit finanziell unter die Arme gegriffen, damit ich acht Kinder und einen bettlägrigen alten Mann ernähren und kleiden konnte. Eines Morgens, beim Aufräumen von Caps Nachttisch, ist mir auf einmal eine Idee gekommen. Ich hab seinen pfundschweren Schlüsselbund genommen und bin damit zu einem Schwarzen gegangen, der lange in Caps Stallungen gearbeitet hatte. »Und wofür ist der?« hab ich mehrmals gefragt. Stellt sich raus, daß Captain immer noch die Miete für die Zimmer bezahlt hat, die seine selige Mutter in der Pension bewohnt hatte. Kein Wunder, daß wir pleite waren. Er hatte Cassie das Haus gekauft. Winonas verlassenes Anwesen hat ihm gehört, und dazu hatte er auch noch die Zimmer von Lady More Marsden behalten. Warum denn bloß? »Deswegen, daß die Sachen alle noch drin sind«, hat der ehemalige Angestellte von meinem Mann mir gesagt. Ich hab ihm versprochen, daß er eine anständige Provision von dem möglicherweise beträchtlichen Verkaufserlös kriegt, auf mein Wort. Ich bin stracks zu der Pension gegangen, aber im letzten Moment hat mich der Mut verlassen. Die Kinder sind grade aus der Schule heimgekommen. Ich hab ihnen erklärt, was wir für eine Expedition machen werden. Hab ihnen erzählt, wie sich ein kleines Mädchen vor vielen Jahren mal in diese großartigen Räume gewagt hat, weil sie eine Arbeit schreiben mußte, für die sie dann ein Befriedigend gekriegt hat. Das wär ja nicht so besonders, hat Ned gemeint. Ich hab ihm gesagt, daß sich keiner was Besseres erhoffen konnte. Der Schlüssel hat gepaßt, und die Kinder haben sich von meinem Gebibber anstecken lassen. Haben gebettelt, draußen in den beiden verdreckten Schaukelstühlen warten zu dürfen, die noch auf der Veranda gestanden haben. Aber ich bin hart geblieben und hab die Tür geöffnet. Der Rauchgestank, der uns entgegengekommen ist, war so durchdringend und so frisch, daß ich im ersten Moment gedacht hab, wir wären grade rechtzeitig gekommen, um einen Brand zu löschen. Dann hab ich begriffen, daß der Geruch von Shermans Fackeln sich fünfzig Jahre gehalten hatte. Louisa ist tapfer rein und hat die schwarzen Samtvorhänge aufgezogen, und da haben wir dann die Schränke voller Spinnweben und die Kronleuchter gesehn. Da waren Bowlengefäße aus Muranoglas in Form von Schwänen. Ich hab ein Service aus schlichtem weißem Spode-Porzellan gesehn wie die Tasse, die Lady in ihren letzten umnachteten Jahren ständig in der Hand gehalten hat. Hab an ihren armen Sohn gedacht, der ganz in der Nähe ans Bett gefesselt war – eine Familie, auf der ein Fluch gelegen hat. Die Kinder waren nervös und haben sich schmutzig gemacht. Ich mich auch. Wir sind wieder raus, und ich hab die Adresse vom besten, pingeligsten unverheirateten Antiquitätentaxator im ganzen östlichen North Carolina ausfindig gemacht. Ich hab ihn reingeführt, und er war erst ein bißchen hochnäsig, aber auf einmal hat er durch die Zähne gepfiffen und ist förmlich in einen Biedermeier-Sekretär reingekrochen.

»Jetzt sehen Sie sich das an«, hat er gesagt, aber nicht zu mir, bloß aus lauter Begeisterung. Von dem Geld von der Versteigerung haben wir gelebt. Ich hab kein Möbelstück behalten, keinerlei Andenken an die Plantage.

Nichts.

Man will ja auch mal glänzen

Es ist Gottes Ehre, eine Sache zu verbergen, aber der Könige Ehre ist es, eine Sache zu erforschen. Man tue den Schaum vom Silber, so wird ein rein Gefäß daraus.
– Sprüche 25, 2.4

1

Auf Molkereiprodukte drucken sie heutzutage: »Mindestens haltbar bis . . .« Also, mein getreuer Besucher, *mein* Haltbarkeitsdatum ist schon längst abgelaufen, nämlich ungefähr 1951. Aber ich bin immer noch da – ich kipp zwar manchmal um, und die Augen wollen nicht mehr so recht, aber ich rede noch und kann immer noch wütend werden. Mit meinem schwarzbraunen Haselnußgesicht. Jerome wird richtig böse, wenn ich mich nicht schone. Schimpft mit mir wie mit einem Kind, das noch nicht auf sich selbst aufpassen kann. Dann lach ich einfach.

Ich würde gern zum Schluß bloß von Glück reden. Die Erinnerung mischt ja die Karten so, gottseidank. In letzter Zeit hab ich öfter an den Sommer zurückgedacht, bevor Caps Schlaganfall die zivile Veranda vor dem Kriegsmuseum, das sein Gedächtnis durch und durch war, abgerissen hat. Bevor Cap seinen eigenen Sohn geblendet hat. Als er noch oft auf Reisen war. An manchen Tagen hier in meinem Bett muß ich über die schönen Sachen grinsen. Meine Augen mögen ja einen frostig-weißen Überzug haben wie die Doppeltür von einem Frigidaire, aber was dahinter eingeschlossen ist, bleibt kühl und frisch, Schätzchen. Und bis zum letzten Atemzug werd ich darum kämpfen, daß alles gut und sicher konserviert bleibt da drin. Mein letztes verbilligtes Reste-Menü ist also der schöne, sorgenvolle Sommer 1912.

Meine Kinder haben alles verschluckt, was geglitzert hat. Haben Licht für eine Leckerei gehalten. Ich hab sie oft genug gewarnt: »Es ist nicht alles eßbar, was glänzt.« Hat aber nichts genützt – grapsch und schluck, und dann sind sie heulend angerannt gekommen. An einem Junitag 1912 steht auf einmal Lou vor mir und hat Baby an der Hand. »Sag's ihr«, befiehlt sie ihrer kleinen Schwester. »Erzähl Mama, was du gemacht hast, du Früchtchen.«

Ich bück mich und nehm Baby ins Gebet: Hat sie wirklich was verschluckt? (Ein Nicken.) Beschreib das Ding doch mal.

»Hat . . . funkt«, erklärt Baby. »Funkt« war ihr Lieblingswort in dem Sommer.

Lou, angeödet, von Natur aus herrisch, rollt die Augen. »Wir *glauben*, es bedeutet ›funkelt‹.«

Ich werf Lou einen strafenden Blick zu. »Paß auf, du, zum Glück kann Baby schon sprechen. Also halt den Mund, ja?«

»Schätzchen?« Ich knie jetzt vor Baby. »Schau mich an. Schau Mama an. Führ Mama mal dahin, wo du gefunden hast, was du verschluckt hast.«

Dann ist es passiert: Mein Kind, meine Dreijährige, unser hübschestes Mädchen, zeigt auf meinen Ringfinger, auf eine Schwiele, auf die braune Eherille, die verrät, was fehlt. Ich schau auf die Abtropfplatte, auf die ich ihn gelegt hab.

»Du hast Mamas Brillantring verschluckt!«

Baby nickt heftig, ihre Löckchen hüpfen. Sie kriegt ganz große Augen, schluckt einmal zur Demonstration und zeigt dann auf ihren mit pummeligen Speckfalten umringten Hals. Dann gleitet ihre Fingerspitze immer tiefer, bis dahin, wo das Brustbein anfängt. »Da . . . kitzt . . . so«, klärt sie uns heiser auf.

»Tut's dir weh, Schatz?« Ich pack sie an den Schultern und schüttel sie. »Sag Mama, was du spürst, *sag's* mir.«

Baby schmatzt, wie wenn sie was kostet. Sie schaut zur Seite, konzentriert sich. Dann kommt der Bericht: »Funkt.«

Schließlich fängt Baby zu schluchzen an. Damit hab ich gerechnet. Ihre gelben Locken, ihr Pullover mit den draufgestickten Tieren, ihr perlmutternes Näschen, ihre rosige Haut – arme schöne Baby.

»Seid ihr trotzdem noch verheiratet?« fragt mich Lou und zupft mich an der Schürze. Lou kann einen zum Wahnsinn treiben. Jetzt rennt sie weg, ein dickliches, wißbegieriges Kind, um es ihren Geschwistern zu sagen: Baby hat das Verheiratetsein von unsern Eltern verschluckt. Ich versprech unterdessen meiner kleinen Heulsuse, daß alles wieder gut wird. Du wirst schon sehn. »Was reingeht, muß auch wieder rauskommen. Verstehst du das, Baby?« Das arme Kind sperrt den Mund auf und steckt sich viele sommersprossige Finger in den

Rachen. Rasch zieh ich ihr die Hand wieder raus. »Nein, am andern Ende, Schatz. Wir müssen bloß warten. Es dauert ein Weilchen. Wir spielen einfach, daß Baby ein Fluß ist und daß wir an einer Stelle was reingeworfen haben, dann können wir's wieder rausfischen, wenn es flußaufwärts (oder flußabwärts?) vorbeischwimmt – na, jedenfalls, du siehst, du brauchst keine Angst haben. Wir untersuchen alle deine ... Alles, was aus deinem kleinen ... Du kriegst ein Töpfchen ganz für dich allein und bringst es jedesmal der Mama, ja? Na, das wird doch ein Spaß, was meinst du? Du wirst das Töpfchen ganz für dich haben, keiner sonst darf sich draufsetzen. Hast du das verstanden, mein kleiner Pfirsich?«

»Ja«, sagt Baby. »Ich ein Fluß.«

»Stimmt genau.« Auf den Knien rutsch ich zum Unterschrank unterm Ausguß. Hier landen immer erst mal meine verschmorten und verbeulten Töpfe und Pfannen, bevor sie endgültig in den Abfall kommen. Ich finde einen alten weißen Emailtopf mit einem roten Rand, übersät mit tief eingegrabenen schwarzen Flecken wie lästigen Muttermalen. War bei meinen Hochzeitsgeschenken dabei, vor Jahrhunderten. Ist lange mein Lieblingstopf gewesen, vor allem zum Kochen von Wasser in der Früh. Ich weiß, daß ich ihn jetzt für immer opfern muß.

Ich hoffe, ich kann Baby dafür interessieren, wie für ein neues Spiel, verstehst du? Wie sie sich einigermaßen beruhigt hat und ihr Töpfchen untersucht, es sich als Hut aufsetzt, durch den hohlen Stiel zu gucken versucht, frage ich sie aus, im beiläufigsten Mach-dir-keine-Sorgen-Tonfall. »Sag der Mama, warum du Mamas Verlobungsring verschluckt hast, Süße. Bitte – warum?« Ich grins. Sie darf sich nicht getadelt fühlen.

Baby tut wie eine berühmte Opernsängerin, die Reportern an Deck eines Ozeandampfers ein Interwiew gibt. »Weil er ... funkt.«

»Ja, er funkt«, sag ich. »Funkelt.«

Draußen singen meine älteren Kinder schon ein Lied darüber, daß Baby Braut und Bräutigam verschlungen hat. Ich schrei raus, sie sollen auf der Stelle Ruhe geben. Baby, die ihr neues Spielzeug hätschelt, es sich am roten Stiel vors Gesicht hält wie einen Handspiegel, merkt, daß das gegen sie geht. Sie hat Angst, die Nachbarn werden es erfahren. Sie steht da, und die Tränen kullern ihr über die Backen. Ihr herzförmiges Gesicht klumpt sich zusammen.

»Sag mal ›funkelt‹«, rede ich ihr gut zu, um sie von dem abzulenken, was jetzt auf sie zukommt. »Na, probier's mal.«

»Funkelt«, versucht sie. »Bedeutet ›funkt‹.«

»Ja«, sag ich und lächel sie an. »Und jetzt setz dich auf den Topf.«

Sie hat gehorcht. Hat sich gar nicht mehr runtergetraut vor lauter schlechtem Gewissen. Hat mir schier das Herz gebrochen. Wirklich.

Ich hab meiner kleinen Elster Pflaumen zu essen gegeben. Massenweise gedünstete Pflaumen. Hab ihr zugeflüstert, das wär von nun an ihre Geheimspeise. Sie hat mich gebeten, auch ein paar davon zu essen. »Baby is so alleinsam«, hat sie gesagt. Hat scheint's gedacht, die Pflaumen wären Gift. Also hab ich genausoviel gegessen wie sie, Pflaume für Pflaume – und hinterher dafür büßen müssen. Hab mir gedacht, das ist das mindeste, was ich tun kann.

Ich hab die andern Kinder angefleht, sie sollen sie nicht ärgern. Und sie haben sich redlich bemüht. Haben versucht, nicht zu kichern, trotzdem sie's wirklich lustig fanden. Genau wie ich meistens. Aber ich hab's mir natürlich verbissen. – Ich hab mir Sorgen gemacht, ich könnte Baby verkorksen. Hab mir vorgestellt, wie sie – Jahre später – bei irgendeinem Berater oder Sozialarbeiter im Büro sitzt, an den Wänden lauter gerahmte Diplome, und ihm mit gesenkter Stimme von den vielen Fehlern berichtet, die ich gemacht hab. Und wie er dann entrüstet zurückfragt: »Sie hat *was* getan?«

Nein, ich wollte alles richtig machen. Gelingt mir auch fast immer. Komisch, daß nie jemand darüber spricht, wie sehr wir uns alle bemühn, keinem weh zu tun. Das macht auf der ganzen Welt einen so großen Teil von jedem Tag aus. Aber in die Zeitung kommen immer nur die Kriege und die Raubüberfälle. Wie erklärst du dir das? Geschichten von alltäglicher Freundlichkeit will keiner lesen. (Diese hier wird bestimmt auch untergehn. Ich mein, was gibt es Belangloseres, Schätzchen? Ein Ring und eine Frau in einem Haus an einer ruhigen Straße in einem hinterwäldlerischen Kaff.) Will sagen: Ich dank dir, daß du mir bisher zugehört hast, und hoffe, du bleibst bei der Stange und läßt dir erzählen, wie alles ausgegangen ist. Aber du kommst ja treu und brav wieder, Gott segne dich. Bald gibt's wieder Essen. Dann kommen sie mit dem Rollstuhl und bringen mich zu meinem Mittwochs-Hühnerfrikassee. War nie mein Leibgericht.

Ich konnte's kaum noch mit ansehn, wie niedergeschlagen Baby war, und hab sie deshalb »Mamas Schmuckkästchen« genannt. Hab ihr gesagt, sie soll es auch mal von der guten Seite betrachten: Angenommen, ein Räuber überfällt uns, dann findet er Mamas kostbarstes

Schmuckstück bestimmt nicht. Baby hat sich ein Lächeln abgerungen; sie war immer bemüht, andern eine Freude zu machen, hat es manchmal richtig übertrieben. (Sie war sogar mal beobachtet worden, wie sie in der Stadt vor einem Maultier einen Knicks gemacht hat.) Trotzdem hab ich sie ein bißchen später dabei überrascht, wie sie löffelweise Salz essen wollte, damit ihr schlecht wird und der Ring wieder rauskommt. Da hab ich sie im Haus rumgetragen, sie auf den Armen gewiegt und gesagt: »Vertrau auf die Zeit, Liebes. Die Zeit wird uns bringen, was wir haben wollen. Wart's nur ab.«

Hab ich schon gesagt, daß das 1912 war? Schätzchen, das war eins unserer letzten guten Jahre. Das Jahrhundert hat auf uns gelauert, eine ganze Minigolfanlage voller Gruben, Fallen, Stromschnellen, Minen. »Vertrau ihr«, hab ich zu Baby gesagt. »Die Zeit heilt, sagt man, alle Wunden.«

Das hat sie beruhigt. Ich hab ihr gesagt, sie soll auf die Zeit vertraun. Sie hat sich's zu Herzen genommen, die Ärmste. Ist Schauspielerin geworden und hat grade ihre ersten Erfolge gehabt, wie sie mit einunddreißig gestorben ist. Sie wurde bis zum Schluß Baby genannt. »Vertrau auf die Zeit«, hab ich ihr immer wieder gesagt. Was bleibt uns denn sonst übrig?

Dann hab ich ihr einen Deckel für ihr Töpfchen gegeben. Es hatte sich nichts getan. Ich wollte sie nur mal sanft erinnern.

Nicht lange, und sie hat mir den Topf gebracht, mit dem Deckel fest obendrauf. Sie hat gegrinst und erschöpft, aber stolz gewirkt. »Ich dank dir, mein Zwiebelchen. Du machst Mama eine große Freude.« Ich hab meinen zweitbesten Meterstab genommen und mir einen Stapel alte Zeitungen unter den Arm geklemmt und bin mit Topf und Deckel im Bad verschwunden. Ich hab die Tür verriegelt und den Wirtschaftsteil in der Badewanne ausgebreitet. Was Besseres ist mir nicht eingefallen. Mit den anrüchigen Einzelheiten meiner langen, langen Schatzsuche will ich dich verschonen.

In der Rückschau kommt's mir so vor, als hätt's Wochen gedauert, als wären ganze Wochenendausgaben vom *Herald Traveler* dabei draufgegangen. Mein sehnlichster Wunsch (»Suchet, so werdet ihr finden«) hat sich über alle Inserate ausgebreitet. Ich bin normalerweise nicht dazu gekommen, die Zeitung zu lesen, noch nicht mal die Sonntagsausgabe. Aber jetzt hab ich mich immer mehr für die »vermischten Meldungen« am Rande interessiert. Ich hatte seit Jahren keine Comics mehr angeschaut. Jetzt hab ich die Witzseiten vor dem Untergang gerettet, sie für mich aufgehoben. Sonst hatte ich ständig etwas für andere auf die Seite gelegt, deshalb ist es mir jetzt wie Sünde vorgekommen, wenn ich den Teil mit den Comics zurückbehalten hab, um ihn irgendwann gegen Mitternacht zu lesen. Woran du sehn kannst, mein Junge, wie sehr alles aus dem Lot war. Erst jetzt, wo ich mit Macht auf die Hundert zugeh, wo ich meine letzte Freizeit mit Bedacht nutze, wo meine ganze Familie schon von mir gegangen ist – erst jetzt hab ich Zeit, irgendwelchen unfreiwilligen Zuhörern oder geliebten Menschen wie dir stundenlang Geschichten zu erzählen. Ich kann ein Nickerchen machen, wann und wie lange es mir beliebt. Ich habe keine Pflichten mehr. Abgesehn von der, noch einen Tag länger am Leben zu bleiben. Der *Herald Traveler* will einen Photographen rüberschicken, wenn ich bis zu meinem Hundertsten durchhalte. Das hält mein Interesse wach. Ich war nicht mehr in der Zeitung seit einem schmeichelhaften Hochzeitsbild im Jahre neunzehn null null. (Den Schleier hatte ich abgenommen.) Außerdem sind da meine Pflegerinnen. Die eine hübsche ist schwanger, und ich bin neugierig, ob's ein Junge oder ein Mädchen wird. Zondro geht jetzt auf eine Kunstschule in Philadelphia. Sie fehlt mir. Sie war so traurig über die sechs anderen Irokesenschnitte unter den Studienanfängerinnen, daß sie sich ihren hat abnehmen lassen. Sie hat einen Freund, den hat sie mal mitgebracht, und sie hört jetzt auf den Namen »Sandra« und trägt sogar *Kleider*!

Heutzutage lassen die Leute mich in Ruhe. Das ist schön, aber die Arbeit fehlt mir. Wenigstens hab ich Ersatzkinder. Dich zum Beispiel. Ich kann's immer noch nicht fassen, daß meine eigenen alle unter der Erde sind. Jedes einzelne, und wie sind sie gestorben? Eines natürlichen Todes, überwiegend. Sogar Louisa, die Krankenschwester, auch sie ist von mir gegangen wie die andern – da haben auch ihre Kenntnisse in Medizin nichts genützt.

Na jedenfalls, meine älteren Kinder haben sich jetzt immer draußen vors Badezimmerfenster gestellt und gelauscht und gelacht, wenn ich wieder mal mit der Zeitung geraschelt hab. Lou hat auf einer Apfelkiste gestanden wie ein Ausschreier beim Karneval und die Nachbarskinder in Schach gehalten. Ein sauberes Früchtchen, dieses Kind. Aber ich hab gemerkt: Ihre düstere Phantasie ist wie meine eigene auf die menschliche Seite von Babys meisterhaftem Ringwurf angesprungen. Louisa (benannt nach der Autorin von *Kleine Frauen* – hab ich schon gesagt) hat sich normalerweise gesittet betragen, mir zum Beispiel im Haus geholfen. Aber bei jeder Krise ist sie aus dem Ruder gelaufen. Jetzt hat sie draußen gestanden, hinter Büschen versteckt gelauscht und den andern gesagt: »Ich wette, Mama findet auch eine echte Perle, eine im Wert von . . . mindestens sechstausend Dollar. Bis jetzt hat sie noch keiner vermißt, aber sie ist wirklich da drin. Und ich wette, Mama findet die schöne rote Katzenaugenmurmel, die ich verloren hab, wie ich so alt war wie Baby, also vor langer, langer Zeit. Ich wette . . .«

Träumerisch wie immer, hat Ned gesagt: »Sie wird da drin . . . einen richtigen jungen Cockerspaniel finden, einen lebenden.«

Dann hat Louisa die Nachbarskinder gefragt, was *sie* sich erhoffen.

Ich hab aus Leibeskräften geschrien: »Macht, daß ihr da wegkommt. Es ist doch wirklich schon alles schlimm genug.« Nebenbei bemerkt – ich hab den Verdacht, daß Miss Louisa den Nachbarskindern Eintritt abverlangt hat, zwei Cent pro Nase, dafür, daß sie da draußen rumstehn und horchen, sich ausmalen, sich was wünschen durften.

Die arme Baby, die immer berühmter wurde, ist in ihrem Zimmer geblieben, unter Decken vergraben, hinter zugezogenen Rollos, beschämt wie eine Pestkranke. Sie hat dagelegen, das Gesicht nach oben, die dichten Wimpernreihen fest aufeinandergepreßt, und sich mit der einen Hand den Bauch gerieben und mit der anderen die Stirn befühlt. Töpfchen und Deckelchen auf einem Stuhl neben dem Bett haben gewartet wie zwei interessierte Katzen. Zu ihrem eigenen Unterleib hat mein armes blondes Kind immer wieder leise gesagt: »Jetz mach schon, beeil dich.«

Bei drei Mahlzeiten täglich haben wir alle gewartet und so getan, als täten wir nicht warten. Haben ihr beim Kauen zugesehn. Die ledigen, kinderlosen Nachbarn sind rübergekommen und haben mit mühsam unterdrücktem Grinsen gefragt: »Na, schon was dabei rausgekommen?« Sehr witzig.

Fast ganz Falls hat mich in Lucas' Gemischtwarenladen nach den unappetitlicheren Einzelheiten meiner Jagd nach dem Ring ausgefragt. Ich hab jedesmal die Arme verschränkt. Ich konnte doch meinen Liebling nicht hintergehn. Je länger ich nach dem Familienerbstück gefahndet hab, desto öfter ist mir aus meiner Arbeitsunterlage, der Tageszeitung, ein ganz bestimmtes Wort ins Auge gesprungen: »Ring.« (Es muß doch einen Namen dafür geben – daß, sobald man ein Faktum gefunden oder eine Redewendung zum erstenmal bemerkt hat, die Erde sich schneller dreht, bloß um einem zu zeigen, wie oft man eben dies schon vor der Nase gehabt hat.) »Boxer Soundso will nie wieder in den Ring steigen.« »Die Operngesellschaft Raleigh möchte in den nächsten sechs Jahren den gesamten Ring des Nibelungen auf die Bühne bringen.« »Ring von Wettbetrügern aufgeflogen.« – Allmählich hab ich geglaubt: *Schon bald wird mir alles, was ich jemals verloren hab, wiedergegeben werden. Mit Zins und Zinseszins.*

Bei Nacht hab ich ihn mir vorgestellt da drin.

Kurz vor dem Einschlafen war ich in dem Schwebezustand, in dem ich oft schärfer denken kann als in meinen wachsten Momenten bei Tage. Dann ist das Juwel klar wie auf einem Röntgenbild vor meinem inneren Auge erschienen. Dann wußte ich genau, wo im Innern von Baby mein Edelstein die Nacht verbracht hat. Im Dunkeln genauso groß wie mein Kind, hat er mir zugeblinzelt. Manchmal, wenn ich aufgeregt bin, dreh ich fast unbewußt den Ring an meinem Finger. Jetzt hat er das scheinbar von allein getan – so alleinsam im Innern von Baby. Dann hab ich vor mich hingedöst und mir die verrücktesten Sachen ausgedacht.

Zum Beispiel daß der klare Stein von dem Ring in Wirklichkeit ein Auge ist, verstehst du? Mit Facetten zum Festhalten jedes Anblicks. Jede Facette ist wie ein anderer Aspekt von seinem hohen Intelligenzquotienten. Das goldene Band hinter seinem Auge ist der umgreifende Schädel, der das Auge ruhig hält und Erinnerungen von dem aufbewahrt, was es sieht. Dann hab ich mir ausgemalt, was der Ring jetzt alles zu sehn bekommt, kostenlos, während Baby auf der andern Seite des Raums ruhig atmet (ich war mit meinem Bett in ihr Zimmer umgezogen, sie hatte Angst, in der Nacht mit *ihm* allein zu sein). War nicht weiter schwer, sich die Reise von dem Ring vorzustellen. Ich seh die Innenansicht von meiner hübschesten Tochter. Da drüben ist eine Wildwasserstrecke: Er treibt wie ein Kanu durch große rosa Höhlen, blaue Arenen, glatte, notwendige Liebestunnel, Schleusentore, Abflüsse von museumsreifer Schönheit. Dann kommt eine Vergnügungsfahrt, gemächlich schwimmt der Diamant einen breit sich schlängelnden Fluß hinunter. Er schwimmt so langsam, weil es ihm hier drin richtig gut gefällt. Das ganze Jahr über 36,8 Grad – das Florida der Gesundheit meiner Tochter. – Aber Moment, was ist, wenn er irgendwo hängenbleibt, wenn er sich ein schönes Plätzchen sucht, es sich gemütlich macht und Monat für Monat einen Karat nach dem andern ansetzt? Wenn meine Dreijährige ihn austrägt? Zeitungsreporter passen Baby an ihrer liebsten Schaukel ab, in der Hoffnung auf ein Interview. Schließlich sag ich ihr, was auf sie zukommt. Ich halt ihr das Händchen und sag: »Pressen, Baby.« Und raus kommt ein

Edelstein so groß wie ein ansehnlicher Brocken Kohle – heißes Eis schießt in die Gummihände wartender Schweizer Ärzte. Über ihrem Mundschutz tragen sie dunkle Brillen, damit sie in diese gleißende Helligkeit schaun können. »Noch nie in unserer ganzen Laufbahn«, sagen sie. Tags darauf Schlagzeilen im *Herald Traveler* und anderen Weltblättern:

KLEINKIND GEBIERT RIESENDIAMANTEN –
VIERMAL SO GROSS WIE HOPE-DIAMANT
Fachleute stehen vor einem Rätsel

Das waren meine seltsamen eigensüchtigen Gedanken im Halbschlaf. Vielleicht war ich drauf und dran, verrückt zu werden. Die medizinische Pracht von meinem Kind hat mich phantasieren lassen. Aber, Schätzchen, sogar im hellwachen Zustand hab ich gewußt: Kein Gemälde, kein Friedensvertrag, kein Genie kann sich mit den Wundern vergleichen, die ein einzelner Ring auf seiner Wanderung durch den Verdauungstrakt von einem ganz normalen Kind zu sehen bekäm.

Weißt du, der Körper ist ziemlich oft das Beste, was wir auf unserer Seite haben. Ein Körper ist an sich ein funkelndes Schmuckstück. Toll!

»Wir wollen aus diesem Zwischenfall ein Lehrstück machen«, hab ich erst zu mir selbst und dann zu meinen Kindern gesagt. Ich hab Lou und Ned aufgetragen, in ihren Schullexikas unter D nachzuschlagen. »Ich will tadellose mündliche Berichte«, sag ich. Sogar die Nachbarskinder haben sich versammelt. Archie hat in seinem hohen Kinderstuhl gesessen und gegrinst. Lou hat sich geräuspert und aus der *Encyclopaedia Britannica* vorgelesen: Man muß sechs Tonnen Erz durchsieben, um ein Pfund Edelsteine zu gewinnen. »Wie im Leben!« sag ich. »Stellt euch das vor!« Und sie haben sich's vorgestellt, das hab ich gespürt. Dann hat Ned aus dem *World Book* zitiert: Daß berühmte Diamantschleifer nach getaner Arbeit den Kehricht sammeln und ihn verbrennen, damit auch nicht ein einziges Karat zusammen mit dem täglichen Staub weggeworfen wird. »Ist ja nicht zu glauben.« Ich schüttel den Kopf. »Feuer kann ihnen nichts anhaben. Sie machen ihm eine lange Nase. – Aber Moment mal. Wo ist eigentlich Baby?«

Erst da ist es uns aufgefallen: Keiner hat sie wie üblich hin- und hergehn hören, keiner hat sie seit ihrem Frühstück – warmer Pflaumensaft mit Kleie – gesehn. Die Tür zu ihrem Zimmer war abgeschlossen. Ich hab Lou gesagt, sie soll am Regenrohr hochklettern. Auf halber Höhe hat sie an einer Schelle einen Fetzen von Babys bestem Kleid flattern sehn. Im Zimmer drin hat sich dann gezeigt, daß sie Töpfchen und Deckelchen mitgenommen hatte. Einer von den Zwillingen hat gemurmelt: »Oje, der Topf hat Beine bekommen.« Baby war ausgebüchst.

Louisa hat genau gewußt, wo jedes Familienmitglied seine Geheimnisse verwahrt. Sie ist zielstrebig zur Söckchenschublade ihrer Schwester gegangen und hat verkündet, ihr Sparbuch wär auch weg. Mein Mann hatte für jedes Kind ein Sparkonto mit fünf Dollar angelegt. Bei den meisten war das Kapital wegen unmäßiger Bonbonkäufe schon bald mehr oder weniger aufgezehrt. Nicht so bei Baby! Sie hat jede Woche ein paar Cent eingezahlt. Keiner hat gewußt, wie sie an das Geld gekommen ist.

Im Pulk sind wir auf der Jagd nach dem Diamanten durch den Ort gelaufen – umsonst. Baby war wie vom Erdboden verschluckt. Wieder zurück, hab ich mich am Küchentisch niedergelassen, hab geseufzt und mit mir gerungen, ob ich Telegramme aufgeben oder schrein soll. Da seh ich auf einmal ein in Geschenkpapier gewickeltes kleines Päckchen neben meiner rechten Hand liegen. Ich nehm das Ding, reiß es auf. Fast glaub ich, Baby persönlich könnte aus diesem vier Zoll langen Kästchen springen. Es ist mit braunem Samt ausgeschlagen, und in einem Schlitz steckt ein Ring, nicht mein eigener, aber ein richtig schönes Stück, ich bin mir nicht sicher, was für ein Stein es war – er hat ins Violette gespielt, war voller Licht und hatte eine schlichte Fassung in Gelbgold. Auf dem Boden von dem Schächtelchen finde ich ein Preisschild (von Cuthrell, dem besten Juwelier am Ort). »Vierunddreißig Dollar«, schrei ich und lauf die Treppe rauf. Baby liegt zusammengekrümmt auf dem Bett und schluchzt.

»Deine ganzen Ersparnisse!« schrei ich. Mit der Hand fühl ich, ob sie Fieber hat. »Die ganzen Ersparnisse deines kurzen Lebens. Das geht doch nicht.«

Ich erklär ihr, daß wir den Ring – trotzdem er schön ist, erstaunlich geschmackvoll, dafür daß ihn eine Dreijährige ausgesucht hat – zurückbringen müssen. »Und du darfst nie wieder so viel Geld für deine Mama ausgeben, hast du mich verstanden?«

Baby hat ins Kopfkissen gebeichtet: »Er is ja nich so ssön wie deiner, Mama. Baby sseig dem Mann den einen, den Baby will. Baby legt den Finger auf die goße Glaskiste, Baby sseigt und sseigt. Aber der Mann ssaut sich Babys gansses Geld an und sagt, Baby kann nur den da haben. Mamas is besser, aber . . . Baby aufessen hat. Baby sseigt und sseigt, Mama. Aber Baby nich kriegt hat. Baby soo . . . alleinsam. Babys gansses Geld nich genug Geld, Mama.«

»Nein, nicht«, sag ich. Wir umarmen uns und plappern Unverständliches, während meine Kinder (und die Kinder von andern Leuten) auf dem Flur rumwimmeln und zu uns hersehn. Sie machen Schlitzaugen, verschränken die Arme. Louisa geht von einem zum andern und kassiert noch ein paar Cent. Für die Kinder ist der Tag noch besser geworden als erwartet. Will sagen: schlechter.

Bald. Es mußte jetzt bald passieren. So konnte's nicht weitergehn. Wie Babys Moral auf den Nullpunkt gesunken war, hab ich mir einen Ausflug in die Stadt für sie ausgedacht. Wir würden ihr Geld wieder auf die Bank bringen und allerlei Gänge erledigen, nur sie und ich, sonst niemand. Die andern wollten unbedingt auch mit. Ich hab meine Kleine alle vier Sonntags-Unterröcke übereinander anziehn lassen und das kleine Strohhütchen von Ostern mit dem weißen Band. In den Hut war sie verliebt. (Manche Dreijährigen sind schon so eitel wie die eitelsten Erwachsenen. Lustig anzusehn.)

Ich hab Baby an der Hand genommen, und wir waren schon fast am Gartentor, da ruft uns Louisa was nach und kommt aus dem Haus gerannt. In den Händen hat sie Töpfchen und Deckelchen. »Ihr habt euer Fangnetz vergessen.« Sie hat Faxen gemacht mit den beiden Dingern. Aber ich hab begriffen, daß Louisa, die das Haus hüten sollte, völlig recht hatte. Fern von daheim konnte er sich überall und jederzeit ereignen, unser goldener Augenblick.

Und in der Tat: Am späten Nachmittag sind wir am Baseballplatz vorbei heimwärts getrottet. Es war ein langer, langer Tag gewesen – ich hab's im Kreuz gespürt. Inzwischen war ich bereit, mich damit abzufinden, daß der Ring verloren war. Hab mir aber das Recht zugesprochen, eine Woche lang besonders verbittert zu sein. Wozu ist die Welt eigentlich gut? Im selben Augenblick fängt Baby an zu zappeln. »Ach du lieber Himmel.« Wir haben's grade noch zu einem verdreckten Damenklo hinter den Mannschaftskabinen geschafft. Nichts als grauer Zement, grüner Schimmel und Lippenstift auf den Spiegeln. In meiner Panik hab ich Baby erst das Deckelchen untergeschoben und es dann rasch gegen das Töpfchen ausgewechselt. Beide haben wir was Metallisches klappern hören. Hat geklungen wie ein Schrapnell aus Papas Geschichten, als ob's gut und gern acht Pfund gewogen hätte. Eine rot angelaufene Baby hat gegrinst. Eine rot angelaufene Baby hat gelacht und dann, bleich geworden, geweint und geweint. Ich hab den Deckel richtig fest auf den Topf gesetzt. Und schließlich sind wir beide – ich mit dem Ergebnis noch warm im weit von mir gehaltenen Gefäß – nach Hause marschiert, Hand in Hand, mit schwingenden Armen.

Der menschliche Körper ist das einzige Abflußrohr, das die Sachen auch wieder hergibt, die es geschluckt hat . . . und noch mehr!

2

Jetzt ist von alledem nur noch die Erinnerung übrig. Die Zeit ist ins Land gegangen und hat mich braun gefärbt wie eine Hickorynuß. Nicht daß ich jemals eine Schönheit gewesen wär – mein Gesicht war immer bestenfalls Durchschnitt. Die Zeit hat mich vergessen, hat mich hier in meinem Bett sitzenlassen, aber keine Bange, sie kommt wieder. Und wenn auch mein Verfallsdatum längst abgelaufen ist – ich genieße noch die warme Sonne und weicheres Essen.

Trotzdem, in manchen Nächten hier kann ich kaum schlafen. Die Welt ist lauter geworden – all dieses Dröhnen, Krachen und Sirenengeheul, von dem man nicht weiß, wo's herkommt. (Nicht wie im alten Falls, wo einen jede zugeschlagene Tür beim Vornamen gekannt hat.) Heutzutage hört man unsern neuen Flugplatz, und dabei haben die meisten von uns noch nie in einem Flugzeug gesessen. Und man liegt in einem Bett, das zwei Tage, nachdem man gestorben ist, das Bett von wem andern sein wird. Man hört die atmosphärischen Störungen der Welt direkt draußen vor dem Fenster zischen und kreischen, braucht nicht mal ein Radio, um sie zu empfangen. Mit den vielen Drähten, an die man angeschlossen ist, ist man eh schon selber eins! – Ein Mensch in meinem Alter findet immer weniger Ruhe. Das ist *eine* Art, wie sie einen schön sanft drauf vorbereiten. Am Schluß sehnt man sich so nach Stille und Schlaf, daß man sich mit Haut und Haaren der Ewigkeit hingibt, bloß um die ersten acht Stunden Ruhe genießen zu können.

Manchmal, wenn ich nicht einschlafen kann, meldet sich diese Ringgeschichte wieder, wie ein zu schweres Essen. In manchen Nächten, im Halbschlaf, hab ich das Gefühl, ich selber hätt mich in das Ding verwandelt. Dann sag ich mir: So war's bei mir schon immer, verloren und gefunden. »Wir werden sehn.« Vielleicht bin ich ein unverwüstlicher Stein, der durch die Dunkelheit treibt? Aber für mich ist sogar die Finsternis was Vertrautes, Persönliches – wie der in einem von meinen Kindern eingeschlossene Schatten. Mir kommt's vor, als hätt ich selber den Anfang zu der Dunkelheit gemacht, in der ich enden werde. Auf alle Fälle bin ich *eine* von ihren Müttern. – In andern Nächten werd ich selber zum Kind. Aber ein Artikel, der eigentlich richtig wertvoll sein sollte (die Welt), hat sich in einen Angelhaken verwandelt, hat sich, spitz und tödlich, tief in mir drin festgesetzt.

Jetzt hab ich die Zeit, mir solche Albernheiten auszudenken. Und das ist gut so.

Vor nicht mal ganz zwei Tagen hab ich vormittags um zehn hier gelegen, den Bauch voller Toast, und mich daran erinnert, was damals im *World Book* gestanden hatte: über die Diamantschleifereien in Amsterdam (das ist in Holland). Bei Arbeitsschluß hat der Boß natürlich Angst, es könnte ein Krümelchen von dem kostbaren Zeug verlorengehn. Also müssen die Putzfrauen auf sein Geheiß folgendes machen: Sie schütten den ganzen Kehricht in ein offenes Metallgefäß. Dann stecken sie den Dreck in Brand. Die Flammen beseitigen Papierschnitzel, verbrennen die üblichen Fusseln, lassen verschmoren, was sich so an Fäden und allerlei Unrat im Laufe des Tages überall, wo gearbeitet wird, in den Ecken ansammelt. Die Putzfrau braucht dann nur noch die Asche durchsuchen. Und manchmal findet sie prompt in dem knisternden Ruß ein paar von den schönen verlorenen Steinen, bläulich-weiße Brillanten so rein, daß ihnen das Feuer nichts anhaben kann, Edelsteine, die stärker sind als die besten schädlichen Kräfte der Erde.

Weißt du, was ich glaube, Schätzchen: Mein Leben ist genau das gewesen, das Abbrennen von Überflüssigem. Und das, was übrig ist, was noch in der Hand glänzt – tja, das nenne ich das Meinige, Schätzchen. Das bleibt.

Ich hab meine Kinder geliebt. Meine Kinder sind alle tot.
Ich hab meinen Ring geliebt. Hier, schau, ich hab ihn immer noch.

Musik verwandelt sich im Krieg

Singet ihm ein neues Lied, machet es gut auf Saitenspielen mit Schalle.
– Psalm 33, 3

1

Hier ist die letzte von seinen besseren Geschichten:

In einer Zeit rauchigen Kriegs da lebte einmal auf einer Anhöhe mit der klarsten Aussicht auf einen Fluß in Virginia ein friedfertiges reiches junges Mädchen – musikalisch begabt und unscheinbar.

Virginia. Der Staat wurde nach Elisabeth I. benannt, der jungfräulichen Königin.

Die junge Miss Randolph war für ihren Papa der Traum von einem jüngsten Kind gewesen – sicher zu Recht. Drei ruppige blonde ältere Brüder haben das kleine Schwesterchen, ihren Liebling, gutmütig geneckt. Unison Randolph wurde fünfzehn an dem Tag, wo ihr Vater und ihre Brüder in den Krieg geritten sind. Sie und ihre Mutter standen im Portikus des Herrenhauses und haben mit Spitzentüchern so groß wie Flaggen gewunken.

Die Mutter und das Mädchen mußten nun alleine das Haus hüten und den Familiennamen in Ehren halten. Die Männer sind davongetrabt zu General Lees Nordvirginia-Armee. Unison war noch nicht lang fünfzehn, wie die Nachricht gekommen ist: Sie hatte jetzt nur noch eine Angehörige, ihre Mama. Dergleichen geschah – vor allem in den Jahren 1861 bis 1865 in Virginia. Unisons Papa war von einem Kanonenschuß getötet worden, dem auch sein geliebter Araberhengst zum Opfer gefallen war. Der älteste Bruder, ein geübter Schwimmer, ertrank unter seltsamen Begleitumständen bei der Durchquerung von einem Fluß. Die anderen beiden wurden innerhalb von drei Tagen erschossen, als sie in verschiedenen Teilen von North Carolina auf Proviantsuche waren.

Sechs Monate später hat eine Division Südstaatler auf dem Grundstück der Familie und den umliegenden Feldern ihr Lager aufgeschlagen. Bis dahin hatten die Damen Randolph ihren Kummer durch gute Werke an den Pachtbauern der Umgebung und den wenigen Schwarzen, die noch nicht davongelaufen waren, zu betäuben versucht. Unison hat sich mit ihrem vorzüglichen Cembalospiel getröstet und mit der stillen patriotischen Trauer ihrer Mutter abgefunden. Fast jede Nacht hat sich die magere Unison in ihr geschnitztes Bett gelegt, sich – um die Mutter nicht zu stören – die Decke über den Kopf gezogen, geweint und dabei die Namen von ihren drei Brüdern ausgesprochen. »Edmund, Billy, Keane, Edmund, Billy, Keane.« Vielleicht konnte sie die Jungen damit in der Wirklichkeit halten? Vielleicht würde sie das, blond und frech, in die Welt zurückholen? Alle drei waren Schürzenjäger und Draufgänger, glänzende Reiter und bedenkenlose Verschwender. Wie sehr sie ihr ständiges sinnloses Lärmen vermißt hat!

Seit die Rebellen-Division auf ihrem Grund und Boden kampierte, hatten die beiden trauernden Damen wieder Gesellschaft und Arbeit in Hülle und Fülle. Ach, wieder gebraucht zu werden! Im Garten und auf den Feldern hat es plötzlich wieder nach Männern gerochen und geklungen. Die junge Unison konnte auf der Veranda stehn und zu einer von Pferdehufen aufgewirbelten, von Zeltspitzen starrenden Staubwolke rüberschaun. Sie konnte ein rauhes Klirren hören, das sie mit eisernen Gerätschaften und waffennärrischen Männern in Verbindung brachte. Ein unschönes, brutales Geräusch, das mehr an Physik als an Feinheiten denken ließ, aber sogar für ihr musikalisches Ohr eine gewisse Ordnung hatte, mein Junge. Ihr sind die Risse und fehlenden Messingknöpfe jeder vorbeikommenden Uniform aufgefallen. Unison sehnte sich so danach, freundlich zu jedem anwesenden Rebellen zu sein, sogar zu den konskribierten. Und ihr Wunsch ist in Erfüllung gegangen – wie wir bald sehn werden, mein treuer Zuhörer –, nur allzusehr ist er der kleinen Unison Randolph in Erfüllung gegangen.

Mein Mann war damals Pferdebursche. Dreizehn Jahre alt, war er eine Zeitlang Trompeter gewesen und dann degradiert worden. Es hatte sich als Nachteil erwiesen, daß er völlig unmusikalisch war. In der Früh um halb sechs unter einer taufeuchten Plane aufzuwachen ist schon schwer genug, aber wenn das, was einen jeden Morgen weckt, auch noch bald in Dur und bald in Moll ist – das hält keiner aus, Junge.

Aber du, ein Veteran der Veteranin des Veterans, weißt das ja inzwischen schon alles.

Daher hat der junge Marsden neue Befehle gekriegt: Er sollte sich ab sofort mit um die Pferde kümmern. Da konnte er nicht viel verderben.

Will hat also jetzt am Waldrand bei den Pferden gesteckt. Der Hafer hat scharenweise Vögel angelockt. Das hat Willie gefallen. Er hat Vögel gemocht. Er hat die Pferde vorbildlich getränkt und gestriegelt – nicht daß das wem aufgefallen wär. In der Nacht hat er mit seinen Schützlingen geredet, hat ihnen erzählt, daß das Haus von seinen Eltern auch an einem Fluß steht, ganz ähnlich wie der große Kasten von den Randolphs da drüben. Hat ihnen beschrieben, wo er daheim immer Bisamratten in ihren Bauen aufgestöbert hat. Und auch von einer hübschen kleinen Höhle im heimischen Wäldchen hat er ihnen erzählt, in der die Tropfen so stetig wie das Ticken einer Uhr gefallen sind. Die Pferde haben die Schallwellen von seiner Stimme so selbstverständlich absorbiert wie im Haus drin eine Couch – aber weil sie nun mal Pferde waren, haben sie nur wenig verstanden und wenig behalten.

Will und die andern haben Unison Randolph und ihre vielerlei Freundlichkeiten bewundert. Manchmal hat sie Plätzchen gebacken und sie eigenhändig verteilt, bis sie alle waren. Manche haben die Plätzchen als Glücksbringer in der Jackentasche aufgehoben.

Ein neuer Leutnant ist ins Lager gekommen. Sein prachtvoller Brauner hat geschwankt unter einer Ausrüstung, die für einen kleineren Wanderzirkus gereicht hätte. Leutnant Prothero besaß einen dreiteiligen Spiegel – hat der vielleicht gefunkelt bei seinem triumphalen Einzug!

Leutnant Prothero war ein gutaussehender, wenn auch etwas dicklicher Mann. Hat einen fast geärgert, daß einem das sofort aufgefallen ist – einschließlich des prachtvollen Schnurrbarts. Er hatte zusammenklappbare Feldmöbel aus Ebenholz und Silber dabei. Außerdem reiste er mit seinem eigenen Toilettenstuhl, damit er nicht die Gemeinschaftslatrinen aufsuchen brauchte. Den ganzen Luxus hatte er seinem reinrassigen Morgan-Pferd aufgeschnallt. Dem war das sichtlich unangenehm, was man ihm nicht verargen kann. Das Tier hat geschnauft wie ein Asthmatiker. Der Wallach hatte ebenfalls eine noble Freizeit-Ausrüstung: eine maßgeschneiderte Decke aus dem Jagd-Plaid des Fraser-Clans.

Am ersten Abend hat Prothero seinen Spiegel aufgestellt und zwei silberne Haarbürsten mit Monogramm vorgeholt. Der junge Leutnant hatte vier verschiedene französische Parfüms in Sprühfläschchen, zur Behandlung der neuralgischen Punkte eines Kriegers bei schweißtreibender Betätigung. Nicht mal Miss Unison Randolph hatte so viele europäische Duftwässerchen.

Dann hat er den dreiteiligen Spiegel mit Kerzen bestückt. Da sind die andern neugierig geworden. Der Spiegel hatte, wie die damaligen Notenständer, im Rahmen Vertiefungen für dünne Kerzen. Der Leutnant hat seinen Ebenholzstuhl aufgestellt, sich das Pincenez auf die Nase geklemmt und angefangen, sich den silberblonden Schnurrbart und die Koteletten zu bürsten. Dabei konnte ihm jeder zusehn. Auf der fernen Veranda haben Unison Randolph und ihre kränkelnde Mutter in Schaukelstühlen gesessen und sich mit Fächern, die dicht unterm erhobenen Kinn flatterten, Kühlung zugefächelt. Die Fächer sind langsamer geworden – die Damen haben zugeschaut, wie ein Mann Toilette macht wie ein tingelnder Schauspieler. Was hatte das zu bedeuten?

Ein paar Soldaten haben gepokert, andere haben sich genau gegenüber zusammengedrängt, nicht weit vom Lagerfeuer. Sie haben sich umgedreht, um den jungen Prothero zu mustern, der neu hier war. Er hat an seinem improvisierten Tisch gesessen (der Lafette von einer Kanone) und in den Spiegel gestarrt. Zum Schluß hat er sich mit Hingabe seine Platin-Augenbrauen gebürstet.

War einem peinlich, das mitanzusehn. Man ist sich vorgekommen wie ein Eindringling, aber hätte es nicht eigentlich *ihm* peinlich sein sollen? Als ein paar ungehobelte Konskribierte laut zu lästern angefangen haben, hat er sie bloß mit einer zerstreuten Handbewegung weggescheucht. Schließlich hat Salvador Magellan Smith gerufen: »Gefällt Ihnen, was Sie da sehn, Sir?«

Prothero hat zurückgerufen: »Ich seh dreimal soviel davon, wie jeder andere hier draußen in dieser Wildnis sehen dürfte, danke, Soldat.« Dann hat er stolz sein edles Profil hergezeigt und mit unverhohlener Genugtuung gestöhnt.

Na ja, die Männer haben gelacht. Ist ihnen praktisch nichts anderes übriggeblieben. Wenn jemand über seine kleinen Fehler scherzt, heißt das, daß kein anderer sich drüber lustig machen soll. Sal hat den Kopf geschüttelt. »Der Junge sieht gut aus. Aber *so* gut darf man einfach nicht aussehn.«

Wer hätte sich über die Spiegelguckerei von einem jungen Mann beklagen sollen, der sich an der Front so offenkundig einsam gefühlt hat? Die andern einsamen Männern hier? Die beiden Frauen, die drei junge und einen älteren Mann verloren hatten, Männer, die vielleicht sogar besser ausgesehn hatten als dieser Dandy?

Protheros sorgfältige Körperpflege hat hier draußen weniger weibisch gewirkt. Alles war so direkt und einfach. Seine Parfüms waren eher Aberglaube als Trost. Die Toilette kam einem vor wie die freudlose Instandhaltung einer großen Investition.

Wenn die Soldaten an Protheros Spiegel vorbeigekommen sind, haben sie es vermieden, sich selber zu betrachten. Wenn man zwei Jahre ununterbrochen im Freien gelebt hat, ist es besser, den Schaden nicht aus der Nähe zu besehn, noch dazu gleich dreifach.

Der junge Charlestoner hat sich jedem vorgestellt, zweimal. Er hat die Männer nach ihren Namen gefragt und wo sie herkommen, und man hat gesehn, wie er sich die Antworten einprägt. Sogar Willie Marsden, Protheros Pferdeknecht, war scheint's der Aufmerksamkeit des Leutnants würdig. Protheros Stimme war rauchig, voll – glänzend schwarz wie Kaviar. Der neue Mann hat einen charakteristischen wiegenden Gang gehabt. Er hat ein Pincenez benutzt, das mit einer zwei Fuß langen Seidenkordel am untersten Westenknopf befestigt war. Prothero hat die Runde gemacht und jeden mit einem markigen Händedruck begrüßt wie der Bewerber um ein politisches Amt. Hat sich die Zeit genommen, den mageren Pferdewärter nach seiner Familie zu fragen. Der Leutnant hat festgestellt, daß er in Charleston einen Cousin des jungen Schützen Marsden kannte, und hat ihn von da an respektvoller behandelt. Prothero hat sich alles gemerkt, was Willie ihm gesagt hat. Besonders gern hat er sich von Wills kapriziöser, talkumweißer Mutter erzählen lassen. Der Leutnant ist mit Vorliebe von seinem Spiegel an den Waldrand geschlendert, wo die Pferde angebunden waren. Willie hat das Pferd des Leutnants gestriegelt, das den Namen Target trug, und der Charlestoner hat ihn zum soundsovielten Mal gebeten, ihm eine bestimmte Geschichte zu erzählen.

Jung-Willie hat sich gern um Target gekümmert, ein Roß, das genauso rotbraun, nervös und schön war wie Prothero selbst.

Im Gegensatz zu den Yankees, die ihre Reittiere gestellt bekamen, sind die Konföderierten mit ihren eigenen Pferden in den Krieg gezogen. Kaltblutpferde, Araber, kreuzlahme Klepper, Maultiere – du kannst dir's vorstellen: Auch in einer tierischen Armee findet man alle Sorten. Hab ich wahrscheinlich schon mal gesagt.

Mein seliger Mann hat Protheros Pferd für den Thomas Jefferson unter den Vierbeinern gehalten. Andere Tiere haben Target angesehn, als ob sie in einen von Kerzen beleuchteten Spiegel schauten, der ihnen ihre eigenen wunden Stellen, Senkrücken und Mottenlöcher zeigt. Sie haben Target gebissen. Der reinrassige Morgan stammte aus einem der besten Gestüte und war ein für zivile, friedliche Zwecke hochgezüchtetes Tier. Im Krieg mit seinem Gebrüll und Kanonendonner, hat Will erzählt, war Target ein einziges Nervenbündel. Das Krachen von Detonationen hat ihn so erschreckt, daß er oft am ganzen Leib gezittert hat. Anstatt zu wiehern, hat das arme Vieh leise gehustet, fast wie ein Mensch: »A-hem, a-hem.« Eingekeilt zwischen tranigen Ackergäulen und stinkenden Mauleseln, hat Target mit seiner satinumsäumten Decke wie ein vornehmer Besucher gewirkt. Nur wenn Will die bedauernswerte Kreatur gebürstet und mit ihr geredet hat, ist das Zittern langsam vergangen. Dann hat Target immer für ein paar Minuten den Krieg halb vergessen. Aber eben, wie die Soldaten, nie für länger, Schätzchen.

Prothero hatte von seinem Urgroßvater einen silbernen Degen geerbt. Kein geringerer als Washington selbst hatte ihn dem Urahn in Anerkennung seiner Verdienste geschenkt. Das hat auf der Scheide gestanden, und Prothero hat einem die Inschrift auf Wunsch bereitwillig gezeigt. Die andern haben gemeint, die feinen Manieren und die peinliche Körperpflege von dem vornehmen Jüngelchen wären hier draußen fehl am Platz, gradezu mitleiderregend. »Aber ich denk mir«, hat ein Schütze gesagt, »er kann halt nicht anders.«

Keiner hat ihn gemocht.

Trotz allem war der Kaplan überzeugt, daß Prothero zum Liebling der derzeitigen Gastgeberinnen der Division avancieren würde. Der Geistliche hat auch gleich Anstalten gemacht, eine angemessen würdige erste Begegnung mit der Witwe Randolph und ihrer wohlerzogenen Tochter zu arrangieren. Der Kaplan hatte bis vor kurzem in Chapel Hill alte Sprachen unterrichtet. Er war ein wandelnder Adelskalender für den ganzen Süden – er hatte den Vater des Leutnants persönlich kennengelernt, als Prothero senior Gouverneur von South Carolina gewesen war.

Unison Randolph und ihre Mutter übermittelten den Offizieren eine Einladung zum Tee am Donnerstag. Als er das erfuhr, hat Prothero gelächelt und noch länger als sonst vor seinen drei Spiegeln gesessen. Bei aller Höflichkeit hat man etwas Zügelloses, weit Offenes hinter seinem Lächeln, seinen Komplimenten und Verbeugungen geahnt. Ein komischer Zug an seinem Selbstbewußtsein hat einen doch für ihn eingenommen. Prothero war sich seiner eigenen Albernheit offenbar durchaus bewußt und deswegen nur um so selbstsicherer. Seine allabendlichen Sitzungen vor dem Spiegel konnten nur bedeuten: »Ich weiß, daß ich Gefahr laufe, lächerlich zu *erscheinen*.« Und das machte ihn weniger lächerlich.

Zwei Tage vor dem Tee bei den Randolphs wurde der Leutnant vom Klatsch eingeholt: Auf seinem letzten Posten hätte er seine Vorgesetzten schwer enttäuscht. Wodurch, war dem Gerücht nicht zu entnehmen. »Feigheit« schien eine plausible Möglichkeit.

Unison Randolph ließ sich die letzten achtundvierzig Stunden vor dem Offizierstee kein einziges Mal blicken. Vielleicht wollte sie sich für den Leutnant mit den Spiegeln interessant machen. Oder vielleicht hat sie sich auch nur ein neues schwarzes Kleid genäht. Die Soldaten haben sie vermißt.

Prothero hatte schon viel über die junge Erbin gehört. Daß sie jeden einzelnen Soldaten an eine geliebte Person zu Hause erinnerte. Wie sehr sie darum bemüht war, es allen hier stationierten Kameraden möglichst behaglich zu machen. Unison (ein Vorname, der in der Familie Tradition hatte) bevorzugte die Offiziere nicht, sondern ging auch zu den Konskribierten, erkundigte sich nach ihrem Befinden, behielt die Namen von ihren Kindern, ihren Heimatorten im Gedächtnis. Für die Analphabeten (das waren viele) und die Verwundeten (das waren viele) schrieb sie Briefe. Sie verstand sich darauf, Silhouetten aus schwarzem Papier zu schneiden. Stundenlang haben die Männer Schlange gestanden, um ihr zu »sitzen« und dann ihr Konterfei nach Hause zu schicken. Die Scherenschnitte waren schmeichelhaft, weil sie Flecken, Dreitagebärte und die Krähenfüße, die auch die Jüngeren nach zwei Jahren Krieg schon hatten, verschwinden ließen. Seltsam, einen abgebrühten alten Krieger zu sehn, der mit einem federleichten, ihm ähnelnden Stück Papier rumlief und zu den andern sagte: »Schaut her, Kameraden, das bin ich – bloß kleiner!« Wie herzlich wir doch unserm eignen Abbild zugetan sind! Unison hat manchen ihrer Modelle erklärt: Das Wort »Silhouette« hätte eine kuriose Geschichte. So hätte nämlich ein französischer Finanzminister geheißen, der so geizig gewesen wär, daß die damaligen Zeitungen ihn nur als schwarzen Schattenriß abgebildet hätten. Sein Name wurde zum Namen für diese Art der Abbildung. Monsieur Silhouette. Unison hat gelächelt, und ihre Schere hat das Profil einer Nase herausgearbeitet.

»Was Sie nicht sagen«, haben die Soldaten gesagt. »Man lernt nie aus.«

Sie war nicht schön. Aber Unison Peyton Randolph strahlte eine innige patriotische Trauer aus, die den Soldaten rührend und vertraut vorkam. Leid wirft manche Menschen aus der Bahn, andere macht es größer, stolzer. Schwer zu erklären, aber die Würde ihres patriotischen Schmerzes hat den Soldaten Miss Unison mehr als Mann erscheinen lassen – weniger mädchenhaft. Ihr praktischer Verstand, ihre Bereitschaft, andern zu helfen, sich im Dienst an einer großen Idee auch Blößen zu geben – das alles hat sie aber auch fraulicher gemacht. – Sie hat so manchem einen Seufzer entlockt.

Unison hat in dem Zelt gesessen, in dem Soldaten lagen, die vor kurzem noch gelebt hatten. Sie hat Skizzen von den auf Feldbetten ausgestreckten Leichnamen gemacht. Andere Männer haben reingeschaut. Sie fanden, daß das ein schönes, ungewöhnliches Bild war. Haben Unison für ein tapferes Mädchen gehalten. Sie wußten, daß ihre drei älteren Brüder und ihr Vater innerhalb einer einzigen Woche gefallen waren. War dieses scheinbar so zarte Kind dadurch so unglaublich stark geworden? – Was hat die Männer noch mehr gerührt als der Anblick von ihren toten Kameraden? Zu sehn, wie die Gefallenen von »einer jungfräulichen Südstaatlerin von überragender Sensibilität« mit großem Ernst gezeichnet wurden. So haben die damals geredet, Schätzchen. Unison hat viele solche traurige, noble Zeichnungen den Hinterbliebenen der Gefallenen geschickt. Hat ihnen Briefe dazu geschrieben und von den letzten Tagen, den letzten Worten der Männer berichtet. Und jeder der Soldaten, die hier kampiert haben, hatte das Gefühl, sie wär grade ihm besonders zugetan. Als die Division eingetroffen war, hatte sie sich genau das insgeheim vorgenommen und gelobt. Und es war ihr gelungen.

Jeden Nachmittag haben die Männer, die auf dem Rasen und in der Scheune neben dem Herrenhaus kampierten, Miss Unison auf einem Tasteninstrument üben hören. Der Kaplan, der an der Universität den Chor geleitet hatte, hat ihnen erklärt, was für ein seltenes Instrument das war. Ihre Gastgeberinnen besaßen eines der drei besten Cembalos, die es zu der Zeit in ganz Virginia gab. Im 17. Jahrhundert in Holland erbaut, war es auf dem James-Fluß zur Plantage transportiert worden.

Unisons Schicksal ist interessant. Soldaten *rechnen* mit ihrem Tod – oder sollten es wenigstens tun. Die Überlebenden lernen dann, um das Loch herum zu leben, das die Gefallenen hinterlassen haben. Aber genau wie man immer wieder mal hört, daß Kinder, die zwei Jahrzehnte nach einem Krieg an einem Bach spielen, so eine hübsche

Metallkugel finden, mit einem Steinbrocken draufhaun, weil sie wissen wollen, was drin ist, und damit eine Explosion auslösen, die den Kindern Hände und Augen kostet – Schätzchen, genauso ist die Bestrafung der Überlebenden das, was mich eigentlich am meisten interessiert.

Das packt mich richtig, und Mann, ich finde das furchtbar. Sogar in meinem Alter erwarte ich immer noch ein bißchen Gerechtigkeit! Das ist der übelste Trick überhaupt. Wie können die einem das immer wieder antun, mein Lieber?

Wer bringt mir bei, nichts mehr zu erwarten?

Was Protheros Mannesmut vor dem Feind anging, also da hat sich keiner große Hoffnungen gemacht. Wenn sie ihn beim Putzen seines Gefieders beobachtet haben, dachten sich die Soldaten, in der Hitze des Gefechts würde sich der reiche Charlestoner zugleich als herrisch und feige erweisen – eine Kombination, mit der kein Staat zu machen war. Am Vormittag vor seinem ersten Zusammentreffen mit den Damen ist es zu einem Scharmützel gekommen. Weiter unten am James waren Spähtrupps der Nordstaatler gesichtet worden. Prothero ist mit drei jungen Offizieren und einem zusammengewürfelten Haufen von dreißig Freiwilligen losgeritten.

Alle haben vermutet, Prothero würde entweder versagen oder Fersengeld geben. Aber beim Überraschungsangriff auf den Feind am Flußufer hat sich der Leutnant sofort an die Spitze gesetzt. Mit aufgesetztem Pincenez hat er die Attacke angeführt, und die überrumpelten Blauen sind davongelaufen wie die Hasen.

Im Kugelhagel ist der hochwohlgeborene Prothero scheinbar zugleich kräftiger und größer geworden. Er hat gewinkt und geschimpft, gewarnt, geflucht, gedeutet, schien keine Furcht zu kennen und hat auch unter heftigstem Beschuß jede Deckung verschmäht. Seine blauen Augen haben sich geweitet, der blonde Schnauzer hat sich gesträubt wie die Schnurrhaare von einem aufgebrachten Luchs. Er hat mit seinem silbernen Degen gewedelt wie ein französischer Kavalier, der für ein Gemälde posiert. Und Protheros Rebellenruf hat, zumal er von einem sonst so feinen Offizier kam, sogar seinen eigenen Männern das Blut in den Adern gerinnen lassen. Wenn der Leutnant diesen Höllenschrei losgelassen hat, sind an seinen Schläfen Adern so dick wie Gartenschläuche hervorgetreten. Das feindliche Feuer hat ungefähr drei Sekunden aufgehört, als ob alle erst mal kräftig schlucken müßten, und dann noch lauter wie zuvor wieder eingesetzt. Im Kampf schien der lächelnde Charlestoner, zu Fuß oder auf seinem asthmatischen, »A-hem« hustenden Roß, zu einer idealen Zielscheibe anzuschwellen und sich dann darüber hinaus zu einer kreischenden Vogelscheuche zu entwickeln, die gegen jede Verwundung gefeit war.

Auch die entschiedensten Kritiker konnten Protheros ungeahnte Tapferkeit nicht leugnen. In der Nacht nach dem Kampf war er wie ausgewechselt. Er hat offenkundig nicht geschlafen, hatte es gar nicht vorgehabt.

Prothero blieb vor seinem beleuchteten Spiegel sitzen. Keiner hat es ihm jetzt mehr übelgenommen. Die Männer haben sein allnächtliches Ritual mit neuen Augen gesehn. Wo*für* hat sich Prothero schön gemacht? Für die Erinnerung an eine Geliebte? Für die junge Miss Randolph, die morgen in ihrem herrschaftlichen Haus den Tee einschenken würde? Für das Zivilistenleben, das ihn im kultivierten, ruhigen Charleston erwartete? Oder hat er sich auf das nächste Gemetzel vorbereitet?

2

Die Teeparty im schönen Westflügel des Hauses Randolph! Es war genau halb fünf, und die Märzsonne hatte eine strohige, rosafarbene Tönung. In der direkten Beleuchtung hat das gigantische Haus wie ein Palast gestrahlt. Das ganze Gebäude war von Veranden wie von Reifröcken umringt. Von den Veranden aus hatte man einen herrlichen Blick auf die schönste (und strategisch wichtigste) Biegung des James.

Die Offiziere haben festgestellt, daß die Spiegel im Haus immer noch mit schwarzem Krepp verhängt waren. Die beiden Gastgeberinnen trugen schwarze Kleider und je vier Armbinden. Die Wände von dem Salon waren mit in Öl gemalten Bildnissen der verstorbenen Männer behängt. Die Söhne waren als Knaben porträtiert worden, mit den Zügeln ihrer Lieblingsponys in den Händen. Im Hintergrund hielt ein freundlich dreinblickender schwarzer Diener (ein und derselbe Mann auf allen Bildern, nur sein Haar wurde immer weißer) seine Mütze in der Hand und betrachtete wohlgefällig die kleinen Reiter.

Der Kaplan hat Prothero zugelächelt. »Sir, darf ich Sie mit der schönsten Zierde unserer Division bekanntmachen, Miss Unison Randolph?«

Prothero hat mit Wohlgefallen die gesenkten Augen des Mädchens bemerkt. Er nahm die Hand, die sie ihm scheu reichte, beugte sich drüber und drückte einen Kuß darauf. Die andern Offiziere haben spöttisch gelächelt, die Augen verdreht. Prothero hat sich nicht aus dem Konzept bringen lassen und nur Unison angesehn. Ihr Gesicht war ein feines, schlichtes Oval – wenn auch vielleicht ein bißchen zu oval. Sie hatte, wie er aus der Nähe sah, sehr schöne Hände. Das schwarze Kleid hat ihren hellen, beinah durchscheinenden Teint zu Geltung gebracht. Prothero hatte sowohl zum Kaplan als auch zu seinem Pferdeburschen einmal gesagt, früher zu Hause hätt er sich in Gesellschaft von Frauen am wohlsten gefühlt. Unsion wär die erste kultivierte junge Dame, mit der er seit Monaten geredet hätte. Die Damen aus seinem Bekanntenkreis hätten stets sein moralisches Verhalten kontrolliert und verbessert. Durch Necken und Schelten hätten sie ihn immer wieder zur Vernunft gebracht. Anscheinend brauchte er das, hat er gemeint. Nach so langer Zeit wieder so eine junge Frau kennenzulernen, das hätte ihn fast ein bißchen erschreckt. Er hätte die ganze Zeit schon befürchtet, er könnte dadurch, daß er sich im Krieg andere, unelegante Fertigkeiten aneignete, seine Gewandtheit im Umgang mit Frauen eingebüßt haben.

Animiert von Unisons strengem virginischen Charme, hat Prothero eine Geschichte von einem Reitunfall zum besten gegeben, der ihm vor dem Krieg passiert war. Hat eine lustige Anekdote draus gemacht, alle Fehler sich selber zugeschrieben. Hat die Damen für sich eingenommen. Ihr Haus, die Aussicht bewundert. Mit Männern hat er nie so gesprochen, nicht mal mit denen, die er anscheinend gemocht hat. Der alte Kaplan hat lächelnd in der Ecke gestanden. Er hat sich an dieser altmodischen Konversation gelabt – vertraulich, sanft, leichthin –, die Art zu reden, die mit dem Kriegsausbruch ein für allemal untergegangen ist. Der Kaplan hat manchmal gesagt, das wär nicht das *kleinste* Übel des Kriegs. Der Krieg erstickt die Konversation, macht ihr den Garaus.

Prothero hat Unison Randolph das allerhöchste Lob gezollt. Scherzhaft hat er behauptet, sie könnte beinah aus Charleston sein. Er hat die beiden Damen Randolph ausgefragt, in der Hoffnung, einen hochgestellten Verwandten von ihnen in South Carolina zu entdecken. Hat gewitzelt, so edle Frauen könnten nicht bloße Virginierinnen sein.

Die Hausherrin hat sich daraufhin sofort entschuldigt. Die junge Tochter hat den Leutnant lächelnd angesehn, hat aber bekümmert gewirkt. »Sie dürfen es Mama nicht übelnehmen, Sir. Ich weiß, Sie haben es als Kompliment gemeint, aber – zum einen haben Sie starke Ähnlichkeit mit meinem ältesten Bruder Edmund auf dem Gemälde dort. Zum andern ist Mutter der Ansicht, daß Papa und meine Brüder weniger für die Konföderation als für unseren Heimatstaat Virginia ihr Leben gelassen haben. Sie verstehen daher sicherlich, daß das im Moment ein wenig über ihre Kräfte ging, Sir.«

Und sie hat gelächelt. Prothero hat eine Verbeugung gemacht und erklärt, wie leid es ihm tut, seiner Gastgeberin bei dieser ersten Begegnung Kummer bereitet zu haben. Unison hat seine Entschuldigung angenommen und sich bei den Herren entschuldigt – sie müsse sich jetzt leider um ihre Mutter kümmern. Die Party war zu Ende.

Prothero ist zu dem Gartenpavillon geschlendert, von dem aus man einen schönen Blick auf einen fernen Berg hatte, der jetzt in violettem Schatten lag. Flußaufwärts war ein Schußwechsel zu hören. Andere Offiziere haben Prothero da tief in Gedanken sitzen sehn. Sie fanden das richtig romantisch. Er wollte allein sein mit seiner Sehnsucht nach der jungen Dame. Sollte er. Er war nicht der einzige, der Miss Unison anbetete.

3

Vor Protheros Ankunft hatten regelmäßig drei jüngere Offiziere die Attacken angeführt. Aber als sie gemerkt haben, wie unbekümmert dieser neue Mann sich ins Gewühl gestürzt hat, und die markerschütternden Schreie gehört haben, die aus diesem feinlippigen Mund gekommen sind, haben sie sich allmählich zurückgehalten. Alles hat drauf hingedeutet, daß sie sich von nun an ein bißchen weniger tapfer geben konnten. Und wie Prothero auch bei der zweiten, der fünften Attacke nicht in seiner Tollkühnheit nachließ, waren diese Männer richtig erleichtert, Schätzchen.

Ich will damit sagen – wenn sie an ihre früheren eigenen Heldentaten gedacht haben, konnten sie sich nur wundern; es ist ihnen schwindlig geworden, und sie haben sich fast geniert wegen ihrem Draufgängertum. Vor allem abends, wenn sie zugesehn haben, wie er sich auf den Kampf (oder vielleicht auf den Tee mit Miss Randolph) vorbereitet hat, haben die Männer sich gefragt: Hatten *sie* bessere Gründe für ihre Tapferkeit gehabt als der eingebildete junge Prothero? War er so mutig, weil sein Urgroßvater seinerzeit so unerschrokken gegen Cornwallis gekämpft hatte? Und war ihm das bewußt? In mancher Hinsicht schien er noch gar nicht gemerkt zu haben, daß er im Krieg war. Andererseits hatte man wieder den Eindruck, er wär der geborene Kavallerist.

Man hat ihn hier vor seinem nächtlichen Spiegel beobachtet. Vom James-Fluß sind Nebelschwaden raufgezogen, und hundert Yards vom zentralen Lagerfeuer entfernt hat man ihn da im Schein von vier Kerzen sitzen sehn, ein schwaches Glimmen im blauen Dämmer.

Wenn der junge Mann am Abend nach einer Schlacht, in der rings um ihn alle gefallen waren, unversehrt vor seinem dreiteiligen Spiegel gesessen und Toilette gemacht hat, ist einem das vorgekommen wie eine seltsame neue Art, eine Rüstung anzulegen. Seine Kraft schien diesen drei Spiegeln oder dem Parfüm zu entspringen, das er auch im Feld getragen hat – schiere Zauberei.

Seine eigenen Leute hat der Leutnant zu einer finsteren Kühnheit angestachelt. Aber am Abend oder an den langen Tagen zwischen den Kämpfen hat kaum einer mit ihm geredet, außer wenn er wen direkt angesprochen hat. Wenn dieser feine Pinkel aus dem Wald oder von seinem Toilettenstuhl zurückgekehrt ist, wurde in seiner Gegenwart sogar der herzliche Leutnant Hester steif und formell. Wenn Prothero unter seinen Leuten herumgeschlendert ist, haben sich manche die Nase zugehalten, als ob ihnen von dem süßlichen Geruch schlecht würde.

Aber keiner hat es gewagt, ihm selber dumm zu kommen. Trotzdem es keiner ausgesprochen hat, haben sie alle begriffen – der Mann wurde hier wirklich gebraucht. Aber genau dieser Respekt hat auch bedeutet: Die Leute hatten ein bißchen Angst vor ihm. Er selbst hat das nicht mal geahnt. Und das fanden sie noch gespenstischer.

Keiner konnte sich denken, warum seine vorherige Division einen so diensteifrigen Soldaten gegen seinen Willen versetzt hatte. Trotzdem haben Willie Marsden und die andern ihn nicht aus den Augen gelassen.

Nach Protheros fünfter erfolgreicher Attacke haben ihn zwei Südstaatler beobachtet, wie er hinterher unter den gefallenen und verwundeten Gegnern rumgegangen ist. Auf einem Sorghumfeld haben viele stöhnende Nordstaatler gelegen. Die Männer waren so schwer verwundet, daß man sie nicht gefangennehmen konnte, und haben darauf gewartet, daß die Front sich verschiebt und ihre eigenen

Sanitäter sie versorgen kommen. Prothero ist von Yankee zu Yankee gegangen. Mit einem hölzernen Eimer voll Wasser und einer Kelle. Er war als Anglikaner erzogen worden und hat sich oft bekreuzigt. Das hat er auch jetzt getan, wie er von einem Verwundeten zum andern ist und mit ihnen gesprochen hat. Aber die Soldaten, die zunächst seine aristokratische Mildtätigkeit bewunderten, haben hinterher berichtet: Der Leutnant hat zuerst mit den Nordstaatlern gesprochen, die am lautesten um Wasser gebettelt haben. Er ist in die Hocke gegangen, hat sich den Kopf von dem Mann aufs Knie gelegt, ihm vorsichtig Wasser eingeflößt und ihn dann wieder auf die Erde gelegt. Dann hat er sich überzeugt, daß der Mann noch bei Bewußtsein war, ist aufgestanden und hat demselben Soldaten, bei dem er gerade den Samariter gespielt hatte, urplötzlich einen ganzen Schwall Wasser ins Gesicht geschüttet. Manchmal hat er den ganzen Eimer über dem Kopf von einem Verwundeten ausgeleert. Den Mann, der nach Luft schnappend in dem zu Schlamm gewordenen Staub gelegen hat, hat er dann gefragt: »Na, immer noch durstig?« Er hat sich bekreuzigt und den Eimer wieder gefüllt und ist weitergegangen, dem nächsten Opfer helfen, das laut nach Wasser geschrien hat. Diese Behandlung hat er einem guten Dutzend verletzter Nordstaatler angedeihn lassen.

Die Nachricht von diesem kleinen Zwischenfall hat sich rasch unter den Konskribierten verbreitet und allmählich auch die anderen Offiziere erreicht. Der weißhaarige Kaplan hat Prothero gegen solche Geschichten in Schutz genommen. Hat versichert, in der Familie des jungen Mannes, väterlicher- wie mütterlicherseits, hätte es immer nur äußerst zivilisierte Patrioten und Wohltäter gegeben. Der Kaplan hat an Protheros Vater erinnert, den Gouverneur – einen Mann von »außergewöhnlicher Güte, Begabung und Frömmigkeit«. Er war verstimmt. »Ich gebe nichts auf diese abträglichen Gerüchte«, hat er gesagt.

Während sich Prothero offenbar immer besser mit Miss Unison verstand, ist er hochmütiger und brüsker geworden. Er hat jetzt hemmungslos damit angegeben, daß sein Vater zweimal Gouverneur gewesen war und sein Großvater – ein Freund von Washington – im ersten Senat der Vereinigten Staaten gesessen hatte. Wenn er auch nur ein bißchen getrunken hatte, hat er stundenlang mit den vielen großen Tieren geprahlt, die er in Charleston kannte, was angesichts der Zeltstadt, des tiefen Schlammes in ganz Virginia und der Wahrscheinlichkeit, daß der Süden den kürzeren ziehn würde, keinen beeindruckt hat und so manchen geärgert hätte, wenn sie Prothero mit seinem Getue und seiner Eitelkeit nicht sowieso für frivol gehalten hätten, frivol, wenn auch vom Glück begünstigt.

Eines Abends nach einem Scharmützel weiter unten am Fluß hat sich Prothero von seinem Spiegel losgerissen. Er ist rübergeschlendert und hat sich zu den andern gesetzt, die am Feuer Karten gespielt haben. Er mußte vorher das eine oder andere Gläschen getrunken haben, weil er nämlich schon bald sentimental geworden ist. Er hat an seinem blonden Schnurrbart gezupft und, eine Haarbürste noch in der Hand, von der musikalischen Begabung seiner Mutter geschwärmt, das Anwesen seiner Familie beschrieben. Er hat für sein Leben gern Volksweisheiten zitiert, die er von seiner Kinderfrau, einer klugen alten Sklavin, gelernt hatte. Sein Lieblingsspruch: »Die Seele eines anderen ist ein dunkler Wald.« Das hat der beschwipste Leutnant an dem Abend jedesmal gesagt, wenn er oder jemand anderer etwas fertig erzählt hatte. Hat er scheint's für die Moral jeder Geschichte gehalten. Die Männer, die ihm mit gemischten Gefühlen zuhörten, haben ab und zu verständnisinnig genickt, sich dabei aber vielsagende Blicke zugeworfen.

Prothero, ebenso betrunken wie höflich, hat die Arme verschränkt, die Knie zusammengedrückt, in die Flammen gestarrt und alle gelangweilt, indem er in Erinnerungen an gesellschaftliche Ereignisse in seiner Geburtsstadt geschwelgt hat. Ringsherum sind unter großem Gejohle die Pokerspiele weitergegangen. Nur ein paar Männer haben wenigstens so getan, als ob sie ihm zuhörten. So überdimensional Prothero in der Schlacht erschien, so geschrumpft und kindlich hat er hier gewirkt. Er hat berichtet, welche Kronleuchter in welchen Ballsälen er zu den fünf schönsten seiner Heimatstadt zählte und auf welch besondere Weise jeder das Licht von Hunderten von Kerzen verteilt hat. (Als er anfing, die Adressen in Charleston aufzuzählen und sich über die Vorzüge der jeweiligen Kristalleuchter auszulassen, sind die Männer grüppchenweise vom Feuer aufgestanden und unter Mitnahme ihrer Spielkarten verduftet.) Der Leutnant hat auch verschiedene junge Damen von hoher Intelligenz und Herzensbildung erwähnt, die ihn für einen geistreichen Mann, hervorragenden Tontaubenschützen, aufrechten Christen und glänzenden Walzertänzer gehalten hätten. (Noch mehr Männer haben sich unauffällig verdrückt.)

Wenn Prothero sprach, konnte man sich tatsächlich vorstellen, was für eine gute Figur er in der besseren Gesellschaft abgegeben hatte.

Und man fragte sich, warum es ihm nicht gelungen war, seinen Charme in diese andere, härtere Zeit herüberzuretten. Der Kaplan hat dabeigesessen. Vielleicht war er doch beunruhigt wegen den Gerüchten über den jungen Mann. Er hat über die neue, menschlichere Seite von seinem Liebling Prothero gelächelt – aber sogar er hat sich gewundert, daß der Leutnant fast eine Stunde lang nicht von diesem Thema wegkam. Sein Pincenez hat an der Kordel hin- und hergebaumelt und den Glanz des Lagerfeuers gespiegelt. Es war, als hätten die Linsen von anderen, unglücklichen Anblicken gebrannt. Die wenigen, die noch da waren, haben den Leutnant nicht ohne Besorgnis gemustert.

Am nächsten Morgen hat Will festgestellt, daß Target erbarmungslos gepeitscht worden war – der Wallach hatte auf dem ganze Rücken Striemen und offene Wunden. Protheros Konskribierte haben angefangen, über seine seltsamen Stimmungsschwankungen zu munkeln. Den einen Tag hat er diese Burschen als die tapfersten Soldaten des ganzen Kriegs gelobt. Am nächsten Morgen hat er den allseits beliebten Corporal Smith vor versammelter Mannschaft als »ordinären Rüpel« beschimpft. Allmählich sind Beschwerden laut geworden, aber seine familiären Beziehungen, sein schmuckes Äußeres und seine merkwürdige Selbstsicherheit haben den Leutnant vor jeder Unbill bewahrt. Prothero war noch nie verwundet worden – keinen Kratzer hatte er abgekriegt, und dabei hatte er schon mehr Auszeichnungen eingeheimst als so mancher altgediente Major. Er war scheint's sowohl gegen die üblichen Verletzungen als auch gegen die üblichen Gewissensbisse gefeit.

4

Prothero hat Willie gegenüber zugegeben: Er hat Miss Unison als Probefall für sein Glück bei den Frauen angesehn. Und war, nach seinen Worten, entschlossen, sie zu »requirieren«.

Wegen weiter flußabwärts aufgeflammten Feindseligkeiten war der Leutnant zehn Tage lang auf Spähtrupp. Die andern konnten jetzt nach Herzenslust von seinem Genie reden, von seinem Kampfesmut. Aber der junge Mann selber hat scheint's nur an eins gedacht: daß er an jenem ersten Tag seine distinguierte ältere Gastgeberin verärgert hatte.

Die Randolphs haben den zurückgekehrten Offizieren zur Begrüßung eine freundliche Nachricht zukommen lassen. Man werde morgen abend im besten Salon eine kleine Feier abhalten. Am nächsten Tag ist Prothero nachmittags um drei mit neun Mann losgeritten, Fourage beschaffen. Sind auf einen Trupp Nordstaatler gestoßen, die im Fluß gebadet haben. Prothero hat seinen Leuten befohlen, sich am Ufer in Abständen von zwölf Fuß im Gebüsch zu verstecken. Er selbst hat an einer Furt ein Stück flußaufwärts auf Target den Fluß überquert. Hat vom östlichen Ufer aus das Feuer eröffnet, seine Leute vom westlichen. Im Kreuzfeuer sind zehn von den völlig überrumpelten Nordstaatlern umgekommen. Prothero hatte keine Verluste zu beklagen. Aufgekratzt und überdreht ist er ins Lager zurückgekehrt. Er hat Willie die Zügel gegeben und dabei viel zu laut geredet. In aller Eile ist er an seinen Spiegel, sich für die Party schönmachen. Er hatte es so eingerichtet, daß er noch rechtzeitig vor der Feier zurückkommen konnte. Zehn Tote – und dann zum Tee.

Bei der Begrüßung der Damen hat Prothero gestikuliert und schöne Worte gemacht. Es war nicht zu übersehn, daß sich Mrs. Randolph ihrer Gefühle für Prothero nicht sicher war. Vielleicht hat es sie bekümmert, ein Gesicht zu sehn, das dem von ihrem gefallenen Sohn so sehr geglichen hat. Oder sie hat sich bemüht, seine frühere Bemerkung über Virginia zu vergessen. Aber beide Damen schienen ihm durchaus gewogen zu sein. Er hat zitiert: »Die Seele eines anderen ist ein dunkler Wald.« Zu so einem Zeitpunkt und auf so einer Party hat ihm keiner widersprochen. Protheros Charme war hier am richtigen Platz. Er hat nacheinander drei Geschichten erzählt – lustig, gescheit, verständnisvoll. Die andern Offiziere – sie sind sich in diesem brokatglänzenden Salon ungehobelt und deplaziert vorgekommen – waren dem Dandy dankbar. Der hat unaufhörlich sein Pincenez geputzt und dabei die Augen nicht von Unison gelassen. Er hat noch ein Glas Glühwein getrunken. Und dann hat er was getan, worüber alle entsetzt waren, er selber am meisten. Es lag auf der Hand, daß er nichts dergleichen geplant hatte, es nicht einmal für möglich gehalten hätte. Es lag auf der Hand, daß er es nur getan hat, weil er geliebt werden wollte. Er hat neben Unison gestanden, durchaus in Hörweite der Mutter, und einen Scherz über die Liebespflicht der Mädchen gegenüber Soldaten gemacht, die jederzeit ihr Leben verlieren können. Hat gesagt, es wär so was wie eine patriotische Pflicht. Es dürfte unter den Mädchen der Konföderation eigentlich keine Jungfrauen geben, die älter als dreizehn sind. Darauf ist er noch einen Schritt näher zu Unison hin und hat ihr unverfroren aufs Mieder gestarrt.

Es ist totenstill geworden, und dann haben alle gleichzeitig zu reden angefangen. Der Kaplan hat gefragt, ob er Prothero bitte mal unter vier Augen sprechen könnte, draußen, jetzt sofort. Der Kaplan war ein würdiger alter Herr, hager und von hohem moralischen Anspruch. Er war in den feinsten Häusern des Südens ein gerngesehner Gast gewesen und hat das auch bei jeder Gelegenheit erwähnt. Er hat fast immer gelächelt und galt als gutherzig, aber sein Interesse an der Konföderierten Armee war eher snobistisch. Bei Todesfällen unter den Söhnen der besten Familien hat er von Tragik gesprochen. War der Gefallene der Sohn eines Krämers, hat er das als ein unabwendbares, wenn auch bedauerliches Ereignis hingestellt. Die Gesichtszüge des Kaplans waren von sechzig Jahren deutscher Musik und hochgeistiger Lektüre geprägt und veredelt. Als Prediger war er – zumindest nach Meinung seiner ungebildeten soldatischen Gemeinde – mit einem fatalen Hang zu musikalischen Fachausdrücken geschlagen. »Der Herr«, konnte er beispielsweise sagen, »hat unseren Part um eine kleine Terz nach unten transponiert, und *trotzdem* versagt uns noch oft genug die Stimme.« Auf der Veranda hat er Prothero am Arm gepackt und ihn ihm fast verdreht. »Es widerstrebt mir, das zu sagen, aber Sie haben sich eben fast so unritterlich benommen wie unsere barbarischen Feinde. Wozu bekämpfen wir sie, wenn Sie es für richtig halten, diesen verabscheuungswürdigen Stil zu übernehmen? Bei einem jungen Mann Ihrer Herkunft gellt mir das als besonders schrille Dissonanz in den Ohren, Sir.«

Prothero ist ein paar Schritte zur Seite geschlendert und hat sein Pincenez geputzt. Er hat betreten gelächelt, war sichtlich aus dem Gleichgewicht. Er hat das Pincenez aufgesetzt und sich geistesabwesend bekreuzigt. Wie er sich wieder zu den andern gesellt hat (wahrscheinlich ein Fehler), hat ihn die alte Mrs. Randolph ignoriert und sich sogleich nach oben zurückgezogen. Ihre blaß gewordene Tochter hat sich in seiner Nähe jetzt sichtlich unbehaglich gefühlt. Zweimal hat er probiert, mit dem Mädchen zu scherzen. Beide Male hat sie andere Herren ins Gespräch gezogen. Gekränkt hat sich der Leutnant abgesondert und bis zum Schluß alleine in einer dunklen Ecke gestanden und immer nur Unison angeschaut. Protheros Achtung vor dem Mädchen hat sich scheint's langsam in so was wie fidelen Haß verwandelt.

Am nächsten Tag sitzt er nachmittags allein im Gartenpavillon. Unison hat die ersten Traubenhyazinthen und einen Armvoll Forsythienzweige geschnitten. Als sie ihn da sieht, gibt es ihr einen Ruck.

Erst will sie schon davonlaufen, aber dann macht sie aus Pflichtgefühl oder freiem Entschluß oder Neugier doch kehrt. »Frühling!« sagt sie zu ihm. Eine allgemeine Bemerkung in aller Unschuld.

Er springt auf und rückt hastig sein Pincenez zurecht. »Just meine Gefühle! Vergeben Sie mir ... Der Frühling vergibt alles, und Sie müssen mir auch verzeihen. Unter der Belastung verändert sich mein Gemüt auf die merkwürdigsten, nicht immer vorhersehbaren Arten, Miss.«

Dann haben sie geredet. Allein mit ihr, hat er sich entspannt. Sie hat so weit von ihm weg Platz genommen, wie's in dem kleinen Pavillon möglich war. Er hat von seinen verheirateten Schwestern als Gastgeberinnen erzählt. Hat offen zugegeben, wie langweilig das Soldatenleben ist. Hat gesagt, er hätte sie üben hören, wär überzeugt, daß sie eine exzellente Musikerin ist, und würde sich von ihr gern mal ein schwieriges Stück ganz vorspielen lassen. Er hat sich nicht sattsehn können an ihr. Die dunkle Trauerkleidung hat vorteilhaft mit dem Frühlingsstrauß kontrastiert. Unison hat die Blumen mit derselben resoluten Pfleglichkeit gehalten, die für jeden ihrer Handgriffe charakteristisch war. Er hat gesagt: »Sie können sich nicht vorstellen, wie sehr ich mir wünsche, meinen Kopf in Ihren Schoß zu legen. Das klingt vielleicht skandalös, sollte es aber nicht ... in diesen Zeiten.« Die Vorstellungen von Schicklichkeit, hat er gemeint, müßten sich angesichts der historischen Umwälzungen ebenfalls ändern.

Sie hat ihm gesagt, daß sie um seinen Verstand fürchtet. Sie könnte sich vorstellen, wie er vor dem Krieg gewesen wär, und hätte den Eindruck, der Krieg hätte einen ungebärdigen und verbitterten, einen unglücklichen Menschen aus ihm gemacht. Sie hat ihm den Rat gegeben, dem nach Kräften entgegenzuwirken, und ihm versichert, er täte ihr leid.

Ihre Aufrichtigkeit hat ihn überrascht und gerührt. Er hat ihr gestanden, er wär manchmal schrecklich verwirrt. Hat ihr anvertraut, daß er schon an die neunzehn Nordstaatler getötet hat. »Neunzehn«, hat er gesagt, »und ich bin noch kein einziges Mal verwundet worden.« Hat sich angehört, als ob er's bedauert.

Er hat sie lächelnd angesehn, und Unison war fassungslos: Ordentliche silberne Tränen sind ihm unter dem Pincenez hervor über beide Wangen gerollt. In den Gläsern hat sich der Fluß draußen vor dem Pavillon gespiegelt, der Fluß hinter ihr. Die Tränen sind abwechselnd aus beiden Augen gekommen – ganz so, wie wenn er sich mit den beiden silbernen Bürsten das Haar gebürstet hat. Eins-zwei, eins-zwei.

Ein bißchen zu laut hat er gesagt: »Denken Sie bitte an Ihre Brüder in der Nacht vor ihrem Tode.« Unison hat das Gesicht hinter ihren schönen Händen verborgen. Prothero ließ sich nicht aufhalten. »Stellen Sie sich vor, eine junge Dame aus gutem Hause wäre an dem letzten Abend freundlich zu Ihnen gewesen. Können Sie nicht ihrem Herzen einen Stoß geben und mir helfen? Ich verlange ja so wenig. Man möchte lediglich seinen Kopf in Ihren Schoß legen, in die Blumen auf ihrem Schoß. Man würde mehr auf den Blumen als auf Ihrem Schoß liegen. – Es geht um meinen Verstand, liebe Unison.«

Während sie sich weiter die Hände vors Gesicht hielt, ist er rasch und lautlos zu ihr rüber und hat sich auf der Bank ausgestreckt. Sie hat die Hände sinken lassen, und da liegt schon ein schnurrbärtiges, tränenüberströmtes Gesicht auf ihren Schenkeln und schaut ruhig zu ihr auf wie ihr eigenes ungetrübtes Spiegelbild.

»Warum? Warum *sind* Sie so, Sir?« Genau in dem Moment kommen Willie Marsden und zwei seiner Kumpel, die im Fluß gebadet haben, ins Lager zurück. Sie gehn am Pavillon vorbei, bemerken das skandalöse Schauspiel, sehn, wie sich Unisons Gesicht verzerrt. Ertappt! Die Jungen erstarren und gehn dann eilig weiter, bemüht, sich nichts anmerken zu lassen. Die Neuigkeit hat sich wie ein Lauffeuer verbreitet: Entweder sind die beiden verlobt, oder Unison hat sich ernstlich kompromittiert. Die ganze Division war eifersüchtig, aber die Männer haben die Schuld nicht dem jungen Herrn mit seinen Düften und seinem Schnurrbart gegeben, sie haben die Schuld einer törichten und erstaunlich charakterlosen jungen Dame gegeben, die seinen Reizen erlegen, ihm auf den Leim gegangen war und damit ihre Tugend verloren und ihren kostbaren Platz im Herzen der Männer verspielt hatte. *Er* mochte ja komisch sein. Aber sie? Sie war anscheinend leichtfertig, und das war viel schlimmer.

Tags darauf ist sie mit einem Tablett noch warmer Kekse erschienen. Die ersten drei Männer, denen sie davon anbot, haben rundweg abgelehnt. Andere haben einen genommen, aber mit steinernen, beleidigten Mienen. Haben getan, als würden sie ihr einen Gefallen erweisen, indem sie rasch das warme, zuckrige, herzförmig ausgestochene Backwerk runterschlingen.

Von da an hat sie sich geweigert, mit Prothero zu sprechen, draußen oder im Haus. Die alte Mrs. Randolph hat gespürt, daß sich etwas geändert hatte. Unison hatte ihr nichts gesagt, um sie nicht zu beunruhigen. Prothero hat sich darauf verlegt, sich unaufgefordert ins Haus zu schleichen. Einmal hat Unison am Cembalo gesessen. Der

Leutnant hat sie gefragt, warum sie sich wie so viele andere gegen ihn stellt. Sie hat erwidert, sie wär seine treueste Freundin, aber wegen seiner Unberechenbarkeit wär es schwer, ihn zu ertragen, und unmöglich, ihm zu helfen.

Der junge Mann hat leichthin über ihre selbstgenähte Kriegsgarderobe gescherzt – die drei schwarzen Kleider. Er hat das Pincenez zwischen ihrem und seinem Gesicht in der Luft gehalten. Hat prophezeit, daß sie, jetzt wo die Sklaven weg waren, sie keinen Vater mehr hatte und auch keine Mitgift kriegen würde, höchstwahrscheinlich nie heiraten würde. Ja, hat er hinzugefügt, er könnte sie schon vor sich sehn – vielleicht als Kindermädchen bei irgendwelchen Neureichen. Er wüßte schon, wie sie aussehn würde, als fünfzigjährige, vertrocknete alte Jungfer.

Sie hatte an ihrem Instrument geübt. Jetzt hat sie ihn angestarrt. »Ihre Stimme klingt ganz ähnlich wie die meines Bruders Edmund. Es ist im Grunde eine freundliche Stimme. Ich kann mir nur denken, daß der Krieg Ihnen das alles angetan hat, Sir. Ich bin mir nicht sicher, ob ich mir wünschen sollte, Edmund wäre noch am Leben, wenn zu befürchten wäre, daß er die gleichen Veränderungen durchmacht, die Sie ertragen müssen. Ich muß Ihnen eines sagen, Sir: Daß Sie grausam behandelt wurden, gibt Ihnen nicht das Recht, mit mir genauso umzuspringen. Ich wünsche Ihnen nur das Beste. Als Sie das erste Mal in unser Haus kamen, wurde mir fast schwindlig vor Freude über Ihr Aussehen und darüber, wie Sie galant Ihre Degenscheide beiseite zogen, um sich so tief verbeugen zu können, Sir. Den Handkuß haben wir allerdings alle als affektiert empfunden, fürchte ich. Ich sage immer, was ich denke. Manche von uns können nicht anders. Letztlich ein Segen.

Der Krieg wird zu Ende gehen, und Sie werden wieder Sie selbst werden. Im Innersten sind Sie nicht so, das spüre ich. Trotzdem wird meine Mutter, die von dem, was geschehen ist, kaum etwas weiß, es nicht dulden, daß Sie je wieder in meine Nähe kommen. Der Kaplan befürchtet, es seien Gerüchte im Umlauf hinsichtlich gewisser unerfreulicher Vorkommnisse in unserem Pavillon. Ich bin mir keiner Verfehlung bewußt. Ich hatte lediglich gehofft, Sie retten zu können, aber ich fürchte, derlei steht nicht in meiner Macht. Das ist alles, was ich Ihnen zu sagen habe, Sir. Guten Tag, Leutnant.«

Von da an hat sie ihn ignoriert, hat's zumindest versucht. Mrs. Randolph hat andere Offiziere inständig gebeten, das Mädchen nie mit dem sonderbaren hübschen Offizier allein zu lassen. Aber wenn die Witwe sie um diesen Gefallen bat, sind die Herren steif geworden, als ob es da irgendein Geheimnis gäbe. Unisons Kälte hat Prothero nur dazu getrieben, Verwünschungen vor sich hinzumurmeln. Er hat das Mädchen behandelt wie ein stets zu Neckereien aufgelegter älterer Bruder. Seine Streiche wurden immer tückischer. Einmal, wie er sie im Blumengarten angetroffen hat, ist er absichtlich mitten in ein Büschel Iris getreten. Ohne ein Wort ist Unison nach oben gegangen und hat auf ihrer Blockflöte geübt. Immer häufiger ist Prothero ohne Erlaubnis im Haus rumgelaufen. Er hat die Überreste eines einstmals gut bestückten Weinkellers entdeckt, in dem viele Fäßchen Ahornsirup standen, die noch vor dem Krieg geliefert worden waren. Er hat dem Kompaniekoch befohlen, die Fässer zu requirieren. »Pfannkuchen für alle. Mit freundlicher Empfehlung von unseren charmanten Gastgeberinnen«, hat er gesagt. Mutter und Tochter haben kein Wort gesagt. Stumm haben sie zugesehn, wie er die letzte Flasche Brandy ihrer gefallenen Männer ausgetrunken hat. Der Kaplan hat ihre Gesichter gesehn und hinterher um Entschuldigung gebeten.

Am Abend nach einem schweren Gefecht zwei Meilen südöstlich haben die Frauen Prothero im Haus angetroffen, jetzt sogar schon im ersten Stock. Allein hat er mit weit offenen Augen auf dem dunklen Flur in einem vergoldeten venezianischen Sessel gesessen. »Yankees sind in der Gegend. Daher beschütze ich Sie«, sagt er lächelnd. »Sie machen sich keinen Begriff, was diese Hunde Damen antun, gleichgültig, wie alt oder wie attraktiv sie sind. Für die Nordstaatler spielt das kaum eine Rolle.« Dann hat er sich bekreuzigt und gelächelt. »Bestien«, hat er gesagt.

In der nächsten Zeit hat sich Prothero immer öfter an Pokerspielen am nächtlichen Lagerfeuer beteiligt. Er hat oft gewonnen. Schon bei Tage wurde man aus seinem Gesicht kaum schlau. Beim Kartenspiel hat sich das als Vorteil erwiesen. Er war unberechenbar und hat oft haarsträubend geblufft. Keiner hat sein System durchschaut. Die Männer haben ihn um seinen Erfolg bei Frauen beneidet, ihm seinen Erfolg beim Kartenspiel nicht gegönnt. Letztlich haben sie doch ihm die Schuld daran gegeben, daß Unison sich kompromittiert hatte.

Immer weniger Offiziere haben sich beim Essen zu ihm gesetzt. Er brauchte bloß den Namen Charleston erwähnen, schon haben alle gestöhnt. Bald wurden Kartenspiele heimlich organisiert. Eines Abends war Prothero grade von seinem Spiegel aufgestanden, sich eine Tasse Wasser holen, da hat ein Yankee-Scharfschütze das Feuer eröffnet. Kerzen und Spiegel sind wie in einer Schießbude weggeputzt worden – nichts ist übriggeblieben bis auf ein paar silberne Scherben und ein zersplitterter Nußbaumrahmen.

»Das war ein Geschenk, du!« Als lebende Zielscheibe ist Prothero auf den schwarzen Wald zugerannt. Die andern haben aus der Dekkung heraus beobachtet, wie er sich Degen und Pistole aus seinem Zelt holt. Target war noch mitgenommen von der letzten Auspeitschung. Prothero ist auf das ungesattelte Pferd gesprungen, das nur die karierte Decke auf dem Rücken hatte, und ohne Befehl allein ins Dunkel davongaloppiert.

Will und die andern haben ihm wie gebannt nachgesehn. Die Damen Randolph haben im sicheren Marmor-Foyer von ihrem Haus gewartet. Knapp eine Stunde später hat man einen einzelnen Schuß gehört. Alle haben sich angesehn. Kurz darauf ist Prothero langsam ins Lager getrottet gekommen. Ist von Target gesprungen und hat Will die Zügel gegeben. Im Sturmschritt ist der Leutnant zurück zu seinem zerschossenen Spiegel, hat sorgfältig die Scherben eingesammelt und sie in sein Zelt gebracht. Dann ist er an dieselbe Stelle zurückgegangen, hat einen kleinen Gegenstand in die glitzernden Glaskrümel geworfen und ist in seinem Zelt verschwunden. Will und die andern sind rübergegangen. Im Glasstaub hat die Spitze von was Fleischigem gelegen – vielleicht vom Ohrläppchen eines Yankees abgeschnitten, vielleicht auch von der Nase.

Ein paar Tage lang hat's keinen Überfall von einem Scharfschützen mehr gegeben.

5

Später ist rausgekommen, daß der Leutnant eines Abends, betrunken von geborgtem Brandy, in Unison Randolphs Schlafzimmer eingedrungen war. Ihr geschnitztes Bett war hundert Jahre alt und so hoch, daß man über ein Treppchen reinsteigen mußte. Sie ist aufgewacht und hat einen blonden jungen Mann grinsend und ohne Schuhe im Schneidersitz auf dem Fußende sitzen sehn. »Edmund!« hat sie geschrien und die Arme ausgestreckt. Dann hat sie den Mann erkannt, ist zurückgeprallt und hat sich die Hand vor den Mund gehalten.

Zum Scherz hatte sich Prothero die Hose aufgeknöpft und ihre helle Blockflöte durch den Schlitz gesteckt. »Hallo. Da sehen Sie, wie einsam ich bin.«

Der jungen Frau war ihr braunes Haar über die Schultern gefallen.

Sie hat es zurückgeworfen und sich die Decke bis an den Hals gezogen. Und den Leutnant gebeten, sich doch bitte zu entfernen. Prothero hat ihr erklärt, er will nur mal mit einer Frau reden, allein. »Das hier . . .«, er hat die Blockflöte rausgezogen, ». . . war nur ein Witz. Kein allzu guter, fürchte ich.«

Er hat gesagt, weil er schon so lange keinen Kontakt mehr zu Frauen hätte, wüßte er oft nicht mehr, was recht und unrecht ist. »Bitte, ich bin nicht der Mensch, als der ich Ihnen in diesem Moment erscheinen muß. Sie können mir helfen. Sie kennen die Geschichte von der Kröte, die ein verwunschener Prinz war. Sie können mich zurückverwandeln.«

Sie hat sich zu einem Gespräch bereit erklärt, aber nur unter der Bedingung, daß er sich bitte auf einen Stuhl am andern Ende des Zimmers setzt. Statt dessen hat er sich auf alle viere erhoben und ist mit baumelndem Pincenez und der Blockflöte wie einem Schnabel im Mund auf sie zugekrabbelt.

Erst da hat Unison Randolph unters Kopfkissen gegriffen. Ihr Vater hatte ihr zum Abschied einen kleinen Revolver mit Perlmuttgriff geschenkt. Mit beiden Händen hat sie die Waffe auf Armlänge von sich gehalten und direkt zwischen Protheros Augen gezielt. Ihre Hände haben kein bißchen gezittert. »Benehmen Sie sich«, hat sie gesagt.

Ernüchtert ist er vom Bett geklettert, hat gelächelt, das Instrument aus dem Mund genommen und es auf eine Kommode gelegt, sich die Schuhe angezogen. »Adieu, die Dame«, hat er, schon an der Tür, mit ernster Stimme gesagt und gewinkt. »Jetzt fühle ich mich noch einsamer, wissen Sie. Ich hatte mir von Ihnen etwas Besseres erwartet. Ich werde Ihnen diese Unfreundlichkeit nicht verzeihen. Frauen sollten auch in den Krieg ziehen. Nur um in Zelten zu leben, so daß wir nach oder vor einer Schlacht zu ihnen kommen und mit ihnen reden könnten. Besonders hinterher – nein, besonders *vorher*. Man sagt mir Talent für den Kampf nach. Aber es ist nur Willenskraft. Ich bin nicht begabt. Manche von uns brauchen die Gesellschaft von Frauen. Es wäre eine Dienstleistung. ›Die Seele eines anderen ist ein dunkler Wald.‹ Es gäbe weniger Krieg, wenn die Frauen ihm näher wären. Sie hatten die Chance, einem Mann zu helfen, Recht von Unrecht zu unterscheiden. Sie haben ihn schmählich im Stich gelassen. Ich fürchte, das wird Konsequenzen haben.«

Sie hat überlegt, ob sie den Kaplan ins Vertrauen ziehn soll. Aber zum Schluß wußte sie doch, daß sie keinem von dem Besuch erzählen würde. Sie hat sich für den Leutnant verantwortlich gefühlt. Bis zum Morgen hat sie da im Bett gesessen und gelauscht. Aber warum? Worauf?

Irgend etwas in seiner Wildheit kam ihr bekannt vor. Irgend etwas an der Verrücktheit dieses hochgewachsenen blonden Mannes war wie eine gemeinsame Botschaft der Geister ihrer gefallenen Brüder. Edmunds, Keanes und Billys Liebe wollte sich ihr in einer Geheimsprache mitteilen, die sie vielleicht irgendwann entschlüsseln würde – so wie man eine algebraische Gleichung oder einen Notentext entschlüsselt.

Bei Tagesanbruch hat es ihr leid getan, daß sie ihn weggeschickt hatte.

6

Der Kaplan hat nach wie vor unnachsichtig musikalische Fachausdrücke in seine Predigten am Flußufer eingeflochten. Schon bald hat er den Soldaten Vorträge über das Cembalo gehalten, auf dem Unison täglich gespielt hat. (Er hat sogar erwähnt, daß die Einlegearbeit auf einer Seite des Instruments einen Schäfer auf einem Hügel darstellte, während auf der anderen Lauten und Hörner und Bänder zu sehn waren.) Er hat die junge Unison gebeten, vor der Division ein Konzert zu geben. Der Kaplan wußte, wie sie in der Achtung der Männer gesunken war, und dachte sich, das könnte Abhilfe schaffen.

Unison, stets bereit, ihre Pflicht zu tun, hat gemeint, ihr Instrument wär in einem zu schlechten Zustand. Sie hat's auf die Feuchtigkeit vom James-Fluß geschoben. Hat gesagt, sie hätte zwar gelernt, das Instrument selber zu stimmen, aber die dringend erforderlichen neuen Saiten wären jetzt nirgends zu bekommen (ganz abgesehn davon, daß die Benutzung von Metall zu solchen Zwecken jetzt schlechthin unpatriotisch wäre). Der Kaplan hat nicht lockergelassen. Hat drum gebeten, daß die Soldaten sich auf dem Portikus der Randolphs versammeln dürfen. Sie hätten eine Aufmunterung bitter nötig, hat er gemeint. In den unteren Rängen, ja sogar bei den subalternen Offizieren wär's schon zu unschönen Vorfällen gekommen.

Unison hat ihn ernst angesehn. »Nun gut, wenn es etwas nützt. Und überhaupt, Sir.«

Die Akustik an einem Fluß trägt immer Geräusche aus großer Ferne herbei. Die Soldaten haben von weiter unten am Fluß das

Grollen der Yankee-Artillerie gehört. Trotzdem waren sie an diesem Nachmittag mit den Gedanken ganz bei der jungen Frau, die sich große Mühe gegeben hat, ihr Instrument für das abendliche Konzert zu stimmen. Will ist aufgefallen, daß sogar Target, von den ständigen Probetönen beruhigt, mit allen vier Hufen auf dem Boden gestanden hat.

Während die Männer ihre Musketen gereinigt und in Reih und Glied auf dem Hof exerziert haben, wie fein hat da das zarte Instrument geklungen, das sich bemüht hat, besser zu werden, das sein dünnes Stimmchen gefunden, verloren und wiedergefunden hat. Der ferne Kanonendonner hat geklungen, als ob irgendwas Riesiges ständig beschossen und nach und nach weggesprengt würde. Aber die hellen, metallenen Töne aus dem Haus schienen das mühelos wieder in Ordnung zu bringen.

Bei Sonnenuntergang hat sich das Publikum eingefunden. Alle verfügbaren Laternen waren in die Fenster im Oberstock gestellt und rings um die dicken Säulen des Portikus angeordnet worden.

Unbeholfen und wie aus Versehn hat sich der Frühling zu Wort gemeldet. An dem Abend hat man's gemerkt. (Frühling, das ist die Erde, die sich selbst verzeiht.) Trotz dem Krieg, inmitten der Zelte, haben Quitte, Hartriegel und Jonquille in großer, trauriger, beinah stumpfsinniger Üppigkeit geblüht. Je mehr Blüten sich geöffnet haben, desto mehr Post haben die Jungs nach Hause geschickt. Je anmutiger die Umgebung, um so trauriger konnte sich ein Soldat fühlen – vor allem am Abend.

Vierzig Musketen wurden für alle Fälle auf der Veranda gestapelt. Fenster und Glastüren hatte man weit geöffnet, um die schwachen Klänge des Instruments zu verstärken. Auf dem Kronleuchter im Musikzimmer haben hundert Kerzen gebrannt, zum erstenmal seit Manassas – eine verschwenderische Entscheidung. Dicke gelbe Armeekerzen standen da mitten zwischen den seidig schimmernden schlanken Lichtern, die noch vor Kriegsausbruch aufgesteckt worden waren.

Frauen und Kinder von benachbarten Plantagen, die eingeladen worden waren, sind allmählich eingetroffen. Mrs. Randolph – wie immer in einem schwarzen Kleid, allerdings einem aus besserem Stoff – kam würdevoll aus dem Haus, um die Gäste zu begrüßen. Die gute Frau war so animiert, daß sie den Soldaten, die sie sechs Wochen lang nur als still trauernde Witwe gekannt hatten, fast ein bißchen albern vorgekommen ist. Ihre blasse Tochter hat auf der Veranda gestanden. Die Frauen, die keine Väter, Ehemänner und Söhne, kein Hauspersonal mehr hatten, sind von ihren Maultierkarren gestiegen und haben die Gastgeberin umarmt. Die Kinder haben gestaunt über die dreihundert Soldaten in ihren Uniformen. Ein paar Frauen sind in Tränen ausgebrochen, wie sie gesehn haben, daß das große Haus wieder erleuchtet und weit offen war. »Wie früher«, haben sie lächelnd gesagt.

Die Konskribierten mußten im Freien sitzen, weit weg von den Damen. Sie hatten sich trotzdem nach Kräften geschrubbt. Im Schein der untergehenden Sonne haben die Gesichter der Jungen jetzt rosa und sommersprossig geleuchtet, wie gebacken. Sie hatten schon lange keinen Nachschub mehr gekriegt, vor allem Stiefel waren Mangelware. Barfüßige haben sich wenigstens einen Stiefel geborgt. An den Stufen von dem großen Haus haben sie so gesessen, daß der eine nackte Fuß nicht zu sehn war. Sie wollten den patriotischen Damen Mut machen.

Der Kaplan hat alle gebeten, ihre Plätze einzunehmen, dem Publikum aber seine übliche Langatmigkeit erspart. Er ist nur aufgestanden und hat zitiert: »Musik ist eine wundersame, erhabene Kunst; sie erquickt das Gemüt, befreit das Herz von der Last des Kummers und besteht aus Zeitmaß und Rhythmus. Zu unserem großen Glück wird Miss Unison Randolph dies nun demonstrieren.«

Beim ersten kargen Ton des Instruments haben sämtliche Zuhörer »Ahhh« gemacht, sich umgesehn und dann über ihre eigene schlichte Freude lachen müssen. Obwohl das Cembalo in der Tat gelegentlich ein wenig schrill geklungen hat, war man nach all den Strapazen einfach glücklich, frisch gebadet in der lauen Luft eines Maiabends sitzen zu können, ohne irgendeine andere Pflicht als die des Zuhörens. Wie konnte bei solchem Wetter, bei der vorzüglichen Begabung des Mädchens, beim Duft der vor der Veranda blühenden Narzissen und der Begeisterung der Zuhörer der Krieg auch nur noch zehn Tage länger dauern?

Als erstes hat Unison zwei flotte, wenn auch etwas spröde italienische Stücke gespielt. Dann bat der ranghöchste Major um eine Stephen-Foster-Melodie. »Für meine Leute«, hat er gelächelt und zur nächsten offenen Glastür hin genickt, wo die aufmerksam lauschenden Männer in Grau dicht bei dicht gesessen haben. Der Kaplan wollte gerade Einspruch erheben gegen diesen allzu raschen Abstieg ins bloß Volkstümliche, da war aus dem Keller ein Krachen zu hören.

Die junge Dame hat sich geistesgegenwärtig in ihre lebhafteste französische Gigue gestürzt.

Im nächsten Moment hat Leutnant Prothero grinsend in der Bogentür des Salons gestanden, auf der Schulter ein soeben aus dem Keller geholtes Fäßchen. An seiner Uniform haben Spinnweben gehangen. Man sah sofort, daß er betrunken war. Junge Mütter haben ihr kleinen Kinder an sich gezogen. Erst hat es den Anschein gehabt, Prothero hätte einen Trunk für seine Kameraden besorgt. Aber mit Kreide war »Ahornsirup« und ein Datum auf das Fäßchen geschrieben. Während die junge Dame, versteckt hinter tausend wohlgesetzten Noten, unbeeindruckt weiterspielt, hebt der Leutnant vor aller Augen das Fäßchen hoch über den Kopf und geht grinsend, den Blick starr auf Miss Unison gerichtet, auf das Cembalo zu.

Der Kaplan steht auf. Aber die Cembalistin bedeutet ihm mit einem raschen Blick, daß sie höchstwahrscheinlich allein mit der Situation fertig wird, ganz gleich, was der junge Mann vorhat.

An Offizieren und andern Gästen vorbei geht Prothero auf sie zu. Er bleibt direkt vor ihr stehn, so daß viele sie nicht mehr sehn können. Die Musik steigert sich zu immer nervöserem Tempo, erhebt sich in schwellenden Bögen. Über die Tasten aus Elfenbein und Eschenholz tanzen Unisons Finger wie Libellenflügel. Einen Moment lang scheint es fast, als wollte sich ein Wettstreit entspinnen zwischen der Macht der Musik und dem, was der Kriegsheld im Sinn hat. Will, der Pferdebursche, der an einem offenen Fenster sitzt, lehnt sich weiter in den Raum hinein. Er hat bis jetzt nur gesehn, wie sich die Gäste aufrechter hingesetzt haben, angespannter. Er beugt sich noch weiter vor: Aha, Prothero. Jetzt begreift er.

Ohne viel Federlesens oder irgendeine Erklärung, aber mit einem bitteren Lächeln stellt der Charlestoner den Deckel des Instruments ganz auf. Und dann haut er, als ob er ein riesiges Ei aufschlägt, das Fäßchen auf die Seite vom Resonanzkasten, daß die Dauben fliegen und anderthalb Gallonen dunkler, zäher Sirup sich über die Saiten ergießen.

Die Zuhörer saugen alle gleichzeitig hörbar die Luft ein – das genaue Gegenteil des »Ahhh« von vorhin. Der Leutnant wirft die heruntergefallenen Dauben und Reifen in das Instrument und wischt den Sirup, der ihm an den Händen klebt, an der dekorativen Einlegearbeit ab. Das Überraschende: Wie lange die Musik weitergeht. Schätzchen? Das ist immer das Überraschende!

Die junge Dame spielt weiter, aber ihr Gesicht hat sich schon entleert. Man hat gesehn, wie die Haut auf einen Schlag gealtert, alle Farbe ins Nirgendwo gewichen ist. Unison Randolph, fünfzehn, hat sich inzwischen dichter über ihr schmales Manual gebeugt. Ihr ovales Gesicht war nur noch eine Handbreit über den wie im Veitstanz über die Tasten fliegenden Fingern. Sie hat die Ellbogen entschlossen angewinkelt, aber man hat gehört, wie der Sirup jeden Draht, jeden Bolzen und jede Zunge gefunden und verkleistert hat. Männer, Frauen und Kinder, alle, die in diesem und den angrenzenden Räumen waren, haben sich langsam dem sterbenden Instrument zugeneigt, weil sie angestrengter horchten und vielleicht auch, weil sie glaubten, das könnte ihm helfen. Die Cembalistin mußte sich gegen einen Krampf zur Wehr setzen – sie hat geschaudert, konnte kaum noch den Kopf aufrecht halten. Aber sie ist mit fahlem Gesicht auf ihrem Posten geblieben. Die Musik hat an Klarheit eingebüßt, ist immer dünner geworden, drohte zu ersticken. Und dann hat man nur noch ein stumpf klapperndes, klebriges Klöppeln gehört.

Da ist es still geworden in den Räumen. Einen Moment lang konnte man sogar den James unten am Steilufer plätschern und rauschen hören.

Das Mädchen hat die Finger alle zugleich von der Klaviatur genommen, als könnte sie sich sonst überhaupt nicht mehr von diesem Instrument trennen, an dem sie täglich gesessen hatte, seit sie neun gewesen war.

Einen Augenblick lang hat Unison ganz still dagesessen. Dann hat sie den Blick – nicht auf den Übeltäter gerichtet. Der hat, zu seiner vollen heroischen Statur angeschwollen, dagestanden, als hätte er soeben einen richtig witzigen Streich vollbracht. Nein, Miss Randolph hat die andern Offiziere angesehn. Die hatten sich grade einander zugewandt, um zu beratschlagen, was sie tun sollten, da ist der Kaplan auf Prothero zugestürmt. Wollte ihm direkt an die Gurgel. Andere haben den alten Mann gepackt und ihn zurückgehalten. Ein kleines Mädchen, das nichts begriffen hatte, ist kichernd hinter einem Sofa verschwunden und hat über die Lehne gelugt.

Der Kaplan hatte schon über Hunderten von Gefallenen den Segen gesprochen, hatte die Qualen von noch viel mehr Soldaten miterlebt, denen Arm oder Bein amputiert worden war. Er hatte gesehn, wie die prächtigsten jungen Männer der Gegend verstümmelt, verbrannt, zerstückelt wurden. Aber all diese Schrecken hatten ihm kaum eine sichtbare Gefühlsregung entlockt, abgesehn davon, daß sich seine schmalen Lippen im Gebet bewegt haben. Jetzt konnten ihn zwei kräftige Offiziere kaum bändigen. In ohnmächtiger Wut über den Frevel hat er auf das sterbende Cembalo gezeigt, um sich geschlagen und mit überschnappender Stimme geschrien: »Ungeheuer! Warum, Sie Ungeheuer? *Warum?*«

Ein paar Kinder – sie haben die gespannte Stimmung gespürt, die Musik vermißt, sich ohnehin unbehaglich gefühlt unter so vielen Männern, nachdem sie in letzter Zeit so wenige gesehn hatten – haben zu schniefen angefangen, dann losgeheult.

Erst auf dieses Geräusch hin, erst wie er Frauenkleider rascheln hörte, schien der Gouverneurssohn zu bemerken, wo er sich befand. Er hat sich umgesehn und begriffen, wie viele Leute dagesessen und ihm zugesehn hatten.

Prothero hat sich das Pincenez aufgesetzt, die anwesenden Damen betrachtet. Offenbar fand er sie ganz passabel, sogar erfreulich. Und mit fast komisch wirkendem Vergnügen hat er seinen Degen beiseite gehalten und sich tief zu ihnen hin verbeugt. Dann hat er linkisch den Hut abgenommen.

Unterdessen schauten die Damen woandershin, irgendwohin, nur nicht zu ihm. Die Kinder sind seinem Blick ausgewichen. Manche haben das Gesicht hinter den Röcken der Mütter versteckt, andere sich die Hände vors Gesicht gehalten, ihn unsichtbar gemacht, sich vor ihm gefürchtet, ohne eigentlich etwas zu begreifen.

Aber wer hat hier überhaupt etwas begriffen?

Daß sich die Kinder vor ihm versteckt haben, hat ihn scheint's aus der Fassung gebracht. Man hat gesehn, daß ihm was dämmerte. Wie er da so mitten in dem von Kerzen erhellten und über und über mit Frühlingsblumen geschmückten Salon stand, hat sich ein seltsam gewinnendes Lächeln auf dem Gesicht des jungen Offiziers verbreitet. Es war nicht das Grinsen der letzten Wochen. Man hatte den Eindruck, daß sich in seinem Gesicht etwas aufgetan hatte. Er hat gekeucht. Hat sich das Blondhaar glattgestrichen und ein gezwungenes Kichern hören lassen. Seit Monaten, ja seit Jahren hatte er nicht mehr so viele festlich gekleidete Frauen und Kinder gesehn. Er hat jede Frau mit scheuer Achtung gemustert, die Hände jetzt über der Gürtelschließe, als ob man ihn um eine Ansprache gebeten hätte. Und als ob ihm nichts einfallen würde, er aber der Meinung wär, das Publikum könnte ruhig warten.

An Protheros Schläfen sind die Adern geschwollen. Er ist ins Taumeln gekommen und hat sich vor aller Augen an das Cembalo gelehnt. Kaum hat seine Hand das Instrument berührt, hat die junge

Frau geschrien: »Seine *Hand*!« Sie ist aufgesprungen und hat sich hinter ein paar Offizieren versteckt, die sich um sie gruppiert hatten.

Alle haben den jungen Leutnant fast entsetzt angestarrt. Man hat gemeint, er steht kurz vor einem Anfall, der unerträglich anzusehn wäre, Schätzchen, und trotzdem konnte keiner wegschaun. Er hat gespürt, daß aller Augen auf ihn gerichtet waren. Das hat alles noch schlimmer gemacht. Er hat die Schultern hängenlassen und ist in den Knien eingeknickt. Ist scheinbar um Jahre gealtert und um ein paar Zoll kleiner geworden. Es war, als ob man zusieht, wie ein wirklich guter Regenschirm langsam zugeklappt wird.

Seine Stimme war höher als sonst. »Ich weiß natürlich«, hat er gesagt und sich geräuspert, »daß nur ein Vandale so etwas tun würde. Es muß etwas beweisen, aber was? Wie rücksichtslos man geworden ist? Alle haben geweint an dem Tag, an dem ich Charleston verließ. Aufrichtige Tränen. Sogar die Sklaven meines Onkels, und zwar mehr, als man von ihnen erwartet hätte. Meine Schwester fiel in Ohnmacht. Alle haben mich geliebt. Fragen Sie sie. Meine Mutter hat auch an nichts soviel Freude wie an ihrem Piano. Miss –« Er hat sich umgedreht, hat aber nur ihre dunklen Augen gesehn, halb versteckt hinter den hochgewachsenen Offizieren. »Ich vermag nicht zu sagen, warum irgend jemand – und gar ich selbst – sich zu so etwas hinreißen lassen kann. Ich werde den Schaden natürlich bezahlen. Es ist nur ... ›Die Seele eines anderen ist ein dunkler Wald.‹ Es muß wohl in ganz kleinen Schritten über einen kommen. Ich weiß, was es heißt, von anderen geliebt zu werden. Und diese Liebe zu erwidern. Aber mit ganz kleinen Schritten drängt sich dieses andere dazwischen ... Ich bitte Sie herzlich, verzeihen Sie mir, Sie alle. – Außerdem sollen Sie wissen, daß ich dieses Mädchen, das sich jetzt vor mir versteckt, nie berührt habe, obwohl ich mir das oft gewünscht habe. *Ihr* mache ich keinen Vorwurf.«

Er hat sich zur Tür gewandt, ist dann aber noch mal stehngeblieben, hat nach oben geschaut und mit einem Ruck seinen Degen gezogen. Mehrere Damen sind jammernd an die Wand zurückgewichen. Aber Prothero hat bloß mit der Degenspitze den Kronleuchter angetippt. »Durchaus kein übles Exemplar.« Obwohl er ihn kaum berührt hatte, ist der Kronleuchter stark ins Schwanken geraten, und damit hat auf einmal auch der ganze Raum mit den schwankenden Schatten geschaukelt. Unter leisem Gemurmel ist Prothero hinausgestürmt, vorbei an stocksteif erstarrten Offizieren, vorbei am Kaplan, dem der Mund offenstand, die Marmorstufen runter, auf denen Will und Dutzende seiner Kameraden gestanden haben. In dem Salon, den er hinter sich ließ, haben seekranke Gesichter geschwankt – von Schatten zu Licht, Schatten zu Licht.

Prothero blieb zwei volle Tage verschwunden. Um sein Rassepferd hat sich Willie gekümmert. Er hat sich jetzt geschämt wegen den Pflichten, die ihn mit dem unsäglichen Dandy aus Charleston in Verbindung gebracht haben. Manche haben gemeint, der Mann wär bestimmt ein Spion von den Yankees. Nur so haben sie sich solche Unhöflichkeit gegen Frauen, solche groben Verstöße gegen den Benimm-Kodex der Südstaatler erklären können.

Als der Leutnant wieder aufgetaucht ist, war seine Uniform zerlumpt, als ob er zur Strafe durch ein Sumpfgebiet gelaufen wäre. Er hat geläutert gewirkt. Man hat sein Gesicht klarer gesehn – Stolz und Aufgeblasenheit waren daraus verschwunden. Er hat sich so offensichtlich geschämt, daß man fast Mitleid mit ihm hatte, trotz allem, was er getan hatte. Er ist zu keinem Essen im Haus mehr erschienen und den Besitzerinnen aus dem Weg gegangen. Hat allein in seinem Zelt gegessen. Tags darauf beim Exerzieren hat er seine Männer über den grünen Klee gelobt, was die nur aufgebracht hat. Irgendwo hatte er eine Extraration Hafer aufgetrieben, und die hat er eigenhändig an seinen arg mißhandelten Wallach verfüttert.

Die Division hat einen Marschbefehl bekommen und ist von dem schönen Haus und dem blühenden Grundstück abgezogen. Die beiden Damen Randolph haben von der Veranda mit Spitzentaschentüchern gewinkt. Viele Soldaten haben zurückgeschaut. Drei Tage später, als an verschiedenen Stellen Kämpfe aufgeflammt sind und jedem klar wurde, daß eine Attacke über freies Feld unvermeidlich war, haben die andern die Köpfe eingezogen. Sie haben auf Protheros berühmten tollkühnen Sturmangriff gewartet. Diejenigen Offiziere, die sich mit eigenen Attacken zurückgehalten hatten, seit Prothero zu ihnen gestoßen war, haben über die Schulter geschaut. Geduckt, die Musketen schußbereit, haben sie sich innerlich auf Protheros grausigen Schlachtruf vorbereitet. Aber der Leutnant hat sich nicht von der Stelle gerührt. Er hat sich umgesehn. Anscheinend hat auch er drauf gewartet, daß irgendeiner den Anfang macht. Dann, wie er gemerkt hat, daß aller Augen auf ihm ruhn, hat er allmählich begriffen, was zu tun war, hat die Schultern gestrafft und sich sichtbar gestählt, indem er immer schneller und tiefer eingeatmet hat. Er hat sich das Pincenez zurechtgerückt, das Kreuzzeichen geschlagen und die Soldaten, die ihm am nächsten waren, leise gefragt: »Wäre es jetzt recht?«

Sein Rebellenruf hat an dem Tag eher erstickt geklungen, als wär's ihm peinlich, wie sehr er einem heiseren Hahnenschrei ähnelt. Und wie Prothero zu Fuß die Brustwehr rauf ist und hinaus auf das in der Sonne daliegende offene Feld, war's, als hätte er Blei an den Füßen. Mit seiner Langsamkeit hat er die andern gefährdet – sie sind an ihm vorbeigestürmt, haben ihn angerempelt. Protheros Gesicht ist zu einem schaurigen Grinsen erstarrt – eine Entschuldigung. Er hat grade angesetzt, die andern einzuholen, hat grade ihre Namen gerufen, als ihn ein Kanonenschuß voll in die Brust getroffen und glatt zwanzig Fuß zurück in den Wald geschleudert hat.

7

Der Kaplan war trotz seinen christlichen Grundsätzen und seiner Gelehrsamkeit ein gebrochener Mann. Obwohl er sehr für die Gründerfamilien eingenommen war und früher mit dem bedeutenden Vater von dem Jungen Whiskey getrunken hatte, konnte der Geistliche ihm die Vernichtung des Cembalos nicht verzeihn. »Warum?« hat er immer wieder gefragt – und damit den Tod des Cembalos, nicht das Ende des jungen Mannes gemeint.

Dicht neben dem neuen Feldlager der Division, gleich hinter den in Reihen angebundenen Pferden, hat ein ehemaliges Baumwollfeld gelegen, das jetzt eine einzige Schlammgrube war. Hier wollten die Kameraden Alfred Huger Fraser Prothero III. begraben.

Seinen vollständigen Namen hatten sie aus seinen Papieren.

Obwohl die Division jetzt etliche Meilen landeinwärts vom Fluß James stand, hat die Besitzerin des Cembalos irgendwie von Protheros Tod erfahren. Sechs Meilen ist sie mit dem Buggy unter höchster Gefahr für Leib und Leben durch umkämpftes Gebiet kutschiert. Miss Unison Randolph traf ein, als der Begräbnisgottesdienst eben begonnen hatte. Auf dem Feld mit dem frisch gegrabenen Loch drin haben die Männer ihre Kutsche kommen sehn. Sie haben sich umgedreht und zugeschaut, wie sie sich mit hohen Schritten durch den Morast kämpft. Sie hat so getan, als ob sie über ihr Mißgeschick lächelt, aber ihren geschürzten Lippen war anzusehn, wie ekelhaft sie die Sauggeräusche gefunden hat, die ihre Stiefelchen beim Herausziehn aus dem Schlamm gemacht haben. Mit der einen Hand hat sie ihre Handtasche an sich gedrückt, mit der andern den Rock um die Waden gerafft. Aus ihren vier schwarzen Armbinden waren fünf geworden. Die Männer haben Respekt vor ihr gehabt, weil sie die strapaziöse Reise unternommen hatte. Aber sie mußten dran denken, wie sie sich mit dem Leutnant kompromittiert hatte. Sie waren sich sicher: Wenn einer von *ihnen* gefallen wär, dann wär sie jetzt nicht hier. Trotzdem haben Will und andere genickt, wie das inzwischen sechzehn gewordene Mädchen seinen Platz am offenen Grab eingenommen hat.

»Wir alle müssen kämpfen«, hatte der Kaplan grade gesagt, und nach einer ernsten Verbeugung hat er weitergesprochen. »Aber ich fürchte, dieser junge Mann hat zuviel *Freude* an besagter Tätigkeit gehabt. Ich glaube, er war, wie er uns versicherte, ein ganz passabler Junge, bevor der Krieg ihn veränderte. Harmonie, die zur Kakophonie wird. Und ich bin der Ansicht, daß ihm bewußt war, welch schreckliches Unrecht er in letzter Zeit begangen hatte – an Gegenständen, die unserer Verehrung würdig sind. Solche Niedertracht läßt sich schwer begreifen. Daß man das eine Schöne sieht und dann das eine Schöne zerstört. Lassen Sie mich Ihnen erzählen . . .«, er hat der eben angekommenen jungen Dame zugelächelt, ». . . daß ich in meinem Chor jedes Jahr einen Knaben habe, der mit dem absoluten Gehör begabt ist. Dieser Knabe wird dann zur ›Stimmpfeife‹ gewählt, wie wir es nennen. Die anderen richten sich möglichst genau nach seiner Stimme. So treffen fast alle die richtige Tonhöhe. Und eben dies ist unser Heiland für jeden von uns. Er ist das Fagott, auf das wir, Sein Orchester, uns einstimmen müssen, wenn Sie so wollen. Niemand ist so unmusikalisch, daß er nicht den vollkommenen Leitton hören und durch ihn seine wahre eigene Stimme finden könnte. Ich muß freilich eingestehen, daß ich kaum jemanden gekannt habe, der sich so taub gestellt hätte wie dieser junge Mann hier.« Die andern haben ins offene Grab oder auf die Spitzen von Miss Unisons ruinierten Stiefeln gestarrt. Der Kaplan hat zum Himmel aufgeschaut. Er hat es nicht über sich gebracht, von Protheros edleren Charakterzügen zu sprechen. Statt dessen hat er den Tod eines jungen Mannes zum Anlaß für eine Abhandlung über mangelnde musikalische Begabung genommen.

Wie aus Erbarmen mit der gestelzten Sprache und der Lieblosigkeit des Kaplans, so als wollte sie jetzt die Musik selbst und nicht nur das Fachsimpeln darüber zu Gehör bringen, hat die junge Dame ihr schwarzes Retikül geöffnet und eine kleine Blockflöte aus hellem Holz zum Vorschein gebracht. Ganz schlicht hat sie begonnen, das »Lobet den Herrn« zu blasen. Ihr Gesicht war erschreckend weiß im Abendlicht. Die Hauptschönheit ihrer eiförmig gerundeten Züge: Disziplin.

Am Westhimmel haben sich schlachtgraue Wolken aufgetürmt. Die Pferde haben ihr Heu gefressen, sich ungerührt lautstark erleichtert. Eins hat sanftmütig »A-hem« gemacht. Wie unwiderstehlich hat einem auf dem schlammigen Acker – ringsherum zersplitterte Bäume vom Artilleriebeschuß am Vortag – das Flöten einer jungen Frau ans Herz gegriffen. Erst klang es nur schlicht und rein, dann ist es, im schwindenden Tageslicht, über sich hinausgewachsen, geduldig, beinah überirdisch.

Unison hat zwei Kirchenlieder gespielt. Sie hat die Arme weit abgespreizt, den Oberkörper leicht im Takt der Melodie gewiegt und die Augen gesenkt, während die Töne, die sie blies, in das offene Grab perlten. »Jesu, meine Freude.« »O Haupt voll Blut und Wunden.« Die losen Enden von fünf schwarzen Armbinden haben im Wind geflattert. Männer und Jungen haben sich unbehaglich gefühlt, so gerührt waren sie von den altvertrauten Liedern. Sie haben sich geschämt wegen ihren finsteren Gedanken über diese strenge Jungfrau. Sie hatte ihre Schattenrisse ausgeschnitten, ihre Briefe geschrieben, ihre gefallenen Kameraden gezeichnet.

In Zelten haben Will und die andern hier dumpf nebeneinander hergelebt, stets auf der Hut, mit der tödlichen Gefahr als einziger Gewißheit. Ihr Umgang untereinander war abgestumpft, wenn auch noch halbwegs freundlich. Aber alle guten persönlichen Gefühle schienen verloren in längstvergangener Zeit oder verborgen in ferner Zukunft. Selbst in diesem Moment war hinter den Kiefernwäldern dumpfer Kanonendonner zu hören. Dann kam sporadisch das höhere Knattern von näherem Musketenfeuer. Aber noch viel näher waren die stetig sich entfaltenden Flötentöne: »Ein feste Burg ist unser Gott.« Die Noten kamen unverziert, schlicht wie der Atem, der sie getragen hat.

Daß sie so weit gefahren war, dem Mann zu Ehren, der ihr die beste Musik und das letzte zivile Vergnügen geraubt hatte, das hat die vierzig Männer, die hier mit dem Hut in der Hand versammelt waren, aus der Fassung gebracht. Hat sie fast an zu viele Dinge gleichzeitig erinnert. Vielleicht hat es sie beunruhigt, wie sehr sie allesamt schon so wie Prothero geworden waren. Einer ist jetzt durch den Schlamm auf den Wald zugestapft. Er ist einfach gegangen – etwas an der letzten Melodie hatte ihn verstört. Unison Randolph hatte da schon volle sechs Minuten gespielt.

Ihr Flöten hat alle ergriffen, die Alten wie die Jungen. Die Soldaten haben natürlich an sich selbst gedacht, an ihr eigenes Ende. Aber schlimmer noch als die bloße Tatsache, daß man im Krieg umkommen kann, war: daß er dich zum wilden Tier macht, bevor er dich holt. Die Musik, die anfangs nur das schlichte Glaubensbekenntnis einer jungen Frau gewesen war, hatte sich verdreht, war zur Frage geworden. Je deutlicher diese Frage wurde, desto mehr Männer sind von einem Fuß auf den andern getreten. Manche haben sich teilweise abgewandt von dieser wachsenden Macht. Von Osten ist Wind aufgekommen. Die Pferde, vorher so ruhig, haben jetzt gestampft und geschnaubt.

Der Kaplan hat wieder das Wort ergriffen, aber jetzt nicht mehr zum Himmel geschaut, sondern hinab auf das Leichentuch. Wie klein der junge Prothero da unten in seinem Loch gewirkt hat! Irgendwie hatte sein Pincenez sich nicht einwickeln lassen, das schwarze Band hat zwischen zwei Falten hervorgeschaut, und in den Gläsern haben sich helle runde Stückchen vom Himmel gespiegelt.

»Herr, wir haben nicht bemerkt«, hat der Kaplan wieder angesetzt, »daß er wahnsinnig war. ›In kleinen Schritten‹ war er es geworden, das hat er uns selbst gesagt. Und ich habe ihm hier die Schuld gegeben. Ich habe ›Warum?‹ gefragt, als ob dieser Junge unsere Umstände verursacht hätte, nicht ihnen zum Opfer gefallen wäre.

Vater? Unsere Zeiten sind so. Geisteszerrüttung gilt als – ja, als was, Herr? Als Mannesmut. Unverhohlen bewundern wir diejenigen unter uns, die am besten kämpfen und am schnellsten töten. Die übrigen verurteilen wir als Schwächlinge. Dieser Junge wandelte unter uns, und wir haben ihn nicht erkannt. Ich habe seinen Vater gekannt – ein reizender Mensch. Auch das hat mir nichts genützt. Wir hätten unseren Prothero aufhalten können. Obzwar ich nicht recht weiß, wie. In solchen Augenblicken, Himmlischer Vater, ist es nicht nur schwer, gut zu werden. Es ist so schwer, o Vater, gut zu *bleiben*. Gib, daß die Teile von uns, die noch gut sind, auch so bleiben. ›Ein dunkler Wald‹ – Herr, so dunkel wie Deine Wege. Laß nicht nach, uns für unsere Missetaten zu strafen. Gib, daß unsere Tugenden von unserem Wahnsinn getrennt bleiben, Vater. Und gib uns die Kraft zu unterscheiden.« Der Kaplan endete: »Wir bitten Dich nicht, daß Du jedem von uns das absolute Gehör gibst, Herr. Gib uns nur Ohren, Herr, daß wir hören.«

Es war das Begräbnis von einem, den keiner so recht mochte. Und doch, hätte ein Fremder, der zufällig auf der Straße vorbeikam, all diese niedergeschlagenen Augen, die an die Brust gedrückten Mützen, die junge Frau (die Liebste?) mit ihrem Instrument gesehn, er hätte es für die Beerdigung eines Lieblings der Division halten können. Es ist für viele von denen, die (wie Willie, der Pferdebursche) dabei waren, zum aufwühlendsten Begräbnis in einem langen, begräbnisreichen Krieg geworden. Wegen der Musik? Wegen der rettenden Gegenwart einer Frau? Weil Prothero endlich Ruhe gefunden, es zugelassen hatte, daß die andern ihm verzeihen? Keiner hat noch die Bedeutung seines Endes so recht verstanden – sowenig wie sie aus seiner hellen, merkwürdig schwankenden Gegenwart schlau geworden waren.

Die Männer haben angefangen, das Grab zuzuschütten. Wenn man sich näherbeugte, konnte man immer noch sein hartnäckiges Parfüm riechen. Will hat Erde geschippt und dabei an Target da drüben gedacht mit seiner Fraser-Plaid-Decke, wie er, angebunden zwischen Maultieren, Hafer frißt und, natürlich, keine Ahnung hat, was passiert ist. (Schon bald sollten nacheinander mehrere andere Target reiten, ihn schlecht reiten, bis er zusammengebrochen ist.) Es wurden sechs Schaufeln benutzt. Alle haben mitgeholfen bis auf Unison. Das Grab hat inzwischen halb voll gestanden mit sumpfigem, teebraunem Wasser. Die junge Dame hat weiter auf ihrem deutschen Instrument gespielt. Man hat die Finger über den Birnenholzlöchern auf und ab gehn sehn. Ihr Gesicht war tränennaß, der Oberkörper hat sich bewegt, fließend und natürlich, hat geschmeidig hin und her geschwankt. Worum auch immer sie jetzt trauern mochte (ihre Brüder und ihren Vater? eine verlorene Liebe?), sie hat unbeirrt und mit tadelloser Intonation eine Melodie nach der andern geflötet. Kirchenlieder, eine kleine ländliche Tanzweise – was ihr grade in den Sinn kam, ohne je eine Pause zu machen. Die Augen hielt sie nicht mehr gesenkt, sie hat die andern Trauernden angesehn, mit Blicken wie unerbittliche Fragen.

Nach getaner Arbeit sind die Männer ins Lager zurück, grüppchenweis. Will und der Kaplan waren die letzten, sie haben gemeinsam das Grab verlassen und Unison bedeutet, sie soll ihnen folgen. Aber die junge Dame ist noch ein Weilchen da draußen geblieben, ihre schmucke Silhouette war die einzige Senkrechte auf dem weiten Feld. Sie ist mit dem Rücken zu ihnen gestanden. Die Handtasche über den einen Arm gehängt, hat sie hier mitten im Nirgendwo weitergeflötet, vor dem frisch aufgehäuften Hügel. Der Wind hat mit ihren Armbinden gespielt: Vom Lager aus haben die Männer ihren Haarknoten betrachtet. Haben zugehört. Konnten nicht anders.

Wenn das keine wahre Geschichte wär, könnte sie getrost hier enden, Kind. Es würden Entscheidungen getroffen, auf allen Seiten gute Vorsätze gefaßt werden: ein besserer Mensch zu werden, aus diesem Erlebnis wirklich was zu lernen.

Aber Tatsache ist, es ist Krieg, und er ist noch nicht vorbei, und er ist noch grausamer, als man denkt. Unison hatte jetzt fast schon eine Stunde gespielt. Das ist eine lange Zeit, wenn sich der Tag neigt und man seinen Kram weitermachen und zu Abend essen will. Der Mann, der in den Wald gegangen war, ist zurückgekommen. Aber als er noch eine halbe Meile weg war, haben die andern gesehn, wie er stehnbleibt, horcht, kehrtmacht und wieder in den Wald geht. Über den Kiefern war die Sonne gesunken und hatte ein ominöses Rot angenommen.

Der befehlshabende Major ist aus seinem Zelt gekommen und hat sich auf einen Klappstuhl gesetzt. Er hat die junge Dame betrachtet und zugehört, wie sie ihre zweite Konzertstunde in Angriff nimmt. Die Männer haben an Kanonenrädern gelehnt, auf Wagenplattformen gelegen. Und zu ihr hingesehn. Miss Unisons Kleid war schwarz, der Acker braun, der Abendhimmel von einem rosa durchsetzten Grau. Es war ein richtig trauriges Bild. Ein paar von den Soldaten sind unruhig geworden, haben sich gewünscht, sie tät endlich aufhören. Zehn oder zwölf sind, obwohl sie hungrig waren wie die Wölfe, in ihren Zelten verschwunden. Hat sie mitgenommen, diese Art des Musizierens – das Reine, Schlichte, Unermüdliche. Eine ernste Kunstfertigkeit hat sich durch all ihre Melodien gezogen, ob Gassenhauer, Tanzweise, Kirchenlied. Es war alles so *wahr*. Und die Wahrheit zieht immer neue Fragen nach sich.

Erst haben sich die Männer eingeredet, sie machen sich Sorgen über ihre Gesundheit, darüber, daß sie so lange da draußen auf einem schlammigen Acker hinter den feindlichen Linien ausharrt. Dann mußten sich die Jungs eingestehn, daß sie die Nase voll hatten, mit Verlaub. Ihre Musik hat sich verwandelt, aus dem anmutigen Bekenntnis einer jungen Frau zu ihrem kindlichen Glauben ist eine Reihe von Fragen und schließlich eine Herausforderung geworden, ihre vollkommene Leichtigkeit hat die Männer jetzt niedergedrückt. Miss Unisons Musik kam ihnen vor wie eine Lektion: *»Warum haben wir diese Menschen verloren? Wer bringt uns dazu, so etwas zu tun?«*

Schließlich hat der Kaplan Will mit einer Tasse heißem Kaffee zu ihr rausgeschickt. Dampfend hat die hohe Steinzeugtasse vor ihren Füßen gestanden. Will hat zu ihr aufgeschaut, ein schwaches Lächeln riskiert. Ihr Gesicht war verschwollen, naß. Sie hat ihn gesehn und knapp genickt, aber keine einzige Note ausgelassen.

Die Sonne war jetzt fast untergegangen. Unison hat weitergespielt. Der Kompaniearzt, mit Spitznamen »Sägebock«, ist als nächster hingegangen. Hat sich so hingestellt, daß sie ihn sehn mußte, hat sich vorgebeugt und gesagt: »Es ist jetzt Zeit. Danke. Sie müssen Ihre Kräfte schonen. Mein Rat . . .«

Aber mit einem schrillen Ton hat sie sich von ihm abgewandt. Richtig unhöflich. Der Doc ist zurückgekommen, kopfschüttelnd, gekränkt, weil er nichts ausgerichtet, sich vor den andern blamiert hatte.

Sie hat nicht aufgehört. Es war, als hätte sie die Soldaten betrauert und ihnen zugleich die Schuld zugeschoben. Die Melodien sind wilder geworden, aber auch süßer. Als zwei volle Stunden um waren, haben sich manche Zuhörer unter Anklage gefühlt. Übel ist ihnen geworden. Sie haben sich vorgestellt, wie die Mutter von dem Mädchen unruhig auf der Veranda auf und ab geht und sich Sorgen macht. Vor Unisons Füßen war das Grab des Leutnants im letzten Tageslicht nur eine Idee höher als der Acker.

Wie konnte sie immer noch weiterspielen? Was konnte sie zum Aufhören bewegen? Wenn aus den Bäumen drüben plötzlich der Feind aufgetaucht wär, dann hätte sie's bestimmt gut sein lassen, oder? Wenn sie verletzt wurde, Hilfe brauchte – das tät sie zum Schweigen bringen! Die Soldaten konnten nicht ihren alltäglichen Verrichtungen nachgehn. Die Musik hat sie nicht losgelassen, sie in ihren Bann geschlagen. Die junge Frau wollte ihnen einen Possen spielen, das war's! Der Koch hat keine Anstalten gemacht, das Feuer fürs Abendessen anzuzünden. Es ist dunkel geworden. Man konnte sie grade noch sehn – und dann war sie nur noch zu hören. Der Krieg konnte nicht weitergehn, solange sie da draußen mittendrin stand. Wahrscheinlich hatte sie genau das beabsichtigt!

Als die Division auf dem Grundstück der Randolphs kampiert hatte, war Miss Unison für die Männer ein rührendes Maskottchen gewesen, sogar ihre Traurigkeit hatte sie aufgerichtet. Aber hier draußen – nein. Die Männer wollten weitermachen. Sie waren hungrig. Die Nacht war hereingebrochen, und Prothero war unter der Erde. Was nun? Bringen wir's hinter uns, verdammt nochmal!

Immer mehr von ihnen haben sich in die Zelte zurückgezogen, aber die scharfen Flötentöne haben sie trotzdem erreicht. Ein junger Kerl hat einfach »Nein« gesagt. Manche haben sich schon die Ohren zugehalten.

»Unison?« ruft der Kaplan mit seiner volltönenden Stimme. »Danke, Unison. Sie haben mehr getan, als irgend jemand von Ihnen verlangen könnte. Ich bitte Sie herzlich im Namen Ihres Vaters und Ihrer Brüder . . . Unison.«

Jetzt waren nur noch ungefähr fünfzehn Männer im Freien, alle andern haben in den Zelten auf den Feldbetten gelegen und vor sich hingestarrt. Schließlich hat sich einer (außer ihm selber wußte hinterher keiner, wer) unbemerkt davongeschlichen. Im Dunkeln hat er einen Erdklumpen aufgehoben und ihn in Unisons Richtung geworfen. Er hat nicht weit von der Straße bei ihrem Buggy gestanden. Hat den Brocken über die Köpfe der andern Infanteristen geschleudert. Der Kaplan und der Major haben sich aufgesetzt, aber so getan, als ob sie nichts gemerkt hätten. War nicht weiter schwer im Dunkeln. Ein zweiter Wurf, dann ein dritter. Man konnte den Mann leise ächzen hören, wie er mit aller Kraft einen Klumpen nach dem andern geworfen hat.

Keiner hat ihn gehindert.

Schließlich hat er sie am Rücken getroffen. Ihre Flöte hat einen Kickser von sich gegeben. Aber die Melodie ging weiter, entschlossen, obwohl gleich darauf ein Stein sie getroffen hat. Die Musik ging weiter. Irgendeiner hat sich dem Dreckwerfer auf der Straße angeschlossen, dann ein dritter. Nicht lange, und man hat vom Grab her nicht nur Flötentöne, sondern auch ein Prasseln wie bei einem Hagelschlag gehört. Und irgendwann ist die Melodie dann doch ins Stolpern gekommen, verstummt. Man hat Unison mit jedem Atemzug wimmern hören. Das Werfen hat aufgehört.

Jetzt sind alle, froh um die Stille, aus den Zelten gekommen. Einen Moment lang hätte buchstäblich alles passieren können. Einer der Männer hätte zu ihr hinrennen können, sie in den Schlamm von Protheros frischem Grab werfen, ihr die Röcke hochreißen, ihr eine Hand auf den Mund pressen und sonstwas machen. Sonstwas, einmal und noch mal und immer wieder. Die Soldaten hätten einen großen Stein nehmen und ihr den Kopf zu Brei schlagen können. Aber das ist nicht passiert. Statt dessen schien sich Unison jetzt auf stumme Anklage verlegt zu haben. War beinah schlimmer als die Musik, die so tapfer gegen die Stille angekämpft hatte.

Man hat Insekten summen, Frösche quaken hören. Sonst nichts. Im Lager war keine einzige Laterne angezündet worden. Erst nach einer Weile haben die Männer die Stiefel von dem Mädchen im Schlamm quatschen hören; nach ein paar schnellen Schritten hat sie immer wieder eine Pause eingelegt auf dem schrecklichen Rückweg zu ihrem Buggy. Die Soldaten haben Miss Randolph durch ihre Reihen gehn hören. Jemand hat gesehn, daß sie sich die Hand an die eine Kopfseite hielt. Die Soldaten haben sie durchgelassen. Im Buggy hat sie mit der Zunge geschnalzt und gesagt: »Effie? Brave Effie!« Wahrscheinlich zu dem Pferd. Nach drei mißlungenen Versuchen hat sie endlich den Buggy gewendet und ist davongefahren – die sechs Meilen zurück zu dem schönen Haus am Fluß, das Shermans Truppen anno 65 in Brand stecken sollten.

Die Männer sind minutenlang wie angewurzelt stehngeblieben. Haben drauf gewartet, daß irgendwas anderes geschieht. Noch mehr Musik? Feindliches Feuer, bei dem man sich wohl oder übel in Bewegung setzen mußte? Dann haben sich erneut müde Schritte von dem stockfinstern Feld her genähert. Zwei Männer sind nach Waffen gerannt. Aber es war nur der Kamerad, der vor der Musik in den Wald davongelaufen war. Erst jetzt hat sich der Koch erhoben, laut gegähnt und in die Runde gefragt: »Wer meldet sich freiwillig zum Feuermachen?« Mit einem Streichholz hat er seine Petroleumlampe angezündet. Die Freiwilligen haben, ganz anders als sonst, Schlange gestanden. Andere haben sich nur gestreckt und vielleicht ein schlechtes Gewissen gehabt, sich aber durchaus wohl gefühlt. Jetzt waren sie wieder unter sich in ihrer Männerwelt, alle mildtätigen Fremden waren weg.

Keiner der Soldaten hat je mehr drüber gesprochen, was da draußen passiert war. Und sie haben Unison nie mehr erwähnt. Sie hatte endgültig ihre Achtung verloren. Für sie war sie gestorben.

Was ich dir da erzählt hab, war ein unbedeutender Vorfall im Krieg.

Du wirst in keinem Geschichtsbuch ein Wort drüber finden, Kind.

Ich hab die Geschichte von meinem verstorbenen Mann Will, der Target gepflegt hatte, das Pferd von dem jungen Leutnant Prothero aus Charleston.

Das hat sich von März bis Mai 1863 zugetragen.

Arme Männer, arme Jungen. Weißt du, sie hatten noch zwei volle Jahre Krieg vor sich.

Aus Unterlagen geht hervor: Unison hat nie geheiratet. Bis 1941 hat sie den Kindern von Prominenten in Richmond, Virginia, Klavierunterricht erteilt.

8

Gestern sind Taw und ich auf unserm Heimausflug in dem blauen Chevrolet-Bus gefahren. Mitten unter den andern haben wir gesessen, nicht grade Hand in Hand, aber immerhin Rollstuhl an Rollstuhl. Der Bus hat neben einem auf Hochglanz polierten Leichenwagen gehalten. Hinten drin eine längliche, spitz zulaufende Mahagonikiste. Taw hat auf sie runtergeschaut. Und dann hat er so laut, daß es alle hören konnten, geschnaubt: »So was brauche *ich* auch. Einen schönen, trockenen, gefütterten Sarg.« Viele haben gelacht. In unserm Alter das Lachen der Erkenntnis. Wir hatten alle das gleiche gedacht.

Trotzdem hat's mich ein bißchen deprimiert, und ich hab mich wieder an die Planung von meinem Quilt gemacht. Das ist tröstlich, vor allem bei Nacht. Ich weiß, welche Stoffe ich nehmen würde, bloß kann Jerome sie nicht auftreiben. Aber mich tröstet es schon, wenn ich sie nur aufzähl.

Also, welche Stoffe sind bisher vorgesehn? Ein Sträußchen aus getüpfeltem Schweizermusselin von Shirleys Kleiderschürze, die so gelb war, daß jeder Zitronenzüchter vor Neid erblaßt wär. Ein Paar lange Unterhosen, Kaschmir, in Rot-Weiß-Blau, gestrickt von einer Mutter für ihren Kindsoldaten, der in den eisberghaltigen Norden mußte. Ein weißer Schnipsel von Lady More Marsdens seidenem Hauskleid. Vielleicht einen von Little Xerxes' Frackschößen – weißer Satin so fein wie Ladys Seide oder noch besser. Babys karierte Organdy-Haarschleife. Die stark befleckten Paspeln von meinem Hochzeitsreisekleid, von meinen Tanten handgenäht. Die rosa Baumwolldecke, in die ich den nackten Archie gewickelt hab, bevor ich mit ihm zum Arzt gerannt bin. Ein steifes Stück von Maimie Beechs gestärkter Tracht, die wie Karton geknickt ist, wenn sie sich am Morgen zum erstenmal hingesetzt hat. Papas Postleruniform aus blauem Serge, kaum getragen. Ein Kilt von meinem Großvater Angus McCloud. Das Batist-Spielhöschen von meiner Mutter, das beim Abschnippeln von Locken und Wespen mit der Gartenschere beschädigt wurde. Ein kleines quadratisches Stück Mull von Neds Augen an dem bewußten Tag auf der Männerstation. Ein Stoffmuster, gefärbt mit dem Indigo, von dem die Eltern meiner Mutter reich wurden. Vielleicht ein Stück angegraute feinste Brüsseler Spitze von der traurigen Dame auf dem Bahnhof von Falls. Graues Kammgarn von der Uniform eines Kindsoldaten, aus der dieser so jählings herausgewachsen ist. Jeromes bestes Disco-Jäckchen aus Goldlamé. Und natürlich Muster von einem selbstgezüchteten, selbstgeschlachteten, handgegerbten echten Nerzmantel. Dazu grüner Samt von einem Kostüm, das die biblische Judith und meine beweinte Louisa getragen haben. Und Daunen von Castalias heiligen afrikanischen Rotvögeln. – Das reicht für *eine* Seite, mein Junge.

Eine Decke, unter der sich's trefflich schlafen und sterben läßt. Wir müssen alle füreinander einstehn. Jede Farbe ist eine Tat und ein Leid, ein Preis. Unser Quilt wird zugleich Leichentuch und Prachtgewand sein.

– Zieh ihn über mich!

Genug

Ich suchte des Nachts in meinem Bette, den meine Seele liebt. Ich suchte, aber ich fand ihn nicht. Ich will aufstehen und in der Stadt umhergehen auf den Gassen und Straßen, und suchen, den meine Seele liebt. Ich suchte, aber ich fand ihn nicht.
– Das Hohelied Salomos 3, 1-2

1

Ich war ja immer mit einem alten Mann verheiratet gewesen, doch jetzt bin ich auch selber allmählich alt geworden. Aber während sich bei mir die ersten Alterserscheinungen gezeigt haben, ist er einem so alt vorgekommen wie eine Pyramide – und ungefähr genauso leicht zu bewegen. Seit Jahren war er jetzt friedlich, unansprechbar, aufbrausend, unansprechbar gewesen. Meistens hat er den ganzen Tag eins von seinen Nachthemden angehabt. Von Sklavinnen genähte Sachen, die die Sklaverei und die meisten Näherinnen überlebt hatten. Wunderschöne Hemden mit gesticktem Monogramm – an den Manschetten und am Kragen abgewetzt, aber unersetzlich, denn sie waren zu hundert Prozent aus sterblicher Baumwolle. Das Zeug ist unschlagbar.

Seine Gegenwart im hinteren Schlafzimmer ist zu einer ständigen Forderung geworden. Ich hab mitgezählt, wie weit ich mich von dem Messingbett entfernt hab (sogar wenn ich bei Lucas einkaufen war – jetzt schon mit Selbstbedienung, hatte sich ganz schön rausgemacht, der Luke). Wenn mein Mann am Ende vom Parterreflur zu lange ruhig geblieben ist, hab ich mir Sorgen gemacht. War wie bei meinen Kindern – unsern: Stille hat bedeutet, daß man nachsehn gehn mußte, und zwar schnell.

Castalia war ein Lichtblick. Sie ist raufgekommen zu uns, mit nach unten verlagertem Schwerpunkt und schwerfälliger, mit noch zählbaren Silberhaaren, die sich wie Uhrfedern an beiden Schläfen geringelt haben.

Sie hat weniger gesprochen und wenn, dann mehr über die alten Zeiten. Immer öfter hat sie Sachen aus Afrika erzählt, die sie sich von A bis Z ausgedacht hatte. Da sind dann Leute aus Falls in Geschichten über längst dahingegangene Stammesangehörige aufgetaucht. Ob ich ihr ins Wort gefallen bin? Soll das ein Witz sein? *Ich*? Ich hab bloß Kaffee nachgeschenkt. Und versucht, nicht auf mein männliches Riesenbaby am Ende vom Flur zu horchen, das ein Genie darin war, immer dann zu stören, wenn's grade gemütlich geworden ist.

Cassies Haut hatte in letzter Zeit ein bißchen von ihrem Schimmer eingebüßt. Eins unserer beliebtesten Schönheitsmittel war Olivenöl, und oft haben wir uns beim Kaffeeklatsch ausdauernd die Knie und Ellbogen damit eingerieben. Das hat durchaus gewirkt, aber hinterher haben wir gerochen wie zwei Portionen von ein und dem selben Salat.

An den Winkeln von Castalias vollem Mund waren jetzt tiefe Runzeln eingegraben. Ihre Kleiderfarben waren zu brauneren, goldeneren Tönen gezähmt worden – keine schrillen Rosa- und Gelbschattierungen mehr. In der Stadt hat sie nicht mehr das große Wort geführt, mit dem Erfolg, daß die Leute noch mehr Angst vor ihr hatten. Die Kaufleute haben ihr jetzt alles zum Selbstkostenpreis überlassen und vom »Zehnten« gesprochen. Manchmal hat sie gelacht, und dann hat man immer noch einen halben Zoll der ursprünglichen Schönheit um ihre Augen gesehn, aber auch hier hat ein Gekrakel von Runzeln und Fältchen – ich hab an einen Elefanten denken müssen, den ich mal auf dem Jahrmarkt gesehn hatte, und mich geschämt – jedem Anflug von Heiterkeit einen bitteren Beiklang gegeben. Sogar wenn sie mich angeschaut hat, hab ich eine gewisse Schärfe gespürt – so was wie »Und diese halbe Portion soll meine beste Freundin sein?« Wenn ich das überhaupt war. Hätte mir nichts ausgemacht, wenn Cassie mich so genannt hätte. Hat sie aber nie so direkt getan.

Sie hat weiter zugenommen, und ihre Arme haben sich nur noch selten vom Körper gelöst. Ging wahrscheinlich nicht mehr. Es gab immer weniger liebe Menschen, zu denen sie nett war (lang war die Liste nie gewesen), aber mit alten Feinden war sie jetzt nachsichtiger.

Manchmal hat sie bei uns den Nerz ausgezogen (eine Ehre) und die Schuhe weggeschlenkert, ist in Strümpfen den Flur entlanggetappt und hat unsern Patienten angebelfert: »Na, plagt dich denn, großer Häuptling? Kein Mumm mehr in dein Kadaver, was, du Fluch der Frauen. Weißt noch, wer ich bin? Dann sag's.«

Ich hab abgewartet, den Tisch abgeräumt. Sie hat gekreischt: »Luce? Sagt ›Cassius‹ . . . Glaub, kennt mich wirklich noch.«

Wie ich hatte sie's lieber, wenn er *da* war. Ganz bei sich. Trotzdem wir dann mit seinen Ausbrüchen fertig werden mußten. War uns trotzdem lieber wie die Sabber- und Dämmerphasen. Die waren für uns wie ein Blick in unsere eigene triste Zukunft. Aber Cassie und ich waren noch nicht so weit. Männer baun schneller ab. Am Ende kriegen wir noch mal die Oberhand – wenigstens ein bißchen Gerechtigkeit.

In der Stadt hab ich natürlich immer noch Leute gekannt. Die Kassiererinnen bei Safeway haben mich manchmal mit meinem Namen angeredet. Ich hatte keine Ahnung, wer sie sind, bis sie mich fragten, wie's denn einem von meinen in alle Winde zerstreuten Kindern geht. Louisa war jetzt in ihrem Krankenhaus in Newport News für die ganzen Dienstpläne von den Krankenschwestern zuständig. Hat mir geschrieben, wie leid es ihr tut, daß sie mir mit all ihren Kenntnissen nicht helfen kann, mit ihrem wunderlich gewordenen Vater fertig zu werden. Ned hat Jungen an der Blindenschule der Methodisten in Plymouth, North Carolina, unterrichtet. Ich hab ihn nur noch gesehn, wenn er Urlaub hatte. Dann ist er mit dem Zug heimgekommen, mit seinem Stock und einer Ledertasche, der dunklen Brille, der beginnenden Stirnglatze und der Professorenmähne, und sein wunderbares Lächeln war immer noch das gleiche. Er ist oft als letzter ausgestiegen, und die Schaffner haben ihm geholfen und ihn wie einen Ehrengast behandelt. Ned hat manchmal seinen besten Schüler mitgebracht, beispielsweise einen Jungen, der bei einem Autounfall sowohl sein Augenlicht als auch seine Eltern verloren hatte und froh war, Weihnachten in einer richtigen Familie verbringen zu können. Ich war immer glücklich und nervös zugleich, wenn ich Ned wieder mal daheim hatte. Als ob er eine Berühmtheit wär. Wir haben viele Briefe gekriegt, wie gut er als Lehrer wär, wie selbstlos und so weiter. Ich hab dann am Küchentisch gesessen (noch immer demselben, natürlich – »wenn der reden könnte«) und einfach das Lob über ihn gelesen und war so stolz und hab mich trotzdem gefragt, was aus ihm geworden wär, wenn . . . Na gut, aber, um die Wahrheit zu sagen – hört sich sicher schlimm an –, aber manchmal, wenn ich so zurückdenk, kann ich mich nicht mehr an ihn erinnern, wie er noch nicht blind war. So lang ist das schon her. So gut ist er damit zurechtgekommen. Manchmal seh ich ihn wieder vor mir, wie er früher seine

Augen als Deckung benutzt hat, wenn er da drin über irgendwas nachgegrübelt hat – das Augenlicht als Mauer, in deren Schatten man sich versteckt. In letzter Zeit überlagern sich die beiden Neds auch so sehr, daß mir's fast vorkommt, als wär nicht Captain der Vater von unserm schönen blinden Ned, sondern der erste Ned, dem es irgendwie gelungen ist, *durch* Marsden einen Sohn zu bekommen, so daß wir eigentlich einen Smythe unter unsern Kindern gehabt hätten. Aber was soll's. Wirres Zeug. Davon wirst du von Zeit zu Zeit noch mehr zu hören kriegen, fürchte ich. Andere vergessen, wann es hier drin Mittagessen gibt. Mein Versagen würde ich Übererinnerung nennen. Es ist wie ein Wühltisch oder ein Flickenteppich, eins neben dem andern, zwei völlig gleiche Teile, die aber in Wirklichkeit nie beisammen waren, weil achtzig Jahre dazwischenliegen. Wenn ich unsern blinden Sohn hab erzählen hören, wie er irgendein neues Tongerät für die Schule angeschafft hat, mit Geld, das er zum Teil selber bei den Reichen der Stadt zusammengebettelt hatte, hab ich festgestellt, daß ich Captain Marsden immer mehr verziehn hab. Zumindest das, diesen Teil. Scheint, daß uns allen die Grundform von unserm Leben vorgegeben ist. Man kann vielleicht eine bestimmte Krümmung um ein paar Grad verändern, aber die zugrundeliegende Form als solche kann man nie in Frage stellen. Doch manchmal denk ich auch, das Gegenteil trifft zu, also lassen wir das. Was weiß denn *ich*?

Unsere Zwillinge waren Geschäftspartner der rarsten Sorte – solche, die einander durch und durch vertraun. Sie hatten auch Zwillinge geheiratet (die Hochzeit war für meinen Geschmack ein bißchen zu symmetrisch und lieb und geblümt, aber ich hab natürlich nichts gesagt). Die beiden haben im Immobilien-Poker mitgemischt, wie sie's genannt haben, und sie waren richtige Kanonen. Als Kinder waren sie nicht grade die hellsten gewesen, aber jetzt ist ein Geldregen auf sie niedergegangen, als ob's nicht anders sein könnte. Hat nichts geschadet, daß sie einmal sitzengeblieben waren. Sie waren fein raus, die einzigen von meinen Kindern, die nicht in der Krankenpflege oder im Lehrberuf oder anderweitig im Dienst an der Menschheit tätig waren. Mit Ausnahme von Baby natürlich. Obwohl für mich ja die Schauspielerei auch Dienst an der Menschheit ist. Sie hat eine stumme Rolle als französisches Hausmädchen in *Ihre zweite Ehe* gekriegt und ist in den Kritiken besser weggekommen als alle andern. Sie hat uns die Ausschnitte per Eilboten geschickt. Ein Kritiker hatte geschrieben: »Was kann man alles mit einem einzigen Staubwedel anstellen? Fragen Sie ›Baby‹ Marsden, die zur Zeit als Fifi in unserer neuesten

Salonkomödie im Roxy Furore macht. Gestern abend hat sie das ganze übrige Ensemble buchstäblich an die Wand gespielt.« An den Rand hatte Baby ein Ausrufe- und ein Fragezeichen gemalt. Wollte Sie Mamas Zustimmung, oder war sie sich nicht sicher, ob die Kritik überschwenglich genug war?

Die Dinge waren im Fluß, haben sich verändert, und ich wußte, das meiste, was noch kommen mußte, hatte ich schon mal durchgemacht.

Eines schönen Tages im September hab ich bei Lucas einen bunten Stapel Schulhefte im Sonderangebot gesehn, und trotzdem meine Kinder schon alle aus dem Haus waren, hab ich eins gekauft. Ein rotes. Hab's am Küchentisch aufgeschlagen. Wollte endlich mal was aufschreiben. Was Neues anfangen, das hat mich immer gereizt. Meine Kinder hatten mir ein paarmal gesagt, ich sollte aufschreiben, was mir alles passiert ist in meinem Leben in zwei Jahrhunderten. »Keiner würde es glauben«, hat Louisa gelächelt. Ich hab mir gewünscht, sie tät ein bißchen von ihrem Gewicht runterkriegen – wo sie noch so ein hübsches Gesicht gehabt hat. – Also, ich hab drei Tassen Kaffee getrunken (mein Laster – niemand ist vollkommen) und hab geschrieben: »In der Kleinstadt Falls, North Carolina, kam ein unscheinbares kleines Mädchen zur Welt . . .« Hab's wieder ausgestrichen. Schrecklich, richtig banal. Also hab ich's anders probiert: »Wenn ihr's wissen wollt, ich hab ziemlich früh angefangen . . .« Viel zu salopp. Ich hab das Blatt rausgerissen. Es war einfach zuviel zu erzählen, solange ich alleine dasaß. Ich hätte ein Publikum gebraucht oder das »Ja?« von einem einzelnen Fragesteller. Hätte *reden* müssen. Das einzige, was ich gut kann. Ich hab das fast noch jungfräuliche Heft ins Zimmer von meinem Mann gebracht (hatte's ja grade mal halbwegs »zugeritten«). Er hat mich angeschaut, mißtrauisch, erfreut. Ich hab ihm einen Bleistift in die große braune Faust gesteckt und ihm das Heft in die andere gegeben. »An die Arbeit, Mann. Schreib deine Memoiren. Die von den andern aus dem Krieg hast du immer verschlungen. Mark Twain hat die von Grant geschrieben, und die haben den beiden ein Vermögen eingebracht. Haben glatt ihre Schulden davon bezahlen können. Also los. Wir können's gebrauchen.«

Er hat den Kopf zu mir her geneigt, wie ein junger Hund oder ein Papagei in einem Film. Hat versucht, mich zu verstehn, richtig nett, aber nur aus Versehn.

»Memoiren sind nichts weiter wie Erinnerungen. Schreib deine Memoiren da rein. Mach eine Liste. Ich komm um vier wieder, und dann will ich wenigstens einen guten Anfang sehn, verstanden, mein Junge?«

Wie ich zurückgekommen bin, hat er geschlafen und sich besabbert gehabt. Aber ich hab gesehn, daß was auf der ersten Seite steht, und mein Herz hat einen Purzelbaum geschlagen. Komisch, daß ich mich nach so langer Zeit aufgeregt hab bei dem Gedanken, das Leben von meinem Angetrauten könnte aufgeschrieben (oder niedergeschrieben) werden. Dann hätten seine Jahre endlich einen Anfang, eine Mitte und ein Ende kriegen können. Und damit ihm und mir mehr *bedeuten*. Er hatte eine Zeichnung gemacht, ungefähr so:

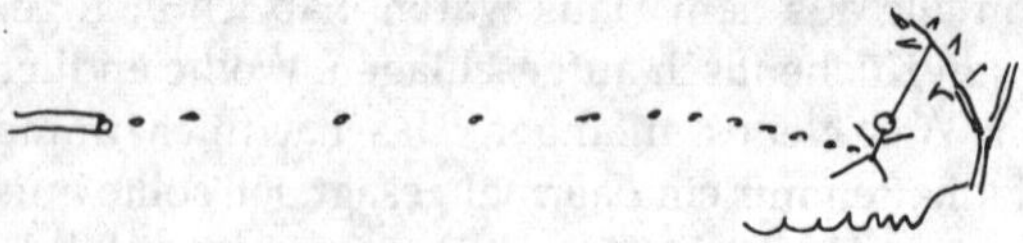

Ich bin in dem abendlichen Zimmer gestanden (du wirst erleichtert sein zu hören, daß wir kein gemeinsames Schlafzimmer mehr hatten) und hab die Skizze von seinem größten Kriegsverlust betrachtet. Marsdens Gedächtnis war noch in ihm drin. Ich hab das mondbärtige Gesicht gemustert, das mich jetzt angesehn hat. Die Augen waren auf einmal offen – immer noch dieses wilde junge Grau.

»Komm her«, hat er gesagt, klar verständlich, wenn auch heiser. Erst hab ich schon einen Schreck gekriegt und gedacht, er will wieder turtelig werden. (Wenn ich ihn gebadet hab, hat er immer noch seinen Mann gestanden, aber zum Glück nicht mehr gewußt, was er damit anfangen soll.)

»Was ist, Schatz?«

»Bring mich zurück . . . zum Baum, Krieg, Neds Baum, wo . . . zurück, bitte, Zuckerrübchen.«

Der Kosename hat mich umgehaun. »Willst du wirklich den ganzen Schlamassel noch mal sehn, Schatz? Meinst, dann kannst du ruhiger schlafen? Ist es das?«

Er hat seinen massigen Finger vorm Gesicht hochgehalten. »Ein. . .«, hat eine schläfrige Stimme gesagt. »Einmal noch. Armer Ned. Du, Lucy? Die haben Ned erschossen.«

»Ich weiß. War ein Verlust für uns alle. Ja, sie haben ihn erschossen.«

Also sind wir hingefahren.

Ich war eine gute Autofahrerin geworden, wie ich Ned in seine Schulen gefahren hab. Hatte's von Antwan gelernt, Cassies grauäugigem drittältesten Sohn. Ich hab an der Tankstelle Lucas-Hedgepath gehalten – noch ein Geschäft, das zwei unternehmungslustigen Kindern unserer beiden großen Kaufmannsdynastien gehört hat. (Die waren durch ererbten Besitz an Falls gebunden und sind dageblieben, im Gegensatz zu meinem weitverstreuten Stamm.)

»Und Sie glauben, Sie schaffen das?« hat mich der Bursche an der Benzinpumpe gefragt, ein Cousin zweiten Grades von unserer Nachbarin Ruth. (Die hat sich mit neununddreißig umgebracht, wie Willard endlich sein Kirschblütenschweigen gebrochen hat, um nach so langer Zeit die Scheidung zu verlangen. Ich frage dich: Hätt er nicht einfach wegbleiben können?) »Klar«, hab ich gesagt. »Haben wir schon mal gemacht.«

Cap ist neben mir im Auto gesessen. Der Tankwart hat uns sämtliche Karten von beiden Carolinas und Virginia gegeben. Ich war entschlossen, diese eine letzte Sache für meinen Captain richtig gut zu machen. Hab mir gedacht, das wird mich ein ganzes Stück nach oben bringen auf der Verdienstliste, wenn er die überhaupt noch führt.

Castalia hat mir geholfen, ihn mit einem Seil festzubinden. Der Mann konnte nicht mehr grade sitzen, das Kinn wär ihm aufs Armaturenbrett gefallen. Das war, glaub ich, der erste Sicherheitsgurt der Welt, aber denk ja nicht, ich hätt was für meine Erfindung gekriegt. Keinen roten Heller!

Ich war richtig guter Dinge: Ich hab gewußt, ich kann fahren, hatte vorübergehend einen wohlgefüllten Geldbeutel, es war ein frischer Oktobertag, und ich hab mir eine Chance ausgerechnet, einen Abstecher zu machen und meine Tochter, die Oberschwester, zu besuchen. Der Himmel hat an dem Tag richtig herausfordernd gestrahlt.

»Weißt du, wohin wir jetzt aufbrechen, Schatz?«

»Abrechnen?« hat er mir nachgeplappert. »Jetzt abrechnen?«

»Schätzchen, wir wollen *aufbrechen*, nach Virginia. Eine schöne Autofahrt, an die du dich später erinnern kannst. Aber zum *Abrechnen* wirst du nicht mehr kommen.«

Hat ihn aufgeheitert, wie er »Virginia« gehört hat. Die wenigen Nachbarn, die unser Ziel gekannt haben, sind an ihren Gartenzaun gekommen und haben gewunken. Cap hat salutiert, zum erstenmal wieder seit einem halben Jahr. Ich hab gesagt: »Du weißt es, hab ich recht?«

Also noch mal zurück in den Krieg. Wir sind am Einkaufszentrum vorbeigefahren, also an der Stelle, wo früher die Schönheit von The

Lilacs buchstäblich den Verkehr zu Wasser und zu Land zum Erliegen gebracht hatte. Wo früher das große Haus gestanden hat, ein Laden mit dem Reklamespruch: »Spielsachen – das sind *wir*!« Wie recht sie haben! Spielsachen der Götter, *das* sind wir.

So reiste denn das glückliche Paar frohgemut nach Virginia. Und ich hab ihm mit dem Strick und dann dem Reißverschluß helfen müssen. Im Gebüsch am Straßenrand. An Toiletten haben wir nie gehalten, weil ich konnte ja nicht gut mit Cap aufs Männerklo gehn. Und die Damen hätten schön gekreischt, wenn sie seine riesigen Schuhe in der Nachbarkabine gesehn hätten.

Hab zwei Tage gebraucht – und mindestens ein schäbiges Motel, wo wir auf der Stelle wieder ausgezogen sind, weil die Bettwäsche nicht gewechselt worden war, stell dir vor. Weiter nach Gaines' Mill. Von der Stadt aus hab ich strahlenförmig Erkundungsfahrten in alle Richtungen unternommen und Farmer beider Rassen in den wenigen richtigen Dorfläden gefragt, die noch übrig waren. Die meisten waren Korbwaren- und Antiquitätenläden, die einem ein Vermögen für irgendwelchen Kram abgeknöpft hätten, den sie bestimmt letztes Wochenende in der Garage »auf alt gemacht« hatten.

Zwei Männer haben mir gesagt, der See wär schon vor Urzeiten zugeschüttet worden. »Wen haben Sie denn da in Ihrem Chevy, Madam?« »Einen alten Mann, der an dem See gekämpft hat. Er muß die Stelle noch mal sehn.« »Was Sie nicht sagen. Doch nicht im Bürgerkrieg, meiner Seel. Da muß er ja noch ein Kind gewesen sein. Wieviel sind noch übrig? Was Sie nicht sagen.«

Ich kann's nicht ausstehn, für Fremde interessant zu sein. Jetzt guck nicht so gekränkt, Schätzchen. Ich würde *dich* doch nicht zu den Fremden zählen. Du ein Fremder? Nach allem, was wir miteinander durchgemacht haben? Warum du immer wiederkommst, wird mir ewig ein Rätsel bleiben – aber ein herzerfrischendes.

Er und ich haben noch zwei Tage mit Herumsuchen verplempert. Captain hat Windeln getragen, die ich ihm aus alten Kinderbettlaken gemacht hatte.

Man mußte den andern schon sehr lieben, denn das war die Zeit vor der Erfindung der Pampers für Erwachsene, die hier in Lanes' End zum täglichen Bedarf gehören. Ich hab also die Sicherheitsgurte *und* die Pampers für Erwachsene erfunden. Und in den Illustrierten bringen Sie blöde Artikel über Hundesalons für die Filmstars! Wie findest du das?

Ein neuer Tag, und er zappelig wie ein Kind.

Hat mich nervös gemacht, daß sein Strick andauernd gequietscht hat. »*Interessiert* dich das überhaupt noch?«

Eine Gemeinheit, so was zu fragen.

»Die haben Ned erschossen«, sagt er. Dann hat er den Satz vierzig Minuten lang ständig wiederholt und jedesmal die Betonung auf ein anderes Wort gelegt. »Stimmt doch, oder?« hat er zum Schluß gefragt.

Ich hab zugestimmt. »Ich wollte wirklich, sie hätten's nicht getan. Wär das nicht schön gewesen, wenn Ned Smythe und seine Frau und ihre Kinder die Freunde von unsern Kindern geworden wären? Wenn dein Ned aus dem Krieg heimgekommen wär und sich mit einer Frau zusammengetan hätte, die mir auch sympathisch gewesen wär, einer Frau wie, na ja, wie ... Castalia zum Beispiel.« Und hab gelacht. Da mußte er auch lachen, und ich wär beinah in den Graben gefahren, wie ich gesehn – oder gedacht – hab, daß er mich vielleicht versteht.

Sein »Die haben Ned erschossen« hat mich dann doch bewogen, wieder anzuhalten und mich nach Teichen in der Umgebung zu erkundigen.

Es war eine Töpferei, ein großes steinernes Haus, und drinnen hat ein ungepflegter Junge an der Töpferscheibe gesessen und eine glitschige Vase geformt. Er hatte klassische Musik laufen, und wie ich ihn angesprochen hab, ist er zusammengefahren, hat aber zum Glück sofort die Hände von dem Gefäß genommen und es nicht verdorben. Trotz der Überrumpelung hat er mich höflich gegrüßt. Ich hab ihm den Todesteich beschrieben. Hab ihm mehr von der Geschichte erzählt, als ich sonst verraten hab. Die Musik hat gespielt, und ein alter Fink ist in einem hübschen Korbkäfig rumgehüpft, der einer von Winonas hätt sein können.

Der Töpfer hat sich die Hände an der Schürze abgewischt, die so dreckverkrustet war, daß sie aussah wie ein Gartenbeet mit Armlöchern. Er hat sich erkundigt: »Eine Mühle war nicht an dem Teich, eine Getreidemühle?« »Ja klar.« Ein bißchen gereizt – ich dachte, das hätt ich schon gesagt. So was passiert mir in letzter Zeit öfter. Letzte Woche bin ich hingefallen. Will aber nicht drüber reden.

Er ist ans andere Ende von seiner Werkstatt gegangen, hat die breiten Türen aufgemacht und mich auf eine Art Steinrampe an einem vorstädtischen Teich geführt.

Er hat mir erzählt, die Mutter von seiner Freundin hätte die bankrotte Mühle geerbt. Am gegenüberliegenden Ufer von dem Teich haben sich lauter Häuschen mit Schindeldächern zusammengedrängt, eins wie das andere. Trotzdem haben kurz vor einer Anlegestelle für Motorboote noch ein paar ältere Bäume gestanden. Ich hab übers Wasser gezeigt. »Ich glaub, da ist es passiert.«

»Und in Ihrem Auto haben sie den, der dabei war?«

»Den, der's überlebt hat.«

Ich mußte auf der Stelle mit ihm zum Auto gehn, und er hat einen Blick reingeworfen und gesagt: »Mann. Ein echter Patriarch. Sieht ja richtig alttestamentarisch aus.«

»Er ist viel älter wie ich. War er schon immer.«

»Hab ich natürlich gleich gesehn.«

»Sie werden's mal weit bringen, mein Sohn«, sag ich, bedank mich bei ihm und steig ins Auto. Stell dir vor, mit dem Auto bis vor die Mühle – *die* Mühle! Er hatte mir gesagt, ich könnte am andern Ufer mit dem Auto nicht bis ans Wasser fahren, er würde mit seinem Jeep vorausfahren und mir helfen. Er hat ein Schild an der Werkstattür umgedreht, so daß jetzt »Schöpferische Pause« draufstand. Kein Kommentar. Dann hat er abgeschlossen, als ob er nach Paris (Frankreich) fahren wollte. (Moderne Zeiten! Die Vertrauenswürdigen sind die letzten, die dumm genug sind, andern zu trauen!)

Ich bin mit unserm alten Chevy seinem Jeep nachgefahren, der genauso fleckig war wie der Töpfer selbst. Ich glaub, er hat Wade geheißen oder so. Wayne. Oder doch Wade. Ich kann nachsehn, wenn du's genau wissen willst.

Er ist in einen Feldweg eingebogen, den ich allein nie und nimmer gefunden hätte. »Ich glaub, wir sind da«, sag ich zu Captain. Er hatte vor sich hingedöst und war auf einen Schlag wach. Ist so schnell zu sich gekommen, daß ich (zumindest einen Moment lang) gedacht hab, er hätte seine ganze Senilität nur simuliert. Als persönlichen Gefallen. Als Köder für den Tod. Ich hab ihn im Auto gelassen, während ich und der Junge mit den lehmverkrusteten langen Haaren das Ufer abgelaufen sind. Wir sind an tiefen Fahrspuren vorbeigekommen, und auf meine Frage hat Wade gesagt, die wären von den Motorrädern, mit denen die Jungen sogar hier rumfahren. Ich hab mir vorgestellt, wie die Reifen hier irgendwo über das Grab von dem jungen Konföderierten Ned Smythe rollen, und mir gedacht, es tät ihm gefallen, wo er doch selbst erst zwölf, dreizehn war. »Sie machen sich keinen Begriff, wie der Krach von den Kisten übers Wasser hallt. Manchmal treiben die uns zur Verzweiflung. Dabei hatten wir gehofft, nach Manhattan hier das ruhige Landleben zu finden. Danach haben *Sie* sich nie gesehnt, oder?«

»Nein«, hab ich gesagt.

Er hat meinen Arm genommen, ein galanter Junge, auch wenn er noch so dreckig war. Im Galopp mußten wir eine abschüssige Böschung runter. Ich *glaube*, er hat Wade geheißen. Oder Waylon? Nein, es war Wade, Punktum. Ich hab mich gefragt, ob ich die Platane erkennen werde, wenn ich direkt vor ihr steh. Aber hat's überhaupt eine Rolle gespielt, ob ich die richtige finde? Doch, ja, spielt immer eine Rolle. Ich war so weit gefahren und wollte es richtig machen, und wenn's nur für mich selber war. Ich hab mein hübsches kleines Leinenkleid getragen, mit dem leichten Jäckchen und dem neuen Ledergürtel, dazu flache, aber feste Schuhe. Wie Captain sich nicht mehr dafür interessiert hat, hab ich mir angewöhnt, einmal im Monat zu Lolly zu gehn und mir was Neues zum Anziehn zu kaufen. Am Teichufer haben Wade und ich Milchtüten und gebrauchten Parisern ausweichen müssen. Und ganzen Haufen weggeworfener bunter Reklamepost. Der Dreck hat mich traurig gemacht.

»Es ist widerlich, ich weiß«, hat sich der Töpfer entschuldigt.

»*Sie* haben das doch nicht gemacht, Sie wollen es *ordentlich* haben. Genieren Sie sich nicht für was, wo Sie nichts dafür können, Wade, Dwayne, nein, Wayne.« Oder was immer. Nein, definitiv Wade. (Das Gedächtnis ist ein Muskel, der ständig trainiert sein will. Was rastet, das rostet.)

Ich hab gewußt, welche Platane es ist. Sie hat's mir selber gesagt. Tatsache. Wind ist aufgekommen, und die Blätter haben sich gewendet, und es war die Großmutter von allen andern. Sie hat auf einem kleinen Hügel gestanden, aber ihre Erde war mittlerweile zum größten Teil von dem See beansprucht worden, und die vielen Wurzeln haben freigelegen und ausgesehn wie die Windungen auf der Oberfläche von einem großen Gehirn. Aber der ganze Baum hat noch gelebt, das hab ich gesehn.

»Also hier ist jemand umgekommen? Scharmützel?«

»Scharfschützen«, hab ich gesagt und rasch übers Wasser geschaut, sicher ist sicher.

»Nicht zu glauben. Und er hat ihn gekannt?«

»Hat ihn geliebt. Er war dabei, wie's passiert ist. Waren noch Kinder, alle beide. Sind händchenhaltend von zu Hause weg, wie Mädchen in dem Alter.«

Wir sind zurückgestapft, meinen Captain holen. Er hatte sich irgendwie losgemacht und seine Uniformjacke aus meiner Hochzeitsreisentasche genommen, in der ich sie vor seinen Augen verstaut hatte. Er hatte ein Loch in den alten, mit Rosen gemusterten Stoff gerissen, statt den Verschluß aufzumachen, aber jedenfalls hat er schon fertig angezogen dagestanden. Wie wir näher gekommen sind, hat Wade gesagt: »Ihr Mann sieht aus wie Gott auf Michelangelos ›Erschaffung Adams‹. Was für ein edler Kopf.«

Ich hab gemeint, na ja, wenn die Taten *auch* edel sind, soll's mir recht sein, Michel hin, Angelo her. Da hat er gesagt: »*Mikel*. Richtig spricht man's Mikelangelo aus, glaub ich.«

»Was Sie nicht sagen. Man lernt nie aus.« Ich hab an Mamas Bildband *Die Sixtina für jedes amerikanische Kind* denken müssen, den ich mit meinen Dreckpfoten nie anfassen durfte. Seltsam, wieviel Verschiedenes einem in jedem Moment durch den Kopf geht.

Wir haben Cap ans Wasser runtergebracht, und er hat andauernd Habtachtstellung einnehmen wollen, während wir versucht haben, ihn das abschüssige Lehmufer runterzubugsieren. »Er spürt's«, hat mir der Töpfer über Caps Schulter zugeflüstert.

»Er spürt's«, hat Cap zugestimmt und Wade in Verlegenheit gebracht. Wade hat nicht gewußt, daß Cap Ned gemeint hat. Cap hat gemeint, Ned spürt, daß wir hier sind.

Wir haben den alten Soldaten in den Schatten unter der größten Platane geführt. Ihr riesiger Schatten hatte die kleineren Bäume, die unter ihr ums Dasein gekämpft haben, verkümmern lassen. Captain hat in den Baum raufgestarrt. »Richtig«, hat er gesagt und mich mit einem Blick angesehn, in dem seine alte wilde Intelligenz war – und sogar unten drunter ein kleines sexuelles Etwas. In dem Moment hab ich ihn geliebt!

»Sie wartet auf dich. Diesmal haben wir weniger Kinder dabei, stimmt's, Schatz?«

Er hat im Gras gesessen und mir ein Zeichen gemacht, ich soll mich zu ihm runterbeugen. Wade hat sich abgewandt, vielleicht weil er eine tränenreiche Szene erwartet hat.

Cap hat in den Baum raufgezeigt. »Da ist noch mehr«, sagt er und reibt Daumen und Zeigefinger aneinander. Da hab ich gewußt, daß er den Riemen meint, von dem vielleicht noch ein Fitzelchen da oben war.

Ich wollte das alles hinter uns bringen. Die Wahrscheinlichkeit, daß ich da oben nach so vielen Jahren noch einen Rest von dem Zügel finden würde, war gleich Null, aber entweder, man macht was richtig, oder man macht's gar nicht. Ich hab die Schuhe abgestreift und mich an den Stamm von der Platane gelehnt, um ein paar Hühneraugenpflaster abzuziehn, die mich womöglich gestört hätten – und außerdem brauchte sie der stramme, hilfsbereite Wade nicht unbedingt sehn.

»Er verlangt von Ihnen, daß Sie . . .« Wade hat zum Wipfel raufgezeigt.

»Tja, das verlangt er . . . da war er schon immer gut drin.«

»Daß Sie da *raufklettern*?«

»Sie sagen es, mein Lieber. Und ich kann's auch noch, wetten? War früher mal ein Profi. Irgendwie hab ich mich nie wo so entspannt gefühlt wie in dem Baumhaus, das meine Freundin und ich gebaut hatten. – Ob ich wirklich finde, was sich mein Mann erhofft, ist eine andere Frage. Aber ich bin nicht so weit gefahren, um es jetzt nicht wenigstens zu probieren. Wenn schon, denn schon.

»Warte«, hab ich zu Cap gesagt, als ob er eine andere Wahl hätte. Ich hab mich gebückt, und er hat meine Hand genommen und meine Knöchel geküßt. Ich hab gesagt: »Versprich dir nicht zuviel. Es ist später, als du denkst. Im Jahrhundert.«

Sein Gesicht hatte einen rosigen Glanz von der zunehmenden Erinnerung, das alte Licht, vielleicht das alte Gift, das noch mal in ihm aufgestiegen ist, aber scheinbar ein bißchen versüßt. Hätt mir grade noch gefehlt, hab ich gedacht, daß er mir *hier* stirbt. Aber dann, wie ich meine Handtasche an eine gut sichtbare Stelle gelegt hab, ist mir das gar nicht mehr so schlimm vorgekommen, daß Cap hier das Zeitliche segnen könnte. Ich hätte mir von Wade eine Schaufel borgen können. Hätte langsam ein hübsches großes Loch gegraben, gleich da, wo die Wurzeln aufgehört haben. Hätte dem Jungen einen schönen Krug abgekauft und ihn zu Häupten von Caps Grab aufgestellt, ein Kauf, mit dem ich mich bei Wade – Dwayne? – nein, Wade für seine Hilfe bedankt hätte. Netter Junge.

Er hat mir angeboten, mich raufzuheben. Hat die Hände verschränkt und sich mit steif V-förmig nach unten gehaltenen Armen vor mir hingekniet. Ich hab ihm die Hände auf die Schultern gelegt und bin aufgestiegen. Seine kräftigen Hände haben sich unter meiner Fußsohle gestrafft. Und wie ich gespürt hab, daß mein Gewicht in den guten Händen von dem jungen Wade liegt, hat's mir einen wohligen kleinen Stich versetzt. »Oooh« hab ich gesagt, alt genug, um zur Abwechslung mal ein bißchen ordinär zu werden, »oh, mein Lieber, ihre starken Sehnen fühlen sich aber gut an!« Er hat gelacht, sein Atem hat mein Bein gestreift. »Zwei, drei . . .« Und ich war oben. Himmlische Brise.

Seit Jahren, seit Jahrzehnten war ich nicht mehr auf einem Baum gewesen. Bin mir vorgekommen, als wär ich in einen Tempel, eine Wohnung eingelassen worden, sicher und geborgen, unsichtbar in der hohen Laubhöhle. Ein Versgärtlein für Kinder. Das war was, fast so schön wie die Flucht, nach der ich mich immer gesehnt hatte. Ich bin weitergeklettert, immer höher, langsam, aber mit jedem Griff, jedem Tritt hab ich ihm Ehre gemacht. Hab ich mir selber Ehre gemacht. Hab ich Shirley, Cassie, Maimie Beech und meiner furchtsamen Mama Ehre gemacht. Ich hab tatsächlich nach einer eingeschnürten Stelle an einem Ast gesucht, nach irgendwelchen Spuren. Es war überwiegend ein guter Kletterbaum mit glatter Rinde. Man hat sich die Hände nicht allzu sehr verschrammt.

»Rufen Sie mich«, hat Wade von unten geschrien, »wenn Sie Schwierigkeiten haben oder . . .«

»Danke, aber es geht gut. Ich kann Ihre Mühle sehn. Sie können sich glücklich schätzen, daß Ihnen eine ganze gemauerte Mühle gehört und so. Muß immer schön kühl sein. Töpfert Ihre Freundin auch?«

Ich hab nicht gehört, was er geantwortet hat. Ich hatte runde, schuppige Äste unter den Füßen. Es war Oktober, und die großen gelben Blätter haben sich überall aneinander gerieben, waren so groß wie Geburtsurkunden, als ob ich in einen riesigen Stammbaum geklettert wär. Ich hab an hohle Baumstämme in Cassies Afrika denken müssen, an die Masten von Sklavenschiffen. Der Töpfer hat versucht, meinen senilen Mann durch Geplauder bei Laune zu halten. Hat ihn über seine Uniform ausgefragt. Keine Antwort, abgesehn von einem Rülpser, um den ihn Caruso beneidet hätte.

Wade hatte sich erboten, an meiner Stelle raufzuklettern. Ich hab ihm gesagt, es wär meine Pflicht. Ich wollte das machen, solang ich noch dazu in der Lage war. Cap hat kein Wort geredet. Also hat sich Wade ein Stück ins Gebüsch geschlagen, um zu pinkeln – er hat sich nicht getraut, zu weit von Cap wegzugehn, andererseits aber befürchtet, ich könnte ihn beobachten. Verschämt hat er ab und zu über die Schulter geschaut. Von meinem Platz auf dem Baum aus hab ich direkt auf sein sittsames rosa Standardmodell runtergesehn. Du kennst mich ja: Ich hab überlegt, ob ich ihn mit einem Pfiff erschrecken soll, hab's aber dann doch gelassen. Aus der Höhe hat Wades Strahl silbrig ausgesehn.

Zumindest hatte ich den Baum gefunden. Bei allem Kummer, den mir der alte Waschbär da unten gemacht hatte, war das mein letztes Opfer für ihn.

Ich hab ein paar Äste gefunden, wo das Holz tiefe Schründe hatte. Aber ob das die Stelle war, wo der arme Trompeterjunge den Zügel befestigt hatte, um schön weit über das stille Teichwasser ausschwingen zu können, werd ich nie erfahren. Trotzdem hab ich abergläubisch die Stelle berührt. Ich war jetzt schon über eine halbe Stunde auf dem Baum. Ehrlich gesagt, ich war immer noch ein Äffchen, wenn auch kein junges mehr.

Dann hab ich getan, was ich in dieser ganzen langen Chronik getan hab, mein Junge. Ich hab die besten verfügbaren Fakten genommen und versucht, sie zu verbinden, dauerhaft zu machen und vielleicht ein bißchen hinzubiegen. Meine Phantasie hat sich den Fakten angepaßt. Ich hab der Geschichte den Gefallen getan, sie buchstäblich für wahr zu nehmen, soll heißen, ich hab sie zum Teil erfunden! Ich hab meinen naturfarbenen Ledergürtel abgemacht (zehn gute Dollar, letzten Monat bei Ekstein in Falls, als Sonderangebot der Abteilung Damen-Accessoires). Hab den Gürtel kräftig über einen besonders rauhen Knubbel gezogen, bis das dünne Leder heiß geworden, ausgefranst und schließlich gerissen ist. Dann hab ich den Riemen noch so lange über die rauhe Rinde scheuern lassen, bis er richtig alt ausgesehn hat, älter wie ich, wenn auch vielleicht nicht ganz so alt wie der Veteran, der da unten geduldig, begierig und gelbsüchtig auf dem Rücken gelegen und gewartet hat. Komisch, aber der Abstieg war mühsamer und hat mir viel mehr Angst gemacht wie der Aufstieg. Aber ist es nicht immer so, wenn der Abstieg im Leben beginnt? War ich wirklich so hoch oben, und muß ich jetzt fallen?

Der Töpfer ist zusammengezuckt, wie ich aus dem Laub aufgetaucht bin.

Captain war eingenickt, während ich in die Höhe geklettert war und für ihn an die Himmelspforte geklopft hatte. Erst war ich froh, dann doch ein bißchen gekränkt, und auf einmal hab ich gedacht, wie ich auf seine friedlich geschlossenen Augen mit den weißen Wimpern runtergeschaut hab: Er ist tot, er hat mich verlassen! Warum, o warum war *das* mein Leben gewesen, ausgerechnet mit *dem*?

Aber die Gucker von meinem Krieger haben sich geöffnet und in demselben Grau geleuchtet, in das ich mich anno 1899 Knall auf Fall verliebt hatte, wie er mich von dem Podium runter angestarrt hatte, auf dem der unglückliche McKinley seine Rede hielt. Wie riesig mir die Augen da unter mir vorgekommen sind, als ob sie der Teich wären, in den sich ein Angeschossener, der begreift, daß er angeschossen wurde, und weiß, daß er ins Wasser fallen wird, aus freiem Willen reinfallen lassen tät. Eine Sekunde lang hab ich an die erloschene Farbe in den Augen von unserm Sohn gedacht. »Gefunden?« hat Cap gefragt und dabei schwer geschluckt.

»Wir haben wirklich Glück!« Ich hab mich hingekauert und das Ding vor ihm baumeln lassen wie eine eben entdeckte seltene Schlange. Wades Sandalen neben mir sind erschrocken einen Schritt zurückgewichen, bis er gemerkt hat, daß es mein Gürtel ist.

Ich hab das Ding über Caps Gesicht gehalten. Er hat übers ganze Gesicht gestrahlt; sein Zahnfleisch war schon längst geschwunden, aber die Zähne waren noch gradezu erschreckend makellos und weiß. Er hat gelächelt, und es war wie der Quadratzoll Schönheit unter Cassies Augen, sein ganzer Charme, seine ganze Freundlichkeit, das ganze Kind konserviert in diesem seltenen Lächeln, das unter meinen Augen immer breiter geworden ist. »Du bist schon ein Schatz, in gewisser Weise«, hab ich zugegeben. Er hat's nicht gehört. Hat den kostbaren Lederstreifen in beiden Händen gehalten und ihn schnappen lassen. »Gut, immer noch gut«, hat er gesagt. Ich hab dümmlich gegrinst über sein kindliches Vergnügen und mich wie immer fast geschämt über meine Freude. Wades staubige Füße waren gute Füße, die dicht neben mir gewartet haben wie die Füße einer Statue von Mikelangelo.

»*Die* haben Ned umgebracht« hat Cap gesagt und an mir vorbei nach oben gezeigt. Ich schau rauf, und wie ich wieder ihn anseh, schreit er wieder *»die«*, mir ins Gesicht, aber so, als ob *ich* »die« wär, Schätzchen. Er zieht mich zu seinem Mund runter, der von seinem weißen Bart umrahmt ist, und der Mund sagt ganz schlicht und mit Nachdruck, aber so, daß nur ich es hören kann, und ganz deutlich: »Du warst nie genug, aber . . . ich danke dir.« Ich bin so wütend, daß mir die Tränen in die Augen schießen, aber er will mich scheint's für einen raschen Kuß zu sich runterziehn, sich wieder einschmeicheln, wie immer, und ich will grade eine lange Liste gekränkter Antworten zusammenstellen, da seh ich so Flecken zwischen seinem Gesicht und meinem schweben. Dann spür ich was Festes an meinem Schlüsselbein, und nur ganz langsam begreif ich, daß er mir heimlich, still und leise den Riemen hinten um den Hals gelegt und die Enden vorn überkreuzt hat. Ich spür, wie stark seine Hände noch sind, wenn's darum geht, Luft abzudrücken. Meine Luft. Erst ist es dir peinlich, daß Wade das mitansieht, und dann denkst du dir, das muß jetzt sowieso aufhören, und dann hörst du ein Klingeln wie von lauter kleinen Weihnachtsglöckchen – das ist das Blut, das dir in beiden

Ohren rauscht, zur Warnung. Als nächstes spürst du, wie Knorpel und Knochen in deinem Hals knirschen wie eine verschlossene Tür, an der jemand rumprobiert, und erst dann dringt dir das Wort »erdrosselt« ins Bewußtsein. Die Daumen drücken unbarmherzig, genau von unten. »Die!« schreit er, als ob er andere vor mir warnen wollte. »DIE!«

Wie ich merke, daß die Welt sich gelb verfärbt hat und jetzt auch noch über dem Gelb emailrote Flecken kriegt, wie die Luft so knapp wird, daß ich auch bei sparsamstem Umgang damit in Kürze bankrott gehn muß, strampel ich mit den Beinen und versuch, ihn zu schlagen. Leg die ganze Kraft rein, die mir noch geblieben ist. Schätzchen, im Krieg und in der Liebe ist alles erlaubt, und ich war ihm in beidem verbunden. Aber er hat sich scheinbar die Kraft eines ganzen Lebens aufgespart. Du hast sein Gesicht dicht vor dir, deine Augen funktionieren noch so gut, daß du siehst, wie die riesigen grauen Augen unter dir erfreut registrieren, daß deine Haut nordstaatlerblau anläuft, und ein beschissen satanisches Grinsen sich auf seinem Gesicht breitmacht. Entschuldigung.

»Äh . . . Mrs. . . . ist das ein Familien. . . Ich meine, sollte ich vielleicht?« Ich geb einen Ton von mir wie ein von einem Ford Model T überfahrenes Kaninchen, und der Töpfer beugt sich auf und um und über uns und bemüht sich, meinen ehemaligen Gürtel zu lockern und bitte vielleicht auch Captains Pranken aus meiner Halsgegend zu entfernen, bitte schnell. Ich komm schließlich los, roll mich keuchend zur Seite, glücklich entronnen, und massier mir mit beiden Händen die gequetschte Luftröhre. Um ein bißchen mehr Luft in mich reinzukriegen, schlag ich den Hinterkopf fest auf den steinigen Boden. Ich hör, wie Cap jetzt dem jungen Wade an die Gurgel geht, und schau in die Platane rauf, während neben mir die beiden kämpfen. Wie schön die gelben Blätter sind. Und grade, wie ich »na endlich!« hör, wird mir schwarz vor den Augen.

Ich bin im Jeep zu mir gekommen. Cap hat zusammengesackt in unserm Auto drüben gesessen. Wie still es war, nur eine einzige Spottdrossel hat gesungen und ganz weit weg Straßengeräusche. Mein Lebensretter hatte meinen Mann ins Auto bugsiert und ihn auf dem Vordersitz festgebunden. Der Junge – mit roten Malen am Hals – hat dagestanden und Cocola in einen hübschen getöpferten Becher gegossen, mit glasierten Fischen drauf. Eine ganze Weile hab ich die Fische bewundert, bevor er gemerkt hat, daß ich wieder da bin.

»Ich hab gewußt, daß Sie in Ordnung sind. Hab die üblichen

›Lebenszeichen‹ festgestellt, wie man so sagt. Hab überlegt, ob ich Sie ins Krankenhaus fahren soll. Und ihn festgebunden. Nicht zu fassen. Sie haben richtige Schürfwunden am Nacken, spüren Sie's? So alt und noch solche Bärenkräfte! Was ist denn über ihn gekommen? Hat er gewußt, was er mit ihnen macht?«

»Wann?« hab ich gefragt.

2

Ich bin schnell heimgefahren. Hab nicht mehr angehalten, wenn er mal mußte. Hab gedacht, wenn ich ihn losbinde, stürzt er sich womöglich wieder auf mich. Hab ihn sich vollmachen lassen. Und einfach das Fenster geöffnet. Ich hatte jetzt ziemlich die Nase voll. Ich hoffe, du hältst mich nicht für hartherzig, aber ich hatte ja eigentlich auf dem Rückweg Louisa in ihrer Gartenwohnung besuchen wollen. Hab mich geärgert, daß der mir das verdorben hatte: »Rat mal, wo wir gewesen sind.« Hatte Lou anrufen wollen. Beim Fahren hab ich über sie und ihr Leben in Newport News nachgedacht. Ich hatte mir immer gern ausgemalt, was für eine gute Mutter Louisa mal sein würde (viel natürlicher wie ich es mit meiner Gereiztheit, meinen sinnlosen, überflüssigen, hinderlichen Gedanken gewesen war). Jetzt hat Lou allein gelebt – hat die weißen Teppiche in ihrer Wohnung tiptop in Ordnung gehalten, war ihren drei Freundinnen herzlich zugetan, von denen zwei ständig abnehmen und eine ewig zunehmen wollte, so daß sie meiner Meinung nach viel zu oft über dieses Thema geredet haben, ihr Gewicht. Ihr größtes Vergnügen war, am Freitagabend ihre schicksten Kleider anzuziehn und ins Restaurant zu gehn. Sie haben auf Teufel komm raus mit den Kellnern geflirtet, sich aber letzten Endes doch an ihren vierseitigen Pakt gehalten und sind alle zusammen heimgegangen. Wenn Lou in eins von diesen andern Mauerblümchen verliebt gewesen wär – allesamt genauso gute, geachtete Menschen wie sie –, hätte ich mich wirklich für sie gefreut, das schwör ich. Statt dessen hatte sie einen Hund, den sie im Andenken an Neds ersten Blindenhund Moxie genannt hat, und hat meistens über den Hund und ihre Arbeit geredet. Und ich hatte auf eine zweite Madame Curie gehofft. Oder wenigstens auf Greer Garson in der Rolle der Madame Curie. Ich finde nicht, Schätzchen, daß man sein Leben sinnlos vertan hat, wenn man mit sechzig noch Jungfrau ist – das nicht. Aber meine

Louisa, die praktisch alles hätte werden können – Botschafterin, was du willst. Was übrigens in aller Bescheidenheit auch für mich selber gilt. Lous Leben ist mir ein bißchen hohl vorgekommen – es war einfach nicht genug *dran* für einen so stabilen, so begabten Menschen wie meinen heimlichen angebetenen Liebling. Ich wollte alles für sie. Hatte mir alles so schön ausgemalt.

Ich brauch dir nicht sagen, daß Cap, wie wir zu Hause waren, erst mal gebändigt werden mußte. Unser neuer Doktor hat ihm ein Beruhigungsmittel gegeben und dann meine Wunden am Hals mit Alkohol betupft und uns zweiundvierzig Dollar dafür abgeknöpft. Kein Kommentar.

Mir hat Doc Collier gefehlt mit seiner schönen Stimme, obwohl ich mich gefragt hab, ob er nicht, weil er, wie wir hinterher erfahren haben, drogensüchtig war, mein Kind, das ich ihm im Schweinsgalopp gebracht hatte, falsch behandelt hat. Wer weiß? Ich bin immer wieder mal hintergegangen und hab den bärtigen Alten angesehn, der da ans Bett gebunden war, an das Erbstück, in dem alles angefangen hatte und wahrscheinlich alles enden würde. Er war aufsässig wie ein kleines Kind und stark wie ein Bär. (Ich hab mir vorgenommen: Wade eine Weihnachtskarte schicken.)

Castalias Anwesenheit hat ihn scheint's beruhigt. Aber ich hab mich wie immer fragen müssen: Was hat *sie* davon gehabt? Sonst hat er manchmal zu toben angefangen, und wenn ich dann zu ihm rein bin, hat er geschrien: »Sal, Ned, duckt euch – sie kommen! Sie!« War manchmal richtig kränkend.

»Mann Gottes, ich bin hundertzehn Fuß von hier auf die Welt gekommen, noch dazu *südlich*, also reg dich ab, ja, du alter Trottel, Lucy ist keine Yankeefrau.« Dann bin ich zu ihm hin und hab ihm den Bart gekämmt, was ihn auch beruhigt hat, aber nicht so wirkungsvoll wie Cassies Gegenwart. Alle andern sind weggeblieben. Es hatte sich rumgesprochen. Bestimmt hatte der junge Arzt getratscht – was der nette süchtige Collier und seine süchtige Sprechstundenhilfe nie getan hatten. Die Leute haben gewußt, daß mein Mann mich um ein Haar erdrosselt hatte, und deshalb sind keine Journalismus-Studenten mehr gekommen. Ein berühmter alter Krieger ist eine Sache, ein Gattenmörder eine ganze andere. Für mich hatten sich solche feinen Unterschiede längst verwischt, mein Junge. (Ich muß es mal sagen, für den Fall, daß du dir da Gedanken drüber machst oder gemacht hast: Es hat in Falls nur zwei geschiedene Frauen gegeben, die eine war Lolly, die andere eine Kellnerin mit sehr lockerem Lebenswandel.

Man hat das damals einfach nicht getan, und ich war offensichtlich auch nicht der Typ, der davonläuft.)

Castalia hat ihre Essensreste oft uns gebracht, statt sie an ihre Nerze zu verfüttern. »Leute erzähln sich, er hat dich umbringen gewollt. Mir wär lieber, keiner hätt was gehört davon. Muß nich sein, daß unsre Geheimnisse in ganz Falls rumgehn.« Hat mir gefallen, daß sie »unsre« gesagt hat.

Aber ich hab ihr gesagt, was das schlimmste gewesen war, viel schlimmer als die Spuren an meinem Hals. Hab ihr gesagt, daß er, bevor er mir das Lebenslicht ausblasen wollte, gesagt hatte, ich, ich . . .

Sie ist aufgestanden, hat ihren Mantel ausgezogen und ihn sorgsam auf die Wohnzimmercouch gelegt. »Na, was hat er denn gesagt was so schlimm war?« Sie hat sich neben mich gesetzt.

Trotzdem ich mit ihr allein war, trotzdem er in seinem Zimmer keinen Mucks von sich gegeben hat (wir hatten ihn ausnahmsweise losgemacht – nur Cassie war groß und stark genug, um mit ihm fertig zu werden), hab ich geflüstert: »Er hat gesagt: ›Du warst nie genug, aber ich dank dir.‹«

»Uff«, hat sie gesagt, mit einem grimmigen Lächeln. »Hat gesessen, was? Aber, Lucyschatz, mußt auch denken, von wem's kommt. Guck dir die Kerle an. Müssen ihrn Kopf doch nie richtig zerbrechen. Komm auf die Welt als kleine Jung und haben schon ein Scheck in Windeln. Brauchen sich keine Gedanken nich machen (wie wir). Brauchen nie keine Fragen nich stellen. Könn sich treiben lassen. Sind geborn, und schon is ihr Name unter eine Urkunde. Aber weißt was, Luce? Die sind die richtigen Verlierer. Unsereins, was alles selber machen müssen, was jeden Tag mit Fragen neben sich im Bett aufwachen – wie sich durchschlagen solln, *warum* sich durchschlagen solln –, wir haben was gemacht aus unsereins.«

»Aber das macht einen doch so fertig, Schätzchen, daß man das Rad immer wieder neu erfinden muß, vor jedem verdammten Hügel!«

Sie hat gelacht. »Is ja, was ich sag. Aber steht geschrieben: Wir werden Mutter Erde besitzen, wir Sanftmütige. Na ja, halbwegs Sanftmütige. So Männer wie deiner, deiner da drüben drin, die werden nich bestraft *für* die Sünden was sie andern antun – werden *von* ihrn Sünden bestraft. Wenigstens bißchen Gerechtigkeit auf der Welt! Er is fast immer festgebunden, hat sein Verstand verlorn, und unsereins? Unsereins is frei! Ich bin frei, du bist frei, und er is ganz wirr im Kopf.«

»Ja. Frei. Frei, die schwarzen Bohnen fürs Abendessen zu enthülsen.«

»Oder auch nich, genaugenomm.«

Ich bin aufgestanden, nach ihm sehn. Hab ihr solang den *Herald Traveler* zu lesen gegeben (nur noch eine Wochenzeitung jetzt, keine Klatschspalte mehr, fast nur Agenturberichte, Anzeigen von Kaufhäusern, ein paar Ankündigungen von Pfadfinder-Veranstaltungen, die Inthronisierung der Miss Falls). Cassie hat sich's gemütlich gemacht und vor sich hingesummt, Kirchenlieder und Schlager.

Er war scheinbar ruhig, hat auf irgendwas rumgekaut. »Was hast du im Mund? Spuck's aus!« Es war ein Knopf von seinem Nachthemd, war ein Knopf von seinem Nachthemd *gewesen*, jetzt fast nur noch Pulver. Ich hab ihm mit der Bettdecke die Zunge abgewischt. »Du wirst ein braver Junge sein, hörst du?« Auf dem Weg zur Tür hab ich mich noch mal umgedreht. Die Säbelscheide aus Messing hat in der Sonne geglänzt und die Tapete verschönt, auf der sie gehangen hat.

Alles schien auf einmal in bester Ordnung. Cas und ich sind in die Küche umgezogen und haben die Bohnen enthülst. Aus der Konservendose schmecken sie nach Blech.

Beim Essen – Koteletts mit Bohnen und Kohl – bin ich auf einmal unruhig geworden. Hab so ein Kribbeln im Nacken gekriegt. Seine Portion hab ich warmgestellt, die wollte ich ihm geben, wenn Cassie wieder weg war. »Ist so verdächtig still, gefällt mir nicht, besser ich seh mal nach unserm Liebling. Bin gleich wieder da.«

Nie werd ich diesen Gang durch unsern Flur vergessen, den Flur, durch den ich bestimmt zehnmillionenmal gegangen bin. Die Sonne war schon fast untergegangen. Ein paar Kinder haben auf unserm leeren Grundstück Kracher losgehn lassen. Ich hab nach dem Lichtschalter gegriffen, hab ein Grunzen gehört und ein Wälzen.

Die Glühbirne hat heller gebrannt wie je zuvor. Das Zimmer hat nach menschlichem Kot gerochen. Er hatte seine Bettpfanne vorgeholt und den ganzen Dreck auf eine dunkle Decke geschmiert, die auf dem Bett lag. Aber wie ich näher komm und er mich anlächelt wie ein kleiner Junge, der sich freut, weil er bei einem mannhaften Streich ertappt wird, seh ich, was er wirklich getan hat.

Schätzchen? Er hatte sich Castalias Mantel aus dem Wohnzimmer geholt. Hatte ihn über und über mit seinem gelben Stuhl beschmiert. Der Mantel hat ausgebreitet auf dem Bett gelegen, dem Bett, in dem unsere Kinder gezeugt worden waren, dem Bett, unter dem er seine

Waffen verwahrt hatte, dem Bett, über dem noch sein Kriegsgerät gehangen hat.

»Willie«, sag ich. »Was hast du denn da gemacht, mein Junge? Was hast du uns da angetan? Willst du mir das erklären?«

Auf allen vieren hat er auf dem Mantel gekauert und gegrinst wie eine bösartige Bulldogge in einer Futterkrippe – wenn *er* das nicht haben konnte, ihr Bestes, unser Bestes, aller Leute Bestes, dann sollte es auch sonst niemand haben. Er hat schwer drauf gehockt, gekniet. Das Nachthemd hatte er sich über die käseweißen, feinhäutigen Lenden hochgezogen, und wie ich langsam auf ihn zugegangen bin, die Arme seitlich ausgestreckt, um die Balance zu halten, als ob ich auf einem Drahtseil über den Niagarafällen balanciere, hab ich gesehn, daß er seine alte Männlichkeit in der Hand hatte, daß er sie hoch- und zum Funktionieren gebracht hatte (die Gewohnheit ist tatsächlich eine hartnäckige Angewohnheit). Und er hatte – auf den Knien, auf unserm Bett – grade einen Strahl perlgrauen Samen auf Castalias kostbare, namentragende Nerze gespritzt.

Der Mantel war verdreckt, *für immer* ruiniert. Dafür hatte er gesorgt. Auch wenn alles viel langsamer ging, hatte er noch genug Zerstörungskraft, um ganze Arbeit zu leisten.

Er hat den Oberkörper aufgerichtet. Das Grinsen war das furchtbarste. Mein erster Gedanke war, wie sie das aufnehmen wird, wie ich's vor ihr verbergen kann, ob's vielleicht in Raleigh eine Spezialreinigung gibt, die sich mit so was auskennt, zaubern kann. Ich hätte alles Geld aufgeboten, das er noch hatte, um Cassie dafür zu entschädigen. Aber mit dem Mantel war nichts mehr anzufangen. Mein Gott, war das eine Schweinerei, Schätzchen!

»Also«, hab ich gesagt. »Hast du dir das schon länger vorgenommen gehabt, oder war's ein plötzlicher Einfall? – Nein«, hab ich dann gesagt, »du hast alles bekommen bis auf diesen Mantel, den sie ganz für sich allein gezogen hat. Und den brauchen wir, verstehst du, Willie? Den kannst du nicht haben.«

Er hat gelächelt wie ein Mann, der grade auf einer Party eine witzige Bemerkung gemacht hat und gescheit und unschlagbar ist und das auch weiß. Von mir war nichts mehr übrig, was er hätte versauen können, aber von ihr!

»Der ist jetzt wertlos«, hab ich gesagt und inständig gehofft, daß Castalia in der Küche bleibt. »Mit dem kann keiner mehr was anfangen, aber aus Prinzip verlange ich, daß du ihn mir wiedergibst. Also los.«

Ich hab die Hand auf einen Zipfel von dem Pelz gelegt. Er hat ihn weggezogen, als ob das bloß ein Spiel wär. Ich hab auch gezerrt und gemerkt, daß er's ernst meint. Und mir war's auch ernst. Er hat sich ans Kopfteil vom Bett gelehnt, schwer atmend, imposant vor Neds Trompete und dem Zweig und seiner Säbelscheide.

Das Zimmer hat nach ihm gestunken. Oder vielleicht nach uns. Nach all unsern gemeinsamen Jahren, aus denen jetzt *das* geworden war. Mir war, als wär ich noch ein Mädchen gewesen, wie ich vorhin aus der Küche gekommen bin, und als wär ich jetzt, nachdem ich das gesehn hatte, nicht fünfundfünfzig, sondern zehntausend Jahre alt. So alt wie der älteste Staub. So alt wie die Farben.

»Alles hat seine Grenzen, und du hast sie jetzt eindeutig überschritten. *Nein!*« Ich grapsch nach dem Saum. Er hebt einen Ärmel hoch und läßt ihn baumeln, wedelt damit wie ein Stierkämpfer mit dem roten Tuch. Ich pack den Saum. Allein seine geäderten, sehnigen Hände auf dem Mantel bringen mich schon in Rage – eine Lästerung. Keine zehn Sekunden, und wir ringen miteinander. Ich lieg halb auf dem Bett und versuch, das verdreckte Ding unter ihm vorzuziehn, und ich bin auf dem besten Weg dazu, trotz seinem Gewicht. Er sieht, daß ich am Gewinnen bin, und geht mir wieder an die Gurgel. Mir bleibt die Luft weg, schlagartig, Schätzchen. Diesmal meint er's ernst. Seine Hände um meinen Hals fühlen sich an wie aus Keramik.

Ich tät gern um Hilfe rufen, hab aber eine Heidenangst davor, daß Cassie kommt und ihr geschändetes Meisterwerk sieht. Aber dann schrei ich trotzdem. Er drückt mir die Kehle zu und murmelt dabei: »Die haben ihn umgebracht ... *Die* ...« Ich schlag um mich, die Arme so weit wie möglich ausgestreckt. Mit der Hand streif ich einen kühlen Messingpfosten, stoß den Zweig runter und finde die kühle Säbelscheide. Atemluft ist ein Ding der Vergangenheit, aber noch hab ich so viel Gefühl, daß ich spür, wie kalt das Metall ist. Angenehm.

Der Rest ist Geschichte. Will sagen, du hättst es auch getan.

Ich zerr die Scheide von der Wand. Mein letztes bißchen Sauerstoff ist verbraucht. Außerdem lieg ich unter Cap. Ich heb den Arm ganz über seinen gekrümmten Rücken, streck ihn aus, so weit es geht, und dann hau ich mit letzter Kraft, aber mit vollster, ein Leben lang aufgestauter Überzeugung von der Seite auf ihn ein, schlag mit schierer Freude und einer Lust, die, na ja, fast an sexuelle Erregung grenzt, Schätzchen, den schweren Griff von der Säbelscheide an die Rippen, an den Hals und schließlich an den Kopf von diesem Etwas. Von ihm.

Besinnungslos hack ich weiter drauflos, blindwütig, und hör's ständig knirschen und splittern. Vor meinen Augen ist alles nur noch gelb. Ich hör was draußen auf dem Flur und will Cassie zurufen: »Nein! Nicht reinkommen!«, aber mein Hals steckt immer noch in einem Schraubstock. Ich hör nur, wie Metall auf Knochen kracht, ein herrliches Geräusch. Es ist wie ein krampfhafter Tanz zu zweit, der uns verbindet wie in alten Zeiten, nur mit einem anderen Ziel und Zweck. »Seine Schläfe«, denk ich, »du mußt ihn an der Schläfe treffen.«

Ich hör ein neues Geräusch, ein langgezogenes Kreischen hinter mir, und weiß sofort, es gilt nicht dem Anblick einer Frau, die grade erwürgt wird, die sich aus Leibeskräften zur Wehr setzt – ein Anblick, der jetzt fast schon banal ist. Nein, es ist Cassie, die grade begreift, daß ihr Pelzmantel tot ist. Der Schrei hallt endlos, wie ein großer Reifen, dem die Luft ausgeht, wie ein großes sinkendes Schiff.

Dem Mantel zuliebe mach ich weiter. Ich krieg ein bißchen Luft, und nach einem letzten kräftigen Brechen und Splittern strömt sie mit einem so willkommenen Zischen in mich rein, als ob ich, schnapp, endlich in die Höhe flieg, japs, in die Freiheit.

»Ich bleib am Leben.«

Ein Schädel ist ein ziemlich hartes altes Ei, aber nicht unzerbrechlich.

Er war über den Pelzmantel gebeugt, der mit gelber und weißer Flüssigkeit beschmiert und jetzt auch noch mit Rotem bekleckert war. Die eine Hälfte von seinem Kopf und Gesicht war schwarzrot, widerwärtig. Das hat mir leid getan. Aber ich mußte vor allem Cassies Mantel vor ihr verbergen. Ich hab gerufen: »Nicht anschaun, was wir damit gemacht haben. Geh raus und warte. Ich bring das in Ordnung.« Das Blut auf dem Pelz, da hatte *ich* auch was dazu beigetragen. Ich hab den Pelz hinter mir zusammengerafft, ihn runtergedrückt, ihn versteckt und drauflos geplappert.

Ich hab meine Verlegenheit bis in die Knochen gespürt, wie ich so über Captain Marsdens auf der Seite liegendem Kadaver gekauert und versucht hab, ihren Mantel vor ihr zu verbergen.

Cassie hat in der Tür gestanden, die Hände vorm Körper verschränkt, hat den Kopf hin und her gewiegt und ausgesehn, als wär sie absolut und vollständig von mir und dem Mann unter mir getrennt.

Ganz leise hat sie ein einziges Wort gesagt: »Weiße!«

Das war an einem Election Day. Ich hatte mich freiwillig als Wahlhelferin gemeldet und sollte in zwei Stunden dort sein und wollte auf keinen Fall zu spät kommen. Cas und ich waren wie erstarrt. Die treue Seth Thomas hat in meiner sauberen, aufgeräumten Küche geschlagen, und ich hab mich danach gesehnt, dort bei ihr zu sein, aus dem allen raus. Wie hatte das so einfach passieren können? Scheußlich.

Cassie hat in der Tür gestanden und meinen Mann und mich angesehn und nichts getan. War nichts mehr zu tun.

Sie hat gesagt: »Hat alles wollen. Nehm dir so gut wie alles weg, verfluchte Weiße.«

Ich hab mir die Ohren zugehalten. Hab noch lieber ihn angesehn, als mir das von *ihr* anzuhören. Obwohl die eine Kopfseite zu Brei geschlagen war, hatte er nur ein klein bißchen Rosa in seinem weißen Bart – nicht weiter schlimm, nur wie das, was man ausspuckt, wenn man sich die Zähne zu fest geputzt hat. Nicht zu glauben, Schätzchen, aber er hat richtig erleichtert gewirkt. Ruhig, zum erstenmal seit Jahrzehnten, oder vielleicht sogar seit dem Tag, an dem er unsere geliebte Stadt verlassen hatte, händchenhaltend mit seinem Freund, so wie's Mädchen in dem Alter täten.

Schließlich hab ich was Erbärmliches, Männliches und durch und durch Weißes gesagt: daß ich ihr einen maßgeschneiderten Zobel kaufen werd, ob sie nicht gern einen Zobel hätte? Nach diesem plumpen Bestechungsversuch ist sie gekommen und hat mir mit ausdruckslosem Gesicht vom Bett geholfen. »Tja . . .«, hab ich gesagt, resigniert, erschöpft. »Das isses also, ja?« hat sie gesagt und ihn sich angesehn. »Ach, Willie Willie Willie, schau dich an.«

Sie hat die Chenille-Bettdecke genommen, und ich hab schon befürchtet, sie will ihn damit zudecken, eh ich noch weiß, ob er wirklich tot ist, obwohl ich mir eigentlich schon ziemlich sicher war. Aber Cassie hat die Decke über ihren Mantel gebreitet. Und dann ihren Nerz mit vielen unsentimentalen Rucken unter ihm vorgezerrt. Wie ein Brandopfer hat sie den Nerz zu einem Eckschrank getragen, sich gebückt und ihn da drin versteckt, Schätzchen.

Dann hat sich sich wieder zurückgeschleppt und an seiner Brust gehorcht. »Is hinüber«, hat sie gesagt. »Aber *du* mußt dir keine Sorgen nich machen«, hat sie gesagt – im Gegensatz zu *ihr*. »War Notwehr.«

Ich hatte gesagt, ich würde Lolly um sechs im Wahllokal Feuerwache ablösen, und ich hab's grade noch rechtzeitig geschafft. Natürlich hab ich mich vorher gesäubert. Cassie hat nicht mit mir reden wollen. Ich hab sie im Taxi heimgeschickt. Stumm. Keiner von meinen Wintermänteln hat ihr gepaßt. Der Sheriff und der Leichenbestatter waren endlich gegangen. Ich hatte beide angerufen, ganz kühl und sachlich, und ihnen gesagt, was passiert war. Mit gelangweilter Stimme hab ich ihnen einfach geschildert, wie ich gegen zehn nach drei da drin meinen Mann umgebracht hatte.

Nachdem ich Scheiße, Rotz und Blut von mir abgewaschen hatte, hab ich mich mit Halstuch und sauberem Jerseykleid in der Feuerwache eingefunden, die Leute begrüßt, gelächelt – ganz die alte Lucy. Noch hat's keiner gewußt, und ich hab das genossen, weil ich wußte, es kann nicht lange dauern. Ich bin gegen sechs dort gewesen und hatte noch eine Galgenfrist von einer guten halben Stunde, dann ist eine von den Lucas-Töchtern reingekommen, hat mich fassungslos angesehn und gesagt: »Lucy? Sie hier, nachdem ... nach diesem Nachmittag? Geht's Ihnen gut?« Ich hab nichts gesagt. Die andern Frauen am Tisch haben zu mir hergesehn. Auch Lolly, die noch geblieben war, um ein bißchen zu plaudern. Die Lucas-Tochter, Jean, ein nettes Mädchen, hat gefragt: »Darf ich? Es ist nur so ein Gefühl, aber darf ich?« Ich hab die Achseln gezuckt. Sie hat mein seidenes Halstuch beiseite gezogen. Entsetzt haben alle die vier Zoll breite Blutblase rund um meinen Hals angestarrt. Ich hatte sie nicht mal im Spiegel angeschaut. In meinem Alter kann man sich waschen und kämmen, ohne einen Blick in einen Spiegel zu werfen. Übungssache.

»Lucy, darf ich Sie nach Hause bringen? Ich finde, das wär wirklich das beste, und unterwegs können wir noch beim Doktor vorbeischaun. Bitte! Lassen Sie uns gemeinsam zur Summit Avenue gehen, Liebste, jetzt gleich.«

»Ich will heut abend nicht in dem Haus sein, Jean. Die Wahllokale schließen erst um neun. Ich bleib lieber bis zum Schluß hier, wenn ich darf.«

Der Sheriff hat mir gesagt, es würde eine gerichtliche Untersuchung geben.

Ich hab ihm mit dürren Worten erzählt, wie ich meinem Mann mit seiner eigenen Säbelscheide den Schädel eingeschlagen hatte und ihm gesagt, ich wär durchaus bereit, meine Medizin zu nehmen. Ich hatte Sheriff Cooper seit seiner Kindheit gekannt. Sein Großvater und sein Vater waren beide auch schon Sheriff Cooper gewesen. Er hat auf meinen Hals gezeigt und ebenfalls meinen Kragen aufgezogen (Jean hatte geplaudert!). Dann hat er gemeint: »Sieht aus, als hätten Sie Ihre

Medizin schon geschluckt. Nein, Madam – als Todesursache werden wir wahrscheinlich ›Sturz im Hause‹ angeben. Jedenfalls, wenn's nach mir geht, und als gewählter Sheriff hab ich da ein Wörtchen mitzureden, Madam.«

»Vielleicht ein *schwerer* Sturz im Hause«, hab ich vorgeschlagen.

»Gut, also dann ›schwerer Sturz‹. Denn wer das Schwert nimmt ... Madam, ich bin zwar im Dienst, aber ich muß Ihnen sagen, daß manche von uns nie über das mit Neds Augen weggekommen sind. Ned war in der Grundschule in meiner Klasse. – In meinen ganzen Jahren bei der Polizei war ich noch nie so nah dran, mich zu übergeben. Von dem Anblick ist mir übel geworden.«

»Ich weiß.« Ich hab auf meine Hände gesehn, die's getan hatten. »Ich schäme mich so. Ich hab seine eigene Säbelscheide genommen. Hab ich Ihnen schon gesagt, Mr. Cooper. Ich weiß nicht, ob ich wirklich so oft zuschlagen mußte, um ihn zur Raison zu bringen.«

»Nein, nicht er. So was hab ich schon öfter gesehn. Nicht er, Madam, der Mantel – was er mit Castalias selbstgezüchtetem Mantel gemacht hat. Den hat sie schon getragen, wie ich noch nicht richtig laufen konnte. Das war das schlimmste. Entschuldigen Sie, daß ich so was sage, wo Sie in Trauer sind und so, aber, Mrs. Lucy, wissen Sie was? Er war wirklich ein perverses altes Schwein.«

»Meinen Sie? Wahrscheinlich haben Sie recht, Sir, aber wissen Sie, andererseits ... Er hat auch ganz anders sein können, wissen Sie. Man muß es nehmen, wie's grad kommt, wissen Sie. Wie's grad kommt.«

Dann ist er gestorben.

Hab's tun müssen.

3

Ich hab sein Zimmer nicht saubergemacht, konnte da noch nicht reingehn. Hab mich gewundert, wie der Leichenbestatter Captain auf einer Khaki-Bahre rausgetragen hat, aber nicht den Mantel. Der war immer noch in dem Schrank, in die Decke eingewickelt, als ob er sich schämen müßte.

Mit Schlaf hab ich nicht gerechnet. Aber ich bin in das berühmte Kaninchenloch gefallen. Mein letzter klarer Gedanke: Ich besorg ihr einen neuen, einen echten Zobel. Ich ruf Mr. Ekstein an – und wenn's mein erster und letzter Anruf aus dem Gefängnis ist. Ich bestell einen bodenlangen Zobel. Eksteins Motto: »Wenn Sie sich mit Pelzen nicht auskennen, sollten Sie Ihren Pelzhändler kennenlernen.« Sicher, Cassie würde nicht Namen und Naturell von jedem der kleinen Biester kennen, aus denen er gemacht war. Aber ich hab wenigstens Verstand genug gehabt, ihr keinen neuen *Nerz* zu kaufen.

Am nächsten Tag in der Stadt hat Ekstein gesagt, er könnte, für einen entsprechenden Preis, den Zobel bis zur Beerdigung am Freitag beschaffen. Der Mantel würde in einem eigenen Lieferwagen direkt aus Raleigh kommen. Ich hab ihn im Hinblick auf Caps Lebensversicherung und Ersparnisse bestellt, und es war mir grade recht, daß er ein hübsches Sümmchen kosten sollte. Er *mußte* teuer sein, um wenigstens ein bißchen was zu bedeuten. Genug bedeuten konnte er sowieso nie.

Ich hab ihn Castalia persönlich frei Haus geliefert, aber ich muß sagen, ich hab schon gewußt, daß er nur ein schwacher Ersatz für den versauten richtigen war. (Den hatte ich in einer großen Einkaufstüte zu Ekstein mitgenommen und ihm gezeigt. Während er mit steinerner Miene den Gestank ignoriert hat, hab ich ihn gefragt: »Sehn Sie irgendeine Möglichkeit, das Ding wieder sauber zu kriegen?« Er hat sich dann doch die Nase zugehalten, den Kopf geschüttelt und gesagt, ich könnte mir nicht vorstellen, wie viele Leute aus Falls sich wegen diesem Mantel *keinen* Pelzmantel bei ihm gekauft hätten. Ein selbstgemachter Pelz, hat er gemeint, hält die Leute davon ab, sich einen richtigen zu kaufen.)

Cassie hat mir mächtig die kalte Schulter gezeigt. Sie hat Stärke gegessen, wie ich gekommen bin, und sich grade mal die Zeit genommen, den Zobel aus der Schachtel zu nehmen und ihn anzuprobieren. Der neue Mantel hat ihr phantastisch gestanden, fand ich, hat gepaßt wie angegossen. Deswegen war er auch so teuer gewesen – bei ihrem Umfang waren schon ein paar mehr Felle nötig gewesen. »Hast's versucht immerhin«, hat sie gesagt, aber ziemlich lahm. Dann hat sie ihn ausgezogen und ihn auf einen Stuhl geschmissen. Und ich mein wirklich »geschmissen«. Du weißt ja, wie sie manchmal sein kann.

Hat mich gekränkt, trotzdem ich natürlich gewußt hab, was das für ein Verlust für sie war, und wirklich Verständnis zeigen wollte. Ich hatte gehofft, sie würde einsehn, daß es ja nicht ich gewesen war – aber vielleicht war ich ja doch nicht ganz unschuldig. Das ist es, was einen so fertigmacht.

Sie ist zur Beerdigung gekommen, aber ohne Mantel. Und das im November. Ich hätte sie so gern in dem neuen gesehn. Wollte hören, wie die andern ihn loben. Aber sie hat natürlich gewußt, daß jedes Kompliment für *diesen* bedeutet hätte, daß er viel besser aussieht als ihr letzter, ihr erster, ihr echter.

Die Beerdigung war eher still für jemand so Berühmten. Vielleicht, weil's vielen peinlich war. »Starb an den Folgen eines schweren Sturzes im Hause«, hat im Lokalblatt gestanden. Fast alle von meinen lebenden Kindern sind gekommen, in Schwarz, Neds rotweißer Stock war der einzige Farbtupfer in unserer Gruppe. Von Meltons Barbecue-Restaurant waren Blumen da, und die Lucas-Hedgepath-Gruppe hatte einen riesigen Strauß Gladiolen geschickt, mit einer Schleife, auf der stand: »Zu unserem großen Bedauern ist einer unserer treuesten Kunden von uns gegangen.« Der Ortsverein vom Nationalen Schützenverband hat ein Bukett Chrysanthemen geschickt, das einzige, das ich nicht am Grab geduldet hab. Geschmacklos von denen, wenn du mich fragst.

Castalia hat den Platz in der ersten Reihe abgelehnt, den wir ihr freigehalten hatten, obwohl Lou extra zu ihr hingegangen ist und sie gebeten hat, sich zu uns zu setzen, auf eine Art, daß kaum einer hätt widerstehn können. Cas hat hinten gestanden, mit verschränkten Armen, und allen finstere Blicke zugeworfen. Ich hatte mir vorgestellt, sie würde neben mir sitzen und mich in den Arm nehmen, einen in Zobel gehüllten Arm. Nichts ist jemals genau so, wie man sich's vorstellt, hab ich nicht recht, Schätzchen? Allerdings, sosehr ich die Frau geliebt hab, *so* gut hab ich sie eigentlich auch wieder nicht gekannt.

Nicht eine Träne wurde am Grab vergossen. Ich selber hab's nicht geschafft, aber es wär mir doch recht gewesen, wenn jemand anderer geweint hätte. – Die reinste Sklaverei, dem Mittelstand anzugehören!

Ich bin nicht ins Kittchen gekommen. Es hat so eine Art Anhörung gegeben – das nennt man so –, aber keiner hat mich wirklich angehört. Man hätte glauben können, ich phantasier, wie ich so dagesessen und alles doppelt und dreifach erzählt hab. »Schön, schön«, hat Billy Preston in seiner schmucken schwarzen Robe gesagt, »Tod durch Unfall. Möchten Sie ein Glas Wasser, Mrs. Lucy?«

Ich hab überlegt, ob ich im *Herald Traveler* ein Geständnis veröffentlichen soll. Bin sogar soweit gegangen, den jungen Yankee-Redakteur anzurufen. Er hat mich gefragt, ob das wieder so ein makabrer Südstaatlerscherz sein soll und wer ich überhaupt wär, und hat aufgelegt.

Damit war für mich die Sache erledigt. Ich hab versucht, drüber wegzukommen. Du weißt, was ein perfektes Verbrechen ist? So was braucht im allgemeinen monatelange Vorbereitungen, Schätzchen. Ich hab fünfzig Jahre Zeit gehabt, mir alles zurechtzulegen.

Wir haben vor, nach und während dem Begräbnis nicht weniger als neununddreißig Eintopfgerichte gekriegt. Ein einsamer Rekord. Geschichte! Ned und Lou und die Zwillinge waren einfach süß, und Baby ist nach der Beerdigung gleich heimgefahren, aber in Begleitung vom bestaussehendsten jungen Mann, der jemals in Falls gesichtet wurde. Sie hatte mehr Gepäck als P. T. Barnum, aber *gutes* Gepäck. Und sie war angezogen wie später Jackie Kennedy. Eine Augenweide.

Dann sind alle wieder weg, und ich war ganz allein in dem riesigen Haus. Anfangs hab ich schlecht geträumt und auf der Couch im Wohnzimmer geschlafen, näher an der Tür. Aber allmählich hab ich's ausgehalten, und schließlich war's sogar eine stille Freude. Manche von den alten Leuten hier drin tun so, als wär ein Haus an einer ruhigen Straße, in dem man allein wohnt, die Pest und die Hölle. Ich hab's mit der Zeit liebgewonnen. Hab Castalia zum Essen eingeladen. Drei Wochen lang hat sie sich hartnäckig geweigert, dann hat sie sich doch die Verandastufen raufgeschleppt. Sie war noch dicker geworden, und zum nächsten gemeinsamen Abendessen hab ich zu ihr runtergehn müssen. Hab mich bei ihr nicht als willkommener Gast gefühlt. Erstens einmal hatte sie alle ihre Käfige vor dem Haus abgerissen, und die paar Nerze, die noch da waren, haben mit ihr im Haus gelebt. Sind frei rumgelaufen! Hygienisch war das nicht, aber ich hab nichts sagen wollen. Der Saum von ihrem neuen Zobel war halb auf den Boden gerutscht, und ein glücklicher Nerz hat sich dahinter versteckt. Ich hab mir auf die Lippe gebissen und nichts gesagt. War schließlich *ihr* Mantel. Ich hab mir Mühe gegeben, das Huhn mit Knödeln zu essen, das sie gemacht hatte, aber in allen Ecken hat Nerzdreck rumgelegen. Die Viecher sind immer an den Wänden langgehuscht. Ich bin bloß aufgestanden und hab was aus dem Küchenbüfett geholt, und da haben mich die kleinen Biester in ihrem Karton richtig angefaucht. Castalia hat in der nächsten Zeit fast nur zu Hause gesessen und sich vollgestopft, und in drei Monaten ist sie so aus dem Leim gegangen, daß es richtig häßlich anzusehn war. Je mehr von Castalia Marsden da war, um so weniger ist scheint's von *ihr* übriggeblieben. Mir ist aufgefallen, daß Essenskrümel und anderes Zeug auf den Zobel dicht neben dem Tisch gefallen sind. Ihr

Gesicht ist grau und hager geworden. Das letzte Restchen Schönheit ist verschwunden, aber eines Tages ist mir *die* Erleuchtung gekommen. Ihr alter Mantel war immer noch bei uns oben in der Garage. Ich wollte ihn nicht im Haus haben und hab's auch nicht übers Herz gebracht, ihn wegzuwerfen. Ich hatte Castalia ein paarmal gefragt, ob sie ihn zurückhaben will, ob ich ihn verbrennen soll oder was, aber sie hatte mir nie geantwortet. Jetzt hab ich ihr vorgeschlagen, den Mantel zu beerdigen, ordnungsgemäß, auf der Familienparzelle – natürlich nicht neben Captain, aber unter den Magnolien, wo Lady More Marsden zusammen mit anderen Berühmtheiten ruht. »Wir kaufen ihm den besten Kindersarg und beerdigen ihn mit Balsam und Duftkissen und sprechen Gebete über ihm, und ich besorg richtige Totengräber, und die bringen ihn dann unter die Erde, wie sich's gehört.«

Sie hat mich angesehn. Hat mir meine eigenen Worte zitiert, und das war das erste richtige Lebenszeichen von ihr seit Wochen. »Zeigt, daß dir Gedanken machst, Lucy. Richtig gutes Zeichen.« Dann hat sie genickt. »Is würdig. Bin einverstanden.«

Bei *dem* Begräbnis haben wir geweint.

Die Totengräber haben nicht gewußt, was in dem kleinen Bronzesarg war, und haben sich wahrscheinlich gefragt, warum kein Geistlicher da war. Sind ein paar Schritte beiseite gegangen und haben sich Zigaretten angesteckt, aber Castalia hat sie angeherrscht: »Hier wird nich geraucht, ihr Clowne. Is eine Beerdigung hier, schon mal gehört von?« Hastig haben sie ihre Chesterfields ausgetreten.

Wir haben uns umarmt. Nur wir zwei beiden. Ich hab mich umgesehn. Die meisten Namen auf den Granitsteinen hab ich schon gekannt.

November. Wir haben ein bißchen gefröstelt. Was hätt ich dafür gegeben, wenn sie wenigstens heute ihren neuen Pelzmantel getragen hätte. Aber der hat bei ihr daheim auf einem Küchenstuhl gehangen und Krümel und Nagetiergerüche aufgesogen. Es ist unfein, über den Preis von einem Geschenk zu reden, aber ich hatte bei Mr. Ekstein den besten verlangt und fünfzehntausend Dollar dafür bezahlt. Heute muß ich sagen, daß ich ihn mir eigentlich nicht leisten konnte. Ich weiß nicht, ob ich mir selber oder Ekstein die Schuld geben soll, aber ich hab einen Scheck über den Betrag ausgestellt, und der Scheck ist eingelöst worden, und damit war der größte Teil von dem Geld flöten, das ich auf die eine oder andere Weise geerbt hatte. Ich weiß, es war eitel von mir, aber ich hab mir so gewünscht, daß sie ihn wenigstens an dem Tag tragen würde, weißt du, am Begräbnistag von dem andern. Aber ich seh ein, daß ich da an eine Grenze stoße. Ich hatte gelernt, wo meine Grenzen sind, Schätzchen, und ich lerne immer noch.

Wie auch immer, wir haben den echten Mantel betrauert, und Cassie, diese Mammutfrau neben mir (ich hatte bis dicht ans Grab fahren und ihr dann gleich den Klappstuhl aufstellen müssen) hat geheult: »Meine Babys. Hab nie kein Nerz nich gekannt, den ich gemocht hab.« Und ich hab einen Unterton liebevoller Bewunderung rausgehört. Wie seltsam, hab ich mir gedacht, daß dieser im Grunde genommen liebenswerteste Mensch, den ich je gekannt hatte, so großen Wert drauf gelegt hat, die andern auf Abstand zu halten, keinen an sich rangelassen hat, sich keinem gegönnt hat – aber dann hab ich begriffen, daß das durchaus sinnvoll war für sie, für Miss Castalia Marsden, wenn man an die Geschichte denkt und so.

DER STUMME SOLDAT
von Robert Louis Stevenson

Über das kurzgemähte Gras
Lief ich allein, nur so zum Spaß,
Da habe ich ein Loch entdeckt
Und den Soldaten drin versteckt.

Der Frühling kam mit Blumenpracht
Hat mein Versteck bald überdacht.
Nun wogt das Gras hoch drüber hin,
Fast wie ein Meer, bis zu den Knien.

Darunter liegt er ganz allein
Bei Sonne und bei Mondenschein,
Im roten Rock, hält sein Gewehr
Und sieht nur Grünes um sich her.

Wenn erst das Gras wie Korn gereift,
Die Sense wieder drüberstreift,
Wenn leer die Wiese ist und nieder,
Dann zeigt gewiß das Loch sich wieder.

Ich finde ihn, ich muß nicht raten,
Ich finde meinen Bleisoldaten!
Doch was geschehn um ihn herum,
Darüber schweigt er und ist stumm.

Er lebte, eine Winzigkeit,
Im Gräserwald der Frühlingszeit;
Was er getan und nicht verrät,
Ist, was auch ich am liebsten tät.

Er sah am Himmel Sterne ziehn,
Die Blumen aus den Knospen blühn;
Und Elfenwesen, die nur sieht,
Wer tief im Gräserdschungel liegt.

Er hörte in der grünen Stille
Die Biene reden mit der Grille,
Der Schmetterlinge Flügelschlag,
Als er dort ganz alleine lag.

Kein Wort davon gibt er mir preis,
Kein Wort von allem, was er weiß,
So trag ich ihn zurück ins Haus,
Denk mir die Abenteuer selber aus.

Es endet in der Luft

Wir warten aber eines neuen Himmels, und einer neuen Erde, nach seiner Verheißung, in welchen Gerechtigkeit wohnet.
– 2 Petrus 3, 13

Ah, jetzt geht's los. In die Luft. Man spürt's im Brustbein und in den Handgelenken. Ich sitz zum erstenmal in einem Flugzeug und hab Angst, und du sitzt neben mir. Du bist bestimmt schon mal geflogen? Hab ich mir gedacht. Natürlich hab ich auch früher schon welche *gesehn* – Flugzeuge, mein ich. Hast du das damals gesehn, wie diese Astronautin, die Lehrerin, in der explodierenden Rakete umgekommen ist? Vor den Augen von ihren Angehörigen unten auf der Erde. Lieber nicht dran denken. Wo Jerome jetzt endlich mit seinem Freund in England ist, Theaterstücke anschaun, hab ich schon gedacht, ich muß das mutterseelenallein machen. Du warst der einzige, den ich angerufen hab, wie ich die frohe Botschaft gekriegt hatte, und da bist du nun, in voller Lebensgröße. Da sind wir nun beide, in der Luft, wo wir schon immer hingehört haben.

Wie oft hab ich dir den Brief schon gezeigt? Schau, die Agnes-Scott-Schwesternschule in Atlanta ehrt ihre »besten Absolventinnen seit Bestehen des Instituts«, ob tot oder lebendig. Und unsere Lou ist auch dabei. Was meinst du, wird sie als Preis eine Medaille oder einen Pokal kriegen? Die Freunde in Lanes' End haben Wetten abgeschlossen, ob das Flugzeug nach Miami Beach entführt wird. Glaubst du, das könnte passieren?

Ich weiß es zu schätzen, daß du dir freigenommen und mir in meinem Rollstuhl hier reingeholfen hast, daß dir mein neues Jerseykleid gefällt und du da neben mir sitzt. Ah, da ist wieder die Stewardeß. Ich wette, die verwendet Henna. Daß die so grade stehn können! Wie halten die das aus, den ganzen Tag in so hochhackigen Schuhen? – Ja, Miss, ich hätte gern einen kostenlosen Martini, vielen Dank. (Was ist da drin, Schätzchen? Magst du das? Ist umsonst.)

Meinst du, ich muß bei dem Bankett eine Rede halten? Hoffentlich nicht. Ich krieg keine zwei Wörter raus – in der Öffentlichkeit, mein ich, vor fremden Leuten. Nicht so gemütlich, wie wenn wir beide zusammensitzen, hm? War das eine Freude für mich. Damals bist du gekommen und hast einfach »Ja?« gesagt. Der Rest ist Geschichte. Ich sag dir was: An Land haben wir *meinen* Verhau aufgedröselt, jetzt, wo wir hier oben in der Luft sind, bist du an der Reihe. Brauchst dich nicht zieren vor mir. Zeit ist das einzige, was ich noch reichlich hab.

Sieh nicht hin, aber der Mann links von dir lächelt dir zu. Doch, wirklich. Manager. Hab ich gleich gesehn. Leichte Stirnglatze, aber freundlich, ein lieber Mensch. Richtig sympathisch sieht er aus. Netter Südstaatenjunge, so einer wie Billy Preston, Gott schütze sie. Da ist unsere neue Freundin mit meinem ersten Martini. Ach was, Gin ist das? Bestimmt ein rechtes Teufelszeug. Wir vibrieren so komisch, ist das normal? Ich hab meine geflickte Rosenmustertasche auf dem Förderband gesehn. So weiß ich wenigstens, daß das Konzept für meine Rede an Bord ist. Ja, ich hab ein bißchen was vorbereitet. Taw hat mir geholfen. Schau dir die Autos an, bunt wie Ostereier aus dieser Höhe, was es alles gibt. Weißt du was? Mir kommt das Fliegen schon ganz natürlich vor. Wie so vieles, wenn die Zeit gekommen ist. Da zähl ich drauf.

Bestimmt hab ich dir meine Geschichte über den »Mann, der seine Frau zu sehr liebte« schon erzählt. So? Na ja. Schön. Aber da wär noch »Der Schuh paßt«. – Was, die auch?

Dann darf Lucy jetzt *dich* ausfragen. Aber erst beug dich bitte mal ganz über meinen Fenstersitz und sag mir, was das da unten ist, mein Lieber. Siehst du den hellen Streifen, der sich durch den ganzen Wald zieht, die Bäume in Reih und Glied, bloß daß manche eine andere Farbe haben? Meinst du, das kommt von dem sauren Regen? Diese Republikaner schaun ja einfach weg, während die Industrie uns langsam aber sicher vergiftet. Oder vielleicht ist es eine Ader tief in der Erde, Kalium oder so was. Ich hätte jetzt nichts gegen ein Nickerchen einzuwenden, aber erst muß ich wissen, was das ist. Du kennst mich ja. Dieser Gin ist richtig gut. Aber paß auf, daß ich mich nicht zum Gespött mach, über das übliche Maß hinaus. Schön, daß ich deine Hand halten darf und so. Du warst die ganze Zeit so rührend treu, bist wieder und wieder zu mir gekommen. Ich hab was übrig für Treue.

Schau, Bill ist schon eingedöst über seinem Exemplar von *Business* (was hab ich gesagt, er *ist* ein Manager). Scheint verheiratet zu sein. Wir werden ihn nach der komischen hellen Farbe da unten fragen. Er ist aus Georgia und muß es wissen.

Siehst du? Jetzt ist es ganz deutlich zu sehn, wie ein einziger langer Zickzackblitz, aber mit andersfarbigen Bäumen drin. An manchen Stellen ist der Streifen ein paar Meilen breit, an andern wird er schmäler. Zieht sich nach Süden unter dem kreuzförmigen Schatten von unserm Flugzeug da drüben. Sind das wirklich wir? Hab ich mir gedacht. Das Grün in dem Streifen sieht frischer aus als das an den Rändern. Kommt mir bekannt vor, als hätt ich früher schon mal davon gehört. Komm, wir wecken Bill auf. Nur zu, stups ihn einfach mit dem Knie an, er ist dir bestimmt nicht böse. Die Bills dieser Welt sind einfach wunderbar. Er hat bloß zu schnell getrunken. Wenn er vergrätzt aufwacht, übernehm ich die volle Verantwortung. Versprochen.

Wie ich wieder mal runterzeig und grade fragen will, sagt Bill auf einmal: »Sehen Sie den Streifen?« Ist mir unheimlich, diese Gedankenleserei. Auf einmal bin ich verstört, aus keinem ersichtlichen Grund.

»Wissen Sie, was das ist, Mrs.? Angeblich wird er in ein paar Jahren verschwunden sein.«

Ich riskier eine Vermutung: Vielleicht irgendein Mineral, das die Farbe von diesem Land auffrischt? Aber Bill beugt sich, mit einer Entschuldigung, zu mir rüber, sein nettes Gesicht ist ganz dicht neben meinem, tröstlich die Wärme, die von ihm ausgeht. Mir gefällt's, daß ich in der Luft bin und außerdem ein bißchen beschwipst und drauf und dran, noch was Neues zu erfahren.

»Das ist Shermans Weg«, sagt Bill. »Ist von hier oben immer noch zu sehen, stellen Sie sich das vor. Sehen Sie, wie der Streifen da an dem Flußübergang versetzt ist, Madam? An der einen Stelle sind sie reingewatet mit ihren Pferden und Fackeln, und ein Stück flußabwärts wieder herausgekommen, dort. Der Streifen zieht sich ununterbrochen durch bis Atlanta, das Sherman ja auch niedergebrannt hat, wie Sie sich erinnern werden. Aus Ihren Geschichtsbüchern, meine ich.« Bill denkt, er hat einen Scherz über mein fortgeschrittenes Alter gemacht, Schätzchen. Aber ich bin nicht in Blödelstimmung, jetzt, wo ich weiß, daß die Spuren von dem Kampf immer noch zu sehn sind – zumindest für den lieben Gott und die Vögel.

Ich drück die Stirn an das eiskalte Plastik-Bullauge (und mach mir fast schon wieder Sorgen, wer denn hinterher den Fettfleck wegputzt).

»Tja, Madam, überall dort, wo alles verbrannt war, ist die Vegetation üppiger nachgewachsen.« Bill, ganz Gentleman, bestellt noch eine Runde für uns. »Vielleicht trägt Holzkohle dazu bei, daß die Bäume kräftiger wachsen? Ein Schwager von mir lehrt Holztechnologie am Georgia Tech, den müßte ich mal fragen. Aber Sie haben den Streifen entdeckt, Madam, noch dazu auf ihrem allerersten Flug.«

Er nimmt wieder sein *Business* zur Hand. Dankbar für deine Hand, die ich so rücksichtslos drücken darf, bin ich – wie immer – froh, Bescheid zu wissen. Aber mir ist auch ein bißchen unheimlich. Vielleicht liegt's an dem kostenlosen Drink oder auch daran, daß es gefährlich ist, so hoch oben zu sein und so zu tun, als ob mir das zustände, was nicht der Fall ist. Vorhin hab ich gespürt, wie das Flugzeug sich abgerackert hat, um sich aus dem Staub zu erheben – es ist lieber am Boden, was ich gut versteh. Ich weiß nicht, was das für ein Gefühl ist, aber vielleicht nichts weiter als: Aufregung. Ich bin unterwegs, eine Medaille für Louisa entgegennehmen oder vielleicht sogar einen silbernen Becher, den man wahrscheinlich besser gebrauchen könnte. Und dann, daß *du* gekommen bist, daß man mich behandelt, als ob ich wer wär, und ich auf diesen Sieg der Natur über den Krieg runterschaun kann. Ist dir das peinlich – daß ich meine Stirn hier an das kalte Plastik drück?

Das frische Grün sagt mir was. Diese Brandschneise zieht sich von Virginia über unsere Heimatstadt bis nach Atlanta. Was für eine schöne Landkarte von einer Narbe! Lehrreich – ein bitteres, optimistisches Grün. Ich erkenne es. Unter meinen Rippen spür ich, wie ein wohliges Entkrampfen einsetzt, ein Lockern. Ich schau runter auf diese durch Verletzung veränderte Farbe. Die Genesung hat alles schöner wie vorher erblühn lassen. Ich weiß, was Politik der verbrannten Erde ist. Und ich weiß, was es bedeutet, sich nicht unterkriegen zu lassen. Aber ich hab nie gewußt, daß das aus der Höhe so schön aussehn kann.

Farben *sind* Taten und Leiden des Lichts. Tatsache. In der Natur gibt's so was wie eine ausgleichende Gerechtigkeit. Menschen erholen sich. Ist das nicht toll, was die Menschen alles überstehn?

Heute geht's mir auch selber richtig gut. Ich denk voller Zuneigung an meinen Mann und meine Kinder, Kind. Ich flieg über unsern Südstaatenhimmel, angeschnallt mit einem Sicherheitsgurt, den ich eigentlich erfunden hab, leicht angetütert von dem zweiten Drink, den ein freundlicher, anständiger Mann mir spendiert hat, auf dem Weg, Auszeichnungen entgegenzunehmen, die meine Kinder sich verdient haben – was für ein Tag! Und daß ein junger Freund wie du sich extra freinimmt, einen Urlaubstag opfert, bloß um mich und meinen Rollstuhl in diese silberne Rakete rein- und wieder rauszuschieben, also das ist mehr, als sich jemand in seinen kühnsten Träumen erhoffen darf.

Man könnt meinen, ich wär von Anfang an gut genug fürs College gewesen! Man könnt meinen, ich wär eine richtige Dame, die man nach anderen Sachen fragt als dem Weg oder einem Rezept für schottischen Butterkuchen.

Ich seh den Pfad da unten, richtig edel. Und wieder spür ich, wie dieser wilde Ehrgeiz mich packt. Ich *möchte* einfach. Was? Irgendwas, Schätzchen. Alles. Ich hab so viel gesehn und bin irgendwie am Leben geblieben, um alles zu erzählen. Ich hab nicht alles erzählt – aber das meiste, oder jedenfalls ein bißchen was. Jetzt muß ich alles von dir hören. Fang bei deiner Geburt an und mach weiter bis zum heutigen Tag. Aber erst laß mich noch mal diese Farbe da unten anschaun, die genauso hausgemacht ist wie ich. Doch, ich hör dir zu. Da versteh ich mich drauf. Aber bevor ich den Mund halte, muß noch ein Letztes gesagt werden. Ich will was sagen, was ich grad von dem frischen Grün gelernt hab. Ich hab lang warten müssen, bis mir das klar geworden ist. Ich muß es jetzt laut sagen, damit es wirklich wird. Ich bin ja so froh, daß du mir hilfst, mir zuhörst. Es ist nichts weiter als das:

Keiner hat mich aufhalten können.

Etliche haben's versucht.

Ich bin immer noch da.

Endlich komm ich dazu, zu unserer Welt runter zu sagen: »Der Krieg ist aus.«

Nachbemerkung des Autors

Es ist mir eine freudige Pflicht, meinen Freunden und treuesten Lesern zu danken, die dieses Buch von Kapitel zu Kapitel begrüßt haben: Eric Ashworth, Daisy Thorp, Jane Holding, Edmund Apffel, Andrea Simon, William Gurganus, Amanda Urban, Daniel Kaiser, William Carl Walker, Brian Zeger, Steven Cole und vor allem Joanne Meschery. Aus der Taufe gehoben wurde das Werk von seiner brillanten Patin Elisabeth Sifton.

Zeit ist Freiheit. Freiheit zur Arbeit an diesem Roman haben mir zeitweise die Ingram Merrill Foundation und die National Endowment of the Arts geschenkt. Meine Kolleginnen und Kollegen am Sarah Lawrence College haben mich während einer langen Abwesenheit in selbstloser Weise vertreten.

Die Corporation of Yaddo hat mir vor Jahren Zuflucht gewährt, als eine Hermes-Reiseschreibmaschine, ein gewaschenes Gesicht und gute Arbeitsmoral mein einziges Kapital waren. Ich habe in Yaddo mit der Arbeit an diesem Buch begonnen und bin dankbar für die Ruhe und die Freundlichkeit, die mir dort zuteil wurden.

Ein Wort an den Leser hinsichtlich historischer Genauigkeit:

Von den ehemaligen Sklaven, die in den 1930er Jahren im Rahmen des Federal Writers' Project befragt wurden, haben sich viele erinnert, Abraham Lincoln während des Bürgerkriegs im Süden gesehen zu haben. Fanny Burdock, einundneunzig, aus Valdosta in Georgia berichtete: »Wir warn beim Baumwollpflücken auf dem Feld, wie mein älterer Bruder auf die Straße zeigt, und da sehn wir Master Abe daherkommen, ganz verstaubt und zu Fuß. Wir rennen alle an den Zaun und haben den Eichenholzeimer dabei und die Schöpfkelle. Wie er bei uns ankommt, is er so groß und die schwarzen Augen so traurig. Hat kein Wort nich gesagt, bloß uns alle fest angeschaut, und wir alle am Weinen. Wir geben ihm schön kaltes Wasser mit der Schöpfkelle. Dann hat er genickt und is weiter, und wir stehn da und sehn wie er

Staub wird und dann nix mehr. Hinterher hat uns unser Besitzer und auch sonst keiner nich glauben wollen, aber ich und meine Angehörigen alle, wir haben's gewußt. Ich hab die Schöpfkelle immer noch, zum Beweis.«

In Wirklichkeit hat Lincolns Fußmarsch durch Georgia nicht stattgefunden. Aber ähnliche Berichte gibt es auch von Hunderten anderer Sklaven. Für mich sind solche Erscheinungen realer als Tatsachen.

Die Geschichte ist mein Ausgangspunkt.

Inhalt

ERSTES BUCH

Niemand ist vollkommen

ZWEITES BUCH

Die Zeit macht's

DRITTES BUCH

Herr, gib uns Kraft

VIERTES BUCH
Dergleichen geschieht

FÜNFTES BUCH
Ein Pakt mit der Welt